# ANNA KARÉNINA

LETRAS UNIVERSALES

LEV TOLSTOI

# Anna Karénina

Edición de Josefina Pérez Sacristán
Traducción de L. Sureda y A. Santiago,
revisada y corregida por Manuel Gisbert

CATEDRA

LETRAS UNIVERSALES

Letras Universales
Asesores: Javier Coy, Carmen Codoñer,
Antonio López Eire, Emilio Náñez,
Francisco Rico, María Teresa Zurdo

Título original de la obra:
*Anna Karénina*

Diseño de cubierta: Diego Lara

# INTRODUCCIÓN

Retrato de Tolstói en la época en que escribió *Anna Karénina* (óleo de Ivan N. Kamskoi).

> Escribir para el pueblo es escribir para el hombre de
> nuestra raza, de nuestra tierra, de nuestra habla... Es lla-
> marse Cervantes en España; Shakespeare en Inglaterra;
> Tolstói en Rusia[1].

EN la obra de Tolstói se reflejó toda una época de la vida
de Rusia, desde la abolición del régimen de servidumbre
en 1861 hasta la primera revolución rusa del año 1905.
Puesto que comenzó a escribir hacia mediados del siglo XIX,
época en la que aún existía en Rusia el régimen de servidumbre, y murió pocos años antes de la revolución de 1917 (en
1910), su figura encarna y sintetiza las diversas fases de la cultura rusa en su evolución, a través de los siglos XIX y XX.

Tolstói continuó a su manera el proceso de democratización
de la literatura, planteó problemas de tal envergadura, supo
elevar el realismo psicológico y crítico a alturas tan inusitadas,
que, hacia finales del siglo XIX, ocupó el primer lugar en la escena espiritual del mundo y llenó toda una época de la literatura rusa.

Tolstói es un artista de la realidad.

> Aquel que ve claramente, no necesita inventar; el que con-
> templa poéticamente, novelescamente, no necesita fantasear.
> Tolstói ha mirado con sus sentidos durante toda su vida y lue-
> go ha plasmado lo que ha visto; no conoce el ensueño, sino la
> realidad[2].

---

[1] Machado, A., *Antología de su prosa,* por Sánchez Albornoz Aurora, Madrid,
Cuadernos para el diálogo, 1970, VII, págs. 205-208.
[2] Zweig, S., *Obras completas, Biografías,* Barcelona, Juventud, 1978, pág. 1137.

Nadie ha descrito los aspectos eternos del destino del hombre con más veracidad que Tolstói. Los personajes de sus novelas parecen haber sido engendrados del mismo modo que los seres reales, «por la gran erupción vital del universo».

No le bastó con ser escritor. Fue, además, filósofo, predicador, fundador de una nueva religión y ardiente defensor de los derechos del hombre. Para todo tenía su propia opinión, no reconocía ninguna autoridad, rechazaba cualquier norma establecida de pensamiento.

Tolstói era paradójico en sus criterios. En su obra observamos una sorprendente dualidad: por un lado fustigaba la explotación y la arbitrariedad del régimen capitalista, la contradicción entre el crecimiento de la riqueza, las conquistas de la civilización y el aumento de la pauperización de los trabajadores. Por otro lado, como representante del campesino patriarcal y apóstol del cristianismo primitivo, predicaba la doctrina de la no resistencia al mal mediante la violencia, cultivaba la teoría de que la única cosa capaz de aproximar y conciliar a los hombres es su relación con Dios y su aspiración a Él.

El siglo xix ha sido calificado como «el gran siglo de la novela». Y en efecto, cien nombres ilustres de toda Europa crearon en él obras inmortales. Entre éstas, *Anna Karénina* ocupa un lugar predilecto.

## Los primeros años

Lev (León) Nikoláevich Tolstói nació el 28 de agosto de 1828 en Yásnaia Poliana, una aldea rodeada de frondosos bosques de la provincia de Tula, a 200 kilómetros al sur de Moscú, en el seno de una familia aristocrática. El futuro escritor era hijo del conde Nikolai Illich Tolstói, teniente coronel retirado, que participó en la guerra de 1812, y de la princesa María Nikoláievna Volkónskaia, dueña de una considerable fortuna, que aportó al matrimonio, entre otras propiedades, la finca de Yásnaia Poliana. Ésta había sido construida a finales del siglo xviii, por el padre de la princesa Volkónskaia, un aristócrata instruido, que tuvo su época de esplendor en los tiempos de Catalina la Grande.

Entre los condes de Tolstói hubo algunos que se distinguieron como militares, marinos, cancilleres, diplomáticos y hombres de letras. Un antecesor del escritor tradujo al ruso *Las metamorfosis* de Ovidio.

Tolstói nació bajo el reinado de Nicolás I *Palkin*[3], cuando el oficial azotaba al soldado y el señor al siervo. Entre la época de Catalina II y el principio del siglo XIX nada había cambiado en el campo: jerarquía, tradición, todo permanecía inmutable.

Tolstói tenía tres hermanos y una hermana. Los primeros años de su vida transcurrieron en contacto directo con la naturaleza, en los hermosos bosques y el parque que rodeaban la finca. Los bosques y el parque fueron partícipes de los juegos de los niños, testigos de sus penas y de sus alegrías, en aquellos días «claros, suaves, gozosos, poéticos y misteriosos», como los califica Tolstói en su primer ensayo literario, que luego incluyó en su trilogía autobiográfica *La infancia, La adolescencia, La juventud* (1852-1856).

Cuando Tolstói apenas contaba dos años, murió su madre, mujer inteligente y muy instruida, dejando cinco hijos: una niña, la menor de los hermanos, llamada María, y cuatro niños: Serguiéi, Dmitri, Nicolái y Lev. Éste recibió la educación que correspondía a un noble de su linaje, tuvo tutores rusos y franceses, institutrices inglesas y un enjambre de criados siervos.

De forma imperceptible, Tolstói fue adquiriendo aquel amor «casi físico» a la naturaleza rusa y a los *mujiks*[4], cuyas miserables isbas se amontonaban en las cercanías de la finca, a sus hábitos, conceptos, canciones, lenguaje, y conservó ese amor durante toda su vida como característica más acusada.

En 1877 la familia se trasladó a Moscú para que los chicos prosiguiesen sus estudios. Al año siguiente el padre de éstos falleció repentinamente, en plena calle, víctima de un ataque de apoplejía. La tutela de los huérfanos fue confiada a las hermanas del difunto conde, en particular a Yushkova, esposa del gobernador de Kazán.

En 1844 Tolstói supera los exámenes en la Universidad de

---

[3] En ruso se deriva de palo, garrote.
[4] Antiguamente, campesino.

Kazán, en la Facultad de Lenguas Orientales, con miras a seguir la carrera diplomática, como su abuelo materno, que fue embajador plenipotenciario de Rusia en Berlín. Mas pronto se decepciona de esos estudios, prefiriendo las distracciones mundanas y la lectura. Pushkin, Lérmontov, Schiller, Prescott, Stendhal, Sterne y, sobre todo, Jean-Jacques Rousseau son sus autores preferidos. «Rousseau y el Evangelio fueron mis dos grandes manantiales del saber», diría pasado el tiempo.

Estudia *El espíritu de las leyes* de Montesquieu y proyecta escribir un trabajo sobre *El decreto* de Catalina II. Lee a Voltaire, y los ataques del filósofo contra el dogma religioso «no sólo no le sublevan, sino que le divierten», como subraya después en sus *Confesiones*.

Al cabo de un año, abandona la Facultad de Lenguas Orientales y pasa a la de Derecho. Decepcionado del ambiente burocrático que reina en la Universidad de Kazán y de la vida social en los salones aristocráticos de la ciudad, abandona sus estudios en el segundo curso, y en 1847 se retira a Yásnaia Poliana, cuya propiedad había heredado de sus padres, con el fin de «asentarse en la vida». Durante los últimos meses de su estancia en Kazán ahonda en sus ideas de perfeccionamiento y del *comme il faut*. En su opinión, el sentido de la vida consiste en la perfección moral.

A los diecinueve años se encuentra dueño de 330 campesinos y 1.500 hectáreas de tierra. El joven terrateniente decide consagrar todas sus fuerzas a mejorar la vida de sus siervos, ser su bienhechor, educarlos. Todavía no es capaz de comprender en toda su magnitud las contradicciones y la barrera que separa a los terratenientes de los campesinos-siervos.

Pese a la sinceridad de sus propósitos, los *mujíks* lo acogen con desconfianza y temor. Más tarde Tolstói describirá ese aspecto de su actividad en un relato titulado *La mañana de un terrateniente* (1852), cuyo protagonista es el príncipe Nejliúdov, que tiene veinte años y ha abandonado la universidad para consagrarse a las buenas acciones. Dedica un año a practicar el bien entre sus siervos, pero en una visita a los campesinos tropieza con la indiferencia burlona, la desconfianza rutinaria y la ingratitud de éstos. Todos sus esfuerzos son vanos. Se siente desmoralizado, vencido, abochornado.

Decepcionado de sus planes, Tolstói decide ocuparse seriamente de su educación. Estudia Derecho Romano, inglés, latín; se perfecciona en los idiomas francés y alemán, estudia italiano, medicina práctica, tan necesaria en el campo, y agricultura. Repasa las matemáticas, por las cuales experimenta «verdadera afición», y practica diariamente diversos ejercicios de gimnasia, bajo la dirección del francés Mr. Poiré, maestro de armas.

Pero el ocio, la vida sin una ocupación determinada, no pueden satisfacer al escritor. Siente la necesidad perentoria de cambiar de vida, y en 1851, siguiendo en consejo de su hermano mayor Nikolái, que está sirviendo como oficial en el ejército del Cáucaso, parte para ese lugar y se alista como cadete en una brigada de artillería, ubicada en la *stanitsa*[5] Starogladóvskaia, a orillas del río Tiérek. En el Cáucaso, al tiempo que se destaca por su valor en la lucha contra los montañeses, desarrolla con tesón su actividad literaria.

En otoño de 1851, en Tbilisi, comienza la primera parte de su trilogía autobiográfica *La infancia*, que terminará en junio de 1852 en Piatigorsk. Se la envía a Nekrásov[6] y éste la publica en *El Contemporáneo*, la revista más progresiva del momento, que dirige él mismo.

El relato obtiene un éxito rotundo por su encanto poético y su conmovedora delicadeza. Se siente la influencia de Dickens y de Sterne.

En este ensayo, penetrado de un dulce sentimentalismo juvenil, se manifiesta poco la personalidad de Tolstói. Más tarde proscribe de sus novelas ese sentimentalismo, y así en *Adolescencia* (1854) revela una psicología más original, en tanto que *Juventud* es una novela de rara franqueza y, en momentos, de gran frescura poética.

En esa trilogía autobiográfica (1852-1856), con la que inicia su actividad literaria, Tolstói se propone estudiar tres periodos de la vida del hombre: la infancia, cuando los intereses del niño se centran en el seno familiar; la adolescencia, cuando se despiertan diversos intereses y se empieza a tener conciencia

---

⁵ Pueblo de cosacos.
⁶ Nekrásov, Nikolai Aleksiéevich, poeta (1821-1878).

de las dificultades de la vida y de las relaciones humanas, y la juventud, cuando se plantea el dilema del sentido de la vida y comienza a formarse la personalidad.

Continúa escribiendo novelas cortas, en las que narra sus impresiones de la vida local y diversos episodios bélicos. Analiza las cualidades que debe poseer un hombre para ser intrépido, y esas cualidades las descubre en el pueblo, en los soldados rasos. Por eso los años vividos en el Cáucaso son de una importancia decisiva para el escritor.

En 1884 le ascienden al grado de alférez y es trasladado a Sebastópol, en la península de Crimea, donde los rusos luchan contra los franceses, los ingleses y los turcos. El hecho de vivir durante meses enfrentado a la muerte, rebosando exaltación patriótica, hace que se acentúe en Tolstói su misticismo religioso:

> He concebido una gran idea, a cuya realización me siento capaz de consagrar mi vida entera. Esa idea es fundar una nueva religión, la religión de Cristo, pero purificada de dogmas y de misterios... Obras con conciencia limpia, con el fin de unir a los hombres mediante la religión,

anota en su Diario el 5 de marzo de 1855.

El sitio de Sebastópol le inspira tres nuevos relatos: *Sebastópol en diciembre de 1854, Sebastópol en mayo de 1855* y *Sebastópol en agosto de 1855.* Los envía a la revista *El Contemporáneo,* que los publica inmediatamente. Estos relatos épicos no sólo tienen un valor documental, sino también artístico, y pueden considerarse como el preludio de la obra magistral de Tolstói, *Guerra y paz.* En ellos el genio analítico del escritor alcanza una intensidad sobrecogedora. En su segundo relato, en medio de las escenas de batalla, en las que agonizan miles de hombres, rodeados de un espléndido paisaje, Tolstói maldice la guerra impía:

> ¡Y estos hombres, cristianos que profesan la misma ley grande de amor y de sacrificio, mirando lo que han hecho, no caen de rodillas, arrepentidos, delante de Aquél que, dándoles la vida, ha puesto en el alma de cada uno, con el miedo a la muerte, el amor del bien y de la belleza! ¡Y no se abrazan con lágrimas de alegría y de felicidad como hermanos![7].

---

[7] Rolland, Romain, *Leon Tolstoi, Biografías,* traductor: Ángel S. Salcedo, Madrid, La Nave, 1935, pág. 68.

Las obras del joven oficial atraen la atención de los círculos literarios. «Ese oficialillo nos dejará pequeños a todos», afirma A. F. Pisiemski. Y Turguiénev profetiza:

Ese vino es todavía joven, pero cuando fermente, producirá una bebida digna de los dioses[8].

En febrero de 1855 muere el zar Nikolái I y todo el ejército presta juramento al nuevo zar Alejandro II. El país acoge ese acontecimiento con alivio y esperanza.

A finales de 1856 Tolstói abandona el ejército y se traslada a Peterburgo. «Mi carrera está en las letras. ¡Escribir! ¡Escribir!», afirma en su Diario el 10 de octubre de 1855.

Los círculos literarios de la capital le brindan una calurosa acogida. Se desconoce qué postura va a adoptar el nuevo escritor frente a las tensiones políticas y literarias que imperan en esos círculos. Tanto los liberales como los demócratas-revolucionarios, capitaneados por Chernyshevski[9], tratan de atraerlo a su lado. Pero Tolstói no se une a ninguno de los dos bandos y emprende su propio camino, interpretando a su manera los acontecimientos de la época.

Ese mismo año termina el cuento *La borrasca*, la novela *Dos húsares* y publica el texto completo de *Notas de un tanteador de billar*, en el que plantea uno de los problemas centrales de su obra: la educación del hombre.

En enero de 1857 Tolstói viaja al extranjero, donde permanece cerca de medio año. Visita Alemania, Suiza, Francia e Italia. Pasa seis semanas en París donde conoce a Xavier Marmier[10] y ve casi a diario a Turguiénev. Allí, en abril de ese mismo año, presencia el espectáculo de una ejecución, después de lo cual anota en *Confesiones*:

---

[8] Zercháninov, A. A., Raijin, D. Ia., *Rússkaia literatura*, Moscú, Prosveshchenie, 1966, pág. 248.

[9] Chernyshevski Nikolai Gavrílovich (1828-1889), economista y crítico literario, redactor jefe de *El Contemporáneo*, por encargo de Nevkrásov, autor de la famosa novela *Shto delat'i? (¿Qué hacer?)*. (Ed. esp., Júcar, 1985.)

[10] Xavier Marmier (1809-1892), escritor francés, historiador y crítico de literatura, eminente investigador, divulgador y traductor de los autores rusos.

Cuando vi la cabeza desprenderse del cuerpo y caer en el cesto, comprendí con todas las fuerzas de mi ser que ninguna teoría sobre la razón del orden existente podía justificar tal acto.

De París sale para Suiza, donde vive tres meses y medio. En Suiza escribe el cuento, *Lucerna* (1857), en el que narra un caso del que fue testigo involuntario: frente al hotel Grüdenwalden, el más selecto de la ciudad de Lucerna, donde se aloja, un músico ambulante canta aires tiroleses acompañándose con la guitarra. Los clientes del hotel se agrupan en las ventanas y en la terraza para escucharle, pero cuando termina la canción y el músico, con el rostro demacrado, se quita el gorro y lo tiende esperando que le arrojen algunas monedas, nadie lo hace. El desdichado espera largo rato y al fin se aleja cabizbajo, en tanto que la multitud de lacayos y de ociosos señoritos insolentes le siguen con la mirada riéndose y burlándose de él.

Tolstói, profundamente indignado, insulta a los criados y a los señores, y al día siguiente abandona el hotel y se instala en una pensión modesta.

Sin embargo, el relato *Lucerna* termina de forma inesperada. Su autor llega a la conclusión de que no tiene derecho a juzgar a los demás por el mal que cometen, ya que en el mundo existe cierta «armonía infinita», incomprensible para el hombre. Puede decirse que en *Lucerna* aparecen por primera vez los síntomas esenciales de lo que se. ha dado en llamar «tolstoísmo»: la fe en un espíritu eterno y en los orígenes eternos de la moralidad.

Pese a que en Europa las libertades democrático-burguesas se le antojan hipócritas y sofisticadas, a su regreso a Rusia la situación de los campesinos siervos le horroriza mucho más que antes: «¡En Rusia todo es abominable, abominable, abominable!», exclama.

Vuelve a encerrarse en Yásnaia Poliana, donde intenta nuevamente aproximarse a los campesinos. Ya se sabe por su cuento *La mañana de un terrateniente* que sus tentativas de remediar el mal social en sus relaciones con los *mujiks* no obtuvieron éxito alguno. Ahora trata de abordar ese problema con más firmeza y profundidad que antes. Le obsesiona la idea de las relaciones entre el señor y los *mujiks* y elabora un proyecto para liberar a los campesinos del régimen de servidumbre. Busca nuevas formas de resolver ese problema y llega a la conclusión de que uno de los medios de pagar al pueblo por la miseria, la humillación y el sufrimiento en el que vive sumido es educarlo. Y decide emprender esa tarea, convirtiéndola, al poco tiempo, en la «finalidad» primordial de su vida, en su deber más sagrado.

En 1859 comienza a trabajar en su finca de Yásnaia Poliana como maestro nacional. Además de las asignaturas propias de la enseñanza primaria, se dan también clases de música y de dibujo. En 1860 la práctica de esa actividad le lleva de nuevo a Europa, donde se informa de las últimas aportaciones a la pedagogía. Visita Alemania, Francia, Italia, Bélgica e Inglaterra. En marzo de 1861 conoce a Hertsen[11] en Londres.

El enfoque europeo de la enseñanza no le satisface, y cuando al cabo de nueve meses regresa a Rusia comienza a hacer las cosas a su manera. Introduce el sistema de «educación libre», cuyo principio esencial radica en practicar la enseñanza, no según rígidos programas establecidos, sino despertando la curiosidad y la espontaneidad naturales del niño, poniéndole en contacto directo con la Naturaleza, consiguiendo con ello que los estudios le resulten gratos.

Esas ideas en materia de educación se las debe a su antiguo ídolo Jean-Jacques Rousseau y a Montaigne que, según anota en su Diario el 5 de agosto de 1860, «fue el primero en expresar claramente la idea de libertad en la educación». Y a la palabra «libertad» él añadía otra: «igualdad». Lo mismo que Rousseau, afirma que la naturaleza humana es buena y la civilización mala. De ahí deduce que siendo Rusia el país más atrasado y, por ende, el menos corrompido por el progreso, resulta la tabla rasa donde los nuevos educadores podrán inscribir mejor su pensamiento. Y en este país puro, lo más limpio, lo más inmaculado es la infancia.

Los niños de la escuela de Yásnaia Poliana no tienen debe-

---

[11] Hertsen, Alexander Ivánovich (seudónimo «Iscander»), 1812-1870, escritor, filósofo y revolucionario. Perseguido en su país, pasó al extranjero, donde vivió los últimos años de su vida. La editorial Alfaguara ha publicado recientemente sus *Memorias, recuerdos y reflexiones,* con un prólogo de A. Zviguilski.

res que hacer en casa, ni notas, ni exámenes, ni clasificaciones, ni recompensas, ni castigos. El programa de estudio es un plan de materias ofrecido a la curiosidad infantil.

Como propaganda de sus ideas pedagógicas, Tolstói crea la revista *Yásnaia Poliana* (1862-1863). Ésta agrupa a los maestros de las escuelas comarcales que se sienten atraídos por el sistema pedagógico de Tolstói.

Hacía algunos años que a Tolstói le rondaba en la cabeza la idea de la muerte. En 1858-59 escribe *Tres muertos*, donde «se anuncia ya el sombrío análisis de *La muerte de Iván Illich* (1886), la soledad del moribundo, su odio a los vivos, sus «¿por qués?» desesperados»[12].

En septiembre de 1860 muere de tisis Nikolái, el hermano mayor de Tolstói, y esa muerte le transtorna hasta tal punto que quebranta en él la fe en el bien y en el arte.

En 1859 publica, en Bruselas, *Felicidad conyugal* y en 1861 *Polikushka*, pequeña obra maestra, rica en detalles de observación.

Ese mismo año, Tolstói es nombrado árbitro territorial en el distrito de Krapivna, y en ese cargo se esfuerza por defender al pueblo contra los abusos del poder. Al mismo tiempo trata de introducir en la explotación agrícola un espíritu más humano.

El país se halla en plena efervescencia social, agitado por una fiebre de renovación. Ya la derrota en la guerra de Crimea (1854-1855) puso de manifiesto todas las taras del antiguo régimen. El nuevo zar, Alejandro II, no es ajeno a la necesidad de reformas y está dispuesto a concederlas, pero sólo hasta cierto punto. Y presionado por la opinión pública, resuelve el problema más acuciante que tiene el país, centro de todas las inquietudes sociales: el de la servidumbre. En diciembre de 1861 se publica un decreto por el que se libera a millones de campesinos siervos. Éstos, sin embargo, deben pagar a sus amos por su emancipación indemnizaciones basadas en un sistema de plazos.

En una carta dirigida a Hertsen, Tolstói escribe a propósito del decreto:

---

[12] Rolland, R., *op. cit.*, pág. 81.

Los *mujiks* no comprenderán una sola palabra y nosotros no confiaremos en él lo más mínimo. Además, no me gusta el tono benevolente del Manifiesto. Parece como si rebosase caridad hacia el pueblo, cuando, en esencia, sólo contiene promesas[13].

En 1862, en ausencia del escritor, la policía practica un registro en su finca de Yásnaia Poliana, revuelve todos los papeles y cierra la escuela.

Ese mismo año, Tolstói se casa con Sofía Andriéevna Bers, hija de un destacado médico moscovita, a la que casi dobla la edad. Sofía se convierte en «una verdadera esposa» de escritor. Pone gran entusiasmo en la obra de su marido, trabaja con él, escribe bajo su dictado, copia sus borradores.

En 1863, en el *Noticiario de Rusia,* aparece la novela de Tolstói *Los cosacos,* la obra más importante de las que escribió al comienzo de los años 60. En ella Dmitri Olienin, un joven aristócrata, desilusionado de la vida vacía que lleva en la alta sociedad de la capital, busca la dicha y la libertad en el esplendor de las montañas del Cáucaso. Aquí trata de llevar la misma vida sencilla de los cosacos del Tiérek, y esa vida se describe no sólo como algo superior a la vida de la capital, sino también como algo inaccesible para un aristócrata, en cuyos deseos de «simplificarse» no creen los cosacos ni tampoco cree él mismo.

### A LA MEDIDA DE SU GENIO

Estabilizada su situación material y espiritual mediante el matrimonio, Tolstói busca ahora un asunto a la medida de su genio. Después de varias vacilaciones se decide al fin por una gran novela, una colosal epopeya de cuatro tomos, que titula *Guerra y paz* (1864-1869), cuya acción se desarrolla entre 1805 y 1820, es decir, entre las primeras campañas rusas contra Napoleón y la sublevación de los Decembristas. «Sin falsa modestia, creo que es algo así como *La Ilíada»,* dice Tolstói a propósito de su nueva novela.

---

[13] Petrov, S. M., *Istoriia russkoi literatury XIX- ovgo veka,* Moscú, Prosveshchenie, 1974, pág. 437.

La crónica de los acontecimientos, con la detallada narración de la invasión napoleónica en 1812, despliega un grandioso panorama político y social de uno de los periodos más turbulentos de la historia de Rusia, periodo que fue de una importancia capital para los destinos de Europa.

La novela, con más de 600 personajes, de los cuales 200 existieron en la realidad histórica, 20 batallas e infinidad de escenas de la vida cotidiana, exige el estudio de un vastísimo material. Cualquier detalle, cualquier minuciosidad, están perfectamente documentados. Tolstói incluso viaja, en septiembre de 1867, al lugar donde tuvo lugar la famosa batalla de Borodinó que, es sabido, decidió el curso de la guerra contra Napoleón. Recorre a pie todo el campo para hacerse una idea mejor del curso de los combates y del estacionamiento y movimiento de las tropas.

> Estoy muy, muy satisfecho de mi viaje. Y si Dios me da salud y sosiego describiré la batalla de Borodinó como nadie la ha descrito hasta ahora[14],

dice en una carta dirigida a su mujer. Estudia asimismo, detenidamente, todos los detalles referentes a la época. Para vestir correctamente a sus personajes incluso consulta la moda parisina de principios del siglo XIX en *El Noticiario de Europa* y *El archivo ruso* de P. I. Bartiénev, gran conocedor de la antigüedad rusa.

En la novela no hay un argumento cuidadosamente contruido, la acción fluye como un torrente, semejante a la vida misma. Tolstói describe a los «hombres del destino»: Napoleón y sus mariscales, el zar Alejandro I y sus generales y especialmente a Kutúzov, comandante en jefe que derrotó a los franceses.

En su opinión, Kutúzov encarna los sentimientos patriótico-nacionales del pueblo ruso, su fe en el valor y la fuerza del soldado ruso y en la victoria final sobre el enemigo. Ya en su relato inacabado *Cómo mueren los soldados rusos*, concebido

---

[14] Kuleshov, V. I., *Istoriia russkoi literatury XIX- ovgo veka*, 70-90- e gody. Moscú, Russkaia shkola, 1983, pág. 231.

en 1854, durante su estancia en Kishiniov en calidad de oficial, Tolstói escribía:

> ¡Grandes son los destinos del pueblo eslavo! No en vano le ha sido dada esa sosegada fuerza de espíritu, esa infinita sencillez y esa inconsciencia de su fuerza![15].

En la novela, la estrategia de Kutúzov consiste en la fusión de dos fuerzas: la paciencia y el estado moral del ejército, del que se preocupa constantemente. La paciencia y el saber esperar el momento oportuno no significaban que Kutúzov adoptara una actitud pasiva y que no pretendiera dirigir el curso de los acontecimientos, como opinan algunos críticos europeos, sino todo lo contrario.

Si Kutúzov simboliza la voluntad y la sabiduría popular, Napoleón encarna un falso concepto de la historia. Es individualista y egocéntrico.

> Kutúzov representa las leyes misteriosas, pero férreas de la historia. Napoleón viola esas leyes insolentemente, lo desprecia todo, no reconoce nada, excepto su propia voluntad. Contraponiendo ingenuamente su propio *ego* a la misma historia, se condena a un fracaso inevitable[16].

Al final de la novela, la paz triunfa sobre la guerra, y el encuentro de Pier con Natasha se interpreta como símbolo de esa victoria, de la vuelta a la vida.

No menos rica resulta la descripción de las vidas individuales de los protagonistas de *Guerra y paz*. Dentro de ese plan, Tolstói muestra, en varias generaciones, la historia detallada de tres familias: los Rostov, los Bolkonski y los Bezújov. Todos esos personajes, que representan a los terratenientes y a la aristocracia, cuyo modo de vida Tolstói conocía y amaba, están inspirados en la vida real.

El príncipe Andriéi Bolkonski es un intelectual, un hombre de inteligencia poco común, muy dado al autoanálisis, dotado de gran fuerza de voluntad y de firmeza de carácter.

---

[15] Chelyshev, B. D., *Rússkie pisáteli v Moldavii*, Kishinev, Karta Moldaveniaske, 1981, pág. 73.

[16] Petrov, S. M., *op. cit.*, pág. 458.

Cuando empieza la guerra de 1812, se alista voluntario en el ejército. Se niega a servir en un puesto privilegiado del estado mayor, prefiriendo el ejército activo. En el frente, cerca de Austerlitz, arrastra heroicamente detrás de sí a los soldados y cuando cae herido, con la bandera en la mano, oye las palabras del mismo Napoleón que ensalzan su valor: «He aquí una hermosa muerte.» Y el príncipe Bolkonski, que antes veneraba a Bonaparte, sólo ve ahora ante sí a un hombre pequeño, de uniforme gris, con tricornio, intruso y ambicioso.

En Yaroslav, adonde le trasladan los Rostov, ante la presencia de Natasha, Andriéi vuelve a reflexionar sobre el sentido de la vida, el amor y la muerte:

> Todo lo que existe, existe solamente porque amo. El amor es la vida y el amor es la muerte.

Pier Bezújov, menos intelectual que el príncipe Bolkonski y también menos ambicioso, está concebido como un hombre que se apoya por entero en los sentimientos. Pensador, soñador, al igual que Andriéi es de naturaleza complicada. Inteligente y, al mismo tiempo, tímido, observador, sencillo, trata de estar a bien consigo mismo. Intenta incansablemente buscar un sentido a la vida, que armonice con sus exigencias espirituales y que le proporcione una satisfacción moral. En ese aspecto se parece a Andriéi Bolkonski.

Lo mismo que éste, intenta ayudar a sus campesinos, construye escuelas, hospitales, y como Andrei, se decepciona de esa actividad. También él participa en la batalla de Borodinó. Proyecta asesinar a Bonaparte, pero es apresado junto con los «incendiarios» de Moscú y está a punto de ser fusilado con ellos.

Y Natasha Rostova es el personaje más exquisito de la novela. De corazón radiante, bondadoso y apasionado; femenina, sincera, espontánea, confiada, al principio es la niña de trece años, amada por todos. También ella se entrega por entero a la causa de la patria en la guerra de 1812; cuida abnegadamente de los enfermos, insiste en ceder a los heridos la mitad de su casa y en poner al servicio de la nación casi todos los bienes familiares.

En el epílogo, que transcurre en 1820 y es una transición de la época napoleónica a la de los Decembristas, la vemos casada con Pier Bezújov, y es en el seno del hogar donde verdaderamente se encuentra a sí misma, donde halla su puesto en la vida. Todos sus intereses se centran en su esposo y en sus hijos. Intuye cuál es la causa a la que se ha consagrado Pier, y cuando éste le habla de la «asociación secreta», a la que pertenece, ante ella se descubre un nuevo mundo. Cree en las ideas de su marido, las considera grandes y elevadas y por ellas está dispuesta a seguirle, si es preciso, incluso a Siberia.

Alrededor de estos personajes se agrupan otros, más o menos importantes, todos individualizados y descritos de forma admirable: la princesa Bolkónskaia, Nikolái Rostov, Sonia, toda una galería de tipos que no tiene parangón en la literatura europea. Para lograr esa exposición, Tolstói hace innumerables esbozos, consulta en las bibliotecas, revisa sus archivos de familia y recurre a sus recuerdos personales.

Con *Guerra y paz* Tolstói crea una epopeya monumental: novela histórica y social, canto épico nacional, crónica de tres familias, todos esos géneros se conjugan armoniosamente en la obra, formando un todo cabal, que hace de ella una de las novelas más importantes de la literatura universal.

Después de publicar *Guerra y paz,* Tolstói vuelve a la labor pedagógica. En 1872 escribe un Abecedario, por el que, según sus propias palabras, espera que estudien dos generaciones de niños rusos de todas clases sociales. Una vez publicado el Abecedario, el autor dice: «Ahora puedo morir tranquilo.» Paralelamente edita cuatro libros como ayuda a la primera enseñanza. Muchas historietas de esos libros, como *El tiburón, El viejo caballo, Cómo enseñan los lobos a los lobeznos,* etc., constituyen incluso hoy día un valioso material para la lectura infantil.

En 1873 comienza a escribir *Anna Karénina,* su obra más hermosa artísticamente, la novela social más grande de la literatura rusa, que la termina en 1877. En ella están presentes los problemas que ya en los años 50 y 60 comenzaron a inquietar al escritor: El sentido y la finalidad de la vida; los destinos de la nobleza y del pueblo; las relaciones entre la ciudad y el campo; la vida y la muerte; el amor y la felicidad; la familia y el matrimonio. La novela es un reto a la falsedad, a la mentira, «a la charlatanería de los liberales, a la caridad mundana, a la religiosidad de salón, a la filantropía»[17], a las leyes inexorables de la sociedad para castigar el pecado.

## «No resistáis al mal»

Después de escribir *Anna Karénina,* Tolstói se siente cada vez más absorbido por la profunda crisis moral, de la cual hace una detallada relación en *Confesiones* (1879-1881), así como del cambio que se ha operado en él después de intentar aproximarse al «pueblo trabajador», es decir, a los campesinos. «La vida de nuestro círculo de ricos ilustrados no sólo ha llegado a repelerme, sino que ha perdido para mí todo su sentido», escribe.

No era nuevo aquello. Ya en el epílogo a *Anna Karénina* hacía alusión a la dolorosa revolución moral que estaba experimentando. La crisis de los años 80 sólo es la coronación de una larga y complicada trayectoria de búsquedas, titubeos, contradicciones. Ahora simpatiza con el campesinado patriarcal y reniega del Estado, de la Iglesia, de la propiedad, del modo de vida y de la moralidad de las clases privilegiadas. El camino hacia la felicidad lo concibe en la perfección moral de los individuos y en la práctica de la austeridad.

Como piedra fundamental de su doctrina coloca las palabras del Evangelio: «No resistáis al mal.» Pero luego añade: «No resistáis al mal mediante la violencia.» Lo que hace falta, según él, es una revolución religiosa. A los hombres no les debe unir el Estado, ya que éste se apoya en el poder de la fuerza, sino «un impulso eterno de fraternidad». Así Tolstói declara abiertamente la guerra a la Iglesia y a todas las instituciones del Estado, al que no pretende destruir mediante la violencia, sino de un modo pasivo, debilitando su autoridad, haciendo que los demás le vuelvan también la espalda y que acabe así por desaparecer por sí mismo.

De forma especial arremete contra la Iglesia. Ya trata a la religión de «insensata», de «mentira consciente a interesada» *(Crítica de la teología dogmática,* 1879-1881), ya la contrapone al

---

[17] Rolland, R., *op. cit.,* pág. 112.

Evangelio *(En qué consiste mi fe,* 1883), ya reprocha a la Iglesia su «alianza impía con el poder temporal» *(La Iglesia y el Estado,* 1882). «Sólo le falta afirmar la santidad del Estado y la santidad de la violencia», y refiriéndose a la Iglesia dice:

> El hombre no es más que una caña, la más débil de la Naturaleza, pero es una caña que piensa... Toda nuestra dignidad consiste en el pensamiento... Hagamos, pues, por pensar bien: he aquí el principio de la moral[18].

Así surge lo que se ha dado en llamar «tolstoísmo», doctrina que en los años 80 tuvo muchos seguidores, pertenecientes a las más diversas categorías intelectuales.

En 1881 los condes de Tolstói se trasladan a Moscú, a causa de los estudios de sus hijos (tuvieron un total de trece hijos). En el callejón Jamovnicheski (actualmente, calle de Lev Tolstói), éste adquiere un pequeño palacete de dos plantas, situado al fondo de un hermoso jardín. Aquí el escritor vive diecinueve inviernos, ya que los veranos los pasa invariablemente en su finca de Yásnaia Poliana. Ésta, hacia finales del siglo XIX, se convierte en un original centro cultural, adonde acuden los hombres más insignes, procedentes de todos los confines de Rusia y de otros países, con el fin de conocer a Tolstói.

En Moscú, el escritor lleva la misma vida sencilla que en el campo. Él mismo transporta el agua para su casa en un trineo, parte leña, aprende el oficio de zapatero remendón. Hasta la vejez conserva una magnífica fuerza física. A los setenta años todavía patina en la nieve, a los setenta y cinco anda en bicicleta, a los ochenta monta a caballo. No conoce ninguna enfermedad; nunca, en sus diez horas diarias de trabajo, se adueña de él la fatiga.

En 1882 participa en el censo de la población de Moscú, y la miseria de la gran ciudad le produce una impresión espantosa. Cuando contempla la plaga oculta de la civilización, cae en la más honda desesperación y su conciencia no descansa hasta que encuentra el modo de denunciar la injusticia. Entonces escribe *¿Qué debemos hacer?* (1884-1886), obra que marca el difícil

---

18 Rolland, R., *op. cit.,* pág. 124.

camino que Tolstói iba a emprender en nombre del Evangelio, solo, fuera de todos los partidos.

En la primera parte describe pictóricamente la miseria de la gran ciudad, tal como él la vio en sus visitas a las barriadas pobres y a los refugios de noche, los harapientos hundidos, perdidos en la pobreza y en el vicio. Y expone con audacia el motivo del mal:

La verdadera causa de la miseria son las riquezas acumuladas en las manos de los que no producen.

Y también:

La propiedad es la raíz de todo mal, de todos los dolores, y siempre hay peligro de choques entre los que gozan de superabundancia y los que nada tienen.

Los ricos son, ante todo, responsables de la injusticia social. «Después, el Estado asesino. La Iglesia, asociada. La ciencia y el arte, cómplices», sólo Chéjov, con su censo de los condenados a cadena perpetua en la isla de Sajalín, superaría después la narración de Tolstói.

Pero al aplicar el remedio contra el mal social, en la segunda parte, los conceptos del escritor se vuelven oscuros, inconsistentes.

En *¿Qué debemos hacer?*, Tolstói arremete por primera vez contra la ciencia y el arte. Subraya ante todo que no niega el arte ni la ciencia y que no solamente no los niega, sino que es en su nombre en el que desea «arrojar a los mercaderes del templo» y que «la ciencia y el arte son tan necesarios como el pan y el agua, acaso más necesarios...». La esencia de la actividad de la ciencia y del arte es el sacrificio. Sacrificio y sufrimiento, tal es la suerte del pensador y del artista. Su finalidad es el bien de los hombres.

No es el pensador y el artista el que recibe diplomas y subvenciones, lo es el que sería feliz sin pensar ni expresar lo que lleva dentro del alma, pero que no puede evadirse de hacerlo, porque le obligan a ello dos invisibles: su necesidad interior y su amor a los hombres. No hay artistas inflados, gozadores y satisfechos de sí[19].

Pero el arte de su tiempo, en su opinión, está adulterado, es un lujo fútil, voluptuoso, impío e inmortal. Los ricos, las clases privilegiadas, han hecho de él un monopolio, apropiándose del criterio de la belleza, con lo cual el arte se ha empobrecido.

En el futuro, el arte deberá suprimir la violencia. Sólo él puede hacerlo. Su misión será conseguir que reine el amor sobre la tierra.

Tolstói llega a renegar de toda su obra anterior. Entonces comienza a escribir relatos cortos, en los que se propone como finalidad primordial educar al pueblo. Esas historias aparecen en la Colección «Cuentos populares», con los títulos: *¿De qué viven los hombres?* (1881), *Dos ancianos* (1884), *El ahijado* (1886), *El pequeño cirio* (1885), *¿Hace falta mucha tierra para un hombre?* (1886). Todas ellas están impregnadas del espíritu del Evangelio, de amor casto y puro entre todos los hombres y de sabiduría popular, y en ellos Tolstói utiliza ampliamente los medios estilísticos del folklore y de las *bylinas*[20].

> Yo creo que mi vida, mi razón y mi luz me han sido dadas exclusivamente para iluminar a los hombres. Creo que mi conocimiento de la verdad es un talento que se me ha prestado para tal objeto[21], escribe al final de su trabajo *En qué consiste mi fe*.

Esa tendencia aleccionadora se siente también en otras obras suyas más importantes, escritas asimismo entre los años 80 y 90: *La muerte de Iván Illich* (1886) y *La sonata de Kreutzer* (1887). En la primera, un rico funcionario, arribista, carente de inquietud e ideal, vive sumergido en una existencia monótona, mecánica y ridícula, hasta que le llega la hora de la muerte. Entonces se apercibe con horror de que no ha vivido, de que su vida ha transcurrido sin utilidad y sin sentido, que todo lo que creía importante, en realidad es necio y fútil, que todos

---

[19] *Ídem*, pág. 148.
[20] Canción épica rusa.
[21] Rolland, R., *op. cit.*, pág. 144.

los que le rodean, incluidos los miembros de su familia, sólo son fríos e indiferentes egoístas.

En *La sonata de Kreutzer* vuelve al tema de la familia y el matrimonio. Es la confesión de un hombre —Rozdnýshev— que acaba de asesinar por celos a su mujer y que llega a la conclusión de que el matrimonio, tal y como está concebido en la alta sociedad, con toda su impudicia, equivale a la prostitución legalizada. También en el relato *El diablo* (1889) refleja esas mismas ideas.

Tolstói escribe también obras para el teatro, en las que continúa la tradición de Ostrovski[22], cuyo talento conoce y admira profundamente. En 1886 escribe *El poder de las tinieblas,* cuyo argumento está basado en un caso real que le contó un fiscal de Tula y que le dio pie para mostrar en la escena los rasgos más característicos de la vida y de las costumbres en la aldea. El viejo Akím, que actúa como árbitro de los hechos y de los personajes, encarna la moralidad patriarcal campesina. Al final su idea de que «hay que vivir siguiendo el ejemplo del amor divino» triunfa sobre el poder de la maldad y de las tinieblas.

El tema de la aldea se repite en otra magnífica comedia de Tolstói: *Los frutos de la educación* (1890). La inteligencia práctica, sagaz del campesino, su psicología de trabajador del campo contrasta con la vida vacía, ociosa, parásita de los señores. Entre ambos mundos hay un abismo, pero la razón está del lado de los campesinos.

Los fenómenos «sobrenaturales» que se suceden en las sesiones de espiritismo organizadas por los señores son sólo el resultado de los trucos y artimañas de que se vale la doncella de la casa, una muchacha espabilada, decidida y traviesa, para conseguir sus propósitos. Ridiculizando la práctica del espiritismo, que estaba de moda en los años 80 entre los intelectuales de la capital, Tolstói desenmascara la inutilidad de la educación burguesa. Paralelamente, la pieza está llena de escenas cómicas y de auténticos golpes de humor, así como de sátira contra la cultura de las clases privilegiadas.

---

[22] Ostrovski Alexandr Nikoláevich (1823-1886), dramaturgo, renovador del teatro de su tiempo y creador del teatro nacional ruso. Entre sus piezas hay que destacar *La tormenta* y *La sin dote.*

En 1891-1894, años de mala cosecha, Tolstói participa en una organización de ayuda a los campesinos hambrientos de las regiones de Samara, Tula y Riazán, aportando sus propios medios. «El pueblo está hambriento porque nosotros estamos demasiado hartos», dice. Crea por su cuenta comedores para los campesinos, escribe artículos sobre el hambre en la aldea.

> ¿Es posible que aquellos que viven del trabajo ajeno no lleguen a comprender por sí mismos que eso no debe ser, y en vez de ceder voluntariamente, se queden esperando a que los derriben y los aplasten?,

dice en uno de esos artículos.

Con el fin de dar al pueblo una literatura barata y útil, crea la editorial Posriédnik, cuyos libros se venden a copeck o a copeck y medio, y enseguida se divulgan en enormes tiradas entre el pueblo.

La decisión de Tolstói de no escribir más novelas tiene muy preocupados a sus amigos y admiradores. Turguiénev, en su lecho de muerte, le envía una carta conmovedora, en la que le insta a volver a la literatura.

> Amigo mío, ¡vuelva a la actividad literaria!... Amigo mío, gran escritor de la tierra rusa, no desestime mi ruego[23].

Sin embargo, el deseo de expresar en toda su profundidad su nueva actitud hacia la vida y las relaciones humanas, la posibilidad de exponer, de ese modo, las opiniones que había concebido en la última década, impulsan a Tolstói a escribir una nueva novela: *Resurrección*, en la que trabaja cerca de diez años, con algunos intervalos (1889-1899), viendo en ella su testamento artístico, la síntesis de todas sus inquietudes, la culminación de su actividad literaria y social.

*Resurrección* se publica por primera vez en 1899, muy recortada y modificada por la censura. En 1900 se edita en Peterburgo, en un tomo especial, pero igualmente mutilada por la censura. Ese mismo año V. G. Chertkov consigue publicarla en Inglaterra, esta vez sin ninguna intervención de la censura.

---

23    Zerchaninov, A. A., Raijin, D. Ia., *op. cit.*, pág. 259.

Al igual que en *Guerra y paz*, Tolstói recopila toda clase de información, pide consejo a los mejores juristas de la época e incluso presencia diversos procesos judiciales en Moscú, Tula y Krapivna. Vuelve a leer *Memorias de la casa muerta* de Dostoievski, extrae distintos datos sobre las cárceles de Siberia del libro *Siberia y la deportación*, escrito por el viajero y periodista americano D. Kennan y después charla con él en Yásnaia Poliana. Lee también otros libros de distintos autores sobre el mismo tema.

Tolstói, que tiene a la sazón sesenta años, no conoce el mundo de la delincuencia, ni el de revolucionarios. Sólo penetra en esos ambientes por un esfuerzo de la voluntad y de la simpatía. Por eso resulta tanto más admirable la capacidad de observación que revela en su obra, en la que su realismo psicológico alcanza la máxima expresión. Y también en esta novela los tipos de los protagonistas, de los revolucionarios y de la nobleza están tomados de la realidad.

Tolstói califica sus novelas anteriores de «creación inconsciente», considerando que están alejadas de la religión, tal y como él la ha llegado a concebir en los años 80. Pero no es así exactamente. Tanto en *Guerra y paz* como en *Anna Karénina* se siente la intención de esos altos ideales religiosos. Basta con recordar a Pier Bezújov y a Lievin.

Es el conocido jurista A. F. Koni quien sugiere a Tolstói el argumento de su nueva novela. El príncipe Dmitri Nejliúdov, que en su juventud sedujo a Katiusha Máslova, al cabo de los años se entera en un juicio, en el que participa como miembro del jurado, de que ésta se ha convertido en una prostituta y está acusada de asesinato. Nejliúdov, hombre sensible a los placeres mundanos, reconoce su culpa, renuncia a su posición privilegiada en la vida y en la sociedad y sigue a Katiusha, que es víctima de un error judicial, a Siberia. Allí, en planos muy distintos, comienza la resurrección espiritual de ambos.

En el segundo encuentro de Nejliúdov y Katiusha, cuando él la visita a la cárcel, entre ambos se truecan los papeles: la condenada se convierte en juez y el juez en delincuente. Nejliúdov le dice que quiere casarse con ella para expiar su culpa, y Katiusha le contesta con indignación:

—Entonces no pensabas en tu culpa. Me pusiste en la mano cien rublos: Ese es tu precio...

Y más adelante le echa en cara:

—Te divertiste conmigo en este mundo y ahora te quieres salvar en el otro también por mediación mía[24].

El príncipe soporta pacientemente los reproches, sabe que los merece, y está dispuesto a sufrir todas las pruebas, no porque la ame con amor mundano, sino porque necesita estar a bien con su conciencia y con Dios.

Los trámites que después sigue Nejliúdov para conseguir la liberación de Katiusha nos permiten conocer toda la jerarquía del poder, el formalismo, la hipocresía y la crueldad que reinan en los estamentos sociales, estatales y eclesiásticos. Y cuando penetra en los secretos del mecanismo que mueve a la sociedad, a la que pertenece, Nejliúdov llega a la conclusión de que «el único sitio decente que existe en Rusia para un hombre honesto es la cárcel».

Al final, Katiusha se niega a casarse con él, y precisamente porque le ama, no acepta su sacrificio. «También usted tiene que vivir», le dice.

En cambio, acepta la proposición del revolucionario Vladímir Ivánovich Simonsov de compartir con él la vida. Y el príncipe Dmitri, que había acudido a la entrevista con un sentimiento de rechazo y de protesta interior, se siente ahora avergonzado y empequeñecido, a la vez que experimenta cierto sentimiento de amargura por todo lo que pierde junto con Katiusha.

La actividad literaria y social de Tolstói no decrece en los últimos años de su vida. En 1897 y 1898 escribe su famoso tratado *¿Qué es el arte?*, en el que vuelve a exponer los problemas que comenzaron a preocuparle en el periodo de crisis de los años 80. Considera que el arte está vacío de contenido social, pone al descubierto el egoísmo de las clases dominantes, que lo utilizan en sus propios intereses y exhorta a crear un tipo de arte que resulte comprensible y útil para el pueblo.

---

[24] Tolstoi, L. N., *Voskresenie*, Moscú, Goslitizdat, 1953, pág. 172.

Vuelve a exponer esas mismas ideas en su trabajo *Sobre Shakespeare y el drama* (1906), y con más precisión, en el prólogo a la obra de S. T. Semiónov *Cuentos campesinos* (1894).

En 1904-1905 publica su *Ciclo de lecturas para todos los días del año*, que reúne los pensamientos de diversos escritores sobre la verdad y la vida, especie de antología de la sabiduría poética del mundo, desde los Libros Santos de Oriente hasta los escritores contemporáneos.

Entre otras obras de menor importancia, escribe el drama *El cadáver viviente* (1900), que se representa por primera vez, con éxito clamoroso, en 1911, en la escena del teatro de Arte M. J. A. T. de Moscú; el relato *El padre Sergi;* la novela *Jadzhí Murat* (1896-1904), en la que describe la lucha de los montañeses del Cáucaso, encabezados por Jazhí Murat, por su independencia, durante el reinado de Nikolás I, y el cuento *Después del baile*.

En febrero de 1901, a instancias de las autoridades eclesiásticas, que hacía tiempo venían reclamando esa medida, Tolstói es excomulgado por la Iglesia rusa como heterodoxo. La orden del Santo Sínodo suscita gran número de protestas en todo el país.

En los últimos años de su vida se recrudecen los ataques de Tolstói contra el régimen absolutista del zar. Actuando así, según sus propias palabras, se manifiesta «como abogado de cien millones de campesinos».

En la revolución de 1905, Tolstói adopta una actitud claramente contradictoria. Por un lado comprende que ésta puede resultar favorable para los intereses de los campesinos. Por otro, rechaza cualquier clase de revolución violenta, afirmando que la verdadera reforma social sólo puede lograrse mediante el perfeccionamiento moral y religioso de algunos individuos.

Al mismo tiempo, le repugna vivir en el lujo y en la abundancia, en tanto que predica la sencillez, la austeridad y la vuelta a la naturaleza. Le resulta de todo punto insoportable la idea de que él, que se ha pasado la vida fustigando toda forma de explotación del hombre por el hombre, continúe viviendo del trabajo y del sudor de los campesinos. Le tortura no haber podido llevar hasta el final el ideal de vida que siempre predicó, no haberse despojado de los privilegios heredados y seguir

Tolstói con su familia en 1887.

viviendo en la opulencia en el seno de una familia aristocrática. En 1897 escribía:

> Cada vez me parece más absurda la vida que me rodea: almuerzos, lujosos atavíos, juegos de toda clase, fiestas, futilidades, vanidad, despilfarro del dinero. Y todo eso en medio de la miseria y la opresión de los demás. Y no veo ninguna posibilidad de detener ese proceso, de aliviarlo, de despertar las conciencias de los otros... ¿Por qué no me han dejado, al menos en los umbrales de la muerte, vivir, siquiera un año, un mes, la vida que me corresponde, lejos de la mentira, en la que no sólo me muevo, sino de la que participo y en la que me ahogo?[25].

Y ahora, en 1907, nuevamente anota en su Diario:

> Cada vez me hace sufrir más, casi físicamente, la desigualdad, el lujo en el que vivimos, en medio de la miseria, que no puedo remediar. Esa es la tragedia secreta de mi vida.

En su mente comienza a tomar cuerpo la idea de que debe huir de su hogar a cualquier rincón de la Rusia rural o tal vez a Bulgaria, para así poder llevar una vida sencilla, piadosa, austera, según los principios de la moral cristiana. Hace cesión de sus bienes y hacienda a su mujer y a sus hijos para liberarse al fin del «pecado» de la propiedad, y el 28 de octubre de 1910, a la edad de 82 años, en compañía de su médico y amigo D. P. Makovitski, una tarde lluviosa y fría, Tolstói se va en secreto y para siempre de Yásnaia Poliana. Así culmina el drama vivido por él durante largos años.

En el tren, en la estación ferroviaria Astápovo (actualmente de Lev Tolstói), enferma de pulmonía, y el jefe de la estación, I. I. Ozolin, le ofrece su humilde casa. Los periódicos de todo el mundo comentan con emoción la noticia sobre el anciano escritor que después de abandonar su casa y su familia «para retirarse al bosque», se moría, «abatido por la fiebre, en una pequeña estación perdida: Astápovo, un nombre ignorado la víspera y ahora promovido a inmensa fama».

Fallece el 7 de noviembre de 1910, a las 6,05 de la mañana.

---

[25]  Zerchaninov, A. A., Raijin, D. Ia., *op. cit.*, pág. 262.

Desde entonces, el reloj de la estación de Astápovo marca invariablemente esa hora.

Cumpliendo su deseo, está enterrado en Yásnaia Poliana[26], en el fondo del parque, a un kilómetro aproximadamente de la finca, junto al barranco, donde de niño jugaba con sus hermanos, buscando «la fórmula secreta del amor universal», cuyo símbolo era para ellos la «varita mágica verde».

Los restos del genial escritor yacen aquí, bajo la modesta tumba, a solas con la naturaleza rusa que tanto amó y que supo describir con arte incomparable.


## Anna Karénina

El 25 de marzo de 1873, en una carta dirigida a N. Strájov, que no llegó a enviar, Tolstói escribía «en riguroso secreto»:

> He comenzado a escribir una nueva novela bajo la influencia de Pushkin.

Aludía al ensayo inacabado del poeta *Los visitantes se reunieron en la dacha*[27], que está inserto en el quinto tomo de sus obras completas, editadas por P. Anienkov.

> Una vez pedí ese tomo a Pushkin y, como siempre, lo leí entero unas siete veces, todas con el mismo interés. Pero es que, además, esa lectura pareció resolver todas mis dudas. Nada me había entusiasmado tanto anteriormente, ni siquiera las obras del mismo Pushkin. Allí estaban los relatos *La detonación, Las noches egipcianas, La hija del capitán* y también el ensayo *Los visitantes se reunieron en la dacha.*
>
> Involuntariamente concebí los personajes y los acontecimientos, empecé a escribir, modifiqué, taché y súbitamente imaginé la narración de forma tan rotunda y bella que resultó una novela, novela dinámica, completa, apasionada, que ya estoy terminando y de la cual me siento muy satisfecho[28].

---

[26] En ruso significa: luminoso claro del bosque.
[27] Casa de campo.
[28] Tolstoi, L. N., *Anna Karénina*, Moscú-Leningrado, Goslitizdat, 1950, pág. 801.

Hacía ya algún tiempo que al escritor le venía rondando en la cabeza la idea de escribir una novela, cuya protagonista fuese una mujer «extraviada» perteneciente a la alta sociedad y que, no obstante, no resultase culpable, sino digna de compasión.

Algo más de cuatro años trabajó Tolstói en su nueva obra: de 1873 a 1877, periodo decisivo para su evolución intelectual. Ya en los años 60, cuando comenzaba a adueñarse de él la crisis espiritual que le acompañaría el resto de su vida, llegó a la conclusión de que la fuerza de Rusia radicaba en el pueblo. Y a la vez que censuraba el progreso burgués, manifestaba la esperanza de que en Rusia el desarrollo social podría emprender otros derroteros, evitando el capitalismo: «Debemos buscar unas bases diferentes de las que existen en Europa», decía[29].

Ya entonces comenzaron a formarse sus convicciones éticorreligiosas, su teoría del perfeccionamiento moral y su doctrina de la no resistencia al mal mediante la violencia. Sus observaciones sucesivas de la vida de los campesinos y de sus amos, cuando Rusia se convertía aceleradamente en una monarquía burguesa, contribuyeron a que se agudizara la crisis espiritual e intelectual que padecía el escritor. Por ello, *Anna Karénina,* concebida inicialmente como una novela, cuya figura central fuese una mujer infiel perteneciente al alto mundo, no pudo dejar de reflejar la respuesta de Tolstói a las cuestiones más palpitantes que el país tenía planteadas.

Con el desarrollo de dos argumentos distintos, pero entrelazados entre sí, muestra cómo la pareja constituida por Lievin y Kiti conquista la felicidad, en tanto que Vronski y Anna caminan gradualmente hacia su trágico final. Los primeros aceptan y siguen la llamada de una vida sencilla y natural y simbolizan el ideal tolstoiano de armonía, dicha y responsabilidad. Los segundos están supeditados a los vicios y errores de la vida mundana.

Al igual que en *Guerra y paz,* para crear a sus personajes Tolstói se inspira en el ambiente que conoce bien personalmente. Ante el lector desfilan las castas más representativas de

---

[29] Tolstoi, L. N., *op. cit.,* pág. 806.

la sociedad rusa de los años 60, con la aristocracia en el fondo. Y todos los protagonistas están descritos con sorprendente realismo psicológico, salpicado de elementos satíricos. Tolstói sabe combinar magistralmente la precisión del detalle físico con la expresión del proceso interior que se opera en sus personajes.

Casada sin amor, por decisión de una tía, con Alexiéi Alexándrovich Karenin, veinte años mayor que ella, que ocupa un alto cargo en un ministerio, Anna Arkádievna, de soltera princesa Oblónskaia, lleva una vida cómoda, fácil y superficial dentro de los círculos aristocráticos de Peterburgo: salones, bailes, teatros, carreras de caballos, etc. Respeta a su marido, al que es fiel, y adora a su hijo Seriozha de siete años, pero no conoce la felicidad.

Su matrimonio es «una terrible equivocación»[30].

Y efectivamente, Karienin es una figura siniestra, «un alma sin vida», donde todo está prefabricado, un hombre «petrificado por el abuso de la reflexión abstracta y por el juego de la ambición», hasta tal punto que se olvida de vivir y sólo obedece a rígidos principios establecidos y a móviles de consideración social, en un mundo sofisticado, donde reina la falsedad, la mentira, la vanidad y la ambición.

«No es un hombre, es un autómata»... «Es una máquina burocrática», afirma Anna hablando con Vronski.

Mujer encantadora, distinguida, llena de gracia, de vitalidad y, al mismo tiempo, profunda, sincera, espontánea, honesta, Anna no puede hallar la dicha junto a su esposo. Por el contrario, éste ahoga todo lo que hay en ella de auténticamente hermoso: su amor a la vida y su deseo de vivirla plenamente.

Acosada por la persecución amorosa del conde Alexiéi Kirílovich Vronski, capitán de caballería de la Guardia Imperial y edecán de la corte, Anna lucha durante casi un año contra el amor que éste le inspira. Y cuando al fin se deja vencer por la pasión, pasados los primeros momentos de vergüenza, horror y autopunición, se siente transformada, y el deseo de amar y ser amada se despierta en ella con toda la vehemencia de su

---

[30] *Anna Karénina*, pág. 555 de la presente edición, por la que citaremos en adelante.

temperamento apasionado. «Soy como un pobre hambriento al que han dado de comer», confiesa a Vronski.

El amor acentúa en ella el sentimiento de la dignidad y de la propia estimación: «Si tú me amas, yo me siento como en un pedestal, tan alto, tan alto», le dice a su amante en otro momento.

Anna es una mujer con un carácter moral íntegro, por eso no puede reducir sus sentimientos a un idilio secreto, como hacen otras damas de la alta sociedad, como por ejemplo la princesa Betsi Tverskaia y sus amigas, que buscan amantes sólo para distraer su vida ociosa y sin sentido. La naturaleza apasionada, honesta y sincera de Anna hace imposible la falsedad y el disimulo. Con su amor pone en manos de Vronski su vida entera, incluso le sacrifica el inmenso cariño que siente hacia su hijito Seriozha.

Anna olvida los deberes de madre, pero lo hace porque no tiene otra salida. Tolstói justifica su conducta y paralelamente demuestra que su trágico final es inevitable. Sus sentimientos de madre y de mujer enamorada resultan incompatibles. Cada uno de los dos seres a los que ama más que a sí misma descarta al otro:

> —No quiero en el mundo a nadie más que a ellos, y ya que me es imposible reunirlos, poco me importa lo demás. Esto debe terminar de una manera u otra, pero no quiero ni puedo abordar el asunto. No me hagas ningún reproche. Tú eres muy buena, muy pura, para poder comprender mis sentimientos[31].

Incapaz de volver a ser fiel esposa de Karenin e incapaz asimismo de vivir en la mentira, Anna se encuentra en un callejón sin salida. Después de sacrificar a su amor por Vronski, todo lo que amaba y estimaba anteriormente, su posición, sus hábitos y relaciones anteriores, sólo le queda ahora ese amor. Por eso pone en él su alma entera, convirtiéndolo en la única finalidad de su vida. Y mientras está segura de Vronski, no conoce la flaqueza, está dispuesta a todo. Para conservarle procura vestir con un lujo exquisito, coquetea con otros hombres, se

---

[31] *Anna Karénina*, pág. 799.

niega a tener más hijos, lee libros, adquiere amplios conocimientos de arte, arquitectura, literatura, pedagogía, incluso trata de escribir libros para niños.

El mundo que la rodea perdona el adulterio, pero siempre que éste se lleve en secreto y no resulte trascendental. De hecho, en él casi todos son adúlteros, incluido Vronski, antes de conocer a Anna, y la madre de éste, que en su juventud tuvo numerosos amantes, cuya existencia no era ningún secreto para la sociedad.

Anna siente que el cariño de Vronski se va extinguiendo, que ya no puede retenerle a su lado y no sabe qué hacer. Su marido no le concede el divorcio y, por lo tanto, no puede casarse con Vronski, la separación de su hijo la hace sufrir horriblemente, la hija que tiene con su amante, según la ley, es hija legítima de Karenin, la sociedad la repudia y le cierra todos los accesos. La desesperación se adueña de ella, padece de insomnio, toma opio.

Y efectivamente, los celos de Anna no carecen de fundamento. Hombre poco sutil, no demasiado profundo, Vronski no es capaz de comprenderla. Al principio, en sus relaciones con ella prevalece la vanidad del éxito, luego comienza a enfriarse.

No obstante, el conde Alexiéi Vronski es uno de los mejores ejemplares de la dorada juventud peterburguesa. Instruido, inteligente, no está desprovisto de buenas intenciones ni de arrebatos sinceros. Al igual que Anna, odia la falsedad y la mentira y ese rasgo le coloca en un plano muy superior al ambiente que le rodea. Lleva eficazmente los asuntos de su finca, construye una escuela, un hospital, se interesa por las elecciones de la nobleza en la provincia, «resuelve todas las cuestiones según el código aristocrático del honor». Tolstói no podía dejar de dotar a su personaje de determinadas cualidades y de cierto encanto. De otro modo no estaría justificado el amor de Anna.

Pero entre ambos no hay y no puede haber un interés espiritual común, son seres extraños. Espiritual e intelectualmente Vronski es más débil y más pobre que Anna.

Anna rompe moralmente con la sociedad que la ha repudiado y está dispuesta a vivir en el campo, sola con Vronski. Pero él se aburre, no puede prescindir de su vida mundana y capitula ante la sociedad. Por eso resulta tan culpable como los demás del trágico final de Anna.

Poco antes de la tragedia, Lievin conoce a Anna y queda sorprendido por su belleza, inteligencia, cultura y, al mismo tiempo, por su sencillez y cordialidad:

> ...él ya excusaba su falta, y la idea de que Vronski no pudiera comprenderla le oprimía el corazón[32].

El otro protagonista de la novela es Konstantín Dmítrich Lievin, vástago de una antigua familia noble. Tolstói derivó ese apellido de su propio nombre: Lev, que en ruso significa «león». En opinión de Thomas Mann, Lievin es el mismo Tolstói, «despojado de su condición de artista»:

> No solamente el autor ha trasladado a esa figura los hechos y datos decisivos de su vida exterior: ..., sino que también ha transferido en ella su vida interior: sus zozobras y escrúpulos, su cavilar sobre el sentido de la vida y la tarea de los hombres, en su torpe lucha por el bien, que lo divorcia de la sociedad urbana, sus angustiosas dudas acerca de la cultura misma o lo que esa sociedad da en llamar cultura[33].

Mas pese a que todo eso aproxima la personalidad del escritor a la de su protagonista, no nos da derecho a identificar a ambos. Tolstói, por su capacidad creadora, es infinitamente más rico que Lievin, y en sus propias tribulaciones e inquietudes llega mucho más lejos que aquél.

Lievin es un hombre de conciencia, de principios morales, que siente la necesidad de comprender el mundo inteligentemente y que anhela descubrir la finalidad de su propia vida. Por eso su carácter está en continua evolución y va creciendo a lo largo de toda la novela. Al igual que Anna, no se subordina a las normas de vida existentes, sino que trata de formar su vida privada con arreglo a sus propios conceptos y criterios.

---

[32] *Anna Karénina*, pág. 866.
[33] Mann, Thomas, *Freud, Goethe, Wagner, Tolstoi*, traductor: Pablo Simón, Buenos Aires, Poseidón, 1944, pág. 151.

Está convencido de que la honestidad, la sinceridad y la rectitud sólo son patrimonio del hombre que vive en soledad y de que la vida social es convencional, falsa y superficial.

Sólo la vida en el campo dignifica al hombre. Pero no la vida rural, por la que el habitante de la ciudad se entusiasma de vez en cuando en una actitud de condescendencia, sino la verdadera, la que impone el trabajo físico en el seno de la Naturaleza.

> ...hay en él algo que o retrocede hasta atrás del espíritu científico de su época o se proyecta más allá de él; algo desesperadamente atrevido, inconfesable; algo que está al margen de la conversación culta de salón[34].

Lievin aparece por primera vez en la novela como oposición a su amigo Stiva Oblonski. Cuando Kiti le rechaza, prefiriendo a Vronski, se siente sinceramente desgraciado, pero eso acentúa y profundiza aún más sus inquietudes. No se considera acreedor al amor de Kiti. De ahí su deseo de ser mejor, de perfeccionarse, de encontrar su verdadera vocación, de encauzar por entero su personalidad hacia otra meta, noble y elevada. Lee a Schopenhauer y a Jomiakov, busca la respuesta a las eternas preguntas, desea el bien para toda la humanidad.

Desde que vio morir de tuberculosis a su hermano mayor Nikolai, la angustia de su ignorancia se adueña de él y le domina. La boda con Kiti alivia durante algún tiempo esa aflicción, pero a raíz del nacimiento de su primer hijo reaparece. Pasa alternativamente de la oración a la negación. En vano lee a los grandes filósofos. Siente la tentación del suicidio. Entonces busca como consuelo el trabajo físico, se une a los campesinos en las faenas de la siega y eso le ayuda.

Lo mismo que Nejliúdov en *Las mañanas de un terrateniente*, Lievin vive en su finca y participa directamente en la administración de sus tierras. Pero a diferencia de Nejliúdov, que persigue un fin estrecho: mejorar la suerte de sus campesinos-siervos, Lievin considera su actividad de terrateniente como

---

34 Mann, Thomas, *ídem*, pág. 264.

un experimento que, de obtener éxito, podría servir de base para resolver el problema campesino en toda Rusia.

Después de múltiples reflexiones y a consecuencia de una dolorosa lucha interior comprende que debe romper con su clase social y ponerse del lado de los campesinos, con los que tanto simpatiza. Sin embargo y aún reconociendo que los intereses de los *mujiks* son «los más justos», no lo hace. Continúa insistiendo en que son los representantes de la nobleza los que deben desempeñar un papel decisivo en la evolución de la sociedad rusa. Convencido de que los campesinos son la fuerza primordial en el progreso de la agricultura, busca nuevas formas de contacto entre éstos y los terratenientes, pretendiendo que los intereses de los unos y los otros se conjuguen armoniosamente. De esa forma trata de conciliar lo irreconciliable.

Sin embargo, su naturaleza sincera y honesta es reacia a cualquier clase de compromiso. Pronto se convence de la inconsistencia de sus tesis, y los problemas que le inquietaban anteriormente pasan ahora del terreno social al terreno moral.

Buscando la forma de salir del atolladero en el que se halla, comienza a meditar en torno al sentido de la vida y de la muerte y al problema de la inmortalidad. Pero no consigue ahuyentar sus pensamientos anteriores.

Conversa con los campesinos, y uno de ellos le habla de los hombres «que no viven para sí, sino para Dios». Esas palabras resultan una revelación para él. Llega a la conclusión de que la razón no le ha enseñado nada, de que todo lo que sabe se lo ha descubierto el corazón. Entonces halla la paz y el sosiego que tanto necesita. Las palabras del humilde *mujik* le han conducido a Dios. ¿Qué Dios? No trata de averiguarlo.

La novela comienza con las palabras:

> Todas las familias dichosas se parecen y, las desgraciadas, lo son cada una a su manera.

Con esa afirmación Tolstói parece subrayar que su atención fundamental no va a recaer en las familias felices, sino en las desdichadas. Y efectivamente, no hay felicidad en la familia de los Oblonski, ni en la de los Karenin, ni en la de Anna y Vronski, que se desmorona antes de llegar a formarse. La familia de Lievin, en cierto sentido, puede considerarse feliz, mas para Lievin la búsqueda de la felicidad conyugal no es la meta esencial de su vida, como lo es para Anna.

En torno a los protagonistas se mueven otros personajes, como el príncipe Stepán Arkádich Oblonski (Stiva), hermano de Anna, simpático, egoísta y atrayente vividor; su esposa Dolli, diminutivo a la inglesa de Daria, de soltera, princesa Scherbátskaia, bondadosa, responsable, víctima de los devaneos de su inútil marido, que, al igual que su hermana Kiti, es fiel prototipo del ideal femenino de Tolstói, mujer abnegada, consagrada por entero a sus hijos y a su marido; los demás miembros de la familia Scherbatski, uno de los linajes más antiguos de Moscú; la madre de Vronski, la princesa Betsy (diminutivo a la inglesa de Elizabeta) Tverskaia, casada con un primo de Anna, y toda una galería de tipos que integran la alta sociedad de Petersburgo. La acción de la novela, que pasa de Moscú a Peterburgo, comienza en febrero de 1872 y se prolonga hasta julio de 1876.

En relación con las tribulaciones de Konstantín Lievin, siempre relacionadas con los campesinos, las escenas de la vida de éstos ocupan un lugar destacado en la novela. Tolstói no pinta cuadros de miseria, ni de injusticia, sino que muestra al pueblo, ante todo, desde el punto de vista de su actividad laboral, de su naturaleza sana y de sus buenos principios. Respecto a los terratenientes, el autor no sólo censura a los conservadores nostálgicos del antiguo régimen absolutista, sino también a los liberales, que viven en un ambiente artificial, vulgar, falso; demuestra que sus principios no tienen consistencia y que su liberalismo es sólo superficial. Ninguno de ellos aporta nada útil a ese bien común que preconizan y al cual dicen servir bajo distintos preceptos.

En *Anna Karénina* el realismo de Tolstói alcanza su máxima expresión. Pocos escritores han sabido explorar las almas de sus criaturas de forma tan magistral. Con frecuencia las mujeres se han preguntado asombradas

cómo aquel hombre había podido describir sus sentimientos más escondidos que ellas llevan encerrados en lo más recóndito de su cuerpo y que no han podido ser experimentados por nadie más que por ellas mismas[35].

En un artículo sobre la creación de Guy de Maupassant, Tolstói escribía:

> La novela tiene como finalidad, incluso como finalidad externa, la descripción global de la vida humana, o de muchas vidas humanas, y por eso el escritor de novelas debe tener un concepto claro y firme de lo que está bien y de lo que está mal en la vida[36].

Fiódor Dostoievski anotó en su *Diario de un escritor:*

> *Anna Karénina* es una obra perfecta.

## TOLSTÓI EN ESPAÑA

La importancia mundial de Tolstói la señaló, ante todo, la crítica francesa. Antes que en ningún otro país de Occidente fue en ese país vecino donde se editaron las obras más importantes de Tolstói. *Guerra y paz* apareció en 1879, y la primera traducción francesa de *Anna Karénina* la publicó la casa Hachette, en 1886, en dos volúmenes.

Los intelectuales españoles conocieron la literatura rusa y la crítica sobre ella a través de Francia, puesto que era allí donde se traducían las obras rusas y el francés era la lengua de la diplomacia de la época. España no tardó en traducir casi todo lo que se había publicado en París de los autores rusos. La obra de Tolstói comenzó a conocerse en nuestro país hacia 1886, y a juzgar por todos los indicios, de los escritores rusos, fue el preferido por el público español.

Las conferencias que ofreció Emilia Pardo Bazán en 1887, en el Ateneo de Madrid y que en 1889 publicó con el título *La revolución y la novela en Rusia,* contribuyeron a promocionar la literatura rusa en España.

---

[35] Zweig, S., *op. cit.,* pág. 1136.
[36] Tolstoi, L. N., *Obras completas,* Moscú, Sytin, 1914, t. 19, pág. 222.

En 1888 se publicó en Barcelona una traducción del francés de *Anna Karénina,* que parece ser la más antigua.

También las revistas de la época: *La España Moderna* (1889-1914) y *La Lectura* (1901-1918) divulgaron ampliamente las obras de los autores rusos. Tolstói y Turguiénev resultaban los más traducidos y comentados.

En el año 1900, Leopoldo Alas *Clarín,* que se interesaba vivamente por la literatura rusa, puso un prólogo a la novela de Tolstói *Resurrección.* La obra la publicó la casa Maucci de Barcelona, en Ediciones El Libro.

Antonio Machado afirma que en el siglo XIX la literatura rusa influyó en todas las literaturas europeas, sin excluir la española. A medida que avanza el siglo XX se incrementa la difusión de la literatura rusa en España. A ello contribuye *Revista de Occidente,* que desde su fundación en 1923 se propone darla a conocer.

También en *Hermes,* revista intelectual del país vasco (1917-1922), se reseñan las obras de los escritores rusos, comparándolos con los autores vascos contemporáneos.

Los escritores de la generación del 98 se declaraban lectores apasionados de la literatura rusa y, ante todo, se sienten atraídos por Tolstói y Dostoievski. Unamuno considera que España necesita un pensador de prestigio, capaz de establecer un contacto directo con la cultura rusa, y Pío Baroja quisiera hacer españoles a Tolstói y a Dostoievski.

Algunos críticos españoles opinan que la novela epistolar de Benito Pérez Galdós *La incógnita* y su drama *Realidad,* continuación de la primera, están inspiradas en *Anna Karénina.*

En su mayor parte, la literatura rusa se publicó adulterada, y el público hispano se entusiasmó con obras que eran «un pálido reflejo del original».

> La producción rusa nos es conocida por traducciones no siempre directas, frecuentemente incompletas, defectuosas muchas veces,

afirma Antonio Machado.

Y prosigue:

> Traducida, y mal traducida, ha llegado a nosotros... Y si

todo cuanto hay en vosotros de humano vibra hasta la raíz y se conmueve por la magia de una obra que fue, acaso, vertida del ruso al alemán, del alemán al francés, del francés al misérrimo español de un traductor catalán, que tradujo a peseta por página... decidme: ¿qué riqueza estética no hemos de asignar a esta obra en su fuente originaria, en la lengua rusa, en que fue pensada y escrita?[37].

Es necesario hacer una mención especial del gran mérito de Iván Turguiénev como mensajero de la cultura rusa en Francia y recalcar que fue él, y no el diplómatico y crítico francés Melchor de Vogüé, el primero en divulgar la obra de Tolstói en ese país, así como la de Pushkin, Lérmontov, Gógol y de otros escritores rusos, procurando que sus valores fuesen apreciados en Occidente en el mismo alto grado en que lo eran en Rusia.

Turguiénev, en calidad de miembro de la «Asociación de los cinco», integrada por él y cuatro escritores franceses, divulgó la traducción de *Guerra y paz* en 1874, mucho antes de que Vogüé editase su ensayo *Le roman russe*. Él mismo tradujo al francés varios relatos de Tolstói, acompañándolos de sus propios prólogos. Turguiénev no sólo popularizó el nombre y la obra de Tolstói entre los escritores franceses, sino también entre los ingleses y los alemanes.

---

[37] Machado A., *Antología de su prosa,* por Sánchez Albornoz Aurora, *op. cit.,* pág. 206.

## ESTA EDICIÓN

La presente edición ha sido tomada de la novela *Anna Karé-nina*, publicada por Bruguera, colección Libro Amigo, en mayo de 1966, en su duodécima edición y ha sido revisada y corregida por Manuel Gisbert Talens.

En el prólogo, todas las citas extraídas de textos en el idioma ruso han sido traducidas por la autora del mismo.

# BIBLIOGRAFÍA

Ediciones destacadas de *Anna Karénina* en castellano y en ruso:

Tolstói L., *Anna Karenina,* estudio preliminar, bibliografía y notas de Ángeles Cardona y Monserrat Gibert e ilustraciones de Antonio Boch Penalva, Barcelona, Bruguera, 1973, 2 vol.

Tolstoi, L. N., *Obras,* versión, prólogo y notas por Irene y Laura Andresco, Madrid, Aguilar, 1975.

— *Anna Karenina,* ilustratsii Ochesta Vireiskovo, Moscú, Judozhestvennaia literatura, 1981.


Estudios sobre L. N. Tolstói en castellano:

Rolland, Romain, *León Tolstoi,* traductor: Ángel S. Salcedo, Madrid, La Nave, 1935.

Zweig, Stefan, *Obras completas: Biografías,* Barcelona, Juventud, 1978.

Mann, Thomas, *Freud, Goethe, Wagner, Tolstoi,* traductor: Pablo Simón, Buenos Aires, Poseidón, 1944.

Castelar, E., «Tolstoi como pensador», *La España Moderna,* Madrid, septiembre de 1895.

Onieva, Juan Antonio, *Tolstoi a lo vivo,* Barcelona, Plaza y Janés, 1972.

Mills, William D., «Influencia de Tolstoi en Galdós», *Revista de la Universidad de Madrid,* núm. 52, vol. XIII, pág. 596.

Bunin, Iván, *La redención de Tolstoi,* Barcelona, Tartessos, 1943.

*León Tolstoi y la contemporaneidad,* Ciencias sociales contemporáneas, Moscú, 1980.


Ediciones críticas sobre L. N. Tolstói en ruso:

*L. N. Tolstoi v vospominániaj sovremiénnikov,* Moscú, Gospolitizdat, 1960. v druj tomaj.

Petrov, S. M., *Istoriia russkoi literatury XIX- ovgo vieka.* Vtoraia polovina. Moscú, Prosveshchenie, 1974, págs. 425-500.
Kuleshov, V. I., *Istoriia russkoi literatury XIX- ovgo vieka,* 70-90 e gody. Moscú, Russkaia shkola, 1983, págs. 220-266.
*L. N. Tolstoi v russkoi krítike,* Sbornik statiéi, Moscú, Goslitizdat, 1962.

Edición rusa más importante de las obras completas
de L. N. Tolstói:

Tolstói, L. N., *Pólnoe sobranie sochinenii,* Yubiliéinoe izdanie, Moscú-Leningrado, Goslitizdat, 1928-1958. V. 90- ta tomaj.

# ANNA KARÉNINA

# АННА КАРЕНИНА

## РОМАНЪ

### ГРАФА

# Л. Н. ТОЛСТАГО

### ВЪ ВОСЬМИ ЧАСТЯХЪ

## ТОМЪ ПЕРВЫЙ

МОСКВА.
типографія т. рисъ, у красной ч., домъ кедмицкой.
1878.

Portada de la primera edición.

# PRIMERA PARTE

*El premio y el castigo están en mis manos.*

## Capítulo primero

Todas las familias dichosas se parecen, y las desgraciadas, lo son cada una a su manera. En el hogar de los Oblonski se había roto la armonía. La esposa, sabedora de que su marido sostenía relaciones amorosas con la institutriz francesa de sus hijos, habíase negado rotundamente a vivir bajo el mismo techo que su cónyuge. Tres días duraba ya esa situación, que era tan desagradable para los esposos como para los demás moradores del palacio. Todos, desde los miembros de la familia hasta los criados, comprendían que ya no tenía razón de ser la vida en común de los príncipes: todos se sentían extraños, como huéspedes de una noche en una posada.

La esposa no salía de sus habitaciones. El marido hacía tres días que no aparecía por casa. Los niños, abandonados, correteaban por las estancias. La institutriz inglesa, tras algunas palabras agrias con el ama de llaves, había escrito a una amiga suya para rogarle le buscase otro acomodo. El cocinero había desaparecido la víspera, precisamente a la hora de comer, y el cochero y la moza de cocina habían pedido la cuenta.

A los tres días de la ruptura, el príncipe Stepán Arkádich Oblonski —Stiva, como le llamaban en sociedad— despertóse a las ocho, como de costumbre; pero, no en la alcoba conyugal, sino en su gabinete de trabajo, tendido sobre un canapé de cuero. Deseoso de dormir un poco más, movió su robusto cuerpo, cambiando de postura y apoyó la mejilla en la almohada. Mas se incorporó de pronto, y abrió del todo los ojos.

«Veamos —pensó, intentando recordar el sueño que había tenido—. ¿Qué he soñado? ¡Ah, sí! Ahora me acuerdo. Que Alabín daba un banquete en Darmstadt. Pero, en mi sueño,

Darmstadt estaba en América... Servían los manjares en mesas de cristal, y los comensales cantaban *Il mio tesoro...*[1]. No; no era eso, cantaban algo más bonito. Y había en las mesas unas garrafas muy chiquitas... que eran mujeres.»

Brillaron de gozo los ojos de Stepán Arkádich.

«Sí —se dijo sonriente—. ¡Paradisíaco! Ahora que, despierto, uno no recuerda todo y no sabe contar las cosas bien.»

Al ver que penetraba un rayo de luz por entre las cortinas, sacó los pies para buscar las zapatillas de tafilete rojizo que le había regalado su mujer por su cumpleaños y, siguiendo la costumbre adquirida en nueve años de vida conyugal, alargó el brazo para tomar su bata, que él solía dejar colgada de la cabecera del lecho. Y recordando, de repente, el sitio en que se hallaba y el motivo que allí le había traído, dejó de sonreír y frunció el entrecejo.

«¡Ay, ay, ay!», se lamentó, recordando lo sucedido. Y de nuevo pasaron por su imaginación los detalles del incidente entre su esposa y él. ¡La situación no tenía remedio! Y lo que más le dolía era tener que reconocer que él era el autor de su infortunio.

«No me perdonará. No puede perdonarme. Soy la causa de todo lo que ha pasado, aunque sin tener culpa de ello. Eso es lo peor.»

Había vuelto del teatro muy alegre, con una pera muy grande que había comprado para obsequiar a su mujer. Como su esposa no estaba en el salón, había entrado en el gabinete y, sorprendido de que no estuviera en esta pieza, había pasado a la alcoba. Allí estaba Dolli, con el billete, el billete que la había enterado de todo...

Sí, allí estaba Dolli, aquella mujer que él tenía por perfecta ama de casa, que no paraba de trajinar, un poco corta de entendimiento. Estaba sentada, inmóvil, con la esquela en la mano, mirándole con expresión de desesperación, de espanto, de indignación.

«¿Qué significa esto?», había preguntado Dolli repetidas veces, mostrando la esquela.

Como a menudo sucede, el recuerdo más ingrato que con-

———
[1] (En italiano en el original.)

servaba Stepán Arkádich, no era la actitud de su mujer, sino la suya. Habíase hallado en la situación de quien, convencido de haber cometido una acción fea, no sabe adoptar la expresión que demandan las circunstancias. En vez de negar, de disculparse, de pedir perdón, de fingirse ofendido o indiferente —¡cuánto más le hubiera valido hacerlo!— se había sonreído. Había sonreído sin él quererlo, y Stepán Arkádich —que era muy aficionado a leer libros de fisiología— pensaba, a la sazón, que aquella sonrisa había sido una acción refleja; que aquella sonrisa había tenido que parecer, por fuerza, una sonrisa boba. Él no podía perdonarse aquella sonrisa, porque había causado a Dolli un estremecimiento doloroso. Su esposa, dejándose llevar por su carácter irascible, descargó sobre él un torrente de duras palabras, salió de la alcoba, y no quiso volver a hablar con él.

«¡Todo ha sido por la maldita sonrisa! —pensaba el desesperado Oblonski—. ¿Qué puedo hacer ahora? ¿Qué puedo hacer?

Capítulo II

Stepán Arkádich era sincero consigo mismo y no se forjaba ilusiones. Se daba cuenta de que no sentía remordimientos. Un hombre de treinta y cuatro años, de rostro agraciado y buena planta, no podía arrepentirse de no estar enamorado de su mujer, que sólo tenía un año menos que él y que había traído al mundo siete hijos, cinco de los cuales vivían. Sentía —eso sí—, no haber ocultado mejor las cosas. Veía la gravedad de la situación y se compadecía y compadecía a su esposa y a sus hijos. Hubiese tomado más precauciones si hubiera podido prever el efecto que causarían sus calaveradas. Pocas veces había pensado en ello, pues se figuraba que Dolli lo sospechaba y hacía la vista gorda. Encontraba a su mujer envejecida, ajada, fatigada. Era buena madre para sus hijos, pero no tenía más virtudes extraordinarias que ésta, y por eso hubiera debido mostrarse más indulgente. El error había sido grande.

«¡Es espantoso! —se repetía Stepán Arkádich, que no sabía cómo salir del atolladero—. Todo marchaba bien. ¡Tan felices éramos! Yo no la molestaba para nada, le dejaba que educase a nuestros hijos a su manera... Claro que no estaba bien que *ella* hubiese sido institutriz de mis hijos. Es algo vulgar eso de cortejar a una institutriz. Pero, ¡qué institutriz!»

Oblonski volvió a ver con la imaginación los ojos negros y la graciosa sonrisa de *m-lle Roland*.

«Mientras estuvo en casa nunca me permití propasarme. Lo peor es que ella ya no está... ¡Ni hecho adrede! ¿Qué hacer, Dios mío, qué hacer?

Stepán Arkádich no hallaba otra respuesta sino la que da la vida a todas las interrogaciones difíciles de contestar, a todos los conflictos que no son fáciles de resolver; sumirse en los negocios cotidianos, es decir, olvidar. Pero hasta que llegase la noche, no podría hallar de nuevo el olvido en el sueño, en las visiones arrulladoras de aquellas garrafitas que eran mujeres. Tenía, pues, que distraer sus penas con el sueño de la vida.

«Ya veremos —murmuró, levantándose—. El tiempo todo lo resuelve.»

Se puso la bata gris con forros de seda azul y se anudó el cordón a la cintura; respiró hondo hasta llenar de aire los pulmones, con lo que se dilató aún más su ancha caja torácica; y, andando con aquel paso firme y ligero de sus piernas algo torcidas que tan ágilmente llevaban su corpulento cuerpo, llegóse a la ventana, separó las cortinas y tiró con fuerza del cordón de la campanilla. Matviéi, su ayuda de cámara y casi amigo, se presentó enseguida, con el traje y las botas de su señor, y un telegrama. Detrás de éste entró el barbero con los instrumentos del oficio.

—¿Han traído documentos de la oficina? —preguntó Stepán Arkádich, que tomó el telegrama y se sentó ante el espejo.

—Están encima de la mesa —respondió Matviéi, lanzando a su amo una mirada significativa. Y un instante después, sonriendo burlonamente, añadió—: Han venido de la cochera.

El príncipe no contestó. Miró a Matviéi por el espejo, y las miradas de ambos se encontraron en la azogada superficie. Aquella manera de obrar demostraba lo bien que se entendían los dos hombres. La mirada de Oblonski parecía preguntar: «¿Por qué me dices esto? ¿No sabes lo que has de hacer?»

Matviéi metió las manos en los bolsillos del chaleco y,

[58]

abriéndose de piernas, miró a su amo con una sonrisa casi imperceptible en los labios. Tras breve silencio, como si antes hubiese pensado en lo que tenía que contestar, soltó esta frase:

—Les he dicho que vuelvan el domingo que viene y que, hasta entonces, no molesten en vano al señor ni se molesten ellos.

Stepán Arkádich diose cuenta de que Matviéi había gastado una broma de las suyas para que fijasen la atención en él. Abrió el telegrama y lo leyó, interpretando las palabras mal hilvanadas.

—Mi hermana Anna Arkádievna llega mañana, Matviéi —dijo, deteniendo por un instante la mano gordezuela del barbero, que se disponía a separar con el peine las largas y rizadas patillas para poder pasar la navaja por el sonrosado cutis.

—¡Alabado sea Dios! —exclamó el fámulo, que comprendía también la importancia que tenía la noticia y pensaba que Anna Arkádievna, la hermana de su señor, tan querida de éste, podría hacer algo para que se reconciliasen los esposos—. ¿Viene sola o con su marido?

Stepán Arkádich, que no podía contestar, porque a la sazón el barbero le estaba afeitando el labio superior, levantó un dedo para indicar que sola. El ayuda de cámara movió la cabeza denotando que había entendido a su amo, y luego preguntó:

—¿Preparo la habitación de arriba?

—Haz lo que te mande Daria Alexándrovna.

—¿Daria Alexándrovna? —repitió Matviéi, como dudando.

—Sí. Llévale este telegrama y ven después a decirme lo que haya decidido.

Matviéi pensó que su amo quería probar si podía ablandar a la señora, y se limitó a responder:

—Está bien, señor.

Ya se había ido el barbero, y el príncipe se iba a vestir, cuando, lento sobre sus botas crujientes y con el telegrama en la mano, penetró Matviéi en la estancia.

—Daria Alexándrovna ha dicho que se marcha y que el señor haga lo que mejor le parezca —recitó el ayuda de cámara, sonriendo sólo con los ojos, con las manos hundidas en los bolsillos, ladeada la cabeza y clavando la vista en su amo.

El príncipe tardó un instante en hablar y, con sonrisa bondadosa y triste, preguntó:

—¿Qué opinas tú, Matviéi?

—Que todo se arreglará, señor.

—¿Se arreglará?

—Sí, señor; ya verá como sí.

—¿Crees?... —murmuró Oblonski. Y al oír, junto a la puerta, rumor de faldas, preguntó—: ¿Quién está ahí?

—Servidora, señor —respondió una voz de mujer, recia, aunque agradable.

Y apareció en el marco de la puerta el rostro severo y picado de viruelas de Matriona Filimónovna, la niñera.

—¿Qué hay, Matriona? —preguntó Stepán Arkádich andando hacia ella.

A pesar de ser culpable por los cuatro costados ante su mujer —como él mismo reconocía—, todos los criados le querían, hasta el aya, que era muy amiga de Daria Alexándrovna.

—¿Qué hay? —repitió el príncipe con acento de tristeza en la voz.

—Vaya a ver a la señora para pedirle perdón otra vez. Puede ser que Dios se muestre clemente con usted. La señora está desconsolada, da pena verla. Tenga compasión de sus hijos, señor. Pídale perdón. A lo hecho, pecho...

—No me querrá recibir.

—Vaya usted de todos modos. Dios es misericordioso. ¡Récele usted, señor, récele!

—Bueno, iré. Ahora vete —rezongó Stepán Arkádich, poniéndose encarnado de repente. Y quitándose la bata, ordenó a Matviéi—: ¡Vísteme, date prisa!

Matviéi, soplando en la camisa como si quisiera quitarle invisibles motas de polvo, la abrió como si fuera un collar y la puso, con agrado, en el cuerpo bien cuidado de su amo.

## Capítulo III

STEPÁN Arkádich, vestido ya, se perfumó con el pulverizador, se arregló los puños de la camisa, y, maquinalmente, fue metiendo en los bolsillos la cartera, los cigarrillos, los fósforos y el reloj, pendiente éste de doble cadena adornada con dijes. Arrugó el pañuelo y, sintiéndose fresco, ágil, perfumado y de buen humor natural, pese al disgusto moral que tenía, se encaminó andando un poco a saltitos, al comedor donde le esperaban el café, el correo y los expedientes de la oficina.

Empezó a leer las cartas. Una de ellas le contrarió mucho, porque era del comerciante con quien estaba en tratos para vender madera de un bosque propiedad de su esposa. Tenía gran necesidad de realizar esa venta, pero no quería hacerla sin antes haberse reconciliado con su esposa, porque le repugnaba mezclar en tan grave negocio una cuestión de intereses. Le desagradaba pensar que se creyera que buscaba la reconciliación por eso.

Después tomó los expedientes que le habían mandado de la oficina jurídica, hojeó un par de ellos y escribió varias notas marginales con un enorme lápiz. Tras esto desplegó el periódico, que tenía aún húmeda la tinta de imprenta, y empezó a tomarse el café.

Stepán Arkádich recibía diariamente un periódico de moderadas tendencias liberales, de esas que son el sentir de la mayoría del público. Aunque no le interesaban la Ciencia, ni el Arte ni la Política, compartía, sobre todo eso, las opiniones de su periódico y de la mayoría, y no cambiaba de ideas, sino cuando mudaba de ellas la mayoría, o más bien no cambiaba, sino que las opiniones cambiaban en él sin que él se diera cuenta.

No analizaba su manera de pensar ni elegía la forma de sus sombreros ni de sus levitas; las adoptaba porque así pensaba o vestía todo el mundo. Como vivía en una sociedad en que se consideraba como patrimonio de la edad madura el darse a alguna actividad intelectual, las opiniones le eran tan necesarias como los sombreros. Él prefería, si ha de decirse la verdad, el liberalismo al conservadurismo que profesaban tantas personas de su partido, y no porque le pareciera más sensata la tendencia liberal, sino porque, sencillamente, se ajustaba mejor al género de vida que él llevaba. El partido liberal afirmaba que todo iba mal en Rusia, y eso era cierto para Stepán Arkádich, que tenía muchas deudas y poco dinero. El partido liberal decía que el matrimonio era una institución que amenazaba ruina y tenía necesidad de urgente reforma; y, en efecto, la vida conyugal tenía muy pocos encantos para Stepán Arkádich, puesto que le obligaba a disimular y mentir, cosas que repugnaban a su modo de ser. Sostenía el partido liberal —o más bien daba a entender— que la religión no era más que un freno puesto a los instintos humanos del pueblo; y Oblonski que no podía resistir sin que le dolieran las piernas los oficios religiosos de más breve duración —que hay que escuchar de pie, pues en Rusia no hay bancos en las iglesias—, no comprendía que la gente hablase tanto del otro mundo, puesto que se vivía tan bien en éste. Añádase a esto que Stepán Arkádich era hombre de genio alegre y se divertía haciendo que se escandalizasen las personas sosegadas: «Ya que tanto se envanecen de sus abuelos, ¿por qué se contentan con Riúrik y reniegan de su primer antepasado, que fue el mono?» El liberalismo habíase hecho hábito en él. Le gustaba ese periódico como le gustaba fumarse un cigarro puro después de comer, para sentir una ligera niebla en torno suyo.

Hojeó el artículo de fondo, el cual pretendía demostrar que, en nuestro tiempo, se comete un grave error al ver en el radicalismo una amenaza a todos los elementos conservadores y que el Gobierno debería tomar medidas para aplastar la hidra revolucionaria. «Por el contrario, nosotros opinamos que el peligro no viene de esa supuesta hidra, sino del terco tradicionalismo que pone obstáculos al progreso, etc.» Leyó otro artículo en que su autor trataba del Tesoro Público, citaba a Bentham y Mill[1] y atacaba al Ministerio. Su aguda perspicacia hacíale adivinar de dónde procedían aquellas alusiones y contra quién iban dirigidas, lo que le hacía experimentar alguna satisfacción, pero, a la sazón, le amargaban esa alegría los consejos que le había dado Matriona Filimónovna y la aflicción que reinaba en la casa. Leyó, también, que el conde de Beust había partido para Wiesbaden; un anuncio que decía «¡Se acabaron las canas!», otro, que vendían un cupé y, otro, que decía que una joven ofrecía sus servicios. Pero esto no le hizo sentir el gozo burlón que le causaba otras veces.

<hr />

[1] Jeremy Bentham (1740-1832), jurista inglés, y James Mill (1773-1836), economista escocés. Sus ideales humanitarios eran muy estimados por la opinión pública rusa.

Después de la lectura y de haberse comido un panecillo de harina fina untado con mantequilla y bebido otra taza de café, el príncipe se levantó, se sacudió las migas del chaleco, irguió su ancho pecho y sonrió complacido. La sonrisa más fue señal de buena digestión que de alegría, pues volvieron a su memoria las cosas tristes que le pasaban y se puso a reflexionar.

En esto oyó dos voces infantiles detrás de la puerta; Stepán Arkádich conoció la de Grisha, su hijo menor, y la de Tania, su hija mayor. Los niños arrastraban algo y se les cayó.

—¡Te he dicho que no pusieras viajeros arriba! —gritó la niña en inglés—. ¡Recógelos!

«Todo anda revuelto —pensó Oblonski—. Como nadie cuida de ellos, los niños hacen lo que quieren.» Se acercó a la puerta y los llamó. Los niños abandonaron la cajita que hacía de tren y obedecieron a su padre.

Tania entró resueltamente y echó los brazos al cuello a su progenitor, de quien era la predilecta. Cuando hubo besado el rostro de su padre, sonrosado por estar su dueño agachado y por la emoción de tener cerca a su hija, Tania quiso marcharse, pero Stepán Arkádich la detuvo.

—¿Qué hace mamá? —preguntó éste, acariciando el cuello blanco y suave de la niña. Y volviéndose a su hijo, que le saludaba, dijo—: ¡Hola!

Stepán Arkádich sabía que amaba menos a su hijo y procuraba disimularlo; pero Grisha sentía la diferencia y por eso no contestó con una sonrisa suya a la sonrisa forzada del autor de sus días.

—Está levantada —respondió la niña.

El príncipe suspiró, al pensar que su esposa había pasado otra noche sin dormir.

—¿Está contenta?

La niña sabía que sus padres habían tenido un disgusto; que su mamá no podía estar contenta, y que su padre, que no lo ignoraba, lo había disimulado haciéndole esa pregunta con tono ligero. Tania se ruborizó al ver la falta de sinceridad de su padre, y éste comprendió lo que pasaba en el alma de su hija y se sonrojó también.

—No sé —musitó Tania—. Mamá no nos ha ordenado estudiar, sino que miss Hull nos lleve a ver a la abuelita.

[63]

—Está bien, Tania; puedes ir a casa de la abuela —respondió el príncipe, acariciando la manecita de la niña—. Espera un poco.

Tomó la caja de bombones que había dejado sobre la repisa de la chimenea el día antes, y eligió dos de los que más le gustaban a Tania, uno de ellos relleno de crema.

—El que no está relleno, ¿es para Grisha? —preguntó la niña.

—Sí.

Stepán Arkádich, después de hacerle otra caricia en la espalda y de besarla en los cabellos y en el cuello, la dejó salir.

Matviéi entró a anunciar:

—El coche está esperando. Y también espera una señora que viene a solicitar algo.

—¿Hace mucho que espera?

—Cosa de media hora.

—¿Cuántas veces habré de decirte que me avisen enseguida?

—Tenía usted que tomar el desayuno —contestó Matviéi con tal tono entre áspero y amistoso, que no había manera de enfadarse.

—Que pase —se limitó a decir Oblonski, ceñudo.

La solicitante era la esposa del capitán Kalinin y pedía una cosa imposible y absurda; pero Stepán Arkádich, fiel a su amabilidad, le ofreció asiento, la escuchó sin interrumpirla, le dijo de qué manera podría conseguir lo que deseaba y hasta escribió —con su hermosa letra grande y clara— una carta de recomendación dirigida a la persona que podría ayudarla. Después de haberse ido la mujer del capitán, tomó el sombrero y se preguntó si olvidaba alguna cosa. No había olvidado más que lo que quería olvidar: a su esposa.

Presa de ansiedad, bajó la cabeza. «¿Voy o no voy?» Una voz interior le decía que era mejor abstenerse, porque se iba a ver en una situación falsa, que era imposible la reconciliación. ¿Podía él hacer que su mujer volviera a ser tan atrayente como antes, podía él hacerse viejo e incapaz de amar a otras mujeres? No; dando ese paso sólo podía esperarse hipocresía y mentira, y él era enemigo de la mentira y la hipocresía.

«Sin embargo, hay que intentarlo, porque esto no puede quedar así», se dijo para darse valor. Se enderezó, sacó un cigarrillo de la pitillera, lo encendió, diole dos chupadas, lo tiró al cenicero de nácar, cruzó el salón andando a pasos largos y abrió la puerta que daba a la habitación de su mujer.

## Capítulo IV

Daria Alexándrovna, con un elegante peinador, junto a un montón de cosas revueltas tiradas al suelo, vaciaba los cajones del suntuoso armario del salón. Se habría peinado de prisa y de cualquier modo, recogiendo en un moño sobre la nuca, su cabellera, antes abundante y hermosa, que se iba haciendo cada vez más clara. Lo demacrado del rostro, a causa de la pena, hacía resaltar sus grandes ojos, que tenían expresión de espanto. Al oír los pasos de su marido, se detuvo un instante, miró hacia la puerta y se esforzó por adoptar una actitud severa y despectiva. Se daba cuenta de que temía tanto a su esposo como a la conversación que iban a tener. Por décima vez en tres días veíase incapaz de reunir sus cosas y las de sus hijos para ir a refugiarse a casa de su madre; por décima vez, sin embargo, decíase que debía hacer algo, castigar al infiel, humillarle, devolverle una pequeña parte de mal que a ella le había hecho; pero, aun diciéndose repetidamente que iba a dejarle, sentía que no haría nada, que no podía dejar de amarle, de considerarle como su marido. Por otra parte, reconocía que, si en su propia casa le costaba tanto atender a sus hijos, peor iba a ser esto en la casa donde pensaba llevarlos. El pequeño se había puesto enfermo por haber tomado caldo agrio, y los otros habían estado a punto de quedarse sin comer el día antes... Comprendía que nunca tendría valor para marcharse, pero intentaba engañarse haciendo los preparativos para irse.

Al ver a su esposo, se puso otra vez a sacar cosas de los cajones y no levantó la cabeza sino hasta que él llegó muy cerca de ella. Entonces Daria, en vez de la actitud resuelta y severa que quería manifestar, le mostró un rostro alterado por el dolor y la indecisión.

—¡Dolli! —exclamó Stepán Arkádich en voz baja.

Oblonski, con la cabeza inclinada, fingía una actitud de arrepentimiento para mover a compasión que desmentía su aspecto exterior, que era de persona rebosante de salud. Daria le lanzó una rápida mirada de cabeza a pies y pudo ver aquella frescura de la tez y aquel aire de satisfacción. «Es feliz y está contento, mientras que yo... —pensó—. ¡Qué odiosa me es esa bondad suya que hace que todo el mundo le quiera!» Daria apretó los labios, y en su pálido rostro tembló un músculo de la mejilla derecha.

—¿Qué quiere usted de mí? —preguntó Daria con sequedad, con una voz honda que no le pareció suya.

—¡Dolli! —volvió a decir Oblonski con trémula voz—. Anna llega hoy...

—¡Me tiene sin cuidado! No pienso recibirla.

—Dolli, es preciso...

—¡Váyase, váyase usted de aquí! —gritó Daria, sin mirar a su marido, como si el dolor le hubiera arrancado este grito.

Stepán Arkádich, lejos de su mujer, había podido conservar la serenidad, esperar que «todo se arreglaría», como había dicho Matviéi; había podido leer tranquilamente el periódico y tomar, no menos tranquilamente, café; pero, al ver el alterado rostro de Daria, al oír los acentos de desesperación y resignación de su esposa, se quedó sin poder respirar, sintió un nudo en la garganta, asomaron a sus ojos las lágrimas.

—¡Qué he hecho yo, Dios mío! ¡Dolli, en nombre del Cielo! Ya ves que...

Oblonski no pudo continuar, porque un sollozo ahogó su voz. Daria cerró el armario y se volvió hacia él.

—Dolli, ¿qué puedo decirte? Pocas palabras. Que me perdones. Recuerda que llevamos nueve años de vivir juntos. ¿No podrán esos nueve años hacer que olvidemos un momento... un momento...?

Daria, con la vista baja, le escuchaba con ansiedad, como implorando la convenciera:

—Un momento de locura...

El príncipe quiso seguir hablando y no pudo. La palabra «locura» había ofendido a su esposa. Ésta volvió a apretar los labios, y otra vez temblaron los músculos de su mejilla derecha.

—¡Váyase, váyase usted! —gritó Daria, más indignada que antes—. No me hable de sus locuras ni de sus bajezas.

Daria quiso salir de la estancia, pero estuvo a punto de caer al suelo y hubo de apoyarse en el respaldo de una silla. El rostro de Oblonski se alteró; al príncipe le temblaron los labios y se le llenaron de lágrimas los ojos.

—Dolli —suplicó Stepán Arkádich, sollozando casi—, en nombre del Cielo, piensa en nuestros hijos. Ellos no tienen la culpa. ¡La culpa es mía, sólo mía! ¡Castígame! ¡Dime cómo he de expiarla! Estoy dispuesto a todo. Reconozco mis faltas. No encuentro palabras para expresar mi arrepentimiento. ¡Perdóname, Dolli; te lo suplico!

Daria se sentó. El príncipe oía con infinita compasión la difícil y fatigosa respiración de su mujer. Daria intentó varias veces hablar, sin poder lograrlo. Oblonski esperaba.

—Tú piensas en los hijos cuando tienes ganas de jugar con ellos —pudo, por fin, decir Daria—; pero yo pienso en ellos a todas horas y sé que van a ser desgraciados.

Era ésta, sin duda, una de las frases que ella se había dicho muchas veces durante aquellos tres días.

Stepán Arkádich observó que su mujer había vuelto a tutearle. La miró con agradecimiento e hizo ademán de tomarle la mano; pero ella le detuvo haciendo un gesto de desagrado.

—Pienso en los hijos y haré cuanto sea menester para salvarlos. Sólo que aún no sé qué será mejor para ellos; si separarlos de su padre o dejarlos con un libertino... Dígame usted..., después de lo que ha pasado, ¿es posible seguir viviendo juntos? ¿Es posible? ¡Responda! ¿Es posible?

Daria, gritando cada vez más, siguió repitiendo: «¿Es posible?»

—Cuando mi marido —añadió—, el padre de mis hijos, sostiene relaciones amorosas con su institutriz...

—¿Y qué podemos hacer ahora? —preguntó Stepán con voz triste, sin saber lo que decía, bajando cada vez más la cabeza.

—Me da usted asco, me repugna —le gritó enardeciéndose más y más—. ¡Sus lágrimas son agua! ¡Nunca me ha amado! ¡No tiene corazón ni sabe lo que es nobleza! Usted no es más que un extraño, sí, ¡un extraño!

Daria pronuncio este último «extraño» con mucho énfasis, como arranque de dolorosa indignación, como palabra espantosa y fatal.

El príncipe la miró. El airado rostro de su mujer le sorprendió y asustó. La compasión que él mostraba irritaba a Dolli, que no necesitaba compasión sino que esperaba amor. Pero Oblonski no comprendía a su mujer y pensaba: «Me odia. No me perdonará nunca.»

—¡Es terrible, terrible! —musitó Stepán Arkádich.

En aquel momento empezó a llorar uno de los niños, que sin duda se había caído en la habitación contigua. Daria Alexándrovna aguzó el oído, y su semblante cobró dulce expresión; pareció serenarse, titubeó un instante, se puso en pie de golpe y se dirigió hacia la puerta.

«Quiere a mi hijo —pensó Oblonski después de observar cómo cambió la expresión de su rostro al oír gritar al niño—, a *mi* niño: ¿cómo puede odiarme?»

—¡Dolli! Una palabra nada más... —insistió el marido siguiéndola.

—Si me sigue, llamaré a los criados y a los niños, para que sean testigos de su vileza. Yo me marcho hoy. Así podrá usted traer a su amante.

Y Daria salió dando un portazo.

Stepán Arkádich suspiró, se enjugó el rostro y echó a andar a paso lento hacia la puerta. «Matviéi cree que esto se arreglará. No veo cómo. ¡Qué horror! ¡Qué modales tan ordinarios tiene!» El príncipe recordaba los gritos de su esposa y las palabras «amante» y «vileza». «¡Ojalá no hayan oído nada los niños! Sí, todo esto es muy vulgar.» Se detuvo un momento, se secó los ojos, suspiró, se irguió y salió de la estancia.

Era viernes. En el comedor estaba el relojero —que era alemán— dando cuerda al reloj. Stepán Arkádich recordó que, admirado de la puntualidad de ese hombre calvo, había dicho un día: «Este alemán ha nacido para pasarse la vida dando cuerda a los relojes.» Le hizo sonreír el recuerdo de esa chuscada. A él los chistes graciosos nunca le dejaban indiferente. «Al fin y al cabo, puede ser que esto se arregle —pensó—. Es bonita la palabra "arreglar", me gusta. La usaré siempre que pueda.»

Llamó a Matviéi y, cuando se presentó el criado, le ordenó:

—Entre tú y María arreglaréis el saloncito para cuando llegue Anna Arkádievna.

—Lo que mande el señor.

Oblonski se puso el gabán de pieles y salió a la escalera seguido de Matviéi.

—¿Comerá en casa el señor? —preguntó el fiel criado.

—No sé, depende de mis ocupaciones —respondió el príncipe. Y sacando de su cartera un billete de diez rublos, se lo dio a Matviéi, diciendo—: Toma, para el gasto. ¿Habrá bastante?

—Tanto si hay bastante como si no, nos habremos de arreglar con ello —repuso Matviéi, cerrando la portezuela del coche.

Entretanto, Daria Alexándrovna había consolado al niño. Al oír el ruido que hacía el coche al alejarse, supo que se había ido su esposo y volvió enseguida a su habitación, que era el único refugio contra el tráfago doméstico que la acosaba en cuanto salía. En el breve espacio de tiempo que había estado ausente de allí, la inglesa y Matriona Filimónovna la habían mareado a preguntas sobre cosas que sólo ella podía resolver. «¿Qué vestidos hay que poner a los niños para salir de paseo?» «¿Hemos de dar leche a los niños?» «¿Hay que buscar otro cocinero?»

«¡Dejadme en paz!», les había contestado. Y de vuelta al dormitorio, se sentó de nuevo en el mismo lugar donde se había desarrollado la conversación con su marido, recordaba las palabras pronunciadas y las actitudes mostradas, retorciéndose las descarnadas manos, de cuyos flacos dedos se salían las sortijas. «¡Se ha ido! ¿Ha roto sus relaciones con esa mujer? ¿Va a verla todavía? ¿Por qué no se lo he preguntado? No es posible la reconciliación. Si siguiéramos viviendo juntos, seríamos como extraños el uno para el otro, ¡extraños siempre! ¡Y cuánto le he querido, Dios mío, cuánto le he querido! Y ahora mismo, ¿no le sigo queriendo más que antes?»

En esto entró Matriona Filimónovna y la sacó de sus pensamientos:

—Mande, al menos, que vayan a buscar a mi hermano —dijo la niñera—. Si él no viene a hacer la comida, los niños van a estar, como ayer, sin probar bocado hasta las seis de la tarde.

—Ahora salgo. Dispondré lo que se haya de hacer. ¿Habéis ido ya por leche fresca?

Y Daria Alexándrovna se hundió en las tareas cotidianas y en ellas ahogó por un momento su dolor.

CAPÍTULO V

STEPÁN Arkádich, gracias a sus buenas prendas naturales, había adquirido alguna cultura; pero, como era perezoso y distraído, había salido del colegio sabiendo poco. Sin embargo, pese a la desordenada vida que llevaba, a ser una medianía y a su relativa juventud, desempeñaba un cargo importante y bien remunerado; el de presidente de sala de un tribunal de Moscú. Debía este empleo a la protección del esposo de su hermana Anna, Alexiéi Alexándrovich Karenin, que era uno de los jefes del Ministerio de Justicia. Pero, a falta del cuñado, un centenar de personas —hermanos, tíos y primos— habrían proporcionado a Stiva Oblonski este puesto u otro por el estilo, así como también los seis mil rublos de sueldo que, a despecho de los cuantiosos bienes que poseía su esposa, necesitaba, porque los negocios iban mal.

La mitad de las personas de posición de Moscú y de Peterburgo[1] eran amigos o parientes de Stepán Arkádich. Había nacido entre los poderosos de este mundo, tanto los de ayer como los de mañana. Un tercio de los personajes influyentes, amigos de su padre, personas de edad, le conocían desde cuando llevaba pañales; otro tercio, le tuteaba, y los demás eran más que simples conocidos. Por consiguiente, los dispensadores de los bienes terrenales en forma de empleos, arrendamientos, concesiones, etc., eran amigos de él y no podían dejar sin protección a uno de los suyos. No le costó, pues, mucho

---

[1] La actual ciudad de Leningrado se llamó Peterburgo (San Peterburgo en la lengua oficial y Píter en el lenguaje coloquial) hasta 1914 y Petrogrado durante el periodo comprendido entre 1914 y 1924.

trabajo conseguir el cargo. Sólo le habían pedido que no se mostrara brusco, ni envidioso, ni colérico, ni susceptible, que eran defectos incompatibles con su bondad natural... Le hubiese parecido gracioso que no le hubieran dado el cargo y el sueldo que necesitaba. ¿Exigía él cosas extraordinarias? No; sólo un empleo como el que lograban muchas personas de su edad y condición, que él se sentía capaz de desempeñar tan bien como cualquier otro.

Stepán Arkádich no sólo se hacía querer por su carácter afable y su indiscutible buena fe; su agradable presencia, sus vivos ojos, sus cejas y cabellos negros, el color de su cutis, que parecía amasado con leche y rosas... En suma, su persona toda, tenía no se sabe qué encanto natural que alegraba los corazones y los llevaba hacia él irresistiblemente.

«¡Oh, Stiva Oblonski!», exclamaban al verle, casi siempre con sonrisa alegre; y, aunque el encuentro sólo dejara recuerdos algo vagos, no por eso se alegraban menos cuando volvían a verle al día siguiente o al otro.

En los tres años que venía ejerciendo su alto cargo en Moscú, Stepán Arkádich habíase granjeado, no sólo el afecto, sino también el aprecio de sus colegas y de todas las personas que le trataban. Las prendas que le valían esta estimación general eran, en primer lugar, una extremada indulgencia para con sus iguales, fundada en el conocimiento de sus propios defectos; y en segundo término, un liberalismo absoluto, no el liberalismo del que exponían los principios los periódicos, sino un liberalismo innato, que le hacía tratar a todo el mundo con espíritu de igualdad, sin miramiento al rango ni a la posición económica; y, por último, y sobre todo, una indiferencia absoluta para los negocios que había de resolver, lo cual le permitía no apasionarse y, por consiguiente, no cometer errores.

En cuanto llegó al Tribunal, Stepán Arkádich, con la cartera en la mano y seguido del ujier, entró en su despacho para ponerse el uniforme, y de allí pasó a la Sala del Consejo. Los funcionarios se pusieron en pie y le saludaron con deferente afabilidad. Oblonski se apresuró, como siempre, a ocupar su puesto y se sentó tras haber estrechado la mano a los demás componentes del Consejo. Conversó y bromeó con éstos tanto como lo exigían las conveniencias y luego abrió la sesión. Nadie como él sabía templar el tono oficial con aquella llaneza y sencillez que hacen tan grato el despacho de los negocios. Con aire desenvuelto, aunque respetuoso, como hacían todos los que tenían la suerte de servir a las órdenes de tal jefe, el secretario se acercó a Stepán Arkádich, le entregó unos papeles y le habló con la familiaridad que Oblonski había puesto en uso allí.

—Por fin hemos podido conseguir los datos que teníamos pedidos al Consejo Provincial de Pienza. Con su permiso, los dejo sobre la mesa.

—Por fin están aquí —dijo Oblonski, poniendo el dedo sobre los documentos—. Pues bien, señores...

«Si supiesen —pensaba Stepán Arkádich, que escuchaba, risueños los ojos, con la cabeza ladeada para mostrar el interés con que oía el informe que le estaban leyendo—, ¡si supiesen la cara de chiquillo sorprendido haciendo una travesura que tenía su presidente hace un momento!»

La sesión se suspendía a las dos de la tarde para ir a comer. Aún no habían dado las dos, cuando se abrió la gran puerta vidriera de la sala y entró alguien. Todos los miembros del Consejo —tanto los que estaban sentados bajo el retrato del zar como los que estaban medio ocultos tras el espejo de la Justicia—, contentos de aquella inesperada diversión, volvieron la cabeza hacia allí; pero el ujier hizo salir al intruso enseguida y cerró la puerta tras éste.

Terminada la lectura del informe, Stepán Arkádich se estiró, se levantó y, ofreciendo un sacrificio al liberalismo de la época, se atrevió a encender un cigarrillo en la mismísima Sala del Consejo; después pasó a su despacho seguido de dos colegas; del viejo funcionario Nikitin y del gentilhombre Griniévich.

—Tendremos tiempo de acabar después de almorzar —dijo Stepán Arkádich.

—Sí —asintió Nikitin.

—Ese Fomín ha de ser un pícaro redomado —opinó Griniévich, refiriéndose a uno de los personajes que intervenían en el asunto puesto a discusión.

Con su silencio y un gesto significativo, Oblonski dio a entender a Griniévich que no era conveniente hacer juicios temerarios.

—¿Quién era el hombre que ha entrado en la sala? —preguntó Oblonski al ujier.

—Preguntó por su excelencia y entró mientras yo estaba de espaldas. Le he dicho que esperase hasta que salieran los señores...

—¿Dónde está?

—Seguramente en el vestíbulo, porque hace un momento estaba allí. ¡Mírelo!, ahora sube.

Y el ujier señalaba a un buen mozo, ancho de hombros, con barba rizada, quien, sin tomarse la molestia de quitarse el gorro de pieles, subía por la escalera de piedra por la que bajaban a la sazón los colegas de Stepán Arkádich con la cartera bajo el brazo. Uno de éstos, hombre muy delgado, se detuvo, miró sin el menor agrado al que subía y se volvió para interrogar con la vista a Oblonski, que estaba en lo alto de la escalera, y cuyo lustroso rostro, realzado por el bordado cuello del uniforme, mostróse aún más alegre y risueño al reconocer al que subía.

—¡Es Lievin! —exclamó, obsequiando a éste con una sonrisa afectuosa, aunque burlona. Stepán Arkádich, no contento con estrecharle la mano, lo abrazó y le dijo—: ¿Cómo te has dignado venir a verme a esta «madriguera»? ¿Cuándo has llegado?

—Ahora mismo —respondió Lievin, lanzando miradas asustadas y recelosas en derredor—. Tenía muchos deseos de verte.

—Bien. Vamos a mi despacho.

Oblonski conocía la extrema susceptibilidad de su amigo y por eso le tomó del brazo y tiró de él como para ayudarle a pasar por un sitio difícil.

Setepán Arkádich tuteaba a casi todos sus conocidos —ancianos de sesenta años, jóvenes de veinte, actores, ministros, comerciantes, ayudantes de campo del zar—, y muchos de los así tuteados, que estaban situados en los extremos de la escala social, se hubiesen sorprendido mucho si hubieran sabido que, gracias a Oblonski, había entre ellos un punto de contacto. Tuteaba a todos los que bebían champaña con él, o dicho de otro modo, a todo el mundo; pero, cuando veía que a alguien le sentaba mal el tuteo delante de sus subordinados, tenía buen cuidado de evitar las impresiones desagradables.

Aunque Lievin no pertenecía a esta categoría, tal vez creía que Oblonski no quería tratarle como amigo íntimo delante de sus inferiores. Stepán Arkádich, que tenía mucho mundo, habíase dado cuenta de ello enseguida, y por eso había llevado a su amigo a su despacho.

Lievin y Oblonski tenían casi la misma edad, y su tuteo mostraba algo más que una amistad de mesa. Eran amigos desde la adolescencia, y, a pesar de la diferencia de caracteres y de gustos, se querían como se quieren los amigos que lo son desde la primera juventud. Sin embargo, como suele suceder a las personas que ejercen profesiones distintas, cada uno de ellos, aunque aprobaba —sirviéndose para ello de su buen juicio— la carrera de su amigo, la despreciaba en el fondo de su alma; cada uno de ellos consideraba la vida que llevaba como la única vida real y verdadera, y la de su amigo un puro espejismo. Oblonski al ver a Lievin, nunca podía reprimir una sonrisita de mofa. ¡Cuántas veces le había visto volver del campo, donde se entregaba a trabajos que él no sabía por qué se hacían y que, por otra parte, le interesaban muy poco! Lievin siempre parecía ser presa de una prisa febril, un poco patán y humillado por serlo. Lievin tenía ideas nuevas e imprevistas acerca de la vida y de las cosas. Estos modos de obrar y de hablar divertían mucho a Stepán Arkádich. Lievin, por su parte, despreciaba el género de vida —por ser demasiado ciudadano— de su amigo y no se tomaba en serio los cargos públicos que éste desempeñaba. El uno se reía del otro; pero, como Oblonski observaba la ley común, su risa era alegre y de hombre de buen carácter, y la de Lievin vacilante y, a veces, enfadada.

—Hace tiempo que te esperábamos —dijo Stepán Arkádich, al entrar en su despacho, donde soltó el brazo de Lievin como para demostrar a éste que había pasado el peligro—. Me alegro mucho de verte. ¿Cómo te va? ¿Qué haces? ¿Cuándo has llegado?

Lievin miraba en silencio a los dos colegas de Oblonski, a los que no conocía. Las manos del elegante Griniévich; sus dedos blancos y delgados; sus uñas, largas, amarillentas y curvadas en su extremo; los gemelos de los puños de la camisa absorbían la atención de Lievin y le impedían ordenar sus ideas. Oblonski se dio cuenta de esto y sonrió.

—¡Ah, sí!, es verdad. Permitidme señores, que os presente. Mis colegas Filip Iványch Nikitin y Mijaíl Stanislávich Griniévich —y volviéndose hacia Lievin, dijo Oblonski—: Un hombre nuevo, labrador, uno de los pilares del *zemstvo*[2], un gimnasta que levanta un peso de ciento cincuenta libras con una sola mano, gran ganadero y gran cazador, y lo que es más, amigo mío, Konstantín Dmítrich Lievin, hermano de Serguiéi Iványch Koznishov.

—Encantado —dijo el viejecito.

—Tengo el honor de conocer a su hermano —declaró Griniévich, tendiendo a Lievin una de sus cuidadas manos.

El rostro de Lievin se entristeció. Estrechó fríamente la mano que le tendían y se volvió hacia Oblonski. Aunque respetaba mucho a su hermanastro, escritor conocido en toda Rusia, le gustaba poco que se dirigieran a él como hermano del célebre Koznyshov.

—Ya no me ocupo en negocios del *zemstvo* —manifestó Lievin, dirigiéndose a Oblonski—. Estoy enemistado con todos mis colegas y no asisto a las sesiones.

—¡Pronto has llegado a eso! —repuso Stepán Arkádich, sonriendo—. ¿Cómo y por qué ha sido?

—Es largo de explicar y te lo contaré otro día —respondió Lievin, lo cual no le impidió contarlo enseguida, pues, con tono de hombre ofendido, añadió—: Para ser breve, te diré que estoy convencido de que esa institución no podía adoptar decisiones en firme y que no podía ser de otro modo. Allí se juega al Parlamento, y yo no soy tan joven ni tan viejo como para divertirme con juguetes. Por otra parte —y Lievin se quedó un poco cortado—, es un medio para que la *coterie*[3] rural gane dinero. Antes había organismos tutelares y tribunales y ahora está el *zemstvo;* antes había que dar dinero a los funcionarios públicos para excitar su celo, y hoy se cobran sueldos sin ganarlos.

---

[2] Asambleas o Cámaras autónomas provinciales y municipales, que se crearon en Rusia en tiempos de Alejandro II.

[3] camarilla. (En francés en el original.)

Lievin recitó esta retahíla con vehemencia, como si alguno de los presentes rebatiera su opinión.

—¡Vaya, vaya! —exclamó Stepán Arkádich—. Por lo que veo, estás en nueva fase. ¡Te estás volviendo conservador! Hablaremos de esto después.

—Sí, después, porque tengo mucha necesidad de hablar contigo —apremió Lievin, cuya mirada, cargada de odio, no podía apartarse de la mano de Griniévich.

Oblonski sonrió imperceptiblemente.

—¿Tú eres el que no quería vestir a la europea? —exclamó éste, mirando el traje nuevo de su amigo, obra evidente de un sastre francés—. Decididamente, es una fase nueva.

Lievin se sonrojó, pero no como los adultos, que lo hacen casi siempre sin darse cuenta, sino como los niños, que al sonrojarse comprenden lo ridículo de su timidez, lo que excita aún más su rubor, casi hasta las lágrimas.

Esa expresión pueril causaba un efecto tan extraño en aquel rostro inteligente y varonil, que Oblonski desvió la mirada.

—¿Dónde podremos hablar? —preguntó Lievin.

Stepán Arkádich reflexionó un instante.

—¿Quieres que vayamos a almorzar a casa de Gurin? Allí hablaremos tranquilamente. Estoy libre hasta las tres.

—No —respondió Lievin tras reflexionar un momento—. Tengo que hacer una cosa antes.

—Entonces, comamos juntos.

—No es nada de particular lo que tengo que decirte; dos palabras... Hablaremos despacio en otro momento.

—Si es así, dime esas dos palabras ahora, y, mientras comemos, charlaremos.

—No tienen nada de particular...

El rostro de Lievin adquirió de repente una expresión desagradable, efecto del esfuerzo que hacía por vencer su timidez.

—¿Qué hacen los Scherbatski? ¿Sigue todo como antes?

Stepán Arkádich hacía tiempo que sabía que Lievin estaba enamorado de su cuñada Kiti. Se sonrió un poco, y sus ojos brillaron de alegría.

—Tú has dicho tus dos palabras, pero yo no puedo contestarte con tan pocas... Perdóname un instante.

En esto entró el secretario, con su respetuosa familiaridad

de siempre, aunque convencido, como todos los secretarios, de su superioridad sobre su jefe, en cuestión de negocios. Mostró unos papeles a Oblonski y, en forma de pregunta comenzó a explicarle cierta dificultad. Stepán Arkádich, sin dejarle acabar de explicarse, le puso amigablemente la mano en el brazo.

—Haga lo que le he dicho —indicó, suavizando el tono en que daba la orden con una sonrisa. Y después de explicar brevemente el modo en que él entendía el asunto, sin tomar los papeles, agregó para terminar—: Me ha entendido usted, ¿verdad, Zajar Nikítich?

El secretario, turbado, se fue. Lievin había escuchado esa breve conversación con atención burlona, con las manos apoyadas en el respaldo de una silla.

—¡No lo comprendo! ¡La verdad, es que no lo comprendo!

—¿Qué es lo que no comprendes? —preguntó Oblonski, sin dejar de sonreír, buscando un cigarrillo, porque esperaba que su amigo iba a decir alguna cosa rara.

—No comprendo qué hacéis aquí —contestó Lievin encogiéndose de hombros—. ¿De veras te tomas en serio todo esto?

—¿Por qué me lo preguntas?

—Porque no conduce a nada.

—¿Crees tú? Estamos sobrecargados de trabajo.

—¡Valiente trabajo! Garrapatear, ensuciar papel. Pero tú siempre has tenido un don especial para estas cosas.

—¿Quieres decir que me falta algo?

—Puede ser que sí. Sin embargo, no puedo menos de admirar tu hermosa planta, y me siento orgulloso de tener por amigo a un hombre que es un personaje tan importante. A todo esto, no has contestado todavía a lo que te he preguntado.

Lievin dijo esto haciendo un violento esfuerzo por mirar a Oblonski al rostro.

—Por más que digas, acabarás por hacer esto tú también, más tarde o más temprano. Aunque tienes tres mil hectáreas de tierras en el distrito de Kazarin, músculos de hierro y conservas aún la frescura de una niña de doce años, acabarás viniendo aquí. En cuanto a lo que me has preguntado, no hay cambio alguno; pero has hecho mal en tardar tanto en venir.

—¿Por qué? —preguntó, asustado, Lievin.

[77]

—Porque... Ya hablaremos de esto. ¿Puedes decirme a qué has venido?

—Ya hablaremos de eso también —respondió Lievin, enrojeciendo hasta las orejas otra vez.

—Comprendo —dijo Stepán Arkádich—. Te hubiera rogado que vinieses a casa a comer, pero mi mujer está algo indispuesta. Si quieres verlos, los encontrarás, de cuatro a cinco, en el parque zoológico. Kiti estará patinando. Ve a verlas. Yo te iré a buscar allí y luego iremos a cenar a cualquier sitio.

—Pues ¡hasta luego!

—¡Acuérdate! —subrayó Stepán Arkádich, riendo—. Te conozco y sé que eres capaz de olvidarlo o de marcharte a tu tierra de pronto.

—Pierde cuidado.

Lievin había dejado ya a sus espaldas la puerta del despacho cuando se dio cuenta de que no se había despedido de los colegas de Oblonski.

—Es un mozo lleno de energías —comentó Griniévich cuando hubo salido Lievin.

—Sí, querido amigo —respondió Oblonski, meneando la cabeza—. Ha nacido de pie: ¡Tres mil hectáreas de tierras en el distrito de Kazarin! ¡Una salud de toro y un brillante porvenir! ¡Tiene más suerte que nosotros!

—Usted no puede quejarse.

—Pues me quejo —replicó Stepán Arkádich dando un hondo suspiro—. ¡Todo me sale mal, muy mal!

## Capítulo VI

Cuando Oblonski preguntó a Lievin a qué había venido a Moscú, éste se sonrojó y se indignó consigo mismo por haberse sonrojado y por no haber sabido decirle: «He venido para pedir la mano de tu cuñada», ya que sólo había venido a Moscú para eso.

Las familias Lievin y Scherbatski, ambas de antiguo linaje aristocrático en Moscú, habían mantenido siempre excelentes relaciones, las cuales se hicieron aún más estrechas en la época en que Lievin y el joven príncipe Scherbatski, hermano de Dolli y Kiti, se preparaban para el examen de ingreso en la Universidad y mientras estudiaron la carrera en aquella docta institución. Por aquel tiempo, Lievin, que frecuentaba la casa de los Scherbatski, se enamoró de esa casa. Sí, por extraño que parezca, Konstantín Lievin estaba enamorado de la casa, de la familia, y, sobre todo, del elemento femenino de la familia Scherbatski. Como no podía recordar a su madre por haber ésta fallecido siendo él muy niño, y la única hermana que tenía era mayor que él, fue en aquella casa donde aprendió los hábitos honestos y cultivados de nuestra antigua aristocracia, y en donde halló de nuevo el ambiente de que le había privado la muerte de sus padres. Veía a todos los individuos de esa familia, sobre todo a las mujeres, a través de un velo poético y misterioso. No solamente no veía en ellos defecto alguno, sino que les atribuía los más nobles sentimientos y las perfecciones más ideales. ¿Por qué esas tres jóvenes tenían que hablar un día en francés y otro en inglés? ¿Por qué, a hora fija y por turno, tenían que tocar en un piano cuyos sones subían hasta la habitación de su hermano, donde trabajaban los estudiantes? ¿Por qué entraba un maestro cuando salía otro para dar lección a las señoritas de literatura francesa, música, dibujo y baile? ¿Por qué, a ciertas horas del día, las tres niñas, acompañadas por *m-lle* Linon, iban en calesa al Paseo de Tvier y luego se paseaban por allí, a pie, vigiladas por un lacayo que llevaba un sombrero adornado con una escarapela de oro? Las jóvenes se abrigaban con capas de raso forradas en pieles; la de Dolli era larga; la de Natalia medio larga, y la de Kiti, tan corta, que dejaba ver sus bien hechas piernecitas enfundadas en medias encarnadas. Todas esas cosas, y otras muchas, eran incomprensibles para Lievin. No obstante, lo que pasaba en aquel mundo no podía ser sino perfecto. Eso lo sabía Lievin, y precisamente por eso le había cautivado aquel mundo de misterio.

Durante sus años de estudiante estuvo a punto de prendarse de Dolli, la mayor; mas, cuando la casaron con Oblonski, puso su amor en la hija segunda. Sentía vagamente que tenía la obligación de amar a una de las tres, sin saber a cuál. Pero Natalia, a poco de haber sido presentada en sociedad, casó con un diplomático llamado Lvov. Kiti era todavía una niña cuando

Lievin terminó sus estudios universitarios. El joven Scherbatski se ahogó en el Báltico poco tiempo después de ingresar en la Marina, y las relaciones de Lievin con la familia de éste, a pesar de la amistad con Oblonski, se enfriaron. Pero tras un año de vivir en el campo, había hecho un viaje a Moscú, a comienzos del invierno. Había visitado a los Scherbatski y comprendido cuál de las tres hermanas le reservaba el destino.

Al parecer, era cosa fácil pedir la mano de la princesita Scherbatski. Un hombre de treinta y dos años, de buena familia y bien acomodado, tenía muchas probabilidades de ser considerado como un buen partido. Pero Lievin estaba enamorado; veía en Kiti un ser supraterreno, sumamente perfecto. Y él, por el contrario, se tenía por un individuo muy inferior, muy al ras del suelo, y no admitía que le juzgasen —ella menos que los demás— digno de ser dueño de aquella perfección.

Después de haber pasado dos meses en Moscú, que le parecieron un sueño, viendo todos los días a Kiti en un mundo que él se había puesto a frecuentar para verla, creyó que esa boda era imposible y regresó a sus tierras.

Lievin habíase convencido de que, a los ojos de los padres, no era un partido digno de su hija y de que la hermosa Kiti no le querría nunca.

A los ojos de los padres de Kiti, él no tenía carrera ni posición social. Entre sus amigos, había uno que era ya coronel y ayudante de campo de su majestad; otro, era profesor; Fulano era director de un Banco o de una Compañía de ferrocarriles; Zutano, como Oblonski, desempeñaba un alto cargo en la Administración. A él debían de tenerle, y eso lo sabía muy bien, por un hacendado ocupado en la cría de ganado, en la caza de agachadizas y en vigilar sus dependencias, es decir, por un fracasado que ejercía los oficios que acostumbran a ejercer los fracasados.

La hermosa, la misteriosa Kiti, jamás querría a un hombre tan feo, tan vulgar, como él creía ser. Sus antiguas relaciones con la joven que, por la larga amistad que había tenido con el hermano mayor de ésta, eran las de un hombre de edad madura con una niña, le parecían un impedimento más. Lievin pensaba que se podía profesar algún afecto a un hombre de bien como él, a pesar de su fealdad; pero sólo un hombre hermoso y dotado de cualidades superiores podía hacerse amar con un amor semejante al que él sentía por Kiti. Había oído contar que las mujeres se enamoran, a veces, de hombres feos y que no son más que medianías; pero él no lo creía, porque juzgaba por sí a los demás, y él se enardecía solamente por las mujeres bonitas, poéticas y sublimes.

No obstante, después de haber pasado dos meses en la aldea, se convenció de que el sentimiento que le dominaba no se parecía en nada a los apasionamientos que había tenido en su primera juventud, que este sentimiento no le dejaba un minuto de reposo, que no podría vivir sin resolver la grave cuestión de si ella sería o no su esposa. En fin, tenía pensamientos negros aun sin saber si iba a ser rechazado. Por eso partió para Moscú con el firme propósito de pedir la mano de Kiti y de casarse si lo aceptaban. Si no... Lievin no podía imaginar las consecuencias de una negativa.


## Capítulo VII

LIEVIN, que llegó a Moscú en el tren de la mañana, se hizo conducir a casa de su hermano de madre con la intención de explicarle enseguida el motivo de su viaje y pedirle consejo como al primogénito. Después de asearse, penetró en el despacho de Koznyshov, pero no halló a éste solo. Un célebre profesor de filosofía había venido expresamente de Járkov para aclarar el desacuerdo que sobre un grave problema existía entre ellos. El profesor hacía una guerra encarnizada a los materialistas. Serguiéi Koznyshov, que seguía con interés su polémica, habíale hecho algunas objeciones acerca del último artículo que había publicado, y le reprochaba el mostrarse demasiado conciliador. Tratábase de una cuestión que estaba de moda a la sazón: ¿existe en la actividad humana un límite entre los fenómenos psíquicos y los fenómenos fisiológicos, y dónde se halla este límite?

Serguiéi Ivánovich recibió a su hermano con la sonrisa fríamente amable que concedía a todo el mundo, y después de haberle presentado a su interlocutor, prosiguió la conversación.

El filósofo, hombre bajito, de frente estrecha, con lentes, calló un momento para contestar el saludo de Lievin, y luego, sin volver a hacer caso de éste, reanudó el hilo de su discurso. Lievin se sentó para esperar hasta que se marchase aquel buen hombre, pero enseguida le interesó el tema de la discusión.

Lievin había leído en las revistas los artículos de que hablaban. Le interesaban como interesan los adelantos de esas ciencias a un ex estudiante de Ciencias Naturales; pero nunca había reunido —para compararlas y conocer sus analogías o diferencias— las conclusiones de la ciencia sobre los orígenes del hombre, los reflejos, la biología, la sociología y las cuestiones que a él le preocupaban cada vez más desde hacía algún tiempo, a saber, el sentido, el significado de la vida y el de la muerte.

Observó, en tanto escuchaba la conversación, que los dos interlocutores establecían cierto vínculo entre las cuestiones científicas y las psíquicas, y muchas veces le pareció que iban a tratar de ese tema; pero, tan pronto se acercaban al tema, que para Lievin era capital, se alejaban del mismo, de repente, para hundirse en divisiones, subdivisiones, limitaciones, citas, alusiones, remisiones a lo que afirmaban las autoridades en la materia, y Lievin apenas entendía lo que decían.

—No puedo —dijo Serguiéi Ivánovich en su lenguaje claro, conciso y elegante—. No puedo en ningún caso admitir, como hace Keiss, que toda mi representación del mundo exterior dimane de mis impresiones. La concepción fundamental del ser no la he recibido de la sensación, porque no existe órgano especial para la transmisión de esta concepción.

—Sí. Pero Wurst, Knaust y Pripásov le responderán que el conocimiento que usted tiene del ser procede del conjunto de sensaciones, que es el resultado de las sensaciones. Wurst llega hasta a afirmar que, sin la sensación, el conocimiento del ser no existe.

—Yo sostengo, por el contrario...

Pero en aquel momento, Lievin atajó a su hermano, pues creyó, una vez más, que se iban a alejar del punto principal, y por eso se decidió a hacer al profesor la pregunta siguiente:

—En este caso, si no existen mis sentidos, si mi cuerpo está muerto, no hay existencia posible, ¿verdad?

El profesor, lleno de despecho y como ofendido por la interrupción, miró de hito en hito al interrogador, que más parecía un zafio que un filósofo, y lanzó a Serguiéi Ivánovich una mirada que quería decir: «¿Merece respuesta una pregunta así?» Pero Serguiéi Ivánovich no era tan dominante ni tan apasionado como el profesor. Era lo bastante comprensivo para poder, en tanto discutía con él, comprender el punto de vista cándido y natural que había sugerido la pregunta, por lo que respondió, sonriendo:

—No tenemos derecho todavía a resolver este problema.

—Nos faltan datos —confirmó el profesor, que volvió enseguida a su tema—. Yo no puedo demostrar que si el fundamento de la sensación es la impresión, como dice claramente Pripásov, debemos, sin embargo, distinguirlas rigurosamente...

Lievin ya no le escuchaba. Estaba deseando que se fuese.

## Capítulo VIII

DESPUÉS de haberse ido el profesor, Seguiéi Ivánovich se volvió hacia su hermano:

—Estoy muy contento de que hayas venido ¿Vas a quedarte mucho tiempo aquí? ¿Marcha bien el negocio?

Koznyshov se interesaba muy poco por los labores agrícolas y había hecho esa pregunta sólo por condescendencia. Lievin, que no lo ignoraba, se limitó a darle algunas explicaciones acerca de la venta del trigo y de los ingresos que había producido. Lievin había venido a Moscú con el firme propósito de consultar a su hermanastro sobre sus proyectos matrimoniales. Pero después de haberle oído discutir con el profesor y luego hacerle a él, con tono voluntariamente protector, esa vulgar pregunta sobre una cuestión de intereses —eran propietarios proindiviso de la finca que les había dejado su madre, y Lievin administraba ambas partes—, no se sintió con ánimos de hablar, porque comprendía vagamente que su hermano no vería las cosas como él deseaba que las viese.

—¿Y qué me cuentas del *zemstvo*? —preguntó Serguiéi, que tenía mucho interés por esas asambleas y les concedía gran importancia.

—No sé nada.

—¡Cómo! ¿No eres vocal de la Comisión Ejecutiva?

—Ya no. He renunciado al cargo y no asisto a las reuniones.

—¡Qué lástima! —exclamó Serguiéi, frunciendo las cejas.

Lievin, para disculparse, quiso contar lo que pasaba en esas asambleas, pero su hermano le interrumpió, diciendo:

—Siempre hacemos lo mismo los rusos. Puede que sea un rasgo de nuestro modo de ser el reconocer nuestros defectos, pero los exageramos y nos complacemos en la ironía que ponemos en nuestra lengua. Déjame que te diga que si le fueran concedidos nuestros privilegios a otra nación europea, a Alemania o a Inglaterra, por ejemplo, ésta sabría sacar de ellos la libertad. En cambio, nosotros los hacemos objeto de burla.

—¿Qué quieres que le haga? —respondió Lievin, con tristeza—. Ha sido la última prueba que he hecho y he puesto en ella, en vano, toda mi alma. No sirvo para eso.

—Sí que sirves —replicó Serguiéi—. Sólo que no miras las cosas como es debido.

—Es posible —confesó Lievin, abrumado.

—¿Sabes que Nikolái está otra vez aquí?

Nikolái Lievin, hermano mayor de Konstantín y hermanastro de Serguiéi Ivánovich, era un descarriado. Había dilapidado gran parte de su fortuna, estaba enemistado con la familia y andaba en malas compañías.

—¡Qué dices! —exclamó Lievin, asustado—. ¿Cómo lo sabes?

—Prokofi le vio en otro día en la calle.

—¿En Moscú? ¿Sabes dónde vive?

Lievin se levantó precipitadamente, dispuesto a salir enseguida a buscar a su hermano.

—Siento habértelo dicho —dijo Serguiéi, a quien la emoción de su hermano hizo mover la cabeza—. Le hice buscar, y cuando supe sus señas, le mandé la letra de cambio que había aceptado a Trubin, que he pagado yo. Mira lo que me ha contestado.

Y Serguiéi dio a leer a su hermano una carta que sacó de debajo del pisapapeles. Lievin entendió sin dificultad los garabatos que tan conocidos le eran.

Ruego humildemente a mis queridos hermanos que me dejen en paz. No les pido nada más.

Nikolái Lievin.

De pie, delante de Serguiéi, Lievin no se atrevía a alzar la cabeza ni a soltar la carta. Al deseo de olvidar al desdichado Nikolái se oponía el dolor que le causaba la malignidad de este deseo.

—Bien claro está que quiere ofenderme, pero no lo logrará —añadio Serguiéi—. Quisiera ayudarle, pero sé que no es posible.

—Sí, sí —asintió Lievin—. Comprendo y aprecio tu conducta para con él. De todos modos, debo ir a verle.

—Puedes ir, si quieres, aunque no te lo aconsejo. No es que tema que te haga reñir conmigo, pero sería mejor para ti que no fueses. Nada se puede hacer. Por lo demás, haz lo que te parezca bien.

—Es posible que no se pueda hacer nada. Pero, ¿qué quieres? Siento que no tendría la conciencia tranquila, sobre todo en este momento. Ahora que esto es otra cosa...

—No te entiendo —dijo Serguiéi—. Seguramente hay en esto una lección de humildad para nosotros. Desde que Nikolái se ha vuelto así, miro con otros ojos y con más indulgencia eso que han dado en llamar acción vil. ¿Sabes lo que ha hecho?

—¡Es espantoso! —exclamó Lievin—. ¡Espantoso!

Después de preguntar al criado de Serguiéi las señas de su hermano, Lievin se dispuso a ir a verle. Pero, de pronto, mudó de parecer y resolvió dejar la visita para la noche. Comprendió que para recobrar la tranquilidad tenía primeramente que llevar a feliz término el asunto que le había traído a Moscú. Se hizo conducir, primero, al despacho de Oblonski, para que éste le diera noticias de los Scherbatski, y luego al sitio en que, según le dijo su amigo, tenía probabilidades de hallar a Kiti.

A las cuatro en punto, Lievin, latiéndole aceleradamente el corazón, se apeó del coche de alquiler a la puerta del parque zoológico y siguió la calle que llevaba a la pista de patinaje, donde, estaba seguro, encontraría «a la que buscaba», pues había visto junto a la entrada el carruaje de los Scherbatski.

Hacía un tiempo hermoso, aunque frío. A la puerta del parque se alineaban coches particulares y de alquiler, trineos y agentes de policía. Un público distinguido, cuyos sombreros brillaban al sol, se aglomeraba a la entrada y llenaba las sendas abiertas entre pabellones de estilo ruso. Los viejos abedules del jardín, con las ramas cubiertas de nieve, parecían vestidos con casullas nuevas y solemnes.

Lievin se iba diciendo en tanto avanzaba por el camino que conducía a la pista de patinaje: «¡Calma, amigo, calma! ¿Por qué te agitas así? ¡Cállate ya!» Estas últimas palabras se las decía a su corazón. Cuanto más intentaba sosegarse, más se apoderaba de él la inquietud, cortándole la respiración. Le llamó una persona que le conocía, pero él ni siquiera se fijó. Se acercó a las montañas de nieve, en las que se oía el estrépito de las cadenas de los trineos y de los propios trineos al deslizarse. Entre aquel tumulto se elevaban voces alegres. Cuando hubo andado algunos pasos se halló ante la pista de patinar y, entre los que patinaban, la reconoció inmmediatamente. La alegría y el miedo que invadieron su corazón, le anunciaron inmediatamente la presencia de «ella». Kiti conversaba con una señora al otro extremo de la pista. Ni su vestido ni su actitud la distinguían de lo que la rodeaba. Mas, para Lievin, ella resaltaba de la muchedumbre como sobresale una rosa entre un ramillete de ortigas. Kiti era la sonrisa que iluminaba todo cuanto había en torno suyo. «¿Me atreveré a bajar y acercarme a ella?», se preguntó Lievin. El sitio en que estaba le pareció un santuario inaccesible, y hasta hubo un momento en que, tanto miedo tuvo, que a punto estuvo de volverse atrás. Con un esfuerzo de voluntad, acabó por convencerse de que Kiti estaba rodeada de personas de toda condición y de que él tenía también derecho a patinar. Bajó, pues, a la pista, procurando no mirarla al rostro, pues su rostro era como el sol. Pero, como pasa con el sol, él no tenía que mirarla para verla.

Era el día y la hora en que las personas de cierta clase social se daban cita en la pista de patinaje. Había allí maestros en aquel deporte que hacían alarde de su habilidad, y principiantes que se defendían de sus primeros pasos torpes y nada firmes, avanzando tras una silla que empujaban hacia adelante; jovencitos y caballeros de avanzada edad que se entregaban a aquel ejercicio por higiene. Como giraban alrededor de Kiti, todos le parecieron a Lievin privilegiados de la suerte, la perseguían, patinaban delante de ella, le hablaban con absoluta indiferencia. Les bastaba, para ser felices, que hiciese buen tiempo y estuviera el hielo en buenas condiciones.

Nikolái Scherbatski, primo de Kiti, con chaqueta corta, pantalón ceñido y los patines puestos, descansaba en un banco. Al ver a Lievin, exclamó:

—¡Hola, primer patinador de Rusia! ¿Cuándo ha llegado usted? El hielo está excelente. Póngase enseguida los patines.

—No he traído los patines —respondió Lievin, sorprendido de su audacia y desenfado ante la presencia de Kiti, a la que no perdía de vista, aunque no miraba hacia el sitio en que ella estaba.

Lievin sentía que se acercaba el sol a él. Kiti, desde el ángulo de la pista en que estaba, se lanzó en dirección de Lievin, con los pies poco firmes en altas botas, y, al parecer, no muy a sus anchas. Un niño con traje ruso, que gozaba plena y libremente patinando, moviendo los brazos y doblando la cintura, intentaba adelantarse a Kiti. Kiti corría sin seguridad. Había sacado las manos del manguito que llevaba colgado del cuello con una cinta y las tenía preparadas para evitar las consecuencias de una posible caída. Sonreía, y esa sonrisa era, a la par, un reto a su miedo y un saludo a Lievin, a quien había visto hacía un instante. Kiti, cuando hubo salido de una curva peligrosa, tomó carrera y se deslizó derechamente hasta Scherbatski, se asió del brazo de su primo, al mismo tiempo que hacía a Lievin un amistoso movimiento de cabeza. Lievin nunca la había visto, con la imaginación, tan hermosa.

A Lievin le bastaba pensar en ella para imaginársela toda entera, sobre todo su linda cabecita rubia, tan graciosamente puesta sobre unos hombros que ya eran preciosos, y su rostro, que tenía aquella inefable expresión infantil de candor y de bondad. El contraste entre la gracia juvenil de su rostro y la femenina belleza de su busto era su mayor encanto. Esto causaba profunda impresión en Lievin; pero lo que más le admiraba, por su carácter de imprevisto, era la sonrisa de Kiti, que la con dulce serenidad de su mirada le transportaba a un mundo de embrujo en que él experimentaba el mismo lánguido sosiego que había conocido en algunos días, muy pocos, de su primera infancia.

—¿Cuándo ha llegado usted? —le preguntó Kiti, dándole la mano. Y al ver que Lievin recogía su pañuelo, que se había caído del manguito, dijo—: Gracias.

—Hace poco... Ayer, es decir, hoy —respondió Lievin, que de tan emocionado como estaba no había entendido bien la pregunta al principio—. Me proponía ir a su casa, para...

Lievin, al recordar la intención de la visita, se ruborizó y se turbó. Sólo pudo decir:

—No sabía que patinaba usted, que patinaba bien.

Kiti le miró con atención, como para adivinar la causa de su turbación.

—Me halaga su elogio, pues, si he de creer lo que dicen, usted no tiene rival en este deporte —respondió Kiti, sacudiendo con su manecita, calzada con guante negro, las agujas de hielo que habían caído en su manguito.

—Sí, tiempo atrás me entregaba con pasión a este deporte. Quería ser un patinador perfecto.

—Me parece que usted todo lo hace con pasión —expresó Kiti, sonriendo—. Me gustaría verle patinar. Póngase unos patines, y patinaremos juntos.

«¡Patinar juntos! —pensó Levin, mirando a Kiti—. ¿Es posible?»

—Enseguida me los pongo —anunció, echando a andar hacia donde estaba el hombre que alquilaba patines.

—Hace tiempo que no le vemos por aquí, señor —dijo el hombre, que cogió el pie de Lievin para calzarle el patín—. Nadie patina tan bien como usted. ¿Está bien puesto?

Esto último lo preguntó el alquilador de patines luego de haber apretado la correa.

—Sí, sí, pero démonos prisa —apremió Lievin, incapaz de disimular la alegría que, a pesar suyo, iluminaba su semblante.

«¡Esto es vivir! ¡En esto está la felicidad! Me ha dicho que patinaremos juntos. ¿Debo declararle mi amor? No, tengo miedo. Soy demasiado dichoso en este momento —al menos, abrigo la esperanza de que voy a serlo— para arriesgarme a... Sin embargo, hay que hacerlo. ¡Atrás, timidez!»

Lievin se levantó, se quitó el gabán, y emprendiendo la carrera por el hielo desigual junto al pabellón, salió al liso suelo, deslizándose sin esfuerzo, dirigiendo como a su gusto la carrera, tan pronto rápida como lenta. Se acercó, no sin ansiedad, a Kiti; pero la sonrisa de ésta le tranquilizó de nuevo.

Kiti le dio la mano, y patinaron el uno al lado del otro, acelerando poco a poco la velocidad de la carrera; y cuanto más rápida hacíase ésta, con más fuerza le apretaba la mano la hermosa joven.

—Con usted aprendería a patinar en muy poco tiempo —aseguró Kiti—. No sé por qué, pero tengo confianza en usted.

—Yo también tengo confianza en mí cuando usted se apoya en mi brazo —respondió Lievin, que enrojeció enseguida, asustado de su osadía.

En efecto, apenas Lievin hubo pronunciado esas palabras, una nube cubrió el sol. El rostro de Kiti poníase triste, en tanto se dibujaba una arruga en su frente. Lievin sabía que hacía aquel gesto cuando se esforzaba por pensar en algo.

—¿Qué le pasa a usted? Claro que no tengo derecho a preguntarle.

—Puede preguntarme. Pero no me pasa nada —repuso Kiti, con frialdad. Y sin intransición, preguntó—: ¿Ha saludado a *m-lle* Linon?

—Todavía no.

—Pues vaya a hacerlo ahora. Le quiere a usted mucho.

«¿Qué le habrá pasado? —se dijo Lievin mientras caminaba hacia el banco en que estaba sentada la francesa, la cual peinaba ya cabellos grises—. ¿En qué he podido ofenderla? ¡Ayúdame, Dios mío!»

*M-elle* Linon le recibió con una amable sonrisa, que descubrió toda su dentadura postiza.

—Crecemos, ¿no es cierto? —dijo la francesa, señalando con la vista a Kiti—. Vamos para viejos, *Tiny bear*[1] es ya una mujer. ¿Se acuerda de que la llamaba así?

Lievin lo había olvidado. Era cierto que en otro tiempo llamaba a las tres hermanas como a los tres ositos del cuento inglés.

—No le entretengo más. ¿Verdad que Kiti empieza a patinar bien?

Cuando Lievin se reunió con Kity, el rostro de la joven había recobrado la serenidad, y sus ojos volvían a tener la expresión franca y cariñosa de antes, pero a él le pareció afectada aquella serenidad y se entristeció.

Kiti, después de hablar de su anciana institutriz y de sus rarezas, le preguntó qué era de su vida.

—¿No se aburre usted en el campo durante el invierno?

—No tengo tiempo de aburrirme, porque siempre estoy muy ocupado —respondió, consciente de que ella quería hacerle continuar hablando en ese tono tranquilo, que no podía ya evitar, como había sucedido a principio del invierno.

—¿Ha venido para mucho tiempo? —le preguntó Kiti.

—No sé —respondió, sin pensar en lo que decía. La idea de que si se sometía al tono de simple amistad daría como resultado que volviera a irse sin resolver nada le vino a la cabeza, y decidió sublevarse.

—¡Cómo! ¿No lo sabe?

—No. Dependerá de usted.

Lievin se arrepintió enseguida de haber pronunciado tales palabras. ¿Las había entendido Kiti o no había querido entenderlas? El caso fue que Kiti, como si hubiera tropezado, dio dos patraditas en el suelo y se alejó de él. Cuando la joven llegó cerca de donde estaba *m-lle* Linon, dijo a ésta unas palabras y entró en la caseta donde se quitaban los patines las señoras.

«¿Qué he hecho yo, Dios mío? —rezaba mentalmente Lievin, describiendo toda suerte de ochos, porque experimentaba la necesidad de agitarse—. ¡Ilumíname, Señor, guíame!»

---

[1] Osito. (En inglés en el original.)

En aquel momento, un joven, el mejor patinador de la nueva escuela, salió del café con los patines puestos y el cigarrillo en los labios. Tomó carrera y bajó la escalera saltando de escalón en escalón, manteniendo el equilibrio con los brazos, haciendo un ruido de mil demonios. Luego siguió corriendo por el hielo.

«Es un ejercicio nuevo», pensó Lievin, que subió la escalera del café para ejecutarlo a su vez.

—¡Se puede hacer daño! —le gritó Nikolái Scherbatski—. Hay que estar acostumbrado a hacerlo.

Lievin subió por los peldaños, tomó el máximo impulso posible y bajó manteniendo el equilibrio con las manos. Tropezó en el último peldaño, pero tocando ligeramente el hielo con la mano, ejecutó un movimiento rápido, se levantó y, riendo, continuó deslizándose.

«¡Qué chico tan simpático! —pensaba Kiti a la sazón, al salir de la caseta en compañía de *m-lle* Linon, mirando a Lievin con la sonrisa cariñosa que se guarda para un hermano muy querido—. ¿Hago algo que no está bien? Dicen que esto es coquetería. Sé que no le quiero, mas no por eso deja de gustarme su compañía. Es tan bueno... Pero, ¿por qué me habrá dicho eso?»

Al ver que Kiti se marchaba con su madre, que había venido a buscarla, Lievin, muy colorado todavía por el violento ejercicio que había hecho, se detuvo y reflexionó. Se quitó los patines y llegó a la salida del parque al mismo tiempo que las señoras.

—Me alegro mucho de verle —declaró la princesa—. Recibimos los jueves, como siempre.

—Hoy es jueves.

—Será usted recibido con agrado —respondió la princesa con sequedad que afligió a Kiti.

La joven, deseosa de suavizar el mal efecto producido por la sequedad de su madre, se volvió hacia Lievin y le dijo, sonriendo:

—¡Hasta luego!

En esto, Stepán Arkádich, con el sombrero ladeado, lustrosas las botas y los ojos alegres, entraba en el jardín con aire de vencedor. Pero al ver a su madre política, puso rostro triste y de arrepentido para contestar a las preguntas que ésta le hizo sobre la salud de Dolli. Después de esta conversación en voz baja y afligida, se irguió y tomó del brazo a Lievin.

—No he hecho más que pensar en ti, y estoy muy contento de que hayas venido —dijo, mirando a su amigo a los ojos con aire significativo—. ¡Vámonos!

—¡Vámonos! —repitió el feliz Lievin, en cuyos oídos seguía resonando el eco de aquella voz que le había dicho «¡hasta luego!», y veía aún con la imaginación la sonrisa de Kiti.

—¿Adónde quieres ir? ¿Al restaurante Inglaterra o al Ermitage?

—A cualquier sitio.

—Entones, al Inglaterra —dijo Oblonski, que se decidió porque debía allí más que en el Ermitage y le parecía falta de delicadeza ir a otra parte—. Veo que has tomado un coche de alquiler. Mejor, porque yo he despedido el mío.

Los dos amigos guardaron silencio durante todo el trayecto. Lievin intentaba interpretar el cambio operado en el rostro de Kitti. Se hallaba entre la esperanza y el desaliento, pero, a pesar de todo, se sentía otro hombre, un hombre muy distinto del que había existido antes de la sonrisa y el «¡hasta luego!».

Stepán Arkádich, en cambio, iba pensando en los manjares que iba a pedir.

—¿Te gusta el rodaballo? —preguntó a Lievin en el momento de llegar.

—¡Con locura!


Capítulo X

AL entrar en el restaurante, Lievin, a pesar de sus preocupaciones, observó la alegría contenida que emanaba de toda la persona de Stepán Arkádich. Oblonski se quitó el abrigo y con el sombrero ladeado echó a andar hacia el comedor rodeado de la banda de solícitos tártaros[1], vestidos de

---

[1]   Se daba ese nombre a los descendientes de los invasores mongoles del siglo XIII. En el siglo XIX imigraron a Moscú y Peterburgo y algunos se colocaron de camareros.

negro y con la servilleta bajo el brazo, a los que daba órdenes. Saludando, a derecha e izquierda, a las personas que conocía, que allí, como en todas partes, le acogían con simpatía, se acercó al mostrador, se tomó un vasito de vodka acompañándolo con pescado y dijo a la moza que le servía cosas que hicieron reír a ésta de muy buena gana. Lievin renunció a tomar el aperitivo porque aquella mujer le pareció una mezcla de cabellos postizos, *poudre de riz y vinaigre de toilette*[2], y se apartó de allí como quien con asco se aparta de un charco fangoso. La mujer, que era francesa, habíase pintado exageradamente el rostro, rizado el pelo y adornado con muchos encajes y cintas. Lievin tenía el alma llena del recuerdo de Kiti, y sus ojos brillaban de felicidad.

—Por aquí, excelencia, si le place —dijo el tártaro, que era un anciano de cabeza canosa, muy tenaz él, y tan obeso que se le abrían por detrás los faldones del frac—. Aquí nadie molestará a su excelencia.

Y el camarero daba también el tratamiento de excelencia a Lievin, porque creía que tenía el deber de halagarle por ser convidado de Stepán Arkádich. En un abrir y cerrar de ojos puso un mantel limpio sobre el mantel que ya cubría la mesa, la cual estaba iluminada por un candelero sujeto en la pared, y con la servilleta en una mano y la minuta en la otra, se puso a las órdenes de Oblonski.

—Si su excelencia desea un reservado, dentro de un momento podrá disponer del que ahora está ocupado por el príncipe Golitsin y una señora. Hemos recibido ostras frescas.

—¡Ostras, nada menos!

Stepán Arkádich reflexionó.

—¿Te parece bien que revisemos nuestro plan de campaña Lievin? —preguntó Oblonski, con el dedo puesto sobre la minuta, en tanto su rostro expresaba grave indecisión. Y dijo al camarero—: ¿Son buenas las ostras? Dime la verdad.

—De Flensburgo, excelencia. Hoy no han llegado ostras de Ostende.

—¡Vengan, pues, las de Flensburgo! Pero..., ¿son frescas de veras?

---

[2] polvos de arroz y vinagre de tocador. (En francés en el original.)

—Las recibimos ayer.

—¿Qué dices tú, Lievin? Si empezamos con ostra, habremos de introducir un cambio radical en nuestro plan.

—Lo que tú quieras. A mí lo que más me gusta es el *schi*[3] y la *kasha*[4]. Pero aquí no sirven estos platos.

—¿Su excelencia desea *kasha à la russe*? —preguntó el tártaro, inclinándose sobre Lievin como una niñera sobre el niño de quien se encarga.

—Bromas aparte, lo que tu elijas me parecerá bien. He patinado, y el ejercicio me ha abierto el apetito. Una buena comida no me asusta. Haré honor a lo que tú mandes traer.

Esto último lo dijo Lievin porque vio pasar una sombra por el semblante de Oblonski.

—Me lo figuro. Digan lo que digan, es uno de los placeres de la vida. Entonces, mozo, nos vas a traer dos... No, sería poco... Tres docenas de ostras. Después, sopa de coles...

—*Printanière* —corrigió el tártaro.

Stepán Arkádich, que no quería dar al camarero el gusto de nombrar los platos en francés, insistió:

—De coles, te digo. Luego, rodaballo en salsa. La salsa, que esté un poco espesa. Después, un rosbif; pero bien hecho, que esté en su punto. Después, un capón, y para postre, macedonia de frutas.

El tártaro, recordando que Stepán Arkádich tenía la manía de dar nombres rusos a los platos, no se atrevió a interrumpir más al cliente. Pero luego de haber tomado nota de lo que le habían encargado, diose el mal intencionado gusto de repetir los nombres tal como estaban en la minuta.

—*Soupe Printanière, turbot sauce Beaumarchais, poularde à l'estragon, macédonie de fruits.*

Y enseguida, como movido por un resorte, dejó sobre la mesa la minuta, tomó la lista de vinos y se la ofreció a Stepán Arkádich.

—¿Qué beberemos? —preguntó Oblonski a su amigo.

—Lo que quieras. Poca bebida. Champaña.

---

[3] Sopa típica rusa, a base de col.

[4] Plato típico ruso. Especie de gachas de arroz, sémola, alforfón o cebada perlada.

—¿Para empezar? ¿Por qué no? ¿Te gusta el Carta Blanca?

—*Cachet Blanc* —enmendó el tártaro.

—Una botella de esa marca con las ostras. Después, ya veremos.

—Como mande su excelencia. ¿Como vino de mesa?

—*Nuits...*, mejor, *Chablis*[5].

—¿Sirvo queso del que le gusta a su excelencia?

—Sí, de Parma. ¿Prefieres tú otro, Lievin?

—Lo mismo me da —respondió Lievin, sonriendo a pesar suyo.

El tártaro se retiró precipitadamente. Flotaban los faldones de su frac detrás de él. Al cabo de cinco minutos, volvió no menos precipitadamente, trayendo una botella entre dos dedos y en la palma de la otra mano una bandeja con ostras, ya abiertas, que se pavoneaban en sus nacaradas conchas.

Stepán Arkádich desplegó la servilleta, metió una punta de ésta en la abertura del chaleco y se puso a comer ostras.

—Son buenas —dijo, separando las ostras de las conchas con un tenedorcito de plata para irlas engullendo una tras otra, mirando tan pronto a Lievin como al tártaro.

Lievin probó también las ostras. Pero como le gustaba mucho el queso, comió más de éste. Lievin no podía menos de admirar a Oblonski. Hasta el tártaro, luego de haber descorchado la botella y echado vino espumoso en las copas de fino cristal, se puso a contemplar con visible satisfacción a Stepán Arkádich y a colocarse bien su corbata blanca.

—Veo que no te gustan mucho las ostras —comentó Oblonski, vaciando su copa—. ¿Estás preocupado, acaso?

Stepán quería ver a su amigo de buen humor. Pero Lievin se sentía incómodo en aquel lugar, en medio de aquel runrún, de aquel entrar y salir de los reservados, en los cuales comían los ocupantes en alegre compañía. Todo le parecía ofensivo: los bronces, los espejos, las luces de gas y los tártaros. Temía manchar los hermosos sentimientos que guardaba en su alma.

—Estoy preocupado, en efecto —asintió Lievin—. Y lo que es peor, fastidiado. No puedes imaginarte hasta qué punto mo-

---

[5] Vinos de Borgoña, blanco y tinto respectivamente.

lesta vuestro tren de vida al labriego que soy yo. Lo mismo me pasa con las uñas de ese señor que estaba en tu despacho...

—Ya he visto que atraían tu atención las uñas del pobre Griniévich.

—Trata de comprenderme y de mirar las cosas desde mi punto de vista de labrador. Nosotros queremos tener unas manos con las que podamos trabajar. Por eso nos cortamos las uñas, y a veces, nos subimos las mangas de la camisa. Aquí, por el contrario, para estar bien seguros de no poder hacer nada con las manos, se dejan crecer las uñas y se ponen en los puños gemelos tan grandes como platos.

Stepán Arkádich sonreía.

—Esto prueba que no hay necesidad de trabajar con las manos. Con la cabeza, basta.

—Puede ser. Pero no impide que me choque que tú y yo estemos aquí tragando ostras para estimular el apetito y estar más tiempo sentados a la mesa. En el campo, comemos aprisa para volver cuanto antes al trabajo.

—No lo niego —replicó Stepán Arkádich—. Pero el fin que persigue la civilización, ¿no es convertir todo en placer?

—Si ese es el fin que tú quieres cumplir, preferiría ser bárbaro.

—¡Ya lo eres, querido amigo! Todos los Lievin lo sois.

Esta alusión a su hermano hirió en el corazón a Lievin. Puso cara de tristeza y se le escapó del pecho un suspiro. Pero Oblonski empezó otro tema de conversación que le distrajo enseguida.

—¿Irás esta noche a casa de los Scherbatski? —preguntó Stepán Arkádich, guiñando un ojo maliciosamente mientras apartaba las rugosas conchas para ponerse a comer queso.

—Sí —respondió Lievin—. Aunque me parece que la princesa no me ha invitado de muy buena gana.

—¡Qué idea! Ella es así... ¡Tráenos la sopa, mozo!... Es su estilo de *grande dame*. Yo iré también, cuando salga de casa de la condesa Bánina, del ensayo de la ópera que quieren cantar. No te extrañe que te acusen de insociable. Cuéntame los motivos de tu repentina marcha de Moscú. Los Scherbatski me lo han preguntado veinte veces, como si yo estuviera enterado de todo. A decir verdad, yo sólo se una cosa, y es que tú haces lo que a nadie se le ocurriría hacer.

—Sí, tienes razón. Soy poco sociable —respondió Lievin, lentamente, con emoción—. Sin embargo, es en mi regreso, y no en mi marcha, en lo que veo la prueba de ello. Y he vuelto...

—¡Qué contento estás! —exclamó Stepán Arkádich mirando a su amigo.

—¿Por qué crees eso?

—Porque conozco los caballos briosos por el hierro, y a los enamorados por sus ojos —contestó Oblonski—. El porvenir es tuyo.

—Y tuyo también...

—No. Porque yo no tengo más que el presente, y es un presente que no es todo él de color de rosa.

—¿Qué te pasa?

—Que todo me sale mal. Pero no quiero hablarte de mí, porque no puedo darte pormenores. Dime, ¿qué te ha traído a Moscú?... ¡Mozo, sírvenos lo que sigue!

—¿No lo adivinas? —preguntó Lievin, brillantes las pupilas, que fijó en los ojos de Oblonski.

—Lo adivino, pero no debo ser el primero en hablar de ello, y en esto verás si acierto o no —respondió Stepán Arkádich, sonriendo.

—¿Y qué piensas de ello? —quiso saber Lievin, temblándole la voz y todos los músculos del rostro.

Stepán Arkádich, sin dejar de mirar a su amigo, vació despacio una copa de *Chablis*.

—¿Qué pienso? Que es mi más vivo deseo, que sería la mejor solución.

—¿No te equivocas? ¿Sabes lo que es? ¿Crees que es posible?

—Lo creo. ¿Por qué no ha de serlo?

—Dime la verdad, dime todo lo que piensas. Si fuera una negativa... Estoy casi seguro de que...

—¿De qué? —preguntó Oblonski, a quien la emoción de Lievin hacía sonreír.

—Tengo esa impresión a veces. Sería terrible para ella y para mí.

—No sé ver lo que tiene de terrible para ella. A una soltera siempre le halaga que pidan su mano.

—Eso es cierto, pero ella no es como las demás.

Stepán Arkádich se sonrió. Sabía perfectamente cómo pensaba Lievin. Para éste, todas las solteras del mundo estaban divididas en dos clases: una, que comprendía a todas, menos «ella», tenía todas las flaquezas humanas, y otra, compuesta sólo por ella, carecía de toda imperfección y estaba por encima de la humanidad.

—¡Ponte salsa, hombre! —aconsejó Oblonski, deteniendo la mano de Lievin, que rechazaba la salsera.

Lievin obedeció, pero no dejó comer tranquilo a Stepán Arkádich.

—Compréndeme bien. Para mí es cuestión de vida o muerte. A nadie he hablado de esto. Sólo puedo decírtelo a ti. Aunque somos distintos y tenemos diferentes gustos y puntos de vista, estoy seguro de que me aprecias y me comprendes, y por eso yo te aprecio tanto a ti. Pero dime la verdad, ¡por Dios te lo pido!

—Yo no te digo más que lo que pienso —replicó Oblonski—. Y aún te diré más, Dolli, que es una mujer extraordinaria...

Stepán Arkádich recordó de pronto que sus relaciones con su mujer dejaban mucho que desear. Dio un suspiro y añadió:

—Mi mujer tiene el don de la doble vista. No solamente lee en el corazón de las personas, sino que también prevé el porvenir, sobre todo en cuestión de bodas. Predijo la de Brentiélln con la señorita Shajóvskaia. Nadie quiso creerlo, y se cumplió el vaticinio. Pues bien, mi mujer apoya tu pretensión.

—¿Qué quieres decir con eso?

—Que no sólo te aprecia, sino que asegura que Kiti será tu esposa.

Lievin, colmado de gozo, estuvo a punto de verter lágrimas de ternura.

—¿Dice eso? —exclamó—. Siempre he creído que tu mujer es un ángel. Pero no hablemos más de esto.

Lievin se levantó.

—Sea, pero siéntate.

Lievin ni podía estarse quieto. Hubo de recorrer dos o tres veces la estancia, andando deprisa y con paso firme, parpadeando para ocultar sus lágrimas.

—Compréndeme —murmuró Lievin, sentándose de nuevo—. Es más que amor. He estado enamorado, pero no es esto. Más que sentimiento, es una fuerza exterior que me domina. Me fui porque no creí que fuese posible en este mundo semejante felicidad. He luchado mucho conmigo mismo y siento que no puedo vivir sin eso. Ha llegado la hora de tomar una decisión.

—Pero, ¿por qué te fuiste?

—Espera un poco... ¡Si supiera los pensamientos que tengo en la cabeza! Quisiera preguntarte muchas cosas. No te puedes imaginar el favor que me has hecho. Estoy tan contento, que me vuelvo malo. Me han dicho hace poco que mi hermano Nikolái está aquí, y lo he olvidado. ¡Todo lo olvido! Me parece que él es también feliz. Es una especie de locura. Pero hay una cosa que me parece abominable. Cuando tú te casaste debiste conocer ese sentimiento... Nosotros, que ya no estamos en la primera juventud, que tenemos un pasado, no de amor, sino de pecado, ¿podemos tener el atrevimiento de acercarnos, sin decir oxte ni moxte, a un ser inocente y puro? ¡Te digo que es abominable! ¿No tengo razón de creerme indigno?

—Tú no puedes tener grandes cargos de conciencia.

—A pesar de todo, cuando traigo mi vida a la memoria, me da asco, y tiemblo, maldigo, me quejo amargamente...

—¡Qué se le va a hacer! El mundo está hecho así.

—Sólo veo un consuelo: rezar, rezar la oración que siempre me ha gustado: «¡Perdónanos, Señor, y no por nuestros merecimientos, sino según la grandeza de tu misericordia!» Sólo de este modo me puede perdonar ella.

CAPÍTULO XI

LIEVIN apuró su copa. Guardaron silencio un instante.

—Tengo que decirte otra cosa —anunció Stepán Arkádich—. ¿Conoces a Vronski?

—No, no lo conozco. ¿Por qué me lo preguntas?

—¡Otra botella! —ordenó Oblonski al tártaro, que llenaba las copas y daba vueltas alrededor de los dos amigos en un mo-

[99]

mento en que no eran necesarios sus servicios—. Porque Vronski es uno de tus rivales.

—¿Quién es ese Vronski? —preguntó Lievin.

El rostro de Lievin, que hasta aquel momento había reflejado entusiasmo juvenil, expresó áspero despecho.

—Es uno de los hijos del conde Kiril Ivánovich Vronski, y una de las más bellas muestras de la juventud dorada de Peterburgo. Le conocí en Tvier, adonde fue para organizar el reclutamiento cuando yo servía allí. Guapo mozo, rico, muy bien relacionado, ayudante de campo de su majestad, y, por si fuera poco, es un hombre que tiene mucho encanto personal o algo mejor aún. He podido convencerme de que es muy inteligente y culto. ¡Un chico que llegará lejos!

Lievin fruncía el entrecejo y callaba.

—Vronski se presentó aquí poco tiempo después de haberte ido tú. Me parece que está perdidamente enamorado de Kiti, y, como comprenderás, la madre de ella...

—Dispensa, pero no comprendo nada —respondió Lievin, poniéndose más ceñudo, acordándose de pronto de su hermano Nikolái, reprochándose como villanía el haberle olvidado.

—No te impacientes, déjame hablar —advirtió Stepán Arkádich, sonriendo—. Te he dicho lo que sé. Si se pueden hacer conjeturas en asunto tan delicado, me parece que todas las probabilidades están a tu favor.

Lievin, muy pálido, apoyó la espalda en el respaldo de la silla.

—Te daré un buen consejo —añadió Oblonski, llenando la copa de su amigo—. Resuelve este asunto cuanto antes.

—No, gracias. Si bebiera más, me embriagaría —opuso Lievin, apartando la copa. Y para cortar la conversación—: Ahora cuéntame cosas de ti.

—Permíteme que insista. Resuelve este asunto cuanto antes. No te declares esta noche. Pero mañana preséntate a hacer la tradicional petición de mano. ¡Y que Dios te bendiga!

—¿Cuándo vendrás a mi tierra a cazar? —preguntó Lievin—. Me lo habías prometido. No te olvides de venir por la primavera.

Lievin se arrepentía de haber tenido esa conversación con Stepán Arkádich. Su *particular* sentimiento se sentía herido por haber de contar con las pretensiones de un oficialillo, por tener que sufrir los consejos y suposiciones de Oblonski. Éste, que comprendía lo que pasaba en el alma de Lievin, se limitó a sonreír y decir:

—Iré algún día. Las mujeres, amigo querido, son el resorte que mueve todas las cosas en este mundo. Me preguntas cómo van mis negocios. Mal, muy mal... Y todo por culpa de las mujeres... Aconséjame con franqueza.

—¿Sobre qué?

—Vamos a suponer que estás casado, que quieres a tu mujer y te dejas llevar hacia otra.

—No entiendo lo que dices. Para mí eso es como si al salir de aquí entrase en una panadería a robar un panecillo.

Brillaron los ojos de Stepán Arkádich.

—¿Por qué no hacerlo? Hay panecillos que exhalan tan rico aroma, que no se puede resistir la tentación.

> Himmlisch it's wenn ich bezwungen
> Maine irdische Begier;
> Aber doch wenn's nicht gelungen
> Hatt'ich auch recht hübsch Plaisir[1].

Oblonski, después de recitar estos versos, sonrió maliciosamente. Lievin no pudo menos de sonreír también.

—¡Basta de bromas! —prosiguió Oblonski—. Se trata de una mujer encantadora, modesta, pobre, que ama y me ha sacrificado todo lo que tenía... ¿He de abandonarla cuando el mal ya está hecho? Supongamos que sea necesario romper las relaciones para no perturbar la vida de familia... ¿No hay que tener compasión de ella, mitigar el dolor de la separación, asegurar su porvenir?

—Tú sabes que para mí las mujeres se dividen en dos clases.., o, mejor dicho, hay mujeres y... No he visto ni veré hermosas arrepentidas. Pero las mujeres tan pintadas y rizadas

---

[1]  Digno del cielo me sentía
cuando mi lujuria terrenal dominaba,
pero aun cuando no lo conseguía
un inefable placer de mí se apoderaba.

como esa francesa que está detrás del mostrador, me dan asco, como todas las mujeres caídas.

—¿La del Evangelio también?

—Si Cristo pronunció aquellas palabras fue porque creyó que no se haría mal uso de ellas. Esto es todo lo que recordamos del Evangelio. Por lo demás, para mí es cuestión más de sentimiento que de razonamiento. Me repugnan las mujeres caídas como a ti te repugnan las arañas. Y para eso no hemos tenido necesidad de estudiar las costumbres de las unas ni de las otras.

—Seguramente recuerdas ese personaje de Dickens que con la mano izquierda tiraba por encima del hombro derecho todas las preguntas embarazosas. Pero negar el hecho, no es responder. ¿Qué hay que hacer? Tu mujer envejece en tanto la vida hierve aún en ti. Te sientes de golpe incapaz de quererla como se ha de querer, con la cabeza, el corazón y... Entretanto, llega de improviso el amor, y, ¡estás perdido!

El «¡estás perdido!», lo dijo Stepán Arkádich con patética entonación.

—¡Estás perdido, sí! —repitió Oblonski—. Dime qué hay que hacer.

—¡No robar el panecillo!

—¡Ya salió el moralista! Comprende la situación. Dos mujeres se enfrentan ante ti. Una se vale de sus derechos, es decir, de un amor que tú no le puedes dar; otra sacrifica todo y nada pide. ¿Cómo hay que obrar? Hay en esto un drama espantoso.

—Si quieres que te diga lo que pienso, no veo el drama por ninguna parte. He aquí por qué. A mi entender, el amor..., los dos amores, tal como Platón los caracteriza en su *Banquete*, sirven de piedra de toque a los hombres, que no comprenden sino el uno o el otro. Los que únicamente comprenden el amor no platónico no tienen motivo para hablar de drama porque ese género de amor no lo sufre. «Muy agradecido por el placer que me ha dado», en esto está todo el drama. El amor platónico no puede conocer más cosas, porque en él todo es claro y puro, porque...

En aquel momento, Lievin recordó sus propios pecados y la lucha interior que había librado. Concluyó, pues, su discurso de una manera imprevista.

—Puede que tengas razón, es muy posible; pero no sé, no sé...

—Tú eres un hombre cabal —ponderó Stepán Arkádich—. Esa es tu mayor virtud y también tu defecto. Porque tienes ese carácter, quisieras que la vida estuviese establecida de este modo. Por eso menosprecias los servicios que se prestan al Estado, porque querrías que toda ocupación humana tuviera un fin determinado, y eso no puede ser. Quisieras igualmente que tuviesen un motivo todos y cada uno de nuestros actos, que el amor y la vida conyugal fueran una sola cosa, y eso tampoco puede ser. El encanto, la variedad y la belleza de la vida buscan contrastes de luz y sombra.

Lievin suspiró y no respondió. Había vuelto a sus preocupaciones y ya no escuchaba a Oblonski.

Y de pronto, sintieron los dos que, aunque eran amigos, aunque habían comido y bebido juntos, lo cual debería de haberlos allegado más, cada cual pensaba en sus asuntos, y le tenían sin cuidado los del prójimo. Oblonski, a quien le era familiar esa sensación, sabía ponerle remedio.

—¡La cuenta! —pidió.

Stepán Arkádich pasó a la sala contigua, donde halló a un ayudante de campo conocido suyo. Hablaron de una actriz y de su protector, y esa conversación le quitó el cansancio que le había causado el escuchar con tanta atención a Lievin.

Cuando el tártaro trajo la cuenta, que ascendía a veintiséis rublos y algunos kopeks, más el precio del vodka que habían tomado en el mostrador, Lievin —que, como buen campesino, se hubiera asustado en otras circunstancias, al ver que eran catorce rublos la parte que le correspondía pagar— no se fijó en esto. Saldada la cuenta, regresó a su domicilio para cambiarse de ropa e ir a casa de los Scherbatski, donde iba a decidirse su suerte.

Kiti Scherbátskaia tenía dieciocho años. Era el primer invierno que la llevaban a las fiestas de sociedad, en las que lograba mayores éxitos que los que habían tenido sus hermanas, cosa que su madre no había creído que pudiera suceder. Estaban locos por ella todos los jóvenes aficionados al baile de Moscú. Ya aquel mismo invierno, le habían salido dos buenos partidos: Lievin, y después de irse éste, el conde Vronski.

La aparición de Lievin a comienzos del invierno, sus frecuentes visitas, el amor que mostraba a Kiti, habían sido el tema de las primeras conversaciones sobre el porvenir de su hija entre el príncipe y la princesa. Y los padres de Kiti eran en esto de contrario parecer. El príncipe era partidario de Lievin y confesaba que no deseaba mejor partido para Kiti. La princesa, rindiéndose a la feminil costumbre de eludir la cuestión, pretextaba que Kiti era todavía muy joven, que no mostraba tener gran afecto a Lievin y que, por otra parte, éste no parecía tener intenciones firmes. Alegaba otras razones, aun sin decir la principal, o sea, que no apreciaba ni comprendía a Lievin, y que quería para su hija un partido más brillante. Tuvo una gran alegría cuando se enteró de que Lievin se había marchado.

—¿Ves como yo tenía razón? —dijo a su marido, con aire de triunfo.

Más contenta se puso todavía cuando se presentó Vronski. Se realizaban sus deseos. Kiti haría una buena boda.

Para la princesa no había punto de comparación posible entre los dos pretendientes. Lo que desagradaba de Lievin eran sus opiniones extravagantes, su falta de desenvoltura en sociedad —que ella atribuía al orgullo— y la ruda vida que llevaba en el campo entre sus ganados y los patanes que trabajaban en su finca. Menos le gustaba aún que Levin hubiese frecuentado su casa durante seis semanas sin descubrir sus verdaderas intenciones. ¿Hasta ese punto se desentendía de las conveniencias? ¿O temía hacer demasiado honor a los Scherbatski? Y se había ido de repente... «Es una suerte que sea tan poco atrayente —se decía la princesa—. No es posible que Kiti se haya enamorado de él»: Vronski, por el contrario, colmaba todos sus deseos. Vronski era rico, inteligente, aristócrata, y tenía la perspectiva de una brillante carrera, tanto en el ejército como en la Corte. No se podía pedir más.

Vronski cortejaba a Kiti sin ocultar sus sentimientos, bailaba siempre con ella y se había hecho como de la familia. ¿Se podía dudar de sus intenciones? La princesa había pasado todo este invierno muy inquieta a causa de ello.

La princesa se había casado hacía treinta años, y la boda había sido obra de una de sus tías. El novio, de quien ya habían tomado antes todos los informes deseables, había venido a verla y a dejarse ver. La tía había dado cuenta a unos y a otros de la buena impresión producida por la presentación. Después, el día convenido y señalado de antemano, los padres de la joven hicieron la petición de mano oficial, que había sido admitida. Todo sucedió lo más sencillamente que se pueda imaginar. Así, al menos, veía, desde lejos, las cosas la princesa. Pero cuando se había tratado de casar a sus hijas, había visto con dolor lo complicado y difícil que era ese negocio, tan fácil en apariencia. ¡Cuántas ansiedades e inquietudes, cuánto dinero gastado, cuántas luchas con su marido para casar a Daria y a Natalia! Ahora que le tocaba el turno a la hija menor, la princesa volvía a experimentar las mismas inquietudes, las mismas perplejidades, querellas más penosas aún con el marido.

El anciano príncipe, como todos los padres, era por demás delicado y exigente en lo tocante al honor de sus hijas. Tenía la flaqueza de amarlas con ceguera, sobre todo a Kiti, que era su predilecta, y decía continuamente a su esposa que ponía en peligro la felicidad de la niña. La princesa, aunque ya estaba acostumbrada a tales reproches, pues los había oído cuando las bodas de las otras hijas, reconocía que los recelos de su marido tenían más fundamento esta vez. Desde hacía algún tiempo venía observando que en las costumbres de la alta sociedad se operaban notables cambios que complicaban más aún la ingrata misión que tenían que cumplir las madres. Las contemporáneas de Kiti organizaban Dios sabía qué reuniones, seguían Dios sabía qué caminos, adoptaban modales desenvueltos en sus relaciones con los hombres, se paseaban en coche solas; muchas de ellas ya no hacían reverencias, y lo que era más grave, todas estaban convencidas de que la elección de esposo era asunto que a ellas les correspondía resolver sin intervención de los padres.

«Ya no casan a las mujeres como antes», decían esas jóvenes y hasta algunas personas de edad. ¿Cómo hay que casarlas, entonces? Nadie le decía esto a la princesa. Se condenaba la costumbre francesa que deja la decisión a los padres. La costumbre inglesa que da plena libertad a la joven era rechazada por juzgarse incompatible con las costumbres rusas. También se condenaba —y la princesa era la primera en hacerlo— la costumbre rusa de valerse de intermediarios. Nadie sabía cómo había que obrar en tal caso. Todas las personas a quienes preguntaba sobre esto la princesa, le respondían lo mismo: «Ya es hora de renunciar a las ideas de antaño, créame. Se casan, no los padres, sino los jóvenes. Dejémosles que resuelvan este negocio como les convenga.» Nada más cómodo que hablar así para los que no tenían hijas. La princesa comprendía que si daba demasiada libertad a la suya, corría el riesgo de que Kitti se prendase a la ligera de un hombre que no pensara casarse con ella o que no fuera buen esposo. Por más que le decían que había que dejar que los jóvenes fuesen dueños de su destino, a ella le parecía eso tan poco juicioso como el dar a un niño de cinco años una pistola cargada para que juegue con ella. Por eso Kiti le causaba más preocupaciones que las que le habían causado sus hermanas.

Temía a la sazón que Vronski se limitase a cortejar a Kiti, que se veía claro estaba enamorada de él. No había duda de que Vronski era hombre caballeroso, y eso tranquilizaba un poco a la princesa. Pero con la libertad de relaciones que reinaba actualmente en la sociedad, los seductores podían hacer lo que les viniera en gana. Tales hombres, ¿no consideraban eso como un simple pecadillo? La semana pasada, Kiti había contado a su madre una conversación sostenida con Vronski mientras bailaban una mazurca, lo que había sosegado a la princesa sin tranquilizarla del todo. Vronski había dicho a Kiti: «Mi hermano y yo somos hijos obedientes, y nunca resolvemos sobre cosas de importancia sin consultar a nuestra madre. Estoy esperando su llegada, y eso será un suceso feliz para mí.»

Kiti no dio importancia a esa conversación, pero su madre la interpretó de otro modo. La princesa sabía que la condesa iba a llegar de un momento a otro y aprobaría la elección de su hijo. ¿Por qué Vronski tardaba tanto en hacer la petición de mano? Ese exagerado respeto a la madre, ¿no era un pretexto? Sin embargo, la princesa deseaba tanto esa boda, tenía tanta necesidad de librarse de inquietudes que daba a las palabras de Vronski el sentido que convenía a sus intenciones. Aunque le dolía mucho la desgracia de su hija Dolli, que pensaba separarse de su marido, se dejaba dominar por las preocupaciones que le inspiraba la suerte de su hija menor, a la que veía dispuesta a tomar una decisión. Y he aquí que la llegada de Lievin hacía crecer su inquietud. Creía que Kiti había profesado en otro tiempo algún afecto a Leivin, y que ahora, por exceso de delicadeza, no aceptaría a Vronski. Le parecía que la vuelta de Lievin iba a enredar un negocio que estaba casi resuelto.

—¿Hace mucho que ha llegado? —preguntó a su hija, pensando en Lievin, cuando estuvieron de vuelta en casa.

—Hoy, *maman*.

—Quiero decirte una cosa...

Kiti, al ver la expresión de triste inquietud que adquiría el rostro de su madre, adivinó lo que era.

—¡No me lo diga, mamá, se lo ruego! Lo sé, lo sé todo.

Las dos tenían los mismos deseos, pero a la hija le parecían ofensivos los motivos que inspiraban los deseos de su madre.

—Sólo he de decir que, como has dado esperanzas a...

—¡Mamá, por amor de Dios, cállese! Me horroriza hablar de estas cosas...

—Déjame decir unas palabras, ángel mío —exhortó la princesa al ver que su hija tenía lágrimas en los ojos—. Me has prometido no tener secretos para mí. ¿Los tendrás alguna vez?

—¡Nunca, mamá, nunca! —exclamó Kiti, roja como una amapola, aunque mirando a su madre a la cara—. Por ahora no tengo nada que decir. Aunque quisiera, no podría decir...

«¡La mirada de esos ojos no miente!», se dijo la princesa, sonriendo al ver la emoción de reprimida felicidad de su hija. Sabía la mucha importancia que daba la pobre niña a todo lo que pasaba en su corazón.

## Capítulo XIII

DESPUÉS de cenar y hasta la hora de empezar la reunión, Kiti experimentó una impresión parecida a la que siente el soldado el día antes de la batalla. Le latía el corazón aceleradamente, y no podía ordenar las ideas.

Esa noche se hallarían por primera vez los dos hombres en el salón, y quedaría decidida la suerte de ella. Kiti lo presentía, y los veía con la imaginación tan pronto juntos como separados. Pensaba en el pasado y evocaba los recuerdos de Lievin. Daban un encanto poético a esos recuerdos las impresiones que había tenido en la infancia y la amistad del joven con su hermano muerto. Estaba segura de que Lievin la amaba, y este amor la halagaba. Le era grato pensar en él. Por el contrario, sentíase algo inquieta cuando pensaba en Vronski. Vronski era hombre de mundo, de una simpatía encantadora, siempre dueño de sí. Y, sin embargo, Kiti sentía que en sus relaciones con él había algo de falso, algo que estaba en ella misma, y no en la realidad. Con Lievin, todo era tan natural... Pero mientras con Vronski, el porvenir se le aparecía brillante, con Lievin estaba envuelto en niebla.

Subió a su habitación para arreglarse. Al mirarse en el espejo, vio que estaba en uno de sus mejores días y en pleno dominio de todos sus poderes, ¡y eso le era tan necesario! Se sentía tranquila y sus movimientos eran desenvueltos y graciosos.

A eso de las siete y media, cuando acababa de entrar Kiti en el salón, un criado anunció:

—¡Konstantín Dimítrich Lievin!

La princesa no había bajado todavía y el príncipe estaba en sus habitaciones. «¡Me lo temía!», pensó Kiti. Toda su sangre afluyó a su corazón. Se miró en un espejo y le asustó su palidez.

Kiti sabía, no podía dudarlo, que Lievin había venido temprano para encontrarla sola y pedir su mano. Vio la situación bajo una luz nueva. Comprendía por primera vez que ya no se trataba de ella sola. Iba a ofender, ofender gravemente a un hombre al que profesaba afecto. ¿Por qué? Porque estaba enamorado de ella. Pero ella no lo podía evitar. Las cosas tenían que ser así.

«¿Es posible, Dios mío, que sea yo la que tenga que decirle que no le quiero? Pero si no es verdad... ¿Qué le diré, entonces? ¿Que quiero a otro? ¡Imposible! ¡Mejor será que me vaya de aquí!»

Ya estaba cerca de la puerta cuando oyó pasos de Lievin. «No estaría bien. ¿De qué tengo miedo? No he hecho nada malo. ¡Que pase lo que haya de pasar! Le diré la verdad. No me sentiré cohibida ante él. Ya está aquí...»

Lievin, el fuerte y robusto Lievin, sentíase dominado por la timidez. Clavó en Kiti una mirada ardiente.

—Me parece que llego demasiado temprano —murmuró al ver desierto el salón.

Cuando se dio cuenta de que se realizaba su deseo y nada le impediría hablar, su rostro se puso sombrío.

—¡Oh, no! —respondió Kiti, sentándose junto a la mesa.

—Precisamente deseaba encontrarla sola —continuó Lievin, sin sentarse ni alzar la vista del suelo para no perder el valor.

—Mamá bajará enseguida. Se cansó mucho ayer. Ayer...

Kiti no sabía lo que decía. Su mirada, llena de tierna imploración, no podía apartarse de Lievin. Cuando éste la miró, se ruborizó y calló.

—Le he dicho hace poco que no sabía el tiempo que me quedaría aquí, que dependía de usted...

Kiti bajó más aún la cabeza, pues no sabía lo que iba contestar a lo inevitable...

—Que dependía de usted —repitió Lievin—. He venido para eso... para decirle..., ¿quiere usted ser mi esposa?

Lievin había pronunciado esas palabras instintivamente, casi sin darse cuenta.

Kiti no alzaba la cabeza. Respiraba con dificultad. Una inmensa alegría llenaba su corazón. Jamás hubiese creído que esa declaración de amor le produjera tan profunda impresión. Mas, al cabo de un momento, se acordó de Vronski. Miró a Lievin con sus ojos claros y sinceros, y se apresuró a responder:

—No es posible... Perdóneme.

Lievin había creído, un instante antes, que tenía a Kiti muy cerca de sí, que la necesitaba para poder vivir. ¡Y ahora Kiti se alejaba y se volvía una extraña para él!

Saludó y quiso retirarse.

## CAPÍTULO XIV

PERO en aquel instante entró la princesa. El espanto se pintó en su rostro al ver a su hija y a Lievin solos con los semblantes alterados. Lievin se inclinó ante ella sin pronunciar palabra. Kiti guardó silencio y no se atrevió a levantar la vista. «Gracias a Dios, le ha dicho que no», pensó la princesa, y reapareció en sus labios la sonrisa con que acogía a sus invitados de los jueves. Se sentó e hizo preguntas a Lievin sobre su vida en el campo. Lievin tomó asiento, a su vez, resuelto a esperar hasta que llegaran otras personas para irse él sin llamar la atención.

Cinco minutos después anunciaron a la condesa Nordston, que era una amiga de Kiti que se había casado el invierno pasado.

Era una mujer muy delgada, de tez amarillenta y brillantes ojos negros, nerviosa y enfermiza. Quería a Kiti, y el afecto que profesaba a ésta, como el que siente toda mujer casada por una joven soltera, se traducía en un vivo deseo de casarla según su ideal. Le gustaba Vronski para marido de Kiti. Lievin, a quien había hallado muchas veces en casa de los Scharbatski a principios de invierno, le era profundamente antipático, y aprovechaba todas las ocasiones que se le ofrecían para burlarse de él. «Me gusta verle cuando me mira con ese aire de superioridad suyo e interrumpe su bello discurso, porque me cree muy tonta. Pocas veces se digna a dirigirme la palabra. ¡Mejor! ¡Me alegro de que me deteste!»

En efecto, Lievin la odiaba y despreciaba lo que ella creía eran sus méritos: sus nervios, su sutil desdén, la indiferencia que mostraba por todo lo que ella juzgaba que era material y grosero. Habíase, pues, establecido entre ambos un género de relaciones bastante frecuente en sociedad. Bajo apariencias amistosas, se despreciaban hasta el punto de no poder tomarse en serio el uno al otro ni ofenderse mutuamente.

La condesa recordó que, en cierta ocasión, Lievin comparó Moscú con Babilonia, y se dispuso a mortificarle.

—Veo que el amigo Konstantín Dmítrich ha vuelto a nuestra abominable Babilonia —dijo, tendiendo a Lievin su manita amarillenta—. ¿Es porque se ha purificado Babilonia o porque se ha pervertido usted?

—Mucho me halaga, condesa, que recuerde mis palabras —respondió Lievin en el tono agridulce con que solía hablar a la condesa—. Habré de creer que le impresionan profundamente.

—¡Figúrese! ¡Hasta me las apunto! ¿Has patinado hoy, Kiti?

La condesa se puso a hablar con Kiti. Lievin ya no se podía ir. Sin embargo, estaba resuelto a hacerlo, pues antes prefería cometer una inconveniencia que estar toda la noche sufriendo el tormento de ver que Kiti le miraba a hurtadillas, a la vez que esquivaba las miradas de él. Iba a levantarse cuando la princesa, sorprendida de su silencio, le preguntó:

—¿Piensa quedarse mucho tiempo en Moscú? ¿No es usted juez de paz de su distrito? Eso no le permitirá ausencias largas.

—He renunciado al cargo, princesa. Pero sólo estaré aquí unos días.

«Le pasa algo hoy —pensó la condesa Nordston al ver lo serio que estaba Lievin—. No echa discursos. Pero yo le haré hablar. Nada me divierte tanto como ponerle en ridículo delante de Kiti.»

—Oiga, Konstantín Dmítrich. Usted que está al corriente de todas estas cosas, ¿me quiere explicar, por favor, por qué en nuestra tierra de Kaluga los campesinos y sus mujeres se gastan todo lo que tienen en bebidas y a nosotros no nos pagan las rentas? Explíqueme lo que eso significa, usted que alaba tanto a los campesinos.

En aquel momento entró en el salón una señora, y Lievin se puso en pie.

—Dispénseme, condesa, pero no estoy al corriente y nada puedo decirle —respondió Lievin, al tiempo que veía entrar a un oficial detrás de la señora.

«Debe de ser Vronski», pensó Konstantín. Y para cerciorarse se volvió hacia Kiti, la cual le estaba mirando desde que había visto a Vronski. Al ver que los ojos de la joven brillaban de gozo instintivo, Lievin comprendió, tan claramente como si Kiti se lo hubiera confesado, que ésta amaba a aquel hombre. ¿Quién era ese hombre? A Lievin le importaba saberlo, y por eso decidió quedarse.

Hay personas que, ante un rival afortunado, están dispuestas a negar las buenas prendas de éste para no ver más que sus defectos; otras, por el contrario, no desean otra cosa sino descubrir los méritos que le han dado el triunfo, y con profundo resentimiento en el corazón, sólo ven en él las virtudes. Lievin era uno de éstos. No le costó gran trabajo hallar lo que Vronski tenía de atrayente. Era hombre de mediana estatura y bien proporcionado, moreno, rostro hermoso de rasgos pasmosamente serenos. Llevaba los negros cabellos muy cortos, y el mentón rasurado. Todo en él, hasta el flamante uniforme, revelaba una elegante sencillez. Vronski, después de haber cedido el paso a la señora que entraba al mismo tiempo que él, fue a saludar a la princesa, y luego a Kiti. Le pareció a Lievin que, al acercarse Vronski a Kiti, brillaba en los ojos del oficial un relámpago de ternura en tanto fruncía sus labios una imperceptible sonrisa de felicidad triunfante. Vronski se inclinó respetuosamente ante la joven y le tendió una mano un poco ancha, aunque pequeña.

Vronski, luego de haber saludado a todas las personas presentes y hablado algunas palabras con ellas, se sentó sin mirar a Lievin, que no apartaba la vista del oficial.

—Permítanme que les presente, señores —dijo la princesa—. Konstantín Dmítrich Lievin... El conde Alexiéi Kirílovich Vronski.

Vronski se levantó, clavó en los ojos de Lievin una mirada muy franca y le estrechó la mano.

—Si la memoria no me es infiel —dijo Vronski, con sonrisa amable—, este invierno teníamos que asistir juntos a un banquete, pero usted se marchó a su finca de improviso.

—Konstantín Dmítrich odia las ciudades y desprecia a los pobres ciudadanos como nosotros —terció la condesa Nordston.

—He de creer que mis palabras le impresionan profundamente, puesto que tan bien las recuerda —replicó Lievin, enrojeciendo al darse cuenta de que ya había dicho lo mismo poco antes.

Vronski se sonrió después de haber lanzado una mirada a Lievin y otra a la condesa.

—¿Vive siempre en el campo? —preguntó Vronski—. Ha de ser triste en invierno.

—Cuando uno tiene ocupaciones, no —respondió Lievin, con tono áspero—. Por otra parte, nunca se aburre uno en compañía de sí mismo.

—Me gusta el campo —declaró Vronski, que se dio cuenta de la aspereza de Lievin, aunque disimuló.

—Pero no le gustaría vivir siempre allí —sugirió la condesa Nordston.

—No sé qué decir. Nunca he estado mucho tiempo en el campo. Pero durante el tiempo que hemos estado en Niza mi madre y yo, he sentido una extraña impresión. Nunca había echado tanto de menos el campo, la verdadera campiña rusa con sus mujíks. Niza, como ustedes saben, es una ciudad más bien triste. Nápoles y Sorrento cansan pronto. En ninguna otra parte del mundo se siente uno tan atormentado por el recuerdo de Rusia, sobre todo de la campiña rusa. Diríase que esas ciudades...

Vronski se dirigía tan pronto a Kiti como a Lievin mirándoles cariñosamente. Al ver que la condesa Nordston quería terciar en la conversación, calló para escucharla con atención.

La conversación no decayó un solo instante. La princesa no tuvo necesidad de disparar las dos piezas de artillería pesada que tenía cargadas para el caso de silencio prolongado, o sea, el servicio militar obligatorio y los respectivos méritos de la enseñanza clásica y moderna. Por su parte, la condesa de Nordston no halló ocasión de mortificar a Lievin. Lievin, aunque lo deseaba, no podía decidirse a tomar parte en la conversación. Se decía a cada momento «ahora me puedo ir», pero no se movía. Se quedaba como si estuviera esperando que pasase algo.

Cuando se habló de mesas que daban vueltas y de espíritus

que daban golpes en los muebles, la condesa, que creía en el espiritismo, contó los prodigios que habían presenciado.

—Quiero ver eso, condesa —manifestó Vronski, sonriendo—. Ando buscando lo extraordinario y nunca lo encuentro.

—Tenemos una sesión el sábado que viene —anunció la condesa—. Y usted, Konstantín Dmítrich, ¿cree en el espiritismo?

—¿Por qué me lo pregunta? Ya sabe lo que voy a contestar.

—Quisiera conocer su opinión.

—Pues mi opinión es que esas mesas que dan vueltas demuestran sencillamente que nuestra pretendida buena sociedad es tan ignorante y supersticiosa como nuestros aldeanos. Ellos creen en el mal de ojo, en brujerías y hechizos. Nosotros...

—¿Usted no cree en eso?

—No puedo creer, condesa.

—Le digo que lo han visto estos ojos.

—Las aldeanas le dirán que ven el *domovoi*[1].

—Entonces supone que no digo la verdad —insinuó la condesa, con risa fingida.

—No, Masha —dijo entonces Kiti, ruborizándose por Lievin—. Konstantín Dmítrich quiere decir que no cree en el espiritismo.

Lievin se dio cuenta del estado de ánimo de Kiti, e iba a dar una réplica más áspera cuando Vronski, sonriente, impidió que se enconara la conversación.

—¿No admite usted la posibilidad? —preguntó el oficial—. ¿Por qué no? Admitimos la existencia de la electricidad, a pesar de no conocer su naturaleza. ¿Por qué no ha de haber una fuerza desconocida todavía que...?

—Cuando se descubrió la electricidad —atajó Lievin—, sólo se vio un fenómeno sin conocer la causa ni los efectos del mismo, y pasaron siglos sin que se pensara en emplearla. Los espiritistas, por el contrario, han empezado por hacer que las mesas escriban y por evocar los espíritus, y sólo mucho tiempo después han afirmado que existe una fuerza desconocida.

Vronski escuchaba con su habitual atención, y parecía que le interesaba mucho lo que exponía Lievin.

---

[1] En el folklore ruso, genio familiar, duende.

—Pero los espiritistas —prosiguió éste— dicen: «No sabemos aún lo que es esa fuerza, pero se ha demostrado que existe y obra en tales y cuales circunstancias. Los sabios son los que han de descubrir en qué consiste. ¿Y por qué no ha de existir una fuerza nueva, puesto que...?»

—Porque siempre que se frota un trozo de ámbar con un paño de lana se verifica un fenómeno previsto, y, por el contrario, los fenómenos espiritistas no siempre se producen y, por lo tanto, no pueden ser atribuidos a una fuerza de la Naturaleza.

La conversación tomaba un sesgo demasiado grave para un salón. Vronski se dio cuenta de ello, sin duda, porque no opuso más objeciones a lo dicho por Lievin, y dirigiéndose a las señoras, con su simpática sonrisa en los labios, sugirió:

—¿Por qué no hacemos una prueba ahora, aquí mismo?

Pero Lievin se empeñaba en acabar de decir lo que pensaba:

—Yo opino que yerran los espiritistas cuando pretenden explicar esos prodigios diciendo que los causa no sé qué fuerza desconocida. Si hablan de una fuerza espiritual, ¿por qué quieren someterla a una prueba material?

Todos esperaban a que Lievin acabase de hablar. Él lo comprendió.

—Yo creo que usted sería un buen médium —opinó la condesa de Nordston—. ¡Hay tanto entusiasmo en usted!

Lievin abrió la boca para responder, pero enrojeció de súbito y no pronunció palabra.

—Hagamos la prueba con una mesa —propuso Vronski—. ¿Da usted su permiso, princesa?

El oficial se levantó y se puso a buscar con la vista una mesa. Kiti se puso en pie también, y al pasar por delante de Lievin, se encontraron sus miradas. La joven compadecía a Konstantín porque sabía que ella era la causa de su aflicción. La mirada de Kiti decía: «¡Perdóneme, si puede! ¡Soy tan feliz!» Y la mirada de Lievin respondía: «¡Odio al mundo entero, incluso a usted y a mí mismo!»

Lievin ya había cogido su sombrero creyendo que podría irse en tanto los otros se sentaban en torno de la mesa. Pero la suerte resolvió lo contrario. Hizo su aparición el anciano príncipe, quien después de saludar a las damas, se acercó a Lievin.

—¡No sabía que estabas aquí! —exclamó el príncipe, jubilosamente—. ¡Qué alegría me da verle!

El príncipe tan pronto trataba de tú como de usted a Lievin. Le dio un abrazo y siguió hablando sin hacer caso de Vronski, el cual se había levantado y esperaba tranquilamente el momento en que el príncipe se dirigiera a él.

Kiti adivinaba que después de lo que había pasado, las amabilidades de su padre tenían que hacer sufrir mucho a Lievin. Vio la frialdad con que su progenitor contestó, por fin, al saludo de Vronski, y cómo éste contempló con amistosa perplejidad a su padre intentando comprender, sin llegar a conseguirlo, el por qué de esa animosidad para con él, y a Kiti se le tiñeron de arrebol las mejillas.

—¡Príncipe, devuélvanos a Konstantín Dmítrich! —rogó la condesa Nordston—. Vamos a hacer un experimento.

—¿Qué experimento? ¿Hacer dar vueltas a la mesa? —respondió el príncipe, mirando a Vronski, pues adivinaba que era éste el que había propuesto aquel entretenimiento—. Dispénsenme, señoras y caballeros, pero para mí es mucho más interesante el juego de la sortija. La sortija, al menos, es un juego en el que se puede poner un poco de inteligencia.

Vronski lanzó al príncipe una mirada de sorpresa, y luego, esbozando una sonrisa, se puso a hablar a la condesa Nordston de una baile que iban a dar la semana próxima.

—¿Irá usted? —preguntó a Kiti.

Lievin se fue en cuanto le dejó el príncipe, y la última impresión que se llevó de aquella velada fue la cara feliz y sonriente que puso Kiti al contestar a Vronski que sí iría al baile.


## Capítulo XV

Luego de haberse ido los visitantes, Kiti contó a su madre lo que había pasado entre ella y Lievin. Pese a la lástima que le daba Lievin, se sentía halagada por la petición de mano y no dudaba un instante de que había obrado con buen juicio. Pero, una vez acostada, estuvo largo rato sin poder conciliar el sueño. No lograba apartar de su pensamiento la visión

—que le causaba obsesión— de Lievin, del Lievin que escuchaba, con el ceño fruncido, lo que le decía el príncipe en tanto lanzaba miradas tristes a ella y a Vronski. Al pensar en la pena que había dado a Konstantín, se sentía a punto de llorar de tristeza. Pero enseguida pensó en el hombre que ella había preferido. Veía con la imaginación el rostro varonil y enérgico, la serenidad llena de distinción, la bondad radiante de luz de Vronski. Y la certidumbre de que su amor era correspondido le sosegó el alma un momento. Dejó caer la cabeza sobre la almohada, sonriendo de gozo. Se dijo a manera de conclusión: «Es triste, claro es; mas, ¿qué puedo hacer yo? No es culpa mía.» Pero aunque Kiti se repetía esta frase, una voz interior le aseguraba lo contrario, si bien no determinaba si ella había cometido un error al atraer a Lievin o había obrado bien al desairarle sin ofenderle. Fuese lo que fuere, el remordimiento envenenaba su felicidad. Y hasta que se quedó dormida estuvo musitando: «¡Señor, apiádate de mí! ¡Ten compasión de mí, Señor!»

Abajo, en el gabinete del príncipe, se desarrollaba, durante ese tiempo, uno de los altercados tan frecuentes entre los esposos cuando hablaban de su hija predilecta.

—¿Qué-e-e? ¿Conque esas tenemos? —exclamó el príncipe gesticulando con las manos y ajustándose, a renglón seguido, la bata adornada con pieles de ardilla—. ¿Quiere usted saber lo que pienso? Pues pienso que usted no tiene dignidad ni vergüenza. Que está cubriendo de aprobio a la hija con ese vil y absurdo proyecto casamentero.

—¡Qué habré hecho yo, Dios mío! —lamentóse la princesa, casi llorando.

Contenta por lo que le había contado Kiti, había venido, como de costumbre, a dar las buenas noches a su marido. No había dicho a su esposo lo de la petición de Lievin y la negativa de Kiti, pero había nombrado a Vronski, pues le parecía que éste sólo esperaba la llegada de su madre para declararse. Y en aquel momento el príncipe, enfurecido de pronto, la había colmado de reproches.

—¿No sabe lo que ha hecho? Primero buscar un novio para su hija, de lo que se reirá, y con razón, todo Moscú. Si usted quiere dar fiestas, invite a todo el mundo, y no sólo a los pretendientes que usted elige. Que vengan todos esos lechuguinos (así llamaba el príncipe a los jóvenes de Moscú). Contratad a un pianista y que bailen todos. Pero, ¡por Dios, no concierte usted entrevistas como la de esta noche, que eso me revuelve el estómago! Se ha salido usted con la suya, pero a costa de transtornar a la pobre niña. Lievin vale mil veces más que ese fatuo de Peterburgo. Allí los hacen a máquina, todos están cortados por el mismo patrón y realmente son de baja prosapia. Pero aunque fuese hijo de un zar, mi hija no tiene necesidad de ir a buscar a nadie.

—¿Qué mal he hecho?

—¡No me haga volver a decirlo! —replicó el príncipe, montando en cólera otra vez.

—Si te hiciera caso, no casaríamos nunca a nuestra hija. Para eso, mejor sería irnos a vivir al campo.

—Mejor sería, en efecto.

—Te aseguro que no he intervenido en nada. Si un joven que está muy bien..., mal que te pese..., se ha enamorado de Kiti, y ella, según creo...

—¿Crees eso? Puede pasar que ella llegue a enamorarse de veras y él esté tan dispuesto a casarse como yo. ¡Quisiera ser ciego para no ver ciertas cosas!

El príncipe, remedando a su esposa, hizo una reverencia al mismo tiempo que pronunciaba enfáticamente las frases siguientes:

—¡Oh, el espiritismo! ¡Oh, Niza! ¡Oh, el baile!

Y luego añadió:

—Si a Kiti se le ha metido esa idea en la cabeza, nos sentiremos muy orgullosos después de haberla hecho desgraciada.

—¿Por qué te imaginas eso?

—No me lo imagino. Lo sé, lo veo. Los padres tenemos ojos para ver estas cosas, mientras que las mujeres... Por una parte, veo un hombre que viene con intenciones formales, y este hombre es Lievin. El otro es un pisaverde que sólo busca divertirse.

—Repito que son figuraciones tuyas.

—Algún día te acordarás de lo que te he dicho, pero será demasiado tarde —pronosticó él, tuteándola ya al decrecer su irritación—. Mira lo que le pasa a Masha.

—Bueno; no hablaremos más de ello —atajó la princesa, que recordó las desventuras de Dolli.

—Es lo mejor que podemos hacer.

Después de besarse y bendecirse, como era costumbre, los esposos se separaron, convencido cada uno de ellos de que tenía razón. Sin embargo, la princesa, que hacía poco estaba tan segura de que aquella noche había quedado resuelta la suerte de Kiti, sentía a la sazón minada su confianza por las palabras de su marido. Después de entrar en su habitación, el porvenir le pareció incierto. Y lo mismo que Kiti, repitió más de una vez con aflicción: «¡Señor, ten piedad de nosotros! ¡Ten piedad de nosotros, Señor!»

## Capítulo XVI

VRONSKI no conocía la vida de familia.

Su madre, mujer mundana, que lució mucho en su juventud, había tenido durante su vida conyugal, y, sobre todo, después, muchas aventuras que dieron no poco que hablar. Vronski, que apenas había conocido a su padre, habíase educado en el Cuerpo de Cadetes y, desde que salió de esa escuela, venía llevando el habitual tren de vida de los militares ricos de Peterburgo. Se dejaba ver en los salones de cuando en cuando, pero sus intereses amorosos estaban fuera de la alta sociedad.

Fue en Moscú donde, por primera vez, se apartó de aquel lujo insultante y gozó del encanto de una amistad que tenía calor de familia con una señorita bien educada, un alma de sinceridad y pureza que se había prendido de él. Nunca pudo pensar que esas relaciones se prestasen a la murmuración. En las fiestas, la sacaba a bailar. Iba a casa de sus padres, y hablaba con ella, pero sólo le decía las cosas que podían decirse en sociedad, futilidades a las que él daba un sentido que sólo ella podía comprender. Todo lo que le decía podía ser dicho delante de todos, y, sin embargo, él se daba cuenta de que cada vez ejercía mayor influjo sobre la joven y de que esto robustecía los sentimientos que le inspiraba. No sabía si, obrando así, cometía una de esas malas acciones que acostumbra cometer la juventud dorada y que es calificada de tentativa de seducción sin intención de casamiento. Se imaginaba haber descubierto un nuevo deleite y gozaba de ese descubrimiento.

Grande hubiese sido el asombro de Vronski si hubiera podido ver las cosas en su aspecto familiar y hubiese oído la conversación de los padres de Kiti y sabido que haría desgraciada a la joven si no la tomaba por esposa. ¿Podían ser juzgadas de reprensibles unas relaciones que tan gratas eran a los dos, a ella más que a él? ¿Le obligaban a casarse? Vronski nunca había pensado en la posibilidad de contraer nupcias. No solamente no le gustaba la vida de familia, sino que, como todos los célibes, hallaba en las palabras «familia» y «marido» un aire hostil, y lo que es peor, ridículo. Y, no obstante, aunque no tenía la menos sospecha de la conversación que le ponía en el banquillo, tenía la convicción de haber hecho más íntimo el lazo misterioso que le unía a Kiti, tan íntimo que se imponía el tomar una determinación. ¿Qué determinación?

A la sensación de sosiego y de pureza que siempre se llevaba de casa de los Scherbatski —que, sin duda, era la causa de que se abstuviera de fumar allí—, se mezclaba un nuevo sentimiento de ternura ante el amor que le profesaba Kiti.

«Lo más agradable es que, sin pronunciar palabra, con ese lenguaje mudo de miradas y entonaciones, nos comprendemos tan perfectamente, que hoy me ha dicho más claramente que nunca que me quiere —pensaba Vronski—. ¡Qué finura, qué llaneza y, sobre todo, qué confianza! Yo mismo me siento mejor, más puro. Siento que tengo corazón y muchas cosas buenas. ¡Qué hermosos y enamorados ojos! Bueno ¿y qué? Nada. Me siento muy a gusto, y ella también.»

En esto, Vronski se puso a pensar adónde podría ir para acabar de pasar la noche. «¿Al casino, a jugar unas partidas y beber champaña con Ignátov? ¿Al *Château des Fleurs*? Allí encontraré a Oblonski, bailan el can-can, cantan cancioncillas... Tampoco; estoy harto de eso. Lo que me gusta precisamente de la casa de los Scherbatski es que salgo de allí mejor de lo que voy. Volvamos al hotel.»

De vuelta en el Hotel Dussaux, Vronski subió derechamente a su habitación, se hizo servir la cena, se desnudó y, apenas puso la cabeza en la almohada, se quedó profundamente dormido.

## Capítulo XVII

AL día siguiente, a las once de la mañana, Vronski se hizo conducir a la estación de ferrocarril de Peterburgo para esperar a su madre. La primera persona que vio en la escalera de acceso fue Oblonski, que iba a recibir a su hermana, que llegaba en el mismo tren.

—¡Hola, excelencia! —exclamó Oblonski—. ¿A quién vienes a esperar?

—A mi madre, que llega hoy —respondió Vronski con la sonrisa habitual de todos los que conocían a Oblonski cuando le veían.

Se dieron un apretón de manos y subieron la escalera.

—¿Sabes que te he estado esperando hasta las dos de la mañana? ¿Qué has hecho después de tu visita a los Scherbatski?

—He vuelto al hotel —respondió Vronski—. Con franqueza, pasé el rato tan agradablemente allí, que no me quedaron ganas de ir a otra parte.

—Conozco los caballos briosos por el hierro, y a los enamorados, por sus ojos —burlóse Stepán Arkádich diciendo a Vronski lo que la víspera había dicho a Lievin.

Vronski sonrió como asintiendo; pero cambió de conversación:

—Y tú, ¿a quién esperas?

—¿Yo? A una chica guapa.

—¡Ah!

—*Honni soit qui mal y pense!*[1]. A mi hermana Anna.

—¡Anna Karénina!

—¿La conoces?

—Me parece que sí..., aunque no, creo que no —respondió con aire distraído Vronski, a quien el apellido Karenin recor-

---

[1] Infame sea quien mal piense. (En francés en el original.) Lema del escudo de la Orden inglesa de la Jarretera.

daba vagamente a una persona amiga de hacerse notar y pesada por naturaleza.

—Pero conocerás a mi célebre cuñado Alexiéi Alexándrovich. Le conoce todo el mundo.

—De vista y por su fama. Sé que es inteligente, un sabio, muy religioso, según parece... Pero tú sabes bien que eso no está *not in my line* [2] —dijo Vronski.

—Un hombre notable; un poco conservador —observó Stepán Arkádich—, una excelente persona.

—¡Mejor para él! —exclamó Vronski, sonriendo. Y al ver junto a la puerta al viejo criado de confianza de su madre, dijo—: ¡Ya estás aquí! ¡Síguenos!

Vronski, como todos, sentía el encanto personal de Oblonski, pero, desde hacía algún tiempo, sentía hacia él una atracción singular. ¿No era eso acercarse más a Kiti?

—¿Vamos a dar, por fin, un banquete a la diva el domingo? —preguntó jovialmente.

—Sí. Voy a abrir una suscripción. Oye, ¿te presentaron anoche a mi amigo Lievin?

—Sí. Pero se fue enseguida.

—Es un buen hico.

—No sé —objetó Vronski—; pero todos los moscovitas son personas de espíritu algo incisivo, con honrosas excepciones, tú, por ejemplo. Gallean, provocan con sus palabras. Parece que quieran enseñar a uno lo que ha de hacer.

—Hay un fondo de verdad en lo que dices —asintió, riendo, Stepán Arkádich.

—¿Tardará mucho en llegar el tren? —preguntó Vronski a un mozo de estación.

—Ya ha salido de la otra estación —contestó el mozo.

El creciente movimiento que había en el andén, las idas y venidas de los mozos de cuerda, la presencia de los agentes de policía y la llegada de personas que venían a esperar a los viajeros, todo esto indicaba que se acercaba el tren. Hacía frío. Se veía a través de la niebla a los empleados de la estación, abrigados con pellizas y botas de fieltro, que cruzaban las vías. Re-

---

[2] no va conmigo. (En inglés en el original.)

tumbó a lo lejos el silbido de la locomotora y oyóse enseguida el ruido de una mole pesada en movimiento.

—Sin embargo, te equivocas en lo que se refiere a Lievin —dijo Stepán Arkádich, que quería avisar a Vronski de las intenciones de su rival—. Es muy nervioso, y, a veces, se pone antipático; pero sabe hacerse querer, cuando quiere. Tiene un corazón de oro. Pero ayer tenía particulares motivos para sentirse muy feliz o muy desgraciado...

Oblonski dijo esto último con una sonrisa significativa, olvidando completamente la sincera simpatía que el día anterior sintió hacia su amigo y que, en aquel momento, era la misma que sentía hacia Vronski—. Sí, tenía motivos para sentirse muy feliz o muy desgraciado.

Vronski se detuvo y preguntó sin rodeos:

—¿Quieres decir que ha pedido la mano de tu *belle soeur?*[3]...

—Es muy posible. Tuve esa impresión anoche. Y si se ha ido temprano y de mal humor, no puede dudarse de ello... ni de la respuesta. Hace tanto tiempo que está enamorado, que me da pena.

—Creo que Kiti puede aspirar a mejor partido —manifestó Vronski y, sacando el pecho, se puso nuevamente a andar—. Aunque, a decir verdad, no le conozco —añadió—. En efecto, ha de ser una situación desagradable. Por eso la mayoría de nosotros preferimos divertirnos con las hembras livianas. Con ellas sólo se resiente la bolsa, pero la dignidad no padece... ¡Ya está aquí el tren!

En efecto, se oyó el lejano silbido de la locomotora. Unos minutos después empezó a trepidar el andén y, echando humo, que se quedaba casi a ras del suelo por el frío, pasó la locomotora con el lento vaivén de la biela de la rueda central. El maquinista, bien arropado y cubierto de escarcha, saludaba al público. Tras el ténder, y cada vez más despacio, pero trepidando más el andén, pasó el furgón de los equipajes, dentro del cual se hallaba también un perro que ladraba. Por fin llegaron los vagones de pasajeros, que sufrieron unas sacudidas antes de detenerse.

El revisor saltó ágilmente de uno de los vagones y tocó el

---

[3] cuñada. (En francés en el original.)

silbato. Después de él descendieron los viajeros más impacientes, uno tras otro; un oficial de la escolta del zar, tieso como un poste y de aire severo; un modesto comerciante, risueño, con una bizaza en bandolera, y un aldeano con la mochila a la espalda.

De pie junto a su amigo, Vronski miraba los vagones y a los viajeros, sin acordarse de su madre. Lo que acababa de saber de Kiti causaba en él una exaltación gozosa. Brillaban sus ojos. Se irguió involuntariamente. Experimentaba una sensación de triunfo.

El revisor se le acercó y le dijo:

—La condesa Vronski está en ese vagón.

Estas palabras le hicieron volver a la realidad y le obligaron a pensar en su madre. En el fondo, no profesaba respeto ni afecto verdadero a la que le había dado el ser; pero su educación y las normas de sociedad no le permitían confesarlo, y mostraba a su madre los sentimientos de un hijo respetuoso y sumiso.

## Capítulo XVIII

VRONSKI siguió al revisor. Se detuvo a la entrada del compartimiento para dejar salir a una señora que su intuición de hombre de mundo le hizo percibir, a la primera ojeada, que pertenecía a la alta sociedad. Tras una palabra de disculpa, iba a seguir su camino cuando se volvió de repente por no poder resistir el deseo de mirarla otra vez. Sentíase atraído, no por la belleza, aunque muy notable, de la dama, ni por la discreta elegancia que emanaba de su persona, sino por la inefable expresión de dulzura de su lindo rostro. Por un instante, sus ojos pardos y brillantes, que hacían parecer más oscuras las espesas cejas, le miraron con simpatía, y luego su dueña los volvió hacia la muchedumbre como si buscase a alguien entre ella. Aquella rápida visión bastó a Vronski para ver en aquel semblante la vivacidad refrenada, que animaba la mirada y arqueaba los labios en una sonrisa apenas perceptible. Mirada y sonrisa revelaban abundancia de energía reprimida.

Aunque el fulgor de los ojos quería ocultarse, no por eso la leve sonrisa de los labios descubría menos el fuego interno.

Vronski penetró en el compartimiento. Su madre, una anciana menuda de cuerpo y enjuta de carnes, le miró con sus ojos negros y parpadeantes y le acogió con una sonrisa de sus delgados labios; luego se levantó, entregó a su doncella la maleta, tendió su flaca mano a su hijo, que éste besó, y, por último, dio un beso en la frente a Vronski.

—¿Has recibido mi telegrama? ¿Estás bien?

—¿Ha tenido usted buen viaje? —preguntó Vronski, sentándose junto a ella.

Sin embargo, Vronski prestaba oído a una voz femenina que se elevaba en el pasillo y que él sabía era la de aquella señora.

—No puedo compartir su opinión —decía la voz.

—Es un punto de vista peterburgués, señora.

—Es sencillamente un punto de vista femenino.

—Permítame, señora, que le bese la mano.

—¡Hasta la vista, Iván Petróvich! Si ve a mi hermano, haga el favor de mandármelo.

La voz se acercaba. Un momento después la dama entró en el compartimiento.

—¿Ha visto ya a su hermano? —le preguntó la condesa.

Vronski comprendió entonces que era la señora de Karenin.

—Su hermano está en la estación, señora —anunció el conde, poniéndose en pie. E inclinándose, añadió—: Perdone que no la haya reconocido; pero he tenido tan pocas veces el honor de hablar con usted, que creo no se acordará de mí.

—Le hubiera conocido, porque puede decirse que su madre y yo no hemos hecho otra cosa que hablar de usted durante todo el viaje —respondió Anna Karénina, dignándose sonreír—. Mi hermano no viene...

—¡Llámale, Aliosha! —exhortó la condesa.

Vronski bajó al andén y gritó:

—¡Oblonski! ¡Estamos aquí!

Anna Karénina no tuvo paciencia para esperar. Al ver de lejos a su hermano, se apeó del vagón y echó a andar hacia Stepán Arkádich con paso ligero y decidido. Cuando llegó, con un ademán lleno de gracia y energía que admiró a Vronski, enlazó con el brazo izquierdo el cuello de su hermano, atrajo a éste hacia sí y le besó. Vronski no apartaba los ojos de ella y sonreía sin saber por qué; se acordó de que le esperaba su madre y volvió a subir al vagón.

—¿Verdad que es encantadora? —preguntó la condesa, señalando a Anna Karénina—. Su esposo la hizo sentar a mi lado, de lo que estoy muy contenta. Hemos hablado mucho. Y tú, ¿qué me cuentas? Dicen que *vous filez le parfait amour. Tant mieux, mon cher, tant mieux*[1].

—No sé qué insinúa, *maman* —respondió Vronski con frialdad—. ¿Salimos?

En esto volvió a entrar Anna Karénina para despedirse de la anciana:

—Condesa, usted ya tiene a su hijo, y yo a mi hermano. De todos modos, ya no tenía más cosas que contarle.

—No importa —dijo la condesa, tomándole la mano—. Con usted daría la vuelta al mundo sin aburrirme un solo instante. Es usted una de esas mujeres amables en cuya compañía es igualmente agradable hablar o callar. Y no piense tanto en su hijo. Alguna vez hay que separarse.

Inmóvil y erguida en toda su estatura, Anna Karénina sonreía con los ojos.

—Anna Karénina tiene un niño de ocho años —explicó la condesa a su hijo—. Es la primera vez que se separa de él, y se atormenta.

—Sí, su madre y yo hemos hablado de nuestros hijos —corroboró Anna, cuyo rostro se iluminó con otra sonrisa, una sonrisa de coquetería que esta vez obsequiaba a Vronski.

—¡Lo que se habrá aburrido usted! —respondió inmediatamente, cogiendo al vuelo la insinuación de coquetería que ella le había lanzado.

Anna, sin hacer caso de la actitud de Vronski, se volvió hacia la condesa y le dijo:

—Mil gracias. No me he dado cuenta de que ha pasado el día de ayer. ¡Hasta la vista, condesa!

—¡Adiós, querida amiga! —respondió la condesa—. Déjeme darle un beso en esa carita de rosa y que le diga con la

---

[1] sigues con la idea del amor ideal. Tanto mejor, querido, tanto mejor. (En francés en el original.)

franqueza que me concede el privilegio de la edad, que me ha cautivado usted.

Eran estas palabras como las que se dicen en los salones para halagar a quien van dirigidas. No obstante, Anna pareció conmovida. Se ruborizó, se inclinó ligeramente y ofreció su mejilla a los labios de la anciana. Luego de enderezarse, tendió la mano a Vronski con aquella sonrisa que parecía flotar entre sus ojos y sus labios. Vronski estrechó la manita, feliz como si fuese cosa extraordinaria el sentir la presión firme y enérgica de ella. Anna salió andando con aquel paso rápido que contrastaba con la opulencia de sus formas.

—¡Encantadora! —exclamó la condesa.

Su hijo era de la misma opinión. Vronski, sonriente, la siguió con la vista. Mirando por la ventanilla, vio que se acercaba a su hermano, le tomaba del brazo y se ponía a hablar de cosas que seguramente nada tenían que ver con él, Vronski. Casi le contrarió.

—¿Sigue usted bien de salud, *maman*?

—Sí. *Alexandre* ha estado muy atento conmigo. Y *María* se ha puesto muy hermosa.

La condesa habló después de lo que más le interesaba: del bautismo de su nieto, objeto de su viaje a Peterburgo, de las muestras de aprecio que daba el zar a su hijo mayor.

—¡Ya está aquí Lavrienti! —dijo Vronski, que seguía mirando por la ventanilla—. Podemos bajar, si usted quiere, ahora hay poca gente.

El viejo mayordomo, que había acompañado en su viaje a la condesa, vino a anunciar que todo estaba dispuesto. La condesa se apeó. Su hijo le ofreció el brazo. La doncella se encargó del maletín y del perro de aguas. El mayordomo y un mozo de cuerda llevaban el resto del equipaje. Pero en esto vieron que la gente corría con el rostro alterado. También corría el jefe de estación, fácil de conocer por su gorra de caprichoso color. Evidentemente había ocurrido algo extraordinario. Todos se dirigían hacia la cola del tren.

—¿Qué ha pasado?

—¿Qué sucede?

—¿Dónde ha sido?

—¡Se ha tirado debajo del tren!

—¡Aplastado!

Stepán Arkádich y su hermana retrocedieron también y se pararon, emocionados, junto a la portezuela. Las señoras volvieron a subir al vagón. Oblonski y Vronski fueron a enterarse de lo que había pasado.

El tren, al retroceder, había aplastado a un mozo de estación que, por estar ebrio o ir demasiado arropado, no había percibido la maniobra. Antes de la vuelta de los dos amigos, el mayordomo contó a las señoras cómo había sido el accidente. Oblonski y Vronski habían visto el cadáver, que estaba desfigurado. El trastornado Oblonski apenas podía contener las lágrimas.

—¡Si lo hubieras visto, Anna! ¡Qué horror!

Vronski callaba. Su hermoso rostro permanecía serio y absolutamente sereno.

—¡Si lo hubiera visto usted, condesa! —continuó Stepán Arkádich—. Y su mujer está aquí... Se ha arrojado sobre el cadáver de su marido. Dicen que era el único que llevaba el pan a casa, que deja muchos hijos... ¡Qué horror!

—¿Podemos hacer algo por ella? —murmuró Anna Karénina, muy conmovida.

Vronski le lanzó una mirada y salió al pasillo.

—¡Ahora vuelvo, *maman!* —dijo, volviéndose, desde el pasillo.

Cuando regresó, un momento después. Oblonski hablaba de la nueva cantante a la condesa, y ésta miraba con impaciencia hacia la puerta.

—Ya podemos irnos —dijo Vronski.

Salieron todos. Primero, Vronski con su madre y, luego, Anna con su hermano. Cerca de la salida se acercó a ellos el jefe de estación, que quería decir algo a Vronski.

—Ha entregado usted al subjefe doscientos rublos. ¿Me quiere decir para quién son?

—¡Qué pregunta! —respondió Vronski, encogiéndose de hombros—. Para la viuda.

—¿Conque ha dado dinero? —exclamó Oblonski. Y apretando el brazo de su hermana, dijo a ésta—: ¿Verdad que es un chico muy simpático? ¡A los pies de usted, condesa!

Y Oblonski y su hermana se detuvieron buscando a la doncella.

Cuando salieron de la estación, el coche de los Vronski ya había partido. La gente seguía hablando de lo ocurrido.

—¡Mira qué muerte más horrible! —dijo un señor al pasar—. Dicen que lo partió en dos.

—Yo creo, por el contrario, que ha sido mejor, instantánea —observó otro.

Anna subió al coche. Su hermano observó con sorpresa que le temblaban los labios y estaba a punto de llorar.

—¿Qué tienes, Anna?

—Es un presagio funesto.

—¡Qué tontería! —exclamó Stepán Arkádich—. Has llegado bien, y eso es lo principal, porque yo he puesto todas mis esperanzas en ti.

—¿Hace tiempo que conoces a Vronski?

—Sí. Esperamos que se case con Kiti.

—Bien; ahora hablemos de ti —dijo Anna, moviendo la cabeza como si quisiera ahuyentar un pensamiento molesto—. He recibido tu carta, y aquí estoy.

—He puesto todas mis esperanzas en ti —replicó Oblonski.

—Cuéntamelo todo.

Stepán Arkádich obedeció.

Al llegar a casa ayudó a bajar a su hermana, le estrechó la mano, dio un suspiro y se fue a la oficina jurídica.


CAPÍTULO XIX

CUANDO Anna entró en el saloncito, Dolli estaba tomando la lección de francés a un niño gordito, con la cabeza rubia, el vivo retrato de su padre. El niño, en tanto leía, intentaba arrancar de la chaqueta un botón que colgaba y estaba a punto de caer. La madre, al ver que no conseguía quitarle la manita del botón, lo arrancó y lo guardó en un bolsillo.

—¡Las manos quietas, Grisha!

Dolli se entregó a la labor. Hacía tiempo que estaba haciendo una colcha de ganchillo, para distraerse de los malos ratos que estaba pasando. Trabajaba nerviosamente, doblando y desdoblando los dedos, contando y volviendo a contar los puntos.

Aunque el día antes había dicho a su marido que le importaba poco la llegada de su cuñada, tenía ya todo dispuesto para recibirla, y la esperaba con alguna emoción.

A pesar de la pena que tenía, no dejaba de recordar que su cuñada era una *grande dame,* y el marido de ésta una de las más célebres personalidades de Peterburgo. No quería ofender a Anna. «¿Por qué no he de recibirla? ¿Qué culpa tiene ella? Nada sé de ella que no sea en su favor, y siempre me ha profesado un afecto sincero.» Pero Dolli veía en el género de vida que llevaban los Karenin algo de falso que le daba mala impresión. «¡Con tal de que no venga a consolarme! ¡He meditado mucho sobre eso y sé lo que valen los consuelos, esos consejos y esas exhortaciones de perdón!»

Dolli había pasado esos tristes días sola con sus hijos. No quería contar sus penas a nadie y, sin embargo, no podía hablar de otra cosa. Comprendía que, con Anna, habría de romper el silencio, y tan pronto le parecía grato como intolerable el tener que confesar su humillación a su cuñada.

Con los ojos clavados en el reloj, contaba los minutos y esperaba a cada instante que se presentara su cuñada; pero, como suele suceder en semejantes casos, tan abismada estaba en sus pensamientos, que no oyó sonar la campanilla. Cuando unas leves pisadas y el roce de un vestido cerca de la puerta le hicieron alzar la cabeza, su rostro expresó sorpresa en vez de alegría. Se levantó y besó a su cuñada.

—¿Has llegado ahora?

—Tenía muchas ganas de verte.

—Y yo a ti —respondió Dolli con desmayada sonrisa.

Miró a Anna al rostro y creyó ver en éste compasión, por lo que pensó que su cuñada ya estaba enterada de todo. Y deseando retardar el momento de inevitable explicación, dijo:

—Te llevaré a tu habitación.

—¡Dios mío, lo que ha crecido Grisha! —exclamó Anna. Y sólo después de haber besado al niño, con las mejillas encendidas, mirando a su cuñada a los ojos, respondió a ésta—: quedémonos aquí, si te parece.

Anna se quitó la pañoleta, y, como un rizo de su negra cabellera habíase pegado al sombrero, lo desprendió sacudiendo la cabeza.

—Te veo rebosante de felicidad y salud —ponderó Dolli, con acento de envidia en la voz.

—Sí, gracias a Dios —respondió Anna. Y al ver a Tania, que había entrado, la cogió en brazos y la llenó de besos— Tania! ¡Qué guapa! Tiene la misma edad de mi Seriozha. Enséñame ahora a los otros.

Anna recordaba, no solamente los nombres y las edades de sus sobrinos, sino también sus caracteres y las enfermedades que habían tenido. Eso le llegaba al corazón de Dolli.

—Bien, vayamos a verlos —dijo—. Pero Vasia duerme, y es una lástima..

Después de ver a los niños volvieron al salón, donde el café estaba ya servido. Anna cogió la bandeja y luego la apartó.

—Dolli, mi hermano me ha contado todo.

Dolli miró con frialdad a su cuñada. Esperaba que le dedicase frases de fingido dolor; pero Anna no las pronunció.

—¡Dolli, querida! No quiero hablarte en su favor ni consolarte, porque esto es imposible —prosiguió Anna—. Déjame decirte solamente que te compadezco con toda el alma.

Los ojos de Anna brillaban. Las lágrimas humedecieron sus bonitas pestañas. Se sentó más cerca de la cuñada y le tomó la mano con la suya, pequeña y enérgica. Dolli no la retiró, pero la expresión severa de su rostro no varió.

—Nadie puede consolarme. Después de lo que ha pasado, todo ha acabado para mí.

Pero, cuando hubo pronunciado estas palabras, fue más dulce la expresión de su rostro. Anna se llevó a los labios la mano de su cuñada y la besó.

—¿Qué piensas hacer, Dolli? Esto no puede seguir así. Busquemos el medio de salir de esta falsa situación.

—Todo ha terminado. Y lo peor es que no puedo separarme de él. Me atan los hijos. Y, no obstante, seguir viviendo con él es cosa superior a mis fuerzas. Sólo verle, es ya un tormento para mí.

—¡Dolli querida! Me ha hablado con el corazón en la mano. Para juzgar, hay que oír a las dos partes. Ahora cuéntame tú lo tuyo.

Como Dolli vio en el rostro de Anna afecto sincero, contestó así:

—Empezaré por el principio. Tú sabes cómo me casé. Con la educación de *maman* no sólo seguí con mi inocencia, sino también con mi ignorancia. No sabía nada del mundo. Dicen que los maridos cuentan su pasado a sus mujeres. Stiva... Stepán Arkádich no me lo ha contado nunca. No me querrás creer, pero, hasta hace poco, me figuraba que no había conocido a otra mujer que yo. He vivido así ocho años. No sólo no sospechaba su infidelidad, sino que creía que eso era imposible. Con estas ideas, no puedes imaginarte lo que sufrí cuando..., cuando leí la carta que me enteró de todo. Me creía feliz, y de golpe... ¡Se entendía con la institutriz de mis hijos! ¡Es una canallada!

Dolli se tapó el rostro con el pañuelo.

—Hubiera podido perdonarle un momento de ceguera —continuó Dolli—, pero esta canallada tan grande... Pensar que mi marido... con una... ¡Es espantoso! No te lo puedes imaginar.

—Sí que me lo imagino, querida Dolli —murmuró Anna, estrechándole la mano.

—Si al menos comprendiera lo triste de mi situación... Pero está contento, es feliz...

—¡No lo creas! —la interrumpió Anna—. Da pena verle. El remordimiento le carcome la conciencia...

—¿Es capaz de sentir remordimiento?

—Sí, Dolli. Le conozco. Te aseguro que me ha dado lástima. Le conocemos las dos. Es bueno, pero orgulloso. Esta humillación será saludable para él. Lo que más me ha conmovido...

Anna adivinó por instinto la cuerda más sensible de su cuñada, y añadió:

—Lo que más me ha conmovido es que sufre por sus hijos, que le duele en el alma haberte ofendido, porque te quiere... ¡Sí, sí, te quiere más que a nada en el mundo! (Esto lo dijo Anna al ver que su cuñada iba a protestar.) «¡Nunca me perdonará!», dice sin cesar.

Dolli reflexionaba.

—Comprendo que sufra. Siempre sufre más el pecador que el justo cuando siente que es el causante del mal. Pero, ¿debo perdonar? ¿Debo seguir viviendo con él después de lo de esa mujer? Esa vida será para mí un tormento, precisamente porque quiero al amor que le he tenido...

Los sollozos le cortaron la voz y la palabra a Dolli. Pero, como si lo hiciera a propósito, apenas se enternecía un poco, volvía a lo que la airaba más.

—Porque esa mujer es joven y bonita. ¡Compréndeme bien, Anna! ¿Quién se ha llevado mi belleza y mi juventud? ¡Él y sus hijos! Todo lo he sacrificado por él. Yo ya soy una mujer vieja para él. Por eso me engaña con una mujer vulgar..., porque tiene los atractivos de la juventud. Seguramente se habrán reído de mí, o lo que es peor, habrán hecho como si yo no existiese.

Hubo otro fulgor de odio en la mirada de Dolli.

—¿Qué vendrá a decirme después de esto? ¿Podré creerle? ¡Nunca! Todo ha terminado para mí, todo lo que era mi consuelo, el premio de mis penas y sufrimientos. No querrás creerme... Hace poco he tomado la lección a Grisha, y esto, que antes era un gozo para mí, ahora es un tormento. ¿A qué tantas preocupaciones? ¿Para qué tengo hijos? Y lo más espantoso es el cambio que se ha operado en mí. Mi amor se ha convertido en odio. ¡Hasta creo que sería capaz de matarle!

—¡Dolli, querida, lo comprendo; pero te suplico que no te atormentes así! Tu pena y tu ira impiden ver las cosas tal como son.

Dolli se calmó, y ambas aguardaron silencio un momento.

—¿Qué hago Anna? Reflexiona, aconséjame. He buscado la solución y no la he encontrado.

Anna tampoco la había encontrado; pero cada palabra, cada mirada de su cuñada despertaban un eco en su corazón.

—Sólo te puedo decir que soy su hermana. Conozco el carácter de Stiva, esa facilidad de olvidar lo que tiene; lo mismo se deja arrastrar de las pasiones, que se entrega a profundos arrepentimientos. Ahora no cree, no comprende que haya podido hacer lo que ha hecho.

—Lo comprende, lo ha comprendido siempre. Pero tú me olvidas a mí, Anna, y, aunque fuese lo que tú dices, no por eso sufriría menos.

—¡Espera! Te confieso que, cuando me lo ha contado, no ha sido lo triste de tu situación lo que más me ha dolido. Yo sólo veía el desorden que hay en esta casa y veía a mi hermano, que me daba lástima. Después de nuestra conversación, veo, como mujer, otra cosa, veo tus sufrimientos y te compadezco de veras. Comprendo tu dolor; pero, en esta cuestión, hay algo que ignoro. No sé..., no sé hasta qué punto le sigues queriendo en el fondo de tu corazón. Tú sola puedes saber si le quieres lo bastante para perdonarle. ¡Si puedes, perdona!

Dolli quiso decir que no, pero Anna se lo impidió besándole otra vez la mano.

—Conozco el mundo mejor que tú, Dolli. Sé cómo se conducen los hombres como Stiva en un caso así. Te figuras que se ha reído de ti. ¡No lo creas! Esos hombres pueden cometer infidelidades, pero no por eso son menos sagrados para ellos su esposa y su hogar. En el fondo desprecian a esas mujeres y levantan entre su familia y ellas un muro que no derriban jamás. No me explico cómo puede hacerse eso, pero lo cierto es que se hace.

—Eso no le impedía besarla...

—¡Cálmate Dolli! Recuerdo cosas de cuando Stiva se enamoró de ti. Me hablaba de ti llorando, y no sé hasta qué altura poética te colocaba. Sé que, en el tiempo que lleváis casados, ha crecido su admiración por ti. Le gastábamos bromas porque solía decir a cada momento: «¡Dolli es una mujer extraordinaria!» Siempre has sido y siempre serás para él una diosa. En el capricho de ahora no está interesado su corazón.

—¿Y si tiene otros caprichos?

—Me parece imposible.

—¿Perdonarías tú?

—No sé, no puedo juzgar —musitó Anna. Y tras meditar y pensar la situación en su fuero interno, agregó—: Sí, perdonaría. Ya no sería la misma, pero perdonaría, perdonaría del todo, de modo que quedase borrado el pasado...

—Sin olvido, no hay verdadero perdón —comentó Dolli como si pronunciara una sentencia que hacía largo tiempo había dictado su corazón—. Hay que perdonar y olvidar... Y ahora, ven, que te llevaré a tu habitación.

Por el camino Dolli abrazó a su cuñada, y así continuaron andando.

—¡Cuánto me alegro de que hayas venido, Anna! ¡Ahora sufro menos, mucho menos!

## Capítulo XX

ANNA no salió de casa en todo el día ni recibió a ninguna de las personas que, enteradas de su llegada, vinieron a hacerle una visita. Se consagró enteramente a Dolli y a sus sobrinos, pero mandó unos renglones a su hermano para que viniese a cenar a su casa aquella noche. «Ven —escribió—. La misericordia de Dios es infinita.»

Oblonski cenó en su casa, y su mujer le tuteó, cosa que no había hecho desde lo de la institutriz. Sus relaciones seguían siendo frías, pero ya no se hablaba de separación. Stepán Arkádich presentía la posibilidad de la reconciliación.

Kiti llegó cuando estaban acabando de cenar. Apenas conocía a Anna Arkádievna y no sabía qué rostro le mostraría aquella gran dama petersburguesa que era ensalzada hasta las nubes. Se tranquilizó enseguida al ver que su belleza y su juventud causaban grata impresión en Anna, y ella sintió a su vez el encanto de Anna hasta el punto de prendarse de ésta como, a veces, se prendan las jóvenes de mujeres casadas de más edad que ellas. Nada en Anna recordaba a la gran dama ni a la madre de familia. A no ser por la expresión grave, melancólica, de sus ojos, por la frescura de la tez, la luz de la mirada y el hechizo de la sonrisa, hubiérase dicho que era una mocita de veinte abriles. Esto es lo que cautivó a Kiti. Kiti, más allá de la llaneza de Anna, vislumbraba un mundo poético misteroso, de una altura que le parecía inaccesible.

Después de cenar, aprovechando el momento en que Dolli se había ido a su cuarto, Anna se levantó prestamente del canapé en que había estado rodeada de los niños y se acercó a su hermano, que encendía un cigarro puro.

—Stiva —le dijo, haciendo sobre él el signo de la cruz y señalando con mirada alentadora hacia la puerta— vé, y que Dios te ayude.

Stepán Arkádich comprendió lo que quería su hermana, tiró el cigarro y salió de la estancia. Anna volvió con sus sobrinos. Fuese porque vieron el afecto que su madre profesaba a Anna, fuese porque ésta había captado sus corazones desde el primer momento, los dos niños mayores, y luego los demás, por espíritu de imitación, se habían pegado a su tía desde antes de cenar y no querían separarse de ella. Jugaban a ver quién se ponía más cerca de ella, le tomaba la mano, la besaba, le tocaba las sortijas o, al menos, la franja del vestido.

—Sentémonos como antes —propuso Anna, haciéndolo ella.

Grisha, henchido de gozoso orgullo, puso la cabeza bajo la mano de su tía y apoyó la mejilla en la seda del vestido.

—¿Cuándo es ese baile? —preguntó Anna a Kiti.

—La semana que viene. Será un baile muy bonito, y nos divertiremos mucho.

—¿Divertirse, en los bailes? —preguntó Anna con dulce ironía.

—Sí, aunque parezca extraño. En los que dan los Bobríschev o los Nikitin, nos divertimos siempre. En cambio, los de los Miezhkov son aburridos. ¿Lo ha notado usted?

—No, hijita; ya no me divierten los bailes. Para mí, son más o menos aburridos.

Kiti vio en los ojos de Anna aquel mundo desconocido que estaba cerrado para ella.

—¿Puede usted aburrirse?

—Y ¿por qué no?

Kiti adivinó que Anna sabía de antemano lo que ella iba a contestar:

—Porque siempre es usted la más hermosa.

Anna, que se sonrojaba con facilidad, se ruborizó.

—Eso no es cierto; pero, aunque lo fuera, me importaría poco.

—¿Irá usted?

—No podré excusarme —respondió Anna. Y dijo a Tania, que se divertía quitándole las sortijas de los dedos blancos y delgados—: ¡Toma ésta!

—Me gustaría tanto que asistiese...

—Si voy, me consolaré pensando que ha sido por darte ese gusto. ¡Basta, Grisha! Ya estoy bastante despeinada.

El niño jugaba con los cabellos de su tía.

—Me parece que la estoy viendo con un vestido de color malva.

—¿Por qué precisamente malva? —preguntó Anna, sonriendo—. ¡Niños! ¿No oís que os llama miss Hull para tomar el té?

Y cuando los sobrinos estuvieron en el comedor, dijo:

—Ya sé por qué tienes tanto interés en que asista a ese baile. Quieres que todo el mundo presencie tu triunfo.

—Es verdad. ¿Cómo lo sabe?

—¡Hermosa edad la tuya! Recuerdo todavía la niebla azulada, como la que se ve en las montañas de Suiza, que envuelve todas las cosas a esa edad dichosa en que acaba la infancia; pero, enseguida, después de la inmensa explanada en que nos solazábamos, empieza un camino angosto, que va estrechándose cada vez más, por el que caminamos con alegría mezclada de angustia, por luminoso que nos parezca... ¿Quién no ha pasado por él?

Kiti escuchaba sonriendo. Viendo con la imaginación la figura tan poco poética de Alexiéi Alexándrovich, el marido de Anna, se dijo: «¿Cómo habrá pasado por ese camino? Me gustaría conocer la novela de su vida.»

—Estoy enterada —continuó Anna—. Stiva me lo ha contado. Te felicito. He visto a Vronski en la estación esta mañana. Me ha producido buena impresión.

—¿Estaba en la estación? —preguntó Kiti, ruborizándose—. ¿Puedo saber qué le ha contado Stiva?

—Todo. Me alegraría que se cumpliesen tus deseos... He hecho el viaje con la madre de Vronski. No ha hecho otra cosa que hablarme de su hijo predilecto. Sé lo apasionadas que son las madres...

—¿Qué le ha dicho su madre?

—Muchas cosas. Que su hijo quiso ceder su fortuna a su hermano, que había salvado, siendo niño, a una mujer que se iba a ahogar. Por lo visto, tiene sentimientos caballerescos.

Anna sonrió al recordar que Vronski había dado doscientos rublos para la viuda del mozo de estación; pero silenció ese rasgo porque le causaba cierta inquietud, pues veía en él una intención que le tocaba muy de cerca.

—La condesa me ha rogado mucho que vaya a hacerle una visita. Lo haré con mucho gusto. Iré mañana... Me parece que Stiva lleva mucho rato hablando con Dolli.

Anna se levantó, y a Kiti le pareció que estaba contrariada.

—¡Yo, primero! —gritaban los niños—. ¡Yo, primero!

Habían tomado el té y corrían a reunirse con su tía Anna.

—Todos a la vez —dijo ésta, y, riendo, corrió a su encuentro, los abrazó y cayeron todos formando un montón de niños agitándose y gritando de placer.

## Capítulo XXI

A la hora del té de las personas mayores, Dolli salió de su habitación. Stepán Arkádich no apareció. Seguramente había salido de la habitación de su mujer por la puerta de atrás.

—Temo que pases frío arriba —dijo Dolli a Anna—. Te instalaré aquí, y así estaremos más cerca.

—No te preocupes por mí —respondió Anna, mirando a su cuñada al rostro, para ver si su expresión denotaba que había habido reconciliación.

—Hay más luz aquí.

—Yo duermo como una marmota en todas partes.

—¿De qué estáis hablando? —preguntó Stepán Arkádich, saliendo de su despacho.

Oblonski se había dirigido a su mujer, y, por el acento de su voz, comprendieron Kiti y Anna que la reconciliación era un hecho.

—Voy a acomodar a Anna aquí —contestó Dolli—. Hay que cambiar las cortinas; pero, como nadie sabrá hacerlo, habré de ser yo quien lo haga.

«¡Dios sabe si se habrán reconciliado de veras!», pensó Anna, al observar el tono de reserva de la cuñada.

—No te inquietes por tan poca cosa, Dolli —dijo Stepán Arkádich—. Déjamelo para mí, que yo lo arreglaré.

«Me parece que sí», se dijo Anna.

—¡Ya sé cómo lo arreglarás! —replicó Dolli, frunciendo los labios con la mueca irónica que le era habitual—. Darás a Matvíei órdenes imposibles de cumplir. Luego te irás, y él enredará más las cosas.

«La reconciliación es completa», pensó Anna. Y muy contenta de haber sido el instrumento de ella, se acercó a su cuñada y la besó.

—Veo que nos tienes por unos inútiles a Matviéi y a mí —respondió Oblonski, forzando una sonrisa.

Dolli se mostró como antes toda la noche, un poco irónica con su marido, mientras éste refrenaba su buen humor como para dar a entender que el perdón no le hacía olvidar sus yerros.

Había establecido una grata intimidad en torno de la mesa para el té cuando ocurrió un incidente, fútil al parecer, pero que pareció extraño a todos. Estaban hablando las cuñadas de una de sus amigas de Peterburgo, y Anna se levantó de repente.

—Tengo un retrato de ella en mi álbum; voy a buscarlo, y así veréis también los de Seriozha —anunció Anna con sonrisa de orgullo maternal.

Anna solía acostar a su hijo a eso de las diez, antes de ir al baile, y, a medida que esa hora se acercaba, se iba poniendo triste, por estar tan lejos de él. Hablárase de lo que se hablara, su pensamiento volvía siempre a su hijo, precioso niño de rizada cabellera. Y esa noche habíale entrado el deseo de que la conversación versara sobre él y de contemplarle en efigie. Se valió, pues, del pretexto de enseñar el retrato de la amiga y salió de la estancia con su paso ligero y decidido.

La escalerita que llevaba a su habitación arrancaba del rellano donde terminaba la escalinata principal.

Al salir Anna del salón, sonó la campanilla.

—¿Quién será? —preguntó Dolli.

—Es temprano para que vengan a buscarme y muy tarde para que sea una visita —opinó Kiti.

—Me traerán algún expediente —terció Stepán Arkádich.

En el momento en que Anna pasaba ante la escalinata principal subía rápidamente por ésta un criado que iba a anunciar al visitante, el cual estaba en el vestíbulo, bajo la luz, buscando algo en uno de sus bolsillos. Era Vronski, y Anna experimentó en su corazón una rara sensación de alegría y miedo. En esto el joven miró hacia arriba, y, al ver a Anna, pintóse en su semblante una expresión de inquietud y turbación. Anna le saludó con una ligera inclinación de cabeza, y oyó la voz de Stepán Arkádich, que llamaba a su amigo. Vronski, con voz dulce y reposada, dijo que se iría enseguida.

Cuando Anna bajó con el album, Vronski se había ido ya. Oblonski explicó que había venido a ponerse de acuerdo con él sobre el banquete que iban a dar a una celebridad que estaba de paso.

—¡Qué raro es el pobre! —exclamó Stepán Arkádich—. No ha querido quedarse un rato.

Las mejillas de Kiti eran dos grandes rubíes. Creía que sabía el motivo de la extraña conducta de Vronski. «Ha pasado por casa, y, como no me ha encontrado allí, ha supuesto que estaría aquí —pensó la joven—. Se habrá ido enseguida porque está Anna y porque no es hora de hacer visitas.»

Se miraron los presentes sin hablar y, luego, se pusieron a mirar el album de Anna.

No era cosa extraordinaria presentarse a las nueve y media de la noche para resolver un asunto con un amigo. Sin embargo, el que Vronski no quisiera entrar en el salón sorprendió a todos, y más que a nadie a Anna.

## Capítulo XXII

Poco hacía que había empezado el baile cuando Kiti y su madre ascendieron por la escalinata principal adornada con flores, profusamente iluminada, en la que se alineaban los lacayos de librea encarnada y empolvada peluca. De la sala se oía un rumor uniforme, como el abejorreo de una colmena, y los suspiros de los violines, que estaban tocando el primer vals. Madre e hija se arreglaron los vestidos y los tocados delante de un espejo. Un caballero anciano, que se alisaba los escasos pelos blancos que le quedaban delante de otro espejo y que despedía perfume muy penetrante, les cedió el paso y se quedó contemplando admirado de la belleza de Kiti. Las saludó al pasar un joven imberbe, de esos que el príncipe Scherbatski llamaba «pisaverdes», que llevaba un chaleco muy abierto y se estaba colocando bien la corbata blanca. El joven rogó a Kiti le concediese el honor de una contradanza. Kiti tenía comprometida la primera con Vronski y hubo de prometerle la segunda. Un militar, que se abrochaba los guantes junto a la puerta del gran salón, se apartó para dejar pasar a Kiti, retorciéndose el mostacho, como fascinado ante aquella aparición vestida de color rosa.

A Kiti habíanle causado muchas preocupaciones el vestido, el tocado y todos los preparativos necesarios para el baile. Mas, ¿quién lo hubiera creído al vérselo llevar con tanta gracia y naturalidad? Hubiérase dicho que no le había costado ni un momento de cuidado el colocar con tal arte los tules, los encajes, los volantes; que había nacido llevando puesto ese vestido de baile y la rosa con dos hojas que adornaba la cima de su alto tocado.

Antes de entrar en el salón, la princesa quiso arreglar la cintura del vestido de su hija, pues le pareció que una de las cintas estaba retorcida; pero Kiti no lo consintió, porque adivinaba por instinto que el vestido le sentaba maravillosamente bien.

Kiti tenía uno de sus mejores días. La ropa no le molestaba en ninguna parte, los encajes estaban en su sitio, sin arrugas ni descosidos. Los zapatos color rosa con tacones altos parecían comunicar alegría a sus piernas. Los bucles postizos mezclados con su cabellera rubia, no le hacían demasiado grande la cabeza. Los largos guantes se amoldaban a sus antebrazos y los tres botones se habían dejado abrochar sin dificultad. La cinta de terciopelo negro de la que colgaba el medallón le ceñía el cuello con gracia singular. Verdaderamente, la cinta le sentaba bien, y Kiti, al mirarse en el espejo de su cuarto, había visto que le favorecía. Era el adorno que más le gustaba de todos los que llevaba. Sentía en sus hombros y brazos desnudos la frescura marmórea que tanto le agradaba. Sus brillantes ojos, y la certidumbre que tenía de estar encantadora, ponía en sus labios rojos una sonrisa involuntaria.

Un enjambre de mujeres jóvenes, que dijérase formaban un jardín de cintas, encajes y flores, esperaban que las sacasen a bailar, pero Kiti, lo mismo que otras noches, no tuvo necesidad de agregarse a él. Apenas entró en el salón le pidió el vals que estaban tocando el más apuesto caballero, el rey de los bailes, el guapo y elegante Yegórushka Korsunski, que acababa de dejar a la condesa Bánina, con la que había abierto el baile, y al lanzar una mirada de dueño y señor a su reino —las parejas que estaban valsando— se dirigió, andando del modo que lo hacen los príncipes de la danza, adonde estaba Kiti y, sin pedir licencia a la joven la enlazó por el juncal talle. Kiti buscó con la vista a quién dejar su abanico; la dueña de la casa lo tomó sonriendo.

—Ha hecho bien en venir sin retraso —dijo Korsunski ciñéndole el talle—. No comprendo la mala costumbre de llegar tarde.

Kiti puso el brazo izquierdo en el hombro de su pareja, y sus pies calzados de color rosa se deslizaron ligeros por el suelo siguiendo el compás de la música.

—Bailando con usted, descansa uno —ponderó Korsunski durante los primeros pasos, aún un poco rápidos del vals—. ¡Qué ligereza! ¡Qué bien sigue usted!

Korsunski decía lo mismo a todas las que bailaban con él. Pero Kiti agradeció el elogio con una sonrisa y siguió mirando lo que pasaba en el salón por encima del hombro de su pareja. Kiti no era ni una principiante que, en la embriaguez de las primeras impresiones, confunde con otros a algunos de los asistentes a una fiesta, ni una joven cansada de todo, a quien causan fastidio las personas conocidas. Hay un término medio entre los dos extremos. Por emocionada que estuviese, siempre conservaba el dominio sobre sí misma. Vio, pues, que la flor y nata de la sociedad estaba reunida en el ángulo izquierdo del salón. Allí se hallaban la dueña de la casa y la esposa de Korsunski, que iba escandalosamente escotada; Krivin, que se perecía por alternar con la gente de postín, lucía la calva. Era el rincón privilegiado que los jóvenes miraban de lejos, codiciosamente. También vio allí a Stiva, y el hermoso rostro y la figura elegante de Anna, vestida de terciopelo negro. Y a Vronski, con quien no había vuelto a hablar desde la noche en que rechazó las pretensiones de Lievin, y él la estaba mirando.

—Si no está cansada, ¿repetimos? —la preguntó Korsunski, algo sofocado.

—No, muchas gracias.

—¿Adónde la llevo?

—Adónde está la señora Karénina.

—Usted manda.

Korsunski siguió bailando, aunque más lentamente. Se dirigió hacia el grupo de la izquierda, repitiendo sin cesar: «*Pardon, mesdames, pardon, pardon mesdames.*» Tan bien navegó por aquel mar de cintas, encajes y tules, que llegó a puerto sin novedad, sin causar daños en los atavíos femeniles. Allí hizo dar una vuelta rápida a Kiti, y la cola del vestido de ésta, desplegándose en abanico, tapó las rodillas de Krivin, dejando ver unas piernas envueltas en medias caladas. Saludó y ofreció el brazo a su pareja para llevarla donde estaba Anna Arkádievna. Kiti ruborizada y un poco aturdida, siguió avanzando hacia Anna. Anna no iba vestida de malva, como hubiera querido Kiti. Llevaba un vestido de terciopelo negro muy escotado que desnudaba sus hombros esculturales de color de mafil viejo y sus redondos brazos que acababan en unas manos de finura exquisita. El vestido estaba adornado con encajes venecianos, y en la cintura con una cinta negra y un lazo de encaje blanco sobre el que había prendido una guirnalda de pensamientos. En la negra cabellera, sin postizos, llevaba otro ramito como ése. Iba muy sencillamente peinada, y los rizos le caían sobre la nuca y las sienes. En el cuello, un collar de perlas finas.

Kiti, apasionada de Anna, la veía todos los días y no se la imaginaba sino vestida de color malva; pero al verla de negro, el encanto de su amiga se le manifestó inopinadamente bajo su verdadera luz y fue una revelación. El gran hechizo de Anna estaba en la absoluta falta de originalidad en su atavío. El color malva no hubiera hecho sino adornarla; el negro, por el contrario, a pesar de los ricos encajes, no era más que un modesto marco que realzaba su innata elegancia, su genio amable, su perfecta naturalidad.

Anna estaba, como siempre, muy erguida, y hablaba con el dueño de la casa, con el rostro vuelto hacia él. Kiti oyó que respondía, alzando un poco los hombros:

—No, no le arrojaré la piedra, aunque no concibo...

Anna no acabó la frase y recibió a su amiguita, con una sonrisa afectuosa y protectora. Con rápida mirada femenina juzgó el vestido de la joven e hizo un casi imperceptible movimiento aprobatorio de cabeza cuyo sentido supo interpretar Kiti.

—Usted se pone a bailar tan pronto llega —dijo Anna a Korsunski.

—La señorita es para mí un valioso auxiliar; siempre me ayuda a dar alegría a nuestros bailes —respondió Korsunski. E, inclinándose ante Anna, añadió—: ¿Este vals, Anna Arkádievna?

—¿Se conocen? —preguntó el dueño de la casa.

—¡A quién no conoceremos mi mujer y yo! Recíprocamente somos más conocidos que la ruda. ¿Unas vueltas de vals, Anna Arkádievna?

—Si puedo excusarme, no bailo.

—Hoy no puede usted.

En esto se acercó Vronski.

—Pues si es así, ¡bailemos! —decidió Anna.

Y puso la mano en el hombro de Korsunski sin hacer caso del saludo de Vronski.

«¿Por qué estará enojada con él?», pensó Kiti, que no dejó de observar que Anna había querido mostrar esa actitud.

Vronski se acercó a Kiti y le recordó que tenía comprometida con él la primera contradanza, y le expresó su pesar porque hacía algún tiempo que no había tenido ocasión de conversar con ella. Kiti, contemplando con admiración a Anna, que bailaba el vals, escuchaba lo que decía Vronski, esperando que éste la sacase a bailar, y, como no la invitaba, le miró sorprendida. Vronski se sonrojó, y, apenas hubo enlazado el talle de la joven, la música paró de tocar. Kiti estuvo mirando largo rato aquel rostro que estaba tan cerca del suyo, y durante muchos años experimentó un sentimiento de vergüenza y dolor en el corazón cada vez que recordaba la apasionada mirada que le había concedido y que no había sido correspondida.

En esto, Korsunski pidió a voces a la orquesta:

—*Pardon, pardon.* ¡Vals, vals!

Y apoderándose de la joven que tenía más cerca de él se puso de nuevo a bailar.

Kiti, después de haberse abandonado por algún tiempo a las cadencias del vals con Vronski, volvió al lado de su madre. Había cambiado sólo unas palabras con Nordston cuando Vronski se presentó, solicitándola de nuevo como pareja para la contradanza, durante la cual él se limitó a hablarle de cosas y propósitos sin importancia. En ese espectáculo frívolo y sin muchas pretensiones de perfección, Korsunski y su esposa, a los cuales él llamaba «niños de cuarenta años», fueron el principal sujeto de su conversación, sin grandes escrúpulos. Cuando en un momento dado, sin embargo, él le preguntó si verían en el baile a Lievin, quien, al parecer, había despertado su interés, ella se sintió picada en lo vivo. Por otra parte, Kiti no se hacía grandes ilusiones con la contradanza, pero esperaba con el corazón palpitante la mazurca. Creía que en la mazurca se decidiría todo. El que no la hubiera invitado para la mazurca, no la inquietó. Era tal la seguridad que tenía de bailarla con él como hiciera siempre en todos los bailes anteriores, que rechazó cinco invitaciones, con la excusa de tenerla comprometida. Todo el baile, hasta los giros de la última contradanza, fue para ella como una encantadora sucesión de cuadros de un sueño, de un sueño poblado de flores, sonidos y movimientos armoniosos; abandonaba el torbellino de la danza solamente cuando sentía que le faltaban las fuerzas. Pero durante la última contradanza, que se vio obligada a conceder a un joven importuno, se halló *vis-a-vis* con Vronski y Anna. Era la segunda vez en el curso de la velada, que se encontró con Anna, y le pareció descubrir de repente en su amiga una nueva mujer. Evidentemente, Anna cedía a la embriaguez del éxito; la brillantez de la mirada, la sonrisa del triunfo, los labios entreabiertos, la gracia, la armonía suprema de los movimientos, eran claros indicios que no pasaban inadvertidos para Kiti, la cual no ignoraba esta especie de embriaguez.

«¿Quién es la causa de ello —se preguntaba—, todos o uno sólo?» Dejó que su desventurado compañero de baile se agotara en vanos esfuerzos para reanudar una conversación de la cual había perdido el hilo, y sometiéndose en apariencia a las órdenes ruidosas y alegres de Korsunski decretando ora *grand rond*, ora *chaine*[1], sentía oprimírsele el corazón mientras observaba. «No, no es la admiración de la muchedumbre lo que la deslumbra de este modo, sino el entusiasmo de un solo: ¿sería "él"?» Siempre que Vronski le dirigía la palabra, los ojos de Anna brillaban, sus labios se entreabrían con una sonrisa; y aun cuando ella pareciera querer rechazarla, su alegría se hacía tangible con señales bien manifiestas. Kiti hizo luego conjeturas sobre Vronski. Y mientras lo observaba quedó atemorizada, pues en el rostro de él se reflejaba como en un espejo la exaltación que había visto también en el de Anna. ¿Dónde estaban esa firmeza y ese tranquilo dominio que se habían observado siempre en su fisonomía? Cuando él le dirigía la palabra lo hacía bajando la cabeza, como dispuesto a prosternarse, y en su mirada no se podía advertir más que angustia y sumisión. «No quiero ofenderla en lo más mínimo —parecía decir esa mirada—, no quiero más que salvarme, ¿pero cómo hacerlo?» Kiti no lo había visto nunca así.

Aun cuando sólo cambiaron frases triviales sobre amigos comunes, le parecía a Kiti que cada una de sus palabras decidía la suerte de ellos y la suya. Y, cosa extraña, esas triviales habladurías sobre el defectuoso francés de Iván Ivánovich o la posibilidad de hallar un partido mejor para la Yelétskaia tomaban en efecto un valor particular cuyo alcance sentían ellos lo mismo que Kiti. La pobre niña se hallaba en un estado de aturdimiento; en su alma, el baile, los asistentes, todo se confundía y se hacía difuso, como visto a través de una especie de bruma. Sólo la severa educación que había recibido le permitía cumplir con el deber de la conversación social, es decir, bailar, conversar y hasta sonreír. No obstante, cuando colocaban las sillas en la sala para la mazurca y muchas parejas abandonaban los pequeños salones para tomar parte en ella, la invadió una gran desesperación. Había rechazado a cinco jóvenes para el baile, no tenía ya ninguna probabilidad de ser invitada. Por otra parte, su brillo social era bien conocido para suponer por un instante que pudiera faltarle caballero. Habría necesitado

---

[2]  gran círculo; cadena. (En francés en el original.)

dar como pretexto que se sentía indispuesta y pedir a su madre marcharse. Pero no tenía fuerzas para ello; estaba anonadada.

Divagando en sus pensamientos allá en el fondo de un *boudoir,* se dejó caer en un sillón. Las ondas vaporosas de su vestido rodeaban como una nube su delicado talle. Uno de sus desnudos brazos, delgado y fino, caía sin fuerza, sumergido en los pliegues de su vestido rosa; el otro brazo agitaba con ligeros y breves movimientos un abanico delante de su rostro ardiente. Pero aun cuando su figura, por su plácido aspecto, evocara la imagen de una linda mariposa en reposo sobre una brizna de hierba y pronta a desplegar sus irisadas alas, ella era presa de una horrible angustia.

«Quizá me engaño, y me imagino lo que no es», pensaba. Pero le era menester recordar lo que había visto.

—¿Qué ocurre, Kiti? No comprendo nada —murmuró la condesa Nordston, que se había acercado a ella con sigilo.

Los labios de Kiti se estremecieron; se levantó precipitadamente.

—Kiti, ¿no bailas la mazurca?

—No, no —respondió con voz temblorosa por las lágrimas.

—Él la ha invitado delante de mí —dijo la condesa, sabiendo bien que Kiti comprendía de qué se trataba—. Ella ha objetado: «¿No baila usted, pues, con la señorita Scherbatski?»

—¡Me importa poco! —respondió Kiti.

Sólo ella podía comprender el horror de su situación. Nadie sabía que el día anterior había rechazado la mano de un hombre, que acaso ella amaba, porque creía en otro.

La condesa Nordston fue al encuentro de Korsunski, con el cual debía bailar la mazurca y le persuadió para que invitara a Kiti en su lugar; ésta abrió por tanto la mazurca sin que, afortunadamente, tuviera necesidad de hablar; su caballero pasaba el tiempo organizando figuras de danza. Vronski y Anna se habían situado casi enfrente de ella, y ella los observaba con ojos penetrantes; los observaba aún más atentamente y más de cerca cuando se repetía su vuelta de danza, y cuanta más atención ponía en ello, mayor le parecía su desventura, que consideraba consumada para siempre. Adivinaba que ellos se sentían completamente solos entre esa muchedumbre, y en las facciones de ordinario impasibles de Vronski veía reflejarse de nuevo esa expresión sumisa y temerosa, esa expresión de perro culpable que tanto la había ya impresionado.

Si Anna sonreía, él respondía a su sonrisa; si ella parecía reflexionar, él se inquietaba. Una fuerza casi sobrenatural dirigía la mirada de Kiti hacia Anna. Y verdaderamente emanaba de aquella mujer un encanto irresistible: atractivo era su vestido en su sencillez; atractivos, sus hermosos brazos cargados de brazaletes; su firme cuello rodeado de perlas; los revoltosos bucles de su cabellera algo en desorden; los gestos de sus finas manos, los movimientos de sus nerviosas piernas; su hermoso rostro de animada expresión; pero había en este atractivo, en esta seducción, algo de terrible y cruel.

Kiti la admiraba más aún que antes, por mucho que sintiera crecer su sufrimiento. Estaba anonadada, y su rostro no podía ocultarlo; sus facciones estaban tan alteradas que Vronski, pasando cerca de ella en una vuelta de danza, no la reconoció al principio.

—¡Qué baile tan hermoso! —comentó él, como una muestra de atención.

—Sí —respondió ella.

Hacia la mitad de la mazurca, en el curso de una figura recientemente inventada por Korsunski, Anna debía colocarse en el centro del círculo y llamar hacia sí a dos caballeros y luego a dos damas; una de éstas fue Kiti, que se acercó muy turbada. Anna, cerrando a medias los ojos, le estrechó la mano sonriente, pero observando al punto la expresión de desolada sorpresa con que Kiti respondió a esta sonrisa, se volvió a la otra bailarina y mantuvo con ella un animado coloquio.

«Sí —se dijo Kiti—, hay en ella un atractivo extraño, demoniaco.»

Como Anna se disponía a marcharse antes de la cena, el anfitrión quiso retenerla.

—Quédese, Anna Arkádievna —insistió Korsunski, prendiéndose de su brazo con naturalidad—. Verá usted qué idea he tenido para el cotillón; *¡un bijou!*

Y trató de retenerla, animado por una sonrisa del anfitrión.

—No, no puedo quedarme —respondió Anna sonriendo también.

Y por su tono resuelto, los dos hombres comprendieron que no se quedaría.

—No —prosiguió ella, dirigiendo una rápida mirada a Vronski, que permanecía a su lado—, pues he bailado más esta noche que durante todo el invierno en Peterburgo, y necesito tomarme algún descanso antes del viaje.

—¿Se va decididamente mañana? —preguntó Vronski.

—Creo que sí —respondió Anna, a quien la osadía de la pregunta pareció sorprender; sin embargo, no hizo nada por reprimir sus sentimientos, y la llama mágica que animaba su mirada y daba una particular vivacidad a su sonrisa, empezó a quemar el corazón de Vronski.

Anna Arkádievna no asistió a la cena.


Capítulo XXIV

«SEGURAMENTE, debe haber en mí algo repulsivo —pensaba Lievin mientras volvía a casa de su hermano, después de haberse separado de los Scherbatski—. Orgullo, según pretenden. Pero no, no es eso; no tengo orgullo. De otro modo, ¿me habría puesto en una situación tan ridícula? —y pensaba en Vronski, el feliz, afable, sagaz, ponderado Vronski, diciéndose que era uno que jamás habría cometido semejante necedad—. Ella debía escogerle, es natural, y no tengo que quejarme de nada ni de nadie. Soy el único culpable. ¿Cómo pude ilusionarme hasta el punto de creer que ella consentía en unir su vida a la mía? ¿Quién soy y qué soy yo? Una nulidad, un ser inútil para sí mismo y para los demás —veía de nuevo con la imaginación a su hermano Nikolái, complaciéndose en mantener el recuerdo en su mente—. Él tiene razón al decir que todo es malo y detestable en este mundo. Me parece que hemos juzgado siempre mal a Nikolái. Evidentemente, a los ojos de Prokofi, que lo ha encontrado ebrio y con la capa desgarrada, es un ser despreciable. Pero yo, que lo conozco bajo otro aspecto, que he penetrado en su alma, sé que nos parecemos. ¿Por qué en vez de ir en su busca he preferido asistir a esta cena y a esta velada?»

Lievin sacó de su cartera la dirección de Nikolái, la leyó al resplandor de un farol y llamó un coche de punto. Durante el trayecto, que fué largo, repasó en su memoria lo que sabía de la vida de su hermano. En el tiempo de sus estudios en la Universidad e incluso un año después de haberlos terminado, Nikolái, indiferente a las burlas de sus condiscípulos, había llevado una existencia casi monástica, observando estrictamente los preceptos de la religión, asistiendo a todos los oficios divinos, ayunando debidamente, huyendo de todos los placeres y sobre todo de las mujeres. Luego, dando de repente rienda suelta a sus malos instintos, se había relacionado con gente de la peor especie y entregado a una total intemperancia. Lievin recordó también la historia del muchacho que había traído de la aldea para educarle y a quien en un ataque de ira había golpeado de tal manera, que fue procesado por malos tratos. Recordó luego la historia con el fullero, al que, después de haber perdido dinero en el juego, había dado una letra y a continuació denunció, tratando de demostrar que le había engañado. (Se trataba del dinero que había pagado Serguiéi Ivánovich.) Recordó también cómo había pasado una noche en la prevención por alboroto. Recordó el vergonzoso pleito con su hermano Serguiéi Ivánovich, acusándole de no haberle abonado la parte que le correspondía de la propiedad materna. En fin, la última hazaña en Rusia occidental, adonde había ido a trabajar y donde fue procesado por haber maltratado a un alcalde. En verdad todo eso era odioso, pero menos odioso a los ojos de Lievin que a los de las personas que no conocían en toda su amplitud la vida ni el corazón de Nikolái.

Lievin recordaba que en el tiempo en que Nikolái buscaba en la religión y en la austeridad de sus prácticas un freno, un dique para su naturaleza apasionada, nadie le había apoyado; por el contrario, todos, y él el primero, lo habían puesto en ridículo, tratándolo de eremita y de santurrón; pero, una vez roto el dique, todos también, en vez de levantarlo de nuevo y darle ánimo, se había apartado de él con horror y repugnancia.

Lievin sentía que, a pesar de su vida escandalosa, Nikolái no era a fin de cuentas más culpable que los que le despreciaban. ¿Debían imputarle como un crimen su carácter indomable, su inteligencia limitada? ¿No había él siempre querido dominarse? «Le hablaré abiertamente, le obligaré a que haga él también lo mismo; le demostraré que le tengo un sincero afecto, porque le comprendo», decidió Lievin para sus adentros, llegando hacia las once frente al hotel indicado en la dirección.

—Arriba, en las habitaciones doce y trece —respondió el portero, interrogado por Lievin.

—¿Está ahora?

—Probablemente.

La puerta de la doce estaba abierta, y salía de la habitación un espeso humo de tabaco. Lievin percibió primeramente el sonido de una voz desconocida, y luego el ruido de la habitual tos de su hermano.

Cuando entró en una especie de antesala, oyó que la voz desconocida decía:

—Falta saber si el asunto será llevado con la conciencia y la comprensión deseadas...

Konstantín Lievin lanzó una rápida mirada a través de la puerta y vio que el que hablaba era un joven vestido con caftán corto, de cabello desgreñado; sobre el diván estaba sentada una joven, ligeramente picada de viruelas, la cual llevaba un sencillo vestido de lana, sin gorguera y sin puños. Konstantín sintió que se le oprimía el corazón al considerar el extraño ambiente en que vivía su hermano. Nadie advirtió su presencia, y, quitándose los chanclos, prestó oídos a las palabras del personaje del caftán; estaba hablando de cierto negocio.

—¡El diablo se lleve a las clases privilegiadas! —exclamó Nikolái con voz trémula—. Masha, procura disponer la cena, y danos vino, si queda; si no, manda a buscar.

La mujer se levantó y mientras salía reparó en Konstantín.

—Hay un señor que pregunta por ti, Nikolái Dmítrich

—¿Qué quiere usted? —gruñó la voz de Nikolái.

—Soy yo —respondió Konstantín, manifestándose.

—¿Quién es «yo»? —repitió la voz de Nicolái, con acentuado mal humor.

Lievin lo oyó levantarse vivamente y tropezar en algo, y vio erguirse delante de sí la alta figura descarnada y un poco encorvada de su hermano; por familiar que le fuera, esta aparición enfermiza y adusta no dejó de causarle una impresión aterradora.

Nikolái había enflaquecido todavía más desde su último encuentro, tres años antes; entonces vestía un levitón corto. Sus anchas y huesudas manos parecían aún más enormes; su cabello se había vuelto más ralo, pero un gran bigote colgante encubría siempre sus labios, y la misma sorprendente ingenuidad se observaba en la mirada que fijó sobre su visitante.

—¡Ah! ¡Kostia! —exclamó reconociendo a su hermano, mientras que sus ojos brillaban con una viva alegría.

Pero, mirando enseguida de arriba abajo al joven, hizo con la cabeza y con el cuello un movimiento nervioso, bien conocido de Konstantín, como para librarse de la opresión de la corbata, y en su rostro demacrado se pintó una expresión enteramente diferente, donde el sufrimiento se mezclaba extrañamente con la crueldad.

—Os he escrito a Serguiéi Ivánovich y a ti haciéndoos saber que no os conocía ya y no quería conoceros. ¿Qué quieres ahora tú..., qué queréis de mí?

No era ese el hombre que Konstantín se había figurado encontrar. Pensando hacía un momento en Nikolái, había olvidado ese carácter áspero y amargo, que hacía particularmente difícil toda relación con él. Se acordó de ello solamente al volver a ver las facciones de su hermano, y sobre todo ese convulsivo movimiento de cabeza.

—No quiero nada de ti —respondió con cierta timidez—. Simplemente he venido a verte.

El aire temeroso de su hermano suavizó a Nikolái.

—¡Ah! Por eso vienes —murmuró, en tono más cordial—. Bien, entra, siéntate. ¿Quieres cenar? Masha, trae tres raciones. No, espera... ¿Sabes quién es? —preguntó a su hermano, señalando al individuo del caftán—. Es el señor Kritski, amigo mío, un hombre muy notable que he conocido en Kíev. Y como no es un canalla, ni que decir tiene que la policía lo persigue.

En este punto, con un tic nervioso que era habitual en él, abarcó a los circundantes con una mirada, y percibiendo que la mujer se disponía a salir, exclamó:

—¿No te he dicho que esperes?

Luego, después de haber paseado nuevamente la mirada en torno de ellos, se puso a contar, con la dificultad de palabra que Konstantín conocía muy bien, toda la historia de Kritski: cómo había sido expulsado de la Universidad por haber fundado una sociedad de socorros mutuos y escuelas dominicales; cómo se había hecho maestro de instrucción primaria y había perdido inmediatamente su puesto; cómo había sido llevado a los tribunales sin saber casi por qué.

—¿Usted pertenece a la Universidad de Kíev? —le preguntó Konstantín para romper un silencio embarazoso.

—He formado parte de ella —refunfuñó éste, frunciendo el ceño.

—Y esta mujer —interrumpió Nikolái señalándola con el dedo—, es Maria Nikoláievna, la compañera de mi vida. La he sacado de una casa —declaró con un espasmo del cuello—, pero la quiero y la estimo, y cualquiera que desee conocerme debe también quererla y honrarla —añadió forzando la voz y poniéndose ceñudo—. La considero como mi esposa, enteramente como mi esposa. Así tú sabes a que atenerte, y ahora si crees rebajarte, eres libre de salir.

De nuevo Nikolái paseó su escrutadora mirada alrededor de la sala.

—No comprendo en qué me rebajaría.

—En ese caso, Masha, haz que nos suban tres raciones, aguardiente y vino... No, espera... Sí, va bien... ¡Lárgate!

## Capítulo XXV

¿Ves? —continuó Nikolái gesticulando y arrugando la frente con esfuerzo, pues no sabía casi qué decir ni qué hacer—, ¿ves?...

Mostró en un rincón de la sala unas barras de hierro atadas con cuerdas.

—¿Ves eso? —acertó por fin a decir—. Son las primicias de una obra nueva, a la cual vamos a consagrarnos. Se trata de una asociación profesional.

Konstantín apenas escuchaba. Observaba aquel rostro demacrado y enfermizo, y su piedad creciente no le permitía prestar mucha atención a las palabras de su hermano. Veía bien, por otra parte, que esa obra no era para Nikolái más que una ancla de salvación: ella le impedía despreciarse completamente. Dejó, por tanto, que siguiera hablando.

—Tú sabes que el capital aplasta al obrero. Entre nosotros, el obrero, el mujik, lleva todo el peso del trabajo y, por más que haga, no puede salir de su estado y sigue siendo toda su vida una acémila. Todo el beneficio, todo lo que permitiría a los trabajadores mejorar su suerte, disponer de tiempo libre y proporcionarse instrucción, todo eso les es arrebatado por los capitalistas. Y la sociedad está constituida de tal forma que cuanto más se esfuerza y sufre el obrero, más se enriquecen a sus expensas los comerciantes. Eso es menester cambiarlo radicalmente —concluyó él, escudriñando con la mirada a su hermano.

—Sin duda alguna —asintió Konstantín, temeroso, viendo formarse dos manchas encarnadas en los salientes pómulos de Nikolái.

—Organizaremos una asociación de cerrajeros, por tanto, donde todo será de la comunidad: el trabajo, los beneficios y hasta los principales instrumentos o herramientas.

—¿Dónde la estableceréis?

—En la aldea de Vozdremá, en la provincia de Kazán.

—¿Por qué en una aldea? Me parece que en las aldeas ya no hay mucho trabajo. ¿Para qué en la aldea ese trabajo?

—Porque el campesino permanece en la condición de siervo como en el pasado, y a Serguiéi y a ti os es desagradable que se procure sacarlos de esa esclavitud —replicó Nikolái contrariado por esta observación.

Mientras tanto Konstantín examinaba la habitación, sucia y lúgubre; lanzó involuntariamente un suspiro, y ello hizo que aumentara la irritación de Nikolái.

—Conozco vuestros prejuicios aristocráticos, de Serguiéi Ivánovich y de ti. Sé que él despliega el vigor de su inteligencia para justificar el mal existente.

—Te equivocas. Pero, dime, ¿por qué haces caer tu enojo sobre Serguiéi? —preguntó Konstantín con una sonrisa.

—¿Serguiéi Ivánovich? ¡Voy a decírtelo! —exclamó Nikolái,

exasperado—. ¡No, no vale la pena! Dime ahora por qué has venido. Desprecias nuestros planes, nuestra organización, ¿no es verdad? Bien, entonces, vete, ¡vete! —gritó, levantándose.

—No os desprecio en absoluto, ni siquiera discuto —objetó Konstantín con suavidad.

En ese momento volvió a entrar Maria Nokoláievna. Nikolái Lievin la fulminó con la mirada, pero ella fue hacia él con paso rápido y le dijo algo al oído.

—Estoy enfermo, me irrito fácilmente —prosiguió Nikolái más tranquilo y respirando con dificultad—, ¡y tú vienes a hablarme de Serguiéi y de sus artículos! ¡Un montón de mentiras, de necedades, de desvaríos! ¿Cómo puede un hombre que ignora todo sobre la Justicia hablar de ella? ¿Ha leído su último artículo? —preguntó a Kritski.

Y, sentándose de nuevo junto a la mesa, apartó, para dejar sitio, una pila de cigarrillos a medio hacer.

—No, no lo he leído —respondió Kritski en tono sombrío, negándose a tomar parte en la conversación.

—¿Por qué? —inquirió Nikolái, sintiéndose de nuevo molesto.

—No tengo tiempo que perder.

—Permítame. ¿Cómo sabe usted que sería tiempo perdido? Para muchas personas ese artículo es evidentemente inasequible; para mí, es diferente: yo veo el fondo de su pensamiento, conozco los puntos débiles del mismo.

Siguió un denso silencio. Kritski se levantó lentamente y cogió su gorro.

—¿No se queda a cenar? Bueno, buenas noches. Vuelva mañana con el cerrajero.

Apenas había salido Kritski, Nikolái hizo un guiño, sonriendo.

—Tampoco ese es muy fuerte; bien lo veo...

En ese momento Kritski lo llamó desde el umbral.

—¿Qué ocurre? —preguntó Nikolái yendo a reunírsele en el pasillo.

Al quedar solo con Maria Nikoláievna, Lievin se volvió hacia ella.

—¿Hace mucho tiempo que está con mi hermano? —le preguntó.

—Más de un año. Su salud es muy mala. Bebe mucho.

—¿Qué clase de bebidas?

—Vodka, y eso le perjudica.

—¿Y bebe con exceso? —inquirió Lievin en voz baja.

—Sí —musitó ella, mirando con temor hacia la puerta, por donde ya aparecía Nikolái Lievin.

—¿De qué hablabais? —preguntó con el ceño fruncido, mirando sucesivamente a los dos con ojos inquietos.

—De nada —contestó Konstantín, turbado.

—¿No queréis decírmelo? ¡Bien! Pero tú no tienes por qué hablar con ella; ella es una ramera y tú eres un señor —barbotó, con un nuevo movimiento espasmódico del cuello—. Bien veo que lo has comprendido y juzgado todo, y que consideras mis errores con condescendencia —añadió después de una pausa, forzando la voz.

—Nikolái, Nikolái Dmítrich —imploró de nuevo Maria Nokoláievna acercándose a él.

—Está bien, ¡está bien!... Pero, ¿y esa cena? ¡Ah! ¡Hela ahí! —exclamó él, viendo entrar a un mozo con una bandeja—. ¡Aquí, aquí! —continuó en tono irritado. Y, sin esperar más, llenó un vaso de aguardiente, lo bebió de un trago e inmediatamente pareció reanimarse—. ¿Quieres? —invitó a su hermano—. Vamos, no hablemos más de Serguiéi Ivánovich. Me complace de todas maneras volverte a ver. Al fin y al cabo no somos extraños el uno para el otro. Bebe pues, vamos. Y cuéntame lo que haces —prosiguió, masticando ávidamente un pedazo de pan y sirviéndose un segundo vaso—. ¿Qué clase de vida llevas?

—Siempre la misma; tengo mi residencia en el campo, hago producir nuestras tierras —respondió Konstantín, a quien asustaba la gula de su hermano, si bien procuraba no mostrar sus sentimientos al respecto.

—¿Por qué no te casas?

—No he tenido ocasión —murmuró Konstantín enrojeciendo.

—¿Cómo así? En cuanto a mí, se ha terminado. He estropeado mi existencia. He dicho y diré siempre que si se me hubiera dado mi parte en la herencia cuando tenía necesidad de ella, mi vida habría tomado otro curso.

Konstantín se apresuró a desviar la conversación.

—¿Sabes que en Prokóvskoie he tomado a tu Vania como empleado de oficina?

Una vez más el cuello de Nikolái se estremeció con un movimiento convulsivo; él parecía reflexionar.

—Eso es, háblame de Prokóvskoie. ¿La casa sigue igual? ¿Y los abedules, y nuestra sala de estudio? Puede que Filip, el jardinero, viva todavía. Veo desde aquí el pabellón y su diván... Sobre todo no cambies nada en la casa, cásate pronto, haz renacer la buena vida de antes. Iré a verte luego, si la esposa es buena muchacha.

—¿Por qué no venir ahora? Nos arreglaremos bien juntos.

—Iría con gusto si estuviera seguro de no encontrar a Serguiéi Ivánovich.

—No lo encontrarás. Soy absolutamente independiente de él.

—Sí, pero por mucho que digas, tienes que escoger entre él y yo —dijo Nikolái, mirando a su hermano con ojos temerosos.

Su tímida expresión conmovió a Konstantín

—Si quieres saber lo que pienso respecto al motivo de tu disgusto con Serguiéi, te diré que no tomo partido por uno ni por otro. En mi opinión los dos estáis equivocados; tú, en la forma, y él, en el fondo.

—¡Veo que has comprendido! —aprobó Nikolái con viva animación.

—Y, si quieres también saberlo, es tu amistad la que deseo cultivar con preferencia, porque...

—¿Por qué?

Nikolái era desdichado; tenía por tanto más necesidad de afecto: eso era lo que pensaba Konstantín, sin atreverse a decirlo; pero Nikolái lo adivinó sin esfuerzo y, con aire sombrío, volvió a ocuparse de la bebida.

—Basta, Nikolái Dmítrich —atajó Maria Nikoláievna, tendiendo su regordeta mano hacia la garrafita de aguardiente.

—¡Déjame en paz, si no quieres...! —masculló él.

Maria Nikoláievna mostró una sonrisa sumisa que aplacó a Nikolái, y ella retiró el aguardiente.

—Acaso creas que es tonta, que no comprende las cosas

—dijo Nikolái—. Pero te engañas. Lo comprende todo mejor que ninguno de nosotros. ¿Verdad que parece buena y amable?

—¿No ha ido usted nunca a Moscú? —preguntó Konstantín por decir algo.

—No la trates de «usted». Eso la intimida. Nadie le ha dado nunca ese tratamiento excepto el juez que la juzgó después que tratara de huir de aquella casa de vicio... ¡Dios mío, cuántas simplezas se ven en este mundo! —exclamó él, repentinamente—. ¿De qué sirven todas esas nuevas instrucciones, los jueces de paz, los *zemstvos*?

Y empezó a contar sus querellas con las nuevas instituciones.

Konstantín le escuchaba en silencio. Esta despiadada crítica de todo el orden social, a la cual él mismo se hallaba muy inclinado, le parecía algo impertinente en boca de su hermano.

—Comprenderemos todo eso en el otro mundo —opinó él, finalmente con ligero tono de burla.

—¿En el otro mundo, dices? ¡Oh! ¡No me gusta ese otro mundo! No, no me gusta —repitió Nikolái, mirando ceñudo a su hermano—. Salir de este fango, olvidar nuestras villanías y las del prójimo, todo eso puede parecer bueno y deseable, pero tengo un miedo terrible a la muerte —y se estremeció ligeramente—. ¿Quieres champaña? ¿O prefieres que salgamos? Vamos a oír a los zíngaros. ¿Sabes que me apasionan ahora los zíngaros y las canciones rusas?

Aumentaba en él la confusión, y saltaba de un tema a otro. Konstantín, con ayuda de Masha, le persuadió a quedarse en casa y entre los dos lo acostaron completamente ebrio.

Masha prometió a Konstantín escribirle si fuera necesario y hacer lo posible para inducir a Nikolái a ir a vivir con él.

CAPÍTULO XXVI

AL día siguiente por la mañana, Konstantín Lievin salió de Moscú, y llegó a su casa hacia el atardecer. En el camino trabó conversación con sus compañeros de viaje; habló de política, ferrocarriles, y, como en Moscú, se sintió pronto sumergido en el caos de las opiniones, descontento de sí mismo y avergonzado sin saber exactamente la causa. Pero cuando al resplandor indeciso que salía de las ventanas de la estación, reconoció a Ignat, su cochero tuerto, con el cuello del caftán levantado por encima de las orejas, y luego vio su trineo provisto de cómodas pieles, sus caballos, con la cola bien atada, los arneses adornados con anillos y finas telas; cuando al instalar el equipaje en el trineo, Ignat empezó a contarle las noticias de la casa, a saber, que había llegado el contratista y que *Pava*, la vaca, había parido, le pareció salir poco a poco de ese caos, y sintió renacer la seguridad en sí mismo. Era la primera impresión reconfortante que recibía.

Se envolvió con la pelliza de cordero que el cochero había cuidado de traerle, se instaló en el trineo y dio la señal de partida. Luego, pensando en las órdenes que tenía que dar, en las pequeñas obligaciones que lo esperaban a su regreso, y examinando el caballo del tiro delantero, su antiguo caballo de montar —un magnífico animal debilitado por los años, pero aún veloz—, consideró su aventura bajo un ángulo totalmente diferente. Cesó de desear ser otro. Buscaría la perfección de sí mismo, procurando ser mejor de lo que había sido hasta entonces. Y en vez de pensar en la quimérica felicidad de un imposible matrimonio, se contentaría con la realidad presente. No se dejaría arrastrar por las pasiones bajo cuyo influjo se hallaba —el recuerdo de ello lo obsesionaba aún—, el día en que hizo la petición de mano de Kiti. En fin, no perdería de vista a su hermano Nikolái y acudiría en su ayuda en el momento en que el desdichado lo necesitara, lo cual, ciertamente, no tardaría en ocurrir. Recordaba la conversación sobre el comunismo, y se puso a reflexionar sobre este asunto, al cual había prestado entonces sólo una ligera atención. Si consideraba absurdo un cambio radical de las condiciones económicas, el vivo e injusto contraste entre la miseria del pueblo y los bienes que él poseía, le había impresionado desde hacía mucho tiempo. Igualmente, aun cuando siempre había trabajado mucho y llevado una vida sencilla, se prometió a sí mismo trabajar más todavía y vivir con mayor sencillez. Estas buenas resoluciones, en las cuales se complacía mientras el trineo avanzaba a lo largo del camino, le parecían fáciles de mantener, y cuando a las nueve de la noche llegó a su casa, se hallaba animado de grandes esperanzas: una vida nueva, más bella, iba a empezar para él.

Una luz débil e incierta salía de las ventanas de la habitación de Agafia Mijáilovna, la vieja criada de Lievin, que era actualmente el ama de llaves. No dormía todavía y fue a despertar a Kuzmá, quien bajó descalzo y medio dormido. *Laska,* la perra de muestra, casi derribó a Kuzmá, al salir también corriendo y ladrando alegremente hacia su amo, restregándose contra sus rodillas, saltando y reprimiendo el impulso de ponerle encima las patas delanteras.

—Ha vuelto usted pronto, padrecito —dijo Agafia Mijáilovna.

—¡Aburrimiento, Agafia Mijáilovna! Se está bien en casa ajena, pero se está mejor en la propia —respondió Lievin, pasando a su despacho.

La llama de una bujía traída prontamente iluminó el aposento, y Lievin vio surgir poco a poco de la sombra los objetos familiares: las astas de ciervo, los estantes llenos de libros, la pared de la estufa, cuyo respiradero hacía tiempo que necesitaba una reparación, el diván de su padre, la gran mesa sobre la cual había un libro abierto, un cenicero roto y un cuaderno lleno de anotaciones hechas por él. Al ver todo esto, por un momento le asaltó la duda de poder realizar la nueva vida en que había soñado durante el trayecto. Se sentía como envuelto por todos esos vestigios del pasado, los cuales parecían decirle con silenciosa voz: «No, no nos abandonarás, no podrás huir de ti mismo, seguirás siendo lo que has sido siempre, con tus dudas, tu eterno descontento de ti mismo, tus vanas tentativas de reforma, tus caídas, tu eterna esperanza de una felicidad que se te escurre y que no está hecha para ti.»

A esa llamada de las cosas, una voz interior replicaba que no se debía ver esclavo del pasado, que uno podía seguir el camino que quisiera. Obedeciendo a esta voz, Lievin se dirigió a un rincón de la sala, donde había dos pesas de treinta libras. Las levantó, con el objeto de recobrar su ánimo haciendo un poco de gimnasia, pero las dejó de nuevo precipitadamente al oír unos pasos cerca de la puerta.

Era el administrador. Entró y dijo que todo marchaba bien,

excepto que el alforfón se había quemado un poco en la secadora nueva. La noticia irritó a Lievin. Ese aparato, construido y en parte inventado por él, no había satisfecho nunca al administrador, el cual anunciaba ahora el accidente con un ligero aire de triunfo. Convencido de que había descuidado ciertas precauciones repetidamente advertidas, Lievin reprendió severamente al hombre, pero su mal humor cedió al ser informado de un feliz acontecimiento: *Pava,* la mejor de las vacas, comprada en la Feria, había parido.

—¡Kuzmá, mi pelliza, pronto! —y dirigiéndose al administrador—: Traiga la linterna. Iré a verla.

El establo de las vacas de calidad se hallaba junto a la casa. Lievin, atravesando el patio por delante de un montón de nieve junto a las lilas, se dirigió allí. La puerta estaba helada en sus goznes. Un tibio olor a estiércol salía de ella. Las vacas, sorprendidas por la luz de la linterna, se agitaron en la fresca paja. Luego se dejó ver en la penumbra el ancho lomo negro con manchas blancas de la vaca holandesa. *Berkut,* el toro, que yacía allí, con el anillo atravesado en la nariz, pareció querer levantarse, pero luego mudó de opinión, contentándose con resoplar de una manera ruidosa cuando pasaban junto a él. *Pava,* la hermosa vaca que tenía casi el tamaño de un hipopótamo, se hallaba delante de la becerra, a la cual olfateaba, protegiéndola con su enorme cuerpo.

Lievin entró en el establo, examinó a la *Pava* y luego levantó sobre sus débiles patas a la becerra que tenía manchas blancas y rojizas. La vaca mugió inquieta, pero pareció tranquilizarse cuando él dejó la cría, y *Pava* se puso a lamerla con su áspera lengua después de exhalar un hondo suspiro. La becerra empujaba con el hocico las ubres de la madre agitando el rabito.

—Acerca la luz aquí, Fiódor; dame la linterna —pidió Lievin, mientras examinaba la becerra—. Se parece a la madre, aun cuando la piel es ciertamente del padre. Un ejemplar magnífico. Es grande y bien proporcionada. ¿Verdad que es hermosa, Vasili Fiódorovich? —preguntó en tono amable al administrador, olvidando en su alegría el enojo que le causara el incidente del alforfón estropeado.

—No puede ser de otro modo, señor. A propósito, Semión,

el contratista, llegó al día siguiente de haber usted marchado. Será menester, creo, entenderse con él respecto al asunto de la máquina. Como recordará usted, le he hablado ya de ello.

Estas palabras hicieron que Lievin considerara de nuevo todos los detalles de su explotación, la cual era grande y compleja. De allí se fue directamente al despacho del administrador, donde conferenció con Semión, el contratista. Luego subió al salón.

## Capítulo XXVII

LA casa era un edificio grande y antiguo. Lievin, a pesar de ser su único ocupante, cuidaba de mantenerla en completo orden. Pero esta clase de vida era una cosa absurda y no se adaptaba a sus nuevos proyectos. Lievin lo comprendía muy bien. Había, sin embargo, en ella algo demasiado íntimo para olvidar los lazos que lo ataban allí. Era su mundo, un mundo en el cual había transcurrido plácidamente la entera existencia de sus padres. Éstos habían llevado una vida que le parecía el ideal de la perfección y la cual él estaba deseoso de reanudar con una familia propia.

Aun cuando el recuerdo de su madre era impreciso y vago, como la imagen de un sueño, la adoraba. Y si se casaba, su esposa habría de corresponder en todo a ese alto ideal de mujer, que veía realizado en su madre. No concebía el amor fuera del matrimonio. Más aún, en sus pensamientos tenía un primer puesto la familia, por mucho que pudiera amar a la mujer que le permitiría crearla. Difiriendo en este punto de casi todos sus amigos, que no veían en el matrimonio más que su parte externa de simple hecho social, él lo consideraba como el acto principal de la existencia, del cual dependía toda la felicidad. ¡Y debía renunciar a ello!

Entró en el saloncito donde acostumbraba tomar el té, cogió un libro y se acomodó en su sillón. Cuando Agafia Mijáilovna, después de haberle traído la taza, le dijo como de costumbre: «Voy a sentarme, padrecito», él sintió que no había renunciado a sus sueños y que no tenía fuerzas para renunciar a ellos. Poco importa que sea Kiti u otra, pensaba, pero alguna tendría que ser. Ni la lectura ni la continua charla de Agafia Mijáilovna podían impedir que se presentaran en su imaginación tentadoras escenas de su futura vida de familia. Ese desordenado conjunto de imágenes que asediaban su mente le hicieron comprender que algo se había fijado permanentemente allá en lo más íntimo de su ser.

Agafia Mijáilovna contaba ahora que Prójor, sucumbiendo a la tentación, había empleado en la bebida el dinero que le diera Lievin para comprar un caballo, y que luego, completamente ebrio, había pegado brutalmente a su mujer. Lievin la escuchaba sin apartar su atención del libro, y rememoraba todo el desarrollo de las ideas que su lectura había despertado en él. Era una obra de Tyndall sobre el calor. Se acordaba de haber criticado al autor por su engreimiento al jactarse de su habilidad para realizar experimentos, y por su falta de puntos de vista filosóficos. De pronto, una placentera idea atravesó su mente: «De aquí a dos años, tendré dos vacas holandesas. *Pava* quizá viva todavía, y si se añaden esas tres a las doce crías de *Berkut*, será algo magnífico.»

Luego reanudó la lectura. Y se entregó a sus pensamientos:

«Bueno, consideremos que la electricidad y el calor sean lo mismo; pero ¿puede suplantarse una magnitud por otra al resolver una ecuación? No. ¿Entonces? La relación vinculante entre todas las fuerzas de la naturaleza ya se siente instintivamente...»

«¡Qué hermoso rebaño tendremos cuando la cría de *Pava* se haya convertido en una hermosa vaca pinta y la juntemos con las tres holandesas! Mi esposa y yo acompañaremos a los invitados para que las vean regresar. Ella dirá: "Kostia y yo hemos criado esta ternera como a una niña." "¿Cómo puede usted interesarse por esas cosas?", preguntará alguien. "Todo lo que interesa a mi marido me interesa a mí." Pero, ¿quién será "ella"?»

Y recordó lo ocurrido en Moscú.

«¿Qué hacer con ello? No puedo hacer nada. De aquí en adelante las cosas irán de otro modo. Es una tontería dejarse dominar por el pasado. Es necesario esforzarse y luchar para alcanzar una existencia mejor...»

Dejó el libro y se abismó en sus pensamientos. La vieja *Laska*, llena aún del gozo que le había producido la vuelta de su amo, había estado por el patio ladrando alegremente. Entró en el despacho meneando la cola, y acercándose a su amo posó la cabeza en su mano, reclamando sus caricias, mientras lanzaba quejumbrosos gemidos.

—No le falta más que hablar —dijo Agafia Mijáilovna—. Es simplemente una perra, pero comprende que su amo ha vuelto y que está triste.

—¿Triste?

—¿Piensa que no me doy cuenta, padrecito? He vivido siempre con los señores. Ya es tiempo de que los conozca. No se inquiete, padrecito. Lo principal es tener buena salud y la conciencia pura. Lo demás no importa.

Lievin la miró con atención, sorprendido de que adivinara sus pensamientos.

—¿Quiere más té? —ofreció Agafia.

Y salió llevándose la taza vacía.

*Laska* se obtinaba en poner la cabeza bajo la mano de su amo. Éste la acarició e inmediatamente Laska se acurrucó a sus pies apoyando la cabeza sobre una pata trasera. Y para mostrar que ahora todo marchaba bien, abrió ligeramente la boca, hizo un chasquido con los labios y, acomodando los labios junto a los viejos dientes permaneció en esta tranquila inmovilidad.

«Hagamos lo mismo —se dijo Lievin, que había observado los gestos de *Laska*—. No hay por qué inquietarse. Todo se arreglará.»

---

## Capítulo XXVIII

AL día siguiente del baile, Anna Arkádievna envió un telegrama a su marido anunciándole que salía de Moscú ese mismo día.

—Debo irme, es necesario —dijo ella a su cuñada al manifestarle su decisión, como si recordara de pronto que tenía que atender a muchos asuntos—. Vale más, por tanto, que haga hoy mismo el viaje.

Stepán Arkádich comió fuera, pero prometió estar de vuelta a las siete para acompañar a su hermana a la estación. Kiti no apareció. Mandó simplemente un recado diciendo que tenía jaqueca. Dolli y Anna comieron, pues, solas con la inglesa y los niños. Quizá por la inconstancia de su edad, o bien adivinando por instinto que se había operado un cambio en Anna y que ella ya no mostraba interés por ellos, los niños dejaron súbitamente de prodigarle las muestras de afecto con que la cumplimentaran el día de su llegada, y perdieron todo deseo de jugar con ella, no sintiéndose apenados por su partida. Anna pasó todo el día ocupada en los preparativos para el viaje. Escribió algunas cartas de despedida, repasó sus cuentas e hizo las maletas. A Dolli le pareció que ella estaba muy inquieta y sabía por experiencia que esa agitación oculta frecuentemente un gran descontento de sí mismo. Después de la comida, Anna subió a arreglarse a su habitación y Dolli la acompañó.

—Te encuentro rara hoy —comentó ella.

—¿De veras? Nada de eso. Soy la misma. Pero estoy muy deprimida. Sólo tengo ganas de llorar. Es absurdo, eso pasará —respondió vivamente Anna, ocultando de repente el rostro frente al saquito donde guardaba sus pañuelos y su tocado de noche. Sus ojos brillaban con lágrimas que apenas podía contener—. Salí de Peterburgo casi contra mi voluntad y ahora no me iría de aquí.

—Hiciste bien en venir, pues has efectuado una buena obra —ponderó Dolli, observándola atentamente.

Anna la miró con ojos humedecidos por las lágrimas.

—No digas eso, Dolli. No he hecho nada y nada podía hacer. A veces me pregunto por qué todos parecen ponerse de acuerdo para lisonjearme. ¿Qué he hecho y qué podía yo hacer? Eres lo bastante bondadosa para perdonar...

—Dios sabe lo que hubiera ocurrido si no hubieras llegado. Mereces ser feliz, Anna. ¡Tu alma es tan clara y tan pura!

—Cada uno tiene sus *skeletons*[1] en el alma, como dicen los ingleses.

—¿Qué *skeletons* puedes tú tener? Todo es claro en ti.

—¡Sin embargo, los tengo! —clamó Anna, mientras que

---

[1] esqueletos. Aquí, contrariedades ocultas. (En inglés en el original.)

una sonrisa, inesperada después de sus lágrimas, una sonrisa artificiosa y burlona, se dibujaba en sus labios.

—En todo caso, tus *skeletons* me parecen ser más bien de carácter alegre —opinó Dolli, sonriendo a su vez.

—Te equivocas. ¿Sabes por qué salgo hoy en vez de mañana? Me cuesta hacerte esta confesión, pero te la quiero hacer —declaró Anna, sentándose con aire decidido en un sillón y fijando la mirada en Dolli.

Con gran sorpresa, Dolli observó que Anna había enrojecido hasta el blanco de los ojos, hasta los pequeños rizos negros de su nuca.

—¿Sabes por qué Kiti no ha venido a comer? —continuó Anna—. Tiene celos de mí. Yo he sido la causa de que ese baile, del cual ella esperaba tanto, haya sido para ella un suplicio. He hecho que perdiera su alegría. Pero verdaderamene, si soy culpable de ello, lo soy sólo en una medida muy pequeña.

Pronunció estas últimas palabras con un extraño tono de voz.

—Te pareces a Stiva en el modo de hablar —observó Dolli, riéndose.

A Anna no le agradó eso.

—¡Oh, no, yo no soy Stiva! —objetó con cara seria—. Te cuento esto porque ni un solo instante dudo de mí misma.

Pero en el momento en que profería estas palabras, sintió toda la debilidad que se ocultaba bajo su aparente energía. No sólo dudaba de sí misma, sino que el recuerdo de Vronski le causaba tanta emoción que había decidido adelantar el viaje sólo para no encontrarse con él.

—Sí, Stiva me ha contado que habías bailado la mazurca con él y que...

—No podrías imaginarte qué extraño giro han tomado las cosas. Yo pensaba ayudar al casamiento y en vez de ello... Tal vez a pesar mío he...

Enrojeció y se calló.

—¡Oh! Los hombres perciben eso enseguida —expuso Dolli.

—Me apenaría mucho que él hubiera tomado la cosa en serio —interrumpió Anna—. Pero estoy convencida de que todo será pronto olvidado y que Kiti dejará de odiarme.

—Con sinceridad, Anna, esa boda no me convence mucho. Y si Vronski ha podido enamorarse de ti en un día, más valdría que las cosas quedaran así.

—¡Eso sería absurdo! —exclamó Anna. Pero su rostro se coloreó de satisfacción al oír expresado en palabras el pensamiento que la embargaba—. Y ahora me marcho, convertida en enemiga de Kiti a la que tanto apreciaba. ¡Es tan encantadora! Pero tú arreglarás eso, ¿verdad, Dolli?

Dolli apenas pudo contener una sonrisa. Estimaba a Anna, pero le complacía descubrir también en ella debilidades.

—Una enemiga. Es imposible.

—Habría deseado que me quisieras tanto como yo os quiero. Y ahora os quiero aún más que antes —musitó Anna, con los ojos bañados en lágrimas—. Pero, ¡qué tonta soy!

Sacó el pañuelo y se secó los ojos. Luego empezó a vestirse.

Justamente en el momento de marcharse, llegó Stepán Arkádich, con el rostro encendido y alegre, oliendo a vino y a tabaco.

El tierno afecto de Anna había conmovido a Dolli, y abrazando a su cuñada por última vez, susurró:

—Piensa, Anna, que no olvidaré jamás lo que has hecho por mí. Y que te quiero y te querré siempre como mi mejor amiga.

—No comprendo por qué —repuso Anna, conteniendo las lágrimas.

—Tú me has comprendido. Adiós, querida.


CAPÍTULO XXIX

«TODO ha terminado, gracias a Dios!», se dijo Anna después de haberse despedido de su hermano, que había permanecido hasta el último momento frente a la portezuela del vagón.

Se acomodó en el asiento, al lado de Ánnushka, su doncella.

—Mañana, Dios mediante, veré a mi pequeño Seriozha y a Alexiéi Alexándrovich. La vida va a ser de nuevo para mí tan hermosa como era antes.

Se entregó luego a minuciosos preparativos, con ese aire

nervioso e inquieto que mostraba en todo desde la mañana. Sus manos pequeñas y hábiles abrieron y cerraron su bolso de viaje rojo, sacó un cojín que puso sobre sus rodillas, se envolvió bien las piernas y se instaló cómodamente.

Una señora enferma ya se había tendido. Otras dos dirigieron la palabra a Anna, mientras que una corpulenta anciana, cuyas piernas aparecían abrigadas con una manta, hacía acerbos comentarios sobre la calefacción. Anna respondió a las observaciones de las mujeres, pero no sintiendo ningún interés por su conversación, pidió a Ánnushka su pequeña linterna de viaje, la apoyó en el respaldo de su asiento, y sacó luego una plegadera y una novela inglesa. Al principio le fue difícil leer: las idas y venidas a su alrededor, el ruido del tren en marcha, la nieve que golpeaba la ventanilla de la izquierda y se pegaba a los vidrios, el revisor que pasaba con el abrigo cubierto de blancos copos, las observaciones de sus compañeras de viaje sobre el mal tiempo..., todo eso la distraía. Pero la monótona repetición del mismo cuadro —siempre las mismas sacudidas, siempre la misma nieve azotando la ventanilla y las mismas voces, los mismos rostros entrevistos en la penumbra— hizo que finalmente pudiera concentrar su atención en la lectura y comprender lo que leía.

Ánnushka dormitaba ya, con sus gruesas manos enguantadas —uno de los guantes aparecía desgarrado— y el pequeño bolso rojo sobre sus rodillas. Anna Arkádievna seguía leyendo, pero tenía demasiada necesidad de atender a sus propios problemas en la vida real para interesarse por los azares de existencias imaginarias. Que la heroína de la novela cuidaba de un enfermo, ella deseaba andar de puntillas por la habitación del enfermo; que un miembro del parlamento pronunciaba un discurso, ella deseaba pronunciarlo; que lady Mary galopaba tras su jauría exasperando a su cuñada y sorprendiendo a todos con su audacia, ella deseaba hacer lo mismo. ¡Vano deseo! Y dando vueltas a la plegadera entre sus pequeñas manos, se esforzaba en leer.

El héroe de la novela alcanzaba el apogeo de su felicidad inglesa —un título de baronet y una propiedad, en donde ella misma hubiera querido encontrarse— cuando de repente le pareció que el citado héroe había de sentirse en cierto modo avergonzado y que ella participaba también de ese mismo sentimiento. Pero, ¿de qué tenía él que avergonzarse? «Y yo, ¿de qué podría yo avergonzarme?», se preguntó, con indignada sorpresa. Dejó la lectura y se reclinó en el asiento, apretando la plegadera con sus nerviosas manos. ¿Qué tenía que reprocharse? Examinó mentalmente sus recuerdos de Moscú: eran todos excelentes. Y cuando volvió a presentarse a su imaginación el baile, el rostro de enamorado de Vronski, y consideró la actitud que había observado para con el joven, se dijo que nada de todo eso podía ser un motivo de vergüenza para ella. Sin embargo, otra voz interior parecía decirle, precisamente ante este recuerdo: «¡Te quemas! ¡Te quemas!»

Cambió de postura en el asiento. Sentía ahora una gran confusión. Y se perdía en un mar de reflexiones. «¿Tendré miedo de afrontar ese recuerdo? ¿Qué hay en todo ello, al fin y al cabo? ¿Puede haber nada común entre ese joven oficial y yo, fuera de las habituales relaciones con todo el mundo?» Sonrió con desdén y cogió de nuevo el libro, pero no comprendía ya nada de lo que leía. Frotó la plegadera contra el helado cristal, pasó por su mejilla su fría y lisa superficie, y cediendo a una repentina alegría, se echó a reír. Sentía que aumentaba su tensión nerviosa, sus ojos se abrían desmesuradamente, sus manos y sus pies se crispaban. Le parecía que algo la ahogaba. Y en la vacilante penumbra, los sonidos y las imágenes la impresionaban con extraordinaria intensidad. Se preguntaba a cada instante si el tren avanzaba o retrocedía, si andaba o estaba parado. Creía ver en Ánnushka a una desconocida sentada allí junto a ella. El abrigo de pieles que colgaba del gancho se le antojaba un animal, y le parecía que ella misma no era ella, que otra mujer ocupaba su puesto en su propio asiento.

Tenía miedo de abandonarse a ese estado de inconsciencia. Algo tiraba de ella hacia ese estado, pero ella podía ceder o no, a voluntad. Se levantó, se quitó la manta de viaje, la esclavina, y por un momento le pareció sentirse mejor. Entró un hombre delgado, que llevaba un largo abrigo de nanquín al que le faltaba un botón. Comprendió que era el encargado de la calefacción, le vio consultar el termómetro y observó que el viento y la nieve habían entrado en el vagón con él. Después, todo se hizo otra vez confuso: el hombre alto se puso a arañar algo en la pared; la señora anciana estiró las piernas a lo largo de todo el vagón y lo llenó de una nube negra. Percibió un extraño ruido, como si estuviesen descuartizando a alguien; un fuego rojo la cegó momentáneamente con su resplandor, y luego todo quedó en la oscuridad. Anna tuvo la impresión de caer en un precipicio. Estas sensaciones eran, sin embargo, más divertidas que aterradoras. La voz de un hombre con el abrigo cubierto de nieve le gritó unas palabras al oído. Ella volvió en sí, comprendió que se acercaban a una estación y que ese hombre era el revisor. Luego pidió a su doncella su chal y su esclavina, se los puso y se dirigió hacia la portezuela.

—¿La señora quiere salir? —preguntó Ánnushka.

—Sí, necesito respirar un poco. Me ahogo aquí dentro.

Liberó el cierre de la puerta y el viento y la nieve se abalanzaron sobre ella disputándole la puerta. Y esto también le pareció divertido. Abrió la puerta y salió. El viento parecía esperarla fuera para llevársela entre alegres silbidos, pero se asió con una mano a la barandilla, se sujetó el vestido con la otra y bajó al andén. El viento soplaba con fuerza, pero en el andén, al abrigo de los vagones, había calma. Respiró con verdadero gozo el aire frío y, mientras, de pie, junto al vagón, contemplaba el andén y la iluminada estación.

## Capítulo XXX

La tempestad no amainaba. El viento seguía silbando con furia; se metía por entre las ruedas del tren, se lanzaba contra todo, cubriendo de nieve vagones, postes y personas. Se calmó por unos momentos, embistiendo luego con renovada furia. La puerta de la estación se abría y se cerraba casi sin interrupción, dando paso a personas que andaban presurosas y charlaban alegremente a lo largo del andén, cuyo pavimento crujía bajo sus pies. Una sombra humana se deslizó por debajo de sus pies, se oyó el golpe de un martillo contra el hierro, y luego resonó de entre las tinieblas una voz enojada procedente del lado opuesto.

—Envíen un telegrama —decía la voz.

—Por aquí, haga el favor, número 28 —gritaron otras voces.

Pasaron unas personas arropadas y cubiertas de nieve.

Dos señores con los cigarrillos encendidos pasaron junto a ella. Respiró otra vez a pleno pulmón y se disponía ya a subir al vagón, cuando observó que a pocos pasos de ella había un hombre vestido de militar, interceptando la vacilante luz del reverbero. Lo miró con atención y vio que era Vronski. Él se llevó la mano a la visera de la gorra, se inclinó respetuosamente y preguntó en qué podía servirla. Anna le contempló unos momentos, permaneciendo callada. A pesar de la oscuridad, observó en sus ojos y en sus facciones la misma expresión de respetuoso entusiasmo que tanto la había emocionado la víspera. Se había repetido a sí misma una y otra vez durante esos días que Vronski era simplemente para ella uno más de esos jóvenes que se encuentran por centenares en el mundo, y del cual no quería acordarse más. Y ahora, al encontrarlo de nuevo, experimentaba un sentimiento de orgullosa satisfacción. Anna no necesitaba preguntarle qué hacía allí. Evidentemente, había venido a estar cerca de ella. Lo sabía con tanta seguridad como si él se lo hubiera dicho.

—No sabía que pensara ir a Peterburgo. ¿Por qué va allá? —preguntó Anna, quitando la mano de la barandilla.

Su rostro aparecía radiante de alegría.

—¿Por qué? —repitió él, mirándola fijamente—. Sabe perfectamente que voy para estar donde esté usted. No tengo otro motivo.

En ese momento el viento, como si hubiera vencido ya todos los obstáculos, esparció la nieve del techo de los vagones, y agitó triunfalmente una plancha que había cedido a sus embates. La locomotora lanzó un silbido triste y estremecedor. La trágica belleza de la tempestad le parecía ahora a Anna aún más atractiva: acababa de oír las palabras que su razón rechazaba, pero que su corazón deseaba. Guardó silencio. Pero Vronski leyó en su rostro la lucha que mantenía en su interior.

—Perdóneme si lo que acabo de decirle la ha molestado —balbució humildemente, pero con un tono tan resuelto que ella no supo qué responder.

—Lo que usted dice no está bien —susurró Anna, finalmente—. Y si es un caballero, lo olvidará, como yo también lo he olvidado.

—No olvidaré ni puedo olvidar ninguno de sus gestos, ninguna de sus palabras.

—¡Basta! —exclamó ella, tratando en vano de dar a su rostro, que él devoraba con los ojos, una expresión de severidad.

Y asiéndose a la fría barandilla, subió lentamente los peldaños de la plataforma.

Se detuvo brevemente a la entrada del departamento. No podía recordar exactamente las palabras que habían cambiado, pero sentía con una mezcla de temor y alegría que esa conversación los había acercado más. Poco después volvió a su asiento. Su nerviosismo aumentaba. Temía no poder soportar por más tiempo esa tensión. Le fue imposible dormir. Por otra parte, esa exaltación, esa actividad de la imaginación, no tenían nada de penoso. Era más bien un gozo excitante lo que experimentaba.

Con el alba, sin embargo, se adormeció. Despertó cuando era ya de día y se acercaban a Peterburgo. Pensó enseguida en su marido, en su hijo, en sus deberes domésticos, y eso la absorbió por completo.

Al apearse del tren, el primer rostro que percibió fue el de su marido. «Dios mío, ¿por qué se han vuelto tan largas sus orejas?», se dijo al observar su distinguida pero fría figura, cuyo sombrero parecía estar apoyado sobre los salientes cartílagos de las orejas. Él fue a su encuentro y la miró fijamente con sus grandes ojos fatigados, conservando en los labios su habitual sonrisa irónica. Anna sintió que se le oprimía el corazón. ¿Había esperado, quizá, hallarlo diferente de lo que era? Su fría, severa mirada, la había conturbado. Sentía ahora que su conciencia le reprochaba toda la hipocresía, toda la falsedad de las relaciones con su marido. Ciertamente, ese sentimiento se hallaba desde hacía mucho tiempo en lo más profundo de su ser, pero era la primera vez que se manifestaba con tan dolorosa intensidad.

—Como ves, soy un tierno marido, tan tierno como el primer año del matrimonio, ardiendo en deseos de volverte a ver —dijo él con su voz penetrante y lenta, con el habitual tono burlesco que empleaba con ella, y como si hubiera querido ridiculizar esta misma forma de expresarse.

—¿Cómo está Seriozha? —preguntó ella.

—¡Así recompensas mi gran cariño! Está muy bien, muy bien.

## Capítulo XXXI

Vronski ni siquiera había tratado de dormir. Pasó toda la noche en su butaca del tren con los ojos abiertos. Miraba de vez en cuando a los que entraban y salían en el departamento con la misma indiferencia que sus ojos se posaban en algún objeto. Nunca había tenido su figura un aire tan orgulloso y tan impasible. Esa actitud le privó de la simpatía de un nervioso joven, funcionario de Tribunales, que se había acomodado en el asiento de enfrente. Éste lo ensayó todo para hacer que de algún modo fijara la atención en él. Le pidió fuego, intentó iniciar una conversación, hasta le empujó con el codo para hacerle entender que no era un objeto, sino una persona. Pero en vano. Vronski no manifestó por él el menor interés. Y el joven empleado, ofendido por esa impasibilidad, empezó a sentir por él una fuerte aversión.

Si Vronski asumía una altiva e indiferente actitud hacia el mundo circundante, no era porque creyera haber conmovido el corazón de Anna, lo que podría hacerle aparecer como una especie de héroe. No, no creía haberlo logrado todavía. Pero la avasalladora pasión que sentía por ella lo llenaba todo de felicidad y de orgullo. ¿Qué resultaría de todo eso? No lo sabía y no se preocupaba por ello. Pero sentía que todas sus fuerzas, disminuidas y dispersas hasta entonces, se habían agrupado y tendían con una suprema energía hacia un objeto único y espléndido. La vida no tenía sentido para él, si no era para estar cerca de ella, verla y oír su voz en todo momento. Este pensamiento era tan fuerte en él, que cuando vio a Anna en la estación de Bologoie, donde había bajado para tomar un refresco, no pudo evitar manifestarle lo que sentía. Era mejor así: Anna sabía ahora que él la amaba, no podría menos que pensar en sus palabras. Cuando hubo entrado de nuevo en el vagón, examinó uno por uno todos sus recuerdos. Volvió a ver, mentalmente, todos los gestos, las actitudes de Anna, y el corazón se le llenó de gozo ante la felicidad que parecían prometerle en el porvenir las escenas que le presentaba su imaginación.

Al llegar a Peterburgo, bajó del tren tan fresco y bien dispuesto, a pesar de la noche de insomnio, como si acabara de tomar un baño frío. Se detuvo junto a su vagón para verla pasar. «Veré otra vez su rostro —se dijo, sonriendo involuntariamente—. Acaso me dirija una mirada, unas palabras, o haga algún gesto.» Pero fue a Karenin a quien vio primero, acompañado respetuosamente por el jefe de estación. «¡Ah, el marido!», pensó para sí.

Sabía que tenía marido, pero no creía totalmente en su existencia. Y cuando vio su cabeza, hombros y piernas enfundadas en pantalones negros, y, sobre todo, cuando le vio cogerla del brazo con el aplomo que infunde el sentido de la propiedad, no tuvo más remedio que reconocer su existencia.

Sí, era preciso reconocer la realidad de ese frío rostro, de ese aire severo y seguro de sí mismo, de ese sombrero redondo, de esa figura rígida y ligeramente encorvada, pero Vronski la reconocía como un hombre que muriéndose de sed hallara una fuente de agua pura y observase que había sido ensuciada por un perro, un carnero o un cerdo. Lo que hallaba más repulsivo en Alexiéi Alexándrovich era su especial modo de andar, que aumentaba la impresión de rigidez producida por su figura. Sólo él se creía con derecho a amar a Anna. Ésta no había cambiado, era siempre la misma, y su contemplación lo reanimó, excitándole y llenándole el corazón de gozo. Al criado alemán, que acudía corriendo del vagón de segunda clase, le ordenó coger el equipaje e ir a casa, y Vronski se dirigió hacia ella. Así pudo observar el primer encuentro de los esposos, y su perspicacia de enamorado le permitió percibir la ligera contrariedad con que ella recibió a su marido.

«No, no le ama, no podría amarle», pensó Vronski.

Observó que Anna había adivinado su proximidad, y esto lo llenó de alegría. En efecto, ella se había vuelto ligeramente y, habiéndolo reconocido, continuó hablando con su marido.

—¿Ha pasado bien la noche, señora? —preguntó Vronski,

saludando a la vez a los dos, dando así ocasión a Alexiéi Alexándrovich de que le reconociese, o no, según le placiera.

—Gracias, muy bien —respondió ella.

Su fatigado rostro no tenía la vivacidad que lo animaba de ordinario, pero al ver a Vronski sus ojos brillaron por un instante, y eso bastó para que él se sintiera feliz. Anna fijó la vista en su marido, para descubrir si él conocía al conde. Alexiéi Alexándrovich lo contemplaba con cierto desdén y parecía recordarlo sólo vagamente. Vronski se sintió desconcertado. Su seguridad y su entusiasmo juvenil chocaban esta vez contra la glacial impasibilidad de Alexiéi Alexándrovich.

—El conde Vronski —presentó Anna.

—¡Ah! Creo que nos conocemos ya —declaró Alexiéi Alexándrovich, con frialdad, tendiendo la mano al joven—. Según veo, has viajado con la madre a la ida, y con el hijo a la vuelta —añadió, dando un especial énfasis a sus palabras—. ¿Qué? ¿Vuelve usted de su permiso? —y sin esperar contestación, se volvió hacia su esposa y le dijo en el mismo tono irónico—: ¿Qué? ¿Han llorado mucho en Moscú, en la despedida?

De este modo, creía haber terminado su conversación con el conde. Y se llevó la mano al sombrero, como un gesto final. Pero Vronski manifestó enseguida a Anna:

—Espero tener el honor de visitarles en su casa.

—Con mucho gusto. Recibimos los lunes —respondió Alexiéi Alexándrovich, fríamente, mirándolo con sus cansados ojos.

Y sin prestarle ya atención, dijo burlonamente a su mujer:

—¡Qué suerte disponer de media hora de libertad para venir a buscarte y demostrarte así mi ternura!

—Parece que quieres realzar el valor de tus sentimientos para que los aprecie mejor —respondió ella, prestando involuntaria atención a los pasos de Vronski, que les seguía de cerca. «Pero, ¿por qué tengo que preocuparme de él?», se dijo.

Luego preguntó a su marido qué hacía el pequeño Seriozha y como había pasado el tiempo en su ausencia.

—¡Magníficamente! Mariette asegura que se ha portado muy bien, y aun cuando me resulte molesto decírtelo, parece que no te ha echado de menos. No se puede decir lo mismo de tu marido. Otra vez *merci*, querida, por haber llegado un día antes de lo previsto. Nuestro «samovar» se pondrá muy contento.

Se refería a la célebre condesa Lidia Ivánovna, designándola con el nombre de «samovar» a causa de su perpetuo estado de agitación.

—No ha dejado de preguntar por ti, y si no te parece mal, podrías ir a verla hoy mismo. Sabes que es tan sensible, que sufre por todo. Y en estos momentos, además de sus inquietudes habituales, la reconciliación de los Oblonski la preocupa mucho.

La condesa Lidia era una amiga de Karenin y el centro del círculo social que, a causa de su marido, Anna se veía obligada a frecuentar.

—Le he escrito.

—Pero estará deseosa de que le des todos los detalles. Hazle una visita, querida, si no te sientes demasiado fatigada. Voy a dejarte ahora. He de asistir a una sesión. Kondrati se encargará de conducir tu coche. Tengo motivos para alegrarme de tu llegada. Ya no tendré que comer solo —añadió, sin ironía esta vez—. No sabes cuán duro ha sido eso para mí.

Después de haberle estrechado largamente la mano, dirigiéndole una tierna sonrisa, la ayudó a subir al coche.


Capítulo XXXII

EL primer rostro que Anna vio al entrar en su casa fue el de su hijo. Éste, desoyendo la voz de la institutriz, bajó brincando la escalera para ir a su encuentro.

—¡Mamá! ¡Mamá! —exclamó lleno de alegría, echándole los brazos al cuello.

Luego se volvió a la institutriz, indicando:

—Ya te decía yo que era mamá. Estaba seguro de que era ella.

Pero, como ocurrió con el padre, el hijo causó a Anna una desilusión. La imagen que se había forjado de él durante su ausencia no correspondía a lo que era en realidad. Quizá había esperado hallarlo más hermoso, y, sin embargo, no podía decirse que careciera de atractivo. Ciertamente, era un niño en-

cantador: bucles rubios, ojos azules, piernas bien proporciona-
das, cubiertas con estirados calcetines.

Anna sentía un placer casi físico teniéndolo a su lado, recibiendo sus caricias, y era para ella un sosiego moral escuchar
sus ingenuas preguntas, y observar sus ojos, que tenían una expresión tan tierna, tan confiada y cándida.

Desempaquetó los regalos enviados por los niños de Dolli y
le contó que en Moscú había una niña, llamada Tania, que ya
sabía leer y escribir y hasta enseñaba a los otros niños.

—Entonces, ¿soy menos atento que ella? —preguntó Seriozha.

—Para mí, corazón, eres más atento que nadie.

—Lo sabía —dijo Seriozha, sonriendo.

Apenas Anna había tomado su café, cuando le anunciaron
la llegada de Lidia Ivánovna. Era una mujer gruesa y robusta,
de color amarillento y enfermizo y ojos negros y pensativos.
Anna, que sentía por ella un sincero afecto, parecía darse
cuenta por primera vez de que no estaba libre de defectos.

—¿Ha llevado el ramo de olivo a los Oblonski, querida?
—fueron casi las primeras palabras de la condesa.

—Sí, todo está arreglado —respondió Anna—. La cosa no
era tan seria como pensábamos. Mi *belle soeur* suele tomar sus
decisiones sin mucha reflexión.

Pero la condesa Lidia, que se interesaba por lo que no le in-
cumbía, generalmente no prestaba ninguna atención a lo que
decía ser objeto de su interés. Interrumpió a Ana, diciendo:

—Hay en el mundo tanta maldad y tanto sufrimiento, que
estoy abatida.

—¿Qué ha ocurrido? —preguntó Anna, adoptando una expresión más seria.

—Empiezo a cansarme de luchar inútilmente por la verdad,
y me invade el desaliento. La obra de las hermanitas (se trataba de una institución de carácter benéfico, patriótica y religiosa)
marchaba bien, pero nada puede hacerse con esos señores
—declaró la condesa en un tono de irónica resignación—.
Aceptaron la idea para desfigurarla, y la juzgan ahora de un
modo bajo e impropio. Sólo dos o tres personas, entre ellas su
marido, comprenden la importancia de esta obra. Las otras no
hacen más que desacreditarla. Recibí una carta de Pravdin...

Pravdin era el célebre paneslavista que vivía en el extranjero. La condesa dio a conocer a Anna el contenido de la carta. Le habló de los numerosos impedimentos que obstaculizaban el camino hacia la unión de las Iglesias cristianas, y se marchó apresuradamente, porque tenía que asistir ese mismo día a dos reuniones, una de ellas la sesión del comité eslavista.

«Todo eso no es nuevo —se dijo Anna—. ¿Por qué no lo he observado antes? Hoy ella parecía estar más nerviosa que de costumbre. Pero en el fondo, todo esto es absurdo. Esta mujer, que dice ser cristiana y se ejercita en la caridad, se enfada y lucha contra otras personas que persiguen exactamente el mismo objetivo.»

Después de la condesa Lidia, llegó una amiga, la mujer del director del departamento, que le refirió todas las noticias del día y se marchó a las tres, prometiendo volver a la hora de la cena. Alexiéi Alexándrovich estaba en el Ministerio. Anna asistió primero a la comida de su hijo —que comía aparte— y luego se ocupó de sus asuntos, ordenando sus cosas y atendiendo a la correspondencia atrasada.

No sentía ya inquietud, ni esa vergüenza inexplicable que tanta aflicción moral le causara durante el viaje. Había entrado de nuevo en el cuadro de su existencia ordinaria y renacían en ella la tranquilidad y la seguridad en sí misma, pareciéndole ahora incomprensible su estado de ánimo de la víspera. «¿Qué ha ocurrido que pudiera inquietarme? —se preguntó—. Nada. Vronski ha dicho una tontería y le he respondido debidamente. No debo hablar de ello a Alexiéi. Eso parecería querer dar importancia a la cosa.»

Recordó que en una ocasión un subordinado de su marido le había hecho una declaración amorosa. Había creído prudente advertir de ello a Alexiéi Alexándrovich, y éste le dijo que toda mujer de mundo se hallaba expuesta a ser objeto de tales demostraciones, que confiaba en su tacto y no dejaría jamás que unos humillantes celos rompieran la armonía existente entre los dos. «Más vale no decir nada, por tanto —decidió—. Además, gracias a Dios, nada tengo que decirle.»

Alexiéi Alexándrovich llegó a su casa a las cuatro, pero, como le ocurría con frecuencia, se hallaba demasiado ocupado para dedicar unos momentos a su esposa. Pasó directamente a su despacho para recibir a las personas que le esperaban y firmar unos papeles que le trajera su secretario.

Hacia la hora de la comida (siempre había algunos invitados en la casa), llegaron una anciana prima de Alexiéi Alexándrovich, el director del departamento con su mujer, y un joven que le había sido recomendado. Anna bajó al salón para recibirlos. Al dar las cinco en el gran reloj de bronce estilo Pedro I, apareció Alexiéi Alexándrovich, vestido de etiqueta, con corbata blanca y luciendo dos insignias sobre el pecho, pues tenía que salir enseguida después de comer. Estaba siempre ocupado, y para poder atender a todos sus asuntos, no podía permitirse desperdiciar un solo momento, lo cual le obligaba a observar una rigurosa puntualidad. «Sin prisa y sin parar», ese era su lema. Al entrar en la sala, saludó a los allí reunidos y dijo a su mujer, con una sonrisa:

—¡Por fin ha terminado mi soledad! No puedes imaginarte cuán *penoso* es comer solo.

Durante la comida, pidió a su mujer que le contara algo de Moscú, y dirigiéndole una sonrisa burlona, sobre Stepán Arkádich. Pero la conversación tuvo, en su mayor parte, un carácter general y giró principalmente sobre cuestiones de política y sus ocupaciones en el Ministerio. Terminada la comida, se entretuvo un poco con sus invitados, y tras un nuevo apretón de manos y una sonrisa a su mujer, salió para asistir otra vez al Consejo.

Anna no quería ir al teatro, donde tenía un palco reservado, ni a casa de la princesa Betsi Tverskaia, la cual, informada de su regreso, le había mandado recado de que la esperaba. Si había decidido no salir, era principalmente porque su modista no había cumplido lo prometido. Antes de ir a Moscú, le había dado tres vestidos para que se los arreglase, pues Anna sabía vestir bien y con economía. Pero cuando después que se hubieron marchado los invitados, pasó a su habitación para ataviarse, fue grande su asombro al comprobar que de estos tres vestidos, que debían haber sido terminados tres días antes de su regreso, dos no estaban aún acabados y el tercero no había sido transformado de acuerdo con sus indicaciones. La modista, que fue llamada enseguida, pretendía tener razón. Anna se enfureció tanto, que después se sintió avergonzada. Para calmarse, entró en el cuarto de su hijo, lo metió en la cama, tapándolo cuidadosamente con las sábanas, hizo sobre él la señal de la cruz, y luego se alejó.

Se alegraba ahora de haberse quedado en casa. Sentía un gran sosiego interior. Le parecía ver con claridad que la escena de la estación, a la cual había concedido tanta importancia, no era, a fin de cuentas, más que un incidente trivial de la vida y del cual no tenía por qué avergonzarse. Fue a sentarse junto a la chimenea, y esperó allí tranquilamente a su marido leyendo una novela inglesa. Exactamente a las nueve y media, la campanilla de la puerta anunciaba con estridente sonido la llegada de Alexiéi Alexándrovich, y poco después, éste entró en la estancia.

—¡Por fin has vuelto! —exclamó Anna, tendiéndole la mano, que él besó respetuosamente antes de sentarse a su lado.

—¿Qué me cuentas de tu viaje? ¿Fue todo bien? —preguntó él.

—Sí, muy bien.

Y ella pasó a explicarle todos los detalles del mismo: la compañía de la condesa Vronski, la llegada, el accidente en la estación, la compasión que le habían inspirado su hermano y Dolli.

—Aunque sea tu hermano, no se le puede disculpar su proceder —opinó Alexiéi Alexándrovich, en tono severo.

Anna sonrió. Él quería mostrar que las relaciones de parentesco no influían para nada en la rectitud de sus juicios. Y ese era un rasgo de su carácter que ella no dejaba de apreciar.

—Me complace mucho que todo haya acabado bien y que te halles de nuevo a mi lado —prosiguió él—. ¿Y qué dicen allá sobre el nuevo proyecto de Ley que he hecho adoptar por el Consejo?

Como nadie le había hablado en absoluto de ello, Anna pareció un poco turbada por no saber qué responder sobre un asunto al cual su marido daba tanta importancia.

—Aquí, por el contrario, ha suscitado mucho interés —afirmó él, con una sonrisa de complacencia.

Anna vio que su marido iba a contarle detalles halagadores para su amor propio. Y con hábiles preguntas hizo que se lo explicara. Él, con la misma sonrisa engreída, dijo que al ser aceptado ese proyecto le habían tributado una gran ovación.

—Sentí una viva satisfacción. Pues eso demuestra que se empiezan a considerar las cosas de una manera razonable.

Después de tomar dos tazas de té con crema, Alexiéi se dispuso a volver a su despacho.

—¿No has querido salir esta noche? —preguntó—. Te habrás aburrido aquí.

—De ninguna manera —respondió ella, levantándose—. ¿Qué lees ahora?

—La *Poésie des enfers*[1], del duque de Lille. Un libro muy interesante.

Anna sonrió, con la misma sonrisa benévola que uno tiene para las debilidades de los seres que ama, y pasando su brazo bajo el de su esposo, lo acompañó hasta la puerta. Ella sabía que su costumbre de leer por la noche había llegado a ser para él una necesidad. Sabía que, aun cuando sus obligaciones absorbían casi por completo su tiempo, consideraba un deber suyo estar al corriente de todo lo digno de atención que pudiera aparecer en la esfera intelectual. Sabía también que le interesaban en realidad los libros de política, filosofía y religión, que el arte era completamente ajeno a su naturaleza, pero que, a pesar de ello o, mejor dicho, debido a ello, Alexiéi Alexándrovich no pasaba por alto nada que hubiera hecho ruido en ese campo y consideraba deber suyo leerlo todo. Sabía que en política, filosofía y religión, Alexiéi Alexándrovich dudaba o indagaba; pero en las cuestiones de arte, de poesía y sobre todo de música, que escapaban por completo a su comprensión, emitía opiniones definitivas y absolutas. Le gustaba hablar de Shakespeare, Rafael o Beethoven, determinar los límites de las nue-

---

[1] La *Poesía de los infiernos*. (En francés en el original.)

vas escuelas de música y de poesía, y clasificarlas con un orden lógico y riguroso.

—Bien, voy a dejarte ahora. Tengo que escribir a Moscú —dijo Anna a la entrada del despacho donde estaban ya preparadas, junto a un sillón de su marido, una botella con agua y una bujía con su pantalla.

De nuevo él le estrechó la mano y se la besó.

«A pesar de todo, es bueno, honesto, leal y digno de admiración», pensaba Anna, entrando en su habitación. Pero una voz secreta le decía que no podía amar a este hombre. «¿Por qué se destacan tanto sus orejas? Será porque le han cortado el cabello demasiado.»

A las doce en punto, mientras Anna estaba escribiendo todavía su carta a Dolli en el pequeño pupitre, se oyeron unos pasos que se aproximaban. Y un momento después aparecía allí Alexiéi Alexándrovich, con ropa de noche y un libro en la mano.

—Ya es hora de ir a dormir —dijo él con maliciosa sonrisa, antes de dirigirse hacia la alcoba.

«¿Con qué derecho le miró de ese modo?», se dijo Anna, recordando la mirada que Vronski lanzara a Alexiéi Alexándrovich.

Siguió luego a su esposo. Pero, ¿qué se había hecho de esa llama que en Moscú animaba su rostro, brillaba en sus ojos e iluminaba su sonrisa? Se había extinguido, o, por lo menos, estaba escondida.


## Capítulo XXXIV

AL salir de Peterburgo, Vronski había dejado a su mejor compañero, Petritski, su amplio apartamento de la calle Morskaia.

Petritski, joven teniente de origen modesto, no tenía más que deudas. Éstas eran toda su fortuna. Se embriagaba todas las noches. Sus aventuras alegres y escandalosas hicieron que fuera arrestado muchas veces. Pero todo eso no le impedía ser apreciado por sus jefes y compañeros.

Al llegar a su casa, poco después de las once, Vronski vio, parado frente al edificio, un coche que no le era desconocido. Llamó a la puerta de su vivienda, oyó en la escalera risas masculinas, entre las cuales se percibían susurros de mujer:

—¡Si es uno de esos buitres, ciérrale la puerta en las narices!

Vronski entró, sin hacer ruido y sin anunciarse, y pasó a la sala. La amiga de Petritski, baronesa Shilton, una rubia de cara rosada y acento parisiense, que llevaba un atractivo vestido de raso lila, preparaba el café en una mesita. Petritski, de paisano, y el capitán Kamerovski, de uniforme, estaban sentados cerca de ella.

—¡Ah! ¡Es Vronski! ¡Bravo! —exclamó Petritski, levantándose ruidosamente de su asiento—. El dueño de la casa nos hace una inesperada visita. Baronesa, sírvale café de la cafetera nueva. ¡Qué agradable sorpresa! ¿Qué me dices de este nuevo adorno de tu salón? Espero que te guste —dijo, indicando a la baronesa—. Creo que ya os conocéis...

—¡Vaya si nos conocemos! —repuso Vronski, sonriendo y estrechando la mano de la mujer—. ¡Somos antiguos amigos!

—Vuelve usted de viaje. Luego, me voy —manifestó ella—. Si molesto, me marcho ahora mismo.

—Está usted en su casa, baronesa —repuso Vronski, galante—. ¿Qué tal, Kamerovski? —añadió, estrechando con cierta frialdad la mano del capitán.

—No sabría usted expresarse con tanta gentileza —ironizó la baronesa, dirigiéndose a Petritski.

—Sólo después de comer.

—Después de comer es inadmisible. Bien, voy a preparar el café mientras usted se arregla —decidió la baronesa.

Y sentándose, se puso a manipular con cuidado la nueva cafetera.

—Pier, dame el café. Voy a añadir un poco —dijo a Petritski. Lo llamaba Pier, derivándolo de su apellido Petritski, sin disimular las relaciones que los unían.

—Vas a estropear el café.

—¡No, no lo estropearé! ¿Y su mujer? —preguntó de repente la baronesa, interrumpiendo la conversación de Vronski con sus compañeros—. Lo hemos casado durante su ausencia ¿Ha traído a su esposa?

—No, baronesa. He nacido y moriré en la bohemia.

—Tanto mejor. ¡Deme esa mano!

Y la baronesa, sin apartar la atención de él, le expuso, bromeando, su último plan de vida y le pidió consejos.

—Él no consiente en el divorcio. ¿Qué debo hacer? («Él» era el marido). Pienso promover un proceso. ¿Qué le parece? Kamerovski, vigile el café... ¡ya se ha derramado! ¿No ve que estoy ocupada en asuntos serios? Quiero el proceso porque necesito recobrar mi fortuna. ¡Qué canallada! Ese señor —añadió en tono de desprecio—, bajo el pretexto de que no le soy fiel, se ha quedado con todos mis bienes.

A Vronski le divertía escuchar sus palabras. Le daba la razón, la aconsejaba medio en serio, medio en broma, volvía a tomar la actitud que adoptaba generalmente cuando hablaba con esa clase de mujeres. La gente del medio social a que él pertenecía, clasifica a la humanidad en dos categorías opuestas. La primera se compone de personas necias, insípidas y ridículas, que creen que los esposos deben ser fieles a sus esposas, las jóvenes puras, las mujeres castas, los hombres de carácter, firmes y decididos. Consideran que hay que educar a los hijos, ganarse la vida, pagar las deudas, y otras sandeces por el estilo. La segunda clase, a la que Vronski y todas las personas de su mismo medio social se enorgullecen de pertenecer, aprecia sólo la elegancia, la generosidad, la audacia, el buen humor, se abandona sin avergonzarse a sus pasiones y se burla de todo lo demás.

Sentía todavía la influencia del ambiente de Moscú, tan diferente, y el contraste con ese mundo alegre y frívolo que ahora le rodeaba pareció desconcertarle por un momento. Pero pronto entró en su acostumbrada vida de antes, con la misma facilidad con que se pone uno las zapatillas usadas.

El café no llegó a su destino, sino que se derramó, virtiéndose sobre la alfombra, manchó el vestido de la baronesa, salpicó a todos, pero en cambio alcanzó su objetivo, que parecía ser provocar la risa y mantener el buen humor.

—Ahora me voy. No puedo quedarme por más tiempo. De otro modo, impediría que cuidaseis de vuestro aseo, y tendría sobre mi conciencia la culpa de algo que es imperdonable en un hombre correcto: no lavarse. ¿Me aconseja, pues, que coja a ese hombre por el cuello?

—Ciertamente, pero de tal suerte que su mano se acerque a los labios de él. La besará, y todo terminará satisfactoriamente —respondió Vronski.

—Hasta la noche. En el Teatro Francés.

Kamerovski se levantó también, y Vronski, sin esperar a que éste saliera, le tendió la mano y fue al cuarto de aseo. Mientras se lavaba, Petritski le expuso su situación: no tenía ni un kópek; su padre no quería darle dinero y no se prestaba a pagarle sus deudas; el sastre le amenazaba con denunciarlo a las autoridades, y otro sastre se disponía a hacer lo mismo. El coronel estaba decidido a expulsarlo del regimiento, si continuaba con esos escándalos; y la baronesa le resultaba ya fastidiosa con sus ofrecimientos de dinero. Pero, en compensación, había una nueva belleza, de tipo netamente oriental:

—Te la enseñaré.

Y había su pendencia con Berkóshev, el cual quería mandarle los padrinos para el desafío, pero era casi seguro que no haría nada. En resumen, todo iba bien y era muy divertido.

Luego, antes de que su amigo pudiera meditar sobre esos asuntos, Petritski empezó a contarle las noticias del día. Escuchando en el ambiente familiar de su apartamento, que hacía tres años que habitaba, las palabras no menos familiares, Vronski experimentaba la agradable sensación de la vuelta al acostumbrado ambiente de la vida despreocupada de Peterburgo.

—¡No es posible! —exclamó soltando el pedal del lavabo, regulador del chorro de agua sobre su cuello robusto y rojizo—. ¡No es posible! —repitió, negándose a creer que Lora hubiera dejado a Fertingov por Miliéiev—. ¿Sigue siendo él tan estúpido y tan satisfecho de sí mismo? A propósito, ¿qué vida lleva Buzulúkov?

—¿Buzulúkov? ¡Le ha ocurrido algo bueno! Conoces su gran afición al baile. No deja de asistir nunca a los de la Corte. Ahora se llevan otros cascos... ¿Los has visto? Son muy cómodos, muy ligeros... Él estaba, pues, allí con uniforme de gala... ¿Me oyes?

—Te oigo, te oigo —dijo Vronski, secándose con la toalla.

—Una gran princesa pasaba del brazo de un diplomático extranjero y, para su infortunio, la conversación recayó sobre los nuevos cascos. La gran dama quiso enseñar uno a su acompañante; vio al gallardo mozo con el casco en la cabeza —Petritski imitó la actitud de Buzulúkov— y le rogó que se lo dejara. Pero él no se movió. ¿Qué significa esto? Le hicieron signos, gestos, guiños. Todo en vano. Seguía tan inmóvil como un muerto. Puedes comprender la situación. Entonces uno... —no puedo acordarme de su nombre— quiso quitarle el casco. Buzulúkov se resistió con energía; el otro finalmente se lo arrancó y lo ofreció a la gran duquesa. «Ese es el nuevo modelo», dijo ella, dándole la vuelta. Y de pronto, salió del casco... No lo adivinarías. ¡Una pera, muchacho, una pera! ¡Y luego, dos libras de bombones!... Había hecho buena provisión, el animal!

Vronski se desternillaba de risa. Y mucho después, hablando ya de otras cosas, cada vez que recordaba la graciosa historia del casco, rompía en una risa franca y juvenil que descubría sus hermosos dientes.

Una vez informado de las noticias del día, Vronski se puso el uniforme ayudado por su criado, y fue a presentarse en la Comandancia Militar; quería ir luego a casa de su hermano, a casa de Betsi, y empezar una serie de visitas para relacionarse con el medio social donde tenía posibilidad de encontrar a Anna Karénina. Había salido con la intención de no regresar a su casa hasta muy tarde, como es costumbre en Peterburgo.

SEGUNDA PARTE

## Capítulo primero

Hacia el fin del invierno, los Scherbatski tuvieron consulta médica sobre Kiti; la muchacha se sentía muy débil y la aproximación de la primavera no hacía más que empeorar el mal. El médico de la familia le había recetado aceite de hígado de bacalao, después hierro y, finalmente, nitrato de plata; pero como ninguno de esos remedios dio resultado, aconsejó como último recurso un viaje al extranjero. La familia decidió entonces consultar a un médico que gozaba de gran fama. Éste, hombre joven aún y bien parecido, exigió un examen completo de la enferma. Insistía con cierta complacencia en que el pudor de las doncellas no es más que un resto de barbarie ancestral; y no veía por qué un hombre, aun cuando joven, no pudiera auscultar a una muchacha a medio vestir.

Como hacía eso todos los días y no experimentaba ninguna emoción, evidentemente había de considerar el pudor de las jovencitas como un resto de barbarie y hasta como una ofensa personal.

Había que resignarse. Porque, aunque todos los médicos hubiesen estudiado los mismo libros, seguido los mismos cursos y practicado por tanto una misma ciencia, no se sabe por qué motivos se había decidido que sólo ese famoso médico —al que algunos por otra parte consideraban un pelagatos—podía salvar a Kiti.

Después de un cabal examen de la muchacha, confusa y azorada, el célebre médico se lavó cuidadosamente las manos y regresó al salón para informar al príncipe. Éste le escuchó tosiendo y con aire serio. El príncipe, hombre de edad, que no era necio y gozaba de muy buena salud, no creía en la Medicina y le irritaba esa comedia, pues era quizá el único que adivinaba la causa de la enfermedad de Kiti. «Vaya charlatán. Es lo mismo que un perro alborotador» —pensó, aplicando esta comparación cinegética al célebre doctor, mientras oía su palabrería sobre los síntomas de la enfermedad.

Por su parte, el doctor disimulaba mal su desdén por el anciano caballero. Comprendía que con el viejo no había nada que hablar, y que el cabeza de familia era la madre. Ante ella había que exhibir su elocuencia.

En este instante entró la princesa en el salón con el médico de la familia, y el príncipe se alejó para no evidenciar demasiado lo que pensaba de esa farsa. La princesa estaba muy conturbada; se sentía culpable con respecto a Kiti, y no sabía qué hacer.

—Bien, doctor, decida nuestra suerte; díganoslo todo.

Quería añadir: «¿Hay esperanzas?», pero sus labios temblaron, y solamente murmuró:

—¿Qué, doctor?

—Permítame, princesa, que consulte primero con mi colega; luego tendré el honor de darle mi parecer.

—¿Es necesario dejarles solos?

—Como usted quiera.

La princesa lanzó un suspiro y salió.

Una vez solos, el médico de la familia manifestó tímidamente su opinión. Según él, se trataba de una tuberculosis incipiente, si bien...

En medio de la disertación, el célebre médico echó una ojeada a su gran reloj de oro.

Su colega se calló respetuosamente.

—No podemos, como usted sabe, precisar el principio del proceso tuberculoso; antes de la aparición de las cavernas no se puede asegurar nada. Sin embargo, en el caso actual hay ciertos síntimas, como mala nutrición, nerviosismo y otros, que nos hacen temer esa enfermedad. La cuestión es ésta: dado que hay motivos para suponer la existencia de un proceso tuberculoso, ¿qué hacer para activar la nutrición?

—No perdamos de vista las causas morales —se permitió observar el médico de la familia, con una sonrisa sutil.

—Claro está —respondió la eminencia médica tras echar

una nueva mirada a su reloj—. Pero permítame. ¿Sabe usted si el puente de Iauza está reparado ya o si hay que dar la vuelta todavía?... ¿Está arreglado ya? Entonces me bastarán veinte minutos... Como decíamos, lo importante aquí es regularizar la alimentación y fortalecer los nervios. Una cosa va ligada a la otra, y es necesario obrar en las dos mitades del círculo.

—¿Y un viaje al extranjero?

—No me satisfacen esos viajes. Además, si es un caso de tuberculosis, ¿de qué serviría ese viaje? Lo esencial es hallar el medio de proporcionar una buena alimentación sin perjudicar al organismo.

Y el médico famoso expuso un plan curativo a base de aguas de Soden, cuyo mérito principal consistía en su inocuidad. Su colega le escuchaba con atención respetuosa.

—Sin embargo, un viaje al extranjero es siempre beneficioso, y tiene sus ventajas, como el cambio de costumbres, el alejamiento de un ambiente que propicie el recuerdo de cosas molestas. Y su madre lo desea.

—¡Pues, bien, que se marchen!... Con tal que esos charlatanes alemanes no le agraven el mal... Sería mejor que siguieran nuestras prescripciones. Pero, bien, que vayan.

Miró de nuevo el reloj.

—¡Oh! Debo irme —dijo, y se dirigió hacia la puerta.

El ilustre médico manifestó a la princesa —atendiendo a su interés profesional— que deseaba examinar otra vez a Kiti.

—¿Cómo? —exclamó la madre, sorprendida—. ¿Quiere usted empezar de nuevo el examen?

—No, no, princesa; sólo unos detalles.

—Bien, hágalo, pues.

Y la princesa acompañó al médico al saloncito de Kiti. Ésta, muy delgada, con las mejillas encendidas y los ojos brillantes por la vergüenza que había sentido en la primera visita médica, estaba de pie en medio de la habitación. Cuando los vio entrar, sus ojos se llenaron de lágrimas, y enrojeció aún más. El tratamiento que le imponían le parecía absurdo; tan absurdo como querer reconstruir un jarrón roto, reuniendo los fragmentos dispersados. ¿Podían curar las heridas de su corazón con píldoras y drogas? Pero no se atrevía a contrariar a su madre, que, por otra parte, se sentía culpable.

—Siéntese, señorita, por favor —dijo el médico famoso.

Se sentó frente a ella, le tomó el pulso, y le hizo una serie de enojosas preguntas. Ella le respondía al principio, pero después, impaciente, se levantó.

—Perdóneme, doctor, pero todo eso no conduce a nada. Por tres veces me ha hecho usted la misma pregunta.

El médico famoso no se sintió ofendido.

—Irritabilidad enfermiza —dijo él a la princesa cuando Kiti hubo salido—. De todos modos, ya había terminado.

Y el médico explicó a la princesa el estado de su hija, empleando para ello términos científicos, como si se dirigiera a una persona de inteligencia excepcional. Y terminó recomendando con insistencia esa cura de aguas que de poco o de nada había de servirle. A la pregunta de si había que ir al extranjero, el doctor se puso a reflexionar profundamente, como si resolviera una cuestión difícil, y, por fin, expuso la solución: podían irse, pero que no escuchasen a los charlatanes y siguiesen únicamente sus prescripciones.

Cuando el médico hubo salido, la madre se sintió muy aliviada; regresó contenta a la habitación de su hija; y ésta fingía también estarlo, pues con frecuencia se veía ahora obligada a recurrir al disimulo.

—De verdad, *maman,* estoy bien. Pero si usted quiere que vayamos, vamos —dijo, y, para demostrar el interés por el viaje, empezó a hablar de los preparativos.

## Capítulo II

DOLLI llegó poco después de marcharse el médico. Había dado a luz una niña a fines de invierno, y tenía sus propias preocupaciones y sus penas; pero como sabía que debía celebrarse una consulta de médicos ese día, había dejado a la recién nacida y a otra de sus hijas, que estaba enferma, para acudir a casa de Kiti.

—Estáis muy alegres —comentó, entrando en el salón, sin quitarse el sombrero—. Veo que todo va bien.

Procuraron contarle lo que había dicho el médico, pero resultó que aunque éste había hablado muy bien y durante largo rato, no supieron referirle con exactitud lo que él dijera. Pero había autorizado el viaje al extranjero, y eso era lo único que importaba.

Dolli no pudo reprimir un suspiro. Su hermana, su mejor amiga, se iba. Y la vida era tan triste para ella... Después de la reconciliación, las relaciones con su marido se habían hecho humillantes. La mejoría que Anna trajo a la situación fue sólo pasajera. Stepán Arkádich no estaba casi nunca en casa y dejaba allí escaso dinero para las necesidades del hogar. Y eso hacía que las sospechas de sus infidelidades atormentaran continuamente a Dolli; pero ella procuraba rechazarlas, porque no sabía nada en concreto y recordaba con horror las pasadas torturas producidas por los celos. Eso no podía volver a sentirlo, y ni siquiera el descubrimiento de una infidelidad podría causar en ella el dolor que antes experimentara y que tanto temía. Prefería, pues, dejarse engañar, al mismo tiempo que despreciaba a su marido y se despreciaba a sí misma por su debilidad. Además, el tener que atender a una numerosa familia hacía que tuviera muchas otras preocupaciones; ya se tratara de obstáculos en la lactancia o que la niñera se había ido; ya, como ocurría ahora, de que caía enfermo uno de lo pequeñuelos.

—¿Cómo están los niños? —preguntó la princesa.

—¡Oh, *maman!* Tenemos muchas penas. Lilí está enferma, y temo que sea la escarlatina. He salido para saber cómo estaba Kiti. He venido ahora porque, si la pequeña no mejora, me parece que me va a ser imposible salir durante mucho tiempo.

Después de haberse marchado el médico, el príncipe entró en la sala; acercó la mejilla a Dolli para que se la besara, cambió algunas palabras con ella, y después se dirigió a su mujer:

—Bien —dijo—. ¿Qué habéis decidido? ¿Marchar? ¿Y yo...?

—Creo que harás mejor en quedarte, Alexandr.

—Como queráis.

—*Maman,* ¿por qué no puede venir papá con nosotros? —dijo Kiti—. Estaríamos todos más animados.

El príncipe se levantó y acarició los cabellos de Kiti. Ella alzó los ojos hacia él y le miró con aire sonriente. A Kiti le parecía que nadie en la familia la comprendía mejor que su padre. Era la hija menor y, por tanto, su preferida; y su afecto por ella, pensaba Kiti, hacía que adivinara sus sentimientos. Cuando su mirada se encontró con la del príncipe, que la contemplaba con tierna y benévola expresión, tuvo la impresión de que sus azules ojos leían en su alma y veían toda la aflicción que había en ella. Enrojeció y se inclinó hacia él, esperando un beso; pero el príncipe se limitó a acariciarle los cabellos, diciendo:

—¡Esos postizos! Uno no puede ni acercarse a su propia hija. Son los cabellos de alguna muchacha difunta lo que uno acaricia... ¿Qué hace tu barbián, querida? —preguntó luego a Dolli.

—Sigue bien, papá —repuso ella, comprendiendo que se refería a su marido—. Está siempre fuera, apenas lo veo —añadió, con una sonrisa irónica.

—¿No ha ido todavía a la finca a vender la madera?

—No, siempre se está preparando para ir.

—¿De veras? ¡Yo también tendré que hacer mis preparativos! ¡Bien! —dijo el príncipe a su mujer, sentándose—. Y tú, Katia —añadió, volviéndose hacia su hija menor—, ¿sabes lo que tienes que hacer? Un buen día, al despertar te dices: «Me siento completamente sana y feliz y voy a salir de paseo con papá y a gozar de la fría mañana.»

No había nada inquietante en esas palabras, pero Kiti, al oírle, sintió una gran turbación.

«Sí, lo sabe todo, lo comprende todo, y ha querido darme a entender con eso que debo esforzarme para superar mi pasada humillación.»

No pudo hacerse el ánimo de contestarle algo. Quiso hacerlo, pero, de repente, estalló en sollozos y salió de la habitación.

—¿Ves en qué vienen a parar sus tonterías? —censuró la princesa disgustada—. Siempre has sido... —añadió, y le dirigió una serie de reproches.

El príncipe la escuchaba en silencio, pero su rostro adquiría un expresión cada vez más sombría.

—Me da pena, la pobre; tú no comprendes que la menor alusión a la causa de su desdicha no hace más que aumentar su sufrimiento. ¡Cómo puede una equivocarse con los hombres!

Por el cambio de inflexión de su voz, Dolli y el príncipe adivinaron que se refería a Vronski.

—No comprendo que no haya leyes que castiguen a las personas de tan ignominioso proceder.

—Más valdría que te callaras —advirtió el príncipe en tono grave, levantándose y disponiéndose a salir. Pero se detuvo en el umbral—. Hay leyes, las hay, y ya que me obligas a ello, te diré que en todo ese asunto la culpable eres tú y nadie más que tú. Y si no hubieran ocurrido ciertas cosas que tú sabes bien, yo mismo, aun cuando viejo, habría ajustado las cuentas a ese lechuguino. Es inútil lamentarse ahora; ¡hay que cuidar de su salud y llamar a todos esos charlatanes!

Scherbatski hubiera dicho aún mucho más si la princesa, como hacía siempre en los asuntos serios, no se hubiera pronto humillado y arrepentido.

—Alexandr, Alexandr... —murmuró, yendo hacia él, deshecha en lágrimas.

Al verla llorar, el príncipe se calmó, y se acercó a su esposa.

—Vamos, vamos; ya sé que sufres también. Pero, ¿qué podemos hacer? Además, no se trata de un mal grave, y la misericordia de Dios es infinita... Demos gracias al Señor... —prosiguió, no sabiendo ya lo que decía, y respondiendo al beso de la princesa en su mano. Luego se alejó.

Guiada por su instinto maternal, Dolli había comprendido al ver salir a Kiti llorando, que ese asunto sólo podía ser arreglado por una mujer. Se quitó el sombrero y, reuniendo todas sus energías, se dispuso a intervenir. Mientras su madre había estado haciendo reproches al príncipe, Dolli trató de contenerla, tanto como se lo permitía el respeto filial; pero a la réplica de su padre no opuso más que el silencio, y se sintió después conmovida por la tierna actitud de éste ante el dolor de la princesa. Cuando el príncipe hubo salido, se dispuso a cumplir su misión.

—*Mamán*, hace tiempo que quería hablarle de algo... ¿Sabe que Lievin, cuando estuvo aquí la última vez, pensaba pedir la mano de Kiti? Se lo dijo a Stiva.

—Bueno, ¿y qué? No comprendo...

—Puede ser que Kiti lo rechazara... ¿No le dijo nada ella?

—No, no me dijo nada de uno ni de otro. Es demasiado orgullosa. Pero sé que la culpa de todo la tiene aquél.

—Pero, imagine que hubiera rechazado a Lievin... Ella no

lo habría hecho si no hubiera estado el otro, me consta. ¡Y luego ése la engañó miserablemente!

La princesa se sintió incómoda al recordar cuántos errores había cometido con Kiti.

—No comprendo nada. Ahora todas quieren arreglarse solas. No dicen nada a sus madres, y luego...

—Voy a verla, *maman*.

—Ve. ¿Acaso te lo impido?


## Capítulo III

AL entrar en el pequeño salón de Kiti, una habitación encantadora, con muñecas *vieux saxe*[1], tan juvenil, tan rosada y alegre como lo era la propia Kiti dos meses antes, Dolli recordó con cuánta complacencia se habían aplicado las dos a decorar ese saloncito el año anterior. Vio a su hermana inmóvil, sentada en una silla baja cerca de la puerta, con los ojos fijos en un punto del tapiz y sintió que se le oprimía el corazón. Kiti miró a la hermana sin que se alterase la fría y casi severa expresión de su rostro.

—Temo que no podré salir de casa en muchos días, y tú no podrás tampoco venir a verme —dijo Dolli, sentándose a su lado—. De modo que quisiera hablarte.

—¿De qué? —preguntó vivamente Kiti, levantando la cabeza.

—¿De qué va a ser, sino de la pena que tienes?

—No tengo ninguna pena.

—Dejémoslo, Kiti. ¿Crees que no sé nada? Lo sé todo. Y créeme, no es gran cosa. Todas hemos pasado por eso.

Kiti callaba, conservando la fría expresión de su rostro.

—No se merece el sufrimiento que tienes por él —continuó Dolli, yendo derecha al asunto.

—En efecto, puesto que me ha despreciado —murmuró Kiti, con voz temblorosa—. Pero no me hables de eso, te lo ruego.

---

[1] antigua porcelana de Sajonia. (En francés en el original.)

—¿Quién te lo ha dicho? Nadie lo ha creído jamás. Tengo la seguridad de que te quería y te quiere todavía, pero...

—¡Lo que más me irrita son esas compasiones! —exclamó Kiti de repente. Se agitó en el asiento, enrojeció y empezó a oprimir con sus inquietos dedos la hebilla del cinturón.

Dolli conocía esa costumbre de su hermana de juguetear con la hebilla cuando estaba exaltada. Sabía que entonces era capaz de decir incongruencias y hasta soltar palabras desagradables; quiso, por tanto, calmarla, pero ya era tarde.

—¿Qué quieres hacerme comprender? —prosiguió Kiti, presa de una gran agitación—. ¿Que estuve enamorada de un hombre, al cual yo no le importaba nada, y que ahora me muero de amor por él? ¡Y es mi hermana quien me dice eso, quien piensa probarme así su simpatía, su piedad!... ¡No necesito esa piedad hipócrita!

—No eres justa, Kiti.

—¿Por qué me atormentas?

—Nada de eso; veo que estás apenada y...

Kiti, en su exaltación, no atendía ya a sus palabras.

—No tengo por qué afligirme ni consolarme. Soy demasiado orgullosa para amar a un hombre que no me quiere...

—Pero yo no pretendo... —atajó Dol-li con firmeza—. Dime la verdad —añadió, cogiéndole la mano—: ¿te habló Lievin?

El nombre de Lievin le hizo perder por completo a Kiti el dominio de sí misma; saltó de la silla, tiró al suelo el cinturón que sostenían sus manos, y exclamó, haciendo vivos gestos:

—¿Qué tiene que ver Lievin con todo esto? Parece que te complazcas en torturarme. He dicho, y lo repito, que soy demasiado orgullosa, y que nunca, *nunca*, podría hacer lo que tú has hecho; volver al hombre que te ha traicionado. Eso no lo comprendo. Tú puedes hacerlo, pero yo no podría...

Luego se dirigió hacia la puerta, pero al ver que Dolli bajaba tristemente la cabeza sin responder, se dejó caer en una silla y ocultó el rostro en su pañuelo.

El silencio se prolongó unos dos minutos. Dolli pensaba en sus propias penas: la viva humillación que sentía le parecía más dolorosa por haber sido su hermana quien se la recordara. Nunca hubiera creído que fuera capaz de mostrarse tan cruel.

Pero de pronto notó el ligero roce de un vestido y un reprimido sollozo, mientras que dos brazos le rodeaban el cuello: Kiti se había prosternado ante ella.

—¡Qué desdichada soy! —murmuró como disculpándose, ocultando el rostro en las faldas de Dolli.

Eran quizá necesarias esas lágrimas para llegar a una mejor comprensión entre las dos hermanas: después de haber llorado, olvidaron por completo sus discrepancias, y hablaron de otras cosas, con un perfecto entendimiento. Kiti sabía que sus palabras habían herido profundamente a su hermana; sabía también que Dolli percibía que su suposición era cierta, que Kiti había rechazado a Lievin para luego ser engañada por Vronski; y se daba cuenta también de que ahora ella estaba a punto de amar a Lievin y odiar a Vronski. Naturalmente, Kiti no había dicho nada de todo ello; pero, una vez sosegada, dejó entrever su estado de ánimo.

—No tengo penas, pero siento un gran hastío; todo se me hace odioso y repugnante, llegando hasta aborrecerme a mí misma. Me invaden tristes pensamientos, y todo me inspira aversión. Ideas terribles se apoderan de mi espíritu.

—¿Qué ideas terribles son esas? —preguntó Dolli, sonriendo.

—Las peores, las más repugnantes, algo que no te puedo describir. No es enojo ni desesperación, sino algo mucho peor. Me parece a veces que todo lo que había de bueno en mí hubiera cedido su lugar al mal... No podría explicártelo —continuó, observando cierta sorpresa en los ojos de su hermana—. Por ejemplo, tú has oído lo que papá me ha dicho; pues bien, me ha parecido que sus palabras expresaban un deseo de que recapacitara y considerara la conveniencia de casarme. Y si mamá me lleva a alguna fiesta, siempre pienso que lo hace para que yo encuentre marido y pueda así deshacerse de mí. Sé que eso no es cierto, pero no puedo alejar esas ideas. Los jóvenes pretendientes me son insoportables: me dan la impresión de que me examinan como si fueran a tomarme las medidas. Antes era para mí un placer ir a un baile, me gustaba arreglarme bien; ahora me siento extrañamente cohibida y como avergonzada. No puedo evitarlo. El médico...

Kiti calló, turbada; iba a decir que desde que se había opera-

do en ella ese cambio había empezado a odiar a Stepán Arkádich y no podía verle sin experimentar un sentimiento de horror.

—Todo se me ofrece bajo un aspecto repulsivo. En eso consiste mi enfermedad. Quizá sea sólo algo pasajero.

—Procura no pensar en tales cosas.

—Me es imposible. Sólo me siento a gusto en tu casa, entre
los niños.

—Es una lástima que no puedas ir allí por ahora.

—Iré, de todos modos: he tenido ya la escarlatina, y procu-
raré convencer a *maman*.

Kiti obtuvo el permiso de su madre, y fue a instalarse en
casa de su hermana, ayudándole a cuidar de los niños, cuya enfermedad resultó, efectivamente, ser la escarlatina. Mediante
los solícitos cuidados y la diligencia de las dos hermanas, se logró salvar a los seis pequeñuelos, pero la salud de Kiti no me-
joró y, por la Cuaresma, los Scherbatski decidieron marchar al
extranjero.

CAPÍTULO IV

EN la alta sociedad de Peterburgo, todos se conocen y
mantienen amigables relaciones mutuas. Sin embargo,
por cerrado que sea ese círculo, tiene también sus divisiones.

Anna Karénina tenía acceso a tres de esos sectores. El primero comprendía a los colegas y los subordinados de su marido, unidos o divididos por las relaciones sociales más diversas
y más caprichosas en ese particular ambiente oficial. Al principio, Anna había sentido un respeto casi religioso hacia esas
personas, respeto del cual no le quedaba apenas más que el recuerdo. Los conocía a todos ahora, como se conoce a la gente
en una pequeña ciudad de provincia. Sabía sus rarezas y sus
debilidades, sus simpatías y sus antipatías, dónde les apretaba el
zapato, a quién y qué motivo debía cada uno de ellos su posición, cuáles eran sus relaciones mutuas y con respecto al centro común. Pero esa especie de camarilla política, a la cual la

ligaban los intereses de su marido, no le había interesado nunca, y a pesar de los consejos de la condesa Lidia Ivánovna procuraba relacionarse con ellos lo menos posible.

El segundo de esos círculos tenía por centro a la condesa Lidia; y era en él donde Alexiéi Alexándrovich había hecho su carrera. Lo formaban mujeres viejas, feas y beatas, y hombres inteligentes, cultos y ambiciosos. Uno de tales hombres pertenecientes a ese grupo social lo llamaba «la conciencia de la sociedad de Peterburgo». A Alexiéi Alexándrovich le agradaba mucho ese ambiente, y el carácter afable de Anna le había permitido hacer allí buenas amistades desde un principio. Pero a su regreso de Moscú ese medio social se le hizo insoportable; le parecía que allí todos eran dados a las artes del disimulo y el fingimiento, como ella, y sintiéndose aburrida y a disgusto en casa de la condesa Lidia Ivánovna, sus visitas se hacían cada vez menos frecuentes.

El tercer círculo era el gran mundo propiamente dicho, el mundo de los bailes, de las recepciones, de los vestidos lujosos, que se apoya con una mano en la Corte para no caer en ese semimundo que ellos, los del gran mundo, creían despreciar, pero cuyos gustos y aficiones compartían. El lazo que unía a Anna era la princesa Betsi Tverskaia, esposa de uno de sus primos, que tenía una renta de ciento veinte mil rublos, y que, desde la primera aparición de Anna en sociedad, había hecho todo lo posible para atraerse sus simpatías, introduciéndola en su ambiente y burlándose del círculo de la condesa Lidia Ivánovna.

—Cuando sea vieja, seré como ella —decía Betsi—, pero usted, que es joven y hermosa, ¿qué va a hacer en ese asilo de ancianos?

Durante mucho tiempo, Anna se había mantenido alejada de esta sociedad, cuya suntuosa vida no estaba en consonancia con sus medios pecuniarios, y cuyo ambiente le gustaba aún menos que el de su primer círculo. Pero cuando regresó de Moscú, sus preferencias ya no eran las mismas: descuidaba ahora el trato con sus amigos virtuosos y frecuentaba el gran mundo. Encontraba en él a Vronski, y cada uno de esos encuentros le producía una deliciosa emoción. Se veían con frecuencia en casa de Betsi, Vrónskaia de nacimiento y prima hermana de Vronski.

Él no perdía ocasión de ver a Anna y hablarle de su amor. Sabía siempre dónde encontrarla; la hallaba, se reunía con ella, y tiernamente le manifestaba sus sentimientos. Anna no le daba esperanzas, pero en cuanto le veía sentía en su corazón ese vivo gozo que había experimentado en el vagón el día de su primer encuentro. Sabía que esa alegría asomaba a sus labios, forjando una sonrisa, y daba un especial brillo a sus ojos, pero no le era posible disimularla.

Al principio, Anna creía sentirse molesta por la obstinación de Vronski en buscarla; pero una noche en que él no apareció en una velada donde esperaba encontrarlo, la invadió una tristeza tan grande que comprendió que se engañaba, y que la asiduidad de Vronski, lejos de desagradarla, constituía el principal interés de su vida.

Una célebre artista cantaba por segunda vez, y toda la alta sociedad se hallaba en el teatro. Vronski estaba sentado en una butaca de primera fila. Vio a su prima en un palco y, sin esperar el entreacto, fue a reunirse con ella.

—¿Por qué no vino usted a comer? —le reprochó Betsi; y añadió a media voz, de modo que sólo él pudiera oírla—: Me admira la clarividencia de los enamorados: «Ella» no estaba allí. Pero venga al terminar el espectáculo.

Vronski la interrogó con la mirada; ella le respondió con un movimiento de la cabeza. Luego, él se sentó a su lado.

—¿Dónde están sus burlas de antes? —continuó la princesa, que hallaba un particular placer en seguir el desarrollo de esa pasión—. ¡Le han atrapado, querido!

—No deseo otra cosa —respondió Vronski, con su habitual sonrisa benévola—. Hablando con sinceridad, si de algo me quejo, es de no estar más atrapado. Empiezo a perder las esperanzas.

—¿Qué esperanzas puede usted tener? —replicó Betsi, defendiendo la virtud de su amiga—. *Entendons nous...*[1].

Pero el vivo fulgor de sus ojos indicaba que sabía tan bien como Vronski qué esperanza podía tener.

—Ninguna —murmuró él, con una sonrisa—. Perdón —continuó, tomando los gemelos de su prima y examinando

---

[1] entendámonos. (En francés en el original.)

por encima de sus hombros desnudos la hilera de los palcos de enfrente—. Temo parecer ridículo.

Sabía muy bien que a los ojos de Betsi y de las demás personas de su círculo social no corría ningún riesgo de ese género. Sabía igualmente bien que, si un hombre podía parecer ridículo amando sin esperanza a una joven o a una mujer enteramente libre, no lo era ciertamente cortejando a una mujer casada, arriesgándolo todo para seducirla. Eso aparecía ante todos como algo magnífico, grandioso, y Vronski, que así lo comprendía, experimentaba con ello un sentimiento de orgullo. Con una sonrisa altiva bajo su bigote, apartó los gemelos y miró a su prima.

—Pero, ¿por qué no vino a comer? —insistió Betsi, contemplándolo.

—Es toda una historia. Estuve ocupado. ¿Sabe en qué? Estoy seguro de que no lo adivina por más esfuerzos que haga. En reconciliar un marido con el ofensor de su esposa.

—¿Y lo ha conseguido?

—Casi.

—Ya me lo contará. En el próximo entreacto —dijo ella, levantándose.

—Imposible. Me marcho al Teatro Francés.

—¡Cómo! ¿No se queda a oír a la Nilson? —exclamó horrorizada Betsi, quien no habría sabido distinguir a la Nilson de otra corista cualquiera.

—¿Qué puedo hacer? Tengo una cita allí, sobre ese asunto de la reconciliación.

—Bienaventurados los pacificadores, porque ellos serán salvados —sentenció Betsi, recordando haber oído algo parecido—. Entonces, cuéntemelo ahora. ¿De qué se trata?

Y ella se sentó de nuevo.

## Capítulo V

—Es un poco indiscreto, pero tiene tanta gracia que estoy ansioso por contarlo —anunció Vronski, mirándola con ojos sonrientes—. No daré nombres, naturalmente.

—Mejor. Lo adivinaré.

—Escuche, pues: dos jóvenes caballeros muy alegres...

—Oficiales de su regimiento, claro.

—No hablo de dos oficiales, sino de dos jóvenes que han almorzado bien.

—Traduzcamos: que han bebido un poco.

—Puede ser. Se dirigen en un coche a casa de un amigo. Una hermosa mujer les adelanta en un coche de alquiler, vuelve la cabeza —o así se lo parece— les sonríe y les dirige un saludo. Naturalmente, lanzan los caballos al galope, para alcanzarla. Con gran sorpresa suya, la bella desconocida se detiene precisamente delante de la casa adonde iban. Sube deprisa al piso de arriba, y ellos no han visto más que unos lindos y menudos pies y la sonrisa de unos labios bajo el velillo.

—Por la manera en que lo cuenta, me parece que usted sería uno de los jóvenes.

—Olvida usted lo que me ha dicho... Lo jóvenes entran en casa de su amigo, donde estaban citados para una comida. Era una comida de despedida de soltero. Puede ser que bebieran demasiado y se achisparan. Eso es corriente en semejantes ocasiones. Inquieren luego quiénes habitan en el piso de arriba, pero nadie puede satisfacer su curiosidad. «¿Hay *mamseles* en la casa?», preguntan al criado de su amigo. Él les responde que hay muchas. Terminada la comida, los dos jóvenes pasan al despacho de su anfitrión y escriben una carta a la desconocida. Es una declaración amorosa, llena de frases apasionadas. Deciden entregarla ellos mismos, para explicar personalmente lo que pudiera parecer poco claro.

—¿Por qué me cuenta esas cosas? ¡Qué horror! Y luego, ¿qué ocurrió?

—Suben arriba y llaman a la puerta. Sale a abrirles una muchacha, le entregan la carta y dicen que su pasión es tan grande que van a morir ante esa puerta, locos de amor. La muchacha, estupefacta, parlamenta con ellos. De pronto, aparece un señor rojo como un cangrejo, con unas patillas parecidas a patas de conejo, quienes les declara que en la casa no vive otra mujer que la suya, y los echa.

—¿Cómo sabe usted que tiene las patillas en forma de patas de conejo?

—Porque hoy he ido para tratar de reconciliarlos.

—¿Y qué ha pasado?

—Ahora viene la parte más interesante. Resulta que esa feliz pareja son un consejero y una consejera titulares. El consejero ha presentado una denuncia, y yo me he convertido en mediador. ¡Y qué mediador! Le aseguro que a mi lado el propio Talleyrand quedaba pequeño.

—Pero, ¿hubo dificultades?

—Ya verá. Empezamos por disculparnos: «Es deplorable... Estamos desesperados... Le rogamos nos perdone esa equivocación...» El consejero parece satisfecho, pero no quiere dejar de expresar sus sentimientos. Y al hacerlo, se irrita, dice palabrotas, y me obliga a recurrir de nuevo a mi talento diplomático. «Convengo en que la conducta de esos dos jóvenes es censurable, pero le ruego tenga en cuenta que fue un error, un error propio de la juventud. Acababan de levantarse de la mesa, donde les fue servida una excelente comida, y como ustes sabe, es fácil excederse en esas ocasiones. Se arrepienten sinceramente y yo le ruego que los perdone.» El consejero se ablandó: «Conforme; estoy dispuesto a perdonarlos, pero comprenda la situación; mi esposa, señor, una mujer honesta, ha sido objeto de las persecuciones, las groserías, las insolencias de unos miserables bribones...» Y esto fue dicho en presencia de los miserables bribones con los cuales yo debía reconciliarle. Otra vez tengo que recurrir a la diplomacia, y de nuevo, cuando creo ya solucionado el asunto, mi consejero titular se exaspera, su rostro toma una expresión feroz, las patillas se le erizan, y... una vez más he de hacer uso de las sutilezas diplomáticas...

—¡Ah, querida! Tengo que contarle eso —dijo Betsi a una señora que entraba entonces en su palco—. Lo he hallado muy divertido... Bien, *bonne chance*[1] —dijo a Vronski, tendiéndole el único dedo que le dejaba libre el abanico.

Antes de acercarse a la barandilla del palco, bajo la viva luz del gas, hizo un movimiento de hombros para que se le bajara la delantera del vestido y poder así exponer su blanca desnudez a la vista de todos.

---

[1] buena suerte. (En francés en el original.)

Vronski se fué al Teatro Francés, donde el coronel de su regimiento, que asistía con asiduidad a todas las funciones de ese teatro, le había dado efectivamente una cita. Debía informarle sobre el estado de cosas en el asunto de la reconciliación que le ocupaba y divertía desde hacía tres días. Los héroes de esa aventura eran dos jóvenes oficiales de su escuadrón: Petritski, al cual tenía gran afecto, y el príncipe Kiédrov, que recientemente había ingresado en el regimiento, buen mozo y excelente compañero. Y la cosa había de considerarse con seriedad, pues era el buen nombre del cuerpo lo que estaba en juego. Los dos oficiales pertenecían al escuadrón de Vronski. Venden, el consejero titular, había presentado una queja al coronel contra los ofensores de su mujer. Contó el consejero que llevaban medio año de casados, y su esposa se hallaba en estado. Había ido a la iglesia con su madre, y allí, de pronto se sintió mal; pensó que lo mejor era regresar a casa enseguida, y así tomó el primer coche de alquiler que pudo encontrar.

Se asustó al ver que la seguían dos jóvenes oficiales, y llena de inquietud, subió corriendo la escalera, lo cual no hizo más que agravar su mal. Venden, que volvía de la oficina, había oído sonar el timbre y un ruido de voces desconocidas; salió, y vio allí en la puerta a los dos oficiales ebrios con una carta en la mano. Los echó y ahora pedía que fueran severamente castigados.

—Diga usted lo que quiera —le manifestó—, Petritski se está volviendo insoportable. No pasa una semana sin que haga alguna calaverada. Y ese funcionario está decidido a llevar adelante el asunto.

La situación era algo delicada; no se podía pensar en un duelo; había que hacer todo lo posible para calmar al consejero. Vronski también lo comprendía así, y el coronel contaba con su inteligencia, su caballerosidad y su sentido del honor para arreglar buenamente el asunto. Los dos decidieron que Petritski y Kiédrov, acompañados por Vronski, fueran a presentar sus excusas al consejero. Sin duda creían ambos que el nombre de Vronski y sus insignias de ayudante de campo serían de gran valor para decidir al funcionario ofendido a una reconciliación; pero estos medios, aun cuando eficaces, no dieron los resultados apetecidos, y el asunto no había sido solucionado todavía.

Una vez en el teatro, Vronski salió con el coronel al salón de descanso y le informó del resultado de su gestión. El coronel reflexionó, y resolvió dejar el asunto como estaba. Luego, por simple diversión, comenzó a hacer preguntas a Vronski, mostrando cierta curiosidad por conocer detalles de la entrevista. Se rió de buena gana con los cambios de humor del consejero y la manera hábil con que Vronski, aprovechándose de un momento de calma, había emprendido la retirada empujando a Petritski delante de él.

—Es una historia desagradable, pero divertida. Kiédrov no puede ciertamente batirse con ese señor. ¿Tanto se enfurecía, el pobre? —preguntó una vez más, riendo.

Y luego, cambiando de tema, comentó:

—¿Qué me dice de Claire. Es maravillosa, ¿verdad? (refiriéndose a la nueva bailarina francesa). No se cansa uno de verla. Siempre aparece distinta y con un nuevo encanto. Sólo los franceses pueden hacer eso.


## Capítulo VI

La princesa Betsi salió del teatro sin esperar a que terminara el último acto. Ya en su casa, entró en su tocador y empolvó ligeramente su pálido rostro, revisó su atavío, y luego ordenó que sirvieran el té en el salón. Empezaban a llegar invitados, que descendían de los coches parados frente a la amplia mansión de la calle Bolshaia Morskaia y afluían al ancho portal. Un corpulento portero les abría silenciosamente la inmensa puerta vidriera, esa misma puerta detrás de la cual leía todas las mañanas los periódicos para regocijo de los transeúntes.

Casi al mismo tiempo entraron por una puerta la dueña de la casa, con el rostro y el peinado retocados ya, y por otra los invitados. Las paredes del gran salón estaban cubiertas de paños oscuros, mullidas alfombras se extendían sobre el pavimento, y la gran mesa, formando un atractivo conjunto, el nítido mantel, la fina plata del samovar y la delicada porcelana del servicio del té resplandecían y adquirían un bello realce bajo la luz de innúmeras bujías.

[206]

La princesa se instaló frente al samovar y se quitó los guantes. Los invitados comenzaron a tomar sus sillas ayudados por los diligentes y discretos lacayos, que se esmeraban en servir a todos con fina atención. Se formaron dos grupos: uno al lado de la dueña de la casa; otro, en el ángulo del salón, junto a la bella esposa de un embajador, vestida de terciopelo negro, con negras cejas muy arqueadas. Al principio, como ocurre siempre en las veladas, la conversación de ambos grupos carecía de animación y se veía frecuentemente interrumpida por los recién llegados, los saludos y los ofrecimientos de té, fluctuando aún como débiles luces dispersas antes de reunirse para formar un foco central.

—Es una gran actriz. Se ve que ha seguido las enseñanzas de Kaulbach —decía el diplomático a los que se hallaban en el grupo de su esposa—. ¿Han visto con qué maestría se dejó caer?

—¡Por favor; no hablemos de la Nilson! ¡Se ha dicho ya todo lo que podía decirse de ella! —exclamó una señora gruesa y rubia, muy colorada, sin cejas ni moño, vestida con un traje de seda muy usado.

Era la princesa Miagkaia, conocida por el sobrenombre de *l'enfant terrible*[1] a causa de su excesiva franqueza y brusquedad en el trato. Se sentaba entre los dos grupos, y escuchaba atentamente, tomando parte en las conversaciones de ambos.

—Tres veces he oído repetir hoy la misma frase sobre Kaulbach. Parece como si se hubieran puesto de acuerdo. ¿Por qué será que goza de tal predilección?

Esta observación hizo que se interrumpiera la conversación y pasara a hablarse de otra cosa.

—Cuéntenos algo divertido..., pero que no sea malvado —dijo la mujer del embajador, muy versada en el arte de la conversación frívola y elegante o *small talk* de los ingleses, dirigiéndose al diplomático, que tampoco sabía qué decir.

—Eso parece muy difícil, porque, según se ha dicho, sólo lo malvado puede tener algo divertido —replicó él, sonriendo—. Pero voy a intentarlo. Denme un tema. Todo está en eso. Si se tiene un tema, es fácil comentarlo. Pienso a menudo que los

---

[1] traviesa. (En francés en el original.)

brillantes conversadores del siglo pasado se verían muy turbados ahora para poder hablar con agudeza, y las agudezas resultan tan aburridas.

—Eso es ya muy sabido —interrumpió la mujer del embajador, riéndose.

La conversación empezó de una manera agradable, pero era demasiado insustancial para que pudiera mantenerse. Por tanto, hubo que recurrir a un remedio de gran eficacia, el único que nunca falla: la maledicencia.

—¿No les parece que Tushkiévich tiene cierto aire de Luis XV? —sugirió el diplomático, indicando con los ojos a un apuesto joven que estaba cercano a la mesa.

—¡Oh sí! Es del estilo de este salón. Por eso viene con tanta frecuencia.

Esta vez la conversación se sostuvo; resultaba muy entretenido hablar en alusiones sobre un tema que no podía ser tratado en este lugar: las relaciones entre Tushkiévich y la dueña de la casa.

En el grupo de ésta, igualmente, la conversación, que había languidecido y vacilado por algún tiempo entre los socorridos temas de la actualidad política y el teatro, tomó estabilidad cuando se llegó al inevitable tema de la murmuración.

—¿No han oído decir que la Maltíscheva —la madre, no la hija— se hace un traje *diable rose*?[2]

—¿Es posible? ¡Sería gracioso!

—Me extraña que con su inteligencia, no vea el ridículo que hace.

Todos se sentían dispuestos a criticar a la pobre Maltíscheva y a burlarse de ella, y las maliciosa frases iban y venían, avanzaban y se ensanchaban, como negras olas en un agitado mar.

El marido de la princesa, hombre grueso y benévolo, apasionado coleccionista de grabados, iba a salir para dirigirse al círculo, pero al enterarse de que su mujer tenía invitados, entró en el salón antes de marcharse.

Con pasos silenciosos, que la gruesa alfombra hacía aún menos perceptibles, atravesó la sala y fue al encuentro de la princesa Miagkaia.

_____

[2] rosa chillón. (En francés en el original.)

—Qué, ¿le gustó la Nilson? —le preguntó.

—¡Qué manera de asustar a la gente! ¡De veras, me ha dado un susto! —exclamó ella, ante su inesperada presencia—. No me hable de la ópera; no entiende usted nada de música. Prefiero situarme en su nivel y oírle hablar de mayólicas y grabados. ¿Ha encontrrado algo de valor en el mercadillo?

—¿Quiere ver mi última adquisición? ¡Pero usted no entiende nada de esas cosas!

—Puede enseñármela. He aprendido con los... no me acuerdo cómo les llaman... los banqueros esos que tienen tan magníficos grabados; he podido verlos y apreciarlos.

—Cómo, ¿ha estado usted en casa de los Shiutsburg? —preguntó Betsi, desde su sitio junto al samovar.

—Sí, *ma chère*, estuve —respondió la princesa Miagkaia en voz alta, pues sabía que todos la escuchaban—. Nos invitaron a comer a mi marido y a mí. Nos sirvieron, entre otras cosas, una salsa. Sólo esa salsa, según parece, les costó mil rublos. Y por cierto que era mala. Había algo de color verduzco, yo no sé... Tuve que invitarlos, a mi vez. Les serví una salsa que me costó ochenta y cinco kopeks, y todos quedaron muy contentos. ¡No puedo permitirme hacer salsas de mil rublos!

—¡Es única en su estilo! —exclamó la dueña de la casa.

—Maravillosa —convino alguien.

Si las palabras de la princesa Miagkaia no dejaban de producir gran efecto, se debía a que hablaba juiciosamente de cosas simples y corrientes, aun cuando no siempre muy oportunas. En el medio en que se movía, su indudable buen sentido tenía el mismo valor que las agudezas. Ella misma se asombraba de su éxito, y aun cuando no podía explicarse la causa, se gozaba en sentirse objeto de esa general admiración que provocaban sus palabras.

Aprovechando el silencio que siguió, la dueña de la casa se dirigió a la embajadora, en un intento para reunir a los dos grupos.

—Decididamente, ¿no quiere venir a tomar el té? Sería mejor que viniese a sentarse con nosotros.

—No, gracias. Estamos muy bien aquí —respondió, con una sonrisa, la esposa del diplomático. Y reanudó la interrumpida conversación.

Era comprensible que mostrara tanto interés en proseguirla: estaban criticando a los Karenin, a la mujer y al marido.

—Anna ha cambiado mucho desde su viaje a Moscú —decía una amiga—. Se le nota algo raro.

—El cambio consiste en que ha traído en su séquito, como una sombra, a Alexiéi Vronski —opinó la embajadora.

—¿Qué más da? Recuerdo un cuento de Grimm, donde un hombre, en castigo de alguna falta, es privado de su sombra. Pero no comprendo en qué consiste ese castigo. Sin duda debe ser muy penoso para una mujer verse privada de su sombra.

—Sí. Pero las mujeres con sombra acaban mal, generalmente —comentó una amiga de Anna.

—¡Cierre usted la boca! —exclamó de repente la princesa Miagkaia al oír estas palabras—. La Karénina es una mujer muy digna y agradable. Su marido no me gusta, pero a ella la aprecio mucho.

—¿Y por qué no le gusta su marido? —preguntó la embajadora—. Es un hombre distinguido. Mi esposo afirma que en Europa hay pocos estadistas de su capacidad.

—Lo mismo opina el mío, pero yo no lo creo. Si nuestros maridos se hubieran callado, habríamos visto a Alexiéi Alexándrovich tal como es. Y a mi parecer, no es más que un necio. Lo digo aquí, entre nosotras. Y considerándole así, se explican muchas cosas, ¿no creen? Antes, cuando me creía en el deber de considerarle inteligente, por más que me esforzaba, no acertaba a descubrir su talento y pensaba que la tonta era yo: Pero en cuando me dije: «Es un tonto» —lo cual había dicho en voz baja—, todo quedó explicado para mí.

—¡Qué mordaz se muestra usted hoy!

—Nada de eso. Pero no puede ser de otra manera. Uno de los dos tiene que ser tonto. Y como usted sabe, a una no le gusta aplicarse a sí misma este calificativo.

—Nadie está contento con lo que tiene, pero todos están satisfechos de su inteligencia —terció el diplomático, citando un verso francés.

—Exactamente —se apresuró a decir la princesa Miagkaia—. En cuanto a Anna, no se la entrego para que la hagan blanco de sus despiadadas críticas. ¡Es tan encantadora! ¿Es culpa suya si todos se enamoran de ella y la siguen como su propia sombra?

—No me proponía censurarla —manifestó la amiga de Anna.

—El que nadie nos siga como sombra, no demuestra que tengamos derecho a juzgar a los demás.

Tras esta merecida lección a la amiga de Anna, la princesa se levantó y, acompañada por la embajadora, se dirigió hacia la mesa del otro grupo. Allí el rey de Prusia era ahora el tema de la conversación.

—¿A quién están criticando allí? —preguntó Betsi.

—A los Karenin. La princesa ha hecho una admirable definición de Alexiéi Alexándrovich —ponderó la embajadora, sonriendo y sentándose a la mesa.

—Es una lástima que no hayamos podido oírlo —deploró Betsi, mirando a la puerta—. ¡Por fin ha venido usted! —exclamó, dirigiéndose a Vronski, que llegaba en ese momento.

Vronski conocía a todas las personas que estaban allí reunidas, y las veía casi diariamente. Por tanto, entró con la natural soltura del que, al penetrar en un lugar, se encuentra con gente de la cual acaba de separarse.

—¿De dónde vengo? —dijo, respondiendo a la pregunta de la embajadora—. Debo confesarlo: de la Ópera Bufa. No me canso de ese espectáculo. He estado allí muchas veces y siempre vuelvo con renovado placer. Casi me avergüenza decirlo, pero lo cierto es que en la Ópera me duermo, y en la Ópera Bufa me siento tan a gusto que permanezco con la atención fija hasta el último momento. Esta tarde...

Mencionó a la actriz francesa e iba a contar alguna divertida historia sobre ella, pero la embajadora le interrumpió, con fingido azoramiento:

—¡No nos cuente esos horrores!

—Me callo, pues. Tanto más cuanto que todos ustedes los conocen.

—Y todos irían allí si estuviese tan bien visto como ir a la Ópera —declaró la princesa Miagkaia.

# Capítulo VII

Se oyeron pasos cerca de la puerta de entrada, y la princesa Betsi, persuadida de que iba a ver aparecer a la Karénina, echó una mirada a Vronski. La expresión de éste había cambiado: con los ojos fijos en la puerta, se levantó lentamente de su asiento y parecía sentir una alegría íntima, mezclada con una vaga timidez. Anna entró en el salón, con su característica desenvoltura. Erguida como siempre, sin desviar la mirada, y con el paso rápido y firme que la distinguía de las otras damas de su círculo, recorrió la distancia que la separaba de Betsi.

Estrechó la mano de la dueña, sonriendo, y enseguida se volvió hacia Vronski, conservando en su rostro la misma sonriente expresión. Éste se inclinó profundamente y le ofreció una silla. Anna correspondió con un ligero movimiento de cabeza, enrojeciendo y haciendo un gesto de contrariedad. Luego saludó a los conocidos, y prodigando sonrisas y apretones de manos, se dirigió a Betsi.

—Pensaba venir más temprano. Pero estuve en casa de la condesa Lidia y me he entretenido allí un poco. Estaba sir John. Es un hombre muy interesante.

—¿El misionero?

—Sí. Nos ha contado cosas muy curiosas sobre la vida de los indios.

La conversación, interrumpida por la llegada de Anna, empezó de nuevo a vacilar, como el fuego de una lámpara bajo el soplo del viento.

—¡Sir John! Sí, sir John. Le he visto. Habla muy bien. La Vlásieva está prendada de él.

—¿Es cierto que Vlásieva, la menor, se casa con Tópov?

—Se dice que es cosa decidida.

—Me extraña que sus padres consientan en ello, pues según la gente es un matrimonio por amor.

—¡Por amor! —exclamó la embajadora—. ¡Son ideas antediluvianas! ¿Quién cree en el amor en nuestros días?

—¡Qué le vamos a hacer, señora! —dijo Vronski—. Esta

antigua costumbre será ridícula, pero, de cualquier modo, se mantiene.

—Peor para los que la mantienen. No conozco otros matrimonios felices que los de conveniencia.

—Bien. Pero cuántas veces esos matrimonios se deshacen cuando aparece esa pasión en la cual no creían.

—Por el matrimonio de conveniencia entiendo yo los que se celebran cuando los dos, el marido y la mujer, no hallan ningún aliciente de la vida. El amor es como la escarlatina, que todos han de pasar por ella.

—Debiera hallarse un medio de inocularlo, una especie de vacuna.

—En mi juventud estuve enamorada de un sacristán —manifestó la princesa Migkaia—. No sé qué efectos pudo eso tener sobre mí.

—Bromas aparte —comentó Betsi—, creo que para conocer el amor hay que equivocarse primero y corregir después el error.

—¿También después del matrimonio? —interrogó la embajadora, riendo.

—Nunca es tarde para arrepentirse —sentenció el diplomático, citando el proverbio inglés.

—Precisamente —convino Betsi—. Cometer un error para corregirlo después. Esa es la manera. ¿Qué opina usted de eso? —preguntó a Anna, que escuchaba tranquilamente la conversación, con una ligera sonrisa en los labios.

—Yo pienso —contestó Anna, jugueteando con uno de sus guantes— que si hay tantas opiniones como cabezas, hay igualmente tantas maneras de amar como corazones.

Vronski había esperado ansiosamente su respuesta, con los ojos fijos en ella. Y luego, cuando Anna hubo hablado, respiró, como si acabara de salir de un gran peligro.

—He recibido noticias de Moscú —declaró Anna, volviéndose de repente hacia él—. Kiti está muy enferma.

—¿De veras? —preguntó Vronski, afectando seriedad.

Ella le lanzó una severa mirada.

—Parece que eso le tiene sin cuidado.

—Al contrario, me apena mucho. ¿Puedo saber exactamente qué le dicen en la carta?

Anna se levantó, y se acercó a Betsi.

—¿Quiere darme una taza de té? —solicitó, parándose detrás de su silla.

Mientras Betsi vertía el té, Vronski se acercó a Anna.

—¿Qué le dicen? —insistió.

—Pienso que los hombres no tienen en el fondo esos buenos sentimientos que tanto se complacen en ostentar —comentó Anna, sin responder a su pregunta—. Hace tiempo que quería decirle eso —añadió.

Y fue a sentarse ante una mesa llena de álbumes, a poca distancia de allí.

—No comprendo bien el significado de sus palabras —dijo Vronski, ofreciéndole la taza.

Ella miró al diván, y Vronski, siguiendo la indicación de su mirada, se sentó allí a su lado.

—Quería decirle —continuó ella, en el mismo tono— que ha obrado usted mal, muy mal.

—¿Cree usted que no lo sé? Pero, ¿quién tiene la culpa de ello?

—¿Por qué me dice eso? —repuso Anna, dirigiéndole una penetrante mirada.

—Usted lo sabe bien —respondió él, en alegre tono, encontrando la mirada de Anna y sin desviar la suya.

Fue ella la que se turbó.

—Eso demuestra que usted no tiene corazón —reprochó Anna.

Pero sus ojos daban a entender lo contrario: sabía que él tenía corazón y acaso eso mismo le producía un vago temor.

—La cosa a que usted aludía era una equivocación y no amor.

—Recuerde que le he prohibido pronunciar esa palabra, esa aborrecible palabra —dijo Anna, con un ligero estremecimiento.

Pero comprendió enseguida que con la simple palabra «prohibido» sugería la idea de que se reconocía con ciertos derechos sobre él y que lo animaba así a hablarle de amor.

—Hace tiempo que deseaba tener una conversación seria con usted —prosiguió ella, mirándole al rostro y mientras el suyo se cubría de un vivo rubor—. Hoy he venido aquí expresamente, sabiendo que le encontraría. Esto debe terminar. Jamás he tenido que ruborizarme ante nadie, y ahora usted me hace sentirme culpable.

Mientras hablaba, la belleza de su rostro tomaba una nueva y espiritual expresión, que sorprendió a Vronski.

—¿Qué desea usted que haga? —preguntó él, con sencillez y seriedad.

—Que vaya a Moscú y pida perdón a Kiti.

—Usted no desea eso.

Vronski comprendía que Anna, en el fondo, no deseaba que hiciera lo que le estaba diciendo, y que con sus palabras expresaba sólo lo que consideraba su obligación.

—Si me ama usted como dice, hágalo para mi tranquilidad —murmuró ella.

El rostro de Vronski se animó, expresando una intensa alegría.

—Sabe que usted lo representa todo para mí. Pero no conozco la tranquilidad, y eso no podría dárselo. Me entrego a usted por completo, sí. Le doy mi amor. No puedo pensar en usted como un ser separado de mí. A mis ojos los dos no somos más que uno. Y no veo tranquilidad posible para usted ni para mí. Sólo desesperación e infortunio nos esperan... ¿O acaso la felicidad? ¡Y qué felicidad! ¿Es imposible esa felicidad? —preguntó, moviendo apenas los labios.

Pero ella le entendió.

Reunió toda la fuerza de su voluntad para dar a Vronski la respuesta que su conciencia le dictaba. Pero en vez de ello posó sobre él una mirada que expresaba intenso amor.

«Dios mío —pensaba él, con inefable gozo—. En el momento en que yo desesperaba, en que no acertaba a ver el fin de mis tormentos... percibo un rayo de luz y se disipan mis dudas. Ella me ama, me lo confiesa.»

—Hágalo por mí. No me hable de esa manera y sigamos siendo buenos amigos —suplicó Anna.

Pero sus ojos expresaban lo contrario.

—No podemos ser simplemente amigos. Bien lo sabe. De usted depende que seamos los seres más dichosos o los más infortunados.

Ella iba a hablar, pero él la interrumpió:

—Todo lo que le pido es que me dé el derecho a esperar y sufrir como hasta ahora. Si ni siquiera eso es posible, ordéneme desaparecer y desapareceré. Si mi presencia le es penosa, no me verá usted más.

—No es mi deseo que usted se vaya.

—Entonces no cambie nada, deje las cosas tal como están —pidió él, con voz temblorosa—. ¡Ah, ahí viene su marido!

Efectivamente, Alexiéi Alexándrovich entraba en ese momento en el salón, con su paso tranquilo y torpe. Dirigió una mirada a su mujer y a Vronski, y fue a saludar a la dueña de la casa. Luego se sentó a la mesa donde se servía el té, y dijo con su voz lenta y bien timbrada, en su habitual tono burlón:

—Su *Rambouillet*[1] está completo. Por lo que veo, están presentes las Gracias y las Musas.

La princesa Betsi no podía soportar ese tono irónico, tan *sneering*[2], como ella decía. Y como experimentada dueña de casa, creyó prudente llevar la conversación hacia un tema serio, pasando a hablar sobre el servicio militar obligatorio. Alexiéi Alexándrovich mostró enseguida gran interés por el asunto y comenzó a defender la nueva ley contra las críticas de la princesa.

Vronski y Anna permanecían sentados junto a la mesita.

—Eso empieza a ser ya algo indecoroso —dijo una señora, indicando con los ojos a Karenin, Anna y Vronski.

—¿Qué decía yo? —repuso la amiga de Anna.

No fueron ellas las únicas en hacer tales observaciones. Hasta la princesa Miagkaia y la misma Betsi se dieron cuenta de la situación y lanzaron repetidas miradas de censura a la aislada pareja. Sólo Alexiéi Alexándrovich, atento a la estimulante conversación, parecía no ver nada. Betsi se las arregló para hallar otra persona que la sustituyese como oyente en esa conversación, y para disminuir el mal efecto producido, se acercó a Anna.

—Me admira la claridad de expresión de su marido —pon-

---

[1] Residencia francesa de la marquesa de ese mismo nombre (1588-1665), en la que reunía a las figuras más representativas de las artes, las letras y la política del siglo XVII.

[2] burlón. (En inglés en el original.)

deró Betsi—. Los conceptos más abstractos se hacen accesibles para mí cuando él habla.

—¡Oh, sí! —convino Anna, radiante de felicidad, sin entender nada de lo que Betsi decía.

Se levantó y se acercó a la mesa, participando de la conversación general. Alexiéi Alexándrovich media hora después de estar allí, propuso a su mujer regresar con él a casa. Ella, sin mirarle, respondió que se quedaría a cenar. Alexiéi Alexándrovich se despidió y salió.

El coche de la Karénina esperaba. Su cochero, un robusto y algo viejo tártaro, vestido con un abrigo de cuero, sujetaba con dificultad uno de los caballos, de color gris, al cual el frío le hacía encabritarse. Un lacayo abrió la portezuela del coche. El portero permanecía atento junto a la puerta de entrada. Vronski acompañaba a Anna Arkádievna, la cual, con la cabeza inclinada, le escuchaba con placer, mientras desenganchaba nerviosamente los encajes de su manga, enredados en los corchetes del abrigo.

—Usted no me ha prometido nada —decía él—, y yo tampoco le pido nada. Pero no es su amistad lo que necesito, usted lo sabe. La felicidad de mi vida depende de esa sola palabra que tanto le desagrada oír: el amor.

—El amor... —repitió ella, lentamente, como si hablara consigo misma. De pronto, al mismo tiempo que desenganchaba los encajes, y mirándolo fijamente, añadió—: Si me molesta esa palabra es justamente porque tiene para mí una significación mucho más profunda de lo que usted pueda imaginarse. ¡Hasta la vista!

Le tendió la mano, y andando con su paso rápido y ágil, pasó ante el portero y desapareció en el coche.

Su mirada y el contacto de su mano llenaron a Vronski de inefable gozo. Acercó la propia mano a sus labios y la besó en el sitio que habían tocado los dedos de Anna. Se sentía dichoso y le parecía, mientras se dirigía a su casa, que esa noche había adelantado más la cosa que en el curso de los dos meses precedentes.

## Capítulo VIII

Alexiéi Alexándrovich no había hallado nada de anormal en que su mujer y Vronski mantuvieran una animada conversación en una apartada mesita. Pero sabía que otras personas habían hecho comentarios al respecto y no lo consideraban tan natural. Y así, tal hecho empezó a parecerle también a él poco correcto, y se decidió a hablar de ello a su mujer.

Ya en su casa, Alexiéi Alexándrovich pasó enseguida a su despacho, como de costumbre. Se acomodó en su sillón, tomó un libro sobre el Papado, abriéndolo por la página marcada con la plegadera y se abstrajo en su lectura. Estuvo leyendo hasta la una de la noche, sin aparente cansancio. Sin embargo, de cuando en cuando se pasaba la mano por la frente y sacudía la cabeza, como si quisiera alejar un pensamiento importuno.

A la hora de costumbre se levantó del sillón y efectuó su aseo nocturno. Anna no había vuelto todavía. Él, con el libro bajo el brazo, subió a la habitación. Su mente, de ordinario ocupada en asuntos relacionados con su carrera, le presentaba continuamente a su mujer con algo desagradable que le había ocurrido. En vez de acostarse, comenzó a pasear por la habitación con las manos a la espalda, pues le hubiera sido imposible dormir sin examinar antes detenidamente el asunto que le preocupaba.

Al principio, le había parecido fácil y natural hacer esa observación a su mujer, pero ahora, al meditar sobre ello, se daba cuenta de la trascendencia del asunto. Alexiéi Alexándrovich no era celoso. Consideraba que los celos eran una ofensa a la esposa, y que el esposo ha de conservar siempre su respeto, teniendo plena confianza en ella. No se preguntaba qué motivos justificaban esa confianza, es decir, la completa seguridad de que la joven esposa siempre le tendría que amar. Se mostraba confiado porque creía que este era su deber.

Pero ahora, sin haber modificado en nada sus opiniones, se veía frente a una absurda, ilógica situación, y se sentía desconcertado. Se hallaba, por primera vez, frente a la vida, con su cruda realidad, ante la posibilidad de que su mujer pudiese amar a otro, y si esta situación le parecía absurda e incomprensible, era porque se había mantenido siempre en el estrecho ámbito de sus obligaciones profesionales y no había tenido que afrontar los problemas de la existencia, cuya realidad percibía sólo a través del prisma deformador de su particular ambiente. Y cada vez que se encontraba con la vida real, se apartaba de ella. La impresión que experimentaba ahora era la de un hombre que, pasando tranquilamente por un puente sobre un precipicio, observa de pronto que el puente está a punto de hundirse y el abismo se abre bajo sus pies. Ese abismo era la vida misma, y el puente la existencia artificial que él había llevado hasta entonces. Percibía por primera vez una espantosa posibilidad. La idea de que su mujer pudiera amar a otro le horrorizaba.

No tenía intención de acostarse. Seguía andando de un lado a otro con su paso regular, a lo largo del crujiente entablado del comedor, alumbrado con una sola lámpara, sobre la alfombra del oscuro salón, donde una tenue luz se reflejaba sobre un gran retrato suyo recientemente hecho, que estaba colgado sobre el diván. Encaminaba también sus pasos hacia el gabinete de Anna, donde había dos velas encendidas que iluminaban los retratos de la familia y de amigas de su mujer, y las atractivas chucherías de la mesita de Anna, que le eran tan familiares. Cuando en su paseo se acercaba ocasionalmente a la puerta del dormitorio, volvía atrás y continuaba andando. Daba así numerosas vueltas por la casa, en el curso de las cuales se detenía frecuentemente —casi siempre en el comedor— para decirse:

«Sí, es preciso terminar con esto, tomar una decisión. Debo explicarle lo que pienso de todo eso y exponerle mi resolución.»

«Pero, ¿cuál es mi resolución?», se preguntaba luego al llegar al salón. Y no hallaba respuesta.

«A fin de cuentas, ¿qué ha ocurrido? Nada. Ella habló con él largo rato. Pero es natural que una mujer hable con todos... ¿Qué tiene eso de particular? —pensaba al acercarse al gabinete de Anna. Y concluía, una vez franqueada la puerta—. Por otra parte, mostrarme celoso sería humillante para los dos.»

Pero ese razonamiento, hasta hace poco tan valioso para él,

no tenía ya eficacia. Desde la puerta de la alcoba se dirigía otra vez al salón oscuro, y apenas ponía los pies en él, una voz interior le decía que se equivocaba, y que si los otros se habían mostrado sorprendidos, era señal de que algo había.

Y ya en el comedor, se decía de nuevo que era preciso terminar con todo aquello y tomar una decisión. «Pero, ¿cuál?», volvía a preguntarse en el salón. Y así sucesivamente. Sus pensamientos, como su cuerpo, describían un círculo perfecto sin hallar el medio de salir de él. Él lo advirtió, se pasó la mano por la frente y se sentó en el gabinete de Anna.

Allí, mientras miraba la mesa guarnecida de malaquita, en la que había una nota a medio escribir, sus pensamientos cambiaron de repente. Pensó en Anna y se preguntó qué podía ella sentir y pensar en su interior. Por primera vez, consideró que su mujer debía tener una vida propia, con sus particulares sentimientos y sus íntimas necesidades, y esa idea le pareció tan horrorosa, que se apresuró a alejarla de sí. Era el abismo terrible que estaba allí ante él y que no se atrevía a sondear con la mirada. Penetrar con el pensamiento y el sentimiento en el alma de otro ser le parecía una operación difícil y peligrosa.

«Y lo más terrible —pensaba— es que esta preocupación insensata me cae encima ahora, cuando estoy ultimando ese trabajo (refiriéndose a un proyecto que quería hacer adoptar), y necesito más que nunca toda mi serenidad, todas mis energías mentales. Pero, ¿qué puedo hacer?»

—Debo reflexionar, tomar una resolución y librarme de esta preocupación —pronunció en voz alta.

«No tengo el derecho de escudriñar sus sentimientos, de sondear lo que haya podido o pueda pasar en su alma. Eso es asunto de su conciencia y del dominio de la religión», se dijo, aliviado con el pensamiento de haber hallado una norma aplicable a las nuevas circunstancias.

«De modo que las cuestiones relacionadas con sus sentimientos son cuestiones de conciencia que no me incumben —siguió diciéndose—. Y mi obligación en este punto aparece clara: como jefe de familia, tengo el deber de dirigir su conducta, y soy así moralmente responsable de sus actos. Debo, pues, advertir a Anna el peligro que veo e imponerle mi autoridad, si es preciso. No puedo permanecer callado.»

Alexiéi Alexándrovich se lamentaba de emplear así su tiempo y sus recursos intelectuales en asuntos familiares. Pero bajo el imperativo de las circunstancias, fue formando en su cerebro un plan de lo que debía decir a su esposa.

«Debo proceder de este modo: le explicaré primero la significación y la importancia de la opinión pública. Luego le hablaré de la alta significación del matrimonio en su aspecto religioso. En tercer lugar, si es necesario, le haré ver la triste situación a que expone a su hijo. Y por último, el infortunio que puede caer sobre ella misma.»

Enlazó los dedos de sus manos, y con un tirón hizo crujir las articulaciones. Ese gesto, habitual en él, le calmaba siempre y le ayudaba a recobrar el equilibrio moral, que tanto necesitaba en este momento.

Fuera, cerca de la entrada, se percibió el ruido de un coche. Alexiéi Alexándrovich se detuvo en medio del comedor. Luego se oyeron pasos femeninos subiendo la escalera. Él permaneció allí de pie, preparado ya para su discurso. Apretó los dedos, en un nuevo intento para hacerlos crujir. Y, efectivamente, le crujió una articulación. Alexiéi Alexándrovich estaba muy satisfecho del discurso que tan bien había meditado. Pero al percibir que Anna se acercaba, se sintió atemorizado pensando en la difícil explicación que se veía obligado a tener con ella.

## Capítulo IX

ANNA entró, jugueteando con las borlas de su capucha. Su rostro resplandecía, pero no de alegría. El brillo que se advertía en él era más bien el resplandor de un incendio en una noche oscura. Al ver a su marido, levantó la cabeza y sonrió, como si despertara de un sueño.

—¡Cómo! ¿No te has acostado todavía? ¡Qué milagro!

Se quitó la capucha, y sin detenerse, se dirigió al tocador.

—Es tarde ya, Alexiéi Alexándrovich —observó, antes de desaparecer en el cuarto.

—He de hablarte Anna.

—¿Hablarme? ¿De qué? —interrogó ella, saliendo del toca-

dor y mirándole con aire sorprendido—. ¿De qué se trata?
—preguntó, sentándose—. Bien, hablemos si crees que es necesario. Pero más valdría que fuéramos a acostarnos.

Anna decía lo que se le ocurría, y se extrañaba ella misma
de poder mentir con tanta facilidad. ¡Qué naturales parecían
sus palabras! ¡Cuánta apariencia de verdad había en su expresado deseo de dormir! Tenía la sensación de que una fuerza invisible la sostenía, y le parecía hallarse revestida de una coraza
de falsedad.

—Debo prevenirte, Anna.

—¿Prevenirme?

Había en su mirada una naturalidad y una jovialidad tan es-
pontáneas, que quien no la conociera como su esposo no habría observado nada de anormal en el tono de su voz ni en la
expresión de sus palabras. Pero para él, que no podía retrasar
ni cinco minutos la hora de acostarse sin que ella le preguntara
la causa; para él, que era el primer confidente de sus alegrías y
sus penas, el hecho de que esta noche Anna no quisiera prestarle más atención ni hablar de ella misma, era muy significativo. Comprendía que el fondo de esa alma se había cerrado
ahora para él.

Advertía, además, que ella no se sentía nada turbada ni molesta ante ese hecho. Y aún le parecía que lo expresaba abiertamente, y le manifestaba con su actitud que debía ser así y no
de otro modo. Su alma estaba cerrada y debía permanecer cerrada en lo sucesivo. Lo comprendía bien, se daba clara cuenta
de la situación, pero ignoraba cuáles podían ser sus consecuencias. Se sentía desconcertado, y experimentaba la impresión de
un hombre que, regresando a su casa, halla la puerta cerrada.

«Quizá encontremos todavía la llave», pensó.

—Debo advertirte, Anna —dijo con voz tranquila—, que tu
imprudencia e irreflexión podrían dar lugar a que la gente hiciera comentarios y te juzgase de un modo poco conveniente.
Tu conversación de esta tarde con el conde Vronski (pronunció ese nombre con firmeza y separando las sílabas) llamó la
atención de todos.

Mientras hablaba miraba a Anna, y observando la impenetrable expresión de sus ojos y su aire de alegre indiferencia,
comprendía la absoluta inutilidad de sus palabras.

—Siempre serás el mismo —respondió ella, como si apenas hubiera comprendido y diera sólo importancia a las últimas palabras de su marido—. Unas veces te desagrada que esté alegre y me divierta, y otras veces te molesta. Esta tarde no he sentido aburrimiento. ¿Te ofende eso, quizá?

Alexiéi Alexándrovich se estremeció y se apretó de nuevo las manos para hacer crujir las articulaciones.

—¡Por favor, deja las manos quietas! No me gusta que hagas eso.

—No te reconozco, Anna —replicó Alexiéi Alexándrovich en tono sosegado, esforzándose en aparecer tranquilo.

—Pero, en fin, ¿qué pasa? —exclamó ella con asombro, a la vez sincero y cómico—. ¿Qué quieres de mí?

Alexiéi Alexándrovich calló. Se pasó la mano por la frente, con gesto pensativo. Comprendía que en lugar de advertir simplemente a su mujer que había cometido una imprudencia a los ojos del mundo, había llegado a inquietarse a pesar suyo por lo que se refería a la conciencia de ella, y le parecía que tropezaba con una barrera levantada por él mismo.

—Lo que quiero decirte es eso —prosiguió, con perfecta calma—. Te ruego que me escuches bien. Como sabes, considero que los celos son un sentimiento humillante y jamás dejaré que ese sentimiento me domine. Pero existen ciertas normas sociales, ciertas conveniencias, que no se pueden infringir impunemente. Hoy, a juzgar, al menos, por la impresión que has producido a todos, pues, por lo que a mí respecta, confieso no haber observado nada, tu comportamiento no fue muy correcto.

—No comprendo nada en absoluto —murmuró Anna, encogiéndose de hombros.

«A él poco le importa —pensaba—. Lo que le inquieta es lo que puedan decir los otros.»

Y añadió en voz alta:

—Tú no estás bien, Alexiéi Alexándrovich.

Se levantó, disponiéndose a salir, pero él dio un paso hacia ella, como si quisiera detenerla.

Anna no recordaba haber visto nunca una expresión tan severa en el rostro de su esposo. Se detuvo, inclinando la cabeza, y con la mano ágil, comenzó a quitarse las horquillas.

—Bien, puedes hablar. Te escucho —dijo tranquilamente, con ironía—. Te escucho hasta con interés, porque deseo saber de qué se trata.

Se sorprendió de oírse hablar en un tono tan natural y con tanta seguridad, y admiróse de la habilidad con que fueron escogidas las palabras que salían de sus labios.

—No tengo derecho, y considero hasta perjudicial ahondar en tus sentimientos —empezó Alexiéi Alexándrovich—. Si removemos en el fondo del alma, nos exponemos a que salga a la superficie lo que pudiera haber permanecido oculto en sus profundidades. Tus sentimientos son algo propio de tu conciencia. Pero ante ti, ante mí y ante Dios, tengo la obligación moral de recordarte tus deberes. No son los hombres, sino Dios quien ha unido nuestras vidas. Sólo un crimen puede romper el sagrado vínculo, y un tal crimen lleva siempre aparejado el castigo.

—¡No comprendo nada! ¡Y me muero de sueño, Dios mío! —exclamó ella, quitándose las últimas horquillas.

—No hables de ese modo, Anna —suplicó él—. Tal vez me engañe, pero puedes creer que esto lo digo tanto en tu propio interés como en el mío: soy tu marido y te quiero.

Ella bajó la cabeza por un instante, y el destello de sus ojos se extinguió. Pero las palabras «te quiero» la irritaron de nuevo.

«Me ama —pensó. ¿Acaso sabe él lo que es amar? Si no hubiera oído hablar sobre el amor, jamás habría empleado esa palabra.»

—Alexiéi Alexándrovich, verdaderamente no te comprendo —repuso ella—. Explícame lo que encuentras de...

—Déjame terminar. Te quiero, claro. Pero no se trata de mí. En estas circunstancias, los principales interesados sois tu hijo y tú misma. Es muy posible, lo repito, que mis palabras te parezcan inútiles o inoportunas. Quizá estén motivadas por un error mío. En ese caso, te ruego que me perdones. Pero si tú reconoces que mis observaciones tienen algún fundamento, te suplico que medites en ello, y si el corazón te lo dicta, me cuentes tus secretos...

Sin darse cuenta, se expresaba ante su mujer en una forma completamente distinta de la que había pensado.

—No tengo nada que decirte. Y por cierto —atajó Anna, con repentina prisa, esforzándose por reprimir una sonrisa—, creo que es hora de ir a dormir.

Alexiéi Alexándrovich suspiró, y sin replicar se dirigió a su dormitorio. Cuando Anna entró, a su vez, él estaba ya en la cama. Tenía los labios apretados y sus ojos no la miraban. Anna se acostó, persuadida de que él le hablaría todavía. Lo temía y lo deseaba a la vez. Pero su marido se mantenía callado. Anna esperó largo rato sin moverse y después se olvidó de él. Pensaba ahora en otro hombre, lo veía ante sí y experimentaba con ello una alegre emoción mezclada con un vago sentimiento de culpa.

De pronto, percibió un suave ronquido, regular y tranquilo. Al principio; el propio Alexiéi Alexándrovich pareció asustarse de sus ronquidos y se detuvo, pero casi enseguida se dejaron oír de nuevo, con el mismo ritmo tranquilo de antes.

«Es tarde ya», se dijo ella, sonriendo.

Permaneció largo rato inmóvil, con los ojos muy abiertos, pareciéndole verlos brillar en la oscuridad.

## Capítulo X

UNA nueva vida empezó desde entonces para los Karenin. Nada de extraordinario había ocurrido, aparentemente. Anna seguía frecuentando el gran mundo, visitando regularmente a la princesa Betsi y encontrándose con Vronski en todas partes.

Alexiéi Alexándrovich reparaba en ello, pero tenía que resignarse. A todos sus intentos de suscitar una franca explicación entre los dos, Anna oponía la pasiva resistencia de su actitud de alegre sorpresa, que la protegía y aislaba como un fuerte e impenetrable muro.

Exteriormente nada había cambiado, pero el mutuo comportamiento de los esposos en sus relaciones íntimas, ciertamente no era ya el mismo. Alexiéi Alexándrovich, tan enérgico en asuntos oficiales, se sentía aquí impotente. Como un buey en el matadero, bajaba la cabeza y esperaba con resignación el golpe fatal.

Siempre que pensaba en ello, se decía que no estaba aún todo perdido, que se podía todavía salvar a Anna con bondad, ternura y persuasión, y cada día se preparaba para hablarle. Pero cuando iba a empezar, el mismo espíritu de falsedad y de mal que poseía Anna, se apoderaba también de él, y entonces no le decía nada de lo que hubiera querido decirle. Se expresaba de nuevo, involuntariamente, en su habitual tono burlesco. Y en este tono era imposible decirle lo que era necesario hacerle comprender.

## Capítulo XI

AQUELLO que durante casi un año había sido para Vronski el único deseo de su vida, el sueño dorado de su existencia; aquello que para Anna era el imposible, terrible y, sin embargo, fascinante, sueño de felicidad, se convirtió en realidad.

Vronski, pálido, temblándole la mandíbula, se hallaba inclinado ante Anna y le rogaba que se calmase.

—¡Anna! ¡Anna, por Dios! —exhortaba, con voz temblorosa.

Pero cuanto más alzaba él la voz, más bajaba ella la cabeza, su cabeza antes tan orgullosa y alegre, y ahora avergonzada, resbalaba hacia el suelo desde el diván donde estaba sentada y hubiera caído sobre la alfombra si él no la hubiese sostenido.

—¡Dios mío, perdóname! —sollozaba Anna, oprimiendo la mano de él, contra su pecho.

Se sentía tan culpable, que no le quedaba más que humillarse y pedir perdón. No tenía ya a nadie en el mundo sino a él, y por eso era a él a quien imploraba su perdón. Al mirarle sentía su humillación de una manera tan palpable que no tenía fuerzas para decir nada más. En cuanto a él, experimentaba lo que habría experimentado un asesino ante el cuerpo exánime de su víctima; ese cuerpo que había llevado al sacrificio, era su amor, el amor de la fase inicial de sus relaciones. Era espantoso y repugnante recordar el precio tan horrible que había pagado por su vergüenza. La vergüenza de su desnudez moral oprimía a

Anna y se comunicaba a Vronski. Pero por grande que sea el horror del asesino ante su víctima, le es necesario despedazar el cadáver, ocultarlo, y aprovecharse del crimen cometido.

Igual que el asesino se lanza ferozmente sobre su víctima y la arrastra para hacerla luego pedazos, así Vronski cubría de besos el rostro y los hombros de Anna. Ella mantenía la mano de él entre las suyas y no se movía. Esos besos los había pagado a un alto precio: al precio de su honor. Esa mano que le pertenecía ya para siempre, era la mano de su cómplice. Anna levantó esa mano y la besó. Él, arrodillándose, trató de mirarle a la cara, que ella ocultaba. Al fin, haciendo un esfuerzo, sobreponiéndose a sus sentimientos, se levantó y lo apartó de sí. Su rostro tenía la suave belleza de siempre, y por ello causaba aún más lástima.

—Todo ha terminado para mí —musitó ella—. No me queda nada sino tú. No lo olvides.

—¿Cómo podría olvidar lo que es mi vida? Por un instante de esta felicidad...

—¿Qué felicidad? —repuso ella, con un sentimiento de repugnancia y horror tan intenso que hasta él creyó compartirlo—. Ni una palabra más. Te lo suplico.

Se levantó con viveza y se apartó de él.

—¡Ni una palabra más! —repitió.

Y se alejó con una expresión fría y desesperada, que extrañó a Vronski.


Anna creía que no había palabras para expresar los sentimientos de vergüenza, de alegría y de horror que experimentaba en el umbral de esa nueva vida abierta ante ella. Y prefería, por tanto, no hablar sobre ello. Usar palabras vagas o vulgares para describirlo hubiera sido empequeñecer ese sentimiento. Pero más adelante, transcurridos unos días, no sólo no hallaba palabras adecuadas para expresar la complejidad de sus sentimientos, sino que ni siquiera sus pensamientos eran un vehículo apropiado para transmitir las impresiones de su alma.

«No, ahora no puedo pensar en eso —se decía—. Lo dejaré para otra ocasión, cuando esté más tranquila.»

Pero esa tranquilidad, ese sosiego tan esperado, no llegaba

nunca. Cada vez que pensaba en lo que había ocurrido, en lo que sería de ella, se sentía llena de angustia y apartaba esas ideas. «Después, después... —se repetía—. Cuando esté más tranquila.»

Pero en sueños, cuando no podía ya poner freno a sus ideas, su situación aparecía ante ella sin encubridores ropajes que ocultaran la atroz realidad. Casi todas las noches soñaba lo mismo: los dos eran esposos suyos y ambos le prodigaban sus caricias. Alexándrovich, llorando, besaba sus manos y decía: «¡Qué felices somos ahora!» Alexiéi Vronski estaba también allí y era igualmente su marido. Ella se asombraba de haber considerado imposible que se diera una tal situación, y les explicaba riendo que eso era ahora muy sencillo y que todos debían sentirse contentos y felices. Pero ese sueño la oprimía como una pesadilla y despertaba siempre aterrorizada.

CAPÍTULO XII

En los primeros días que siguieron a su regreso de Moscú, Lievin se estremecía y enrojecía cada vez que recordaba la humillación sufrida al ser rechazado por Kiti, y pensaba: «Igualmente me estremecí y me puse encarnado cuando me suspendieron en Física y tuve que repetir el segundo curso; también me consideré perdido cuando estropeé aquel asunto que mi hermana me confiara. Han pasado los años, y al acordarme ahora de todo eso, me parecen cosas triviales y me asombra haberles dado tanta importancia. Ocurrirá lo mismo con mi actual sufrimiento: pasará el tiempo y llegaré a ser indiferente a ello.»

Pero transcurrieron tres meses, y ese dolor seguía afligiéndole con la misma intensidad. Lo que impedía que la herida cicatrizara era precisamente su apartamiento de aquello en que pusiera sus ilusiones. En efecto, después de haber deseado tanto la vida doméstica y haberse considerado en condiciones para formar un hogar, no sólo no se había casado, sino que se hallaba más alejado que nunca del matrimonio. Le parecía —y así opinaban también todos los que lo rodeaban— que no era bueno que un hombre de su edad viviese solo. Recordaba que antes de marchar a Moscú, había dicho a su vaquero Nikolái, un campesino ingenuo, con el cual le gustaba conversar: «¿Sabes que pienso casarme, Nikolái?» A lo cual Nikolái había contestado sin vacilación: «Hace tiempo que debía haberlo hecho, Konstantín Dmítrich.»

Pero el matrimonio le parecía estar más lejos que nunca. El puesto estaba ocupado, y si a veces su imaginación le sugería sustituir a Kiti por alguna de las jóvenes que conocía, su corazón le mostraba enseguida lo absurdo de ese propósito. Además, el recuerdo de la negativa y del papel humillante que creía haber hecho entonces, le atormentaban sin cesar. Por mucho que se repitiese que no tenía por qué avergonzarse, pues no había hecho nada malo, este recuerdo, junto con otros semejantes, le llenaban de turbación y le hacían enrojecer. Como cualquier hombre, reconocía en su pasado hechos vergonzosos, por los cuales debería acusarle la conciencia; pero el recuerdo de los actos reprensibles le atormentaba mucho menos que estos recuerdos insignificantes, aunque bochornosos. Estas heridas nunca cicatrizan.

Ahora, además de estos recuerdos, y a la par de los mismos, se añadía la negativa de Kiti y la lamentable situación en que debieron verle todos los presentes en aquella velada.

No obstante, el tiempo y el trabajo hacían su obra. Y las impresiones penosas eran borradas poco a poco por los acontecimientos sencillos, y acaso por eso mismo importantes, de la vida campestre. El recuerdo de Kiti se iba haciendo más vago en el transcurso de las semanas. Esperaba con impaciencia la noticia de que ella se hubiese casado, pensando que esa noticia le curaría, en forma parecida a lo que ocurre cuando le extraen a uno la muela.

Entretanto, llegó la primavera. Una de esas hermosas y raras primaveras sin irregularidades ni desgarrones, que alegran a las plantas y los animales tanto como a los hombres. Esa espléndida primavera obró como un tónico sobre Lievin, le animó y le dio nuevos estímulos, haciendo más fuerte su resolución de renunciar al pasado para organizar su vida solitaria en condiciones de estabilidad e independencia. Si varios de los planes formados por él a su regreso eran todavía sólo un proyecto, lo más esencial —la castidad de su vida— lo había alcanzado. No sentía ya la vergüenza que de ordinario seguía a la caída, y así podía mirar a la gente a la cara sin turbarse.

En febrero, Maria Nikoláievna le había escrito, diciéndole que el estado de su hermano empeoraba, pero él no quería ponerse en manos de un médico. Lievin fue enseguida a Moscú y supo convencer a Nikolái para que consultara un doctor y fuera al extranjero para una cura de aguas. Le dio el dinero para el viaje y él lo aceptó sin molestarse. Todo ello hizo que Lievin se sintiera muy satisfecho de sí mismo.

Al principio de la primavera, la administración de las propiedades requería toda su atención. Pero a pesar de eso, y a más de sus lecturas, aún le había quedado tiempo para ocuparse durante el invierno en un tratado sobre economía rural. Afirmaba en esa obra que estaba escribiendo, que el obrero, en la agricultura, había de ser considerado como un valor absoluto, igual que el clima o la naturaleza del suelo, y pedía que la economía agraria diera la misma importancia a esos tres elementos, que debían constituir la base de sus principios.

Así, pues, a pesar de su soledad, o quizá como consecuencia de ella, la vida de Lievin estaba muy ocupada. Rara vez lamentaba no poder transmitir los pensamientos que llenaban su cabeza a otras personas fuera de su anciana criada, con la cual tenía frecuentes ocasiones de tratar sobre física, agronomía, y, principalmente, sobre filosofía, el tema favorito de Agafia Mijáilovna.

La primavera había tardado en llegar. En las últimas semanas de la Cuaresma, el tiempo era sereno y muy frío. Durante el día, el sol provocaba el deshielo, pero por la noche la temperatura era de siete grados bajo cero, y el hielo formaba una costra tan dura sobre la nieve, que los vehículos no necesitaban seguir caminos. El domingo de Pascua nevó. Pero al día siguiente se levantó de repente un viento cálido, se amontonaron las nubes, y durante tres días y tres noches cayó una lluvia tibia y ruidosa. El jueves, el viento se calmó y una niebla densa y gris se extendió sobre el terreno, como para ocultar los misterios de las mudanzas de la Naturaleza. Era la vida misma que reía y gemía tras ese velo, mientras caía la lluvia, se derretía la nieve, crujían los hielos y aumentaba el rumor de los arroyos amarillentos y espumosos.

Finalmente, el lunes siguiente, al atardecer, se disipó la niebla, las nubes se esparcieron, tomando la forma de vellones blancos, y llegó la verdadera primavera. Al otro día, un sol brillante acabó de fundir la ligera capa de hielo que se había formado de nuevo durante la noche, y el aire tibio se impregnó de los vapores que subían de la tierra. La hierba vieja reverdeció pronto y la joven empezó a brotar tímidamente. Se hincharon los capullos del viburno, de la grosella y del pegajoso abedul, mientras sobre los mimbres inundados por los rayos solares, volaban zumbando alegremente las abejas, liberadas de su encierro invernal. Invisibles alondras cantaban sobre el aterciopelado verdor de los prados y sobre los rastrojos helados. Los frailecillos gemían en los cañaverales y en los huertos inundados por las lluvias torrenciales; y las grullas y los patos silvestres, volando muy alto, lanzaban estridentes y alegres gritos. En los prados mugían las vacas, con manchas de pelo no mudado aún. En torno a las baladoras ovejas, que empezaban a perder los vellones de su lana, brincaban patizambos corderillos, y vivaces muchachuelos corrían a lo largo de los senderos húmedos, dejando en ellos las huellas de sus pies descalzos. En las albercas se oía el rumor de la charla de las mujeres ocupadas en colar la ropa, y en todas partes resonaba el golpe de hachas de los campesinos, que reparaban sus rastrillos y sus arados.

Había llegado la auténtica primavera.


## Capítulo XIII

POR primera vez, Lievin no se puso la pelliza, sino una especie de caftán de paño, y se calzó las botas. Salió para dar una vuelta e inspeccionar su propiedad, pisando ya ligeros residuos de hielo, ya el espeso barro, atravesando los arroyos que, al reflejar los rayos solares, le deslumbraban.

La primavera es la época de los planes y de los proyectos. Al salir de la casa, Lievin era como el árbol que no sabe aún cómo y en qué dirección se extenderán sus jóvenes tallos y los brotes encerrados en sus capullos. Tampoco sabía él lo que empezaría a hacer ahora en su propiedad, pero se sentía animado y dispuesto a emprender cosas grandes y hermosas. Primeramente fue a ver el ganado. Sacaron al corral las vacas de reluciente pelaje, que, al sentir el calor del sol, mugían impacientes por marchar al prado. Lievin, que las conocía a todas en sus menores detalles, las miraba con satisfacción y natural orgullo. Después de haberlas examinado, ordenó que las llevaran al prado y que sacaran al corral los terneros. El pastor se preparó prontamente para salir. Y las vaqueras, remangándose las faldas por encima de sus desnudas piernas, no requemadas aún por el sol, corrían pisando el barro tras los terneros e impedían que éstos salieran del corral.

Lievin examinó luego las crías de ese año, que eran verdaderamente magníficas. Los terneros lechales tenían ya el tamaño de una vaca ordinaria, y la becerra de la *Pava,* que tenía sólo tres meses, era tan grande como las terneras de un año. Ordenó que trajeran heno y lo pusieran por el lado exterior de las empalizadas portátiles. Pero éstas, que no se habían utilizado desde el otoño, se hallaban en muy mal estado. Mandó llamar al carpintero, que debía terminar la máquina trilladora en construcción, pero no se le halló. Estaba aún arreglando los rastrillos que ya debían haber estado listos para Carnaval. Lievin no ocultaba su contrariedad. Siempre esa desidia, contra la cual luchaba en vano desde hacía tanto tiempo. Los rastrillos, que eran de construcción ligera, se habían estropeado durante el invierno en la cuadra. Y en cuanto a los aperos, para cuyo arreglo había contratado a tres carpinteros con la orden expresa de dejarlos listos antes de terminar el invierno, no estaban reparados aún, cuando ya había que ir a rastrillar.

Mandó llamar al capataz, pero no tuvo paciencia para esperar, y él mismo salió en su busca. El hombre volvía entonces de la era. Iba vestido con una zamarra de añinos y parecía radiante y alegre, como toda la Naturaleza en ese día.

—¿Por qué el carpintero no arregla la trilladora?

—Ayer quería precisamente advertirle que es necesario reparar los rastrillos. Hay que pensar ya en labrar.

—¿Qué han hecho, pues, durante el invierno?

—No había necesidad, señor, de traer un carpintero.

—¿Dónde están las empalizadas portátiles?

—Mandé que las sacaran y las pusieran en su sitio. ¡Nada se puede hacer con esa gente! —rezongó el capataz, con un gesto de desesperación.

—¡Con quien nada se puede hacer es con el capataz y no con esa gente! —replicó Lievin exasperado—. ¿De qué me sirve tenerle a usted?

Pero comprendiendo que gritando no arreglaría la cosa, calló enseguida, limitándose a suspirar.

—Bien, ¿podemos empezar la siembra? —preguntó, tras un momento de silencio.

—Mañana o pasado podremos ya sembrar detrás de Turkino.

—¿Y el trébol?

—He enviado a Vasili y Mishka allí, pero no sé si lo conseguirán. La tierra está aún muy cenagosa.

—¿Cuántas hectáreas has mandado sembrar?

—Seis.

—¿Por qué no las veinte? —objetó Lievin, sintiéndose aún más irritado al oír esto.

Sabía por propia experiencia cuán exacta era la teoría según la cual la siembra del trébol, para que diera buenos resultados, tenía que hacerse lo más pronto posible, casi con nieve. Y nunca pudo lograr que siguieran sus indicaciones.

—Nos falta gente. ¿Qué se puede hacer? Tres de los hombres no han venido hoy. Y Semión...

—Habríais debido tomar a los ocupados en la paja.

—Eso es lo que he hecho.

—¿Dónde está, pues, la gente?

—Cinco están ocupados preparando el estiércol. Cuatro remueven la avena para que no se caliente, Konstantín Dmítrich.

Lievin comprendió enseguida lo que había ocurrido. La avena inglesa, reservada para la siembra, se había estropeado ya. Una vez más, no habían seguido sus indicaciones.

—¿No te dije ya, por la Cuaresma, que había que aventar la avena? —exclamó Lievin.

—No se inquiete. Todo se hará a su tiempo.

Lievin se limitó a hacer un gesto de disgusto, y fue directamente a los graneros para examinar la avena. Por fortuna, la avena no estaba estropeada. Los jornaleros la cogían con palas en vez de echarla directamente al granero inferior. Después de ordenar que se hiciera así y enviar dos hombres para la siembra del trébol, se sintió más calmado. Por otra parte, el día era tan hermoso, que parecía ayudar a alejar todo sentimiento de ira.

—Ignat, ensilla un caballo —dijo al cochero que, con las mangas subidas, lavaba la carretela junto al pozo.

—¿Cuál?

—Cualquiera..., aunque sea el *Kólpik.*

Mientras lo ensillaban, Lievin se dirigió hacia el capataz, que andaba por allí, y procuró congraciarse con él, hablándole de sus planes y de los inmediatos trabajos a que había que atender. Era menester acarrear rápidamente el estiércol, para poder así terminar la tarea antes de la primera siega. Había que labrar con rapidez la extensión más apartada, y dejarla momentáneamente en barbecho, y después aplicarse a la siega, que no debía hacerse a medias con los campesinos, sino con los jornaleros.

El capataz escuchaba atentamente. Se esforzaba para aprobar las indicaciones de su amo, pero conservaba en su rostro esa expresión de abatimiento y desánimo tan conocida de Lievin. «Todo eso está muy bien —parecía decir—, pero el hombre propone y Dios dispone.» Nada contrariaba tanto a Lievin como ese aire de desaliento, que, por otra parte, había observado en todos los capataces que había tenido a su servicio. Por eso ya no se enfadaba, pero no dejaba de rebelarse contra aquella fuerza elemental del «Dios dispone», que le cerraba siempre el camino, impidiendo la realización de sus proyectos.

—Ya veremos si es posible, Konstantín Dmítrich —dijo, al fin, el capataz.

—¿Por qué no ha de ser posible?

—Habría que tomar quince hombres más, y no es fácil encontrarlos. Hoy han venido varios, pero piden setenta rublos por todo el verano.

Lievin calló. ¡Siempre aquella fuerza, frustrando sus planes! Sabía que, por más que hiciera, nunca podía hallar más de treinta y siete o treinta y ocho jornaleros con salario normal. Quizá llegaba alguna vez hasta los cuarenta, pero jamás pasaba de ahí. Sin embargo, no se daba por vencido.

—Si no vienen, enviad a buscar obreros a Sura y Chefirovka. Hay que hallar más gente.

—Enviar a buscar es fácil —opinó Vasili Fiódorovich—. Pero debo decirle que los caballos están muy debilitados.

—Compraremos caballos. Ya sé —añadió Lievin sonriendo— que vosotros lo hacéis todo despacio y mal, pero este año no os dejaré hacer las cosas a vuestra manera. Yo mismo me encargaré de todo.

—Pero si usted apenas duerme. Para nosotros es mejor. Se trabaja más a gusto bajo el ojo del amo.

—Has dicho que están sembrando el trébol detrás del Valle de los Abedules. Voy a ver cómo lo hacen —anunció Lievin.

Y montó en *Kólpik,* el caballito bayo que había pedido al cochero.

—¡No podrá atravesar el arroyo! —gritó éste.

—Bien, iré por el bosque.

Y con paso rápido, el caballo, que en su alegría por verse libre de su encierro sentía ya deseos de galopar y relinchaba al pasar sobre los charcos, llevó a su amo a través de ondulantes extensiones de terreno y pronto se hallaron en pleno campo.

El gozo que Lievin había experimentado allá en el corral, entre el ganado, aumentaba ahora al verse en el campo. Al atravesar el bosque, mecido por el trote del caballo, aspiraba el aire impregnado del aroma tibio y húmedo de la nieve, y el espectáculo de los árboles, con el musgo nuevo cubriendo los troncos y los botones a punto de abrirse, le llenaba de una tranquila alegría. Al salir del bosque se ofreció a su vista la extensión el campo, semejante a una inmensa alfombra de terciopelo verde, sin calveros ni manchones, sobre la cual se observaban algunas manchas blancas, formadas por ligeros residuos de nieve.

No le causó enojo ver la yegua de un aldeano con su potro pastando allí en sus campos, y limitóse a indicar a un trabajador que los hiciera salir. Tampoco se enfadó con la respuesta estúpida de Ipat, un campesino que encontró por el camino, y que al preguntarle: «¿Qué, sembramos pronto?», le respondió: «Hay que pensar antes en labrar, Konstantín Dmítrich.»

Cuanto más avanzaba, más contento se sentía y mayor era su confianza en los planes de mejora que había concebido: separar los campos con vallados, en la dirección del sur, para que la nieve no pudiera amontonarse; dividir el terreno en nueve partes, seis de las cuales serían cubiertas de estiércol y las tres restantes reservadas para el cultivo de hierba forrajera; contruir un corral en la parte más lejana, un estanque, y organizar corrales trasladables de ganado para abonar el terreno. De este modo se dispondría de trescientas hectáreas de trigo candeal, cien de patatas y ciento cincuenta de trébol, sin cansar la tierra.

Animado con esos pensamientos, Lievin seguía adelante conduciendo su caballo por los linderos para no pisar el trigo de sus tierras. Finalmente llegó al lugar donde sembraban el trébol. El carro con la simiente estaba parado en un campo labrado, y el trigo aparecía allí aplastado por las ruedas y por las patas del caballo. La tierra del carro, con la cual estaban mezcladas las semillas, a causa del frío, por haber sido guardada demasiado tiempo, había quedado reducida a una masa de duros terrones, sin que cuidaran de cribarla. Los dos jornaleros permanecían sentados al borde de un sendero, fumando una pipa. Al ver al amo, se levantaron. Vasili se dirigió hacia el carro, y Mishka empezó a sembrar. Eso no le gustó a Lievin, pero raramente se enojaba contra los jornaleros y no se lo reprobó, diciendo simplemente a Vasili que sacase el carro del sembrado.

—No estorba, señor —objetó Vasili—. La semilla brotará, de todos modos.

—Hazme el favor de no replicar y obedece —repuso Lievin.

—Bien, señor —respondió Vasili, tomando el caballo por la brida—. ¡Hay una siembra excelente! —dijo, mostrándose afable—. Pero no se puede andar por ahí. Parece que tiene uno engrudo en los pies.

—¿Por qué no se ha cribado la tierra?

—Está cribada. Lo hacemos sin la criba —respondió Vasili, triturando un terrón de semillas en el hueco de la mano.

Vasili no tenía la culpa de eso, y Lievin, aunque indignado, no podía censurarle. Para calmar su irritación, recurrió a un procedimiento que había ya experimentado muchas veces. Observando a Mishka, que avanzaba con enormes masas de barro en los pies, cogió la sembradora que manejaba Vasili y se dispuso a sembrar.

—¿Dónde te has parado?

Vasili le indicó con el pie el sitio, y Lievin comenzó a sembrar. Hizo lo que pudo, pero avanzaba difícilmente, como si se hallara en un pantano. Después que hubo recorrido un surco, se detuvo, bañado en sudor, y devolvió la sembradora al jornalero.

—Más adelante, señor, no me riña por este surco —previno Vasili.

—¿Por qué? —preguntó alegremente Lievin, sintiendo que el procedimiento daba el resultado esperado.

—En verano lo verá. El surco no tendrá comparación con los otros, se lo digo yo. Mire cómo está ahora la parte que yo sembré la primavera pasada. Usted sabe, Konstantín Dmítrich, que hago el trabajo como si fuera para mi propio padre. No me gusta trabajar mal ni dejo que otros lo hagan. Así el amo está contento y nosotros también. Mirando ese campo, esa magnífica abundancia, siente uno gran satisfacción.

—¡Qué hermosa primavera! ¿Verdad, Vasili?

—Ciertamente. Ni los viejos recuerdan haber visto otra parecida. Me he acercado a mi casa. El viejo ha sembrado tres *osmínnik*[1] de trigo, y dice que está ya tan crecido, que no se puede distinguir del centeno.

—¿Hace mucho que sembráis trigo?

—Desde el año pasado, y gracias a sus indicaciones. Usted nos cedió dos *miery*[2], ¿no se acuerda? Vendió usted un *chévert*[3] y, además, sembró tres *osmínnik*.

—Bien, ahora escucha —dijo Lievin, volviendo junto a su caballo—. Desmenuza cuidadosamente la tierra y vigila de cerca a Mishka. Si la simiente crece bien, te daré cincuenta kopeks por hectárea.

---

[1] Antigua medida rusa de superficie, equivalente a la octava parte de una hectárea.

[2] Antigua medida rusa de áridos, equivalente a 16,4 kilogramos.

[3] Antigua medida rusa de áridos, equivalente a 210 litros.

—Gracias, señor. Pero no necesitamos eso para estar contentos de usted.

Lievin montó de nuevo y fue a examinar el campo en que sembró trébol el año anterior, y el campo arado para sembrar trigo.

El trébol había crecido mucho, destacándose su vivo verdor a través de los rastrojos y los secos tallos de trigo de la pasada siembra. El caballo de Lievin se hundía hasta el corvejón, con el correspondiente chapoteo de las patas al sacarlas de la tierra medio deshelada.

Por el campo arado no se podía pasar en absoluto: sólo donde aún había algo de hielo, se podía mantener el caballo, pero en los surcos deshelados, el animal se hundía por encima del corvejón. El campo estaba muy bien arado. De allí a dos o tres días se podría gradar y sembrar. Todo era hermoso y alegre. Regresó a través del arroyo. Esperaba que las aguas hubiesen bajado, y, efectivamente, pudo atravesarlas, espantando a su paso una pareja de patos silvestres.

«Debe de haber también becadas», pensó Lievin. Y el guardabosque, al que encontró más adelante en el camino hacia su casa, le confirmó su suposición. Enseguida hizo marchar al trote a su caballo, a fin de tener tiempo de comer y preparar la escopeta para la tarde.


Capítulo XIV

AL acercarse a su casa con el ánimo alegre y lleno de optimismo, Lievin oyó un ruido de campanillas por el lado de la entrada.

«Sin duda ha llegado alguien procedente de la estación —pensó—: Es la hora del tren de Moscú. ¿Quién puede ser? ¿Nikolái? Me dijo que si no iba a tomar las aguas en el extranjero vendría a mi casa.»

Al principio, esa idea pareció disgustarle, pues temía que la presencia de su hermano viniese a perturbar la sana alegría que ahora sentía, aumentada por el especial encanto de la radiante primavera. Pero rechazando enseguida ese sentimiento egoísta, su corazón se abrió a la bondad y la ternura, y le hizo desear con toda su alma que el visitante fuese Nikolái. Espoleó al caballo y al dejar atrás las acacias, vio un trineo de alquiler en el que iba un señor con pelliza.

«¡Si fuese al menos alguien con el cual se pudiera mantener una charla agradable!», pensó Lievin.

Y un momento después, reconociendo a Stepán Arkádich, exclamó sonriente mientras levantaba los brazos:

—¡Qué grata sorpresa! ¡Cuánto me complace tu llegada!

Y mientras tanto pensaba:

«Ahora podré saber con certeza si Kiti se ha casado, o cuándo se va a casar.»

Y sintió que en ese hermoso día de primavera el recuerdo de Kiti se le hacía menos penoso.

—Seguramente no me esperabas —dijo Stepán Arkádich, saliendo del trineo.

Tenía la nariz, las mejillas y las cejas manchadas de barro, pero estaba radiante de salud y alegría.

—En primer lugar, he venido para verte. Después, para entretenerme cazando y para vender el bosque de Ierguchovo.

—Muy bien. ¿Qué te parece esta primavera? ¿Cómo has podido llegar hasta aquí en trineo?

—En coche habría sido más difícil todavía, señor —respondió el cochero, que conocía ya a Lievin.

—Estoy contentísimo de verte —ponderó Lievin, sonriendo alegremente y de una manera infantil.

Acompañó a su visitante a la habitación reservada para los amigos, donde habían llevado ya el equipaje de Stepán Arkádich: un saco de viaje, una escopeta enfundada y una caja de cigarros. Dejando que se lavara y aseara, se dirigió luego a su despacho, para examinar con el encargado las cuestiones relativas al trébol y a la labranza. Pero Agafia Mijáilovna, que se preocupaba constantemente del buen nombre de la casa, le detuvo en el recibidor, acosándole con preguntas respecto a la comida que debía servirse.

—Haga lo que quiera, pero dese prisa —apremió Lievin.

Y pasó al despacho.

A su regreso, Stepán Arkádich, peinado y lavado y con rostro sonriente, salía de su cuarto. Subieron juntos al piso.

—¡Cuánto me alegro de haber venido! Así podré penetrar

en los secretos de tu existencia. Pero, sinceramente, te envidio. ¡Qué casa tan bonita, qué cómodo se siente uno aquí! —exclamaba Stepán Arkádich, olvidando que la primavera no es eterna y que hay también días tristes en el año—. Tu ama de llaves es una viejecita encantadora. Sería quizá más agradable tener una linda doncella. Pero esa buena anciana va muy bien con tus costumbres austeras.

Stepán Arkádich contó muchas cosas, y entre estas noticias había una de particular interés para Lievin: su hermano Serguiéi Ivánovich pensaba venir a pasar el verano con él en la aldea. No dijo ni una palabra de Kiti ni de los Scherbatski, limitándose a transmitirle recuerdos de su esposa.

Lievin agradeció mucho semejante actitud. Desde luego, la visita de su amigo le causaba una viva satisfacción. Como siempre, durante sus periodos de soledad, había acumulado una multitud de sentimientos e ideas que no podían ser comunicados a los que le rodeaban. Y hablaba ahora con entusiasmo ante Stepán Arkádich del sano gozo que le producía la primavera, de sus proyectos de reforma en la finca, pero no le ocultaba sus pesares, sus preocupaciones y también los fracasos que había sufrido. Hacía comentarios sobre los libros que había leído y le expuso la idea fundamental de su obra, que era, en el fondo, aunque él no se diera cuenta, una crítica de todos los tratados de economía rural conocidos entonces. Stepán Arkádich, siempre amable y a quien bastaban pocas palabras para comprenderlo todo, se mostraba en esa ocasión más deferente que nunca. Lievin hasta creyó observar en su amigo una nueva cordialidad, cierto sentimiento de respeto unido a sus muestras de afecto, lo cual ciertamente le encantaba.

Los esfuerzos de Agafia Mijáilovna y el cocinero para mejorar la comida ordinaria dieron por resultado que los dos amigos, que tenían un hambre atroz, acometieran los entremeses comiendo ávidamente pan con mantequilla, setas saladas y caza ahumada troceada. Además, Lievin mandó servir la sopa sin esperar que estuviesen listas las empanadillas, con las cuales el cocinero quería deslumbrar al invitado. Stepán Arkádich, aunque acostumbrado a otros manjares, lo encontraba todo excelente: el vodka, el pan, la mantequilla, la caza ahumada, las setas, el vino blanco de Crimea. Todo eso era magnífico.

—¡Soberbio, soberbio! —repetía, encendiendo un grueso cigarro después del asado—. Me parece como si después de un agitado viaje en barco, con sus ruidos y tambaleos, hubiera llegado de pronto a una costa tranquila. ¿Opinas, pues, que el factor obrero ha de ser tenido en cuenta en los estudios sobre la manera de organizar la economía agraria? Soy un profano en estas materias, pero me parece que esa teoría y su aplicación habrán de influir también sobre el obrero.

—Sí, pero considera que no hablo de economía política, sino de la economía rural, en su aspecto científico de explotación agrícola. Aquí se deben estudiar todos los factores, y el mismo obrero desde el punto de vista económico, etnográfico...

Agafia Mijáilovna trajo la confitura.

—La felicito, Agafia Mijáilovna —dijo el invitado, chupándose los dedos—. ¡Qué comida y qué licores nos ha servido usted! Kostia, ¿es hora ya?

Lievin miró por la ventana el sol que se ponía detrás de las desnudas copas de los árboles.

Lievin bajó corriendo la escalera.

Stepán Arkádich le siguió, y ya abajo, quitó con precaución la funda de una caja de laca en la cual guardaba su escopeta, un arma cara de último modelo. Kuzmá, presintiendo una buena propina, se mantenía ocupado en servir a Stepán Arkádich: le ponía las medias y las botas y él le dejaba hacer.

—Kostia, vendrá seguramente un señor, el comerciante Riabinin. Cuando llegue, ordena que le reciban y que espere —indicó el príncipe.

—¿Vendes el bosque a ese Riabinin?

—Sí. ¿Le conoces?

—Por cierto... Tuve con él asuntos que terminaron «positiva y definitivamente».

Stepán Arkádich se rió. Estas últimas palabras eran las preferidas de Riabinin.

—Sí, tiene una manera de hablar muy divertida. ¡Ah, parece que has adivinado adónde va tu amo! —añadió, acariciando con la mano a *Laska,* que ladraba dando vueltas en torno a Lievin, y lamiéndole, ya las manos, ya las botas o la escopeta.

Luego salieron. El charabán los esperaba a la puerta.

—He mandado prepararlo, pero no tenemos que ir muy lejos. Está cerca. Si quieres, podemos ir a pie.

—No, prefiero ir en coche —dijo Stepán Arkádich, tomando asiento.

Se envolvió las piernas en una manta de viaje que imitaba la piel de un tigre, y encendió un cigarro.

—¿Cómo puedes abstenerte de fumar? Un cigarrillo es un goce superior a todo. ¡Qué magnífico es todo esto! ¡Hermosa vida! ¡Me gustaría vivir de esa manera!

—¿Quién te prohíbe hacerlo?

—Ciertamente, eres un hombre feliz. Tienes todo lo que te apetece con sólo desearlo.

—Quizá soy feliz porque me contento con lo que tengo y no me inquieto mucho por lo que me falta —manifestó Lievin, pensando en Kiti.

Stepán Arkádich comprendió, pero se limitó a mirar a su amigo, sin decir nada. Lievin estaba agradecido a Oblonski por no haberle hablado de los Scherbatski, percibiendo con su certero instinto cuán doloroso era ese asunto para él. Sin embargo, Lievin quería saber lo que tanto le atormentaba, pero no se atrevía a hablar de ello.

—¿Cómo van tus cosas? —preguntó Lievin, comprendiendo lo injusto de su actitud al no pensar más que en sí mismo.

—Sé que tú no admites que se pueda desear ningún suplemento cuando se tiene ya una renta aceptable. En tu opinión, eso es un delito. Pero yo no comprendo que se pueda vivir sin amor —respondió, interpretando a su manera la pregunta de Lievin—. ¡Qué se le puede hacer! Soy así. Y verdaderamente, si se piensa en ello, se perjudica poco a los demás, y en cambio a mí me proporciona gran placer.

—¿Hay, quizá, algo nuevo sobre eso? —preguntó Lievin.

—Hay, sí. ¿Conoces el tipo de mujer de los cuadros de Osián? Esas mujeres que sólo se ven en sueños. Pues tales mujeres existen también en la realidad, y son terribles. La mujer es un tema inagotable: por más que la estudies, nunca llegas a conocerla por completo.

—Entonces vale más no estudiarlas.

—¡No! Un matemático ha dicho que el placer no está en hallar la verdad, sino en buscarla.

Lievin escuchaba, pensativo, pero por mucho que se esforzaba, no podía comprender los sentimientos de su amigo ni el placer que experimentaba estudiando esa clase de mujeres.

## Capítulo XV

EL lugar de la caza estaba algo más arriba del riachuelo, en un bosquecillo de álamos. Al llegar al bosque bajaron del coche y Lievin condujo a Oblonski al extremo de un claro, pantanoso, cubierto de musgo y con escasa nieve. Él se situó en otro extremo, junto a un abedul ahorquillado, apoyó la escopeta en la horcadura del nudo seco inferior, se quitó el caftán, se ajustó el cinturón y comprobó que podía mover los brazos con soltura.

La vieja *Laska,* que seguía todos sus pasos, se sentó frente a él con precaución, aguzando el oído. El sol, que desaparecía tras el gran bosque, hacía destacar con su luz pálida las colgantes ramas de los exuberantes abedules diseminados entre los álamos.

En la espesura, donde la nieve no se había derretido aún, se percibía el ligero rumor del agua, que corría formando caprichosos arroyuelos. Los pájarillos gorjeaban y saltaban de vez en cuando de un árbol a otro. Había también momentos de silencio absoluto, y entonces se sentía el tenue crujido de las hojas secas removidas por el deshielo y la creciente hierba.

—¡Es maravilloso! Realmente, se siente y se ve crecer la hierba —dijo Lievin, observando una húmeda hoja de color pizarra que se movía junto a unas briznas de hierba nueva.

Permanecía inmóvil y escuchaba, mirando ya a *Laska,* atenta al menor ruido, ya a la tierra cubierta de musgo, ya a las copas de árboles desnudos que como un ondulante mar veía moverse delante de él, ya al cielo que, surcado por estrías de blancas nubecillas, se oscurecía lentamente. Un buitre volando despacio y muy alto apareció en la lejanía. Otro buitre voló en la misma dirección, y desapareció. En la espesura, el alegre canto de los pájaros era cada vez más vivo. Se oyó el ulular de un búho en la cercanía. *Laska* levantó las orejas y avanzó cautelosamente con la cabeza ladeada, para oír mejor. Al otro lado del arroyo, un cuclillo cantó dos veces. Luego su cadencioso canto se hizo más ronco y más desordenado.

—¿Oyes? Ya están ahí los cuclillos —dijo Stepán Arkádich, apareciendo en el lugar donde estaba su amigo.

—Sí, ya lo oigo —respondió Lievin, con displicencia, enojado por la interrupción de ese magnífico silencio—. Pero rápido... Ahora ya queda poco.

Stepán Arkádich se internó de nuevo en la maleza, y Lievin no vio más que la débil llama de un fósforo y el pequeño fulgor rojizo de un cigarro, con su ondulante humo azulado. Un sonido mecánico repetido llegó luego a sus oídos: «chic-chac». Stepán Arkádich alzaba los gatillos de su escopeta.

—¿Qué ocurre? ¿Qué es ese grito? —exclamó Oblonski, llamando la atención de Lievin sobre un ruido sordo y prolongado, parecido al relinchar de un potro.

—¿No lo sabes? Es el grito del macho de la liebre. Pero, calla... ¡Está ya cerca! —exclamó Lievin, alzando a su vez los gatillos.

Se oyó un silbido lejano y agudo y, al cabo de dos segundos exactamente, en ese intervalo tan familiar de los cazadores, otro, y un tercero, y, tras el tercero, el cloqueo característico.

Lievin miró a derecha e izquierda. De pronto, ante sí, en el cielo ligeramente nublado, por encima de las indecisas copas de los arbolillos, vio un pájaro volando hacia él. El cloqueo, muy parecido al que produce una tela cuando se desgarra, resonó en sus oídos. Distinguía ya su largo pico y su cuello, y se echó la escopeta al hombro. Pero en ese momento surgió un relámpago rojo del arbusto junto al cual se hallaba Oblonski: el pájaro bajó, como una flecha, y se remontó de nuevo. Brilló un segundo relámpago y se oyó una detonación. El ave, aleteando en vano para sostenerse, quedó un momento inmóvil en el aire y luego cayó pesadamente a tierra.

—Aquí está —dijo Lievin, indicando a *Laska* que, con una oreja levantada y agitando alegremente la cola, traía a su dueño la pieza, lentamente, como para prolongar la gozosa emoción de ese momento—. ¡Te felicito! —añadió Lievin, experimentando al mismo tiempo un sentimiento de envidia.

—¡Pero he errado el tiro del cañón derecho! —gruñó Stepán Arkádich, cargando de nuevo el arma—. ¡Chist! Ya están aquí otra vez.

Se oyeron, en efecto, silbidos penetrantes en rápida sucesión. Dos becadas, jugueteando y persiguiéndose la una a la otra, volaron por encima de los cazadores. Sonaron cuatro disparos. Las aves dieron una rápida vuelta, al modo de las golondrinas, y se alejaron.


La caza fue excelente. Stepán Arkádich mató dos piezas más y Lievin otras dos, una de las cuales no se encontró. Obscurecía. Venus, con su suave luz plateada, brillaba muy baja en el cielo poniente, mientras que hacia levante el sombrío Arturo lanzaba sus rojos destellos. Lievin observaba allá en lo alto las centelleantes estrellas de la Osa Mayor, que aparecían y desaparecían ante su vista como si jugaran al escondite. Los vuelos de las becadas parecían haber terminado. Pero Lievin resolvió esperar hasta que Venus, a la cual veía brillar bajo la rama de un abedul, se desplazase a la parte superior de esa rama, y hasta que todas las estrellas de la Osa Mayor se hiciesen bien visibles. Pero Venus había remontado ya la rama, el Carro se mostraba nítidamente en el cielo, y Lievin continuaba esperando.

—¿Nos vamos? —preguntó Stepán Arkádich.

—Esperemos un poco —respondió Lievin.

—Como quieras.

Estaban ahora a unos quince pasos el uno del otro.

—Stiva —dijo de repente Lievin—, no me has dicho si tu cuñada va a casarse o si se ha casado ya.

Se sentía tan firme y tranquilo que creía que ninguna respuesta podía conmoverlo. Pero no esperaba la contestación que iba a recibir de Stepán Arkádich.

—No se ha casado ni piensa hacerlo. Nunca ha pensado en eso. Está muy enferma, y los médicos la han enviado al extranjero. Hasta se teme por su vida.

—¿Qué dices? —exclamó Lievin—. ¿Muy enferma? ¿Qué tiene? ¿Y cómo...?

*Laska*, que parecía escuchar, escudriñaba el cielo y les lanzaba sendas miradas de reproche.

«Vaya momento para hablar —pensaba la perra, enojada—. Y mientras tanto, se acercaban los pájaros. Ya hay uno volando por aquí. Y no lo advertirán.»

En ese momento, los dos cazadores oyeron un silbido penetrante que parecía atravesarles las orejas. Empuñaron sus escopetas, surgieron dos relámpagos y dos detonaciones se confundieron en una. Una becada que volaba muy alto, plegó las alas y cayó en la maleza, abatiendo bajo su peso las ramas nuevas.

—¡Pertenece a los dos! —exclamó Lievin, corriendo con *Laska* en busca de la pieza.

«¿Qué es lo que me ha afligido tanto hace un momento? —se preguntó—. ¡Ah, sí! ¡Kiti está enferma! Es triste, pero, ¿qué le vamos a hacer?»

Se acercaban a la becada.

—¿Ya la has encontrado, pues? ¡Magnífico! —dijo, tomando de la boca de *Laska* el pájaro caliente aún y metiéndolo en el morral casi lleno—. ¡Ya la ha encontrado, Stiva! —gritó.

## Capítulo XVI

MIENTRAS regresaban a su casa, Lievin hizo muchas preguntas sobre la enfermedad de Kiti y sobre los planes de los Scherbatski. Aunque no se atrevía a confesarlo, los detalles que le dio su amigo le produjeron una íntima satisfacción. Sentía que todavía no se había desvanecido en él la esperanza. Y se complacía en pensar, por otra parte, que también sufría la que tanto le había hecho sufrir. Pero cuando su amigo quiso hablarle de las causas de la enfermedad de Kiti y pronunció el nombre de Vronski, Lievin le interrumpió:

—No tengo derecho a enterarme de asuntos familiares, que, la verdad, tampoco me interesan.

Stepán Arkádich sonrió ligeramente al observar en el semblante de Lievin el rápido cambio de expresión —tan conocido para él— que le hacía pasar en un momento de la alegría a la tristeza.

—¿Has arreglado con Riabinin lo de la venta del bosque? —preguntó Lievin.

—Sí. Las condiciones son excelentes. Está dispuesto a pagarme treinta y ocho mil rublos. Ocho mil por anticipado y los restantes en seis años. Ese asunto me ha causado muchas preocupaciones. He tardado mucho en decidirme, pero nadie me daba más...

—Eso es un regalo —objetó Lievin con severa expresión.

—¿Un regalo? —replicó Stepán Arkádich, sonriendo alegremente, pues sabía que a Lievin todo le parecía ahora mal.

—El bosque vale a quinientos rublos por hectárea —afirmó Lievin.

—¡Ah, estos propietarios rurales! —bromeó Stepán Arkádich—. ¡Cuánto desprecio en su actitud hacia nosotros, los de la ciudad! Pero cuando se trata de arreglar algún asunto, lo superamos en habilidad. Yo he calculado todo, créeme. Y he vendido el bosque en tan ventajosas condiciones, que sólo temo que Riabinin se vuelva atrás. Ese bosque no es maderable —prosiguió, recalcando la palabra, creyendo poder desvanecer con ese término técnico todas las dudas de Lievin al respecto—. Es casi todo leña. No se obtienen más de treinta *sazhen*[1] por *desiatina*[2]. Y él me da doscientos rublos por hectárea.

Lievin sonrió desdeñosamente.

«Conozco bien las maneras de los habitantes de la ciudad, su habilidad para tratar asuntos. Vienen al pueblo una o dos veces en diez años, retienen dos o tres expresiones populares que emplean luego sin ton si son, convencidos de que ya no tienen nada que aprender. Habla de cosas que no entiende», pensó Lievin.

—No pretendo enseñarte cómo tienes que llevar los asuntos en tu despacho —dijo—. Y en caso necesario, pediría tu consejo. Pero crees conocer muy bien todo lo relacionado con los bosques. Y te aseguro que no es nada fácil. ¿Has contado los árboles?

—¡Contar los árboles! —dijo riendo Stepán Arkádich, que deseaba que su amigo recobrara su buen humor habitual—. Contar las arenas del mar, los rayos de las estrellas, ¿qué genio lo podría hacer?

---

[1] Antigua medida rusa de longitud, equivalente a 2,134 metros.
[2] Antigua medida rusa de superficie, equivalente a 1,09 hectáreas.

—El genio de Riabinin puede hacerlo. Y nadie compraría sin contar, a menos que le regalaran el bosque, como en tu caso. Yo conozco tu bosque. Todos los años voy a cazar allí. Vale quinientos rublos por hectárea al contado, mientras que Riabinin te ofrece doscientos a plazos. Le regalas treinta mil rublos.

—No exageres —dijo Stepán Arkádich, en tono disciplente—. ¿Por qué, pues, nadie quería pagarme lo que él me paga?

—Porque Riabinin está en connivencia con los otros que se interesan por tu bosque, ofreciéndoles dinero para que desistan. Conozco a esa gente, he tratado con ellos. Se entienden muy bien unos con otros. Riabinin no se para en pequeñas ganancias de un diez o un quince por ciento. Y compra por veinte kopeks lo que vale un rublo.

—Estás malhumorado y lo ves todo...

—Nada de eso —atajó Lievin, con seriedad.

Habían llegado ya a casa.

Delante de la puerta había un coche parado, tapizado de piel y guarnecido de hierro, al cual estaba uncido un caballo robusto, firmemente sujeto. En el carruaje se hallaba el capataz de Riabinin, que en ocasiones le servía también de cochero. Tenía un aspecto de hombre servicial, aunque algo engreído. Era de cara rubicunda, y llevaba un caftán con el cinturón muy ceñido.

Riabinin esperaba a los dos amigos en el vestíbulo. Era un hombre de mediana edad, alto, delgado, con bigotes y con una prominente barbilla bien rasurada. Tenía los ojos saltones y faltos de brillo. Vestía un levitón, con botones muy bajos en los faldones, y calzaba botas altas, rectas en las piernas, pero que le caían en forma de acordeón sobre los talones, introducidas en unos grandes chanclos.

Se secó el rostro con el pañuelo, y con un rápido movimiento se arregló la levita, aun cuando no había necesidad de ello. Luego avanzó sonriendo hacia los recién llegados, tendiendo una mano a Stepán Arkádich con aire decidido.

—¡Ah, ya ha llegado usted! —dijo Stepán Arkádich—. ¡Muy bien!

—A pesar de lo malo que está el camino, no osé desobedecer las órdenes de vuestra excelencia. Es como si hubiera hecho el recorrido a pie. Pero llegué con tiempo. Le ofrezco mis respetos, Konstantín Dmítrich —concluyó, dirigiéndose a Lievin, queriendo también estrechar su mano.

Pero éste, que había comenzado a sacar las becadas del morral, fingió no advertir su gesto.

—Por lo que veo, han estado cazando —comentó Riabinin, mirando las aves con desprecio—. ¿Qué pájaro es ese? Me parece que no debe ser muy gustoso.

Y movió la cabeza con un gesto de desaprobación, como pensando en la escasa ganancia que representaba el producto de la caza.

—¿Quieres pasar a mi despacho? —preguntó Lievin a Oblonski en francés y con visible mal humor—. Sí, id al despacho, allí podréis hablar más tranquilamente.

—Como usted quiera —dijo Riabinin, con desdeñosa superioridad, como deseando hacer comprender que si otros carecían de la habilidad para tratar con sus semejantes, no ocurría lo mismo con él.

Al entrar en el despacho, Riabinin, de un modo maquinal, buscó con la mirada la santa imagen que se acostumbraba poner en las habitaciones, pero al no advertirla, no se persignó. Tuvo ante los armarios y las estanterías llenas de libros la misma expresión de desdén, el mismo gesto de desaprobación que tuviera ante las becadas. Indudablemente, esos gastos no se cubrían con las exiguas ganancias.

—Bien. ¿Trae el dinero? —preguntó Oblonski—. Siéntese usted.

—El dinero no faltará. Ahora he venido para hablar un poco.

—¿Sobre qué? Pero, siéntese...

—Bueno, me sentaré —accedió Riabinin sentándose, pero sintiéndose muy embarazado al arrellanarse en el sillón ante su excelencia—. Tiene que rebajar un poco el precio, príncipe. No se puede pagar tanto. El dinero lo traigo preparado, hasta el último kopek. Por ese lado no habrá dificultades.

Lievin acababa de poner la escopeta en el armario y se disponía a salir de la habitación, pero las palabras de Riabinin le detuvieron.

—¡Cómo! ¿Aún pide usted una rebaja? Lo que ofreció por el

bosque es ya una cantidad irrisoria. Si mi amigo me hubiera hablado antes, yo habría fijado las condiciones —advirtió Lievin.

Riabinin se levantó, y sonriendo miró a Lievin de arriba a abajo.

—Konstantín Dmítrich es difícil de contentar —dijo, dirigiéndose a Oblonski—. Definitivamente, no se le puede comprar nada. Quise entrar en tratos con él para la adquisición del trigo, y se lo hubiera pagado a buen precio, pero...

—¿Pensaba, acaso, tenerlo regalado? —replicó Lievin—. Yo no lo encontré, ni lo robé.

—No me hable así. Hoy día es prácticamente imposible robar. Ahora, usted lo sabe, todo se hace a través de diligencias judiciales. Honestamente y lealmente. ¿Cómo se podría robar en esas condiciones? Hemos hecho tratos de amigos. El bosque me resulta demasiado caro a ese precio. No podría cubrir los gastos. Debiera, pues, hacerme una rebaja.

—Pero, ¿el trato está cerrado o no? Si lo está, no debe ya regatear. Si no lo está, compro yo el bosque —dijo Lievin.

La sonrisa desapareció del rostro de Riabinin y fue sustituida por una expresión dura y cruel, de ave de rapiña. Con sus huesudos y ágiles dedos, desabrochó su levita, y se ofrecieron a la vista su amplia camisa y su chaleco con botones de cobre. Luego apartó la cadena del reloj y se desabrochó el chaleco, sacando una abultada cartera.

—El bosque es mío, permítame —dijo, santiguándose con rápido gesto y adelantando la mano—. Tome el dinero. Yo adquiero el bosque. Riabinin hace así las cosas. No se detiene en pequeñeces.

—En tu lugar, no me apresuraría —aconsejó Lievin.

—¿Qué puedo hacer? —repuso Oblonski, algo perplejo—. Le he dado mi palabra.

Lievin salió, dando un portazo. Riabinin movió la cabeza, sonriendo.

—¡Simples chiquilladas, ciertamente! Con sinceridad, si le compro el bosque lo hago únicamente por mi propia satisfacción, para que digan que fue Riabinin quien lo compró y no otro. ¡Y Dios sabe qué resultado dará! Le hablo con toda franqueza. Bueno, ahora me firmará el contrato.

Una hora después, Riabinin, con el gabán bien abrochado y el contrato de venta en el bolsillo, subía de nuevo el charabán para emprender el camino de regreso.

—¡Oh, esos señores! —dijo a su capataz—. Siempre la misma historia.

—Sí, naturalmente —repuso el capataz, entregándole las riendas y ajustando la delantera de cuero del coche—. Y tocante a la compra, ¿ha ido bien la cosa, Mikhaíl Ignátich?

—¡Arre, arre!...

## CAPÍTULO XVII

STEPÁN Arkádich subió al piso de arriba con el bolsillo lleno de papel moneda que el comerciante le había pagado por tres meses anticipados. El asunto de la venta estaba terminado, tenía el dinero en la cartera, y además, la caza había sido abundante. Se hallaba de un excelente humor, y deseaba terminar con una alegre cena el día que tan bien había empezado. De este modo quería proporcionar a Lievin un motivo de diversión. Pero éste, a pesar de su deseo de mostrarse amable y atento, no lograba vencer la depresión de su ánimo. La noticia de que Kiti no se había casado le había llenado de gozo, pero la embriaguez que ello le produjera se había ido extinguiendo poco a poco.

Kiti no estaba casada y se hallaba enferma, enferma de amor por el hombre que la despreciara. Había en ello casi una injuria personal. Vronski la había desdeñado, pero ella le había desdeñado a él, a Lievin. Vronski tenía, ciertamente, el derecho de despreciar también a Lievin.

Sin embargo, Lievin, que percibía eso sólo vagamente, no se irritaba contra la verdadera causa de su aflicción, sino contra todo lo que le rodeaba. La insensata manera en que Oblonski había vendido el bosque, el engaño de que fuera víctima en su propia casa, le exasperaban.

—¿Terminaste, pues? ¿Quieres cenar?

—No lo rehúso. En el campo tengo siempre un apetito enorme. Pero, ¿por qué no has invitado a Riabinin?

—¡Que se vaya al diablo!

—¡Cómo le tratas! Ni siquiera le has dado la mano. ¿Por qué?

—Porque no doy la mano a mis criados y valen cien veces más que él.

—¡Qué ideas tan atrasadas tienes! ¿Y la unión de clases?

—La dejo para aquellos a quienes les sea agradable. En cuanto a mí, me asquea.

—Eres, decididamente, un retrógrado.

—A decir verdad, no me he preguntado nunca lo que soy. Soy, simplemente, Konstantín Lievin.

—Y un Konstantín Lievin poco afable —dijo, sonriendo, Stepán Arkádich.

—Es cierto. ¿Y sabes por qué estoy de mal humor? Por esa estúpida venta que has hecho, y perdona que así te lo diga.

Stepán Arkádich se puso serio y habló en tono de un hombre que ha sido ofendido injustamente.

—Nunca se ha visto que uno haya vendido algo sin que todos le digan después que lo que vendió valía mucho más. Pero nadie está dispuesto a dar nada antes de la venta. Decididamente, le has tomado ojeriza a ese Riabinin.

—Quizá. Y te voy a decir por qué. Sé que seguirás considerándome un retrógrado o alguna cosa peor, pero no puedo menos de lamentar el empobrecimiento general de esta nobleza a la cual, a pesar de esta tontería de la unión de clases, me honro mucho en pertenecer. Si eso, esa ruina, fuera sólo una consecuencia del lujo y la prodigalidad, no sería vituperable: llevar una vida señorial corresponde a la nobleza y sólo la nobleza lo sabe hacer. No me contraría el hecho de que los aldeanos compren tierras contiguas a las nuestras. El rico propietario no hace nada. El campesino trabaja, y pasa a ocupar el lugar del ocioso. Esto está en el orden natural de las cosas, y yo lo apruebo. Pero lo que me exaspera es que la nobleza se arruine por..., ¿cómo diría yo?..., por candidez. No hace mucho un arrendatario polaco compró una magnífica propiedad por la mitad de su valor a una señora que vive en Niza. Y hay quien arrienda a los comerciantes, a rublo por hectárea, lo que vale diez rublos. Ahora, tú, tontamente, has regalado a ese ladrón treinta mil rublos, por lo menos.

—Dirás que debiera haber contado los árboles uno a uno.

—¡Claro! Tú no los has contado, pero ten la seguridad de que Riabinin lo ha hecho por ti. Sus hijos tendrán con qué vivir y podrán recibir una buena educación, mientras que a los tuyos acaso les falte...

—Perdona. Pero me parece algo mezquino eso de contar los árboles. Nosotros tenemos nuestras ocupaciones, ellos tienen las suyas, y es justo que obtengan algún beneficio. En fin, el asunto está terminado y no hay que pensar más en ello. ¡Ah! Nos traen huevos al plato, que tanto me gustan a mí. Y Agafia Mijáilovna nos servirá sin duda ese excelente vodka...

Stepán Arkádich se sentó a la mesa y comenzó a bromear con Agafia Mijáilovna, asegurándole que hacía tiempo que no había cenado tan bien.

—Por lo menos, usted dice algo —repuso ella—. Pero Konstantín Dmítrich permanece siempre callado. Si no se le diera más que una corteza de pan para comer, lo engulliría sin decir nada y se iría.

A pesar de sus esfuerzos para dominarse, Lievin seguía malhumorado y silencioso. Quería preguntar algo a su amigo, pero no sabía en qué forma hacerlo. Stepán Arkádich había ido ya a su habitación, se había desvestido, lavado, puesto la camisa de noche y acostado, y Lievin continuaba aún allí reclamando su atención, hablando de cosas sin importancia, sin tener el valor de preguntarle lo que quería.

—¡Qué bien presentado está! —comentó Lievin, desenvolviendo la pastilla de jabón perfumado que Agafia Mijáilovna dejara allí para uso del huésped y que éste no había utilizado—. Míralo, es una verdadera obra de arte.

—Sí, todo es magnífico ahora —dijo Stepán Arkádich, bostezando plácidamente—. Los teatros, por ejemplo, y otros lugares de diversión están alumbrados con... —y dio un nuevo bostezo—. Sí, están alumbrados con luz eléctrica. En todas partes hay ahora luz eléctrica.

—Ciertamente, la electricidad... —murmuró Lievin—. ¿Y Vronski? ¿Qué ha sido de él? —preguntó, dejando el jabón.

—¿Vronski? —dijo Stepán Arkádich, reprimiento otro bostezo—. Está en Petersburgo. Se marchó poco después que tú y no ha vuelto a Moscú desde entonces. Quiero decirte algo,

Kostia —continuó Oblonski, apoyando el brazo en la mesilla de noche y sosteniendo su hermoso rostro con la mano, mientras sus ojos soñolientos adquirían un vivo fulgor que los hacía semejantes a dos brillantes estrellas—. Con toda sinceridad, creo que no puedes culpar a nadie sino a ti mismo de lo ocurrido. Te asustaste ante tu rival, y, como te dije entonces, no sé cuál de los dos tenía más probabilidad de triunfar. ¿Por qué no te adelantaste? Ya te advertí que...

Y Stepán Arkádich bostezó, pero moviendo sólo las mandíbulas, sin abrir la boca.

«¿Sabrá o no sabrá que pedí la mano de Kiti? —se preguntó Lievin, mirándole—. Sí, hay algo en su semblante que parece indicarlo. Su expresión astuta, de tacto diplomático, me lo revela.»

Y sintiendo que enrojecía, Lievin miró a Oblonski a los ojos.

—Admitiendo que Kiti se sintiera entonces atraída hacia Vronski —continuó Stepán Arkádich—, eso no podía ser sino algo superficial. Fue su madre la que quedó deslumbrada por sus maneras aristocráticas y la posición que él ocuparía un día en la alta sociedad...

Lievin frunció el ceño. La ofensa de la negativa que recibiera le laceraba el corazón como una herida reciente. Pero estaba en su casa, y cuando uno está en su propia casa, halla siempre la fuerza para sobreponerse a sus penas.

—Un momento —dijo, interrumpiendo a Oblonski—. Hablas mucho de aristocracia. ¿Quieres explicarme en qué consisten esas maneras aristocráticas que Vronski o cualquier otro puedan tener? Tú consideras que Vronski es un aristócrata. Yo no comparto esa opinión. El hombre cuyo padre salió de su mísera condición y se elevó por medio de viles intrigas, y cuya madre ha tenido tantos amantes... Perdona, para mí sólo son aristócratas las personas que, como es mi caso, pueden sentir el noble orgullo de tener como ascendientes a tres o cuatro generaciones de familias honorables, instruidas y cultas (y no hablo aquí del talento y de los dones naturales, pues eso es otra cosa), que jamás necesitaron de nadie, y no tuvieron que humillarse ante nadie. Así fueron mis padres y mis abuelos. Y conozco muchas de tales familias. A ti te parece mezquino que yo cuente los árboles de mis bosques. Pero tú regalas treinta mil rublos a Riabinin. Ciertamente, tú tienes un sueldo, recibirás algún día una pensión y cuentas con otros medios. Pero yo no recibo ni recibiré nunca nada. Por eso cuido de los bienes heredados y de los que he conseguido con mi trabajo... Nosotros somos los aristócratas y no los que viven de las migajas que les echan los poderosos y a los que se puede comprar fácilmente.

—¿Por qué hablas así? Soy de tu parecer —convino Stepán Arkádich alegremente, aun cuando sospechaba que Lievin le incluía entre los que se puedan comprar con facilidad—. Aunque creo que no eres justo con Vronski. Pero dejemos eso. Te digo sinceramente que debieras partir conmigo para Moscú y...

—No. No sé si lo sabes. Al fin y al cabo, poco me importa, pero voy a decírtelo. Me declaré a Kiti y pasé por la humillación de verme rechazado. Y eso ha hecho que su recuerdo sea ahora un dolor casi insoportable para mí.

—¿Por qué? ¡Qué tontería!

—No hablemos más. Y perdona si me he enfadado contigo.

Ahora que había dicho ya todo lo que quería decir, Lievin sentía renacer su buen humor.

—No me guardes rencor, Stiva —suplicó, sonriendo.

—No, si no me he disgustado. Y me alegro que nos hayamos contado nuestros secretos. Pero, oye... A veces por las mañanas hay buena caza. Yo podría prescindir de dormir e ir luego directamente a la estación.

—Entendido.


## Capítulo XVIII

SI la vida interior de Vronski estaba concentrada en su dominante pasión, su vida externa seguía su curso inmutable, avanzando por los normales caminos de las relaciones mundanas y las obligaciones militares. El regimiento era algo muy importante en su vida y merecía toda su atención. Apreciaba al Cuerpo y él era allí apreciado también. No sólo le apreciaban, sino que le respetaban y se enorgullecían de ver que él, hombre tan rico, instruido y talentoso, pusiera los intereses de su regimiento y de sus compañeros por encima de los éxitos, los honores y las distinciones de todas clases que el amor propio o la vanidad pudieran hacerle desear. Vronski se daba cuenta de la estimación que le profesaban sus compañeros, y, aparte de que le complacía ese género de vida, se creía obligado a mantener con ellos relaciones de excelente camaradería.

Naturalmente, no hablaba de su amor con ninguno de los que le rodeaban; ni una palabra se le escapaba, ni siquiera en el curso de alegres y prolongadas charlas en medio de una general embriaguez (aunque él jamás se emborrachaba hasta el punto de perder el dominio de sí mismo); y sabía cerrar la boca a los indiscretos que se permitiesen hacer la menor alusión a esas relaciones. No obstante, su pasión daba que hablar a toda la ciudad. Casi todos sospechaban algo de sus relaciones con la Karénina. La mayoría de los jóvenes le envidiaban precisamente por lo que a él le conturbaba más en esa aventura amorosa: la alta posición de Karenin, que le daba el carácter de escándalo social.

La mayoría de las damas jóvenes, que envidiaban a Anna y estaban cansadas de que se hablara tan favorablemente de ella y se la calificase como mujer irreprochable, sentían una íntima satisfacción al ver que no se habían equivocado en su particular juicio sobre ella, y sólo esperaban la sanción de la opinión pública para llenarla de oprobio; tenían ya preparado el barro que lanzarían sobre Anna cuando llegase el momento. Pero la gente de edad madura y de posición elevada temía el escándalo y se mostraba descontenta.

La condesa Vronski, al enterarse de las relaciones amorosas de su hijo, sintió, al principio, una secreta alegría. Nada, en su opinión, podía ser más favorable para la formación de un joven que una relación amorosa con una dama del gran mundo. Y no le disgustaba el hecho de que Karénina, esa mujer que tanto le había agradado, que no hacía más que hablarle de su hijo, hubiera demostrado no ser más fuerte que las mujeres bonitas de su ámbito social y le hubiese ocurrido lo mismo que a muchas de ellas. Pero cambió de opinión cuando se enteró de que su hijo había rechazado un importante puesto para no te-

[256]

ner que alejarse de la Karénina, y supo que la negativa de Vronski había molestado a personajes de alto prestigio. No eran tampoco alentadores los informes que tuvo sobre la manera en que debían ser consideradas esas relaciones. Se decía que, lejos de ser la cosa brillante y magnífica, a tono con el marco refinado y suntuoso del gran mundo, que la condesa había aprobado, no eran sino una pasión loca, que podía tomar carácter trágico, a lo Werther, y llevar a su hijo a cometer muchas imprudencias.

Como no había visto a Vronski desde la repentina marcha de éste de Moscú, envió a su hijo mayor para decirle que fuese a verla. El hermano mayor no ocultaba menos su descontento. Ciertamente, no le importaba la aventura amorosa de su hermano, ni tenía interés por saber si su amor era profundo o efímero, tranquilo o apasionado, inocente o culpable (él mismo, aunque padre de familia, entretenía a una bailarina y por ello se mostraba indulgente), pero observando que las relaciones de su hermano disgustaban a quienes no se debe disgustar, no podía menos que censurarlo.

Fuera de las obligaciones militares y las relaciones mundanas, Vronski dedicaba parte de su tiempo a otra cosa: las carreras de caballos, a las cuales tenía gran afición. Los oficiales habían organizado ese año carreras de obstáculos. Vronski se inscribió y compró luego una yegua inglesa de pura sangre. A pesar de ese gran amor hacia el cual convergían todos sus sentimientos, las carreras seguían teniendo para él un fuerte atractivo.

Las dos pasiones no se estorbaban mutuamente. Antes bien, se complementaban. Le convenía a Vronski una diversión cualquiera, una ligera ocupación o entretenimiento fuera de su amor, que le calmase y le distrajera de las violentas emociones que agitaban su ánimo.

E L día de las carreras en Krásnoie Seló, Vronski entró más temprano que de costumbre en el comedor. Y se dirigió hacia la mesa de los oficiales, para comer un bistec. No es que se viera en la necesidad de restringir la comida para no aumentar mucho el peso, pues pesaba justamente los setenta kilos requeridos. Pero no debía engordar, y, para evitarlo, se abstenía de comer dulce y féculas. Sentado, con los codos sobre la mesa, con el uniforme desabrochado bajo el que se mostraba el chaleco blanco, parecía absorto en la lectura de una novela francesa que mantenía abierta ante el plato, pero era sólo una actitud fingida para no tener que hablar con los que entraban y salían. Su pensamiento estaba en otra parte.

Pensaba en que Anna le había dado una cita para ese día, después de las carreras. No la había visto hacía tres días y, como su marido acababa de llegar del extranjero, se preguntaba si ella podría mantener su promesa. La última vez que se vieron fue en la casa de veraneo de la princesa Betsi, su prima, pues frecuentaba muy poco la residencia veraniega de los Karenin. Pero ahora tenía que ir ahí, necesitaba saber de algún modo si aquella entrevista sería posible, y buscaba un pretexto plausible para presentarse en la casa.

«Diré que Betsi me envía a preguntar a Anna si piensa ir a las carreras. Sí, iré», decidió.

Y su imaginación le pintó tan vivamente la felicidad de aquella entrevista, que su rostro resplandeció de alegría.

—Manda decir en casa que enganchen enseguida la carretela —ordenó al criado que le traía el bistec en una fuente de plata. Y acercando la bandeja, empezó a comer.

En la contigua sala de billar sonaban voces y risas, mezcladas con golpes de tacos. Entraron dos oficiales: uno, un muchacho de rostro suave, recién salido del Cuerpo de Cadetes, y otro un oficial veterano, grueso, con una pulsera en la mano y de ojos pequeños, que quedaban casi ocultos en su rostro lleno y rubicundo.

Al verlos, Vronski frunció el ceño, y, fingiendo no haber reparado en ellos, miró de nuevo el libro.

—¿Te estás fortaleciendo? —preguntó el oficial grueso, sentándose a su lado.

—Ya lo ves —respondió Vronski, secamente, y sin levantar los ojos.

—¿No temes engordar? —insistió el veterano, adelantando una silla al oficial joven.

—¿Cómo? —preguntó Vronski con aspereza y sin disimular un gesto de aversión

—Si no temes engordar.

—¡Mozo! ¡Jerez! —ordenó Vronski al criado, sin responder. Y poniendo el libro al otro lado del plato, continuó leyendo.

El oficial grueso tomó la carta de vinos, la pasó al joven y dijo:

—Escoge tú mismo qué vamos a beber.

—Vino del Rhin, si quieres —respondió el oficial, atusándole el incipiente bigote y mirando a Vronski con cierta timidez.

Viendo que éste no les prestaba ninguna atención, el oficial joven se levantó.

—Volvamos a la sala de billar —propuso.

El oficial grueso le siguió dócilmente. Mientras se dirigían hacia la puerta, entró el capitán Iashvín, hombre gallardo, de distinguido porte. Saludó ligeramente a los dos oficiales, y se acercó enseguida a Vronski.

—¡Hola! ¿Ya estás aquí? —exclamó, dándole una fuerte palmada en el hombro.

Vronski se volvió, molesto, pero su rostro recobró enseguida la expresión tranquila que mostraba de ordinario.

—Muy bien, Alexiéi —dijo el capitán con voz de barítono—. Come un poco y bebe...

—No tengo apetito.

—¡Ahí van los inseparables! —exclamó Iashvín, mirando con aire burlón a los dos oficiales que se alejaban.

Y se sentó junto a Vronski, doblando en ángulo agudo sus piernas enfundadas en los pantalones de montar, que eran demasiado largas para la altura de las sillas.

—¿Por qué no fuiste ayer al Teatro Krásnenski? La Numerova lo hizo muy bien. ¿Dónde estabas?

—Me demoré un poco en casa de los Tvierski —contestó Vronski.

Iashvín, borracho y libertino, un hombre sin principios, o más bien con principios francamente inmorales, era el mejor compañero que Vronski tenía en el regimiento. Éste admiraba su excepcional vigor físico, que él demostraba principalmente bebiendo como una cuba y pasando noches sin dormir. No admiraba menos su fuerza moral, que demostraba en el trato con jefes y camaradas, a quienes inspiraba respeto y temor. Ella le permitía arriesgar en el juego cuantiosas sumas y, a pesar de los excesos cometidos en la bebida, jugaba siempre con una calma y una habilidad tan grandes, que se le tenía por el mejor jugador del Club Inglés. Además, Vronski apreciaba a Iashvín porque se sentía correspondido en su estimación y sabía que éste le apreciaba y le quería por sí mismo, no por su nombre ni por sus riquezas.

Por eso le profesaba un sincero afecto. Y hubiera deseado hablarle —sólo a él— de su amor, convencido de que, a pesar del desprecio que mostraba por todo sentimiento humano, únicamente Iashvín podía comprender la profundidad de esa pasión. Estaba seguro de que éste no haría de ello un motivo de burla y chismorreo, sino que comprendía este sentimiento como se debe, es decir, sabía y entendía que ese amor no era una broma, ni un capricho, sino algo serio e importante. Vronski, aun cuando jamás le hablara de sus relaciones, adivinaba que su amigo lo sabía todo y tomaba la cosa con la debida seriedad. Podía leerlo bien en sus ojos.

—¡Ah! —exclamó Iahavín, cuando Vronski le hubo dicho dónde había estado.

Sus negros ojos tomaron un vivo fulgor y, como tenía por costumbre, se cogió la guía izquierda de su bigote y la oprimió con los labios.

—Y tú, ¿qué hiciste por la tarde? ¿Ganaste? —preguntó el conde.

—Ocho mil rublos. Pero hay tres mil que, seguramente, no los cobraré.

—Entonces, ya puedes perder apostando por mí —dijo Vronski, riendo, pues sabía que Iashvín había apostado una fuerte suma a su favor en las carreras.

—No perderé. Sólo Majotin es de temer. El único que puede rivalizar contigo.

Y la conversación se hizo más animada. Las carreras eran el único tema que en esos momentos podía interesar a Vronski.

—Bien; ya he terminado —dijo éste—. Podemos salir.

Y, levantándose, se dirigió hacia la puerta.

Su amigo se levantó también, estirando su ancha espalda y sus largas piernas.

—No comeré ahora; es muy temprano. Pero voy a beber algo. Vuelvo enseguida. ¡Eh! ¡Vino! —gritó con voz estruendosa que hacía retemblar los cristales, voz que se admiraba y se temía cuando daba órdenes—. ¡Pero, no! —gritó de nuevo—. Si te vas a tu casa, te acompaño.

Y salieron juntos.


## Capítulo XX

Vronski ocupaba en el campamento una isbá finesa, amplia y muy limpia, dividida en dos departamentos. Petritski vivía con él, como en Peterburgo. Cuando Vronski y Iashvín entraron, Petritski dormía todavía.

—Levántate ya. ¿Aún no has dormido bastante? —barbotó Iashvín, pasando al departamento contiguo y sacudiendo por los hombros a Petritski, que dormía allí, con el cabello en desorden sobre la blanca almohada.

Petritski se incorporó sobre las rodillas y miró soñoliento a su alrededor.

—Ha venido tu hermano —dijo a Vronski—. Me despertó, el animal. Ha dicho que volvería.

Y cubriéndose de nuevo con la manta, apoyó la cabeza en la almohada.

—¡Déjame tranquilo! —espetó, a Iashvín, que se obstinaba en tirar de la manta. Luego se volvió hacia él y abrió los ojos—: Vale más que me digas qué podría beber para quitarme ese mal sabor que tengo en la boca...

—Vodka. Es lo mejor que hay —respondió Iashvín, con su voz de barítono—. ¡Teriésechenko; trae vodka y pepinos para el señor! —ordenó.

—¿Tú crees? —preguntó Petritski, restregándose los ojos—. Bueno, beberé. Pero debes beber tú también. Y tú, Vronski, ¿beberás?

Se levantó, y envolviéndose en la manta de rayas, avanzó con los brazos en alto, canturreando en francés: «Había en Tu-u-la un rey...»

—¿Beberás, Vronski? —insistió.

—No me molestes —repuso Vronski, poniéndose el uniforme que le tendía el ordenanza.

—¿Adónde vas? —preguntó Iashvín, viendo acercarse un coche con tres caballos.

—A las cuadras, pero antes a casa de Brianski, con quien tengo que arreglar un asunto.

Vronski, en efecto, había prometido visitar a Brianski, que vivía a diez *verstas* de Petergof, para liquidar la cuenta de los caballos comprados. Y pensaba hacer de paso esa visita.

Pero sus compañeros comprendieron enseguida que no se limitaría a ir allí. Petritski, que continuaba cantando, guiñó el ojo e hizo una expresiva mueca, como queriendo decir: «Ya sabemos qué hay detrás de todo eso.»

—No vuelvas muy tarde —dijo únicamente Iashvín. Y, cambiando de conversación, preguntó, contemplando a través de la ventana el caballo de varas que él le había vendido—: ¿Qué? ¿Te sirve mi bayo?

Vronski, que salía ya, se detuvo al oír gritar a Petritski:

—¡Espera! Tu hermano ha dejado una carta y una nota para ti. Pero, ¿dónde las he metido?

—Bien, ¿dónde están?

—Sí; ¿dónde están? Esa es precisamente la cuestión —dijo en tono solemne Petritski, poniéndose el dedo índice en la frente.

—¡Vamos, responde! Y deja de hacer tonterías —apremió Vronski, sonriente.

—No me las he tragado. Deben de estar en alguna parte.

—Basta de bromas. ¿Dónde está la carta?

—Te juro que no lo sé. ¿Lo habré soñado quizá? Espera, espera... No te enfades. Si hubieras bebido cuatro botellas, como hice yo ayer, perderías también la noción de las cosas... Espera; voy a tratar de recordar.

Petritski pasó a su aposento y se tumbó en la cama.

—Veamos. Yo estaba acostado así cuando entró tu hermano... Sí, sí, sí... Ahora me acuerdo.

Y sacó la carta de debajo del colchón.

Vronski cogió la carta y la nota de su hermano. Era lo que esperaba: su madre le reprochaba que no hubiera ido a verla, y su hermano le decía que necesitaba hablarle con urgencia. Vronski comprendía que había una estrecha relación entre estas dos cosas, y se decía: «¿Por qué han de meterse en eso?» Estrujó las cartas y las aseguró entre dos botones del uniforme para leerlas más tranquilamente por el camino. A la entrada de la isbá tropezó con dos oficiales, uno de los cuales no pertenecía a su regimiento.

—¿Adónde vas? —le preguntaron.

—A Petergof para unos asuntos.

—¿Ha llegado tu caballo de Tsárkoie?

—Sí, pero no lo he visto aún.

—Dicen que *Gladiátor,* el caballo de Majotin, cojea.

—¡Tonterías! Pero no sé cómo vais a correr con el barro que hay —opinó el otro oficial.

—¡Aquí están mis salvadores! —exclamó Petritski, viendo entrar a los oficiales.

El ordenanza le ofrecía en ese momento la bandeja con el vodka y los pepinos.

—Iashvín me ordena que beba para refrescarme un poco —añadió.

—Nos fastidiasteis —dijo uno de los oficiales—. No pude pegar los ojos en toda la noche.

—¡Pero cómo terminamos! —explicaba Petritski—. Vólkov se subió al tejado y decía que se sentía muy triste. Y yo propuse: «¡Música, la marcha fúnebre!» Y Vólkov se durmió en el tejado al son de la marcha.

—Bebe tu vodka y luego agua de Seltz con mucho limón —recomendó Iashvín, animando a Petritski como una madre que quiere hacer tragar una medicina a un niño—. Después podrás tomar ya una botella de champaña.

—Eso es mejor. Espera un poco, Vronski; vas a beber con nosotros.

—No. Adiós, señores. Hoy no bebo.

—¿Temes ganar peso? Bien, beberemos solos. Tráeme agua de Seltz y con limón —dijo Petritski, dirigiéndose al ordenanza.

—¡Vronski! —gritó alguno de ellos cuando éste salía.

—¿Qué?

—Deberías cortarte el cabello. Te pesa demasiado.

Vronski se estaba quedando calvo. Acogió la observación con una sonrisa alegre y, bajándose la gorra para disimular la calva, salió y subió al coche.

—¡A la cuadra! —ordenó.

Iba a coger las cartas para leerlas, pero tras breve reflexión decidió no hacerlo, para no distraerse antes de su visita a la cuadra. Podía dejarlo para después.


## Capítulo XXI

EL día anterior habían llevado la yegua de Vronski a la cuadra provisional, hecha con tablas de madera, que había sido construida apresuradamente al lado del hipódromo. Vronski no sabía en qué estado encontraría a la cabalgadura, pues durante los últimos días no se había ocupado de ella, dejando que el entrenador la sacara a pasear. El palafrenero, apenas vio acercarse el coche, llamó al entrenador. Éste era un inglés seco, con un mechón de pelo en la barbilla, que vestía chaqueta corta y calzaba botas de montar. Andaba balanceándose, separados los codos, y con ese paso torpe peculiar de los *jockeys*.

—¿Cómo va *Fru-Fru*? —preguntó Vronski en inglés.

—*All right, sir*[1] —respondió el inglés con voz gutural—. Vale más que no entre —añadió, quitándose el sombrero—. Le he puesto el bocado y eso la mortifica. Es preferible no acercarse, y dejarla tranquila.

—Iré, de todas maneras. Quiero verla.

—Vayamos, pues —dijo el inglés, pronunciando las palabras casi sin abrir la boca.

---

[1] Muy bien, señor. (En inglés en el original.)

Y, moviendo los codos, se dirigió hacia la cuadra con su paso desigual.

Entraron en el pequeño patio que precedía a la cuadra. El mozo de servicio, un hombre apuesto y cuidadoso de su aspecto, los siguió con una escoba en la mano. En la cuadra había cinco caballos, cada uno de ellos en su propio lugar. Vronski sabía que encontraría allí a *Gladiátor,* el robusto caballo de Majotin, que era su más serio competidor y al cual no había visto hasta ahora. Tenía una mayor curiosidad por examinar a *Gladiátor* que a su propio caballo, pero las reglas vigentes en las carreras de caballos prohibían no sólo ver los del adversario, sino hasta hacer la menor pregunta sobre ellos.

Mientras avanzaba a lo largo del pasillo, el mozo abrió la puerta del segundo departamento a la izquierda, y Vronski vio un robusto alazán de remos blancos. Sabía que era *Gladiátor,* pero se volvió enseguida hacia el lado donde estaba *Fru-Fru,* como volvería el rostro para no leer una carta abierta que no fuera para él.

—Ese es el caballo de Ma... Mak... No consigo pronunciar ese nombre —dijo el inglés, indicando con su pulgar de mugrienta uña el departamento de *Gladiátor.*

—¿De Majotin? Sí, es mi único adversario de cuidado.

—Si usted lo montara, apostaría por usted —dijo el inglés.

—*Fru-Fru* es más nerviosa, y *Gladiátor* tiene más resistencia —repuso Vronski, agradeciendo con una sonrisa el elogio que se le hacía.

—En las carreras de obstáculos, todo está en saber montar y en el *pluck* —opinó el inglés.

*Pluck,* es decir, la energía y la audacia. Vronski creía poseer esta cualidad en tan sumo grado, que le parecía que nadie en el mundo podía aventajarle en eso.

—¿No cree usted que habría que hacerle sudar más?

—No, no es preciso. Pero no hable alto, por favor; la yegua está agitada y va a inquietarse más —observó el inglés, indicando con un gesto el departamento cerrado, donde se oía al caballo pateando en la paja.

Abrió la puerta, y Vronski penetró en el establo, débilmente iluminado por una pequeña abertura. Allí dentro, agitándose nerviosamente sobre la paja fresca, estaba la yegua, un animal bayo oscuro, con el bocado del freno. Cuando sus ojos se hubieron acostumbrado a la penumbra del establo, Vronski examinó una vez más, de una ojeada, a su caballo preferido.

*Fru-Fru* tenía una mediana alzada y su conformación era algo defectuosa. No tenía, al parecer, un gran vigor físico. Sus miembros eran flacos, y el pecho resultaba estrecho, a pesar del saliente tórax. La grupa estaba algo hundida y los remos, especialmente los traseros, eran estevados. Los músculos de las patas era muy potentes; en cambio el vientre era todavía muy prominente, a pesar de la dieta y el ejercicio a que se le había sometido. Los huesos de las patas resultaban muy anchos cuando se veían de lado. Mirándola de frente, daba, ciertamente, una impresión de poca robustez: sus flancos aparecían hundidos y su vientre algo alargado. Pero tenía una gran cualidad que compensaba todos esos defectos: era de pura sangre, y esa cualidad «se mostraba», como dicen los ingleses. A través de la red de venas que se extendía a lo largo de una piel fina y suave como el raso, sus desarrollados músculos parecían tan duros como los huesos. Su flaca cabeza, de ojos salientes, brillantes y alegres, se ensanchaba hacia abajo, mostrando unas amplias fosas nasales, separadas por una membrana rosada y flexible. En toda su figura, sobre todo en su cabeza, había una determinada expresión enérgica y, al mismo tiempo, cariñosa. Era uno de esos animales que parecen no poder expresarse con palabras sólo porque no han sido dotados de una estructura bucal lo bastante perfecta. Al menos, Vronski creía que la yegua comprendía bien todas las emociones que él sentía cuando la contemplaba.

Al aparecer Vronski, ella dio un fuerte resoplido y torció los ojos hasta que se le enrojecieron de sangre; miró luego a los que entraban y empezó a balancearse con ágiles movimientos, haciendo esfuerzos para sacudirse el bocado del freno.

—Usted ve qué nerviosa está —insistió el inglés.

—Vamos, vamos; estáte quieta, querida —susurró Vronski, acercándose a la yegua y procurando calmarla.

Cuanto más se acercaba él, más se agitaba el animal. Pero poco después, cuando se hallaba ya a su lado y acariciaba su cabeza, *Fru-Fru* se calmó y sus músculos se estremecieron bajo la delicada piel. Vronski siguió acariciando a la yegua, pasando cariñosamente la mano por su robusto cuello; arregló un mechón de crines caídas al lado opuesto y acercó el rostro a las narices del animal, tensas y dilatadas como alas de murciélago. La yegua respiró ruidosamente, bajó una oreja, y alargó hacia Vronski su belfo negro y vigoroso, como si quisiera cogerle la manga. Mas, impidiéndoselo el bocado, hizo nuevo esfuerzos para quitárselo, agitando con mayor brío sus finos remos.

—Cálmate, querida, cálmate —exhortó Vronski, acariciándole la grupa.

Y salió del establo satisfecho, con la convicción de que su caballo se hallaba en excelente estado.

La agitación de la yegua se había comunicado a su amo. Vronski sentía que la sangre le afluía al corazón, sentía también él una necesidad de moverse y morder. Era una sensación turbadora y divertida a la vez.

—Bien, confío en usted —dijo al inglés—. A las seis y media, en la pista.

—Perfectamente. ¿Adónde va usted ahora, milord? —prepreguntó el inglés, dándole un tratamiento que casi nunca empleaba.

La atrevida pregunta sorprendió a Vronski. Él levantó la cabeza y miró al inglés, no a los ojos, sino a la frente, como acostumbraba hacer. Pero comprendió enseguida que el entrenador le había hablado, no como si se dirigiera a su amo, sino como podría hacerlo ante un jockey.

—Necesito ver a Brianski. Estaré de vuelta dentro de una hora —respondió.

«¡Cuántas veces me han hecho hoy esa misma pregunta!», pensó Vronski. Y, bajo la mirada escrutadora del inglés, se sonrojó, lo cual le ocurría raras veces.

Éste no apartaba la vista de él, y, como si supiera adónde iba, añadió:

—Lo importante es conservar la calma, estar tranquilo antes de correr. Procure no disgustarse, y evite las contrariedades.

—*All right!* —respondió Vronski, sonriendo.

Y, pasando a la carretela, ordenó que lo llevasen a Petergof.

El cielo, que desde la mañana estaba muy nublado, se había oscurecido aún más, y poco después caía un fuerte aguacero.

«Sólo faltaba eso —pensó Vronski—. Si el terreno estaba ya fangoso, ahora será un lodazal.»

Aprovechó esos momentos de soledad para leer las cartas. ¡Siempre lo mismo! Su madre y su hermano, como todos, creían que debían inmiscuirse en los asuntos de su corazón. Y esta manera de obrar le irritaba grandemente.

«¿Qué les importa? ¿Por qué se preocupan tanto de mí? Probablemente porque perciben que hay en todo eso algo que no pueden comprender. Si se tratara de unas relaciones mundanas corrientes, me dejarían tranquilo; pero advierten que la cosa es seria, que no se trata de un simple capricho, y que quiero a esa mujer más que a mi vida. Y, como no conciben que pueda sentir por ella lo que siento, se irritan. Sea cual sea nuestra suerte, nosotros nos la hemos creado y no nos lamentamos —pensaba, incluyendo a Anna en ese «nosotros»—. Y los demás se obstinan en enseñarnos a vivir. No tienen idea de lo que es la felicidad, ignoran que sin ese amor no habría para nosotros ni alegría ni dolor en el mundo, y la vida misma no existiría.»

En el fondo, lo que le irritaba más de esa intromisión de los suyos, era que su conciencia le decía que tenían razón. Ciertamente, su amor por Anna no era una pasión efímera destinada a desaparecer, como ocurre con las relaciones mundanas, sin dejar otras huellas que recuerdos agradables o penosos. Percibía claramente lo falso de su situación, las dificultades en ocultar su amor, de mentir y engañar hallándose a la vista de todos. Sí, sentía mentir, engañar, disimular y pensar continuamente en los demás, cuando la pasión que los ataba era tan intensa, que se olvidaban de todo lo que no fuera su amor.

Recordaba la frecuencia con que se veían obligados a recurrir al fingimiento y al disimulo para ocultar sus sentimientos, violentando con ello su naturaleza, y, sobre todo, recordaba la vergüenza que experimentaba Anna cuando se hallaba ante la necesidad de mentir. La extraña repulsión que sentía a menudo desde el comienzo de sus relaciones con Anna, se hacía más fuerte y lo dominaba por completo. Era una repulsión hacia Alexiéi Alexándrovich, hacia sí mismo, hacia el mundo entero. No acertaba a explicarse la exacta naturaleza de ese sentimiento, pero, por otra parte, no se cuidaba de analizarlo. Lo rechazó una vez más, y dejó que sus pensamientos siguieran libremente su curso.

«Antes ella era desdichada, pero se sentía orgullosa y tranquila. Y ahora, ha perdido eso; no puede tener ya orgullo ni calma, aunque se esfuerce en aparentarlo. Hay que terminar con esta situación», se dijo.

Por primera vez se daba clara cuenta del artificioso ambiente de mentira y fingimiento en que se movían, y sentía la necesidad de acabar con eso.

«Hay que abandonarlo todo y ocultarnos los dos en alguna parte, a solas con nuestro amor», pensó.

## Capítulo XXII

EL aguacero fue de corta duración, y cuando Vronski llegaba al término de su viaje, al trote largo del caballo de varas, que forzaba a los laterales a correr con el mismo brío, el sol brillaba de nuevo y a su luz centelleaban los tejados de las casas veraniegas y el follaje de los añosos tilos a ambos lados de la calle principal, mientras el agua goteaba lentamente, con una especie de tranquilo gozo, de las ramas empapadas y se deslizaba cantando por los risueños tejados.

Vronski sentía también una íntima alegría. ¿Qué importaba que la pista hubiera quedado cubierta de lodo? Gracias a esa lluvia, encontraría a Anna, y muy probablemente estaría sola, pues su marido, recién llegado de una cura de aguas en el extranjero, no se había instalado aún en la casa de verano.

Para llamar lo menos posible la atención, Vronski, como de costumbre, bajó del coche un poco antes de llegar al puente y fue andando hasta la casa. Pero en vez de llamar a la puerta principal, dio una vuelta y entró por la del patio.

—¿Ha llegado el señor? —preguntó al jardinero.

—Todavía no. Pero la señora sí que está. Llame a la puerta principal; allí le abrirán.

—No, pasaré por el jardín.

Sabía ahora con seguridad que Anna estaba sola, y quería sorprenderla. Como no le había anunciado su visita, ella no le esperaría ese día, cuando debía estar preparándose para las carreras. Por tanto, suspendió el sable para no hacer ruido y, pisando con precaución la arena del sendero bordeado de flores, se dirigió a la terraza que daba al jardín. Alejó de su mente los pensamientos que le habían conturbado por el camino, olvidando sus pesares y los reproches que se había hecho por dejar que continuara ese estado de cosas. No pensaba ahora más que en ella, en la felicidad que experimentaría al verla de nuevo... Sí, iba a verla, y no con la imaginación, sino en carne y hueso, en su propia realidad viviente.

Subía ya, lentamente y atento a hacer el menor ruido posible, los lisos peldaños que conducían a la terraza, cuando de pronto recordó lo que olvidaba siempre, lo que era el punto más doloroso de sus relaciones con Anna: su hijo, cuya presencia le era tan desagradable, que le miraba siempre con su mirada escrutadora y, aparentemente hostil.

El niño era el principal obstáculo para sus entrevistas. Ni Anna ni Vronski se atrevían nunca a decir en su presencia nada que no pudiera ser oído por todo el mundo, ni empleaban jamás alusiones que pudieran intrigar al niño. Se había establecido entre ellos una especie de tácito acuerdo a ese respecto: engañar al niño les habría parecido indigno. Por tanto, en su presencia hablaban sólo como si fueran simples conocidos. Pero, a pesar de sus precauciones, Vronski encontraba a menudo la mirada perpleja y escrutadora del niño fija en él, y observaba una extraña desigualdad en su actitud. El pequeño se mostraba en ocasiones muy afable con él, y otras veces aparecía frío y suspicaz, como si adivinara con su instinto que entre aquel hombre y su madre existía una seria relación que él no podía comprender.

En efecto, el niño apenas sabía cómo comportarse con Vronski. Con su clara intuición infantil había percibido que su padre, su institutriz, su aya, sentían por Vronski cierta repugnancia y temor, aunque no hablaran nunca de él, en tanto que su madre lo trataba como a un dilecto amigo. «¿Qué significaba esto? ¿Quién es? ¿Debo quererle? Si no comprendo nada, es sin duda porque soy un niño malo o tonto», pensaba el pequeño. Y ésta era la causa de su timidez, de su mirada interrogativa y algo recelosa y de la desigualdad de trato que tanto molestaban a Vronski.

Ver a ese niño despertaba invariablemente en él, sin motivo aparente, ese sentimiento de extraña repulsión que experimentaba desde hacía algún tiempo. La presencia del niño les hacía a los dos —a Anna lo mismo que a Vronski— semejantes a unos navegantes que comprueban, por la brújula, que siguen una dirección equivocada, sin que puedan rectificar su ruta, sabiendo que un cambio de dirección equivaldría a su pérdida. Como la brújula, al nauta, ese niño de ingenua mirada marcaba a Anna y a él el grado de alejamiento de esa norma moral que ellos conocían muy bien, pero a la cual no querían someterse.

Pero Seriozha no estaba en casa. Había salido a dar un paseo por los alrededores, y lo había sorprendido la lluvia. Anna envió a un criado y a una muchacha a buscarlo, y ahora estaba esperando su regreso, sentada en un ángulo de la terraza. Vestía un traje blanco adornado con anchos bordados. Permanecía con la cabeza inclinada, sosteniendo una regadera entre sus enjoyadas manos, bellas y delicadas, que Vronski conocía tan bien. La hermosura de su cabeza de oscuros rizos, la suave belleza de su cuello, de sus brazos, de toda su figura, tenían siempre para él un nuevo atractivo. Vronski se detuvo, contemplándola con arrobamiento. Ella presintió su proximidad, tras las flores, y apenas su amado hubo adelantado un paso, soltó la regadera y volvió hacia él su encendido rostro.

—¿Qué le pasa? ¿No se encuentra bien? —preguntó él en francés, acercándose.

Hubiera querido apresurarse, correr hacia ella; pero, temiendo que pudieran observarles, echó una mirada al balcón de la terraza, enrojeciendo al punto, como le ocurría siempre que se hallaba en parecidas circunstancias.

—Sí. Estoy bien —respondió ella, levantándose y estrechando la mano que le tendía Vronski—. Pero... no te esperaba.

—¡Dios mío, qué manos tan frías!

—Me has asustado. Estoy sola, y espero a Seriozha, que salió de paseo. No tardarán en llegar.

Se esforzaba en aparecer tranquila, mas sus labios temblaban.

—Perdóneme que haya venido. Sentía grandes deseos de verla —dijo Vronski, hablándole todavía en francés. Con ello quería evitar el peligroso «tú» y el demasiado ceremonioso «usted» de la lengua rusa.

—¿Perdonarte? ¡Tu visita me llena de alegría!

—Se encuentra usted mal, o está apenada —prosiguió Vronski, inclinándose hacia ella sin soltar su mano—. ¿En qué pensaba?

—Siempre en lo mismo —respondió Anna, sonriendo.

Decía la verdad. En cualquier momento que la hubieran preguntado, habría dado justamente la misma respuesta, pues, en efecto, pensaba siempre en la felicidad y en la desdicha que podía reservarles la suerte. Al llegar Vronski, ella se preguntaba cómo Betsi, cuyas relaciones con Tushkiévich le eran bien conocidas, podía tomarse la cosa con tanta ligereza, mientras que a ella le afligía tanto esa situación. Y hoy tal pensamiento, por ciertas razones, la atormentaba particularmente. Habló a Vronski sobre las carreras, y él, viéndola conturbada, quiso distraerla, y pasó a contarle todo lo referente a los preparativos para esa competición.

«¿Debo decírselo? —pensaba ella, observando los ojos claros y acariciadores de Vronski—. Parece tan feliz, está tan entusiasmado con esas carreras, que quizá no comprenda la importancia que eso tiene para nosotros.»

—Aún no me ha dicho en qué pensaba cuando he llegado. Dígamelo ahora, se lo ruego —comenzó Vronski, interrumpiendo de repente su conversación.

Anna no respondió. Con la cabeza inclinada, le dirigió una fugaz mirada. En sus bellos ojos, protegidos por largas pestañas, había un extraño brillo. Su mano jugueteaba nerviosamente con una hoja. Vronski percibió la inquietud que la dominaba, y su rostro tomó esa expresión sumisa, de adhesión respetuosa, que tanto impresionaba a Anna.

—Veo que le ha ocurrido algo. ¿Puedo acaso estar tranquilo sabiendo que sufre por algo, que la aflige una pena que no comparto? Hable, por Dios —suplicó.

«No, no le perdonaría si él no comprendiese toda la importancia de lo que tengo que decirle. Vale más callar», pensaba Anna, sin dejar de mirarle, y sintiéndose cada vez más angustiada.

—Por favor... —insistió él.

—Entonces, ¿se lo digo?

—Sí, sí.

—Estoy encinta —murmuró Anna lentamente.

La hoja que mantenía entre los dedos se movía con más rápido impulso, pero ella no apartaba los ojos de él para observar la impresión que le producía esa noticia. Soltó la mano de Anna, y bajó la cabeza.

«Sí, comprende toda la importancia de este hecho», pensó Anna. Y le apretó la mano, para mostrarle su gratitud.

Pero se engañaba creyendo que él daba a la cosa la importancia que ella le concedía como mujer. Al oírla, Vronski había experimentado con más fuerza que nunca la sensación de repugnancia, de extraña repulsión hacia alguien. Comprendía también que la crisis que él anhelaba había llegado: no se podían seguir ocultando los hechos al marido y era preciso salir cuanto antes y por cualquier medio de esa odiosa situación. Por otra parte, la emoción de Anna se le había comunicado a él. La miró con expresión tierna y sumisa, besó su mano, se incorporó y comenzó a pasear por la terraza sin decir una palabra. Poco después, se acercó de nuevo a ella, y le dijo en tono resuelto.

—Ni usted ni yo hemos considerado nuestras relaciones como algo trivial y sin importancia. Ahora nuestra suerte está decidida. Es preciso terminar... —dijo, mirando cautelosamente a su alrededor— esta mentira en que vivimos.

—¿Pero cómo, Alexiéi? —inquirió ella, con calma, mostrándose en su rostro una sonrisa de suave ternura.

—Dejando a su marido y uniendo nuestras vidas.

—Ya lo están —repuso Anna, con voz débil.

—No del todo.

—¿Qué podemos hacer, Alexiéi? Dímelo —repuso ella, pensando con tristeza en lo confuso de su situación—. ¿Hay alguna salida? Ciertamente, soy la esposa de mi marido.

—Para todo hay una salida. Se trata sólo de tomar una resolución. Cualquier cosa es preferible a la vida que llevas. ¿Crees que no veo cuánto sufres por todo? Por todo el mundo, por tu hijo, por tu marido...

—No por mi marido —objetó Anna, con franca sonrisa—. No pienso en él. Para mí, es como si no existiera.

—No eres sincera. Te conozco. Sé que sufres también por él.

—Pero él no sabe nada —musitó Anna.

Y de pronto sintió que enrojecía. Las mejillas, la frente, el cuello, todo el rostro, se le cubrió de un vivo rubor, y lágrimas de vergüenza asomaron a sus ojos.

—No hablemos más de él —dijo, llena de confusión.


## Capítulo XXIII

VARIAS veces había procurado Vronski, aunque con menos firmeza que ahora, hacer comprender a Anna su situación. Y siempre había encontrado las mismas ingenuas objeciones, la misma inconsciencia en el razonamiento, que tanto le desconcertaban. Debía de haber algo que Anna no quería o no podía analizar, pues en cuanto comenzaba a hablar de aquello, la verdadera Anna desaparecía y era entonces una mujer distinta la que conversaba con Vronski, una mujer a la que temía y odiaba casi. Pero Vronski estaba resuelto, esta vez, a decirlo todo.

—Lo sepa o no tu marido, poco nos importa —arguyó con su tono firme y tranquilo—. No podemos... no puedes continuar así, sobre todo ahora.

—¿Y qué quieres que haga? —preguntó ella, con la ligera ironía que le era habitual.

Había temido que Vronski no diera la debida importancia a su confidencia, y ahora lamentaba que él dedujera de eso la necesidad de una resolución enérgica.

—Confesarlo todo a tu marido y abandonarle.

—Bien; supongamos que se lo confieso. ¿Sabes lo que sucedería? Voy a decírtelo.

Sus ojos, tan dulces un momento antes, se iluminaron con un brillo malévolo.

«¡Ah, ama usted a otro hombre, y mantiene con él relaciones ilícitas! —decía ella, imitando a Alexiéi Alexándrovich y subrayando la palabra «ilícitas», como hubiera hecho él—. Le advertí de las consecuencias de su conducta en el aspecto religioso, social y familiar... Usted no me ha escuchado. Pero yo

Anna, Karenin y Vronski (dibujo de Rudakov).

no puedo deshonrar mi nombre...» —iba a añadir: «ni el de mi hijo», pero se detuvo, no queriendo haber objeto de burla al niño, y añadió alguna cosa más por el estilo. Y continuó:

—En resumen, con palabras precisas y claras, en el modo lacónico de un estadista, me notificará que no puede dejarme libre y que tomará las medidas necesarias para evitar el escándalo. Y lo que determine hacer lo hará metódicamente y con absoluta calma. No es un hombre, sino una máquina. Y una máquina muy perversa, cuando se disgusta —añadió, recordando los menores gestos, los menores defectos físicos de Alexiéi Alexándrovich, para hacer más viva en su mente la figura de su esposo, al cual se complacía ahora en acusar y llenar de reproches, buscando en la parte más deleznable de su carácter todos los posibles motivos para rebajarlo y denigrarlo, en compensación por la terrible falta de que se había hecho culpable ante él.

—Anna —exhortó Vronski, con suavidad, procurando persuadirla—; de todas maneras hay que decírselo, y después obraremos según lo que él determine.

—¿Tendremos que huir?

—¿Por qué no? No podemos seguir viviendo así. Y no pienso sólo en mí, sino sobre todo en ti, que tanto sufres.

—Huir... y convertirme en tu amante, ¿no es eso? —dijo Anna con malignidad.

—¡Anna! —exclamó él, en tono de reproche.

—Sí; ser tu amante, y perderlo todo.

Habría querido decir «perder a mi hijo», pero no pudo pronunciar la palabra.

Vronski se negaba a creer que Anna, mujer de carácter enérgico y noble, aceptara la falsa situación en que se hallaba sin procurar salir de ella. No sospechaba que el obstáculo era precisamente esa palabra «hijo», que ella no tenía valor para pronunciar. Cuando Anna pensaba en su hijo y en el concepto que éste podría tener de ella si se separaba de su esposo, se sentía tan avergonzada de la falta que había cometido que no podía ya reflexionar; pero su naturaleza femenina la inducía a procurar persuadirse con argumentos capciosos de que todo quedaría igual que en el pasado, y distraerse para no pensar en la angustiosa cuestión del futuro de su hijo.

—Te lo suplico —dijo Anna de repente, en otro tono de voz, impregnado de ternura y sinceridad—; no vuelvas a hablarme de eso.

—Pero Anna...

—¡Jamás! Deja que sea yo quien decida. Conozco la bajeza y el horror de mi situación. Pero no es tan fácil como crees arreglarlo. Déjame y no te opongas. No me hables más de eso. ¿Me lo prometes?

—Te prometo lo que quieras. Pero, ¿puedo acaso estar tranquilo, sobre todo después de lo que has dicho? ¿Puedo estar tranquilo cuando tú no lo estás?

—¿Yo? Es verdad que a veces sufro. Pero eso pasará si no vuelves a hablarme del asunto. Sólo me inquieto cuando me hablas de ello.

—No comprendo... —murmuró Vronski.

—Sé —interrumpió Anna— que te repugna la mentira, porque eres de noble condición. Y a veces te compadezco, diciéndome que has arruinado tu vida por mí.

—Eso mismo podría decir yo de ti. Y me pregunto cómo has podido sacrificarlo todo por nuestro amor, por... No puedo perdonarme el haberte hecho tan desdichada.

—¿Desdichada? —replicó Anna, acercándose a él y mirándole con expresión apasionada—. Soy más bien semejante a un pobre hambriento al que han dado comida. Podrá acaso sentir frío y avergonzado de su miserable estado, pero no es desdichado. ¿Yo desdichada? No. Eso me ha traído la felicidad.

Se oyó la voz del niño, que llegaba en ese momento. Ella se levantó con prontitud, y lanzó una tierna mirada a su alrededor. Luego, con gesto impetuoso, tomó la cabeza de Vronski, la miró largamente, y, acercando su rostro al suyo, le besó en la boca y en los ojos. Quiso luego apartarle y marcharse, pero él la retuvo.

—¿Hasta cuándo? —murmuró, mirándola arrobado.

—Esta noche, hacia la una —respondió Anna.

Y, con paso rápido, fue al encuentro de su hijo.

La lluvia había sorprendido a Seriozha en el gran parque, y se había refugiado en el pabellón, esperando allí con el aya.

—Hasta luego —dijo Anna a Vronski—. Tengo que darme

prisa, poque pronto vendrá a buscarme Betsi para ir a las carreras.

Vronski consultó el reloj y salió apresuradamente.


## Capítulo XXIV

Cuando Vronski miró el reloj, allí en la terraza, estaba poseído de tal emoción que no reparó en la hora que marcaban las manecillas. Salió del jardín y, avanzando con cuidado a lo largo del fangoso camino, se dirigió al lugar donde estaba su coche. Se hallaba tan absorto en sus pensamientos, el recuerdo de Anna lo llenaba tan por completo, que había perdido la noción del tiempo, y no sabía si le sería posible ver a Brianski. Como es frecuente en tales casos, su memoria le recordaba lo que había decidido hacer, sin que la reflexión interviniera en ello. Cuando estuvo ya junto al coche, se complació en mirar por un momento la nube de mosquitos que volaban describiendo caprichosos círculos por encima de los sudorosos caballos: despertó luego al cochero, que dormitaba en el pescante a la sombra de un robusto tilo, y ordenó que le llevara a casa de Brianski.

Sólo después de haber recorrido unas seis o siete verstas, pareció salir de su ensimismamiento. Miró el reloj, y observó que eran las cinco y media. No disponía, pues, de mucho tiempo. Había varias carreras para ese día: la primera estaba reservada para los oficiales de la escolta de Su Majestad; había luego una de dos mil metros, otra de cuatro mil y, finalmente, la carrera en que él debía tomar parte. Si se apresuraba, aún podía llegar a tiempo para esa carrera, pero si se detenía en casa de Brianski, difícilmente lo conseguiría y, con seguridad, llegaría al hipódromo después de que toda la Corte estuviese ya allí. No sería regular. Sin embargo, como había dado palabra a Brianski, resolvió continuar, diciendo al cochero que no tuviera miramientos con los caballos. Se detuvo sólo cinco minutos en casa de Brianski y emprendió el regreso con rápida marcha.

El rápido trote le calmó. Olvidó poco a poco la parte dolorosa de sus relaciones con Anna, el escaso resultado de la conversación que había tenido con ella, y se abandonó a la gozosa emoción que sentía ante la proximidad de la carrera. De vez en cuando en su imaginación se representaba con vivas tintas la deliciosa entrevista nocturna que iba a tener con Anna; pero a medida que avanzaba, dejando atrás la multitud de coches que llegaba de Peterburgo y de los alrededores, se sentía más y más poseído por la emoción de la carrera.

No halló en su casa a nadie más que a su criado, el cual le esperaba en la puerta. Mientras le ayudaba a cambiarse de ropa, el hombre le anunció que la segunda carrera había empezado, que habían preguntado por él varias personas y que el mozo de cuadras había ido ya dos veces en su busca.

Vronski se vistió tranquilamente, sin perder su calma habitual, y luego ordenó al cochero que le llevase a las cuadras. Se veía desde allí el mar de coches, de peatones, de soldados que se movían en torno al hipódromo, y las tribunas llenas de espectadores. En efecto, debía de haber comenzado la segunda carrera, porque cuando él llegaba a las cuadras se oyó sonar una campana. Allí, en el establo, vio a *Gladiátor* el caballo alazán de patas blancas de Majotin, al que llevaban al hipódromo cubierto con una gualdrapa de color naranja con bordes azules.

—¿Dónde está Kord? —preguntó el palafrenero.

—En la cuadra ensillando el caballo.

*Fru-Fru* estaba ya ensillada en su departamento, e iban a hacerla salir.

—¿No llego tarde?

—*All right, all right* —dijo el inglés—; no se inquiete.

Vronski contempló con deleite su querida yegua, que en esos momentos se hallaba presa de una gran agitación, temblándole todo el cuerpo, y salió de allí a desgana, costándole apartarse de su caballo, cuya belleza de líneas nunca se cansaba de admirar.

El momento era propicio para entrar en las tribunas sin ser observado. La carrera de dos mil metros terminaba ya, y los ojos de todos estaban fijos en un oficial de la Guardia, seguido de cerca por un húsar; los dos, animando briosamente a sus caballos, estaban a punto de alcanzar la meta. De todas partes la multitud afluía hacia la meta. Algunos oficiales lanzaban fuertes y alegres exclamaciones, celebrando el triunfo de su camarada.

Vronski se mezcló con el gentío casi en el mismo momento en que la campana anunciaba el final de la carrera. El vencedor, un apuesto mozo, alto, cubierto de barro, se acomodó, rendido, en la silla y comenzó a aflojar el freno de su potro, que estaba casi sin aliento y cubierto de sudor. El caballo detuvo con dificultad su rápida marcha.

El oficial vencedor miró con aturdimiento en torno suyo, como si despertara de una pesadilla, y sonrió alegremente. Un grupo de amigos y curiosos le rodeó.

Vronski evitaba adrede los grupos de gente distinguida que pasaban ante las tribunas charlando con grave ponderación. Había divisado a Anna y a Betsi, y también a su cuñada; pero no quiso acercarse, temiendo que le entretuvieran. Mas a cada paso encontraba conocidos que le paraban para contarle los detalles de las primeras carreras y preguntarle la causa de que llegara tan tarde.

Mientras distribuían los premios en la tribuna de honor y todos se dirigían hacia allí, Vronski vio acercarse a su hermano Alexandr, coronel del ejército, hombre un poco bajo, como él, pero más guapo, a pesar de su roja nariz y su colorado rostro de bebedor.

—¿Recibiste mi nota? —preguntó el coronel—. Nunca puede uno encontrarte.

Alexiéi Vronski, aunque tenía gran afición a la bebida y llevaba una vida de libertinaje, era un perfecto cortesano. Ahora, mientras hablaba con su hermano de ese serio asunto, conservaba un aspecto sonriente, sabiendo que tenía muchos ojos fijos en ellos. Vistos de lejos, se hubiera dicho que estaban charlando alegremente.

—La recibí, pero no sé verdaderamente de qué te preocupas —respondió Alexiéi.

—De esto me preocupo: ahora mismo me han advertido de que no estabas aquí al comenzar las carreras y de que el lunes se te vio en Petergof.

—Hay asuntos que sólo pueden ser tratados por las personas directamene interesadas en ello, y el asunto de que te preocupas es uno de tales.

—Sí, pero entonces no se continúa el servicio, no...

—Te ruego que no te metas en eso.

El ceñudo rostro de Alexiéi Vronski palideció de pronto y su mandíbula comenzó a temblar. Esto era en él una señal tanto más temible, porque se enojaba pocas veces; pero cuando se enfadaba y manifestaba así su ira no era prudente contender con él. Alexandr Vronski, que lo sabía, se sonrió alegremente.

—Sólo quería llevarte la carta de mamá. Contéstala y no te inquietes por nada antes de la carrera. *Bonne chance*[1].

Y se alejó.

Poco después otra persona se acercaba a Vronski.

—¿Ya no conoces a los amigos? Buenos días, *mon cher* —saludó Stepán Arkádich, cuyo encendido rostro y lustrosas patillas le daban el admirable aspecto de un cumplido caballero que se encuentra tan a gusto entre la alta sociedad peterburguesa como en Moscú—. He llegado ayer y tendré un gran placer en asistir a su triunfo. ¿Cuándo nos veremos?

—Pasa mañana a vernos —repuso Vronski, tocándole la manga del abrigo.

Y se dirigió apresuradamente al centro del hipódromo, a donde llevaban ya los caballos para la carrera de obstáculos.

Los palafreneros conducían a sus cuadras a los extenuados caballos de la última carrera, y uno tras otro iban apareciendo los que iban a correr. Eran en su mayor parte caballos ingleses de pura sangre, cubiertos con sus gualdrapas, que los asemejaban a enormes y extraños pájaros. A la derecha estaba la esbelta *Fru-Fru*, que avanzaba como impulsada por resortes con sus elásticas, y largas cuartillas. No lejos de allí, quitaban su gualdrapa a *Gladiátor*. Las soberbias, recias y armoniosas formas del caballo, su magnífica grupa y sus cortas cuartillas sobre las pezuñas, llamaron por un momento la atención de Vronski. Iba a acercarse a *Fru-Fru*, pero de nuevo se vio obligado a prestar atención a un conocido que le detuvo.

—Por ahí está Karenin —indicó el amigo—. Anda buscando a su mujer; pero ella se halla en el centro de la tribuna. ¿La ha visto?

—No —respondió Vronski, sin volverse siquiera hacia el lugar donde debía esta la Karénina.

Examinaba él la silla, cuando llamaron a los corredores para

---

[1] Buena suerte. (En francés en el original.)

el sorteo de los números. Diecisiete oficiales, serios, con aire solemne, y algunos muy pálidos, se acercaron a la tribuna. Vronski sacó el número siete.

Se dio la orden de prepararse.

Vronski se dirigió hacia su yegua; sentía que, con los otros corredores, era el blanco de todas las miradas y, como siempre en semejantes estados de tensión, sus movimientos eran más lentos y tranquilos. Kord se había puesto su traje de gala: levita negra cuidadosamente abrochada, cuello duro, muy almidonado, que apuntalaba sus mejillas, sombrero negro y botas de montar. Tranquilo y engreído, como de costumbre se mantenía frente a la yegua, sosteniéndola por las riendas. *Fru-Fru* seguía temblando, como si le atormentara la fiebre, y miraba hacia su amo con sus ojos llenos de fuego. Vronski deslizó el dedo bajo la cincha, y la yegua torció aún más los ojos y bajó las orejas. El inglés manifestó su estupor con una mueca irónica; no comprendía cómo se podía dudar de su habilidad para ensillar un caballo.

—Monte —dijo él—; así no estará usted tan inquieto.

Vronski dirigió una última mirada a sus competidores, pues sabía que no los vería ya durante la carrera. Dos de ellos avanzaban ya hacia la línea de partida. Galtsin, amigo de Vronski y uno de los mejores jinetes, daba vueltas en torno a su caballo bayo, que se agitaba con frenesí y le impedía montar. Un menudo húsar de la Guardia, con ceñidos calzones, marchaba al galope, encorvado sobre su silla a la manera de los ingleses, como un gato agazapado. El príncipe Kúzovlev, blanco como la cera, mostraba su yegua de pura sangre, procedente de la yeguada de Grabovski, que un inglés llevaba por la brida.

No ignoraba Vronski, como todos sus amigos, que Kúzovlev, además de su terrible amor propio, sufría de una gran «debilidad nerviosa». Sabían que ese hombre tenía miedo a todo, hasta de montar un caballo militar ordinario. Pero precisamente para hacer frente a ese miedo, porque podía uno romperse la cabeza, y porque junto a cada obstáculo había un médico, una enfermera y un coche ambulancia, había resuelto ahora correr. Las miradas de los dos se encontraron, y Vronski le sonrió amistosamente para animarlo. Al único que no vio fue al adversario principal: a Majotin con su *Gladiátor*.

—No se precipite —le recomendó Kord—; y sobre todo recuerde que no hay que contener a la yegua ante los obstáculos, ni forzarla, sino dejarla hacer.

—Bien, bien —dijo Vronski, tomando las riendas.

—Si es posible, vaya por delante en la carrera, pero si no lo consigue, no se desanime, aunque quede muy atrás.

Antes de que la yegua pudiera reaccionar, Vronski puso el pie en el cincelado estribo y, con movimiento ágil y enérgico, asentó su robusto cuerpo en la magnífica silla de cuero. Metió el otro pie en el estribo, y acomodó con soltura las dobles riendas entre los dedos. Kord se apartó. *Fru-Fru* estiró el cuello, dando un fuerte impulso a las riendas. Parecía estar desconcertada, como si se preguntara qué pie debía avanzar primero. Luego marchó hacia delante con su paso ágil y flexible, balanceando al jinete sobre su serpenteante lomo. Kord les seguía dando grandes zancadas. La yegua, inquieta, como queriendo chasquear al jinete, tiraba ya a la derecha, ya a la izquierda. Vronski procuraba en vano calmarla con gestos y con palabras.

Se acercaban al riachuelo, no muy distante del lugar de partida. Vronski no iba en la delantera, ni tampoco estaba entre los últimos. De pronto, sintió detrás de él, en el barro del camino, el trote de un caballo. Era *Gladiátor,* el caballo de blancos remos y colgantes orejas. Majotin, su jinete, adelantó pronto a Vronski y le sonrió mostrando sus grandes dientes. Vronski lo miró con enfado. En general, no mostraba ninguna estimación por él. Pero ahora, además, lo consideraba su más fuerte adversario, y le había adelantado irritando su caballo.

*Fru-Fru* levantó la pata izquierda y dio dos corvetas, partiendo al galope. Después, enfurecida por la fuerte opresión de las bridas, trotó con impetuosas sacudidas que hacían bambolearse al jinete. Kord, al cual no le agradaba aquello, echó a correr tras ellos con ánimo de alcanzarlos.

DIECISIETE oficiales participaron en la competición. La pista era una gran elipse de cuatro mil metros de extensión, en la cual había nueve obstáculos: el riachuelo, una valla de metro y medio de altura frente a las tribunas, una zanja seca, otra con agua, una escarpada pendiente y un terraplén cubierto de ramaje seco tras el cual había una zanja; éste era una obstáculo doble y muy peligroso, pues los caballos tenían que franquearlo todo de un salto, so pena de matarse. Luego había tres zanjas más, dos llenas de agua y otra seca. El punto de llegada estaba delante de las tribunas, pero la carrera comenzaba a unos doscientos metros de allí. En ese trayecto, a un lado de la elipse, se encontraba el primer obstáculo: el arroyo, de unos dos metros de ancho, que los jinetes podían, a su gusto, saltar o vadear.

Por tres veces se alinearon los competidores, y las tres veces hubo que suspender la salida, por adelantarse algún caballo, con gran descontento del coronel Sestrín, el juez de partida. Al fin, a la cuarta vez pudo darse la salida. Todas las miradas, todos los prismáticos se concentraron en el variopinto grupo de jinetes mientras se alineaban. «¡Ahí van! ¡Ya corren!», gritaban por todos los lados, rompiendo el silencio. Y algunos espectadores, en grupos y aisladamente, empezaron a correr de aquí para allá a fin de ver la carrera. De lejos, los jinetes parecían avanzar en compacto grupo. Pero desde el principio se habían dispersado, acercándose al riachuelo de dos en dos, de tres en tres, o hasta solos. Y aun cuando se hallaran separados por mínimos espacios, esas pequeñas fracciones tenían una gran importancia para ellos.

*Fru-Fru,* agitada y nerviosa, se retrasó al principio. Pero ya antes de llegar al arroyo, Vronski, conteniendo al animal, que tiraba sin cesar de las bridas, adelantó fácilmente a tres de los competidores. Sólo *Gladiátor,* montado por Majotin, logró adelantar a Vronski. El brioso caballo rojo avanzaba, ligera y regularmente enfrente de él. Y, a la cabeza de todos, la magnífica *Diana* llevando sobre su lomo a Kúzovlev, más muerto que vivo. En los primeros momentos, Vronski no era dueño de la yegua ni de sí mismo, y hasta llegar al arroyo no pudo dominar al animal.

*Gladiátor* y *Diana* saltaron sobre el riachuelo casi al mismo tiempo. *Fru-Fru* saltó tras ellos. En el momento en que Vronski se sintió levantado en el aire, percibió, bajo las patas de su cabalgadura, a Kúzovlev, que se debatía con *Diana* a la otra orilla del arroyo. Kúzovlev había soltado las riendas después de saltar, y el caballo había dado una voltereta, cayendo de cabeza con él. Pero esos detalles no los supo Vronski hasta más tarde. Por el momento sólo pensaba en que *Fru-Fru*, como una gata cuando cae, hizo al saltar, un esfuerzo de grupa y patas y llegó al suelo sin tocar a *Diana*.

«¡Oh, mi valiente yegua!», se dijo Vronski.

Después de haber franqueado el arroyo, Vronski tenía ya pleno dominio sobre el animal. Su intención era saltar el obstáculo principal detrás de Majotin; y luego, en el trozo libre de obstáculos, de una extensión de cuatrocientos metros, procuraría adelantarle.

La gran valla se alzaba enfrente mismo del pabellón imperial. El zar, toda la Corte, una inmensa multitud, los contemplaban. Majotin le llevaba un cuerpo de ventaja cuando llegaban al «diablo», como llamaban a esa barrera. Vronski sentía que todos los ojos estaban fijos en él, pero no veía más que las orejas y el cuello de su yegua, la tierra que huía detrás de la grupa de *Gladiátor* y los blancos remos de éste golpeando cadenciosamente el suelo, siempre a la misma distancia de *Fru-Fru*. *Gladiátor* se lanzó hacia la valla, agitó su recortada cola y desapareció de los ojos de Vronski, sin haber rozado el obstáculo.

—¡Bravo! —gritaron.

En el mismo instante, las tablas de la barrera pasaron como un relámpago bajo los ojos de Vronski. La yegua había franqueado el obstáculo sin dificultad, y Vronski sólo percibió un crujido detrás de él. *Fru-Fru*, agitada por ver delante a *Gladiátor*, había saltado demasiado pronto, y golpeado la barrera con uno de los cascos traseros. Pero su avance no se detuvo, y Vronski, que había recibido una masa de barro en el rostro, comprobó que la distancia que le separaba de *Gladiátor* no había aumentado. Veía de nuevo la grupa del magnífico caballo, su corta cola y sus patas blancas en rápido movimiento, pero la distancia que los separaba no había variado.

Vronski creyó llegado el momento de adelantar a Majotin. *Fru-Fru* parecía hacerse la misma reflexión, pues, sin que él la excitara, aceleró la marcha, acercándose a Majotin por el lado más propicio, el de las cuerdas. Pero Majotin no daba tregua a su caballo, impidiéndole pasar por ese lado. Vronski consideró que sólo se le podía adelantar desde fuera, y apenas lo hubo pensado, cuando ya *Fru-Fru*, cambiando de pata, tomaba ya esa misma dirección. Su lomo, cubierto de sudor, se hallaba ya a la altura de la grupa de *Gladiátor*. Corrieron un rato uno al lado de otro, pero Vronski, deseoso de acercarse a la cuerda antes de llegar al obstáculo, excitó a su cabalgadura y, en el mismo montículo adelantó a Majotin. Vio su rostro manchado de barro y le pareció que sonreía. Aun cuando *Gladiátor* había quedado atrás, seguía pisando los talones de *Fru-Fru*, y Vronski oía incesantemente el galope regular y la fuerte respiración del caballo de su adversario.

Los dos obstáculos siguientes, una zanja y una valla, fueron franqueados fácilmente; pero la respiración y el galope de *Gladiátor* se sentían ya más cercanos. Vronski excitó a la yegua y observó con alegría que aumentaba la velocidad. La distancia pronto volvió a ser la misma de antes.

Estaba ahora a la cabeza de los corredores, según deseaba y siguiendo el consejo de Kord, y tenía la seguridad de salir vencedor. Su emoción, su alegría y su afecto por *Fru-Fru* iban en aumento. Aun cuando estaba deseoso de mirar atrás, no se atrevía a hacerlo, y procuraba calmarse y no excitar a la yegua para que acelerara la carrera, a fin de que conservara la misma reserva de las fuerzas que poseía *Gladiátor*.

No tenía ante sí más que un obstáculo, pero era el más terrible. Si lo salvaba antes que los demás, ganaría la carrera. Vronski y *Fru-Fru* divisaban ya el obstáculo, y los dos, la yegua y el jinete, experimentaron un momento de vacilación. Advirtió la indecisión del animal en el movimiento de sus orejas, e iba a levantar ya la fusta. Pero se dio cuenta enseguida de que la yegua sabía lo que tenía que hacer. *Fru-Fru* avanzó resueltamente y, como él había supuesto, se irguió en el aire con ímpetu y se entregó a la fuerza de ese ímpetu, que la lanzó a una breve distancia más allá del terraplén y la zanja. Luego continuó la carrera, al mismo paso, sin esforzarse y sin cambiar de pie.

—¡Bravo, Vronski! —gritaron los compañeros de su regimiento, que se habían situado cerca de ese obstáculo, el más peligroso. Vronski reconoció entre esas voces la de Iashvín, pero no le vio.

Vronski se sentía orgulloso de *Fru-Fru* y se decía que era un animal admirable, mientras aguzaba el oído para saber lo que ocurría detrás de él. «Ha saltado», pensó luego, percibiendo el galope de *Gladiátor*. Quedaba todavía una obstáculo: una zanja con agua, de metro y medio de anchura. Pero Vronski no se inquietaba. Deseoso de llegar a la meta con mucha ventaja sobre los otros corredores, comenzó a mover las bridas circularmente, levantando y bajando la cabeza del caballo al compás del galope. Sentía que al caballo se le agotaban las fuerzas. Tenía el cuello y el lomo bañados en sudor, y hasta en las orejas y otras partes de la cabeza brotaban algunas gotas, y respiraba brusca y brevemente. Vronski sabía, sin embargo, que no le faltarían energías para los cuatrocientos metros que la separaban de la meta.

Por la perfecta suavidad de los movimientos de *Fru-Fru* y por la sensación de que se hallaba ahora más próximo al suelo, Vronski comprendió que avanzaba ahora con mayor rapidez. La yegua saltó ágilmente sobre la zanja, como en raudo vuelo. Pero, en el mismo instante, Vronski advirtió con horror que, en lugar de seguir el impulso del caballo, él había hecho un movimiento en falso, cosa incomprensible e imperdonable, cayendo con gran violencia en la silla. Comprendió que su situación había cambiado e imaginaba que iba a ocurrir algo horrible. Antes de que pudiera apreciar la velocidad, vio pasar a su lado, como un relámpago, el caballo de Majotin.

Vronski tocaba el suelo con un pie y su yegua tendía a inclinarse hacia ese lado. Apenas tuvo tiempo de liberar su pierna, cuando el animal cayó, respirando penosamente y haciendo inútiles esfuerzos para levantarse. Se debatía en el suelo como un pájaro herido, irguiendo su delicado cuello cubierto de sudor, y agitando las patas. El falso movimiento de Vronski le había roto el espinazo. Pero él no lo supo hasta mucho después. Ahora su inmediata preocupación era Majotin, al cual veía alejarse rápidamente, mientras él, pisando en la fangosa tierra, permanecía junto a *Fru-Fru,* que, jadeante, alargaba la cabeza hacia él y le miraba con sus hermosos ojos.

Sin poder comprender aún lo que había podido ocurrir, Vronski tiraba de las bridas del animal. *Fru-Fru* se agitó con fuertes movimientos, y luego logró levantar las patas delanteras; pero no tuvo fuerzas para erguir las de detrás. Tembló un momento, y cayó otra vez de lado.

Pálido, con el rostro desfigurado de ira, Vronski le dio un taconazo en el vientre y de nuevo tiró de las riendas. La yegua no se movió, limitándose a lanzar a su amo una expresiva mirada, mientras hundía el morro en la tierra.

—¡Dios mío! ¿Qué he hecho? —gimió Vronski, llevándose las manos a la cabeza—. ¡He perdido la carrera! Y por mi culpa... Es humillante, imperdonable... ¡Y he perdido a mi querida yegua, mi pobre...! ¡Qué desdichado soy!

Todos corrieron hacia él: los oficiales de su regimiento, el médico, su ayudante. Para su infortunio, sabía que estaba ileso. La yegua tenía rota la columna vertebral y decidieron rematarla. Vronski se sentía tan confuso, que no pudo pronunciar ni una palabra. Permanecía ajeno a todo lo que le rodeaba. Sin recoger la gorra, que se le había caído al suelo, y rehuyendo hablar con nadie, se alejó, lleno de una honda tristeza. Salió del hipódromo, sin saber ni él mismo adónde iba. Se sentía terriblemente desesperado, abatido por un infortunio irremediable. Y sólo él tenía la culpa.

Poco después, Iashvín fue a su encuentro, llevándole la gorra, y lo acompañó a su casa. Media hora más tarde, Vronski se había recobrado. Pero el recuerdo de esa carrera se mantuvo vivo en él durante mucho tiempo como una de las experiencias más penosas de su vida.

APARENTEMENTE, nada había cambiado en las relaciones de Alexiéi Alexándrovich con su esposa, excepto que él estaba ahora mucho más ocupado que antes. Como otros años, al llegar la primavera, Karenin fue al extranjero para una cura de aguas, a fin de reponerse de la fatiga ocasionada por el trabajo del invierno. Volvió en julio, como de costumbre, y se entregó con nuevas energías a sus actividades habituales. Y también como de costumbre, su mujer fue a la casa de recreo en el campo, mientras él se quedaba en Peterburgo.

Después de la conversación que había tenido con ella al regresar de la velada en casa de la princesa Tvierskaia, Alexiéi Alexándrovich no había hablado más de aquel asunto, ni hecho la menor alusión a sus sospechas. Pero el tono burlón que le había distinguido siempre le ofrecía ahora particulares ventajas en sus relaciones con su mujer. Se mostraba más frío con Anna, y parecía conservar una impresión algo desagradable de aquella primera conversación nocturna. Aun así, su contrariedad no se manifestaba más que por algún ligero signo de disgusto.

«No quisiste explicarte conmigo... Bueno. Llegará el día en que seas tú quien pida la explicación, y yo me negaré a dártela. ¡Tanto peor para ti!», le decía con el pensamiento.

Procedía de igual modo que un hombre que, furioso por no haber podido apagar un incendio que consumiera su casa, dijese:

«¡Ahora vas a arder bien! ¡Quémate!»

¿Cómo este hombre, tan perspicaz y tan inteligente cuando se trataba de asuntos oficiales, no comprendía lo absurdo de su conducta? No lo comprendía porque no tenía el valor de analizar profundamente su actual situación, que le resultaba demasiado terrible y penosa. Había preferido guardar sus sentimientos familiares —los sentimientos hacia su mujer y su hijo— en algún oculto rincón de su alma, donde permanecían como en un cajón cerrado con triple cerradura. Y si bien era un padre cariñoso, desde fines de ese invierno mostraba una actitud muy fría para con su hijo, hablándole en el mismo tono irónico que empleaba con su mujer.

Alexiéi Alexándrovich se decía que no había tenido nunca tanto trabajo como aquel año, pero no advertía que ese trabajo se lo buscaba él mismo para no tener que abrir ese secreto cajón donde guardaba sus sentimientos hacia la familia, sentimientos tanto más turbadores cuanto más tiempo permanecían encerrados allí. Si alguien hubiera osado preguntarle lo que pensaba sobre la conducta de su mujer, el tranquilo y pacífico Alexiéi ciertamente se habría enojado. Por eso su rostro adquiría también una expresión severa y altiva siempre que le interrogaban sobre la salud de Anna. Alexiéi Alexándrovich deseaba apartar de su mente toda preocupación respecto a la conducta y los sentimientos de su esposa, y, a fuerza de desearlo, lo había logrado.

Los Karenin pasaban siempre el verano en su casa de Petergof, y, generalmente, la condesa Lidia Ivánovna fijaba también su residencia allí, no lejos de ellos, durante la temporada, estando en continuo trato con Anna. Pero ese año, la condesa no fue a Petergof, no visitó ni una vez a Anna, y un día, hablando con Alexiéi Alexándrovich, dio a entender que no veía con agrado la intimidad de Anna con Betsi y Vronski. Alexiéi la interrumpió con sequedad, diciéndole que Anna estaba por encima de toda sospecha, y desde entonces evitó el trato con Lidia Ivánovna.

Obstinado en no ver, no notaba que muchas personas de su círculo social miraban con frialdad y recelo a su mujer. No quería comprender tampoco por qué ella tenía tanto interés en ir a vivir a Tsárskoie Seló, donde residía Betsi, en la proximidad del campamento de Vronski. Pero aun cuando procuraba no pensar en eso, sabía que se engañaba a sí mismo. No se lo confesaba, no mostraba la menor sospecha, pero en el fondo estaba convencido de la infidelidad de su esposa, y ello le hacía sentirse muy desdichado.

Muchas veces, durante sus ocho años de felicidad conyugal, Alexiéi Alexándrovich, observando a los maridos engañados y a las esposas infieles, se había preguntado cómo podían llegar a eso, cómo podían persistir en una tan odiosa situación. Pero ahora, cuando se sabía él mismo un marido burlado, lejos de pensar en buscar una salida a su propia situación, no quería reconocer la realidad de la misma. Y no quería, precisamente porque le resultaba demasiado terrible, demasiado anormal.

Desde su regreso del extranjero, Alexiéi Alexándrovich había ido dos veces a su casa veraniega. Una vez comió allí y otra se entretuvo conversando con los invitados, pero no se había quedado a dormir como hacía antes. El día de las carreras, tenía él mucho trabajo. Con su habitual meticulosidad, trazó por la mañana el plan de la jornada, y resolvió ir a su casa de verano en Petergof después de comer. Y de allí se dirigiría a las carreras, donde, debiendo estar presente toda la Corte, él no podía dejar de asistir.

El ir a Petergof se debía a que deseaba, para evitar habladurías, visitar a su esposa con alguna frecuencia, y había decidido presentarse allí una vez por semana. Además, necesitaba entregarle el dinero para los gastos domésticos, como acostumbraba hacer el día quince de cada mes. Estas decisiones habían sido tomadas con la firmeza que mostraba en todos sus asuntos, y sin permitir que su pensamiento fuera más adelante en lo que se refería a Anna.

Estuvo muy ocupado esa mañana. El día anterior, la condesa Lidia le había enviado un folleto de un célebre viajero que había recorrido China, y le pedía, en una nota adjunta, que recibiera a este personaje, interesante en muchos aspectos. Alexiéi Alexándrovich había empezado a leer el folleto la tarde anterior, pero no tuvo tiempo de leerlo todo y hubo de terminarlo por la mañana. Se ocupó luego de asuntos oficiales. Tuvo que atender a solicitantes, le presentaron informes, siguieron reclamando su atención las acostumbradas visitas, los destinos, los despidos, asignación de pensiones, gratificaciones, correspondencia... En fin, todo ese rutinario trabajo, todo ese «desasosiego cotidiano», como decía Alexiéi Alexándrovich, que ocupaba tanto tiempo.

Después atendió a sus asuntos personales, recibiendo al médico y al administrador. Éste no le entretuvo mucho; no hizo más que entregarle el dinero y un breve informe sobre el estado de sus asuntos, los cuales ese año no iban muy bien. Habían gastado más de lo debido, y esos gastos resultaban superiores a los ingresos. El doctor, renombrado médico de Peterburgo, que tenía amistad con Karenin, le ocupó, en cambio, bastante tiempo. Alexiéi Alexándrovich, que no lo había mandado llamar, se sorprendió de su visita, y aún más de la atención escrupulosa con que le examinó. Le auscultó, le palpó el hígado y le hizo minuciosas preguntas.

Alexiéi Alexándrovich ignoraba que Lidia Ivánovna, viendo que la salud de su amigo ofrecía motivos de preocupación, había pedido al médico que le visitara y le examinase bien.

—Hágalo por mí —había dicho la condesa.

—Lo haré por Rusia, condesa —repuso el médico.

—¡Es un hombre inapreciable! —concluyó Lidia Ivánovna.

Al médico no le gustó el resultado de su reconocimiento. El hígado estaba muy dilatado, la nutrición era insuficiente y la cura de aguas no había sido de ningún provecho. Le dijo que hiciera más ejercicio físico y evitara en lo posible los esfuerzos mentales. Le advirtió sobre todo que no se disgustase por nada, lo que era tan imposible para Alexiéi Alexándrovich como pasarse sin respirar. Luego el médico se marchó, dejando a Karenin la desagradable impresión de que se desarrollaba en él alguna extraña enfermedad y que no se podía remediar.

El médico, al salir, encontró en la escalera a Sliudin, administrador de Karenin. Eran antiguos amigos, pues habían estudiado juntos en la Universidad y, aunque se veían raras veces, se tenían un sincero afecto y continuaban siendo excelentes compañeros. A nadie, pues, habría hablado el doctor con tanta franqueza como a Sliudin.

—Me complace mucho que le haya visitado —dijo éste—. Su salud no es buena, y hasta creo... Pero, ¿qué le parece?

—¿Qué me parece? —repuso el médico, haciendo, por encima de la cabeza de Sliudin, un gesto a su cochero—. Le diré lo que pienso. Si usted trata de romper una cuerda que no esté tirante, difícilmente lo conseguirá —explicó, estirando un dedo de su guante—. Pero póngala bien tensa, oprima con el dedo y se romperá. Es lo que le ocurre a Karenin. Con su vida sedentaria y su excesivo trabajo, está forzando demasiado el cuerpo... Y hay una presión externa muy fuerte —concluyó el doctor, arqueando las cejas de un modo significativo—. ¿Estará usted en las carreras? —añadió, mientras bajaba la escalera y se dirigía a su coche—. Sí, sí, naturalmente, eso ocupa mucho tiempo —respondió a alguna observación de Sliudin, que no había comprendido bien.

Después del doctor llegó el viajero célebre. Alexiéi Alexándrovich, gracias al folleto que acababa de leer y a sus conocimientos en la materia, sorprendió al visitante con la profundidad de sus ideas y la amplitud de su visión del asunto.

Tenía que atender luego al delegado de la nobleza de una provincia, de paso por Peterburgo; despachar los asuntos del día con su administrador, y hacer una visita a una alta personalidad para un asunto importante.

Alexiéi Alexándrovich llegó a su casa justamente a las cinco, hora en que acostumbraba comer. Comió con su administrador, y le invitó a que le acompañase a la casa de verano; irían después los dos a las carreras de caballos. Sin darse cuenta de ello, procuraba ahora que las conversaciones con su mujer fuesen ante terceros.


Capítulo XXVII

Anna estaba en su habitación, de pie ante el espejo, prendiendo un último lazo a su vestido con ayuda de Ánnushka, cuando se oyó el ruido de las ruedas de un carruaje aplastando la grava de la avenida de acceso.

«Es demasiado temprano para ser Betsi», pensó.

Se asomó a la ventana. Allí fuera estaban el coche, el sombrero negro y las familiares orejas de Alexiéi Alexándrovich.

«¡Qué contratiempo! ¿Será posible que venga a pasar la noche?», se dijo Anna.

Sintió una gran desazón ante las posibles consecuencias de esa visita, que se le figuraban horribles. Y sin pararse a reflexionar, se apresuró a salir al encuentro de su esposo con rostro radiante, dominada por ese espíritu de astucia y falsedad que no se apartaba de ella, y comenzó a hablar, sin saber casi lo que decía.

—Gracias por la atención —saludó Anna, dando la mano a su esposo y sonriendo a Sliudin, amigo de confianza—. Espero que pasarás la noche aquí —prosiguió, bajo la influencia de ese espíritu de falsedad—. Iremos juntos a las carreras, ¿no? Siento haberme comprometido con Betsi. Vendrá a buscarme.

Alexiéi Alexándrovich hizo una mueca al oír ese nombre.

—No separaré a las inseparables —dijo con su tono burlón—. Yo iré con Mijaíl Vasílievich. El médico me ha recomendado que haga ejercicio. Me pasearé un poco, pues, y me imaginaré que estoy todavía en el balneario.

—No hay prisa —repuso Anna—. ¿Quieres tomar el té?

Ella tocó el timbre.

—Sirvan el té y digan a Seriozha que ha llegado su papá —volvióse a su esposo—: ¿Cómo estás?... No había estado usted aquí todavía, Mijaíl Vasílievich. Mire qué terraza tenemos.

Se dirigía ya a uno, ya a otro, hablando con sencillez y naturalidad, pero demasiado y muy deprisa. Ella misma lo percibía, y se daba clara cuenta de ello al observar en la mirada de Mijaíl Vasílievich Sliudin cierta expresión de asombro entre vivos destellos de curiosidad.

Mijaíl Vasílievich salió luego a la terraza. Anna se sentó junto a su esposo.

—No tienes buena cara —comentó.

—No sé. Esta mañana me ha visitado el doctor, que, por cierto, me ha hecho perder bastante tiempo. Pienso que lo enviaría alguno de mis amigos. ¡Se preocupan tanto por mi salud!...

—¿Y qué te ha dicho el médico?

Le preguntó por su salud, por su trabajo, le aconsejó que fuera a vivir allí con ella, y reposara. Su voz alegre y animada, y sus ojos tenían un brillo extraño. Pero Alexiéi Alexándrovich no daba ninguna importancia a su acento. Escuchaba las palabras de Anna, tomándolas en su sentido literal, dando respuestas sencillas, aunque ligeramente irónicas. En esa conversación no había nada de particular, pero en lo sucesivo Anna jamás pudo recordarla sin experimentar un angustioso sufrimiento.

Entró Seriozha precedido de su institutriz. Si Alexiéi Alexándrovich se hubiera permitido a sí mismo observarle, habría advertido la expresión temerosa y azorada con que el niño miraba primero a su padre y después a su madre. Pero él no quería ver nada y no lo veía.

—¡Muchacho! Pero, ¡cómo has crecido! Te estás haciendo un hombre. Bien, muchacho, ¿cómo estás?

Y tendió la mano al asustado niño. Seriozha se había mostrado siempre tímido con su padre; pero desde que Karenin le llamaba muchacho y desde que el pequeño empezó a meditar y a preguntarse si Vronski era un amigo o un enemigo, evitaba cada vez más a su padre. Se volvió hacia su madre, como buscando protección, pues sólo a su lado se sentía a gusto.

Entretanto, Alexiéi Alexándrovich ponía una mano sobre su hijo y conversaba con la institutriz. El pequeño sentía una inquietud y una aflicción tan grandes, que Anna temía que se deshiciese en llanto. Ella se había sonrojado al verle entrar, y, observando luego su turbación, se levantó, apartó la mano de su esposo del hombro del niño, besó a éste, y le llevó a la terraza. Poco después, Anna volvía a entrar.

—Ya es muy tarde —observó, mirando su reloj—. ¿Por qué no viene Betsi?

—Sí... —murmuró Alexiéi Alexándrovich, levantándose, y haciendo crujir las articulaciones de los dedos, añadió—: A propósito. He venido a traerte dinero, porque los pájaros no se mantienen sólo de cantos. Seguramente tendrás necesidad de él.

—No... Es decir, sí; lo necesito —replicó Anna, sin mirarle, sonrojándose hasta la raíz del cabello—. ¿Volverás después de las carreras?

—Sí, sí —respondió Alexiéi Alexándrovich—. ¡Ahí está la maravilla de Petergof, la princesa Tvierskaia! —añadió, asomándose a la ventana y viendo el magnífico coche inglés, de caja pequeña y muy alta—. ¡Qué elegancia! Bueno; nosotros nos iremos también.

La princesa Tvierskaia no salió del coche. Su lacayo, calzado con botines, y ataviado con esclavina y sombrero negro, se apeó ante la puerta.

—Me voy. Adiós —despidióse Anna, dando la mano a su marido después de haber besado a su hijo—. Has sido muy amable viniendo a verme.

Alexiéi Alexándrovich le besó la mano.

—Hasta luego. Vendrás a tomar el té, ¿no? —dijo ella.

Y se alejó, con alegre semblante.

Pero apenas perdió de vista a su marido, se estremeció, sintiendo aún en la mano el contacto de sus labios.

## Capítulo XXVIII

Cuando Alexiéi Alexándrovich llegó al hipódromo, Anna estaba ya sentada al lado de Betsi en la tribuna donde se reunía la alta sociedad. Dos hombres —su marido y su amante— constituían los dos polos de su existencia, y sentía su proximidad sin ayuda de sus sentidos físicos. Presintió la llegada de Alexiéi Alexándrovich e involuntariamente le siguió con los ojos entre el remolino de la muchedumbre.

Le vio avanzar hacia la tribuna, correspondiendo amablemente a los saludos obsequiosos, contestando con frases corteses, sin mucha atención a los cumplidos de sus iguales, pero procurando atraer hacia sí las miradas de los poderosos y quitándose su amplio sombrero hongo, hundido hasta las orejas. Anna conocía bien todas esas maneras de saludar, y todas producían en ella la misma desagradable impresión.

«En su alma no hay más que egoísmo y ambición —pensaba—. Las bellas frases sobre la cultura y la religión son sólo medios para encumbrarse.»

Por las miradas que su marido dirigía a la tribuna, Anna comprendió que la buscaba. Pero Alexiéi Alexándrovich no lograba descubrir a su esposa entre la ondulante multitud de muselinas, cintas, plumas, flores y sombrillas. Y Anna fingía no verle.

—¡Alexiéi Alexándrovich! —gritó la princesa Betsi—. Veo que anda usted buscando a su mujer. Está aquí.

Karenin sonrió con su fría sonrisa.

—Todo es aquí tan vistoso y brillante, que uno no distingue nada —repuso.

Y entró en la tribuna.

Sonrió a Anna como debe hacerlo un marido a la esposa que ha visto unos momentos antes, y saludó a la princesa y a otros conocidos, tratando a cada uno en la forma apropiada, es decir, hablando alegremente con las señoras y cambiando corteses cumplidos con los hombres. Abajo, al pie de la tribuna, estaba un general ayudante de campo, muy conocido por su inteligencia y su extensa cultura, y al cual Alexiéi Alexándrovich tenía un gran aprecio. Los dos comenzaron a hablar amistosamente.

Como estaban en un intermedio entre dos carreras, podían charlar sin impedimentos. El general criticaba ese deporte. Alexiéi Alexándrovich con su voz fina y pausada, hablaba de él en términos elogiosos. Anna escuchaba sin perder ninguna de las palabras a su marido, y todas ellas le parecían sonar a falso.

Al empezar la carrera de obstáculos, Anna se inclinó hacia adelante sin quitar los ojos de Vronski, que en ese momento montaba en la cabalgadura. Temía que él sufriese algún daño. Pero ese temor no la atormentaba tanto como el sonido de esa voz odiosa que conocía en sus menores inflexiones y la cual hallaba cada vez más repulsiva.

«Soy una mala mujer, una perdida, pero aborrezco la mentira, mientras que mi marido se alimenta de ella —pensaba Anna—. Lo sabe todo, lo percibe todo... Y no obstante, habla con la mayor tranquilidad. ¿Cuáles son sus verdaderos sentimientos? Si hubiese intentado matarme o matado a Vronski, sería más digno de aprecio. Pero, no. Prefiere recurrir a la mentira y al fingimiento. No le interesan más que las conveniencias sociales.»

En realidad, Anna apenas sabía cómo hubiera deseado que fuese su marido. No comprendía tampoco que la exasperante locuacidad de Alexiéi Alexándrovich era simplemente la expresión de su agitación interior. Como un niño que, habiéndose caído, hace luego algún ejercicio físico para calmar el dolor, Karenin necesitaba una actividad mental cualquiera para apartar de sí los pensamientos que le conturbaban en presencia de su mujer y de Vronski, cuyo nombre, repetido ahora por todos, despertaba en él recuerdos tan desagradables. Y así como el niño reacciona en semejante caso conforme a su peculiar naturaleza, Alexiéi Alexándrovich recurría a sus propios medios y empleaba su sagacidad y su inteligencia para hacer frente a la situación, diciendo agudezas y manteniendo conversaciones que le obligaban a discurrir ingeniosa y hábilmente.

—El peligro —decía ahora— es una condición indispensable en las carreras de caballos donde participan oficiales. Si Inglaterra puede enorgullecerse de las más brillantes acciones de tropas de caballería, se debe únicamente a que ha sabido desarrollar siempre, a lo largo de su historia, el necesario vigor en sus elementos, en los jinetes y los animales. En mi opinión, el deporte tiene un sentido profundo, pero, como siempre, no vemos más que lo superficial.

—¿Lo superficial? —objetó la princesa Tvierskaia—. He oído decir que un oficial se rompió una vez dos costillas.

Alexiéi Alexándrovich sonrió con su inexpresiva sonrisa, que descubría los dientes, pero no revelaba nada más.

—Admito, princesa, que ese caso no es superficial. Pero no se trata de eso.

Y Karenin se volvió hacia el general, reanudando con placer la interrumpida conversación.

—No olvide que los que corren son militares, que ellos han elegido libremente esa carrera. Y toda vocación tiene el reverso de la medalla. El peligro entra en las obligaciones del soldado. El brutal deporte del boxeo o de los toreros españoles es signo de barbarie, pero el deporte reglamentado es ciertamente señal de civilización. Y...

—No vendré más a estas carreras. Impresionan demasiado, ¿verdad, Anna? —dijo la princesa Betsi.

—Impresionan, pero son fascinadoras —repuso otra dama—. Si yo hubiese sido romana, habría frecuentado asiduamente el circo.

Anna, silenciosa, miraba con los prismáticos siempre en la misma dirección.

En ese momento atravesó la tribuna un general de gran estatura. Sin terminar sus observaciones, Alexiéi Alexándrovich se levantó apresuradamente, pero con dignidad, y se inclinó profundamente ante el militar.

—¿No corre usted? —le preguntó éste, bromeando.

—Mi carrera es más difícil —respondió Karenin, en tono respetuoso.

Y aunque la respuesta no era más que una simple frase, el general aparentó ver en ella la expresión profunda de un hombre inteligente que sabe dar a sus palabras esa *pointe de la sauce*[1] que él tanto admiraba.

---

[1] chispa de ingenio. (En francés en el original.)

Alexiéi Alexándrovich volvió luego a su sitio y prosiguió la conversación.

—La cuestión es evidentemente compleja. Hay que hacer la debida distinción entre actores y espectadores. Convengo en que el amor a esos espectáculos denota un nivel mental algo bajo, pero...

—¡Una apuesta, princesa! —gritó desde abajo Stepán Arkádich—. ¿Por quién apuesta usted?

—Anna y yo apostamos por el príncipe Kúzovlev —respondió Betsi.

—Y yo por Vronski. Un par de guantes.

—De acuerdo.

—¡Qué hermoso espectáculo! ¿Verdad?

—Pero los juegos viriles... —comenzó de nuevo Alexiéi Alexándrovich.

No prosiguió. Se había mantenido silencioso mientras hablaban junto a él, esperando el momento de poder continuar. Pero ahora, cuando iba a hacerlo, dieron la salida, y todos concentraron la atención en los corredores. A Karenin no le interesaban las carreras, y en vez de seguir el avance de los jinetes, paseó una distraída mirada por el público, posando finalmente los ojos en Anna.

El rostro de su esposa tenía una expresión seria y estaba pálido. Evidentemente, Anna era ajena a todo lo que la rodeaba. No veía nada fuera de aquello que constituía ahora el objeto de su atención. Casi no respiraba, y su mano oprimía convulsivamente el abanico. Karenin volvió la cabeza, dirigiendo la vista hacia otros rostros.

«He ahí a otra señora que parece estar muy emocionada..., y esa otra también. Es natural», se dijo Alexiéi Alexándrovich.

Quería apartar su atención de Anna, pero no podía. Sus ojos se volvían siempre hacia ella, hacia ese rostro inmóvil donde leía claramente lo que hubiera preferido ignorar.

La primera caída —la de Kúzovlev— conmovió a todos, pero por la expresión de júbilo que mostraba el rostro de Anna, Karenin comprendió que aquel a quien ella miraba no había sufrido daño alguno. Cuando Majotin y Vronski hubieron saltado el segundo obstáculo, el oficial que los seguía cayó de cabeza y quedó muerto. Un murmullo de horror se extendió entre los espectadores y se produjo una consternación general. Pero Karenin observó que Anna no había percibido nada ni parecía inquietarse por la agitación que mostraban todos.

Alexiéi Alexándrovich la miraba con creciente insistencia. Y Anna, aunque absorta en seguir el avance de Vronski, sintió la fría mirada de su marido. Se volvió, y le contempló un momento, con aire interrogador. «Todo esto me es igual», parecía decirle, mientras hacía un ligero mohín. Y volvió a concentrar la atención en la carrera, no mirando más a su esposo.

La carrera fue desafortunada. De los diecisiete jinetes que tomaron parte en ella, más de la mitad cayeron. El público estaba muy impresionado, y aumentó la impresión cuando hacia el final el zar manifestó su descontento.


## Capítulo XXIX

Todos expresaron entonces su desaprobación. Se repetía la frase soltada por uno de los espectadores: «Después de eso, no falta ya más que el circo con los leones.» Estaban todos tan horrorizados, que el grito de espanto que lanzara Anna al ver caer a Vronski, no sorprendió a nadie. Pero enseguida el rostro de Anna adquirió una especial viveza, revelando sentimientos y emociones que no le era lícito mostrar en sociedad. Desesperada, comenzó a agitarse como un ave en la trampa, con movimientos rápidos e indecisos.

—Vámonos, vámonos —dijo luego, volviéndose a Betsi.

Pero su amiga estaba hablando animadamente con un general y no la oía. Alexiéi Alexándrovich se acercó a Anna y le ofreció el brazo.

—Vayámonos, si quiere —dijo en francés.

Anna escuchaba atentamente lo que decía el general, y no reparó en su esposo.

—Dicen que se ha roto la pierna. Eso es increíble —comentó el general.

Anna, sin responder a su marido, tomó los gemelos y miró a lo lejos, hacia el lugar donde había caído Vronski. Pero la distancia era tan grande y había acudido allí tanta gente, que no se podía distinguir nada. Bajó los prismáticos y se disponía a marchar. Pero en ese momento llegó un oficial a caballo, avanzando con rápido trote hacia la tribuna para informar al zar. Cuando él hubo entrado, Anna se inclinó hacia adelante para escuchar lo que decía.

—¡Stiva! ¡Stiva! —gritó luego, llamando a su hermano.

Mas éste no la oyó, y ella se dispuso de nuevo a marchar.

—Le ofrezco, una vez más, mi brazo si quiere irse —advirtió Alexiéi Alexándrovich, tocando la mano de su esposa.

—No, no, déjame, me quedo —respondió Anna sin mirarle, y apartándose de él con repulsión.

Había visto a un oficial que, partiendo del lugar del accidente, corría a través del campo en dirección a la tribuna. Betsi le hizo una señal con el pañuelo. El oficial anunció que el jinete estaba ileso, pero que el caballo tenía rota la columna vertebral. Al oírle, Anna se sentó, ocultando el rostro tras el abanico. No podía reprimir las lágrimas, ni los sollozos que henchían su pecho. Karenin se puso ante ella, para darle tiempo a recobrarse sin ser observada.

—Le ofrezco mi brazo por tercera vez —indicó a Anna al cabo de un instante.

Ella le miraba, sin saber qué contestar. Betsi fue en su ayuda.

—No, Alexiéi Alexándrovich —dijo la princesa—. Anna ha venido conmigo y le he prometido acompañarla después.

—Perdón, princesa —replicó Karenin, sonriendo cortésmente, pero mirándola con dureza—. Observo que Anna está muy afligida y quiero acompañarla a casa yo mismo.

Anna, azorada, se levantó con gesto sumiso y se asió del brazo de su marido.

—Enviaré a preguntar cómo está Vronski y se lo haré saber —le dijo Betsi en voz baja.

Al salir de la tribuna, Alexiéi Alexándrovich hablaba, como de costumbre, con los amigos y conocidos que encontraba a su paso. Anna tenía también que hablar y responder, como siempre. Pero se sentía atada y confusa, avanzando maquinalmente del brazo de su marido como en una angustiosa pesadilla.

«¿Es cierto que está ileso? ¿No se habrá lesionado? ¿Le veré pronto?», pensaba.

Subió al coche, y se sentó silenciosa al lado de Karenin. Pronto se alejaron. A pesar de todo lo que había visto, Alexiéi Alexándrovich se negaba a aceptar la realidad de los hechos. Seguía considerando únicamente los signos externos. Sentía la necesidad de hablar a su esposa sobre su conducta. Debía decirle que se había portado de una manera impropia, pero no sabía cómo hacer esa observación sin ir demasiado lejos. Abrió la boca para hablar, pero involuntariamente dijo una cosa completamente distinta de lo que quería decir.

—Es extraño que todos nos sintamos tan atraídos por esos crueles espectáculos. Observo...

—¿Qué? No entiendo.

Su tono ligeramente despreciativo ofendió a Karenin, y éste cambió enseguida de actitud, pasando a hablarle de lo que quería.

—He de decirle... —comenzó en francés.

«Ahora viene la explicación», pensó Anna, aterrorizada.

—He de decirle que no se ha portado hoy con la debida corrección.

—¿Por qué no me he portado correctamente? —preguntó Anna en voz alta, volviéndose rápidamente hacia él y mirándole a los ojos, pero no con la fingida alegría de antes, sino con una firmeza bajo la cual escasamente ocultaba su zozobra.

—Cuidado —advirtió Alexiéi Alexándrovich, señalando la abierta ventanilla contigua al cochero.

Y levantándose, se acercó a ella y subió el cristal.

—¿Qué halla de incorrecto en mi comportamiento? —repitió Anna.

—La desesperación que no supo usted ocultar cuando uno de los jinetes cayó.

Karenin esperaba una objeción, pero Anna callaba, mirándole fijamente.

—Ya le he rogado otras veces que se comporte en sociedad de una manera que no pueda dar lugar a murmuraciones ni comentarios. Hace tiempo le hablé de los sentimientos íntimos. Ahora me refiero sólo a las conveniencias exteriores. Usted se ha comportado de una manera incorrecta y no quiero que eso se repita.

Anna no oía más que la mitad de esas palabras. Temía ciertamente a su marido, pero ello no le impedía pensar en Vronski. Y se preguntaba, apenada, si se habría lesionado y si el oficial se había referido a él al decir que el jinete estaba ileso. Cuando Alexiéi Alexándrovich hubo concluido, Anna no supo qué decir, pues había prestado escasa atención a sus observaciones, y se limitó a sonreír con fingida ironía.

Karenin, mientras hablaba, había sentido que iba perdiendo la seguridad en sí mismo y que se apoderaba de él cierto temor al considerar el alcance de sus palabras. Y ahora, observando la sonrisa irónica de Anna, experimentó una extraña confusión.

«Le divierten mis dudas. Va a decirme, como entonces, que mis sospechas son ridículas e infundadas.»

Ahora, cuando iba a ponerse todo en claro, no deseaba otra cosa más que ella, lo mismo que antes, le respondiera burlonamente que sus recelos eran infundados y ridículos. Era tan terrible lo que ya sabía, que se disponía a creer todo lo que dijera. Pero la sombría, inquietante expresión del rostro de Anna no prometía siquiera el engaño.

—Tal vez me equivoque —continuó él—. En ese caso, perdóneme.

—No se equivoca usted —dijo lentamente Anna, mirando con zozobra el impasible semblante de su marido—. No, no se equivoca. Estaba y estoy desesperada. Le escucho a usted cuando habla, pero estoy pensando en él. Le amo, soy su amante. No puedo soportarle a usted. Le odio, le aborrezco. Haga conmigo lo que quiera.

Y echándose a un lado, Anna rompió en sollozos, cubriéndose el rostro con las manos. Alexiéi Alexándrovich no se movió, no hizo el menor gesto, ni desvió siquiera la mirada. Su rostro adquirió de repente una rigidez cadavérica y permaneció inmóvil durante todo el trayecto. Al acercarse a la casa, Karenin se volvió hacia su mujer.

—Bien. Exijo que guarde usted las apariencias —requirió con voz temblorosa— hasta que tome las medidas necesarias para evitar el escándalo y poner a salvo mi honor. Se las comunicaré.

Salió del coche y ayudó a Anna a apearse, estrechándole luego la mano a la vista de los criados, para que éstos no pudieran sospechar nada. Enseguida volvió a sentarse en el coche para dirigirse de nuevo a Peterburgo.

Casi inmediatamente llegó el criado de Betsi con una nota:

> He escrito a Vronski preguntándole cómo está. Me contesta que no ha sufrido ningún daño, pero que se halla desesperado.

«Entonces vendrá —pensó Anna—. He hecho bien en decírselo todo a mi marido.»

Miró el reloj. Faltaban aún tres horas para la cita. Los recuerdos de su última entrevista suscitaban en ella una intensa emoción.

«¡Dios mío, cuánta claridad hay aún! Es pavoroso, pero me gusta ver su rostro y me atrae esta luz fantástica... ¿Y mi marido? ¡Ah, sí! Estoy contenta de que todo haya terminado entre nosotros.»

## Capítulo XXX

En todas partes donde se reúne gente, se realiza una especie de cristalización social, que hace que cada uno ocupe un determinado lugar. Esto se observaba especialmente en la pequeña estación balnearia adonde habían ido los Scherbatski. Así como una partícula de agua sometida a la acción del frío toma invariablemente una precisa forma cristalina, cada nuevo cliente que llegaba allí quedaba automáticamente clasificado en una determinada categoría social. *Fürst Scherbatski sammt Gemahlin und Tochter*[1], habían cristalizado enseguida en el puesto que les correspondía con arreglo a su nombre, el piso que ocuparon y las relaciones que habían hecho.

Este año había llegado al balneario una verdadera *Fürstin*[2] alemana, y con ello la cristalización se efectuó más estricta-

---

[1] El príncipe Scherbatski con su esposa e hija. (En alemán en el original.)

[2] princesa. (En alemán en el original, transcrito con letras rusas.)

mente y con mayor rapidez. La princesa Scherbatski creyó necesario presentar a Kiti a la princesa alemana, y al segundo día de su llegada dispuso la ceremonia. Kit, ataviada con un vestido «muy sencillo», es decir, muy lujoso, mandado hacer en París, saludó con una profunda reverencia a la princesa.

—Espero que las rosas resplandezcan muy pronto en ese hermoso rostro —dijo la princesa alemana.

Éste fue el comienzo de una nueva fase en la vida de sociedad de los Scherbatski. Conocieron a una lady inglesa con su familia, a una condesa alemana y su hijo, herido en la última guerra, a un sabio sueco, y al señor Canut y a una hermana suya. Pero la atención de los Scherbatski, en el marco de sus relaciones, se dirigía con preferencia a una señora de Moscú María Ievguiénievna Rtíscheva, a su hija, y a un coronel moscovita, antiguo amigo de los Scherbatski. Kiti no apreciaba a la señorita Rtíscheva, por estar enferma, como ella, de un amor desventurado. En cuanto al coronel, al que había visto siempre de uniforme, le parecía ahora muy ridículo con sus pequeños ojos, el cuello al descubierto, sus corbatas de color y sus fastidiosas charlas.

Una vez establecido ese modo de vida, Kiti empezó a sentir un gran tedio, aumentando aún más su aburrimiento cuando su padre marchó a Carlsbad y quedó sola con su madre. No mostraba ningún interés por los conocidos, ya que no podían ofrecerle nada nuevo. Le atraía mucho más observar a las personas que no conocía y hacer conjeturas sobre ellas. Por una innata tendencia de su carácter, Kiti veía siempre buenas cualidades en los demás. Y las observaciones que hacía sobre esas gentes, sobre sus caracteres y sus relaciones mutuas, solían ser, por tanto, de una benevolencia exagerada.

Le interesaba especialmente una joven que había llegado allí con una señora rusa, a quien todos llamaban madame Shtal. Esta dama, perteneciente a la alta sociedad, estaba muy enferma. No podía andar, y salía raras veces. Sólo los días muy buenos se la veía en un cochecillo. No tenía tratos con sus compatriotas, lo cual, según la princesa Scherbatski, se debía más bien a un excesivo orgullo que a su enfermedad. La joven, también rusa, que la cuidaba, había trabado amistad con todos los enfermos graves, y los atendía con la mayor solicitud. Kiti pensaba que no debía ser ni pariente de madame Shtal ni una enfermera a sueldo. La señora Shtal la llamaba Váreñka y los otros mademoiselle Váreñka. Además de su interés por saber qué relaciones podían existir entre madame Stahl y Váreñka, Kiti se sentía fuertemente atraída hacia la joven, y por las miradas que Váreñka le dirigía, comprendía que ésta sentía también simpatía hacia ella.

Váreñka no era propiamente una muchacha, sino más bien una persona sin edad, a quien tanto se le podían atribuir treinta años como diecinueve. Pero por los finos trazos de su rostro, y a pesar de su palidez enfermiza, no podía decirse que Váreñka careciera de ese particular encanto que constituye el principio de la belleza. Habría sido esbelta, a no ser por el escaso desarrollo del busto y el volumen de la cabeza, pero no tenía atractivo para los hombres. Era como una hermosa flor que, conservando aún sus pétalos, estuviera ya mustia y sin perfume. Además, le faltaba el reprimido ardor y la conciencia de sus encantos, que Kiti poseía en sumo grado y que eran tan importantes para cautivar a los hombres.

Parecía estar siempre ocupada por alguna tarea ineludible y la cual le impedía, aparentemente, prestar atención a ninguna otra cosa. Era precisamente ese contraste con su propia existencia lo que atraía a Kiti con mayor fuerza. El ejemplo de Váreñka le revelaría, sin duda, lo que ella buscaba con tanto ahínco: un interés en la vida, una comprensión de sus deberes como miembro de la sociedad humana, vivir dignamente y apartarse de esas relaciones mundanas establecidas entre jóvenes de los dos sexos, las cuales ahora aborrecía, pareciéndole una humillante feria, donde las muchachas son algo así como una mercadería expuesta a la codicia del comprador. Y cuanto más observaba Kiti a su desconocida amiga, tanto más veía en ella el modelo de todas las perfecciones y más deseaba conocerla.

Las dos jóvenes se encontraban varias veces durante el día, y siempre que eso ocurría, los ojos de Kiti parecían decir: «¿Quién es usted? No me engaño, seguramente, al imaginarla dotada de tan hermosas cualidades. Pero piense en esto: no me propongo ser su amiga y su confidente. Me contento con quererla y admirarla»... «Yo también la quiero y la hallo encantadora. Y la querría más aún si tuviese tiempo...», respondía con su mirada la enigmática joven.

Realmente, Váreñka estaba siempre muy ocupada. Kiti lo veía bien: ya acompañaba a su casa a los niños de una familia rusa, ya acudía solícita a la habitación de un enfermo, ya llevaba unas galletas a alguien o procuraba distraer a algún afligido.

Una mañana, poco después de la llegada de los Scherbatski, aparecieron allí dos personajes, que, aun cuando atrajeron la atención de todos, fueron mirados con escasa simpatía. Un hombre, de alta estatura, pero algo encorvado, con enormes manazas y negros ojos, vestido con un viejo gabán que le iba corto, y una mujer de rostro pecoso, pero atractivo, vestida con descuidada sencillez.

Kiti advirtió que los recién llegados eran rusos y empezó a tejer una bella y conmovedora historia en torno a la pareja. Pero la princesa se enteró por la lista de los clientes de que los nuevos huéspedes eran Nikolái Lievin y Maria Nikoláievna, y al explicar a Kiti que ese hombre era una persona de poca confianza, la muchacha vio derrumbarse el castillo de sus doradas ilusiones. No precisamente por los informes de su madre, sino más bien por la circunstancia de ser ese Lievin hermano de Konstantín, la pareja se le hizo a Kiti todavía más antipática. Y pronto Nikolái, al que aborrecía ya por ese motivo y por su inveterada costumbre de estirar la cabeza, se le hizo francamente odioso. Le parecía que en esos ojos grandes que la miraban con descarada insistencia se revelaban sentimientos de malevolencia y de burla, y procuraba evitar en lo posible a ese hombre.

## Capítulo XXXI

HABÍA llovido toda la mañana, y los enfermos, provistos de paraguas, se hallaban reunidos en la galería del establecimiento. Kiti y su madre paseaban con el coronel moscovita, que lucía una americana a la moda europea, comprada en Frankfurt. Iban por un lado de la galería procurando evitar el encuentro con Lievin, que paseaba por el otro extremo. Váreñka, ataviada con su vestido oscuro y su sombrero negro de alas bajas, paseaba de un lado a otro de la galería con una francesa ciega. Cada vez que se cruzaba con Kiti, las dos cambiaban amistosas miradas.

—¿Puedo hablarle, mamá? —preguntó Kiti, con la atención fija en su desconocida amiga, que se dirigía hacia el manatial, donde podría quizá acercarse a ella.

—Si tanto interés tienes por conocerla, me informaré yo misma sobre ella hablándole antes —repuso la princesa—. ¿Qué encuentras de extraordinario en esa muchacha? Seguramente es una señorita de compañía. Si quieres, iremos a ver a madame Shtal. He conocido a su *belle-soeur* —añadió, irguiendo la cabeza con gesto de orgullo.

La princesa estaba molesta por la actitud de madame Shtal, que se obstinaba en no querer tratar con los rusos. Kiti, sabiendo esto, no insistió.

—¡Es realmente encantadora! —ponderó Kiti, viendo a Váreñka ofrecer un vaso de agua a la francesa—. Lo hace todo tan amablemente y con tanta sencillez...

—Me divierten tus *engouements*[1] —dijo su madre—. Volvámonos —añadió, viendo a Lievin que paseaba a corta distancia de ellas con su compañera y con el médico alemán, a quien hablaba en áspero tono.

De pronto, oyeron un fuerte clamor de voces. Lievin gritaba enfurecido y el doctor alemán, parado ante él, mostraba estar irritado también. La gente se había congregado en torno suyo. La princesa y Kiti se alejaron deprisa, y el coronel se unió al grupo para saber lo que ocurría.

Poco después, el coronel se hallaba de nuevo conversando con las Scherbatski.

—¿Qué pasaba? —preguntó la princesa.

—¡Una vergüenza! No hay cosa peor que encontrar a un ruso en el extranjero. Ese señor ruso ha discutido con el médico, diciéndole que no le curaba como debía, y ha estado a punto de pegarle con el bastón. ¡Es vergonzoso, vamos!

—Sí, es muy desagradable —convino la princesa—. ¿Y cómo ha terminado la cosa?

---

[1] apasionamientos. (En francés en el original.)

—Gracias a la intervención de esa joven..., esa que lleva un sombrero parecido a una seta. Creo que es rusa.

—¿Mademoiselle Váreñka? —preguntó Kiti, admirada.

—Sí. Demostró ser muy valerosa y resuelta. Cogió al señor ruso por el brazo y se lo llevó.

—¿Ve, mamá? —dijo Kiti a su madre—. ¡Y aún le extraña mi admiración por ella!

Al día siguiente, Kiti observó que Váreñka había incluido a Lievin y a su mujer entre sus *protegés* [2]: la muchacha conversaba con ellos y servía de intérprete a la mujer, que no hablaba ninguna lengua extranjera.

Kiti pidió de nuevo a su madre que le permitiese tratar con Váreñka. Y a pesar de que a la princesa se le hacía desagradable la cosa —pues no quería jactarse de haber sido ella quien iniciara el trato con la orgullosa señora— fue a ver a madame Shtal y se informó sobre la muchacha. Una vez convencida de que no podía oponer ningún serio reparo a que su hija hiciera ese conocimiento, ella misma interrogó a Váreñka. Escogió para ello un momento en que Kiti había ido al manantial y Váreñka se hallaba parada ante el puesto de un vendedor ambulante.

—Permítame presentarme —declaró la princesa, con su mesurada sonrisa—. Mi hija está prendada de usted. Quizá no me conozca. Soy...

—Ese afecto es recíproco, princesa —respondió Váreñka enseguida.

—Es muy loable lo que usted hizo ayer por nuestro pobre compatriota —comentó la princesa.

—No me acuerdo —dijo Váreñka sonrojándose—. No creo haber hecho nada...

—Sacó usted a Lievin de una situación desagradable.

—¡Ah, sí! *Sa compagne* [3] me llamó y yo procuré calmarle. Él está muy enfermo y se halla descontento de su médico. Estoy acostumbrada a tratar esa clase de enfermos.

—Sé que vive usted en Menton con Madame Shtal, que es tía suya, ¿no? He conocido a la *belle-soeur* de su parienta.

_____
[2] protegidos. (En francés en el original.)
[3] compañera. (En francés en el original.)

—No es tía mía. Si bien la llamo *maman*, no soy parienta suya. Pero he sido educada por ella.

Dijo esto con tanta sencillez, y la expresión de su rostro era tan franca y sincera, que la princesa comprendió enseguida por qué Kiti se había encaprichado de aquella joven.

—¿Y qué va a hacer ahora ese Lievin? —preguntó la princesa.

—Se marcha —respondió Váreñka.

Kiti volvía en ese momento del manantial. Y al ver que su madre conversava con su desconocida amiga, se puso radiante de alegría.

—Bien, Kiti. Tu ardiente deseo de conocer a la señorita...

—Váreñka —dijo la muchacha—. Así me llaman todos.

Kiti se sonrojó de gozo. Con gesto cordial y espontáneo cogió la mano de su nueva amiga y se la apretó durante largo rato. Pero Váreñka no correspondió al apretón, dejando su mano inerte. En compensación, su rostro se iluminó con una atenta sonrisa, algo melancólica, que dejaba al descubierto unos dientes grandes pero magníficos.

—También yo deseaba conocerla —manifestó Váreñka.

—Pero está usted tan ocupada...

—¡Bah! No tengo nada que hacer —replicó la muchacha.

Mas en ese mismo instante hubo de dejar a sus nuevas amigas, pues dos niñas rusas, hijas de un enfermo, corrían hacia ella reclamando su atención.

—¡La llama mamá, Váreñka! —gritaban.

Y Váreñka las siguió.

CAPÍTULO XXXII

LA información que la princesa había recibido sobre cuanto concernía a Váreñka y a sus relaciones con madame Shtal, y que fue facilitada por ésta, era la siguiente:

Madame Shtal era una mujer de constitución débil, que estaba siempre enferma y excitada. Unos decían que había amargado la vida de su marido, mientras otros afirmaban que era él quien, con su conducta licenciosa, la había hecho desdichada.

Se divorció de su marido, y poco después, en Peterburgo, dio a luz un niño que murió enseguida. Los parientes de madame Shtal, conociendo su sensibilidad y temiendo que la noticia la matase, habían sustituido el niño muerto por una niña —la hija del cocinero de la Corte— que nació la misma noche y en el mismo lugar. La niña era Váreñka. Más tarde, madame Shtal averiguó que la pequeña no era hija suya, pero continuó criándola. Los padres de Váreñka murieron poco después.

Madame Shtal vivía hacía más de diez años en el extranjero, en el sur, sin abandonar la cama. Unos afirmaban que madame Shtal simulaba ser lo que no era y se hacía un pedestal de su pretendida piedad y amor al prójimo, mientras otros no dudaban de su sinceridad y sostenían que ella era, realmente, una mujer muy buena y piadosa, que practicaba la caridad y procuraba siempre beneficiar a los demás. Nadie sabía exactamente si era católica, protestante u ortodoxa, pero lo cierto es que mantenía amistosas relaciones con los altos dignatarios de todas las iglesias y todas las confesiones.

Váreñka no se había separado nunca de ella, y cuantos trataban a la Shtal apreciaban y querían a mademoiselle Váreñka, como la llamaban todos.

La princesa, considerando todo eso, no vio inconveniente en que su hija tratase a aquella joven. Váreñka tenía, además, una excelente educación; era culta e instruida, hablando francés e inglés a la perfección. Y lo que era más importante todavía, madame Shtal había expresado su sentimiento por no poder tener un trato íntimo con la princesa, a causa de su enfermedad.

Kiti se sentía cada vez más atraída hacia su amiga, la cual le parecía cada día más digna de admiración. Sabiendo que Váreñka cantaba, la princesa le rogó que fuera a su casa una tarde.

—Hay en casa un piano, y a Kiti le gusta tocarlo. No vale mucho, pero nos complacerá oírla cantar —declaró la princesa, con una sonrisa algo forzada.

Esa sonrisa se le hizo tanto más desagradable a Kiti cuanto que le pareció que Váreñka no tenía ganas de cantar. Sin embargo, la muchacha acudió por la tarde a su casa, llevando piezas de música. La princesa había invitado a María Ievguiénievna y su hija, y al coronel. Váreñka, indiferente a que hubiera personas desconocidas en la sala, se acercó enseguida al piano. No sabía acompañarse, pero Kiti, que tocaba muy bien el piano, vino en su ayuda.

—Tiene usted un gran talento —elogió la princesa, después de que Váreñka hubo cantado la primera pieza.

María Ievguiénievna y su hija quedaron muy complacidas y cumplimentaron obsequiosamente a la muchacha.

—Miren cuánta gente se ha reunido ahí fuera para escucharla —indicó el coronel, asomándose a la ventana.

En efecto, al pie de la ventana se había reunido mucha gente.

—Me alegro mucho de que les haya gustado —dijo simplemente Váreñka.

Kiti miraba a su amiga con orgullo. Admiraba su talento, su voz, toda su persona, pero sobre todo su carácter. Váreñka no daba ninguna importancia a su actuación y se mostraba indiferente a las alabanzas, pareciendo que se limitase a preguntar: «¿Debo cantar más o no?»

«Si estuviera en su lugar, qué orgullosa me habría sentido y cuánto me hubiese complacido ver toda esa gente bajo la ventana... —pensaba Kiti, observando el rostro impasible de la muchacha—. Y ella no experimenta la menor emoción. Sólo parece estar atenta por agradar a *maman.* ¿Qué hay en su interior? ¿De dónde saca esa fuerza que le permite aparecer indiferente ante todos y mostrarse tan magníficamente serena? La envidio por eso, y lo daría todo por saber el secreto y poder igualarme a ella.»

La princesa pidió a Váreñka que cantase más. La joven cantó con la misma perfección de antes, erguida junto al piano, llevando el compás con su mano delicada y morena.

La segunda pieza era una canción italiana. Kiti tocó el preludio y se volvió hacia Váreñka.

—Dejemos esto —murmuró, sonrojándose.

Kiti le dirigió una mirada interrogativa.

—Bien, cambiemos, pues —decidió Kiti, volviendo rápidamente las páginas y comprendiendo que esa canción suscitaba en su amiga algún recuerdo penoso.

—No —dijo Váreñka, poniendo la mano sobre la partitura—. Cantemos esto.

Y lo cantó tan admirablemente y con tanta serenidad como había cantado antes.

Cuando Váreñka hubo concluido, todos le dieron las gracias. Mientras tomaban el té, las dos jóvenes salieron a un jardincillo contiguo a la casa.

—Veo que tiene usted algún recuerdo relacionado con esa canción —insinuó Kiti—. No me cuente nada —añadió enseguida—. Dígame sólo si es verdad.

—¿Por qué habría de ocultárselo? —repuso Váreñka, en tono tranquilo—. Sí, tengo un recuerdo que me ha sido muy penoso. Amé a un hombre y le cantaba con frecuencia esa tonada.

Kiti, con los ojos muy abiertos, miraba enternecida a la muchacha.

—Yo le quería a él y él a mí, pero su madre se oponía a nuestra boda y se casó con otra. Vive cerca de nosotros y a veces les veo. No pensaba usted que yo tuviera también un romance...

Y su rostro se iluminó con un fugaz destello de ese fuego que, como suponía Kiti, en otro tiempo debía de iluminarlo por completo.

—¡No diga eso! Si yo fuera hombre, después de conocerla a usted no podría amar a ninguna otra. No comprendo cómo pudo olvidarla y hacerla desdichada por no contrariar a su madre. Debe ser un hombre sin corazón.

—¡Oh, no! Es un hombre muy bueno, y yo no soy desdichada. Al contrario... ¿No cantamos más por hoy? —añadió, dirigiéndose hacia la casa.

—¡Qué buena es usted, qué buena es! —exclamó Kiti. Y deteniendo a Váreñka, la besó—. ¡Si yo pudiera parecerme a usted sólo un poco!

—¿Para qué quiere parecerse a otra? Es usted admirable tal como es —replicó Váreñka, con su sonrisa suave y sosegada.

—No, no tengo ninguna buena cualidad... Pero, dígame... Sentémonos un poco —dijo Kiti, haciéndola sentarse de nuevo en el banco, a su lado—. Dígame, ¿no es humillante que un hombre desprecie el amor de una?

—No me ha despreciado. Estoy segura de que me amaba, pero era un hijo obediente.

—¿Y si lo hubiese hecho por su propia voluntad? —repuso Kiti, comprendiendo que descubría su secreto y advirtiendo que su rostro, rojo como una amapola, la traicionaba.

—Entonces se habría portado mal y yo no tendría ninguna pena de él —respondió Váreñka, percibiendo que ya no se trataba de ella, sino de Kiti.

—¿Y la ofensa? La ofensa no se puede olvidar —expuso Kiti, recordando la mirada que le había dirigido Vronski en el intervalo de la mazurca.

—¿Qué ofensa? Usted no ha hecho nada malo.

—Peor que malo. Estoy avergonzada.

Váreñka movió la cabeza y puso su mano sobre la de Kiti.

—¿Avergonzada de qué? —dijo—. No pudo usted decir al hombre que le mostró indiferencia que estaba apasionada por él.

—¡Claro que no! Nunca le dije que le quería. Pero él lo sabía. Hay miradas... Hay modos de obrar que... ¡Aunque viva cien años no lo olvidaré!

—No lo comprendo. Veamos, ¿le ama usted todavía o no le ama? —preguntó Váreñka, concretando.

—Le aborrezco. No puedo perdonarme...

—¿Por qué?

—Porque la vergüenza, la ofensa...

—¡Dios mío! Si todas fueran tan sensibles como usted... No hay ninguna joven que no pase por eso. ¡Y tiene tan poca importancia!

—Entonces, ¿qué es lo importante? —preguntó Kiti escrutándola con mirada de curiosidad y sorpresa.

—Hay muchas cosas importantes —dijo Váreñka sonriendo.

En ese momento, la princesa llamó desde la ventana:

—¡Kiti, hace fresco! Toma el chal o entra.

—Yo debo irme ya —dijo Váreñka, levantándose—. Tengo que visitar a madame Berta, que insistió en que fuera a verla.

Kiti la retenía por la mano y la miraba ansiosamente, como si le preguntara: «¿Cuáles son esas cosas importantes? ¿Qué es lo que la mantiene tan serena y tan sosegada?» Pero Váreñka no notaba el significado de esa mirada interrogativa. Sólo pensaba en la visita que tenía que hacer aún antes de volver a casa de madame Shtal, donde tomaría el té con ella hacia las doce de la noche, como de costumbre. Entró, por tanto, en la casa, recogió sus papeles de música, se despidió de todos y se dispuso a marchar.

—Permítame que la acompañe —propuso el coronel.

—Naturalmente —corroboró la princesa—. No puede ir sola por la noche. Enviaré a mi doncella con usted.

Kiti observó que Váreñka se esforzaba por reprimir una sonrisa.

—No es necesario —objetó, tomando el sombrero—. Siempre voy sola y nunca me pasa nada.

Besó una vez más a Kiti, sin decirle qué eran esas cosas importantes, y desapareció con su paso rápido y sus papeles de música bajo el brazo, en la oscuridad de la noche de verano, llevándose consigo el secreto de esa dignidad y esa calma que tanto le envidiaba su amiga.


## Capítulo XXXIII

Kiti conoció también a madame Shtal, y esta amistad, de igual modo que la de Váreñka, contribuyó mucho a calmar su aflicción. Un mundo nuevo, muy distinto al suyo anterior, un mundo de belleza y de grandeza moral se abría ahora para ella. Era un mundo elevado, de esplendorosas cumbres, desde cuyas alturas se podía mirar el pasado con serenidad. Y había descubierto que, además de la vida instintiva en la cual se había movido hasta entonces, existía una vida espiritual.

Esa vida se hacía accesible por la religión. Pero por una religión que no tenía ninguna semejanza con la que profesaba Kiti desde su infancia, y la cual consistía en asistir a los oficios y vísperas en el Asilo de Viudas, donde se encontraba a conocidos, y en aprender de memoria los textos religiosos eslavos con ayuda de un sacerdote. Era una religión de sentimientos elevados, misteriosa, unida a pensamientos y afectos hermosos, en la cual no sólo se podía creer, porque así era lo mandado, sino que también se podía amar.

Kiti no llegó a comprenderlo así porque se lo explicaran. Madame Shtal trataba a Kiti simplemente como una niña amable que la atraía por hallar en ella como un recuerdo de su propia juventud. Sólo una vez le dijo que la fe y la caridad eran el único consuelo para todas las penas humanas, y que Cristo, en su infinita compasión, extiende su consuelo a todos, no hallando penas tan pequeñas que no sean dignas de su amorosa atención. Y enseguida madame Shtal cambió de conversación. Pero en cada gesto, en cada palabra de la señora, en sus miradas celestiales, como las calificaba Kiti, y sobre todo en la historia de su vida, que Kiti conocía por Váreñka, descubría la joven «lo más importante», hasta entonces ignorado de ella.

Sin embargo, madame Shtal, a pesar de su noble naturaleza y su lenguaje elevado, revelaba a veces ciertos rasgos de carácter que desconcertaban a Kiti. Un día, por ejemplo, en que ésta le preguntó por sus padres, la Shtal, acogió su pregunta con una sonrisa desdeñosa, lo que ciertamente era contrario a la caridad cristiana. Y una vez que hubo allí un sacerdote católico, madame Shtal mantuvo constantemente su rostro fuera de la luz de la lámpara, mientras sonreía de una manera extraña. Por insignificantes que fueran estas observaciones, afligían a Kiti, suscitando en ella dudas sobre madame Shtal. Váreñka, en cambio, sola, sin familia ni amigos, no esperando nada de la vida ni apenándose ya por nada, era el modelo de la perfección a que Kiti siempre había aspirado.

El ejemplo de Váreñka le mostraba que para sentirse feliz, serena y buena, como ella deseaba, bastaba olvidarse de sí mismo y amar a los demás. Una vez hubo comprendido qué era «lo más importante», Kiti no se limitó a admirarlo, sino que se entregó enseguida con toda su alma a esa vida nueva que tanto la atraía. Por las referencias de Váreñka sobre la manera de proceder de madame Shtal y otras personas que le nombraba, Kiti trazó un plan de vida para el futuro. Igual que la sobrina de madame Shtal, Alina, de la que Váreñka le hablaba mucho, Kiti decidió, en dondequiera que se hallase, buscar a los desdichados, auxiliarlos en lo posible, darles los Evangelios y leer el Libro Santo a los enfermos, criminales y moribundos. Y sentía una particular satisfacción al pensar que de ese modo podría traer alivio y consuelo a tantos desventurados. Pero la joven guardaba todo eso en secreto, sin comunicarlo ni a Váreñka ni a su madre.

Esperando el momento en que pudiera realizar estos proyectos con mayor amplitud, Kiti vio la posibilidad de practicar sus nuevas normas allí en el balneario, a imitación de Váreñka, y comenzó a interesarse por los enfermos y los desdichados, que había allí en tan gran cantidad.

La princesa advirtió pronto que su hija cedía cada vez más a ese *engouement*, a esa admiración exagerada hacia madame Shtal, y, sobre todo, hacia Váreñka. Veía que Kiti no sólo imitaba a la muchacha en su particular actividad, sino que la imitaba también, involuntariamente, en su modo de andar, de hablar, y hasta de mover los párpados. Más adelante, la princesa hubo de reconocer que, independientemente de esa admiración por Váreñka, su hija pasaba por una seria crisis interior.

Observaba que Kiti leía por las noches el Evangelio francés que le regalara madame Shtal, cosa en que no se había ocupado nunca antes. Notaba que rehuía el trato con la gente distinguida y se interesaba, en cambio, por los enfermos protegidos de Váreñka, y, especialmente, por la familia de un hombre humilde llamado Petrov, que residía allí desde hacía mucho tiempo. Petrov se hallaba enfermo, y Kiti, atenta sólo a aliviar en lo posible a los necesitados, se mostraba orgullosa de desempeñar el papel de enfermera.

La princesa no se oponía a ello, tanto más cuanto que la mujer de Petrov era una persona muy honorable, y también considerando la benévola actitud de la princesa alemana, que al enterarse de las actividades de Kiti, la había elogiado, llamándola «ángel consolador». Todo habría estado muy bien si la princesa no hubiese temido la exageración. Pero viendo que su hija se excedía, creyó conveniente advertirla.

—*Il ne faut jamais rien outrer*[1] —le decía.

Kiti no contestaba nada, pero se repetía a sí misma que no podía haber exageración en practicar la caridad, en seguir el precepto de presentar la mejilla izquierda al que nos abofetea la derecha y el de dar la camisa a quien le quita a uno el traje. Pero si a la princesa no le parecía bien que su hija llegara a ta-

---

[1] Jamás hay que excederse en nada. (En francés en el original.)

les extremos, se sentía aún más contrariada viendo que ya no le abría enteramente el corazón. En realidad, Kiti ocultaba sus nuevos sentimientos a su madre, no por falta de respeto o consideración, sino simplemente por el hecho mismo de ser su madre. Antes los habría revelado a otra persona cualquiera que a su madre.

—Hace mucho tiempo que Anna Páulovna no viene a visitarnos —comentó una vez la princesa, refiriéndose a madame Petrov—. La he invitado a venir, pero me ha parecido que estaba algo enojada conmigo.

—No lo he notado —murmuró Kitti, sonrojándose.

—¿No los has visto esos últimos días?

—Mañana vamos de excursión a la montaña.

—Bueno, podéis ir —autorizó la princesa, sorprendida del azoramiento que advertía en su hija y esforzándose en adivinar la causa.

Ese mismo día, Várenka fue a comer con ellos y les comunicó que Anna Pávlovna desistía del paseo a la montaña. La princesa observó que Kiti volvía a sonrojarse.

—¿Te ha ocurrido algo desagradable con los Petrov, Kiti? —preguntó la princesa, cuando quedaron a solas—. ¿Por qué Anna no envía aquí a los niños ni viene nunca?

Kiti respondió que no había pasado nada y que no comprendía que Anna Pávlovna pudiera estar enojada con ella. Y decía la verdad. Ignoraba el motivo de la supuesta frialdad de la esposa de Petrov para con ella, pero lo adivinaba. Mas lo que creía percibir en el fondo de todo eso era algo de tal naturaleza que no podía decírselo a su madre, algo que no podía ni confesárselo a sí misma, por lo vergonzoso y terrible que sería equivocarse.

Desfilaban en su mente los recuerdos de sus relaciones con la familia Petrov. Evocaba la ingenua alegría que se pintaba en el bondadoso rostro redondo de Anna Pávlovna siempre que se encontraban, recordaba sus conversaciones secretas sobre el enfermo, mientras buscaban una manera para distraerlo, para impedirle que se absorbiera en su trabajo, lo que le habían prohibido los médicos, y para llevarlo a pasear. Sentía de nuevo el afecto que le mostraba el niño pequeño, que la llamaba «Kiti mía», y no quería acostarse si ella no le acompañaba. ¡Qué bien iba todo entonces! Luego evocó la figura enclenque de Petrov, su cuello largo emergiendo de una levita de color castaño, sus cabellos ralos y rizados, sus escrutadores ojos azules, que al principio la asustaban, y creía ver todavía los esfuerzos que hacía por aparecer animado y enérgico ante ella.

Recordaba también la invencible repugnancia que él le inspiraba al principio —era tuberculoso— y el trabajo que se tomaba para hallar las palabras adecuadas cuando tenía que hablarle. Llegaba de nuevo hasta ella la mirada tímida y conmovida que le dirigía Petrov, y volvía a experimentar el extraño sentimiento de compasión y encogimiento, unido a la íntima satisfacción de obrar bien, que la invadía entonces.

Sí, todo iba bien en los primeros días. Pero ahora, de repente, se había operado un brusco cambio en sus relaciones. Anna Pávlovna recibía a Kiti con amabilidad fingida y vigilaba continuamente a su marido y a la joven. ¿Debía creer que la sencilla alegría que experimentaba Petrov al llegar ella era la causa de la frialdad de Anna Pávlovna?

«Sí —pensaba Kiti—. Hay algo poco natural en Anna Pávlovna, algo tan distinto de su bondad ordinaria en el acento con que dos días antes me dijo: «Mi marido no quería tomar el café hasta que usted llegase, y aunque sentía debilidad, se empeñó en esperarla.» Quizá la esposa de Petrov no vio con agrado que yo diera la manta a su marido. La cosa no tenía ninguna importancia... Pero él la cogió tan azorado y me dio tantas veces las gracias que me sentí confusa. Y luego ese retrato mío, que ha pintado tan bien. Pero lo que más me emociona es su mirada dulce y tímida. Sí, sí, es eso —se decía Kiti, aterrada—. Pero no debe, no puede ser. Ciertamente, es digno de compasión.»

Esa duda amargaba el encanto de la nueva vida.


Capítulo XXXIV

Poco antes de que Kiti terminara su cura de aguas en el balneario, el príncipe Scherbatski vino a reunirse con su familia. Había ido a Carlsbad, Baden y Kissingen, para respirar aire ruso, como decía.

El príncipe no compartía en absoluto la admiración de su esposa por los países extranjeros, y sus opiniones en este punto eran diametralmente opuestas. La princesa lo encontraba todo perfecto, y a pesar de su buena posición en la sociedad rusa, aquí procuraba parecer una dama europea, cosa que conseguía fácilmente. El príncipe, por el contrario, lo encontraba todo detestable, no renunciaba a ninguna de sus costumbres rusas, y procuraba mostrarse menos europeo de lo que era en realidad.

El príncipe llegó enflaquecido, con las mejillas fláccidas, pero, alegre y animado, en una excelente disposición de ánimo, que fue más marcada aún al ver que Kiti estaba completamente restablecida. Los detalles que la princesa le dio sobre el cambio operado en Kiti a consecuencia de su amistad con madame Shtal y con Váreñka, contrariaron al príncipe y despertaron en él su habitual sentimiento de celos hacia cuanto podía sustraer a Kiti a su influencia, llevándola hasta parajes inaccesibles para él. Pero tales noticias desagradables se sumergieron en el mar de alegría y bondad que lo llenaba y que había aumentado después de su estancia en Carlsbad.

Al día siguiente de su regreso, el príncipe, vestido con un largo gabán, con sus fofas mejillas colgando sobre el cuello almidonado, fue al manantial con su hija.

La mañana era espléndida: El sol radiante, las casas limpias y alegres, con jardincitos; el aspecto de esas sirvientas robustas y joviales, de brazos sonrosados, de rostros colorados por la cerveza, todo ello alegraba el corazón. Pero cuanto más avanzaban, más enfermos encontraban, cuyo lamentable aspecto ofrecía un contraste penoso con el bienestar y la buena organización que se advertían en la vida alemana.

Kiti no percibía eso. El sol brillante, el vivo verdor, la alegre música, le parecían ser el marco natural de esos rostros tan conocidos, de esa gente tan familiar y por la cual tanto se preocupaba. Pero al príncipe, la esplendorosa mañana de junio, la orquesta que tocaba un alegre vals de moda, y, sobre todo, las robustas sirvientas alemanas, le resultaban sumamente grotescas en comparación con esos moribundos, llegados de toda Europa, que andaban con paso fatigado y triste.

A pesar del orgullo que sentía por llevar del brazo a su hija, lo que le daba la impresión de un regreso a la juventud, estaba algo turbado y molesto de su paso firme, de sus miembros vigorosos, como un hombre desnudo que se viera de repente en una reunión de sociedad.

—Preséntame a tus nuevas amistades —solicitó a su hija, oprimiéndole su carnoso brazo con el codo—. Hoy no siento aversión por nada, ni siquiera por esa horrible agua bicarbonatada que te ha hecho tanto bien. Pero verdaderamente da tristeza ver esto... Oye, ¿quién es ése?

Kiti iba nombrándole las personas que encontraban en su camino. En la misma entrada del jardín hallaron a madame Berta y su acompañante, y el príncipe se sintió contento viendo la enternecida expresión que adquirió el rostro de la anciana ciega al oír la voz de Kiti. Madame Berta habló al príncipe con la característica amabilidad francesa, felicitándole por tener una hija tan encantadora, que ensalzó hasta las nubes y a la que calificó de tesoro, perla y ángel de consuelo.

—En ese caso, es el ángel número dos —puntualizó el príncipe—. Según ella, el número uno es la señorita Váreñka.

—Cierto. La señorita Váreñka es también un ángel —concedió madame Berta.

En la galería encontraron a ese mismo ser bondadoso que era Váreñka, la cual se dirigió hacia ellos con paso rápido. Llevaba un magnífico saquito de labor en la mano.

—Ha venido papá —anunció Kiti.

Váreñka hizo, con gran naturalidad, un ademán que era, a la vez, saludo y reverencia, y luego empezó a hablar con el príncipe de una manera franca y sencilla, sin falsa timidez.

—Ya la conozco, y mucho —dijo el príncipe con una sonrisa que demostró a Kiti que su amiga no le resultaba desagradable a su padre—. ¿Adónde va usted tan deprisa?

—Mamá está aquí —manifestó la muchacha, dirigiéndose a Kiti—. No ha dormido en toda la noche, y el médico le ha aconsejado pasear un poco. Le llevo su labor.

—¿Este es, pues, el ángel número uno? —preguntó el príncipe, cuando Váreñka se hubo alejado.

Kiti observaba que su padre hubiera deseado tomar una actitud irónica ante su amiga, pero que se abstenía de hacerlo por la grata impresión que le había causado.

—Vamos a ver todas tus amigas —añadió el príncipe—. Hasta la propia madame Shtal, si es que se digna acordarse de mí.

—¿La conoces, papá? —preguntó Kiti, algo temerosa, notando la burlona expresión que adquirió el rostro de su padre.

—Conocí a su marido y un poco a ella también, cuando madame no se había aún inscrito entre los pietistas.

—¿Qué son esos pietistas, papá? —preguntó la joven, desasosegada al ver aplicar semejante nombre a lo que ella admiraba tanto en madame Shtal.

—No lo sé, exactamente. Sólo sé que ella da gracias a Dios por todas las desdichas que la afligen. E hizo lo mismo cuando murió su marido. Pero eso resulta algo cómico, si se tiene en cuenta que los dos se llevaban muy mal. ¿Quién es ése? —preguntó el príncipe, viendo a un abrigo y pantalones blancos que formaban extraños pliegues sobre unas flacuchas piernas.

Aquel señor se quitó el sombrero de paja, descubriendo sus cabellos rizados y ralos que coronaban su ancha frente, enrojecida por la presión del sombrero.

—Es Petrov, un pintor —respondió Kiti, sonrojándose—. Y esa es su mujer —añadió, indicando a Anna Pávlovna.

Ésta, como intencionadamente, al acercarse a ellos, se levantó y se dirigió hacia uno de sus niños.

—Me da lástima ese hombre, y su rostro expresa tanta bondad... ¿Por qué no te has acercado a él? Parecía querer hablarte.

—Entonces, vamos —decidió Kiti, avanzando resueltamente hacia Petrov—. ¿Cómo se encuentra hoy? —le preguntó.

Petrov se levantó, apoyándose en su bastón, y miró con cierta timidez al príncipe.

—Es mi hija —indicó éste—. Me alegro de conocerle.

El pintor saludó y mostró al sonreír unos dientes de extraordinaria blancura.

—Ayer la esperábamos, mademoiselle —dijo a Kiti.

Al hablar, casi se cayó. Pero para que no sospecharan su extrema flaqueza, hizo, con intención, otro falso movimiento.

—Yo habría ido, pero Váreñka me avisó de que ustedes no querían salir de casa.

—¿Cómo? —murmuró Petrov, sonrojándose. Empezó a toser y buscó a su mujer con los ojos—. ¡Anita! —gritaba, mientras en su cuello delgado y pálido se hinchaban sus gruesas venas.

Anna Pávlovna se acercó.

—¿Cómo mandaste decir que no saldríamos? —preguntó Petrov, airado y con voz ronca.

—Buenos días, mademoiselle —saludó Anna Pávlovna, con forzada sonrisa, de una manera totalmente distinta a la forma en que había recibido siempre a la joven—. Encantada de conocerle —dijo al príncipe—. Hace tiempo que le esperaban...

—¿Por qué mandaste decir que no saldríamos? —repitió su marido, con creciente irritación, pues sentía que le faltaba la voz y no podía dar a su pregunta la fuerza que deseaba.

—¡Dios mío! Creí que no saldríamos —repuso la mujer, con enojo.

—Pero, ¿por qué? Veamos. No comprendo...

Empezó a toser y agitó la mano con un gesto de impotencia. El príncipe se quitó el sombrero y se alejó con su hija

—¡Pobre gente! —exclamó, mostrando una viva aflicción.

—Es cierto, papá —contestó Kiti—. Y además tienen tres niños, carecen de criados y se hallan casi faltos de recursos. Recibe algo de la Academia —seguía diciendo con animación, para disimular la mala impresión que le causara el cambio de actitud de Anna Pávlovna—. Ahí está madame Shtal —concluyó, mostrando un cochecillo en el cual, entre almohadones, envuelta en ropas grises y azules y protegida por una sombrilla, se veía una figura humana.

Tras ella estaba su cochero, un robusto y taciturno alemán. A su lado iba un conde sueco, de cabello rubio, a quien Kiti conocía de nombre. En torno al coche se movían indolentemente algunos enfermos, que contemplaban a madame Shtal con una especie de venerable curiosidad, como si fuera un objeto raro y valioso.

El príncipe se acercó y en sus ojos observó Kiti al momento ese leve matiz de ironía que tanto la amedrentaba. Luego él se descubrió y habló a madame Shtal en tono amable y respetuoso, y en excelente francés, como muy pocos lo hablan hoy.

—Quizá usted no me recuerde; pero, de todos modos, debo

hacerme recordar para agradecerle sus bondades y su alta consideración con mi hija —ponderó el príncipe, conservando el sombrero en la mano.

—Encantada, príncipe Alexandr Scherbatski —dijo madame Shtal alzando hacia él sus ojos celestiales, en los que Kiti vio reflejarse cierto disgusto—. Quiero mucho a su hija.

—¿No mejora su salud?

—No, pero ya estoy acostumbrada a eso —respondió madame Shtal. Y presentó al príncipe el conde sueco.

—Ha cambiado usted poco —observó Scherbatski— desde los diez u once años que no he tenido el honor de verla.

—Sí. Dios, que da la cruz, da también la fuerza para llevarla. A menudo me pregunto qué hacemos en este mundo y para qué vivimos tanto tiempo. ¡No, del otro lado! —exclamó, dirigiéndose a Várenka, que le envolvía las piernas en la manta de una manera poco satisfactoria para ella.

—Sin duda se nos concede vivir mucho tiempo para que podamos hacer el bien —sugirió el príncipe, sonriendo con los ojos.

—No nos incumbe a nosotros juzgarlo —repuso madame Shtal, percibiendo la irónica expresión del rostro de Scherbatski—. Ya me enviará usted ese libro, querido conde. Y reciba de antemano mi agradecimiento —dijo, dirigiéndose al conde sueco.

—¡Oh! —exclamó el príncipe, viendo al coronel, no lejos de ellos.

Y despidiéndose de madame Shtal, se alejó con Kiti y los dos fueron al encuentro del coronel.

—He aquí nuestra aristocracia, príncipe —comentó en tono burlón el coronel, que estaba desazonado con madame Shtal, porque no se dignaba relacionarse con él.

—Es siempre la misma —comentó el príncipe.

—¿La conocía usted antes de su enfermedad? Quiero decir antes que tuviera que permanecer en la cama.

—Sí. La conocí justamente cuando se manifestó la enfermedad.

—Dicen que no pisa la calle desde hace diez años.

—Es que tiene las piernas desiguales. Es contrahecha.

—¡Imposible, papá! —exclamó Kiti.

—Lo dicen las malas lenguas, querida. ¡Y cuánto debe tener que soportar Váreñka a su lado! ¡Oh, estas señoras enfermeras!

—No, papá —replicó Kiti, con energía—. Ciertamente, Váreñka la adora. ¡Y madame Shtal hace mucho bien! Pregunta a quienes quieras. A ella y a su sobrina Alina todos las conocen.

—Puede ser —admitió el príncipe, apretándole el brazo con el codo—. Pero es preferible hacer el bien sin que nadie se entere. Por lo menos, así lo entiendo yo.

Kiti calló, no porque no tuviera nada que decir, sino porque no quería que su padre conociera sus pensamientos secretos. Y, cosa extraña, aunque no quería someterse a la opinión de su padre ni facilitarle el acceso a su santuario íntimo, percibió que esa imagen de santidad ideal que desde hacía un mes llevaba dentro de su alma, desaparecía para siempre, como esas formas que toman a veces los vestidos colgados descuidadamente, y las cuales desaparecen de igual modo cuando se advierte que no son más que simples ropas colgadas.

Ahora conservaba sólo la visión de una mujer de piernas desiguales, que permanecía en la cama para ocultar su deformidad, y que atormentaba a la pobre Váreñka por no arreglarle bien la manta. Y ningún esfuerzo de su imaginación pudo ya hacer visible la prístina imagen de madame Shtal.

Capítulo XXXV

EL excelente humor del príncipe se transmitía a su familia, a sus amistades, y hasta al dueño de la casa donde se alojaban los Scherbatski. Al terminar su paseo con Kiti, como había invitado al coronel, a Maria Ievguiénievna y a Váreñka a tomar café, el príncipe ordenó que pusieran la mesa en el jardín, bajo un castaño. Animados por la comunicativa alegría de su amo, los criados, que conocían bien la esplendidez del príncipe, se distinguieron igualmente por su soltura y su locuacidad. Durante largo rato un médico de Hamburgo, enfermo que vivía en el piso de encima, contempló con envidia ese alegre grupo de personas despreocupadas y sanas, reunidas a la sombra del robusto árbol.

A un extremo de la mesa, cubierta con un blanco mantel y bien provista, con la cafetera, pan, mantequilla, queso y fiambres, se hallaba la princesa, con su cofia de cintas lilas en la cabeza, distribuyendo las tazas y los bocadillos. Al otro extremo, sentado, el príncipe comía con gran apetito y hablaba animadamente. Había extendido en torno suyo todas las cosas que comprara últimamente: cajitas de madera labrada, plegaderas y diversos juegos. Y se complacía en obsequiar con ellas a todos, sin olvidar a Lieschen, la criada, ni al casero, con el que charlaba y bromeaba familiarmente en su defectuoso alemán, asegurando que no eran las aguas lo que había curado a Kiti, sino la buena cocina de la casa, y, muy especialmente, las compotas de ciruelas.

La princesa se burlaba de su marido por sus costumbres rusas, pero nunca antes, durante su permanencia en las aguas, se había mostrado tan alegre y tan animada. Al coronel le divertían también las bromas del príncipe, pero se adhería a la opinión de la princesa cuando se pasaba a hablar de Europa, que él creía conocer a fondo. La bondadosa María Ieguiénievna se reía a mandíbula batiente, y Váreñka reía de un modo tranquilo pero comunicativo, con gran sorpresa de Kiti, que no la había visto nunca tan alegre.

Sin embargo, Kiti, aunque sentía afluir hacia ella esa alegría que reinaba a su alrededor, no podía olvidar sus preocupaciones. Con sus frívolos comentarios sobre sus amigas y su actitud hacia ese género de vida que a ella le parecía tan hermoso, su padre le había planteado un serio problema. Complicaba aún más la cosa la frialdad observada en la señora de Petrov, y manifestada últimamente de una manera muy desagradable. Sí, todo era alegría a su alrededor, pero Kiti se sentía cada vez más inquieta. Le parecía revivir la experiencia de su infancia, cuando, encerrada en su cuarto como castigo de alguna travesura, oía las risas de sus hermanos sin poder participar en su diversión.

—¿Qué necesidad tenías de comprar todas esas fruslerías? —preguntó la princesa a su marido, ofreciéndole una taza de café.

—Pues verás... Al salir de paseo se acerca uno a las tiendas, y ya sabes lo que ocurre. He entrado por curiosidad, pero insistían una y otra vez en que comprara, diciendo: *Erlaucht, Excellenz, Durchlaucht!*[1]. Y al oír *Durchlaucht,* no sabía cómo oponer resistencia y se me iban enseguida diez táleros.

—A mí me parece que lo comprabas más bien para distraerte —opinó la princesa.

—Ciertamente. ¡Aquí se aburre uno tanto!

—¿Cómo puede aburrirse, príncipe? Hay ahora muchas cosas interesantes y dignas de verse en Alemania —dijo María Ievguiénievna.

—Lo conozco todo. La compota de ciruelas, el salchichón con guisantes... Todo lo que pueda haber de interesante.

—Diga usted lo que quiera, príncipe. Pero las instituciones alemanas son muy interesantes —objetó el coronel.

—¿Usted cree? Los alemanes están muy contentos porque han vencido a todos sus enemigos. Pero a mí eso me deja indiferente. Yo no he vencido a nadie, y, en cambio, tengo que quitarme yo mismo las botas y dejarlas junto a la puerta, en el pasillo. Por las mañanas he de levantarme, vestirme enseguida e ir al comedor para tomar un pésimo té. Mientras que en casa uno se levanta cuando quiere, refunfuña un poco si se está de mal humor, pero se sosiega poco a poco y tiene tiempo para examinar tranquilamente las cosas.

—No olvide, sin embargo, que el tiempo es oro —replicó el coronel.

—Depende. Hay tiempo que uno vendería por diez sueldos al mes, y hay cuartos de hora que no se cederían por ningún tesoro.¿No es verdad, Kiti? Pero, ¿qué te ocurre? Pareces preocupada.

—No, no me ocurre nada.

—¿Se va? Quédese un poco más —invitó el príncipe a Váreñka, viendo que ésta se levantaba.

—Tengo que irme a casa —repuso ella, conservando aún su alegre expresión y echándose a reír de nuevo.

Cuando se hubo aquietado, se despidió de todos y entró en la casa para coger el sombrero. Kiti la siguió. Hasta su propia Váreñka le parecía ahora distinta de como ella la había imaginado antes.

---

[1] Ilustrísimo señor, Excelencia, Alteza. (En alemán en el original.)

[327]

—Hace tiempo que no me había reído tanto —dijo Váreñka, recogiendo la sombrilla y el bolso—. Su papá es un hombre admirable.

Kiti no dijo nada.

—¿Cuándo nos veremos? —preguntó Váreñka.

—Mamá quería hacer una visita a los Petrov. ¿Estará usted allí? —preguntó Kiti, mirando con toda atención a su amiga.

—Estaré —respondió Váreñka—. Están muy atareados arreglando sus cosas para marcharse, y les prometí ir a ayudarles.

—Bueno, yo también iré.

—No. ¿Por qué habría de ir usted?

—¿Por qué? ¿Por qué? —repuso Kiti, con gesto de contrariedad, asiendo la sombrilla de Váreñka—. No se vaya. Dígame antes por qué.

—Es que como ha llegado su papá... Y, por otra parte, ellos se sienten turbados ante usted.

—No es eso. Dígame por qué no quiere que visite a los Petrov con frecuencia. Bien veo que usted no lo quiere.

—Yo no he dicho eso —replicó Váreñka, tranquilamente.

—Le ruego que me responda.

—¿Quiere, pues, que se lo diga todo?

—¡Todo! ¡Todo! —exclamó Kiti.

—No hay nada inquietante en ello. El caso es que Mijaíl Alexiéivich —así se llamaba el pintor— antes decía siempre que se quería marchar, y ahora se obstina en quedarse —explicó Váreñka, sonriendo.

—¿Y qué ha pasado? —preguntó Kiti con ansiedad, mirándola seriamente.

—Luego, Anna Pávlovna dijo que si su marido no quería irse era para seguir viéndola a usted. Esto originó una fuerte discusión entre ellos. Ya sabe cuán fácilmente se irritan los enfermos...

Kiti, cada vez más seria, guardaba silencio. Váreñka seguía hablando, procurando calmarla, para evitar que ella rompiera en lágrimas.

—Por eso es mejor que no vaya. Sin duda, usted me comprende y no se ofenderá.

—¡Lo merezco! —exclamó Kiti vivamente, arrebatando la sombrilla de su amiga, sin atreverse a mirarla.

Ante esa infantil cólera, Váreñka reprimió una sonrisa.

—¿Que se lo merece? No comprendo —dijo.

—Sí, porque todo esto no era más que un fingimiento y no me salía del corazón. ¿Qué necesidad tenía de ocuparme de un extraño? ¡Y resulta que he provocado una discusión por meterme en lo que no me importaba! Todo era puro fingimiento.

—Pero, ¿por qué necesitaba fingir? —inquirió Váreñka, con voz reposada.

—Lo que he hecho es absurdo y aborrecible. No, no tenía ninguna necesidad de fingir... —repetía Kiti, abriendo y cerrando la sombrilla con nerviosos movimientos.

—¿Con qué fin fingía?

—Deseaba aparecer mejor ante los demás, ante mí misma, ante Dios. Y engañar así a todos. No volverá a ocurrirme. Es preferible ser mala que mentir y engañar.

—¿Engañar? —objetó Váreñka, en tono de reproche—. Habla usted como si...

Pero Kiti, que se hallaba muy excitada, no la dejó terminar.

—No se trata de usted. Usted es perfecta. Sí, sé que todas ustedes son perfectas. Pero yo soy mala. ¡Y qué puedo hacerle! Si yo no fuese mala, todo esto no hubiese ocurrido. Seguiré siendo lo que soy, pero sin fingimientos. No tengo por qué preocuparme de Anna Pávlovna. Que ellos vivan como les plazca, y yo viviré también a mi manera. No puedo dejar de ser lo que soy. Pero no es eso lo que deseo. No, no es lo que pensaba.

—¿Qué quiere usted decir? —preguntó Váreñka, sorprendida.

—No, no es eso. Yo obro siempre siguiendo los impulsos de mi corazón, mientras que ustedes tienen ciertas reglas y obran conforme a ellas. Las he querido a ustedes de una manera simple y desinteresada, y ustedes, si me han mostrado afecto, ha sido sólo para salvarme, atentas únicamente a lo que consideraban su deber.

—Es usted injusta —insistió Váreñka.

—No juzgo a los demás. Hablo de mí.

—¡Kiti! —gritó en ese momento la princesa—. Ven a enseñar tu collar a papá.

Kiti, con aire altivo, sin reconciliarse con Váreñka, cogió la cajita con el collar y se dirigió al jardín

—¿Qué te ocurre? ¿Por qué estás tan encarnada? —le interrogaron a un tiempo su padre y su madre.

—No es nada. Vuelvo enseguida —respondió Kiti, entrando de nuevo en la casa.

«Aún está aquí. ¿Qué le diré? ¡Dios mío! ¿Qué he hecho, qué he hecho? ¿Por qué la he ofendido? ¿Qué haré ahora?», pensó, deteniéndose junto a la puerta.

Váreñka, con el sombrero puesto, estaba sentada ante la mesa, examinando el muelle de la sombrilla, que Kiti había roto. Al acercarse ésta, alzó la cabeza.

—¡Perdóneme, Váreñka! —murmuró Kiti—. No sé ni lo que he dicho. Yo...

—La verdad, no quise disgustarla —dijo Váreñka, sonriendo.

Hicieron las paces. Pero la llegada de su padre había alterado profundamente el concepto que se formara Kiti del ambiente en que vivía. No desdeñaba lo que había aprendido allí, pero reconocía que se engañaba a sí misma pensando que podría ser lo que hubiera deseado ser. Era como el despertar de un sueño. Comprendía ahora cuán difícil sería poder mantenerse a esa altura sin fingir ni ver en todo ello un motivo de orgullo. Sentía, además, una viva aflicción ante esos cuadros de dolor, de enfermedad y sufrimiento que se ofrecían a su vista, y le resultaba muy penoso prolongar los esfuerzos que hacía para interesarse por lo que la rodeaba. Veía cada vez con mayor claridad lo falso de su situación. Sentía la necesidad de abandonar ese ambiente engañoso y torturador, de volver a Rusia, a Ierguchovo, donde, según la informaran en una carta reciente, había ido a vivir Dolli con sus hijos.

Pero su afecto por Váreñka no había disminuido. Al despedirse, Kiti le rogó que fuera a visitarlas en Rusia.

—Iré cuando usted se case —prometió la muchacha.

—No me casaré nunca.

—Entonces nunca iré.

—En ese caso, me casaré sólo para que venga. ¡Pero recuerde su promesa!

Las previsiones del doctor resultaron ciertas. Kiti volvió curada a Rusia, si bien ya no era tan despreocupada y alegre como antes. Pero estaba tranquila, y los sufrimientos que la alcanzaran en Moscú no eran ahora más que un recuerdo.

# TERCERA PARTE

## Capítulo primero

Serguiéi Ivánich Koznishov quiso tomarse algún descanso, pues se sentía fatigado por su trabajo intelectual, pero en vez de marchar al extranjero, como acostumbraba, se fue a fines de mayo a Pokróvskoie. Nada le gustaba tanto como la vida campestre, y pensaba pasar allí una temporada al lado de su hermano. Konstantín Lievin lo recibió con gran complacencia, tanto más cuanto que ya no creía que su hermano Nikolái fuera a verle ese verano.

A pesar del respeto y estimación que sentía por Serguiéi Ivánovich, a Konstantín Lievin no le agradaba la manera que tenía su hermano de considerar al pueblo y las cosas del campo. Para Konstantín, el campo era el ambiente mismo de su vida, el lugar de sus alegrías, de sus penas, de su trabajo. Para su hermano, en cambio, era simplemente un agradable lugar de descanso, y también un antídoto contra la corrupción de la ciudad. Daba al primero ocasión de aplicarse a actividades de indiscutible utilidad, y confería al segundo el derecho de no hacer nada.

Además, los dos hermanos tenían opiniones completamente distintas sobre la gente humilde. Serguiéi Ivánovich afirmaba que conocía y estimaba mucho a los campesinos. Frecuentemente hablaba con ellos, lo que sabía hacer muy bien, sin fingimiento ni afectación, y de esas conversaciones sacaba siempre conclusiones que enaltecían al pueblo y que luego se complacía en mostrar, como pruebas de su supuesto conocimiento de las costumbres populares.

Esa actitud hacia la gente humilde no satisfacía a Konstantín Lievin, para el cual el campesino era tan sólo el principal colaborador en el trabajo común. Sentía un gran afecto por los campesinos —afecto que aseguraba haber mamado con la leche de su nodriza— y admiraba su energía, su dulzura y su espíritu de justicia. Pero a menudo, cuando el interés común exigía otras cualidades, se irritaba contra ellos, y no veía más que incuria, suciedad, afición a la bebida, tendencia a la mentira en esas gentes.

Si hubieran preguntado a Konstantín Lievin si quería al pueblo, no habría podido dar una exacta respuesta. Por su bondad natural, se hallaba más bien inclinado a querer a los hombres, incluyendo a los de humilde condición. Pero amarlos de un modo exclusivo le parecía imposible, pues vivía con el pueblo, sus intereses eran comunes, y, por consiguiente, él mismo era parte integrante del pueblo. Además vivía desde hacía muchos años en íntima relación con los campesinos, como propietario, como mediador, y, sobre todo, como consejero. Gente de apartados lugares iba a pedirle consejos, recorriendo a veces distancias de más de diez leguas.

Pero no se había formado una opinión bien definida sobre el pueblo. Si le hubiesen preguntado si conocía al pueblo, se habría visto igualmente perplejo que ante la pregunta de si lo amaba o no. Decir que conocía al pueblo, habría sido lo mismo que decir que conocía a la gente. Observaba y estudiaba a hombres de muchas clases, y entre ellos a los campesinos, a los que consideraba dignos de interés. Pero a medida que advertía en ellos nuevos rasgos de carácter, sus juicios se modificaban y le llevaban a formarse nuevas opiniones.

Serguiéi Ivánovich procedía del modo contrario. Amaba la vida del pueblo por contraste con otro género de existencia, a la gente humilde por contraste con otra clase de gente, y de la misma manera conocía al pueblo como algo opuesto a los hombres en general. Con su espíritu metódico se había formado un concepto de la vida del pueblo basado en parte en la experiencia, pero principalmente como resultado de la contraposición. Jamás, por tanto, variaba en lo más mínimo su favorable opinión sobre el pueblo. Por eso en las discusiones que los hermanos mantenían al respecto siempre resultaba vencedor Serguiéi Ivánovich, por firmeza de sus apreciaciones sobre el carácter, las inclinaciones y las particularidades del pueblo.

Konstantín Lievin, en cambio, como no tenía ninguna noción sólida sobre el tema, oponía opiniones constantemente modificadas, y se le cogía siempre en contradicción.

Serguiéi Ivánovich tenía a su hermano menor por un buen muchacho, con «el corazón en su sitio», de carácter bastante abierto, pero demasiado impresionable, y lleno, por tanto, de contradicciones. Con la condescendencia de un hermano mayor, Serguiéi le explicaba a veces la significación de las cosas, pero no hallaba ningún aliciente en discutir con un adversario tan fácil de vencer.

Por su parte, Konstantín Lievin veía en su hermano un hombre de excelentes cualidades. Admiraba su clara inteligencia, su vasta cultura, su carácter noble y su natural tendencia a favorecer a los demás. Pero a medida que avanzaba en años y conocía mejor a su hermano, tanto más se preguntaba si esa facultad de obrar en provecho de la sociedad, y de la que Konstantín Lievin se sentía privado, no sería más bien un defecto que una cualidad. No denotaba en ello una falta de aspiraciones nobles y generosas, sino una carencia de fuerza vital, de ese impulso interior que obliga a luchar y a escoger un camino entre la diversidad de rutas que en la vida se ofrecen al hombre.

Por otra parte, consideraba que muchos de los hombres que servían al bien común, como su hermano, no lo hacían por un natural impulso de su corazón, sino como resultado de sus reflexiones, que los llevaban a ver en ello una noble y justa manera de obrar. Konstantín Lievin se convencía de eso observando que su hermano no concedía más importancia a los intereses colectivos o a la inmortalidad del alma que la que pudiera dar a una partida de ajedrez o a la construcción ingeniosa de alguna máquina.

Además, Lievin se sentía molesto por la actitud de su hermano durante su estancia en la aldea, sobre todo en el verano, cuando estaba siempre tan ocupado y los días le parecían tan cortos, mientras que Serguiéi Ivánovich no pensaba más que en descansar. Ese año, por haber reclamado totalmente su atención los trabajos de la finca, no se había ocupado de la obra que empezara a escribir. Pero la actividad de su pensamiento era tan grande y continua, que sentía la necesidad de explicar a alguien las ideas que se le ocurrían, y expresarlas en la forma concisa y elegante que tanto le agradaba.

Naturalmente, su oyente era casi siempre su hermano. Por eso, a pesar de la sencillez amistosa de sus relaciones, Konstantín Lievin no hubiera querido tener que dejar solo a Serguiéi Ivánovich. A éste le gustaba tenderse en la hierba, bajo el esplendente sol, y, sumido en un placentero ocio, charlar alegre y tranquilamente.

—No sabes qué gozo me causa esa profunda calma. Ningún pensamiento me conturba. Tengo la cabeza vacía de ideas. Es delicioso.

Pero Konstantán Lievin se aburría con esa inacción, especialmente porque sabía lo que ocurría mientras él estaba allí con su hermano: los trabajadores esparcirían el abono a diestro y siniestro en el campo no preparado aún; no atornillarían bien las rejas de los arados ingleses, y dirían luego que esos arados no servían, que sólo eran buenos los arados antiguos, y otras cosas por el estilo.

—¿No estás cansado de andar tanto con este calor? —le decía Serguiéi Ivánovich.

—No tardaré. Sólo voy un momento al despacho —respondía Lievin.

Y se dirigía al campo, a toda prisa.

## Capítulo II

A primeros de junio, Agafia Mijáílovna, la anciana criada que desempeñaba también las funciones de ama de llaves, bajando un día al sótano con un pote de setas recién saladas, resbaló en la escalera y cayó, lastimándose la muñeca. Llegó el médico del *zemstvo,* un joven muy hablador, recién salido de la Facultad. Examinó la mano, aseguró que no había torcedura, y se complació en conversar enseguida con el célebre Serguiéi Ivánovich Koznyshov. Para mostrarle que era un hombre que se interesaba por todo, le contó la chismografía del distrito, y se lamentó de la deplorable situación en que se hallaban las instituciones provinciales.

Serguiéi Ivánovich le escuchaba con atención, y le hacía alguna pregunta. Luego, animado por la presencia de un nuevo oyente, habló a su vez, y expuso algunas observaciones justas y positivas, que fueron respetuosamente apreciadas por el joven médico. Se hallaba muy animado, se excitaba, como le ocurría siempre que mantenía una conversación amena y brillante. Cuando el médico se hubo marchado, Serguiéi Ivánovich se preparó para ir a pescar. Le gustaba mucho pescar con caña y se sentía casi orgulloso de gozarse en una ocupación tan fútil. Konstantín Lievin, que quería ver cómo iba el trabajo en el campo y cómo estaban los prados, ofreció a su hermano llevarlo hasta el río en su coche.

La época estival recordaba ya los inmediatos trabajos del campo. Se acercaba el tiempo de recoger la cosecha, de segar el heno, había que prepararse para la siembra. El tiempo en que las espigas, ya formadas, pero aún incompletas, se mecen en los ligeros tallos verde-gris, agitados por el viento. Y la avena, mezclada con las retozonas hierbas, se extiende irregularmente por los sembrados tardíos; cuando los granos del alforfón cubren ya la tierra; cuando los barbechos, endurecidos por el pisoteo de los animales y resistentes a la acción del arado, aparecen con sus surcos trazados hasta la mitad; cuando los montones de estiércol exhalan, al despuntar el día, su olor mezclado con el perfume de las plantas; y cuando en las tierras bajas, en espera de la guadaña, se extienden como un verde mar los vastos prados, salpicados con las negras manchas formadas por los tallos de acederas arrancadas.

Era la época de esa calma momentánea que precede a la recolección anual, cuando se exigen los mayores esfuerzos de los campesinos. Ese verano, la cosecha se presentaba espléndida; los días eran largos y calurosos, las noches cortas y húmedas de rocío.

Para llegar a los prados, había que pasar por el bosque, cubierto ahora de exuberante vegetación. Serguiéi Ivánovich, admirado, llamaba la atención de su hermano, ya sobre un viejo tilo, matizado con el rico colorido de sus amarillentos brotes prontos a florecer, ya sobre los tallos nuevos de otros árboles, que aparecían brillantes como esmeraldas. Pero Konstantín Lievin, al cual no le gustaba hablar de las bellezas de la naturaleza, tampoco deseaba que se las mencionaran. Las palabras restaban hermosura a lo que estaba viendo. Asentía a lo que decía el hermano, pero, a pesar suyo, se sumía en otros pensamientos. Al salir del bosque fijó la atención en el campo en barbecho de un collado, el cual aparecía en un sitio, cubierto de hierba amarillenta, en otro labrado en cuadros, allá lleno de montones de estiércol, y en las otras partes totalmente arado. Pasó por el campo una hilera de carros. Lievin los contó, y comprobó que su número era suficiente.

Mientras contemplaba los prados, pasó a considerar la cuestión de la siega, la cual era siempre para él un motivo de gozo. Al llegar al prado, detuvo el caballo. Como la hierba alta y espesa estaba aún húmeda en su parte inferior, Serguiéi Ivánovich, para no mojarse los pies, pidió a su hermano que lo llevase en el coche hasta los sauces contiguos al lugar de la pesca. Konstantín Lievin, aunque le contrariaba tener que aplastar la hierba de su prado, accedió a su deseo. Las altas, flexibles hierbas, se arrollaban en torno a las ruedas del coche, se enredaban en las patas del caballo, y depositaban las semillas en los cubos y radios de las ruedas.

Serguiéi Ivánovich se sentó bajo un sauce, y preparó sus utensilios de pesca. Lievin ató el caballo a poca distancia de allí, y se internó en el inmenso mar verdoso, no agitado entonces por el menor soplo de viento. En los lugares que el desbordamiento del río había fertilizado, la hierba, sedosa y abundante en polen, le llegaba casi hasta la cintura. Cuando Konstantín Lievin alcanzó el camino, encontró a un anciano, con un ojo muy hinchado, que llevaba un enjambre de abejas.

—¿Las has cogido, Fomich?

—¡Bah! ¡Ya es bastante si consigo guardar las mías, Konstantín Dmítrich! Se ha escapado por segunda vez este sabañón de abejas... Afortunadamente, sus muchachos las alcanzaron. Estaban trabajando el campo. Desengancharon pronto un caballo y corrieron tras ellas...

—Dime, Fomich, ¿crees que se debiera segar ya?

—Nosotros esperamos hasta el día de San Pedro. Pero usted siega siempre antes. En fin, yo creo que todo irá bien. La hierba está crecida. Y los animales quedarán satisfechos.

—¿Qué piensas del tiempo?

—Eso ya es cosa de Dios. Quizá haga buen tiempo, después de todo.

Lievin se reunió de nuevo con su hermano. Serguiéi Ivánovich serguía esperando, sin resultado, con la caña en las manos, pero se hallaba de excelente humor. La charla con el médico lo había animado, y sólo deseaba hablar más y más. Pero Lievin estaba preocupado con el asunto de la siega, y quería volver a casa pronto para decidirse al respecto y dar las oportunas órdenes para contratar segadores.

—Vámonos —dijo.

—No tenemos prisa. Descansa. Veo que estás muy mojado. Aquí no se pesca nada, pero se encuentra uno a gusto. Si estas ocupaciones resultan agradables, es porque nos ponen en contacto con la naturaleza. ¡Qué bella es esta agua! ¡Parece de acero! Esa extensión de hierba en las orillas de los ríos me recuerda siempre la famosa adivinanza, ¿sabes?, que dice: «Y la hierba dijo al agua: esforcémonos, esforcémonos.»

—No conozco esa adivinanza —respondió Konstantín Lievin con aspereza.


## Capítulo III

A propósito: he estado pensando en ti —dijo Serguiéi Ivánovich—. Por lo que contó ese médico, veo que ocurren cosas extrañas en nuestra provincia. Y ese muchacho no parece nada tonto. Debo repetirte otra vez que no está bien que no asistas a las asambleas rurales y que te mantengas alejado del *zemstvo*. Si la gente honesta se aparta, ¿cómo van a ir las cosas? No sé a dónde irá el dinero que ponemos nosotros para sueldos y subvenciones, porque el caso es que no hay escuelas, ni farmacias, ni enfermerías, ni comadronas, ni nada...

—¿Qué quieres que haga? —repuso Lievin, con desgana—. Ya he probado. Pero no puedo interesarme en ello.

—No lo comprendo, francamente. Veamos. ¿Cuáles son los motivos de tu alejamiento? No creo que sea indiferencia o incapacidad. ¿Será, acaso, por indolencia?

—No es por nada de eso —replicó Lievin—. Simplemente, me he convencido de que no puedo...

Apenas escuchaba ya su hermano. Un bulto negro, que se movía en la tierra labrada de la otra orilla, atraía su atención. ¿Era el capataz montado en su caballo?

—¿Por qué no puedes? —insistía Serguiéi Ivánovich—. Te resignas con demasiada facilidad. ¿Es que no tienes amor propio?

—Nada tiene que ver el amor propio con eso —replicó Lie vin, picado en lo más vivo—. Si en la Universidad me hubieran dicho que mis compañeros comprendían el cálculo integral y yo no, eso sí que lo habría considerado un caso de amor propio. Pero aquí hay que empezar por no dudar de que se poseen las facultades requeridas para manejar estos asuntos, y, sobre todo, estar convencido de la importancia de los mismos.

—¿No los consideras importantes? —exclamó Serguiéi Ivánovich, disgustado al ver que su hermano trataba a la ligera cosas que a él le preocupaban tanto, y más enojado aún por observar que Lievin le escuchaba con escasa atención.

—Sinceramente, no me interesan, y me dejan indiferente. ¿Qué quieres que haga? —repuso Lievin, advirtiendo que el bulto negro, más cercano ya, era efectivamente el capataz, el cual probablemente habría hecho retirar a los labradores, pues éstos regresaban con los arados.

«Habrán terminado ya», pensó.

—Escucha, todo tiene sus límites —dijo su hermano mayor, cuyo rostro bello e inteligente se había ensombrecido—. Está muy bien aborrecer la afectación y la mentira, y admito que la originalidad sea una virtud. Pero lo que acabas de decir me parece algo sin sentido. ¿Cómo puede serte indiferente que el pueblo, al que tú aseguras amar...

«Jamás lo he asegurado», pensó Lievin.

—... muera abandonado? Las comadronas inexpertas hacen que perezcan los recién nacidos, y el pueblo se encenaga en la ignorancia y está a merced de los funcionarios. Mientras tanto, tú, que podrías ciertamente ayudarles, pues tienes medios para ello, vuelves la espalda a todo eso y dices que te es indiferente.

Serguiéi Ivánovich ponía a su hermano en un dilema; o Lievin no tenía ninguna noción del deber, o no quería sacrificar su reposo, o acaso su vanidad, por algo que hubiera podido y debido hacer.

Lievin comprendía que no le quedaba más remedio que someterse o reconocer su falta de interés por el bien común. Aquello le disgustó y ofendió.

—Lo uno y lo otro —respondió categóricamente Lievin—. No sería posible...

—¿Cómo? ¿No crees que empleando mejor el dinero se podría organizar una eficiente asistencia médica?

—No, no lo creo. En los cuatro mil kilómetros cuadrados de nuestro distrito, con los muchos lugares en que el agua no se hiela bajo la nieve, ni en algunas partes del río, con las ventiscas, con las temporadas de trabajo intenso en el campo, no veo la posibilidad de llevar a cabo una asistencia médica por todas partes. Además, hablando con sinceridad, no creo en la Medicina.

—Exageras. Te podría citar miles de ejemplos... Y luego, las escuelas.

—¿Qué utilidad tienen?

—¿Qué utilidad? ¿Puede nadie dudar de las ventajas de la instrucción? ¡Si tú la hallas conveniente, no deberías querer privar de ella a los demás!

Konstantín Lievin se sentía acorralado, y en su creciente irritación, manifestó involuntariamente el verdadero motivo de su indiferencia.

—Todo eso podrá ser cierto —dijo—, pero no veo por qué habría de preocuparme de la instalación de puestos sanitarios, cuyos servicios no utilizaría nunca, y de fomentar la creación de escuelas a las que jamás enviaré a mis hijos. Los campesinos se niegan a enviar allí a los suyos, y yo mismo no estoy seguro de que sea conveniente mandar a los niños a la escuela.

La inesperada réplica de su hermano desconcertó momentáneamente a Serguiéi Ivánovich, pero enseguida formó un nuevo plan de ataque. Tranquilamente, cambió de posición la caña y advirtió, sonriendo:

—Te equivocas. Primero, la asistencia médica te sirve ya de algo, puesto que has enviado a buscar al médico del *zemstvo* para Agafia Mijaílovna.

—Sin embargo, ésta se quedará seguramente con la mano torcida.

—No se puede decir aún. Luego, un campesino, un trabajador que sepa leer y escribir, te será siempre más útil...

—No. Pregúntaselo a quien quieras —respondió Konstantín Lievin—. El campesino instruido no trabaja tan bien como los otros. Ni siquiera sabe arreglar un camino. Y si se trata de arreglar puentes, robarán las tablas.

—Pero no es esa la cuestión —objetó Serguiéi Ivánovich, frunciendo el ceño.

No le gustaba la contradicción, y menos esa manera de saltar de un tema a otro, y presentar siempre nuevas demostraciones, no sabiendo a cuál contestar.

—Veamos. ¿Reconoces que la instrucción es un bien para el pueblo?

—Lo reconozco —admitió Lievin, sin reflexionar.

Y enseguida comprendió que había dicho precisamente lo contrario de lo que pensaba. Daba por cierto que su hermano le replicaría que entonces hablaba sin saber lo que decía. No sabía cómo se lo demostraría, pero esperaba esa demostración. Y fue mucho más sencilla de lo que se figuraba.

—Si reconoces que es un bien, no puedes, como hombre honrado, negar tu simpatía ni tu colaboración a esa obra —dijo Serguiéi Ivánovich.

—No reconozco esa obra como buena —objetó Konstantín Lievin, sonrojándose.

—¿Cómo? Si hace un momento has dicho...

—No. Quería decir que no creo que sea conveniente ni posible.

—¿Qué sabes tú? No has hecho hasta ahora ningún esfuerzo para convencerte.

—Bueno. Admitamos que la instrucción sea beneficiosa para el pueblo —concedió Lievin, sin la menor convicción—. Aun sí, no veo en ello una razón para ocuparme de tales cosas.

—¿Por qué no?

—Ya conoces mi opinión. Y puesto que hemos llegado a esto, explícamelo desde el punto de vista filosófico.

—No creo que la filosofía tenga nada que ver con esto repuso Serguiéi Ivánovich.

Su tono irritó a Lievin, porque creyó percibir en ello que su hermano le negaba el derecho de hablar de filosofía.

—Te lo explicaré yo —repuso, acalorado—. A mí me parece que el móvil de nuestros actos es siempre nuestra felicidad personal. Y en las nuevas instituciones, yo, como noble, no veo nada que pueda contribuir a mi bienestar. Los caminos no son por ello mejores, ni pueden mejorarse. Además, mis caballos me llevan muy bien por esos caminos. No necesito el médico ni el puesto sanitario. Puedo prescindir también del juez del distrito, a quien nunca he recurrido ni recurriré. En cuanto a las escuelas, lejos de beneficiarme, sólo me perjudican, como ya te he esplicado. El *zemstvo* no representa para mí más que un impuesto adicional de dieciocho kopeks por hectárea, y fastidiosos viajes a la ciudad, donde después de pasar una noche en cuartos sucios y llenos de chinches tengo que oír una sarta de necedades y sandeces. Mi interés personal no se aviene con todo eso.

—Bien —interrumpió Serguiéi Ivánovich, sonriendo—. El interés personal tampoco se avenía con nuestros esfuerzos en pro de la emancipación de los siervos.

—¡No! —exclamó Konstantín Lievin, cada vez más animado—. Eso era otra cosa. Queríamos sacudir un yugo que nos oprimía a todos, a la gente buena. Pero, ¿qué necesidad tengo de ser miembro de un consejo para deliberar sobre cuestiones tales como el número de deshollinadores que se habrían de emplear o la cantidad de tuberías que se deberían instalar en una ciudad en la que no vivo? ¿Qué interés puede llevarme a juzgar, como vocal, a un aldeano que haya robado un jamón, a escuchar durante seis horas las vanas palabras de los defensores y los fiscales, y luego oír al presidente preguntar al acusado, algún pobre anciano conocido mío: «¿Reconoce usted, señor acusado, el hecho de haber robado el jamón?» —«¿Qué?»

Konstantín Lievin, entusiasmado con su tema, comenzó a imitar al presidente y al acusado, creyendo, sin duda, que ello daría más valor a su argumentación. Pero Serguiéi Ivánovich se encogió de hombros.

—¿Qué quieres decir?

—Lo siguiente: Que cuando se trate de derechos que me sean... que estén ligados a mis intereses, sabré defenderlos debidamente. Cuando siendo aún estudiantes los gendarmes registraban nuestras habitaciones y leían nuestros papeles, estaba dispuesto a defender mis derechos a la libertad y la cultura. Me intereso por el servicio militar obligatorio, pues es algo que afecta a mis hijos, a mis hermanos, a mí mismo, y estoy dispuesto a expresar mi opinión al respecto siempre que sea necesario, pero no puedo discutir sobre cómo ha de emplearse el dinero ingresado por la recaudación de impuestos, ni sentenciar a un desventurado. Francamente, no puedo hacerlo.

Se había roto el dique. La verbosidad de Lievin no podía ya ser contenida. Serguiéi Ivánovich sonrió

—Entonces, si mañana tienes un proceso, preferirás ser juzgado por la antigua audiencia.

—No tendré proceso alguno. No quitaré la vida a nadie, y no necesito esas instituciones. El *zemstvo* —continuaba Lievin, saltando de nuevo a un asunto completamente ajeno a la discusión— me recuerda esas ramas de abedul que poníamos en casa el Domingo de la Santísima Trinidad para que imitaran la selva virgen de Europa. Me niego a creer que si riego esas ramas van a echar raíces y a convertirse en macizos árboles.

Serguiéi Ivánovich se encogió de hombros, expresando con ello su sorpresa porque se mezclaran en su controversia esas ramas de abedul, aunque hubiera comprendido enseguida lo que su hermano quería decir.

—Esa no es una manera lógica de razonar —observó.

Pero Konstantín Lievin, que se sentía confuso por la indiferencia que manifestara hacia los intereses públicos, quería justificar su actitud.

—Creo que ninguna actividad puede ser duradera si no está basada en el interés personal. Esto es una verdad general, filosófica —sentenció, subrayando la palabra «filosófica», como para demostrar que también él, como los demás, tenía derecho a hablar de filosofía.

Serguiéi Ivánovich sonrió de nuevo. «También él tiene una filosofía propia, que le permite servir sus inclinaciones», pensó.

—Deja la filosofía —dijo luego—. El objeto de la filosofía ha sido precisamente, en todas las épocas, encontrar esa indispensable relación que debe existir entre el interés personal y el interés colectivo. Pero eso no tiene nada que ver con el asunto que nos ocupa. Y quiero corregir tu comparación. Nosotros no hemos cultivado unas simples ramas que no estaban plantadas en tierra, sino que hemos plantado los abedules en el mismo suelo, y éstos, como no están crecidos, necesitan todavía muchos cuidados. Los únicos pueblos con porvenir, las únicas naciones que pueden figurar dignamente en la historia, son las que comprenden el valor de sus instituciones y saben apreciarlas debidamente.

Serguiéi Ivánovich llevó así el tema a un terreno —el de la filosofía de la historia— donde su hermano no podía seguirle, demostrándole de una manera absoluta, lo erróneo de su punto de vista.

—Se trata, al fin y al cabo, de que sientes una natural aversión hacia todo esto; una aversión…, perdona que así lo diga, muy propia de nuestra indolencia rusa, de nuestro señoritismo. Pero confío en que sea sólo un error pasajero.

Lievin callaba. Reconocía haber sido vencido en buena lid, pero al mismo tiempo veía que su hermano no le había comprendido. ¿Se habría explicado mal, o, simplemente, el otro no quería comprenderle? Mas no profundizó en eso, y sin hacer ninguna objeción a su hermano, concentró su atención en un particular asunto que le preocupaba. Seguiéi Ivánovich arrolló el sedal, y luego desató el caballo. Los dos hermanos se dispusieron enseguida a regresar a casa.

Capítulo IV

EL asunto que preocupara a Lievin, en el curso de la familiar conversación, era el siguiente: el año anterior, mientras estaban segando, Lievin se había enfadado con su administrador, recurriendo entonces a su medio habitual de calmarse: coger la guadaña de manos de un jornalero y ponerse a segar. Ese trabajo le gustó tanto, que tomó afición a ello, y varias veces se aplicó a guadañar, segando todo el prado que se extendía frente a su casa. Ya desde la primavera, había decidido pasar días enteros segando junto a los campesinos.

Pero la llegada de Serguiéi Ivánovich había trastornado ese proyecto. A Konstantín Lievin no le parecía bien dejar solo a su hermano durante todo el día, y, además, temía ser objeto de sus burlas. Pero, al atravesar el prado, recordando el placer que le causaba guadañar, se sintió de nuevo tentado a hacerlo. Y la controversia con su hermano hacía aún más firme su decisión. «Necesito ejercicio físico. De otro modo, me pongo intratable», pensó resuelto a participar en la siega, aun cuando tuviera que hacer frente a las posibles burlas de su hermano y de los campesinos.

Por la tarde, Lievin ordenó al administrador que enviara a buscar segadores a los pueblos cercanos, para segar al día siguiente el prado de Viburno, que era el mejor y el más extenso de todos.

—No olviden tampoco —advirtió, procurando disimular su turbación—, no se olviden de enviar mi guadaña a Tit, para que la afile y la traiga mañana junto con la suya. Quizá siegue yo también.

—Entendido —repuso el administrador, sonriendo.

Por la noche, mientras tomaban el té, Lievin manifestó igualmente esa intención a su hermano.

—Como se presenta buen tiempo, mañana empiezo a segar.

—Hallo muy interesante ese trabajo —comentó Serguiéi Ivánovich.

—Yo también. A veces he segado con los aldeanos, y mañana pienso hacerlo todo el día.

Serguiéi Ivánovich lanzó una escrutadora mirada a su hermano.

—¿Cómo? ¿Trabajar todo el día igual que ellos?

—Sí, es una ocupación muy agradable.

—Sin duda, es un excelente ejercicio físico, pero no estoy seguro de que puedas resistirlo —opinó Serguiéi Ivánovich, con naturalidad.

—Lo he probado. Al principio es duro, pero luego se acostumbra uno. Espero seguir adelante con ello.

—Muy bien. Pero, ¿cómo ven eso los aldeanos? Quizá se burlen de los caprichos de su señor.

—No lo creo. Además, ese trabajo es tan atrayente y requiere tal actividad, que no permite pensar en otra cosa.

—¿Y cómo te arreglarás para comer? No van a llevarte allí el vino Laffite y pavo asado.

—Vendré a casa mientras ellos descansan.

A la mañana siguiente, Lievin se levantó más temprano que de costumbre, pero se entretuvo dando órdenes, y cuando llegó al lugar del trabajo, los segadores empezaban ya la segunda hilera.

Desde lo alto de la colina se podía ver la parte segada del prado, donde no daba el sol, y en cuya extensión gris se destacaban los bultos negros de los caftanes que se habían quitado los segadores. Lievin distinguió pronto a los campesinos, unos con sus caftanes, otros en mangas de camisa, que, moviendo sus guadañas, avanzaban en hilera sobre el terreno desigual del prado, hacia el lugar donde estaba la antigua esclusa. A medida que Lievin se acercaba, aparecían a sus ojos en mayor número. Los contó, hallando que había cuarenta y dos hombres.

Reconoció a algunos de ellos. Allí estaba el viejo Iermil, con una larga camisa blanca, manejando la guadaña con el cuerpo muy inclinado. También el joven Vañka, que servía de cochero a Lievin y que guadañaba con vigorosos movimientos. Y Tit, un hombre menudo y delgado, que enseñó a Lievin a segar. Se mantenía erguido y manejaba la guadaña con gran soltura, como si jugara, segando una ancha hilera.

Lievin se apeó, ató el caballo al borde del camino, y fue enseguida al encuentro de Tit. Éste cogió una guadaña que había escondido detrás de un matorral, y se la ofreció a su amo.

—La he afilado bien, señor. Corta que es una maravilla —ponderó Tit, sonriendo y quitándose la gorra.

Lievin tomó la guadaña y la probó. Los segadores, sudorosos y alegres, salían de nuevo al camino para empezar otra hilera, y saludaban, riendo, al señor, sin atreverse a hablarle. Finalmente, apareció en el camino un anciano alto, con el rostro arrugado y sin barba, que llevaba una chaqueta de piel de cordero.

—Bien, señor. Ya ha empezado, y debe usted seguir adelante.

Se oyó una risa ahogada entre los segadores.

—Haré lo posible para seguir —repuso Lievin, situándose tras Tit y esperando la señal.

—Muy bien. Ya veremos —repitió el anciano.

Lievin empezó a andar junto a Tit, que le dejó sitio. La hierba de los bordes del camino era baja y maciza, y no se cortaba fácilmente. Como hacía tiempo que no manejaba la guadaña y se sentía turbado bajo las miradas de los segadores, que no apartaban los ojos de él, guadañó al principio con escaso resultado, a pesar de sus movimientos ágiles y vigorosos.

—Ha cogido mal la guadaña, el mango está demasiado alto. Mire cómo tiene que inclinarse —dijo uno de los segadores.

—Apriete más con el talón —aconsejó otro.

—Ya se acostumbrará —repuso el anciano—. ¡Miren, miren cómo se esfuerza! ¡Como trabaja para él...! Hace demasiado ancha la hilera y se cansará pronto. Pero, ¡qué bordes va dejando! Antes, por cosas así, recibíamos palos.

La hierba ahora era más blanda, y Lievin, sin responder a estas observaciones, seguía a Tit procurando hacerlo lo mejor posible. Tit avanzaba sin mostrar el menor cansancio. Pero Lievin, después que hubieron adelantado un centenar de pasos, se sentía tan fatigado que estuvo a punto de desistir. Iba ya a pedir a Tit que se parase, cuando éste lo hizo espontáneamente, y después de haber secado la guadaña con un puñado de hierba, comenzó a afilarla. Lievin se enderezó, y lanzando un suspiro de alivio, miró a su alrededor. Su compañero de fila debía estar también fatigado, pues se había detenido sin reunirse con él y afilaba ya la guadaña. Tit afiló la suya y la de Lievin, y después reanudaron la labor.

A la segunda vuelta ocurrió lo mismo. Tit avanzaba, incansable, sin detenerse, mientras que Lievin se sentía cada vez más fatigado. Pero en el momento en que le faltaban las fuerzas, Tit se paraba y afilaba la guadaña.

Así terminaron la primera hilera, la cual le pareció a Lievin terriblemente larga. Cuando al final Tit se puso la guadaña al hombro, Lievin lo imitó, y los dos comenzaron a caminar sobre las huellas que habrían dejado en la hierba sus propios talones. A pesar del cansancio y del sudor que le chorreaba por la cara y de tener empapada toda la espalda, Lievin se sentía ahora muy a gusto, pues estaba seguro de que podría resistir el trabajo. Sin embargo, había algo que empañaba su alegría e impedía que su satisfacción fuera completa. Observaba que su hilera

era desigual y no estaba bien segada, y al compararla con la de Tit, cortada como a cordel, sentía cierto descontento. «Debo mover más el conjunto del cuerpo y trabajar menos con el brazo», se dijo.

Lievin advirtió, por otra parte, que Tit había recorrido con gran rapidez la primera hilera, sin duda para probar al dueño. Además, se daba la circunstancia de que era una hilera más larga que las otras. Las siguientes eran más fáciles, pero, con todo, Lievin tuvo que reunir todas sus energías para no rezagarse. No tenía otro pensamiento ni otro deseo fuera de eso: evitar quedarse rezagado y llegar a manejar su instrumento con soltura. No oía más que el rumor de las guadañas. Y ante sí veía la figura erguida de Tit que se iba alejando, las hierbas y las flores que caían lentamente, en suaves oleadas, bajo el filo de su guadaña, y al fondo, a lo lejos, el extremo del prado, como una alentadora señal de descanso.

De repente, y sin comprender la causa de ello, experimentó una agradable sensación de frescura en sus hombros cubiertos de sudor, pero luego, mirando al cielo, observó una nube baja, oscura y amenazadora. Había empezado a llover. Algunos campesinos corrían presurosos y se ponían el caftán, mientras que otros seguían trabajando despreocupadamente bajo el chaparrón, con un entusiasmo que compartía también Lievin.

Dejaron terminadas todas las hileras. El trabajo iba avanzando. No importaba si las hileras eran cortas o largas, fáciles o difíciles. Lievin había perdido la noción del tiempo. Se había operado ahora un cambio en su labor que le llenaba de alegría. Si al trabajar, olvidaba lo que hacía, entonces su hilera resultaba tan igual como la de Tit. Pero cuando ponía atención en ello y se esforzaba para hacerlo mejor, los resultados eran peores.

Había terminado otra hilera, y se disponía a empezar de nuevo. Mas en ese momento observó que Tit se acercaba al viejo y le hablaba en voz baja. Los dos miraron al sol. «¿Qué significa eso? ¿Por qué han parado?», pensó Lievin, sin darse cuenta de que los campesinos habían estado segando continuamente lo menos cuatro horas.

—Es hora de almorzar, señor —indicó el viejo.

—¿Ya? Bueno, pararemos.

Lievin entregó la guadaña a Tit, y salió al camino, acompañado por algunos aldeanos que se acercaban a sus caftanes para coger el pan. Sólo entonces, mientras pisaban la hierba segada ligeramente humeda, se dio cuenta de que se había engañado en sus previsiones, y de que la lluvia mojaría el heno.

—El heno se echará a perder —dijo.

—No se inquiete, señor, eso no es nada. Como dice el refrán, hay que guadañar con lluvia y rastrillar con sol —repuso el viejo.

Lievin desató el caballo, y regresó a su casa para tomar el café. Serguiéi Ivánovich acababa de levantarse, pero cuando salió al comedor, no encontró allí a su hermano. Lievin había tomado ya su café y se había ido otra vez al prado.

## Capítulo V

DESPUÉS del almuerzo, Lievin ocupó otro lugar en el trabajo. Un viejo burlón le pidió que se pusiera a su lado, entre él y un joven que se había casado en otoño y segaba por primera vez.

El viejo avanzaba con paso firme, manejando ágilmente la guadaña. Sus movimientos eran recios y acompasados, y parecían no costarle ningún esfuerzo. Se hubiera dicho que era su guadaña sola la que segaba la robusta hierba, y que el hombre se limitaba a seguirla. El muchacho que seguía tras Lievin mostraba, en cambio, que la tarea le resultaba penosa. Su rostro juvenil y agradable, enguirnaldado con hierbas entrelazadas para sujetar el cabello, se contraía por la tensión. Pero en cuanto le miraba, sonreía. Evidentemente, hubiera preferido morir a manifestar su angustia.

Lievin se sentía más animado. En las horas de fuerte calor, el trabajo no le pareció tan difícil. El sudor que lo inundaba le producía un agradable frescor, y el sol que le quemaba las espaldas, la cabeza, los brazos, descubiertos hasta el codo, aumentaba su vigor y lo estimulaba eficazmente. Cada vez eran más frecuentes esos momentos de confiada despreocupación, cuando la guadaña parecía segar por sí sola. Y la íntima alegría que sentía en tales ocasiones era mayor aún cuando, al terminar la hilera, el viejo secaba la guadaña con la hierba compacta y húmeda, lavaba el corte en el río y, llenando de agua su pote de hojalata, se lo ofrecía a Lievin.

—Es bueno mi kvas[1], ¿eh? —decía el viejo, con una mirada maliciosa.

Efectivamente, a Lievin le gustaba. No creía haber tomado nunca una bebida más agradable que esa agua tibia, en la que flotaban hierbas, y con el regusto de hojalata oxidada del pote. Luego seguía el lento y tranquilo paseo, con la guadaña en la mano, durante el cual podía enjugarse el sudor, respirar a pleno pulmón, y admirar el armonioso conjunto que se ofrecía a sus ojos: la extensa línea de los segadores, los campos, los bosques, los risueños alrededores.

Cuanto más avanzaba en su trabajo, más frecuentes eran en él los momentos de completo olvido, en los cuales la guadaña parecía arrastrar tras sí al cuerpo que, sin embargo, conservaba la conciencia de sí mismo y se hallaba lleno de vida. Y, como por encanto, el trabajo se realizaba de una manera perfecta y eficiente. Nada podía, ciertamente, compararse a esos momentos. En cambio, cuando se hacía necesario interrumpir esa actividad mecánica, para cortar alguna prominencia o arrancar una mata de acedera, el retorno a los movimientos espontáneos resultaba más penoso. Pero el viejo lo hacía fácilmente. Cuando hallaba algún mogote cambiaba el movimiento y, unas veces con el talón y otras con el extremo de la guadaña, golpeando a ambos lados del mogote, nivelaba el terreno. Al mismo tiempo que hacía eso, miraba con atención todo lo que había delante de él, ora arrancaba un retoño comestible, se lo comía o se lo ofrecía a Lievin, ora con la punta de la guadaña retiraba una rama, bien descubría un nido de codornices, del cual salía volando la hembra madre casi de debajo de la guadaña, bien alguna culebra, que cogía y echaba lejos de allí, después de mostrarla a Lievin. Para éste y su joven compañero, que segaba tras él, tales cambios de movimientos eran difíciles. Se hallaban absortos en su trabajo, y no podían modificar el

---

[1] Bebida nacional rusa, hecha a base de pan de centeno y lúpulo, semejante al agua de cebada. El viejo campesino bromea, al llamar así al agua de río que bebe.

ritmo de sus movimientos y observar al mismo tiempo lo que había ante ellos.

Lievin trabajaba con tanto entusiasmo, que creía que había transcurrido apenas media hora desde que empezara de nuevo su labor, cuando, en realidad, era ya la hora de comer. Los campesinos empezaban una nueva hilera, y el viejo llamó la atención de Lievin sobre unos niños que, de distintos lados y por el camino, apenas visibles por las altas hierbas, se acercaban llevando hatillos con pan y jarros de *kvas* tapados con trapos.

—¡Ya están aquí los mocosuelos! —exclamó el viejo mientras, protegiendo sus ojos con la mano, miraba al sol.

Segaron dos hileras más. Luego, el viejo se detuvo.

—¡Ya es hora de comer, señor! —exclamó.

Y en llegando al río, los segadores se dirigieron, a través de las hileras, hacia el lugar donde habían dejado sus caftanes; allí les esperaban ya los niños que traían la comida. Los aldeanos que llegaban de más lejos se situaron bajo los carros, y los otros se sentaron a la sombra de unos árboles, después de extender en el suelo algunos manojos de hierba.

Lievin se sentó junto a ellos. No tenía ninguna prisa.

La presencia del amo ya no resultaba molesta a los hombres. Algunos preparaban ahora sitio para descansar, sacaban el pan, destapaban los jarros de *kvas*. Otros se lavaban, y los niños se bañaban en el río. El viejo se preparaba para comer; desmigajó pan y lo echó en su tazón, lo aplastó con el mango de la cuchara, virtió agua del pote, volvió a cortar pan, y le puso sal. Luego rezó de cara al oriente.

—Vamos, señorito, pruebe mi *tiurka*[2] —dijo arrodillándose ante el tazón.

Lievin lo probó, y le gustó tanto, que resolvió quedarse allí. Comió con el viejo, dejando que éste le hablara de sus pequeños asuntos, y hablándole a su vez de aquellos asuntos propios que podían interesar a su compañero. Se sentía más a gusto conversando con ese hombre que con su hermano, y sonreía involuntariamente, admirado del vivo afecto que el viejo aldea-

_____

[2] Comida primitiva rusa, a base de pan desmenuzado en kvas o en agua y sal.

no le inspiraba. Luego el anciano se incorporó, rezó de nuevo, y se tendió a la sombra de unas matas, apoyando la cabeza en un improvisado cojín de hierba. Lievin lo imitó y, a pesar de las moscas y los insectos que le cosquilleaban el rostro y el cuerpo bañado en sudor, se durmió enseguida y no despertó hasta que el sol, pasando a iluminar el otro lado de las matas, lanzó sus dorados rayos sobre él. El viejo, que hacía rato que estaba despierto, se mantenía ocupado afilando las guadañas de los mozos.

Lievin miró en torno suyo, y se sorprendió del nuevo aspecto que ofrecía el prado. Se extendía ahora ante él un enorme espacio segado, con alineados haces de oloroso heno, resplandeciente bajo la tibia luz que proyectaba el sol, ya en su ocaso. Y los arbustos junto al río con la hierba segada a su alrededor, y el propio río, antes invisible y ahora brillante como el acero en sus recodos, y la gente que se despertaba y se levantaba, y los buitres que volaban sobre el desnudo prado, todo eso era un espectáculo nuevo que maravillaba a Lievin. Luego comenzó a calcular cuánto se había avanzado y cuánto se podía hacer aún ese día. Los cuarenta y dos hombres que estaban segando allí habían adelantado mucho. El vasto prado, que en los tiempos de la servidumbre requería el trabajo continuado de treinta hombres durante dos días para segarlo, estaba casi terminado, faltando sólo segar los extremos. Pero Lievin no estaba aún satisfecho con eso; quería dejarlo terminado lo más pronto posible, y se inquietaba viendo al sol caer tan deprisa. No sentía ningún cansancio, y estaba ansioso por recomenzar el trabajo.

—Qué le parece, ¿tendremos tiempo de segar el Mashkin Vierj? —preguntó al viejo.

—Dios dirá. El sol ya no está muy alto... Tal vez, ofreciendo unos tragos a los muchachos...

Más tarde, cuando los campesinos merendaban y los que fumaban encendían sus cigarrillos, el viejo anunció que si segaban el Mashkin Vierj antes de terminar la jornada, tendrían vodka.

—¿Por qué no? Venga, Tit, manos a la obra. ¡Ya comeremos por la noche! ¡Vamos, muchachos! —gritaron algunos, animándose.

Los segadores, terminando de comer pan, se dirigieron presurosos a sus sitios.

—¡Hay que esforzarse! —gritó Tit, echando a correr.

—Corre, muchacho, corre —apremiaba el viejo, que le seguía fácilmente en su rápida marcha—. ¡Más aprisa! ¡Ten cuidado, que te doy un tajo!

Jóvenes y viejos segaban a porfía. Y a pesar de su apresuramiento, la hierba caía con la misma precisión y regularidad de antes. Los rincones que faltaban fueron terminados en cinco minutos. Los últimos segadores estaban acabando aún su hilera, cuando los primeros, con su caftanes sobre el hombro, se dirigían hacia Mashkin Vierj. El sol, en su descenso, tocaba ya las copas de los árboles, cuando los hombres llegaron allí. Era una barrancada boscosa, llena de una hierba suave y blanda, entre la cual se mostraban algunas flores silvestres. Más al interior, las hierbas les llegaban hasta la cintura.

Tras breve deliberación sobre si sería mejor cortar a lo largo o a lo ancho, Prójor Iermilin, conocido también como hábil segador, tomó la delantera, y comenzó a guadañar. Todos le imitaron enseguida; unos segando una ladera, en dirección descendente; otros subiendo por la ladera opuesta, hasta alcanzar el límite del bosque. En la parte alta, el sol, que se ocultaba tras los árboles, les daba aún. En el centro de la cañada comenzaba a extenderse una ligera bruma. Los que segaban en la otra pendiente, se hallaban a la sombra, llena de un suave frescor.

El trabajo avanzaba rápidamente. La hierba caía con un sonido blando bajo el filo de las guadañas, y quedaba amontonada en altos haces, de los cuales se exhalaba un fuerte aroma. Los segadores trabajaban esforzadamente, muy juntos el uno del otro. No se oía más que el tintinear de los potes de lata, el chirrido de las piedras al afilar en ellas las guadañas, el ruido de éstas al chocar, y los alegres gritos de los hombres en constante actividad.

Lievin marchaba, como antes, entre el viejo y el mozo. El viejo, que se había puesto su chaqueta de piel de cordero, mostraba la misma agilidad de movimientos y el mismo buen humor de antes. En el bosque, entre la blanda hierba, había muchos hongos de gran tamaño, que eran cortados prontamente

por las activas guadañas. Pero el viejo, siempre que encontraba
una seta, se inclinaba, la cogía y se la guardaba en la chaqueta,
diciendo:

—Un regalito para mi vieja.

Era fácil segar esa hierba húmeda y blanda, pero resultaba
muy penoso subir y bajar las empinadas cuestas de la barranca.
Mas ello no inquietaba al viejo. Manejando la guadaña con una
incansable actividad, subía con pasos cortos y firmes la pendiente; y aunque a veces sus esfuerzos pusieran en tensión todos los músculos de su cuerpo y pareciera que los calzones
iban a caérsele sobre sus altos borceguíes, nada escapaba a su
atención, ni siquiera una brizna de hierba o una menuda seta, y
continuaba avanzando briosamente. Lievin le seguía; y aunque
se decía a cada instante que no le sería posible subir con la
guadaña esa pendiente, difícil de escalar aun sin nada en la
mano, trepaba y hacía lo que debía. Parecía como si una fuerza
extraña lo empujara.

## Capítulo VI

Segado ya Mashkin Vierj, los campesinos se pusieron sus
caftanes y regresaron alegremente a sus viviendas. Lievin
montó a caballo, y se despidió de ellos con tristeza. Al llegar a lo alto de la cuesta volvió la cabeza y miró hacia el campo. La niebla que se elevaba del río le impedía ver a los aldeanos, pero oía aún sus broncas voces, sus risas, y el ruido metálico de las guadañas al entrechocar.

Serguiéi Ivánovich había comido hacía rato. Se hallaba ahora en su habitación bebiendo agua con limón y hielo, mientras
hojeaba los diarios y revistas que acababa de traerle el cartero.
Con los cabellos en desorden y pegados a la frente, con la espalda y el pecho ennegrecidos, empapados de sudor, Lievin
entró precipitadamente en el cuarto de su hermano.

—¡Hemos segado todo el prado! ¡Ha sido algo maravilloso!
¿Y tú? ¿Cómo estás? —preguntó Lievin, no acordándose ya de
la desagradable conversación del día anterior.

—¡Dios mío, qué aspecto tienes! —exclamó Serguiéi Ivánovich, mirando a su hermano con cierto descontento al principio—. ¡La puerta, cierra la puerta! —gritó—. Habrás hecho entrar lo menos diez moscas.

Serguiéi Ivánovich tenía horror a las moscas. Abría las ventanas de su habitación sólo por las noches, y mantenía siempre cerradas sus puertas.

—No ha entrado ni una —replicó Lievin, riendo—. Y si ha entrado, la cazaré. ¡Qué placer produce trabajar así! Y tú, ¿cómo has pasado el día?

—Muy bien. Pero, ¿de veras has estado segando todo el día? Debes de tener más hambre que un lobo. Kuzmá te ha preparado la comida.

—No me apetece nada; ya he comido allí. Lo que voy a hacer es lavarme.

—Ve a lavarte, pues. Luego iré yo a tu cuarto —dijo Serguiéi Ivánovich, moviendo la cabeza—. Date prisa.

Y, recogiendo sus libros, quiso seguir a su hermano, cuya excelente disposición de ánimo le confortaba tanto, que sentía ahora separarse de él.

—¿Y dónde estabas cuando ha caído el chaparrón? —preguntó.

—¡Vaya! No han caído más que unas gotas. Bueno; vuelvo enseguida. ¿Así que has pasado bien el día? Me alegro.

Y Lievin fue a cambiarse de ropa.

Cinco minutos después, los dos hermanos se reunieron en el comedor. Lievin creía no tener apetito, y se sentó a la mesa sólo por complacer a Kuzmá. Pero cuando empezó a comer, halló excelentes los manjares. Serguiéi Ivánovich le miraba sonriendo.

—A propósito —dijo—. Hay una carta para ti, Kuzmá: ve a buscarla. ¡Pero ten cuidado con la puerta!

La carta era de Oblonski, y estaba fechada en Peterburgo. Lievin la leyó en voz alta:

> Dolli me ha escrito desde Iergushovo; parece que las cosas no van muy bien allí. Te ruego que vayas a verla y la ayudes con tus consejos, ya que tú sabes de todo. Le complacerá mucho verte. ¡Se encuentra tan sola!... Mi suegra se halla todavía en el extranjero con toda su familia.

—Muy bien. Iré a verles —decidió Lievin—. Podría ir contigo. Es una mujer muy amable.

—¿Está lejos?

—Unas treinta verstas. Cuarenta, a lo sumo. Pero el camino es muy bueno. Llegaremos pronto.

—De acuerdo. Te acompañaré gustosamente —declaró Serguiéi Ivánovich, siempre sonriente. El aspecto de su hermano le predisponía a la jovialidad.

—¡Qué apetito tienes! —dijo luego, observando a Lievin, que, con el rostro y cuello tostados por el sol, se inclinaba sobre el plato, comiendo ávidamente.

—¡Sí! No hay nada como este régimen para sentirse sano y libre de preocupaciones. Voy a enriquecer la medicina con un término nuevo: la *Arbeitskur*[1].

—No necesitas tú esa cura.

—No, pero me parece excelente contra las enfermedades nerviosas.

—Sin duda, convendría experimentarlo. Quise ir al prado para verte trabajar, pero hacía tanto calor, que llegué sólo hasta el bosque, donde me senté a la sombra de un árbol. Luego, desde allí, me dirigí hacia el arrabal, y encontré a tu nodriza. He procurado saber por ella lo que opinaban los aldeanos de tu nuevo capricho. Y, por lo que me ha dicho, me parece que no lo aprueban. «Ese no es un trabajo para señores», ha comentado. Creo que el pueblo tiene ideas bien definidas sobre lo que deben hacer los señores. Y no les gusta que éstos se salgan de sus supuestas atribuciones.

—Es posible. Pero nunca he experimentado un placer tan intenso. Y no perjudico a nadie con ello, ¿verdad? Si no les gusta, ¿qué puedo hacerle?

—Observo que estás completamente satisfecho de tu jornada de hoy.

—Sí, estoy admirado. Hemos segado todo el prado. Y he hecho amistad con un viejo muy atento. Un hombre excelente.

—Me alegro. Yo también he aprovechado el tiempo. En primer lugar, he resuelto dos problemas de ajedrez, uno de

---

[1] Curación mediante el trabajo. (En alemán en el original.)

ellos muy ameno. Se empieza con un peón... Ya te lo demostraré. Luego he pensado en nuestra conversación de ayer.

—¿Qué conversación? —preguntó Lievin, con gesto perezoso, tras la excelente comida, sin poder acordarse en modo alguno de la conversación del día anterior.

—Creo que en parte tienes razón. La divergencia de nuestras opiniones se debe a que tú consideras el interés personal como el principal móvil de nuestros actos, en tanto que yo pienso que todo hombre que posea cierto grado de cultura debe tener como móvil el interés común. Quizá tengas razón en decir que sería preferible una actividad dirigida hacia un fin utilitario. Tu naturaleza es demasiado *prime-sautiere*[2], como dicen los franceses. Necesitas unas actividad viva y enérgica.

Lievin escuchaba a su hermano sin comprenderle, y sin tratar de comprender. Sólo temía que éste le preguntase algo a lo cual no supiera qué responder, y él observara su falta de atención

—¿No es así? —interrogó Serguiéi Ivánovich, dándole una palmada en el hombro.

—Ciertamente. Pero, mi opinión no es más que un punto de vista —dijo Lievin, con sonrisa infantil, a manera de disculpa.

«¿Qué discusión tuvimos? —pensaba—. Evidentemente, los dos tenemos razón. Mejor. Ahora tengo que ir a dar unas órdenes.»

Se levantó y se estiró, sonriendo. Serguiéi Ivánovich sonrió también, confortado por la animación de su hermano.

—Vamos a dar una vuelta —propuso—. Si quieres, pasaremos antes al despacho.

—¡Dios mío! —exclamó de pronto Lievin.

—¿Qué ocurre? —inquirió Serguiéi Ivánovich, azorado..

—¡La mano de Agafia Mijaílovna! —dijo Lievin, golpeándose la frente—. Me había olvidado de ella.

—Está mucho mejor.

—No importa; voy a verla. Sólo un momento. Antes de que te hayas puesto el sombrero, estoy de vuelta.

---

[2] Espontánea, impulsiva. (En francés en el original.)

Y bajó corriendo la escalera, donde sus tacones, golpeando rápidamente en los peldaños, producían un ruido como el de una carraca.

## Capítulo VII

STEPÁN Arkádich había ido a Peterburgo para cumplir con esa obligación propia de todo funcionario —obligación esencial, aunque incomprensible para muchos—, que consiste en hacerse recordar en el Ministerio. Cumplido ya este deber, como se había llevado casi todo el dinero que había en su casa, pasaba alegremente el tiempo, asistiendo a las carreras hípicas y a los otros atractivos espectáculos. Mientras tanto, Dolli se trasladaba al campo con sus hijos para vivir con una mayor economía. Fue a Iergushovo, la finca que era parte de su dote, de la cual su marido había vendido el bosque. Distaba cincuenta verstas de Pokróvskoie, el pueblo de Lievin.

La vieja casa señorial de Iergushovo se hallaba en un estado ruinoso hacía mucho tiempo. El príncipe Scherbatski, padre de Dolli, se había limitado a ampliar una de las alas del edificio. Veinte años atrás, cuando Dolli era todavía una niña, ese ala formaba un pabellón espacioso y cómodo —a pesar de estar construido en oblicuidad a la avenida principal—, orientado al mediodía. Ahora se desmoronaba por completo. Cuando, en la primavera, Oblonski fue al pueblo para vender el bosque, Dolli le pidió que echara una ojeada a la casa y procurase repararla para que quedara habitable.

Como todos los maridos que se sienten culpables, Stepán Arkádich se preocupaba mucho del bienestar material de su esposa, y procuraba que tuviera todas las comodidades posibles. Por tanto, después de inspeccionar el lugar, cuidó de que hicieran ciertos arreglos que consideraba imprescindibles. A su juicio, había que volver a tapizar los muebles con cretona, colgar las cortinas, limpiar el jardín, construir un puentecillo sobre el estanque y sembrar flores. Pero olvidó otras cosas más necesarias, cuya falta constituyó después un motivo de seria preocupación para Dolli.

Aunque Oblonski creía ser un marido ejemplar y un buen padre de familia, olvidaba siempre que tenía mujer e hijos, y sus inclinaciones eran las de un soltero. Al regresar del pueblo, anunció triunfalmente a su mujer que todo estaba arreglado, que la casa era ahora una maravilla y que le aconsejaba que fuese a instalarse allí. La marcha de su esposa al pueblo beneficiaba a Stepán Arkádich en muchos aspectos: los niños estarían más sanos, disminuirían los gastos y, sobre todo, él tendría más libertad.

Dolli consideraba necesaria la residencia en el pueblo. La salud de los niños lo exigía, especialmente la de la niña, aún no restablecida completamente desde la escarlatina. Además, no tendría que temer así las enojosas discusiones con los proveedores; las humillaciones de las deudas al almacenista de leña, al pescadero, al zapatero, etc. Y deseaba también ir al pueblo, porque esperaba recibir allí a su hermana Kiti, que debía regresar del extranjero a mediados del verano y a la que habían prescrito baños de río. Ésta le había escrito, diciendo que nada le complacería tanto como poder pasar el verano en Iergushovo, donde revivirían las dos hermosos recuerdos de la infancia.

Sin embargo, Dolli iba a sufrir más de una decepción en el pueblo. Había vivido allí su niñez, y conservaba la impresión de que el pueblo era un refugio contra todas las inquietudes de la ciudad. Esperaba poder llevar allí una vida, si no espléndida (cosa que no ambicionaba), por lo menos cómoda y fácil. Habría de todo, y todo estaría al alcance de la mano. Y los niños crecerían sanos y fuertes. Pero al llegar al pueblo, como ama de casa, vio que las cosas no eran como se las imaginara.

Al día siguiente de su llegada, cayó una fuerte lluvia. El agua atravesó el techo y cayó en el pasillo y en el cuarto de los niños, cuyas camitas hubo que trasladar al salón. No pudo encontrar cocinera para los criados. De las nueve vacas que había en el establo, resultó que, según la vaquera, unas iban a tener crías, otras estaban con el primer ternero, otras eran viejas, y las demás eran difíciles de ordeñar. No había, pues, que esperar manteca ni leche para los niños. No se encontraban huevos, ni tampoco gallinas. Sólo se podían llevar a la cocina gallos viejos, violáceos, todo fibras. No había manera de conseguir mujeres para fregar el suelo, pues estaban todas ocupadas en la recolección de patatas. Era imposible dar paseos en coche; uno de los caballos se desprendía siempre, no dejándose uncir.

No había modo de bañarse en el río, porque los animales habían pisoteado toda la orilla, la cual, además, se hallaba muy descubierta. Ni siquiera era posible pasear, pues el ganado entraba en el jardín por las cercas rotas, y había un toro terrorífico, que bramaba mucho y seguramente embestía. No existían armarios para la ropa; los pocos que había no cerraban, y se abrían cuando uno pasaba ante ellos. No había pucheros ni ollas de metal en la cocina; faltaban calderos para la colada en el lavadero, y en el cuarto de la servidumbre ni siquiera había una mesa de planchar.

Dolli estaba desesperada. En lugar del reposo y la tranquilidad que pensaba encontrar allí, todo eran dificultades. La situación le parecía terriblemente calamitosa, y no veía la manera de poder salir de ella. A pesar de sus esfuerzos para remediar ese estado de cosas, no conseguía nada, sintiéndose cada vez más afligida; se lamentaba continuamente, y apenas podía contener las lágrimas.

La propiedad era administrada por un antiguo suboficial de caballería, que al principio ejercía allí las modestas funciones de portero, y al cual Stepán Arkádich, en atención a su porte distinguido y sus maneras respetuosas, había nombrado luego administrador. Las angustias de Dolli dejaban indiferente al hombre, el cual se limitaba a decir, muy cortésmente:

—No se puede hacer nada, señora. ¡La gente es muy mala!

Y la situación no cambiaba. Hubiera sido ciertamente insoluble, si en casa de Oblonski, como en casi todas las casas de familia, no hubiera habido uno de esos personajes que parecen insignificantes, pero que resultan siempre de gran utilidad. El personaje de referencia era Matriona Filimónovna. Ella calmaba a la señora, asegurándole que «todo se arreglaría» (esa era su expresión, que Matviéi había adoptado). Matriona Filimónovna sabía obrar sin prisas ni agitación, y era una mujer que inspiraba gran confianza.

Enseguida hizo amistad con la esposa del administrador. El mismo día de su llegada, fue invitada a tomar el té con ellos en el jardín, bajo las acacias. Pronto se organizó allí una especie de club, compuesto de Matriona Filimónovna, la mujer del administrador, el alcalde y el escribiente del despacho. Gracias a esas conversaciones mantenidas bajo las acacias, comenzaron a allanarse las dificultades, y al cabo de una semana todo estaba «arreglado». Se reparó el techo; una comadre del alcalde se prestó a hacer de cocinera; se compraron gallinas, las vacas empezaron a dar leche, se repararon las cercas del jardín; se pusieron ganchos en los armarios para impedir que se abrieran solos, el carpintero proporcionó una tabla para planchar, la cual, forrada de paño de uniforme militar, se instaló entre el brazo de una butaca y la cómoda; y pronto pudo percibirse en la habitación de las doncellas el suave olor de las planchas calientes.

—No había por qué desesperarse de ese modo. Ya tiene usted lo que necesitaba —dijo Matriona Filimónovna a Dolli, mostrándole la tabla de planchar.

Se construyó incluso una caseta de baño, levantada con tabiques de paja, y Lilí empezó a bañarse. Dolli veía al fin realizadas sus esperanzas, al menos en parte; y la vida en el pueblo, si no tranquila, le resultaba ahora más cómoda. Realmente, con seis hijos, no podía gozar de mucha tranquilidad. Uno enfermaba, otro podía enfermar, al siguiente le faltaba alguna cosa, el de más allá mostraba tener mal carácter, etc. Rara vez disfrutaba de pequeños periodos tranquilos. Pero tales inquietudes y quehaceres constituían la única felicidad asequible para Dolli. Sin esas preocupaciones, se hubiera sumido en esa tristeza que la invadía al considerar el alejamiento de su marido, que no la amaba. Por otro lado, los mismos niños, que causaban a Dolli tantos pesares por sus enfermedades y por sus malas inclinaciones, la compensaban de sus cuidados con una multitud de pequeñas alegrías.

Esas alegrías eran, ciertamente, muy pequeñas, y apenas perceptibles como el oro en la arena, pero no por eso menos reales; y si en momentos de tristeza, ella veía sólo la arena, en otros, en cambio, veía solamente el oro. La soledad del lugar hacía ahora más frecuentes tales alegrías. A veces, contemplando a sus hijos, creía equivocarse en la apreciación que hacía de sus cualidades, y se acusaba de parcialidad maternal. Pero acababa siempre diciéndose que sus hijos eran encantadores, cada uno en su estilo, y que sería difícil encontrar seis niños como aquéllos.


## Capítulo VIII

A últimos de mayo, cuando todo estaba ya más o menos arreglado, Dolli recibió una carta de su marido, en respuesta a sus quejas sobre las condiciones en que encontró la casa. Se disculpaba por no haber pensado en todo, y prometía ir al pueblo a la primera oportunidad. Pero la oportunidad no se presentaba, y hasta principios de junio, Dolli tuvo que estarse sola en el pueblo.

Un domingo, durante la vigilia en vísperas de San Pedro, decidió hacer comulgar a sus hijos, y los llevó todos a la iglesia. En conversaciones íntimas con su familia y sus amistades, Dolli había mostrado tener un concepto propio sobre esas cuestiones, sorprendiendo a todos por sus ideas avanzadas. Tenía su religión particular, basada en la metempsícosis, en la cual creía firmemente, y no se preocupaba de los dogmas de la Iglesia. Pero en el seno de su familia, no tanto por dar ejemplo, sino por una necesidad de su alma, cumplía y hacía cumplir estrictamente todos los mandamientos de la Iglesia. Inquieta por el hecho de que hiciera casi un año que los niños no habían comulgado, resolvió, pues, con gran alegría de Matriona Filimónovna, que lo hiciesen ahora, en el pueblo.

El arreglo de la ropa de los niños requirió varios días de trabajo. Hubo que coser, transformar y lavar los vestidos, quitar las costuras, deshacer los volantes, pegar botones y poner cintas. Miss Hull se encargó de hacer un vestido para Tania, cosa que ocasionó a Dolli serios disgustos; las pinzas no se habían hecho en su sitio, la sisa era excesiva y casi estropeó el vestido. A Tania le quedaba tan estrecho de hombros que era una pena. Pero Matriona Filimónovna tuvo la feliz idea de añadir unos pedazos a la cintura para ensancharla, y poner encima una esclavina, con lo cual quedó bastante bien. Hubo, ciertamente, una desagradable discusión con la inglesa, pero la mañana del domingo todo estaba arreglado, y poco antes de las nueve (se había rogado al sacerdote que aplazara la misa a esa hora) los niños, radiantes de alegría y ataviados con sus vestidos de fiesta, estaban en la escalera ante el coche, esperando a su madre.

Para la tranquilidad de Matriona Filimónovna, el indócil caballo negro había sido sustituido por el caballo del administrador. Daria Alexándrovna, que se entretuvo mucho con su atavío, apareció al fin en la escalera, con un vestido blanco, de muselina. Se había arreglado y vestido con gran cuidado. Cedía ahora de nuevo a ese deseo de aparecer atractiva, al cual en otro tiempo había sacrificado tanto, por coquetería y para agradar. Pero ahora lo hacía, no para su satisfacción personal, sino porque era madre de unos hermosos niños, y no quería deslucir el conjunto. Se miró una vez más al espejo antes de salir. Y se dijo que era aún hermosa. No era tan bella como antes, cuando aparecía ricamente ataviada en los bailes y reuniones. Pero tenía la sencilla belleza que deseaba ahora tener. Y eso le bastaba.

En la iglesia no había más que aldeanos, mozos y sirvientas del pueblo. Pero Daria Alexándrovna observaba, o creía observar, que ella y sus hijos despertaban la admiración de todos. Ciertamente, esos pequeñuelos, que se mantenían serios y quietos, con sus lindos vestiditos, formaban un cuadro de emotiva belleza. Aliosha no guardaba una absoluta corrección, pues se volvía con frecuencia para examinar por detrás su vestido; pero resultaba muy gracioso. Tania, atenta y seria como una mujercita, vigilaba a los pequeños. Lilí estaba encantadora con su ingenua admiración ante todo. Fue imposible no son reír cuando, después de comulgar, dijo:

—*Please, some more*[1].

Al regreso, los niños, todavía impresionados por el acto solemne que acababan de realizar, iban muy calladitos.

En casa marchó todo admirablemente al principio. Pero mientras tomaban el desayuno, Grisha comenzó a silbar y desobedeció a la inglesa, por lo cual, ésta le castigó privándole del postre. Dolli, si hubiera estado presente, no habría permitido que se llegara a ese punto, pero como no podía desautorizar

---

[1] Por favor, un poco más. (En inglés en el original.)

a la institutriz, confirmó el castigo. El incidente estropeó un tanto la alegría general.

Grisha se echó a llorar, afirmando que también Nikolái había silbado, y que si él lloraba, no era porque lo hubieran dejado sin dulce, lo cual no le importaba, sino porque habían sido injustos con él. La cosa resultaba desgradable, y Dolli estaba conmovida viéndole llorar de ese modo. Resolvió, por tanto, pedir a la inglesa que perdonara a Grisha. Pero, cuando iba a llamarla, al atravesar la sala, Dolli presenció una escena que la llenó de alegría, y perdonó por sí misma al culpable.

Este se hallaba sentado en el hueco de la ventana del rincón, y junto a él estaba Tania de pie, con un plato en la mano. So pretexto de hacer comida para las muñecas, Tania había conseguido que la inglesa le diera permiso para llevar su trozo de pastel al cuarto de los niños y, en vez de ello, se lo había dado a Grisha. Llorando todavía por su injusto castigo, el pequeño comía ávidamente el dulce, entre sollozos:

—Come tú también... Los dos...

Tania, al principio se hallaba influida por el sentimientos de compasión que le inspiraba su hermano. Luego, con la conciencia de su buena acción, le asomaron las lágrimas a los ojos, y comenzó a comer también.

Al ver a su madre, los niños se asustaron, pero tranquilizados por la expresión de su rostro, rompieron a reír, con las bocas llenas de dulce. Trataron de limpiarse los labios con la mano, y se ensuciaron aún más, llenando de confitura sus caritas, en las cuales la alegría se confundía con las lágrimas.

—¡Dios mío! ¡El vestido blanco nuevo, Tania! ¡Y tú, Grisha...! —decía su madre, procurando salvar los trajes, pero sonriendo con emocionada alegría.

Les quitaron los vestidos nuevos y pusieron a las niñas unas sencillas blusas y a los niños las chaquetillas viejas. Y luego se mandó enganchar el carruaje (con gran contrariedad del administrador se puso otra vez en varas su caballo *Buri*) para ir a coger setas y a bañarse. Los niños se pusieron muy contentos al oír eso, y manifestaron ruidosamente su entusiasmo, lanzando alegres exclamaciones, que se prolongaron hasta el momento de la salida.

Llenaron una cesta de setas. La propia Lilí encontró una.

Habitualmente era miss Hull quien tenía que indicárselas a la niña. Pero ahora ésta encontró por sí sola una muy grande, y la cosa fue acogida por todos con vivo entusiasmo.

—¡Lilí ha encontrado una seta!

Después se dirigieron al río. Ataron los caballos a los árboles, y se dispusieron a bañarse. Mientras tanto, el cochero Terienti descansaba a la sombra de un abedul fumando tabaco de somonte. Observaba con indolencia a los caballos, que agitaban sus colas para ahuyentar a las moscas, y escuchaba las alegres exclamaciones que lanzaban los pequeños en la caseta.

Era necesario vigilar a los niños, y evitar que se excedieran en sus diversiones. Había de prestar especial atención para no confundir todos esos pantaloncitos, medias y zapatos; y se hacía molesto desatarlos, desabotonarlos y volverlos a atar y abotonar luego. Sin embargo, Dolli, que siempre había tenido afición a los baños fríos, los cuales consideraba también muy saludables para los niños, se complacía en esas excursiones al río para bañarse con sus hijos. Meter en el agua a los pequeños, verlos juguetear y salpicarse de espuma, oír sus infantiles exclamaciones, admirar sus ojos ya reidores, ya asustados, acariciar sus desnudos piececillos y ponerles las medias, era para ella un supremo gozo.

Cuando la mitad de los niños estaban ya preparados para bañarse, se acercaron, con cierta timidez, unas aldeanas endomingadas, que volvían de coger euforbio y otras hierbas. Matriona Filimónovna llamó a una de las mujeres para que pusiera a secar una sábana y una camisa que habían caído al agua, y Daria Alexándrovna entabló conversación con ellas. Al principio se reían ligeramente, sin comprender apenas lo que les preguntaban. Pero de pronto se animaron y comenzaron a hablar, ganándose el afecto de Dolli por la sincera admiración que mostraban hacia sus hijos.

—¡Qué niña tan hermosa! ¡Es blanca como el azúcar! —decía una de las mujeres, contemplando a Tania—. Pero está muy delgada —añadió, moviendo la cabeza.

—Ha estado enferma.

—¿También han bañado a ése? —preguntó otra, señalando al más pequeño.

—No. No tiene más que tres meses —respondió Dolli con orgullo.

—¿De veras?

—Y tú, ¿tienes hijos?

—Tenía cuatro. Me han quedado dos: un niño y una niña. El pasado día de carne[2] he destetado a la niña.

—¿Qué edad tiene?

—Más de un año.

—¿Cómo has tardado tanto en hacerlo?

—Es nuestra costumbre: esperamos hasta tres cuaresmas.

Daria Alexándrovna se complacía en la conversación, y siguió haciendo preguntas. ¿Había dado a luz sin molestias? ¿Qué enfermedades habían tenido los niños? ¿Dónde estaba su marido? ¿Iba al pueblo a menudo?

Dolli no sentía ningún deseo de separarse de esas mujeres. Le resultaba agradable charlar con ellas, pues coincidían en sus opiniones y tenían idénticos gustos. Lo que más la satisfacía era ver que la admiraban por ser madre de unos niños tan hermosos.

Una de las mujeres miraba con atención a la inglesa, que se vestía la última de todos, y cuando vio que ésta se ponía la tercera falda, no pudo abstenerse de decir:

—Mirad: se pone un montón de faldas y nunca acaba de vestirse.

Esta observación provocó la risa de todas, incluyendo a Daria Alexándrovna. Pero la inglesa, que notaba que la miraban y no comprendía nada de ello, se sintió ofendida, no ocultándoles su descontento.

## Capítulo IX

Daria Alexándrovna, rodeada de los niños, con un pañuelo en la cabeza, se acercaba a su casa en el ligero carruaje, cuando el cochero le dijo:

---

[2] En el calendario ortodoxo, días comprendidos entre la Pascua de Navidad y el Miércoles de Ceniza, en que estaba permitido comer carne.

—Ahí viene un señor. Por su aspecto, me parece que es el dueño de Pokróvskoie.

Dolli miró hacia adelante, y reconoció pronto a Lievin en la figura que se acercaba. Iba vestido con sombrero y abrigo grises y avanzaba ahora hacia ellos. Siempre le complacía saludarlo, pero en estos momentos sentía una especial satisfacción, ya que Lievin la vería en toda su gloria, rodeada de lo que constituía su felicidad, la cual nadie podía comprender mejor que él.

En efecto, Lievin, al distinguirla, se sintió tiernamente conmovido, y le pareció acercarse a un bello cuadro que contenía promesas de futura dicha.

—¡Daria Alexándrovna! ¡Se asemeja usted a una gallina rodeada de sus polluelos!

—Me alegra mucho verle —dijo ella, alargándole la mano.

—Naturalmente. Pero no pensó siquiera en darme noticias suyas. Mi hermano está ahora conmigo. Y Stepán Arkádich me ha escrito, diciéndome que está usted aquí.

—¿Stiva? —preguntó Dolli, extrañada.

—Sí. Me dice que ha ido usted a vivir en el pueblo y cree que podré quizá ayudarla en algo...

De repente, Lievin quedó turbado, se interrumpió, y siguió andando al lado del coche, arrancando al pasar hojas de tilo y mordisqueándolas nerviosamente. Se le había ocurrido que sin duda a Daria Alexándrovna le resultaría desagradable ver a un extraño ofrecerle una ayuda que debiera haberle proporcionado su marido. En efecto, a Dolli le disgustaba que Stepán Arkádich confiara a otros sus asuntos domésticos, y percibió enseguida que Lievin lo consideraba también así. Era precisamente por ese tacto, esa fina delicadeza que observaba en él, por lo que Dolli le tenía en tanta estima.

—He pensado —prosiguió Lievin— que eso era una manera amable de advertirme que mi visita no le sería desagradable a usted. Y ha sido para mí muy placentero este encuentro. Me imagino, por otra parte, que usted, señora habituada a la comodidad de la ciudad, se encontrará aquí con muchos inconvenientes. Si puedo servirla en algo, estoy a su disposición.

—Gracias —repuso Dolli—. Al principio, ciertamente estábamos preocupadas, pues carecíamos de muchas cosas, pero ahora todo marcha bien, merced a mi antigua aya.

Y señaló a Matriona Filimónovna, la cual, comprendiendo que hablaban de ella, sonreía alegremente a Lievin. Le conocía, consideraba que era un buen partido para la señorita Kiti, y deseaba que todo terminase felizmente.

—Suba y siéntese. Nos apretaremos un poco.

—Gracias. Prefiero andar. ¿Cuál de los niños quiere probar a correr conmigo?

Los niños conocían muy poco a Lievin, casi no se acordaban de él. Pero no manifestaron con él esa sensación de vergüenza y aversión que sienten hacia los adultos que fingen, y que suele costarles reprimendas y castigos. La simulación puede engañar a un hombre hábil y perspicaz, pero el niño menos capacitado la advierte fácilmente y se aparta de ella con repugnancia. Lievin tendría sus defectos, pero no podía hallarse en él la menor sombra de doblez. Y por eso los niños le mostraron enseguida el mismo afecto que veían expresado para él en el rostro de su madre.

Aceptando su propuesta, los dos mayores saltaron del coche y se pusieron a correr con él, con la misma confianza con que lo hubieran hecho con el aya, con miss Hull, o con su madre. Lilí quiso también bajar, y la madre se la entregó a Lievin, el cual la acomodó sobre sus hombros y se puso a correr con ella.

—No tenga miedo, Daria Alexándrovna; no la dejaré caer —dijo a la madre, sonriendo alegremente.

Y observando sus movimientos hábiles, vigorosos y prudentes, Dolli se tranquilizó, y su rostro se iluminó con una sonrisa que expresaba confianza y alegría.

La familiaridad de la vida en el pueblo, la presencia de los niños, la compañía de Dolli, por la que sentía gran simpatía, todo concurría para que Lievin hallase esa disposición de ánimo alegre e infantil, que tanto gustaba a Daria Alexándrovna. Corría con los niños, les enseñaba gimnasia, hacía reír a miss Hull con su inglés chapurreado, y hablaba a Dolli de sus ocupaciones en el pueblo.

Después de comer, en el balcón, Dolli creyó oportuno hablarle de Kiti.

—¿Sabe usted que Kiti va a venir a pasar el verano conmigo?

—¿De veras? —repuso él, sonrojándose.

Y, cambiando de conversación, añadió enseguida:

—Voy a mandarle dos vacas. Si se empeña en pagármelas, puede darme cinco rublos al mes, si eso no va a abochornarla.

—No, gracias. Ya nos arreglamos.

—Entonces iré a ver a las suyas y, con su permiso, daré instrucciones sobre la manera de alimentarlas. Todo está en eso, la alimentación.

Y Lievin explicó una teoría a este respecto, según la cual la vaca no es sino una simple máquina para transformar el pienso en leche, etc. Estaba hablando de todo eso para eludir la conversación sobre Kiti, pero ardía en deseos de oír algo sobre ella. Le horrorizaba perder esa tranquilidad con tanto esfuerzo recobrada.

—Quizá tenga usted razón —convino Daria Alexándrovna—. Pero eso exige una constante atención. ¿Y quién se encargaría de tal cosa?

Ahora marchaba todo bien en la casa, gracias a Matriona Filimónovna, que supo organizar debidamente las cosas, y no quería cambiar nada. Tampoco creía en los conocimientos de Lievin sobre economía agrícola. Las ideas de que la vaca era simplemente una máquina le parecían extrañas, y consideraba que sólo podían ocasionar perjuicios. Prefería alimentar más a la *Pestruja* y la *Bielopájaia,* aplicando el sistema preconizado por Matriona Filimónovna, y evitar que el cocinero se llevara las sobras de la cocina para dárselas a la vaca de la lavandera. Esto era sencillo y práctico. En cambio, ¿qué utilidad podían tener para ella esas confusas especulaciones sobre la alimentación farinácea y vegetal? Y, además, lo principal era ahora hablar a Lievin de Kiti.

CAPÍTULO X

—Kiti me escribe que no desea otra cosa que soledad y reposo —dijo Dolli, tras un momento de silencio.

—¿Está mejor de salud? —preguntó Lievin, con emoción.

—Gracias a Dios, se halla completamente restablecida. No

hubiera creído nunca que fuese una enfermedad de los pulmones.

—Me alegra mucho saber que está bien— declaró Lievin.

Y Dolli creyó advertir en su rostro una expresión conmovida.

—Escuche, Konstantín Dmítrich —requirió Daria Alexándrovna, con su acostumbrada sonrisa bondadosa y ligeramente burlona—. ¿Está usted enojado con Kiti?

—¿Yo? No hay tal cosa.

—Entonces, ¿por qué no fue a vernos, ni a ellos ni a nosotros cuando estuvo últimamente en Moscú?

—Daria Alexándrovna —dijo Lievin, sonrojándose hasta la raíz del pelo—, no comprendo cómo usted, que es tan buena, puede hacerme semejante observación. ¿No siente usted compasión de mí, sabiendo...?

—¿Sabiendo qué?

—Sabiendo que me declaré a Kiti y que ella me rechazó —murmuró Lievin.

Y toda la ternura que un momento antes sintiera por Kiti, se extinguió al recordar la humillación sufrida.

—¿Por qué supone que lo sé?

—Porque todos lo saben.

—Se equivocaba usted. Yo no lo sabía, aunque lo sospechaba.

—Bien; ahora ya lo sabe.

—Yo sabía únicamente que había ocurrido algo cuyo recuerdo la afligía, y que Kiti no quería que la interrogase sobre ello. Si no me explicó a mí lo sucedido, es seguro que no se lo ha dicho a nadie. Pero, ¿qué fue lo que hubo entre ustedes?

—Ya lo ha oído.

—¿Cuándo fue eso?

—En la última visita que hice a sus padres.

—¿Sabe lo que voy a decirle? —repuso Daria Alexándrovna—. Que Kiti me da mucha pena. En cambio, usted sufre sólo por ver herido su amor propio...

—Puede ser —concedió Lievin—. No obstante...

Dolli le interrumpió:

—Siento una gran compasión por la pobre Kiti. Ahora lo comprendo todo.

—Usted me dispensará, Daria Alexándrovna —dijo Lievin, levantándose—. Hasta la vista.

—Espere. Quédese un poco más —rogó ella, cogiéndole por la manga.

—Le ruego que dejemos ese asunto —indicó Lievin, sentándose, y sintiendo que se encendía de nuevo en su corazón la llama de esa esperanza que creía desvanecida para siempre.

—Si yo no le apreciara y no le conociera como le conozco... —dijo Dolli, con los ojos llenos de lágrimas.

El sentimiento que creyera muerto se adueñaba otra vez del alma de Lievin.

—Sí, ahora lo comprendo todo —prosiguió Dolli—. Ustedes, los hombres, que son libres y pueden escoger, no lo comprenden... Pero una joven, obligada a esperar, con la natural reserva impuesta a su sexo, que sólo les trata a ustedes de lejos y fía buenamente en sus promesas... Esa joven, créalo, puede hallarse a veces conturbada y no acertar a expresar sus sentimientos.

—Sí, si el corazón nos dice...

—No, el corazón habla; pero recapacite usted: si ustedes se interesan por una muchacha, van a su casa, la tratan, la observan, y si están seguros de que reúne las condiciones deseadas, entonces piden su mano.

—Eso no es enteramente exacto.

—Poco importa. Ustedes se declaran sólo cuando su amor ha madurado, o cuando entre dos que les gustan, una llega a cautivarlos por completo. Y a la joven no se le pregunta nada. ¿Cómo quieren que ella escoja? Ella no puede escoger; tiene que limitarse a decir sí o no.

«Sí, la elección entre Vronski y yo», pensó Lievin.

Y el sentimiento adormecido que parecía estarse despertando en su alma volvió a morir, atenazándole dolorosamente el corazón.

—Bien, Daria Alexándrovna; así se eligen los vestidos, pero no el amor. Una vez hecha la elección, no se pueden enmendar las cosas.

—¡Ah, ese amor propio! ¡Ese amor propio! —exclamó Dolli, para quien el sentimiento que se había revelado en Lievin era despreciable comparado con el otro que sólo las mujeres conocen—. Cuando usted se declaró a Kiti, ella no estaba en situación de poder responderle. Dudaba entre usted y Vronski. A éste le veía todos los días, a usted hacía tiempo que no se le veía. Ciertamente, si Kiti hubiese tenido más edad... Yo, por ejemplo, no habría dudado. Vronski me fue siempre muy antipático.

Lievin recordó la respuesta de Kiti: «No puede ser», le había dicho.

—Tengo en mucho su confianza, pero creo que se equivoca usted —arguyó Lievin con sequedad—. Esté yo errado o no, este amor propio que tanto me reprocha usted, no me permite pensar en Katerina Alexándrovna.

—Quiero decirle aún algo. Comprenda que le hablo de mi hermana, a la que quiero como a mis propios hijos. No pretendo asegurarle que ella le ama; sólo he querido demostrarle que su negativa de entonces no significaba nada.

—¡No lo entiendo! —repuso Lievin, bruscamente—. No sabe cuánto me hace sufrir con esto. Es como si a una madre que hubiera perdido a su hijo le dijeran: «Tu niño sería ahora así, si no hubiese muerto, y tú te sentirías muy feliz.» Pero el niño ha muerto, ha muerto.

—¡Qué sensible es usted! —comentó Dolli, considerando con triste ironía la aflicción de Lievin—. Sí, ahora voy comprendiendo mejor... —continuó, con aire pensativo—. ¿De modo que no vendrá usted a vernos cuando esté Kiti?

—No. No es que huya de Katerina Alexándrovna, pero en lo que cabe, le evitaré el disgusto de mi presencia.

—Es usted un hombre singular —dijo Dolli, mirando a Lievin con ternura—. Bien, como si no hubiéramos dicho nada... ¿Qué quieres, Tania? —preguntó, en francés a la niña que acababa de entrar.

—¿Dónde está mi paleta, mamá?

—Te he hablado en francés, y quiero que me contestes en francés.

Pero la niña no recordaba cómo se llamaba la paleta en francés. La madre se lo dijo y luego le indicó, siempre en francés, dónde tenía que ir a buscarla. Este incidente aumentó el mal humor de Lievin. Los sentimientos que experimentaba ahora por Daria Alexándrovna y los niños, no eran ya los mismos de antes.

«¿Por qué les hablará en francés? —pensaba—. Eso es poco natural. Y falso. Los niños se dan cuenta. ¡Les hacen aprender el francés y les enseñan a olvidar la sinceridad!»

Ignoraba que Daria Alexándrovna se había hecho mil veces esta misma reflexión, pero había considerado necesario educar así a sus hijos, porque era la única forma de que aprendieran tal idioma.

—¿Se marcha ya? Quédese un poco más.

Lievin se quedó hasta el té, pero su alegría se había disipado y no se sentía muy a gusto allí.

Después del té, salió al portal para ordenar que engancharan los caballos, y al regresar encontró a Dolli con el rostro descompuesto y los ojos llenos de lágrimas. Acababa de ocurrir algo que había destruido en un momento toda la alegría y el orgullo por sus hijos que experimentara Dolli ese día. Grisha y Tania se habían peleado por una pelota. Ella oyó los gritos, y acudió apresuradamente al cuarto de los niños para ver lo que pasaba. Un triste espectáculo se ofreció ante sus ojos. Tania tenía cogido a Grisha por los cabellos, y éste, con el rostro contraído por la cólera, daba puñetazos a su hermana. Al verlo, Dolli sintió que algo se rompía en su corazón, y una negra nube pareció abatirse sobre ella. Comprendió que esos niños de los que tan orgullosa se mostraba, no eran mejores que los demás, sino que, por el contrario, eran niños malos, con inclinaciones perversas, niños mal educados. Dolli se hallaba tan turbada y confusa por este pensamiento, que difícilmente pudo contar sus penas a Lievin.

Lievin, viendo que Dolli sufría, trató de consolarla. Le aseguró que no había en eso nada de inquietante, que todos los niños se pegaban, pero, mientras hablaba así, pensaba: «No; yo no fingiré ante mis hijos, ni les hablaré en francés; mis hijos no serán así. No hay necesidad de forzarlos para que sean buenos y obedientes. No se debe violentar su naturaleza. No haciendo eso, los niños son admirables. Los míos no serán como éstos.»

Lievin se despidió para irse. Ella no le retuvo ya.

## Capítulo XI

A mediados de julio se presentó a Lievin, el síndico del pueblo de su hermana, situado a unas veinte verstas de Pokróvskoie, para informarle sobre la marcha de los asuntos de la finca, y, especialmente, sobre la siega. El principal ingreso de las posesiones de su hermana provenía de los prados. En años anteriores, los aldeanos arrendaban los predios a razón de veinte rublos por hectárea. Cuando Lievin asumió la dirección de la propiedad, encontró, tras el examen de los terrenos, que valían más, y fijó el precio en veinticinco rublos por hectárea.

Los aldeanos se negaron a pagar ese precio y, como sospechara Lievin, procuraron quitarle otros arrendatarios. Lievin fue allí e hizo segar los prados contratando jornaleros y yendo a la parte con otros. Aunque los aldeanos hicieron todo lo posible para frustrar la innovación, las cosas mejoraron, y el primer año los prados mostraron ya el resultado, sacándose de ellos casi el doble. La resistencia de los campesinos continuó en los años siguientes, pero el trabajo se realizó normalmente. Aquel año los aldeanos habían arrendado los prados, yendo a la tercera parte en las ganancias, y ahora el síndico venía a informar a Lievin que la siega estaba terminada y que él, temiendo que lloviese, había llamado al administrador, en presencia del cual hizo el reparto y separó los once almiares que pertenecían al propietario.

La precipitación con que había obrado el síndico se hacía sospechosa. Lievin le pidió informes concretos sobre el estado del mayor de los prados, pero no obtuvo más que respuestas evasivas. Comprendió entonces que la cosa no estaba muy clara, y decidió ir él mismo allí para enterarse.

Llegó al pueblo a la hora de comer. Dejó el caballo en casa de un anciano, esposo de la nodriza de su hermano, y pasó enseguida al colmenar, esperando que el hombre le diera informes precisos sobre el reparto del heno. El viejo Parmiénych acogió a Lievin con júbilo, y comenzó a hablarle de sus abejas y de la última enjambrazón. Con su habitual locuacidad, se extendió en pormenores sobre el estado de las colmenas y la conservación de las mismas. Pero a las preguntas sobre la siega respondió vagamente y con desagrado.

Ello confirmó a Lievin sus sospechas. Fue al prado, y un simple examen de los almiares le bastó para comprobar la situación. En cada uno de ellos no podía haber cincuenta carretadas de heno. Estaba claro el engaño. Y para desenmascarar a los aldeanos, mandó traer a los carros que habían transportado el heno, y ordenó que cargaran un almiar y lo llevasen en seguida al henil. De cada almiar se sacaron treinta y dos carretadas. A pesar de la actitud del síndico, el cual afirmaba que el heno estaba muy abultado y que se aplastaba al cargarlo, a pesar de sus juramentos de que todo se había hecho debidamente, Lievin sostenía que, habiéndose repartido el heno sin orden suya, no lo aceptaba a razón de cincuenta carretadas por almiar. Tras largas discusiones, se acordó hacer un nuevo reparto, por el cual los aldeanos recibirían esos once almiares para ellos, considerándolos de cincuenta carretadas cada uno, y que se asignaría de nuevo al dueño la parte correspondiente.

Siguieron hablando y discutiendo durante largo rato, y luego procedieron a repartir el heno. Terminada la distribución, Lievin, confiando la vigilancia del resto del trabajo a su capataz, se sentó sobre un almiar, erigido en torno a una alta pértiga, y contempló con admiración el prado, que ofrecía ahora un animado aspecto con los hombres en plena actividad.

Ante él, en un recodo del río, avanzaba con alegre vocerío una abigarrada hilera de mujeres, y el heno desparramado sobre los retallos de color verde claro, se alineaba rápidamente formando franjas grises y tortuosas. Tras ellas seguían hombres con horcas, que convertían pronto los ligeros montones en altas hacinas. A la izquierda, por el prado ya limpio, se oía el ruido de los carros. Una tras otra desaparecían las hacinas levantadas con enormes horcones y colocadas en los carros. En lugar de las hacinas aparecían carretadas pesadas de heno oloroso, que pendía sobre las grupas de los caballos.

—Es necesario apresurarse y aprovechar el buen tiempo. Haciéndolo así, saldrá un heno excelente —dijo el viejo, sentándose junto a Lievin—. Huele tan bien que se diría que es té. Mire cómo trabajan los mozos. No van tan aprisa las aves cuando les echan el grano. Desde la hora de comer han cargado ya la mitad.

Y gritó a un mozo que, en pie en la parte delantera de uno de los carros, y agitando las riendas, se ponía en marcha.

—¿Es el último?

—Sí, padrecito —respondió el mozo, reteniendo el caballo, y se volvió para mirar, con aire sonriente, a una mujer sentada en la parte de atrás. Luego prosiguieron su camino.

—¿Es hijo tuyo? —preguntó Lievin.

—El más pequeño —respondió el viejo, con una tierna sonrisa.

—Parece un excelente muchacho.

—Sí. Es un bravo mozo.

—¿Está casado ya?

—En la última cuaresma hizo dos años.

—¿Tiene hijos?

—¡Se pasó un año entero sin que hubiera nada de...! Pero nos burlamos de él y... ¡Qué heno tan hermoso! ¡Es una maravilla! —continuó el viejo, queriendo cambiar de tema.

Lievin fijó toda su atención en Vañka Parmiónov y su mujer, que, no muy lejos de él, cargaban otro carro de heno. Iván Parmiónov, de pie en el carro, recibía, igualaba y aplastaba los enormes haces de heno que, primero a brazadas y luego con la horca, le pasaba su joven y bella esposa. La joven mujer trabajaba con ligereza, agilidad y alegría. El heno apelmazado, no se podía coger con la horca, y ella lo ahuecaba primero, hundía luego la horca en él y, con un movimiento rápido y flexible, cargaba sobre la horca todo el peso de su cuerpo, encorvando el busto, ceñido por un amplio cinturón. Después se erguía, mostrando su pecho robusto bajo el blanco corpiño, empuñaba ágilmente la horca, y lanzaba el heno en el carro.

Iván, deseoso de ahorrarle todo esfuerzo inútil, recogía rápidamente en sus brazos el haz de heno que le pasaba su mujer y lo echaba en el carro. Después que hubo levantado el heno con el rastrillo, la joven se sacudió las briznas de hierba que le habían penetrado por el cuello de la camiseta, se arregló el pañuelo rojo que le caía sobre su blanca frente, no tostada aún por el sol, y se metió bajo el carro para atar la carretada. Iván le indicaba cómo atarla a la vara inferior del carro, el modo de hacerlo, y a una observación de su mujer, estalló en una carcajada. Un amor intenso y juvenil, recientemente despertado, se reflejaba en esos dos rostros.


## Capítulo XII

UNA vez atada la carga, Iván bajó de un salto, y, tomando por la brida a su caballo, excelente y bien alimentado, salió al camino, donde se unió a la hilera de los carros. La mujer echó el rastrillo en el carro y, con firme paso, moviendo los brazos al andar, se dirigió hacia las otras mujeres, que iban detrás. Formaban un alegre grupo, de vivo colorido, y hablaban con voz sonora y suelta, mientras, con los rastrillos al hombro, seguían a los carros. Una voz ruda de mujer entonó una canción. Luego, todos a coro, cincuenta voces altas y rudas, empezaron el mismo cantar.

Mientras las mujeres se acercaban cantando, Lievin, tumbado sobre la pila de heno, tenía la sensación de que una nube cargada de truenos de alegría, avanzaba hacia él. Los montones de heno, los carros, el prado, los campos lejanos, todo le parecía agitarse bajo el ritmo de ese cantar aturdidor, acompañado de gritos, silbidos y vibrantes exclamaciones. Lievin sintió envidia de esa sana alegría, de ese intenso gozo de vivir. Le habría gustado participar en esa genuina manifestación de entusiasmo popular, y reír y cantar con ellos. Pero no podía. Tenía que limitarse a ser un simple espectador, a mirar y escuchar.

Cuando la gente desapareció de su vista y se extinguió el eco de las canciones, Lievin se sintió muy solo. Encadenado por su soledad, por su ociosidad física, por los sentimientos de hostilidad que había experimentado hacia los campesinos, y que ahora se reprochaba.

Los mismos hombres que habían tratado de engañarle en el asunto del heno, y a los cuales él había increpado, le saludaban ahora alegremente al pasar, sin rencor y libres de todo sentimiento de engaño. El alegre trabajo en común había borrado en ellos los enojosos recuerdos de algo que quizá no habían deseado. Dios ha dado la luz del día y las fuerzas; ambas están consagradas al trabajo, y en el trabajo se halla su propia recompensa. Nadie pensaba en el objeto que pudiera tener ese trabajo ni en cuáles podrían ser sus frutos y sus beneficiarios: eso eran cuestiones secundarias y de escaso valor, ante esa plenitud de vida y de alegría en que se hallaban sumergidos.

Muchas veces, Lievin solía admirar esta vida y experimentaba envidia de los que la vivían. Pero especialmente hoy, bajo la impresión que le causara la sana alegría de Iván Parmiónov y de su mujer, Lievin consideró que de él dependía cambiar su vida de ocio, tan penosa, su vida artificial y egoísta, por una hermosa vida de trabajo, pura y noble, como la de estas sencillas gentes. Por primera vez había tenido la clara percepción de que era libre para modificar su existencia y vivir conforme a unas aspiraciones más nobles, y esa consideración excluía ahora de su mente cualquier otro pensamiento.

El viejo que estaba sentado a su lado se había marchado hacía rato. Los aldeanos habían desaparecido también: unos habían regresado a sus hogares, y otros, los que vivían más lejos, se habían acomodado para pasar la noche en el prado y estaban preparando la cena. Lievin, sin que le viera nadie, tendido sobre el montón de heno, miraba, escuchaba y pensaba. La gente que se había quedado a pasar la breve noche de verano en el prado no durmió en casi toda la noche. Primero se oía su alegre charlar y risas mientras cenaban. Luego, terminada ya la cena, siguieron canciones y de nuevo risas. El largo día de trabajo no había dejado en ellos otras huellas que las de la alegría. Poco antes del amanecer, todo quedó en silencio. Sólo se oía el continuo croar de las ranas en los charcos y el resoplar de los caballos en la niebla matutina que avanzaba lentamente sobre el prado. Lievin, que se había adormecido, se enderezó de repente y, mirando las estrellas, comprendió que la noche llegaba a su fin.

«Bien; ¿qué decidiré hacer?», se preguntó, tratando de dar una forma coherente a los deseos y pensamientos que le habían ocupado en esa noche.

Cuanto pensara y analizara podía reducirse a tres órdenes de ideas. En primer lugar, la renuncia a su vida anterior, a su inútil cultura, a ese bagaje intelectual que no le servía para nada.

Esta renuncia le era agradable, y la hallaba fácil y sencilla. Luego, la forma de esa nueva vida que se proponía vivir. Una vida de pureza y de sencillez, cuya legitimidad era indiscutible, y que seguramente le traería la satisfacción, la paz del alma y la dignidad que tanto anhelaba. Y, finalmente, lo que constituía la cuestión principal: la manera en que se efectuaría la transición de su vida actual a su proyectada nueva existencia. A este respecto estaba lleno de dudas y no acertaba a ver claro.

«¿Tener una mujer, y entregarse a un trabajo cualquiera? ¿Y abandonar Pokróvskoie? ¿Comprar tierras? ¿Ser miembro de una comunidad de campesinos? ¿Casarse con una aldeana? ¿Cómo proceder? —se preguntaba, sin hallar respuesta—. No he dormido, y no puedo pensar con acierto —se dijo—. Pero estoy seguro de que esta noche ha decidido mi suerte. Mis ilusiones de antes, mis sueños de felicidad conyugal, no son más que tonterías. Lo que ahora quiero es mucho más sencillo y mucho mejor.»

«¡Qué hermoso es esto! —pensó, mirando el raro conjunto de retorcidas nubes que formaban una especie de concha de nácar allá en lo alto, sobre su cabeza—. ¡Qué magnífico es todo en esta noche maravillosa! ¿Cuándo se habrá formado esa concha de nubes? Hace un momento no había nada en el cielo, excepto dos franjas blancas. De igual modo, sin que lo advirtiera, se ha modificado el concepto que yo tenía de la vida.»

Atravesó el prado y por el camino principal se dirigió al pueblo. Se levantó un ligero viento, y todo a su alrededor tomó un aspecto apagado y triste, como ocurre generalmente en ese turbio momento que precede a la victoria de la luz sobre las tinieblas.

Lievin, transido de frío, avanzaba con paso rápido, mirando al suelo. De pronto, oyó ruido de cascabeles, y alzó la cabeza. ¿Quién vendría ahora? A unos cuarenta pasos de distancia, por el ancho camino herboso que Lievin seguía, avanzaba a su encuentro un coche con cuatro caballos y con maletas en la baca. Los caballos del exterior se apartaban de las rodadas, apretándose contra la lanza, y el hábil cochero, sentado de lado en el pescante, mantenía la lanza por uno de los carriles, así las ruedas rodaban por terreno liso.

Lievin no observó más que este detalle, y miró distraídamente al interior del coche. En un rincón del asiento dormitaba una señora anciana y, junto a la portezuela, una muchacha, que aparentemente acababa de despertarse, se ataba con ambas manos las cintas de su cofia blanca. Radiante y pensativa, rebosante de vida interior, elegante y complicada, ajena a Lievin, miraba, por encima de él, la naciente aurora. En el momento en que esta visión desaparecía, dos ojos claros y bellos se posaron en él. Ella le reconoció, y una alegría con mezcla de sorpresa iluminó su tranquilo rostro.

Lievin no podía equivocarse. Esos ojos eran únicos en el mundo. Y sólo un ser en la Tierra podía hacerle sentir con su proximidad toda la luz y el significado de la existencia. Era ella. Era Kiti, que, sin duda, se dirigía a Iergushovo desde la estación del ferrocarril. Y todas las resoluciones que Lievin había tomado, todas las inquietudes que sintiera en esa noche de insomnio, desaparecieron de repente. Rechazaba ahora con repugnancia sus ideas de casarse con una aldeana. Allí, en ese coche que se alejaba rápidamente, estaba la solución del angustioso problema de su vida, la respuesta a las cuestiones que hacía tiempo constituían para él un motivo de intensa preocupación.

Kiti no se asomó más. Cesó el ruido de los muelles del coche, y apenas se percibía el rumor de los cascabeles. Por el ladrido de los perros, Lievin comprendió que el coche pasaba por el pueblo. Y quedó envuelto en la soledad de los campos desiertos, ajeno a todo, avanzando por el ancho camino abandonado.

Alzó los ojos, esperando hallar todavía en el cielo esa admirable concha de nubes que era como un símbolo de sus devaneos de la pasada noche. No halló ni señales de ellas. La concha se había transformado, por algún misterioso proceso, en un vasto tapiz de vellones que cubría la mitad del cielo. El cielo fue volviéndose más claro y más azul, y con la misma ternura, pero con la misma inaccesibilidad, a la mirada interrogativa de Lievin.

«No —se dijo Lievin—. Por hermosa que sea esta vida de esfuerzo y sencillez, no podría vivirla. Porque la amo a "ella"...»

Fuera de los más allegados de Alexiéi Alexándrovich, nadie sospechaba que aquel hombre frío y razonable tenía una debilidad: no podía ver llorar a un niño o a una mujer. Era algo que le hacía perder la serenidad y hasta lo incapacitaba para razonar. El jefe de su gabinete y el secretario lo sabían y, llegado el caso, advertían a las solicitantes que se abstuvieran de llorar ante él.

—De otro modo —decían—, echarán a perder su asunto. Se disgustará, y no querrá escucharles.

Efectivamente, la agitación producida en Karenin por las lágrimas se manifestaba en arrebatos de ira, y entonces, no pudiendo contenerse, echaba sin contemplaciones a sus solicitantes.

—¡No puedo hacer nada por ustedes! ¡Hagan el favor de salir!

Cuando, al regreso de las carreras, Anna le confesara sus relaciones con Vronski y, cubriéndose enseguida el rostro con las manos, rompiera a llorar, Alexiéi Alexándrovich, a pesar del enojo que eso le había causado, sintió que al mismo tiempo se adueñaba de él la molesta sensación que siempre le producían las lágrimas.

Temiendo manifestar sus sentimientos en una forma poco en consonancia con su actual situación, Alexiéi Alexándrovich procuró reprimir toda manifestación de vida. Permaneció inmóvil, sin mirar a Anna, mientras su rostro tomaba la expresión de rigidez cadavérica que tanto impresionara a su mujer.

Al llegar, Karenin, haciendo un esfuerzo para dominarse, la ayudó a bajar del coche, le dijo algunas frases que en nada le comprometían, se despidió de ella con su habitual cortesía, y le dijo que al día siguiente le comunicaría su decisión.

La inesperada confesión de su mujer, al confirmar sus sospechas, había herido el corazón de Alexiéi Alexándrovich, y la compasión física que le provocaban las lágrimas, acrecentaba su angustia. Pero, al quedar solo en el coche, Karenin, con satisfacción y sorpresa, se sintió libre de esta compasión y de las dudas y celos que tanto sufrimiento le habían estado causando. Experimentaba la misma sensación que un hombre al cual acabaran de arrancar una muela que le hubiese hecho padecer mucho tiempo. El dolor que siente el paciente es terrible, y le parece que le arrancan algo enorme, algo más grande que la propia cabeza; pero luego nota de pronto, sorprendido de ese repentino bienestar, que ha desaparecido lo que durante tanto tiempo le ha estado amargando la existencia, y que puede ahora vivir de nuevo, pensar e interesarse en cosas distintas de lo que constituía el motivo de su preocupación. Lo mismo le ocurría a Alexiéi Alexándrovich. Después del golpe terrible e inesperado, no sufría ya, y ahora sentía que podía vivir de nuevo y salir del reducido círculo de pensamientos que hasta entonces giraban sólo en torno a su mujer.

«Es una mujer sin corazón, sin honor, sin religión y sin principios. Lo he sabido siempre, pero por compasión hacia ella procuraba engañarme», se dijo.

Creía, ciertamente, haber sido muy perspicaz. Recordaba los detalles de su vida en común, que antes no le habían parecido malos, y que ahora consideraba como pruebas inequívocas de la perversidad de su esposa.

«Cometí una equivocación al unir su vida a la mía, pero en mi equivocación no hay nada de malo, y por tanto no he de ser desventurado. La culpa no es mía, sino suya. Ella no existe para mí...»

Poco le importaba ya lo que pudiera ser de Anna y de su hijo, hacia el cual experimentaba los mismos sentimientos que hacia su mujer. No pensaba en ellos. Su única preocupación era hallar el modo más correcto, y más conveniente para él —y, por consiguiente, el más justo— de librarse del fango con que ella le contaminaba en su caída, para poder él proseguir sin estorbos su vida de trabajo, vida honorable y útil, llena de dignidad.

«No puedo ser yo desventurado porque una mujer despreciable haya cometido una falta. Pero debo hallar la mejor salida de la penosa situación en que me ha colocado. Y la hallaré —se decía frunciendo el ceño cada vez más—. No soy el primero, ni el último...» Y sin contar los ejemplos históricos, entre los cuales recordaba en primer lugar el de la bella Helena y

Menelao, Alexiéi Alexándrovich evocó mentalmente toda una serie de infidelidades conyugales, de las que fueron víctimas otros hombres pertenecientes a su mismo mundo.

«Dariálov, Poltavski, el príncipe Karibánov, y el conde Paskudin, Dram... Sí, también el honesto y laborioso Dram... Semiónov, Changin, Sigonin... —recordaba—. Es verdad que un injusto *ridicule*[1] cae sobre estos hombres, pero yo nunca he visto en ello más que una desventura y les he compadecido.»

Eso no era cierto, pues Alexiéi Alexándrovich jamás tuvo compasión de tales infortunios, y era para él casi un motivo de orgullo saber que había tantos maridos engañados.

«Es algo que puede ocurrir a todos, y me ha tocado también a mí. Lo importante es saber hacer frente a la situación.»

Y comenzó a recordar cómo habían obrado esos hombres que se hallaban en semejante caso.

«Dariálov se batió en duelo.»

El duelo había preocupado mucho a Alexiéi Alexándrovich en su juventud, pues era de naturaleza débil y él no lo ignoraba. La idea de ver una pistola apuntando a su pecho le llenaba de horror, y nunca había usado arma alguna. Ese horror instintivo le había hecho meditar muy pronto sobre cómo se comportaría cuando tuviera que hacer frente a un peligro mortal. Luego, al quedar consolidada su posición, había olvidado todo aquello. Pero la costumbre de pensar así había arraigado tanto en él que su instintivo miedo, el miedo a su cobardía, había ido aumentando, y ahora le obligaba a examinar en todos sus aspectos la eventualidad de un duelo, aunque sabía muy bien que no se batiría.

«¡Pero esto no es Inglaterra! Y aquí, con nuestras costumbres tan bárbaras, el duelo es aún mirado con buenos ojos por muchos. (Y entre esos «muchos» figuraban aquellos cuya opinión Karenin apreciaba particularmente.) Pero, ¿a qué conduciría? Supongamos que le desafío —seguía pensando. E imaginó la noche que pasaría después de desafiarle, vio la pistola dirigida hacia él, se estremeció, y comprendió que nunca podría decidirse a eso—. Pero supongamos que le desafío, que me instruyen en lo que tengo que hacer, que me hallo ya en mi

---

[1] ridículo. (En francés en el original.)

puesto y aprieto el gatillo —se decía, cerrando los ojos—. supongamos que lo mato...», y sacudió la cabeza, para apartar tan absurdas ideas.

«Pero, ¿qué tiene que ver eso con lo que haya de hacer con mi mujer y mi hijo? Es absurdo. Y lo más probable, al fin y al cabo, será que yo resulte muerto o herido. Eso es aún más inadmisible. Yo, que no tengo nada que reprocharme, seré la víctima. Por otra parte, provocarle a duelo no sería honesto. ¿Acaso ignoro que mis amigos intervendrían, que no consentirían que la vida de un hombre necesario a Rusia se pusiera en peligro? Y luego, parecería que yo quisiera darme importancia y envanecerme de este desafío, el cual no habrá de implicar ningún riesgo para mí. No, eso es engañar a los otros y a mí mismo. El duelo es absurdo, y nadie ha de esperar que yo lo provoque. Mi único objeto es poner a salvo mi reputación, para poder proseguir mis actividades sin impedimento.»

Su trabajo como estadista, que siempre había considerado muy importante, le parecía ahora de una importancia excepcional. Descartado el duelo, quedaba el divorcio, solución escogida generalmente por las personas de su círculo social en semejantes circunstancias. Pero, recordando los numerosos casos de divorcio que conocía, Alexiéi Alexándrovich no encontró ninguno que respondiera al objeto que él se proponía. En todos los casos, el marido cedía o vendía a la mujer infiel, y aunque ella, por ser culpable, no tenía derecho a casarse de nuevo, entablaba falsas relaciones de esposa. En cuanto al divorcio legal, Alexiéi Alexándrovich consideraba imposible obtenerlo. Y era ese el único modo por el cual podía sancionarse el castigo de la esposa culpable. Mas comprendía que las complejas condiciones de su existencia no permitían aportar las pruebas violentas exigidas por la ley en tales casos. Su vida, noble y refinada, no se prestaba a pruebas tan crueles, y, aun suponiendo que existieran, no podía hacer uso de ellas, pues eso le rebajaría a él más que a la esposa ante la opinión pública.

El divorcio no hubiera servido más que para originar un proceso escandaloso, que aprovecharían sus enemigos para calumniarle y hacerle descender de su alta posición social. El recurso del divorcio, por tanto, no le facilitaba su objeto, que era salir de la situación con el menor quebranto. Además, era obvio que con el divorcio o, simplemente, con su planteamiento, la mujer rompía las relaciones con el marido y se unía con su amante. Y, a pesar de la completa indiferencia que Karenin creía experimentar ahora hacia su esposa, restaba en el fondo de su alma un sentido que le hacía temer todo lo que tendiera a acercarla a Vronski, pues veía que, si se unía libremente a su amante, su falta habría redundado en beneficio de ella. Este pensamiento torturaba tanto a Alexiéi Alexándrovich, que al imaginar tal posibilidad no pudo reprimir un gemido de dolor. Se irguió, cambió de lugar en el coche y, con el rostro cada vez más ceñudo, comenzó a envolver sus piernas delgadas y friolentas en la manta de viaje.

«Podría, quizá, seguir el ejemplo de Karibánov, de Paskudin y del buen Dram, y contentarme con una simple separación», pensó Alexiéi Alexándrovich, cuando se hubo calmado un poco. Pero este procedimiento ofrecía los mismos inconvenientes que el divorcio legal, y arrojaba igualmente a su mujer en brazos de Vronski.

—¡No; es imposible! —dijo en voz alta, y se puso a desenrollar la manta—. —«¡Yo no puedo ser desgraciado! Pero ni él ni ella deben ser dichosos.»

Las palabras de su mujer habían disipado en él los celos que tanto le atormentaban, pues sabía ahora la verdad. Pero un nuevo sentimiento se había instalado en su corazón: el deseo de que su mujer expiara con el sufrimiento la falta cometida. No osaba reconocer ese oculto sentimiento, pero en su interior deseaba que ella sufriese el castigo por haber alterado la tranquilidad y mancillado el honor de su marido.

Una vez más, Alexiéi Alexándrovich examinó las tres soluciones que se le ofrecían: el duelo, el divorcio, y la separación. Y tras rechazarlas de nuevo, concluyó que no había más que una salida: ocultar lo ocurrido ante la sociedad, retener a Anna a su lado y procurar por todos los medios poner término a esas relaciones, principalmente para que ella expiara así su falta, aunque esto no quería confesárselo.

«Debo decirle que, después de considerar la penosa situación en que ha puesto a la familia, he decidido que lo más conveniente para ambos es mantener el *statu quo* aparente, el cual estoy dispuesto a conservar, a condición expresa de que suspenda toda relación con su amante.»

Una vez adoptada esta resolución, y como reforzándola, Alexiéi Alexándrovich tuvo una gran idea:

«Sólo de esta manera obro de acuerdo con los mandamientos de la Iglesia —se dijo—. No rechazo a la mujer adúltera, y le doy oportunidad de corregirse, e incluso, aunque esto me sea muy penoso, consagro parte de mi tiempo y de mis fuerzas a su rehabilitación.»

Alexiéi Alexándrovich sabía que no tenía ningún ascendiente sobre su mujer, que no podía hacerse ilusiones a este respecto. Pero a pesar de que en todos esos dolorosos instantes no había pensado en absoluto buscar un punto de apoyo en la religión, ahora, cuando la determinación tomada le parecía concordar con las prescripciones de la Iglesia, esta sanción religiosa de sus proyectos le proporcionaba una calma y una satisfacción inesperadas. Le complacía pensar que, en una decisión de tan vital importancia, nadie podría reprocharle que hubiera obrado contrariamente a los mandatos de la religión, cuya bandera él había mantenido siempre muy alta, en medio de la indiferencia general.

Reflexionando sobre el asunto, Alexiéi Alexándrovich se dijo que, al fin y al cabo, sus relaciones con su mujer podían continuar casi como antes. Ciertamente, no podría ya tenerle ninguna estimación, pero no había ningún motivo de que él destrozara su vida y sufriese porque ella fuera una mala mujer.

«Dejemos que pase el tiempo —acabó diciéndose—. El tiempo lo arregla todo. Acaso llegue un día en que nuestras relaciones vuelvan a ser las de antes, es decir, se restablezcan de tal manera, que no vuelva yo a experimentar ningún quebranto en toda mi vida. Ella debe ser desventurada, pero yo no soy culpable y no tengo por qué sufrir.»

## Capítulo XIV

**C**UANDO el coche se acercaba a Peterburgo, Alexiéi Alexándrovich había adoptado su decisión con tanta firmeza, que hasta redactó mentalmente la carta que iba a escribir a su mujer. Al entrar en la portería, echó una ojeada a las cartas y documentos que le habían enviado del Ministerio y ordenó que las llevasen a su despacho.

—Desenganchen y no reciban a nadie —contestó a la pregunta del portero, con una especie de satisfacción que denotaba una mejor disposición de ánimo, y recalcando la última palabra.

Ya en su despacho, Karenin comenzó a pasear, recorriéndolo dos veces en toda su longitud. Luego se detuvo ante su gran mesa escritorio, en la que su ayuda de cámara acababa de poner seis velas. Hizo crujir las articulaciones de sus dedos, se sentó y tomó papel y pluma. Con los codos sobre la mesa y la cabeza inclinada, reflexionó un momento y después empezó a escribir. Lo hacía en francés, sin dirigirse directamente a ella, y empleando el «usted», que no resulta en esa lengua tan inexpresivo y tan frío como en el ruso.

En nuestra última entrevista le expresé mi intención de comunicarle lo que decidiera respecto a lo que hablamos. Después de reflexionar detenidamente, le escribo, conforme a lo prometido. Mi decisión es ésta: sea cual fuere su conducta, no me considero con derecho a romper los lazos que un poder superior ha establecido. La familia no puede ser deshecha por el capricho, la arbitrariedad o hasta el crimen de uno de los cónyuges. Nuestra vida, pues, debe seguir como antes. Eso es conveniente para usted, para mí y para nuestro hijo. Estoy seguro de que usted se arrepiente de su proceder, que ha dado motivo a que le escriba la presente carta, y que me ayudará a arrancar de raíz la causa de nuestra discordia y a olvidar el pasado. En caso contrario, puede suponer lo que le espera a usted y a su hijo. Como termina ya la temporada veraniega, le pido que vuelva a la ciudad lo antes posible, el martes a más tardar. Se darán las órdenes necesarias para su regreso. Le ruego tenga en cuenta que concedo una especial importancia al cumplimiento de mi expresado deseo. *A. Karenin.*

P. S. Acompaño el dinero que pueda necesitar para su comodidad.

Releyó la carta y se sintió satisfecho, sobre todo por haber tenido la feliz idea de enviarle dinero; no había un reproche, ni una palabra dura, pero tampoco flojedad. Lo principal era que con ella le tendía un dorado puente para que pudiese volver. Plegó y alisó la carta con la grande y pesada plegadera de marfil, la puso en un sobre, junto con el dinero, y llamó, con esa sensación de bienestar que experimentaba siempre después de hacer uso de sus bien ordenados útiles de escritorio.

—Llévela al ordenanza para que la entregue mañana a Anna Arkádievna.

—Bien. ¿Tomará vuecencia el té aquí?

—Sí.

Alexiéi Alexándrovich, jugueteando con la plegadera, se acercó a la butaca, junto a la que había una lámpara, y a su lado un libro en francés, que había empezado a leer, sobre las inscripciones eugubinas. Sobre la butaca, en un marco ovalado, pendía el magnífico retrato de Anna, hecho por un célebre pintor. Alexiéi Alexándrovich lo miró. Los ojos impenetrables le contemplaban con esa irónica insolencia que tanto le había ofendido la noche que tuvieron la explicación. Insoportablemente odiosa y provocadora le pareció la perfección del artista al pintar los encajes de la cabeza, con sus cabellos negros, hasta la admirable mano blanca, cuyo dedo anular estaba cubierto de sortijas. Después de mirarlo unos instantes, Karenin se estremeció. Sus labios temblaron, y emitieron un ligero sonido de repugnancia: «¡Brrr!»

Volvió la cabeza, se sentó, inquieto, en la butaca, y abrió el libro. Trató de leer, pero no consiguió mantener en él ese vivo interés que sintiera hasta entonces por las inscripciones eugubinas. Miraba el libro sin atención, pensando en otra cosa. No en su mujer, sino en una seria complicación que surgiera últimamente en un importante asunto oficial, el cual constituía el principal objeto de interés en su trabajo del momento. Ahora le parecía ver más claramente que nunca esa cuestión, y hasta creía haber tenido una idea genial —podía decirlo sin presunción— que le permitiría vencer todas las dificultades del asunto, haciéndole ascender en su carrera, abatiendo a sus enemigos, convirtiendo su tarea en una actividad esencial para los intereses del Estado.

Cuando el criado que le trajo el té hubo salido del aposento, Alexiéi Alexándrovich se levantó y se dirigió a la mesa escritorio. Atrajo hacia sí la cartera que contenía los asuntos de trámite, sacó el lápiz y, con una tenue sonrisa de satisfacción, se sumió en la lectura de los documentos relativos a aquella complicación. El rasgo que distinguía a Alexiéi Alexándrovich como alto funcionario del Estado y que, junto con su constante ambición, su probidad, su aplomo y su confianza en sí mismo, había contribuido a su encumbramiento, era su absoluto desprecio del papeleo oficial, su empeño en suprimir los escritos inútiles y tratar los asuntos directamente, solucionándolos con rapidez y economía.

Ocurrió que en la célebre Comisión del 2 de junio se había planteado el asunto relativo a la irrigación de las tierras de labranza de la provincia de Zaráisk, del que se ocupaba el Ministerio de Karenin, y el cual era un elocuente ejemplo de los gastos inútiles que se hacían y de los escasos resultados obtenidos a través de la correspondencia oficial. Ese asunto, que Alexiéi Alexándrovich sabía era una cosa justa, había sido promovido por el antecesor de Karenin. Y en él se había invertido e invertía mucho dinero sin ningún provecho. Al pasar a ocupar su cargo, Alexiéi Alexándrovich lo advirtió enseguida, y quiso ocuparse de ello. Pero comprendió que al principio no era razonable abordar este asunto, pues sabía que no se sentía aún muy seguro, y que con ello iba a lastimar muchos intereses. Luego, atareado ya con otros asuntos, se había olvidado de ése, que, sin modificaciones, seguía su camino por la simple fuerza de la inercia. Mucha gente vivía de él, y particularmente una familia muy honrada y admirada por sus dotes musicales, ya que todas las hijas tocaban algún instrumento de cuerda. Alexiéi Alexándrovich las conocía bien, pues había sido padrino de boda de una de ellas.

Una administración rival se ocupó en el asunto, lo que pareció a Karenin un acto deshonesto. Asuntos de esa clase los había en todos los Ministerios sin que nadie los tocara jamás, pues tal proceder hubiera sido poco adecuado a las conveniencias en las relaciones entre los colegas. Pero, puesto que le lanzaban ese guante, él lo recogería resueltamente y pediría que se nombrase una Comisión especial para que examinara el asunto de la irrigación de Zaráisk. No queriendo, sin embargo, que la cosa quedase en manos de esos señores, exigió el nombramiento inmediato de otra Comisión especial para estudiar la organización de la población no autóctona. Este asunto se planteó, por casualidad, ante la Comisión el 2 de junio. Alexiéi Alexándrovich expuso la situación y defendió con energía su punto de vista, considerando que era urgente remediar el deplorable estado de esa población.

El asunto motivó discusiones de varios Ministerios en la Comisión. El representante del Ministerio, hostil a Karenin, sostenía que el estado de los autóctonos era excelente, y que las medidas propuestas podían resultar muy perjudiciales para esas poblaciones; que, si algo iba mal, era porque el Ministerio de Alexiéi Alexándrovich no se cuidaba de cumplir las disposiciones legales. Y ahora Karenin se proponía: primero, exigir que se enviara allí una Comisión para estudiar sobre el terreno la situación de la población no autóctona, segundo, que si resultaba que su situación era tal como la describían los documentos oficiales de que disponía la Comisión, se formara un comité técnico que estudiara las causas de esa situación desde el punto de vista político, administrativo, económico, etnográfico, material y religioso; tercero, que el Ministerio hostil presentase informes exactos sobre las medidas adoptadas en el curso de los últimos diez años para remediar las malas condiciones en que se encontraba ahora la población no autóctona, y que explíase por qué procedía en absoluta contradicción con la ley orgánica (artículo 18, y observación del artículo 36), según se desprendía de los datos presentados a la Comisión (dos documentos con los números 17.015 y 18.398, fechados respectivamente en el 5 de diciembre de 1863 y el 7 de junio de 1864).

Un vivo color cubrió el rostro de Alexiéi Alexándrovich, mientras anotaba apresuradamente esas ideas. Cuando hubo llenado una hoja, se levantó, llamó, y mandó una nota al jefe de su gabinete para que le enviasen algunos informes complementarios. Se paseó por la habitación y, al pasar ante el retrato, volvió a mirarlo, con un mohín de desprecio. Leyó de nuevo el libro sobre inscripciones eugubinas, con mayor interés ahora, y a las once en punto se fue a la cama. Antes de dormirse, recordó lo ocurrido con su mujer. La cosa no le parecía ya tan terrible. y se dijo que no era ello un motivo de seria inquietud.


## Capítulo XV

Aunque Anna se obstinara en no hacer caso a Vronski cuando él le hablaba sobre la imposibilidad de sostener su actual situación, y la persuadía para que se lo confesara todo al marido, en el fondo de su alma también la juzgaba falsa e ignominiosa, y sólo deseaba hallar la manera de salir de ella. Al regresar de las carreras con su marido, en un momento de excitación se lo confesó todo, y, a pesar de la aflicción experimentada, se sintió aliviada al hacerlo. Al hallarse sola, Anna se repetía que ahora todo quedaba aclarado, y que ya no tendría necesidad de engañar y mentir. Le parecía indudable que su posición quedaría, a partir de entonces, definida para siempre. Esta nueva situación podría ser mala, pero sería determinada y no habría vaguedades ni mentiras. Veía en ello una compensación al daño que sus palabras habían causado a su marido y a sí misma. Sin embargo, en su entrevista con Vronski esa misma noche, no le contó lo ocurrido, como debiera haber hecho para que la situación fuese bien clara.

Al despertar a la mañana siguiente, pensó ante todo en lo que había dicho a su marido, y sus palabras le parecieron tan crueles y terribles, que no podía comprender cómo había tenido el valor de pronunciarlas. Pero ahora ya estaban dichas, y era imposible saber lo que resultaría de aquello, pues Alexiéi Alexándrovich se había ido sin manifestarle su decisión.

«He visto a Vronski y no le he dicho lo ocurrido —reflexionaba—. En el momento en que se separó de mí, sentí deseos de llamarle y decírselo todo, pero renuncié a ello, porque pensé que seguramente encontraría extraño que no se lo hubiese explicado al principio. ¿Por qué me callé?»

Al tratar de responder a esa pregunta, un vivo rubor cubrió sus mejillas. Comprendió que era la vergüenza lo que se lo había impedido. La situación, que creyera aclarada la tarde anterior, le parecía ahora más inextricable que nunca. Percibió por primera vez que se hallaba hundida en el deshonor. Y al reflexionar sobre las resoluciones que podría tomar su marido, sentía una terrible inquietud. Imaginaba que iba a llegar el administrador para echarla de la casa, y que su deshonra iba a ser publicada ante todos. ¿Adónde se iría cuando la echaran? ¿Dónde se refugiaría?

Pensaba en Vronski, y se figuraba que él no la quería, que empezaba a cansarse, que ella no podía ofrecérsele... Y experimentaba una creciente animosidad contra él. Las palabras dichas a su marido la obsesionaban; le parecía que las hubiera dicho a todos y todos las hubiesen oído. No se atrevía a mirar a los ojos a quienes vivían con ella. No osaba llamar a la doncella, y menos aún bajar a desayunar con su hijo y la institutriz.

La doncella, que se había acercado varias veces a la puerta y esperaba, escuchando, se decidió a entrar. Anna le dirigió una mirada interrogativa y, conturbada, se sonrojó. La criada pidió perdón, diciendo que creía que la había llamado. Traía ropa y un billete de Betsi. Ésta le recordaba que aquella mañana se reunirían en su casa Liza Merkálova y la baronesa Shtolts con sus admiradores, Kaluzski y el viejo Striómov, a jugar una partida de criquet. «Venga, aunque sólo sea para observar nuestras costumbres. La espero» —concluía el billete.

Ana leyó, y lanzó un profundo suspiro.

—No necesito nada —dijo a la muchacha, que colocaba en su sitio los frascos y los cepillos en la mesita del tocador—. Vete. Voy a vestirme y salgo... No necesito nada, nada...

Ánnushka salió de la alcoba, pero Anna no se vistió. Permaneció sentada en la cama con la cabeza baja y los brazos colgantes, agitada de vez en cuando por fuertes estremecimientos, haciendo repentinos gestos, como si fuese a decir algo, pero se sumía de nuevo en la misma pasividad. Y repetía una y otra vez:

«¡Dios mío, Dios mío!»

Pero esas palabras no tenían ningún sentido para ella. Buscar ayuda en la religión era algo que le resultaba tan extraño como buscar ayuda en su propio marido, aunque ciertamente, creía en la religión en que la habían educado. Sabía que la religión le imponía, como primer deber, renunciar a aquello que era el objeto de su vida. No sólo sentía dolor, sino que comenzaba a experimentar miedo ante el nuevo estado de ánimo que nunca antes había experimentado. Le parecía que su personalidad se había desdoblado, como a veces se desdoblan los objetos ante unos ojos cansados. A ratos no sabía ya lo que deseaba ni lo que temía, ni si esos temores y esos deseos se dirigían hacia el presente o hacia el futuro. Y no podía determinar qué era exactamente lo que deseaba.

«¡Ay!, ¿qué estoy haciendo?», se dijo, sintiendo de repente un vivo dolor en las sienes. Y se dio cuenta de que se mesaba maquinalmente los cabellos con ambas manos.

Saltó de la cama, y comenzó a pasear por la habitación.

—El café está servido, y mademoiselle y Seriozha esperan —anunció Ánnushka, entrando de nuevo.

—¿Seriozha? ¿Qué hace Seriozha? —preguntó Anna, animándose de repente y recordando, por primera vez en esa mañana, la existencia de su hijo.

—Parece que no se ha portado muy bien —contestó Ánnushka, sonriendo.

—¿Qué ha hecho?

—Ha cogido uno de los melocotones que había en la despensa y se lo ha comido a escondidas.

El recuerdo de su hijo hizo que Anna saliera de esa situación angustiosa en que se encontraba. Se acordó del papel, en parte sincero, en parte ficticio, de madre consagrada enteramente a su hijo, que había vivido en esos últimos años, y percibió con alegría que, fuera de su marido y de Vronski, le quedaba un firme punto de apoyo. Fuere cual fuere la situación en que hubiera de hallarse, no abandonaría a su hijo; aunque su marido la cubriese de oprobio, y Vronski se alejara de ella... —y de nuevo le recordó con amargura y reprobación— Anna no podría separarse del pequeño Seriozha. Tenía un objetivo en la vida. Debía obrar, obrar para asegurar su posición por causa de su hijo, para que no se lo quitasen. Sí, había de obrar sin demora. Debía marcharse con su hijo. Y para eso, tenía que calmarse, salir de esa angustiosa situación. El pensamiento de que necesitaba hacer algo, que debía marchar con su hijo a cualquier sitio, le proporcionaba ya calma y confianza.

Se vistió deprisa, bajó, y con paso firme entró en el salón, donde, como de costumbre, la esperaban Seriozha y la institutriz para desayunar. Seriozha, vestido de blanco, con la espalda y la cabeza inclinadas, manipulaba en unas flores; en esos momentos, por su atención concentrada y su aspecto reposado, se advertía más la semejanza con su padre. Al ver a Anna, el niño exclamó, chillando en su acostumbrada manera:

—¡Mamá!

Y se detuvo, indeciso. No sabía si debía ir primero al encuentro de su madre, dejando las flores, o terminar el ramillete y acercarse luego a su madre con las flores.

La institutriz estaba muy seria. Después de los saludos, comenzó a relatar, sin descuidar ningún detalle, la falta cometida por el pequeño. Pero Anna no la escuchaba, y se preguntaba si convendría llevársela consigo.

«No, no la llevaré —decidió—. Me iré sola, con mi hijo.»

—Sí, eso está muy mal —censuró Anna, finalmente.

Y tomando al niño por el hombro, le miró, no con expresión de reproche, sino con tierna ansiedad, lo que conturbó al pequeño y le proporcionó una tranquila alegría.

—Déjele conmigo —indicó Anna a la sorprendida institutriz.

Y sin soltar el brazo de Seriozha, se sentó a la mesa en que estaba servido el café.

—Yo, mamá... yo, no... —murmuró el niño, escudriñando el rostro de su madre, y pensando en lo que le esperaría por haber cogido el melocotón.

—Seriozha —dijo Anna, cuando la institutriz hubo salido—. Eso está mal, pero no lo harás más, ¿verdad? ¿Me quieres?

Se sentía enternecida. «¿Cómo puedo dejar de quererle? —penso, percibiendo la mirada, asustada y al mismo tiempo alegre, de su hijo—. ¿Es posible que se una a su padre para atormentarme? ¿Es posible que no me compadezca?»

Las lágrimas se deslizaban por sus mejillas, y para disimular-
las, se levantó bruscamente y salió a la terraza.

A las lluvias y tempestades de los últimos días había seguido
un tiempo claro y frío. El fresco aire acariciaba las hojas húmedas de los árboles, sobre las cuales brillaba un sol magnífico.
Se estremeció de frío y de terror, que con nueva fuerza se apoderó de ella al aire libre.

—Ve con Mariette —indicó a Seriozha, que la seguía.

Y comenzó a pasear de un lado a otro por la estera de paja
de la terraza.

«¿Será posible que no me perdonen? ¿No comprenderán que
esto no podía ser de otro modo?», se dijo.

Se detuvo, contempló por un momento las copas de los álamos, con sus hojas húmedas y relucientes, y experimentó una
honda amargura. Le parecía que el mundo entero habría de rechazarla. Que todo se mostraría duro e inexorable como ese
cielo frío y esos árboles hostiles... De nuevo sintió que vacila-
ban sus sentimientos, que se efectuaba en ella un desdoblamiento interior.

«No pensemos en eso —decidió—. Tengo que alejarme,
irme... ¿Adónde? ¿Y cuándo? ¿Quién vendrá conmigo?... Sí;
me iré a Moscú en el tren de la noche... Me llevaré a Ánnushka y a Seriozha, y las cosas más necesarias. Pero antes debo es-
cribirles a los dos.»

Entró en la casa resueltamente, y se dirigió a su gabinete. Al
llegar allí, se sentó a la mesa y escribió a su marido.

> Después de lo ocurrido no puedo continuar en casa. Me
> marcho llevándome al niño. Ignoro las leyes, y no sé con quién
> debe quedarse el hijo. Pero lo llevo conmigo porque no puedo
> vivir sin él. Sea generoso y déjemelo.

Hasta aquí escribió rápidamente y con naturalidad, pero la
apelación a una generosidad que Anna no reconocía a su marido, y la necesidad de terminar la carta con unas palabras con-
movedoras la interrumpieron.

«No puedo hablarle de mi culpa y de mi arrepentimiento,
porque...»

Se detuvo otra vez, no sabiendo cómo expresar su pensamiento.

«No —se dijo—. No es necesario escribir nada de eso.»

Y rasgando la carta, redactó de nuevo, excluyendo toda alusión a la generosidad.

Faltaba ahora escribir a Vronski.

«He manifestado a mi marido...», empezó.

Y permaneció un rato parada, sin poder continuar. ¡Eso era tan inconsiderado, tan poco femenino...!

«Además, ¿qué puedo escribirle?», se preguntó. Y de nuevo la vergüenza asomó a su rostro, cubriéndolo de un vivo rubor. Recordó la tranquilidad de Vronski e, irritada contra él, rompió en pedazos la hoja empezada.

«Vale más no escribir nada», se dijo, cerrando la carpeta. Y subió a anunciar a la institutriz y a la servidumbre que salía esa misma noche para Moscú. Y enseguida se puso a hacer los preparativos del viaje.


## Capítulo XVI

En todas las habitaciones de la casa había lacayos, porteros y hasta jardineros trasladando objetos y moviéndose agitadamente. Los armarios y las cómodas estaban abiertos; pedazos de periódicos cubrían el suelo, y dos veces hubo que ir corriendo a comprar cordel. Dos baúles, sacos y mantas de viaje se hallaban ya en el recibidor. El coche propio y dos de alquiler esperaban a la puerta. Anna, un tanto disipada su preocupación por la gran actividad de los preparativos, estaba en pie ante la mesa de su gabinete, arreglando su saco de viaje, cuando Ánnushka llamó su atención sobre el ruido de un coche que se acercaba. Anna miró por la ventana y vio allá afuera al ordenanza de Alexiéi Alexándrovich que tocaba la campanilla de la puerta.

—Ve a ver qué quieren —ordenó Anna.

Y resignada, se sentó en la butaca, con las manos plegadas sobre las rodillas.

Un lacayo le trajo un abultado sobre, con la dirección escrita a mano por Karenin.

—El ordenanza espera la respuesta —dijo el criado.

—Bien —repuso Anna.

Y cuando hubo salido el lacayo, rasgó el sobre con mano trémula, y cayó de él un fajo de billetes. Anna sacó la carta, empezando a leerla por el final.

> Se darán las órdenes necesarias para su regreso. Le ruego tenga en cuenta que concedo especial importancia al cumplimiento de mi expresado deseo...

Siguió leyéndola en sentido inverso, y luego empezó de nuevo la lectura desde el principio. Al terminar, se estremeció. Sentía que un terrible, imprevisto infortunio se abatía sobre ella.

Por la mañana se arrepentía de la confesión que había hecho a su marido, y deseaba no haber dicho esas palabras. Y ahora la carta daba tales palabras por no pronunciadas. Le concedía lo que ella deseara. Pero esas breves líneas le parecían a Anna terribles. Percibía en ellas algo que excedía a todo lo que pudiera imaginar.

«¡Tiene razón! —se dijo—. Evidentemente, tiene razón. Es cristiano, magnánimo... Pero, ¡cuán vil y despreciable! Y nadie lo comprende, excepto yo. No pueden comprenderlo, ni yo sé explicarlo. Enaltecen su piedad, su honradez, su inteligencia... Pero no ven lo que yo he visto. Ignoran que durante ocho años ese hombre ha ahogado todo lo que en mí había de vivo y natural, sin considerar jamás que yo soy una criatura viviente y que necesito amor. Ignoran que me ofendía continuamente y se sentía satisfecho de sí mismo. ¿No he procurado con todas mis fuerzas dar un objetivo a mi existencia? ¿No he tratado de amarle, y luego amar a mi hijo, cuando ya no me era posible amarle a él? Pero llegó el momento en que comprendí que no podía seguir engañándome, que soy una mujer de carne y hueso, que no tengo la culpa de que Dios me haya hecho así, que siento la necesidad de vivir y de amar. Si me hubiera matado, si hubiera matado a Vronski, no habría sido todo tan cruel, le hubiera perdonado. Pero él no es así...

»¿Cómo no adiviné lo que haría? Su abyecto carácter no podía impulsarle a obrar de otro modo. Seguirá viendo en mí una mujer caída, querrá imponerme condiciones, me humillará, y hará que me hunda cada vez más en el dolor y la desesperación

—y recordó la frase de la carta: "Puede suponer lo que le espera a usted y a su hijo"—. Evidentemente, esto es la amenaza de que me va a quitar el niño, y con seguridad su absurda ley lo hace posible. ¿Acaso no veo por qué lo dice? No cree en mi amor a mi hijo. O más bien desprecia este sentimiento, del cual siempre se burlaba. Pero sabe que no abandonaré a mi hijo, porque sin él no me es posible vivir, ni siquiera con el hombre a quien amo. Y si lo abandonara, descendería al nivel de las mujeres más abyectas, y mayor sería mi ignominia. Él lo sabe, y comprende que no seré capaz de obrar de ese modo.

»"Nuestra vida debe seguir como antes" —pensaba recordando otra frase de la carta—. Pero esa vida fue siempre un tormento, y, últimamente, horrible. ¿Cómo será, pues, en lo sucesivo? Y él no ignora, sabe que no puedo arrepentirme de mi ansia de vivir, de mi necesidad de amar. Sabe que de todo esto no puede resultar más que mentira y falsedad, pero él necesita prolongar mi sufrimiento. Le conozco. Sé que se complace y nada en la mentira como pez en el agua. Pero no le proporcionaré ese gozo. Romperé la red de falsedades en que quiere envolverme. Ocurra lo que ocurra, todo es preferible a la mentira y al engaño. Pero, ¿cómo hacerlo? ¡Dios mío, Dios mío! ¿Habrá habido nunca en el mundo una mujer tan desventurada como yo?»

—¡Pues sí, voy a romperla! —exclamó.

Y se acercó a la mesa para escribirle otra carta. Pero percibía, en el fondo, que no rompería nada, que no tendría el valor necesario para salir de su situación, por falsa e ignominiosa que fuera.

Se sentó a la mesa, mas, en vez de escribir, ocultó la cabeza entre las manos y lloró, con fuertes sollozos que agitaban su pecho, como lloran los niños. Comprendía ahora cuán engañosa era su ilusión de que las cosas se habían aclarado finalmente. Sabía que todo continuaría como antes o peor. Percibía que la posición que ocupaba en la alta sociedad, y que por la mañana menospreciaba tanto, le era precisa, y que no tendría fuerzas para cambiarla por la de una mujer que ha abandonado a su hijo y a su esposo para ir con su amante. Y se daba cuenta también de que, por mucho que se esforzara, jamás podría vencer su natural flojedad. Nunca tendría libertad para amar, y vi-

viría siempre como una mujer culpable, bajo la constante amenaza de ser descubierta, una mujer que engaña a su marido
para mantener relaciones deshonestas con un hombre cuya
vida no podía ella compartir. Sabía que ése sería su destino,
pero le parecía espantoso, y no acertaba a ver su desenlace. Y
Anna lloraba, sin contenerse, como llora un niño al que se ha
castigado.

Oyó los pasos del criado, y se estremeció. Y apartando el
rostro, fingió que escribía.

—El ordenanza me pide la respuesta —anunció el criado.

—¿La respuesta? —murmuró Anna—. ¡Ah, sí! Que espere... Ya avisaré.

«¿Qué escribiré? —pensaba—. ¿Qué puedo decidir por mí
misma? ¿Sé yo, acaso, lo que quiero?»

Otra vez percibió, aterrada, que sus ideas se dispersaban. Y
se aferró al primer pretexto de actividad que encontrara para
escapar a esa extraña sensación de desdoblamiento que experimentaba.

«Debo ver a Alexiéi —se dijo, refiriéndose a Vronski—. Él
podrá decirme lo que me conviene hacer. Iré a casa de Betsi.
Quizá lo vea allí.»

Olvidaba por completo que el día anterior había dicho a
Vronski que no iría a casa de la princesa Tverskaia, y que él
había respondido que en ese caso no iría tampoco.

Luego se sentó a la mesa y escribió a su marido:

       He recibido su carta. — A.

Y llamando enseguida al lacayo, le dio el billete.

—Ya no nos vamos —dijo a Ánnushka, que entró en ese
momento.

—¿Definitivamente?

—No. No deshagan el equipaje hasta mañana y que el coche
espere. Voy a casa de la princesa.

—¿Qué vestido hay que preparar?

CAPÍTULO XVII

E L grupo que se reuniría en casa de la princesa Tverskaia
para la partida de criquet a la cual Anna fuera invitada,
consistía en dos señoras con sus admiradores. Esas dos
señoras eran distinguidas representantes de un nuevo círculo
peterburgués, que se denominaba a sí mismo, a imitación de
algo ignorado, *Les sept merveilles du monde*[1]. Tales señoras pertenecían, por cierto, a un ámbito social muy selecto, pero completamente adverso a aquél en que se movía Anna. Además, el
viejo Striómov, admirador de Liza Merkálova y uno de los
hombres más influyentes de Peterburgo, era enemigo declarado de Karenin. Por todas esas razones, Anna había declinado
una anterior invitación de Betsi, y a cuya negativa ésta hiciera
alusión en su billete. Pero ahora cambió de opinión, y se resolvió a ir, con la esperanza de encontrar a Vronski. Llegó a casa
de la princesa antes que los otros invitados.

En el momento en que entraba, lo hacía también el lacayo de
Vronski, que, con sus patillas muy bien peinadas, parecía un
doncel. Éste se detuvo junto a la puerta y, descubriéndose, le cedió el paso. Anna lo reconoció y entonces recordó que Vronski
le había dicho que no iría. Sin duda enviaba aviso de ello. Mientras se quitaba el abrigo, Anna oyó que el criado decía, pronunciando las erres a la manera de las personas distinguidas:

—Para la señora princesa, de parte del señor.

Anna sintió deseos de preguntarle dónde estaba ahora su señor. Pensó en regresar y escribir a Vronski pidiéndole que fuese
a su casa, o bien ir ella misma a casa de él. Pero era demasiado
tarde. Había sonado ya la campanilla, anunciando su llegada, y
el criado de la princesa, inmóvil junto a la puerta abierta, esperaba que Anna entrase en la sala. En la segunda estancia, otro
criado le comunicó que la princesa estaba en el jardín.

—Van a avisarla ahora mismo —le indicó—. ¿O quizá la señora desea ir allí?

Sentía la misma indecisión y confusión que en casa; peor aún,

---

[1] Las siete maravillas del mundo. (En francés en el original.)

ya que no era posible ver a Vronski, no se podía hacer nada. Había que continuar aquí, entre personas con quienes no tenía ninguna afinidad, y de las cuales se sentía tan distante. Pero Anna no estaba deprimida. Llevaba un vestido que sabía que iba a causar admiración, se hallaba rodeada del ambiente de ociosidad suntuosa que le era habitual, y aquí se sentía más a gusto que en su casa, pues no estando sola, no tenía que discurrir sobre lo que debiera hacer. Cuando Betsi apareció, vestida de blanco y con gran elegancia, Anna le sonrió como de costumbre. La princesa Tverskaia iba acompañada de Tushkiévich y una joven provinciana, pariente suya que, con gran satisfacción de sus padres, pasaba el verano en casa de la célebre princesa.

Anna debía de tener un aspecto anormal, porque Betsi se lo indicó enseguida.

—He dormido mal —repuso Anna, mientras dirigía furtivas miradas al lacayo que se les acercaba y que, como ella pensara, traía la carta de Vronski.

—¡Me alegro mucho de que haya venido usted! —exclamó Betsi—. Me encuentro cansada, y estaba pensando en tomarme una taza de té, mientras llegan los otros invitados.. Usted —dijo, dirigiéndose a Tushkiévich—, podría ir con Masha a examinar el campo de criquet, allí donde han cortado la hierba. Y nosotras charlaremos amigablemente mientras tomamos el té. *We'll have a easy chat* [2], ¿verdad? —sonrió a Anna.

—Tanto más, cuanto que no puedo quedarme mucho rato. Tengo que hacer una visita a la anciana Vrede. Hace un siglo que se lo prometí.

La mentira, tan contraria a su carácter, le resultaba sencilla y natural, y hasta placentera, cuando se hallaba en sociedad. No comprendía cómo podía haberlo dicho, ya que un momento antes ni siquiera pensaba en ello. En realidad, fue impulsada por la consideración, no necesariamente consciente, de que, como Vronski no estaba allí, tenía que buscar la manera de poder verle. Pero explicarse por qué se le había ocurrido precisamente nombrar a la vieja dama de honor entre muchas otras señoras que conocía, resultaba imposible para Anna. Sin embargo, se demostró después que, por mucho que hubiera aguzado el inge-

---

[2] Tendremos una agradable conversación. (En inglés en el original.)

nio para hallar un medio de ver a Vronski, no habría podido encontrar otro mejor.

—No la dejaré marchar —repuso Betsi, mirando a Anna a los ojos—. Ciertamente me enfadaría con usted si no la apreciara tanto. Parece que teme usted que el trato conmigo la comprometa. Hagan el favor de servir el té en el saloncito —ordenó, entornando los párpados, como hacía habitualmente cuando hablaba a los criados.

Y tomando la carta, la leyó.

—Alexiéi ha faltado a su palabra —dijo en francés—. Me escribe que no puede venir —añadió con la mayor naturalidad, como si no pensara ni remotamente en que Anna pudiera considerar a Vronski de otro modo que como un simple compañero en el juego del criquet. Anna sabía que Betsi estaba enterada de todo, pero siempre que la oía hablar así de Vronski en presencia suya, se persuadía momentáneamente de que Betsi ignoraba por completo sus relaciones.

—¡Oh! —dijo Anna, con indiferencia—. ¿Cómo podía el trato de usted comprometer a nadie?

Para Anna, como para todas las mujeres, esa manera de ocultar su secreto, ese juego de palabras, tenía muchos atractivos. Se complacía en fingir, no tanto por ver en ello una necesidad, sino porque le resultaba particularmente agradable el sutil proceso del fingimiento en sí.

—No puedo ser más papista que el Papa —agregó—. Liza Merkálova y Striómov son la crema de la sociedad. Además, a ellos los reciben en todas partes. Y yo... —y subrayó el yo—, nunca he sido intolerante ni severa. Pero, la verdad, tengo mucha prisa.

—¿Acaso no quiere usted encontrarse con Striómov? Déjele que rompa lanzas con su marido en la Comisión. Poco nos importa eso. Es el hombre más amable que conozco, y un apasionado jugador de criquet. Ya lo verá. Hay que ver cómo afronta su situación un poco ridícula ese viejo galanteador de Liza. ¡Es un hombre admirable! ¿No conoce usted a Safo Shtoltz? Es de un estilo completamente nuevo.

Mientras Betsi hablaba, Anna creyó notar por la expresión de su rostro, que su amiga adivinaba su situación y procuraba hallar la manera de ayudarla.

—Entretanto, escribiré a Alexiéi —indicó Betsi.

Se sentó ante una mesa, y escribió unas líneas en un papel que puso luego en un sobre.

—Le digo que venga a comer y que me falta un caballero para una de las señoras. Verá usted cómo le persuado. Perdone que la deje sola un instante. Tengo que dar una orden. Le suplico que me cierre y selle la carta —dijo desde la puerta.

Anna sin vacilar un instante, se sentó a la mesa y añadió unas líneas a la carta de Betsi, sin leerla.

> Necesito verle. Espéreme junto al jardín de Vrade. Estaré allí a las seis.

Cerró la carta, y Betsi, al volver, la entregó para que la llevasen enseguida.

Efectivamente, durante el té, que sirvieron en una mesita en el gabinete, un aposento fresco y acogedor, mantuvieron las dos mujeres una *easy chat*, una charla agradable y animada, como prometiera la princesa. La conversación giró sobre los invitados que esperaban, y más particularmente sobre Liza Merkálova.

—Es encantadora. Siempre la he apreciado —decía Anna.

—Hace usted bien en apreciarla. Liza la quiere mucho a usted. Ayer, después de las carreras, estaba desolada porque no la pudo ver. Dice que es usted una verdadera heroína de la novela, y que si ella fuera un hombre, haría por usted mil locuras. Striómov le responde siempre que ya hace bastantes sin necesidad de serlo.

—Explíqueme una cosa que no he comprendido nunca —dijo Anna, tras un momento de silencio, y con tono que indicaba claramente que concedía a su pregunta más importancia—. ¿Qué relaciones hay entre Liza y el príncipe Kaluzhski? Ese a quien llaman Mishka. Apenas los conozco. ¿Qué hay entre ellos?

Betsi sonrió con los ojos y miró atentamente a Anna.

—Es el nuevo estilo —dijo—. Todas esas señoras se han puesto el mundo por montera. Pero hay muchas maneras de hacerlo.

—Sí, bien... ¿Qué clase de relaciones hay entre ella y el príncipe Kaluzhski?

Betsi, de repente, rompió a reír alegremente, sin poder contenerse, lo cual se daba en ella en raras ocasiones.

—¡Se mete usted en el terreno de la princesa Miágkaia! ¡Vaya pregunta de niño travieso! —advirtió, mientras continuaba riendo, con esa risa contagiosa propia de la gente que no suele exteriorizar su alegría—. ¡Habría que preguntáselo a ellos! —añadió a través de las lágrimas provocadas por la risa—, pero yo no lo he comprendido nunca. No comprendo el papel del marido en todo eso.

—¿El marido? El marido de Liza Merkálova hace de recadero y la atiende con solícito cuidado. En cuanto a lo demás, nadie quiere sacarlo a relucir. Usted sabe, en la buena sociedad no se habla, ni se hace siquiera alusión, a ciertos artículos y detalles de tocador. En esto ocurre lo mismo...

—¿Asistirá usted a la fiesta de los Rolandaki? —preguntó Anna, para cambiar de conversación.

—Creo que no —respondió Betsi, sin mirar a su amiga.

Y con precaución fue llenando de aromático té las pequeñas tazas de transparente porcelana. Luego acercó una taza a Anna, ajustó un cigarrillo a una boquilla de plata, lo encendió, y se puso a fumar tranquilamente.

—¿Ve usted? —preguntó ya en tono serio, manteniendo su taza en la mano—. Yo soy feliz. Estoy, podría decir, en una situación privilegiada. Pero la comprendo a usted, y comprendo a Liza. Liza es una de esas naturalezas ingenuas que no distinguen el bien del mal. Al menos, así era en su juventud. Y comprendiendo ahora que esa ignorancia le conviene, tal vez adopte deliberadamente tal actitud. De todas maneras, se complace en ello. Usted sabe, las mismas cosas se pueden considerar desde puntos de vista diferentes. Unos las toman por el lado trágico, convirtiéndolas en un tormento, y otros las miran con sencillez y hasta con alegría. Acaso usted tienda a verlo todo demasiado trágicamente.

—Quisiera conocer a los demás como a mí misma —murmuró Anna, con aire pensativo—. ¿Seré peor o mejor que los demás? Yo creo que peor.

—Es usted una niña —repuso Betsi—. ¡Pero, ya están aquí!

Se oyeron pasos, una voz de hombre, luego una voz femenina, seguida de una sonora carcajada, y, finalmente, aparecieron los invitados que se esperaban: Safo Shtoltz y un joven llamado Vaska, con rostro radiante, rebosando salud, el cual denotaba que la alimentación a base de carne cruda, trufas y vinos de Borgoña le era particularmente provechosa. Vaska saludó a las señoras y las miró, pero sólo por un instante. Entró en el salón siguiendo a Safo, y ya no apartó de ella la atención, mirándola insistentemente y con una especie de avidez, como si quisiera comérsela con los ojos. Safo Shtoltz era una rubia de ojos negros. Entró con paso menudo y firme, sobre sus pies calzados con zapatos de altos tacones, y se dirigió hacia las señoras, a las que estrechó fuertemente las manos, con un vigor casi masculino.

Anna no había visto nunca hasta entonces a esta nueva celebridad, y le sorprendieron su belleza, la elegancia de su porte y la desenvoltura de sus modales. Un andamiaje de cabellos propios y postizos, de un suave color dorado, hacía que su cabeza pareciera casi mayor que el busto, bien modelado y con un amplio escote por delante. Andaba con tal impetuosidad, que a cada uno de sus movimientos se mostraban bajo su vestido las formas de sus rodillas y de la parte superior de sus piernas. Y al verla balancearse graciosamente en esa masa de ropa y atavíos, se preguntaba uno con asombro dónde podía empezar y terminar su lindo cuerpo, tan descubierto por delante y tan disimulado por debajo y por detrás.

Betsi se apresuró a presentarla.

—Por poco aplastamos a dos soldados —empezó Safo a contar enseguida, sonriendo y haciendo un guiño, mientras arreglaba la cola de su vestido, que había quedado torcida—. Yo iba con Vaska... ¡Ah! Claro, no se conocen. Se me olvidaba.

Y presentó al joven por su apellido. Sonrojándose por su incorrección al llamarle Vaska ante una señora desconocida, rió alegremente.

Vaska saludó a Anna una vez más, pero no inició ninguna conversación con ella. Y luego, dirigiéndose a Safo, dijo sonriendo:

—Ha perdido usted la apuesta. Hemos llegado antes. Tiene que pagar.

Safo rió con mayor gozo aún.

—No me exigirá que lo haga ahora.

—Es igual. Pagará usted luego.

—Bueno, bueno... ¡Ah! —dijo Safo, volviéndose hacia Betsi—. Olvidaba decirle que le he traído un invitado. Aquí está.

El invitado al que Safo olvidara presentar, era, sin embargo, un hombre de tanta categoría, que, a pesar de su juventud, las dos señoras se levantaron para saludarle. Era el nuevo admirador de Safo, y, como Vaska, la seguía constantemente.

Llegaron luego el príncipe Kaluzhski y Liza Merkálova con Striómov. Liza era una morena delgada, de tipo oriental, indolente, de hermosos ojos enigmáticos, según la opinión general. Su vestido oscuro armonizaba con su belleza, como Anna percibió enseguida. Safo era impulsiva y vivaz, mientras que Liza mostraba un negligente abandono.

Pero Anna hallaba a Liza mucho más atractiva. Betsi había criticado siempre a Liza, diciendo que era como una niña ignorante, pero Anna, al verla, comprendió que Betsi se equivocaba. Liza era ciertamente una mujer viciosa e ignorante, pero amable y resignada. Sus maneras, sin embargo, no eran mejores que las de Safo, y tenía su mismo estilo: como a Safo, la seguían, pegados a sus talones, dos admiradores que la devoraban con los ojos, uno joven y otro viejo. Pero había en Liza algo superior a lo que la rodeaba, algo que era como el resplandor de un diamante entre un montón de baratijas de vidrio.

Ese resplandor surgía de sus hermosos ojos, verdaderamente enigmáticos, ojos llenos de pasión, rodeados de un círculo oscuro, y que, sin embargo, sorprendían por su sinceridad. Mirándolos, se creía ver a través de ellos su alma, se sentía la impresión de conocerla, y conocerla era amarla. Al ver a Anna, su rostro se iluminó con una sonrisa de alegría.

—Me complace mucho este encuentro —dijo, acercándose

a ella—. Ayer en las carreras quise llegarme hasta usted, pero ya se había ido. Fue horrible, ¿verdad? —añadió, mirando a Anna afectuosamente, con una expresión clara y sincera que parecía abrirle su corazón.

—Sí. Nunca creí que eso pudiera ser tan emocionante —respondió Anna, sonrojándose.

Los invitados se levantaron para salir al jardín.

—Yo no voy —dijo Liza, sentándose al lado de Anna—. ¿Usted no va tampoco? No sé cómo puede gustarles jugar al criquet.

—A mí me gusta —manifestó Anna.

—¿Cómo hace para no aburrirse? Sólo con mirarla a usted se siente una alegre. Usted vive y yo me aburro.

—¿Se aburre usted? Nadie lo creería. La sociedad a la que pertenece es la más animada de Peterburgo.

—Acaso los que nos ven desde fuera se aburren aún más que nosotros. Pero yo no me divierto, por cierto. Me aburro horriblemente.

Safo encendió un cigarrillo y salió al jardín con los jóvenes. Betsi y Striómov permanecieron sentados ante sus tazas de té.

—¿Cómo? —replicó Betsi—. Safo dice que ayer se divirtieron mucho en su casa.

—No me hable de eso. Fue aburridísimo —aseguró Liza Merkálova—. Nos reunimos todos en mi casa después de las carreras. Y siempre los mismos rostros, siempre lo mismo. Pasamos todo el tiempo tendidos en los divanes. ¿Les parece eso divertido? Veamos... ¿Qué hace usted para no aburrirse? —prosiguió, dirigiéndose a Anna de nuevo—. Sólo con verla se comprende que usted podrá ser una mujer feliz o desdichada, pero que no se aburre. ¿Cómo se las arregla para ello?

—No hago nada en absoluto —respondió Anna, sonrojándose ante esas insistentes preguntas.

—Es lo mejor para no aburrirse —opinó Striómov, interviniendo en la conversación.

Striómov era un hombre de unos cincuenta años, entrecano, bien conservado y muy feo, pero de rostro inteligente y fuerte personalidad. Liza Merkálova era sobrina de su mujer y él pasaba con ella todo su tiempo libre. Al hallar a Anna Karénina, la esposa de su adversario Alexiéi Alexándrovich, procuró, como hombre de mundo e inteligente, mostrarse especialmente amable con ella.

—No hacer nada es el mejor medio para no aburrirse —dijo, sonriendo—. Hace tiempo que le digo —dirigiéndose ahora a Liza Merkálova— que para evitar el aburrimiento, lo mejor es no pensar que uno va a aburrirse. Es como cuando uno sufre de insomnio: no hay que pensar en que no se va a dormir. Es esto lo que ha querido decir Anna Arkádievna.

—Me hubiera gustado decirlo así, porque no sólo es ingenioso, sino también muy cierto —repuso Anna, sonriendo.

—Pero dígame qué se debe hacer para dormir fácilmente y para no aburrirse siempre.

—Para dormir y para no aburrirse, lo mejor es haber trabajado.

—¿Por qué habría de molestarme en trabajar, si no sería útil a nadie? Y fingir no sé ni quiero hacerlo.

—¡Es usted incorregible! —exclamó Striómov, sin mirarla.

Y Anna pasó a ser ahora el único objeto de su atención. Como la veía raras veces, no podía decirle más que vulgaridades, respecto a su vuelta a Peterburgo y sobre el aprecio en que la tenía la condesa Lidia Ivánovna. Pero se las decía de un modo fino y atento, queriendo con ello mostrarle su buena disposición y su respeto, y hasta una sincera admiración.

Entró Tushkiévich, anunciando que esperaban a los jugadores para el criquet. Anna se disponía a irse. Pero Liza le suplicó que se quedara, y Striómov trató de convencerla también.

—Hallará usted un contraste demasiado vivo entre este ambiente y el de la casa de la vieja Vrede. Además, usted no será allí sino un motivo de habladurías, mientras que aquí despierta usted sentimientos bien diferentes.

Anna reflexionó un momento. Las palabras lisonjeras de ese hombre inteligente, la simpatía casi infantil que le mostraba Liza Merkálova, esa selecta sociedad a la que tan acostumbrada se hallaba, todo ello le resultaba tan placentero y confortador, que por un momento vaciló. ¿No podía permanecer aquí, en este agradable ambiente mundano, alejando así más y más el penoso instante de las explicaciones? Pero recordando lo que la aguardaba luego en la quietud de su casa, si no adoptaba una decisión, recordando, aterrorizada, cómo en su profunda angustia se había asido los cabellos con las manos, se despidió y se fue.

## Capítulo XIX

Vronski, a pesar de su vida en la alta sociedad y de su aparente ligereza, tenía horror al desorden. En su sociedad, estando todavía en el Cuerpo de Cadetes, sufrió la humillación de una negativa cuando necesitando dinero quiso pedirlo prestado. Desde entonces procuró vivir en regla, para no verse nunca en una situación parecida. Para ello, unas cinco o seis veces al año se aislaba de la sociedad y procedía a poner orden en sus cosas, a lo cual llamaba hacer cuentas, *o faire la lessive*[1].

Al día siguiente de las carreras se despertó tarde. Sin afeitarse ni bañarse, se vistió el chaquetón militar, puso sobre la mesa dinero, cartas y cuentas diversas, y comenzó a clasificarlo todo. Petritski, sabiendo cuán irritado solía estar su amigo en tales ocasiones, se levantó, se vistió y salió sin hacer ruido.

Todo hombre conoce hasta los menores detalles las complicadas circunstancias que lo rodean, e involuntariamente supone que la complejidad de estas circunstancias y la dificultad de explicarlas sólo son peculiaridades casuales, y de ninguna manera cree que los demás estén rodeados de circunstancias personales tan complejas como las suyas. Así pensaba Vronski. Y no sin motivo, sentía un íntimo orgullo al considerar que otros, de haberse hallado en su lugar, se habrían visto perdidos ante el cúmulo de dificultades que él tan hábilmente había sabido superar. Pero ahora comprendía que le era necesario aclarar bien sus asuntos, y, ante todo, su situación económica.

Con su letra menuda, anotó las deudas sobre un pliego de papel. El total ascendía a diecisiete mil rublos y algunos centenares, de los que prescindió para más claridad. Luego contó su dinero en efectivo y en talones del Banco, hallando que, en conjunto, no poseía más de mil ochocientos rublos y que no ten-

---

[1] hacer la colada. (En francés en el original.)

dría ningún ingreso hasta año nuevo. Examinó de nuevo la lista de deudas, y las clasificó, dividiéndolas en tres categorías. En la primera categoría estaban las que había que pagar enseguida, o, por lo menos, había que tener dinero preparado para saldarlas al primer requerimiento de las mismas sin demora, y que ascendían a unos cuatro mil rublos. Mil quinientos por el caballo y dos mil quinientos por salir fiador por su joven compañero Venievski, que los había perdido jugando con un tahúr. Vronski había querido pagar inmediatamente ese dinero (en ese momento disponía de él), pero Venievski y Iashvín insistieron en que correspondía a ellos pagar.

De todos modos, Vronski creía conveniente tener preparados esos dos mil quinientos rublos para poder, en caso de reclamación, arrojarlos al rostro del tramposo y no hablar más con él. Así que, en este primer grupo había que disponer de cuatro mil rublos. En otro grupo, estaban las deudas por su cuadra de carreras: el proveedor de heno y avena, el inglés, el guarnicionero, etc. Estas importaban ocho mil rublos, pero bastaba pagar dos mil por el momento. La última categoría comprendía deudas menos importantes —hoteles, tiendas, sastrería, etc.— y esas no le preocupaban. Necesitaba disponer ahora de seis mil rublos para los gastos corrientes y sólo poseía mil ochocientos.

Eran pequeñas deudas, suponiendo que Vronski tuviera cien mil rublos de renta, como le atribuían. Pero en realidad no los tenía, pues los inmensos bienes de su padre eran propiedad indivisa. Cuando su hermano mayor se casó con la princesa Varia Chirkova, hija de un decembrista, sin dinero, Alexiéi le cedió casi todas las rentas de la propiedad (doscientos mil rublos), reservándose solamente un ingreso anual de veinticinco mil rublos. Vronski creyó que le bastaría con ese dinero mientras no se casara, lo que era poco probable. Y su hermano, entonces comandante de un regimiento, cargo que exigía grandes dispendios, y cargado de deudas, no pudo rechazar ese regalo.

Su madre, de su capital propio, daba a Alexiéi anualmente veinte mil rublos, y Alexiéi se los gastaba todos. Pero últimamente, disgustada con él por su brusca marcha de Moscú y sus relaciones con Anna, dejó de enviarle dinero. De pronto,

Vronski, acostumbrado a vivir sin privaciones, había visto reducidos sus ingresos a la mitad, con lo cual su situación resultaba algo apurada. Pero no quería recurrir a su madre. El día anterior había recibido de ella una carta llena de alusiones irritantes. Decía que estaba dispuesta a ayudarle para el buen éxito de su carrera, pero no para que llevase esa vida que escandalizaba a toda la buena sociedad. Esa actitud de su madre le hirió en lo más profundo de su alma y enfrió aún más el escaso afecto que sentía por ella. Por otra parte, no podía desdecirse de la generosidad mostrada para con su hermano, a pesar de comprender ahora, viendo la posibilidad de que sus relaciones con la Karénina exigieran de él una mayor atención e hicieran necesario disponer de más dinero, que había obrado con demasiada irreflexión al respecto.

Pero le era imposible retirar su palabra. Lo percibía bien al recordar a la mujer de su hermano, la amable y cariñosa Varia, que le demostraba siempre que se ofrecía la ocasión cuánto apreciaba su acto generoso. No, no podía pensar en hacerlo. Le parecía tan imposible como pegar a una mujer, robar o mentir. La única solución práctica, lo más acertado —y así lo comprendió Vronski enseguida— era pedir diez mil rublos a un usurero, lo cual no presentaba ninguna dificultad, disminuir sus gastos y vender su cuadra de carreras. Tomada esta decisión, escribió inmediatamente a Rolandaki, que le había ofrecido varias veces comprarle los caballos, mandó buscar al inglés y a un usurero, e hizo cuentas sobre el dinero que le quedaba. Resueltos estos asuntos, envió unas líneas concisas y frías a su madre, en contestación a su última carta. Finalmente, sacó tres notas de Anna, las quemó y quedó en actitud pensativa al recordar la conversación mantenida el día anterior con ella.

## Capítulo XX

Era un motivo de felicidad para Vronski huber ajustado su vida a un código particular de reglas, las cuales guiaban todos sus actos. Las reglas contenidas en ese código eran muy pocas, y Vronski, manteniéndose siempre dentro del círculo de ellas, sabía con seguridad cómo había de proceder. Esas reglas determinaban de un modo claro que debía pagar una deuda de juego a un tramposo, pero no la factura del sastre; que no debía mentir a los hombres, aunque nada se oponía a que mintiera a las mujeres; que no era honesto engañar a nadie, exceptuando a los maridos; que no se podían perdonar las ofensas, pero que era lícito ofender, etcétera. Tales principios podían ser absurdos, malos, mas eran indudables, y Vronski, observándolos, se sentía seguro y con derecho a llevar la cabeza muy alta.

Pero desde hacía algún tiempo, a causa de sus relaciones con Anna, Vronski notaba que las reglas morales de su código no definían completamente todas las circunstancias, y preveía que en el futuro podían surgir complicaciones y dificultades, para las cuales no hallaba ninguna solución.

Hasta aquí, sus relaciones con Anna y su marido respondían perfectamente a la definición del código que le servía de norma. Anna, una mujer honesta que se había entregado a él por amor, merecía todo su respeto; tanto, si no más, que lo hubiera merecido de ser su propia esposa. Antes se habría dejado cortar una mano que permitirse, ni con una palabra, ni siquiera con una simple alusión, no mostrarle el respeto que puede exigir una mujer. Sus relaciones con la sociedad se ajustaban también a esos principios admitidos. Todos podían sospechar aquello, pero nadie debía atreverse a decirlo. De lo contrario, haría callar a los indiscretos, y les obligaría a respetar el honor de la mujer a quien él, amándola, había deshonrado.

En cuanto a la conducta a observar con el marido, la cosa era muy simple. Puesto que Anna quería a Vronski, él consideraba sus derechos a ella como indiscutibles. El marido no era más que un personaje molesto. Ciertamente, se hallaba en una situación poco envidiable, pero, ¿qué podía hacerse? La única satisfacción posible era con las armas, que Vronski estaba siempre dispuesto a concederle.

Pero últimamente habían surgido entre él y ella nuevas relaciones que asustaban a Vronski por su carácter indefinido. El día anterior, Anna le había anunciado que estaba encinta. Vronski comprendía que Anna esperaba de él una resolución, pero los principios que regulaban su vida no podían ayudarle en este caso, pues lo que exigiera la nueva situación era algo que no estaba previsto en su código. En el primer momento, al oír la noticia, el corazón de Vronski le había impulsado a manifestar a Anna que debía abandonar a su marido. Pero ahora, al reflexionar, consideraba que eso no era deseable, aunque en el fondo no estaba muy seguro de obrar bien al pensarlo.

«Hacer que abandone a su marido, significa que ha de unirse a mí. ¿Y estoy preparado para ello? No tengo dinero y no podría mantenerla. Pero aun suponiendo que arreglara eso, estoy atado por mis obligaciones en el regimiento... Para decidir tal cosa, tenía que haber estado preparado, es decir, disponer de dinero y retirarme del Cuerpo.»

La cuestión del retiro le hizo considerar otro interés secreto de su vida, un íntimo deseo de su existencia desconocido de todos, pero que tenía una importancia suprema para él.

La ambición, que lo dominaba desde su infancia y su juventud, era una ilusión que ni a sí mismo se confesaba, pero que era tan fuerte, que aún ahora luchaba por su amor. Sus primeros pasos en el mundo y en su carrera habían sido afortunados. Pero hacía dos años había cometido una gran equivocación. Para demostrar su independencia y su valor, rehusó aceptar un cargo para el que había sido propuesto, con lo cual esperaba también ascender más. Pero su gesto había parecido demasiado orgulloso, y perdió el aprecio de sus superiores. Y quieras que no, habiéndose creado la reputación de hombre independiente, la soportaba con inteligencia y sagacidad, como si no estuviera resentido, ni se considerase ofendido por nadie, y sólo desease poder vivir tranquila y alegremente.

Pero, en realidad, desde el año pasado, cuando fue a Moscú, ya no mostraba el buen humor de antes. Se daba cuenta de que esa posición de hombre independiente que podía haberlo conseguido todo, pero no quiso, ya empezaba a perder brillo, y que muchos no veían ya en él más que un joven bueno y honesto, pero incapaz de abrirse camino. Sus relaciones con la Karénina habían atraído sobre él la atención de todos, deparándole cierta notoriedad, con lo cual se calmó por algún tiempo el gusano de la ambición que lo roía. Pero desde hacía una semana, ese gusano lo torturaba con más violencia que nunca.

Uno de sus camaradas en el Cuerpo de Cadetes, oficial de su promoción y hombre de su mismo círculo social, Serpujovskói —con el que Vronski compartiera en la mocedad sus juegos y sus estudios, sus sueños de gloria y sus locuras juveniles—, había vuelto esos días del Asia Central, habiendo conseguido allí dos ascensos seguidos, distinción raramente concedida a militares tan jóvenes. En cuanto Serpujovskói llegó a Peterburgo, empezó a hablarse de él como de una estrella ascendente de primera magnitud. De la misma edad de Vronski y de la misma promoción, Serpujovskói era ya general y esperaba un destino que pudiese influir en los asuntos estatales, mientras Vronski, aunque independiente, distinguido y amado por una adorable mujer, era una modesta figura en su condición actual de capitán de caballería, al que se le permitía ser tan libre como quisiera.

«En verdad, no envidio a Serpujovskói —se decía—, pero su elevación me demuestra que basta saber esperar para que la carrera de un hombre como yo sea rápida. Hace tres años, él estaba en mi misma situación. Si yo pidiera el retiro, quemaría mis naves. Quedándome, no pierdo nada. ¿No me ha dicho la propia Anna que no quiere ver alterada mi situación? Y yo, poseyendo su amor, no tengo nada que envidiar a Serpujovskói.»

Se levantó y comenzó a pasear por la habitación, con aire tranquilo y atusándose el bigote. Sus ojos tenían un animado brillo. Sentía ese sosiego, esa íntima satisfacción que experimentaba siempre después de aclarar sus asuntos. Una vez más, todo estaba arreglado debidamente. Vronski se afeitó, tomó un baño frío y se vistió.

## Capítulo XXI

—Vengo a buscarte. Tu aseo ha durado mucho hoy —observó Petritski—. ¿Has terminado ya?

—Sí —respondió Vronski, sonriendo con los ojos y atusándose las guías del bigote con gran cuidado, como si temiera que un movimiento demasiado brusco pudiese destruir el perfecto orden en que había dejado sus asuntos.

—Después de esa tarea, quedas siempre como nuevo. Vengo de ver a Gritski —así llamaban al coronel del regimiento—, que te espera.

Vronski miraba a su compañero sin contestarle, pensando en otras cosas.

—¡Ah! ¿Es en su casa donde tocan? —preguntó luego, percibiendo las alegres notas de valses y polkas que llegaban hasta ellos—. ¿Dan alguna fiesta?

—Celebran la llegada de Serpujovskói.

—No me había enterado —dijo Vronski, sonriendo—. Me alegro mucho.

Y era sincero. Había decidido sacrificar la ambición a su amor, era feliz con él, y no podía sentir envidia de Serpujovskói ni guardarle rencor por el hecho de que su camarada, al llegar al cuartel, no hubiera ido a visitarle enseguida. Serpujovskói era un buen amigo y Vronski se alegraba de su triunfo.

—Me alegro.

El coronel, cuyo verdadero nombre era Diomin, ocupaba una gran casa de unos propietarios rurales. Los reunidos se hallaban en la amplia terraza. Lo primero que vio Vronski al entrar en el jardín fueron los cantores militares, vestidos con sus uniformes de verano, junto a un pequeño barril de vodka. Y luego, en el primer peldaño de la escalera, la figura sana y alegre del coronel del regimiento, rodeado de algunos oficiales. Diomin, en voz alta que dominaba el son de la orquesta —la cual había empezado a tocar una cuadrilla de Offenbach—daba órdenes y hacía repetidas señales con el brazo a unos soldados que se hallaban a corta distancia. El grupo de soldados, el sargento y algunos suboficiales, se acercaron a la terraza al mismo tiempo que Vronski. El coronel, que había vuelto a la mesa, reapareció con una copa en la mano, y pronunció un alegre brindis.

—A la salud de nuestro antiguo compañero, el digno general Serpujovskói. ¡Hurra!

Tras el coronel, y también con la copa en la mano, apareció Serpujovskói.

—Estás cada día más joven, Bondarienko —dijo, dirigiéndose al sargento de caballería que se hallaba frente a él, hombre gallardo, de coloradas mejillas, reenganchado en el servicio.

Serpujovskói, al que Vronski no había visto desde hacía tres años, tenía ahora un aspecto más varonil. Se había dejado crecer las patillas. Sus facciones, sin perder su suavidad, habían adquirido una mayor firmeza. Era un mozo de buena presencia, de noble y distinguido porte, y conservaba la misma gallardía de siempre. El único cambio notable que Vronski observó en su rostro fue ese brillo tranquilo y persistente que él conocía bien. Ese brillo peculiar e inconfundible que anima las facciones de los que triunfan y saben que su éxito se hace notorio a los demás.

Serpujovskói, mientras bajaba la escalera, vio a Vronski, y una sonrisa alegre iluminó su rostro. Le saludó con un movimiento de cabeza, y levantó el vaso, indicando con ese gesto que debía acercarse primero al sargento de caballería, que se preparaba conmovido para besar al general.

—¡Ya está aquí! —gritó el coronel, aludiendo a Vronski—. Iashvín me ha dicho que estabas de mal humor.

Serpujovskói besó por tres veces al apuesto sargento, y, secándose la boca con el pañuelo, se acercó a Vronski.

—¡Cuánto me alegro de verte! —exclamó, estrechándole la mano y llevándole aparte.

—¡Ocúpese de él! —dijo el coronel a Iashvín, mostrándole a Vronski.

Y se dirigió al grupo de los soldados.

—¿Por qué no fuiste ayer a las carreras? Pensaba poder verte allí —dijo Vronski, mirando a su amigo.

—Estuve, pero llegué tarde... Perdona un momento —agregó Serpujovskói, volviéndose hacia el ayudante de campo y diciendo—: Distribuyan esto, de mi parte, entre la tropa.

Y sonrojándose, sacó de su cartera tres billetes de cien rublos.

—Vronski, ¿qué quieres tomar? —preguntó Iashvín—. ¡Vamos, traed algo de comer para el conde! ¡Y mientras tanto, bébete esto!

La fiesta se prolongó mucho. Mantearon a Serpujovskói y al coronel. Luego, ante los cantores, bailaron el coronel y Petritski. Finalmente, aquél, que empezaba ya a dar muestras de cansancio, se sentó en un banco del patio y procuró evidenciar ante Iashvín la superioridad de Rusia sobre Prusia, especialmente en las cargas de caballería. Aprovechando la momentánea calma, Serpujovskói pasó al tocador para lavarse las manos y halló allí a Vronski, el cual, despojado de la guerrera, mantenía la cabeza bajo el grifo del lavabo, dejando que el agua cayera libremente sobre sus abundantes cabellos. Cuando Vronski se hubo lavado, se unió a Serpujóvskói, y los dos se sentaron en un diván, iniciando una amigable charla.

—Mi mujer me ha tenido siempre al corriente de todos tus asuntos —dijo Serpujovskói—. Me alegro de que la hayas visitado con frecuencia.

—Tiene mucha amistad con Varia. Son las únicas mujeres de Peterburgo a las que me gusta tratar —respondió Vronski, sonriendo, al prever el giro que iba a tomar la conversación, y que no le era desagradable.

—¿Las únicas? —interrogó Serpujovskói, sonriendo también.

—Yo, igualmente, sabía de ti y de tus asuntos, y no sólo por tu mujer —repuso Vronski, con rostro ceñudo, cortando la alusión—. Me alegro mucho de tus éxitos, que no me han sorprendido. Esperaba eso y aún más de ti.

Serpujovskói sonrió de nuevo. Evidentemente le halagaba que se le tuviera en tal concepto, y no trataba de disimularlo.

—Pues yo, sinceramente, no esperaba tanto. Pero estoy muy satisfecho. Mi debilidad es la ambición, lo confieso.

—Sin duda no lo confesarías, de no haber triunfado.

—No lo creo —dijo Serpujovskói, sonriendo otra vez—. No diré que sin ambición la vida no valdría la pena vivirla, pero sí que sería muy aburrida. Aunque quizá me equivoque, creo poseer las cualidades necesarias para el campo de actividad que he escogido, y que el mando en mis manos estará mejor que en las de otros muchos que conozco. Y por eso, cuanto más me acerco a mi objetivo, más satisfecho estoy — añadió, con cierta presunción.

—Acaso esto sea cierto para ti, pero no para todos. Antes también pensaba yo así. Pero ahora no encuentro que la ambición sea el único estímulo de la existencia —opinó Vronski.

—¡Vaya, vaya! —exclamó Serpujovskói, riendo—. Ya he oído hablar de tu negativa a... Aprobé tu actitud, naturalmente. Pero hay modos de hacer... Creo que obraste bien, aunque no en la forma debida.

—Lo hecho, hecho está. Ya sabes que no me arrepiento jamás de mis actos. Y, por otra parte, me encuentro muy bien así.

—Sí, por el momento. Pero tú no estás satisfecho con ello Yo no digo nada a tu hermano. Es un buen muchacho, como nuestro huésped. ¿Oyes? —añadió, escuchando los hurras—. También él está alegre, mas a ti eso no te satisface.

—No digo que me satisfaga.

—Además, no es eso únicamente. Hombres como tú, son necesarios.

—¿A quién?

—A la sociedad, a la nación. Rusia necesita gente, necesita un Partido. De otro modo, todo se hundirá.

—¿Crees así que es necesario un Partido como el de Bertiéniev contra los comunistas rusos?

—No —dijo Serpujovskói, rechazando que pudieran atribuirle tal necedad—. *Tout a c'est de la blague*[1]. No hay tales comunistas. Pero los intrigantes necesitan inventar partidos peligrosos de cualquier especie. Es cosa sabida. No. Lo necesario es un partido que pueda llevar al poder hombres independientes como tú y yo.

—¿Para qué? —y Vronski nombró a algunos dirigentes de la política—. ¿Acaso ésos no son independientes?

—No lo son, porque no tienen alcurnia ni una situación próspera. No nacieron en esa cercanía de las cumbres en que hemos nacido nosotros. A ellos se les puede comprar con dinero y con adulaciones. Y para sostenerse, tienen que defender una idea cualquiera, desarrollar un pensamiento en el que ellos mismos no creen, y que puede ser muy pernicioso. Pero eso les asegura un sueldo y una residencia oficial. *Cela n'est pas plus malin que ça*[2] cuando se ve su juego. Aun suponiendo que yo sea más tonto y peor que ellos, lo que no creo, tengo, como tú, una importante ventaja: que a mí es más difícil comprarme. Y hombres así son más necesarios que nunca.

---

[1] Todo eso no es más que una farsa. (En francés en el original.)
[2] Eso no es tan complicado como parece. (En francés en el original.)

Vronski escuchaba atentamente, pero menos atento al sentido de las palabras que a la actitud de Serpujovskói, que ya pensaba luchar contra el poder manifestando, en este caso, sus simpatías y antipatías; mientras que para él sólo había los intereses del escuadrón. Vronski comprendió también lo fuerte que podía ser Serpujovskói con su facultad de razonar y comprender las cosas, con su inteligencia y don de palabra, tan raros en el ambiente en que vivían. Y por vergüenza que le causara, Vronski no podía menos de envidiar en eso a su compañero.

—Para ello necesitaría una condición esencial: el deseo del poder —repuso Vronski—. Lo he sentido en otro tiempo, pero ahora se ha extinguido en mí.

—Dispensa, pero no lo creo —objetó Serpujovskói.

—Pues es verdad, por lo menos ahora. Te hablo sinceramente.

—Bien, que sea «ahora». Mas no durará siempre.

—Puede ser.

—Dices «puede ser» —continuó Serpujovskói, como si adivinara sus pensamientos—, y yo te digo que es seguro. Por eso tenía empeño en verte. Apruebo tu actitud, pero no debes obstinarte en ella. Sólo te pido que me des *carte blanche*[3]. No me propongo protegerte. Pero, después de todo, ¿por qué no había de hacerlo? ¿No me has protegido tú muchas veces? Mas nuestra amistad está por encima de todo eso —afirmó con una suavidad casi femenina—. Dame *carte blanche*, deja el regimiento, y te situaré sin que lo adviertan.

—Pero no pido nada. Me basta con que las cosas sigan como hasta ahora —arguyó Vronski.

Serpujovskói se incorporó y se puso ante él.

—Has dicho que las cosas sigan como hasta ahora. Sé lo que quieres decir. Pero escúchame. Los dos somos de la misma edad, y quizá tú hayas conocido más mujeres que yo —la sonrisa y los gestos de Serpujovskói tranquilizaron a Vronski, mostrándole que su amigo iba a tocar con gran suavidad el punto principal—. Pero soy casado, y te aseguro que (como ha escrito no sé quién), conociendo sólo a una mujer a la que se

---

3  Carta blanca. (En francés en el original.)

ame, uno sabe más sobre las mujeres que si hubiera conocido millares de ellas.

—Enseguida vamos —dijo Vronski al oficial que entró en la habitación para decirles que el coronel les esperaba.

Vronski deseaba ver hasta dónde llegaría Serpujovskói en su explicación.

—Opino yo que la mujer es la piedra del toque en la actividad del hombre. Es difícil amar a una mujer y hacer, al mismo tiempo, algo provechoso. Sólo el matrimonio permite, encauzando ese amor, salir de tal situación. ¿Cómo te lo mostraría? —agregó Serpujovskói, a quien le agradaba hacer comparaciones—. Bueno. Veamos... Llevar un *fardeau*[4] en la mano y hacer algo a la vez, es imposible, a menos que te lo eches a la espalda. Es igual con el matrimonio. Lo he experimentado al casarme. Me vi de pronto con las manos libres. Pero, sin estar casado, llevando ese *fardeau* en las manos, no podrás hacer nada útil. Fíjate en Mazankov, en Krúpov..., y en muchos otros que arruinaron sus carreras por culpa de las mujeres.

—¡Sí, y qué mujeres! —ponderó Vronski, recordando a la francesa y a la artista con las que mantenían relaciones los dos personajes mencionados.

—Tanto mayor es la dificultad cuanto más elevada es la posición social de la mujer, porque entonces, no se trata ya de llevar el *fardeau,* sino de quitárselo a otro.

—Tú no has amado jamás —murmuró Vronski mirando frente a sí y pensando en Anna.

—Puede ser. Pero considera lo que te he dicho. Y, además, no olvides que todas las mujeres son más materialistas que los hombres. Nosotros miramos el amor como algo grandioso, y ellas lo ven siempre *terre-à-terre*[5]. ¡Enseguida! —dijo al criado, creyendo, al verlo entrar, que venía a llamarles.

Pero el criado llevaba simplemente una carta para Vronski.

—La envía la princesa Tverskaia —anunció.

Vronski abrió la carta y se sonrojó.

—Me duele la cabeza. Me voy a casa —dijo a Serpujovskói.

—Entonces, hasta la vista. ¿Me das *carte blanche?*

—Ya hablaremos. Te encontraré en Peterburgo.

---

[3] peso. (En francés en el original.)
[4] de forma prosaica. (En francés en el original.)

[423]

## Capítulo XXII

ERAN más de las cinco. Para llegar a tiempo, y principalmente para no ir con sus caballos, conocidos por todos, Vronski tomó el coche de alquiler que llevara a Iashvín, y ordenó ir lo más aprisa posible. Era un coche viejo, de cuatro asientos. Vronski se acomodó en un ángulo, extendió las piernas sobre el asiento de enfrente y se sumió en sus pensamientos.

La percepción de que había logrado poner orden en sus asuntos, el recuerdo de algo confuso del aprecio y las alabanzas de que le hiciera objeto Serpujovskói, que lo consideraba como un hombre necesario, y especialmente la agradable espera de la próxima entrevista, todo se unía para proporcionarle esa satisfacción íntima en que se resume el pleno goce de vivir. Y este sentimiento era tan intenso que, en sus labios se dibujó una sonrisa. Puso una pierna sobre otra, y con la mano se palpó la pantorrilla, que se había lastimado el día anterior al caer. Luego, reclinándose en el asiento, respiró a pleno pulmón.

Experimentaba un gran bienestar. Nunca antes se había querido tanto a sí mismo como ahora. Se complacía en percibir las más tenues sensaciones de ese cuerpo que hoy le parecía tan precioso. El ligero dolor que sentía en la pierna le resultaba tan agradable como la sensación del movimiento de los músculos de su pecho al respirar. El mismo día, claro y frío, de agosto, que de tal modo desesperaba a Anna, era para él un estímulo. El aire le refrescaba el rostro, ardoroso aún por el reciente lavado, y el perfume del cosmético que se aplicara en el bigote le resultaba muy placentero. El aire puro y fresco, y el paisaje que veía por la ventanilla, iluminado por la pálida luz del ocaso, todo era tan lozano, alegre y vigoroso como él mismo se sentía.

Los tejados de los edificios, dorados por los rayos del sol poniente, las siluetas bien marcadas de las vallas y esquinas de los edificios, las figuras de los transeúntes y los coches que encontraba en su camino, el inmóvil verdor de árboles y hierbas, los campos de patatas con sus surcos regulares, y las sombras oblicuas que árboles, arbustos y casas proyectaban sobre ese fértil terreno, todo era hermoso y suave, como un lienzo de paisaje acabado de barnizar.

—¡De prisa, más de prisa! —dijo al cochero, inclinándose en la ventanilla y dándole un billete de tres rublos.

La mano del cochero hurgó en el farol, chasqueó el látigo y el coche se delizó velozmente por el camino empedrado.

«No necesito nada, nada, excepto esta felicidad —pensaba Vronski, con los ojos en el tirador de la campanilla, e imaginando a Anna tal como la viera la última vez—. Y cuanto más tiempo pasa, más la amo. Aquí está el jardín de la casa de Vrede. ¿Dónde estará Anna? ¿Qué significa eso? ¿Por qué me habrá citado aquí, escribiendo unas líneas en la carta de Betsi?», se preguntaba extrañado.

Pero ya no quedaba tiempo para pensar en ello. Mandó parar antes de llegar a la avenida, abrió la portezuela y se apeó.

En la avenida no había nadie, pero al mirar a la derecha, hacia el cercado, la vio. Tenía el rostro cubierto con un velo, pero, por su manera de andar, por la inclinación de sus hombros, por el modo de mover la cabeza, la reconoció. Le pareció en ese mismo instante que una corriente eléctrica estremecía todo su cuerpo. Sintió afluir a él una nueva energía, que hacía que sus piernas se movieran con una mayor agilidad y su respiración fuera más intensa. Y en sus labios aleteaba una alegre sonrisa.

Se acercó a Anna y ésta le estrechó con fuerza la mano.

—¿No te ha molestado que te llamara? Necesitaba verte —manifestó ella.

Y el modo severo con que se plegaron sus labios bajo el transparente velo, hizo desaparecer de repente el buen humor de Vronski.

—¿Molestarme? Pero, ¿por qué has venido aquí?

—Eso poco importa —dijo Anna, tomándole del brazo—. Vamos. Necesito hablarte.

Vronski comprendió que había pasado algo, y que la entrevista no sería nada alegre. En presencia de ella se sentía sin voluntad propia. Desconocía la causa de la inquietud de Anna, pero percibía que su agitación se le comunicaba.

—¿Qué pasa? —preguntaba apretando el brazo de ella y procurando leer en su rostro.

Anna dio algunos pasos en silencio, animándose, y, de pronto, se detuvo.

—Ayer no te dije —empezó, respirando dificultosamente— —que, al volver a casa con mi marido, se lo conté todo. Le dije que no podía ser su mujer. Se lo dije todo...

Vronski la escuchaba, inclinando el cuerpo hacia ella, como si deseara así hacerle menos penosa la confidencia. Pero cuando Anna hubo hablado, él se irguió, y su rostro tomó una expresión altiva y orgullosa.

—Vale más así, mil veces más así, pero comprendo lo que debiste sufrir —dijo.

Anna no atendía a sus palabras. Observaba sólo su rostro, tratando de leer en él sus pensamientos. El primer pensamiento de Vronski fue de que se hacía inevitable un duelo. Pero Anna, a la cual jamás se le había ocurrido tal posibilidad, atribuyó a otra causa ese repentino cambio de expresión.

Al recibir la carta de su marido, comprendió en el fondo que todo continuaría como antes, que no tendría fuerzas para renunciar a su posición en el gran mundo y abandonar a su hijo y unirse a su amante. La visita hecha a Betsi la afirmó más todavía esa convicción. No obstante, concedía una importancia excepcional a su entrevista con Vronski, pues esperaba que con ello cambiaría su situación y la salvaría. Si en el momento en que recibió la noticia, Vronski hubiera contestado sin la menor vacilación: «Déjalo todo y ven conmigo», ella habría abandonado a su hijo y se hubiera marchado con él. Pero no hubo nada de eso. Y Vronski parecía sólo sentirse ofendido.

—No sufrí. Todo ocurrió con la mayor naturalidad —dijo Anna, mostrando cierta irritación—. Y mira... —añadió, sacando del guante la carta de su marido.

—Comprendo, comprendo —interrumpió Vronski, tomando la carta, pero sin leerla, y esforzándose por calmar a Anna—. Siempre te he pedido terminar con esta situación, para poder consagrar mi vida a tu felicidad.

—¿Por qué me lo dices? —replicó ella—. ¿Cómo puedo dudarlo? Si lo dudara...

—¡Se acerca alguien! —exclamó Vronski de repente, indicando a dos señoras que se dirigían hacia ellos—. Quizá nos conozcan.

Y se alejó de allí rápidamente, arrastrando a Anna.

—No me importa —dijo ésta, con labios temblorosos. Y a Vronski le pareció percibir una extraña hostilidad en esos ojos que le examinaban bajo el velo—. Te digo que no lo dudo. Pero lee lo que me escribe.

Y Anna se detuvo de nuevo.

Mientras leía la carta, Vronski se entregó involuntariamente —como lo hiciera en el primer momento de recibir la noticia— a la impresión espontánea que sentía respecto a sus relaciones con el esposo ultrajado. Se imaginaba ese desafío que iban a notificarle en cualquier momento. Se figuraba los detalles del duelo, en el cual, con la misma expresión tranquila y fría que mostraba ahora su rostro, dispararía al aire, esperando que su adversario tirara sobre él. De repente, recordó las palabras que Serpujovskói le dijera esa mañana: «Más vale no estar ligado.» Pero sabía que era imposible hablar de eso a Anna.

Después de leer la carta, Vronski alzó los ojos. En ellos no había decisión. Anna comprendió enseguida que Vronski había pensado antes en tal posibilidad. Y sabía también que nunca le diría lo que pensaba en su interior. Veía desvanecerse su última esperanza. No era esto lo que esperaba de la entrevista.

—Ya ves qué clase de hombre es —murmuró, con voz temblorosa.

—Perdona, pero ello no me disgusta —repuso Vronski—. Déjame acabar, por Dios —añadió, rogándole con la mirada que le diese tiempo de explicarse—. No me disgusta, porque las cosas no pueden quedar como él cree.

—¿Por qué no? —objetó Anna, conteniendo las lágrimas, y mostrando que no le importaba lo que él pudiera responder.

Comprendía que su suerte estaba ya decidida.

Vronski quería decir que después del duelo, que consideraba inevitable, la situación cambiaría forzosamente, pero dijo otra cosa.

—No puede seguir así. Espero que ahora le abandonarás —y Vronski se turbó, sonrojándose—. Espero que me dejarás pensar en organizar nuestra vida... Mañana... —dijo.

Pero Anna no le dio tiempo a acabar.

—¿Y mi hijo? —exclamó—. ¿No ves lo que me escribe? Tendría que abandonar a mi hijo. Y esto no quiero ni puedo hacerlo.

—¿Prefieres, pues, continuar en esta situación humillante?

—¿Humillante para quién?

—Para todos, y especialmente para ti.

—¡Humillante! No digas tal cosa. Esas palabras no tienen sentido para mí —dijo Anna, con voz temblorosa, deseando que Vronski le hablase con sinceridad, puesto que sólo le quedaba su amor y necesitaba amar—. Comprende que desde el día en que te acepté, todo en la vida ha cambiado para mí. No tengo nada, excepto tu amor. Poseyendo tu cariño, me siento tan elevada que nada puede herirme. Estoy orgullosa de mi situación, porque..., porque...

Lágrimas de vergüenza y desesperación ahogaron su voz. Se detuvo, y rompió en sollozos. Vronski experimentó también la sensación de que algo subía a su garganta, y por primera vez en su vida se sintió a punto de llorar. No podía decir exactamente qué era lo que le había enternecido. Sentía que no podía ayudarla y, al mismo tiempo, sabía que él era el causante de su desdicha y que había obrado indignamente.

—¿Es imposible el divorcio? —preguntó, con voz apagada.

Ana movió la cabeza, sin responder.

—¿No podrías llevarte a tu hijo y dejar a tu marido?

—Sí, pero todo eso depende de él. Pero ahora debo seguir viviendo en su casa —declaró Anna, secamente.

Sus presentimientos habían resultado ciertos. Las cosas quedaban como antes.

—El martes estaré en Peterburgo y se decidirá el asunto —manifestó Vronski.

—Bueno —manifestó Anna—. Pero no hablemos más de eso.

El coche de Anna, que ella había despedido, con orden de ir a buscarla junto al enrejado el jardín Vrede, llegaba en ese momento, Anna se despidió de Vronski y regresó a su casa.

## Capítulo XXIII

E L lunes celebraba sesión ordinaria la Comisión del 2 de junio. Alexiéi Alexándrovich entró en la sala de reunión, saludó a los miembros y al presidente, como de costumbre, y ocupó su puesto, poniendo las manos sobre los documentos preparados ante él. Entre ellos estaban los diversos informes que necesitaba, y el resumen de la declaración que se proponía hacer. Realmente, no había necesidad de tales informes. Recordaba todos los detalles y consideraba superfluo repasar en su memoria lo que había que decir. Llegado el momento, cuando viera ante sí a su adversario, el discurso saldría por sí solo. Cada palabra del mismo tendría extraordinaria importancia, y, en su conjunto, sería una pieza oratoria de alto valor.

Escuchaba con aire inocente y confiado la lectura del informe oficial. Nadie habría pensado, viendo sus largas manos de hinchadas venas, que acariciaban suavemente con sus largos dedos las hojas de papel blanco puestas ante él, mientras permanecía sentado, con la cabeza inclinada y expresión de cansancio, que sus palabras desencadenarían una tempestad, provocando gritos y discusiones entre los miembros, y obligando al presidente a llamarlos al orden. Cuando la declaración llegó a su término, Karenin anunció, con su voz reposada y aguda, que tenía que hacer algunas observaciones sobre el asunto de la población no autóctona. La atención se concentró en él.

Alexiéi Alexándrovich tosió ligeramente, y fiel a su costumbre de no mirar a su adversario cuando pronunciaba sus discursos, escogió a la primera persona sentada ante él, un viejecito apacible y menudo, que nunca exponía su opinión. Karenin comenzó a explicar sus ideas en medio de un silencio general, pero cuando aludió a la ley orgánica, su adversario se levantó de un salto y empezó a hacer objeciones. Striómov, que también formaba parte de la Comisión, herido en lo vivo, se defendió a su vez. La sesión se hizo tumultosa. Pero Karenin triunfaba, y su proposición fue aceptada. Se nombraron tres nuevas comisiones, y al día siguiente en determinados círculos de Peterburgo no se hablaba más que de esa sesión. El éxito de Alexiéi Alexándrovich superó a sus propias previsiones.

A la mañana siguiente, el martes, Karenin, al despertar, recordó con placer su victoria del día anterior. Y a pesar de su deseo de mostrarse indiferente, no pudo reprimir una sonrisa cuando el jefe de su gabinete, para halagarle, le habló de los rumores que corrían sobre su magnífica actuación en la Comisión.

Absorto en su trabajo, Karenin olvidó por completo que ese martes era el día fijado para el regreso de su mujer, por lo que quedó desagradablemente impresionado cuando un sirviente le anunció su llegada.

Anna había llegado a Peterburgo por la mañana. Envió antes un telegrama pidiendo un coche, y, por tanto, Alexiéi Alexándrovich debía de estar enterado de su llegada. Pero cuando llegó, él no salió a recibirla. Le dijeron que estaba conferenciando con el jefe de su gabinete. Anna ordenó que le avisasen de su regreso, pasó a sus habitaciones y se ocupó de deshacer su equipaje, esperando que él fuese a verla. Transcurrió una hora, y Karenin no aparecía. Anna salió al comedor, con el pretexto de dar órdenes, y habló en voz alta al criado, para atraer allí a su marido. Pero él no acudió, a pesar de que ella le oía acercarse a la antesala, acompañando al jefe del gabinete.

Sabía que su esposo había de salir enseguida por asuntos del Ministerio y quería verlo antes de que se fuera, para determinar sus relaciones. Decidió, pues, ir a su encuentro, y atravesando la sala con paso firme, se dirigió a su gabinete. Cuando entró, Alexiéi Alexándrovich, de uniforme, y preparado para salir, miraba ante sí con tristeza. Anna le vio antes que él advirtiera su presencia, y comprendió que pensaba en ella. Al verla, él quiso levantarse, titubeó, se sonrojó —lo que nunca le ocurría— y luego, incorporándose precipitadamente, se adelantó, mirándola con cierta timidez. Se acercó a su mujer, y tomándole la mano, le pidió que se sentara.

—Me alegro de que haya usted llegado —dijo.

Deseaba hablar, iniciar una conversación, pero no podía. Varias veces lo intentó de nuevo, mas era en vano. A pesar de que en esta entrevista Anna estaba preparada a despreciar e inculpar a su marido, ahora no sabía qué decirle y le compadecía. El silencio duró largo rato.

—¿Está bien Seriozha? —preguntó él, añadiendo, sin esperar respuesta—: No como hoy en casa. Tengo que salir sin tardanza.

—Yo quería irme a Moscú —anunció Anna.

—No. Ha hecho usted muy bien viniendo aquí —expuso él, enmudeciendo de nuevo.

Anna, viendo que su esposo era incapaz de abordar la cuestión, se decidió a hacerlo ella misma.

—Alexiéi Alexándrovich —dijo, mirándole sin bajar los ojos, mientras él fijaba tímidamente los suyos en el cabello de su esposa—, soy una mujer culpable, una mujer mala. Pero soy la misma que era, la misma que dije ser, y he venido para decirle que no puedo cambiar.

—No le pregunto nada de eso —respondió él con decisión, mirándola con odio a los ojos. Evidentemente, su excitación le había hecho recobrar el dominio de sus facultades—. Lo suponía, pero, como le dije ya por escrito —prosiguió con su voz delgada—, le repito ahora que no estoy obligado a saberlo. Deseo ignorarlo. No todas las esposas son tan atentas como usted para comunicar a sus maridos esa «agradable» noticia —y Karenin acentuó el adjetivo—. Lo ignoraré todo mientras el mundo lo ignore, mientras mi nombre no quede deshonrado. Por eso le advierto que nuestras relaciones deben ser las de siempre, y sólo en caso de que usted se comprometa, tomaré las medidas necesarias para salvaguardar mi honor.

—Pero nuestras relaciones no pueden ser las de siempre —objetó Anna, mirándole con temor.

Al observar de nuevo esos gestos tranquilos, esa voz infantil, penetrante y burlona, su repugnancia hacia él venció a su compasión. Y aun cuando a esta repugnancia se había unido ahora el miedo, quería aclarar su situación a toda costa.

—No puedo ser su mujer, mientras... —empezó.

Alexiéi Alexándrovich se rió con una risa malévola y fría.

—La clase de vida que usted ha escogido se refleja hasta en sus ideas. Respeto demasiado su pasado, y desprecio demasiado su presente, para que mis palabras puedan prestarse a la interpretación que usted les da.

Anna, suspirando, bajó la cabeza.

—Por otra parte —continuó él, exasperándose—, no comprendo cómo una mujer que considera conveniente declarar su infidelidad a su marido, y no encuentra, al parecer, nada de vergonzoso en ello, pueda, en cambio, tener escrúpulos en el cumplimiento de sus deberes de esposa para con su marido.

—Alexiéi Alexándrovich, ¿qué quiere usted de mí?

—Deseo que ese hombre deje de visitarla, y que usted se comporte de modo que ni el mundo ni los criados puedan criticarla. Quiero que no vea más a ese hombre. Creo que no pido mucho. A cambio de ello, gozará usted de los derechos de esposa honrada sin cumplir con sus deberes. Es todo lo que tengo que decirle. Ahora debo salir. No comeré en casa.

Se levantó y se dirigió hacia la puerta. Anna se levantó también. Saludándola en silencio, su marido la dejó pasar primero.


## Capítulo XXIV

LA noche que pasara Lievin sobre el montón de heno fue decisiva para él. Sentía que no le era ya posible interesarse por las tareas de su finca. A pesar de la abundante cosecha, nunca creía él haber tenido tantos choques ni tantos disgustos con los labriegos como ahora; y veía ya con claridad la causa de todos esos contratiempos. Las tareas agrícolas en que participara, junto con los campesinos, le habían dejado agradables recuerdos; la aproximación entre él y esas gentes sencillas le hicieron envidiar la vida que llevaban, hasta el punto de desear adoptarla. Ese deseo, vago al principio, se había hecho tan fuerte en el curso de aquella noche, que le indujo a meditar sobre las posibles maneras de realizar su proyecto. Todo ello cambió de tal modo sus ideas respecto a la administración de la propiedad, que no mostraba ya interés por estos trabajos, y percibía fácilmente que su negligencia y su actitud displicente hacia los campesinos eran el motivo principal de todo.

Los rebaños de vacas seleccionadas, como *Pava;* la tierra, labrada y abonada, dividida en nueve campos de igual extensión, separados por setos de mimbreras; las noventa hectáreas de tierra cubierta de estiércol; las sembradoras mecánicas, etc., todo habría sido perfecto si lo hubiese hecho él mismo o con hombres que estuvieran completamente de acuerdo con él. Pero ahora veía claramente (el libro que escribía, en el cual presentaba al trabajador como el factor principal de toda empresa agrícola, contribuía mucho a hacérselo comprender así) que ese modo de llevar los asuntos de la finca era sólo una lucha feroz e incesante entre él y los trabajadores, en la que se enfrentaban, por un lado, su propio deseo de innovaciones que consideraba justas y razonables, y por otro, la tendencia de los obreros a mantener las cosas en su estado natural.

Y Lievin observaba que en esta lucha, llevada con el máximo esfuerzo por su parte y sin esfuerzo ni intención siquiera, por la otra, lo único que se conseguía era que la explotación no avanzara, y todo se echara a perder inútilmente; las magníficas máquinas se estropeaban, los animales enflaquecían, y la excelente tierra daba un rendimiento escaso. Lo más lamentable era que, aparte de las energías empleadas sin provecho alguno en esos trabajos, Lievin percibía ahora que su actividad no respondía al fin propuesto. Porque, ¿qué carácter revestía esa lucha? Mientras él defendía rigurosamente sus bienes (y no podía dejar de hacerlo, ya que, de otro modo, no le hubiera sobrado mucho para poder pagar a los trabajadores), ellos no pensaban más que en su comodidad, en trabajar con el menor esfuerzo, conforme a su costumbre. Quería que el trabajo se hiciera metódica y regularmente, que todos se aplicaran a él sin precipitación ni distracciones, procurando no estropear las aventadoras, rastrillos, trilladoras, etc., a ellos confiados.

Pero los trabajadores no pensaban igual. Se proponían trabajar a su modo, holgadamente, sin preocupaciones de ninguna clase. Ese verano, Lievin lo había observado a cada momento. Mandaba segar, para forraje de los animales, las peores hectáreas de trébol, en que había mezcladas hierbas y cizaña, y los trabajadores guadañaban por pereza las mejores hectáreas, que exigían menos esfuerzo, las destinadas para semilla, alegando que se lo había mandado el capataz, y procurando aplacarle mientras le decían que el heno sería excelente. Cuando enviaba una aventadora para aventar el heno, la estropeaban enseguida, porque al aldeano que la conducía le resultaba aburrido y enojoso permanecer sentado en la delantera, mientras las aletas se movían por encima de él. Y le decían: «No se preocupe; las mujeres lo aventarán rápidamente.»

Los arados quedaban inservibles, porque el labrador no pensaba en bajar la reja, y al moverla fatigaba a los caballos y malograba la tierra y, encima, le pedían tranquilidad. Dejaban que los caballos invadieran el trigo, porque ningún trabajador quería vigilar por la noche. Y, cuando una vez, a pesar de su prohibición, los trabajadores velaron por turno, Vashka, que había trabajado todo el día, se durmió y pidió perdón por la falta diciendo: «Usted lo ha querido.» Llevaron tres de las mejores terneras a pastar al campo de trébol guadañado, sin haberles dado de beber, y los animales enfermaron gravemente. No querían creer que el trébol fuera la causa de ello, y decían como consuelo que el propietario había perdido en tres días ciento doce cabezas de ganado.

Pero todo eso no era porque desearan perjudicar a Lievin. Él lo sabía. Sabía que los labriegos le apreciaban y le consideraban un propietario sin orgullo, lo que entre ellos era la mejor alabanza. Todo se debía a que deseaban trabajar a su modo, y no se preocupaban de otra cosa; los intereses de Lievin les resultaban extraños e incomprensibles, y además, eran completamente opuestos a los suyos. Hacía tiempo que Lievin veía que en la finca las cosas no marchaban bien. Percibía que su barco zozobraba, sin descubrir por dónde penetraba el agua. Acaso tratara de engañarse voluntariamente, pues nada le habría quedado en la vida si perdía la fe en su trabajo. Pero ahora tenía que rendirse a la evidencia. Su actividad no tenía ya ningún aliciente para él, le resultaba enojosa, y consideraba imposible interesarse en eso.

La presencia de Kiti Scherbatski, a treinta verstas de él, aumentaba su depresión moral. Cuando estuvo en casa de Dolli, ella le había hecho ir, evidentemente, para que pidiera la mano de su hermana, que, según le daba a entender Daria Alexándrovna, con toda probabilidad le aceptaría. Al ver a Kiti en el camino real, Lievin sintió que seguía amándola; pero no podía decidirse a ir a casa de Oblonski, sabiendo que Kiti estaba allí. El hecho de que ella le rechazara cuando él se declaró, levantaba entre los dos una barrera infranqueable.

«No puedo pedirle que sea mi esposa, y me acepte sólo

porque no puede serlo del otro a quien amaba», se decía Lievin.

Y este pensamiento le hacía experimentar casi aversión hacia Kiti.

«Me será imposible hablarle sin aspereza, no podré mirarla sin sentir enojo, y entonces ella me aborrecerá más. Tampoco puedo fingir allí que ignoro lo que Daria Alexándrovna me contó. Apareceré ante ella como un hombre magnánimo, dispuesto a perdonarla. ¿Para qué me habrá hablado de eso Daria Alexándrovna? Hubiera podido encontrar a Kiti por casualidad, y entonces quizá todo se habría arreglado. Pero ahora es imposible, imposible...»

Dolli le había escrito pidiéndole una silla de montar de amazona, para su hermana. «Me han dicho que tiene usted una. Espero que la traiga personalmente», le decía.

Eso le pareció inaguantable. ¿Cómo era posible que una mujer inteligente y delicada pudiese rebajar a su hermana hasta ese punto? Escribió una decena de esquelas, y las rasgó todas; no podía ir, ni alegar impedimentos inverosímiles, y menos poner como pretexto que iba a salir de viaje. Envió, pues, la silla sin respuesta, comprendiendo que procedía de un modo incorrecto, y al día siguiente se dispuso a hacer una visita. Dejando los asuntos de la finca, que tan desagradables le eran ahora, en manos de su administrador, se fue a ver a su amigo Sviyazhski, que vivía en un distrito lejano, y el cual le había escrito recientemente, recordándole su promesa de ir a visitarle.

Las becadas de los pantanos del distrito de Surovsk tentaban a Lievin desde hacía mucho tiempo, pero, atareado con los asuntos de la propiedad, había aplazado siempre el viaje. Ahora le complacía ir allí, alejándose de las Scherbatski y olvidando los trabajos de la hacienda, para entregarse al placer de la caza, que le proporcionaría esa calma interior que tanto necesitaba.

Para ir al distrito de Surovsk no había ferrocarril ni camino de postas; por tanto, Lievin hizo el viaje en coche descubierto, al que habían uncido sus propios caballos. A medio camino se detuvo para darles pienso en casa de un labrador rico. Un viejo calvo, de ancha barba, canosa en las mejillas, le abrió los portones, apretándose contra el quicial para dejar pasar el carruaje. Después de haber indicado al cochero un lugar bajo un cobertizo en el amplio patio, en el cual había algunos arados inservibles, el viejo rogó a Lievin que entrara en la casa.

Una mujer joven, muy aseada, calzando zuecos en los pies desnudos, fregaba el suelo de la entrada. Al ver entrar al perro, que seguía a Lievin, se asustó y lanzó un grito. Pero se tranquilizó cuando le dijeron que no mordía. Después de indicar a Lievin, con su brazo con la manga recogida, la puerta de la casa, ocultó de nuevo su lindo rostro, inclinándose para seguir fregando el suelo.

—¿Quiere el samovar? —preguntó el viejo.

—Bueno.

La habitación era espaciosa, y en ella se veía una estufa holandesa y una especie de mampara. Bajo los iconos, en el lugar del culto, había una mesa pintada con bellos motivos campestres, una banqueta y dos sillas, y junto a la entrada se veía un pequeño armario con vajilla. Los postigos estaban cerrados, no había moscas, y todo se hallaba tan limpio, que Lievin procuró que *Laska* —la cual, en el trayecto, se había ido bañando en los charcos— no ensuciase el suelo, y le mostró un lugar apropiado en el rincón próximo a la puerta. Después de examinar rápidamente la habitación, Lievin salió al patio posterior. La atractiva moza de los zuecos, balanceando en el aire dos cubos vacíos, se le adelantó corriendo hacia el pozo.

—¡Date prisa! —gritó el viejo, alegremente. Y se dirigió a Lievin—: Bien, señor, ¿va ver a Nikolái Ivánovich Sviyazhski? También él viene alguna vez por aquí —dijo, con evidente deseo de charlar, acodándose en la balaustrada de la escalera.

Mientras el viejo le hablaba de su buena amistad con Sviyazhski, llegaron los labriegos, con rastrillos y arados. Los caballos uncidos a los intrumentos de labranza eran grandes y robustos. Dos de los mozos, vestidos con camisa de indiana y gorras de visera, pertenecían seguramente a la familia. Los otros dos, uno de edad y bastante joven el otro, eran, al parecer, jornaleros, y llevaban camisas de tela basta.

El viejo se apartó del porche y fue a desenganchar los caballos.

—¿Qué habéis arado? —preguntó Lievin.

—Campos de patatas. Tenemos también algunas tierras. Fiodor: no sueltes el caballo castrado, arrímalo al abrevadero. Engancharemos otro.

—Padrecito: ¿han traído las rejas de arado que encargamos? —preguntó uno de los mozos, alto y robusto, probablemente hijo del viejo.

—Están en el trineo —respondió el anciano, arrollando las riendas y echándolas al suelo—. Arréglalas mientras comen.

La moza que venía de sacar agua, avanzando con las espaldas inclinadas bajo el peso de los cubos, se detuvo en el zaguán. De no se sabía dónde, llegaron más mujeres, jóvenes y hermosas, viejas y feas, algunas con niños.

El samovar hervía ya. Los mozos y las personas de la casa se fueron a comer. Lievin sacó del coche sus provisiones, e invitó al viejo a tomar el té.

—Ya lo hemos tomado; pero por complacerle... —asintió el viejo, visiblemente halagado.

Mientras tomaban el té, Lievin se enteró de muchas cosas relativas al viejo. Diez años atrás, éste había arrendado a la propietaria de los terrenos ciento veinte hectáreas, y el año anterior las había comprado, arrendando, además, trescientas hectáreas al propietario vecino. La parte peor de las tierras, la subarrendaba, y él mismo, ayudado por su familia y dos jornaleros, araba cuarenta hectáreas. El viejo se lamentaba de que las cosas no iban muy bien. Pero Lievin comprendió que fingía, y que realmente allí había prosperidad. De haber ido mal las cosas, el viejo no hubiera comprado la tierra a ciento cinco rublos la hectárea, no habría casado a sus tres hijos y a un sobrino, ni hubiese reconstruido dos veces la casa, después de otros tantos incendios, y cada vez más espléndidamente.

A pesar de las lamentaciones, se percibía que el labrador estaba justamente orgulloso de su bienestar, de sus hijos, de su sobrino, de sus nueras, de sus caballos, de sus vacas, de todo lo de su casa. Por las palabras del anciano, Lievin vio que éste no era enemigo de las innovaciones. Sembraba mucha patata, que Lievin, al llegar, observó que terminaba ya de florecer, mientras que la suya apenas empezaba entonces a echar flor. El viejo labraba la tierra de patatas con «una arada», como él llamaba al arado, que le prestaba el propietario. También sembraba trigo candeal, y un detalle que impresionó especialmente a Lievin en las manifestaciones del viejo, fue que éste aprovechase para los caballos el centeno recogido al escardar. Cuántas veces Lievin, viendo cómo se perdía tan magnífico forraje, quiso recogerlo; pero siempre le fue imposible. Aquel campesino, en cambio, lo hacía y no se cansaba de alabar la excelencia de aquel forraje.

—Eso mantiene ocupadas a las mujeres. Hacen montones al borde del camino, y el carro los recoge.

—A nosotros, los propietarios, todo nos es adverso con los trabajadores —manifestó Lievin, ofreciéndole otro vaso de té.

—Gracias —dijo el viejo, tomándolo, pero rehusando el azúcar y mostrando un terrón ya mordisqueado por él—. No hay manera de entenderse con los jornaleros. ¡Son la ruina! Vea, por ejemplo, al señor Sviyazhski; su tierra es un encanto, pero nunca recoge buena cosecha. ¡Falta de vigilancia del amo!

—Pero tú también tienes jornaleros...

—Sí, pero nosotros somos aldeanos, y nos cuidamos de trabajar, observándolo todo. Y si el jornalero no vale, lo echamos enseguida. Podemos pasarnos sin él.

—Padrecito: Finoguén necesita alquitrán —dijo, entrando, la mujer de los zuecos.

—Es así, señor... —murmuró el viejo, levantándose.

Se persignó lentamente ante los santos iconos, dio las gracias a Lievin y salió.

Cuando Lievin entró en el cuarto de los trabajadores para llamar al cochero, vio a todos los hombres de la casa sentados a la mesa. Las mujeres servían. El joven y robusto hijo del viejo contaba, con la boca llena, algo muy divertido, y todos se reían, y en especial la mujer de los zuecos, que añadía entonces sopa de coles en el tazón.

Sin duda el hermoso rostro de esa humilde mujer había contribuido mucho a la agradable impresión que produjo en Lievin la casa de los labriegos. Pero de cualquier modo, tal impresión era tan fuerte, que durante todo el camino hacia la finca de Sviyazhski le fue imposible pensar en otra cosa, como si en aquella mansión hubiera algo que mereciera una atención especial.

## Capítulo XXVI

Sviyazhski representaba a la nobleza de su distrito. Era cinco años mayor que Lievin, y estaba casado hacía tiempo. Vivía en su casa su joven cuñada, una mujer muy agradable y que merecía todas las simpatías de Lievin, el cual percibía bien — aunque no osara decirlo a nadie— que Sviyazhski y su esposa deseaban casarlo con esa joven. Lo sabía por instinto, como lo saben siempre los jóvenes casaderos, y sabía igualmente que, aunque pensara en el matrimonio y no dudara de que esa joven haría una excelente esposa, tenía tantas probabilidades de casarse con ella, aun suponiendo que no estuviera enamorado de Kiti Schrbatski, como de echar a volar.

El temor de que se le tomara por un pretendiente le amargaba ligeramente el placer que se había prometido de esa visita, y le hizo reflexionar al recibir la invitación de Sviyazhski. Sin embargo, la había aceptado. Pensó que tales suposiciones con respecto a su amigo podían, al fin y al cabo, no tener ningún fundamento. Y también, en el fondo de su alma, quería comprobar una vez más la verdadera naturaleza de los sentimientos que experimentaba hacia la joven cuñada de Sviyazhski. La vida de su amigo era muy agradable, y el propio Sviyazhski, perfecto prototipo de los nuevos administradores provinciales, le resultaba digno de admiración.

Sviyazhski era una de esas personas, incomprensibles para Lievin, que en sus pensamientos bien determinados, aunque nunca totalmente independientes, siguen un camino fijo, pero en cuya vida se observa una orientación completamente opuesta a sus ideas. Sviyazhski se consideraba muy liberal. Despreciaba a la nobleza, y opinaba que la mayoría de los nobles eran, en su interior, partidarios de la servidumbre, aun cuando no se atreviesen a declararlo. Veía en Rusia a un país perdido, una segunda Turquía, y el Gobierno le parecía tan pésimo, que ni siquiera se molestaba en criticar sus actos. Esto no le impedía, sin embargo, ser un modelo de representante de la nobleza, ni ponerse siempre, en sus viajes, la gorra con escarapela y galón rojo.

Creía que sólo se podía vivir bien en el extranjero, donde iba frecuentemente, pero por ello no abandonaba sus intereses en Rusia. Tenía ahí varias fincas que dirigía por procedimientos muy perfeccionados, y se hallaba siempre al corriente de cuanto se hacía en su país. Consideraba que el aldeano ruso se encontraba en un estado intermedio entre el mono y el hombre y, no obstante, en las elecciones para el consejo del distrito, estrechaba gustosamente la mano de los aldeanos y escuchaba con igual placer sus opiniones. No creía en Dios ni en el diablo, pero le preocupaba mucho la cuestión de mejorar la suerte del clero. Y aun cuando era partidario de la reducción de las parroquias, quería que se conservara la suya.

Defendía con vehemencia la completa libertad de la mujer y su derecho al trabajo; pero vivía de tal modo, que su vida familiar era un magnífico ejemplo de armonía conyugal sin hijos, habiendo procurado que su mujer no pudiera tomar ninguna iniciativa ajena a la ocupación, común a ambos, de pasar el tiempo lo más agradablemente posible.

Si Lievin no hubiera querido siempre ver a los hombres por su lado bueno, el carácter de Sviyazhski se le habría aparecido muy claro. Se habría dicho: «Es un bribón o un tonto.» Pero tal apreciación hubiese sido temeraria. Porque Sviyazhski, además de ser un hombre inteligente y muy instruido, no hacía ostentación de su cultura. No había tema que no conociese; pero demostraba sus conocimientos sólo cuando se veía obligado a ello. Por otra parte, era bondadoso y honrado, se consagraba con esforzado ánimo a una labor muy estimada por todos los que le rodeaban, y era incapaz de hacer ningún mal.

Lievin trataba de comprenderle, pero inútilmente, y tanto su persona como su existencia eran para él un enigma.

Mantenían muy buenas relaciones, y ello había permitido a Lievin sondear a su amigo en más de una ocasión, intentando aprehender su íntimo pensamiento. Pero siempre se declaraba vencido. Cada vez que Lievin se esforzaba por penetrar en las secretas zonas de la mente de Sviyazhski, percibía cómo éste se turbaba, que su mirada expresaba cierta suspicacia, como temiendo que Lievin leyese en su pensamiento. Y se replegaba en sí mismo, oponiendo a su manera jovial una firme resistencia a las tentativas de su amigo.

Después del desengaño sufrido en sus actividades agrícolas, Lievin sentía un especial placer en visitar a Sviyazhski. Aquella pareja de tórtolos, tan felices y alegres en su confortable nido, era por sí sola un motivo de satisfacción para Lievin, el cual, descontento ahora de su forma de vida, trataba de descubrir el secreto de Sviyazhski, que permitía a éste llevar una existencia tan tranquila, tan bien cimentada, y de objetivos tan precisos. Además, Lievin esperaba que en casa de Sviyazhski hallaría a los propietarios de la vecindad y podría conversar con ellos sobre asuntos de interés, tales como las cosechas, contratos de jornaleros, etc. Aunque vulgares en la opinión general, estas cuestiones tenían al presente gran importancia para Lievin.

«Acaso eso no fuera considerado importante en los tiempos de la servidumbre, o aún ahora en Inglaterra, por motivos bien definidos. Pero aquí, en nuestro país, cuando todo está trastornado y confuso, y no se acierta a ver todavía el fin de ese estado de cosas, la reorganización del trabajo bajo formas nuevas es el único problema importante que existe para nosotros», pensaba.

La caza decepcionó a Lievin. El pantano estaba ya seco, y las agachadizas habían huido casi en su totalidad. Anduvo todo el día para traer sólo tres piezas; pero, en compensación, llegó con un excelente apetito, muy buena disposición de ánimo, y con ese estado mental de agradable excitación que provocaba siempre en él el ejercicio físico. Y aun durante la caza, cuando dejaba vagar libremente su pensamiento, recordaba de vez en cuando al viejo de la barba roja y a su familia, y al evocarlos, creía percibir que despertaban en él un interés y una atención directamente relacionados con el motivo de sus actuales preocupaciones.

Por la noche, al tomar el té, reunidos con dos propietarios que visitaban a Sviyazhski por asuntos de tutelaje, se entabló, como Lievin esperaba, una interesante conversación. En la mesa del té, Lievin ocupaba un lugar junto a la dueña de la casa, y frente a él estaba instalada la cuñada. La dueña era una mujer de rostro redondo, rubia y bajita, llena de sonrisas y hoyuelos. Lievin, al principio, trató de descifrar por mediación de ella el enigma que constituía para él su marido, pero tuvo que renunciar enseguida a su propósito. Se sentía turbado y confuso, incapaz de pensar con claridad, porque ante él se sentaba la cuñada. Ésta llevaba un vestido muy llamativo, que parecía que se hubiera puesto para agradar a Lievin, y el cual presentaba un escote en forma de trapecio.

Ese escote descubría un pecho blanco y hermoso, pero era eso precisamente lo que causaba la turbación de Lievin. Imaginaba, acaso erradamente, que ese escote era exhibido con intención de influir en él, y no se creía con derecho a mirarlo, por lo que apartaba los ojos del mismo; pero se consideraba culpable, aunque sólo fuera por el hecho de que ese escote existiese; sabía que debía explicar algo y le resultaba imposible hacerlo, y por eso se sonrojaba y se sentía lleno de confusión. Su estado de ánimo se comunicaba a la linda cuñada; pero la dueña parecía no darse cuenta de ello y, como de propósito, la obligaba a intervenir en la conversación.

—Afirma usted —decía ella— que a mi marido le deja indiferente todo lo ruso. Al contrario. En el extranjero nunca está tan alegre como cuando vive aquí. Aquí se halla en su ambiente. ¡Tiene tanto que hacer, y sabe interesarse por todo! ¿No ha estado usted en nuestra escuela?

—La he visto... ¿No es una casa cubierta de hiedra?

—Sí. Es obra de Nastia —dijo, señalando a su hermana.

—¿Les enseña usted misma? —preguntó Lievin, esforzándose inútilmente en no mirar el escote.

—Sí; enseñaba allí y enseño aún, pero tenemos, además, una maestra muy buena. Hay también clase de gimnasia.

—Gracias; no quiero más té —dijo Lievin—. Oigo ahí una conversación muy interesante...

Reconocía que cometía una incorrección, pero viendo que no le era posible esa charla, se levantó, sonrojándose, y fue a sentarse al otro extremo de la mesa, donde el dueño estaba conversando con los dos propietarios. Sviyazhski sostenía la taza con una mano, y con la otra se mesaba la barba, elevándola hasta la nariz, como para olerla, y dejándola caer luego. Sus brillantes ojos negros miraban a un propietario de canosos bigotes, que hablaba con animación, quejándose de los aldeanos.

Lievin comprendía bien que Sviyazhski podía rebatir fácilmente y con pocas palabras los argumentos de su interlocutor, pero su posición se lo impedía, y por ello se limitaba a escuchar, con visible complacencia, las divertidas lamentaciones del propietario.

El hombre de los bigotes canosos era evidentemente un aldeano que no había salido de su pueblo, apasionado por los trabajos de su finca, y decidido enemigo de la emancipación de los siervos. Se advertía ello por la anticuada levita, en la que el propietario no se sentía cómodo; por sus ojos, entornados y perspicaces; por su habla vulgar; por el tono autoritario adquirido a través de una larga práctica en dar órdenes; por los seguros movimientos de sus grandes pero bien formadas manos, tostadas por el sol, con un único y antiguo anillo de boda en el dedo anular.

## Capítulo XXVII

—Si no fuera porque me da pena dejar esto, en lo que he puesto tanto cuidado y tantos afanes, lo vendería todo y me marcharía, como hizo Nikolái Ivánovich. Me iría a oír «La bella Elena» —dijo el propietario, con una sonrisa, que iluminó su rostro inteligente.

—Pero cuando no lo deja, es que le da buen resultado —replicó Sviyazhski.

—Me da buen resultado porque la casa en que vivo es mía; porque no necesito comprar nada, ni contratar brazos. Además, porque uno espera que la gente acabe mostrándose sensa-

ta. Pero, ¿han visto ustedes qué borracheras, qué libertinaje?...
Lo han repartido todo... No poseen un caballo ni una vaca.
Pero tome usted a alguno como jornalero. Se lo estropeará
todo y aún le demandará ante el juez.

—Puede usted también demandarle —sugirió Sviyazhski.

—¿Quejarme yo al juez? ¡Nunca en la vida! Me arrepentiría
de ello. Y si no, vea usted. Los obreros de la fábrica pidieron
dinero adelantado, y después se marcharon. ¿Qué hizo el juez?
¡Los absolvió! Sólo el juzgado comarcal y el síndico obran con
la debida firmeza. Éste les ajusta las cuentas como en el tiempo
antiguo. Es la única seguridad que aún nos queda. Si no fuera
así, valdría más abandonarlo todo y huir al otro extremo del
mundo.

El propietario deseaba evidentemente excitar a Sviyazhski,
pero éste no hacía más que reírse.

—Pues nosotros, Lievin, el señor, yo... —dijo, señalando al
otro propietario—, no tenemos necesidad de tales procedimientos.

—Sí; hay prosperidad en la finca de Mijaíl Petróvich, pero
pregúntele cómo lo hace... ¿Es eso acaso una explotación «racional»? —replicó el viejo, al parecer envanecido por haber
empleado ese término.

—Yo no tengo preocupaciones en la administración de mi
finca —declaró Mijaíl Petróvich—, y he de dar las gracias a
Dios por ello. Sólo debo pensar en preparar el dinero para las
contribuciones de otoño. Luego vienen los aldeanos: «Padrecito, ayúdenos.» Son todos vecinos, amigos míos, y me dan lástima. Yo les doy para pasar el próximo cuatrimestre, pero les
digo: «Muchachos, acordaos de que os he ayudado, y prestad-
me también ayuda cuando lo necesite, para sembrar avena,
arreglar el heno o segar.» Y así arreglamos buenamente condiciones por cada contribución que les pago. Claro que también
hay desagradecidos entre ellos...

Lievin, que sabía a qué atenerse sobre esos métodos patriar-
cales, pues los conocía bien, cambió una mirada con Sviyazhski e interrumpió a Mijaíl Petróvich, dirigiéndose al hombre de
los bigotes canosos:

—¿Cómo cree usted que hay que llevar esos asuntos?

—Como lo hace Mijaíl Petróvich; o bien dando la mitad del

fruto de las tierras, o arrendándolas a los campesinos. Todo esto es factible, pero con ello se destruye la riqueza del país. La tierra que en los tiempos de la servidumbre me daba nueve, con el sistema de aparcería a medias me da tres. ¡La emancipación ha arruinado a Rusia!

Sviyazhski miró a Lievin sonriendo, y hasta hizo un ligero gesto irónico. Pero Lievin hallaba muy sensatas las observaciones del propietario. Y le comprendía más fácilmente que a Sviyazhski. La argumentación del propietario en apoyo de lo que decía, le pareció justa, nueva para él e irrefutable. Se veía que ese hombre expresaba ideas propias —cosa que se da raramente—, y que tales ideas no eran simples manifestaciones de ingenio o agudeza, sino que habían sido maduradas por largas y tranquilas reflexiones, apoyándose en una amplia experiencia de las cuestiones rurales.

—La cosa es así: todo progreso es traído a la fuerza —decía el propietario, con el evidente deseo de mostrar que era un hombre culto—. Fijémonos en las reformas de Pedro, Catalina y Alejandro; fijémonos en la historia europea... La agricultura no es una excepción de esa regla. La misma patata ha sido introducida en nuestro país a la fuerza. ¿Creen que se ha labrado siempre con el arado de madera? No; éste data probablemente del tiempo de los señores feudales, y fue introducido a la fuerza. En nuestra época, durante la servidumbre, nosotros, los propietarios, aportamos innovaciones para mejorar los antiguos procedimientos de cultivo; introdujimos secadoras, aventadoras, y otras máquinas modernas. Estas cosas las implantamos gracias a nuestra autoridad, y los aldeanos, que al principio se mostraban refractarios, obedecían y acababan imitándonos. Pero, con la supresión de la servidumbre, nos han quitado la autoridad, y nuestra agricultura, que en muchos aspectos había alcanzado un alto nivel, caerá de nuevo en un estado primitivo y salvaje. Al menos, ésta es mi opinión.

—¿Por qué? Veamos. Si la explotación es racional, puede usted recurrir a los jornaleros —objetó Sviyazhski.

—¿Cómo voy a poder? ¿Con qué autoridad? Dígamelo.

«Cierto: la mano de obra es el principal factor de la economía rural», pensó Lievin.

—Con los jornaleros.

—Los jornaleros no quieren trabajar bien, ni con buenas máquinas. No piensan más que en beber como cerdos y en estropear cuanto tocan. Si se les confía un caballo le dan demasiada agua; rompen las guarniciones del carro, la rueda enllantada la cambian por otra, y eso les proporciona dinero para beber en la taberna; meten un perno en la trilladora mecánica para estropearla... Les repugna todo lo que no se hace según su costumbre. De aquí la baja condición de nuestra agricultura. Las tierras se abandonan y se deja que las invadan las hierbas, o se regalan a los campesinos, y allí donde se producía un millón de *chétverts*[1] ahora se producen sólo unos pocos centenares de miles. Y ello ha traído un descenso general de la riqueza. Las cosas podían haberse hecho lo mismo, pero con más prudencia...

Y comenzó a explicar un plan para la manumisión de los siervos con el que, según él, se habrían evitado todos estos inconvenientes. Lievin no mostraba ningún interés por su explicación. Pero cuando el viejo hubo terminado, Lievin volvió a sus primeros propósitos, y dijo a Sviyazhski, para obligarle a expresar su opinión:

—Es innegable que el nivel de nuestra economía baja, y que con nuestras relaciones con los campesinos no es posible explotar bien las propiedades.

—Yo no lo considero así —repuso seriamente Sviyazhski—. Desde luego, no estamos capacitados para administrar nuestras propiedades, y, por el contrario, durante la servidumbre no se obtenía sino un escaso rendimiento de las tierras. No tenemos ni hemos tenido nunca buenas máquinas, buenos animales de labor, buena administración; ni siquiera sabemos hacer cálculos. Pregunten a un propietario, y no sabrá decirles lo que es ventajoso y lo que trae pérdidas.

—¡Sí; la contabilidad por partida doble! —replicó el propietario irónicamente—. Pero por muchas cuentas que haga usted, si se lo estropean todo, no sacará ningún beneficio.

—¿Por qué van a estropeárselo? Una vieja trilladora, una apisonadora rusa, la estropearán, pero no mi máquina de vapor. Los caballejos rusos, esos a los que hay que arrastrar por

¹ Ver nota 3, pág. 237.

la cola, podrán estropeárselos, pero si tiene usted buenos percherones, no ocurrirá tal cosa. Y todo igual. Es preciso mejorar nuestra técnica.

—Para eso hay que tener dinero, Nikolái Ivánovich. Usted puede hacerlo; pero yo tengo un hijo que va a la Universidad, y otros pequeños a quienes debo pagar el colegio. De modo que no me es posible comprar percherones.

—Puede dirigirse a un Banco.

—¿Para que me vendan en pública subasta lo que me quede? No, gracias.

—No considero que nuestra técnica pueda y deba ser mejorada —manifestó Lievin—. Yo puedo emplear dinero en ello; he comprado máquinas, animales, y, sin embargo, todo eso no me ha ocasionado más que pérdidas. En cuanto a los Bancos, no sé para quién son útiles.

—Eso es cierto —afirmó el propietario, con una sonrisa de satisfacción.

—Y no sólo me ocurre a mí —continuó Lievin—. Puedo nombrar a otros propietarios que explotan sus fincas de un modo racional. Todos, con raras excepciones, tienen pérdidas en sus tierras. Veamos: ¿es rentable su propiedad? —preguntó a Sviyazhski. Y enseguida notó en los ojos de éste la expresión de azoramiento que observaba siempre que trataba de penetrar hasta el fondo del pensamiento de Sviyazhski.

Además, esa pregunta no era muy leal. Durante el té, la dueña le había dicho a Lievin que habían hecho venir de Moscú a un contable alemán, el cual por quinientos rublos hizo el balance de las cuentas de la propiedad, resultando de ello que habían tenido una pérdida de más de tres mil rublos. Ella no lo recordaba con exactitud, pero el alemán había contado hasta el último cuarto de kopek.

El viejo propietario sonrió al oír la pregunta que Lievin hizo a Sviyazhski. Evidentemente, sabía muy bien las ganancias que las tierras de su vecino y jefe de la nobleza podían producirle.

—Quizá yo no salga ganando —admitió Sviyazhski—. Pero ello sólo mostraría que soy un mal agricultor, o que invierto el capital para aumentar la renta.

—¡La renta! —exclamó Lievin, horrorizado—. Puede ser que exista renta en Europa, donde la tierra mejora trabajándola, pero aquí es todo lo contrario. Y, por consiguiente, no hay renta.

—¿Cómo que no hay renta? Eso es la ley.

—Nosotros estamos fuera de la Ley. La renta, para nosotros, no aclara nada; al contrario, lo confunde todo. Dígame: ¿cómo el estudio de la renta puede...?

—¿Quieren leche cuajada? Masha, ordena que nos traigan leche cuajada y frambuesas —dijo Sviyazhski a su mujer—. Este año tenemos una gran provisión de frambuesas.

Y Sviyazhski se levantó y se alejó en una excelente disposición de ánimo, dando por terminada la conversación, cuando Lievin la creía apenas empezada.

Al quedarse sin interlocutor, Lievin prosiguió la charla con el propietario, procurando hacerle comprender que todas las contrariedades provenían de no querer conocer las cualidades y costumbres del obrero.

Pero, como todos los hombres cuya mente es poco flexible y que se mantienen alejados del trato exterior, el propietario no aceptaba fácilmente las opiniones ajenas y se atenía demasiado a las propias. Insistía en que el aldeano ruso era un cerdo, y que para sacarlo de sus porquerías se necesitaba autoridad y palo; pero que como entonces imperaba el liberalismo, se habían sustituido esos eficaces métodos, que habían persistido durante mil años, por abogados y resoluciones, con cuya ayuda se mantenía con buena sopa a esos campesinos sucios, y hasta se les medían los pies cúbicos de aire que necesitaba.

—¿Cree usted —decía Lievin, tratando de volver a la cuestión—, que no se puede, mediante unas mejores relaciones entre los obreros y los propietarios, encontrar la manera de aprovechar la energía del trabajador para que resulte productivo su trabajo?

—No hay que pensar en ello. Con el pueblo ruso, no habiendo autoridad, nunca será posible —porfió el propietario.

—Además, ¿qué nuevas condiciones se podrían encontrar? —arguyó Sviyazhski, después de tomar la leche cuajada, encendiendo un cigarrillo y reuniéndose con los que conversaban—. Todas las posibles relaciones con el obrero han sido definidas y estudiadas. Ese resto de barbarie, la comunidad primitiva de caución solidaria, está a punto de desaparecer; la esclavitud ya no existe: el trabajo es libre; sus formas están establecidas desde hace mucho tiempo, y no se puede prescindir de ellas. Hay peones, jornaleros, colonos, y fuera de eso, nada.

—Pues Europa está descontenta de tales formas.

—Está descontenta y busca otras nuevas. Y seguramente las hallará.

—Eso es lo que yo digo, ¿por qué no buscar nosotros por nuestra parte? —sugirió Lievin.

—Porque sería como si pretendiéramos volver a inventar procedimientos para la construcción de ferrocarriles. Estos sistemas fueron ya inventados.

—Pero, ¿y si no convienen a nuestro país, si son absurdos? —insistió Lievin.

En los ojos de Sviyazhski se observó de nuevo una expresión de azoramiento.

—¡Sí, hombre, ya podemos echar las campanas al vuelo: hemos encontrado lo que Europa buscaba! Todo eso está muy bien; pero, ¿están enterados de lo que se ha hecho en Europa respecto a la organización obrera?

—Escasamente.

—La cuestión es estudiada por los mejores cerebros europeos. Tenemos la escuela de Schulze-Diélichev... La de Lasalle, que ha producido una literatura extensa sobre la cuestión obrera, defendiendo unos principios muy liberales. Y seguramente conocen la organización de Mulhouse. Eso es ya un hecho.

—Tengo una vaga idea de ella.

—Aunque diga eso, sin duda lo sabe tan bien como yo. No soy un sociólogo, pero he tomado afición a estas cosas, y ya que a usted le interesan también, debiera ocuparse de ellas.

—Y, ¿a qué conclusiones han llegado?

—Un momento, perdone...

Los propietarios se habían levantado para irse, y Sviyazhski se dispuso a acompañarlos. Una vez más, Lievin quedaba defraudado en sus intenciones de descubrir los secretos pensamientos de su amigo.

Esa noche, Lievin se sentía muy aburrido en compañía de las señoras. Estaba convencido ahora de que el desaliento que experimentaba ante los asuntos de sus tierras era general en toda Rusia, y se decía que había que encontrar una organización donde los obreros trabajasen como en la propiedad del viejo campesino que visitara poco antes. Eso no era una ilusión, sino un problema que podía y debía resolverse, y que exigía la atención de todos.

Lievin saludó a las señoras, prometiéndoles quedarse el día siguiente para ir juntos a caballo a ver un extraño derrumbamiento que se había producido en un cercano bosque del Estado. Antes de retirarse, entró en el despacho de su amigo para coger unos libros que éste le había recomendado leer. El despacho era una pieza enorme, con muchas estanterías de libros; en el centro de la habitación había una mesa grande, de escritorio, y en un ángulo otra redonda con periódicos y revistas en todos los idiomas y dispuestos alrededor de la lámpara. Junto a la mesa escritorio se veía un magnífico archivador, en cuyos cajones había rótulos dorados indicando los clasificados documentos.

Sviyazhski separó unos volúmenes, y luego se sentó en una mecedora.

—¿Qué busca usted? —preguntó a Lievin, que, parado junto a la mesa redonda, hojeaba una revista—. ¡Ah, sí! En esa revista hay un artículo muy interesante. Parece —añadió con animación— que el principal culpable del reparto de Polonia no fue Federico...

Y Sviyazhski, con la claridad que le era peculiar, refirió brevemente esos importantes e interesantes descubrimientos. Aunque a Lievin no le interesaba actualmente más que lo relacionado con la economía rural, oyendo a su amigo, se preguntaba: «¿Cómo será el fondo de ese hombre? ¿En qué puede interesarle la división de Polonia?»

Y cuando concluyó, Lievin le preguntó involuntariamente:

—Bien, ¿y qué...?

No consiguió ninguna explicación. Sviyazhski hallaba que ese artículo era muy interesante, pero no consideraba necesario explicar por qué le interesaba.

—Me complació mucho oír a ese propietario que hablaba con tanta animación —declaró Lievin, suspirando—. es inteligente, y dijo cosas muy acertadas.

—¡Bah! Es un partidario de la servidumbre, como todos ellos.

—Pero usted representa a los tales...

—Cierto. Mas los llevo en una dirección contraria a la que desean —manifestó Sviyazhski, riendo.

—De todas maneras —insistió Lievin—, ese hombre acierta al decir que administrando las fincas de un modo racional no se consigue nada, y que las únicas propiedades que prosperan son las de usureros, como en el caso de ese delgaducho, tan callado, o las que adoptan un sistema de explotación primitivo... ¿Quién tiene la culpa?

—Evidentemente, nosotros mismos. Además, no es cierto que sólo prosperen las fincas de usureros y la pequeña propiedad. Por ejemplo, Vasílchikov...

—Sí, pero él tiene una fábrica. Y eso es lo que prospera, no sus tierras.

—No sé por qué se sorprende, Lievin. El pueblo ruso está tan poco desarrollado, moral y materialmente, que es natural que se oponga a toda innovación. Si la propiedad racional ha alcanzado un alto nivel en Europa, es porque allí el pueblo está educado. Es eso lo que nosotros debemos hacer: educar al pueblo.

—¿De qué modo?

—Instituyendo escuelas. Solamente escuelas.

—Usted ha dicho que el pueblo no está desarrollado materialmente. ¿De qué pueden servirle en este punto las escuelas?

—Me recuerda usted con eso una anécdota referente a los consejos sobre las enfermedades. «Tome un purgante.» «Ya lo he tomado y estoy peor.» «Aplique sanguijuelas.» «Las he aplicado y resulta peor.» «Rece.» «Ya he rezado, y sigo igual»... Le hablo de economía política, de socialismo, de educación... Y usted me dice, igual que el enfermo, que todo eso es peor.

—Pero, ¿de qué pueden servir las escuelas?

—Ellas crearán nuevas necesidades.

—Eso es lo que nunca he podido entender —repuso Lievin animándose—. ¿De qué manera van a ayudar las escuelas al pueblo a mejorar su estado material? Usted dice que las escuelas, la instrucción, despertarán en el pueblo nuevas necesidades. Pues peor que peor, puesto que no podrá satisfacerlas. Tampoco veo en qué pueda mejorar su situación, porque sepan sumar y restar y se hayan aprendido al catecismo... Anteayer encontré a una aldeana con un niño de pecho en brazos. A mis preguntas, respondió que el niño no cesaba de llorar y lo había llevado a la curandera para que lo curase. «¿Y qué ha hecho la mujer para curar a la criatura?», le pregunté. «Ha puesto al pequeñuelo sobre la pértiga del gallinero y ha murmurado unas palabras.»

—Usted lo ve —dijo Sviyazhski, sonriendo—. Para que la aldeana no tenga que recurrir a eso, es necesario...

—¡No! —interrumpió Lievin irritado—. Esa cuestión del niño por la curandera la comparo yo a la curación del pueblo por las escuelas. El pueblo es pobre e ignorante. Eso nosotros lo vemos tan claramente, como la mujer ve la enfermedad del niño que llora. Pero es tan absurdo querer luchar contra la miseria del pueblo instituyendo escuelas, como lo es suponer que al niño se le pueda curar poniéndolo en la pértiga del gallinero. Lo que hay que hacer es determinar la causa del miserable estado del pueblo.

—Llega usted a las mismas conclusiones que Spencer, que tanto le desagrada. También cree que la civilización, la cultura, sólo pueden ser el resultado del bienestar y los frecuentes baños, como dice él, pero nunca del alfabeto y la aritmética.

—Me satisface, o mejor dicho me desagrada, coincidir con Spencer. Pero mi convicción la adquirí hace mucho... Las escuelas sólo serían útiles si el pueblo gozara de una situación que le permitiese disponer de más dinero y tener más tiempo libre para poder asistir a ellas.

—Sin embargo, ahora, en toda Europa la enseñanza es obligatoria.

—¿Opina usted en eso como Spencer o no?

En los ojos de Sviyazhski se advirtió de nuevo la expresión de recelo, y comentó, sonriendo:

—Lo que usted me ha contado de esa campesina es admirable. ¿Y la ha oído usted mismo?

Lievin comprendió que no podría hallar la relación entre la vida de ese hombre y sus ideas. Se veía que lo que le interesaba era la discusión por sí misma, y no las conclusiones a que le llevaran sus razonamientos. No deseaba que su interlocutor pudiera conducirlo a un callejón sin salida, y, para evitarlo, procuraba desviar a tiempo la conversación.

Lievin se sentía profundamente agitado bajo el cúmulo de impresiones nuevas que había recibido aquel día. El viejo aldeano en cuya casa se había detenido, base de todas sus reflexiones de hoy; este amable Sviyazhski, que mantenía ocultos sus pensamientos, y formaba parte de una innumerable legión de gente que dirigían la opinión pública mediante ideas fingidas; ese irritado propietario que, acertado en sus reflexiones, resultante de una dura experiencia de la vida, era sin embargo, injusto en sus apreciaciones sobre la mejor clase de la población de Rusia; sus propios pesares y la vaga esperanza de que se hallaría remedio a tal situación. Todo ello se fundía en su alma en un sentimiento de inquietud, de agitada espera.

Al hallarse ya en la cama, sobre el colchón de muelles que le hacía saltar inesperadamente a cada movimiento de pies y brazos, Lievin permaneció despierto largo rato, pensando en la conversación con Sviyazhski, que no había logrado interesarle, y la cual no se esforzaba por recordar. En cambio, las palabras del viejo propietario, sus resueltas afirmaciones, volvían una y otra vez a su mente, y forjaba las respuestas que hubiera querido darle.

«Sí —pensaba—, debí decirle esto: "Usted afirma que nuestras propiedades van mal porque el aldeano detesta las innovaciones, y que no las acepta sino a la fuerza. En realidad, sólo los que respetan las costumbres de los obreros, como el viejo propietario en cuya casa me he detenido esta mañana, obtienen buenos resultados. Nuestras decepciones, nuestro descontento, demuestran que los culpables somos nosotros o los jornaleros. Queremos imponer los métodos europeos, sin procurar conocer las cualidades de la mano de obra. Probemos a considerar esa mano de obra, no como una entidad teórica, sino como un conjunto de aldeanos rusos, con sus instintos propios, y procedamos a dirigir la labor en nuestros campos con arreglo a ello. Supongamos que usted, como el viejo a que me he referido antes, hubiera hallado el modo de interesar en la explotación a los trabajadores, y que les hubiera hecho aceptar sólo las innovaciones estrictamente necesarias, aplicando, por lo demás, el sistema de trabajo admitido por ellos. Entonces conseguirá usted, sin agotar la tierra, dos o tres veces más que ahora. Divídalo en dos, dé la mitad a los obreros, y usted saldrá ganando y ellos también. Para ello, hay que disminuir el nivel de cultivo e interesar a los obreros en la explotación. ¿Cómo lograrlo? Eso es cuestión de detalles, pero indudablemente es posible conseguirlo".»

Lievin pasó sin dormir la mitad de la noche, examinando con detalle la idea para poder llevarla a la práctica. No pensaba volver a casa al día siguiente, pero ahora decidió marchar de madrugada. Le inquietaba también el recuerdo de la cuñada con su llamativo escote, que despertaba en él un sentimiento de vergüenza y de remordimiento... Pero sobre todo, deseaba volver pronto a casa para presentar a los campesinos un nuevo proyecto, antes de la siembra de otoño. Había decidido reformar completamente su sistema de explotación de la propiedad.


Capítulo XXIX

La ejecución del plan de Lievin ofrecía muchas dificultades, pero desplegó en ello tanta actividad, que, aunque no consiguiera lo que esperaba, podía sentirse satisfecho de la labor realizada. Uno de los principales obstáculos consistía en que no se podían interrumpir los trabajos para empezar de nuevo. La máquina había de ser reparada en plena marcha.

Cuando, la misma tarde de su llegada, comunicó sus planes al administrador, éste no disimuló su satisfacción con la parte de las manifestaciones de Lievin en que afirmaba que todo lo que se había hecho hasta entonces era absurdo. Declaró que él venía diciéndolo desde hacía tiempo, aunque no le prestaban atención. Pero al proponerle Lievin que pasara a participar como consocio, igual que todos los trabajadores, en la dirección de la propiedad, el hombre pareció abatirse y, sin dar una respuesta concreta, se puso a hablar enseguida de otra cosa, destacando la necesidad de recoger y transportar al día siguiente las restantes gavillas, y empezar la nueva labranza. Decididamente, pensó Lievin, el momento no era propicio para hablar de esas radicales reformas en la organización. Lievin había hallado el mismo obstáculo al tratar del asunto con los trabajadores; estaban tan ocupados en su labor que no podían detenerse a pensar si serían o no ventajosas para ellos estas nuevas condiciones.

Iván, el vaquero, manifestó al principio su conformidad con la proposición de Lievin, y estaba dispuesto a participar él y toda su familia en los beneficios que produjera la vaquería. Pero cuando Lievin pasó a explicarle las ventajas del nuevo sistema, el rostro del campesino expresó inquietud, y, para no escucharle, pretextaba alguna ocupación inexcusable: había de echar pienso a las vacas, o sacar agua, o barrer el estiércol.

Otro obstáculo consistía en la honda desconfianza de los aldeanos que no podían creer que el propietario tuviera otras miras sino explotarlos. Estaban completamente seguros de que el verdadero objetivo del terrateniente (por mucho que les dijera) nunca se lo comunicaría a ellos. Además —y Lievin consideraba que eran muy ciertas las aserciones de aquel amargo propietario— los aldeanos imponían siempre, como primera condición de cualquier trato, que no se les obligaría a emplear en absoluto nuevos métodos ni nuevos instrumentos de labranza. Estaban conformes en que el arado mecánico tenía muchas ventajas, pero hallaban mil razones para no emplearlo.

Lievin veía que tendría que renunciar a ciertas innovaciones de indudable provecho. Pero, a pesar de esos contratiempos, consiguió lo que se proponía, y antes del otoño todo marchaba perfectamente, o, por lo menos, así se lo parecía. Pero pronto vio que era imposible arrendar toda la propiedad a los jornaleros en las nuevas condiciones, tomándolos como consocios, y decidió dividir en partes la finca. El corral, jardín, huertas, prados y campos, fueron repartidos en parcelas que pertenecían a diversos grupos. El ingenuo Iván, el vaquero, que, al parecer, comprendía el asunto mejor que nadie, formó un grupo con sus familiares y amigos, y pasó a ser consocio del establo.

El campo más alejado, invadido por sotos y malezas, inculto desde hacía ocho años, fue confiado al inteligente carpintero Fiódor Rezunov, con seis familias de aldeanos en cooperación. El aldeano Shuráiev tomó en arriendo las huertas. El resto continuaría como antes, pero esas tres partes eran la base de la futura reforma general, y reclamaban toda la atención de Lievin.

Lo cierto era que las cosas en el establo no mejoraban: Iván se oponía a que el local tuviera calefacción y a que se elaborara manteca de leche fresca, alegando que las vacas con el frío consumirían menos forraje y que la crema agria proporcionaría manteca más rápidamente. Además, insistía en la cuestión del sueldo, y no le importaba que se le pagara a base de anticipos a cuenta de futuros beneficios. Por otro lado, el grupo de Fiódor Rezunov no trabajó la tierra en las condiciones concertadas, pretextando que no quedaba ya mucho tiempo. Y aunque los aldeanos de este grupo habían convenido también trabajar en asociación, seguían considerando la tierra como arrendada y no en común, y más de una vez, los campesinos del grupo, incluyendo al propio Fiódor, proponían a Lievin entregarle dinero por esa tierra. «Sería más cómodo para usted, y nosotros tendríamos más libertad», decían. También, con pretextos, estos aldeanos aplazaban la construcción de una granja y corral que habían prometido instalar antes del invierno.

En cuanto a Shuráiev, que probablemente había comprendido mal las condiciones en que recibía la tierra, trató de subarrendar los huertos, en parcelas, a los campesinos.

Lievin procuraba explicar a los labriegos las ventajas que les reportaría la nueva explotación, pero ellos le escuchaban sin atender a lo que decía, dando a entender que no se fiaban de sus palabras. Y percibía eso claramente cuando hablaba con Rezunov, el más perspicaz de los campesinos, observando en sus ojos una expresión despreciativa, que mostraba sus recelos respecto a las innovaciones de Lievin, y manifestaba también que a él no se le engañaba tan fácilmente.

Pero eso no impedía creer que la nueva organización prosperaba, y que, llevando las cuentas en regla y perseverando en sus propósitos, podría demostrarles finalmente las ventajas de esas innovaciones.

Esas actividades, más el trabajo en la parte de su propiedad con que se quedara y la preparación de su libro, le mantuvieron tan ocupado, que apenas salió a cazar durante el verano. A fines de agosto supo por un criado que fue a devolverle su silla, que las Oblonski se habían ido a Moscú. Comprendió que al cometer la grosería, de la que no podía acordarse sin enrojecer de vergüenza, de no contestar a Daria Alexándrovna, había quemado sus naves y no podría volver nunca a casa de los Oblonski. De igual modo había procedido con los Sviyazhski, de los cuales ni siquiera se despidió al marcharse. Pero tampoco pensaba volver a aquella casa. Ahora todo eso le daba igual. Nunca se había visto tan ocupado como con esta nueva organización de la hacienda.

Leyó los libros que le prestara Sviyazhski, y, después de tomar algunas notas de lo que no conocía, volvió a leer otros libros político-económicos y sociológicos que trataban del mismo asunto y, como esperaba, no halló nada referente a la tarea que había emprendido. En los libros de económica política, por ejemplo, en los de Mill, que Lievin leyera con apasionamiento esperando encontrar la solución de los problemas que le preocupaban, halló leyes deducidas de la situación de la economía europea, pero no veía por qué esas leyes, inaplicables a Rusia, debieran ser generales. Los libros socialistas, o eran bellas fantasías, pero irrealizables, que ya le sedujeran cuando estudiaba en la Universidad, o simples correcciones aportadas a la situación europea, con la que la cuestión agraria rusa no tenía nada en común.

La economía política sostenía que las leyes que habían determinado la riqueza europea eran leyes generales e indudables, mientras la escuela socialista afirmaba que la aplicación de esas leyes lleva al mundo a la ruina. Pero ni unos ni otros daban la menor indicación sobre lo que los propietarios rurales rusos debían hacer con sus millones de brazos y de hectáreas, a fin de que dieran el máximo rendimiento para la prosperidad general.

Lievin leyó concienzudamente esos libros, y tomó la decisión de hacer un viaje al extranjero en otoño, para estudiar las cosas sobre el terreno. No quería exponerse de nuevo a que se le dijera, al hablar del asunto con alguien, lo que otras veces se le había dicho: «¿No ha leído a Kauffman, Jones, Dubois y Michelet? Léalos. Han tratado extensamente esta cuestión.»

Lievin veía ahora claramente que esos autores no habían solucionado nada. Sabía lo que quería. «Rusia —pensaba— tiene tierras espléndidas y excelentes trabajadores. En algunos casos, como el de ese viejo que visité hace unos días, las tierras rinden mucho; pero en la mayoría de las ocasiones, cuando el capital se aplica al modo europeo, el rendimiento es escaso, porque los trabajadores no quieren trabajar ni trabajarán más que a su manera. Esa resistencia es constante, y tiene su base en el propio espíritu del pueblo. El pueblo ruso, cuya misión es poblar y cultivar espacios inmensos, emplea, conscientemente, procedimientos adecuados que no son, en absoluto, tan malos como generalmente se cree.» Y pretendía demostrar eso teóricamente en su libro, y prácticamente en su propiedad.

## Capítulo XXX

A finales de septiembre, el grupo de Rezunov llevó la madera para construir el establo en la tierra trabajada por ellos, vendieron la mantequilla y se repartieron los beneficios. En la práctica, todo iba bien en la finca, o al menos así le parecía a Lievin. Y, para establecerlo teóricamente y terminar la obra que, según creía él, no sólo produciría una revolución en la economía política, sino que destruiría completamente esta ciencia cimentando una nueva ciencia basada en la actitud del campesino respecto de la tierra, sólo necesitaba ir al extranjero, estudiar sobre el terreno cuanto se hubiese hecho en ese aspecto y hallar las pruebas evidentes de la inutilidad de todo lo realizado hasta entonces en este sentido. Lievin no esperaba más que la venta del trigo candeal para marcharse. Pero empezaron las lluvias, que impidieron recoger el grano y las patatas; se interrumpieron todos los trabajos, y hasta la venta de trigo quedó suspendida. Los caminos estaban impracticables, el agua arrastró dos molinos, y el tiempo era cada vez peor.

El 30 de septiembre brilló el sol por la mañana, y Lievin, creyendo que el tiempo habría cambiado, comenzó a hacer los preparativos de viaje. Ordenó ensacar y vender el trigo, envió a su administrador a cobrar el dinero de esa venta, y salió a inspeccionar los campos. Mojado completamente a pesar de su gabán de cuero, pues el agua se le filtraba por el cuello y por las aberturas de las botas, regresó a casa por la tarde. Se hallaba en una excelente disposición de ánimo; el tiempo empeoraba. Por la noche arreció la lluvia, y el granizo castigaba de tal suerte al caballo, que el animal marchaba de lado, sacudiendo la cabeza y las orejas.

Pero Lievin no se inmutaba, y se sentía muy a gusto bajo su capucha, mirando alegremente todo lo que se ofrecía a su vista: ya los turbios arroyos que corrían por las rodadas, ya las gotas de lluvia que pendían de las desnudas ramas, ya las manchas blancas de granizo sobre las tablas del puente, ya las hojas que cubrían el suelo en torno a los despojados troncos de los olmos. A pesar del desolado aspecto del paisaje, Lievin sentía una íntima alegría. Su conversación con los labriegos en el pueblo lejano le había mostrado que se iban acostumbrando a las nuevas condiciones de trabajo. El viejo guarda, en cuya casa entrara Lievin para secarse, parecía aprobar su plan y hasta se ofreció para entrar como consocio en la adquisición de animales de labor.

«No se trata más que de perseverar —pensaba Lievin—. Trabajando con tenacidad, lo conseguiré. No me guían los intereses personales, sino que mis esfuerzos tienen por objeto el bien común. La situación económica del país cambiará por completo. En vez de miseria, habrá bienestar; en vez de hostilidad, concordia y unión de intereses. En una palabra, será una revolución incruenta, una revolución que, partiendo de nuestro pequeño distrito, se extenderá luego a la provincia, más tarde a toda Rusia y al mundo entero. Porque una idea justa no puede ser estéril. Por un fin tan elevado vale la pena esforzarse. Esto se deberá a mí, Konstantín Lievin, el mismo que fue al baile con corbata negra, y a quien la princesa Scherbatski negó su mano. Puede ser un hombre sencillo y sin importancia; pero estoy seguro de que Franklin también se sentía insignificante y no confiaba en sí mismo, al examinarse interiormente. Y sin duda tenía también una Agafia Mijaílovna, a la que confiaba sus secretos.»

Sumido en estas reflexiones, Lievin llegó a casa cuando ya había oscurecido. El administrador había visitado al comprador del trigo, y venía con parte del dinero; traía también la noticia de que en todas partes el trigo estaba aún sin recoger, de modo que podían considerarse satisfechos, pues los ciento sesenta almiares propios que quedaran sin trillar, eran una insignificancia comparado con el trigo no recogido que tenían los demás.

Lievin, como de costumbre, después de comer se sentó en la butaca con un libro en la mano y, mientras leía, continuó pensando en ese viaje, del cual esperaba tanto. Veía ahora con claridad toda la significación de sus proyectos, y la esencia de sus pensamientos se traducía en su mente en frases acabadas y precisas.

«Tengo que anotarlo —pensó—. Esto será la breve introducción que antes juzgaba innecesaria.»

Se levantó para ponerlo por escrito, y *Laska*, que estaba tendida a sus pies, se levantó a su vez y le miró como preguntándole a dónde tenía que ir. Pero en ese momento llegaron los capataces, y Lievin hubo de salir al recibidor a darles instrucciones para el día siguiente. Despachadas las órdenes, fue a su despacho y se sentó ante la mesa de escritorio. *Laska* se tendió de nuevo a sus pies, mientras que Agafia Mijaílovna se instalaba en su puesto de siempre y comenzaba a hacer calceta.

Después de escribir un rato, Lievin recordó de pronto a Kiti con gran rapidez. Recordó su negativa y su último encuentro, y, agitado, se levantó y empezó a pasearse por la habitación.

—Se aburre usted —observó Agafia Mijaílovna—. ¿Por qué se queda aquí encerrado? Podría irse a tomar las aguas, ya que ha preparado el viaje.

—Me voy pasado mañana. Pero antes tengo que dejar arreglados mis asuntos.

—¿Qué asuntos? ¿Le parece poco lo que ha hecho? Los campesinos dicen que su señor va a recibir una recompensa del zar. Es raro que se preocupe usted tanto de ellos.

—No me preocupo sólo de ellos; hago también algo beneficioso para mí.

Agafia Mijaílovna conocía al detalle todos los proyectos de

Lievin sobre la finca, pues se los había explicado en varias ocasiones, y hasta discutía con ella a menudo a ese respecto. Pero
ahora Agafia Mijaílovna había interpretado sus palabras en un
sentido muy diferente del que él las dijera.

—Es cierto que uno debe preocuparse ante todo de su alma
—dijo suspirando—. Pero, vea. Parfión Denísych (refiriéndose a un criado fallecido recientemente), que no sabía leer ni escribir, murió hace poco con una muerte que Dios quiera con-
cedernos a todos. Comulgó y le dieron la extremaunción.

—No me refiero a eso —repuso Lievin—. Digo que obro
en interés propio. Cuanto mejor trabajen los campesinos, más
beneficio tengo yo.

—Haga lo que quiera; el perezoso no saldrá de su pereza. Y
el que tiene conciencia trabajará bien. No puede ser de otro
modo.

—Sin embargo, tú misma dices que Iván cuida mejor ahora
los animales.

—Lo que le digo —respondió Agafia Mijaílovna, expresando evidentemente un pensamiento que le era muy grato—, es
que necesita usted casarse.

El hecho de que ella hiciera tal observación en esos momentos en que él se complacía en sus recuerdos, contrarió y disgustó a Lievin. Frunció el ceño y, sin responderle, se aplicó de
nuevo a su trabajo, repitiéndose cuanto pensaba sobre la trascendencia de aquel trabajo. De vez en cuando, el rumor de las
agujas de Agafia Mijaílovna, llegando perezosamente a sus oídos, distraía su atención y le llevaba a pensar en lo que no deseaba. Y de nuevo su rostro aparecía ceñudo y severo.

Hacia las nueve, se oyó un ruido de campanillas y el sordo
traqueteo de un carruaje hundiéndose el barro.

—Ya tiene usted visitas. Así se animará un poco —indicó
Agafia Mijaílovna, dirigiéndose a la puerta.

Pero Lievin se le adelantó. Su trabajo no avanzaba, y se alegraba de que llegasen visitantes.

Mientras bajaba la escalera, Lievin oyó en el recibidor una ligera tos que le era muy conocida, aunque el ruido de sus propios pasos le impedía distinguirla claramente. Esperaba haberse equivocado. Vio luego una silueta alta y huesuda, y le parecía que no podía engañarse, pero seguía creyendo que se hallaba en un error, y que ese hombre alto que en ese momento se quitaba el abrigo tosiendo, no era su hermano Nikolái.

Lievin tenía afecto a su hermano, pero vivir con él, siempre le había resultado un suplicio. Ahora, bajo el influjo de repentinos recuerdos, y conturbado aún por la observación de Agafia Mijaílovna, se sentía lleno de confusión, y la visita de su hermano le era particularmente desagradable. En vez de la esperada charla amena con un visitante, sano y alegre, que pudiera distraerle de sus preocupaciones, Lievin preveía ahora una penosa conversación con el hermano, que le conocía a fondo, y el cual le forzaría a expresarse con toda sinceridad y a revelarle sus pensamientos más recónditos. Y Lievin no deseaba tal cosa.

Reprochándose ese mal sentimiento, bajó al recibidor. Pero apenas vio a su hermano, ese sentimiento de decepción fue sustituido en él por una honda compasión. El aspecto de su hermano era aterrador; había enflaquecido todavía más, y mostraba un completo agotamiento. Era un esqueleto viviente. Nikolái sacudía su cuello delgado, quitándose la bufanda, y sonreía de un modo lastimero e inexpresivo. Viendo esa sonrisa débil y resignada, Lievin sintió que se le oprimía el corazón.

—¡Al fin he venido a tu casa! —dijo Nikolái, con voz apagada, sin apartar los ojos del rostro de su hermano—. Hace tiempo que deseaba verte, pero no podía venir, porque me encontraba muy mal. Ahora he mejorado —concluyó, secándose la barba con sus manos grandes y huesudas.

—Bien, bien —respondió Lievin.

Y se asustó más aún cuando al besar a su hermano, sintió en sus labios la sequedad de su rostro marchito y vio de cerca el extraño brillo de sus grandes ojos.

Algunas semanas antes, Konstantín Lievin había escrito a Nikolái, diciéndole que había vendido la pequeña parte de tierra que quedaba de su propiedad común, y que podía cobrar la cantidad que le correspondía, que era unos dos mil rublos. Nikolái dijo que venía a cobrar ese dinero, y, sobre todo, a ver de nuevo la casa natal, tocar con sus pies las tierras, y, como los antiguos héroes, recibir fuerzas de ella para el futuro. A pesar de su mayor encorvamiento y de su acentuada delgadez, sus movimientos eran, como siempre, rápidos y precipitados. Lievin le acompañó a su despacho.

Luego su hermano se mudó con gran cuidado —cosa que antes no hacía—, peinó sus cabellos ralos y tiesos, y subió, sonriendo, al piso alto. Estaba de un excelente humor, alegre y afable, como Lievin le recordaba en su infancia, y hasta habló sin rencor de Serguiéi Ivánovich. Bromeó con Agafia Mijaílovna, y le preguntó por los antiguos servidores. Se impresionó al saber la muerte de Parfión Denísych, y su rostro tomó una expresión seria, de visible temor; pero se recobró enseguida.

—Era muy viejo —dijo, cambiando de conversación—. Bien, me quedaré aquí contigo un par de meses, y luego volveré a Moscú. Miagkov me ha prometido un empleo; trabajaré. Voy a cambiar mi vida. ¿Sabes que me he separado de aquella mujer?

—¿De Maria Nokoláievna? ¿Por qué?

—Era una mala mujer. Me dio muchos disgustos.

No explicó la naturaleza de esos disgustos, evitando decir que se había separado de ella por servirle un té demasiado flojo, y principalmente por cuidarle como a un enfermo.

—Quiero cambiar en absoluto mi modo de vivir. He hecho tonterías, como todos; he perdido mis bienes... Pero no me importa. La salud es lo principal, y gracias a Dios, ahora me he recuperado.

Lievin le oía sin saber qué responder. Nikolái, que parecía también andar buscando las palabras, empezó a hacerle preguntas sobre sus asuntos. Y Lievin, contento de poder hablar ya sin fingir, le expuso sus proyectos y el alcance de sus reformas. Su hermano le escuchaba, pero se veía que no le interesaba.

Los dos hombres se sentían tan próximos el uno del otro,

que el menor movimiento, hasta el tono de su voz, bastaban para que ambos comprendieran enseguida lo que no habrían podido revelar las propias palabras. Ahora los dos percibían lo mismo: la enfermedad y la muerte cercana de Nikolái. Ni uno ni otro osaban, con todo, hablar de ello, y por eso lo que decían no eran más que falsedades. Nunca Lievin se alegró tanto como ahora de que llegase la hora de acostarse; nunca ante ningún extraño, en ninguna visita de cumplido, estuvo tan falaz, tan falto de naturalidad.

Tanto la conciencia de su falta de naturalidad como el pesar por esa misma falta de naturalidad, lo hacían menos natural aún. ¡Era tan triste y tan cruel ver a su querido hermano próximo a la muerte, y tener que oírle hablar sobre la nueva vida que se proponía llevar!

La casa era húmeda y sólo había una pieza que tuviera calefacción, por lo cual, Lievin instaló a su hermano en su propia habitación. Nikolái se acostó. Dormido o despierto, se agitaba como un enfermo, tosía y gemía y, cuando no podía expectorar, refunfuñaba. De vez en cuando exhalaba un hondo suspiro, y decía: «¡Ay, Dios mío!» Y cuando las flemas lo ahogaban, exclamaba con despecho: «¡Ah, diablo!» Lievin le oyó durante mucho rato, sin poder dormir. Sus diversos pensamientos se resumían en la idea de la muerte.

Por primera vez, la muerte como fin inevitable de todo lo existente se le aparecía en su trágica realidad. La muerte estaba aquí, con ese hermano querido, que, en su sueño agitado, invocaba indistintamente a Dios o al diablo. La muerte estaba también en él mismo. Lievin lo percibía. ¿Qué importaba cuándo viniera? Y lo que fuera esa muerte inevitable, Lievin no lo sabía ni lo había meditado nunca; y ni siquiera se atrevía a pensar en ella.

«Trabajo, me esfuerzo por algo, y olvido que todo termina..., que la muerte es una realidad.»

Estaba sentado en la cama, en la oscuridad, abrazando sus rodillas. Retenía la respiración para concentrar su mente. Pero cuanto más meditaba, con más claridad veía que en su concepto de la vida había omitido un pequeño detalle: que la muerte llegaría un día, para poner fin a todo. ¿De qué servía, pues, esforzarse tanto por conseguir bienestar y prosperidad materiales? Contra la muerte nada se podía hacer. Era terrible, pero era la verdad.

«Sin embargo, todavía estoy vivo. ¿Qué debo hacer ahora?», se decía con desesperación.

Encendió la bujía, se levantó silenciosamente, y se miró al espejo los cabellos y el rostro. En las sienes había ya canas. Abrió la boca. Las muelas empezaban a cariarse. Descubrió sus musculosos brazos. Era fuerte; pero también Nikolái, que respiraba penosamente cerca de él con los restos de sus pulmones, había tenido el cuerpo vigoroso. Recordó de repente cuando, en su niñez, dormían los dos en la misma habitación y esperaban con gozo que Fiódor Bogdánovich se hubiera ido para tirarse las almohadas y reír, reír en completa libertad, sin que el miedo a Fiódor Bogdánovich pudiera reprimir esa exuberante alegría de vivir.

«Y ahora Nikolái tiene el pecho hundido y vacío, y yo no sé para qué vivo ni qué me reserva el futuro.»

—¡Ejem, ejem! ¿Qué diablos haces ahí, y por qué no duermes? —exclamó su hermano.

—No sé. Insomnio.

—Yo he dormido muy bien. Ya no tengo sudor. Toca mi camisa. ¿Verdad que no está mojada?

Lievin tocó la camisa, se dirigió de nuevo a su cama y apagó la bujía, pero no pudo conciliar el sueño. Apenas había solucionado el problema de la organización de su vida, se le presentaba ya otro insoluble: el de la muerte.

«Mi hermano se está muriendo. Morirá, quizá, en la primavera. ¿Qué puedo hacer para ayudarle? ¿Qué puedo decirle? ¿Qué sé yo de la muerte, si hasta me había olvidado de eso, de que un día terminará todo para los que vivimos?»

Capítulo XXXII

Todo exceso de humildad trae en la mayoría de la gente una reacción violenta; entonces sus exigencias y su susceptibilidad llegan a hacerlos insoportables. Lievin, que no lo ignoraba, temía que la benigna disposición de su hermano no duraría mucho. En efecto, así fue. Desde la mañana siguiente, Nikolái volvió a mostrarse irritado; se enojaba por las cosas más nimias, y hería a su hermano en lo más delicado de su sensibilidad.

Lievin experimentaba un sentimiento de culpa, y no podía evitarlo. Comprendía que si los dos no hubiesen fingido y hubiesen hablado, como vulgarmente se dice, con el corazón en la mano, o sea, que se hubieran dicho solamente lo que pensaban y sentían, se mirarían a los ojos y Konstantín habría dicho: «¡Vas a morir, a morir, a morir!» A lo cual Nikolái hubiera respondido: «Lo sé, y tengo miedo, tengo miedo...» Pero esta sinceridad no era posible, y por ello Lievin procuraba fingir y hablar de otras cosas. Este sistema de no decir lo que pensaba, que había observado que otros seguían con tanto éxito, a él, sin embargo, no le había dado resultado jamás. Se daba cuenta también ahora de que no conseguía nada, de que su hermano adivinaba que sólo quería engañarlo, y ello le exasperaba.

Al tercer día, Nikolái pidió a su hermano que le explicara sus proyectadas reformas, y no sólo las criticó, sino que, intencionadamente, las relacionó con el comunismo.

—Has tomado ideas ajenas, para desfigurarlas y aplicarlas aquí, donde son inaplicables.

—Te digo que mi plan es algo completamente distinto a eso. El comunismo niega la propiedad, el capital y la herencia... Yo no niego esos estímulos —aun cuando Lievin odiaba esa palabra, desde que empezara a ocuparse de cuestiones sociales tendía cada vez más a usar términos extranjeros—. Mi único objeto es regular el trabajo.

—O sea, que has tomado una idea ajena, quitándole lo que constituía su fuerza, y la presentas como algo nuevo —opinó Nikolái, manipulando en su corbata.

—Mi idea no tiene ninguna relación con...

—Eso otro —explicó Nikolái, con los ojos brillantes de ira y sonriendo con ironía— tiene por lo menos el atractivo de lo geométrico, de lo claro y evidente. Será quizá una utopía. Pero si fuera posible hacer tabla rasa de todo lo pasado y no hubiera ya ni propiedad ni familia, evidentemente podría surgir una nueva forma de trabajo. Pero tú no tienes nada de eso...

—¿Por qué te empeñas en confundir las cosas? Nunca he sido comunista.

—Yo lo he sido, y opino que la idea es prematura, pero razonable y lógica para el porvenir, como el cristianismo en los primeros tiempos.

—Yo creo únicamente que hay que considerar la mano de obra desde el punto de vista natural y experimental, es decir, estudiarla, conocer sus características y...

—Es completamente inútil. Esa fuerza está en continuo desarrollo, y halla por sí sola las reformas convenientes a su actividad. En todas partes ha habido primero esclavos y luego trabajadores a medias. También nosotros los tenemos; hay peones, colonos... ¿Qué buscas todavía?

Lievin se inquietó al oírle, porque pensaba que su hermano podía tener razón. Y en el fondo percibía que era cierto lo que se le reprochaba. Acaso buscaba sólo un término medio, por otra parte muy difícil de hallar, entre el comunismo y las formas de trabajo establecidas.

—Trato de regular el trabajo de un modo provechoso para mí y para el trabajador —respondió, alzando la voz.

—Nada de eso. Has procurado siempre ser un hombre original, y en vez de explotar abiertamente a los campesinos, lo haces en nombre de unos principios.

—Bien; si lo crees así, dejemos este tema —replicó Lievin, sintiendo que el músculo de la mejilla derecha le temblaba involuntariamente.

—No has tenido nunca convicciones, y no buscas más que satisfacer tu amor propio.

—Bueno; concedamos que así sea y déjame en paz.

—Muy bien, te dejaré en paz y vete al diablo. Lamento mucho haber venido.

A pesar de los esfuerzos de Lievin para calmar a su hermano, éste no quiso escuchar nada, insistiendo en que valía más separarse, y comprendió que Nikolái ya se había cansado de la vida. Este se preparaba ya para marcharse, cuando Lievin se dirigió a él y le pidió, de un modo algo forzado, que le disculpara si acaso le había ofendido.

—¡Oh, qué magnanimidad! —ironizó Nikolái, sonriendo—. Si lo quieres así, te doy la razón. Estás en lo justo. Pero, de todos modos, me marcho.

En el momento de despedirse, Nikolái besó a su hermano y le dijo, mirándole con una extraña gravedad:

—No me guardes rencor, Kostia—. Y su voz tembló.

Estas fueron las únicas palabras sinceras que pronunciara. Lievin comprendió que tales palabras significaban: «Ya ves y sabes cómo estoy, y acaso no volvamos a vernos.» Y las lágrimas brotaron de sus ojos. Besó una vez más a su hermano, pero no supo qué responderle.

A los tres días de haberse marchado Nikolái, Lievin partió para el extranjero. En la estación encontró a Scherbatski, el primo de Kiti, quien se extrañó del aspecto hondamente triste de Lievin.

—¿Qué te ocurre? —le preguntó.

—Nada. Pero en la vida hay muy pocas alegrías.

—¿Quieres alegría? Vente conmigo a París, en vez de ir a ese aburrido Mulhouse. Allí te animarás, y lo verás todo más risueño.

—Para mí esto ha concluido, y es necesario ir pensando en la muerte.

—¡Qué ocurrencias tienes! —exclamó Scherbatski, riendo—. ¡Y yo que me dispongo a empezar a vivir!

—Yo pensaba de igual modo hace poco. Pero ahora... Ahora veo que la muerte no está lejana.

Lievin era sincero. Sentía cada vez más la proximidad de la muerte. Pero por ello no abandonaba sus proyectos; de todos modos debía seguir viviendo y ocuparse en algo, hasta que llegara el fin. En medio de esa oscuridad en que se movía, sólo su idea, su empresa, podían servirle de guía. Y Lievin se aferraba a ella con todas sus fuerzas.

# CUARTA PARTE

## Capítulo Primero

Los Karenin, marido y mujer, seguían viviendo bajo el mismo techo, pero eran completamente extraños el uno al otro. Alexiéi Alexándrovich consideraba conveniente ver todos los días a su esposa, para evitar que los criados hicieran comentarios, pero raras veces comía en casa. Vronski no hacía nunca ninguna visita a los Karenin, aunque Anna le veía fuera y su esposo lo sabía.

La situación habría sido intolerable para los tres, si todos no hubieran creído que cambiaría pronto, viendo en ella solamente una condición transitoria que no podía prolongarse por mucho tiempo. Karenin confiaba que esa pasión terminaría, como terminaba todo en este mundo, que todos lo olvidarían y su nombre continuaría sin mancha. Anna, que era la causante de todo, y a quien esa situación le resultaba más penosa que a ninguno, aceptaba tal estado de cosas porque estaba segura de que iba a tener un próximo fin. Ignoraba cuál sería el desenlace de la situación, pero tenía el convencimiento de que no tardaría en cambiar. Vronski, involuntariamente influido por Anna, creía también que, por alguna causa exterior, se produciría un definitivo cambio y serían superadas todas las dificultades.

A mediados de invierno, Vronski pasó una semana sumamente aburrida. Fue designado para acompañar a un príncipe extranjero que visitó Peterburgo, y al que tenía que mostrar todo lo notable de la ciudad. Este honor, merecido por su distinguido porte, sus maneras respetuosas y su trato habitual con la alta sociedad, le resultó fastidioso. El príncipe quería ver todo lo que pudiera haber de interesante en Rusia, para poder responder a las preguntas que se le hicieran, de regreso a su país. Además, no quería perderse ninguna de las diversiones existentes. Vronski tenía que orientarle en ambos aspectos. Así pues, durante el día recorrían la ciudad, y por la noche se dirigían a los lugares de recreo. El príncipe gozaba de una salud excelente, incluso excepcional para un príncipe, y, gracias a la gimnasia y a los minuciosos cuidados, su cuerpo había adquirido tal vigor, que, a pesar de los excesos a que se entregaba, estaba tan lozano como un pepino holandés, fresco y verde.

Había viajado mucho, y opinaba que la mayor ventaja de las modernas facilidades de comunicación consistía en la posibilidad de gozar sobre el terreno de las diferentes diversiones de moda en cualquier país. En España, había dado serenatas y había cortejado a una española que tocaba la mandolina. En Suiza, había matado un rebeco en una cacería. En Inglaterra, vestido con una levita roja, saltó cercas a caballo, y mató, en una apuesta, doscientos faisanes. En Turquía, había visitado los harenes; en la India, montó elefantes, y ahora, a su llegada aquí, esperaba saborear los placeres típicos de Rusia.

Vronski, que se había convertido en una especie de maestro de ceremonias, organizaba con gran trabajo todas las diversiones rusas que diversos personajes se complacían en ofrecer al príncipe. Hubo paseos en trotones, comidas de hojuelas, cacerías de osos, troikas, canciones cíngaras y francachelas con la habitual rotura de vajilla. El príncipe asimiló al ambiente ruso con sorprendente facilidad; rompía la vajilla, sentaba en sus rodillas a las cíngaras, y parecía preguntar si la exhuberancia rusa se reducía verdaderamente sólo a esto. Decididamente, de todas las diversiones rusas, de todos esos nuevos placeres, lo que más agradaba al príncipe eran las artistas francesas, una bailarina de ballet y el champaña.

Vronski estaba acostumbrado a tratar a los príncipes; pero, sea porque él mismo hubiera cambiado últimamente, o por tratar demasiado de cerca a ese personaje, la semana le pareció terriblemente larga. En esos días experimentaba de continuo el sentimiento de un hombre encargado de vigilar a un loco peligroso, temiendo, al mismo tiempo, ser agredido por el loco y perder la razón permaneciendo a su lado. Se veía, pues, en la necesidad de mantener constantemente su actitud de respeto protocolario, para no exponerse a sufrir una afrenta. Con gran sorpresa suya, el príncipe trataba muchas veces despectivamente a las mismas personas que se esforzaban por ofrecerle diversiones típicas. Su concepto de las mujeres rusas, a las que se dignaba estudiar, más de una vez hizo enrojecer de ira a Vronski.

Sin embargo, el motivo principal de su aversión hacia el príncipe era que Vronski hallaba en su persona como un reflejo de sí mismo, y lo que veía en ese espejo no tenía nada de halagador. La imagen que se le ofrecía era la de un hombre necio, muy seguro de sí, que gozaba de excelente salud y cuidaba mucho de su persona. Era, en verdad, un caballero; trataba sin adulación a sus superiores, se mostraba natural y sencillo con sus iguales y despreciativamente benigno con sus inferiores. Vronski era también así, y lo tenía en gran mérito; pero como se hallaba en una situación de inferioridad con respecto al príncipe, el aire de protector de éste y el modo ligeramente despectivo con que lo trataba, le ofendían.

«¡Qué animal! ¿Es posible que también yo proceda así?», se preguntaba.

Pero el séptimo día, en el andén de una estación, de regreso de una cacería de osos en la que durante toda la noche el príncipe se había mostrado admirado de la bravura rusa, pudo finalmente Vronski despedirse de él, que se dirigía hacia Moscú. Después de que el príncipe le hubo expresado su agradecimiento, el joven se sintió feliz de apartarse de ese espejo odioso, en el que no volvería ya a mirarse.


## Capítulo II

Al regresar a casa, Vronski halló un billete de Anna, en el cual decía:

> Estoy enferma y soy muy desdichada. No puedo salir, pero tampoco pasarme mucho tiempo sin verle. Venga esta noche. Alexiéi Alexándrovich estará fuera, en un Consejo, desde las siete hasta las diez.

Vronski quedó un momento pensativo. La carta de Anna, invitándole a que fuera a su casa, a pesar de la prohibición formal de su marido, le sorprendió un poco, pero, no obstante, decidió ir.

Ese invierno, Vronski, ascendido a coronel, había dejado el regimiento y vivía solo. Después de almorzar, se tendió en el diván y, en unos momentos, los recuerdos de las repugnantes escenas que viviera en los últimos días se mezclaron en su mente con imágenes de Anna y de un ojeador que se distinguiera mucho en la caza del oso, y se durmió. Despertó de noche, sobrecogido de terror, y encendió con prontitud una bujía.

«¿Qué me ha ocurrido? ¿Qué es lo que he soñado?... ¡Ah, sí! El ojeador, aquel campesino sucio, de barbas desgreñadas, hacía no sé qué cosa, inclinándose, y de pronto comenzó a hablar en francés unas palabras extrañas. Pero si no ha habido nada más, ¿por qué ha sido tan horroroso el sueño? «¡Qué tontería!», se dijo.

Miró el reloj. Eran ya las ocho y media. Llamó al criado, se vistió rápidamente y salió, olvidando el sueño. Su sola preocupación era que iba tarde. Cuando llegó a casa de los Karenin, eran las nueve menos diez. Una berlina con dos caballos grises estaba parada junto a la puerta, y Vronski reconoció el coche de Anna.

«Tenía intención de ir a mi casa —pensó—. Y hubiera sido mejor. Me desagrada entrar aquí. Pero, de todos modos, no puedo esconderme.»

Y con la serenidad propia de un hombre que nunca ha tenido de qué avergonzarse, descendió del trineo y se dirigió hacia la puerta. Ésta se abrió en ese momento. El portero, con una manta de viaje bajo el brazo, apareció indicando que se acercara el coche. Vronski, aunque se fijaba poco en detalles, notó al punto la expresión de sorpresa con que el portero le miraba. El joven dio unos pasos adelante, y se tropezó casi con Alexiéi Alexándrovich, de rostro lívido y enflaquecido, con el sombrero negro y la corbata blanca destacando entre la piel de su abrigo de castor; ambos quedaron momentáneamente iluminados por la luz del gas.

Karenin fijó sus ojos apagados en el rostro de Vronski, apretó los labios, se tocó el sombrero con la mano y pasó.

Vronski saludó inclinándose y vio que, sin volver la cabeza, subía al coche, cogía por la ventanilla la manta y los prismáticos, y desaparecía. El joven entró en el recibidor, con el ceño fruncido y los ojos brillantes. Un sentimiento de animosidad, de orgullo herido, parecía manifestarle en el fulgor malévolo de su mirada.

«¡Qué situación! —pensaba—. Si ese hombre, por lo menos, quisiera defender su honor, yo podría obrar, expresar de algún modo mis sentimientos. Pero, por su debilidad o bajeza, me veo en la posición de un burlador, y eso lo aborrezco.»

Desde su última entrevista con Anna en el jardín de Vrede, los sentimientos de Vronski habían cambiado mucho. Influido a pesar suyo por la actitud de Anna, que se había entregado enteramente a él, y sólo de él esperaba la determinación de su suerte —resignada a aceptar la inevitable situación—, ya no creía que sus relaciones pudieran terminar prontamente. Renunciando de nuevo a sus ambiciosos planes, sintiendo que había salido del círculo de actividades en el que todo estaba bien definido, se entregaba sin resistencia a esa violenta pasión que le arrastraba cada vez más hacia Anna.

Desde el recibidor, Vronski sintió pasos que se alejaban, y comprendió que ella se había acercado a escuchar y que ahora volvía al salón, para esperarle allí.

—¡No! —exclamó Anna al verle, y enseguida las lágrimas asomaron a sus ojos—. No es posible continuar así. De otro modo, lo que ha de ocurrir ocurrirá mucho antes.

—¿Qué es lo que te aflige, querida?

—Hace dos horas que estoy esperando... Pero no quiero enojarme contigo. Si no has venido antes, es porque algo te lo habrá impedido. No, no voy a reprenderte...

Le puso las dos manos en los hombros y le contempló con mirada extasiada y a la vez escrutadora. Observaba atentamente el rostro de Vronski, tratando de percibir las alteraciones que pudiera haber sufrido durante todo el tiempo que no se habían visto. Porque en sus encuentros con Vronski, Anna limitaba siempre la impresión real a la impresión puramente imaginaria que él le producía. Y estaba impaciente por comprobar si la imagen que se formara de él en su ausencia correspondía a la realidad.

—¿TE has encontrado con él? —preguntó ella, cuando se hubieron sentado junto a la mesita, en la que se apoyaba una lámpara—. ¿Lo ves? Es el castigo por llegar tan tarde.

—Pero, ¿qué ha ocurrido? Yo creía que estaba en el Consejo.

—Estuvo allí y volvió. Y se ha ido otra vez, no sé a dónde. Lo mismo da. No hablemos de eso. ¿Dónde has estado? ¿Siempre con el príncipe?

Anna conocía los menores detalles de su vida. Vronski quiso decirle que, no habiendo descansado en toda la noche, se había quedado dormido. Pero viendo ese rostro conmovido y feliz, se sintió turbado, y, en vez de ello, dijo que había tenido que ir a informar de la marcha del príncipe.

—¿Ha terminado todo ya? ¿Se ha ido?

—Sí, gracias a Dios. No puedes imaginarte lo fastidioso que me ha resultado.

—¿Por qué? Llevabais la vida habitual de todos vosotros, los jóvenes —dijo Anna, frunciendo las cejas.

Y cogiendo la labor que tenía sobre la mesa, empezó a sacar el ganchillo, sin mirar a Vronski.

—Hace tiempo que he abandonado esa vida —respondió él, extrañado por el repentino cambio de expresión del rostro de Anna, y procurando hallar el motivo de ello—. Te confieso —prosiguió con una franca sonrisa que puso al descubierto sus espléndidos dientes blancos— que durante estos días he podido observarme en el príncipe como en un espejo, y no he sacado ninguna buena impresión

Anna se había interrumpido en su labor, y le miraba con ojos extrañados, brillantes y casi hostiles.

—Hoy ha venido Lisa..., que aún no teme visitarme, a pesar de la condesa Lidia Ivanovna. Y me ha hablado de vuestra noche «ateniense». ¡Qué asco!

—Quisiera decirte...

Ella le interrumpió:

—¿Esa *Thérèse* era la joven con quien ibas antes?

—Quisiera decirte...

—¡Cuán odiosos sois todos los hombres! ¿Cómo podéis creer que una mujer olvida esas cosas? —decía Anna, agitándose cada vez más y revelándole así la causa de su inquietud—. Sobre todo, una mujer como yo, que no puede saber nada de tu vida. Sólo sé lo que tú me has dicho. ¿Y qué seguridad puedo tener de que dices la verdad?

—Me ofendes, Anna. ¿Es que no me crees? ¿No te he dicho que no te oculto ninguno de mis pensamientos?

—Bien —repuso ella, esforzándose en reprimir sus celos—. Pero, ¡si supieras cómo sufro! Te creo, te creo... Bueno, ¿qué me decías?

Vronski no podía ya recordar lo que quería decirle. Esos accesos de celos, que cada vez se hacían más frecuentes en Anna, le asustaban, y aun cuando se esforzaba en disimularlo, enfriaban su amor hacia ella, a pesar de saber bien que sus celos eran motivados por la pasión que sentía por él. Muchas veces se había repetido que la felicidad no existía para él sino en ese amor. Y ahora que Anna le amaba como sólo puede hacerlo una mujer que lo ha sacrificado todo a su pasión, ahora Vronski se sentía más lejos de la felicidad que el día en que había salido de Moscú para seguirla. Entonces podía ser desventurado, pero en medio de su infortunio veía brillar una promesa de dicha. Ahora, en cambio, percibía que lo mejor de esa felicidad había ya pasado. Anna no era ya la misma de antes. Moral y físicamente había cambiado mucho. Estaba más gruesa, y ahora mismo, mientras le hablaba de la artista, una expresión de odio alteraba sus facciones.

Vronski la contemplaba como a una flor marchita, en la que no pudiese reconocer esa belleza que le incitara a cortarla. Y, sin embargo, percibía que, aunque creyera no amarla ya, estaba cada vez más ligado a ella. Mientras que antes, por un esfuerzo de voluntad, habría podido arrancar de su alma ese amor, ahora le sería imposible hacerlo. No podía separarse ya de ella.

—Bueno, ¿qué ibas a decirme del príncipe? —insistió Anna—. Tranquilízate. Ya he echado el demonio de mí —así llamaban ellos a los celos—. ¿Qué decías, pues, del príncipe? ¿Por qué te ha desagradado tanto?

—Era insoportable —dijo Vronski, tratando de reanudar el hilo de sus pensamientos—. El príncipe no sale ganando cuando se le conoce. Podría compararlo a uno de esos animales bien nutridos que obtienen premios en las exposiciones —añadió, en un tono airado que despertó el interés de Anna.

—¿Será posible? —replicó—. Pero si es un hombre culto, que ha viajado mucho.

—La cultura de ellos no es la nuestra. Se diría que está instruido sólo para tener derecho a despreciar la instrucción, como se desprecia todo entre los de su clase, excepto los placeres animales.

—A todos os gustan esos placeres animales —dijo Anna.

Y Vronski observó de nuevo en ella esa mirada extraña que tanto le angustiaba.

—¿Por qué le defiendes? —preguntó, sonriendo.

—No le defiendo. Me es indiferente. Pero creo que si esos placeres a ti mismo no te hubieran gustado, habrías podido muy bien prescindir de ellos. Y..., bien, no puedes negar que te gusta ver a Teresa en traje de Eva.

—¡Otra vez el demonio! —exclamó Vronski, cogiendo y besando la mano que Anna mantenía sobre la mesa.

—No puedo dominarme. No sabes cuánto he sufrido esperándote. No soy celosa, no. Te creo cuando estás a mi lado. Pero cuando estás lejos, viviendo a tu modo, incomprensible para mí...

Se apartó de él, sacó, por fin, el ganchillo de la labor y, rápidamente, con ayuda del dedo índice, comenzaron a trenzarse los hilos de lana blanca, brillante bajo la luz de la lámpara, y su fina muñeca se movía nerviosamente en la manga de encajes.

—¿Dónde has encontrado a mi marido? —preguntó de pronto, con voz forzada.

—Casi nos hemos rozado en la puerta.

—¿Y te ha saludado así?

Anna alargó el rostro, y entornando los ojos, cambió la expresión de su semblante y plegó los brazos. Vronski se sorprendió al ver que el rostro de ella tomaba el mismo aspecto que había observado en Karenin al encontrarle. Sonrió, mientras Anna reía con esa risa dulce y sonora que era uno de sus mayores encantos.

—No llego a comprenderle —dijo Vronski—. Si después de vuestra explicación en la casa veraniega hubiese roto contigo o me hubiera provocado en desafío, lo habría hallado muy natural. Pero no sé cómo puede soportar esta situación. Porque se ve que sufre.

—¿Él? —dijo Anna irónica—. No, está muy contento.

—No veo por qué debiéramos atormentarnos tanto, cuando todo podría arreglarse perfectamente.

—Te aseguro que no sufre. ¡Bien conozco esa naturaleza hecha toda de mentira! ¿Podría un hombre que no fuera insensible habitar bajo el techo de su esposa culpable? ¿Podría, acaso, hablar con ella? ¿Tratarla de tú? —y de nuevo, Anna le imitó: «Tú, *ma chère*[1], tú Anna...»—. No, no siente ni comprende nada —prosiguió—. No es un hombre, es un muñeco. Nadie lo sabe, pero yo lo sé. Si yo estuviese en su lugar, a una mujer como yo, hace tiempo que la habría hecho pedazos, en vez de llamarla *ma chère* Anna. No, no es un hombre. Es una máquina burocrática. No comprende que te pertenezco, que él no es nada para mí, que está de sobra. Pero no hablemos más de eso.

—Eres injusta, amiga mía —reprendió Vronski, procurando calmarla—. Pero no importa. No hablemos de él. Dime qué haces, cómo te encuentras. ¿Qué te ha dicho el médico?

Anna le miraba con burlona jovialidad. Se advertía que recordaba ahora otras extravagancias de su marido, y que esperaba la oportunidad de hablar de ellas.

—Sin duda, tu enfermedad es sólo una consecuencia de tu estado —continuó Vronski—. ¿Cuándo será?

Se extinguió el brillo malévolo de los ojos de Anna, y una sonrisa de suave tristeza sustituyó el matiz de ironía que antes se observara en sus labios.

—Pronto, pronto... Tú dices que nuestra situación es terrible y que hay que salir de ella. ¡Si supieras qué odiosa me es y cuánto daría por poder amarte libremente! No sufriría ni te torturaría con mis celos. Pronto cambiará todo, pero no como esperamos.

Y al pensar en ello, se sentía tan desdichada, que las lágri-

---

[1] querida mía. (En francés en el original.)

mas acudían a sus ojos y le impedían continuar. Puso su mano blanca, brillante de sortijas bajo la luz de la lámpara, en el brazo de Vronski.

—No será como esperamos. No quería decírtelo, pero me obligas a ello. Pronto se solucionará todo y dejaremos de sufrir.

—No comprendo —repuso Vronski, aunque comprendía muy bien.

—Quieres saber «cuándo será». Será pronto. Y yo no sobreviviré a ello. No me interrumpas —y dijo precipitadamente—. Lo sé, lo sé con certeza. Voy a morir, y estoy contenta de ello. Los dos quedaréis así libres.

Las lágrimas seguían brotando de sus ojos.

Vronski se inclinó sobre su mano y la cubrió de besos, tratando de ocultar su emoción, la cual —lo sabía bien— no tenía ningún fundamento. Pero, a pesar de ello, no le era posible alejar su inquietud.

—Sí, será así —porfió Anna, apretándole con fuerza la mano—. Y es el único recurso que nos queda.

—¡Qué tontería! —exclamó Vronski, recobrándose y levantando la cabeza—. No sabes lo que dices.

—Lo que digo es verdad.

—¿Qué es lo que es verdad?

—Que voy a morir. Lo he soñado.

—¿Lo has soñado? —repitió Vronski, recordando enseguida al campesino con quien soñara él.

—Sí. Hace tiempo... Soñé que entraba corriendo en mi habitación para coger no sé qué, o enterarme de algo... Ya sabes, como ocurre todo en lo sueños —añadió Anna, con una expresión de horror—. Allí, en un rincón de mi dormitorio, vi que había...

—¡Qué necedades! ¿Cómo puedes creer en esas cosas?

Pero lo que contaba tenía demasiada importancia para ella, y Anna no dejó que la interrumpiera.

—Y lo que había allí se movió, y vi luego que era un campesino, pequeño y horrible, y con una barba desgreñada. Quise huir, pero él se inclinó sobre un saco y empezó a rebuscar en su interior...

Anna imitó los movimientos del campesino. El horror estaba pintado en su semblante. Y Vronski, recordando su propio sueño, sentía que se apoderaba de él ese mismo horror.

—El campesino, mientras rebuscaba con las manos, hablaba en francés muy de prisa y tartajeando: *Il faut battre le fer, le broyer, le pétrir...*[2]. Y me sentía tan aterrorizada, que quise despertarme. Pero no desperté, sólo soñé que despertaba. Y me preguntaba a mí misma qué significaba todo eso. Entonces oí que Kornei me respondía: «Morirá usted de parto, señora.» Y enseguida volví a la realidad.

—¡Qué tonterías! —repetía Vronski, sintiendo, sin embargo, que no era sincero.

No obstante, la similitud del sueño le escalofriaba.

—No hablemos más de eso. Llama. Mandaré servir el té... No, espera. No tardaré...

De repente se detuvo, sus facciones perdieron su rigidez, y por su rostro se extendió una serenidad grave y atenta. Pero Vronski no comprendió el porqué de ese cambio. No comprendía que Anna sentía que una nueva vida se agitaba en sus entrañas.


CAPÍTULO IV

DESPUÉS de su encuentro con Vronski junto a su casa, Alexiéi Aleándrovich fue a la Ópera italiana, como había pensado. Permaneció allí durante dos actos y vio a las personas que deseaba ver. De regreso a casa, echó una ojeada al perchero del recibidor para asegurarse de que no había ningún capote militar, y pasó a sus habitaciones. Contra su costumbre, no se acostó. En vez de ello, estuvo paseando por la estancia hasta las tres de la madrugada. El hecho de que su mujer no hubiera cumplido la única condición que él le impusiera —no recibir en casa a su amante— le irritaba y le mantenía intranquilo. Puesto que Anna no se había cuidado de cumplir esa orden, tenía que castigarla y ejecutar su amenaza: pedir el divorcio y quitarle a su hijo.

---

[2] Hay que forjar el hierro, machacarlo, reblandecerlo... (En francés en el original.)

Alexiéi Alexándrovich no ignoraba que ello ofrecía muchas dificultades, pero se había jurado que lo haría, y no retrocedería. La condesa Lidia Ivánovna consideraba también que el divorcio era la única salida a la delicada situación en que se hallaba. Y últimamente, las diligencias judiciales a este respecto se habían simplificado tanto en la práctica, que Karenin esperaba poder superar todas las dificultades.

Como los males nunca llegan solos, el asunto de la población no autóctona y la irrigación de Zaraisk le daban tantos disgustos, que se hallaba en un estado de continua irritación. No durmió en toda la noche, y su cólera iba aumentando en progresión geométrica hasta alcanzar por la mañana límites extremos. Se vistió precipitadamente, y como si llevara una copa llena de agravios y temiera derramarla, se dirigió a la habitación de Anna, apenas supo que se había levantado.

Anna creía conocer a fondo a su marido, pero al verle entrar quedó sorprendida de su aspecto. En su rostro había una expresión sombría, sus ojos apagados tenían ahora un extraño brillo y miraban con severidad. Los labios, apretados, mostraban un profundo desdén, y en su porte y en sus movimientos había una firmeza tal, como Anna nunca viera en él antes. Entró en la habitación sin saludarla y se dirigió rectamente a la mesa escritorio, abriendo enseguida el cajón.

—¿Qué busca usted? —inquirió Anna.

—Las cartas de su amante —respondió él.

—No hay ninguna carta aquí —denegó Anna, cerrando prontamente el cajón.

Por ese ademán, Karenin comprendió que había acertado, y rechazando bruscamente la mano de ella, se apoderó de la cartera en que su mujer guardaba sus papeles más importantes. Anna trató de arrancársela, pero fue en vano. Karenin se puso la cartera bajo el brazo y la apretó con tal fuerza, que su hombro se elevó.

—Siéntese. Necesito hablarle —dijo.

Anna le dirigió una mirada extraña y temerosa.

—Ya sabe que le prohibí que recibiera aquí a su amante.

—Necesitaba verle para...

Anna se interrumpió, no sabiendo qué pretexto inventar.

—No me interesan los motivos para los cuales una mujer casada necesita ver a su amante.

—Sólo quería... —prosiguió Anna, enrojeciendo.

Pero la brusquedad de su marido la enardeció, devolviéndole su osadía.

—¿Le parece, acaso, una proeza ofenderme? —le preguntó.

—Se puede ofender a un hombre honrado, o a una mujer honrada, pero decir a un ladrón que es un ladrón, es simplemente *la constatatión d'un fait*[1].

—No le hubiera creído a usted capaz de esa nueva forma de crueldad.

—¿Llama usted cruel al marido que da libertad a la muejr concediéndole un techo y un nombre honrados, con la sola condición de respetar las conveniencias sociales? ¿Es eso cruel?

—Si lo quiere usted saber, le diré que es peor. Es una villanía —exclamó Anna, en un arrebato de ira.

Y levantándose, se dispuso a salir.

—¡No! —gritó él, con su voz aguda, que ahora era aún más penetrante, a causa de su irritación.

Y la cogió por el brazo con sus largos dedos con tanta fuerza, que dejó marcadas en la piel de Anna las huellas de la pulsera, al obligarla a sentarse.

—¡Una villanía! ¿No emplearía usted mejor esa palabra, aplicándola a quien abandona al marido y al hijo por el amante y sigue comiendo el pan del marido?

Anna bajó la cabeza. No sólo no dijo lo que había dicho el día anterior a su amante, o sea, que *él* era su marido y que su esposo estaba de más, sino que ni siquiera lo meditó.

Abrumada por la justeza de esas palabras, respondió, en tono resignado:

—No puede usted juzgar mi situación más severamente de lo que yo misma la juzgo. Pero, ¿por qué me dice usted eso?

—¿Por qué se lo digo? —continuó él, exaltado—. Para que sepa que, no habiendo cumplido usted mi exigencia de que guardase las apariencias, tomaré mis medidas para poner fin a esta situación.

---

[1] la constatación de un hecho. (En francés en el original.)

—Pronto, pronto acabará —dijo ella, con voz apagada.

Y de nuevo, al pensar en su muerte próxima, que ahora le parecía deseable, los ojos se le llenaron de lágrimas.

—Terminará mucho antes de lo que usted y su amante puedan creer. Usted busca sólo la satisfacción de su apetito carnal.

—Alexiéi Alexándrovich, dejando aparte su generosidad, ¿cree usted que es justo herir al caído?

—Usted no piensa más que en sí misma. Los sufrimientos del que ha sido su esposo no le interesan. No le importa que su vida esté deshecha, ni lo haya sopol... sopo... sopoltado.

Hablaba tan de prisa, que se le trababa la lengua y no pudo pronunciar correctamente esta palabra. Por fin concluyó diciendo *sopoltado*. Anna hallaba divertido eso, pero enseguida se reprochó haber hallado algo ridículo en tal momento. Y por primera vez, y durante un instante, comprendió el sufrimiento de su marido y sintió compasión de él.

Pero, ¿qué podía hacer o decir? Apenada, inclinó la cabeza y calló. Él calló también y luego habló con voz más sosegada, pero fría, recalcando intencionadamente las palabras utilizadas, que no tenían ninguna importancia particular:

—He venido para decirle...

Anna le miró. «No. Debí haberme engañado —pensó, recordando la expresión que tomara el rostro cuando se confundió al pronunciar la palabra *sopoltado*—. Un hombre con esos ojos turbios y esa seguridad presuntuosa, no puede sentir nada.»

—No puedo cambiar nada —murmuró ella.

—He venido para decirle que mañana me marcho a Moscú y no volveré más a esta casa. Le haré saber mi decisión por el abogado que se encargará de tramitar el divorcio. Mi hijo irá a vivir con mi hermana —concluyó Karenin, esforzándose en recordar lo que quería decir de su hijo.

—Se lleva usted a Seriozha sólo para hacerme sufrir —reprochó ella, mirándole con expresión temerosa—. Usted no le quiere. Déjeme a Seriozha.

—Es cierto. La repugnancia que siento por usted, ha motivado que perdiera hasta el afecto por mi hijo. No obstante, le llevaré conmigo. Adiós.

Quiso salir, pero ella le retuvo.

—¡Alexiéi Alexándrovich, déjeme a Seriozha! —suplicó—. No le pido más que eso. Déjeme a Seriozha hasta que... Pronto daré a luz... Déjemelo.

Alexiéi Alexándrovich se puso rojo, apartó de su brazo la mano de ella y salió sin responder.

## Capítulo V

LA sala de espera del célebre abogado estaba llena cuando Karenin entró en ella. Había una señora anciana, una joven, y la mujer de un tendero. Un banquero alemán con una gruesa sortija en el dedo, un comerciante de larga barba, y un funcionario público vestido de uniforme y con una insignia colgando del cuello. Aparentemente, todos esperaban hacía rato. Dos pasantes escribían ante las mesas. A Karenin le llamaron enseguida la atención los magníficos objetos de escritorio. Eran su debilidad, y se complacía en pasear la mirada por ese conjunto de cosas selectas.

Uno de los pasantes alzó los ojos y, sin levantarse, le preguntó qué deseaba.

—Consultar con el abogado.

—Está ocupado —dijo el pasante con sequedad, mostrando a los que aguardaban.

Y siguió escribiendo.

—¿No tendrá un momento para recibirme?

—No tiene ni un momento libre. Haga el favor de esperar.

—Tenga la bondad de pasarle mi tarjeta —dijo Karenin, con dignidad, viendo que le era imposible mantener su incógnito.

El pasante tomó la tarjeta, la examinó, aparentemente no muy satisfecho, y se dirigió al despacho.

Karenin aprobaba en principio la justicia pública, pero no estaba conforme con algunos detalles de su aplicación, que conocía bien y censuraba tanto como podía censurarse el funcionamiento de una institución sancionada por su majestad. Su larga práctica administrativa lo había llevado a mostrarse indulgente en su particular actividad, reconociendo que los errores son inevitables, y que, además, siempre había la posibilidad de rectificarlos. En lo que se refiere a las nuevas instituciones jurídicas, no aprobaba las condiciones en que se desenvolvían los abogados. Pero como hasta entonces no había tenido asuntos con ellos, su desaprobación era teórica. Pero la desagradable impresión que acababa de tener en la sala de espera del abogado, intensificó más esa desaprobación.

—Ahora sale —anunció el pasante.

En efecto, dos minutos después, se abrió la puerta y apareció la alta figura de un viejo jurista, que había consultado con el abogado, y el propio abogado.

Este era un hombre bajito, pero robusto, calvo, de barba de color negro rojizo, con las cejas claras y largas, y la frente abombada. Vestía como un petimetre, desde la corbata y la cadena del reloj, hasta los zapatos de charol. Tenía un rostro inteligente, de facciones algo rudas, pero su atavío era ostentoso y de mal gusto.

—Haga el favor —invitó, con voz grave, dirigiéndose a Karenin.

Y haciéndose pasar, cerró la puerta de su despacho.

—Siéntese, por favor —le rogó, mostrando una butaca próxima a la mesa escritorio cubierta de documentos.

Y a la vez, se sentó él en el lugar preferente, frotándose sus manos pequeñas, de dedos cortos poblados de vello rubio, e inclinando la cabeza para escuchar.

Apenas se acomodó en esa actitud, se enderezó de repente, y con rápido movimiento alargó la mano para atrapar una polilla que volaba sobre la mesa.

En un momento quedó de nuevo en la posición primitiva.

—Antes de hablarle de mi asunto, debo advertirle que ha de quedar en absoluto secreto —dijo Karenin, que había seguido con sorpresa los gestos del abogado.

Una imperceptible sonrisa agitó los bigotes rojizos del abogado.

—No sería abogado si no pudiese guardar los secretos que me confían. Pero si usted necesita una confirmación...

Alexiéi Alexándrovich le miró al rostro, y en sus ojos grises y maliciosos creyó ver algo que mostraba que lo sabía todo.

—¿Conoce usted mi nombre? —preguntó Karenin.

—Lo conozco, y sé bien, como lo saben todos los rusos, cuán importantes servicios ha prestado usted a nuestro país —y el abogado cazó otra polilla—. Me complace mucho su visita —añadió, haciendo una reverencia.

Karenin suspiró. Le costaba hablar, pero consideró que, ya que había empezado, tenía que seguir adelante. Y continuó con su voz clara y aguda, sin vacilar, y recalcando algunas palabras:

—Tengo la desgracia —empezó Alexiéi Alexándrovich—de ser un marido engañado y deseo romper legalmente las relaciones con mi esposa, es decir, divorciarme, pero de modo que mi hijo sea separado de la madre.

Los ojos grises del abogado se esforzaban en no reír, pero brillaban con una alegría incontenible, y Karenin vio que no era sólo la alegría del hombre que obtiene un encargo provechoso; en aquellos ojos se reflejaba también el triunfo y entusiasmo; había un brillo semejante a ese fulgor malévolo que había observado ya en los ojos de su mujer.

—¿Desea usted, pues, mi ayuda para conseguir el divorcio?

—Justamente. Pero debo advertirle que, aun a riesgo de abusar de su atención, he venido para hacerle una consulta previa. Quiero divorciarme, mas ante todo debo saber si los trámites del divorcio me permitirían mantener la dignidad de mi posición. De otro modo, podría renunciar a mi demanda.

—Siempre ha sido así —asintió el abogado—. Usted quedará perfectamente libre de proceder a su albedrío.

Y fijó la mirada en los pies de Karenin, temiendo que la manifestación de su alegría interior pudiera ofender a su cliente. En ese momento, vio otra polilla que volaba a poca distancia de su mano, pero se abstuvo de cogerla, por consideración a la situación de su cliente.

—Aunque, en líneas generales, conozco nuestra legislación sobre este punto, ignoro los diversos procedimientos en uso en la práctica.

—Usted quiere que le indique las maneras de realizar su deseo —dijo el abogado, adaptándose buenamente al tono de su cliente.

Karenin hizo una señal afirmativa con la cabeza. El abogado, mirando de vez en cuando el rostro de su cliente, que la emoción salpicaba de manchas rojas, prosiguió:

—Según nuestras leyes —y en su voz se advirtió el ligero matiz de desaprobación para tales leyes—, el divorcio es posible en los siguientes casos...

El pasante se asomó a la puerta, y el abogado, al verle, exclamó:

—¡Que esperen!

No obstante, se levantó, dijo algunas palabras al empleado y volvió a su sitio.

—Como decía, es posible en los casos siguientes: defectos físicos de los esposos, desaparición y ausencia de uno de ellos durante cinco años —y dobló uno a uno sus dedos gruesos, cubiertos de vello— y adulterio —pronunció esta palabra con visible satisfacción, y siguió enumerando—: Estos tres casos comprenden subdivisiones: defectos físicos del marido y de la mujer, adulterio de uno o de otro...

Como no le quedaban ya más dedos para continuar su enumeración, el abogado los enderezó todos y prosiguió:

—Esto es teoría. Pero creo que usted me ha hecho el honor de venir aquí para conocer el aspecto práctico. Por eso, guiándome por los precedentes, puedo decir que los casos de divorcio se resuelven todos de este modo... Doy por supuesto que no existen defectos físicos ni ausencia ignorada.

Alexiéi Alexándrovich hizo una señal afirmativa con la cabeza.

—Bien. Entonces tenemos el adulterio de uno de los cónyuges. Tal adulterio puede probarse por consentimiento mutuo o sin él. Debo advertir que este último caso se da raras veces en la práctica.

El abogado calló y miró a su cliente con el aire de un vendedor de armas que, después de explicar la utilidad de dos pistolas diferentes, espera pacientemente que el comprador haga su elección.

Pero como Alexiéi Alexándrovich no respondía, el abogado prosiguió:

—Lo más sencillo y sensato, y que por cierto también es muy corriente, consiste en que ambas partes admitan la existencia de adulterio. No me permitiría hablar así a todos, pero supongo que usted me comprende.

Karenin estaba tan confundido, que no comprendió de momento la ventaja que pudiera ofrecer esta combinación, y expresó su extrañeza con la mirada. El abogado acudió en su ayuda.

—Los dos esposos no pueden seguir viviendo juntos. Si ambas partes consienten en el divorcio, los detalles y las formalidades no tienen importancia. Sin duda, éste es el medio más sencillo y seguro.

Ahora Karenin comprendió. Pero sus sentimientos religiosos se oponían a tal medida.

—En las actuales circunstancias eso queda descartado —manifestó—. Pero si con pruebas, por medio de cartas, se pudiera demostrar el adulterio, estas pruebas las tengo en mi poder.

Al oír hablar de cartas, el abogado emitió un sonido que expresaba menosprecio y compasión.

—Usted sabe que tales asuntos los resuelve el clero —dijo—. Y los dignatarios eclesiásticos, en esos casos, se inclinan a examinarlo todo en sus más nimios detalles —añadió, con una sonrisa que expresaba simpatía por el sistema de aquellos dignatarios—. Evidentemente, las cartas podrían ser de utilidad, pero las pruebas deben ser presentadas mediante testigos. Si usted me honrara con su confianza, sería deseable que me dejase la libertad de elegir las medidas a emplear. Cuando se quiere alcanzar un fin se deben aceptar también los medios.

—Si es así... —murmuró Karenin palideciendo de repente.

El abogado se levantó y se dirigió a la puerta para atender a su pasante, que interrumpía otra vez.

—Dígale a esa señora que aquí no estamos en ninguna tienda.

Y volvió de nuevo a su sitio, cogiendo con gesto discreto una polilla más.

«¡Bueno va a quedar mi reps para el verano!», pensó frunciendo las cejas. Y dirigiéndose a Karenin:

—Entonces, me decía usted...

—Le comunicaré mi decisión por carta —advirtió Alexiéi Alexándrovich, levantándose y apoyándose en la mesa.

Tras un momento de silencio, añadió:

—Por sus palabras, veo que la tramitación del divorcio es posible. Le agradeceré que me informe respecto a sus honorarios.

—Todo es posible, si me concede una entera libertad de acción —dijo el abogado, eludiendo la última pregunta—. ¿Cuándo puedo contar con noticias de usted? —concluyó, avanzando hacia la puerta con el reluciente brillo de los ojos y de las botas de charol.

—De aquí a una semana. Y espero que me notifique si acepta encargarse del asunto y en qué condiciones

—Perfectamente.

El abogado saludó con respeto, y, al quedar solo, se entregó a su regocijo. Tan contento estaba, que, contra sus principios, rebajó la cuenta a una señora que regateaba. Y hasta dejó de coger polillas, decidido a tapizar los muebles con terciopelo el próximo invierno, como su colega Sigonin.

## Capítulo VI

La brillante victoria conseguida por Alexiéi Alexándrovich en la sesión de la Comisión del 17 de agosto tuvo para él consecuencias enojosas. De acuerdo con su petición, fue nombrada la nueva comisión para estudiar sobre el terreno las condiciones de la población no autóctona y enviada allí con extraordinaria rapidez. Al cabo de tres meses, presentó ya su informe. La situación de estas gentes se examinó desde los puntos de vista político, administrativo, económico, etnográfico, material y religioso. Cada pregunta había sido contestada con admirable precisión, y sin que pudiera quedar ninguna duda, pues tales respuestas no eran el resultado del raciocinio y la inteligencia, siempre sujetos a error, sino de una infalible estadística. Se apoyaban en datos oficiales facilitados por los gobernadores y los obispos, según las relaciones de las autoridades provinciales y de los deanes, los cuales, a su vez, habían informado de las indagaciones hechas por las autoridades comunales y los curas de los pueblos, por lo tanto, en todas las respuestas no había la menor duda.

¿Por qué había malas cosechas? ¿Por qué los habitantes de algunas poblaciones se obstinaban en sus creencias? Estos y otros problemas, que sin la cooperación de los organismos oficiales no hubieran llegado a resolverse, fueron solucionados de un modo acertado, definitivo y enteramente conforme con las opiniones de Alexiéi Alexándrovich. Pero entonces Striómov, herido en lo vivo, ideó una táctica con la que su adversario no contaba. Con el apoyo de varios miembros del comité, se pasó de repente al campo de Karenin, y, no contento con defender resueltamente las medidas propuestas por éste, hizo adoptar otras que excedían en mucho a las intenciones de Alexiéi Alexándrovich. Llevadas al extremo, estas medidas resultaron tan absurdas, que los estadistas, la opinión pública, las personas influyentes, la prensa, todos se indignaron y protestaron contra tales decisiones. Y Karenin, su supuesto promotor, pasó a ser el blanco de la ira general. Admirado del éxito de su artificio, Striómov fingió ignorarlo todo, aparentando extrañarse de los resultados obtenidos, e insistió en la confianza que desde un principio había tenido en el plan de su colega.

Alexiéi Alexándrovich, afligido ya por su salud vacilante y sus disgustos domésticos, acusó el golpe, pero no se rindió. Se produjo luego una escisión en el seno del comité. Unos, con Striómov, explicaron su error por un exceso de confianza en los trabajos de la comisión investigadora, cuyos informes calificaban ahora de absurdos y los tenían por nulos. Otros, con Karenin, comprendían los peligros que entrañaba una actitud tan revolucionaria con relación a los papeles oficiales, y sostenían enérgicamente las conclusiones de los citados informes. El asunto, que apasionaba al Gobierno lo mismo que a la sociedad, se embrolló, y nadie habría podido decir exactamente si la situación de la población autóctona era próspera o no. Con todo eso, la posición de Alexiéi Alexándrovich, ya debilitada por el desprecio de que era objeto por su infortunio conyugal, aparecía muy comprometida. Pero una vez más, desconcertó a sus adversarios tomando una atrevida decisión. Pidió autorización para ir personalmente a estudiar el problema sobre este terreno, y partió enseguida para las provincias lejanas.

Ese viaje de Alexiéi Alexándrovich fue muy comentado, y especialmente por el hecho de haber rehusado él el dinero para los gastos de su traslado, que habían sido calculados en proporción a doce caballos de posta.

[491]

—Considero muy noble ese gesto —decía Betsy a la princesa Miagkaia—. ¿Por qué conceder dinero para gastos de posta, cuando el ferrocarril llega ahora a todas partes?

Pero la princesa Miagkaia no estaba de acuerdo con ello, y la opinión de la princesa Tverskaia incluso la irritó.

—¡Bien! —replicó con viveza—. Usted puede hablar así porque usted tiene millones. En cuanto a mí, me contenta siempre ver partir a mi marido para visitas de inspección. El dinero de los traslados me paga el coche y el cochero.

Alexiéi Alexándrovich, de paso para las provincias lejanas, se detuvo tres días en Moscú. Al día siguiente de su llegada, fue a visitar al gobernador. Cuando llegaba a la encrucijada del callejón Gazietnyi, llena siempre de coches particulares y de alquiler, oyó que le llamaban en voz tan alta y alegre, que no pudo menos de volver la cabeza. Al borde de la acera, con un corto abrigo de última moda y un sombrero de copa ladeado, bajo y también de moda, sonriendo y mostrando unos dientes blancos guarnecidos por labios rojos, estaba Stepán Arkádich, joven y radiante, gritando a su cuñado que mandase parar el coche.

Con una mano, Oblonski hacía gestos a su cuñado, mientras sujetaba con la otra la portezuela de un carruaje, por cuya ventanilla asomaba la cabeza de una señora con sombrero de terciopelo y las cabecitas de dos niños. La señora también hacía señas con la mano, y prodigaba amables sonrisas. Era Dolli con los niños.

Alexiéi Alexándrovich no deseaba ver a nadie en Moscú, y menos que a nadie, al hermano de su mujer. Se limitó a levantar el sombrero, y quiso continuar. Pero Stepán Arkádich mandó al cochero de Karenin que parase, y corrió sobre la nieve hacia el coche.

—¿No te da vergüenza no habernos avisado de tu llegada? Ayer pasé por el Hotel Dussaux y vi en el tarjetero el nombre «Karenin», pero no pensé que fueras tú —dijo Oblonski, introduciendo la cabeza por la portezuela del coche y golpeando un pie contra otro, para sacudirse la nieve—. ¿Por qué no nos has avisado? —insistió.

—No tuve tiempo. Estoy muy atareado —respondió Karenin, secamente.

—Ven allí con mi mujer. Tiene muchos deseos de verte.

Karenin retiró la manta que cubría sus heladas piernas, se apeó, y hollando la nieve, se acercó al coche de Daria Alexándrovna.

—¿Qué ocurre, Alexiéi Alexándrovich? ¿Por qué nos elude usted de esa manera? —preguntó Dolli, sonriendo.

—Estuve muy ocupado. Celebro verla —declaró él, con un tono que mostraba claramente lo contrario—. ¿Cómo está usted?

—Bien. ¿Y nuestra querida Anna?

Alexiéi Alexándrovich dijo unas palabras confusas y quiso alejarse. Pero Stepán Arkádich le retuvo:

—¿Sabes lo que vamos a hacer? Dolli, invítale a comer. Llamaremos a Koznyshov y a Pestsov, y así conocerá a los intelectuales moscovitas.

—Sí, venga, por favor —dijo Dolli—. Mañana, a las cinco o las seis. Cuando usted quiera. Pero, ¿cómo está mi querida Anna? Hace tanto tiempo que...

—Está bien —atajó Alexiéi Alexándrovich—. Me ha complacido mucho este encuentro.

Y se dirigió de nuevo a su coche.

—¿Vendrá usted? —le gritó Dolli.

Karenin murmuró algunas palabras, que se apagaron entre el ruido de los coches.

—¡Iré a verte mañana! —gritó Stepán Arkádich.

Alexiéi Alexándrovich se hundió en su coche, como si hubiera querido desaparecer.

—¡Qué hombre tan singular! —comentó Oblonski.

Miró el reloj, hizo con la mano un gesto de cariñoso saludo a su mujer y a sus hijos, y se alejó con su paso vivo y alegre.

—¡Stiva, Stiva! —le llamó Dolli, sonrojándose.

Su marido se volvió.

—Dame dinero. Tengo que comprar abrigos para Grisha y Tania.

—Di que ya los pagaré yo.

Y desapareció, alegre y despreocupado, saludando animadamente con la cabeza a un conocido que pasaba en coche.

## Capítulo VII

EL día siguiente era domingo. Stepán Arkádich se dirigió al Gran Teatro para asistir al ensayo de un ballet, y regaló a Masha Chibísova, una linda bailarina que entrara en ese teatro mediante recomendación suya, un collar de corales. Aprovechándose de la semioscuridad que reinaba siempre entre bastidores, besó la radiante carita de la joven y pasó a explicarle que no podría estar allí al principio de la función, pero que acudiría al último acto y la llevaría después a cenar. Desde el teatro, Stepán Arkádich se dirigió en coche al mercado de la calle Ojotnyi Riad y él mismo eligió el pescado y los espárragos para la comida. A las doce ya entraba en el Hotel Dussaux, donde se proponía visitar a tres viajeros que, afortunadamente para él, se alojaban en el mismo hotel. Eran éstos su amigo Lievin, que acababa de regresar del extranjero; su nuevo jefe, llegado recientemente a Moscú para una inspección, y su cuñado Karenin, al cual quería llevar a comer a su casa.

A Stepán Arkádich le gustaba comer bien. Pero se complacía, sobre todo, en ofrecer comidas refinadas, tanto por la calidad de los manjares como por la de los invitados. La minuta dispuesta para hoy le llenaba de satisfacción: percas asadas, recién salidas del agua; espárragos, y la *piece de résistance*[1]: un magnífico, pero sencillo rosbif y los correspondientes vinos. Todo esto, en lo que se refiere a comida y bebida. En lo referente a los invitados, estarían Kiti y Lievin, y, para disimular la coincidencia, otra prima y el joven Scherbatski, y la *pièce de résistence* de los invitados con Serguey Koznyshov y Alexiéi Alexándrovich. El primero moscovita y filósofo, el segundo, peterburgués y práctico. Además, invitaría al conocido y original Pestsov, hombre liberal, hablador, músico, historiador y amabilísimo joven, a pesar de sus cincuenta años, que serviría como de salsa o de adorno de Koznyshov y de Karenin.

La idea de esta comida le hacía sentirse alegre y animado.

---

[1] plato fuerte. (En francés en el original.)

Además, acababa de percibir el dinero pagado como segundo plazo por el comprador del bosque, y Dolli se mostraba últimamente muy buena y cariñosa. Todo ello contribuía a mantenerlo en una excelente disposición de ánimo. Sin embargo, dos circunstancias desagradables oscurecían un tanto esa alegría radiante. La primera era que, al encontrar el día antes a Karenin, éste se había mostrado muy seco y frío con él. Y relacionando la frialdad de Alexiéi Alexándrovich y el hecho de no haberles avisado de su estancia en Moscú, con los rumores que sobre Anna y Vronski llegaran hasta él, adivinaba que algo grave había ocurrido entre marido y mujer. La segunda circunstancia se relacionaba con su nuevo jefe. Como todos los nuevos jefes, tenía la fama de hombre exigente y severo. Decían que se levantaba a las seis de la mañana, que trabajaba como una caballería y que exigía lo mismo de sus colaboradores, tratándolos de una forma inhumana. Además, se afirmaba que tenía unas opiniones propias respecto a la organización del trabajo, y que en sus normas difería totalmente del anterior jefe de Stepán Arkádich.

El día antes, Oblonski se había presentado en la oficina con uniforme de gala, y el nuevo jefe lo había tratado de una manera tan amable y con tanta cordialidad, que Stepán Arkádich se veía obligado a hacerle ahora una nueva visita no oficial. No sabía qué acogida le daría su nuevo jefe, y sentía un vago temor ante el pensamiento de que pudiera recibirle mal. Pero Stepán Arkádich decía instintivamente que «todo se arreglaría».

«Todos tenemos nuestras faltas. ¿Por qué hemos de enfadarnos y buscar querella?», pensaba al entrar en el hotel.

—Hola Vasili —dijo, saludando al ordenanza, y atravesando el pasillo con el sombrero ladeado—. ¿Te dejas las patillas? El señor Lievin está en el 7, ¿verdad? Acompáñame, hazme el favor. Y manda preguntar si el conde Ánichkin —su nuevo jefe— podrá recibirme.

—Bien, señor. Hace tiempo que no le hemos visto por aquí —respondió Vasili, sonriendo.

—Estuve ayer, pero entré por la otra puerta. ¿Es éste el siete?

Stepán Arkádich pasó adentro. Lievin estaba de pie en medio de la habitación, con un aldeano de Tver, midiendo una piel de oso con un *arshín*[2].

—¿Lo has matado tú? —gritó Oblonski, desde la puerta—. ¡Es magnífico! Pero es una osa. ¡Hola, Arjip!

Estrechó la mano al campesino y se sentó sin quitarse el abrigo ni el sombrero.

—Anda, descúbrete y acomódate —invitó Lievin, quitándole el sombrero.

—No. He venido sólo por un momento —repuso Oblonski.

Pero se desabrochó el abrigo, luego se lo quitó y permaneció allí una hora entera, hablando con Lievin de cacerías y de otras cosas de carácter más íntimo.

—Dime qué has hecho en el extranjero. ¿Dónde has estado? —preguntó a Lievin, cuando el campesino hubo salido.

—En Alemania, en Prusia, en Francia y en Inglaterra, pero no en las capitales, sino en las ciudades fabriles. Y he visto cosas nuevas e interesantes. Estoy muy satisfecho de ese viaje.

—Ya sé. Te interesa la cuestión obrera.

—No se trata de eso. En Rusia no hay ni puede haber cuestión obrera. La única cuestión importante para Rusia es la de la relación entre el trabajador y la tierra. También allá en Europa existe, pero no pueden hacer otra cosa que arreglar lo estropeado, mientras que aquí...

Oblonski escuchaba con atención.

—Sí, sí. Tal vez tengas razón. Me alegra verte tan animado. Cazas osos, trabajas y tienes ilusiones. ¡Y Scherbatski que decía que te encontró muy deprimido y que no hacías más que hablar de la muerte!

—Nunca dejo de pensar en la muerte. Todo perece, y la muerte debe llevarnos a considerar cuán efímera es nuestra existencia. A decir verdad, estimo mucho mi actividad y mi idea, pero pienso en el fondo que todo lo que vive es como un moho que ha crecido sobre este minúsculo planeta, que nuestros proyectos, nuestras ideas, obras y aspiraciones por grandiosos que a nosotros puedan parecernos, no son más que minúsculos granos de arena.

—Lo que dices es viejo como el mundo.

---

[2] Antigua medida rusa de longitud.

—Sí. Pero cuando lo comprendemos claramente, todo se nos aparece vano y despreciable. Cuando se comprende que la muerte llegará forzosamente un día u otro, y que nada quedará de nosotros, reconocemos nuestra insignificancia y damos a todo un escaso valor. Yo considero que mi idea es magnífica, algo de importancia excepcional, y veo, sin embargo, que, aun llevada a la práctica, es tan insignificante como, por ejemplo, capturar esta osa. Así trabajamos, nos esforzamos, buscamos diversiones, sólo para alejar de nosotros el pensamiento de la muerte.

Stepán Arkádich sonreía, mirando a su amigo con una expresión de afecto matizada de una ligera ironía.

—Evidentemente. Comprende, pues, que no tenías razón en reprocharme, como lo hacías, que buscase los goces de la vida. ¡No seas, oh moralista, tan severo!...

—Lo que hay de bueno en la vida... —y Lievin, conturbado, se interrumpió—. En conclusión: sólo sé que moriremos muy pronto.

—¿Por qué muy pronto?

—Considera eso. Cuando se piensa en esta verdad, la vida puede tener menos atractivos, pero uno se siente más tranquilo.

—Al contrario... Diviértete antes que todo acabe, es más atractivo todavía. Pero tengo que irme —dijo Stepán Arkádich levantándose por décima vez.

—Quédate un poco más —indicó Lievin, reteniéndole—. ¿Cuándo nos veremos? Me marcho mañana.

—¡Qué distraído soy! Me olvidaba ya... Y he venido únicamente con este objeto. Ve hoy a comer a casa. No faltes. Estará tu hermano y también mi cuñado Karenin.

—¿Está aquí? —inquirió Lievin.

Sentía grandes deseos de preguntar por Kiti. Sabía que a principios de invierno ella había estado en Peterburgo, en casa de su otra hermana, casada con un diplomático, y al presente ignoraba si estaba ya de regreso. No sabía qué hacer, si preguntar o mantenerse callado. «Vaya o no, da lo mismo», se dijo, tras breve reflexión.

—¿Vendrás, pues?

—Desde luego.

—Bien. A las cinco y de levita.

Oblonski se levantó y se dirigió al cuarto de su nuevo jefe. Su instinto no le había engañado. El temible personaje resultó ser un hombre muy atento y amable. Stepán Arkádich almorzó con él y estuvo allí tanto tiempo, que sólo después de las tres entró en la habitación de Alexiéi Alexándrovich.

## Capítulo VIII

KARENIN, después de asistir a misa, no se movió de su cuarto en toda la mañana. Tenía que atender dos importantes asuntos ese día: recibir a la diputación de la población no autóctona que se hallaba en Moscú y debía continuar hacia Peterburgo, y luego escribir al abogado la carta que le prometiera.

Aquella comisión, aunque constituida por iniciativa de Karenin, podía ofrecer algunas dificultades y hasta riesgos, de suerte que él se alegraba de haberla hallado en Moscú. Los miembros que la componían, personas sencillas e ingenuas, no comprendían en absoluto cuál era su misión. Creían que su deber era exponer sus necesidades y la realidad de la situación, y no se daban cuenta de que algunas de sus declaraciones podían favorecer al partido enemigo y echar a perder todo el asunto.

Alexiéi Alexándrovich pasó mucho tiempo con ellos, explicándoles bien las cosas y redactando un plan del que no debían apartarse. Después de haberlos despedido, escribió diversas cartas a Peterburgo para que allí facilitaran el trabajo a la comisión, orientándolos al respecto. Contaba especialmente para esto con la condesa Lidia Ivánovna, especializada en asuntos de delegaciones, y los cuales entendía mejor que nadie.

Después de esto, Alexíei Alexándrovich escribió al abogado. Sin la menor vacilación, le daba plena libertad de obrar como creyera conveniente. Añadió a su misiva tres cartas de Vronski a Anna, que hallara en la cartera de su mujer. Desde que Karenin había salido de su casa y confiado su decisión a un hombre de leyes, y, sobre todo, desde que convirtiera ese asunto privado en un expediente a base de legajos, se aferraba cada vez más a su decisión y deseaba verla prontamente realizada. En el momento en que cerraba la carta, oyó la voz sonora de Stepán Arkádich, que insistía en que el criado de Karenin le anunciara su visita.

«No importa —pensó Alexiéi Alexándrovich—. Más vale así. Le hablaré ahora mismo. Voy a exponerle mi situación con su hermana y le manifestaré por qué no puedo comer en su casa.»

—¡Hazle pasar! —gritó al criado, recogiendo los papeles y metiéndolos en la cartera.

—¿Por qué has mentido? —exclamó Stepán Arkádich, reprochando al criado su obstinación en no dejarle entrar.

Y quitándose el abrigo, Oblonski avanzó hacia su cuñado.

—Me alegro de encontrarte. Espero que... —empezó a decir alegremente.

—No puedo ir —advirtió secamente Alexiéi Alexándrovich, permaneciendo en pie, sin mostrar ninguna atención para con su visitante.

Creía conveniente adoptar desde el primer momento la fría actitud que debía observar hacia el hermano de la mujer contra la que iba a presentar demanda de divorcio. Pero desconocía la inmensa generosidad de Stepán Arkádich.

—¿Por qué no puedes? ¿Qué quieres decir? —preguntó Oblonski, en francés y abriendo sus ojos grandes y expresivos—. Prometiste que irías. Y contamos contigo.

—Me es imposible, porque nuestras relaciones de parentesco deben terminar.

—¿Terminar? ¿Por qué? No comprendo —murmuró, sonriente, Stepán Arkádich.

—Porque me propongo entablar demanda de divorcio contra su hermana y esposa mía. Debí hacer...

Pero Karenin no pudo terminar su meditado discurso, porque Stepán Arkádich, reaccionando en forma inesperada, expresó enseguida su sorpresa y se sentó en un sillón.

—¿Es posible, Alexiéi Alexándrovich? —exclamó Oblonski, con apenado semblante.

—Sí, así es.

—Perdona, pero no lo puedo creer.

Karenin se sentó. Comprendía que sus palabras no habían

producido el efecto deseado, que necesitaba explicarse, y que, fueran las que fuesen sus explicaciones, su relación con su cuñado no iba a interrumpirse.

—Es cierto. Me veo en la triste necesidad de pedir el divorcio.

—Voy a contarte una cosa, Alexiéi Alexándrovich: sé que eres un hombre de recta conciencia. Conozco también las cualidades de Anna y no puedo modificar mi opinión sobre ella. Perdona, pero, a pesar de todo, la considero una mujer excelente. No, no puedo creerte. Seguramente hay algún error.

—¡Si no hubiera más que un error...!

—Yo quisiera... —empezó Oblonski—. Lo comprendo, claro. Pero, de todos modos, no hay que precipitarse.

—No me he precipitado —respondió fríamente Karenin—. Mas en asuntos tales no se puede seguir el consejo de nadie. Mi decisión es irrevocable.

—¡Es espantoso! —exclamó Stepán Arkádich, suspirando con tristeza—. Escúchame. Si como he creído entender, la demanda no está entablada aún, no hagas nada antes de haber hablado con mi mujer. Habla primero con ella. Quiere a Anna como a una hermana, te quiere a ti y es una mujer muy sensata. ¡Háblale! Hazlo como una prueba de amistad hacia mí. Te lo suplico.

Karenin pareció reflexionar. Oblonski le miraba con compasión, no atreviéndose a interrumpir su silencio.

—¿Irás a verla? —apremió luego.

—No sé. Por eso no os he visitado. Creo que nuestras relaciones deben cambiar.

—¿Por qué? No veo ningún motivo para ello. Permíteme suponer que, aparte de nuestra relación de parentesco, sientes por mí la amistad y la sincera estimación que yo siempre te he profesado —manifestó Stepán Arkádich, estrechándole la mano—. Aún en el caso de que resultaran ciertas tus peores sospechas, nunca juzgaré a ninguna de las dos partes. Y nuestras relaciones no han de cambiar por eso. Ahora haz lo que te he dicho: habla con mi mujer.

—Pensamos de distinto modo sobre este punto —replicó, fríamente, Karenin—. Pero no hablemos más de ello.

—Dime, ¿por qué no puedes ir hoy a comer? Mi mujer te espera. Ve y háblale. Es una mujer admirable. Te lo suplico.

—Si tanto se empeña, iré —dijo, suspirando, Alexiéi Alexándrovich.

Y para cambiar de conversación, pasó a hablar de asunos que interesaban a los dos. Le hizo preguntas sobre el conde a Ánichkin, su nuevo jefe, hombre no viejo aún y que de modo imprevisto fuera nombrado para tan alto cargo. Karenin no había mostrado nunca ningún aprecio por ese hombre y siempre había discrepado de sus opiniones, pero ahora no podía reprimir su aversión y su envidia, cosa muy natural en un funcionario público que ha sufrido un fracaso y que ve que otros consiguen puestos más importantes que él.

—Bien. ¿Le has visto? —preguntó, con amarga sonrisa.

—Claro. Ayer estuvo en el despacho. Parece estar muy al corriente de los asuntos, y es muy activo.

—Seguro. Pero, ¿en qué emplea su actividad? ¿Tiene iniciativas propias o se limita a modificar lo establecido? El mal de nuestro país es la burocracia del papeleo, de la que ese hombre es el más digno representante.

—No conozco sus ideas al respecto, pero me parece una bella persona. He salido ahora de su habitación. Hemos almorzado juntos, y en verdad, te digo que es un excelente muchacho. Le he enseñado a preparar esa bebida hecha de vino y naranjas, que no conocía aún. Y le ha gustado mucho. Te aseguro que es un hombre muy afable.

Stepán Arkádich miró el reloj.

—¡Dios mío, son más de las cuatro y aún he de visitar a Dolgovushin! Así, vendrás a comer ¿verdad? Nos disgustarías mucho a mi mujer y a mí si no acudieras.

Alexiéi Alexándrovich se despidió de su cuñado de un modo muy diferente a como le había recibido.

—He prometido ir, e iré —respondió, sin entusiasmo.

—Aprecio en lo que vale tu buena voluntad, y espero que no te arrepentirás —dijo Oblonski, sonriente.

Y mientras se ponía el abrigo, golpeó cariñosamente con la manga la cabeza del criado, se echó a reír, y salió.

—¡A las cinco y de levita! ¡No lo olvides! —insistió una vez más, volviéndose desde la puerta.

Eran más de las cinco y había ya algunos invitados en el salón cuando llegó el dueño de la casa. Entró con Koznyshov y con Pestsov, los dos grandes intelectuales moscovitas, según decía Oblonski, los cuales gozaban de gran estimación por su carácter e inteligencia. Se apreciaban ambos mutuamente, pero casi en todo sustentaban opiniones contrarias. Los enemigos de su partido no los diferenciaban. Pero dentro del partido cada uno representaba un particular matiz de opinión. Y como nada hay más difícil que ponerse de acuerdo en cuestiones casi abstractas, jamás llegaban a entenderse, aunque se habían acostumbrado hacía ya mucho tiempo a burlarse mutuamente, pero sin malicia, de sus respectivos errores.

Entraban por la puerta hablando del tiempo cuando Oblonski les alcanzó. Los tres entraron en el salón donde estaba ya el príncipe Alexandr Dmítrievich, suegro de Oblonski, el joven Scherbatski, Turovtsin, Kiti y Karenin. Stepán Arkádich vio enseguida que la conversación languidecía. Daria Alexándrovna, vestida de seda gris, estaba preocupada por la tardanza de su marido, y también por los niños, que comían solos en su cuarto. Y, evidentemente, no había sabido entretener a los reunidos. Todos estaban, según expresión del viejo príncipe, como muchachas en misa, sin comprender qué hacían allí, y apenas hablaban, limitándose a soltar alguna breve palabra para no permanecer callados.

El excelente Turovtsin no se sentía en su terreno y la sonrisa de sus gruesos labios con que recibió a Stepán Arkádich, le decía sin palabras:

«¡Vaya, hombre! A qué sociedad de sabios me has traído. Por mí, preferiría tomarme unas copas o asistir al *Château des Fleurs...*»

El anciano príncipe callaba, mirando de soslayo a Karenin con ojos burlones. Stepán Arkádich adivinó que ideaba ya algo para asombrar a este estadista, cuya presencia en tales reuniones despertaba siempre un acusado interés entre los invitados. Kiti tenía los ojos fijos en la puerta, y se daba ánimos para no sonrojarse cuando entrara Lievin. El joven Scherbatski, a quien no habían presentado a Kar  n, aparentaba que ello le era indiferente. Karenin, siguiendo la costumbre peterburguesa, llevaba frac y corbata blanca. Su actitud reservada mostraba que sólo había acudido para cumplir su palabra, y que asistía a la reunión como cumpliendo un deber penoso. Y a él se debía que los invitados sintieran allí aquella impresión glacial que los mantenía cohibidos.

Stepán Arkádich se disculpó por su tardanza diciendo que le había retenido cierto príncipe muy conocido, que era el que pagaba siempre el pato en semejantes casos. En un momento hizo cambiar el triste aspecto que ofrecía el salón. Procuró relacionar a Karenin con Koznyshov, e inició una conversación sobre la rusificación de Polonia, en la que ambos participaron enseguida, y también Pestsov. Dio una palmada en el hombro a Turovtsin, le cuchicheó algo divertido al oído y le dejó en compañía de su mujer y el príncipe.

Después cumplimentó a Kiti, diciéndole que estaba muy hermosa, y presentó a Karenin y Scherbatski. En un momento transformó de tal manera esta reunión, que el salón se llenó de voces animadas. Sólo faltaba Konstantín Lievin. Pero su ausencia resultó beneficiosa, porque al dirigirse Oblonski al comedor, para ver si le encontraba, se dio cuenta de que el oporto y el jerez que habían traído eran de la casa Depret y no de Levé, y ordenó que se mandase enseguida al cochero a esta casa. Al atravesar de nuevo el comedor, se tropezó con Lievin.

—¿Me he retrasado? —preguntó éste.

—¿Acaso puedes dejar de retrasarte? —repuso Oblonski, cogiéndole del brazo.

—¿Tienes muchos invitados? ¿Quienes son? —preguntó Lievin, sonrojándose a pesar suyo y sacudiendo con el guante la nieve de su gorro.

—Todos son gente conocida. Está Kiti también. Ven, te presentaré a Karenin.

A pesar de su liberalismo, Oblonski sabía que todos consideraban un honor conocer a su cuñado, y por eso reservaba para sus mejores amigos un placer que Lievin no estaba esa tarde en condiciones de apreciar plenamente. No pensaba más que en Kiti, a la cual no había visto —aparte de los breves momentos en que la entreviera en la carretera— desde aquella noche fatal en que se había encontrado con Vronski. En el fondo de su alma sabía que ahora la vería aquí, en casa de Oblonski. Pero procurando defender su independencia de espíritu, se decía a sí mismo que lo ignoraba. Cuando supo que realmente estaba, le invadió un sentimiento de alegría mezclada con cierto temor, y no acertó a expresar lo que deseaba decir.

«¿Cómo será ahora? —pensaba—: ¿Será como antes o como la vi en el coche? Si fuera verdad lo que me dijo Daria Alexándrovna... Pero, ¿por qué iba a mentirme?»

—Bien. Preséntame, pues, a Karenin —logró decir, al fin.

Y con firme decisión, entró en el salón y la vio. Kiti había, ciertamente, cambiado. No era ya la muchacha de antes ni la que había visto en el coche. El temor, la vergüenza, la timidez, suavizaban sus facciones y les prestaban un nuevo atractivo. Le vio en el mismo instante en que él entraba en el salón. Lo esperaba y se alegró. Mientras Lievin se dirigía hacia la dueña de la casa, volvió a mirarla, y la joven experimentó una turbación tan grande, que parecía que iba a deshacerse en lágrimas. Se sonrojó, palideció, volvió a sonrojarse, y luego se aquietó, mostrándose sólo un ligero temor en sus labios. Lievin se acercó y la saludó discretamente. Sin el brillo de sus ojos húmedos que revelaba su emoción, la sonrisa de Kiti hubiera sido tranquila cuando le habló.

—Hace mucho que no nos vemos —comentó, apretando con sus dedos fríos la mano de Lievin.

—Usted no me habrá visto a mí, pero yo a usted sí. La vi cuando iba en coche, en el camino de Ierguchovo —respondió él, radiante de dicha.

—¿Cuándo? —preguntó ella, sorprendida.

—Una mañana, este verano. Usted iba desde la estación a Ierguchovo.

Lievin sentía que la alegría ahogaba su voz. «¿Cómo he podido creer que en los sentimientos de esta encantadora criatura hubiera nada que no fuera inocente y puro? Sí. Parece que Daria Alexándrovna no se equivocaba en su apreciación», se decía.

Stepán Arkádich, cogiéndole el brazo, fue a presentarlo a Karenin.

—Permítanme presentarles —y dijo sus nombres.

—Encantado de volver a verle —declaró Alexiéi Alexándrovich, estrechando fríamente la mano de Lievin.

—¿Se conocen ustedes? —preguntó Oblonski, sorprendido.

—Hemos pasado juntos tres horas en un coche de ferrocarril, pero salimos de él preguntándonos cada uno quién era el otro, como en un baile de máscaras..., al menos yo —explicó Lievin.

—¿De veras? Pero, pasen, hagan el favor —dijo Oblonski, señalando al comedor.

Los hombres entraron y se acercaron a la mesa de los entremeses con seis clases de vodka, y otras tantas clases de quesos con paletas de plata y sin paletas; caviar, arenques, conservas variadas y platos con rebanadas de pan. Los invitados permanecieron ante la mesa, saboreando ese anticipo de comida, y la charla sobre la rusificación de Polonia se calmó. Koznyshov, que sabía mejor que nadie dar un giro agradable a las conversaciones más serias, había ofrecido una nueva prueba de su aticismo.

Karenin opinaba que la rusificación de Polonia sólo se podía conseguir mediante los elevados principios que guiaban a la administración rusa. Pestsov sostenía que una nación sólo puede asimilar a otra cuando tiene una mayor densidad de población. Koznyshov aceptaba los dos puntos de vista, pero con limitaciones. Y cuando salían del salón, resumió, sonriendo, para poner fin a la controversia:

—Para lograr eso, el procedimiento más eficaz sería dar al mundo el mayor número posible de niños. Mi hermano y yo no hacemos nada en este sentido. Pero ustedes, señores, y sobre todo usted, Stepán Arkádich, proceden como perfectos patriotas. ¿Cuántos hijos tiene usted ahora? —preguntó al dueño de la casa, ofreciéndole una copita.

Todos rieron, y Oblonski más que ninguno.

—Sí. Ese es el mejor procedimiento —asintió, masticando el queso y virtiendo un vodka especial en la copa de Koznyshov.

—No está mal este queso. Pruébenlo —recomendó Oblonski—. ¿Qué, haces todavía gimnasia? —preguntó a Lievin, palpándole el brazo.

Y sintiendo los músculos de acero bajo el paño de la levita de su amigo, exclamó:

—¡Qué bíceps! ¡Eres un Sansón!

—Para cazar osos se necesitará, supongo, una fuerza considerable —sugirió Karenin, que tenía una idea muy vaga de la caza, mientras se esforzaba en untar con queso una rebanada de pan delgada como una telaraña.

Lievin no pudo menos que sonreír.

—De ningún modo. Hasta un niño puede matar un oso —aseguró.

Y dejó paso a las señoras, que se acercaban a la mesa para tomar algo.

—Me han dicho que ha matado usted un oso —dijo Kiti, no consiguiendo levantar con el tenedor una seta rebelde y sacudiendo impaciente los encajes de su manga—. ¿Hay osos en sus tierras? —añadió, volviendo a medias su rostro sonriente.

Aparentemente, sus palabras no tenían ningún significado especial, pero, ¡qué extraño encanto hallaba él en el sonido de su voz, en los movimientos de sus ojos y de sus labios tan expresivos! Veía en ellos una súplica de perdón, una señal de confianza, una caricia, suave y tímida, promesa, esperanza..., una evidente prueba de amor que le llenaba de felicidad.

—No. He estado en la provincia de Tver. Al regreso encontré a su cuñado, es decir, al cuñado de su cuñado. Fue un encuentro divertido.

Y pasó a contar, con mucho gracejo, cómo, rendido de cansancio y vestido igual que un aldeano, se introdujo en el departamento de Karenin.

—Contrariamente al refrán[1], el revisor, observando mi indumentaria, quiso cerrarme el paso, y tuve que soltar algunas palabras algo fuertes. También usted —dijo Lievin, dirigiéndose a Karenin, cuyo nombre había olvidado— me miró al principio con aprensión, por mi pelliza de cordero. Pero luego me defendió y yo se lo agradecí mucho.

—Los derechos de los viajeros a los asientos no están bien definidos —respondió Alexiéi Alexándrovich, limpiándose los dedos con el pañuelo.

---

[1] Se recibe a las personas según su vestimenta, se las despide según su inteligencia. (Refrán ruso.)

—Yo noté que usted vacilaba con respecto a mí —recordó Lievin, sonriendo abiertamente—. Por eso inicié una conversación seria, para hacer olvidar mi zamarra.

Koznyshov, que hablaba con la dueña y atendía al mismo tiempo a las palabras de su hermano, le miró asombrado.

«¿Qué le ocurre? Tiene el aire de un triunfador», pensó. Ignoraba que Lievin sentía que le crecían alas. Sabía que Kiti le escuchaba, se complacía en oírle hablar, y esto le hacía olvidar lo que le rodeaba. Estaba solo con ella, en esa estancia y en toda la amplitud del mundo, planeando a alturas vertiginosas, y veía moverse allá abajo, a sus excelentes amigos: los Karenin, los Oblonski y todos los demás...

Cuando los invitados se sentaron a la mesa, Stepán Arkádich no se cuidó de atender a Lievin y a Kiti. Luego, acordándose de ellos, los colocó uno al lado del otro.

La comida no desdijo de la vajilla, a la que Oblonski tenía una especial afición. La sopa Marie-Louise, con las diminutas empanadillas, que se deshacían suavemente en la boca, resultó deliciosa. Dos criados y Matviei, con corbatas blancas, servían vinos y manjares, sin que se advirtiera apenas su presencia, hábil y silenciosamente. Si la comida resultó satisfactoria en el aspecto material, no fue menos agradable en lo espiritual. La conversación, ya general, ya particular, no cesaba. Y al terminar la comida, cuando los hombres se levantaron de la mesa mientras seguían hablando, hasta Karenin se mostraba animado.

## Capítulo X

A Pestsov, que se complacía en tratar a fondo cualquier asunto, no le habían gustado las conclusiones de Koznyshov, y creía ver ahora claramente la inexactitud de su punto de vista.

—En ningún momento me he referido exclusivamente a la densidad de población, sino en unión con determinados fundamentos, y sin atenerse simplemente a principios establecidos.

—Me parece que es lo mismo —rebatió lentamente Alexiéi Alexándrovich—. A mi juicio, un pueblo sólo puede tener influencia sobre otro si es superior en civilización, en...

—Aquí está el nudo de la cuestión —interrumpió Pestsov, que parecía tener siempre prisa por hablar y defendía sus opiniones con gran firmeza—. ¿Cómo debemos entender esa civilización superior? ¿Qué nación entre los diversos pueblos de Europa aventaja a las otras? ¿Son los ingleses, los franceses o los alemanes quienes dominarán a los pueblos vecinos? Hemos visto afrancesarse las provincias renanas. ¿Es eso una prueba de inferioridad por parte de los alemanes? No. Hay ahí otra ley operante —concluyó con su voz gutural.

—Yo creo que la balanza se inclinará siempre del lado de la verdadera cultura —opinó Karenin arqueando ligeramente una ceja.

—Pero, ¿cuáles son los índices de la verdadera cultura?

—Creo que todos los conocen.

—¿Los conocen realmente? —repuso Koznyshov, con una sonrisa maliciosa—. Ahora se ha reconocido que la verdadera cultura sólo puede ser la clásica pura; pero asistimos todavía en este punto a serias controversias, y los que disienten al respecto presentan pruebas que no carecen de valor.

—Admira usted a los clásicos, Serguiéi Ivánovich —terció Oblonski—. ¿Le echo más tinto?

—No se trata de mis opiniones personales —respondió Koznyshov, con suma condescendencia, adelantando el vaso—. Afirmo sólo que se dan buenas razones por una y otra parte —añadió, dirigiéndose a Karenin—. Por mi formación soy clásico, pero en esta discusión no hallo lugar para mí. No veo razones claras que expliquen la superioridad de las ciencias clásicas sobre las pragmáticas.

—Las ciencias naturales contribuyen en igual medida, en el aspecto pedagógico, al desarrollo de la inteligencia humana —manifestó Pestsov—. Tenemos la Astronomía, la Botánica, la Zoología con la unidad de sus leyes.

—No comparto esa opinión —objetó Alexiéi Alexándrovich—. A mi entender, no se puede dejar de reconocer que el propio proceso de estudio de las manifestaciones idiomáticas influye positivamente en el desarrollo espiritual. Además, no se puede negar que los escritores de la antigüedad ejercen una influencia eminentemente moral, mientras que, para nuestra desdicha, se unen al estudio de las ciencias naturales doctrinas funestas y falsas que son el azote de nuestra época.

Serguiéi Ivánovich iba a responder, pero Pestsov le interrumpió con su voz de bajo para demostrar vehementemente la inexactitud de esa afirmación. Koznyshov, que parecía haber hallado un argumento decisivo, le dejó hablar sin impacientarse, esperando su oportunidad.

—Reconozca usted —dijo luego a Karenin, con su sonrisa burlona— que sería difícil establecer el pro y el contra de los dos sistemas y la cuestión de cuáles preferir no se habría resuelto tan rápida y definitivamente si del lado de la formación clásica no estuviera la ventaja que usted acaba de exponer: la moral —*disons le mot*[1]— de la influencia antinihilista.

—Sin duda alguna.

—De no tener las ciencias clásicas esta ventaja antinihilista, pensaríamos más y sopesaríamos las razones aducidas por las dos partes —dijo Serguiéi Ivánovich con fina sonrisa— y dejaríamos el campo libre a una y otra tendencia. Pero ahora sabemos que estas píldoras de la educación clásica contienen la fuerza curativa contra el nihilismo, por eso las recetamos decididamente a nuestros pacientes. ¿Y si, en realidad, no tuvieran este poder curativo? —concluyó, añadiendo la acostumbrada dosis de sal ática.

La comparación hizo reír a todos, y más particularmente a Turovtsin, que esperaba hacía rato alguna salida de este género.

Stepán Arkádich había acertado al contar con Pestsov para animar la conversación. En efecto, cuando la humorada de Koznyshov parecía haber puesto fin a la discusión, el incansable Pestsov, con su habitual locuacidad, avivó de nuevo la charla.

—No se puede acusar al Gobierno por ofrecer tales medios en materia de instrucción. Se atiene sin duda a consideraciones de orden general, y no se preocupa de las consecuencias que pueden resultar de las medidas adotadas. Tenemos el ejemplo

---

[1] digámoslo sin rodeos. (En francés en el original.)

de la instrucción de las mujeres, que debería considerarse perjudicial, sin embargo, el Gobierno abre escuelas y universidades para la mujer.

Y la conversación pasó enseguida al tema de la instrucción femenina.

Alexiéi Alexándrovich objetó que se confundía generalmente la instrucción con la emancipación, y que a ello se debían los prejuicios existentes contra la primera.

—Yo creo, al contrario, que esas dos cuestiones están íntimamente relacionadas la una con la otra, creándose un círculo vicioso —replicó Pestsov—. La mujer se ve privada de derechos porque carece de instrucción, y la falta de instrucción proviene de la ausencia de tales derechos. No olvidemos que la esclavitud de la mujer es muy antigua. Y eso nos impide con frecuencia percibir el abismo legal que la separa de nosotros.

—Habla usted de derechos —intervino Serguiéi Ivánovich—. ¿Se refiere al derecho de ejercer las funciones de jurado, de consejero municipal, de funcionario público, de miembros del Parlamento?

—Desde luego.

—Pero si las mujeres pueden excepcionalmente ejercer estas funciones, ¿no sería más exacto dar a esos derechos el nombre de deberes? Un miembro del jurado, un consejero municipal, un empleado de Telégrafos, cumplen un deber. Nadie puede dudarlo. Digamos, pues, que las mujeres buscan —y muy legítimamente— deberes. Por tanto, es loable su deseo de participar en las ocupaciones de los hombres.

—Es justo —aprobó Karenin—. Sólo falta saber si ellas están capacitadas para cumplir esos deberes.

—Lo estarán, ciertamente, cuando reciban una instrucción adecuada —afirmó Stepán Arkádich—. ¿No vemos...?

—¿Y ese proverbio...? —objetó el anciano príncipe, que había escuchado la conversación con sus ojos pequeños y burlones—. Puedo citarlo delante de mis hijas: «La mujer tiene los cabellos largos...».

—Así se juzgaba a los negros antes de la abolición de la esclavitud —repuso Pestsov, descontento.

—Lo que me extraña —prosiguió Serguiéi Ivánovich— es

que las mujeres ambicionen deberes que con frecuencia los hombres tratan de eludir.

—Estos deberes van acompañados de derechos: los honores, el poder, el dinero... He aquí lo que buscan las mujeres —dijo Pestsov.

—Es exactamente como si yo pretendiera el derecho a ser nodriza y hallara injusto que se me negara, cuando a las mujeres se las paga por ello —expresó el anciano príncipe.

Turovtsin soltó una carcajada, y Serguiéi Ivánovich lamentó que no se le hubiera ocurrido a él mismo nada tan divertido. El propio Karenin se puso alegre.

—Sí. Pero un hombre no puede amamantar, mientras que la mujer... —precisó Pestsov.

—Perdone. Un inglés, a bordo de un buque, consiguió amamantar a su hijo —dijo el viejo príncipe, que aun delante de sus hijas se permitía cierta libertad de expresión.

—Bien. Que haya tantas mujeres funcionarios como ingleses nodrizas —resumió Serguiéi Ivánovich, satisfecho de haber hallado a su vez una frase oportuna.

—Pero, ¿y las muchachas sin familia? —preguntó Stepán Arkádich, que al apoyar a Pestsov no dejaba de pensar en la Chíbisova, la joven bailarina.

—Si se examina la vida de esas jóvenes —intervino inopinadamente Daria Alexándrovna, que había comprendido las alusivas palabras de su marido—, se hallará ciertamente que han abandonado una familia en la cual tenían deberes que cumplir.

—Es posible. Pero nosotros defendemos un principio, un ideal —replicó vivamente Pestsov, con su voz ruidosa—. La mujer reclama el derecho a la independencia e instrucción, y sufre por no poder conseguirlo.

—Y yo..., yo sufro por no ser admitido cual nodriza en la casa de expósitos —insistió el anciano príncipe, con gran alborozo de Turovtsin, que, con la risa, dejó caer un grueso espárrago en la salsa.

## Capítulo XI

Todos los invitados participaban en la conversación general excepto Kiti y Lievin. Este, al principio de la comida, cuando se habló de la influencia de un pueblo sobre otro, recordó las reflexiones que se había hecho al respecto. Pero se sentía incapaz de ordenar esas ideas, y, además, no consideraba oportuno opinar sobre un tema que antes le había apasionado y que ahora le parecía no tener ninguna importancia. Por su parte, Kiti debiera haberse interesado por la cuestión de los derechos femeninos, en la cual había meditado tantas veces, a causa de la penosa dependencia en que se hallaba su amiga Váreñka, y también su propia situación, pues no podía menos de considerar con inquietud lo que sería de ella si no se casaba, asunto que frecuentemente había discutido con su hermana. Pero ahora todo eso poco le importaba. Entre ella y Lievin se había establecido una especie de misteriosa afinidad que los acercaba cada vez más, y los mantenía en una gozosa e inquieta expectación ante ese mundo desconocido en que iban a internarse.

Lievin, contestando a Kiti, que le preguntara cómo la había visto en aquella mañana de verano, le explicó que regresaba él a su casa por la carretera, de vuelta de los trabajos de la siega.

—Era muy temprano, y hacía un tiempo magnífico. Usted, sin duda, acababa de despertarse. Su madre dormía aún, en el rincón del coche. Y yo seguía por el camino, preguntándome: «¿Quién vendrá ahí, en ese coche de cuatro caballos?» Y mientras el coche pasaba, con un rumor de cascabeles, la vi un instante por la ventanilla. Estaba usted sentada, sujetando con las dos manos las cintas de su sombrero, y parecía hallarse sumida en hondas reflexiones. ¡Cuánto habría dado por saber lo que pensaba! —añadió, sonriendo—. ¿Era algo importante?

«¡Con tal que no estuviera despeinada!», pensó Kiti. Pero viendo la extasiada sonrisa que su recuerdo provocaba en Lievin, se tranquilizó, comprendiendo que la impresión producida no podía haber sido desagradable.

—No me acuerdo ya —respondió, sonrojándose.

[512]

Y sonrió alegremente.

—¡Qué a gusto ríe Turovtsin! —exclamó Lievin, viendo al hombre con los ojos húmedos y el cuerpo tembloroso de risa.

—¿Le conoce hace mucho? —preguntó Kiti.

—¡Quién no le conoce!

—Parece que usted lo considera una mala persona.

—No malo, sino necio.

—¡No es verdad! No piense más así de él —dijo Kiti—. Yo también creía antes que era una persona despreciable, pero le aseguro que. es un hombre muy bueno. Tiene un corazón de oro.

—¿Cómo conoce usted su corazón?

—Somos muy buenos amigos. Le conozco a fondo. El invierno pasado, poco después de que... usted fuera a nuestra casa, los niños de Dolli tuvieron la escarlatina —murmuró Kiti con una sonrisa culpable, pero confiada—. Un día, Turovtsin apareció en su casa... Y sintió tanta compasión de Dolli, que permaneció allí durante tres semanas, ayudándola a cuidar a los pequeños —explicó, bajando la voz.

E inclinándose hacia su hermana, dijo:

—Estoy contando a Konstantín Dmítrich lo que hizo Turovtsin cuando los niños tenían la escarlatina.

—Es un hombre admirable. Hizo mucho por nosotras —ponderó Dolli, mirando con suave sonrisa a Turovtsin, que adivinó que hablaban de él.

Lievin le miró, a su vez, no comprendiendo cómo no había reparado antes en la bondad de ese hombre.

—Perdóneme, perdóneme. No volveré a incurrir en esa falta. Nunca más juzgaré a la ligera —dijo, con voz alegre y sincera, expresando ahora lo que verdaderamente sentía.

## Capítulo XII

EN la conversación sobre la emancipación de la mujer había un aspecto delicado, relativo a la desigualdad de derechos entre los esposos, asunto difícil de tratar delante de las señoras. Pestsov durante la comida tocó repetidas veces la cuestión, pero Koznyshov y Oblonski desviaron siempre con mucha habilidad la conversación. Cuando se levantaron de la mesa, Pestsov no siguió a las señoras al salón y retuvo a Alexiéi Alexándrovich para demostrarle que la razón principal de esa desigualdad estribaba, según él, en la diferencia que la ley y la opinión pública establecen entre las infidelidades de marido y mujer.

Stepán Arkádich se dirigió precipitadamente a su cuñado, ofreciéndole un cigarro.

—No fumo —repuso Karenin, con mucha calma.

Y volviéndose hacia Pestsov, dijo, sonriendo ligeramente:

—Creo que esa diferencia dimana de la naturaleza misma de las cosas.

Se disponía ya a pasar al salón, pero en ese momento se le acercó Turovtsin, animado por el champaña e impaciente por romper el silencio que hacía rato le envolvía.

—¿Le han contado lo de Priáchnikov? —preguntó, sonriendo alegremente con sus labios húmedos y rojos—. Me han dicho que Vasia Priáchnikov se ha batido en Tver con Kvitski y lo ha matado.

Parece que uno siempre se golpea en el sitio lastimado. De la misma manera Stepán Arkádich observaba que todos parecían obstinarse en tocar el punto dolorido de Karenin. Oblonski trató de llevarle fuera, pero su cuñado se detuvo.

—¿Por qué se ha batido Priáchnikov? —inquirió, con repentino interés.

—Por culpa de su mujer. Vasia se comportó muy dignamente. Desafió al otro y le mató.

—¡Ah! —dijo indiferente Alexiéi Alexándrovich.

Y frunciendo el ceño, pasó al salón.

—Me alegro de que haya venido —dijo Dolli asustada, pero sonriendo, al verle en la sala contigua—. Necesito hablarle. Sentémonos aquí.

Karenin, conservando la expresión indiferente que le daban sus cejas arqueadas, se sentó junto a Daria Alexándrovna esbozando una sonrisa fingida.

—Perfectamente, porque pensaba ya despedirme de usted... Me voy de viaje mañana.

Dolli estaba convencida de la inocencia de Anna, y su pálido aspecto denotaba la irritación que sentía contra ese hombre apático, que fríamente iba a causar la ruina de su cuñada y amiga.

—Alexiéi Alexándrovich —dijo, con gran firmeza, mirándole a los ojos—. Le he preguntado por Anna y no me ha respondido. ¿Cómo está?

—Creo que está bien, Daria Alexándrovna —respondió Karenin, sin mirarla.

—Perdone si insisto, Alexiéi Alexándrovich. No tengo derecho a mezclarme en... Pero quiero a Anna como a una hermana. Le suplico que me diga lo que ha pasado entre ustedes. ¿De qué la acusa?

Karenin frunció las cejas, y, entornando los ojos, bajó la cabeza.

—Sin duda su marido le habrá explicado los motivos que me inducen a romper mis relaciones con Anna Arkádievna —dijo, echando una mirada casual al joven Scherbatski, que atravesaba el salón.

—No creo, no puedo creer todo eso —profirió Dolli, apretando con gesto enérgico sus manos huesudas—. Aquí nos molestarán. Sígame, haga el favor. Pasaremos a otro aposento —dijo, levantándose y poniendo la mano en la manga de Karenin

La emoción de Dolli se comunicaba a Alexiéi Alexándrovich. Obedeciendo, se levantó y la siguió al cuarto de estudio de los niños. Se sentaron ante una mesa cubierta por un hule rasgado por los cortaplumas.

—No, no lo creo —repitió Dolli, procurando captar la mirada desviada de Karenin.

—No se pueden negar los hechos, Daria Alexándrovna —advirtió Alexiéi Alexándrovich, recalcando la palabra «hechos».

—Pero, ¿qué falta ha cometido Anna?

—Ha olvidado sus deberes y traicionado a su marido. Eso ha hecho.

—¡Es imposible! Seguramente usted se engaña —arguyó Dolli, cerrando los ojos y llevándose las manos a las sienes.

Karenin sonrió fríamente, sólo con los labios, queriendo de este modo probar a Dolli y a sí mismo cuán firme era su convicción. Pero esa decidida actitud de apoyo a su mujer abría de nuevo su herida, y empezó a hablar con gran animación.

Es difícil equivocarse cuando la propia mujer declara al marido que los ocho años de matrimonio y el hijo no cuentan para nada, y que desea empezar una nueva vida.

—No me es posible creerlo... ¡Anna y el vicio unidos! No, no es posible.

—Daria Alexándrovna —dijo Karenin, mirando ahora abiertamente al rostro conmovido de Dolli, y sintiendo que su lengua adquiría una mayor soltura—, cuánto no hubiese dado por seguir dudando. Mientras dudaba sufría, pero ahora sufro mucho más. Cuando dudaba, tenía todavía esperanza. Ahora ya no espero nada; y nuevas dudas han venido a aumentar mi aflicción: he tomado aversión a mi hijo, y llego a pensar a veces que no es mío. Soy muy desdichado.

No hacía falta decirlo. Dolli lo comprendió enseguida, cuando Karenin la miró al rostro. Sintió lástima de él, y su fe en Anna vaciló.

—¡Es horrible, horrible!... ¿Y es verdad que se ha decidido usted por el divorcio?

—He tomado esa decisión extrema, porque no veo otro recurso.

—¡Que no hay otro recurso! ¡Que no hay otro recurso! —exclamó ella, con lágrimas en los ojos.

—Lo más terrible de esta penosa situación —prosiguió él, adivinando el pensamiento de Dolli— es que no se pueda, como en todo otro infortunio, incluso la pérdida de seres queridos, soportar la cruz. Aquí hay que obrar; no puede uno permanecer en la situación humillante en que le ponen. No podemos vivir los tres juntos.

—Sí, comprendo, comprendo —repuso Dolli, bajando la cabeza. Y calló, pensando en sus propias penas familiares. Pero, de pronto, alzó la cabeza y juntó las manos con gesto suplicante—. Escuche: usted es cristiano. Piense en eso. ¿Qué será de Anna si usted la abandona?

—Ya lo he pensado, y mucho, Daria Alexándrovna —dijo Karenin, cuyas mejillas aparecían ahora cubiertas de manchas rojas, y cuyos ojos turbios revelaban una contenida emoción. Dolli, en ese momento sentía una gran compasión por él—.

Cuando ella misma me anunció su deshonra, le di la posibilidad de rehabilitarse, de enmendar su falta. Pero, no. Ni siquiera se cuidó de guardar las apariencias... Es posible —prosiguió, excitándose— salvar al que no quiere perderse; pero si una naturaleza está tan corrompida que llega hasta el punto de ver la felicidad en la misma perdición, ¿qué puede uno hacer?

—Todo, menos divorciarse.

—¿Qué entiende por «todo»?

—¡Es horrible! Piense en que Anna no será la esposa de ninguno. ¡Se perderá!

—¿Qué puedo hacer? —interrogó Alexiéi Alexándrovich, levantando las cejas y los hombros.

Y el recuerdo de la última falta de su mujer hizo que recobrara pronto su frialdad del principio de la conversación.

—Agradezco mucho su atención y la simpatía que me ha mostrado, pero tengo que irme ya —dijo, levantándose.

—Espere. Piense bien lo que va a hacer. Quiero contarle... Yo misma me he visto engañada. Indignada y celosa, quise abandonarlo todo... Pero reflexioné..., ¿y sabe quién me salvó? La propia Anna. Ahora vivo tranquila; los niños crecen, mi marido vuelve al hogar, reconoce su injusto proceder, es mejor, y yo... He perdonado; perdone usted también.

Karenin la escuchaba, pero esas palabras le dejaban indiferentes. En su alma rugía de nuevo la ira que lo decidiera a divorciarse. Se exasperó, y exclamó, con voz fuerte y penetrante:

—¡No quiero ni puedo perdonarla; eso sería injusto! Lo he hecho todo por esa mujer, y ella lo ha arrastrado todo por el barro, en ese barro en que su alma se halla hundida. No soy malo, y jamás he odiado a nadie; pero a ella la odio con toda mi alma, y el odio que le tengo por todo el mal que me ha causado, me impide perdonarla —concluyó, con voz alterada por la cólera.

—«Amad a los que os odian» —sugirió Dolli.

Karenin sonrió con desprecio. Conocía bien esas palabras, pero sabía que no tenían aplicación en su caso.

—Podemos amar a los que nos odian, pero a los que nosotros odiamos, no. Perdóneme haberle causado esta aflicción. Cada uno tiene bastante con sus propias penas.

[517]

Y recobrando el dominio de sí mismo, Alexiéi Alexándrovich se despidió cortésmente y se fue.

## Capítulo XIII

AL levantarse de la mesa, Lievin quería seguir a Kiti al salón, pero desistió de hacerlo, temiendo que a ella le molestase un trato tan asiduo. Se quedó en el grupo de los hombres, interviniendo en la conversación general, y, sin mirar hacia Kiti, adivinaba sus movimientos, sus miradas, y hasta el lugar que ocupaba en el salón. Ahora, la promesa que le había hecho de no pensar mal de nadie y estimar a todos, le parecía fácil de cumplir.

La conversación recayó sobre la comunidad rural, que Pestsov consideraba como un principio típico, al cual llamaba el «principio del coro». Lievin no estaba conforme con él ni con su hermano, quien admitía y negaba a la vez el valor de esa comunidad. Mas Lievin procuraba aproximar sus respectivos puntos de vista, aun cuando no se interesaba lo más mínimo en sus argumentos, y ni siquiera en lo que él les decía, deseando sólo que todos se sintieran contentos y satisfechos.

Únicamente una persona reclamaba ahora toda su atención, y hacia ella se dirigían todos sus pensamientos. Esa persona estaba al principios en el salón, y luego se había acercado a la puerta, Lievin sintió una mirada y una sonrisa fijas en él, y no pudo menos de volverse. Kiti estaba allí en el umbral, con el joven Scherbatski, y le miraba.

—Creí que iba usted al piano —dijo Lievin, dirigiéndose a ella—. La música es lo que me falta en el pueblo.

—No. Veníamos a buscarle —respondió Kiti premiándole con una sonrisa—. ¿Para qué discuten tanto? No van a convencerse nunca unos a otros.

—Es verdad —repuso Lievin—. Muchas veces se discute únicamente porque no se llega a comprender lo que quiere demostrar el interlocutor.

Lievin había observado frecuentemente, aun en las discusiones entre hombres inteligentes, que después de grandes esfuerzos y de una enorme cantidad de argumentos y palabras, los interlocutores se dan cuenta de que, en el fondo, su controversia no es más que una cuestión de preferencia, temiendo cada uno de ellos mostrar claramente la suya, porque ve que al hacerlo podía ser vencido. También había observado que, a veces, en medio de la discusión, uno comprende lo que prefiere el adversario y, uno mismo, de pronto, lo prefiere también, se pone de acuerdo inmediatamente y todos los razonamientos están de más. Pero a veces experimentaba lo contrario: uno descubre, por fin, lo que prefiere y por lo que inventa los razonamientos, y si lo expone bien y sinceramente, de pronto, el adversario expresa su conformidad y deja de discutir. Era esto lo que Lievin había querido decir a Kiti.

Ella arrugó la frente, tratando de comprender. Y él iba ya a acudir en su ayuda, cuando Kiti entendió de pronto lo que quería decir.

—¡Ah! Ya comprendo. Es necesario saber los motivos que inducen al adversario a discutir, adivinar sus inclinaciones, y entonces...

Había resumido de un modo muy claro el pensamiento tan mal expuesto por Lievin, quien sonrió satisfecho al oírla. ¡Qué diferencia entre la prolija explicación en que tanto se complacían Pestsov y su hermano, y esta lacónica manera de expresar en términos claros y concisos las ideas más complicadas!

Scherbatski se separó de ellos. Kiti fue a sentarse junto a la mesa de juego, y empezó a dibujar con tiza círculos sobre el tapete verde. Volvieron a la cuestión, debatida durante la comida, de las ocupaciones de la mujer. Lievin compartía en este punto la opinión de Dolli, de que la joven soltera encuentra quehaceres femeninos en la familia. Lo sostenía argumentando que toda familia, rica o pobre, necesita tener ayudantes, criada, niñera, ya sea una mujer asalariada, ya algún pariente.

—No —repitió Kiti, sonrojándose, pero mirando fijamente a Lievin con sus ojos claros y sinceros—. Hay casos en que una joven no puede entrar en una familia sin exponerse a una humillación, y entonces...

Él comprendió el significado de esas palabras.

—Sí, sí —dijo—, tiene usted razón.

Y al percibir lo que se ocultaba en sus palabras, el miedo de quedar soltera, el menosprecio, apreció el valor de los argumentos de Pestsov sobre la emancipación de la mujer. Su afinidad con Kiti le hacía especialmente sensible a sus emociones, y, adivinando lo que ella sentía en esos momentos, rectificó sus propios conceptos.

Se produjo un silencio. Kiti seguía dibujando con la tiza. En sus ojos había un brillo suave, y Lievin experimentaba una inefable sensación que le llenaba de felicidad.

—¡Oh! ¡Cómo he ensuciado la mesa! —exclamó Kiti, dejando la tiza y levantándose.

«Sin ella, qué vacía se me parece mi vida...», pensó Lievin.

—Espere —dijo—. Hace tiempo que quería preguntarle una cosa.

La miraba con ojos cariciadores, ligeramente temerosos.

—Pregunte.

—Mire —indicó él, y trazó con la tiza las letras siguientes: C, u, m, d, n, e, p, s, r, a, e, o, a, s. Estas letras correspondían a las iniciales de las palabras: «Como usted me dijo: *no es posible*, ¿se refería a *entonces* o a *siempre?*»

Parecía poco verosímil que Kiti pudiera descifrar el significado de esas letras; pero él la miró intensamente, como si su propia vida dependiese de que ella acertara a comprenderlas.

La joven se llevó la mano a la frente, y se puso a examinar las letras con mucha atención, interrogando de vez en cuando a Lievin con los ojos.

—Comprendo —murmuró, al fin, sonrojándose.

—¿Qué quiere decir esta letra? —preguntó él, señalándole una «s».

—Significa «siempre» —respondió Kiti—; pero no es cierto.

Lievin borró rápidamente lo escrito, y ofreció la tiza a la joven. Ella trazó estas letras: E, n, p, r, d, o, m.

Dolli se consoló de la pena que le causara la conversación con Karenin viendo a su hermana tan entretenida con Lievin. Kiti permanecía sentada con la tiza en la mano, mirándole con una sonrisa tímida y feliz, mientras que Lievin, lleno de una viva emoción, posaba sus ojos expresivos, ya en la mesa, ya en la muchacha. De pronto se puso radiante de gozo: había comprendido la respuesta. Las letras significan: «Entonces no podía responder de otro modo.»

Le dirigió una mirada interrogativa y tímida.

—¿Sólo entonces? —preguntó.

—Sí —respondió la sonrisa de Kiti.

—¿Y... ahora?

—Lea. Le diré lo que deseo con toda mi alma.

Y trazó las primeras letras de estas palabras: «Que usted olvide y perdone.»

Lievin cogió la tiza con dedos temblorosos, y la emoción hizo que rompiera la barrita de yeso. Luego escribió del mismo modo las siguientes frases: «No tengo nada que olvidar ni perdonar, y no he dejado nunca de amarla.»

Kiti le miró, con embelesada sonrisa.

—He comprendido —musitó.

Lievin se sentó y escribió las iniciales de una larga frase. Kiti la comprendió prontamente y, tomando la tiza, escribió la respuesta. Durante largo rato, Lievin estuvo meditando, sin poder comprender el significado de la nueva frase. La felicidad que sentía le privaba del uso de sus facultades. No acertó a encontrar las palabras indicadas por esas letras, pero en los radiantes ojos de Kiti leyó lo que quería saber. Entonces escribió tres letras. La joven, sin vacilar, le quitó la tiza de la mano y terminó ella misma la frase, a la que puso como respuesta: «Sí.»

—¿Están ustedes jugando al *secrétaire?* —dijo el anciano príncipe Scherbatski, acercándose—. Bien; pero date prisa, Kiti. Si no, vamos a llegar tarde al teatro.

Lievin se levantó y acompañó a Kiti hasta la puerta. Su secreta conversación lo había resuelto todo. Ella había manifestado que le quería y que avisaría a sus padres que Lievin iría a verles al día siguiente por la mañana.

CUANDO Kiti hubo salido, Lievin sintió una gran inquietud. Estaba ansioso de que transcurrieran esas catorce horas penosas que lo separaban del instante en que la volvería a ver y se uniría con ella para siempre. Necesitaba engañar el tiempo, hablar con alguien, no sentirse solo. Infortunadamente, no le era posible hallar una agradable compañía. El propio Stepán Arkádich, con quien se hubiera complacido especialmente en conversar, se disponía a salir, afirmando que tenía que asistir a una reunión, aunque pensaba ir al baile. Lievin sólo pudo cambiar con él unas breves palabras, diciéndole que era feliz, que le tenía una gran aprecio y que no olvidaría lo que había hecho por él. La mirada y la sonrisa de Oblonski le mostraron que éste había comprendido bien su disposición de ánimo.

—¿Qué? ¿Ya no hablas de la proximidad de la muerte? —preguntó Stepán Arkádich con aire alegre, estrechando la mano de Lievin.

—¡No! —respondió resueltamente éste.

Y fue a despedirse de Daria Alexándrovna, la cual le dijo con condescendencia:

—Estoy muy contenta de que se haya reconciliado con Kiti. No hay que olvidar a los antiguos amigos...

A Lievin le molestaron esas palabras. Daria Alexándrovna no podía comprender cuán elevado e inaccesible para ella era aquel acontecimiento, y no debía haberse atrevido a esas vulgares alusiones.

Cuando se hubo despedido de ellos, Lievin, para no quedarse solo, se fue con su hermano.

—¿Adónde vas?

—A una reunión.

—¿Puedo acompañarte?

—¿Por qué no? —dijo, sonriendo, Serguiéi Ivánovich—. Pero, ¿qué te pasa hoy?

—¿Qué me pasa? ¡Me siento feliz! —respondió Lievin, mientras bajaba el cristal de la ventanilla del coche que los

conducía—. ¿No te molesta que abra? Me ahogo. ¡Soy tan feliz!... ¿Por qué no te has casado tú?

—Me alegro de tu felicidad —declaró Serguiéi Ivánovich
sonriendo benévolamente—. Ella es una muchacha agradable...

—¡Calla, calla! —gritó Lievin, cogiendo con las dos manos
el cuello de la pelliza de su hermano y cerrándola sobre su
boca.

¡Qué vulgares, qué indignas le parecían esas palabras: «Es
una muchacha muy agradable»!

Serguiéi Ivánovich rió gozosamente, lo que rara vez le
ocurría.

—De todos modos, lo celebro, y...

—Mañana me lo dirás. ¡Silencio ahora! Ni una palabra más
—insistió Lievin, cerrando otra vez la pelliza de su hermano
sobre su boca —y añadió—: ¡Te aprecio mucho! ¿Puedo asistir
a la reunión?

—Naturalmente.

—¿De qué se tratará? —preguntó Lievin, conservando su
sonrisa.

Llegaron a la reunión. Lievin observó cómo al secretario se
le trababa la lengua al leer el acta, que al parecer no entendía
en absoluto. Pero Lievin adivinaba, a través del azoramiento y
la confusión del secretario, que era un hombre bueno y agradable. Siguió luego un debate relativo a la asignación de unas
sumas y la instalación de unas tuberías. Serguiéi Ivánovich ata-
có enérgicamente a dos miembros de la junta y estuvo hablando largo rato con aire triunfal. Uno de los miembros, que había tomado notas en un papel, se esforzó por dominar un repentino sentimiento de temor, y luego contestó a Koznyshov
de un modo tan cortés como punzante. Sviyazhski, que estaba
allí, pronunció unas palabras nobles y acertadas.

Lievin escuchaba, y comprendía bien que todos esos proyectos no eran más que un pretexto para hablar y discutir en esas
sesiones donde se reunían personas muy amables, que se entendían perfectamente entre sí. A nadie molestaban y se sentían a gusto. Lo más notable era que, por ligeros detalles, a los
cuales no habría prestado antes ninguna atención, Lievin creía
adivinar los pensamientos de todos y percibir que en todos ha-

bía una gran bondad. Ellos, a su vez, se mostraban también hoy muy complacientes con Lievin, y le hablaban con fina amabilidad, incluso los que no le conocían.

—¿Estás contento? —le preguntó su hermano.

—Mucho. No hubiera creído que esto fuera tan interesante.

Sviyazhski se acercó a Lievin, y le invitó a acompañarle para tomar el té en su casa. Lievin no podía comprender ni recordar por qué estaba descontento de Sviyazhski, ni qué era lo que buscaba en él. Le parecía ahora un hombre muy atento y bondadoso.

—Con mucho gusto —repuso, y le preguntó por su esposa y su cuñada. Por una extraña asociación, unía siempre en su mente el pensamiento de la cuñada de su excelente amigo y el de su matrimonio, y se le figuraba que nadie podía comprender mejor sus gozosos sentimientos que la cuñada y la mujer de Sviyazhski, por lo cual se hallaba muy bien dispuesto a ir a verlas y charlar con ellas.

Sviyazhski le preguntó cómo marchaban sus asuntos, negándose, como siempre, a admitir que en economía agraria pudiera efectuarse ninguna innovación que no existiese ya en Europa. Ahora esto no parecía contrariar a Lievin. Lejos de ello, hallaba muy justas las razones de su amigo, y admiraba el tacto y la suavidad con que las exponía.

Las señoras se mostraron muy amables. Lievin creía percibir que sabían todo lo concerniente a su dicha, que se alegraban, y que evitaban hablar de ello por delicadeza. Estuvo allí con ellas, una, dos, tres horas, tratando de diversos asuntos, pero volviendo siempre a aquello que le hacía sentirse tan feliz, sin darse cuenta de que llegaba a cansar a todos y de que era hora de irse a la cama. Sviyazhski le acompañó hasta el recibidor, bostezando y extrañado del cambio que observaba su amigo.

Era más de la una. Lievin, al hallarse en el hotel, se asustó pensando que había de pasar diez horas aún en la soledad y consumiéndose de impaciencia. El criado de turno encendió las bujías y se disponía ya a salir, pero Lievin le detuvo. Ese criado, Iegor, en quien antes apenas se fijara, le pareció de pronto un muchacho inteligente y amable y, sobre todo, muy comprensivo.

—Dime, Iegor; debe ser duro pasar la noche sin dormir, ¿eh?

—¿Qué se le va a hacer? Es nuestra obligación. Sin duda, es más cómodo trabajar en casa de señores. Pero tiene uno más beneficio trabajando aquí.

Lievin se enteró entonces de que Iegor era padre de familia. Tenía tres hijos y una hija, costurera, la cual estaba prometida con el dependiente de una tienda de guarnicionería. A este propósito, Lievin manifestó a Iegor que opinaba que el matrimonio debía apoyarse en el amor, y que con amor siempre se es feliz, puesto que la felicidad está en uno mismo. Iegor escuchaba con atención, pareciendo comprender perfectamente el pensamiento de Lievin, y en confirmación de ello, hizo la inesperada observación de que cuando él servía en casa de unos señores, que eran gente muy buena, siempre había estado satisfecho de ellos, y que también lo estaba ahora, a pesar de ser francés su actual dueño.

«¡Qué hombre tan bondadoso es este Iegor!», pensaba Lievin.

—Cuando te casaste, ¿querías a tu mujer, Iegor?

—¿Cómo no iba a quererla, señor?

Lievin percibía que su animación se había comunicado a Iegor, y que éste se disponía a descubrirle sus sentimientos más íntimos.

—No han faltado aventuras en mi vida. Desde chiquillo... —empezó Iegor, con los ojos brillantes, tan ostensiblemente contagiado por el entusiasmo de Lievin, como cuando uno se contagia de los bostezos de alguien en su proximidad.

Pero en ese momento sonó un timbre. Iegor salió, y Lievin quedó sólo. No había comido apenas en casa de Oblonski, ni quiso cenar ni tomar nada en la de Sviyazhski, y, a pesar de ello, no sentía hambre. Tampoco había dormido la noche anterior, y ahora no podía pensar siquiera en descansar. Allí hacía fresco, y, sin embargo, se ahogaba de calor. Abrió los dos postigos de la ventana, y se sentó a la mesa. Enfrente, sobre el tejado cubierto de nieve, se veía una cruz labrada, y arriba, en lo alto, el triángulo de la constelación del Auriga con el fulgor amarillo de la estrella Capella. Lievin aspiraba el aire helado que entraba por la ventana, y miraba, ya la cruz, ya hacia la estrella, dejando libre curso a las fantasías de su imaginación.

Cerca de las cuatro, oyó pasos en el corredor; entreabrió la puerta, y vio a Miaskin, un conocido suyo, muy trasnochador, que regresaba entonces del club. Parecía muy abatido, y no cesaba de toser.

«¡Pobre desventurado!», pensó Lievin, enternecido.

Quiso hablarle y confortarle, pero recordando que estaba en camisa desistió de ello. Se situó de nuevo ante la ventana, para respirar el aire fresco, para mirar esa cruz silenciosa, de forma extraña, plena de significación para él; para contemplar esa brillante estrella amarilla que ascendía en el horizonte. Hacia las seis, empezó a sentirse afuera el ruido de los enceradores, moviéndose por los pasillos; sonaron las campanas llamando a la misa matinal, y Lievin comenzó a sentir frío. Cerró la ventaba, se lavó y vistió rápidamente, y salió.


## Capítulo XV

Las calles estaban todavía desiertas. Cuando Lievin llegó a casa de los Scherbatski, la puerta principal estaba cerrada y todo dormía. Volvió al hotel, subió a su cuarto y pidió café. El camarero que se lo trajo no era ya Iegor. Lievin inició una conversación con él, pero sonó un timbre y el criado hubo de dejarle. Lievin probó el café y mordió un bizcocho, pero era tal su impaciencia que no conseguía tragar el bocado. Cogió el abrigo, y salió de nuevo a la calle. Eran algo más de las nueve cuando volvió a hallarse ante la puerta de los Scherbatski. En la casa no había señales de actividad. El cocinero salía entonces a hacer las compras. Era necesario, pues, esperar todavía unas dos horas o más.

Desde la pasada noche, Lievin se hallaba en un estado de inconsciencia, y sentíase fuera de las condiciones de la existencia material. No había comido nada el día anterior, pasó dos noches enteras sin dormir, se había expuesto al frío durante varias horas, medio desnudo, y, sin embargo, se sentía fresco y ágil, y como desligado de su cuerpo. Tenía la sensación de que se hallaba dotado de una fuerza extraordinaria, y le parecía que hubiera podido volar por los aires o mover fácilmente los muros de una casa. Para pasar el tiempo y calmar su inquietud, anduvo por las calles, procurando distraerse. Pero a cada instante miraba el reloj, y la espera se le hacía larga y penosa.

Entonces vio algo muy placentero, que no volvería a ver jamás. Unos niños que iban a la escuela; palomas de color gris azulado que volaban desde los tejados a la acera, y unos panecillos espolvoreados con harina, que una mano invisible dejara expuestos en una ventana. Los panecillos, las palomas y los dos niños eran seres prodigiosos: un muchacho corrió hacia una paloma y, sonriendo, miró a Lievin; la paloma sacudió las alas y se elevó brillando al sol, entre el fino polvo de escarcha, y un aroma de pan caliente llegó desde la ventana donde estaban expuestos los panecillos. Había tanta belleza en este sencillo cuadro, y era todo ello tan conmovedor, que Lievin, en medio de su alegría, sentía que las lágrimas asomaban a sus ojos. Después de dar una vuelta por el callejón de Gazetuyi y la calle de Kislovka volvió al hotel. Ya en su habitación, se sentó, puso el reloj sobre la mesa y esperó que marcara las doce. En el cuarto contiguo hablaban animadamente sobre máquinas, y tosían con una peculiar tos mañanera. Esa gente no sabía que las manecillas del reloj se acercaban ya a las doce. Por fin las manecillas indicaron las doce. Lievin salió al portal.

En la calle, los cocheros de punto comprendían evidentemente que Lievin se sentía feliz, pues le rodearon con rostros satisfechos, disputando entre ellos y ofreciéndole sus servicios. Él, evitando contrariar a los rechazados, y prometiéndoles utilizar sus servicios en otra ocasión, eligió a uno de ellos y le ordenó que le condujera a casa de los Scherbatski. El cochero le pareció un hombre excelente; con el blanco cuello de su camisa destacándose del blusón y cubriendo su cuello rojo y fuerte, se mantenía erguido en el asiento, con las riendas entre las manos. Y el trineo era alto, más alto que los trineos ordinarios, y tan cómodo y ligero, como Lievin no viera jamás otro semejante. Hasta el caballo era magnífico, y se esforzaba en correr, aunque no lo conseguía a juicio del impaciente Lievin.

El cochero conocía la casa de los Scherbatski, y mostraba una especial consideración a su cliente. Al llegar, hizo un gesto circular con los brazos, y gritando «¡Sooo!», se detuvo el caballo ante la puerta principal. El portero de los Scherbatski debía de estar al corriente de todo, a juzgar por la sonriente expresión de su rostro, y por el modo en que dijo:

—Hace tiempo que no le veíamos, Konstantín Dmítrich.

No sólo lo sabía todo, sino que estaba por ello lleno de alegría, aunque se esforzaba en disimularla. Mirando los ojos bondadosos del anciano, Lievin experimentó una nueva y viva sensación de felicidad.

—¿Están levantados?

—Sí. Pase, haga el favor. Puede usted dejar esto aquí —le dijo, viendo que Lievin se volvía para coger su gorro de piel. Lievin creyó ver en este detalle una venturosa significación.

—¿A quién le anuncio, señor? —preguntó un criado.

El joven criado era, evidentemente, uno de esos lacayos de tendencias modernas, muy presuntuoso, pero no dejaba de ser por ello un muchacho excelente, y parecía también comprenderlo todo...

—A la princesa... al príncipe... a la joven princesa —dijo Lievin.

La primera persona a quien vio fue a mademoiselle Linon, que atravesaba la sala con sus lindos rizos y su rostro radiante. Apenas le hubo dirigido la palabra, cuando se oyó un ligero ruido tras una puerta y mademoiselle Linon desapareció de su vista. Lievin se sintió invadido por un gozoso sobresalto, ansioso de esa felicidad que se abría ante él. Casi en el mismo momento en que mademoiselle Linon salía de la estancia, unos pies pequeños y ligeros se deslizaron sobre el entarimado, y la felicidad de Lievin, su vida, lo que era como parte de él mismo, se acercó... No andaba, volaba hacia él, impulsada por una fuerza invisible.

Lievin vio sólo dos ojos claros, radiantes de la misma alegría que llenaba su corazón; esos ojos, brillando cada vez más cerca, le cegaban con su resplandor. Kiti puso sus manos en los hombros de Lievin. Se le ofrecía toda entera, temblorosa y llena de gozo. Él la abrazó, y juntó sus labios con los de ella...

Kiti tampoco había dormido esa noche. Sus padres habían dado su consentimiento y se sentían muy dichosos. Ella, queriendo ser la primera en anunciárselo, había estado esperándole toda la mañana. Avergonzada y confusa por ese deseo de hablarle a solas, no sabía exactamente lo que haría cuando él llegara. Al sentir los pasos de Lievin, al oír su voz, había esperado tras la puerta a que se fuera mademoiselle Linon. Luego, cuando ésta hubo salido, Kiti, sin titubear, sin preguntarse lo que haría, se acercó a él y le miró...

—Vamos a ver a mamá ahora —dijo, cogiéndole de la mano.

Lievin, durante mucho rato, fue incapaz de decir nada, no ya porque temiera menoscabar con palabras la belleza de su sentimiento, sino porque cada vez que iba a decir algo, sentía que las lágrimas, unas lágrimas de intensa felicidad, se lo impedían. Tomó la mano de Kiti y la besó.

—¿Es posible? —preguntó con voz apagada—. No puedo creer que tú me ames.

Al oír ese «tú» y al observar la timidez con que Lievin la miraba, Kiti sonrió.

—Sí —contestó ella—. ¡Soy tan feliz!...

Y, sin soltar su mano, le llevó al salón. La princesa, al verlos, se sintió conmovida, y rompió a llorar. Pero enseguida se rió, y con inesperada viveza, corrió hacia Lievin; tomándole la cabeza entre sus manos, le besó, humedeciéndole el rostro con sus lágrimas.

—¡Todo está ya arreglado! Estoy muy contenta. Quiérala mucho. Soy feliz, Kiti.

—¡Pronto lo habéis arreglado! —exclamó el príncipe, tratando de mostrar indiferencia.

Pero tenía los ojos humedecidos de lágrimas.

—Hace mucho tiempo que yo lo deseaba... —prosiguió el príncipe, atrayendo hacia sí a Lievin—. Incluso entonces, cuando esta locuela se obstinó...

—¡Papá! —exclamó Kiti, tapándole la boca con las manos.

—Bien; me callaré —repuso su padre—. Me siento muy di-...di...choso... ¡Oh, qué tonto soy!

Luego abrazó a Kiti, le besó la cara, la mano, el rostro otra vez y, finalmente, la bendijo.

Y Lievin, viendo cómo Kiti, durante largo rato, besaba emocionada la mano carnosa del príncipe, sintió un nuevo afecto por ese hombre bondadoso y noble, cuyos sentimienos hasta entonces no había sabido apreciar.

LA princesa permanecía sentada en la butaca, callada y sonriente. Kiti, en pie junto a la de su padre, mantenía la mano del anciano entre las suyas. Todos callaban.

La princesa fue la primera en romper el silencio y en dirigir los pensamientos y sentimientos generales hacia los proyectos de la nueva vida. A todos, en el primer momento, eso les causó una impresión penosa y extraña.

—Bien; hay que pensar ahora en arreglar las cosas en debida forma, en anunciar la boda... ¿Qué opinas, Alexandr?

—En esta cuestión, él tiene que decidir —dijo el príncipe, señalando a Lievin.

—Cuanto antes se haga, mejor —repuso éste, sonrojándose—. La bendición puede ser hoy, y la boda mañana.

—Vamos, *mon cher,* no diga tonterías.

—Entonces, dentro de una semana.

—Está loco...

—¿Por qué no es posible?

—¿Y el ajuar? —adujo la madre de Kiti, sonriendo ante esa impaciencia.

«¿Es necesario pensar antes en el ajuar y todas esas cosas? —se dijo Lievin, horrorizado—. Pero, no; ni el ajuar, ni la bendición y todo lo demás, pueden estropear mi felicidad.»

Miró a Kiti, y observó que la idea de preparar el ajuar no parecía molestarla en modo alguno.

«Seguramente será necesario», pensó Lievin.

—Yo no entiendo de eso. He dicho simplemente lo que deseaba —repuso, disculpándose.

—Ya lo discutiremos. De momento, podemos hacer los preparativos y anunciar la boda.

La princesa se levantó, besó a su marido y se dispuso a salir, pero él la retuvo y la abrazó, sonriendo tiernamente, como un joven enamorado. Parecía que los ancianos se hubieran confundido momentáneamente, y creyeran que los enamorados eran ellos y no su hija. Cuando los padres hubieran salido, Lievin se aproximó a su novia y le cogió la mano. Había recobrado la serenidad, era capaz de hablar. Tenía que decirle muchas cosas; pero lo que hacía falta, no lo dijo.

—Sabía que esto acabaría así —dijo—. No me atrevía a esperar este final feliz, mas en el fondo de mi alma estaba convencido de que no podía ser de otro modo. Era el destino...

—Yo también —repuso Kiti—. Hasta cuando... —se interrumpió; y enseguida continuó, mirándole resueltamente con sus ojos sinceros—: Hasta cuando rechacé la felicidad... Nunca he amado más que a usted. Pero debo decirle que estaba deslumbrada... ¿Podrá usted olvidarlo?

—Quizá haya sido mejor así. También usted debe perdonarme muchas cosas... Confieso que...

Había decidido manifestarle desde los primeros días estas dos cosas: que no eran tan puro como ella, y que no creía en Dios. Por penosas que fuesen, se consideraba obligado a confesárselas.

—Ahora no, luego —añadió Lievin.

—Bien. Pero dígamelo todo. Ahora no temo nada. Quiero saberlo todo. Claro que...

—...Que me tomará tal como soy, ¿verdad? ¿No me rechazará?

—No, no.

Su conversación fue interrumpida por *mademoiselle* Linon, la cual, con una suave sonrisa, aunque fingida, entró a felicitar a su discípula predilecta. Antes de que ella se fuese, entraron los criados, queriendo felicitarles también. Luego llegaron todos los parientes. Y con ello empezó para Lievin un periodo feliz y absurdo, de dicha insólita, del que no salió hasta el segundo día de su boda.

Lievin se sentía cada vez más conturbado, pero su felicidad se hacía también mayor. Exigían de él cosas en que jamás hubiera pensado; y no obstante, se complacía en hacer cuanto le pedían. Creía que si la boda se efectuaba en el ámbito de las costumbres tradicionales, ello habría de obstaculizar su felicidad. Pero, a pesar de haberse hecho exactamente lo que se hacía siempre en las bodas, su felicidad no sólo no sufrió menoscabo, sino que se hizo aún más intensa.

—Ahora debiéramos comer bombones —sugería *mademoiselle* Linon.

Y Lievin iba a comprar bombones.

—Mis felicitaciones —decía Sviyazhski—. Le recomiendo que compre las flores en casa de Fomín.

—¿Es necesario? —inquiría Lievin.

Y allá se dirigía.

Su hermano le aconsejaba que tomase dinero prestado. Habría que hacer regalos, que atender a muchos gastos...

—¡Ah! ¿Se deben hacer regalos?

Y Lievin iba corriendo a la joyería de Foulde.

En la confitería, en la joyería, en la tienda de flores, Lievin observaba que le esperaban, que se alegraban de verle y que le trataban con una especial deferencia. En todas partes se le recibía en esos días con grandes muestras de respeto y una fina atención, y todos parecían compartir su inmensa dicha. Era extraordinario que en esa admiración de que era ahora objeto no sólo participaban los que le apreciaban, sino que hasta personas que antes se mostraban frías e indiferentes sentían en estos momentos su entusiasmo, le atendían en todo, trataban con gran delicadeza su sentimiento amoroso y le expresaban su convencimiento de que, efectivamente, era el hombre más feliz del mundo, porque su futura esposa reunía todas las perfecciones.

Kiti sentía lo mismo que él. Cuando la condesa Nordston se permitió insinuar que había alimentado la esperanza de que ella consiguiera algo mejor, la muchacha se exasperó tanto y defendió tan valientemente su opinión de que nada podía ser mejor que Lievin, que la condesa tuvo que darle la razón. Y desde entonces en presencia de Kiti nunca acogía a Lievin sin una sonrisa de admiración.

Una de las cosas más penosas de esos días era la explicación prometida por Lievin. Después de consultar al príncipe, y autorizado por éste, entregó a Kiti su Diario, que parecía haber sido escrito pensando en su futura novia. En él se expresaban las dos preocupaciones de Lievin, los dos puntos delicados que constituían el motivo de sus deseadas confesiones. La confesión de su incredulidad pasó casi inadvertida. Kiti era ciertamente religiosa, y no dudaba de las verdades de la religión, pero la supuesta carencia de fe de su novio no la conturbó en modo alguno. Su amor le había descubierto el corazón de Lievin, se le habían revelado sus sentimientos, y el hecho de que a ese estado de ánimo lo llamaran incredulidad, no la inquietaba lo más mínimo.

Pero la otra confesión le hizo llorar lágrimas amargas. Lievin se decidió a entregarle su Diario sólo después de una gran lucha consigo mismo. No quería que entre él y ella hubiera secretos, y esto había motivado su decisión. Sin embargo, no se dio cuenta del efecto que esa confesión habría de causar en su joven prometida. Sólo cuando esa misma tarde, antes de ir al teatro, entró en la habitación de Kiti y vio su rostro encantador bañado en lágrimas, comprendió Lievin el abismo que había entre su abominable pasado y la pureza angelical de su prometida. Comprendió el mal irreparable que le causara y se horrorizó de lo que había hecho.

—Tome esos horribles cuadernos —dijo la joven, rechazando los que tenía sobre la mesa—. ¿Para qué me los ha dado?... —suspiró—. Al fin y al cabo, vale más así —añadió, sintiendo lástima al ver la desesperación que se mostraba en el rostro de su novio—. Pero es horrible, horrible.

Lievin bajó la cabeza, sin saber qué responder.

—¿No me perdona usted? —murmuró, al fin.

—Sí. Le he perdonado ya. ¡Pero es horrible!

Sin embargo, la felicidad de Lievin era tan grande, que ese incidente, lejos de destruirla, la embelleció con un nuevo matiz. Kiti le perdonó; y él desde entonces, considerándose indigno de esa generosidad, apreció aún más el valor de su inefable dicha.


## Capítulo XVII

AL volver a la solitaria habitación del hotel, Alexiéi Alexándrovich recordó involuntariamente las conversaciones que sostuviera durante esa tarde en casa de los Oblonski. Las súplicas de Daria Alexándrovna no le habían producido sino un sentimiento de pesar. Aplicar a su caso las normas del Evangelio, era cosa ardua, de la que no podía hablarse ligeramente. Además, la cuestión ya había sido resuelta por él, y no había necesidad de considerar de nuevo el asunto. En esas conversaciones, lo que más le había impresionado fueron las palabras del ingenuo y bondadoso Turovtsin: «Se portó muy dignamente: desafió a su rival y lo mató.» Evidentemente, todos opinaban igual, y si no lo proclamaban abiertamente, era por pura delicadeza.

«En fin: la cosa está resuelta; no pensemos más en ello», se dijo.

Pensando sólo en su próximo viaje y en la revisión entró en su cuarto, y preguntó al conserje por su criado. El conserje respondió que el criado había salido hacía un rato. Alexiéi Alexándrovich ordenó que le sirvieran té, y se puso a examinar la guía de ferrocarriles para determinar el itinerario de su viaje.

—Hay dos telegramas —anunció el criado, entrando en la habitación—. Pido perdón a vuecencia por haber salido un momento.

Alexiéi Alexándrovich abrió el primero. En él se le anunciaba haber designado a Striómov para un puesto ambicionado por el propio Karenin. Se sonrojó, tiró el telegrama y comenzó a pasearse por la habitación.

*«Quos vult perdere dementat»*[1], se dijo, comprendiendo en tal *quos* a todos los que habían apoyado el nombramiento.

Se sentía disgustado por la injusticia que se le hiciera, pero aún le contrariaba más el hecho de que un charlatán como Striómov hubiera podido ocupar semejante puesto. ¿No comprendían que comprometían su propio *prestige*[2] con ese nombramiento?

«Será otra noticia por el estilo», pensó con amargura, abriendo el segundo telegrama.

Era de su mujer. La palabra «Anna», trazada con lápiz azul, fue lo primero que se le ofreció a la vista.

> Me muero. Suplico venga. Con su perdón, moriré más tranquila.

Karenin leyó estas palabras con una sonrisa de desdén, y

---

[1] A quien Dios quiere castigar le quita la razón. (En latín en el original.)
[2] prestigio. (En francés en el original.)

tiró el telegrama. Su primera impresión fue de que se trataba de alguna nueva argucia.

«No hay embuste que la detenga. Pero estaba a punto de dar a luz. Quizás padezca fiebre puerperal. Y, ¿qué se propone? ¿Qué fin persigue? Legalizar el nacimiento del niño, que yo me comprometa y renuncie al divorcio —pensaba—. Pero, ¿y esas palabras? "Me muero"..., dice ahí.»

Volvió a leer el telegrama y, ahora, el sentido exacto de lo que en él aparecía escrito, le sorprendió.

«¿Y si fuera verdad? —se preguntó—. ¿Si fuera cierto, y el sufrimiento, la proximidad de la muerte, la hubieran hecho arrepentirse sinceramente? Negándome a acudir, no sólo mostraría ser cruel y todos me censurarían severamente, sino que obraría como un necio...»

—Pida un coche, Pedro. Me voy a Peterburgo —dijo al criado.

Había decidido ir a ver a su esposa. Si la enfermedad resultaba un engaño, se marcharía enseguida, sin hablarle. En caso contrario, si estaba realmente enferma, la perdonaría, y si llegaba demasiado tarde, cumpliría los últimos deberes para con ella.

Durante el camino no pensó más en lo que decidiera hacer. Al día siguiente, con una sensación de fatiga y desaseo corporal, a consecuencia de la noche pasada en el vagón, Alexiéi Alexándrovich avanzaba en coche, entre la neblina matinal, a lo largo de la avenida Nievski, todavía desierta, mirando distraídamente ante sí, sin considerar lo que le esperaba. Si por un momento, sin querer, pensaba en ello, enseguida volvía a su cerebro la idea de que la muerte de Anna resolvería todas las dificultades.

Rápidamente pasaban ante sus ojos las tiendas cerradas, los panaderos, los cocheros nocturnos, los porteros que barrían las aceras. Observaba todo eso, procurando disipar en su interior la esperanza que alimentaba, el pensamiento de lo que no se atrevía a desear..., y sin embargo deseaba. Al llegar frente a su casa, vio un coche de alquiler y otro particular, con el cochero dormido, parados a la puerta. Karenin se detuvo a la entrada, y pareció como si sacara de lo más recóndito de su cerebro la decisión tomada: «Si ella me engaña, me marcharé, conservando un tranquilo desdén: si ha dicho la verdad, guardaré las apariencias.»

El portero abrió antes de que Alexiéi Alexándrovich llamara. El portero Petrov, a quien llamaban Kapitónych, tenía hoy un aspecto extraño. Vestía una levita negra, no llevaba corbata e iba en zapatillas.

—¿Cómo está la señora?

—Ayer dio a luz felizmente.

Alexiéi Alexándrovich quedó inmóvil y palideció. Sólo ahora comprendía cuán fuerte era su deseo de que Anna muriese.

—¿Y de salud?

Korniéi, con su blusa de mañana, bajaba precipitadamente la escalera.

—Muy mal —respondió—. Ayer hubo consulta de médicos. El doctor está en este momento en casa.

—Suban el equipaje —ordenó Karenin, ligeramente aliviado al saber que cabía aún la posibilidad de la muerte.

Entró en el recibidor, y viendo que en el perchero había un capote de militar, preguntó:

—¿Quién está en casa?

—El médico, la comadrona y el conde Vronski.

Alexiéi Alexándrovich pasó a los aposentos interiores. En el salón no había nadie. Al oír el ruido de los pasos de Karenin, la comadrona, tocada con una cofia de cintas color lila, salió de las habitaciones de Anna. Se acercó a él, y con la familiaridad que da la inminencia de la muerte, le tomó por el brazo y le llevó a la alcoba.

—¡Gracias a Dios que está usted aquí! No hace más que hablar de usted —dijo la mujer.

—¡Hielo! ¡Traigan hielo enseguida! —pidió desde la alcoba la voz autoritaria del médico.

Alexiéi Alexándrovich entró en las habitaciones de Anna. En el gabinete, junto a la mesa y sentado en una silla baja, Vronski, con el rostro oculto entre las manos, lloraba. Al oír la voz del médico, se levantó con rápido impulso, apartó las manos de su rostro y vio ante sí a Karenin. Al verle allí, se sintió tan conturbado que se sentó de nuevo, hundiendo la cabeza entre los hombros, como si quisiera desaparecer.

Poco después, haciendo un esfuerzo, se puso en pie y dijo:

—Se muere. Los médicos dicen que no hay esperanza de salvarla. Estoy a su disposición en todo, pero permítame quedarme aquí. De todos modos, es su voluntad...

Karenin, al ver las lágrimas de Vronski, se sintió invadido por ese desasosiego que experimentaba siempre ante los sufrimientos de los demás. Volvió la cabeza, sin responder, y se dirigió precipitadamente hacia la alcoba. Desde allí llegaba la voz de Anna, y esa voz era animada, alegre, con una entonación muy precisa. Karenin entró, y se acercó al lecho. Anna yacía en él con el rostro vuelto hacia su marido. Sus mejillas ardían, sus ojos brillaban, las manos blancas y pequeñas salían de las mangas de la camisola y jugaban con la punta de la manta. No sólo parecía estar lozana y gozar de buena salud, sino hallarse en excelente estado de ánimo. Hablaba de prisa, en voz alta, con inflexiones precisas y expresivas.

—Alexiéi... Me refiero a Alexiéi Alexándrovich... ¿No es extraño y terrible que los dos se llamen Alexiéi? Pues Alexiéi no me lo rehusaría. Yo lo hubiese olvidado todo y él me habría perdonado... ¿Por qué no viene? Es bueno, pero él mismo ni sabe que lo es. ¡Dios mío, qué angustia! Denme agua... ¡Pronto! Pero esto será malo para mi niña... Bueno, entonces llévenla a la nodriza. Estoy conforme, vale más... Cuando él llegue, se disgustará si la ve. Llévensela...

—Ya ha llegado, Anna Arkádievna. Está aquí —dijo la comadrona, tratando de llamar la atención de Anna sobre su esposo.

—¡Qué tonterías! —continuaba ella, sin verle—. Denme la niña, démela. ¡No ha llegado aún! Dice usted que no querrá perdonarme, porque no le conoce... Nadie le conocía, solamente yo... Y me daba mucha pena. Sus ojos... Seriozha tiene los ojos igual que él; por eso no quiero mirárselos... ¿Han dado de comer a Seriozha? Estoy segura que nadie piensa en el pequeño... Él no le hubiera olvidado. Hay que trasladar a Seriozha al cuarto del rincón y decir a Mariette que vaya a dormir allí.

De pronto, Anna se agazapó y temerosa, como si quisiera parar un golpe, se cubrió con las manos el rostro. Había visto a su marido.

—No, no —exclamó—. No la temo, no temo la muerte.

Acércate, Alexiéi. Me di tanta prisa porque tengo poco tiempo..., muy poco tiempo de vida... Enseguida volverá la fiebre y no comprenderé nada. Pero ahora lo entiendo todo y todo lo veo...

El rostro arrugado de Alexiéi Alexándrovich expresaba un hondo sufrimiento. Cogió la mano de Anna y quiso hablarle, pero no pudo pronunciar una sola palabra. Su labio inferior temblaba. Dominado por la emoción, sólo de vez en cuando miraba a su esposa. Y cada vez que lo hacía, veía los ojos de ella mirándole con tanta suavidad y ternura como nunca había observado en ellos.

—Espera, no sabes... Espera, espera... —y Anna se detuvo, tratando de concentrar sus ideas—. Sí, sí, sí... —prosiguió—, eso es lo que quería decirte. No te extrañe, soy la misma de siempre... Pero dentro de mí hay otra, y la temo. Es esa otra la que amó a aquel hombre y trataba de odiarte, sin poder olvidar la que antes fuera... Ahora soy yo misma, soy la verdadera..., toda yo... Aquélla no era yo... Me muero, lo sé, puedes preguntarlo... Me doy cuenta de ello. Siento un peso en los brazos, las piernas, los dedos... ¡Qué dedos tan enormes! ¡Mira! Pero todo esto va a terminar pronto. Sólo necesito una cosa: que me perdones, que me perdones de todo corazón. Soy perversa... Pero hubo una santa mártir..., ¿cómo se llamaba?..., que era peor aún... El aya de Seriozha me hablaba de ella... Iré a Roma; allí hay un desierto... No quiero estorbar a nadie. Sólo llevaré conmigo a Seriozha y a la niña. ¡No, no puedes perdonarme!... Ya sé que eso no se puede perdonar... Vete, vete; eres demasiado bueno...

Con una de sus ardientes manos, Anna retenía la de su marido, mientras le rechazaba con la otra. La turbación de Karenin aumentaba, y se hizo tan fuerte que desistió de luchar. Y de pronto sintió que esa misma emoción se transformaba en una especie de sosiego moral y le proporcionaba una felicidad insospechada. No percibió que la doctrina cristiana, que había tomado como norma de su vida, le mandaba perdonar y amar a sus enemigos, pero ahora un elevado sentimiento de amor y de perdón le llenaba el alma. Permanecía arrodillado junto al lecho, con la frente apoyada en uno de los brazos de su mujer, que le quemaba como otro hierro candente a través de la camisola, y lloraba como un niño. Anna se inclinó hacia él, abrazó su cabeza, con escaso cabello ya, y con gesto orgulloso levantó la mirada.

—¡Es él!, ¿lo veis? ¡Bien lo sabía yo! Y ahora, ¡adiós a todos, adiós!... ¿Qué hacen aquí todos esos? ¿Por qué no se marchan? Pero, ¡quitadme esas mantas!

El médico la recogió cuidadosamente en las almohadas y le tapó los brazos y los hombros. Ella permanecía quieta, mirando fijamente ante sí.

—Recuerda..., que sólo he deseado tu perdón... No pido más... ¿Por qué no viene él? —miraba hacia la puerta del cuarto contiguo, donde estaba Vronski—. Acércate, acércate y dale la mano.

Vronski se acercó a la cama, vio a Anna y se cubrió el rostro con las manos.

—¡Descúbrete la cara y mírale; es un santo! —exclamó Anna—. ¡Descúbrete la cara! —repitió con irritación—. ¡Alexiéi Alexándrovich, descúbrele la cara! ¡Quiero verle!

Karenin apartó las manos de Vronski de su rostro, desfigurado por el sufrimiento y la vergüenza.

—Dale la mano. Perdónale.

Alexiéi Alexándrovich dio la mano a Vronski, sin tratar de reprimir sus lágrimas.

—¡Gracias a Dios! Ahora estoy tranquila... Quiero estirar un poco las piernas... Así, así, estoy bien... ¡Qué feas son esas flores! No se parecen en nada a las violetas... —dijo, señalando el papel pintado que cubría las paredes del cuarto—. ¡Dios mío, Dios mío! ¿Cuándo terminará esto? Denme morfina. Doctor: deme morfina. ¡Ay Dios mío, Dios mío!

Y se agitaba en el lecho.

Los médicos se mostraban pesimistas. Decían se trataba de una fiebre puerperal, de la que el noventa y nueve por ciento de los casos terminaba con la muerte. Todo el día lo había pasado Anna delirando y con repetidos desvanecimientos. A medianoche, se hallaba en un estado de inconsciencia y no tenía casi pulso. Esperaban el fin de un momento a otro.

Vronski se fue a su casa. Al día siguiente volvió para saber cómo seguía la enferma. Karenin, pasando al recibidor, le indicó:

—Quédese; quizá ella pregunte por usted.

Y él mismo le llevó al gabinete de su esposa. Por la mañana, Anna se mostraba de nuevo agitada; tuvo momentos de exaltada animación, volvió a pensar y hablar con viveza, y todo terminó una vez más en un desvanecimiento. El tercer día fue igual, y los médicos dijeron que empezaba a haber esperanzas. Ese día, Karenin entró en el gabinete donde estaba Vronski, cerró la puerta y se sentó frente a él.

—Alexiéi Alexándrovich —dijo Vronski, comprendiendo que ya se hacía necesaria una explicación—, me siento confundido. No hallo palabras para expresarme, no sé qué decir. ¡Tenga piedad de mí! Por dolorosa que sea para usted esta situación, puede creer que lo es todavía más para mí.

E hizo ademán de levantarse. Pero Karenin le detuvo, exponiendo:

—Le ruego que me escuche; es necesario. Debo exponer los sentimientos que me han guiado y me guían, para que usted no se engañe respecto a mí. Usted sabe que me decidí por el divorcio y que hice diligencias en este sentido. Confieso que antes de entablar la demanda vacilé mucho... Pero el deseo de vengarme de ella y de usted hizo desaparecer mis escrúpulos. Cuando recibí el telegrama, no cambiaron mis sentimientos. Es más, debo decirle que he deseado la muerte de Anna. Pero...

Alexiéi Alexándrovich calló un momento, reflexionando sobre si debía o no revelarle lo que sentía en el fondo de su corazón.

—Pero la vi y la perdoné. Y la felicidad que experimenté perdonando me mostró claramente mi deber. He perdonado sin reservas, con absoluta sinceridad. Quiero ofrecer la mejilla izquierda al que me abofetea la derecha, dar la camisa al que me quita el vestido. Sólo pido a Dios que no me sea quitada la dicha de perdonar.

Las lágrimas llenaban sus ojos. Su mirada lúcida y tranquila sorprendió a Vronski.

—Mi decisión es firme. Puede usted pisotearme en el barro, hacerme objeto de burla ante el mundo; pero no abandonaré a Anna, y no dirigiré a usted una palabra de reproche. Mi obligación la veo ahora con claridad: debo permanecer al lado de mi esposa, y permaneceré. Si ella desea verle, le avisaré, pero ahora es mejor que usted se vaya...

Karenin se levantó, los sollozos ahogaron su voz. Vronski se levantó también; medio encorvado, miraba con timidez a Alexiéi Alexándrovich. No comprendía los sentimientos de ese hombre, pero percibía que eran muy elevados, de un orden muy superior a todo lo que él conocía.

## Capítulo XVIII

DESPUÉS de su conversación con Karenin, Vronski se marchó. Cuando salía, se detuvo en el umbral, sin saber casi dónde estaba ni adónde debía encaminarse. Se sentía avergonzado, humillado, y sin ninguna posibilidad de lavar su humillación. Veíase lanzado fuera del camino que hasta entonces siguiera tan fácilmente y con tanto orgullo. Todas las reglas conforme a las cuales había vivido, que siempre creyera tan seguras, resultaban falsas e inexplicables. El marido engañado, que hasta entonces le había parecido un ser despreciable, un obstáculo accidental —y hasta ridículo— a su dicha, era de pronto elevado por la propia Anna a una altura que inspiraba el mayor respeto, y, en vez de aparecer malo o ridículo, se mostraba repentinamente sencillo, generoso y lleno de dignidad. Vronski no podía menos de reconocerlo. Sus papeles respectivos habían cambiado. Vronski sentía la grandeza moral, la rectitud de Karenin y su propia bajeza. No podía negar que el marido se mostraba magnánimo hasta en su propio dolor, y que él era pequeño y mezquino en su posición.

Pero este sentimiento de inferioridad con respecto al hombre que antes despreciara tan injustamente, constituía la parte mínima de su pena. Lo que causaba su desesperación, era el pensamiento de que perdía a Anna para siempre. Su pasión por ella, que últimamente le parecía haberse enfriado, ahora, cuando sentía que iba a perderla, se hacía más fuerte que nunca. Durante su enfermedad aprendió a conocerla mejor, y le parecía que nunca hasta entonces la había amado. Y ahora, cuando la conocía bien y la amaba realmente, la perdía, dejándole de él sólo un recuerdo vergonzoso. Lo que más le atormentaba era el recuerdo de la humillación sufrida, de su posición ridícula, cuando Karenin apartó sus manos de su rostro avergonzado. Inmóvil en el umbral de la casa de los Karenin, Vronski no sabía qué hacer.

—¿Mando llamar un coche? —le preguntó el portero.

—Sí, eso es, un coche.

Ya en casa, fatigado después de tres noches que llevaba sin dormir, Vronski se tendió de bruces, sin desvestirse, en el diván, apoyando la cabeza sobre los brazos. Le pesaba la cabeza. Los más extraños recuerdos, pensamientos e imágenes se sucedían en su mente con extraordinaria rapidez y claridad: ora la poción que daba a la enferma, y de la que llenara en exceso la cuchara; ora las manos blancas de la comadrona; ora la extraña actitud de Karenin arrodillado junto al lecho.

«Quiero dormir, olvidar», se dijo con la tranquila convicción de un hombre sano, seguro de que si, estando cansado, resuelve dormirse, lo conseguirá enseguida.

Y, en efecto, en ese mismo momento las ideas se confundieron en su cerebro y comenzó a hundirse en el abismo del olvido. Estaba ya al borde de la inconsciencia, cuando de repente pareció como si la descarga de una fuerte corriente eléctrica sacudiera su cuerpo. Se estremeció tanto, que dio un salto sobre el diván, y, apoyándose con las manos asustado, quedó de rodillas. Tenía los ojos muy abiertos y parecía que no se hubiera entregado al sueño. La flojedad muscular y la pesadez de cabeza que sintiera unos momentos antes, habían desaparecido.

«Puede usted pisotearme en el barro...»

Oía las palabras de Alexiéi Alexándrovich y le veía ante sí; veía el rostro febril de Anna, con sus ojos brillantes, que miraban con ternura, no a él, sino a su marido; se veía a sí mismo, con el aspecto estúpido que sin duda ofreciera cuando Karenin le había separado las manos del rostro. Se tendió de nuevo sobre el diván, procurando tranquilizarse, y cerró los ojos.

«Quiero dormir, dormir...», se repitió, pero aun con los ojos cerrados veía el rostro de Anna, con gran nitidez ahora, tal como lo tenía en la tarde memorable de las carreras.

—Esos felices días ya no volverán... Ella quiere borrarlos de su recuerdo. Y yo no puedo vivir sin ellos. ¿Cómo reconciliarnos, ¿cómo? —pronunció Vronski en voz alta, y repitió inconsciente esas palabras.

Con ello, impedía que surgieran los nuevos recuerdos e imágenes que se iban acumulando en su mente. Pero la repetición de tales palabras no pudo detener por mucho tiempo los rápidos gritos de su fantasía. Pronto reaparecieron en su mente, con extremada rapidez, los momentos felices del pasado y, junto con ellos, su reciente humillación.

«Descúbrele el rostro», decía la voz de Anna. Alexiéi Alexándrovich le apartaba las manos de la cara, y él sentía cuán humillante y ridículo debió de ser entonces su aspecto.

Permanecía tendido en el diván, procurando dormir, aunque estaba seguro de que no lo conseguiría, y repetía en voz baja las palabras de alguna frase que se le ocurriera casualmente, para evitar que surgieran nuevas imágenes. Escuchaba con atención, y oía el murmullo enloquecedor de su propia voz, que repetía:

«No supiste apreciarla, no has sabido valerte, no supiste apreciarla...»

Se agitó nerviosamente, atormentado.

«¿Qué me ocurre? —se preguntó—. ¿Me estoy volviendo loco? Puede ser... ¿Por qué enloquece la gente y por qué se suicida sino por esto?», se respondió.

Abrió los ojos y vio, sorprendido, junto a su cabeza el almohadón bordado por Varia, su cuñada. Tocó la borla de la almohada y trató de recordar a Varia, esforzándose por precisar cuándo la había visto por última vez. Pero pensar en otras cosas le resultaba doloroso. «No, debo dormirme», se dijo. Acercó de nuevo el almohadón, apoyó la cabeza en él y había que hacer un esfuerzo para mantener cerrados los ojos. De repente se incorporó y se sentó.

«Eso ha terminado para mí —pensó—. ¿Qué debo hacer ahora? ¿Qué ha quedado?»

Y en su imaginación vio rápidamente lo que sería su vida separado de Anna.

«¿La ambición, Serpujovskói, el gran mundo, la Corte?»

Todo eso podía tener importancia antes, pero ahora carecía de ella totalmente.

Se levantó del diván, se quitó la levita, se aflojó el cinturón, y descubriendo su velludo pecho, para poder respirar libremente, comenzó a pasearse por la habitación.

«Así se vuelve loca la gente y así se suicida... —repitió—. Para no avergonzarse...», añadió lentamente.

Se dirigió a la puerta y la cerró. Luego, con la mirada fija y los dientes apretados, se acercó a la mesa, cogió el revólver, lo examinó, apuntó el arma hacia él, y quedó pensativo. Permaneció unos dos minutos inmóvil, con el revólver en la mano, la cabeza baja, sumido en honda meditación.

«Es cierto», se dijo, como si una serie de ideas claras y precisas le hubiese llevado a una conclusión lógica. Pero en realidad seguía girando dentro del mismo círculo de recuerdos e imágenes que pasaran por su cerebro una infinidad de veces en esa hora. Eran los tristes recuerdos de su felicidad perdida, el pensamiento de que su vida quedaría vacía y desprovista de sentido en el futuro, la conciencia de su penosa humillación. Era la misma secuencia de imágenes y sentimientos.

«Es cierto», repitió, cuando hubo recorrido, una vez más, el círculo fantástico de sus recuerdos. Y apoyando el revólver en el lado izquierdo de su pecho, apretando nerviosamente el puño, Vronski oprimió el gatillo. No sintió el ruido del disparo, pero un violento golpe en el pecho le hizo tambalearse. Trató de apoyarse en el borde de la mesa, soltó el revólver y se abatió en el suelo, mirando sorprendido a su alrededor. Veía las patas curvadas de la mesa, el cesto de los papeles y la piel de tigre, pero no reconocía su habitación.

Oyó los pasos de su criado, que atravesaba el salón, y se recobró. Comprendió de pronto que estaba en el suelo, y al ver la sangre en la piel de tigre y en su brazo, recordó que había cogido el revólver y disparado sobre sí mismo.

«¡Qué estupidez! No acerté», murmuró, buscando el arma con la mano. El revólver estaba a su lado, pero él no veía, y continuaba buscándolo más lejos. Al dirigirse hacia el otro lado, perdió el equilibrio y cayó de nuevo, desangrándose.

El elegante criado, con bien cuidadas patillas, que frecuentemente se quejaba ante sus amigos de la debilidad de sus nervios, quedó tan horrorizado al ver a su señor tendido en el suelo, que corrió a buscar ayuda, dejándole entretanto que continuara perdiendo sangre. Al cabo de una hora llegó Varia, la mujer del hermano de Vronski, y con ayuda de tres médicos, a los que envió a buscar a distintos sitios y que llegaron todos a la vez, acomodó al herido en el lecho y se quedó en la casa para cuidarle.

## Capítulo XIX

ALEXIÉI Alexándrovich, al disponerse a ver a su mujer, no pensó en la posibilidad de que su arrepentimiento pudiera ser sincero, de que él la perdonara y ella se restableciese. Dos meses después de su vuelta a Moscú, ese error se le presentó en toda su crudeza. Su equivocación no consistía sólo en no haber previsto tal posibilidad, sino en no haber conocido su propio corazón antes de ver a su mujer agonizante. Junto al lecho de la enferma, se entregó por primera vez en su vida al sentimiento de honda compasión que experimentaba siempre ante los sufrimientos ajenos, y contra el cual había luchado siempre, considerándolo como una perjudicial debilidad. La compasión por Anna, el arrepentimiento de haber deseado su muerte, y, sobre todo, la alegría de perdonar, habían puesto fin a su sufrimiento, proporcionándole al mismo tiempo una calma interior que nunca antes conociera. De repente, lo que había sido origen de sus penas se convertía en el origen de su más pura alegría. Lo que pareciera insoluble cuando condenaba y odiaba, le resultaba sencillo ahora que perdonaba y amaba.

Perdonaba a su mujer, compadeciéndola por sus pesares y por su arrepentimiento. Perdonaba a Vronski y le compadecía, especialmente después de haberse enterado de su acto de desesperación. Compadecía también a su hijo más que antes. Se reprochaba haber mostrado poco interés por él hasta entonces. En cuanto a la niña recién nacida, experimentaba hacia ella un sentimiento de piedad unido a una gran ternura. Al principio fue sólo la compasión lo que le llevó a atender a esa niña infeliz, que había sido olvidada por todos durante la enfermedad de su madre, y que sin duda hubiese muerto a no ser por los cuidados que le prodigara Karenin.

Luego, sin darse cuenta, empezó a tomar afecto a la pequeña. Muchas veces al día entraba en el cuarto de los niños, y la niñera y el aya, que al principio se sentían cohibidas en su presencia, acabaron por acostumbrarse a él. En ocasiones pasaba hasta media hora contemplando la carita de un color azafrán, fofa y todavía arrugada, de la pequeña, siguiendo los movimientos de sus manecitas gordezuelas, de dedos crispados, con el dorso de las cuales se frotaba los ojos y la nariz. Alexiéi Alexándrovich se sentía sereno en esos momentos. Estaba en paz consigo mismo, y no veía nada de irregular en su situación.

Pero a medida que pasaba el tiempo, comprendía cada vez con más claridad, que, por muy natural que a él le pareciera ese estado de cosas, los demás no permitirían que quedasen tal como estaban. Además de la elevada fuerza moral que le guiaba interiormente, había otra tan fuerte, si no más, que guiaba su vida, y esta segunda fuerza no podía darle la paz espiritual que tanto deseaba. Notaba que todos le miraban con extrañeza, pareciendo interrogarle sobre su postura, sin comprenderle, y como esperando algo de él. Y sus relaciones con su mujer se le aparecían poco naturales y faltas de estabilidad.

Al extinguirse ese enternecimiento producido por la proximidad de la muerte, Alexiéi Alexándrovich no tardó en observar que Anna le temía, se sentía azorada en su presencia y no osaba mirarle a los ojos ni hablarle abiertamente. Era como si quisiera expresarle algo y no se atreviera a manifestarlo... Como si también ella esperara alguna cosa de él, presintiendo sin duda que esas relaciones no podían ser muy duraderas.

A fines de febrero, la niña, a la cual también llamaron Anna, enfermó. Karenin estuvo por la mañana en el cuarto, ordenó que avisasen al médico y se fue al Ministerio. Volvió a casa hacia las cuatro. Al entrar en la antesala, vio que el criado, hombre muy presumido, vestido de librea con galones y con una esclavina de piel de oso, sostenía en las manos una capa de cebellina.

—¿Quién ha venido? —inquirió Karenin.

—La princesa Ielizavieta Fiódorovna Tverskaia —respondió el lacayo, sonriendo, según le pareció a Alexiéi Alexándrovich.

Durante esa penosa etapa, Karenin había observado que sus

amistades del gran mundo, sobre todo las mujeres, mostraban ahora, tanto hacia él como hacia su esposa, un interés muy particular. En todas esas personas notaba una alegría y un contento mal disimulados, como viera en los ojos del abogado y ahora en los del sirviente. Parecía que todos se sentían entusiasmados, como si estuvieran preparando la boda de alguien. Y cuando encontraban a Alexiéi Alexándrovich le preguntaban por la salud de Anna.

La presencia de la princesa Tverskaia, tanto por los penosos recuerdos que evocaba como por la escasa simpatía que sentía hacia ella, no podía ser agradable a Karenin, y éste pasó directamente a las habitaciones de los niños. En la primera, Seriozha, inclinado sobre la mesa y subido en una silla, dibujaba, pronunciando al mismo tiempo alegres palabras. La institutriz inglesa que sustituyera a la francesa durante la enfermedad de Anna, permanecía sentada haciendo labor. Al ver entrar a Karenin se levantó con presteza, hizo una reverencia y empujó ligeramente a Seriozha para que se levantara también. Alexiéi Alexándrovich acarició la cabeza de su hijo, respondió a las preguntas de la institutriz sobre la salud de su esposa y le preguntó lo que había dicho el médico sobre la *baby*[1].

—El doctor afirma que no es nada serio y ha recetado baños, señor.

—Pero la pequeña padece —repuso Karenin, oyéndola gemir en la habitación contigua.

—Creo, señor, que esa nodriza no sirve —dijo atrevidamente la inglesa.

—¿Por qué opina así? —preguntó él.

—Lo mismo ocurrió en casa de la condesa Paul, señor. Se administraron medicamentos a la criatura y resultó que el niño simplemente padecía hambre. La nodriza no tenía bastante leche.

Alexiéi Alexándrovich pareció reflexionar, y poco después entró en la segunda estancia. La niña estaba tendida en los brazos de la nodriza y lloraba, volvía la cabecita, negándose a tomar el pecho que se le ofrecía y a callar, a pesar de los esfuerzos de la nodriza y el aya para calmarla.

—¿No ha mejorado? —preguntó Karenin.

---

[1] niña. (En inglés en el original.)

—Está muy agitada —respondió el aya, en voz baja.

—Miss Edward dice que la nodriza no tendrá leche suficiente.

—También lo creo yo así, Alexiéi Alexándrovich.

—¿Por qué no lo ha dicho?

—¿A quién? Anna Arkádievna está todavía enferma —dijo el aya, con aspereza.

El aya servía hacía mucho tiempo en casa de los Karenin. Y hasta en esas sencillas palabras creyó Karenin advertir una alusión a la presente situación.

La niña gritaba cada vez más, se ahogaba y enronquecía. El aya hizo un gesto de impaciencia, se acercó a la nodriza, cogió a la criatura y comenzó a mecerla, paseando con ella.

—Hay que decir al médico que examine a la nodriza —dispuso Karenin.

La nodriza, mujer robusta, de saludable aspecto y bien vestida, temiendo perder su puesto, murmuró algo en voz baja, mientras ocultaba, con una sonrisa de desdén, su gran pecho. Y también en esa sonrisa vio Karenin una especie de ironía hacia su actual situación.

—¡Pobre niña! —exclamó el aya, tratando de calmar a la pequeña.

Alexiéi Alexándrovich se sentó, mientras con semblante apenado seguía con la mirada los movimientos del aya paseando por la habitación. Cuando al fin se calmó la niña, y el aya, tras ponerla en la cuna y arreglarle la almohada, se hubo alejado, Karenin, andando sobre la punta de los pies, se cercó a la pequeña. Se mantuvo en silencio, contemplándola con aire angustiado. De repente, una sonrisa asomó a su rostro, haciendo cambiar su expresión, y enseguida salió del cuarto, con la misma precaución de antes.

Ya en el comedor, llamó y ordenó que fuesen de nuevo a buscar al médico. Se sentía irritado al ver que su mujer se preocupaba tan poco por la encantadora criatura. No quería entrar en la habitación de Anna, ni deseaba tampoco encontrarse a la princesa Betsi. Pero como Anna podía extrañarse de que no fuese a su cuarto, dominó sus sentimientos y se dirigió allí. Al acercarse a la puerta pisando la mullida alfombra, oyó sin querer la siguiente conversación:

—Si él no se marchase, yo comprendería la negativa de usted y la de su marido. Pero Alexiéi Alexándrovich debe mostrarse por encima de todo eso —decía Betsi.

—No me niego por mi marido, sino por mí misma —respondió la voz conmovida de Anna.

—No es posible que usted no desee despedirse del hombre que ha querido matarse por usted.

—Justamente por eso no quiero.

Alexiéi Alexándrovich se detuvo, lleno de temor. Y quiso alejarse. Pero reflexionando en que eso sería poco digno, volvió sobre sus pasos, tosió ligeramente y avanzó hacia la habitación. Las voces callaron. Él entró.

Anna estaba sentada en el sofá, envuelta en una bata gris, con los cabellos negros, recién cortados formando una maraña sobre su cabeza. Como le ocurría siempre que veía a su marido, su animación desapareció de repente. Bajó la vista y miró a Betsi con gran inquietud. Ésta, vestida a la última moda, con un pequeño sombrero colocado sobre su cabeza como una pantalla sobre una lámpara, vistiendo un traje gris azulado con franjas en diagonal dibujadas en un sentido sobre el corpiño y en otro sobre la falda, estaba sentada junto a Anna, manteniendo erguido el liso busto. Hizo un gesto cortés, y con una sonrisa burlona, saludó a Karenin.

—¡Oh! —exclamó, como sorprendida—. ¡Esoy encantada de hallarle en casa! No se le ve en ninguna parte. Yo no le he encontrado desde la enfermedad de Anna. Pero lo sé todo... Los cuidados que le ha prodigado, la... ¡Es usted un esposo admirable! —exclamó, encomiando la bondad mostrada para con su mujer.

Alexiéi Alexándrovich saludó fríamente y besó la mano de su esposa, preguntándole cómo se encontraba.

—Parece que me encuentro mejor —respondió Anna, evitando su mirada.

—Pero, por el color de su rostro, parece que tiene usted fiebre —objetó recalcando la palabra «fiebre».

—Hemos hablado en exceso —repuso Betsi—. Comprendo perfectamente que eso es demasiado egoísmo por mi parte. Me marcho.

Se levantó, pero Anna, sonrojándose súbitamente, le cogió el brazo.

—No, quédese, se lo ruego... Debo decirle... No, a usted —añadió dirigiéndose a Alexiéi Alexándrovich, mientras el rubor se extendía a su frente y a su cuello—. No puedo ni quiero ocultarle nada...

Alexiéi Alexándrovich bajó la cabeza e hizo crujir las articulaciones de los dedos.

—Betsi me ha dicho que el conde Vronski quería visitarnos antes de marcharse a Tashkent —Anna hablaba de prisa, sin mirar a su marido, deseosa de terminar pronto su penosa explicación—. Le he dicho que no puedo recibirle.

—Perdone. Me ha dicho usted, querida amiga, que eso dependía de su esposo —corrigió Betsi.

—Pues, no... No puedo recibirle, ni serviría de...

Se detuvo de pronto, y dirigió una mirada interrogativa a su marido, el cual había apartado la vista de ella.

—En una palabra, no quiero...

Alexiéi Alexándrovich, acercándose, hizo además de cogerle la mano.

Anna, cediendo al primer impulso, retiró su mano de la de su esposo —húmeda, con gruesas venas hinchadas— que buscaba la suya. Luego, haciendo un esfuerzo sobre sí misma, la oprimió.

—Le agradezco mucho su confianza —repuso Karenin, turbado y contrariado—, pero...

Se interrumpió, y lanzó una mirada a la princesa. Comprendía que lo que podía pensar y decir a solas no era posible en presencia de Betsi, la cual era en ese momento como la personificación de aquella fuerza importante que guiaba su vida a los ojos del gran mundo, impidiéndole entregarse libremente a sus sentimientos de perdón y de amor.

—Entonces, adiós, querida —dijo Betsi, levantándose.

Besó a Anna y salió. Karenin la acompañó.

—Alexiéi Alexándrovich, le tengo por un hombre generoso —manifestó Betsi deteniéndose en medio del saloncillo y apretándole la mano significativamente—. Es una cuestión que no me atañe, pero quiero tanto a Anna y le aprecio a usted tanto, que me permito darle un consejo. Acéptelo. Alexiéi Vronski es el honor en persona y ahora se marcha a Tashkent.

—Le agradezco mucho, princesa, su interés y sus consejos.

Pero a quién pueda o no recibir mi mujer, ha de decidirlo ella misma.

Habló con dignidad, como acostumbraba, arqueando las cejas, pero pensó enseguida que, a pesar de sus palabras, no podía haber dignidad en su situación. Se lo demostró la sonrisa contenida, irónica, malévola, con que le miró Betsi, después de haberle oído.


## Capítulo XX

Alexiéi Alexándrovich se despidió de Betsi en la sala y volvió a la habitación de su mujer. Anna estaba tendida en el diván, pero al sentir los pasos de su marido se enderezó precipitadamente y le miró con temor. Alexiéi Alexándrovich notó que ella había llorado.

—Te agradezco tu confianza —declaró, repitiendo en ruso lo que dijera ante Betsi en francés, y se sentó a su lado.

Cuando Karenin hablaba en ruso y la trataba de tú, producía invariablemente en Anna un vivo sentimiento de irritación.

—Estoy muy agradecido de tu decisión —prosiguió, sentándose a su lado—. Creo igualmente que, puesto que se marcha, no hay ninguna necesidad de que el conde Vronski venga aquí. Por otra parte...

—Ya lo he dicho yo. ¿Para qué insistir? —interrumpió Anna, sin poder dominarse.

«No hay ninguna necesidad —pensaba— de que venga un hombre para despedirse de la mujer a quien ama, por la que quiso matarse..., ¡y la cual no puede vivir sin él!»

Anna apretó los labios y posó la mirada en las gruesas manos de Alexiéi Alexándrovich, que en ese momento se frotaba lentamente una contra otra.

—No hablemos más de eso —añadió, en tono más tranquilo.

—Te he dejado resolver la cuestión con toda libertad, y me alegro de que... —dijo Alexiéi Alexándrovich.

—De que mi deseo coincida con el suyo —concluyó Anna,

molesta de que su marido hablara tan despacio cuando ella sabía perfectamente lo que iba a expresarle.

—Sí —afirmó él—. Y la princesa Tverskaia hace mal en inmiscuirse en los asuntos delicados de una familia ajena. Sobre todo, ella...

—No creo nada de lo que murmuran de Betsi —interrumpió Anna—. Sólo sé que me quiere sinceramente.

Alexiéi Alexándrovich suspiró y calló. Anna jugueteaba nerviosamente con las borlas de su bata, mirando a su marido con ese sentimiento de repulsión física que tanto se reprochaba, pero que no podía dominar. Ahora deseaba únicamente una cosa: verse libre cuanto antes de su odiosa presencia.

—He mandado llamar al médico —dijo Karenin.

—Me encuentro bien. ¿Para qué lo necesito?

—Es por la pequeña. Sigue gimiendo, y creen que la nodriza tiene poca leche.

—¿Por qué no permitiste que la amamantase cuando te lo rogué? Pero es igual: a la niña la dejarán morir.

Alexiéi Alexándrovich comprendió lo que significaba ese «es igual».

Anna llamó y mandó que le trajesen a la niña.

—Pedí que se me dejase amamantarla. No se me permitió hacerlo y ahora se me reprocha.

—No te lo reprocho.

—¡Sí, me lo reprocha usted! ¡Dios mío! ¿Por qué no me habré muerto? —sollozó Anna—. Perdóname. Estoy nerviosa y no sé lo que digo —añadió, tuteándole de nuevo y procurando calmarse—. Pero déjame sola ahora.

«No, esto no puede continuar así», se dijo resueltamente Alexiéi Alexándrovich al salir de la habitación.

Jamás la imposibilidad de prolongar ese estado de cosas ante los ojos del gran mundo, jamás la manifiesta aversión de su mujer hacia él, jamás el poder de esa fuerza misteriosa que, oponiéndose a las aspiraciones de su alma, guiaba su vida obligándole a acatar sus designios y a cambiar su actitud hacia su mujer... Jamás todo eso se le presentó con tanta claridad como ahora. Comprendía que el mundo y su mujer exigían de él algo, aunque no supiera exactamente qué. Y esto producía en su alma una violenta agitación, que destruía su tranquilidad y anulaba el mérito de su victoria sobre sí mismo. Consideraba que era mejor para Anna romper sus relaciones con Vronski. Pero si todos opinaban que ello era imposible, estaba dispuesto a permitirlas, con tal que no se manchase el nombre de los niños, que no se viera separado de ellos, que no cambiaran las condiciones de su propia existencia.

Por mala que fuese esa solución, era mejor que romper sus relaciones, poniendo a Anna en una posición deshonrosa, sin salida, y perdiendo él todo lo que amaba. Pero se sentía sin fuerzas para luchar. Sabía de antemano que no le permitirían hacer lo que ahora creía justo y beneficioso. Comprendía que iban a obligarle a obrar en la forma peor, del modo que a todos les parecía necesario.

## Capítulo XXI

Antes de que Betsi saliera, se encontró en el salón con Stepán Arkádich, que acababa de llegar de casa Iielisiéev, donde ese día habían recibido ostras.

—¡Qué encuentro más agradable, princesa! —exclamó Oblonski—. He estado en su casa.

—Un encuentro breve —comentó Betsi, sonriendo y poniéndose los guantes—, porque me voy enseguida.

—Espere, princesa. Antes de ponerse los guantes, permítame besar su linda mano. Nada me agrada más en el retorno a las costumbres antiguas, que ésta de besar la mano de las damas.

Y besó la mano de Betsi.

—¿Cuándo nos veremos?

—No se lo merece usted —respondió ella, sonriendo.

—Sí me lo merezco, porque me he vuelto un hombre muy formal. No sólo arreglo mis asuntos propios, sino los ajenos también —expuso él, dándose importancia.

—¿De veras? Me alegro mucho —repuso Betsi, comprendiendo que hablaba de Anna.

Y llevó a Oblonski a un rincón de la sala.

—La va a matar —murmuró Betsi, en un tono significativo—. Esto es imposible...

—Me complace que lo vea usted así —respondió Stepán Arkádich, moviendo la cabeza con aire de penoso asentimiento—. Justamente para eso he venido a Peterburgo.

—Toda la ciudad lo comenta —añadió Betsi—. Es una situación intolerable. Ella está consumiéndose. Él no comprende que Anna es una de esas mujeres que no pueden jugar con sus sentimientos. Una de dos: o se la lleva de aquí, actuando enérgicamente, o se divorcia. Esta situación está acabando con ella.

—Sí, es cierto —asintió Oblonski, suspirando—. He venido por eso... Bueno, no sólo por eso, pues me han nombrado chambelán y tengo que dar las gracias... Pero lo principal es arreglar este asunto...

—¡Que Dios le ayude! —exclamó Betsi.

Stepán Arkádich acompañó a la princesa hasta el vestíbulo, le besó de nuevo la mano, más arriba del guante, y después de decirle alegremente algo tan indecoroso, que ella dudaba entre reír u ofenderse, la dejó para ir a ver a su hermana, a la que halló deshecha en lágrimas. A pesar de su excelente disposición de ánimo, que le hacía aparecer siempre alegre y animado, Oblonski pasó enseguida, con gran naturalidad, a mostrar una compasión tierna y exaltada, que armonizaba bien con los sentimientos de Anna. Le preguntó por su salud y cómo había pasado la mañana.

—Muy mal, muy mal... Mal siempre... Y los días futuros no serán mejores que los pasados —dijo ella.

—Lo ves todo muy sombrío. Hay que animarse. Hay que mirar la vida cara a cara. No es fácil, lo sé, pero...

—Dicen que las mujeres aman a los hombres hasta por sus vicios —manifestó de repente—. Pero yo odio a mi marido por ser tan bueno. ¡No puedo vivir con él! Sólo el verle me pone frenética. ¡No, no puedo vivir con él! ¿Y qué puedo hacer? He sido tan desdichada, que creía imposible serlo más. Pero esto excede a todo lo que hubiera podido imaginar. Es horrible la situación en que me encuentro. ¿Creerás tú que, aun sabiendo que es un hombre tan excelente y sintiendo mi inferioridad, no puedo dejar de odiarle? Le odio por su magnanimidad. No me queda nada, excepto...

Iba a decir «excepto la muerte», pero su hermano no la dejó terminar.

—Estás enferma y nerviosa, y exageras mucho las cosas. Tu situación no es tan terrible como crees.

Y sonrió. Nadie, fuera de Stepán Arkádich, se hubiera permitido esa alegre actitud ante tanta aflicción, porque ello habría parecido improcedente. Pero su sonrisa eran tan dulce y tan tierna, que, lejos de ofender, calmaba y daba consuelo. Sus palabras suaves y tranquilas eran como un bálsamo que mitigaba los dolores del alma. Anna lo experimentó enseguida.

—No, Stiva —porfió—. Estoy perdida. Más que perdida, pues no puedo decir aún que todo haya terminado. Al contrario, siento que no ha terminado todavía. Soy como una cuerda tensa, que necesariamente ha de romperse. No ha llegado el fin... ¡y el fin será terrible!

—No te inquietes. La cuerda puede aflojarse poco a poco. No hay situación que no tenga salida.

—Lo he pensado bien, y no veo más que una...

Stepán Arkádich, comprendiendo, por la mirada aterrorizada de Anna, que esa salida era la muerte, la atajó de nuevo.

—No es así. Tú no puedes juzgar la situación como yo. Déjame exponerte sinceramente mi parecer —y repitió su suave sonrisa—. Voy a empezar por el principio. Estás casada con un hombre veinte años mayor que tú. Te casaste sin amor, sin conocer el amor. Esa fue tu equivocación.

—¡Y una terrible equivocación! —convino Anna.

—Pero eso, repito, es un hecho consumado. Luego has tenido la desdicha de no querer a tu marido, de amar a otro. Es una desdicha, pero un hecho consumado también. Tu marido, comprendiéndolo, te ha perdonado.

Stepán Arkádich se detenía después de casa frase, esperando una réplica, pero Anna permanecía silenciosa.

—La situación es ésta —prosiguió su hermano—. Y la pregunta es ahora la siguiente: ¿Puedes continuar viviendo con tu marido? ¿Lo deseas tú? ¿Lo desea él?

—No sé, no sé nada...

—Acabas de decirme que no puedes soportarle.

—No, no he dicho eso... Retiro mis palabras... No sé nada, no comprendo nada...

—Permite que...

—Tú no puedes hacerte cargo. Me parece hundirme en un abismo, del que no podré salvarme. No, no podré...

—Impediremos que eso ocurra. No te dejaremos caer en él. Comprendo que no puedes decidirte a expresar tus deseos, tus sentimientos...

—No deseo nada. Sólo deseo que esto acabe pronto.

—¿Crees tú que él no lo ve? ¿Crees que no sufre también? Es penoso para ti y para él. ¿En qué puede terminar esto? En cambio, el divorcio lo resuelve todo —concluyó Stepán Arkádich.

Y tras haber expuesto, no sin esfuerzo, su principal pensamiento, le dirigió una significativa mirada.

Anna, sin responder, movió negativamente la cabeza. Pero él, por la expresión del rostro de su hermana, iluminado de repente con un destello de su belleza anterior, comprendió que si ella no hablaba de tal cosa era sólo porque lo consideraba una dicha fuera de su alcance.

—Os compadezco en extremo. Sería muy feliz si pudiese arreglarlo todo —aseguró Stepán Arkádich, sonriendo ya con más confianza—. No, no me digas nada... ¡Dios quiera que pueda expresar a tu marido todo lo que siento! Voy a verle enseguida.

Anna le miró con sus ojos grandes y pensativos, sin responder.


## Capítulo XXII

CON una expresión de solemnidad en el rostro, como cuando se hallaba en su puesto de presidente en las sesiones del juzgado, Oblonski entró en el despacho de Alexiéi Alexándrovich. Éste, con las manos a la espalda, paseaba por la habitación, pensado en lo mismo que su cuñado acababa de exponer a su mujer.

—¿No te molesto? —preguntó Stepán Arkádich, que al ver a Karenin se sintió repentinamente turbado.

Para disimularlo, sacó la petaca de cierre especial que comprara recientemente, la olió y extrajo un cigarrillo.

—No. ¿Puedo servirte en algo? —preguntó Karenin, con frialdad.

—Sí. Deseaba..., quisiera hablarte —respondió Stepán Arkádich, sorprendido al notar que sentía un azoramiento que nunca antes había experimentado.

Ese sentimiento le resultaba tan extraño, que no podía creer que fuera la voz de la conciencia, diciéndole que iba a cometer una mala acción. Hizo un esfuerzo y consiguió dominarse.

—Supongo que no dudarás del afecto que profeso a mi hermana ni del particular aprecio y estimación que te tengo —dijo, sonrojándose.

Alexiéi Alexándrovich se detuvo, y callado, pero con aire de víctima resignada sorprendió a Stepán Arkádich.

—Bien. Deseaba... hablarte de mi hermana y de vuestra situación presente —prosiguió Oblonski esforzándose aún por recobrar la calma.

Karenin sonrió con tristeza, miró a su cuñado, y sin responderle, se acercó a la mesa, cogió una carta inacabada que había en ella y se la mostró.

—Yo no he dejado de pensar en lo mismo. Y mira lo que he empezado a escribir, suponiendo que lo expresaría mejor por escrito y que mi presencia la irrita —dijo entregándole la carta al cuñado.

Stepán Arkádich tomó la carta, miró con asombro los ojos turbios que permanecían fijos en él, y comenzó a leer.

Observo que mi presencia le es penosa. Por triste que me sea reconocerlo, comprendo que es así y que no puede ser de otro modo. No le hago ningún reproche. Dios es testigo de que durante su enfermedad resolví firmemente olvidar cuanto pasó entre nosotros y empezar una vida nueva. No me arrepiento ni me arrepentiré nunca de lo que hice. Sólo deseaba el bien de usted, la paz de su alma. Y veo que no lo he conseguido. Dígame usted misma qué es lo que puede proporcionarle la dicha y la calma interior. Me entrego a sus sentimientos de justicia, que la guiarán en su elección...

Stepán Arkádich devolvió la carta a su cuñado y siguió contemplándole, sin saber qué decir. Ese silencio era tan penoso para los dos, que los labios de Oblonski se agitaron con un repentino temblor, y sin dejar de mirar al rostro de Karenin, permaneció callado.

—Eso es lo que quería expresarle —habló Alexiéi Alexándrovich, volviendo la cabeza.

—Sí, sí —murmuró Stepán Arkádich, sintiendo que los sollozos obstruían su garganta—. Sí, te comprendo —pudo pronunciar al fin.

—Deseo saber lo que ella quiere —repuso Karenin.

—Temo que ella misma no se dé cuenta de su propia situación. Ahora no puede ser juez en eso. Está anonadada... Sí, anonadada por tu grandeza de alma. Si lee esta carta, no sabrá qué responder, inclinará la cabeza con mayor humillación aún.

—Sí, pero, ¿qué puedo hacer, entonces? ¿Cómo explicar...? ¿Cómo saber lo que quiere?

—Si me permites expresar mi opinión, creo que depende de ti adoptar las medidas que consideres necesarias para resolver esta situación.

—¿De modo que crees que hay que acabar con este estado de cosas? —interrumpió Karenin—. Pero, ¿cómo? —añadió, pasándose la mano ante los ojos, con gesto no habitual en él—. No veo salida posible.

—Todas las situaciones tienen salida —opinó Stepán Arkádich, levantándose, más animado ya—. En una ocasión, pensaste en el divorcio... Si estás convencido de que no hay ya felicidad posible entre vosotros...

—La felicidad puede comprenderse de diferentes modos... Pero supongamos que estoy conforme con todo. ¿Qué salida puede tener esta situación?

—¿Quieres saber mi opinión? —interrogó Stepán Arkádich, con la misma suave sonrisa que empleara al hablar con Anna.

Y esa sonrisa era tan persuasiva que, cediendo a su propia debilidad, Alexiéi Alexándrovich se sintió dispuesto a creer todo lo que le dijera su cuñado.

—Anna no lo dirá nunca —prosiguió Oblonski—. Pero sólo hay una cosa que ella puede desear. Y es romper vuestras relaciones y desechar los recuerdos unidos a ellas. Creo que en vuestra situación es indispensable aclarar las ulteriores relaciones mutuas, las cuales sólo pueden establecerse a base de la libertad de ambas partes.

—Es decir, el divorcio —concretó Karenin, con repugnancia.

—Sí, yo creo... Sí, el divorcio —repitió, sonrojándose, Stepán Arkádich—. Es, desde todos los puntos de vista, lo más sensato, la mejor solución para un matrimonio que se halla en vuestra situación. ¿Qué puede hacerse cuando los esposos hallan imposible seguir viviendo juntos? Y eso le puede ocurrir a cualquiera.

Alexiéi Alexándrovich lanzó un profundo suspiro y cerró los ojos.

—Aquí sólo una cosa cabe considerar: ¿desea o no uno de los cónyuges casarse otra vez? Si no se desea, no hay ninguna dificultad —continuó Stepán Arkádich, sintiéndose cada vez más seguro de sí mismo.

Karenin, con las facciones alteradas por la emoción, murmuró unas palabras ininteligibles. Lo que a su cuñado le parecía tan sencillo, él lo había pensado mil veces. Y no sólo no lo hallaba sencillo, sino totalmente imposible. El divorcio, cuyos detalles ya conocía, le parecía inaceptable, porque su dignidad personal, tanto como el respeto de la religión, le impedían adaptarse al estado de un adulterio ficticio. Y menos aún podía tolerar que la mujer a quien amaba y había perdonado fuese inculpada y cubierta de ignominia. Además, consideraba imposible el divorcio por otras razones más trascendentales. ¿Qué sería de su hijo si se divorciaban? Dejarle con la madre era imposible. La madre divorciada tendría su propia familia, y en ella la situación y educación del hijastro no podían ser buenas. ¿Retenerlo consigo? Hubiera sido como una venganza, y eso le repugnaba.

Pero, sobre todo, temía, consintiendo en el divorcio, causar la perdición de Anna. Recordaba su conversación con Dolli en Moscú, cuando ésta le dijera que, al optar por el divorcio, no pensaba más que en sí mismo; pero Anna se perdería irremediablemente. Ahora que había perdonado a su mujer y tomado particular afecto a los niños, esas palabras, hondamente grabadas en su alma, adquirirían una importancia excepcional. Consentir en el divorcio, devolver a Anna su libertad, significaba para él prescindir de lo único que le hacía agradable la vida: los niños. Y para ella representaba quitarle el último apoyo en el camino del bien y dejar que se hundiera en el abismo.

Karenin comprendía que si Anna quedaba libre por el divorcio, se reuniría con Vronski, en unas relaciones ilícitas y antirreligiosas, porque, según la Iglesia, los vínculos del matrimonio sólo se rompen con la muerte.

«Anna se unirá a él, ¿y quién sabe si dentro de unos años él no la abandonará, o ella tendrá relaciones con otro? Y yo seré el causante de su perdición», pensaba.

Todo esto lo había considerado centenares de veces y estaba convencido de que el divorcio no sólo no era una cuestión muy sencilla, como decía su cuñado, sino completamente imposible.

No creía en ninguna de las palabras de su cuñado. Tenía mil argumentos para refutar cada una de sus aserciones, y, con todo, las escuchaba, sintiendo que eran la expresión de esa fuerza poderosa que guiaba su vida y a la que no podía ya oponer resistencia.

—Falta ahora saber en qué condiciones consientes en el divorcio. Ella no se atreve a pedirte nada y confía por completo en tu generosidad.

«¡Dios mío, Dios mío! ¿Por qué este castigo?», pensó Alexiéi Alexándrovich recordando los detalles del divorcio en que el marido asumía la culpa.

Y con el mismo gesto con que Vronski se ocultara antes el rostro, avergonzado, escondió él el suyo entre sus manos.

—Estás conmovido. Lo comprendo. Pero si lo piensas bien...

«Al que te hiere en la mejilla derecha, preséntale la izquierda. Al que te quite el vestido, dale la camisa», recordó Alexiéi Alexándrovich.

—Sí —exclamó con aguda voz—. Tomaré toda la responsabilidad sobre mí. Hasta les cederé mi hijo... Pero, ¿no valdría más dejarlo todo tal como está? Bueno, haz lo que quieras...

Y volviéndose de espaldas a su cuñado para que éste no le pudiera ver, se sentó en una butaca cerca de la ventana. Sentía una gran tristeza y una honda vergüenza, pero al mismo tiempo experimentaba un íntimo sentimiento de enternecido gozo ante la grandeza de su sacrificio.

Stepán Arkádich se sintió conmovido y permaneció callado.

—Créeme, Alexiéi —dijo luego—. Anna apreciará mucho tu generosidad. Pero sin duda era ésta la voluntad divina —añadió.

Y dándose cuenta de que tales palabras eran una necedad, apenas pudo contener una sonrisa.

Alexiéi quiso responder, pero las lágrimas se lo impidieron.

—Es una desgracia inevitable y hay que aceptarla. Considero esta desgracia como un hecho consumado y procuro ayudaros a ella y a ti —dijo Stepán Arkádich.

Cuando Stepán Arkádich salió de la habitación de su cuñado, estaba profundamente conmovido, pero ello no le impedía sentirse satisfecho por haber logrado resolver este asunto, pues estaba seguro de la actitud de Karenin al respecto. A su satisfacción se unía el pensamiento de que luego, cuando la cosa quedara arreglada, podría preguntar a su mujer y a los amigos: «¿En qué nos diferenciamos el zar y yo? En que el zar dirige el relevo de la guardia sin beneficio de nadie, y yo he conseguido un divorcio[1] en beneficio de tres... O bien: «¿En qué nos parecemos el zar y yo? En que...» «Bueno, ya se me ocurrirá algo mejor», se dijo sonriendo.


Capítulo XXIII


LA herida de Vronski era peligrosa, y aunque la bala no había alcanzado el corazón, el joven estuvo varios días luchando entre la vida y la muerte. Cuando pudo hablar por primera vez, únicamente Varia, la mujer de su hermano, estaba en la habitación.

—Varia —dijo él, en tono severo, mirándola fijamente—, el arma se me disparó casualmente. Dilo a todos así. Y no me hables nunca de esto. Sería demasiado estúpido hacer conjeturas.

Varia, sin responder, se inclinó hacia él y le miró al rostro

---

[1] Juego de palabras, basado en que *razvod* en ruso significa en una acepción «divorcio» y en otra «relevo de la guardia».

con una sonrisa de contento. Los ojos de Vronski no tenían ya ese brillo peculiar que les diera la fiebre, pero en ellos había una expresión severa.

—¡Gracias a Dios! —exclamó Varia—, ¿te duele?

—Un poco aquí —respondió Vronski, indicando el pecho.

—Voy a ponerte mejor la venda.

Vronski, apretando sus recias mandíbulas, la observaba en silencio, mientras ella le arreglaba el vendaje. Cuando hubo terminado, Vronski dijo:

—No creas que deliro. Y te ruego que procuren que si se habla alguna vez de esto, no se diga que disparé intencionadamente.

—Nadie lo dice. Pero espero que no vuelvas a tener tales descuidos —repuso ella, con interrogativa sonrisa.

—No ocurrirá, probablemente, pero habría valido más que...

Y Vronski sonrió con tristeza.

Ni sus palabras ni su sonrisa tranquilizaron a Varia. Pero desde que estuvo fuera de peligro, Vronski se sentía libre de una parte de sus penas. Con lo que hiciera, le parecía haber borrado algo su vergüenza y su humillación. Ahora podía pensar con más serenidad en Alexiéi Alexándrovich, reconocer toda la grandeza de su alma sin sentirse rebajado por ella. Podía, además, mirar a la gente a la cara sin avergonzarse, reanudar su habitual género de existencia, vivir con arreglo a sus principios y sus costumbres.

Lo único que no conseguía arrancar de su alma, a pesar de todos sus esfuerzos para vencer el sentimiento que le llenaba de desesperación, era el haber perdido a Anna. Ahora expiaba su falta ante Karenin. Estaba, es cierto, firmemente resuelto a no interponerse jamás entre la esposa arrepentida y su marido, pero no podía arrancar de su corazón la pena de haber perdido su amor; no podía borrar de su memoria los momentos felices pasados con Anna, que antes apreciara tan poco, y cuyo recuerdo le perseguía ahora incesantemente.

Serpujovskói había conseguido que se le encomendara una misión en Tashkent, y Vronski la había aceptado sin la menor vacilación. Pero a medida que se acercaba el momento de partir, tanto más penoso le resultaba el sacrificio que ofrecía a lo que consideraba su deber.

La herida quedó pronto curada. Empezó a ocuparse de sus asuntos y a efectuar sus preparativos de viaje a Tashkent.

«Quiero verla una vez y luego desaparecer, morir», pensaba Vronski.

Y mientras hacía su visita de despedida, expresó este deseo a Betsy. Ésta lo transmitió a Anna, y, como ya sabemos, volvió con una negativa.

«Tanto mejor —se dijo Vronski, al recibir la respuesta—. Era una debilidad que me hubiera quitado las últimas fuerzas.»

Al día siguiente, por la mañana, Betsy fue a su casa y le comunicó que había sabido por Oblonski que Karenin entablaba el divorcio. Y por tanto, nada impedía que Vronski viera a Anna.

Olvidándose incluso de acompañar a Betsy hasta la puerta, olvidándose de todas sus resoluciones, sin preguntar cuándo podía visitarla ni dónde estaba el marido, Vronski se dirigió enseguida a casa de los Karenin. Subió corriendo la escalera, sin ver nada, atravesó rápidamente la sala y pasó a la habitación de Anna. Sin mirar si había alguien más en la habitación, Vronski la estrechó entre sus brazos y cubrió de besos su rostro, manos y garganta.

Anna estaba preparada para recibirle y había pensado en lo que debía hablar, pero no tuvo tiempo para decirle nada de lo que pensara. La pasión de él la arrebató. Hubiera querido calmarse, pero no le era posible. Sus labios temblaban, y durante largo rato no pudo hablar.

—Me has conquistado... Soy tuya... —murmuró al fin, oprimiendo la mano de Vronski contra su pecho.

—Tenía que ser así. Mientras vivamos, tiene que ser así. Ahora lo comprendo.

—Es verdad —dijo Anna, palideciendo cada vez más y rodeándole la cabeza con los brazos—. No obstante, esto, después de lo ocurrido, es terrible.

—Todo quedará olvidado y seremos felices. Nuestro amor, de haberse podido aumentar, lo habría hecho por lo que hay en él de horroroso —afirmó Vronski, alzando la cabeza y mostrando, al sonreír, sus magníficos dientes.

Anna le respondió con una sonrisa, pero no a sus palabras, sino a la expresión amorosa de sus ojos. Luego tomó la mano de Vronski y la pasó por sus mejillas frías y sus cabellos cortados.

—Con el pelo corto tienes otro aspecto. Estás encantadora. Pareces un muchacho. Pero, ¡qué pálida estás!

—Estoy muy débil aún —respondió Anna.

Y sus labios temblaron de nuevo.

—Iremos a Italia y allí te repondrás.

—¿Es posible que vivamos juntos, como esposos, y seamos el uno para el otro? —repuso Anna, mirándole a los ojos.

—Lo único que me extraña es que eso no haya sido posible antes —contestó Vronski.

—Stiva afirma que «él» consiente en todo, pero no puedo aceptar su generosidad —dijo Anna, desviando la mirada—. No quiero el divorcio... Sólo me preocupa lo que decida respecto a Seriozha.

Vronski no comprendía que, aún en el primer momento de su entrevista, Anna pensase en su hijo y en el divorcio. ¿Qué les importaba todo aquello?

—No hables de eso, ni lo pienses —exhortó, acariciando con insistencia la mano de su amada, para que fijase la atención sólo en él.

Pero Anna no le miraba.

—¿Por qué no me habré muerto? Hubiera sido mejor —musitó ella.

Las lágrimas corrían por sus mejillas. Mas procuró sonreír para no entristecerle.

Antes le hubiera sido imposible a Vronski renunciar al ventajoso puesto, atractivo también por su mismo peligro, que le ofrecían en Tashkent. Mas ahora renunció a él sin vacilar, y notando que en las altas esferas desaprobaban su actitud, pidió el retiro.

Un mes más tarde, Anna y Vronski marchaban juntos al extranjero. Karenin quedó solo en su mansión con su hijo. Había renunciado definitivamente al divorcio.

QUINTA PARTE

## Capítulo primero

La princesa Scherbátskaia creía imposible celebrar el matrimonio antes de la Cuaresma a causa del ajuar, cuya mitad apenas podía estar terminada para entonces, es decir, en cinco semanas. Estaba de acuerdo también con Lievin en que, retrasando la ceremonia hasta después de la Cuaresma, había el riesgo de verla una vez más postergada a causa de un duelo, pues una anciana tía del príncipe estaba bastante enferma. Ella adoptó, pues, un término medio diciendo que la boda se celebraría antes de la Cuaresma, pero que para esta fecha sólo sería entregado el «pequeño ajuar», dejando el «grande» para más tarde. Y como Lievin, puesto en el trance de dar su conformidad a esta proposición, sólo respondía con chanzas, la princesa se indignó, tanto más cuanto que los jóvenes contaban con pasar la luna de miel en el campo, donde podían serles necesarias ciertas piezas del gran ajuar.

Konstantín Lievin, casi trastornado de dicha, seguía creyendo que su felicidad y su persona constituían el centro, el único fin de la creación. Abandonando a otros los cuidados materiales, les dejaba a la vez la tarea de trazar por él los planes para el porvenir, convencido de que ellos lo arreglarían de la mejor manera. Su hermano Serguiéi, Stepán Arkádich y la princesa le orientaban en todo lo que debía hacer. Él se limitaba a conformarse con lo que le proponían. Su hermano allegó los fondos que le hacían falta. La princesa le aconsejó que dejara Moscú después de la boda. Oblonski, que hiciera un viaje al extranjero. Él consentía en todo. «Ordenad lo que os plazca y haced lo que os parezca, si eso os divierte. Yo soy feliz, y sea lo que sea lo que decidáis, mi dicha no será mayor ni menor.»

Cuando sometió al parecer de Kiti el consejo de Stepán Arkádich, le causó la mayor sorpresa ver que, lejos de aprobarlo, tenía sus puntos de vista particulares, y muy marcados, sobre su vida futura. Ella sabía que a Lievin tenía en el campo un asunto que le gustaba mucho. Como pudo darse cuanta, Kiti no comprendía eso, ni siquiera lo intentaba, lo que no le impedía valorar su importancia. Y como este asunto exigiría su presencia en el campo, ella tenía que establecerse sin más dilación en su verdadera residencia. Esta decisión, tanto tiempo contenida, no pudo menos de sorprender a Lievin, pero, indiferente a todo, se doblegó a ella y pidió a Stepán Arkádich que cuidase, con el gusto que le caracterizaba, el embellecimiento de su casa de campo. Este servicio le pareció que entraba de lleno en las atribuciones propias de su futuro cuñado.

—A propósito —le preguntó éste cuando tuvo todo organizado en el campo—. ¿Tienes la cédula de confesión?

—No. ¿Por qué?

—Nadie se casa sin eso.

—¡Ay, ay, ay! —se lamentó Lievin—. Pues, mira creo que hace nueve años que no he ayunado. ¡Y ni siquiera he pensado en ello!

—Muy bonito —comentó Oblonski, riendo—. ¿Y eres tú el que me tacha de nihilista? Pero eso no puede quedar así. Es necesario que cumplas con los preceptos religiosos.

—¿Cuándo? No tenemos más que cuatro días.

Stepán Arkádich arregló también este asunto, y Lievin comenzó el ayuno. Respetuoso con las convicciones de los demás, pero incrédulo por cuenta propia, encontraba muy duro asistir y participar en ceremonias religiosas sin creer en ellas. En su estado de ánimo, tierno y sentimental, la obligación de disimular no sólo le resultaba penosa, sino completamente imposible. En el estado de gloria y esplendor en que se encontraba, se veía obligado a mentir, o a cometer un sacrilegio. Se sentía incapaz de hacer una u otra cosa. Pero a todos los ruegos de obtener la cédula sin ayunar, Stepán Arkádich le contestaba que era imposible.

—Pero, ¿qué te cuesta ayunar dos días? El sacerdote es un anciano que te arrancará ese diente sin que te des cuenta siquiera.

Durante la primera misa a que asistió, Lievin quiso hacer revivir las impresiones religiosas de su juventud, que, entre los dieciséis y diecisiete años, habían sido muy vivas: no lo consiguió. Se propuso entonces considerar esta ceremonia como una costumbre antigua, tan vacía de sentido como la costumbre de hacer visitas: tampoco cuajó esta idea. Al igual que la mayor parte de sus contemporáneos, había adoptado una actitud indeterminada respecto de la religión. No podía creer, pero, al mismo tiempo, no estaba firmemente convencido de que todo aquello fuera injusto. Por eso, al no creer en la importancia significativa de lo que hacía, no considerarlo con indiferencia, como mera formalidad, haciendo lo que no comprendía, en todo este ayuno eucarístico experimentaba cierto malestar y vergüenza. Por eso le parecía algo falso, deshonesto.

Durante los oficios, ora escuchaba intentando atribuir a las plegarias un sentido que no lesionase demasiado sus convicciones; ora, sintiendo que no podía entenderlas y debía censurarlas, procuraba no escucharlas abandonándose a sus pensamientos, observaciones y recuerdos, que con extraordinaria vivacidad pasaban por su mente durante aquella ociosa permanencia en la iglesia. Así oyó la misa, y el canto de las vísperas y las oraciones de la tarde para la comunión. Al día siguiente se levantó más temprano que de costumbre, y a las ocho, sin tomar el té, acudió a la iglesia para cumplir con las oraciones de la mañana y confesar. El templo estaba desierto. No vio en él más que un soldado que hacía colecta, dos ancianas y los ministros del culto. Un joven diácono, cuya espalda larga y estrecha se dibujaba perfectamente en dos partes bajo su sutil sotana, salió al encuentro de Lievin. A continuación, aproximándose a una mesita dispuesta cerca de la pared, comenzó la lectura de las plegarias. Oyéndole farfullar apresuradamente, como un estribillo, las palabras «Señor, tened piedad de nosotros», Lievin, que estaba situado en pie detrás de él tenía la impresión de tener el pensamientos cerrado y sellado, sin poder tocarlo ni moverlo, de lo contrario, se crearía una confusión; por eso continuó pensando en sus cosas sin escucharlo ni prestarle atención.

«¡Cuán expresivas son sus manos!», pensaba, recordando la

velada que el día anterior había pasado con Kiti, juntos en un rincón de la sala. Como solía suceder durante aquellos días, no tenían nada que decirse, y ella, con la mano sobre la mesa, la abría y la cerraba, y ella misma se reía observando este movimiento. Se acordaba de haber besado aquella manita sonrosada y de haber estudiado sus líneas.

«Una vez más, tened piedad de nosotros», repitió mentalmente. Tuvo que santiguarse y hacer una reverencia, considerando que la hacía también el diácono, cuyo dorso flexible tenía delante de él.

Reanudó el curso de sus pensamientos:

«Enseguida ella me cogió la mano y la estudió, a su vez. "Tienes una mano muy interesante", me dijo. —Miró la suya propia, después la del diácono, de dedos cortos—. Bueno, creo que se aproxima el fin... No, va a comenzar de nuevo... Ah, pues sí, se prosterna, esto sí que es el final.»

Al recibir discretamente en la mano, oculta en la bocamanga de terciopelo, un billete de tres rublos, el diácono le dijo que le inscribiría para la confesión, y se alejó hacia el altar haciendo resonar sus botas nuevas sobre el enlosado del templo vacío. Por un momento se perdió detrás del iconostasio, pero volvió para hacerle una señal a Lievin, cuyo pensamiento parecía querer despertarse.

«No —se dijo a sí mismo—. Es mejor no preocuparse, todo se arreglará.»

Dio unos pasos hacia el ambón, subió algunas gradas, se volvió a la derecha y se encontró con el sacerdote, un viejecillo de barba gris poco poblada, de mirada bondadosa en sus ojos fatigados, que, de pie frente al atril, hojeaba el misal. Después de hacer un ligero saludo a Lievin, leyó con voz monótona las preces preparatorias, se inclinó hacia su penitente y le dijo, mientras le señalaba el crucifijo:

—Cristo asiste invisible a vuestra confesión. ¿Creéis en todo lo que enseña la Santa Iglesia Apostólica? —continuó apartando la mirada del rostro de Lievin y cruzando las manos bajo la estola.

—He dudado, dudo aún de todo —dijo Lievin, con voz que resonó desagradablemente en sus oídos.

El sacerdote aguardó unos segundos. Después, cerrando los

ojos, profirió las siguientes palabras, con ese giro rápido de las gentes de Vladimir:

—Dudar es propio de la debilidad humana, pero debemos rogar al Señor Todopoderoso que venga en nuestra ayuda. ¿Cuáles son vuestros principales pecados? —añadió sin la menor interrupción, como si temiera perder el tiempo.

—Mi pecado principal es la duda. Dudo de todo y casi siempre.

—Dudar es propio de la naturaleza humana, que es débil —repitió el sacerdote—. ¿De qué dudáis, principalmente?

—De todo. A veces hasta de la existencia de Dios —murmuró Lievin, casi a pesar suyo.

Le espantó la inconveniencia de estas palabras, pero no parecieron producir en el sacerdote la impresión que temía.

—¿Qué dudas podéis tener sobre la existencia de Dios? —preguntó con sonrisa casi imperceptible.

Lievin calló.

—¿Qué dudas podéis tener sobre el Creador, cuando contempláis sus obras? ¿Quién ha decorado la bóveda celestial con todas sus estrellas, adornando la tierra con todas sus bellezas? ¿Cómo existirían estas cosas sin el Creador?

Interrogó a Lievin con la mirada. Pero éste, sintiéndose incapaz de discutir cuestiones filosóficas con un sacerdote, respondió simplemente:

—No lo sé.

—¿No lo sabéis? Pues, entonces, ¿por qué dudáis de que sea Dios quien lo ha creado todo?

—No comprendo nada de eso —replicó Lievin, sonrojándose.

Se daba cuenta de lo absurdo de las respuestas, pero en el caso presente, no podía contestar más que con absurdos.

—Rogad a Dios, imploradle. Los mismos padres de la Iglesia han dudado y han pedido a Dios que les afirme en la fe. El demonio es poderoso, pero no debemos someternos a él. Rogad a Dios —repitió muy de prisa.

Después guardó silencio por un instante y pareció reflexionar.

—Tenéis la intención, me han dicho, de contraer matrimonio con la hija de mi feligrés e hijo espiritual, el príncipe Scherbatski, ¿no es así? —preguntó, sonriendo—. Es una persona encantadora.

—Sí —respondió Lievin, sonrojándose de nuevo.

Después se preguntó: «¿Qué necesidad tienen de hacer semejantes preguntas en confesión?»

Entonces, como si contestase a este pensamiento, el sacerdote declaró:

—Vos pensáis en el matrimonio, y quizá Dios os conceda descendencia. ¿Qué educación daréis a vuestros hijos si no acertáis a vencer las tentaciones del demonio, que es quien os sugiere la duda? Si amáis a vuestros hijos, vos les desearéis, no sólo la riqueza y los honores, sino, además, como buen padre, la salud de sus almas y la luz de la verdad, ¿no es cierto? Qué responderéis, pues, a esa inocente criatura que os preguntará: «Padre, ¿quién ha creado todo lo de la Tierra que tanto me encanta, el agua, el sol, las flores, las plantas?» ¿Le contestaréis que no sabéis nada? ¿Podéis ignorar lo que Dios, en su infinita bondad, os está revelando? Y si el niño os pregunta: «¿Qué me espera más allá de la tumba?», ¿qué le contestaréis si no sabéis nada? ¿Le abandonaréis a los sortilegios del demonio y del mundo? Eso no está bien —concluyó, agachando la cabeza para mirar a Lievin con sus ojos llenos de bondad y dulzura.

Lievin no respondió nada, no porque temiera esta vez una discusión inconveniente, sino porque nadie le había planteado aún cuestiones como aquellas. Si sus hijos algún día le hacían aquellas preguntas, ya vería la respuesta que tenía que darles.

—Estáis abordando una fase de la vida donde hace falta escoger la propia ruta y atenerse a ella —advirtió el sacerdote—. Rogad a Dios que venga en vuestra ayuda y os absuelva en su misericordia —concluyó—. Nuestro Señor Jesucristo te perdone en su inmensa misericordia y amor a los hombres, hijo mío...

Y después de haber pronunciado la fórmula de la absolución, el sacerdote le bendijo y le despidió.

Lievin regresó muy contento a su casa. Por de pronto, se sentía libre de una posición falsa, sin haberse visto forzado a mentir. De otra parte, la exhortación del buen viejo ya no le parecía tan simple como al principio había creído. Tenía la vaga impresión de haber escuchado cosas que valían la pena de ser meditadas profundamente algún que otro día. Más vivamente que nunca sentía que en el alma suya existían regiones borrascosas y oscuras. Por lo que se refiere a la religión, se encontraban exactamente en el mismo caso de Sviyazhski y algunos otros, a quienes reprochaba por la incoherencia de sus opiniones.

Lievin pasó la tarde en casa de Dolli, acompañado de su novia. Y como su alegre sobreexcitación sorprendió a Stepán Arkádich, se comparó a uno de esos perros que en el circo hacen saltar a través de un aro y que, gozoso de haber aprendido su lección, no vacila en saltar sobre las mesas y a través de las ventanas.

CAPÍTULO II

LA princesa y Dolli observaban rigurosamente las antiguas usanzas, y, por consiguiente, no permitieron que Lievin viese a su novia el día de la boda. Cenó en el hotel con tres hombres solteros que la casualidad había hecho que se reuniesen en su casa. Éstos eran su hermano, Katavásov (un compañero de la Universidad y más tarde profesor de Ciencias Naturales, con quien se había encontrado y se había traído casi a la fuerza), y su padrino de boda, Chírikov, joven compañero en la caza del oso, que ejercía en Moscú las funciones de juez de paz. La cena fue muy animada. Serguiéi Ivánovich, con su excelente humor, disfrutaba muchísimo de la originalidad de Katavásov. Éste, viéndose apreciado, se sentía a sus anchas. En cuanto al excelente Chírikov, estaba siempre dispuesto a sostener una conversación, cualquiera que fuese.

—¡Qué muchacho más bien dotado era en otro tiempo nuestro amigo Konstantín Dmítrich! —decía Katavásov, con la dicción lenta adquirida como catedrático—. Hablo de los ausentes, porque para mí no está aquí. Amaba la ciencia, antes y después de la Universidad. Tenía pasiones dignas de un hombre. Mientras que ahora, emplea una mitad de sus facultades en engañarse a sí mismo, y la otra mitad, en justificar este engaño.

—No he encontrado enemigo del matrimonio tan convencido como usted —dijo Serguiéi Ivánovich.

—Nada de eso. Yo soy, sencillamente, partidario de la división del trabajo. A los que no sirven para otra cosa, incumbe el deber de propagar la especie. A los otros, el de contribuir al desarrollo intelectual, al bienestar de sus semejantes. Tal es mi opinión. Hay una gran parte de la gente dispuesta a confundir estas dos ramas de trabajo, pero yo no pertenezco a ese número.

—¡No podré contener mi alegría si algún día me entero de que está usted enamorado! —exclamó Lievin—. Se lo ruego, invíteme a su boda.

—El caso es que ya estoy enamorado.

—Sí, de una sepia. —Volviéndose a su hermano, le preguntó—: ¿Tú sabes que Mijaíl Semiónych escribió una obra sobre la nutrición y...?

—¡No embrolle las cosas, haga el favor! Poco importa lo que yo escriba, pero no deja de ser un hecho que yo amo las sepias.

—Eso no le impedirá amar a una mujer.

—No, es mi mujer la que se opondría a mi amor por las sepias.

—¿Y eso por qué?

—Verá usted... En este momento, a usted le gusta la caza, la agronomía... Pues bien, espere un poco y ya me dirá algo nuevo.

—A propósito —dijo Chírikov—. Ha venido a verme Arjip hace un rato. Afirma que en Prúdnoie hay dos osos y cierta cantidad de alces.

—Usted los cazará sin mí.

—¿Estás viendo? —dijo Serguiéi Ivánovich—. Despídete de la caza del oso. Tu mujer no te la permitirá.

Lievin sonrió. La idea de que su mujer le prohibiese la caza le parecía tan encantadora, que con mucho gusto habría renunciado para siempre al placer de encontrarse otra vez con un oso.

—De todas maneras, es una lástima que se cacen los osos sin usted —terció Chírikov—. ¿Recuerda aquella caza tan hermosa el otro día, en Japílovo?

Lievin prefirió callarse. Aquel hombre imaginaba que se podía disfrutar algún placer sin la presencia de Kiti. ¿Para qué quitarle las ilusiones?

—Por alguna buena razón, se ha establecido la costumbre de la despedida de soltero —declaró Serguiéi Ivánovich—. Por muy feliz que se sienta uno con el cambio de estado, siempre se echa de manos la libertad.

—Reconocerá usted que a veces habrá experimentado el deseo de saltar por la ventana, como aquel novio de la novela de Gógol.

—Él debe sentir algo parecido a eso, pero esté seguro de que nunca lo confesará —opinó Katavásov, con una franca risotada.

—La ventana está abierta, salgamos para Tver —insistió Chírikov, sonriendo—. La osa está sola y podemos ir a su guarida. ¡Ea, marchémonos en el tren de las cinco! Y que se arreglen aquí como quieran.

—No, francamente no, lo digo con el corazón en la mano —respondió Lievin, sonriendo a su vez—. Esa pérdida de la libertad me tiene sin cuidado. No llego a descubrir en mí la más leve señal de arrepentimiento.

—Es que se ha formado usted un caos de tal naturaleza, que no puede distinguir nada por el momento. Espere a que se haga más claro en su mente, y entonces verá —dijo Katavásov.

—No. A mí me parece que para sentir el aguijón del arrepentimiento tendría que mediar otro motivo distinto al de mi... sentimiento —se resistía a emplear la palabra amor—, y mi dicha. Pero no, os lo aseguro. Esa pérdida de la libertad me tiene sin cuidado. No me causa más que alegría.

—¡Es un caso desesperado! —exclamó Katavásov—. Pero bebamos por su curación, o porque se realice siquiera la centésima parte de sus ilusiones. ¡Y eso será una felicidad nunca vista en la tierra!

Casi inmediatamente después de acabada la cena, los convidados se retiraron para tener tiempo de cambiarse de ropa antes de la boda.

Una vez solo, Lievin volvió a preguntarse si verdaderamente era digna de lamentar la pérdida de esa libertad que tanto apreciaban aquellos solterones empedernidos. La idea le hizo sonreír. La libertad, ¿por qué la libertad? La felicidad para él consistía en amar, en dar vida a los deseos y los pensamientos de ella, sin ninguna libertad. En eso estribaba la felicidad. «Pero —le sugirió de pronto una voz interior—, ¿es que verdaderamente puedo saber yo cuáles son sus pensamientos, sus deseos, sus sentimientos?» La sonrisa desapareció de sus labios, y quedó pensativo. De pronto comenzó a sentir una sensación extraña de temor y de duda: dudar de todo. «¿Y si ella no me ama? ¿Y si ella se casa por casarse? ¿Y si ella no sabe lo que hace? —se preguntaba—. ¿Y si sólo se da cuenta después de casarse de que no me quiere ni podría quererme?» Y entonces acudieron a su mente los pensamientos más hirientes para Kiti. De nuevo experimentó unos celos violentos contra Vronski. Su memoria volvió a reflejar con la misma nitidez que si hubiera sucedido la víspera, la escena de aquella tarde en que los vio juntos, y ello le hizo sospechar que no se lo había contado todo.

—No —decidió en un arrebato de desesperación—. Yo no puedo dejar las cosas en ese estado. Voy a buscarla, a decirle por última vez: somos libres. ¿No sería mejor suspenderlo todo? Todo es preferible a la desdicha de una vida entera, a la vergüenza, a la infidelidad.

Y fuera de sí, lleno de odio contra la humanidad, contra sí mismo y contra Kiti, corrió a casa de ella.

La encontró en las habitaciones posteriores sentada sobre un gran cofre, ocupada en repasar con su doncella vestidos de todas clases y colores esparcidos por el suelo, o colgados sobre el respaldo de las sillas.

—¡Cómo! —exclamó ella, radiante de alegría al verle—. ¿Eres tú? ¿Es usted? (Hasta aquel último día le llamaba indistintamente de tú y de usted.) No lo esperaba. Voy a hacer el reparto de mis trajes de soltera.

—¡Ah! Eso está bien —respondió él, en tono lúgubre, con una mirada poco amable para la doncella.

—Puedes retirarte, Duniasha, ya te avisaré.

Y pasando resueltamente al tuteo, una vez hubo salido la doncella:

—¿Qué te trae por aquí? —preguntó a Lievin, cuyos rasgos alterados le habían producido un terror súbito.

—Kiti, estoy sufriendo y no puedo soportar solo esta tortura —confesó él, con acento de desesperación, implorándole con una mirada escrutadora.

Le hubiera bastado leer, en aquella faz leal y amante, que sus temores carecían de fundamento, pero quería verlos disipados por ella misma.

—He venido a decirte que no es demasiado tarde todavía, que todo puede ser reparado.

—¿El qué? No comprendo. ¿Qué tienes?

—Tengo... lo que he dicho y pensado cien veces. Yo no soy digno de ti. No es posible que tú hayas consentido en casarte conmigo. Piénsalo. Quizá estés equivocada. Piénsalo bien. No puedes amarme. Más vale confesarlo —continuó sin mirarla—. Seré desgraciado, no importa. Que digan lo que quieran. Todo antes de que seamos desdichados los dos. No esperemos a que sea demasiado tarde.

—No comprendo —murmuró ella, llena de ansiedad—. ¿Qué es lo que quieres? ¿Despedirte, romper el compromiso?

—Si tú no me amas, sí.

—¡Te has vuelto loco! —exclamó ella, roja de indignación. Pero a la vista del rostro desolado de Lievin, contuvo la cólera, y desprendiéndose de un montón de trajes que tenía encima, se sentó cerca de él—. ¿En qué estás pensando? Vamos a ver, dímelo todo.

—Pienso que no sabrás amarme. ¿Por qué me tienes que amar?

—¡Dios mío! ¿Qué puedo yo...? —musitó ella, prorrumpiendo en un sollozo.

—¿Qué he hecho? —exclamó él, espantado de sí mismo. Y echándose de rodillas, le cubrió la mano de besos.

Cuando la princesa entró allí cinco minutos después, la reconciliación era completa. Kiti había convencido a su novio de que le quería. Le había explicado que ella le amaba porque le comprendía a fondo, porque sabía lo que él amaba, y que todo cuanto amaba era bueno y estaba bien. Esta explicación pareció suficiente a Lievin. La princesa les encontró sentados juntos sobre el gran cofre, disponiéndose a examinar los vestidos. Kiti quería regalar a Duniasha el de color oscuro que llevaba cuando Lievin la pidió en matrimonio, y éste insistía en que no se lo regalara a nadie y que diese a Duniasha otro azul.

—Pero, ¿no comprendes que siendo morena, el azul no le sienta nada bien? Ya he pensado en todo...

Al enterarse del motivo de la venida de Lievin, la princesa, aunque enfadada, se rió de la ocurrencia y le despidió porque M. Chales estaba a punto de venir para peinar a Kiti.

—¡Con lo desmejorada que está sin comer en todos estos días, y todavía vienes tú a amargarla con tus locuras! Vamos, márchate, muchacho —dijo.

Algo confuso, pero tranquilizado, Lievin regresó al hotel, donde le estaban esperando su hermano, Daria Alexándrovna y Stepán Arkádich, luciendo todos sus mejores galas y dispuestos a bendecirle con la imagen santa. No había tiempo que perder. Daria Alexándrovna debía volver a su casa para recoger a su hijo, que, perfumado y rizado para la ceremonia, estaba destinado a portar el icono delante de la novia. Enseguida había que enviar uno de los coches al padrino, mientras que el otro, después de haber llevado a Serguiéi Ivánovich a la iglesia, regresaría al hotel. Había, pues, muchas cosas importantes en que pensar; pero una cosa era indudable: no había que perder tiempo, porque eran ya las seis y media.

La ceremonia de la bendición se caracterizó por su falta de seriedad. Stepán Arkádich adoptó una postura solemne y cómica al lado de su mujer. Levantó el icono, y obligando a Lievin a arrodillarse, le bendijo con una sonrisa afectuosa y maligna, y después le besó tres veces. Daria Alexándrovna hizo exactamente igual. Tenía prisa por marcharse y se había armado un embrollo en la organización del servicio de los carruajes.

—He aquí lo que vamos a hacer —dijo Oblonski—. Tú irás a recoger al padrino en nuestro coche, y mientras tanto, Serguiéi Ivánovich hará el favor de dirigirse enseguida a la iglesia y enviarnos el suyo.

—De acuerdo, con mucho gusto.

—Y luego, yo acompañaré a Kostia. ¿Están listos los equipajes?

—Sí —respondió Lievin.

Y llamó a Kuzmá para que le ayudara a vestirse.

## Capítulo III

UNA muchedumbre en la que dominaba el elemento femenino, atestaba la iglesia, brillantemente iluminada. Las personas que no habían podido entrar se agrupaban junto a las ventanas empujándose, discutiendo y mirando a través de las rejas. Más de veinte coches se alineaban en la calle bajo la inspección de los guardias. Indiferente al frío, un oficial de policía en traje de gala permanecía a la entrada. Los carruajes iban llegando sin cesar. Ora entraban señoras con flores y con las colas de los vestidos recogidas; ora caballeros que se quitaban sus gorras o sombreros negros al entrar en la iglesia. Dos grandes arañas y los cirios encendidos delante de los iconos inundaban de luz los dorados sobre fondo rojo del iconostasio, las cinceladuras de las imágenes, los grandes candelabros y candeleros de plata, el enlosado, los tapices, los gonfalones arriba en los coros, las gradas del altar, los viejos rituales ennegrecidos, las sotanas y las casullas. A la derecha de la iglesia se mezclaban los trajes negros y las corbatas blancas, los uniformes y los tejidos más costosos, el terciopelo y el raso, cabellos y flores, hombros y brazos descubiertos, y guantes largos. De aquella ingente muchedumbre brotaba un murmullo contenido, pero siempre animado, que resonaba extrañamente bajo la alta cúpula de la iglesia. Cada vez que la puerta se abría con ruido quejumbroso, paraba aquel murmullo y todo el mundo volvía la vista con la esperanza de ver aparecer a los novios. Pero la puerta se había abierto ya más de diez veces para dar paso, ora a un invitado que llegaba con retraso y que iba a reunirse con el grupo de la derecha, ora a una dama curiosa que, habiendo sabido burlar la vigilancia del oficial de policía, pasaba a engrosar el grupo de la izquierda, integrado exclusivamente por espectadores. Parientes y amigos habían pasado por todas las fases de la espera. Al principio, nadie atribuyó la menor importancia al retraso de los novios. Luego, las miradas impacientes se sucedían más y más a menudo, preguntándose la gente qué podía haberles ocurrido. Por último, la tardanza era embarazosa, y tanto los familiares como los invitados adoptaron el aire indiferente de personas absorbidas por la conversación.

A fin de demostrar, sin duda, que estaban perdiendo un tiempo precioso, el archidiácono tosía de vez en cuando de modo tan fuerte que hacía temblar los vidrios de las ventanas. En el coro se oía a los cantantes aburridos ora probando la voz, ora sonándose. El sacerdote enviaba en misión exploratoria, ya el diácono, ya al sacristán, y con frecuencia cada vez mayor mostraba su sotana violeta y su cinturón bordado en una de las puertas laterales del coro. Al fin, una señora, después de haber consultado el reloj, comentó en voz alta:

—¡Esto se está poniendo muy raro!

Y de la misma manera, todos los invitados expresaron su sorpresa y su disgusto. Uno de los padrinos partió en busca de noticias.

Durante este tiempo, Kiti vestida de blanco, con velo largo y corona de flores de azahar en compañía de la madrina de boda y de su hermana Lvova, estaba en el salón de su casa y miraba por la ventana aguardando en vano, desde hacía media hora, que su padrino llegase a anunciarle la llegada del novio a la iglesia.

Lievin, por su parte, con el pantalón negro puesto, pero sin chaleco y en mangas de camisa, se paseaba a todo lo largo y todo lo ancho de la habitación de su hotel, abriendo la puerta a cada instante para echar una mirada al corredor, y no viendo venir a nadie, se volvía con gesto desesperado a Stepán Arkádich, que fumaba tranquilamente.

—¿Habráse visto un hombre en situación tan absurda?

—Es verdad —confirmó Stepán Arkádich, con sonrisa apacible—. Pero ten tranquilidad, que nos lo traerán enseguida.

—¡Y dale! —profería Lievin, conteniendo a duras penas su rabia—. Para lo que sirven esos absurdos chalecos abiertos... ¡Imposible! —añadía mirando la pechera de su camisa, toda arrugada—. ¿Y si mis maletas están ya en el ferrocarril? —gritaba fuera de sí.

—Te pondrás la mía.

—Por ahí debías haber comenzado.

—No seas ridículo. Ten paciencia, que todo se arreglará, Lievin.

Había sucedido que, cuando Lievin llamó a Kuzmá para vestirse, el viejo criado le trajo el frac, el chaleco y todo lo necesario.

—Pero, ¿y la camisa? —preguntó Lievin.

—¿La camisa? Usted la tiene puesta —repondió el buen hombre, con sonrisa flemática.

Y era que cuando Kuzmá, cumpliendo órdenes de Lievin, embaló y mandó todos los efectos personales de su amo a casa de los Scherbatski —de donde los jóvenes desposados debían partir aquella misma tarde— se había olvidado de dejar aparte una camisa a tono con el frac. La que Lievin llevaba puesta desde por la mañana estaba arrugada y era imposible llevarla con la moda imperante de los chalecos abiertos. Mandar por la suya a casa de los Scherbatski parecía que iba a costar demasiado tiempo. No había almacenes abiertos por ser domingo. Hicieron traer una camisa de casa de Stepán Arkádich, que le quedaba ridículamente ancha y corta. Ante lo desesperado del caso, hubo que enviar a Kuzmá a casa de los Scherbatski para que abriera las maletas. Y de este modo, mientras la gente esperaba en la iglesia, el malaventurado novio se resolvía en su habitación como una fiera enjaulada. ¿Qué podría imaginarse Kiti después de la escena que le había hecho unas horas antes?

Por fin, el culpable Kuzmá se precipitó sin aliento en la habitación, con una camisa en la mano.

—He llegado con el tiempo justo —declaro—. Se estaban llevando ya las maletas.

Tres minutos después, Lievin corría por el pasillo a toda la velocidad de que eran capaces sus piernas, guardándose muy bien de mirar el reloj para no aumentar su tormento.

—¡No cambiarás nunca! —le gritó Stepán Arkádich que le seguía con mucha calma—. Cuando yo te digo que todo se arreglará...

## CAPÍTULO IV

—S ON ellos!
—¡Ya están ahí!
—¿Quién?
—¿Es el más joven?
—Pues mira ella, parece más muerta que viva.

Estas exclamaciones partían de la multitud cuando Lievin, después de haber recibido a su novia en el atrio, entraba con ella en la iglesia.

Stepán Arkádich explicó a su mujer la causa del retraso, lo que provocó sonrisas y cuchicheos entre los invitados. Pero Lievin no reparaba en nada ni en nadie. No tenía ojos más que para su amada. Bajo su corona de desposada, Kiti resultaba mucho menos bonita que de costumbre, y por lo general, todos la encontraron falta de atractivo. Esta no era la opinión de Lievin. No se cansaba de mirar su cabello peinado hacia arriba, su largo velo blanco, sus blancas flores, la finura de su talle, la alta banda plisada de tul que encuadraba virginalmente su largo cuello de garza, dejándolo un poco descubierto por delante... y le parecía más bella que nunca. Por lo demás, muy lejos de parecerle que aquel atavío venido de París añadiese algo a la belleza de Kiti, se admiraba de que, a pesar de él, el semblante de la joven conservase su expresión exquisita de inocencia y de lealtad.

—Ya me preguntaba si habrías emprendido la fuga —dijo ella, sonriendo.

—Lo que me ha pasado es tan absurdo, que me da vergüenza hablar de ello —respondió él, confuso.

Y para no perder su continente, se volvió a su hermano, que se estaba aproximando a ellos.

—Pues sí, es muy bonita la historia de tu camisa —dijo Serguiéi, con una entonación irónica, que subrayaba con vivos movimientos de cabeza.

—Sí, sí —murmuró Lievin, sin comprender una palabra de lo que le decían.

—Kostia, he aquí el momento de adoptar una decisión suprema —vino a decirle Stepán Arkádich, fingiendo gran inquietud—. La cuestión es grave y tú me pareces en estado de apreciar toda su importancia. Me preguntan si los cirios deben ser nuevos o usados. La diferencia es de diez rublos —añadió, preparándose a sonreír—. He tomado una decisión, pero no sé si merecerá tu aprobación.

Lievin comprendió que Oblonski estaba bromeando, y no se alteró su rostro por eso.

—Bueno, ¿qué decides? ¿Nuevos o usados? Esa es la cuestión.

—¡Nuevos, nuevos!

—La cuestión está zanjada —dijo Stepán Arkádich, sin dejar de sonreír—. Hay que reconocer que estas ceremonias vuelven tonta a la gente —murmuró, volviéndose a Chírikov, mientras que Lievin, después de haberle dirigido una mirada de confusión, concentraba otra vez la atención en su novia.

—Cuidado, Kiti, eres tú quien tiene que pisar primero la alfombra —advirtió la condesa Nordston, aproximándose—. ¡Buena os la ha hecho pasar! —agregó, refiriéndose al traje de Lievin.

—¿No tienes miedo? —preguntó Maria Dmítrievna, una vieja tía.

—¿No sientes un poco de frío? Estás pálida... Agacha un poco la cabeza —dijo la señora Lvova, levantando sus hermosos brazos para reajustar la corona de su hermana.

Dolli se aproximó, a su vez, e intentó hablar, pero la emoción le privó del habla y prorrumpió en llanto, y, a continuación, en una risa nerviosa.

Kiti contemplaba a todos con la misma mirada ausente que Lievin. A todas las alocuciones que le dirigían, ella sólo podía responder con la sonrisa de felicidad que le era tan natural entonces.

Entretanto, los clérigos se vistieron, y el sacerdote y el diácono se acercaron al atril preparado en el atrio. El sacerdote dirigió a Lievin unas palabras que éste no comprendió en absoluto.

—Tome de la mano a su novia y llévela al lado del atril —le apuntó su padrino.

Incapaz de comprender lo que se quería de él, Lievin hacía

lo contrario de lo que le indicaban. Por fin, en el momento en que, desalentados, los unos y los otros pensaban abandonarle a su propia inspiración, se dio cuenta de que, con la mano derecha, debía coger sin cambiar de posición la mano derecha de su prometida. Luego, precedidos del sacerdote, dieron algunos pasos adelante y se detuvieron delante del atril. Familiares e invitados siguieron a la joven pareja en medio de un murmullo de voces que se mezclaba con el roce de los vestidos. Alguien se agachó para arreglar la cola del traje de la novia. Después reinó en la iglesia un silencio tan profundo que se oían las gotas de los cirios al caer al suelo.

El anciano sacerdote, con el birrete puesto y sus cabellos de plata recogidos detrás de las orejas, sacó sus manos rugosas de debajo de su pesada casulla de cruz dorada, y se puso a buscar algo sobre el atril. Stepán Arkádich se acercó lentamente para hablarle al oído, hizo una seña a Lievin y se retiró.

El sacerdote —era el mismo viejecito que había confesado a Lievin— encendió dos cirios adornados con flores, y, teniéndolos inclinados en la mano izquierda sin preocuparse por la cera que goteaban, se volvió a los novios. Después de haberlos envuelto, suspirando, en una mirada triste y lánguida, bendijo con la mano derecha a Lievin, después a Kiti, a ésta última con una nota particular de ternura, poniendo los dedos juntos sobre la cabeza inclinada de la joven. Luego les entregó los cirios, cogió el incensario y se alejó lentamente.

«Pero, ¿todo esto es realidad?», se preguntó Lievin, mirando de soslayo a su prometida. Por el movimiento de los labios y de las pestañas de Kiti, dedujo que ella había sentido su mirada. Ella no levantó la cabeza, pero él comprendió por el temblor de la gorguera que se alzaba hasta su pequeña oreja encendida como una rosa, que estaba ahogando un suspiro, y vio temblar la pequeña mano con guante largo que sujetaba el cirio.

Todo se borró enseguida de su memoria: el retraso, las conversaciones con los amigos y familiares, el descontento de sus amigos, la estúpida historia de la camisa... No sentía más que una emoción, mezcla de terror y alegría.

El archidiácono, hombre apuesto, de cabellos ondulados, vistiendo una dalmática bordada de plata, avanzó con paso firme hacia el sacerdote, y levantando con dos dedos su estola, acompañando la acción de un gesto familiar, pronunció con solemnidad las palabras: «Padre, bendícenos», que resonaron largamente bajo la bóveda.

—Bendito sea el Señor nuestro Dios, ahora y siempre y por los siglos de los siglos —respondió con voz armoniosa y resignada el viejo sacerdote, sin cesar de poner en orden los rituales colocados en el atril.

Y la respuesta, cantada por un coro invisible, llenó la iglesia de sones potentes y prolongados, que subieron de volumen por espacio de un segundo para decrecer después lentamente. Se rogó como siempre por la paz suprema y la salud de las almas, por el Sínodo, por el zar, por el siervo de Dios, Konstantín, y por la sierva de Dios, Iekaterina.

—Para que Él les conceda el amor perfecto, su paz y su asistencia, roguemos al Señor —cantó el diácono.

Y pareció que toda la iglesia lanzaba al cielo esta deprecación, cuyas palabras conmovieron a Lievin de un modo especial.

«¿Cómo han adivinado que precisamente necesito esa ayuda? ¿Qué puedo yo saber, qué puedo hacer, sin asistencia?», pensó recordando sus dudas y sus recientes temores.

Cuando el diácono terminó su letanía, el sacerdote, ritual en mano, se volvió a los novios y leyó con su propia voz, despacio:

—Dios Eterno, que unís por el lazo indisoluble del amor a los que estaban separados, que habéis bendecido a Isaac y a Rebeca, instituyéndoles herederos de vuestra promesa, bendecid también a vuestro siervo Konstantín y a vuestra sierva Iekaterina, y mantenedles por el camino del bien. Porque Vos sois el Dios de la misericordia, a Quien sean dados toda gloria, honor y adoración, al Padre, al Hijo, y al Espíritu Santo, ahora y siempre y por los siglos de los siglos.

—Amén —cantó de nuevo el coro invisible.

«Que unáis por el alzo indisoluble del amor a los que estaban separados. ¡Cómo responden estas profundas palabras a lo que se siente en tales momentos! ¿Lo comprenderá ella como yo», se dijo Lievin.

Por la expresión de la mirada de Kiti, que en aquel instante se cruzó con la suya, creyó adivinar que ella había comprendido igual que él, pero se equivocaba. Absorbida por el sentimiento que incesantemente iba invadiendo su corazón, ella apenas había prestado atención a la ceremonia. Experimentaba la alegría profunda de ver al fin cumplido lo que durante seis semanas la había puesto, alternativamente, inquieta y feliz. Desde el momento en que, vestida con su traje castaño, en la sala de la casa de la calle Arbat, se aproximó a Lievin para entregarse silenciosamente a él, toda entera, el pasado había sido arrancado de su alma, cediendo su puesto a una existencia nueva, desconocida, sin que su vida exterior, sin embargo, se hubiera modificado por esta causa. Aquellas seis semanas habían sido una época de delicias y de tormentos. Esperanzas y deseos, todo se concentraba sobre aquel hombre a quien no comprendía bien, hacia el cual la empujaba un sentimiento que comprendía menos todavía y que, atrayéndola y rechazándola sucesivamente, le había hecho sentir por su pasado una indiferencia absoluta. Sus costumbres de antes, las gentes y las cosas que había amado, su madre, cuya insensibilidad la afligía, su padre, su padre al que hasta hacía poco ella adoraba..., nada tenía ya sentido para ella, y aunque asustada por esa ruptura, se regocijaba del sentimiento que la había provocado. Su única aspiración era inaugurar con aquel hombre una vida nueva de la que aún no se había formado una idea exacta: se limitaba a esperar lo desconocido con la mejor disposición de ánimo. Y he aquí cómo esta espera, dulce y terrible a la vez..., he aquí cómo el remordimiento de no echar de menos nada de su pasado, iban a terminar para siempre. Ella estaba atemorizada, cosa perfectamente concebible, pero el minuto que estaba viviendo no era más que la consagración de la hora decisiva, hora que había soñado hacía seis semanas.

Regresando junto al atril, el sacerdote cogió, no sin dificultad, el pequeño anillo de Kiti para pasarlo a la primera mitad del anular de Lievin.

—Yo te desposo, Konstantín, siervo de Dios, con Iekaterina, sierva de Dios.

Repitió la misma fórmula pasando al delicado dedo de Kiti el grueso anillo de Lievin, y murmuró algunas palabras más. Los novios creyeron comprender lo que esperaba de ellos, pero se equivocaron, y el sacerdote tuvo que corregirles bajando la voz. Este juego se repitió más de una vez hasta que llegó el momento de bendecirles con los anillos puestos. Entonces puso el anillo grande en la palma de Kiti y el pequeño en la de Lievin, pero ambos tuvieron otro embrollo y se pasaron mutuamente los anillos, dos veces, sin llegar a enterarse de lo que debían hacer. Dolli, Chírikov y Oblonski quisieron acudir en su ayuda, se produjo una pequeña confusión, con sonrisas y cuchicheos, pero lejos de desconcertarse, los contrayentes conservaron su actitud grave y solemne, de tal modo que al explicarles que cada uno de ellos debía ahora pasar a su propio dedo su propio anillo, Oblonski reprimió como inconveniente la sonrisa que estaba a punto de acudir a sus labios.

—Señor Dios nuestro —prosiguió el sacerdote, después del intercambio de anillos—. Vos que habéis criado el hombre desde el principio del mundo y le habéis dado la mujer para venir en su ayuda y perpetuar el género humano; Vos que habéis revelado la verdad a vuestros siervos, nuestros padres, elegidos por Vos de generación en generación, dignaos mirar con ojos benignos a vuestro siervo Konstantín y a vuestra sierva Iekaterina, y confirmar su unión en la fe y la concordia, en la verdad y en el amor...

Lievin veía ahora la puerilidad de todas sus ideas sobre el matrimonio, de todos sus proyectos para el porvenir. Lo que se estaba realizando no era más que la antesala de algo que no había acertado a comprender, y que ahora comprendía menos que nunca. Su pecho se inflamaba de ansiedad y no pudo contener las lágrimas.

CAPÍTULO V

EN la iglesia estaba todo Moscú, parientes y conocidos. Durante el oficio, en la iglesia brillantemente iluminada, en el grupo de señoras y señoritas elegantemente ataviadas, y de hombres con corbatas blancas, fracs y uniformes, no cesaba de oírse un continuo y discreto murmullo en voz baja, iniciado principalmente por los hombres, mientras las mujeres permanecían absortas contemplando todos los detalles de la siempre tan atractiva ceremonia.

En el grupo de los íntimos que rodeaban a la novia se encontraban sus dos hermanas, Dolli y la señora Lvova, de serena belleza esta última, que acababa de llegar del extranjero.

—¿Cómo es que Mari trae un traje malva a una boda? Si eso es casi un color fúnebre —hizo notar la señora Korsúnskaia.

—¿Qué quiere usted, si es el único color que sienta bien a su tez? —respondió la señora Dubetskaia—. Lo que yo me pregunto es ¿por qué han escogido la tarde para la ceremonia? Es una costumbre de comerciantes...

—Eso no quita para que sea más bello. Yo también me casé por la tarde —replicó la señora Korsúnskaia, que lanzó un suspiro al recordar lo hermosa que ella estuvo aquel día, y que su marido había extremado su admiración por ella hasta el ridículo. ¡Cómo habían cambiado las cosas desde entonces!

—Quien ha sido padrino de boda diez veces en la vida, no se casa de ningún modo. Eso, al menos, es lo que se dice. Yo he querido asegurarme de esta manera contra el matrimonio, pero la plaza ya estaba ocupada —dijo el conde Siniavin a la encantadora princesa Chárskaia, que alimentaba ilusiones respecto a él. Ésta no respondió más que con una sonrisa. Quedóse mirando a Kiti y pensando que, llegado el día en que se hallase con Siniavin en la misma situación, le haría acordarse de aquella broma de mal gusto.

Scherbatski manifestaba a la señorita Nikoláieva, vieja dama de honor de la emperatriz, su intención de poner la corona sobre el moño de Kiti para atraerle la buena suerte.

—¿Y de qué sirve hacerse esos moños? A mí no me gustan esos peinados estrafalarios —replicó la vieja señorita, resuelta a que su matrimonio fuera de lo más sencillo si cierto viudo, que no le digustaba lo más mínimo, se decidía a ofrecerle su mano.

Serguiéi Ivánovich bromeaba con su vecina: afirmaba que la costumbre de hacer viajes de bodas era debido a que los recién casados querían ocultar su vergüenza por la elección que habían hecho.

—Pues su hermano ya puede sentirse orgulloso de su elección. Ella es de un encanto avasallador. ¿No le tiene usted envidia?

—Ya ha pasado para mí ese tiempo, Daria Dmítrievna —respondió él, abandonándose a una súbita tristeza.

Stepán Arkádich contaba a su cuñada un chiste sobre el divorcio.

—Convendría arreglarle a Kiti la corona —dijo ésta sin dignarse a escuchar.

—¡Qué pena que se haya estropeado tanto! —decía a la señora Lvova la condesa Nordston—. A pesar de todo, él no vale ni el dedo meñique de ella, ¿no le parece a usted?

—No comparto esa opinión; él me gusta mucho, y no solamente en calidad de *beau-frère*[1]. ¡Qué buen porte tiene! Y eso que es tan difícil evitar el ridículo en semejantes casos... Pero él no tiene nada de ridículo ni de presumido; sólo se le ve que está emocionado.

—Por lo que dice, usted ve con buenos ojos este matrimonio.

—Casi, casi. Por lo menos, ella le ha querido siempre.

—Bueno, pues vamos a ver cuál de los dos es el primero que pone el pie en la alfombra. Ya he instruido a Kiti a ese respecto.

—Se ha molestado inútilmente. En nuestra familia, todas las mujeres estamos sometidas a nuestros maridos.

—Pues yo intencionadamente pisé la primera al casarme con Vasili. ¿Y usted, Dolli?

Dolli las escuchaba sin responder. Estaba muy emocionada, las lágrimas le llenaban los ojos y no habría podido pronunciar una palabra sin llorar. Aunque se alegraba por Kiti y por Lievin, no dejaba de hacer amargas reflexiones sobre su propio matrimonio, y lanzando miradas hacia el deslumbrante Stepán Arkádich, olvidaba la realidad y no se acordaba más que de su primero e inocente amor. Pensaba también en otras mujeres, en sus amigas; se las imaginaba en esta hora única y solemne de sus vidas, en la que renuncian al pasado para abordar, con la esperanza y el temor en sus corazones, un misterioso porvenir. Entre estas mujeres casadas figuraba su querida Anna, cuyos proyectos de divorcio acababa de conocer; ella también

---

[1] cuñado. (En francés en el original.)

la había visto cubierta de un velo blanco, pura como Kiti bajo la corona de azahar. ¡Y ahora!

—¡Qué extraño es esto! —murmuró.

Las hermanas y las amigas no eran las únicas que seguían con interés los menores incidentes de la ceremonia; las espectadoras extrañas retenían el aliento por temor de perder un solo movimiento de los desposados; respondían con enfado a las bromas y a los chismes ociosos de los hombres, que incluso no entendían en algunas de las ocasiones.

—¿Por qué llora ella? ¿Es que la casan contra su voluntad?

—¿Contra su voluntad? ¿Un hombre tan apuesto? ¿No es un príncipe?

—La que va vestida de raso blanco, ¿es su hermana? Escucha, escucha cómo el diácono les grita eso de que «ella debe temer y respetar a su marido?».

—¿El coro es el del monasterio de Chúdov?

—No, del Sínodo.

—He preguntado a un sirviente. Parece que el marido se la lleva enseguida a sus tierras. Es enormemente rico. Por eso se ha casado con él.

—Nada de eso. Salta a la vista que forman la pareja ideal.

—¿Decía usted, Maria Vlásievna, que las crinolinas se llevaban con vuelo? Pues fíjese en aquella de castaño oscuro, embajadora, según dicen. ¡Qué recogida lleva la falda! Así que, se sigue igual.

—¡Qué ovejita inmaculada parece la novia! Digan lo que quieran las mujeres casadas, siempre inspiran compasión.

Así hablaban las espectadoras que habían tenido la destreza de introducirse en el templo.

## Capítulo VI

DESPUÉS del cambio de anillos, el sacristán se acercó para extender delante del atril en medio de la iglesia, un gran trozo de tela de seda rosa, mientras que la capilla entonaba un salmo de ejecución difícil y complicada, donde dialogaban el bajo y el tenor. El sacerdote hizo un signo a los novios indicándoles la alfombra. Una superstición muy arraigada en el pueblo pretende que el primero de los esposos que pisa esta alfombra se convierte, de hecho, en el verdadero jefe de familia. Con este argumento era costumbre insistir cerca de los novios y de las novias, aunque llegado el momento decisivo, ni el uno ni la otra se acordaban ni prestaban atención a las indicaciones que en voz alta se hacían en torno a ellos.

—Es él quien ha puesto primero el pie —decían los unos.

—No —replicaban los otros—. Los dos lo han puesto al mismo tiempo.

El sacerdote les hizo entonces las preguntas rituales sobre el consentimiento mutuo de los contrayentes, y la seguridad de que no habían hecho ninguna promesa de matrimonio a otras personas: ambos respondieron con fórmulas no menos rituales, cuyo sentido les pareció extraño. Y dio comienzo a una nueva parte del oficio. Kiti escuchaba las plegarias sin llegar a comprenderlas. A medida que avanzaba la ceremonia, su corazón se desbordaba de triunfante alegría, que era lo que le impedía fijar la atención.

Se rogó «por que el Señor concediese a los nuevos esposos la castidad y la fecundidad, para que gozaran junto a la vista de sus hijos y de sus hijas». Recordóse que «habiendo creado Dios la primera mujer de una costilla de Adán, el hombre dejará a su padre y a su madre para unirse a la esposa, y serán dos en una sola carne»», y que «aquel era un gran sacramento». Se pidió a Dios que los bendijera y les hiciese fecundos, como a Isaac y a Rebeca, a José, a Moisés y a Séfora, que les permitiese ver a los hijos de sus hijos.

«Todo eso está perfecto —pensaba Kiti al oír estas plegarias—. No podría ser de otra manera.»

Y una sonrisa de alegría, que transmitió a cuantos le miraban, iluminó su radiante rostro.

Cuando el sacerdote presentó las coronas, Scherbatski con sus guantes de tres botones, cogió tembloroso la perteneciente a la novia. Le aconsejaron en voz baja que la pusiera sobre la cabeza de Kiti.

—Póngamela —murmuró ésta, sonriendo.

Lievin se volvió para mirarla, y admirado de la radiante expresión de su cara, se sintió feliz, y confortado como ella.

Con el corazón henchido de júbilo oyeron la lectura de la epístola, especialmente el último versículo tan impacientemente esperado por la concurrencia, y que el diácono recitó con afectada entonación. Bebieron con alegría en el cáliz el vino tinto templado y aguado, y con mayor alegría siguieron al sacerdote en la vuelta al atril que les hizo dar, teniéndoles cogidos de las manos, en tanto que el diácono entonaba el cántico «Regocíjate, Isaías». Scherbatski y Chírikov, sosteniendo las coronas, seguían a los nuevos esposos y sonreían a su vez, enredándose en la cola del vestido de la novia, ora atrasándose, ora tropezando con los novios al detenerse el sacerdote. La llama de alegría encendida por Kiti parecía haber prendido en todos los asistentes. Lievin estaba convencido de que el sacerdote y el diácono se habían contagiado también de ese sentimiento general.

Después de haberles quitado las coronas y de pronunciar una plegaria postrera, el sacerdote felicitó a la joven pareja. Lievin miró a Kiti y le pareció no haberla visto jamás tan hermosa; tanto parecía haberla transfigurado su animación interior. Quiso hablar, pero se contuvo, no fuese que la ceremonia no hubiese terminado así. El sacerdote le sacó de apuros diciendo dulcemente, con bonachona sonrisa:

—Ahora, besad a vuestra mujer, y vos, a vuestro marido.

Acto seguido, recogió los cirios que aún tenían en las manos. Lievin besó delicadamente los labios sonrientes de Kiti, le ofreció el brazo y salió de la iglesia, sintiéndose de pronto —impresión tan nueva como rara— totalmente fundido con ella. Cuando sus miradas tímidas volvieron a encontrarse, comenzó a comprender que todo aquello no era ni mucho menos un sueño, sino que, realmente, ambos no constituían más que un solo ser.

Esa misma noche, después de cenar, los jóvenes esposos partieron para el campo.

## Capítulo VII

Hacía tres meses que Anna y Vronski viajaban juntos por Europa. Habían visitado Venecia, Roma y Nápoles, y acababan de llegar a un pueblecito de Italia donde contaban con pasar una temporada.

Un imponente maestresala, con los cabellos muy perfumados y separados por una raya que partía del cuello, de frac, con una gran pechera de batista y adornado de brillantes dijes que se balanceaban sobre su vientre redondeado, respondía despectivamente y con las manos metidas con los bolsillos a las preguntas que le dirigía un caballero. Al oír pasos que subían la escalera por el otro lado del portal, el maestresala se volvió y vio al conde ruso que ocupaba el departamento más lujoso del hotel. Sacando enseguida las manos de los bolsillos anunció al conde, después de hacerle un saludo respectuoso, que el administrador del *palazzo* por el cual se interesaba, consentía en firmar el contrato de arrendamiento.

—Está bien —dijo Vronski—. ¿Está en casa la señora?

—La señora acaba de entrar.

Vronski se quitó el sombrero flexible de anchas alas, se enjugó el sudor de la frente y se alisó los cabellos, peinados hacia atrás para disimular la calvicie. Después hizo un ademán de seguir adelante, lanzando una mirada rápida sobre el caballero, que parecía estar observándole.

—El señor es ruso y ha preguntado por usted —dijo el maestresala.

Molesto al ver que no podía sustraerse a esta clase de encuentros, pero también dichoso por tener un motivo de distracción, Vronski se volvió y su mirada se cruzó con la del forastero: las pupilas de ambos no tardaron en iluminarse.

—¡Goleníschev!

—¡Vronski!

Era, efectivamente, Goleníschev, camarada de Vronski en el Cuerpo de Cadetes. Pertenecía al clan liberal y había salido con un grado civil, sin ninguna intención de ingresar en el servicio militar. Después de salir ambos de la Academia, no habían vuelto a verse más que una sola vez. En aquel único encuentro, Vronski comprendió que Goleníschev, imbuido en sus opiniones liberales, despreciaba su carrera militar; y recordó que entonces su actitud hacia él cambió radicalmente, tratándole con esa frialdad altanera con la que quería dar a entender a ciertas personas: «Poco me importa que usted apruebe o no mi manera de vivir; no obstante, si quiere usted mantener relaciones conmigo, exijo que me guarde el debido respeto.» Aquel tono glacial había dejado a Goleníschev indiferente desde el principio. Aquel encuentro debería haberles distanciado más. Y, sin embargo, fue con una exclamación de alegría como se reconocieron. Vronski no se apercibió, sin duda, de que aquella alegría inesperada tenía como causa el profundo pesar que le embargaba. Olvidando el pasado, tendió la mano a Goleníschev, cuyos rasgos, hasta entonces un poco inquietos, se distendieron.

—Encantado de verte —dijo Vronski con una sonrisa amistosa, que puso al descubierto la blancura de sus dientes.

—Había oído pronunciar el nombre de Vronski, pero no estaba seguro de que fueses tú. Me siento feliz, muy feliz...

—Pero pasa. ¿Qué haces aquí?

—Estoy aquí desde hace un año. Trabajo.

—¿Sí —preguntó Vronski con interés—. Entremos, pues.

Y siguiendo la costumbre rusa de hablar en francés para que no se enteren los criados, empezó a hablar en francés, en vez de hacerlo en ruso.

—¿Conoces a la señora Karénina? Viajamos juntos. Yo iba a su casa.

Mientras hablaba, escrutaba la fisonomía de Goleníschev, por más que éste estaría al corriente de todo.

—¡Ah! No lo sabía —respondió, fingiendo indiferencia—. ¿Llevas aquí mucho tiempo?

—Llevo tres días —dijo Vronski, que no apartaba de él los ojos. Y pensó para sí: «Es un hombre bien educado que ve las cosas como verdaderamente son. Le puedo presentar a Anna.»

Así lo decidió, apreciando verdaderamente la manera de Goleníschev de desviar la conversación.

Al cabo de tres meses de viajar en compañía de Anna, Vronski había experimentado, a cada encuentro nuevo, el mismo sentimiento de indecisión. En general, los hombres habían comprendido la situación «como debía ser». Para él hubiera sido —lo mismo para ellos—, sumamente embarazoso decir lo que le daban a entender aquellas palabras. En el fondo, aquellas personas no hacían nada por comprender, y se contentaban con observar una discreta reserva, exenta de alusiones y de preguntas, que es a lo que se atienen las personas bien educadas cuando se hallan frente a la cuestión delicada y llena de complicaciones. Golenníschev era, indudablemente, de esta clase de personas, y Vronski, cuando le hubo presentado a Anna, se sintió doblemente satisfecho de haberle encontrado, siendo su actitud —sin que le costase el menor esfuerzo— tan correcta, que no se podía pedir más.

Goleníschev no conocía a Anna, cuya belleza y sencillez le cautivaron. Ella enrojeció al ver entrar a ambos hombres, y este detalle gustó sobremanera al recién llegado, quien además, estaba encantado por la forma tan natural en que ella aceptaba su situación. En efecto, como si ella hubiera querido disipar todo malentendido en la mente de aquel extraño, llamó a Vronski por su apelativo familiar y declaró desde el principio que iban a instalarse en una mansión bellamente decorada, de las que aquí se llamaban *palazzo*. Goleníschev, a quien no era desconocido el apellido Karenin, no pudo menos que dar la razón a aquella mujer joven, viva, llena de alegría. Admitía —cosa que la misma Anna no podía comprender en absoluto— que ella pudiera sentirse contenta y feliz a pesar de haber abandonado a su marido y a su hijo, y perdido su buena reputación.

—Este *palazzo* está en la guía —indicó él—. Hay allí un magnífico Tintoretto, de su última época.

—Pues bien, hagamos una cosa —propuso Vronski, dirigiéndose a Anna—. Volvamos a verlo, ya que hace un tiempo espléndido.

—Con mucho gusto; voy a ponerme el sombrero. ¿Dice usted que hace calor? —dijo ella en el umbral de la puerta, interrogando a Vronski con la mirada. De nuevo enrojeció.

Vronski comprendió que Anna, no sabiendo exactamente qué grado de confianza le inspiraba Goleníschev, se preguntaba si ella había guardado ante aquel desconocido el tono que convenía. La miró largamente, con cariño, y contestó:

—No, no demasiado.

Anna creyó adivinar que él estaba satisfecho de ella y, respondiéndole con una sonrisa, salió con paso vivo y gracioso.

Los dos amigos quedaron mirándose con cierta perplejidad. Goleníschev como un hombre que no encuentra palabras para expresar su admiración: Vronski como alguien que desea un cumplido, y lo teme.

—¿De modo que te has radicado aquí? —preguntó Vronski para entablar algún género de conversación—. ¿Te ocupas siempre de los mismos estudios? —añadió, al recordar de súbito haber oído que Goleníschev componía una obra.

—Sí, escribo la segunda parte de «Los dos principios» —respondió Goleníschev, a quien esta pregunta colmó de satisfacción—. O para ser más exacto, todavía no escribo, sino que preparo y recojo documentación. Esta parte será mucho más vasta que la primera. Ni en la misma Rusia quieren reconocer que somos nosotros los legítimos sucesores de Bizancio...

Y se enfrascó en una larga disertación. Vronski se sintió algo confuso por no saber nada de ese libro, cuyo autor hablaba como si se tratara de una obra bien conocida; luego, a medida que Goleníschev desarrollaba sus ideas, iba tomando interés, por más que notase con pena la agitación nerviosa que se apoderaba de su amigo. Al refutar los argumentos de sus adversarios, sus ojos se animaban, se precipitaba su oratoria y su rostro adquiría una expresión irritada, atormentada. Vronski se acordó de Goleníschev cuando ambos pertenecían al mismo Cuerpo. En aquel entonces era un muchacho de naturaleza débil, vivo de carácter y poseído de elevados sentimientos. Buen chico y siempre el primero de la clase. ¿Por qué se había vuelto tan irritable? ¿Por qué, sobre todo, un hombre como él perteneciente a la buena sociedad, se situaba a la misma altura de los escritores mediocres, los vividores de la pluma? ¿Por qué les hacía el honor de darles beligerancia? ¿Valía la pena? Esto no le agradó a Vronski, pero a pesar de ello se sentía casi compadecido de aquel infortunado. Le parecía leer en su bello y expresivo semblante los signos precursores de la locura.

Goleníschev, absorbido por su teoría, ni siquiera se dio cuenta de la entrada de Anna. Cuando ésta, en traje de paseo y jugueteando con su sombrilla, se detuvo al lado de los conversadores, Vronski se sintió feliz al sustraerse a la mirada fija y febril de su interlocutor, para dirigir sus ojos llenos de amor a los de su encantadora amiga, estatua viva de la alegría de vivir. Goleníschev tuvo que hacer un pequeño esfuerzo para recobrar su autodominio y permaneció unos momentos triste y taciturno. Pero Anna, que en aquel tiempo se sentía muy bien dispuesta hacia todo el mundo, supo sacarle enseguida de apuros distrayéndole con sus maneras sencillas y llenas de jovialidad. Poco a poco le fue introduciendo en el tema de la pintura, sobre el que disertaba como un experto en la materia. De esta manera llegaron al *palazzo*, que visitaron detenidamente.

—Hay una cosa que me gusta particularmente en nuestra nueva morada —dijo Anna a Goleníschev, cuando regresaban—. Y es que Alexiéi tendrá un *atelier* muy bonito. Tú te instalarás en esta habitación, ¿verdad?

Ella tuteaba a Vronski en ruso delante de Goleníschev, a quien consideraba ya como una persona a quien se podía confiar la intimidad de la vida solitaria que iban a emprender.

—¿De modo que pintas? —preguntó Goleníschev, volviéndose, con vivacidad a Vronski.

—En otro tiempo ya me dedicaba a eso intensamente, y ahora me he vuelto a ocupar un poco —respondió Vronski, mientras se le coloreaban las mejillas.

—Tiene verdadero talento —dijo Anna, radiante—. Yo no puedo opinar como un buen juez en el asunto, pero esa es la opinión de entendidos que hablan seriamente.

## Capítulo VIII

AQUEL primer periodo de liberación moral y de recuperación de salud fue para Anna una época de alegría exuberante. La idea del mal que había causado no alcanzó a emponzoñar su embriaguez de dicha. Sus pensamientos no podían detenerse en aquellos recuerdos demasiado dolorosos, y, además, ¿no debía al infortunio de su marido una felicidad suficientemente grande para borrar la huella de los remordimientos? Los acontecimientos que habían seguido a su enfermedad la reconciliaron, y luego la nueva ruptura con Alexiéi Alexándrovich, la noticia del suicidio frustrado de Vronski, su aparición inesperada, los preparativos del divorcio, los adioses a su hijo, la partida de la casa conyugal, todo aquello se le antojaba una pesadilla de la que le había liberado su viaje al extranjero con Vronski. El recuerdo del daño causado al marido le producía un sentimiento como de repugnancia, y parecido al del náufrago que se desembaraza de otro náufrago aferrado a él, el cual se ahoga sin su ayuda. Claro que estaba mal, pero era la única salvación, y era mejor no recordar los terribles detalles.

Un razonamiento consolador acudió a su mente: «Después de todo —se decía ella desde el primer momento de la ruptura—, el mal que yo le he causado a ese hombre era inevitable, pero al menos no me aprovecharé de su desdicha. Y puesto que le hago sufrir, yo también sufriré. Renuncio a lo que me era más querido en el mundo, a mi hijo, a mi reputación. Puesto que he pecado, no quiero bienestar, ni divorcio. Acepto la vergüenza y el dolor de la separación.»

Pero pese a su verdadero deseo de sufrir, no sufría, ni sentía vergüenza. Tanto Vronski como ella tenían suficiente tacto para evitar en absoluto los reencuentros —sobre todo de las damas rusas— a fin de no quedar situados en una falsa posición. Las pocas personas con las cuales habían entrado en relaciones tenían la apariencia de comprender su posición mejor que la comprendían ellos mismos. En cuanto a la separación de su hijo, tampoco hacía sufrir mucho a Anna al principio. Unida apasionadamente a su hijita, una chiquilla deliciosa, no pensaba en Seriozha más que raras veces.

El deseo de vivir, acrecido con la convalecencia, era tan fuerte y las condiciones de vida tan nuevas y agradables, que Anna se sentía inmensamente dichosa. Cuanto más conocía a Vronski, más lo amaba. Lo quería por ser como era y por su amor hacia ella. El poseerlo por completo era una dicha permanente. Su proximidad siempre la deleitaba. Juzgaba exquisitos todos los rasgos de su carácter, encontraba algo de noble y de grande en cada una de sus palabras, en sus pensamientos, en sus actos; su cambio de traje, simplemente, la arrebataba como una rapaza enamorada. En vano se esforzaba buscándole algún defecto, y asustada precisamente de aquella admiración excesiva, se guardaba muy bien de confesársela, ante el temor de que, subrayando así su propia nulidad, pudiera inducirle a distanciarse de ella. En efecto, la idea de perder su amor se le hacía intolerable. Por lo demás, ese terror no estaba justificado en modo alguno por la conducta de Vronski. Jamás había éste demostrado el menor sentimiento por haber sacrificado a su pasión una carrera, donde ella no dudaba que le habría esperado un brillante provenir. Jamás se había mostrado él tan respetuoso, tan preocupado por la zozobra que Anna sentía en su nueva situación. Aquel hombre tan imperioso abdicaba su voluntad ante la suya, y no buscaba otra cosa que satisfacer sus mínimos deseos. ¿Cómo no iba ella a apreciar el valor de estas pruebas de abnegación? Sin embargo, a veces experimentaba algo de hastío al verse objeto de tan constantes atenciones.

En cuanto a Vronski, a pesar de la realización de sus más caros deseos, no se sentía totalmente feliz. Eterno error de los que creen hallar la felicidad en el cumplimiento de todos sus caprichos. No poseía más que algunas partículas de aquella inmensa felicidad soñada por él. Los primeros tiempos que siguieron a su unión con Anna y a vestir el traje civil, sintió el atractivo de la libertad en general, que antes no conocía, y de la libertad en el amor, y fue feliz, pero por poco tiempo. Pronto de manifestó en su alma el deseo de los deseos: la añoranza. De una manera casi inconsciente buscó un nuevo objetivo a sus anhelos, y confundió caprichos pasajeros con aspiraciones elevadas. Tenía que ocupar en algo las dieciséis horas diarias, ya que vivían en el extranjero en completa libertad, fuera del círculo de deberes sociales que constituían su misma vida en Peterburgo. No había ni que pensar en las diversiones de soltero de sus anteriores viajes al extranjero, puesto que el intento en este sentido de una cena tardía con unos amigos, produjo una inesperada e insólita tristeza de Anna. La situación que atravesaban no les permitía de ningún modo entablar relaciones amistosas, ni con la colonia rusa ni con la sociedad local. En cuanto a las curiosidades del país, aparte de que ya las conocía, no les atribuía en su calidad de ruso y de hombre de talento, la importancia exagerada que los ingleses asignaban a esta clase de cosas. Lo mismo que un animal hambriento se precipita sobre la primera presa que cae a su alcance, Vronski se arrojaba de un modo inconsciente sobre todo aquello que podía servir de pasto a su inspiración: política, pintura, libros nuevos...

En su juventud había dado muestras de disposiciones especiales para la pintura y, no sabiendo qué hacer de su dinero, había adquirido una colección de grabados. Este fue un aliciente más en sus aficiones pictóricas, para las cuales no le faltaba buen gusto, poseyendo un don de imitación que confundía con la facultad artística. Creíase capaz de abordar todos los géneros de pintura: histórica, religiosa, paisaje, pero no sospechaba que se pudiera obedecer únicamente a la inspiración sin preocuparse lo más mínimo del mundo de los géneros. Así, pues, en lugar de observar la vida real, no veía ésta más que a través de las encarnaciones del arte; no podía producir más que simples imitaciones agradables a la vista y de fácil ejecución. Se aferraba sobre todo a las obras graciosas y efectistas de la escuela francesa, y con este estilo comenzó a pintar un retrato de Anna en traje regional italiano. Todos los que vieron este cuadro una vez terminado, parecieron tan contentos de él como el mismo autor.

## Capítulo IX

CON sus altos plafones modelados, sus paredes cubiertas de frescos, su suelo de mosaico, sus tupidas cortinas amarillas colgando de las ventanas, sus grandes vasijas sobre las chimeneas y consolas, sus puertas esculpidas, sus habitaciones oscuras adornadas con cuadros, el viejo *palazzo* un poco destartalado en el que acababan de instalarse, entretuvo a Vronski en una agradable ilusión: ya no se creía tanto un propietario ruso, coronel retirado, como un aficionado al arte, que se dedicaba modestamente a la pintura después de haber sacrificado su mundo y su ambición al amor de una mujer.

Su nuevo papel satisfizo durante algún tiempo a Vronski tanto más cuanto que Goleníschev le puso en contacto con algunas interesantes personalidades. Bajo la dirección de un profesor italiano, empezó haciendo unos estudios al natural, y fue tan ardoroso el entusiasmo que le entró por la Edad Media italiana, que acabó por llevar sombrero y una capa a la moda de aquella época, aparte de que estas prendas le sentaban bastante bien.

Una mañana entró en su casa Goleníschev.

—Bueno —le dijo Vronski—, no sabemos nada, ni siquiera lo que pasa a nuestro alrededor. Vamos a ver, ¿has visto el cuadro de Mijáilov?

Y le presentó un periódico ruso que acababa de recibir. Traía un artículo sobre la sensación que había causado un artista ruso de este nombre establecido en aquella misma ciudad, donde había dado la última pincelada a un lienzo, ya célebre, y vendido antes de acabarlo. En términos severos, el autor del artículo culpaba al Gobierno y a la Academia de Bellas Artes de haber dejado sin recursos ni estímulos a un artista de tan considerable valor.

—Lo he visto —respondió Goleníschev—. Mijáilov no carece de mérito, pero sus tendencias son radicalmente falsas. Enfoca la figura de Cristo y la pintura religiosa según las ideas de Ivanov, de Strauss, de Renan.

—¿Cuál es el asunto del cuadro? —preguntó Anna.

—Cristo delante de Pilatos. Mijáilov hace de Cristo un judío concebido según los preceptos más absolutos de la nueva escuela realista.

Y como éste era uno de sus temas favoritos, Goleníschev se enzarzó en el mismo sin dilación:

—No me explico cómo pueden equivocarse tan colosalmente. La figura de Cristo ya ha quedado bien definida en el arte por los antiguos maestros. Si sienten la necesidad de representar a un sabio o a un revolucionario, que cojan a Sócrates, Franklin, Carlota Corday, los que quieran, pero no a Cristo. Es el único personaje al que el arte no debería tocar, y...

—¿Es verdad que el tal Mijáilov está desprovisto de recursos? —preguntó Vronski, que sintiéndose un mecenas ruso, creía su deber acudir en ayuda del artista sin preocuparse para nada del valor del cuadro.

—Lo dudo, porque es un retratista de gran talento. ¿No habéis visto su retrato de la señora Vasílchikova?... Pero también puede ser que esté pasando apuros, porque he oído decir que no quiere pintar más retratos. Y yo decía que...

—¿No se le podría pedir que hiciera el de Anna Arkádievna?

—¿Por qué el mío? —objetó Anna—. Después del tuyo, no me interesa ningún otro. Mejor es que hagamos el de Ania (así era como llamaba a su hija). Precisamente aquí está —añadió, mostrando a través de la ventana a la bella nodriza que acababa de bajar la niña al jardín, y lanzaba una mirada furtiva hacia Vronski. Aquella italiana, cuya hermosura y tipo medieval habían causado admiración a Vronski —que además había pintado su cabeza—, era el único punto negro en la vida de Anna. Temiendo estar celosa y no atreviéndose a confesarlo, colmaba a aquella mujer y a su hijo de obsequios y de atenciones.

Vronski miró también por la ventana; después, al encontrarse con los ojos de Anna, se volvió a Goleníschev:

—¿Conoces a ese Mijáilov?

—Le he visto una o dos veces. Es un hombre original sin ninguna preparación, uno de esos talentos vírgenes que tanto se ven ahora, ya sabéis, de esos librepensadores que *d' emblée* [1] hacen profesión de ateísmo, de materialismo, la negación de todo. Antes —prosiguió Goleníschev, sin dejar que Anna ni Vronski pronunciaran una palabra— el librepensador era un hombre educado en el respeto a la religión, a la ley, a la moral, que no llegaba a serlo sino después de muchas luchas interiores, pero ahora poseemos un tipo nuevo, los librepensadores que presumen sin que jamás hayan oído hablar de leyes morales ni de religiones, que niegan la existencia de ciertas autoridades y no poseen más que el sentido simple de la negación, como los salvajes. Mijáilov es de éstos. Hijo, según creo, de un mayordomo moscovita, no ha recibido ninguna instrucción. Después de pasar por la Escuela de Bellas Artes y adquirir alguna reputación, ha querido también instruirse, porque no tiene nada de tonto. Para eso ha recurrido a lo que le parecía fuente de toda ciencia, es decir, a los periódicos y las revistas. Antaño, si alguien (un francés, por ejemplo) quería instruirse,

---

[1] de golpe. (En francés en el original.)

¿qué hacía? Estudiaba los clásicos, teólogos, dramaturgos, historiadores, filósofos. Ya ven la enorme tarea que le aguardaba. Pero en nuestro tiempo todo se ha simplificado. Se lanza uno a la literatura subversiva y se asimila rápidamente un extracto de esta ciencia, y ya está formado el hombre. Es más, hace una veintena de años, esa literatura conservaba todavía huellas de la lucha contra las tradiciones seculares, y por lo mismo de esta lucha habría comprendido que antes había existido algo diferente; pero ahora se aplica directamente a una literatura que no se digna siquiera discutir los conceptos seculares, sino que dice sin preámbulos: no hay nada, sólo *évolution*, selección, lucha por la existencia. En mi artículo...

Hacía rato ya que Anna cambiaba miradas furtivas con Vronski; se daba cuenta de que éste se interesaba mucho menos por el estado de espíritu de Mijáilov que por el papel de mecenas que pensaba desempeñar cerca de él, y encargarle un retrato.

—¿Sabe usted lo que hay que hacer? —interrumpió ella, cortando resueltamente la verborrea de Goleníschev—. Vamos a ver a ese pintor.

Goleníschev consintió con mucho gusto, y como el estudio del artista se encontraba en un barrio apartado, decidieron tomar un coche. Al cabo de una hora Anna, junto con Goleníschev y Vronski en el asiento delantero, llegaron a una casa nueva y hermosa de dicho barrio. La mujer del portero les manifestó que en aquel momento, Mijáilov estaba en su casa, a dos pasos de allí. Le enviaron, pues, sus tarjetas con el ruego de que les permitiera entrar para ver sus cuadros.

## Capítulo X

Mijáilov estaba, como siempre, trabajando cuando le trajeron las tarjetas del conde Vronski y de Goleníschev. Después de haberse pasado la mañana pintando en su estudio, al volver había tenido una violenta discusión con su mujer, que no había sabido contestar adecuadamente a la dueña de la casa, que pedía el dinero del alquiler.

—Te he dicho veinte veces que no discutas con ella. Eres necia a más no poder, pero lo eres triplemente cuando te lanzas a dar esas explicaciones en italiano —declaró a modo de conclusión.

—Y tú también, ¿por qué no liquidas con ella a su debido tiempo? Eso no es falta mía. Si tuviera dinero...

—¡Déjame tranquilo, en nombre del Cielo! —exclamó Mijáilov, con voz angustiada.

Inmediatamente se retiró a su cuarto de trabajo, que un tabique separaba de la habitación común, se encerró con llave y se tapó los oídos.

—Es que no tiene sentido común —se decía, sentándose a la mesa. Y se puso a trabajar con un ardor inusitado.

El caso es que nunca le salían mejor los dibujos que cuando le faltaba dinero y, sobre todo, cuando tenía una disputa con su mujer.

—¡Ay, el diablo me lleve! —refunfuñaba mientras iba dibujando. Había comenzado el boceto de un hombre presa de un acceso de cólera. Ya había hecho el dibujo antes, pero estaba descontento de cómo le salía.

—No, decididamente —se dijo—. Mi primer diseño estaba mejor. ¿Dónde lo habré metido?

Entró de nuevo a la habitación donde estaba su mujer y, sin dirigirle siquiera una mirada, preguntó a la mayor de sus hijas dónde estaba el dibujo que le había dado. Se encontró al fin, pero todo manchado, cubierto de gotas de cera. Tal y como estaba lo cogió, lo puso sobre la mesa y lo examinó a distancia, con ojos entornados. Bruscamente, su fisonomía se iluminó con una sonrisa e hizo un gesto de satisfacción.

—¡Esto era, esto era! —exclamó. Y cogiendo al momento un lápiz, se puso a dibujar febrilmente. Una de las manchas de cera daba al cuerpo del hombre colérico una nueva actitud.

De pronto, cuando dibujaba aquella postura se acordó de los rasgos enérgicos y el mentón prominente del vendedor de cigarros; los asignó también a su personaje, y el esquema dejó de ser una cosa vaga y muerta para adquirir vida y carácter definitivos. Se podían aportar algunas modificaciones de detalle, como separar más las piernas, cambiar la posición del brazo izquierdo, retirar un poco hacia atrás los cabellos. Con estos retoques no variaba la figura, sino que eliminaba lo que la ocultaba. Como si le quitase los velos que impedían verla completa. Cada nuevo trazo comunicaba más relieve a la figura mostrándola en todo su vigor, tal como repentinamente la mancha de cera le había hecho concebir. Se echó a reír complacido.

Cuando estaba acabando su dibujo, cosa que hacía con bastante cuidado, le trajeron las dos tarjetas.

—¡Ya voy, ya voy! —respondió.

Y volvió a la habitación con su mujer.

—Vamos, Sasha, no estés enfadada —le dijo con una sonrisa tierna y tímida—. Los dos hemos tenido la culpa. Yo arreglaré las cosas.

Reconciliado con su esposa, se cubrió con un paletó color de oliva con cuello de terciopelo, se puso el sombrero y salió con dirección al estudio. El diseño estaba olvidado. Ya no pensaba más que en la visita de aquellos altos personajes rusos venidos en coche para ver su cuadro, aquel cuadro que en su fuero interno estimaba como de lo mejor en su género. Y no era que lo juzgase superior a los de Rafael, pero la impresión que se sacaba de él parecía enteramente nueva. A pesar de esta convicción, que partía del momento en que había comenzado la obra, atribuía una extrema importancia al juicio del público, y la expectación de este juicio le conmovía hasta el fondo del alma. La observación más insignificante que acudiera en apoyo de su tesis, le sumía en transportes de júbilo. A sus críticos les reconocía una profundidad de análisis de la que él mismo carecía, y esperaba con ansiedad que descubriesen en su cuadro aspectos que él todavía no había vislumbrado. Y frecuentemente ocurría así.

Se acercó con paso rápido a la puerta del estudio y se sintió sorprendido —a pesar de la emoción que le embargaba— al ver a Anna, que, de pie en la penumbra del portal, escuchaba las animadas explicaciones de Goleníschev y, al mismo tiempo, trataba de mirar al pintor que se acercaba. Éste, de una manera inconsciente, sepultó enseguida aquella fugaz impresión en algún rincón de su cerebro, de donde ya la exhumaría alguna vez, como el mentón del vendedor de cigarros.

La peroración de Goleníschev había predispuesto muy mal a los visitantes con respecto al pintor, y su facha exterior vino a confirmar sus prevenciones. Con su marcha agitada, su ancha cara vulgar donde la arrogancia y la timidez se disputaban el dominio de la expresión, aquel hombre rechoncho con pretensiones de gallardía, embutido en un paletó color oliva y pantalón estrecho pasado de moda, les causó un desencanto notorio.

—Háganme el honor de entrar —dijo afectando un aire indiferente, mientras franqueaba a los visitantes la entrada del estudio.

## Capítulo XI

Apenas hubieron entrado, Mijáilov echó otro vistazo sobre sus visitantes. La expresión del rostro de Vronski y, sobre todo, sus pómulos, se grabaron instantáneamente en su imaginación. A pesar de que el sentido artístico de aquel hombre no descansaba, acopiando materiales sin cesar; a pesar de sentir una emoción cada vez mayor al acercarse el momento de oír el juicio sobre su trabajo, rápida y sutilmente se formó un concepto de aquellas tres personas, basándose en indicios apenas perceptibles. Goleníschev era un ruso establecido en Italia, pero no se acordaba en absoluto de su nombre, ni el lugar donde le había conocido, ni de las palabras que habían cambiado, sino simplemente de su cara, como le pasaba con todos los que había tratado, y recordaba que esta cara la había clasificado en una inmensa categoría de las fisonomías carentes de carácter, a pesar de su falso aire de originalidad. Sus cabellos largos y una frente muy despejada daban a aquella cabeza una individualidad de pura apariencia, mientras que en el estrecho entrecejo se concentraba una expresión de inquietud pueril. En cuanto a Vronski y Anna, Mijáilov veía también en ellos unos rusos distinguidos, que sin comprender nada en materia de arte, fingían como todos los rusos ricos, amar y apreciar el arte.

«Seguramente —pensaba— éstos han recorrido todos los museos, y después de haber visitado a algún charlatán de Alemania y a algún seudoentendido en prerrafaelismo de Inglaterra, se han dignado venir a verme para completar su jira artística.»

Mijáilov sabía muy bien que al visitar los estudios de artistas contemporáneos, los diletantes —empezando por los más inteligentes entre ellos— no tienen otra finalidad que proclamar, con conocimiento de causa, la superioridad del arte antiguo sobre el moderno, que el arte ha decaído y que cuanto más observan a los nuevos, más se persuaden de lo inimitables que son los grandes maestros antiguos. Todo esto era lo que esperaba, y lo que leía en la indiferencia con que sus visitantes conversaban entre sí, paseándose por el estudio y deteniéndose a contemplar los bustos y los maniquíes, esperando que les descubriese el cuadro. No obstante, a pesar de esta prevención y el íntimo convencimiento de que unos rusos ricos y de alta cuna no podían ser más que unos imbéciles y unos brutos, les acompañaba en su recorrido por el estudio, alzaba las cortinas y, al llegarle el turno a su cuadro, descubrió el lienzo con mano temblorosa, porque no podía disimular que Vronski, y sobre todo Anna, le había impresionado favorablemente.

—Si les parece a ustedes —dijo frenando su marcha desgarbada y retrocediendo unos pasos para mostrar su cuadro a los espectadores— pueden ver este lienzo. Cristo delante de Pilatos. Mateo, capítulo XXVII.

Sintió que le temblaban los labios de emoción, y dio unos pasos atrás para dejar delante a sus huéspedes. Por espacio de unos segundos, Mijáilov contempló también en silencio su propia obra con aire indiferente, como si hubiera sido uno de los espectadores. De aquellas tres personas, a las que hacía un instante despreciaba, esperaba ahora una sentencia infalible. Olvidando su propia opinión, los méritos incontestables que él reconocía a su obra desde hacía tres años, la veía con mirada glacial y crítica como aquellos extraños, sin concederle nada bueno de antemano. En primer plano destacaban el ceño fruncido de Pilatos y la expresión serena de Cristo; en segundo, los soldados del procónsul y el rostro de Juan, a la escucha. Cada una de estas figuras había sido para él una fuente de tormentos y de alegrías. ¡Qué de estudios, qué de retoques para profundizar el carácter particular, para ponerlo en armonía con la impresión de conjunto! Y ahora todas las figuras sin excepción, tanto en sí mismas como en los pormenores de tono y colorido, le parecían pobres, vulgares, sin ninguna originalidad. La expresión misma de Cristo, punto central del cuadro y objeto principal de su entusiasmo, le parecía sólo una buena copia —peor aún, una mala copia, porque en el acto le descubrió muchos defectos— de los innumerables Cristos del Ticiano, de Rafael, de Rubens. El mismo pastiche resultaba Pilatos. El mismo pastiche los soldados. Decididamente, todo aquello no era más que antigualla, mezquindad, pintarrajo y baratillo. ¡Qué merecidas serían las frases cortésmente hipócritas que iban a escuchar! ¡Cuánta razón tendrían sus visitantes, compadeciéndole y burlándose de él una vez fuera!

Aquel silencio, que no duró más de un minuto, le angustió de tal modo que para disimular su ansia tomó el partido de dirigir la palabra a Goleníschev.

—Creo haber tenido el honor de conocerle —dijo, aunque sus miradas inquietas erraban de Anna a Vronski, sin perder detalle del juego de sus fisonomías.

—Ya lo creo; nos hemos visto en casa de Rossi. ¿No se acuerda de aquella señorita italiana, una tarde, que nos hizo una declamación, la nueva Rachel...?

Goleníschev había respondido en tono ligero, apartando los ojos del cuadro sin ningún esfuerzo aparente. Pero como vio que Mijáilov esperaba un comentario, añadió:

—Su obra ha progresado mucho desde la última vez que la vi, y ahora, como entonces, me siento sorprendido viendo su interpretación de Pilatos. Es el tipo auténtico del hombre bueno, simpático, pero funcionario inflexible hasta la médula, que no sabe lo que se hace. Pero me parece...

El semblante inquieto de Mijáilov se iluminó por completo, le brillaron los ojos, quiso responder, pero se lo impidió la emoción y tuvo que fingir un acceso de tos. Aquella observación de un detalle, estricta, pero más bien hiriente porque omitía lo principal, y de ningún valor para él, puesto que tenía en tan baja estima el instinto artístico de Goleníschev, le llenó de alegría. Él opinaba lo mismo que Goleníschev sobre la figura de Pilatos. El que esa opinión fuese una de millones de otras opiniones justas, como Mijáilov sabía muy bien, no disminuía a sus ojos la importancia de la observación de Goleníschev. Sintió un repentino afecto por el nuevo crítico y pasó bruscamente del abatimiento al entusiasmo. Para él, su cuadro había recobrado aquella vida tan compleja y tan profunda. Intentó confirmar a Goleníschev en su opinión de que, efectivamente, era así como él comprendía a Pilatos, pero de nuevo sus labios temblorosos le impidieron hablar. A su lado, Anna y Vronski conversaban en voz baja, como suele hacerse en las exposiciones de pintura, en parte por no correr el riesgo de defraudar al autor, y en parte, por no decir en voz alta alguna de esas observaciones absurdas que tan fácilmente se escapan cuando se habla de arte. Mijáilov creyó notar que les agradaba el cuadro, y se aproximó a ellos.

—¡Qué admirable expresión tiene este Cristo! —ponderó Anna con acento de sinceridad. La figura del Salvador le atraía, en efecto, más que cualquier otra. Sabía que aquella era la figura capital, y que elogiarla sería complacer al artista—. Se ve —añadió— que tiene piedad de Pilatos.

Aquella era otra de las mil apreciaciones justas y triviales que se podían hacer del cuadro y de la figura de Cristo. Ella dijo que compadecía a Pilatos. Los rasgos de Cristo debían expresar compasión, porque manifestaban el amor, la serenidad ultraterrena, la resignación a morir y la conciencia de la inutilidad de las palabras. Pilatos tenía forzosamente que representar la vida carnal por oposición a Jesús, modelo de la vida espiritual, y por consiguiente, tener el aspecto de un vulgar funcionario. Todo esto y mucho más pasó por la mente de Mijáilov y, de nuevo, su rostro de volvió a iluminar.

—¡Esto sí que es pintura! ¡Qué aire alrededor de esta figura! Se le podría dar la vuelta —observó Goleníschev, queriendo mostrar sin duda con esta observación que no aprobaba aquella representación tan realista de Cristo.

—Sí, es sorprendente esa facilidad de ejecución —comentó Vronski—. ¡Qué relieve el de esas figuras de segunda fila! Eso es lo que se llama técnica —añadió, sumándose a la intención de Goleníschev, al que había confesado recientemente su incapacidad de adquirir aquella técnica.

—Sí, sí, es sorprendente —confirmaron Anna y Goleníschev. Pero la observación de Vronski hirió en lo más vivo a Mijáilov, que lo miró con aire descontento.

Él no comprendía bien el sentido de la palabra «técnica», pero había notado muchas veces, incluso en los mismos elogios que le dirigían, que solían oponer la habilidad técnica al mérito intrínseco de la obra, como si fuera posible pintar con talento una mala composición. No ignoraba que hacía falta mucha habilidad en los dedos para desgarrar, sin causar ningún daño a la impresión general, los velos, las apariencias que ocultan la verdadera figura de los objetos; pero, según él, aquello no entraba en el dominio de la técnica. Aquella habilidad de ver lo que él veía se le podía conceder a un niño, a una cocinera, que ellos ya sabrían dar cuerpo a su visión, en tanto que un rutinario, un practicón, el más sutil, no sabría pintar nada mecánicamente sin que se le diera de antemano una visión lo más concreta posible de su obra. Por otra parte, estimaba que la técnica, puesto que la técnica existía, constituía precisamente su punto débil: en todas sus producciones había ciertos defectos que saltaban a la vista, y provenían precisamente de la falta de prudencia con la cual había despojado a los objetos de los velos que los disimulaban, y que no podía corregir sin estropear el conjunto de la obra. Y en casi todas las figuras y rostros veía estos restos de defectos no bien corregidos aún que afeaban el cuadro.

—La única objeción que yo me permitiría hacer, si usted no tiene inconveniente... —insinuó Goleníschev.

—Hágala, por favor —respondió Mijáilov con forzada sonrisa.

—Es que usted ha pintado al hombre-dios, y no al Dios hecho Hombre. Ya sabía yo, desde luego, que tal era su intención.

—Yo no puedo pintar a Cristo más que tal como yo lo comprendo —declaró Mijáilov con tono sombrío.

—En ese caso, perdone que le exponga un punto de vista que me es particular. Su cuadro es tan notable que mi objeción no podría hacerle ningún perjuicio. Por lo demás, su tema es un caso especial. Pero, pongamos por ejemplo a Ivanov. ¿Por qué ha reducido a Cristo al papel de figura histórica? Más le hubiera valido escoger un tema nuevo, menos debatido...

—¿Pues no es ese tema el mayor de todos?

—Buscando, se encontrarían otros. El arte, en mi opinión, no resiste las discusiones. Ahora bien, delante del cuadro de Ivanov todo el mundo, creyentes e incrédulos, se plantea la misma pregunta: ¿Se trata, sí o no de un Dios? Con lo que la unidad de impresión queda así destruida.

—¿Y eso por qué? Me parece que para las personas ilustradas, la duda no es posible.

Goleníschev no participaba de su opinión y, firme en su idea, enfrascó al pintor en una discusión en la que éste, excitado, no encontró medios para defenderse.

## Capítulo XII

Tras largo rato, Anna y Vronski, aturdidos por la sabia locuacidad de su amigo, cambiaban miradas que denotaban su aburrimiento, y al fin optaron por continuar solos la visita del estudio y se detuvieron delante de un cuadro de reducidas dimensiones.

—¡Qué alhaja! ¡Esto sí que es encantador, qué delicioso! —exclamaron al unísono.

«¿Qué será esto que tanto les gusta?», pensó Mijáilov. Durante meses había estado completamente absorbido por aquel cuadro, pasando día y noche en un estado alternativo de entusiasmo y desesperación, pero hacía tres años que lo había acabado y ya no había vuelto a pensar siquiera en él, ni se había dignado dirigirle una mirada. Análoga suerte esperaba, desde luego, a todos sus lienzos, y si había expuesto éste era accediendo a ruegos de un inglés, que al principio había mostrado deseos de comprarlo.

—No es nada, un antiguo ensayo —declaró.

—¡Pero si esto es arrebatador! —repuso Goleníschev, que parecía también conquistado por el encanto del segundo cuadro.

Dos muchachos estaban pescando a la sombra de unos sauces. El mayor acababa de echar su sedal al agua y desprendía el flotador, amarrado a un tronco. Se le veía absorbido por esta grave tarea. El otro, tendido en el césped, apoyaba en el brazo su cabeza de cabellos rubios y enmarañados, mientras miraba el agua con sus ojos azules y pensativos. ¿En qué estaría pensando?

El entusiasmo despertado por este ensayo pictórico volvió un poco a Mijáilov a su emoción anterior, pero como sentía mucho despego de las vanas reminiscencias del pasado, no concedió importancia a estos elogios halagadores y quiso conducir a sus huéspedes hacia un tercer cuadro. Habiéndole preguntado Vronski si el ensayo estaba a la venta, encontró inoportuna esta alusión al dinero y respondió, frunciendo el entrecejo:

—Está expuesto para la venta.

Al retirarse los visitantes, Mijáilov se sentó delante del cuadro de Cristo y Pilatos y se puso a meditar acerca de lo que aquéllos habían dicho o dejado entrever. Cosa extraña, los comentarios aquellos, que tanto peso parecían tener cuando estaban presentes los visitantes y él se situaba en su mismo punto de vista, perdían ahora toda su significación. Al considerar su propia obra con mirada de artista, se reafirmó en la plena convicción de que poseía un valor muy alto, y recobró, por consiguiente, aquella disposición de espíritu que tan necesaria le era para seguir trabajando.

La pierna de Cristo, en escorzo, no tenía, sin embargo, la forma exacta que él había querido darle; cogió la paleta y se puso a corregir lo hecho. Se fijó después en la persona de San Juan, que destacaba al fondo, y que él consideraba como la última palabra de la perfección, y en la que, sin embargo, no habían reparado los visitantes. Se propuso hacerle un retoque, pero para trabajar bien tenía que estar menos emocionado y encontrar el justo término medio entre la frialdad y la exaltación. Por el momento se sentía poseído de una fuerte excitación. Quiso tapar el cuadro, mas se detuvo. Sosteniendo el paño con una mano, sonrió con éxtasis a su San Juan. Por fin, sustrayéndose con gran pena a su contemplación, dejó caer el paño y emprendió el regreso a su casa, fatigado pero feliz.

Al entrar en el *palazzo*, Vronski, Anna y Goleníschev departieron animadamente sobre Mijáilov y sus cuadros. La palabra «talento» se repetía con frecuencia en sus frases; por tal entendían no solamente un don innato, casi físico, independiente del espíritu y del corazón, sino algo más amplio cuyo verdadero sentido no captaban en modo alguno. Así pues, sin negarle este don, estimaban que su falta de cultura no le había permiti-

Anna Karénina, en dibujo de Rudakov.

do desarrollarlo, defecto común a todos nuestros artistas rusos. Pero el caso es que no podían olvidar los pequeños pescadores de caña.

—¡Qué cosa más bonita es su simplicidad! —ponderó Vronski—. ¡Y pensar que él no comprende su valor! No dejemos escapar la ocasión.

## Capítulo XIII

VRONSKI compró el pequeño cuadro y al mismo tiempo encargó a Mijáilov que hiciese el retrato de Anna. El artista acudió el día indicado y comenzó un esbozo que, a partir del quinto día, llamó la atención de todo el mundo, y en particular de Vronski, por el parecido y por la fina percepción con que había interpretado la belleza de la modelo.

«Se necesita amar a Anna como yo la amo —se dijo Vronski— para descubrir sobre este lienzo el encanto inmaterial que la hace tan seductora.»

En realidad, era el retrato el que le revelaba esta nota exquisita, pero era tal la exactitud con que se reflejaba en el lienzo, que otros coincidieron con él y se imaginaban conocer esta característica desde siempre.

—Yo he estado mucho tiempo luchando por conseguirlo, sin llegar a nada —decía Vronski refiriéndose al retrato que había hecho de Anna— y en cambio ha venido éste, no ha tenido más que mirarla una vez y ya está todo hecho. ¡Eso es lo que yo llamo técnica!

—Eso llegará —decía Goleníschev para consolarle, pues a sus ojos, Vronski tenía talento, y su formación cultural tenía que permitirle una alta realización del arte. Por lo demás, este juicio favorable se basaba sobre todo en la necesidad que Goleníschev tenía de los elogios y de la simpatía de Vronski para sus propios trabajos, presintiendo que los elogios y apoyos deberían ser recíprocos.

· Fuera del estudio, Mijáilov parecía otro hombre. En el palacio, sobre todo, se mostraba respetuoso con afectación y evitaba toda intimidad con gente que, en el fondo, no estimaba nada. Llamaba a Vronski «vuestra excelencia», y a pesar de las reiteradas invitaciones que le hicieron, nunca aceptó quedarse a comer. No se le veía más que en las horas en que posaba su modelo. Anna le profesaba, a causa de su retrato, un gran reconocimiento y le demostraba más afabilidad que a muchas otras personas. Vronski le trataba con muchas consideraciones, y, evidentemente, le interesaba conocer la opinión del pintor sobre el cuadro. Goleníschev no desaprovechó ninguna ocasión para inculcarle ideas sanas sobre el arte. Tiempo perdido: Mijáilov se mantenía en una fría reserva. Anna sentía, sin embargo, que posaba de buen grado su mirada sobre ella, aunque evitando siempre dirigirle la palabra; a los esfuerzos de Vronski por hacerle hablar de su pintura, oponía un silencio obstinado. Tampoco fue más locuaz cuando le presentaron a su aprobación el cuadro de Vronski. En cuanto a los discursos de Goleníschev, los escuchaba con hastío y no se molestaba en contradecirlos.

Esta sorda hostilidad produjo en los tres una penosa impresión, y experimentaron un verdadero alivio cuando terminaron las «poses» y Mijáilov cesó de venir al palacio, dejando como recuerdo suyo un retrato admirable. Goleníschev fue el primero en expresar la idea de que el pintor tenía envidia de Vronski.

—Envidia es demasiado decir, sin duda, ya que él tiene talento; en todo caso, no puede soportar que un hombre de altas cualidades, rico y conde por añadidura (cosas éstas que esa gente detesta), llegue sin grandes molestias a hacer su trabajo igual, si no mejor que él, que ha consagrado toda su vida a la pintura. Y luego —¿cómo no?— está la cuestión de la educación.

Vronski, aunque encargándose resueltamente de la defensa del pintor, daba en el fondo la razón a su amigo: en su convicción íntima estimaba que un hombre de situación inferior tenía fatalmente que caer en la envidia.

Los dos retratos de Anna deberían haberle aclarado y demostrado la diferencia que existía entre Mijáilov y él. No se molestó en comprobarlo. Renunció, sin embargo, al suyo, pero pura y simplemente porque lo encontraba superfluo y para dedicarse por entero a su cuadro medieval, del que estaba tan satisfecho como Goleníschev y Anna: Aquel lienzo, en efecto, les recordaba —mucho más que todos los trabajos de Mijáilov— las obras maestras de otros tiempos.

Por su parte, Mijáilov, a pesar del atractivo que el retrato de Anna había tenido para él, se sintió feliz al verse libre de la charlatanería de Goleníschev y de las obras de Vronski. Sabía que no se podía prohibir a Vronski que se distrajera con la pintura, comprendía que éste y todos los diletantes tenían pleno derecho de pintar lo que quisieran; pero le desagradaba. Nadie puede prohibir que un hombre haga una muñeca de cera y la bese. Pero si este hombre llega con su muñeca, se sienta ante dos enamorados y acaricia la muñeca como el enamorado a su amante, el enamorado se sentirá molesto. Este mismo desagradable sentimiento experimentaba Mijáilov al ver la pintura de Vronski, que encontraba ridícula; le producía enojo y lástima, y se sentía ofendido.

La admiración excesiva de Vronski por la pintura y por la Edad Media fue, por lo demás, de corta duración. Tenía bastante instinto artístico para no acabar su cuadro, para reconocer que los defectos, poco aparentes al principio, se hacían más llamativos a medida que avanzaba. Estaba en el mismo caso de Goleníschev, que, sintiendo el vacío de su espíritu, imaginaba madurar sus ideas y hacer acopio de materiales. Pero mientras éste se irritaba, Vronski permanecía perfectamente tranquilo. Incapaz de engañarse a sí mismo y más aún de exasperarse, se limitaba a abandonar la pintura con su decisión de carácter habitual, sin buscar la menor justificación a su fracaso.

Pero la vida sin ocupación se le hizo muy pronto intolerable en aquella ocasión. Anna, sorprendida de su desencanto, pensó enseguida como él. El palacio les pareció de pronto viejo y sucio; las manchas de las cortinas, las grietas de los mosaicos, los desconchados de las cornisas, adquirieron un aspecto sórdido; el asiduo Goleníschev, el profesor italiano y el viajero alemán se les volvieron todos intolerablemente enojosos. Sintieron la imperiosa necesidad de cambiar de vida y decidieron volver a Rusia. Vronski quería detenerse algún tiempo en Peterburgo para concluir allí un acta de partición de herencia con su hermano, y Anna para ver a su hijo. El verano lo pasarían en el soberbio dominio patrimonial de Vronski.

HACÍA cerca de tres meses que se había casado Lievin. Era feliz, pero de una manera distinta a la que él había pensado: ciertos encantos imprevistos le compensaban de numerosas desilusiones. La vida conyugal se revelaba muy diferente de lo que él había soñado. Semejante a un hombre que, habiendo admirado la marcha tranquila y regular de una barca sobre la superficie de un lago, querría llevarla él mismo, sentía la diferencia que existe entre la simple contemplación y la acción. No bastaba quedarse sentado sin hacer movimientos inútiles. Hacía falta sentir el agua bajo los pies, remar; sentir dolor en las manos no acostumbradas, y ver que hacer eso es muy difícil, aunque agradable.

Cuando era soltero, las pequeñas miserias de la vida conyugal, disputas, celos, preocupaciones mezquinas, le provocaban a menudo sarcasmo. Estas cosas jamás ocurrirían en su vida familiar; su existencia íntima no se parecería nunca, ni en sus formas externas, a la de los otros. Y de pronto, en vez de esto, su vida con la mujer no sólo no transcurría de manera peculiar, sino que, por el contrario, se componía de las mismas pequeñeces que tanto había despreciado antes; pero que, contra su voluntad, adquirían una importancia extraordinaria e indiscutible. Lievin vio que la organización de todas esas pequeñeces no era tan fácil como había imaginado. Por más que él se imaginase poseer ideas muy suyas sobre el matrimonio, había creído lo que la mayor parte de los hombres creen: encontrar en él las satisfacciones del amor sin admitir ningún detalle prosaico. El amor debía darle reposo después del trabajo, y su mujer debía contentarse con ser amada; olvidaba completamente que ella tenía también derecho a una cierta actividad personal. Grande fue su sorpresa al ver aquella exquisita, aquella poética Kiti, preocuparse no sólo desde las primeras semanas, sino desde los primeros días de su vida en común del mobiliario, de la ropa de vestir y de cama, de la vajilla, de la comida, de los colchones para los huéspedes, del cocinero, etc. La negativa reiterada de ella, desde los esponsales, a la oferta de un viaje de novios, para venir a instalarse en el campo, había dejado frío a Lievin. Entonces, ¿sabía ella mejor que él lo que les convenía? ¿Era posible que ella pudiera pensar en otra cosa que en su amor? Esto le ofendió entonces y, después, varias veces su diligencia y preocupación por pequeñeces también le ofendieron. Pero veía que ella necesitaba de esta actividad. No obstante, aun haciéndole algún reproche en este aspecto, le causaba placer ver cómo ponía los muebles en sus emplazamientos respectivos, una vez llegados de Moscú; cómo arreglaba un par de habitaciones según su propio gusto, ponía cortinas, reservaba tal habitación para Dolli, instalaba a la doncella, daba instrucciones al viejo cocinero, entraba en discusión con Agafia Mijáilovna y le quitaba las llaves de la despensa. El cocinero sonreía dulcemente al recibir ciertas órdenes fantásticas, imposibles de llevar a cabo, mientras que la vieja ama de llaves sacudía la cabeza con aire pensativo ante las nuevas medidas decretadas por su joven ama. Y ésta, mitad riendo, mitad llorando, acudía a su marido quejándose de que Masha, su doncella, acostumbrada a considerarla una chiquilla, no le hacía caso. Lievin sonreía, pero al ver tan encantadora a su mujer, hubiera preferido que no se mezclase en nada. No adivinaba la sensación del cambio que ella experimentaba después de que en casa de sus padres, a veces, deseaba col con *kvas*, o bombones, sin poder conseguir ni una cosa, ni la otra; y ahora podía pedir lo que quisiera, comprar montones de bombones, gastar el dinero que deseara y pedir los dulces que le agradasen.

Si ella esperaba con impaciencia la llegada de Dolli con los niños, era sobre todo para encargar los dulces preferidos por ellos y para que admirase su instalación. Los detalles caseros la atraían irresistiblemente y, como en previsión de días adversos, hacía su nido al aproximarse la primavera. Este celo por las bagatelas, tan contrario al ideal de dicha soñado por Lievin, fue en algunos aspectos una desilusión, mientras que esta misma actividad, cuyo objeto no acertaba a comprender pero que no podía ver sin complacencia, le parecía en otros aspectos de un encanto insospechado.

Las disputas fueron también causa de sorpresas. Lievin jamás se habría imaginado que entre su esposa y él pudiera haber más relaciones que las de la dulzura, el respeto, la ternura y el afecto. Sin embargo, tuvieron una discusión los primeros días: Kiti le trató de egoísta, derramó lágrimas e hizo gestos de desesperación.

La primera de estas discusiones sobrevino a consecuencia de una excursión que hizo Lievin a la nueva granja: habiendo querido tomar el camino más corto, se perdió y estuvo ausente una media hora más de lo que había dicho. Mientras se aproximaba a la casa, no pensaba más que en Kiti, embriagándose en la idea de su felicidad. Acudió al salón en un estado de ánimo cercano a la exaltación que se había apoderado de él aquel día que la pidió en matrimonio. Un rostro sombrío que no conocía fue el que le acogió. Quiso besar a su mujer. Ella le rechazó.

—¿Qué tienes?

—¡Ah, eso te divierte a ti...! —comenzó ella, en tono frío y amargo.

Pero apenas abrió ella la boca, salieron a relucir aquellos absurdos celos que la habían atormentado durante su espera, sentada junto a la ventana, y estalló en palabras de reproche. Entonces comprendió él claramente, por primera vez, lo que no había podido captar bien después de la bendición nupcial, a saber: que el límite que les separaba era intangible, y que nunca podría saber dónde comenzaba y dónde terminaba su propia personalidad. Aquel fue un doloroso sentimiento de escisión interior. A punto de ofuscarse, comprendió enseguida que Kiti no podía ofenderle de ninguna manera, desde el momento que ella formaba parte de su propio «yo». Así, por ejemplo, nos ocurre alguna vez que sentimos en la espalda un dolor muy vivo. Nuestra reacción más inmediata es la de volvernos, creyendo que nos han dado un golpe y ávidos de vengarnos de él, pero no vemos a nadie y convencidos de que ha sido puro accidente, tenemos que soportar en silencio el mal que a nosotros mismos nos hemos hecho.

Nunca después experimentó tan vivamente esa sensación, y entonces tardó en recobrarse. Quería demostrar a Kiti su injusticia, pero al echarle a ella la culpa, la habría irritado más. Un sentimiento muy natural le impulsaba a disculparse; otro, más violento, a no agravar más la situación. Resignarse al azote de una injusticia era cruel, pero aun lo era más causarle daño disculpándose. Con frecuencia, un hombre adormecido lucha contra un mal doloroso del que quisiera librarse, y al despertar comprueba que aquel mal estaba en el fondo de sí mismo. Por eso Lievin debía reconocer que la paciencia era el único remedio.

La reconciliación vino muy pronto. Kiti, sin confesarlo, sentía remordimientos. Se mostró más afectuosa y con esto le devolvió la felicidad. Sin embargo, estos incidentes se renovaban con bastante frecuencia, por razones fútiles, imprevistas, porque sus arrebatos de mal humor se repetían muy a menudo y porque ambos ignoraban todavía, mutuamente, lo que tenía verdadera importancia para los dos. Aquellos primeros meses fueron difíciles de pasar. Cuando uno estaba de buen humor y el otro de mal talante, la paz no se alteraba; pero cuando ocurría que los dos estaban de mal humor, los choques se producían por causas tan insignificantes e incomprensibles, que luego no podían recordar por qué habían reñido. Verdad es que cuando los dos estaban de buen humor, se redoblaba la alegría de la vida. Durante todo este primer tiempo se percibía vivamente la tirantez, como si cada uno tirase hacia sí de la cadena que los unía. En general, aquella luna de miel, de la que Lievin esperaba maravillas, no les dejó más que recuerdos atrozmente penosos. Los dos buscaban la forma de borrar de sus memorias los mil incidentes ridículos y vergonzosos de aquel periodo, durante el cual raramente se encontraban en un estado de ánimo normal. La vida no se regularizó hasta bien entrado el tercer mes, después de un mes de estancia en Moscú.

## Capítulo XV

ACABABAN de regresar de Moscú a su casa y disfrutaban de su soledad. Lievin, instalado en su despacho, escribía. Sentada en el gran diván de cuero que desde tiempo inmemorial ocupaba el gabinete de trabajo del abuelo y del padre de Lievin, Kiti, vestida con un traje color violeta —que gustaba mucho a su marido, porque lo había llevado puesto en los primeros días de su matrimonio— hacía una labor de *broderie anglaise*[1]. Escribiendo y reflexionando, Lievin gozaba con la presencia de su mujer; no había abandonado ni la dirección de la empresa, ni el desarrollo de su obra sobre la reforma agraria. Pero si en otro tiempo, comparadas con la tristeza que ensombrecía su vida, aquellas ocupaciones le habían parecido miserables, ¡cuánto más insignificantes le parecían en el cenit de la felicidad! Sentía que la atención se le desviaba hacia otros objetos y veía las cosas más claras y desde un punto de vista diferente. El estudio, que poco antes era el único punto luminoso de su existencia entenebrecida, ponía ahora algunas manchas sombrías sobre el fondo, fascinante en demasía, de su nueva existencia.

Una revisión de su obra le permitió calibrar el valor del trabajo realizado, y vio con placer que valía la pena ocuparse del asunto, que era nuevo y útil. Habría que atenuar ciertas aserciones excesivamente categóricas, rellenar más de una laguna que veía claramente al rememorar toda la obra. Añadió un capítulo sobre las condiciones desfavorables en que se desenvolvía la agricultura en Rusia: demostraba que la pobreza del país no se debía únicamente a la desigual distribución de la propiedad territorial y a las falsas doctrinas económicas, sino sobre todo a una introducción mal comprendida y prematura de los principios de la civilización europea. Los ferrocarriles, obra más política que económica, provocaban un exceso de centralización, necesidades de lujo, y por consiguiente, el desarrollo de la industria en detrimento de la agricultura, la extensión exagerada del crédito y de su acompañante el juego de la bolsa. Consideraba que en el desarrollo normal de las riquezas de un Estado, todos estos fenómenos debían aparecer sólo cuando la agricultura estuviese bien desarrollada, por lo menos en determinadas condiciones. Entendía que la riqueza del país debía aumentar progresivamente y, sobre todo, procurando que las otras ramas de la riqueza no adelantasen a la agricultura. Creía que los medios de comunicación debían corresponder a determinado estado de la agricultura y que, dada la mala explotación de la tierra, los ferrocarriles, fruto de la necesidad políti-

---

[1] bordado inglés. (En francés en el original.)

ca, que no económica, eran prematuros y, en lugar de la esperada ayuda al cultivo agrícola, lo adelantó provocando el desarrollo de la industria y del crédito, paralizó la agricultura. Y lo mismo que el desarrollo unilateral y prematuro de un órgano animal impediría el desarrollo general del mismo, el desarrollo del crédito, de las comunicaciones, de la actividad fabril, que indudablemente era necesario y oportuno en Europa, en Rusia sólo causaría perjuicios, eliminando la cuestión principal e inmediata: la organización de la agricultura.

Mientras Lievin escribía, Kiti pensaba en la extraña actitud adoptada por su marido hacia el joven príncipe Charski, el cual le había estado haciendo la corte a ella un poco descaradamente, la víspera de su salida de Moscú.

«Es celoso —pensaba ella—. ¡Qué tonto! ¡Si supiera que todos los hombres me son tan indiferentes como Piotr, el cocinero!»

No quitaba la vista de la nuca y el cuello vigoroso de su marido. Quería que se volviese.

«Siento interrumpirle, pero peor sería... Quiero verle la cara, saber si siente mi mirada, que se vuelva; lo quiero, lo quiero...»

Y abrió del todo sus grandes ojos como para dar más fuerza a su mirada.

—Sí, atraen hacia sí toda la savia y dan una falsa sensación de riqueza —masculló Lievin soltando la pluma, porque sentía fijos en él los ojos de su esposa.

Se volvió a ella.

—¿Qué hay? —preguntó sonriendo y levantándose.

«Ya se ha vuelto», pensó ella.

—Nada, quería hacer que te volvieras —respondió, tratando de averiguar si este capricho le contrariaba.

—¡Qué alegría, estar al fin solos! Al menos, para mí —dijo aproximándose a ella, radiante de felicidad.

—¡Y para mí también! Me encuentro tan bien aquí que no pienso trasladarme a ninguna parte, y menos a Moscú.

—¿En qué estabas pensando?

—¿Yo? Pues yo pensaba... No, no, sigue trabajando, no te quiero distraer —respondió ella con una pequeña mueca—. Tengo necesidad de cortar ahora todos estos ojales, como ves.

Y cogió las tijeras de bordar.

—No. Dime, ¿en qué estabas pensando? —repitió él sentándose a su lado y siguiendo con la vista los movimientos de sus pequeñas tijeras.

—¿En qué pensaba? En Moscú y en tu nuca.

—¿Qué he hecho yo para merecer tanta ventura? Esto no es natural, es demasiado hermoso —dijo él, besándole la mano.

—Pues a mí, por el contrario, cuanto más bello, más natural.

—¡Calla! ¿Te has hecho una trenza? —preguntó él, volviéndole la cabeza con precaución.

—Claro que sí, mira... No, no. Vamos a ocuparnos de cosas más serias.

Pero «las cosas serias» estaban interrumpidas, y cuando Kuzmá vino a anunciarles el té, se separaron bruscamente, como una pareja de culpables.

—¿Ha venido la diligencia del pueblo? —preguntó Lievin al criado.

—Ahora mismo. Están sacando los paquetes.

—No tardes —recomendó Kiti retirándose—. Si tardas, leeré las cartas sin ti. Después tocaremos a cuatro manos.

Una vez solo, Lievin guardó ordenadamente sus papeles en una carpeta nueva, regalo de su esposa, se lavó las manos en un lavabo provisto de un elegante neceser, también regalo de su mujer, y sonrió entregándose a sus pensamientos. Al pensar en su vida actual, agachó la cabeza poseído de un sentimiento parecido a un escrúpulo de conciencia. Sí, su vida era demasiado muelle, demasiado blanda, y eso le causaba un poco de vergüenza.

«Estas delicias de Capua de nada me sirven —reflexionaba—. Ya llevo tres meses haciendo el vago. Por cada vez que me dedico seriamente al trabajo, cien renuncio a él. Estoy descuidando hasta mis ocupaciones ordinarias; no me intereso por nada, no voy a ninguna parte. Tan pronto me da pena estar apartado de ella, como me entra el temor de cansarla con mi presencia. ¡Y yo, que creía que hasta el matrimonio la existencia no contaba para nada, que no comenzaba realmente hasta después! Nunca he pasado tres meses en una holganza como ésta. Es necesario que esto termine. Bien entendido que ella no tiene ninguna culpa, no se le puede hacer el menor reproche, pero yo debía haber mostrado más firmeza, defender mi independencia de hombre. Si seguimos así, acabaré por adquirir una mala costumbre, y hacérsela adquirir a ella.»

Un hombre descontento no puede menos de defenderse echando sobre alguien —sobre todo si es una persona que tiene muy próxima— la culpa de su disgusto. Lievin se puso entonces a pensar que no podía culparla a ella, sino a quienes la habían educado de modo tan superficial y frívolo.

—No ha sabido hacerse respetar de ese imbécil de Charski. Fuera de sus pequeños intereses domésticos, de su tocado, de su *broderie anglaise,* no se ocupa de nada. No siente la menor simpatía por mis ocupaciones, ni por nuestros campesinos, ningún gusto para la lectura ni tampoco para la música, a pesar de que en este último aspecto es bastante buena. No hace absolutamente nada, y está ahí, tan satisfecha.

Juzgándola así, Lievin no comprendía que su mujer se preparaba para una etapa de actividad que la obligaría a ser a la vez esposa, madre, ama de casa, nodriza, institutriz... No se daba cuenta de que en previsión de esta tarea futura y obedeciendo a un secreto instinto, se entregaba ella a aquellas horas de despreocupación y de amor, y que estaba disponiendo el nido en un ambiente de calma e íntima satisfacción.


## Capítulo XVI

LIEVIN subió al primer piso, donde encontró, delante de un flamante samovar de plata nuevo y un servicio de té no menos nuevo, a su mujer, ocupada en leer una carta de Dolli, con la que mantenía asidua correspondencia. Sentada no lejos de ella frente a una mesita, Agafia Mijáilovna sorbía también su té.

—Ya lo ve, la señora me ha hecho sentar a su lado —dijo la anciana con gentil sonrisa indicando a Kiti.

Estas palabras significaban para Lievin el fin de un drama doméstico. A pesar del desaire que había causado el ama de casa empuñando las riendas del gobierno, Kiti, victoriosa, había logrado hacerse perdonar.

—Toma, aquí hay una carta para ti —dijo Kiti, alargando a su marido una misiva cuya ortografía dejaba bastante que desear—. Creo que es de aquella mujer, ya sabes..., de casa de tu hermano. La he abierto, pero no la he leído. Aquí hay otra de mis padres y de Dolli: figúrate que Dolli ha llevado a Grisha y a Tania a un baile infantil en casa de los Sarmatski. Tania iba disfrazada de marquesa.

Pero Lievin no escuchaba a su esposa. Con el semblante coloreado, cogió la carta de Maria Nikoláievna, la antigua querida de Nikolái, y la leyó por encima. Aquella mujer le había escrito ya otra vez para comunicarle que Nikolái la había despedido sin que le hubiese dado ningún motivo. Con un candor de lo más sorprendente, añadía que ella no pedía ningún socorro, a pesar de que estaba reducida a la miseria, pero el recuerdo de Nikolái Dmítrich la atormentaba. ¿Qué iba a ser de él, débil y enfermo como estaba? Suplicaba a su hermano que no le perdiera de vista. Y he aquí que ahora le anunciaba las más graves noticias. Habiéndose encontrado con Nikolái Dmítrich en Moscú, habían salido juntos para una ciudad provincial donde a él le habían ofrecido un empleo. Allí, habiendo discutido con uno de sus jefes, había reemprendido el camino a Moscú, pero había enfermado en el viaje y, probablemente, no se repondría jamás.

«Pregunta constantemente por usted —añadía la carta—. Y, desde luego, no nos queda nada de dinero.»

—Lee ahora esto que Dolli escribe de ti —comenzó a decir Kiti, pero observando el rostro preocupado de su marido, se detuvo—. ¿Qué tienes? ¿Qué ha pasado? —exclamó.

—Esa mujer me escribe que Nikolái, mi hermano, se muere. Tengo que partir.

Kiti cambió de expresión: Dolli, Tania de marquesa, todo estaba olvidado.

—¿Cuándo te propones partir? —preguntó ella.

—Mañana.

—¿Puedo acompañarte?

—¡Pero, Kiti, qué ocurrencia! —exclamó él, en tono de reproche.

[625]

—¿Cómo qué ocurrencia? —repuso ella, molesta al ver que su proposición no había caído en gracia—. ¿Por qué no he de acompañarte? Yo no te estorbaré en nada. Yo...

—Yo me marcho porque mi hermano se muere. ¿Qué tienes que hacer tú allí?

—Lo mismo que tú.

Lievin se dijo: «En un momento tan grave para mí, ella no piensa más que en el aburrimiento de quedarse sola.» Y aquella insistencia, que él juzgaba hipócrita, le irritó.

—Es imposible —respondió, secamente.

Agafia Mijáilovna, viendo que la cosa se ponía de mal en peor, dejó su taza y salió sin que Kiti lo observase. A ésta le había herido el tono de su marido. Evidentemente, no daba oído a sus palabras.

—Lo que yo te digo es que si tú te vas, yo me voy también —afirmó ella, irritada—. Quisiera saber por qué dices que es imposible. Vamos a ver: ¿por qué?

—Porque sabe Dios por qué rutas tendré que llegar hasta él, en qué tugurio le voy a encontrar. No harás más que estorbarme —arguyó Lievin, queriendo conservar su sangre fría.

—De ninguna manera. Yo no tengo necesidad de nada. Donde tú puedas ir, yo puedo ir también.

—Aunque no fuera más que por esa mujer, con la que no sabrías ponerte en contacto...

—No sé nada, ni quiero saber quién está allí, ni qué hace. Sólo sé que el hermano de mi esposo se muere, que mi esposo va a verle, y que yo le acompaño para...

—Kiti, no te enfades, pero date cuenta de que en un caso tan grave, me es muy penoso mezclar a mi tristeza una verdadera debilidad, el temor a quedarte sola. Si te aburres en mi ausencia, ve a Moscú.

—¡Ya ves cómo eres! Tú me supones «siempre» sentimientos mezquinos —reprochó ella, ahogada en lágrimas de despecho—. No he pensado en nada de eso, ni en debilidad, ni en nada... Yo siento que mi deber no es abandonar a mi marido en un momento semejante, pero tú lo tomas en otro sentido para hacerme sufrir. Quieres hacerme daño, cueste lo que cueste.

—¡Pero esto es una esclavitud! —gritó Lievin, levantándose, incapaz de contenerse más.

Pero al instante, comprendió que su furor se volvía contra él mismo.

—¿Por qué no te has quedado soltero? Serías libre... Sí, ¿para qué te has casado?, ¿para arrepentirte ya?

Y se retiró al salón.

Cuando él se reunió con ella, estaba sollozando. Buscó palabras capaces, si no de persuadirla, al menos de calmarla. Pero ella no escuchaba, se resistía a todos sus argumentos. Entonces se arrodilló a su lado, prendió una de sus manos que se le resistía, se la besó, besó después sus cabellos y otra vez su mano. Ella callaba siempre. Pero cuando al fin le cogió la cabeza entre las manos diciendo: «¡Kiti!», se enterneció, lloró, y la reconciliación llegó enseguida.

Decidieron partir juntos al día siguiente. Lievin se declaró convencido de que ella quería únicamente serle útil y que no había ningún inconveniente en que Maria Nikoláievna estuviera presente al lado de su hermano. Pero en el fondo de su corazón, él iba descontento de su mujer y de él mismo. Estaba descontento de su mujer, porque ésta no se había decidido a dejarlo ir solo, cuando hacía falta. (¡Y cosa extraña, él, que no había podido creer la dicha de ser amado por ella, se sentía casi un infeliz por serlo demasiado!) Y disgustado por su propia debilidad, se asustaba ante la inminencia del encuentro inevitable entre su esposa y la querida de su hermano. La idea de ver a su amada Kiti en contacto con una mujer de vida airada, le llenaba de horror y de fastidio.

## Capítulo XVII

EL hotel donde se alojaba el moribundo Nikolái Lievin era uno de esos establecimientos provincianos que tienen la pretensión de ofrecer a un púbico poco habituado a estos refinamientos, el aseo, el confort y la elegancia, pero a los que el mismo público transforma en siniestros figones que hacen echar de menos las sucias posadas de otros tiempos. Todo producía en Lievin una impresión molesta... El soldado de sucio uniforme que hacía de portero y fumaba en el vestíbulo; la escalera de hierro fundido, sombría y lúgubre... El camarero de aire fanfarrón y frac lleno de manchas, una sala con un ramo de flores de cera cubierto de polvo sobre una mesa, el estado general de desorden y falta de pulcritud, y hasta una actividad plena de suficiencia que parecía a tono con la moda introducida por los ferrocarriles, produjeron en Lievin, por contraste con la vida de recién casado, una penosa sensación, sobre todo porque la falsa impresión que causaba la fonda, no cuadraba lo más mínimo con lo que la realidad les deparaba.

Como es de rigor en estos casos, las mejores habitaciones estaban ocupadas por un inspector de ferrocarriles, por un abogado de Moscú, por la princesa Astáfieva. A ellos se les ofreció un cuarto cochambroso, asegurándoles que la pieza contigua estaría libre por la tarde. Las predicciones de Lievin se cumplían. En lugar de acudir al lado de su hermano, lo primero que tenía que hacer era instalar a su esposa. No ocultó su contrariedad por este motivo.

—Ve, ve corriendo —dijo ella con tono compungido, una vez que él la dejó en el cuarto.

Lievin salió sin pronunciar palabra y cerca de la puerta casi chocó con Maria Nikoláievna, que acababa de enterarse de su llegada y no se atrevía a entrar en la habitación. Ella no había cambiado nada desde su último encuentro en Moscú: el mismo vestido de lana dejaba al descubierto su cuello y sus brazos, la misma expresión bonachona se reflejaba en sus facciones abultadas de mujer simple y vulgar.

—Bueno, ¿cómo está él?

—Muy mal. No se ha vuelto a levantar y siempre pregunta por usted. ¿Está usted..., esta usted con su esposa?

Lievin no adivinó enseguida lo que la tenía confusa, pero ella se explicó al momento:

—Me iré a la cocina. Su hermano se alegrará. Se acuerda de haberla visto en el extranjero.

Lievin comprendió que aludía a su mujer y no supo qué responder.

—Vamos, vamos —dijo.

Pero apenas se había alejado un paso, la puerta de su cuarto se abrió y apareció Kiti en el umbral. Esta contrariedad hizo sonrojarse a Lievin, viendo a su mujer ponerles a ambos en una falsa posición. Maria Nikoláievna se puso aún más colora-da... A punto de llorar, se apretó contra la pared y contuvo sus nervios agarrando vivamente un pañuelo con sus dedos rojos.

Kiti no podía comprender a aquella mujer que casi le causa-ba miedo. En la mirada que le lanzó, Lievin leyó una expre-sión de ávida curiosidad. Fue sólo cuestión de un segundo.

—¿Qué? ¿Cómo va eso? —preguntó ella, mirando primero a su marido y después a la mujer.

—Este no es un lugar a propósito para conversar —res-pondió Lievin, dirigiendo miradas furibundas a un caballero que caminaba lentamente por el corredor.

—Pues bien, entre usted —dijo Kiti a Maria Nikoláievna, que se reponía poco a poco—. O mejor, vaya usted, vaya y mándeme llamar —añadió al ver el aire aterrado de su marido.

Volvió a entrar en el cuarto y Lievin acudió a reunirse con su hermano. Creía que lo iba a encontrar en ese estado de ilu-sión tan corriente entre los tísicos, que tanto le sorprendió después de la última visita de Nikolái; más débil y más delga-do, también con los síntomas de un fin próximo, pero conser-vando su figura humana. Pensaba también que él sentiría lásti-ma a la vista de aquel hermano tan querido, y de ver reflejados en su rostro, más acentuados todavía, los terrores que siempre le había inspirado la idea de la muerte. Estaba preparado para todas esas cosas, pero lo que vio fue muy diferente de lo que esperaba.

En una estancia inmunda, sobre cuyas paredes seguramente habían escupido muchos viajeros y que un débil tabique sepa-raba de otra pieza donde se oía conversar, en una atmósfera asfixiante, divisó sobre un lecho ligeramente apartado de la pa-red un cuerpo arropado en una manta. Una mano enorme, como un rastrillo, unida a una especie de mango extraordina-riamente alargado, se extendía sobre la manta. La cabeza, so-bre la almohada, conservaba algunos cabellos que el sudor ha-bía pegado a las sienes. La frente casi se transparentaba.

«¿Es posible que este extraño cuerpo sea mi hermano Niko-lái?», pensó Lievin. Pero cuando estuvo al lado del lecho, desa-pareció la duda. Le bastó una ojeada rápida sobre las pupilas que se animaron al verle entrar, sobre los labios que se entrea-brieron al acercarse, para reconocer la atroz verdad.

Nikolái miró a su hermano con ojos severos. Aquella mirada restableció el contacto entre ellos: Konstantín leyó en ella algo así como un reproche, y hasta sintió remordimientos por su propia dicha. Cogió la mano del moribundo. Éste sonrió, pero aquella sonrisa imperceptible no atenuó la dureza de su mirada.

—Tú no esperabas encontrarme así —pudo pronunciar.

—Sí..., no —murmuró Lievin, armándose un embrollo—. ¿Cómo no me has avisado antes, antes de mi matrimonio? Te he hecho buscar en vano por todas partes.

Quería hablar para evitar un embarazoso silencio, pero su hermano no le respondía y le miraba sin bajar los ojos, como si hubiera sopesado cada una de sus palabras. Lievin se sentía violento. Comunicó a su hermano que su esposa estaba con él, y Nikolái expresó su satisfacción, pero añadió que temía causarle miedo con su aspecto. Siguió una pausa, después de la cual Nikolái se puso a hablar resueltamente, y por la expresión de su cara, Lievin creyó que iba a hacerle una declaración importante, pero Nikolái lo que hizo fue quejarse del médico y lamentarse de no poder consultar a una eminencia de esta especialidad en Moscú. Lievin comprendió que no había perdido la esperanza.

Al cabo de un momento, Lievin se levantó pretextando el deseo de traer a su mujer, pero en realidad para sustraerse, aunque fuera unos minutos, a la angustia que le oprimía.

—Está bien, voy a hacer que limpien esto un poco, que así hace muy mal efecto... ¡Masha, ven a poner todo en orden! —llamó el enfermo con esfuerzo—. ¿Y después te irás? —añadió, interrogando a su hermano con la mirada.

Lievin salió sin responder, pero apenas en el corredor, se arrepintió de haber prometido traer a su mujer. Pensando en lo que acababa de ver, resolvió hacerla comprender que aquella visita era superflua.

«¿Qué necesidad tiene ella de sufrir como yo?», se dijo.

—Bueno, ¿qué hay? —preguntó Kiti, asustada.

—Es horrible, horrible. ¿Por qué habrás venido?

Kiti miró a su marido en silencio. Después, cogiéndole del brazo, le dijo con timidez:

—Kostia, llévame allí, será menos duro para los dos. Condúceme y déjame allí con él. Tienes que comprender que para mí ser testigo de tu dolor y no poder averiguar la causa, es más cruel que todo lo demás. Tal vez le sea útil, y a ti también. Permíteme, te lo ruego.

Se lo suplicaba como si de ello dependiera la felicidad de toda su vida. Lievin, pasada su emoción y olvidando la existencia de Maria Nikoláievna, consintió en acompañarla.

Con paso ligero y mostrando a su marido un semblante animoso y amable, Kiti penetró en el cuarto de Nikolái. Después de cerrar la puerta sin hacer el menor ruido, se aproximó lentamente a la cama y se colocó de manera que el enfermo no tuviera que volver la cabeza, cogió en sus frescas y jóvenes manos la mano enorme de su cuñado y se puso a hablarle con ese don, propio de las mujeres, de manifestar su simpatía sin el menor asomo de rigidez que pueda herir susceptibilidades.

—Nos hemos visto en Soden sin conocernos —dijo ella—. A usted ni siquiera le pasó por la imaginación que algún día iba a ser su hermana.

—Usted no me habría reconocido, ¿verdad? —preguntó él. Su rostro se había iluminado con una sonrisa al verla entrar.

—¡Vaya que sí! Ha hecho usted muy bien en llamarnos. No pasaba un día sin que Kostia se acordase de usted, y se inquietase por no recibir noticias.

La animación de Nikolái duró poco. No había acabado de hablar Kiti, cuando reapareció en sus facciones la expresión de severo reproche del moribundo, incluso para aquellos que se portan bien.

—Me temo que no se encuentre bien aquí —continuó la joven, apartándose para examinar la estancia y librarse de aquella mirada fija—. Habrá que pedir otra habitación y tenerlo más cerca —agregó, dirigiéndose a su marido.

## Capítulo XVIII

L IEVIN no podía mirar con calma a su hermano ni permanecer tranquilo en su presencia. Cuando entraba a verlo, los detalles de la horrible situación del moribundo escapaban a su vista y a su atención turbadas. La suciedad, el desorden, la fetidez del aposento le impresionaban sin que pudiera remediarlo. Para enterarse de todos los pormenores del estado del enfermo, no se le ocurrió pensar en cómo aquella espalda, aquellos riñones, aquellas piernas descarnadas, podían adoptar una postura menos dolorosa. Sólo pensar en estos detalles le daba escalofríos, y estaba completamente convencido de que no se podía hacer nada para prolongar la vida del hermano, ni para atenuar sus sufrimientos. Y el enfermo, adivinando aquella convicción de impotencia, se irritaba por ello. Lievin no hacía más que entrar y salir con diversos pretextos, sintiéndose desgraciado cerca de su hermano, más desgraciado todavía lejos de él, e incapaz de quedarse solo.

Kiti pensaba, sentía y obraba de otra manera. Desde que estaba cerca del enfermo, sentía piedad por él. Lejos de experimentar, como era el caso de su marido, disgusto o terror, aquella compasión la inducía a informarse de todo aquello que pudiera suavizar tan triste estado. Convencida de que debía proporcionar algún consuelo a su cuñado, nunca puso en duda la posibilidad de hacerlo, e inmediatamente puso manos a la obra. Los detalles que repugnaban a su marido fueron precisamente los que más retuvieron su atención. Hizo llamar a un médico, envió a un sirviente a la farmacia, ocupó a la criada que venía con ella, y a Maria Nikoláievna en barrer, quitar el polvo, lavar, ayudándoles ella misma. Ahuecó la almohada del enfermo, hizo traer y llevar diferentes cosas. Sin preocuparse de los que encontraba en su camino, iba y venía de su cuarto al del enfermo, cargada de trapos, servilletas, camisas, fundas de almohadas, etc.

El camarero, que atendía la mesa de los señores ingenieros, respondía muchas veces de mal talante a su llamada, pero ella daba las órdenes con una autoridad tan dulce, que acababa ejecutándolas. Lievin no aprobaba esta actitud, la juzgaba inútil y hasta temía que molestase a su hermano, pero éste permanecía tranquilo, aunque un poco confuso, y parecía seguir con interés los movimientos de la joven. Cuando Lievin volvió de casa del médico, adonde Kiti le había enviado, al abrir la puerta vio que estaban cambiando la ropa del enfermo. Tenía desnuda la enorme espalda de omóplatos prominentes y costillas y vértebras salientes, mientras Maria Nikoláievna y el camarero se hacían un embrollo con las mangas de la camisa, y no veían la forma de meterlas por los largos y descarnados brazos de Nikolái. Kiti cerró la puerta con presteza, sin mirar del lado de su cuñado, pero éste dejó escapar un gemido, y al oírlo acudió presurosa junto a él.

—Daos prisa —apremió ella.

—No se acerque —murmuró el enfermo, con acento colérico—. Ya me las arreglaré yo solo.

—¿Qué dice usted? —preguntó Maria Nikoláievna.

Pero Kiti, que lo había oído, comprendió que Nikolái tenía vergüenza de mostrarse ante ella en aquel estado.

—Yo no miro nada —dijo ella, ayudándole a meter el brazo en la manga—. Maria Nikoláievna, pase al otro lado de la cama y ayúdenos. Y tú —prosiguió, dirigiéndose a su marido—, corre a mi habitación. Encontrarás un frasquito en el bolsillo lateral de mi neceser, cógelo y tráemelo. Mientras acabaremos de arreglarlo todo.

Cuando Lievin volvió con el frasco, el enfermo estaba acostado de nuevo, y todo a su alrededor había cambiado de aspecto. El aire, antes viciado, tenía ahora un agradable olor de vinagre aromatizado, que Kiti había esparcido soplando en un pequeño tubo. El polvo había desaparecido. A los pies de la cama se extendía una alfombra. Sobre un velador estaban puestos en orden los recipientes de las medicinas, un jarro, los paños que hacían falta y la *broderie anglaise* de Kiti. Sobre otra mesa, cerca del lecho, una bujía, medicamentos y agua. El enfermo, lavado, peinado, tendido entre sábanas limpias y recostado en varias almohadas, estaba revestido de una camisa nueva cuyo cuello blanco hacía destacar la extraordinaria delgadez de su cuello. En sus ojos se leía una expresión de esperanza. No los apartaba de Kiti.

El médico hallado por Lievin en el club, no era el que había dejado tan descontento a Nikólai. Auscultó cuidadosamente al enfermo, meneó la cabeza, escribió una receta y dio explicaciones detalladas sobre los remedios que prescribía y la dieta que debía observar. Recomendó huevos frescos casi crudos y agua de Seltz con leche caliente a cierta temperatura. Cuando se ausentó, el paciente dijo a su hermano algunas palabras, de las que éste no comprendió más que las últimas «Tu Katia». Pero por su mirada, Lievin comprendió que hacía elogios de su joven esposa. Enseguida llamó a Katia, como la había nombrado.

—Me siento ya mucho mejor —dijo—. Si la hubiera tenido a usted cerca de mí, hace muchísimo tiempo que estaría curado.

Intentó llevarse a los labios la mano de su cuñada, pero temiendo desagradarla, contentóse con acariciársela. Kiti estrechó afectuosamente aquella mano entre las suyas.

—Vuélvanme ahora del lado izquierdo y váyanse a dormir —murmuró él.

Sólo Kiti comprendió lo que decía, porque pensaba sin cesar en lo que podría serle útil.

—Vuélvele sobre el lado izquierdo, es sobre el que tiene costumbre de dormir. Hazlo tú mismo —dijo a su marido—. Yo no soy bastante fuerte y no quisiera encargar al camarero de este menester. ¿Puede usted incorporarle? —preguntó a Maria Nikoláievna.

—Tengo miedo —respondió ésta.

Por muy aterrorizado que estuviese de levantar aquel cuerpo horroroso y asir bajo la manta aquellos miembros que le asustaban, Lievin cedió a la voluntad de su mujer y, adoptando aquel aire resuelto que ella tan bien le conocía, rodeó con los brazos al enfermo, invitándole a echar los suyos a su cuello. Le sorprendió la extraña pesadez de aquellos miembros maltrechos. En tanto que, con grandes esfuerzos, cambiaba de postura a su hermano, Kiti dio la vuelta a la almohada y la sacudió vivamente, y puso orden en la cabellera un poco menguada de Nikolái, algunos mechones de la cual se habían vuelto a pegar a las sienes.

Nikolái retuvo una mano de su hermano entre las suyas y le atrajo hacia él. El corazón pareció fallarle a Lievin cuando sintió que se la llevaba a los labios para besarla. Le dejó hacer, sin embargo. Después, estremecido por los sollozos, salió del cuarto sin poder pronunciar una palabra.

«**D**ios ha revelado a los niños y a los ignorantes lo que ocultan los sabios», pensaba Lievin aquella tarde, cuando estaba a solas con su mujer.

No es que se creyese un sabio al citar aquella frase del Evangelio, pero de una parte, le era forzoso reconocerse superior en inteligencia a su mujer y a Agafia Mijáilovna, y de otra, sabía perfectamente que cuando le llegaba el momento de pensar en la muerte, este pensamiento se apoderaba de él por completo. Sobre este terrible misterio habían profundizado, como él, muchos hombres de espíritu elevado, con todas las potencias de su alma; pero sobre el significado de aquel capítulo del Evangelio no estaban más ilustrados que su vieja sirviente y su querida Katia, como llamaba ahora a su mujer, imitando con manifiesto placer el ejemplo de su hermano. Aquellas dos personas, tan diferentes por otros conceptos, ofrecían a la luz de aquella breve fórmula, una semejanza perfecta. Ambas conocían, sin experimentar la menor duda, el sentido de la vida y de la muerte, y aunque, desde luego, incapaces de responder a las preguntas que se hacía Lievin —incapaces también de comprenderlas— no dudaban del sentido de este fenómeno y lo consideraban exactamente igual y de la misma manera que millones de personas. La prueba de que sabían firmemente qué era la muerte, consistía en que, sin dudar ni un segundo, sabían cómo había que obrar con los moribundos y no los temían. Sin embargo, Lievin y otros como él, aunque podían hablar y decir muchas cosas sobre la muerte, evidentemente no sabían qué hacer cuando la gente muere, porque temían a la muerte. Sólo al lado de su hermano, Konstantín no podía hacer más que esperar resignado y lleno de espanto la llegada de su hora postrera. No sabía ni siquiera adónde dirigir sus miradas, de qué manera andar ni qué palabras pronunciar. Hablar de cosas indiferentes le parecía afrentoso. Hablar de cosas tristes, imposible. Callarse no le parecía mejor.

«Si le miro, va a creer que yo le observo. Si no le miro, creerá que estoy pensando en cosas extrañas. Si ando de puntillas se excitará. Y a mí me apura andar libremente.»

Kiti, por el contrario, no tenía tiempo de pensar en sí misma. Ocupada únicamente de su enfermo, parecía tener un sentido muy exacto de la conducta a seguir, y salía victoriosa en todos sus empeños. Se ponía a contar detalles de su matrimonio, de ella misma, le sonreía, le exponía sus quejas, le acariciaba, le citaba casos de curación. Su actividad no era, desde luego, ni instintiva ni irreflexiva. Igual que Agafia Mijáilovna, se preocupaba de una cuestión que estaba por encima de los cuidados físicos.

Hablando de un anciano que murió, Agafia Mijáilovna había dicho:

—Gracias a Dios, ha recibido la comunión y los santos óleos. Dios dé a todos un fin parecido.

Por su parte, a pesar de sus desvelos por la ropa, por los medicamentos, por los apósitos, Kiti encontró desde el primer día un medio para preparar a su cuñado a recibir los sacramentos.

De regreso a sus habitaciones, ya entrada la noche, Lievin se sentó con la cabeza baja sin saber qué hacer, incapaz de pensar en la cena, ni en dormir, de prever nada para el día siguiente, ni siquiera de hablar con su mujer. Tan grande era su confusión. Kiti, al contrario, se mostraba más activa, más animada que nunca. Hizo traer la cena, deshizo ella sola el equipaje, ayudó a hacer las camas, las cuales no olvidó de salpicar con polvos insecticidas. Tenía esa excitación, esa rapidez de pensamiento que poseen ciertos hombres antes de una batalla, o bien en una hora grave y decisiva de la vida, cuando se presenta la ocasión de demostrar su valor y acreditar que su pasado no ha transcurrido en balde, sino que ha sido una preparación para tal momento.

No habían sonado las doce de la noche cuando todo estaba perfectamente arreglado. Aquellas dos habitaciones del hotel ofrecían el aspecto de un departamento íntimo: las camas hechas, los cepillos, los peines, el espejo y las servilletas estaban en su sitio. Lievin consideraba imperdonable el comer, el dormir, incluso el hablar. Cada uno de sus movimientos le parecía inconveniente. Kiti, en cambio, se cuidaba hasta de los detalles más menudos sin que su actividad tuviese nada de enojosa. No pudieron comer, sin embargo, y estuvieron desvelados hasta muy tarde, sin decidirse a dormir.

—Estoy contenta porque le he persuadido para que mañana reciba la extremaunción —dijo Kiti, que, vestida con una camisola de noche, se peinaba ante el espejo de viaje sus cabellos perfumados—. No la he visto administrar nunca, pero mamá me ha contado que se dicen oraciones para pedir la curación.

—¿Crees tú posible una curación? —preguntó Lievin, contemplando por detrás la cabecita redonda de Kiti, cuya raya desaparecía cada vez que hacía avanzar el peine.

—He consultado al médico. Dice que no puede vivir más de tres días, pero, ¿qué saben ellos? Estoy contenta de haberle decidido —añadió, mirando de reojo a su marido a través de su cabellera—. Todo puede ocurrir —añadió con la peculiar expresión, algo astuta, que adoptaba su rostro cuando hablaba de religión.

Nunca, desde la conversación que habían tenido siendo novios, se habían ocupado de cuestiones religiosas, pero no por eso había dejado Kiti de rezar y asistir a los oficios, con la tranquila convicción de cumplir un deber. A pesar de la confesión que su marido se creyó obligado a hacerle, ella le creía también un buen cristiano, quizá mejor que ella. Sin duda bromeaba él al acusarse de lo contrario, como cuando porfiaba con ella sobre su labor de *broderie anglaise* diciendo: la gente cose los agujeros, y ella los hace adrede.

—Sí —decía ahora Lievin—, esa Maria Nikoláievna no habría sabido arreglar eso y, francamente, soy dichoso porque tú has venido. Eres muy pura de intención para que...

Le cogió la mano sin osar besársela —¿no parecía una profanación aquel beso casi a la misma cara de la muerte?—, pero al ver brillar sus ojos, se la apretó con aire contrito.

—Habrías sufrido mucho estando solo —repuso Kiti, mientras sus brazos, que levantaba para trenzar y sujetar los cabellos encima de la cabeza, tapaban sus mejillas encendidas de satisfacción—. Esa mujer no sabe a qué atenerse, mientras que yo aprendí bastante cosas en Soden.

—¿Es que hay allí enfermos como él?

—Y mucho más enfermos aún.

—No puedes imaginarte la tristeza que siento al no verle tal y como era en su juventud. ¡Era tan buen mozo! Pero entonces yo no lo comprendía.

—Te creo. Siento que nosotros «habríamos sido» amigos —declaró ella, se asustó de lo dicho y miró al marido con los ojos empañados de lágrimas.

—Vosotros lo «habríais sido» —respondió tristemente—. Es uno de esos hombres de los que se puede decir, con razón, que no se han hecho para este mundo.

—Entretanto, no olvidemos que tenemos bastantes días de fatigas en perspectiva. Hay que acostarse —concluyó Kiti, después de echar una mirada a su minúsculo reloj.


## Capítulo XX

## LA MUERTE

EL enfermo fue ungido al día siguiente. Durante la ceremonia, Nikolái rezó con fervor. Una súplica apasionada se reflejaba en sus grandes ojos, clavados en la imagen santa que habían colocado sobre una mesa de juego, recubierta con una servilleta de color. Lievin estaba asustado de ver a su hermano abrigar aquella esperanza de curación, su amargura por dejar una vida que se le presentaba cada vez más cruel. Sabía, además, que Nikolái estaba totalmente desligado de la religión, no por el deseo de vivir más libremente, sino por efecto de una lenta asimilación de las teorías científicas modernas. Su retorno a la religión, debido únicamente a quellas insensatas esperanzas que Kiti había ido avivando con sus relatos de curas milagrosas, no podía ser más que temporal y por móviles interesados. Sabiendo todo aquello, Lievin contemplaba con angustia aquel rostro transfigurado, aquella mano demacrada alzándose a duras penas hasta la frente hundida para hacer el signo de la cruz, aquellos hombros salientes y aquel pecho sofocado, incapaz de conservar la vida que imploraba el moribundo. Durante la ceremonia, Lievin rezó como lo había hecho cien veces, a pesar de su incredulidad. «Cura a este hombre —decía, dirigiéndose a Dios—, y así nos salvarás a los dos.»

Después de haber recibido la extremaunción, el enfermo

sintióse mucho mejor. Por espacio de una hora no tosió ni una sola vez. Aseguraba, sonriendo y besando la mano de Kiti con lágrimas de gratitud, que ya no sufría, y sentía que recobraba las fuerzas y el apetito. Cuando le trajeron la sopa, se levantó por sí mismo y pidió una chuleta. Por más que el simple aspecto del enfermo demostraba la imposibilidad de la curación, Lievin y Kiti pasaron aquella hora en un estado de agitación que pasaba alternativamente de la alegría al temor.

—¿Va mejor?

—Sí, mucho mejor.

—Es asombroso.

—¿Y eso, por qué?

—Decididamente, va mejor.

Todo esto murmuraban en voz baja, sonriendo, pero la ilusión no duró mucho. Después de un sueño tranquilo de una media hora, despertó al enfermo un acceso de tos. Las esperanzas se desvanecieron para todos, empezando por él mismo. La realidad del sufrimiento las destruyó completamente, tanto en Lievin y Kiti, como en el propio enfermo. Olvidando lo que había creído una hora antes, hasta avergonzado al recordarlo, pidió que le dieran a inhalar algo de yodo. Lievin le alargó un frasco cubierto de un papel perforado. Para hacerse confirmar las palabras del médico, que atribuía al yodo virtudes milagrosas, Nikolái miró a su hermano con la misma mirada vehemente de esperanza con que había contemplado la imagen.

—¿No está Kiti ahí? —murmuró con voz enronquecida una vez que Lievin, con displicencia, hubo repetido las palabras del médico—. ¿No? ¡Entonces puedo hablar! Por ella he fingido. ¡Es tan gentil! Pero entre nosotros, no es necesario. He aquí lo único en lo que tengo fe —dijo, apretando aquella redoma con sus manos huesudas.

Se puso a aspirar el yodo con avidez.

Hacia las ocho de la tarde, cuando Lievin y su mujer tomaban el té en su habitación, vieron llegar corriendo a Maria Nikoláievna sofocada, pálida, los labios temblorosos.

—Se está muriendo —balbució—. Temo que no va a durar mucho...

Ambos corrieron al cuarto de Nikolái y le encontraron sentado en la cama, apoyado en un codo, la cabeza baja y su larga espalda inclinada.

—¿Qué te pasa? —preguntó en voz baja Lievin, después de un momento de silencio.

—Esto se acaba —respondió Nikolái, emitiendo a duras penas las palabras que pugnaban por salirle del pecho, aunque las pronunciaba todavía con una claridad sorprendente. Sin levantar la cabeza, volvió los ojos hacia su hermano, cuyo rostro no podía ver—. Katia, márchate —murmuró.

Lievin obligó a su mujer a salir.

—Esto se acaba —repitió el moribundo.

—¿Por qué te imaginas eso? —preguntó Lievin, por decir algo.

—Porque sí, porque se acaba —repitió Nikolái, como si hubiera tomado afecto a aquellas palabras—. Es el fin.

Maria Nikoláievna se aproximó a él.

—Acuéstese, estará mejor —dijo

—Pronto estaré acostado, muerto —musitó, no sin ironía—. Está bien, acostadme, si queréis.

Lievin recostó a su hermano sobre la espalda, se sentó a su lado, y, sin respirar apenas, examinó su fisonomía. El enfermo tenía los ojos cerrados, pero los músculos de su frente se agitaban de vez en cuando como si estuviese sumido en una meditación profunda. En vano y a pesar suyo, Lievin se esforzó en comprender lo que podía pasar por la mente del moribundo: aquella expresión severa y el movimiento de los músculos por encima de las cejas, daban a entender que su hermano entreveía misterios que le eran inaccesibles.

—Sí, sí —profirió Nikolái, con largas pausas—. Esperad... ¡Eso es! —dijo de repente, como si todo se hubiera aclarado para él—. ¡Oh, Señor!

Lanzó un profundo suspiro, Maria Nikoláievna le palpó los pies.

—Se está enfriando —advirtió en voz baja.

El enfermo permaneció inmóvil un tiempo que pareció infinitamente largo a Lievin, pero vivía aún, y suspiraba por instantes. Fatigado por la tensión de su espíritu, Lievin no se sentía con fuerzas para ir al unísono con su desfallecido hermano, ni acertaba a comprender lo que había querido decir con aquellas dos palabras: *¡Eso es!* No quedándole energías mentales para descifrar los misterios de la muerte, sus inquietudes recayeron en otros problemas de índole material: ¿Qué le restaba por hacer? ¿Cerrar los ojos de su hermano, amortajarle, encargar el féretro? Cosa extraña. Se sentía frío e indiferente. El único sentimiento que experimentaba era algo parecido a la envidia. Nikolái poseía ahora una certidumbre a la que él, Konstantín, no podía aspirar. Largo rato estuvo cerca de él, esperando aquel fin que no llegaba. Se abrió la puerta y Kiti se deslizó en el interior. Lievin se levantó para impedírselo, pero enseguida el moribundo se agitó.

—No te vayas —suplicó Nikolái, extendiendo la mano.

Lievin cogió aquella mano en la suya e hizo un gesto de disgusto a su esposa, indicándole que saliera. Así estuvo media hora, una hora y otra más. Ya no pensaba más que en cosas triviales. ¿Qué hacía Kiti? ¿Quién podría ser el que ocupaba la habitación vecina? ¿No tenía el médico casa propia? Luego sintió hambre y sueño. Poco a poco fue soltando la mano demacrada que tenía entre las suyas, para tocar los pies del enfermo. Estaban fríos, pero Nikolái seguía respirando. Lievin trató de levantarse y salir de puntillas.

El enfermo se agitó y repitió:

—No te vayas.

. . . . . . . . . . . . . . . . . . . . . . . . . . . . . . . . . . . . . . . . .

Amaneció el nuevo día, y la situación seguía igual. Lievin soltó la mano del moribundo sin mirarle, entró en su cuarto y se durmió. Al despertar, en lugar de comunicarle la muerte de su hermano, le dijeron que había pedido de comer, que ya no hablaba de la muerte, sino que expresaba la esperanza de curarse, a todo esto mostrándose más sombrío, más irritado que nunca. Nadie lograba calmarle. Acusaba a todo el mundo de sus sufrimientos, reclamaba a un célebre médico de Moscú, y a todas las preguntas que le hacían sobre su estado, contestaba que estaba sufriendo de una manera intolerable.

Como el dolor de las llagas era más vivo y se hacía cada vez más difícil mitigarlo, su irritación fue en aumento. La misma Kiti se vio impotente para reducirle, y Lievin comprendió que había llegado al límite de sus fuerzas, tanto morales como físicas, por más que ella no quisiera reconocerlo. El enternecimiento causado la otra noche por los adioses a la vida de Nikolái, había cedido su lugar a otra clase de sentimientos. Todos sabían cuál era el fin inevitable, todos veían al enfermo medio muerto, todos coincidían en desear que el fin llegara lo más pronto posible. Pero no por eso dejaban de administrarle pócimas, de buscar al médico y de aplicarle otros remedios, con lo que se engañaban a sí mismos, y este disimulo era más doloroso para Lievin que para los otros, porque él quería a Nikolái más entrañablemente, y porque nada era tan contrario a su naturaleza como la falta de sinceridad.

Lievin, a quien desde hacía tiempo había venido acuciando el deseo de reconciliar a sus dos hermanos —aunque fuese *in articulo mortis*— había prevenido a Serguiéi Ivánovich; éste le respondió, y Lievin leyó la carta a Nikolái: Serguiéi no podía acudir, pero pedía perdón a su hermano en términos conmovedores.

Nikolái guardó silencio.

—¿Qué debo escribirle? —preguntó Lievin—. Espero que no le guardarás rencor.

—No, nada de eso —respondió el enfermo, en tono contrariado—. Escríbele que me envíe al doctor.

Tres crueles días pasaron todavía. El paciente seguía en el mismo estado. Todos los habitantes del hotel, desde el patrón y los camareros hasta Lievin y Kiti, sin excluir al médico y a Maria Nikoláievna, anhelaban sólo una cosa: que todo acabase. El enfermo, empero, no se expresaba en este sentido y seguía pidiendo que le trajesen el médico de Moscú, tomando medicinas y hablando de su restablecimiento. Durante los pocos minutos en que el estupefaciente le sumía en un sueño artificial, el subconsciente confesaba, sin embargo, lo que pesaba en su alma más aún que en la de los otros.

—¡Ah, si esto pudiera terminar!

Aquellos sufrimientos, más intensos cada vez, cumplían su misión de prepararle para morir. Cada movimiento era un dolor. No había un miembro en aquel miserable cuerpo que no le causara una tortura. Cualquier recuerdo, cualquier pensamiento, cualquier impresión, todo le causaba repugnancia. La vista de los que le rodeaban, sus palabras, todo le dañaba. Todos le oían, nadie osaba moverse ni hablar más de lo estrictamente necesario. La vida se concentraba para todos en la condolencia por los sufrimientos del que iba a morir, y en el deseo ardiente de verle libre de ellos.

Se acercaba ese momento supremo en que la muerte parece lo más deseable, como la última felicidad, y así tenía que experimentarlo el mísero Nikolái. Todas las sensaciones, como el hambre, la fatiga, la sed, que antes, una vez satisfechas por las funciones del cuerpo, le causaban algún placer, ahora no eran más que dolores. Por consiguiente, no podía aspirar a otra cosa que verse libre del origen mismo de todos sus males, de su cuerpo, pero como no encontraba palabras para expresar este deseo, continuaba, por hábito, reclamando lo que antes le dejaba satisfecho.

—Acostadme del otro lado —pedía. Y una vez acostado, quería volver a su posición primitiva—. Dadme caldo... —Y luego—: Lleváoslo. ¿Por qué estáis callados? Contadme algo.

Y tan pronto como uno abría la boca, su rostro recobraba la misma expresión de fatiga, de indiferencia y de disgusto.

El décimo día después de su llegada, Kiti cayó enferma. Tenía dolor de cabeza y náuseas, y no pudo levantarse por la mañana. El médico dijo que aquello era efecto de la fatiga y de las emociones. Prescribió calma y reposo. Sin embargo, se levantó después de comer y acudió, como de costumbre, a la habitación del enfermo con su labor. Nikolái le lanzó una mirada severa y sonrió con desdén cuando ella le dijo que había estado enferma. En todo el día no cesó de sonarse y de gemir.

—¿Cómo se siente usted? —preguntó ella.

—Peor —respondió—. Estoy sufriendo.

—¿Dónde le duele a usted?

—En todas partes.

—Ya verá cómo esto termina hoy —dijo Maria Nikoláievna, en voz baja.

Lievin la hizo callar, temiendo que su hermano —cuyo oído se había vuelto muy sensible— pudiera escucharlo. Se volvió hacia él, que lo había oído perfectamente, pero aquellas palabras no le produjeron ninguna impresión, porque su mirada se mantuvo grave y fija.

—¿Qué le hace suponer eso? —preguntó Lievin, después de haber sacado a Maria Nikoláievna al corredor.

—Se está despojando de todo.

—¿De qué manera?

—Así —dijo ella, tirando de los pliegues de su vestido de lana.

Lievin había notado, en efecto, que durante todo el día, el enfermo había estado tirando de sus ropas como si quisiera quitárselas.

Maria Nikoláievna, había sido exacta en su predicción. Bien entrada la tarde, el enfermo ya no tenía fuerzas ni para levantar los brazos, y su mirada inmóvil adquirió una expresión como de atención concentrada, que no cambió cuando Kiti y su hermano se inclinaron sobre él para que pudiera verles. Kiti hizo venir al sacerdote para recitar las oraciones de los agonizantes.

Al principio, el enfermo no dio ningún signo de vida, pero al final de las plegarias lanzó inesperadamente un suspiro, se estiró y abrió los ojos. Lievin, Kiti y Maria Nikoláievna estaban de pie junto al lecho. Una vez terminadas sus oraciones, el sacerdote puso la cruz sobre aquella frente helada, la envolvió lentamente en su estola y tras unos instantes de silencio, tocó con los dedos la enorme mano exangüe del moribundo.

—Ya concluyó de sufrir —declaró al fin, haciendo ademán de marcharse.

De pronto, los labios resecos de Nikolái temblaron ligeramente, y del fondo de su pecho salieron estas palabras, que resonaron claramente, en medio de aquel silencio:

—Todavía no..., pero pronto.

Pasado un minuto se aclaró el semblante, se dibujó una sonrisa bajo el mostacho, y las mujeres se apresuraron a preparar la mortaja.

A la vista de aquel espectáculo, todo el horror de Lievin por el pavoroso enigma de la muerte se reveló con la misma intensidad que durante la noche otoñal en que vino a verle su hermano. Ahora este sentimiento era más vivo que antes, y menos que antes se sentía capaz de comprender el sentido de la muerte, y veía esta fatalidad mucho más horrorosa. Pero esta vez, la compañía de su esposa le impidió caer en la desesperación, porque, a pesar de la presencia de la muerte, experimentaba la necesidad de vivir y de amar. El amor por sí solo bastaba para salvarle y se hacía, por tanto, más fuerte y más puro que el otro sentimiento que le embargaba.

Apenas Lievin había visto realizarse aquel misterio de la muerte, cerca de él se realizaba, a la vez, otro misterio, igualmente insondable, pero de vida y de amor. El médico declaró que Kiti estaba encinta, como había supuesto desde el principio.

## Capítulo XXI

DESDE el instante en que hubo comprendido, gracias a Betsi y a Stepán Arkádich, que todos —y Anna la primera—esperaban de él que librase de su presencia a su mujer, Alexiéi Alexándrovich se sintió completamente desorientado. Incapaz de tomar personalmente una decisión, una vez más puso su suerte en manos de terceras personas, a quienes no desagradaba ni mucho menos mezclarse en estos asuntos, y consintió en todo ciegamente. No volvió a la realidad hasta que, después de la partida de Anna, la inglesa mandó preguntarle si debía comer con él, o aparte. Entonces, por primera vez, su suerte se le apareció en toda su descarnada realidad.

Lo que más le afligía era no poder encontrar una relación lógica entre el pasado y el presente. Por pasado no entendía la época feliz vivida en buena armonía con su mujer, época que los sufrimientos padecidos después de la traición le habían hecho olvidar hacía tiempo. El abandono de Anna después de confesarle la verdad, le habría causado, sí, un penoso desengaño, pero aquella desgracia no era comparable a la situación sin salida dentro de la cual se estaba ahora debatiendo. En efecto, ¿cómo podía explicarse que la ternura con la que había cedido en todo, el perdón otorgado tan generosamente, el afecto demostrado a una mujer culpable y al hijo del otro, le hubiese valido el abandono, la soledad, los sarcasmos y el desprecio general? Esta era la pregunta que se hacía constantemente y a la que no podía hallar la menor respuesta.

Los dos primeros días que siguieron a la partida de Anna, Alexiéi Alexándrovich continuó con sus recepciones, asistió a las reuniones del Consejo e hizo las comidas en su casa, como de costumbre. Todas las fuerzas de su voluntad iban a converger instintivamente a un solo propósito: dar la apariencia de un hombre tranquilo e indiferente. A las preguntas de los criados, que deseaban informarse sobre las medidas necesarias para el acondicionamiento de las habitaciones de Anna y demás atenciones, respondía, a costa de sobrehumanos esfuerzos, con un aire de hombre preparado para los acontecimientos, que no veía en ellos nada de extraordinario. Así pudo disimular durante algún tiempo su dolor.

El tercer día, Korniéi le presentó la factura de una casa de modas que Anna se había olvidado de liquidar. Como el interesado esperaba en la antesala, Karenin le hizo entrar.

—Vuestra excelencia —dijo el hombre—, tendrá a bien excusar esta molestia y facilitarnos la dirección de la señora, si es a ella a quien debemos pasar la factura?

Alexiéi Alexándrovich pareció reflexionar, y volviéndose de pronto, tomó asiento y se inclinó sobre la mesa de su despacho, con la cabeza entre las manos. Estuvo algún tiempo en esta posición, intentando hablar sin conseguirlo. Comprendiendo la angustia de su amo, Korniéi suplicó al portador de la factura que se retirase. Una vez solo, Karenin sintió que le faltaban las fuerzas para luchar. Hizo desenganchar el coche, cerró la puerta y no acudió al comedor.

El desdén, la crueldad que había creído leer en el rostro de aquel dependiente de comercio, de Korniéi y de todas las personas con quienes había tenido trato aquellos días, se le hacían insoportables. Si hubiera atraído sobre sí el desprecio de sus semejantes con una conducta reprensible, habría podido esperar que una conducta mejor le devolviera su estima. Pero como no era más que un desgraciado —de una desgracia vergonzosa, execrable—, la gente se mostraba más implacable a medida que se intensificaban sus sufrimientos. Serían capaces de aplastarle, como los perros destrozan a dentelladas al compañero de la jauría que, herido, aúlla de dolor. Para resistir a la hostilidad general, no tenía más remedio que ocultar sus llagas costase lo que costase, pero, ¡ay!, dos días de lucha le había dejado agotado. Y lo más atroz de todo, no veía nadie a quien confiar su martirio. No había en todo Peterburgo un hombre que se interesara por él, que le guardase alguna consideración, no como personaje de alto rango, sino como una persona que sufre.

Alexiéi Alexándrovich había perdido a su madre a la edad de diez años. No se acordaba de su padre, su hermano y él habían quedado huérfanos con una fortuna muy modesta. Su tío Karenin, alto funcionario, que se había granjeado las simpatías del difunto zar, encargóse de su educación. Después de estudiar con aprovechamiento en el colegio y en la Universidad, Alexiéi Alexándrovich debutó brillantemente, gracias a su tío, en la carrera administrativa, a la que se dedicó exclusivamente. Jamás se dejó llevar por la amistad de nadie. Sólo su hermano gobernaba en su corazón. Pero cuando éste ingresó en la diplomacia, se fue a vivir al extranjero, y allí murió poco después del matrimonio de Alexiéi Alexándrovich.

Karenin, nombrado gobernador de una provincia, conoció allí a la tía de Anna, persona muy rica, que supo maniobrar hábilmente para poner en contacto a su sobrina con aquel hombre ya mayor, pero joven para ser ya gobernador. Cierto día, Alexiéi Alexándrovich se vio en la alternativa de escoger entre una petición de mano o un cambio de destino. Estuvo mucho tiempo vacilando, hallando tantas razones en pro como en contra del matrimonio. Seguramente no se habría apartado de su máxima favorita, «en la duda, abstente», si no fuera porque un amigo de la tía le había dado a entender que sus asiduidades comprometían a la joven y que, como hombre de honor, su deber era declararse. Decidióse, pues, inmediatamente, y desde entonces dedicó, a su prometida primero y luego a su mujer, todo el afecto de que su naturaleza era capaz.

Este afecto excluyó de él toda apetencia de intimidad. Sus relaciones sociales eran muchas; pero no había relaciones de amistad. De todos los conocidos, no había ninguno íntimo. Podía invitar a numerosos personajes, pedirles un servicio, una protección de cualquier solicitante, criticar libremente delante de ellos los actos del Gobierno, pero las relaciones con esas personas se limitaban a un círculo rigurosamente determinado por las costumbres y conveniencias, y del que era imposible salir. El único hombre al que hubiera podido confiar su desazón, un antiguo camarada de la Universidad con quien había conservado el trato, ejercía en provincias las funciones de inspector de enseñanza. Las relaciones más estrechas que tenía en Peterburgo eran su jefe de gabinete y su médico.

El primero, Mijaíl Vasílievich Sliudin, hombre galante, sencillo, bueno, e inteligente, parecía sentir por Karenin una viva simpatía; pero cinco años de subordinación habían levantado entre su jefe y él una barrera que interceptaba las confidencias. Aquel día, sin embargo, después de haber firmado los documentos que Sliudin traía, Alexiéi Alexándrovich le miró un buen rato en silencio, dispuesto a expansionarse. Hasta tenía preparada una frase: «Usted sabe mi desgracia», que intentó pronunciar más de una vez, pero que murió en sus labios. Tuvo que contentarse con despedirle de la manera habitual: «Tenga la bondad de prepararme este trabajo.»

El médico estaba igualmente muy bien dispuesto con respecto a él, cosa que no ignoraba Karenin, pero entre ellos se había concertado tácitamente un pacto, por virtud del cual ambos se suponía que estaban sobrecargados de trabajo y tenían que reducir al mínimo sus ratos de charla.

Por lo que tocaba a las amigas, incluyendo a la principal de ellas, la condesa Lidia, Alexiéi Alexándrovich ya no se preocupaba en absoluto de ellas. Las mujeres le infundían miedo y no sentía por ellas más que aversión.

## Capítulo XXII

Si Karenin había olvidado a la condesa Lidia, ésta no había dejado de pensar en él. Precisamente llegó en aquella hora lúgubre cuando, sentado en su despacho, la cabeza entre las manos, Alexiéi se entregaba de lleno a la desesperación. Sin hacerse anunciar, penetró en el gabinete de trabajo.

—*J'ai forcé la consigne*[1] —dijo con paso rápido, sofocado por la emoción—. ¡Lo sé todo, Alexiéi Alexándrovich, amigo mío!

Y le apretó la mano entre las suyas, mirándole con sus bellos ojos pensativos.

---

[1] He forzado la consigna. (En francés en el original.)

Karenin se levantó con aire abrumado, retiró la mano y aproximó un sillón para ella.

—Sírvase sentarse, condesa. No recibo porque me encuentro mal —murmuró con los labios temblorosos.

—Amigo mío —repitió la condesa sin apartar los ojos; sus cejas fruncidas dibujaron un triángulo sobre la frente, gesto que acentuó aún más la fealdad natural de sus facciones, un tanto amarillentas.

Alexiéi Alexándrovich comprendió que estaba a punto de llorar de compasión, y esta actitud tan enternecedora acabó de conquistarle. Cogió su mano regordeta y se la besó.

—Amigo mío... —repitió ella con voz entrecortada por la emoción—, no debe usted abandonarse así al dolor; es grande, sí, pero hay que ver la manera de calmarlo.

—Estoy destrozado, muerto, no soy un hombre —confesó Alexiéi Alexándrovich, soltando la mano de la condesa y sin apartar la mirada de sus ojos llenos de lágrimas—. Mi situación es tanto más apurada cuanto que no encuentro ningún apoyo, dentro ni fuera de mí.

—Encontrará usted ese apoyo, no en mí, aunque debe creer en mi amistad, se lo ruego, sino en Él. Nuestro apoyo —prosiguió con un suspiro— está en su amor. Su yugo es ligero —continuó con aquella mirada exaltada, que Karenin le conocía tan bien—. Él le sostendrá. Vendrá en su ayuda.

Aquellas palabras testimoniaron el enternecimiento ante sus elevados sentimientos y una exaltación mística recién introducida en Peterburgo, que le pareció excesiva; sin embargo, en ese momento le resultó agradable oírlas.

—Soy débil, estoy aniquilado. Nada había previsto y nada comprendo.

—¡Amigo mío!

—No es la pérdida sufrida lo que deploro —continuó Alexiéi Alexándrovich—. ¡Oh, no, pero no puedo desprenderme de la sensación de vergüenza que experimento a los ojos del mundo! Ese es mi mal, pero nada puedo hacer.

—No es usted el que ha realizado ese acto tan noble de perdón que todos admiramos; es Él; no tiene usted de qué avergonzarse —aseguró la condesa, levantando las pupilas como en un arrebato de éxtasis.

El rostro de Karenin adquirió un tinte sombrío. Juntó las manos y las apretó una contra otra hasta hacer crujir las coyunturas.

—¡Si usted conociera todos los detalles! —exclamó con su voz penetrante—. Las fuerzas humanas tienen su límite, y ya he llegado al límite de las mías, condesa. Todo el día me lo he pasado resolviendo cuestiones domésticas, dimanantes —recalcó esta palabra— de mi situación de soledad. El ama de llaves, los criados, las cuentas, esas pequeñeces me consumen lentamente. Ayer en la mesa... Apenas he podido contenerme. No podía soportar la mirada de mi hijo. No se atrevía a hacerme preguntas, ni yo osaba mirarle. Tenía miedo de mí... Pero eso no es nada todavía...

Karenin quiso hablar de la factura que le habían traído, pero le tembló la voz y se contuvo. Aquella factura en papel azul, por un sombrero y unas cintas, le había afectado más que cualquier otra cosa.

—Lo comprendo, amigo mío, lo comprendo todo —manifestó la condesa—. La ayuda y el consuelo no los encontrará usted en mí; si he venido, ha sido para ofrecerle mis servicios, para ver si le distraigo de esas pequeñas y míseras preocupaciones... Se necesita aquí una mano de mujer... ¿Me dejará usted hacer?

Alexiéi Alexándrovich le estrechó la mano sin pronunciar palabra.

—Nos ocuparemos los dos de Seriozha. No estoy impuesta ni mucho menos en las cosas de la vida práctica, pero ya me las arreglaré; yo seré su administrador. No me dé las gracias, no parte de mí hacerlo...

—¿Cómo no voy a estarle agradecido?

—Nada de eso, amigo mío, no ceda usted a ese sentimiento del que estaba hablando hace un instante; no se avergüence de lo que constituye el más alto grado de la perfección cristiana. «El que se humilla será ensalzado.» No me agradezca nada a mí sino a Aquel a quien hay que rezar ¡Sólo en Él encontraremos la paz, el consuelo, la salud y el amor!

Levantó los ojos al cielo. Alexiéi Alexándrovich comprendió que estaba rezando. Aquella fraseología, que en otras circunstancias le habría parecido fuera de lugar, la encontraba ahora natural y tranquilizante. El no aprobaba aquella exaltación más que desde el punto de vista político, y como las doctrinas nuevas abrían la puerta a la discusión y al análisis, le tenían que resultar en principio antipáticas. De ordinario, oponía a las efusiones místicas de la condesa un silencio aprobador, pero esta vez dejóla hablar con placer, sin contradecirla, ni siquiera interiormente.

—He escuchado con agrado sus palabras y agradezco sus promesas —declaró cuando ella hubo acabado de rezar.

La condesa apretó una vez más la mano de su amigo.

—Ahora voy a poner manos a la obra —dijo, después de haber eliminado, sonriendo, las últimas huellas de las lágrimas en su rostro—. Voy a ver a Seriozha y no acudiré a usted más que en los casos graves.

La condesa se levantó y fue a reunirse con Scriozha; una vez a su lado, bañando en lágrimas las mejillas del muchacho asustado, le comunicó que había estado con su padre, que era un santo, y que su madre había muerto.

La condesa cumplió lo prometido y se encargó, efectivamente, de los pormenores caseros, pero no había exagerado nada al confesar su falta de sentido práctico. Dio órdenes tan poco razonables que Korniéi, el ayuda de cámara de Alexiéi Alexándrovich, asumió la responsabilidad de revocarlas y, poco a poco, se fue apoderando de las riendas del gobierno. Aquel hombre tenía la habilidad de acostumbrar a su amo a escucharle, durante el aseo, las informaciones que tenía a bien hacerle en tono tranquilo y circunspecto. La intervención de la condesa no fue menos útil en otro aspecto. Su afecto y su estima fueron para Karenin un sostén moral, y prodigándole sus consuelos estuvo ella a punto de convertirle, es decir, de cambiar su tibieza en materia de religión por una cálida y firme simpatía hacia la doctrina cristiana que últimamente se propagaba en Peterburgo. Aquella conversión no fue difícil. Como la condesa, como todos los que preconizaban las ideas nuevas, Alexiéi Alexándrovich estaba desprovisto de imaginación profunda, es decir, de esa facultad del alma gracias a la cual las ilusiones, los espejismos de la misma imaginación, exigen una cierta semejanza con la verdad para hacerse aceptar. Él no veía nada de imposible en que la muerte existiera para los incrédulos y no para él, en que el pecado quedase excluido de su alma, y su salud espiritual asegurada en este mundo, porque poseía una fe sólida y firme de la que él sólo era juez.

La ligereza, el error de estas doctrinas, le asaltaban, sin embargo, en algunos momentos. El sentimiento irresistible que, sin el menor impulso divino, le había arrastrado al perdón, le había causado una alegría muy diferente de la que sentía ahora, repitiéndose constantemente que Cristo habitaba en su alma. No obstante, por ilusoria que fuese aquella grandeza moral, le era indispensable en su actual estado de humillación. Desde lo alto del plano espiritual en que le había situado aquella imaginaria revelación, se creía con derecho a despreciar a quienes le despreciaban, y se aferraba a sus nuevas convicciones como a una tabla de salvación.

## Capítulo XXIII

LA condesa Lidia se había casado muy joven. De naturaleza exaltada, encontró en su marido un gran señor, con apariencias de niño grande, pero tan lleno de vicios como de dinero. Al segundo mes de matrimonio fue abandonada por su marido, quien respondía a sus efusiones amorosas con frases sarcásticas y demostraciones de hostilidad que nadie podía explicar, pues la bondad del conde era bastante conocida y la romántica Lidia no era una presa fácil para la crítica. Desde entonces, aunque los esposos vivían separados, cada vez que se encontraban, el conde la trataba con emponzoñada ironía, que siempre constituía un enigma.

Hacía tiempo que la condesa había renunciado a la adoración que sentía por su esposo, pero siempre quedaba prendada de alguna persona, y hasta de varias a la vez —tanto hombres como mujeres— que atraían su atención de cualquier manera. Estaba prendada de todos los príncipes, de todas las princesas que se aliaban a la familia imperial; sucesivamente se enamoró de un metropolitano, de un vicario y de un simple sacerdote; inmediatamente después de un periodista, de tres eslavófilos y de Komisárov; a continuación de un ministro, de un médico, de un misionero inglés y, por último, de Karenin. Aquellos amores múltiples, con sus diferentes fases de calor o de enfriamiento, no le impedían en absoluto seguir cultivando, tanto en la Corte como en la ciudad, las más complicadas relaciones. Pero desde el día que puso a Karenin bajo su protección particular y se preocupó de su bienestar, sintió que jamás había amado a nadie sinceramente más que a él. Sus otros amores perdieron todo valor a sus ojos. Comparándolos con el que ahora sentía, debió confesarse que jamás se habría enamorado de Komisárov si éste no hubiese sido quien salvó la vida del zar, ni de Rístich-Kudzhitski si no hubiese planteado la cuestión eslava, mientras que a Karenin lo amaba por él mismo, por su gran alma incomprendida, por su carácter, por el sonido de su voz, su hablar lento, su mirada cansada y sus manos blancas y fláccidas, de venas hinchadas. No sólo le alegraba la idea de verle, sino que además procuraba leer en el semblante de su amigo una impresión análoga a la suya. Ella quería agradarle tanto con su persona como con su conversación; jamás se había preocupado tanto de arreglarse como ahora. Más de una vez se sorprendió reflexionando sobre qué habría podido pasar si ambos fuesen libres. Entraba él, y ella se ponía roja de emoción; le decía él alguna palabra amable, y no podía contener una sonrisa embriagadora.

Hacía ya algunos días que la condesa se sentía inquieta. Acababa de enterarse de que Anna y Vronski estaban en Peterburgo. Era necesario a toda costa evitar que Alexiéi Alexándrovich padeciera el suplicio de ver a su esposa, alejar de él hasta la idea de que aquella persona de triste memoria respiraba en la misma ciudad que él, y podía en cualquier momento encontrársela. Mandó hacer averiguaciones para conocer los planes de «aquella gente vil», como denominaba a Anna y Vronski, y procuró durante aquellos días orientar todos los movimientos de su amigo de manera que no los encontrara. El joven ayudante de campo, amigo de Vronski, que proporcionaba las noticias a la condesa, y que tenía necesidad de la condesa para obtener por recomendación suya cierta concesión que le interesaba, le dijo que, después de terminar ciertos preparativos, se proponían partir al día siguiente. Lidia Ivánovna empezaba a respirar tranquila cuando le trajeron a la mañana siguiente una carta cuya escritura reconoció enseguida: era de Anna Karénina. El sobre, de papel inglés grueso como corteza de árbol, contenía una hoja oblonga y amarilla, adornada con un inmenso monograma. La carta esparcía un perfume delicioso.

—¿Quién ha traído esta carta?

—Un botones de hotel.

Durante algún tiempo, la condesa permaneció de pie, sin valor para sentarse a leer. La oprimía un acceso de asma. Una vez calmada, se puso a leer la siguiente misiva, escrita en francés:

Madame la Comtesse:

Los sentimientos cristianos de los que su alma está llena, condesa, me inducen al atrevimiento —imperdonable, ya lo sé— de dirigirme a usted. Sufro mucho por estar separada de mi hijo y le suplico tenga a bien autorizarme para verle una vez, antes de mi marcha. Si no me dirijo directamente a Alexiéi Alexándrovich es por no despertar en este hombre generoso recuerdos que han de causarle pena. Conociendo su amistad con él, he pensado que tal vez usted me comprenda. ¿Me enviará a casa a Seriozha? ¿Prefiere que vaya a la hora que usted me indique? ¿O me notificará a qué lugar podría ir a verle? Una negativa me parece imposible, pensando en la magnanimidad del que tiene el poder de decidir. No puede usted imaginarse mi anhelo por ver a mi hijo, ni por consiguiente el grado de mi reconocimiento por la ayuda que seguramente tendrá a bien prestarme.

*Anna.*

Todo lo que decía la carta irritó a la condesa Lidia: su contenido, la alusión a la magnanimidad, y sobre todo, el tono desenvuelto que creyó descubrir en ella.

—Dígale que no hay respuesta —indicó al criado.

Y abriendo acto seguido su carpeta, escribió a Karenin, que esperaba encontrarle después de las doce en la recepción de Palacio.

Tengo necesidad de informarle de un asunto grave y triste —escribió—. Nos pondremos de acuerdo en Palacio sobre el lugar en que podré verle. Lo mejor sería en mi casa, donde le haría preparar *su* té. Es indispensable... Él nos impone su cruz, pero Él nos da también fuerzas para llevarla, añadió, para prepararle en cierta medida.

La condesa escribía dos o tres notas por día a Alexiéi Alexándrovich. Le gustaba aquel medio de dar a sus informes, más o menos extractados a gusto suyo, una pincelada de elegancia y de misterio.

## Capítulo XXIV

La audiencia imperial había terminado. Al retirarse, todo el mundo comentaba las noticias del día: recompensas y sustituciones.

—¿Qué diría usted si a la condesa Maria Borísovna la nombrasen ministro de la Guerra, y a la princesa Vatkóvskaia jefe del Estado Mayor? —preguntaba un vejete de cabellos plateados y uniforme rutilante, a una alta y bella dama de honor que le interrogaba sobre los nombramientos.

—En ese caso, yo debo ser ascendido a ayudante de campo, ¿no le parece? —sugirió la joven, sonriendo.

—¡Nada de eso! Usted debe ser nombrada ministro de Cultos, con Karenin como secretario de Estado... Buenos días, mi príncipe —continuó el buen hombre, estrechando la mano de alguien que se le acercó.

—¿Hablaba usted de Karenin? —preguntó el príncipe.

—Putiátov y él han recibido la condecoración de Alexandr Nievski.

—Creía que ya estaba en posesión de ella.

—No. Mírele —dijo el vejete, haciendo girar su tricornio bordado hacia Karenin para indicárselo.

Éste, de pie en el umbral de la puerta, platicaba con uno de los miembros más influyentes del Consejo de Estado; vestía el uniforme de corte, ostentando su nueva condecoración.

—¿No le ve feliz y contento como niño con zapatos nuevos?

El viejo se interrumpió para dar la mano a un soberbio y atlético chambelán que acertó a pasar por su lado, y que al oírle contestó:

—¿Ése? No. Basta con ver lo que ha envejecido.

—Eso es efecto de las preocupaciones. Se pasa la vida escribiendo proyectos. Apuesto a que en este momento está exponiendo alguno a su interlocutor, a quien no envidio la suerte porque no le dejará hasta que no se lo haya explicado con todos sus puntos y sus comas.

—¿Dice usted que ha envejecido? —terció otra persona—. *Il fait des passions*[1]. La condesa Lidia debe de estar celosa de su mujer.

—Le ruego que no hable mal de la condesa Lidia.

—¿Hay algo malo en haberse prendado de Karenin?

—¿Es verdad que está aquí la señora de Karenin?

—No aquí en Palacio, pero sí en Peterburgo. Ayer me encontré con ella en la calle Morskaia, *bras dessus, bras dessous*[2], de Alexiéi Vronski.

—*C'est un home qui n'a pas...*[3] —Comenzó a decir el chambelán, pero calló para dejar paso y hacerle la reverencia a una persona de la familia imperial.

Mientras la gente le ridiculizaba en estos o parecidos términos, Alexiéi Alexándrovich obstruía el camino al consejero de Estado, y sin omitir ni una coma le exponía en toda su magnitud un proyecto financiero.

Casi al mismo tiempo de ser abandonado por su esposa, Alexiéi Alexándrovich se había encontrado, sin que se diera exacta cuenta de ello, en la situación más penosa que puede encontrarse un funcionario: la marcha ascendente de su carrera había cesado. Era un hecho real, y todos, menos él, veían claramente que su carrera había terminado. Fuera por su lucha con Striómov, por la desgracia con la mujer, o simplemente, por haber llegado al tope que debía alcanzar, para todos era evidente en ese año que su carrera había tocado a su fin. Era cierto que todavía desempeñaba un cargo importante, seguía formando parte de un gran número de comités y de comisiones, pero estaba clasificado entre las personas que han cumplido su misión en el tiempo y de las que ya no se espera más.

---

[1] Tiene éxito. (En francés en el original.)
[2] del brazo. (En francés en el original.)
[3] Es un hombre que no tiene... (En francés en el original.)

Todos sus proyectos parecían caducos, periclitados. Lejos de considerarlo así, Karenin creía discernir con más exactitud los errores del Gobierno, desde el momento que no participaba directamente en ninguno de sus planes, y opinaba que era su deber llamar la atención sobre la necesidad de introducir determinadas reformas. Poco después de la partida de Anna, escribió algunas páginas sobre los nuevos tribunales, primera de las innumerables e inútiles memorias que tenía que redactar, y que abarcaban las más diversas ramas de la administración. Ciego a su desgracia, se mostraba más satisfecho que nunca de sí mismo y de su actitud, y como la Sagrada Escritura era de ahora en adelante su guía en todas las cosas, recordaba sin cesar aquella sentencia de San Pablo: «El que tiene una mujer, piensa en los bienes terrestres; el que no la tiene, no piensa más que en el servicio del Señor.»

Alexiéi Alexándrovich no prestaba ninguna atención a la impaciencia, muy visible, sin embargo, del consejero de Estado; no tuvo más remedio que interrumpir su disertación al pasar un miembro de la familia imperial, circunstancia que aprovechó su interlocutor para eclipsarse. Al verse solo, Karenin bajó la cabeza, procuró coordinar sus ideas y, dirigiendo una mirada distraída alrededor, encaminó sus pasos a la puerta donde esperaba encontrar a la condesa Lidia.

«¡Qué fuertes son y qué buen porte tienen todos! —pensaba, al apreciar, mientras pasaba por su lado, al vigoroso chambelán con las patillas peinadas y perfumadas, y al príncipe de cuello rubicundo oprimido en el uniforme—. La verdad es que todo va mal en este mundo —pensó, mirando de reojo las pantorrillas del criado.»

Moviendo parsimoniosamente las piernas, Alexiéi Alexándrovich saludó con su habitual cansino aire de dignidad a unos señores que estaban hablando de él, y, mirando hacia la puerta, buscó con los ojos a la condesa Lidia Ivánovna.

—Alexiéi Alexándrovich —exclamó el vejete, cuyos ojos brillaban maliciosamente—, todavía no le he felicitado. Reciba todos mis cumplidos —agregó, señalando la nueva cinta.

—Se lo agradezco infinitamente. Hace un tiempo soberbio, ¿eh? —respondió Karenin, insistiendo, según su costumbre, en la palabra «soberbio».

Sospechaba con razón que aquellos señores se estaban burlando de él, pero conociendo sus sentimientos hostiles, no concedió a sus habladurías la menor importancia.

Los hombros amarillentos y los hermosos ojos pensativos de la condesa Lidia se le aparecieron desde lejos y le atrajeron como un imán. Se dirigió a ella con una sonrisa que puso al descubierto la blancura de sus dientes.

La *toilette* de Lidia Ivánovna, como todas las que había llevado últimamente, le había causado grandes desazones. El fin que perseguía con sus vestidos era muy distinto del que había perseguido hacía treinta años. Entonces quería adornarse con cualquier cosa y cuanto más mejor; ahora, por el contrario, se ataviaba y engalanaba de un modo totalmente inadecuado a sus años y su figura, y lo único que le preocupaba era que el contraste entre sus adornos y su físico no fuese excesivamente llamativo, y lo había conseguido a los ojos de Alexiéi Alexándrovich, quien la encontraba encantadora. La simpatía de aquella mujer era para él su único refugio contra la animosidad general. También, en medio de aquella muchedumbre hostil, se sentía atraído hacia ella como una planta hacia la luz.

—Mi enhorabuena más cordial —dijo ella, fijando su mirada en la condecoración.

Conteniendo una sonrisa de contento, Karenin alzó los hombros y entornó los ojos, queriendo indicar así que a él no le importaban nada esta clase de distinciones. Pero la condesa sabía que, muy al contrario, le interesaban.

—¿Qué tal se porta nuestro ángel? —preguntó ella, haciendo alusión a Seriozha.

—No estoy muy contento de él —respondió Alexiéi Alexándrovich, levantando las cejas y abriendo los ojos—. Tampoco lo está Sítnikov. (Sítnikok era el profesor a quien estaba confiada la educación de Seriozha.) Como ya le había dicho a usted, Seriozha muestra frialdad para las cuestiones más esenciales que debe abordar toda alma humana, incluso, y en gran manera, la de un niño.

Dejando aparte su carrera, la única preocupación de Alexiéi Alexándrovich era, por el momento, la educación de su hijo. Él, a quien nunca hasta entonces habían interesado los problemas de la educación, dedicó cierto tiempo a estudiar teóricamente la cuestión. Y después de haber leído varios libros de antropología, pedagogía y didáctica, se formó un plan educativo, invitó al mejor pedagogo de Peterburgo para que se encargase de dirigirlo, y lo puso en práctica.

—Sí, pero, ¿y el corazón? Observo que ese niño tiene el mismo corazón de su padre, y con un corazón así no puede ser tonto —expuso la condesa con tono enfático.

—Quizá... Por lo que a mí respecta, cumplo con mi deber. No puedo hacer otra cosa.

—¿Vendrá usted a mi casa? —preguntó la condesa tras un momento de silencio—. Tenemos que hablar de una cosa triste para usted. Habría dado el mundo entero para evitarle ciertos recuerdos, pero otros no piensan igual. «Ella» está aquí, en Peterburgo, y «ella» me ha escrito.

Alexiéi Alexándrovich se estremeció, pero su rostro adquirió mentalmente aquella expresión de inmovilidad cadavérica, que indicaba su total impotencia en semejantes asuntos.

—Ya lo esperaba —dijo.

La condesa lo envolvió en una mirada ansiosa, y al ver tal grandeza de alma, de sus ojos brotaron lágrimas de admiración.


## Capítulo XXV

Alexiéi Alexándrovich esperó unos instantes en el elegante gabinete, decorado con retratos y viejas porcelanas. La condesa se cambiaba de traje. Un servicio de té chino estaba dispuesto sobre un velador, junto a un infiernillo de alcohol. Karenin recorrió con la vista los innumerables cuadros que adornaban la pieza, se sentó cerca del velador y cogió un libro de los Evangelios que había encima. El roce de un vestido de seda le distrajo en su lectura.

—Por fin vamos a estar un poco tranquilos —dijo la condesa, deslizándose con una sonrisa emocionada entre el velador y el canapé—. Podremos charlar mientras tomamos nuestro té.

Después de un corto preámbulo le alargó, mientras contenía el aliento y se le coloreaban las mejillas, la carta de Anna Karénina, que él leyó, guardando un largo silencio.

—No creo que tenga derecho a negárselo —manifestó al fin, no sin alguna timidez.

—Amigo mío, usted no ve el mal en ninguna parte.

—Al contrario, lo veo por todas partes. Pero, ¿sería justo...?

Su fisonomía denotaba indecisión, el deseo de un consejo, de una ayuda en cuestión tan espinosa.

—No —interrumpió la condesa—. Hay límites para todo. Yo comprendo la inmoralidad —declaró sin ninguna franqueza, puesto que jamás había podido discernir lo que inducía a las mujeres a enfrentarse con las leyes de la moral—, pero lo que no comprendo es la crueldad, y una crueldad ¿con quién? ¡Con usted! ¿Cómo tiene ella el atrevimiento de estar en la misma ciudad donde usted vive? Nunca somos demasiado viejos para aprender. La experiencia de todos los días me ha enseñado a distinguir entre la grandeza de alma de usted y la bajeza de su conducta.

—¿Quién de nosotros puede tirar la primera piedra? —replicó Alexiéi Alexándrovich, satisfecho de su papel—. Después de haberlo perdonado todo, ¿puedo privarla de lo que es una necesidad de su corazón, su amor por su hijo?

—¿De veras cree usted que eso es amor, amigo mío? ¿Hay alguna sinceridad en todo eso? Usted ya ha perdonado una vez, y sigue perdonando, bien lo veo, pero ¿tenemos el derecho de atormentar el alma de ese angelito? Él cree que su madre está muerta, reza por ella y pide a Dios el perdón de sus pecados. ¿Qué pensaría ahora?

—No se me había ocurrido —murmuró Alexiéi Alexándrovich, abrumado por el peso de este razonamiento.

La condesa se tapó la cara con las manos y estuvo silenciosa cierto tiempo. Se había puesto a rezar.

—Si quiere usted mi consejo —habló al fin—, he de decirle que mi parecer es contrario a esa autorización. ¿Acaso no sé cuánto está usted sufriendo, cuánto le sangra su herida? Supongamos que prescinde usted de lo que afecta a su propia persona, ¿adónde le llevará eso? Prepárese para nuevos sufrimientos y una inquietud más por su hijo. Si ella fuese aún capaz de sentimientos humanos, sería la primera en comprenderlo. No, yo no siento ninguna duda, y si usted me autoriza voy a darle una respuesta en ese sentido.

Habiendo dado su aquiescencia Karenin, la condesa escribió en francés la siguiente carta:

Señora:
El que su hijo la recuerde podría dar lugar, por parte suya, a una serie de preguntas a las cuales nadie sabría responder, sin despertar en el alma del niño sentimientos reprobatorios de lo que debe ser sagrado para él. Por eso, comprenderá usted muy bien la negativa de su marido con espíritu de caridad cristiana. Ruego al Todopoderoso que tenga misericordia de usted.

*Condesa Lidia.*

Aquella carta obtuvo el fin secreto que la condesa se ocultaba a sí misma. Había herido a Anna en el mismo fondo del alma.

Por su parte, Alexiéi Alexándrovich volvió a casa preocupado; en lo que restaba del día, no pudo reanudar sus ocupaciones ni recobrar la paz de un hombre que posee la gracia y se siente elegido. El recuerdo de su mujer, tan culpable con respecto a él, y con la cual se había portado como un santo al decir de la condesa, no debía causarle ninguna turbación, y, sin embargo, no se sentía tranquilo. No comprendía el libro que estaba leyendo; no podía deshacerse de los dolorosos recuerdos de sus relaciones con ella, de los errores, como entonces entendía, cometidos con respecto a ella. El recuerdo de cómo había acogido, volviendo de las carreras, su confesión de infidelidad, lo atormentaba como un remordimiento, sobre todo, el haberle exigido únicamente que guardase las apariencias, y no haber desafiado a Vronski. Y la carta que había escrito a su mujer, su inútil perdón, las atenciones prodigadas a la hija de un extraño, todo le volvía a su memoria y le sumía en una amarga y descorazonadora confusión. De una manera análoga, encontraba deshonrosos todos los incidentes de la vida en común con Anna, empezando por la necia declaración que se decidió a hacerle, después de tantas vacilaciones.

«¿Pero, de qué soy culpable?», se preguntaba. Aquella pregunta originaba invariablemente otra: «¿Cómo amaban entonces, cómo se casaban, pues, los Vronski, los Oblonski, los chambelanes de gruesas pantorrillas?» Y evocó una serie de seres vigorosos y seguros de sí mismos, que siempre habían cautivado su atención. Apartaba de sí tales pensamientos; trataba de convencerse de que no vivía para la existencia terrenal, pasajera, sino para la eterna, y de que en su alma reinaban la paz y el amor. Pero ciertos errores insignificantes que, a su parecer, había cometido en esta vida pasajera y despreciable, lo atormentaban tanto, como si no existiese la salvación eterna en que creía. Se sobrepuso, empero, a aquella perturbación y recobró muy pronto la serenidad y la elevación de espíritu, gracias a las cuales lograba olvidar las cosas cuyo recuerdo quería borrar de su imaginación.

## Capítulo XXVI

¿Qué hay, Kapitónych? —preguntó Seriozha al regresar del paseo, con voz alegre y las mejillas encendidas, la víspera de su cumpleaños, mientras que el viejo portero, sonriendo al pequeño desde lo alto de su corpachón, intentaba desembarazarle de su caftán plisado—. ¿Ha venido el funcionario vendado? ¿Le ha recibido papá?

—Sí; apenas marchó el jefe de gabinete, le he anunciado —respondió el portero, guiñando alegremente un ojo—. permítame que le quite esto.

—¡Seriozha! —llamó el preceptor eslavo, parado ante la puerta que daba acceso a los aposentos—, ¡debe quitárselo usted mismo!

Pero Seriozha, aunque oyó muy bien la voz severa de su preceptor, no le prestó ninguna atención. Tenía agarrado al portero por el cinturón y le miraba fijamente a los ojos.

—¿Y papá ha hecho lo que le pedía?

El portero hizo un signo afirmativo con la cabeza.

Aquel funcionario que iba vendado tenía mucho interés para Seriozha y para el portero; era la séptima vez que se presentaba, y Seriozha lo había encontrado una vez en el vestíbulo, suplicando al portero que lo anunciara y afirmando que sólo le quedaba morir con sus siete hijos; desde entonces, el muchacho estaba muy preocupado por la suerte del pobre hombre.

—¿Tenía cara de contento? —preguntó.

—Ya lo creo. Se ha marchado casi dando saltos.

—¿Han traído alguna cosa? —preguntó Seriozha, tras un intervalo de silencio.

—¡Ah, sí señor! —dijo a media voz Kapitónych, agachando la cabeza—. Hay un paquete de parte de la condesa.

Seriozha comprendió inmediatamente que el portero le hablaba del regalo que la condesa Lidia Ivánovna le hacía en su cumpleaños.

—¿De veras? ¿Dónde lo han puesto?

—Korniéi lo ha llevado a que lo vea su padre de usted. Debe ser una cosa bonita.

—¿Cómo de grande? ¿Así?

—Más pequeño, pero debe ser algo bonito.

—¿Un libro?

—No, un objeto. Vaya, vaya. Vasili Lukich le llama —dijo el portero, designando con un guiño al preceptor, que se aproximaba. Y separó suavemente la manita medio enguantada, agarrada a su ancho cinturón.

—Enseguida, Vasili Lukich —dijo Seriozha con aquella sonrisa amable que siempre desarmaba al severo preceptor.

A Seriozha le rebosaba el corazón de alegría, y no podía resistir el deseo de compartir con su amigo, el portero, la buena nueva familiar que había recibido de una sobrina de la condesa Lidia, durante su paseo por el Jardín de Verano. Aquella alegría le parecía aún mayor después de las gratas noticias del funcionario y del regalo que acababa de llegar. En un día tan hermoso como aquél, tenía la impresión de que todo el mundo debía sentirse satisfecho y feliz.

—¿Sabes una cosa? —repuso—. Papá ha recibido la condecoración de Alexandr Nievski.

—De sobra lo sabía. Como que han venido a felicitarle.

—Debe de estar contento, ¿verdad?

—Siempre da contento recibir un favor del zar. Es una prueba de que lo ha merecido —ponderó Kapitónych en tono grave.

Seriozha reflexionó, sin dejar de contemplar al portero, cuya cara le era conocida en sus menores detalles, el mentón sobre todo, perdido entre sus patillas grises y que nadie había podido descubrir más que el niño, que no podía ver a su amigo más que de abajo a arriba.

—¿Y tu hija, hace mucho que no te visita?

La hija del portero formaba parte del conjunto de ballet.

—¿De dónde sacaría tiempo para venir un día entre semana? Tiene que recibir sus lecciones como usted tiene que recibir las suyas. Vamos, vaya de prisa, señor, que le esperan.

Al entrar en su cuarto, Seriozha, en lugar de entregarse a sus deberes, participó al preceptor sus suposiciones acerca del regalo que le habían traído: debía ser una máquina.

—¿A usted qué le parece? —preguntó.

Pero Vasili Lukich no pensaba más que en la lección de gramática, que debía estar aprendida antes de la llegada del profesor, a las dos de la tarde. El niño se instaló en su mesa de trabajo; tenía ya el libro entre las manos, cuando de pronto, se le ocurrió preguntar:

—Dígame, ¿hay alguna orden por encima de la de Alexandr Nievski? Ya sabe usted que papá ha recibido esta orden.

El preceptor respondió que existía la de Vladímir.

—Y más arriba, ¿hay alguna?

—La de Andriéi Piervozvanni.

—¿Y por encima de esa?

—No lo sé.

—¿Cómo, ya no sabe usted más?

Y Seriozha, con la frente entre las manos, quedó sumido en las más complicadas meditaciones. Se imaginaba que quizá su padre iba a recibir también las condecoraciones de Vladímir y de Andriéi, y se mostraría en consecuencia mucho más indulgente por la lección de aquel día. Después se decía que cuando fuese mayor, ya se las arreglaría para merecer todas las condecoraciones, incluso las que fuesen creadas por encima de la de Andriéi. Apenas fuese instituida una nueva Orden, se haría digno de ella.

Estas reflexiones hicieron pasar el tiempo tan de prisa, que interrogado a la hora de la lección sobre los complementos del tiempo, de lugar y de modo, no supo qué responder, con gran disgusto del profesor. Seriozha estaba muy apenado por lo mismo. Ninguna lección, cualquiera que fuese, le entraba en la cabeza. En presencia del profesor, aquello marchaba todavía, porque a fuerza de escuchar y de creer que comprendía, se imaginaba comprender; pero una vez solo, se negaba a recono-.

cer que una palabra tan corta y tan simple como «pronto», se pudiera clasificar entre los adverbios de tiempo.

Ansioso por congraciarse, escogió un momento en que el maestro buscaba alguna cosa en su libro, para preguntarle:

—Mijaíl Iványch: ¿cuándo es el día de su santo?

—Haría usted mejor en pensar en su trabajo. ¿Qué importancia tiene una onomástica para un ser razonable? Es un día como otro cualquiera, que hay que dedicar al trabajo.

Seriozha miró con atención al profesor, examinó su barba rala, sus gafas que le habían descendido por la nariz, y se perdió en unas reflexiones tan profundas que no se enteró nada del resto de la lección. Por el tono con que había sido pronunciada la frase, le parecía imposible que fuese sincera.

«Parece como si todos se hubiesen puesto de acuerdo para decirme de igual modo las cosas más aburridas y más inútiles; ¿por qué? ¿Por qué éste me rechaza y no me quiere?», se preguntaba tristemente el pequeño, sin poder hallar respuesta.


Capítulo XXVII

DESPUÉS de la lección del profesor, le tocó el turno a la del padre. Seriozha, esperándole, jugaba con el cortaplumas y seguía el curso de sus meditaciones.

Una de sus ocupaciones favoritas consistía en buscar a su madre durante los paseos; él no creía en la muerte en general, y en particular, menos aún en la de su madre, a pesar de las afirmaciones de la condesa y de su padre. En los primeros tiempos que siguieron a la partida de Anna, creía reconocerla en todas las mujeres altas, morenas, graciosas y un poco fuertes: su corazón se llenaba de ternura, respiraba anhelante, le asomaban lágrimas a los ojos. Esperaba a que una de aquella señoras se le acercase y se alzara el velo; entonces volvería a verle su rostro, ella le dedicaría una sonrisa, le abrazaría, le acariciaría dulcemente con la mano mientras él aspiraba aquel perfume tan conocido y lloraba de alegría, como una tarde que se había echado a los pies de su madre y ésta le hacía cosquillas, y él reía a carcajadas mordiéndole la blanca mano cubierta de joyas. Más tarde, cuando supo casualmente por la criada que su madre no había muerto, y su padre y la condesa tuvieron que explicarle que ella había muerto para él porque se había vuelto mala (cosa que él no podía creer de ninguna de las maneras, porque la quería), siguió esperándola y buscándola con más afán. Aquel día, en el Jardín de Verano, había visto a una señora con velo color malva, y su corazón latió con fuerza cuando la vio tomar el mismo sendero que él; luego, la dama desapareció de repente. Seriozha sintió aquella ternura por su madre más vivamente que nunca. Con ojos brillantes, perdido en aquel ensueño, tenía la mirada fija frente a él mientras con el cortaplumas dejaba sobre la mesa señales indelebles.

Vasili Lukich le sacó de aquella meditación:

—¡Ahí viene papá!

Seriozha saltó de la silla, corrió a besarle la mano y buscó en su semblante algún signo de contento por su condecoración.

—¿Has tenido un buen paseo? —preguntó Alexiéi Alexándrovich, que se dejó caer en un butacón y abrió el volumen del Antiguo Testamento. Aunque a menudo repetía a Seriozha que todo cristiano debía conocer a fondo la Historia Sagrada, la verdad era que él tenía necesidad de consultar el libro para sus lecciones, y este detalle no le pasaba inadvertido al niño.

—Sí, papá. Me he divertido mucho —respondió Seriozha al mismo tiempo que, sentándose de través en la silla, iniciaba un balanceo para distraerse, a pesar de que le estaba prohibido—. He visto a Nádeñka —prosiguió refiriéndose a una sobrina de la condesa, que ésta educaba— y me han dicho que le habían dado a usted una nueva condecoración. Debe estar usted muy contento, papá.

—En primer lugar, no te balancees de esa manera —advirtió Alexiéi Alexándrovich— y en segundo, has de saber que lo que debe sernos más apreciado es el trabajo por sí mismo, y no la recompensa. Quisiera hacértelo comprender. Si no buscas más que la recompensa, el trabajo te parecerá penoso; pero si amas el trabajo por sí mismo, en él encontrarás tu recompensa.

Y Alexiéi Alexándrovich recordó que al firmar aquel día ciento dieciocho documentos diferentes, no había tenido por aliciente, en aquella ingrata tarea, más que el sentimiento del deber.

Los ojos de Seriozha, brillantes de afecto y alegría, se nublaron ante la mirada de su padre. Sintió que éste, al hablarle, adoptaba un tono particular, como si se dirigiese a uno de aquellos niños imaginarios que aparecían en los libros, pero a los cuales él, Seriozha, no se parecía en nada. Para complacer a su padre le faltaba desempeñar el papel de uno de aquellos ejemplares.

—Tú me comprendes, supongo.

—Sí, papá —respondió Seriozha, empezando a asumir aquel papel.

La lección consistía en la recitación de algunos versículos del Evangelio y el repaso de los primeros capítulos del Antiguo Testamento. La recitación no iba del todo mal, pero de pronto notó Seriozha que el hueso frontal de su padre formaba casi un ángulo recto cerca de las sienes; aquella extraña disposición le sorprendió de tal modo que se embarulló y, equivocándose con la repetición de la palabra, trasladó el final de un versículo al comienzo del siguiente. Alexiéi Alexándrovich sacó en conclusión que su hijo no comprendía nada de lo que estaba recitando, cosa que le irritó. Frunció el entrecejo y empezó a explicarle cuestiones sobre las que ya habían tratado más de una vez, pero Seriozha no llegaba jamás a retener en su memoria esta clase de explicaciones, aun encontrándolas bien claras. Pasaba lo mismo con el vocablo «pronto», adverbio de tiempo. El niño, asustado, miró a su padre y no pensaba más que en una cosa: ¿Sería necesario repetirle aquellas explicaciones, como le había exigido alguna vez? Este temor era el que le impedía comprender. Pero Alexiéi Alexándrovich pasó inmediatamente a la lección del Antiguo Testamento. Seriozha relató bastante bien los hechos en sí mismos, pero cuando llegó el momento de explicar el significado de alguno de ellos, no supo qué decir, por más que esa lección le había costado ya un castigo. El momento más crítico fue cuando tuvo que recitar la lista de los patriarcas antediluvianos. No se acordaba más que de Enoch. Quedóse turbado, tallando nerviosamente la mesa con el cortaplumas y reanudando el balanceo en la silla. Enoch era su personaje favorito de la Historia Sagrada, y atribuía a la elevación de este patriarca a los cielos una larga sucesión de ideas que le absorbía por completo, en tanto que miraba fijamente la cadena del reloj de su padre y un botón a medio abrochar del chaleco.

Por mucho que le hablasen de la muerte, Seriozha se negaba a creer en ella. No podía admitir que seres a los que él amaba pudieran desaparecer, y menos que él mismo pudiera morir algún día. Esta idea le parecía inverosímil e incomprensible. Pero incluso la confirmaban las personas que le inspiraban confianza: la vieja criada era una de ellas, y aunque mal de su grado, reconocía que todos los hombres estaban destinados a morir. Pues, entonces —se preguntaba él—, ¿por qué Enoch no había muerto con los demás? ¿Por qué otros no merecían, como él, subir en vida al cielo? Los malos, los que Seriozha no amaba, bien podían morirse, pero los otros debían estar en el caso de Enoch.

—Bueno, vamos a ver esos patriarcas...

—Enoch, Enos...

—Ya los has nombrado. Eso está mal, Seriozha, muy mal. Si no te esfuerzas en ilustrarte sobre estas cosas, tan esenciales para un cristiano, ¿qué te va a interesar entonces? —arguyó el padre levantándose—. No estoy contento contigo, tampoco lo está tu maestro. Me veo obligado a castigarte.

Seriozha no se esforzaba, en efecto; sin embargo, estaba mejor dotado que ciertos niños, los cuales le citaba su maestro como modelos. A juicio de su padre, no quería aprender lo que le enseñaban. En realidad no podía aprenderlo, porque su alma sentía necesidades muy distintas a las que le imponían su padre y su maestro. A los nueve años no era más que un niño, pero conocía bien su alma y la protegía como el párpado protege el ojo, contra los que pretendían entrar en ella sin valerse de la llave del amor. Se le reprochaba por no querer aprender nada, cuando precisamente ardía en deseos de saber; pero su instrucción la recibía del lado de Kapitónych, de su criada, de Nádeňka, de Vasili Lukich.

Seriozha fue, pues, castigado. No le dieron permiso para ir a casa de Nádeňka, pero aquel castigo se volvió a su favor. Vasili Lukich, que estaba de buen humor, le enseñó a construir pequeños molinos de viento. Se pasó la tarde construyendo uno y buscando el medio de servirse de él para dar vueltas en el aire. ¿Bastaba agarrarse a las alas simplemente, o había de ajustarlas al cuerpo? Con esto se olvidó de su madre, pero el recuerdo de ésta le volvió en la cama. Rezó a su manera para que ella dejara de esconderse y le hiciera una visita al día siguiente, aniversario de su nacimiento.

—Vasili Lukich, ¿sabe usted lo que he pedido a Dios, además de lo de todos los días?

—¿Ser mejor estudiante?

—No.

—¿Tener juguetes?

—No, nó lo adivinará usted. Es un secreto. Si ello llega, se lo diré... ¿Le interesa saberlo?

—Ahora no, ya me lo dirá usted —dijo Vasili Lukich sonriendo, cosa que no sucedía a menudo— vamos, acuéstese, que voy a apagar la bujía.

—Cuando deja de haber luz, veo más claro lo que he pedido en mi oración. ¡Ay, que casi he descubierto mi secreto! —exclamó Seriozha, riéndose.

Cuando todo estaba sumido en la oscuridad, Seriozha creyó oír a su madre y sentir su presencia; de pie a su lado, le acariciaba con su mirada llena de ternura. Pero pronto empezó a ver molinos, un cortaplumas... Luego todo se mezcló en su cabecita y se durmió.

## Capítulo XXVIII

Vronski y Anna acababan de instalarse en uno de los mejores hoteles de Peterburgo. Vronski se alojó en el piso bajo, mientras que Anna, con la niña, la nodriza y la doncella, se instalaban en el primero, en un gran departamento integrado por cuatro habitaciones.

Ya el primer día, Vronski fue a ver a su hermano, en cuya casa encontró a su madre, que debía resolver asuntos de intereses. Su madre y su cuñada le recibieron como de costumbre, le interrogaron sobre su viaje, charlaron sobre sus amistades comunes, pero no hicieron ninguna alusión a Anna. Al devolverle la visita al día siguiente, su hermano fue el primero en hablar de ella. Alexiéi aprovechó la oportunidad para darle a entender que consideraba como un matrimonio el lazo afectivo que le unía con Anna Karénina. Como tenía la firme esperanza de obtener un divorcio que regularizara su situación, deseaba que su madre y su cuñada comprendieran sus intenciones.

—Poco me importa —añadió— que el mundo apruebe o no mi conducta, pero si mi familia quiere seguir en buenas relaciones conmigo, es necesario que sepa mantener también las relaciones convenientes con mi mujer.

Respetuoso siempre con las opiniones de su hermano menor, el primogénito prefirió dejar a otros el cuidado de resolver esta cuestión tan delicada y siguió sin protestar a Alexiéi al departamento de Anna. En presencia de su hermano, como ante los demás, Vronski hablaba a Anna de usted y la trataba como a una amiga íntima. Se sobrentendía que el hermano conocía sus relaciones y se habló de que Anna fuera a la finca de Vronski.

A pesar de su experiencia del mundo, Vronski caía en un extraño error. Él debía saber mejor que nadie que la sociedad les cerraba sus puertas, pero por un curioso efecto de imaginación, se figuraba que la opinión pública, superados antiguos prejuicios, había tenido que sufrir la influencia del progreso general. Y era él quien, sin darse demasiada cuenta de ello, se había vuelto partidario del progreso en todas las cosas.

«Sin duda —pensaba— no hay para qué contar con el mundo oficial, pero nuestros parientes, nuestros amigos, se mostrarán más comprensivos.»

Para poder estar sentado largo tiempo con las piernas cruzadas, hay que estar perfectamente seguro de la libertad de los propios movimientos. En el caso contrario, no tardarán en venir los calambres, y las piernas, automáticamente, tenderán a estirarse de alguna forma. Lo mismo ocurría con Vronski. Convencido en su fuero interno de que las puertas del mundo permanecerían cerradas, no menos dispuesto estaba a creer en una transformación de las costumbres. Llamó entonces a las puertas del mundo, y éstas se abrieron para él, pero no para Anna. Lo mismo que en el juego del gato y el ratón, las manos extendidas en torno suyo se retiraban inmediatamente delante de Anna.

Una de las primeras mujeres mundanas que volvió a encontrarse fue su prima Betsi.

—¡Por fin! —exclamó ésta alegremente al verle—. ¿Y Anna? ¡Qué contenta estoy! ¿Dónde paráis? Ya me imagino la pobre impresión que os debe causar Peterburgo después de un viaje como el vuestro. ¡Qué luna de miel tenéis que haber pasado en Roma! ¿Y lo del divorcio, se ha arreglado?

Aquel entusiasmo se desvaneció tan pronto como Betsi supo que el divorcio no se había obtenido todavía, lo cual no pasó inadvertido a Vronski.

—Ya sé que seré blanco de las críticas —dijo—, pero iré a ver a Anna. ¿Estaréis mucho tiempo aquí?

Acudió, en efecto, aquel mismo día, pero había cambiado de tono. Parecía como si quisiera hacer ver su valor y la prueba de amistad que estaba dando a Anna. Después de haber hablado de las novedades del día por espacio de diez minutos, se levantó, diciendo al salir:

—No me habéis dicho nada acerca de vuestro divorcio. Yo he venido a saludaros contra viento y marea, pero, salvo alguna excepción como la mía, los miembros de nuestra familia os harán el vacío en tanto no estéis casados. Y eso ahora es tan fácil... *Ça se fait*[1]. En fin, ¿os vais el viernes? Siento que no nos podamos ver de aquí en adelante.

El tono de Betsi habría podido prevenir a Vronski sobre el género de acogida que les estaba reservado. Quiso, no obstante, hacer una tentativa más cerca de su familia. Desde luego, no contaba para nada con su madre, que encantada al principio con Anna, ahora se mostraba inexorable con la que había frustrado la carrera de su hijo. Pero fundaba las mayores esperanzas en su cuñada Varia. Ésta —creía— no lanzaría la piedra contra Anna. Le parecía lo más sencillo y natural venir a verla y recibirla luego en su casa.

Al día siguiente, habiéndola encontrado sola, le comunicó su deseo.

—Tú sabes, Alexiéi, cuánto te aprecio y cuánto me intereso por tus cosas —respondió Varia después de escucharle hasta el final—. Si yo me mantengo apartada, es porque no puedo ser

---

[1] Eso es corriente. (En francés en el original.)

de ninguna utilidad a Anna Arkádievna (recalcó este nombre). No es que yo me permita juzgarla; es posible que hubiera obrado como ella en su lugar. No quiero entrar en detalles —añadió en tono medroso, al ver el rostro sombrío de su cuñado—, pero hay que llamar las cosas por su nombre. Tú quieres que vaya a verla, que la reciba en mi casa para rehabilitarla ante la sociedad, ¿no es eso? Pues, con toda franqueza, no lo puedo hacer. Mis hijas se están haciendo mayores; por causa de mi marido, me veo obligada a vivir en el mundo. Supongamos que yo voy a ver a Anna Arkádievna; ¿cómo puedo corresponder invitándola a mi casa? Tendría que arreglármelas para que no encuentre en ellas personas menos condescendientes que yo, y eso, ¿no sería herirla de todas maneras? Yo me siento incapaz de levantarla...

—Pues yo no admito ni por un instante que ella esté caída, ni siquiera compararla a centenares de esas mujeres, que vosotros recibís —interrumpió Vronski levantándose, pues comprendía que Varia había dicho su última palabra.

—Alexiéi, no te enfades, te lo ruego. No es culpa mía —adujo Varia con una sonrisa temerosa.

—No tengo nada contra ti, pero estoy sufriendo doblemente —declaró él cada vez más sombrío—. Lo siento por nuestra amistad rota, o al menos enfriada, porque ya comprenderás que después de esto...

La dejó con estas palabras, y comprendiendo la inutilidad de nuevas tentativas, tomó la resolución de considerarse como en una ciudad extranjera y evitar que se repitieran esta clase de razonamientos.

Una de las cosas que le parecieron más inaguantables, era oír su nombre, en todas partes, asociado con el de Alexiéi Alexándrovich; no oía hablar más que de Karenin; se lo encontraba por todas partes o al menos así se lo figuraba, lo mismo que una persona con un dedo herido siempre cree que todos los golpes se los da en él.

Por otra parte, la actitud de Anna le tenía desconcertado. Tan pronto se mostraba solícita con él, como todo lo contrario: fría, irritable, enigmática. Era evidente que algo la atormentaba, pero a diferencia de él, tan sensible a aquellos roces que le atormentaban —y que ella, con su finura de percepción

tan característica, no habría podido soslayar— sólo parecía
preocupada por disimular sus inquietudes.


## Capítulo XXIX

Para Anna, uno de los objetivos principales del viaje a Rusia era ver a su hijo. Desde que salió de Italia, la idea de
verlo no dejó ningún momento de inquietarla, y a medida que se aproximaba a Peterburgo, aumentaba el gozo y la
importancia de este encuentro. No se había planteado la cuestión de cómo concertar el encuentro. Como iban a instalarse
en la misma ciudad, la entrevista le parecía lo más sencillo del
mundo, lo más natural. Pero desde que llegó, se dio cuenta de
que las cosas iban de otra manera.

Llevaba ya dos días en Peterburgo. La idea de ver al niño
no la dejaba ni un momento, pero aún no había delantado
nada en ese sentido. Presentía que no tenía derecho de ir directamente a la casa donde podría encontrarse con Alexiéi
Alexándrovich, y corría el riesgo de padecer una afrenta. ¿Escribir a Alexiéi Alexándrovich, cuando precisamente era olvidando la existencia de este hombre como recobraba la calma
perdida? ¿Acechar a Seriozha en las horas de paseo y contentarse con un rápido encuentro, cuando tantas cosas tenía que
decirle, tantos besos y caricias que prodigarle? La anciana sirvienta podía haber acudido en su ayuda, pero no vivía en casa
de los Karenin; Anna perdió dos días buscándola en vano. El
tercer día, habiendo sabido las relaciones de su esposo con la
condesa Lidia, se decidió a escribir a ésta una carta, que le costó muchos esfuerzos redactar: en ella apelaba a la generosidad
de su marido, sabiendo que una vez asumido aquel papel de
hombre generoso, lo mantendría hasta el fin.

El botones al que había confiado su mensaje le trajo la más
cruel y la más inesperada de las respuestas, a saber: que no había ninguna que darle. No dando crédito a sus oídos, llamó a
su presencia a aquel hombre, y para mayor humillación suya,
éste le confirmó con todos los detalles aquella penosa noticia.
Anna tuvo que reconocer, sin embargo, que la condesa tenía

razón desde su propio punto de vista. Su dolor era tanto más vivo cuando no encontraba a nadie a quien confiárselo. El mismo Vronski no la comprendería; trataría este asunto como cosa de escasa importancia; hablaría de aquello en un tono tan glacial que ella no podría menos que aborrecerle. Y como ella nada temía tanto como odiarle, resolvió guardar la mayor reserva y ocultarle sus gestiones respecto al niño.

Todo el día estuvo pensando otros medios para reunirse con su hijo, y al fin resolvió escribir directamente a su esposo. En el momento que comenzaba la carta, le llegó la contestación de la condesa. Ella no habría protestado por su silencio, pero la animosidad, la ironía que leyó entre líneas en aquella carta la irritaron tanto, le pareció tan indignante aquella maldad ante el natural y apasionado cariño por su hijo, que se sublevó contra los demás y dejó de culparse.

«¡Qué frialdad, qué hipocresía! —se dijo—. Quieren herirme y atormentar al niño. No les dejaré que lo hagan. Ella es peor que yo. Al menos, yo digo las cosas sin faltar a la sinceridad.»

Inmediatamente tomó el partido de ir al día siguiente, cumpleaños de Seriozha, a casa de su marido, de ver allí al niño, sobornando si fuera preciso a los sirvientes, y de poner fin a la serie de absurdas mentiras de que le estaban rodeando. Se apresuró a comprar juguetes y trazó su plan. Iría por la mañana temprano, antes de que se hubiese levantado Alexiéi Alexándrovich, tendría preparado el dinero para el portero y el ayuda de cámara, a fin de que la dejasen subir sin levantar el velo, con el pretexto de poner sobre la cama de Seriozha unos regalos enviados por su padrino. En cuanto a lo que diría a su hijo, había mucho que reflexionar. No podía improvisar nada.

Al día siguiente por la mañana, hacia las ocho, Anna se hizo conducir en coche a su antigua residencia. Llamó a la puerta.

—Ve a ver quién es. Parece una señora —dijo Kapitónych a su ayudante, un muchachote al que Anna no conocía, al ver por la ventana una dama con velo, que esperaba junto a la puerta.

El portero estaba todavía en indumentaria matinal: el paletó sobre los hombros y chancletas en los pies.

Apenas el mozo abrió la puerta, Anna sacó de su manga un billete de tres rublos y se lo deslizó en la mano.

—Seriozha... Serguiéi Alexiéich —murmuró ella, queriendo seguir adelante.

Pero después de echar una mirada al billete, el sustituto del portero interceptó a la visitante en la segunda puerta.

—¿A quién quiere usted ver? —preguntó.

Ella no le escuchó ni respondió nada.

Notando el apuro de aquella desconocida, Kapitónych en persona salió de su aposento, la dejó entrar y le preguntó lo que deseaba.

—Vengo de parte del príncipe Skorodúmov a ver a Serguiéi Alexiéich.

—No se ha levantado todavía —arguyó el portero, examinándola atentamente.

Jamás habría creído Anna que el aspecto de aquella casa, en la que había vivido nueve años, llegaría a turbarla hasta ese punto. En su alma se despertaban recuerdos dulces y crueles, y por un momento olvidó el motivo que allí la había traído.

—Espere, por favor —dijo el portero, recogiéndole su abrigo. En el mismo instante la reconoció e hizo una profunda reverencia—. Tenga la bondad de entrar su excelencia.

Ella intentó hablar, pero le fallaba la voz. Dirigió a Kapitónych una mirada suplicante y se lanzó a la escalera. El portero, con el cuerpo doblado haciendo sonar sus chancletas a cada paso, se puso a subir detrás de ella, intentando alcanzarla.

—Es posible que no se haya vestido el preceptor. Tengo que prevenirle.

Anna seguía subiendo aquella escalera tan conocida, sin oír una sola palabra de lo que decía el viejo.

—Por aquí, a la izquierda —insistió éste—. Perdone este desorden. Como ha cambiado de habitación... Dígnese su excelencia esperar un instante, voy a ver.

Fue y volvió a reunirse con Anna, entreabrió una gran puerta y desapareció tras ella para reaparecer al cabo de unos minutos, durante los cuales Anna permaneció en pie, esperando.

—Acaba de despertarse —declaró Kapitónych.

Mientras le hablaba, Anna percibió un bostezo en el interior, y tan sólo oírlo, reconoció a su hijo y hasta se lo representó delante de ella.

—Déjeme..., déjeme entrar —balbució, precipitándose en la habitación.

A la derecha de la puerta, sentado en el lecho, estaba desperezándose el niño en camisa de dormir. Sus labios se cerraron dibujando una sonrisa, sin acabar de despertarse, y se dejó caer otra vez sobre la almohada.

—Mi pequeño Seriozha... —murmuró ella, acercándose lentamente a la cama.

En sus efusiones de ternura por el hijo ausente, Anna se lo representaba siempre a la edad de cuatro años, a esa edad en que lo encontraba más gentil. Y ahora ya no se parecía en nada al niño que había dejado. Había crecido y adelgazado, su cara daba la sensación de habérsele alargado con aquellos cabellos cortos. ¡Y qué brazos más grandes! Había cambiado bastante, pero siempre era él por la forma de su cabeza, sus labios, su cuello esbelto y sus anchos hombros.

—Mi pequeño Seriozha —repitió al oído del niño.

Éste se alzó sobre un codo, volviéndose a derecha e izquierda, movió la cabeza como aturdido, buscando a alguien, y al fin abrió los ojos. Por espacio de unos segundos miró con ojos interrogantes aquella figura inmóvil delante de él. De pronto, expresó su alegría con una sonrisa, y cerrando los ojos de nuevo, se echó en brazos de su madre.

—Seriozha, mi pequeño querido... —musitó ella, sofocada por las lágrimas mientras estrechaba en sus brazos aquel cuerpecillo redondeado.

—Mamá —murmuró él, dejándose deslizar entre las manos de su madre, para que todo su cuerpo sintiera el contacto.

Con los ojos siempre cerrados, se estrechó contra ella. Restregaba su rostro contra el cuello y el pecho de Anna, que se embriagaba con aquel cálido perfume del niño aún medio dormido.

—Yo lo sabía —dijo éste, entreabriendo los ojos—. Es mi cumpleaños. Sabía que ibas a venir. Voy a levantarme enseguida.

Y mientras hablaba, se adormeció de nuevo.

Anna lo devoraba con los ojos. Observaba los cambios sobrevenidos en su ausencia, reconocía a duras penas aquellas piernas tan largas, aquellas mejillas enflaquecidas, aquellos cabellos tan recortados, que formaban pequeños bucles sobre la nuca, por donde tanto le había acariciado, como ahora le acariciaba sin decir palabra, porque las lágrimas le impedían hablar.

—¿Por qué lloras, mamá? —preguntó Seriozha, ya despierto del todo—. ¿Por qué lloras? —repitió, disponiéndose él también a llorar.

—Es de alegría, pequeño mío. ¡Hacía tanto tiempo que no te veía! Vamos, esto se ha terminado —dijo, volviéndose para devorar sus lágrimas—. Pero ya es tiempo de vestirte —repuso después de un rato de calma. Y sin soltar las manos de Seriozha, se sentó junto a la cama sobre una silla donde estaba preparada la ropa del niño—. ¿Cómo te vistes sin mí? ¿Cómo...?

Quería hablarle en un tono alegre y sencillo, pero no consiguiéndolo, tuvo que volver la cabeza una vez más.

—Ya no me lavo más con agua fría. Papá me lo ha prohibido. ¿No has visto a Vasili Lukich? Va a venir... ¡Anda, si te has sentado encima de mis cosas!

Y Seriozha se echó a reír. Ella le miró y sonrió.

—¡Mamá querida! —exclamó, echándose de nuevo en sus brazos, como si al verla sonreír hubiera comprendido mejor lo que le pasaba—. Quítate eso —prosiguió, tirando de su sombrero.

Al verle la cabeza descubierta, la volvió a abrazar.

—¿Qué has pensado de mí? ¿Habías creído que estaba muerta?

—No lo he creído nunca.

—¿No lo has creído, querido mío?

—Sabía muy bien que no era verdad —dijo—. Lo sabía, lo sabía bien.

Y repitiendo su frase favorita, cogió la mano que acariciaba su cabellera, apoyó la palma sobre su boquita y la cubrió de besos.

Durante este tiempo, Vasili Lukich se encontraba bastante apurado: acababa de saber que aquella dama, cuya visita le había parecido extraordinaria, era la madre de Seriozha, aquella mujer que había abandonado a su esposo y a la que no conocía, porque él no formaba parte del personal de la casa hasta después que ella se marchó. ¿Debía penetrar en la habitación o prevenir a Alexiéi Aléxándrovich? Hecha su reflexión, resolvió cumplir estrictamente con su deber, comprobando si Seriozha se levantaba a la hora habitual, sin que le inquietase la presencia de una tercera persona, aunque fuese la madre. Abrió, pues, la puerta, pero se detuvo en el umbral. A la vista de las caricias de la madre y el niño, al oír el sonido de sus voces y comprender el sentido de sus palabras, cambió de opinión. Agachó la cabeza, lanzó un suspiro y volvió a cerrar.

«Esperaré diez minutos más», se dijo, enjugándose los ojos.

La servidumbre se sentía agitada por una fuerte emoción. Todos sabían que Kapitónych había dejado entrar a su antigua ama y que ésta se encontraba en el dormitorio del niño. También sabían que el señor se acercaba allí todas las mañanas poco después de las ocho. Comprendían que a toda costa había que impedir el reencuentro de los esposos. Korniéi, el ayuda de cámara, bajó a la habitación del portero para hacer allí una investigación, y al saber que Kapitónych en persona había escoltado a Anna Arkádievna hasta las habitaciones de arriba, le amonestó con una dura filípica.

El portero guardaba un silencio estoico, pero cuando el ayuda de cámara dijo que merecía ser expulsado de la casa, saltó como movido por un resorte y se aproximó a Korniéi con un ademán enérgico.

—¡Ya, ya —dijo, envalentonándose—. ¡Tú no la habrías dejado entrar! Después de haberla estado sirviendo diez años y no haber oído más que buenas palabras, te atreverías a decirle: «¡Tenga la bondad de marcharse!» ¡Valiente sinvergüenza estás tu hecho! ¡Más valdría que recordaras cómo robas al señor y los abrigos de mapache que le quitas!

—¡Soldado! —refunfuñó Korniéi con desprecio, y se volvió al aya, que entraba en aquel momento—. Sea usted juez, Maria Iefímovna. Este hombre ha dejado subir a la señora sin decir oxte ni moxte, y dentro de nada, Alexiéi Alexándrovich se la va a encontrar con el pequeño.

—¡Qué conflicto, qué conflicto! —exclamó el aya—. Entonces usted, Korniéi Vasílievich, vea la forma de entretener al señor mientras que yo corro para prevenirla y hacerla salir. ¡Qué conflicto!

Cuando el aya entró en el cuarto del niño, Seriozha contaba a su madre cómo Nádeñka y él se habían caído al deslizarse por una pendiente nevada y habían dado tres volteretas. Anna escuchaba el sonido de la voz, contemplaba el rostro del niño, el juego de su fisonomía, palpaba su bracito, pero no atendía a nada de lo que estaba diciendo. ¡Había llegado el momento de partir! No lo podía pasar mejor, y, sin embargo, no hacía más que pensar en el instante de aquella separación tan horrible. Había oído los pasos de Vasili Lukich y su tosecita discreta, y ahora oía venir a la vieja criada, pero incapaz de moverse ni de hablar una palabra, se quedó inmóvil como una estatua.

—¿Es usted, mi querida señora? —saludó el aya, aproximándose a Anna y besándole los hombros y las manos—. Dios, en su bondad, ha querido causar una gran alegría a nuestro pequeño señor, por su cumpleaños. ¿Sabe usted que no la encuentro cambiada en absoluto?

—¡Ah, mi buena María! Creí que ya no vivía usted aquí —dijo Anna, fijándose en ella por un momento.

—No, vivo en casa de mi hija. ¡Mi querida señora! Ya ve usted, venía a felicitar al niño y me encuentro...

La anciana empezó a llorar y a besar de nuevo la mano de su antigua ama.

Seriozha, cuyos ojos brillaban de alegría, tenía de una mano a su madre y de otra al aya, agitando sus pies desnudos sobre la alfombra. El cariño de la anciana sirvienta hacia su madre le llenaba de júbilo.

—Mamá, María viene a verme muchas veces, y cuando viene...

Se interrumpió al ver que el aya susurraba algo al oído de su madre, cuyo semblante expresaba inquietud y algo así como una sensación de vergüenza. Anna se volvió a su hijo.

—Querido mío —comenzó a decir, sin que le pudiera salir la palabra «adiós». Pero por la expresión de su cara, el niño comprendió—. Mi Kútik querido —murmuró, empleando un apodo que le daba cuando era un bebé—. Tú no me olvidarás, ¿verdad? Dime, tú...

No pudo acabar. ¡Cómo se lamentó más tarde de no haber sabido decirle tantas cosas como quería, porque en aquel momento se sentía incapaz de expresarse! Pero Seriozha lo comprendió todo. Comprendió que su madre le quería y que era desgraciada. Comprendió también lo que la criada le había murmurado al oído, porque había oído estas palabras: «...siempre después de las ocho».

Era evidente que se refería a su padre, y comprendió que ella no debía encontrárselo. Pero, ¿por qué se reflejaban en el semblante de su madre la vergüenza y el temor? Sin ser culpable, parecía temer la venida de su padre y sonrojarse por algo que él ignoraba. Hubiera querido interrogarla, pero no se atrevió, porque la veía sufrir y le causaba mucha pena. Se estrechó contra ella, murmurando:

—No te vayas todavía... Él no vendrá tan pronto...

Su madre lo apartó de ella un instante para poderle contemplar, y comprender si verdaderamente pensaba lo que decía. Por el aire asustado del niño, dedujo que hablaba realmente de su padre y que estaba intrigado, preguntándose tal vez qué sentimientos debía guardar respecto a él.

—Seriozha, niño mío, quiérele —dijo ella—. Él es mejor que yo, y yo me siento culpable por mi comportamiento con él. Cuando seas mayor, podrás juzgar.

—No hay nadie mejor que tú —exclamó el pequeño, entre sollozos desesperados.

Y colgándose en los hombros de su madre, la abrazó con toda la fuerza de sus pequeños y temblorosos brazos.

—Querido mío, querido mío... —exclamó ella, inundada en lágrimas como un niño.

En aquel momento entró Vasili Lukich. Se oían ya pasos cerca de la otra puerta, y el aya, espantada, alargó a Anna su sombrero, diciendo en voz baja:

—¡Ahí viene!

Seriozha se dejó caer en la cama sollozando, cubriéndose la cara con las manos. Anna se las apartó para besar, una vez más, sus mejillas bañadas en lágrimas, y salió con paso apresurado. Alexiéi Alexándrovich le salió al encuentro. Se paró al verla y bajó la cabeza.

Anna acababa de afirmar que él era mejor que ella, y, sin embargo, la mirada rápida que le dirigió, abarcando toda su persona, no despertó en su corazón más que un sentimiento de odio, de desprecio, de celos (pensando únicamente en su hijo). Bajóse rápidamente el velo y salió casi corriendo.

Su impaciencia le había hecho olvidar en el coche los juguetes, escogidos la víspera con tanto amor como tristeza. Se los llevó consigo al hotel.

## Capítulo XXXI

POR más que lo hubiera deseado hacía tanto tiempo, y se hubiera preparado con antelación, Anna no esperaba las violentas emociones que le causó aquella entrevista con su hijo. De regreso al hotel, le costó mucho explicarse por qué estaba allí.

«Vamos —se dijo—. Al fin ya ha pasado todo y heme aquí sola otra vez.»

Sin quitarse el sombrero, se dejó caer en un sillón cerca de la chimenea, y con los ojos clavados en un reloj de bronce, colocado sobre una mesa entre las ventanas, quedó sumida en sus reflexiones.

La doncella francesa que se había traído del extranjero acudió a recibir sus órdenes. Anna pareció sorprendida y respondió:

—Más tarde.

El camarero, que deseaba servirle el desayuno, recibió la misma respuesta.

Le tocó después el turno a la nodriza italiana, que entró llevando en brazos a la niña, a la que acababa de vestir. A la vista de su madre, la pequeña sonrió agitando sus manitas en el aire, de la misma forma que un pez agita sus aletas, o frotando los pliegues almidonados de su ropita. ¿Cómo podía explicarse que Anna no contestara a su sonrisa con otra sonrisa, ni besara sus frescas mejillas ni sus bracitos desnudos, que no la hiciera saltar sobre sus rodillas y le alargara el dedo para que se lo cogiera con gritos de alegría, ni le presentara los labios para que ella apretase su boquita contra ellos, según su manera de besar? Y Anna la cogió en brazos, la hizo saltar, besó su fresca mejilla y los codos desnudos; pero al verla comprendió que el sentimiento que le inspiraba aquella pequeña criatura era algo muy distinto a aquel profundo amor del que rebosaba su corazón por la criatura que le nació primero. Todo era gracioso en aquella niña, pero, sin saber por qué, no le llenaba el corazón. Todas las fuerzas de su cariño insaciable se habían concentrado ahora en su hijo, el hijo de un hombre al que, sin embargo, no amaba, y aquella hija nacida en las más tristes condiciones, jamás había recibido ni la centésima parte de los solícitos cuidados que ella había prodigado a Seriozha. La pequeña no representaba para ella más que una esperanza, mientras que Seriozha era casi un hombrecito, que ya conocía los conflictos de los sentimientos y de las ideas, que amaba a su madre, que la comprendía, tal vez la juzgaba..., pensaba ella acordándose de sus palabras y de sus miradas. Y ahora estaba separada de él, moral y materialmente, y no encontraba ningún remedio para aquella situación.

Después de haber devuelto a la pequeña a su nodriza y de despedir a ambas, Anna abrió un medallón donde guardaba el retrato de Seriozha cuando tenía aproximadamente la misma edad de su hermanita. Después se levantó, se quitó el sombrero, y cogiendo de la mesa un álbum de fotografías, apartó, para compararlos entre sí, diversos retratos de su hijo en diferentes edades. De todos escogió uno, en el que Seriozha estaba a horcajadas sobre una silla, con una blusa blanca, la boca sonriente y las cejas arqueadas. Era la mejor y más característica expresión del niño. Con sus dedos ágiles, más nerviosa que nunca, intentó en vano hacer salir la fotografía de su cartulina. No teniendo a mano un cortapapeles, hizo salir aquella fotografía con ayuda de otra cogida al azar, y que resultó ser un retrato de Vronski sacado en Roma, con los cabellos largos y sombrero flexible.

—¡Helo aquí! —exclamó ella, mirándolo.

Al instante se acordó de que él era el autor de sus actuales sufrimientos. No había pensado en él en toda la mañana, pero la vista de aquel semblante noble y viril, tan querido y tan familiar, hizo subir inopinadamente a su corazón una oleada de amor.

«¿Dónde estará? ¿Por qué me deja sola en mi dolor?», se preguntó con amargura, olvidando que ella le disimulaba con el mayor cuidado todo lo que estaba relacionado con su hijo.

Mandó recado pidiéndole que viniera, y se puso a esperar con el corazón oprimido las palabras de consuelo que iba a prodigarle. El camarero volvió para decirle que el conde tenía una visita, y de su parte le preguntaba si podía recibirle en compañía del príncipe Iashvín, recién llegado a Peterburgo.

«No quiere venir solo y no me ha vuelto a ver desde ayer a la hora de la comida —pensó ella—. No podré decirle nada mientras esté con Iashvín.»

Una duda cruel asaltó su alma.

«¿Y si hubiera dejado de quererme?»

Por su memoria desfilaron los incidentes de días anteriores. En ellos encontraba la confirmación de aquella terrible sospecha. Desde su llegada a Peterburgo, había exigido que ella se alojase aparte. La víspera no había comido con ella, y ahora venía a verla acompañado, como si tuviera miedo de un diálogo cara a cara.

«Si eso es verdad, está obligado a confesármelo. Debo estar prevenida. Entonces sabré a qué atenerme», se dijo, lejos de imaginar lo que sería de ella caso de confirmarse la indiferencia de Vronski.

Aquel terror próximo a la desesperación la puso sobreexcitada. Llamó con el timbre a la doncella, pasó al cuarto de aseo y extremó su atención al vestirse, como si de su porte exterior dependiera el retorno de su amante a los primeros tiempos. Aún no había acabado de arreglarse, cuando sonó la llamada que esperaba.

Cuando volvió a la sala, su mirada se cruzó primero con la de Iashvín. Vronski, embebido en la contemplación de los retratos de Seriozha que Anna había olvidado sobre la mesa, no se dio ninguna prisa en levantar los ojos hacia ella.

—Nos conocemos hace mucho tiempo. El año pasado nos vimos en las carreras —dijo ella, posando su mano menuda en la manaza de aquel gigante, cuya confusión contrastaba tan raramente con su semblante rudo y su talla descomunal—. Dame eso —añadió, arrebatando a Vronski con un movimiento rápido las fotografías de su hijo, mientras sus ojos brillantes le lanzaban una mirada significativa—. Las carreras de este año, ¿han estado bien? Yo he tenido que contentarme con ver las de Roma en el Corso. Pero ya sé que a usted no le gusta el extranjero —agregó con una sonrisa acariciadora—. Yo le conozco a usted bien, y aunque nos hayamos visto pocas veces, estoy al corriente de todos sus gustos.

—Estoy descontento de ellos, porque generalmente son malos —respondió Iashvín, mordiéndose la guía izquierda del bigote.

Tras unos minutos de conversación, Iashvín, viendo que Vronski consultaba su reloj, preguntó a Anna si pensaba quedarse mucho tiempo en Peterburgo. Después, cogiendo el quepis, se levantó desplegando la ingente mole de su persona.

—No pienso estar mucho tiempo —contestó turbada, dirigiendo a Vronski una mirada furtiva.

—¿Eso quiere decir que no nos veremos? —interrogó Iashvín, volviéndose a Vronski—. ¿Dónde vas a comer?

—Venga a comer con nosotros —invitó Anna, en tono decidido. Pero pronto se sonrojó, muy apenada de no poder disimular su apuro todas las veces que su situación falsa se ponía de relieve delante de un extraño—. La cocina del hotel es un poco mediocre, pero al menos estarán ustedes juntos. De todos sus camaradas de regimiento, usted es el preferido de Alexiéi.

—Encantado —respondió Iashvín, con una sonrisa que demostró a Vronski que Anna le había caído simpática.

Despidióse y salió. Vronski se dispuso a seguirle.

—¿Te vas ya? —preguntó Anna.

—Ya llevo retraso. ¡Sigue, que ahora te alcanzaré! —gritó a su amigo.

Anna le cogió de la mano, y sin dejar de mirarle, buscó alguna frase con la que retenerle.

—Espera, tengo algo que preguntarte —dijo—. ¿He hecho

bien en invitarle? —añadió, apretando la mano de Vronski contra su cuello.

—Has hecho muy bien —respondió él, con una sonrisa que descubrió toda su dentadura.

Y le besó la mano.

—Alexiéi, ¿no has cambiado respecto a mí? —preguntó ella, apretándole la mano entre las suyas—. Alexiéi, ya no aguanto más aquí. ¿Cuándo partimos?

—Pronto, pronto. Yo también he llegado al límite de mis fuerzas.

Retiró su mano.

—¡Está bien, márchate, márchate! —dijo ella, en tono resentido.

Y se alejó precipitadamente de él.


## Capítulo XXXII

CUANDO Vronski volvió al hotel, Anna no estaba allí. Le dijeron que poco después de ausentarse él, ella había salido con una dama. El haber salido sin decir adónde, cosa que no había sucedido antes, el haber hecho lo mismo por la mañana sin decirle nada, todo ello unido a la extraña impresión excitada de su rostro esa misma mañana, y al tono hostil con que, en presencia de Iashvín le arrebató de las manos la fotografía de su hijo, le hicieron reflexionar. Resuelto a pedir una explicación, la esperó en el salón. Pero Anna no volvió sola. Se había traído a una de sus tías, solterona, la princesa Oblónskaia, con la que había salido de compras. Sin hacer ningún caso del aire inquieto e interrogante de Vronski, se puso a enumerarle sus adquisiciones. Pero él había descubierto una atención concentrada en sus ojos brillantes, que le miraban a hurtadillas, y aquella nerviosidad que tanto le encantaba en otros tiempos y que ahora le causaba miedo.

Ya iban a pasar a la salita donde estaba servido el cubierto para cuatro, cuando anunciaron la presencia de Tushkiévich, enviado por Betsi. La princesa se excusaba de no poder hacer a Anna una visita de despedida. Se encontraba delicada y rogaba a su amiga que le visitase de siete y media a nueve. Vronski quiso dar a entender a Anna que al designarle la hora, se habían tomado las medidas necesarias para que ella no se encontrase con nadie, pero Anna pareció no prestarle ninguna atención

—Siento no tener tiempo libre de siete y media a nueve —dijo a Tushkiévich, con sonrisa imperceptible.

—La princesa lo sentirá también mucho.

—No menos que yo.

—¿Tal vez usted va a escuchar a la Patti?

—¿La Patti? Me ha dado usted una idea. Desde luego que iría, si pudiese adquirir una localidad.

—Yo puedo procurarle una.

—Se lo agradezco infinito, pero, ¿quiere usted comer con nosotros?

Vronski se encogió ligeramente de hombros. No comprendía la manera de portarse de Anna. ¿Por qué había traído a aquella solterona, por qué invitaba a Tushkiévich a comer, y, sobre todo, por qué quería adquirir una localidad? ¿Podía ella, en su situación, exhibirse en la Ópera un día de abono? Allí se encontraría todo Peterburgo. A la mirada severa que le dirigió, respondió ella con otra medio jocosa, medio provocativa, de aquellas que constituían un enigma para él.

Durante la comida, Anna se mostró muy animada, y parecía coquetear tanto con el uno como con el otro de sus convidados. Al levantarse de la mesa, Tushkiévich fue a buscar la localidad prometida, mientras que Iashvín bajaba a fumar con Vronski. Al cabo de algún tiempo, volvió éste y encontró a Anna con un traje muy escotado de seda clara, realzada con aplicaciones de terciopelo, mientras que una mantilla de encaje hacía destacar la deslumbrante hermosura de su cabeza.

—¿Verdaderamente vas al teatro? —preguntó, evitando su mirada.

—¿Por qué me lo preguntas con ese aire aterrorizado? —respondió ella, molesta porque no la quería mirar—. No veo ninguna razón para no ir.

Daba la impresión de no aceptar lo que él quería decirle.

—Verdaderamente, no hay ninguna razón —repuso él, frunciendo las cejas.

—Eso es lo que yo digo —insistió ella, fingiendo no comprender la ironía de aquella respuesta, arrollando tranquilamente el guante largo y perfumado.

—Anna, en nombre del cielo, ¿qué te pasa? —inquirió él, queriendo hacerla volver a la realidad, como ya lo había intentado su marido más de una vez.

—No alcanzo a comprender lo que quieres de mí.

—Tú sabes muy bien que no puedes ir.

—¿Por qué? No voy sola. La princesa Varvara ha ido a cambiarse de vestido. Ella me acompañará.

Vronski se encogió de hombros, desanimado.

—Entonces es que no sabes... —quiso decirle.

—¡Pero si yo no quiero saber nada! —exclamó ella—. No, no quiero. No me arrepiento en absoluto de lo que he hecho, no, no y no. Si hubiera que comenzar otra vez, otra vez comenzaría. Sólo hay una cosa que cuenta para ti y para mí, y es saber si realmente nos queremos. Lo demás no tiene valor. ¿Por qué vivimos aquí separados? ¿Por qué no puedo ir a donde mejor me parezca? Yo te quiero y todo me es igual mientras tú no cambies —añadió ella en ruso, clavando en él una de aquellas miradas llenas de exaltación que él no llegaba a comprender—. ¿Por qué no me miras tú?

Vronski levantó los ojos, vio su belleza y su atuendo, que tan bien le sentaba, pero en tales momentos aquella belleza, aquella elegancia, no hacían más que irritarle.

—Sabes muy bien que mis pensamientos no pueden cambiar, pero te ruego, te suplico que no vayas —dijo él de nuevo en francés, con una mirada fría pero con voz implorante.

Anna no reparó más que en la mirada, y respondió bruscamente:

—Pues yo te pido que me expliques por qué razón no he de ir.

—Porque eso puede atraerte...

No se atrevió a terminar.

—No te comprendo. Iashvín *n'est pas compromettant*[1], y la princesa Varvara vale tanto como las otras. ¡Ah, aquí está!

---

[1] no es comprometedor. (En francés en el original.)

## Capítulo XXXIII

POR primera vez desde que unieron sus vidas, Vronski experimentó con respecto a Anna un descontento cercano a la cólera por la obstinación en no querer comprender su situación. Lo que más le contrariaba era no poder hablarle con el corazón en la mano, no poder decirle que presentándose con aquel vestido en la Ópera, en compañía de una persona como la princesa Varvara, no sólo se reconocía a sí misma como una mujer perdida, sino que además desafiaba a la opinión pública y renunciaba para siempre al gran mundo donde le correspondía vivir.

«¿Cómo es que no lo comprende? ¿Qué le pasará?», se decía él. Pero si por un lado bajaba su estima por el carácter de Anna, por otro crecía su admiración por la belleza de su amante.

Volvió a su aposento y se sentó preocupado junto a Iashvín, quien, con sus largas piernas tendidas en una silla, saboreaba una mezcla de agua de seltz y coñac. Vronski imitó su ejemplo.

—Volviendo a lo de Moguchi, el caballo de Lankovski, es un buen ejemplar y te aconsejo que lo compres —dijo Iashvín, echando un vistazo al rostro sombrío de su camarada—. Tiene la grupa irregular, pero la cabeza y las patas son admirables. No encontrarás otro igual.

—Entonces me voy a quedar con él —respondió Vronski.

Mientras hablaban de caballos, no se le quitaba del pensamiento a Vronski la figura de Anna. Miraba el reloj y afinaba el oído para descubrir lo que pasaba en el corredor.

—Anna Arkádievna me encarga decirle que ha salido para el teatro —anunció el ayuda de cámara.

Iashvín, preparándose otra copa de coñac con gaseosa, se la bebió de un trago y se levantó, abotonándose el uniforme.

—¿Qué, nos vamos? —preguntó, dando a entender con una discreta sonrisa que comprendía la causa de la contrariedad de Vronski, pero sin darle importancia.

—No iré —respondió Vronski, en tono lúgubre.

—Pues yo he prometido asistir y debo hacerlo. Hasta la

vuelta. Si te arrepientes, puedes contar con la butaca de Krasinski, que está libre —añadió, retirándose.

—No, tengo que arreglar un asunto.

«Si la mujer da preocupaciones, la querida, todavía más» —se dijo Iashvín saliendo del hotel.

Una vez solo, Vronski se puso a pasear a todo lo largo y todo lo ancho de la habitación.

«Vamos a ver, ¿qué función es la de hoy? La cuarta. Mi hermano estará allí seguramente con su mujer, y sin duda estará también mi madre, es decir todo Peterburgo... Ella entra en este momento, se quita el abrigo y ya la tenemos delante de todo el mundo. Tushkiévich, Iashvín, la princesa Varvara... Entonces yo, ¿qué hago allí? ¿Es que tengo miedo, o es que he delegado en Tushkiévich el derecho de protegerla? ¡Qué estúpido es todo esto! ¿Por qué me habrá metido ella en esta situación tan absurda?», se dijo, acompañando a su reflexión con un gesto decidido.

El movimiento que hizo estuvo a punto de derribar el velador sobre el que descansaba la bandeja, con el coñac y el agua de seltz. Queriendo sujetar el mueble tambaleante, acabó por volcarlo definitivamente. Lleno de coraje, le dio un puntapié e hizo sonar la campanilla.

—Si quieres seguir a mi servicio, tienes que cumplir mejor tu obligación —dijo al ayuda de cámara que apareció—. ¿Por qué no has venido a llevarte esto?

Persuadido de su inocencia, el ayuda de cámara quiso justificarse, pero una ojeada a su señor le bastó para convencerse de que era mejor callar, y después de excusarse a toda prisa, se arrodilló sobre la alfombra para recoger —rotos o intactos— los vasos y las botellas.

—Esa no es misión tuya. Llama a un camarero y prepara mi ropa.

A las ocho y media, Vronski entraba en la Ópera. El espectáculo estaba en su apogeo. El viejo encargado del guardarropa, al quitarle el abrigo de pieles, le reconoció y le llamó excelencia.

—No hace falta número —declaró el buen hombre—. Al salir, su excelencia no tiene más que llamar a Fiódor.

Aparte de aquel hombre, no había en el pasillo más que dos

lacayos que, con abrigos de pieles en las manos, escuchaban por una puerta entreabierta. Se oía a la orquesta acompañando en *staccato* una voz femenina. La puerta se abrió del todo para dejar paso a un acomodador, lo que permitió que la frase cantada llegara a oídos de Vronski. No pudo oír el final, pues la puerta volvió a cerrarse, pero a juzgar por los aplausos que siguieron, comprendió que el fragmento aquél había terminado. Todavía sonaban los aplausos cuando penetró en la sala, brillantemente iluminada con arañas y lámparas de bronce. En el escenario, la diva, luciendo un escote desmesurado y una enorme profusión de joyas, saludaba sonriente y se inclinaba para recoger —con la ayuda del tenor, que estaba a su lado— los ramos de flores que con escasa puntería le arrojaban sus numerosos entusiastas por encima de las candilejas. Un caballero, cuyos cabellos untados con pomada separaba una raya impecable, le estaba alargando un objeto de brillantes, extendiendo los brazos todo lo que le era posible, mientras el público entero —butacas y palcos— vociferaba, aplaudía, se levantaba para ver mejor. Después de haberle ayudado a recoger las ofrendas, el director de la orquesta se ajustó la blanca corbata.

Llegado a la mitad del patio de butacas, Vronski se detuvo, y maquinalmente pasó la vista a su alrededor, menos interesado que nunca lo mismo por el escenario, que por el ruido, que por aquel abigarrado tropel de espectadores aglomerados en la sala: las mismas damas en los palcos, los mismos oficiales detrás de ellas, las mismas mujeres emperifolladas, los mismos uniformes y las mismas levitas, la misma plebe desaliñada en el paraíso. En medio de toda aquella mezcolanza, sólo una cuarentena de personas que ocupaban los palcos y las primeras filas de butacas representaban la élite de la sociedad peterburguesa. Este oasis mundano no tardó en captar la atención de Vronski, a pesar de la falta de interés que sentía al principio.

Como el acto había acabado hacía un instante, Vronski, antes de dirigirse al palco de su hermano, ganó la primera fila de butacas, en la que vio a Serpujovskói, quien, apoyado en la barrera de la orquesta con la pierna doblada por la rodilla y golpeando la barrera con el tacón, le sonreía. No había visto todavía a Anna, ni tampoco la buscaba, pero por la dirección de las miradas sabía dónde se encontraba. Discretamente se volvía para observar; pero no la buscaba a ella, sino a Alexiéi Alexándrovich, esperando lo peor. Por un azar venturoso, éste no había acudido aquella noche al teatro.

—¡Qué poco te queda ya de tu aspecto militar! —le dijo Serpujovskói—. Se diría que eres un diplomático, un artista...

—Sí. No hice más que llegar y colgar los hábitos —respondió Vronski, sacando lentamente los gemelos.

—En eso te envidio. Vuelvo a Rusia, te confieso que lo hago a regañadientes —dijo Serpujovskói, tocando sus cordones.

Hacía mucho tiempo que Serpujovskói había renunciado a convencer a Vronski para que siguiese la carrera militar. Pero como siempre le había tenido en mucho aprecio, se mostró particularmente amable con él.

—Es una lástima que te hayas perdido el primer acto —siguió diciendo Serpujovskói.

Vronski no le escuchaba más que a medias. Estaba examinando los palcos de platea y el principal. De pronto apareció la cabeza de Anna en el campo visual de sus anteojos, altiva, adorable y sonriente entre sus encajes, cerca de una dama con turbante y de un viejo calvo, este último muy gesticulante y de aspecto nada simpático. Anna ocupaba la quinta platea, a veinte pasos de él. Sentada en la delantera del palco, conversaba con Iashvín, un poco vuelta al exterior. La postura de la cabeza sobre sus hermosos y opulentos hombros, el centelleo contenido de sus pupilas y la expresión radiante de su faz, todo se la recordaba tal como la había visto otra vez, en el baile de Moscú. Pero los sentimientos que le inspiraba su belleza ya no tenían nada de misterio; al resaltar de aquella manera sus encantos, ella le hacía sentirse ofendido de verla tan hermosa. Aunque no miraba en dirección suya, Vronski no dudaba de que le había divisado.

Cuando pasado un minuto dirigió los gemelos al palco, vio a la princesa Varvara, muy colorada, reír, sin poder contenerse y volverse a cada instante al palco vecino. Anna, golpeando con su abanico cerrado el reborde de terciopelo rojo, miraba a lo lejos, con la intención evidente de no fijarse en lo que pasaba alrededor suyo. En cuanto a Iashvín, su rostro expresaba las mismas impresiones que si hubiese perdido en el juego. Se mordía nerviosamente el bigote, arrugaba el entrecejo, miraba de soslayo el palco de la izquierda.

Enfocando los gemelos hacia los ocupantes de aquel palco, Vronski reconoció al matrimonio Kartásov, cuyo trato habían frecuentado Anna y él en otro tiempo. De pie, volviéndole la espalda a Anna, Kartásova, muy pequeña y delgada, se estaba poniendo un chal que acababa de darle su marido. Estaba pálida y su cara tenía una expresión de disgusto. Parecía muy alterada al hablar. El marido, grueso y calvo, hacía todo lo posible para serenarla, volviéndose sin cesar al palco donde estaba Anna. Cuando la mujer salió del palco, el marido se retrasó intencionadamente, esperando encontrarse con la mirada de Anna para saludarla, pero ésta volvía la espalda ostensiblemente, como si le entretuviese más la cabeza monda de Iashvín, inclinada hacia ella. Kartásov salió sin saludar y el palco quedó vacío.

Sin haber llegado a comprender nada de aquella rápida escena, Vronski se dio cuenta de que Anna acababa de sufrir un desaire. Por la expresión de su rostro, dedujo que estaba agotando sus últimas fuerzas para desempeñar hasta el fin el papel que se había propuesto. Procuraba, además, conservar la apariencia de una calma absoluta. Los que no la conocían, no podían comprender las expresiones de indignación o de lástima que había suscitado su presencia entre las antiguas amistades, ante la audacia de que había hecho alarde, apareciendo en público con todos los atractivos de su belleza y su elegancia. No podían sospechar que aquella mujer estaba pasando la misma vergüenza que un malhechor expuesto en la picota.

Visiblemente contrariado, Vronski se encaminó al palco de su hermano con la esperanza de averiguar lo que había pasado. Atravesó el patio de butacas por el pasillo del lado opuesto al palco de Anna, y al salir se encontró con su antiguo coronel, que estaba conversando con dos amigos. Vronski creyó oírle pronunciar el nombre de Karenin y notó el énfasis que puso su ex jefe al llamarle en voz alta, cambiando con sus interlocutores una mirada significativa.

—¡Ah, Vronski! ¿Cuándo volveremos a verte en el regimiento? ¡Qué diantre! No podemos dejarte marchar sin celebrarlo. Porque tú nos perteneces hasta la médula de los huesos.

—No tendré tiempo esta vez. Lo siento mucho —respondió Vronski.

Subió a toda prisa la escalera que conducía a los palcos de platea. La vieja condesa, su madre, con sus pequeños bucles plateados, se encontraba en el palco de su hermano. Varia y la joven princesa Sorókina paseaban por el corredor. Al reconocer a su cuñado, Varia llevó de nuevo a su compañera al lado de su madre política, y dando la mano a Vronski con una emoción que raras veces había apreciado en ella, fue derecha al asunto que le interesaba.

—Opino que lo que ha ocurrido ha sido una falta de tacto y una villanía. La señora Kartásova no tenía derecho a hacer lo que hizo. La señora Karénina...

—Pero, ¿qué ha sido eso? No me he enterado de nada.

—¿Cómo? ¿No te lo ha dicho nadie?

—Tú sabes muy bien que sería el último en enterarme.

—¡No hay en el mundo bicho peor que esa señora Kartásova!

—Pero, ¿qué ha hecho?

—Ha insultado a la señora Karénina, a la que su marido dirigía la palabra de un palco a otro... Iegor me lo ha contado. Ella le ha hecho una escena a su marido y se ha retirado, tras haberse permitido una expresión ofensiva para la señora Karénina.

—Conde, su mamá le llama —dijo la princesa Sorókina, entreabriendo la puerta del palco.

—Yo te espero siempre —dijo su madre, al recibirle con una sonrisa irónica—. ¡Qué poco se te ve!

El hijo sintió que ella no podía disimular su satisfacción.

—Buenos días *maman*. Venía a presentarle mis respetos.

—¿Cómo? ¿No vas a *faire la cour à madame Karenine?*[1] —repuso ella cuando se hubo alejado la joven—. *Elle fait sensation. On oublie la Patti pour elle*[2].

—Mamá, ya le he rogado que no me hable de eso — respondió él, con aire sombrío.

—No hago más que repetir lo que dice todo el mundo.

---

[1] hacer la corte a la señora Karénina? (En francés en el original.)

[2] Causa sensación. Se olvida de la Patti por ella. (En francés en el original.)

Vronski no respondió nada, y después de haber cambiado unas palabras con la joven princesa, salió al pasillo. Allí se encontró con su hermano.

—¡Ah, Alexiéi! —dijo éste—. ¡Qué villanía! Aquella mujer no es más que una pécora. Quería ir a ver a la señora Karénina. Vamos juntos.

Vronski no le escuchaba. Se había lanzado por la escalera acuciado por el sentimiento de que tenía que cumplir un deber. Pero, ¿cuál era éste? Furioso por la falsa posición en la que Anna había puesto a los dos, sentía no obstante una gran piedad por ella. Al dirigirse hacia el palco que ocupaba su amante, vio a Striómov que, acomodado en la barandilla divisoria, charlaba animadamente con Anna.

—Ya no hay tenores —decía él—. *Le moule en est brisé*[3].

Vronski se inclinó delante de Anna y cambió un apretón de manos con Striómov.

—Me parece que has llegado muy tarde. Te has perdido la parte mejor —dijo Anna a Vronski, con un aire que a éste le pareció burlón.

—No soy más que un aficionado mediocre —respondió él, clavando en sus ojos una mirada severa.

—Entonces eres igual que el príncipe Iashvín —dijo ella, sonriendo—. Le parece que la Patti canta demasiado fuerte... Gracias —añadió, cogiendo con su pequeña mano, aprisionada en un guante largo, el programa que le ofrecía Vronski.

Pero de pronto, su bello rostro se estremeció. Se levantó y se retiró al fondo del palco.

Apenas había comenzado el segundo acto, cuando Vronski se apercibió de que el palco de Anna estaba vacío. Sin hacer caso de las protestas de los espectadores, pendientes de los sones de una cavatina, se levantó, atravesó el patio de butacas y regresó al hotel.

Anna ya estaba allí. Vronski la encontró tal y como estaba en el teatro: sentada en el primer butacón que encontró junto a la pared y con la mirada fija hacia delante. Al verle le dirigió, sin moverse, una mirada distraída.

—Anna... —empezó a decir él.

---

[3] La cantera se ha agotado. (En francés en el original.)

—¡Eres tú el causante de todo! —exclamó ella, levantándose, con lágrimas de coraje y voz desesperada.

—Ya sabes que te pedí, te supliqué, que no fueras. Sabía que te esperaba un resultado nada agradable...

—¡Nada agradable! —gritó ella—. Querrás decir horrible. Aunque viva cien años, no lo olvidaré jamás. Aquella mujer dijo que era una deshonra para ella estar sentada cerca de mí.

—¡Palabras necias! Pero, ¿por qué exponerte a oírlas?

—Odio tu tranquilidad. No debías haberme obligado a que lo hiciera. Si tú me amases...

—Anna, ¿qué tiene que ver el amor con todo esto?

—Sí. Si tú me amases como yo te amo, si tú sufrieras como yo sufro... —dijo ella, mirándole con expresión de terror.

Anna le inspiró compasión, y él hizo protestas de amor, porque veía muy bien que éste era el único medio de calmarla, pero en el fondo de su corazón no lo sentía. Ella, al contrario, saboreaba con deleite aquellos juramentos de amor, cuya vulgaridad repugnaba a su amante, pero fue así como, poco a poco, recobró la calma.

Al día siguiente partieron para el campo, completamente reconciliados.

# SEXTA PARTE

## Capítulo primero

D ARIA Alexándrovna estaba pasando el verano con los hijos en Pokróvskoie, en casa de su hermana Kiti. Como su casa de Ierguchovo se hallaba en un estado ruinoso, había aceptado la proposición que le hicieron los Lievin de instalarse en su residencia campestre con sus hijos. Stepán Arkádich, que debía permanecer en Moscú, aprobó complacido esta solución, y expresó su más vivo sentimiento por no poder pasar el verano con la familia en el campo, que para él habría sido el colmo de la dicha; pero permaneciendo en Moscú, de vez en cuando iba al campo a pasar allí un día o dos.

Además de los Oblonski, sus hijos y el ama de llaves, los Lievin tenían en su casa a la vieja princesa, que creía necesario velar por la hija inexperta que se hallaba «en aquel estado». También tenían a Váreñka, la amiga de Kiti de Soden, que había prometido ir a verla después de su casamiento. Por simpática que le fuera toda esta gente, lo único que Lievin sacaba en conclusión era que todos eran parientes o amigos de su mujer. Y aunque los quería a todos, lamentaba que el «elemento Scherbatski», como él lo llamaba, trastornase el ambiente y orden habituales. De sus familiares sólo estaba Serguiéi Ivánovich, el cual, por otra parte, tenía más de los Koznyshov que de los Lievin.

El viejo caserón, tanto tiempo desierto, tenía casi todos los aposentos ocupados: tanta gente había. Todos los días, al sentarse a la mesa, la princesa contaba los comensales. Para evitar el fatídico número 13, se veía forzada a obligar a uno de sus nietos a tomar asiento en una mesa aparte. En cuando a Kiti, como buena administradora de la casa, ponía especial cuidado en tener abastecida la despensa de pollos, patos y pavos con los que saciar el apetito de sus huéspedes grandes y pequeños, a los que el aire del campo había hecho muy exigentes en materia gastronómica.

Mientras la familia estaba sentada a la mesa, los niños hacían proyectos para ir a buscar setas cuando, con gran sorpresa de todos los reunidos —que le profesaban un respeto rayano en la admiración, por su elevado espíritu y amplia cultura—, Serguiéi Ivánovich tuvo la ocurrencia de mezclarse en aquella prosaica conversación.

—Permitidme que os acompañe. A mí me gustan muchos esas distracciones —dijo mirando a Vareñka.

—Con mucho gusto —respondió ésta, ruborizándose.

Kiti cambió una mirada con Dolli. Aquella proposición venía a confirmar una idea que la tenía preocupada hacía tiempo. Temiendo que alguien se diera cuenta de su gesto, apresuróse a dirigir la palabra a su madre.

Después de la comida, Serguiéi Ivánovich, con una taza de café en la mano, se trasladó al salón y se sentó junto a una ventana, prosiguiendo con su hermano la conversación iniciada en la mesa y sin dejar de mirar a la puerta, por donde debían salir los niños. Lievin se puso a su lado, mientras que Kiti, de pie detrás de su marido, parecía esperar para decirle algunas palabras al final de aquella charla, que no le importaba lo más mínimo.

—Tú has cambiado mucho desde que te casaste..., para mejorar, desde luego —decía Serguiéi Ivánovich, mientras sonreía mirando halagadoramente a Kiti—. Pero no por eso has dejado de defender, como antes, las más extrañas paradojas.

—Katia, haces mal en estar de pie —advirtió Lievin, ofreciendo una silla a su mujer, no sin una mirada severa.

—Evidentemente, pero yo debo dejar de haceros compañía —dijo Serguiéi Ivánovich al ver a los niños, que venían corriendo a su encuentro precedidos por Tania, la cual, al galope, con los brazos muy estirados, agitaba en una mano una cesta y en otra el sombrero de Kosznyshov.

Hizo ademán de ponérselo en la cabeza, atenuando con una sonrisa la libertad de su gesto, mientras sus bellos ojos, tan parecidos a los de su padre, brillaban con un resplandor vivo.

—Váreñka le espera —dijo poniendo el sombrero, cuidadosamente, en la cabeza de Serguiéi Ivánovich.

Éste la había autorizado previamente con una sonrisa.

En aquel momento hizo su aparición en el marco de la puerta la joven Váreñka, con un vestido amarillo y una toquilla blanca.

—Aquí estoy, aquí estoy, Varvara Andriéievna —dijo Serguiéi Ivánovich, apurando la taza de café al mismo tiempo que metía en los bolsillos su pañuelo y su pitillera.

—¿Qué me decís de mi Váreñka? ¿Verdad que es encantadora? —preguntó Kiti a su marido, de modo que pudiera ser oída por Serguiéi Ivánovich—. ¡Y qué nobleza la de sus facciones, tan hermosas! ¡Váreñka! —gritó—. ¿Estaréis en el bosque del molino? Allí iremos nosotros.

—Te olvidas siempre del estado en que te hallas, Kiti —advitió la princesa, mostrándose a la puerta del salón—. ¡Qué imprudencia gritar tan fuerte!

Al oír la llamada de Kiti y la reprimenda de su madre, Váreñka volvió sobre sus pasos. El nerviosismo de sus gestos y el carmín que cubría sus mejillas, todo era indicio de que estaba poseída de una excitación extraordinaria. Y su amiga, que adivinaba la causa de esta emoción, no la había llamado más que para otorgarle mentalmente su bendición.

—Seré muy dichosa si sucede lo que me figuro —le cuchicheó al oído, besándola.

—¿Nos acompaña usted? —preguntó la joven a Lievin para disimular su turbación.

—Hasta las granjas nada más.

—¿Tienes algo que hacer allá abajo? —inquirió Kiti.

—Sí, tengo que examinar los nuevos furgones. Y tú, ¿dónde te vas a quedar?

—En la terraza.

## Capítulo II

En la terraza, donde solían reunirse las señoras después de la comida, aquella tarde se habían entregado todas a una laboriosa ocupación. No sólo se dedicaban a la confección de mantillas y fajeros, sino que además hacían confituras según el procedimiento empleado en la casa de los Scherbatski, que consistía en prescindir del agua para su confección. Este procedimiento era desconocido para Agafia Mijáilovna, la cual, contraviniendo las instrucciones recibidas, había sido sorprendida echando agua en unas fresas, según la receta de los Lievin. Entonces, las damas invitadas resolvieron preparar unas frambuesas según su propia fórmula, a la vista de aquella vieja testaruda, para demostrarle que no había ninguna necesidad de añadir agua para conseguir una excelente confitura.

Agafia Mijáilovna, malhumorada, con la faz encendida, los cabellos en desorden, remangada hasta el codo, mostrando sus brazos descarnados, hacía girar el recipiente de la confitura encima de un brasero, haciendo votos para que el proceso de cocción terminase lo peor posible.

La princesa, autora de aquella innovación y, en consecuencia, responsable de su éxito, sintiendo que el enojo de Agafia Mijáilovna iba dirigido contra ella, había optado por fingir la mayor indiferencia charlando de unas cosas y otras con sus hijas, pero no por eso dejaba de vigilar con el rabillo del ojo a la cocinera.

—Pues a las mujeres que tengo a mi servicio, les compro yo misma la ropa en las liquidaciones de primavera —decía la princesa, enfrascada en una interesante conversación sobre las mejores prendas de vestir para las domésticas—. ¿No ha llegado el momento de espumar, querida? —preguntó a Agafia Mijáilovna—. ¡No, tú no! —añadió reteniendo a Kiti, que estaba dispuesta a levantarse—. Esos no son menesteres tuyos. Además, tendrás mucho calor cerca del fuego.

—Déjame a mí —dijo Dolli.

Y aproximándose a la fuente, removió con precaución aquel jarabe hirviente, valiéndose de una cuchara, con la que luego llenó un plato de espuma amarilla rosácea, de la que manaba un jugo de color sangre.

«¡Qué regalo para los pequeños a la hora del té!», pensaba, recordando sus alegrías de niña y su sorpresa ante la incomprensión de las personas mayores, que hacían ascos a la espuma, cuando era precisamente la parte más exquisita de la confitura.

—Stiva dice que es mejor darles dinero —repuso, volviendo al tema de conversación que apasionaba a aquellas señoras—. Pero...

—¡Dinero! —exclamaron a una la princesa y Kiti—. Nada de eso. No. Lo que a ellas más les halaga es la atención...

—Así, por ejemplo, el año pasado hice un regalo a nuestra aya de un vestido de tela parecida al popelín —añadió la princesa.

—Sí, ya me acuerdo. Se lo puso aquel día de la onomástica de usted.

—Un diseño precioso, sencillo y de buen gusto. Como que me dieron ganas de encargarme otro igual. Es bonito y barato, del mismo género del que lleva Váreñka.

—Las frambuesas están en su punto, me parece —opinó Dolli, dejando que el jarabe se escurriera de la cuchara.

—Cuando se formen grumos, estará en su punto. Cuézalo un poco más, Agafia Mijáilovna.

—¡Qué moscas tan pesadas! —dijo Agafia Mijáilovna con enfado—. Si va a resultar lo mismo —añadió.

—¡Oh, qué pajarito más mono! No le espantéis —exclamó de pronto Kiti, señalando un gorrión que había venido a posarse sobre la balaustrada, para picotear en ella un rabo de frambuesa.

—Sí, sí, pero no te arrimes al brasero —dijo la madre.

—*A propos de*[1] Vareñka —repuso Kiti en francés, pues su charla proseguía en esta lengua cuando no querían que les comprendiera Agafia Mijáilovna—. He de decirle, *maman*, que espero hoy una decisión. Ya sabe usted cuál. ¡Cómo me gustaría que se llevase a cabo!

---

[1] a propósito de. (En francés en el original.)

—¡Miren la casamentera! —bromeó Dolli—. ¡Qué arte! ¡Qué tino!

—En serio, *maman:* ¿qué piensa usted de eso?

—¿Qué quieres que te diga? Él (se refería a Serguiéi Ivánovich) ha podido siempre aspirar a los mejores partidos de toda Rusia. Y aunque ha pasado ya la primera juventud, conozco, sin embargo, a más de una joven que de buen grado aceptaría su corazón y su mano. En cuanto a ella, se ve que es una persona excelente, pero él podría, creo...

—No, no. Es imposible encontrar mejor partido, lo mismo para el uno que para la otra. Por de pronto, no puede negarse que ella es deliciosa —comentó Kiti, empezando a llevar la cuenta con los dedos.

—Ella le gusta mucho, ciertamente —aprobó Dolli.

—Después, él disfruta de una posición que le permite casarse con la que mejor le parezca, al margen de toda consideración de rango o de fortuna. Lo que le hace falta es una muchacha animosa y honesta, dulce, tranquila...

—¡Oh, para eso sí! Es una persona muy reposada —confirmó Dolli.

—En tercer lugar, que ella lo ame. Y eso puede darse por seguro... Es decir, ¡sería magnífico!... Espero de un momento a otro que aparezcan de vuelta del bosque y se decida todo. Inmediatamente lo sabré mirando los ojos de ella. ¡Me alegraría tanto! ¿Qué piensas tú, Dolli?

—No te excites tanto, que no te va bien —le hizo notar la princesa.

—Pero si no me excito, mamá. Yo creo que él se va a declarar hoy mismo.

—¡Qué sentimiento más extraño se experimenta cuando un hombre le pide a una en matrimonio! Es como si entre los dos se rompiera un dique —manifestó Dolli con una sonrisa pensativa.

Se acordaba de sus esponsales con Stepán Arkádich.

—Dígame, mamá: ¿Cómo le pidió papá relaciones?

—De la manera más sencilla del mundo —respondió la princesa, radiante de felicidad al evocar aquel acontecimiento de su vida.

—Pero bueno, supongo que usted le amaría antes de que le diesen permiso para hablarle.

Kiti se sentía orgullosa de poder ahora abordar con su madre, como con una igual, aquellos temas tan importantes en la vida de las mujeres.

—¡Y tanto que le amaba! Venía al campo a vernos.

—¿Y cómo se decidió aquello?

—Pues como siempre: con miradas y con sonrisas. ¡A ver si te crees que vosotras habéis inventado algo nuevo!

—Con miradas y con sonrisas —repitió Dolli—. Exacto. ¡Qué bien lo ha expresado usted, mamá!

—¿Pero con qué palabras se expresó él?

—¿Y qué te dijo a ti Kostia de particular?

—¡Oh! Él me hizo su declaración con un trozo de tiza... No podía ser más original. ¡Pero qué lejano me parece todo eso!

Siguió un silencio, durante el cual los pensamientos de las tres mujeres siguieron el mismo curso. Kiti se acordó de su último invierno de muchacha colegiala, de su deslumbramiento por Vronski, y por una asociación de ideas muy natural, de la pasión contrariada de Váreñka.

—Estoy pensando que puede haber un obstáculo: el primer amor de Vareñka. Tenía la intención de preparar a Serguiéi Ivánovich para que se fuese acostumbrando a esta idea. Los hombres son tan celosos de nuestro pasado...

—No todos —objetó Dolli—. Tú juzgas según tu marido porque yo estoy segura de que le sigue atormentando el recuerdo de Vronski.

—Es verdad —asintió Kiti con expresión pensativa.

—¿Qué hay en tu pasado que pueda inquietarle? —preguntó la princesa, muy susceptible cuando parecía ponerse en duda su solicitud maternal—. Vronski te hizo la corte, pero, ¿es que hay alguna joven agraciada a quien no se la hagan?

—No se trata de eso —objetó Kiti, mientras se le coloreaban las mejillas.

—Perdón —repuso la madre—. Pero, ¿no fuiste tú quien me impidió entenderme con Vronski? ¿Es que no te acuerdas?

—¡Ay, mamá! —suspiró Kiti, con voz turbada.

—Ahora no hay quien os frene... Pero en aquel entonces, nuestras efusiones no podían rebasar ciertos límites. Yo le habría hecho declararse... Pero por el momento, querida mía, haz el favor de calmarte. Te exijo que te calmes.

—Pero si estoy muy tranquila, *maman.*

—¡Qué suerte fue para Kiti el que después surgiese Anna, y qué desgracia para ella! —hizo notar Dolli—. Sí —repuso, estremecida por aquel recuerdo—. ¡Cómo cambiaron los papeles! Anna era entonces feliz, mientras que Kiti se creía digna de lástima... Pienso mucho en ella.

—¡Mira que pensar en esa mujer sin corazón, en esa abominable criatura! —exclamó la princesa, que no se consolaba de tener a Lievin por yerno en lugar de Vronski.

—Dejemos, pues, ese asunto —dijo Kiti, con impaciencia—. No he pensado ni quiero pensar nunca en eso... No, no quiero pensar —repitió, al mismo tiempo que su oído percibía los pasos bien conocidos de su marido que estaba subiendo la escalera.

—¿En qué no quieres pensar? —preguntó Lievin, apareciendo en la terraza.

Nadie le respondió. Tampoco repitió la pregunta.

—Siento turbar vuestra intimidad —declaró, envolviendo a las tres mujeres en una mirada recelosa, pues se daba cuenta de que no querían seguir su conversación delante de él.

Por un instante se mostró de acuerdo con la vieja cocinera, furiosa por tener que hacer confituras sin agua y, en general, por tener que sufrir la dominación de los Scherbatski.

No obstante, se acercó sonriente a Kiti.

—¿Qué, como va eso? —preguntó con el mismo tono que empleaba todo el mundo, cada vez que hacían esta pregunta a la joven.

—Esto va muy bien —respondió Kiti, sonriendo—. ¿Y tus furgones?

—Soportan el triple de carga que nuestras teliegas[2]. ¿Quieres que vayamos a buscar a los niños? He hecho enganchar.

—Supongo que no se te ocurrirá dar sacudidas a Kiti en un carricoche de esos —advirtió la princesa, en tono reprobatorio.

—Iremos al paso, princesa.

Aun queriendo y respetando a su suegra, Lievin no podía decidirse a llamarla *maman,* como suelen hacer los yernos. Le

---

[2] Carro de cuatro rruedas.

habría parecido que injuriaba la memoria de su madre. Aquel despego molestaba a la princesa.

—Venga con nosotros, *maman* —propuso Kiti.

—No me gusta nada ver vuestras imprudencias.

—Entonces iré a pie. El paseo me sentará bien.

Kiti se levantó y cogió del brazo a su marido.

—¿Y qué, Agafia Mijáilovna, cómo salen sus confituras con las nuevas recetas? —preguntó Lievin, sonriendo a su vieja sirvienta para hacerle desarrugar el entrecejo.

—Dicen que están buenas, yo las encuentro muy cocidas.

—Por lo menos, no se echarán a perder, Agafia Mijáilovna —indicó Kiti, comprendiendo la intención de su marido—. Y ya sabe usted que no queda más hielo. En cuanto a las salazones que hace usted, mamá asegura que no las ha probado mejores en su vida —declaró ajustando la toquilla de la anciana, que se había soltado.

Pero Agafia Mijáilovna la miró con gesto iracundo.

—No se moleste en consolarme, señora. Para estar contenta me basta verla a usted con él.

Aquella manera familiar de designar al dueño de la casa impresionó mucho a Kiti.

—Venga con nosotros y nos enseñará los sitios mejores para buscar setas —propuso.

La vieja denegó con la cabeza, sonriendo. Aquella sonrisa parecía querer decir: «Me gustaría teneros rencor, pero no podría.»

—Siga mi consejo —advirtió la princesa—. Tape cada tarro con un papel impregnado de ron, y así no tendrá necesidad de hielo para que no se corrompan.

Capítulo III

LA nube de descontento que había ensombrecido el rostro de su marido, un hombre tan jovial de ordinario, no había escapado a la sagacidad de Kiti, pero se sintió más aliviada estando junto a él, y una vez que hubieron emprendido la marcha por aquella ruta polvorienta, toda alfombrada de espigas y de granos, se apoyó amorosamente en el brazo de Lievin. Éste había olvidado ya su enojosa impresión de aquel momento, para no pensar más que en el estado de Kiti. Además, aquél era el pensamiento que le dominaba hacía algún tiempo, y la presencia de su mujer hacía nacer en él un sentimiento nuevo, muy puro y muy dulce, exento de toda sensualidad. Sin tener nada que decirle, deseaba escuchar su voz, que había cambiado y adquirido, igual que su mirada, esa mezcla de dulzura y de seriedad tan peculiar de las personas que se entregan en cuerpo y alma a una sola única ocupación.

—Entonces, ¿no tienes miedo de cansarte? Apóyate más fuerte —recomendó él.

—¡Qué feliz me hace estar sola un momento contigo! Yo quiero a los míos, pero hablando francamente, echo de menos aquellas veladas de invierno que pasábamos solos los dos.

—No niego que tenían algo de bueno, pero el presente vale mucho más —aseguró Lievin, apretándole el brazo.

—¿Sabes de qué estábamos hablando cuando llegaste?

—De confituras.

—Sí, pero también de la manera cómo se hacen las peticiones de matrimonio.

—¡Ah, bah! —dijo Lievin, que prestaba menos atención a las palabras que al sonido de la voz de Kiti.

Como en aquel momento entraban en el bosque, vigilaba escrupulosamente las asperezas del terreno, para evitar cualquier mal paso a su joven esposa.

—Y también hablábamos de Serguiéi Ivánovich y de Váreñka —continuó Kiti—. ¿Has observado algo? ¿Qué piensas tú de eso? —preguntó ella, mirándole fijamente a la cara.

—No sé qué pensar —respondió Lievin, sonriendo—. En ese punto, no he podido comprender nunca a Serguiéi. No sé si te he dicho...

—¿Que amó a una muchacha y que ella murió?

—Yo era todavía un niño y sólo conozco esa historia de oídas. Pero mi memoria se lo representa muy a menudo en aquella época. ¡Qué buen mozo era! Desde entonces he observado su conducta con las mujeres. Se muestra amable. Algunas le agradan, pero ve en ellas a la persona, no a la mujer.

—De acuerdo, pero con Váreñka... hay, creo yo, algo más.

—Quizá. Pero hay que conocerle. Es un ser aparte. No vive más que para el espíritu. Tiene el alma demasiado elevada...

—¿Crees, entonces, que el matrimonio lo rebajaría?

—No, pero está demasiado metido en la vida espiritual para poder admitir la vida real. Y Váreñka, como ves, es lo mismo que la vida real.

Lievin había adquirido la costumbre de expresar abiertamente su pensamiento, sin darle una forma concreta. Sabía que en las horas de perfecto acuerdo, su mujer lo comprendía con medias palabras y éste era precisamente el caso.

—¡Oh, no! Váreñka pertenece más bien a la vida espiritual que a la vida real. No es como yo, y yo comprendo muy bien que una mujer de mi estilo no puede hacerse amar por él.

—Pues él te quiere mucho, y yo me siento muy feliz de que hayas conquistado los míos.

—Sí, él se muestra lleno de bondad conmigo, pero...

—Pero no es lo mismo que con aquel pobre Nikolái —concluyó Lievin—. Él te quiso enseguida, y tú estuviste a la recíproca... ¿Por qué no confesarlo? A veces me reprocho no haber pensado bastante en él. Acabaré por olvidarlo. Era un ser exquisito... y extraño... Pero, ¿de qué estábamos hablando? —repuso él, después de un silencio.

—Entonces, ¿le crees incapaz de enamorarse? —preguntó Kiti, traduciendo en su lengua el pensamiento de su marido.

—No digo eso —respondió Lievin, sonriendo—. Pero no es accesible a ninguna debilidad. Es una cualidad que siempre le he envidiado, y sigo envidiándole, a pesar de mi dicha.

—¿Le envidias porque no puede enamorarse?

—Le tengo envidia porque vale más que yo —contestó Lievin, tras una nueva sonrisa—. No sirve para su propio egoísmo, sólo le guía el sentimiento del deber. Por eso tiene el derecho de vivir tranquilo y satisfecho.

—¿Y tú —preguntó ella, con una sonrisa entre amorosa y solapada.

Si se la hubiese interrogado sobre la razón de aquella sonrisa, no hubiera sabido indicarla formalmente. En realidad, no creía que su marido, proclamándose inferior a Serguiéi Ivánovich, le hubiese dado una prueba de sinceridad. Lo que hacía era ceder buenamente al cariño que sentía por su hermano, al hastío que le causaba su mismo exceso de felicidad, a su constante deseo de perfeccionamiento.

—¿Y tú por qué tienes que estar disgustado contigo mismo? —repitió ella, sonriendo aún.

Dichoso al ver que ella no creía en su desengaño, experimentó el anhelo inconsciente de hacerla hablar, para que le expresara la causa de su escepticismo.

—Soy feliz, pero no estoy contento de mí —dijo.

—¿Por qué, si eres feliz?

—¿Cómo te lo diría yo? Yo no tengo nada que ambicionar en este mundo. Ahora mismo, lo único que me preocupa es que no des ningún paso en falso... ¡Ah, eso no, guárdate bien de saltar! —gritó interrumpiendo el hilo de su discurso, para reprenderla por haber saltado bruscamente sobre una rama que interceptaba el camino—. Pero cuando me comparo con otros, mi hermano sobre todo, siento que no valgo gran cosa.

—¿Y eso por qué? —preguntó ella, manteniendo la sonrisa—. ¿No piensas tú también en el prójimo? Te olvidas de tus granjas, de tu empresa, de tu libro...

—No, y ahora, sobre todo, siento que tú tienes la culpa —confesó apretándole el brazo—, que hago las cosas sin interés, de cualquier manera, y, últimamente, como una imposición. ¡Ay, si pudiera amar mis deberes como te amo a ti!

—Entonces, ¿qué piensas de papá? ¿Le crees malo, acaso, porque no se ha preocupado bastante del bien general?

—¡Nada de eso! Pero yo no poseo ni su sencillez, ni su bondad, ni su claridad de espíritu. No hago nada y sufro por no hacer nada. Y de eso la causa eres tú. Cuando en mi vida no había nadie, ni tú ni «eso» —dirigió al talle de su mujer una mirada cuyo significado comprendió ella enseguida—, me entregaba con todo mi corazón a esos quehaceres. Ahora, lo repito, todo esto no es más que un deber penoso, una falsa ilusión...

—¿Te gustaría tal vez cambiarte por tu hermano? ¿No amar más que tu deber y el bien general?

—Desde luego que no. Por lo demás, me siento lo bastante feliz para no tener que razonar. Así, pues, ¿tú crees que él se va a declarar hoy mismo? —preguntó, después de una pausa.

—No lo sé, pero me gustaría. Aguarda un minuto.

Se inclinó para coger una margarita al borde del camino.

—Toma, ponte a contar. Lo hará, no lo hará... —dijo ella, entregándole la flor.

—Lo hará, no lo hará —repitió Lievin, arrancando uno a uno los blancos pétalos.

Pero Kiti, que observaba con emoción cada movimiento de sus dedos, le detuvo asiéndole por el brazo.

—No, no vale. Que acabas de arrancar dos de una vez.

—Pues bien, no contaré este tan chiquitín —dijo él, dejando caer un pétalo atrofiado—. Pero fíjate, ya está ahí el coche, que nos ha alcanzado.

—¿Estás cansada, Kiti? —preguntó de lejos la princesa.

—Ni lo más mínimo, mamá.

—Si quieres, puedes hacer el resto del itinerario en coche, pero al paso, bien entendido.

Mas como estaban ya cerca del bosque, todos terminaron de hacer aquel paseo a pie.

## Capítulo IV

CON la toquilla blanca destacando sobre sus negros cabellos, en medio de aquella pandilla infantil cuyos alegres pasatiempos compartía de muy buen grado, Váreñka —emocionadísima ante la idea de que probablemente iba a pedirle su mano un hombre que no le disgustaba ni mucho menos—parecía más atractiva que nunca. Caminando a su lado, Serguiéi Ivánovich no podía contener su admiración, comprendiendo la razón de las múltiples alabanzas que le habían hecho de aquella encantadora persona. Decididamente, experimentaba por ella ese sentimiento tan particular no conocido por él más que una sola vez, hacía tiempo, en su primera juventud. La impresión de gozo que le producía la presencia de Váreñka iba en aumento. Habiendo encontrado un hongo gigante, cuyo enorme sombrero extendía sus bordes por encima de un minúsculo pie, quiso depositarlo en el cesto de la joven. Pero al cruzarse sus miradas, observó en sus mejillas el rubor de una placentera emoción. Turbóse él, a su vez, y le dirigió, sin pronunciar palabra, una sonrisa más que suficientemente expresiva.

«Si las cosas llegan a cierto punto —pensó— conviene reflexionar antes de tomar una decisión, porque no quiero de ninguna manera ceder como un bobo a una atracción momentánea.»

—Si me lo permite —prosiguió en voz alta—, voy a buscar setas separándome del grupo, ya que, según parece, mis hallazgos pasan inadvertidos.

Apartándose, pues, del lindero, donde algunos viejos abedules emergían de entre la hierba corta y blanda, se internó en la espesura del bosque. Allí, los sombríos avellanos se mezclaban con los troncos grises de los álamos y los más claros de los abedules. Después de dar unos cuantos pasos, se ocultó a las miradas de los demás, detrás de un matorral de boneteros en plena floración. Reinaba allí un silencio casi absoluto. Sólo un enjambre de moscas zumbaba revoloteando por el ramaje. De vez en cuando llegaba a aquel apartado lugar la voz de los niños. De pronto resonó, no lejos del lindero, la voz de contralto de Váreñka llamando a Grisha, y Serguiéi Ivánovich no pudo contener una sonrisa de alegría, seguida inmediatamente de un movimiento de cabeza denegatorio. Sacó un cigarro del bolsillo, pero las cerillas se negaban a prender sobre el tronco del abedul junto al cual había hecho alto. La suave pelusa de la blanca corteza se pegaba al fósforo. Por fin prendió una de ellas, y no tardó en alzarse por encima del matorral una columna de fragante humo. Serguiéi Ivánovich, que había reanudado la marcha a pasos lentos, seguía a Váreñka con los ojos, sumido en profundas reflexiones.

«¿Por qué tengo que resistir? —se preguntaba—. No se trata de una pasioncilla, sino de una inclinación mutua, según me parece, y que no comprometería mi vida en nada. Mi única objeción seria al matrimonio es la promesa que me hice a mí mismo, al perder a *Marie,* de permanecer fiel a su recuerdo. (Esta objeción sabía bien Serguiéi Ivánovich que sólo afectaba al papel poético que desempeñaba a los ojos del mundo.) No, francamente, no deseo ninguna otra, y mi razón no podría dictarme una acción mejor.»

Hojeando en el álbum de sus recuerdos, no encontraba en

ninguna muchacha aquel conjunto de cualidades que harían de Váreñka una esposa ideal en todos los sentidos, digna de ser elegida por él. Tenía el encanto, la lozanía de la juventud, pero nada de infantil. Si ella le amaba, tendría que ser con discernimiento, como corresponde a una mujer. Estaba al corriente de los usos y costumbres mundanos, pero los detestaba, lo cual tenía una importancia capital a los ojos de Serguiéi Ivánovich, quien no habría admitido maneras vulgares en la que había de ser compañera de su vida. Tenía fe, pero no una fe ciega, como Kiti, sino con completo conocimiento de causa. Otras ventajas le ofrecía hasta en los detalles más insignificantes: pobre y sin familia, nunca se le ocurriría, como a Kiti, imponer la presencia y la influencia de una numerosa parentela. Se debería en todo a su marido, que era lo que siempre había anhelado Serguiéi Ivánovich. Y esta joven, que reunía todas esas cualidades, lo amaba. Por modesto que él fuese, no podía menos de halagarle. Él pertenecía a una raza fuerte, no tenía una cana y nadie le calcularía más de los cuarenta años. Además, ¿no había dicho Váreñka una vez que un hombre de cincuenta años no pasaba por viejo más que en Rusia? En Francia, por el contrario, un hombre a los cincuenta años se considera *dans la force de l'âge*[1], y el de cuarenta, *un jeune homme*[2]. Por otra parte, ¿qué importaba la edad? ¿Acaso no sentía el corazón tan joven como hacía veinte años? ¿No era una prueba de frescor juvenil en enternecimiento que se apoderó de él cuando poco antes descubrió entre los viejos abedules la graciosa silueta de Váreñka? A los rayos oblicuos del sol, se recortaba con el cesto en la mano, mientras detrás de la joven, el campo de avena agitado por el viento simulaba un mar de doradas olas, inundado de luz, y en la azul lejanía, el bosque secular desplegaba su ramaje, que empezaba a amarillear. Váreñka se agachó para coger una seta, se enderezó con ademán desenvuelto y echó una ojeada a su alrededor. Serguiéi Ivánovich sintió que le rebosaba el corazón de alegría, y resuelto a explicarse, tiró el cigarro y avanzó hacia la joven.

---

[1] en la flor de la edad. (En francés en el original.)
[2] un joven. (En francés en el original.)

«V ARVARA Andriéievna, desde mi primera juventud me
había formado el ideal de la mujer que me haría feliz
teniéndola por compañera. Nunca la había encontrado. Usted sola realiza mi sueño. Yo la quiero y le ofrezco mi
nombre.»

Con estas palabras a flor de labio, Serguiéi Ivánovich contemplaba a Váreñka, quien, arrodillada en la hierba a diez pasos de él, defendía una seta de los ataques de Grisha, para re-
servársela a Masha y los más pequeños.

—¡Por aquí, por aquí hay muchas! —gritaba con su seductora voz de inflexiones profundas.

No se levantó al acercarse Seguiéi Ivánovich, pero todo en
su persona revelaba alegría por volverle a ver.

—¿Ha encontrado usted muchas? —preguntó, volviendo
hacia él su amable rostro y sonriendo bajo su toquilla.

—Ni una. ¿Y usted?

Ella no respondió enseguida, porque estaba pendiente de los
niños.

—Mira, ¿ves ésta, cerca de la rama? —dijo a Masha, mostrándole una pequeña rúsula, que despuntaba bajo una brizna
de hierba seca y a la que una pajita había atravesado su sombrero de color rosa.

Queriendo cogerla, la criatura la partió en dos.

—Esto me recuerda mi infancia —dijo entonces, Váreñka,
que se levantó para reunirse con Seguiéi Ivánovich.

Dieron algunos pasos en silencio. Váreñka, sofocada por la
emoción, estaba intrigada por lo que pasaría en el corazón de
su compañero. Ambos estaban ya bastante alejados para que se
les pudiese oír, pero Serguiéi Ivánovich no pronunciaba ni una
palabra hasta que, de pronto, involuntariamente, la joven rompió el silencio.

—¿De modo que no ha encontrado usted nada? Pues es verdad que en la espesura hay menos que en el lindero.

Serguiéi Ivánovich dejó escapar un suspiro. Unos instantes
de silencio le habrían preparado mejor para explicarse, que una

conversación trivial sobre las setas. Reteniendo en su memoria la última frase de la joven, quiso hacerla hablar de su infancia. Pero con gran sorpresa por su parte, le salió espontáneamente otra respuesta, la de rigor:

—Se afirma que los boletos blancos crecen preferentemente en las lindes de los bosques, pero si he de hablar con franqueza, no sé dinstinguir unas setas de otras.

Pasaron unos minutos más. Ahora estaban completamente solos. El corazón de Váreñka latía con ritmo precipitado. Se sentía enrojecer y palidecer alternativamente. Dejar a madame Shtal para casarse con un hombre como Koznyshov, del que casi estaba segura de haberse enamorado, le parecía el colmo de la dicha. ¡Y todo iba a decidirse ahora! Si la declaración era embarazosa, el silencio lo era mucho más.

«Ahora o nunca», se dijo Serguiéi Ivánovich, lleno de lástima al ver la mirada turbada, el rubor y los ojos bajos de Váreñka. Se culpó, además, de ofenderla callándose. Apresuróse a rememorar sus argumentos en pro del matrimonio, pero en lugar de la frase que había preparado, le salió inopinadamente otra:

—¿Cuál es la diferencia entre el boleto blanco y el áspero?

Los labios de Váreñka temblaron al responder:

—Sólo se diferencian en el pie.

Ambos estaban convencidos de una cosa: que no serían pronunciadas las palabras que les debían unir, y la emoción violenta que les agitaba se fue calmando poco a poco.

—El pie del boleto áspero recuerda la barba de dos días de un hombre moreno —dijo tranquilamente Serguiéi Ivánovich.

—Sí, es verdad —respondió Váreñka sonriendo.

A partir de este momento, la marcha de ambos se orientó involuntariamente al lado de los niños. Confusa y decepcionada, Váreñka experimentaba, a pesar de todo, la sensación de haberse quitado un gran peso de encima. Serguiéi Ivánovich repasaba mentalmente sus razonamientos, a favor del matrimonio y acabó por encontrarlos falsos: no podía ser infiel al recuerdo de *Marie*.

—¡Despacio, despacio, niños! —gritó Lievin casi con enfado poniéndose delante de su mujer para defenderla cuando los chiquillos con gritos de alegría se abalanzaron a su encuentro.

Detrás de los pequeños aparecieron Váreñka y Serguiéi Ivánovich. Kiti no tuvo necesidad de interrogar a su amiga: la expresión serena, un poco avergonzada, de sus fisonomías, le hizo comprender que no se había realizado la experanza que había venido abrigando.

—Bien, ¿qué impresión has sacado de eso? —preguntó Lievin a Kiti, en el camino de regreso.

—Pues que no cuaja —respondió ella, con un tono y una sonrisa que le eran muy familiares, y que divertían mucho a su marido, por recordarle el tono y la sonrisa del viejo príncipe.

—¿Qué quieres decir? ¿Qué es lo que no cuaja?

—Esto —explicó ella, cogiendo la mano de su esposo, llevándosela a la boca y rozándola apenas con los labios cerrados—. Así es como se besa la mano a un obispo.

—¿Y en cuál de los dos no cuaja? —preguntó él, riéndose.

—En ninguno de los dos. Ahora mira cómo hay que hacerlo.

—Cuidado, que se acercan unos labradores.

—No han visto nada.


## Capítulo VI

En tanto que los niños merendaban, las personas mayores, reunidas en la terraza, conversaban plácidamente. Sin embargo, cada uno se daba cuenta de que había ocurrido un hecho importante, aunque negativo. Serguiéi Ivánovich y Váreñka parecían dos escolares fracasados en los exámenes. Lievin y Kiti, más enamorados que nunca, se sentían cohibidos por su dicha, como si hicieran una indiscreta alusión a la falta de destreza de quienes no sabían labrar su felicidad.

—Creedme —decía la princesa—, *Alexandre* no vendrá.

Esperaban a Stepán Arkádich en el tren de la tarde, y el príncipe había escrito que a lo mejor se decidía a acompañarle.

—Y sé por qué —continuó la dama—. Cree que no se debe estorbar la libertad de un matrimonio joven.

—Y en virtud de ese principio, papá nos abandona —dijo Kiti—. Además, ¿acaso somos jóvenes? Ya somos veteranos.

—Si no viene, hijos míos, será necesario que yo os deje —declaró la princesa, no sin lanzar un profundo suspiro.

—¿Qué dice usted, mamá? —exclamaron al unísono las dos hijas.

—Pensad un poco, y comprenderéis lo solo que debe encontrarse.

Y al decir esto, se alteró la voz de la princesa. Sus hijas cambiaron una mirada que quería decir: «*Maman* tiene el arte de provocar situaciones tristes.» Ignoraban que su madre, por indispensable que se creyese en casa de Kiti, no podía pensar sin un sentimiento de desolación infinita en su marido y en ella misma, desde aquel día en que el último vástago voló del nido familiar, tan vacío a partir de entonces.

—¿Qué desea usted, Agafia Mijáilovna? —preguntó Kiti a la vieja ama de llaves, que había surgido de pronto ante ella, con aire misterioso.

—Es para lo de la cena, señora.

—Perfectamente —dijo Dolli—. Ve a dar tus órdenes, que entretanto yo me encargaré de Grisha, que no ha hecho nada en todo el día.

—Eso déjalo de mi cuenta —exclamó Lievin, saltando de la silla—. No tienes que preocuparte más, Dolli. Lo haré yo.

Grisha, que ya estaba en edad escolar, tenía unos deberes que hacer durante las vacaciones, y Daria Alexándrovna creía conveniente ayudarle en los más difíciles, especialmente los de aritmética y latín. Se había dedicado a aprender esta lengua para ser útil a su hijo. Habiéndose ofrecido Lievin a sustituirla, ella se vio de que seguía un método distinto al del profesor particular de Moscú, y le indicó con mucho tacto y no menos firmeza, que debía atenerse rigurosamente a las indicaciones del manual. En su interior, Lievin despotricaba contra la mala enseñanza de los profesores y contra la despreocupación de Stepán Arkádich, que abandonaba a su mujer una tarea de la que nada entendía. No se opuso al requerimiento de su cuñada de seguir el texto al pie de la letra, pero aquella manera de enseñar le interesaba cada vez menos, y con frecuencia olvidaba la hora de dar la lección.

—No, Dolli. No te muevas que ya voy yo —insistió—. Puedes estar tranquila, que seguiremos el orden del manual.

[717]

Sólo falta que venga Stiva y tenga que acompañarle a ir de caza, ¡y entonces, adiós las lecciones!

Y salió en busca de Grisha.

Entretanto, Váreñka —que sabía ser útil hasta en una casa tan bien atendida como la de los Lievin— retenía al lado a su querida Kiti.

—Quédate tranquila, que yo me encargaré de la cena —dijo, reuniéndose con Agafia Mijáilovna.

—Quizá no habrá encontrado pollos. Habrá que matar de los nuestros —dijo Kiti.

—Eso lo arreglaremos con Agafia Mijáilovna.

Y Váreñka desapareció, seguida de la sirvienta.

—¡Qué encantadora es esta jovencita! —hizo notar la princesa.

—Encantadora es poco, *maman:* deliciosa, incomparable.

—¿Así que usted espera a Stepán Arkádich? —preguntó Serguiéi Ivánovich, con la intención evidente de interrumpir la charla sobre Váreñka—. Difícilmente se encontrarían dos concuñados tan diferentes —añadió con una sonrisa muy fina—. El uno, que es la movilidad en persona, no puede vivir más que en sociedad, como el pez en el agua. El otro, también muy vivaz, delicado, sensible, penetrante, pierde su dominio en el mundo elegante y se debate en él como el pez fuera del agua.

—Sí —aprobó la princesa, volviéndose hacia Serguiéi Ivánovich—. Es un cabeza loca. Y yo precisamente quisiera que usted le diera a entender que, en su estado, Kiti no puede quedarse aquí. Habla de hacer venir a un médico, pero yo estimo que los alumbramientos deben tener lugar en Moscú.

—¡Pero, *maman,* él hará todo lo que usted quiera! —protestó Kiti, molesta al ver que su madre dirigía sus quejas a Serguiéi Ivánovich.

En este momento se oyó un resoplido de caballerías y el ruido de un coche rodando sobre la grava de la avenida. Apenas se había levantado Dolli para bajar al encuentro de su marido, cuando Lievin saltó por la ventana de la habitación donde Grisha hacía sus deberes, arrastrando a su alumno en pos de sí.

—¡Aquí está Stiva! —gritó bajo la terraza—. ¡Estate tranquila, Dolli, que hemos terminado! —añadió, corriendo como un gamo en dirección al carruaje.

—«*Is, ea, id, ejus, ejus, ejus*»[1] —declinaba Grisha, dando saltitos detrás de él.

—¡Y alguien viene con él! ¡Papá, sin duda! —gritó de nuevo Lievin, parado a la entrada de la avenida—. ¡Kiti, no bajes por la escalera empinada! Da la vuelta por la otra.

Pero Lievin se equivocaba. El compañero de Stepán Arkádich era un mocetón grueso, que se tocaba con una boina escocesa, cuyas largas cintas colgaban por detrás. Váseñka Veslovski, primo segundo de los Scherbatski, era muy conocido y apreciado en el gran mundo de Peterburgo y de Moscú, «hombre dinámico y apasionado de la caza», si había que dar crédito a Stepán Arkádich, que le presentó con estas palabras.

Veslovski no se mostró nada contrariado por la desilusión que causaba su presencia. Saludó alegremente a Lievin, le recordó que ambos se habían encontrado alguna vez, y cogiendo a Grisha en los brazos, le instaló en la carretela junto al perro de caza de Oblonski.

Lievin siguió a pie a los recién llegados, disgustado de ver llegar en lugar del príncipe, persona a la que apreciaba cada vez más, a aquel Váseñka Veslovski, cuya presencia le parecía a todas luces inoportuna. Esta desfavorable impresión se acentuó cuando vio cómo el recién llegado besaba galantemente la mano de Kiti a la vista de toda la familia —grandes y pequeños— reunida en la escalinata.

—Su mujer y yo somos *cousins*[2], y, además, antiguos amigos —declaró el joven, apretando por segunda vez y muy enérgicamente la mano de Lievin.

—¿Y qué? ¿Hay caza por estos contornos? —interrogó Stepán Arkádich, poniendo fin a aquella efusivas manifestaciones—. Veslovski y yo hemos venido con unos proyectos bárbaros... No, *maman*, hacía mucho tiempo que no iba él por Moscú... Toma, Tania, esto es para ti. ¿Quiere usted coger ese paquete del fondo del coche? —continuó, hablando a todo el mundo a la vez—. ¡Cómo has rejuvenecido, Dóleñka! —exclamó por fin, dirigiéndose a su mujer y besándole la mano, que retuvo entre las suyas y acarició con gesto afectuoso.

[1] El, ella, ello, de él, de ella, de ello. (En latín en el original.)
[2] primos. (En francés en el original.)

El buen humor de Lievin se había eclipsado totalmente: había adoptado un aire lúgubre y todo el mundo le parecía repugnante.

«¿A quién habrán besado ayer esos mismos labios? —pensaba—. ¿Y de qué puede estar Dolli tan contenta, si ha dejado de creer en su amor?» ¡Qué abominación!

Se sintió vejado al ver la amistosa acogida dispensada por la princesa a Veslovski. La cortesía de Serguiéi Ivánovich con Oblonski le parecía hipócrita, porque sabía que su hermano lo tenía en muy baja estima. Váreñka le hizo el efecto de una *sainte nitouche*[3], que jugaba a niña inocente sin otra ilusión que el matrimonio. Pero su despecho llegó al colmo cuando vio a Kiti, cediendo al ejemplo de todos, responder con una sonrisa —que le pareció harto significativa— a la sonrisa llena de cinismo de aquel individuo, que consideraba su visita como un motivo de dicha para cada uno.

Todo el mundo penetró en la casa, pero Lievin aprovechó el barullo del primer momento para eclipsarse. Como su cambio de humor no había pasado inadvertido a Kiti, ésta quiso retenerle, pero la rechazó con el pretexto de que sus asuntos le reclamaban en el despacho. Hacía tiempo que los asuntos de la hacienda no le parecían tan importantes. «Para ellos todo es fiesta —pensó—, pero aquí hay asuntos que nada tienen de festivos, que son inaplazables y sin los cuales no se puede vivir.»

## Capítulo VII

Lievin no volvió hasta que le avisaron que la cena estaba servida. En el descansillo se encontró a Kiti y Agafia Mijáilovna, que intentaban ponerse de acuerdo sobre los vinos que iban a servir.

—¿Por qué tanto *fuss?*[1]. Se sirve el vino ordinario y en paz.

—No, porque Stiva no bebe. Pero, ¿qué tienes, Kostia? Espera un poco —le pidió Kiti, intentando reunirse con él.

---

[3] mosquita muerta. (En francés en el original.)
[1] alboroto. (En inglés en el original.)

Mas él, sin querer escucharla, siguió su camino a largos pasos hacia el salón, donde se dispuso a tomar parte en la charla general.

—¿Qué, vamos mañana de caza? —le preguntó Stepán.

—Vayamos, se lo ruego —insistió Veslovski, sentándose de través en una silla y cruzando una pierna.

—Con mucho gusto. ¿Habéis cazado algo este año? —respondió Lievin, los ojos fijos en la pierna del personaje y ensayando un tono falsamente cordial que Kiti le conocía muy bien y que no le favorecía lo más mínimo—. Abundan las becacinas. No sé si encontraremos agachadizas. Eso sí, hay que partir temprano. ¿Podréis hacerlo? ¿No estás fatigado, Stiva?

—¿Yo fatigado? ¡Nunca lo estoy! Estoy dispuesto, si quieres, a pasarme la noche en vela. Vamos a dar una vuelta.

—¡Eso es, no nos acostemos! —aprobó Veslovski.

—¡Oh, no dudamos de que seas capaz, como también de turbar el sueño de los demás! —exclamó Dolli con aquel tono de leve ironía que había adoptado con su marido—. Pues por lo que a mí me toca, como no ceno, voy a retirarme.

—¡Espera un poco, Dóleñka —rogó Stepán Arkádich, tomando asiento a su lado en la gran mesa, donde ya estaba servida la cena—. Tengo tantas cosas que contarte...

—Nada de verdadera importancia, seguro.

—¿Sabes que Veslovski ha visto a Anna y que piensa volver a su casa al dejarnos? Yo también tengo el propósito de ir allí. Total, no vive más que a sesenta verstas de aquí.

Veslovski pasó al lado de las señoras y se sentó junto a Kiti.

—¿Verdaderamente ha estado usted en casa de Anna Arkádievna? —preguntó Dolli—. ¿Cómo está?

La animación de aquel grupito no escapó a la penetración de Lievin, que conversaba al otro extremo de la mesa con la princesa y Váreñka. Llegó a creer en una conversación misteriosa. Kiti no apartaba los ojos del bello rostro de Veslovski, dispuesto a lanzar alguna perorata. Su fisonomía parecía expresar un sentimiento profundo.

—Están soberbiamente instalados —contaba el joven—. Evidentemente, no soy yo quién para juzgarlo, pero debo decirles que en su casa se siente uno verdaderamente a gusto.

—¿Y cuáles son sus intenciones?

—Pasar el invierno en Moscú, creo.

—Sería encantador reunirse allí. ¿Cuándo piensas volver? —preguntó Oblonski.

—Pasaré allí el mes de julio.

—¿Y tú, irás también? —preguntó Stiva a su mujer.

—Seguramente. Hace tiempo que tenía esa intención, porque Anna es una excelente persona a la que quiero y compadezco. Iré sola, después de tu partida. Será lo mejor. Así no molestaré a nadie.

—Perfectamente. ¿Y tú, Kiti?

—¿Yo? ¿Qué tengo yo que hacer en aquella casa? —replicó Kiti, sonrojándose y señalando con un gesto en dirección a su marido.

—¿Conoce usted a Anna Arkádievna? —preguntó Veslovski—. Es una mujer muy seductora.

—Sí —respondió Kiti, cuyo rostro iba adquiriendo un tinte purpúreo.

Se levantó y fue a reunirse con su marido.

—¿Conque mañana te vas de caza? —le preguntó.

Al ver lo colorada que estaba su mujer, Lievin no fue capaz de contener sus celos, pareciéndole la pregunta de Kiti una prueba de su interés por aquel advenedizo, del que, por lo visto, ya se había prendado y al que quería proporcionar momentos agradables. Lo absurdo de aquella inquietud no debía comprenderlo hasta mucho más tarde.

—Ciertamente —respondió con un acento tan seco, que él mismo se estremeció al oírse.

—Deberíais por lo menos pasar el día de mañana con nosotros. Dolli no ha tenido apenas tiempo de ver a su marido.

Lievin traducía así sus palabras: «No me separes de él. Poco me importa que tú te vayas, pero déjame disfrutar la presencia de ese joven encantador.»

—Bueno, si tú quieres, mañana lo pasaremos en casa —contestó Lievin con exagerada amabilidad.

Entretanto, Veslovski, sin sospechar la tragedia de que era causa involuntaria, se había levantado de la mesa para reunirse con su prima menor, a la que acariciaba con los ojos.

Lievin captó esa mirada, palideció y durante un minuto se le cortó la respiración. «¿Cómo se permite mirar así a mi mujer, hirviéndole la sangre?»

—Mañana de caza, ¿verdad? —preguntó Veslovski, sentándose nuevamente de través y cruzando la pierna según su costumbre.

Presa de los celos, Lievin se veía ya en la situación del marido engañado, al que su mujer y el amante de ésta explotan para saciar sus propios deseos.

Se mostró, no obstante, amable con Veslovski, le hizo hablar sobre sus cacerías, le preguntó si había traído su escopeta y sus botas, y consintió en organizar una partida para el día siguiente.

La princesa acudió a poner fin a las torturas de su yerno, aconsejando a Kiti que se retirase a dormir, pero —nuevo suplicio para Lievin— al dar las buenas noches al ama de la casa, Veslovski quiso otra vez besarle la mano. Kiti, ruborizada, la retiró, y con una naturalidad casi brusca, que más tarde le costaría los reproches de su madre, le explicó:

—Esto no se acostumbra hacer entre nosotros.

A los ojos de Lievin había cometido una falta permitiendo a aquel mequetrefe semejantes familiaridades, y la cometía mayor después demostrándole torpemente que le desagradaban.

Con el genio alegre, gracias a unas copas de excelente vino, Oblonski se sentía de un humor poético.

—¡Qué ocurrencia, irse a la cama haciendo un tiempo como éste! ¡Mira, Kiti, qué hermosura! —dijo, señalando la luna, que asomaba por encima de los tilos—. Veslovski, esta es la hora de las serenatas. ¿Sabes?, tiene una voz encantadora. Por el camino hemos cantado con armonía. Tiene preparadas dos nuevas romanzas que podría cantarnos en compañía de Varvara Andriéievna.

Ya se había retirado toda la concurrencia, y aún seguían cantando Veslovski y Stepán Arkádich, que se paseaban ejercitando sus voces. Los sones de una nueva romanza llegaron a los oídos de Lievin, que había acompañado a Kiti hasta su cuarto, donde, hundido en un butacón, guardaba obstinado silencio. Kiti, después de interrogarle vanamente sobre la causa de su mal humor, acabó preguntándole si la conducta de Veslovski era, tal vez, lo que le había herido. Entonces, Lievin estalló y desembuchó todo lo que tenía que decir; y como se sentía ofendido por sus propias palabras, se irritó aún más.

Permanecía en pie delante de su mujer, los ojos brillantes bajo sus arrugadas cejas, las manos apretadas contra el pecho como si hubiera querido reprimir su cólera, el mentón tembloroso, los rasgos endurecidos, y revelando, no obstante, las huellas de un sufrimiento, que no pudo menos que impresionar a Kiti.

—Compréndeme bien —decía con voz alterada—. Yo no soy celoso, esa es una palabra infame. No, yo no sabría tener celos de ti, creer que... Me expreso mal, pero lo que siento es atroz... Yo no soy celoso, pero me siento herido, humillado, de que alguien se atreva a mirarte así.

—¿Pues cómo me ha mirado? —preguntó Kiti queriendo recordar en todos sus detalles las incidencias de la noche.

Reconocía en el fondo que la actitud de Veslovski, al ir de un extemo a otro de la mesa para reunirse con ella, había sido un poco familiar, pero no osó confesárselo a su marido, por temor a aumentar sus sufrimientos.

—¿Es que una mujer en mi estado puede ser atractiva? —repuso.

—¡Cállate —gritó Lievin, llevándose las manos a la cabeza—. Entonces, si tú te encontrases seductora, podrías...

—¡De ningún modo, Kostia, escúchame! —exhortó ella, desolada al verle sufrir así—. Tú sabes que para mí no hay nadie en el mundo más que tú. ¿Quieres que me encierre, aislada de todo el mundo?

Después de sentirse ofendida por aquellos celos, que la privaban hasta de las más inocentes distracciones, Kiti estaba dispuesta a renunciar a todo por calmarle.

—Trata de comprender lo ridículo de mi situación —continuó él, con un murmullo de desesperación—. Ese joven es mi huésped, y si quitamos sus ademanes desenvueltos, que él interpreta como de buen gusto, no tengo nada que reprocharle. Me veo, pues, obligado a mostrarme amable y...

—Pero, Kostia, tú exageras las cosas —interrumpió Kiti, orgullosa en el fondo de su corazón de sentirse tan profundamente amada.

—Y después que tú eres para mí, más que amada, el objeto de un culto, que somos tan felices, ese mozalbete va a tener derecho... Bien mirado, hago mal en injuriarle. Poco me importan sus cualidades o sus defectos. Pero, ¿por qué nuestra dicha ha de estar a merced suya?

—Escucha, Kostia, creo que ya me acuerdo de lo que te ha sacado de tus casillas.

—¿Y qué es, pues?

—Te he visto observándonos durante la cena.

—Pues sí, así es —confesó Lievin, turbado.

Jadeando de emoción, la cara pálida, alterada, Kiti le contó la conversación misteriosa. Lievin guardó un instante de silencio.

—¡Kiti, perdóname! —exclamó por fin, llevándose otra vez las manos a la cabeza—. ¡Estoy loco! ¿Cómo ha podido martillearme la cabeza una necedad semejante?

—Me das lástima.

—¡No, no! Estoy loco... Te causo tormentos... Con semejantes ideas, el primer extraño que venga puede, sin quererlo, destruir nuestra dicha.

—Claro, esto es lo que ofende...

—No, no, le voy a retener toda esta temporada y le colmaré de atenciones —aseguró Lievin, besando las manos de su mujer—. Ya verás, desde mañana... ¡Ah, me olvidaba! Mañana nos vamos de caza.


Capítulo VIII

Los equipos completos de caza, un coche de bancos y una teliega esperaban a la puerta al día siguiente por la mañana, antes de que se levantasen las señoras. *Laska,* la perra, había comprendido desde el alba las intenciones de sus dueños, las cuales celebraba con fuertes ladridos y ágiles cabriolas. Sentada al lado del cochero en el vehículo, lanzaba miradas inquietas y desaprobatorias hacia la puerta donde tardaban en mostrarse los cazadores. El primero que apareció fue Váseñka Veslovski, calzando botas nuevas, que le llegaban hasta medio muslo, vestido de blusa verde, ajustada al talle por una canana de cuero, tocado con su boina de cintas y sosteniendo una escopeta inglesa enteramente nueva, sin hembrillas ni correa. *Laska* salió hacia él para saludarle y preguntarle a su manera si todos iban a venir pronto, pero viéndose incomprendida volvió a su sitio y se puso a esperar, la cabeza ladeada y el oído atento. Por fin, la puerta se abrió de nuevo con estrépito dando paso a *Krak,* el perro pachón pajizo con manchas blancas de Stepán Arkádich, retozando y haciendo piruetas. Después, a su amo en persona, escopeta en mano y el cigarro en la boca.

—¡Ya está bien, ya está bien, *Krak!* —gritaba alegremente Oblonski, queriendo eludir las patas del animal, que, en su euforia, se le enganchaba del morral.

Su dueño calzaba botas flexibles con peales, en vez de calcetines, y llevaba unos pantalones viejos. Una chaqueta corta y un sombrero desfondado completaban su indumentaria. En revancha, su escopeta era el modelo más reciente, y aunque bastante usados, su morral y su cartuchera desafiaban todas las críticas. Hasta aquel día, Veslovski no había podido concebir que la última palabra de la moda, para un cazador, consistiese en aquel atuendo que tanto dejaba que desear, mientras el equipo constituía una verdadera maravilla. Pero a la vista de Stepán Arkádich, que bajo aquella ropa lucía un porte de gran señor alegre y satisfecho, se juró a sí mismo no desaprovechar su ejemplo en otra ocasión.

—Bueno, ¿y nuestro amigo? —preguntó.

—Un joven recién casado, ya se sabe —contestó Oblonski, sonriendo.

—Y con una mujer deliciosa.

—Seguro que habrá ido a verla, porque le he visto preparado para marchar.

La suposición de Stepán Arkádich era exacta, Lievin había vuelto con Kiti para hacerle repetir que le perdonaba su necedad de la víspera y para pedirle con encarecimiento que tuviese prudencia, que se mantuviera apartada de los traviesos niños. Quería saber una vez más de labios de Kiti que no la enfadaba que él se ausentara por un par de días; y finalmente le hizo prometer que a la mañana siguiente y por un hombre a caballo, le mandaría una nota con dos palabras para enterarle de que estaba bien. Aquel viaje no le gustaba nada a la joven, pero se resignó fácilmente al ver el aspecto de su marido, a quien sus botas y su blusa blanca hacían parecer más alto y más fuerte que nunca.

—¡Les presento mis excusas, señores! —exclamó Lievin corriendo hacia sus compañeros—. ¿Han guardado las provisiones en el coche? ¿Por qué han enganchado a la derecha el alazán? Bueno, da igual. ¡Vamos. Acuéstate, *Laska!*... ¡Ponlos con los bueyes! —dijo al vaquero, que acechaba al paso para consultarle acerca de unos corderos—. Les pido otra vez perdón, pero allí veo a otro bestia al que tengo que despachar.

Saltó del coche, donde aún no había acabado de instalarse, para salir al encuentro del maestro carpintero, que se adelantaba con el metro en la mano.

—Mejor habrías hecho yendo a verme ayer a la oficina. Bueno ¿qué es lo que pasa?

—Si usted lo permite, vamos a añadir a la escalera un recodo de tres peldaños todo lo más. Con eso se llega justo al nivel del descansillo y será menos empinado.

—¿Por qué no has querido escucharme? —replicó Lievin, irritado—. Te dije que debías poner primero las zancas y después colocar los escalones. Ahora es demasiado tarde. Habrá que hacerlo de nuevo.

El caso es que el carpintero había estropeado la escalera que construía para el pabellón. La había hecho aparte sin tener en cuenta la pendiente, resultando excesivamente inclinados los peldaños, al colocar la escalera en su sitio. Ahora el carpintero quería añadirle tres peldaños más a la misma escalera.

—Eso será mucho mejor, se lo aseguro.

—¿Pero dónde crees que irá a parar tu escalera con tres peldaños más?

—¡Pues al sitio preciso, pardiez! —replicó el carpintero con una sonrisa de suficiencia—. Partiendo de la base, como es natural —explicó con gesto persuasivo—, irá subiendo, subiendo, y llegará.

—¡Claro! ¿Te imaginas que los tres peldaños no le añadirán altura? Reflexiona un poco, vamos, y dime hasta dónde llegará.

—Hasta el sitio preciso —sostenía el carpintero.

—¡Justamente debajo del techo, mi pobre amigo!

—No —repuso testarudamente el buen hombre—. Partirá de la base, subirá, subirá, y llegará.

Lievin sacó la baqueta de su fusil y con ella se puso a dibujar la escalera en la arena.

—¿Te das cuenta ahora?

—Estoy a sus órdenes —respondió el carpintero, cuya mirada se aclaró de pronto. ¡Había comprendido al fin!—. Va a ser necesario construirla de nuevo.

—¡Eso es lo que yo me empeñaba en hacerte comprender! ¡Obedéceme siquiera una vez! —exclamó Lievin, volviendo a montar en el coche—. Andando... Sujeta bien a los perros, Filipp.

Feliz al verse libre de sus preocupaciones domésticas, Lievin experimentó una alegría tan viva, que no quería hablar. Además, sentía la emoción concentrada que experimenta todo cazador al acercarse al lugar de la acción. ¿Encontrarían caza en el pantano de Kolpiénskoye? ¿Y *Laska,* sabría rivalizar con *Krak?* ¿Y él mismo, sabría mantenerse a su altura ante aquel forastero? ¿Le ganaría Oblonski?

Presa de análogas preocupaciones, Oblonski no se mostraba más locuaz. Veslovski era el único que no estaba ensimismado, y Lievin, oyéndole hablar, se arrepintió de sus injusticias de la víspera. Verdaderamente era un buen muchacho, al que no se le podía reprochar nada, como no fueran sus uñas demasiado cuidadas, su boina escocesa y, en suma, aquel falso sentido de la elegancia, que esgrimía como una prueba más de su superioridad. Por lo demás, sencillo, alegre, bien educado, pronunciando admirablemente el francés y el inglés, era una de aquellas personas a las que Lievin, antes de su matrimonio, habría dispensado con toda seguridad una gran amistad.

El caballo retozón de la izquierda, procedente del Don, gustó extraordinariamente a Veslovski.

—¡Qué estupendo sería galopar por la estepa en uno de estos animales! —repetía sin cesar, atribuyendo a aquella galopada un placer poético y salvaje, sin duda, aunque muy impreciso.

Las cualidades físicas de aquel hombre, su encantadora sonrisa, la gracia de sus gestos, su naturalidad sobre todo, ejercían un atractivo indiscutible, al que Lievin no sabía resistir, tanto menos cuanto que, de todo corazón, estaba deseando compensar de algún modo los juicios temerarios de la noche anterior.

Ya habían recorrido tres verstas, cuando Váseñka notó la falta de su cartera y su petaca, la primera conteniendo trescientos setenta rublos. Tenía idea de haberla dejado en la mesilla de noche.

—Atiéndame, Lievin —se le ocurrió decir, dispuesto a lanzarse del coche—. Déjeme montar ese caballo y enseguida estaré de vuelta.

—No se tome esa molestia; mi cochero hará el recorrido fácilmente —se opuso Lievin, calculando que Váseñka debería pesar cien kilos por lo menos.

El cochero fue enviado en busca de la cartera, y Lievin empuñó las riendas.

## Capítulo IX

EXPLÍCANOS tu plan de campaña —sugirió de pronto Oblonski.

—Helo aquí: el objetivo es Gvózdievo, a veinte verstas de aquí. De este lado del pueblo encontraremos unas ciénagas, donde anidan las becacinas, y del otro, grandes marismas frecuentadas por estas aves y no desdeñadas por otras. Ahora hace calor y como hay unas veinte verstas, llegaremos al anochecer, cazaremos un rato y pasaremos la noche allí, y mañana emprenderemos el camino de los grandes pantanos.

—¿Es que no hay nada interesante por el camino?

—Sí, por cierto; hay dos buenos apostaderos, pero eso nos haría perder tiempo y, además, hace mucho calor y para lo que nos proponemos, no vale la pena.

Lievin quería reservar, para su uso particular, los terrenos de caza vecinos a sus propiedades, donde además tres escopetas no habrían hecho más que estorbarse mutuamente, pero nada escapaba al ojo experto de Oblonski, quien al pasar delante de un pequeño pantano, propuso:

—¿Y si nos detuviésemos?

—¡Oh, sí, Lievin, hagamos un alto! —suplicó Váseñka.

Hubo que resignarse. Apenas parado el coche, los perros se precipitaron a cual más de prisa por el pantano.

—¡*Krak, Laska,* aquí!

Los perros se volvieron.

—Para los tres hay poco espacio. Yo me quedo aquí —dijo Lievin, con la esperanza de que no encontrarían más caza que algunas avefrías.. Los perros habían habían levantado varias que, balanceándose al volar, dejaron escapar desolados quejidos sobre la líquida superficie.

—No, no, Lievin, venga con nosotros —insistió Veslovski.

—Que no, se lo aseguro, no vamos a hacer más que estorbarnos. ¡Aquí, *Laska!* Creo que les bastará con un perro, ¿no?

Lievin permaneció cerca de los coches, siguiendo con ojos de envidia a los cazadores, los cuales dieron una batida por todo el pantano, pero sin encontrar más que una polla de agua y algunas avefrías, una de las cuales abatió Veslovski.

—Ya veis que no os había engañado —les dijo Lievin cuando volvieron—. No hemos hecho más que perder el tiempo tontamente.

—Nada de eso, ha sido muy divertido —replicó Veslovski—. ¿Han visto ustedes cómo he derribado esta pieza? Buen tiro, ¿verdad? ¿Llegaremos pronto al sitio bueno?

Con la impedimenta del arma y su avefría, Veslovski se encaramó dificultosamente al coche. De pronto, los caballos se encabritaron, Lievin se dio en la cabeza con el cañón de una escopeta y ésta se disparó. Aquello fue al menos lo que le pareció. La realidad era que Veslovski, al bajar los martillos, retuvo uno, pero apretó el gatillo del otro. Por suerte para todos, la descarga no hirió a nadie y fue a dar en el suelo. Stepán Arkádich movió la cabeza de modo reprobatorio, pero a Lievin le faltó valor para reprender a Veslovski, cuya desesperación era manifiesta, y que podía tal vez atribuir la reprimenda a la irritación de su amigo, por haberse hecho un chichón en la frente. A decir verdad, aquella consternación duró poco para ceder paso a una explosión de alegría franca y contagiosa que acabó con el incidente.

Al llegar al segundo pantano, más extenso que el primero y,

por consiguiente, donde se necesitaba más tiempo para la batida, Lievin encareció a sus invitados la conveniencia de seguir adelante, pero cediendo a los ruegos de Veslovski, le dejó bajar y se quedó de nuevo al lado de los coches.

*Krak* se lanzó sobre el pantano seguido de cerca por Váseñka, y antes de que se le hubiera reunido Oblonski, había hecho remontar el vuelo a una becacina de buen tamaño que, al fallarle el tiro a Veslovski, volvió a posarse en un prado. Pero la segunda vez, *Krak* se quedó quieto y Váseñka no erró la puntería. Cobró la pieza y volvió al coche.

—Le ha llegado su turno —dijo a Lievin—. Yo vigilaré a los caballos.

Sintiéndose estimulado por aquel disparo de su compañero, Lievin tendió las riendas a Veslovski y se adentró en el pantano. *Laska,* que después de estar tanto tiempo inactiva gemía por aquella injusticia, enfiló de un salto el islote que había pasado inadvertido a *Krak,* pero que tanto ella como su amo conocían de mucho tiempo atrás.

—¿Por qué no la detienes? —gritó Stepán Arkádich.

—No te preocupes, que no las hará volar —respondió Lievin, que compartía el mismo gozo de la perra, en pos de la cual corría.

A medida que *Laska* se aproximaba a aquel islote, abundante en caza, su búsqueda se hacía más minuciosa. Dio una o dos vueltas alrededor del mismo, sin distraerse apenas más que por algún que otro pequeño pájaro, sin consecuencias. Súbitamente, le entró al animal un temblor que le sacudió todo el cuerpo, quedándose inmóvil.

—¡Corre, corre, Stiva! —gritó Lievin, que sentía latir su corazón a un ritmo precipitado. Y de repente, como si su aguzado oído hubiese perdido el sentido de la distancia, todos los sonidos vinieron a herirle con una intensidad desordenada. Tomaba los pasos cercanos de Oblonski por el pataleo lejano de unos caballos, y el desprendimiento de un trozo de tierra bajo sus pies por el aleteo de una becacina, y sobre todo percibía detrás de él, no muy lejos, una especie de chapoteo cuyo origen no se podía explicar.

Avanzando con prudencia, volvió a reunirse con *Laska.*

—¡Busca! —gritó al can.

Una chocha, que no una becacina, emergió bajo las patas de la perra; Lievin la tenía ya enfilada por su punto de mira, cuando a aquel extraño chapoteo vino a mezclarse la voz de Veslovski, gritando de una manera inusitada. Lievin notó perfectamente que tiraba fuera de tiempo y erró el disparo. Al volverse, vio el coche de bancos y los caballos sumergidos en el barro. Váseñka, para no perder de vista las incidencias de la caza, les había hecho cambiar de posición, de la carretera al pantano.

—¡Que el diablo lo lleve! —murmuró Lievin, desandando el camino hacia el carruaje, metido en el barrizal—. ¿Por qué diantres ha venido usted hasta aquí? —preguntó secamente al joven. Y llamando a gritos al cochero, se puso a desenganchar los caballos.

A Lievin le disgustó que le hubieran hecho fallar el disparo, que le empantanaran los caballos y, sobre todo, que ni Stepán Arkádich, ni Veslovski les ayudaran al cochero y a él; porque ni el uno ni el otro tenían la menor idea de cómo había que desenganchar. Sin contestar palabra a las afirmaciones de Váseñka de que allí estaba completamente seco, Lievin trabajaba en silencio junto al cochero para desenganchar los caballos. Como compensación, el culpable de aquel pequeño desastre hizo lo posible por desempantanar el coche, y en su celo se extremó tanto que arrancó un guardabarros. Esta demostración de buena voluntad conmovió a Lievin, que pasó su ataque de mal humor a la cuenta de sus prevenciones de la víspera, y no tardó en redoblar sus amabilidades con Veslovski. Pasada la alarma, dio orden de sacar de las cestas el almuerzo.

—*Bon appétit, bonne conscience! Ce poulet va tomber jusqu'au fond de mes bottes*[1] —dijo Váseñka, ya completamente sereno, devorando su segunda ración—. Han pasado los malos ratos, caballeros; ahora todo nos saldrá bien. Pero en castigo por mis fechorías, pido instalarme en la silla del conductor para servirles como tal... No, no, yo soy Automedonte, van a ver ustedes cómo les llevo. Estaré muy bien en ese asiento y pondré todo mi empeño en enmendar mi falta.

---

[1] ¡Buen apetito, buena conciencia! Este pollo va a descender hasta el fondo de mis botas. (En francés en el original.)

Lievin temía por sus caballos, especialmente por el alazán, que Váseñka tenía mal cogido, pero de pronto cedió a la despreocupación del bravo mozo, que se le había comunicado y que a todo lo largo del camino no paró de cantar o de contar cuentos y remedar la manera inglesa de conducir *four in hand*[2].

Nuestros cazadores avistaron a los pantanos de Gvózdievo en la mejor disposición de ánimo.

## Capítulo X

VÁSEÑKA había conducido los caballos con excesiva rapidez: habían llegado al objetivo de la expedición cuando aún hacía calor.

El primer deseo de Lievin al llegar fue desembarazarse de tan incómodo compañero e ir a cazar solo. Stepán Arkádich parecía compartir el mismo deseo, aunque el humor infantil que le era tan peculiar disimulaba en su rostro el aire de preocupación que se apodera de todo cazador, cuando comienza la parte seria de su expedición.

—Este sitio me agrada, porque estoy viendo dos gavilanes —dijo Oblonski señalando dos aves de presa que revoloteaban sobre las plantas acuáticas—. Eso es indicio de caza. ¿Cómo lo vamos a explorar?

—Un momento, señores —advirtió Lievin, que con expresión un poco sombría, se ajustaba las botas y verificaba los pistones de la escopeta—. ¿Ven ustedes aquella espesura de juncos, delante mismo de nosotros? —preguntó señalando un punto oscuro que resaltaba sobre la inmensa pradera húmeda, segada en algunos lugares—. En ese lugar es donde comienza la ciénaga para torcer hacia la derecha, no lejos de aquella manada de caballos; por esa parte hay agachadizas. Después sigue contorneando los terrenos cubiertos de vegetación y se extiende hasta aquel bosquecillo de alisos, y aún más, hasta aquel molino que verán allá abajo, en un recodo del río; ese es el mejor sitio. Allí he tenido ocasión de matar nada menos que die-

---

[2] un tronco de cuatro caballos. (En inglés en el original.)

cisite chochas. Si les parece bien, vamos a separarnos y a hacer el recorrido del pantano, con el molino como punto de cita.

—Pues bien, tomad la derecha —dijo Stepán Arkádich con aire indiferente—, puesto que hay espacio suficiente para dos, y yo tomaré la izquierda.

—Eso es —aprobó Váseñka—, y vamos a empezar la batida.

Fue forzoso para Lievin aceptar este arreglo.

Apenas se les soltó, los perros empezaron a husmear y rastrear por la parte del pantano. A juzgar por el paso lento e indeciso de *Laska,* Lievin creyó que iba a levantar el vuelo alguna bandada de chochas.

—Veslovski, no se quede atrás, se lo ruego —murmuró a su compañero de caza, que chapoteaba detrás. Después del disparo involuntario en el pantano de Kolpiénskoye, Lievin se interesaba por la dirección que tomaba el arma de su acompañante.

—No se ocupe de mí, no quiero causarle ningún trastorno.

Pero Lievin involuntariamente recordó las palabras de Kiti cuando le despedía: «Cuidado no os matéis.»

Los perros se aproximaban cada vez más a los matorrales donde estaban ocultas las chochas, y cada uno por su parte intentaba descubrir su propia caza. Lievin estaba tan emocionado, que el chapoteo del tacón de su bota al sacarla del lodo, le pareció el grito de una de estas aves. Inmediatamente alzó la escopeta.

¡Pif! ¡Paf! Sonaron en su oído dos detonaciones. Váseñka tiraba sobre una banda de patos que pasaban sobre el pantano, pero fuera del alcance de su arma. Lievin no había tenido tiempo de volverse, cuando alzó el vuelo una chocha seguida de una segunda, de una tercera, y así hasta ocho. En el momento que una de estas palmípedas cambiaba súbitamente de dirección, Stepán Arkádich se echó el arma a la cara, apuntó e hizo fuego, haciéndola caer a plomo. Sin apresurarse a disparar, siguió el vuelo de otra que rasaba los juncos. Apenas salió la segunda bala, el ave estaba debatiéndose entre las matas, dejando al descubierto la parte blanca interior del ala, que aún se movía en su estertor.

Lievin fue menos afortunado. Disparó demasiado cerca

contra su primera chocha y erró el tiro. Quiso alcanzarla en el momento que se remontaba, pero habiéndole surgido inopinadamente otra bajo los pies, se distrajo y volvió a fallarle la puntería.

Mientras Oblonski y Lievin recargaban sus escopetas, saltó una última chocha, y Veslovski, que ya había recargado la suya, envió al agua dos perdigonadas. Oblonski recogió su caza, brillándole las pupilas de alegría.

—Y ahora separémonos —indicó.

Y se dirigió a la derecha, cojeando ligeramente de la pierna izquierda, silbando a su perro y empuñando el arma, presto a disparar.

Siempre que Lievin erraba el primer tiro, perdía su sangre fría y se exponía a perder también todas las oportunidades, como le pasó aquel día. A cada instante, las chochas parecían brotar bajo la nariz del perro o los pies de los cazadores. No le faltaban, pues, ocasiones de reparar su fracaso inicial, pero cuanto más tiraba, más se cubría de vergüenza ante Veslovski, que disparaba su escopeta a tontas y a locas sin conseguir nada, pero no por eso perdía su buen humor. Lievin, que se irritaba cada vez más, casi estuvo a punto de derrochar sus cartuchos, tirando a lo que saliera. *Laska*, estupefacta, miraba a los cazadores con aire de reproche, y su búsqueda se hizo menos regular. Por más que se sucedían los tiros, envolviendo a los cazadores en una densa nube de humo, aquel morral de grandes proporciones no contenía en total más que tres raquíticos polluelos de chocha, y por si fuera poco, uno de ellos lo había matado Váseñka él solo, y otro a medias con Lievin.

En cambio, al otro extremo de la marisma, los disparos hasta ahora poco fecuentes, hechos por Oblonski, parecían ser fructíferos, pues casi a cada uno se le oía gritar: «¡Trae, *Krak!*» Su éxito irritó aún más a Lievin.

Las chochas volaban ahora en bandadas; algunas volvían a posarse en sus puntos de origen, y los chapoteos en el suelo y los graznidos en el aire no cesaban y se oían por todas partes. Docenas de gavilanes planeaban en aquel momento sobre la ciénaga.

Lievin y Veslovski ya habían ojeado más de la mitad del pantano, cuando a sus ojos apareció un predio perteneciente a varias familias de campesinos, que ya estaba parcelado, formando largos surcos que iban a morir al borde del agua, junto a los matorrales. Como varios de estos lotes estaban desbrozados, aquella pradera no ofrecía ningún interés para la caza. Así y todo, Lievin se propuso continuar, porque quería ser fiel a su palabra e igualarse a su cuñado en aquella aventura cinegética.

Algunos campesinos se habían sentado a tomar un refrigerio, junto a una carreta desenganchada.

—¡Eh, los cazadores! —gritó uno de ellos—. ¡Vengan con nosotros a tomar una copa!

Lievin se fijó en el grupo.

—¡Vengan, en confianza! —continuó el rústico, un compadre de genio alegre, rostro escarlata, barbudo, que enseñaba unos dientes blanquísimos mientras sobre la cabeza alzaba una botella que brillaba al sol.

—*Qu'est ce que'ils disent?*[1] —preguntó Veslovski.

—Nos invitan a beber con ellos; seguramente acaban de hacer la partición de la pradera. Yo aceptaría de buen grado —añadió Lievin, con la secreta intención de desprenderse de Váseñka.

—Pero, ¿por qué quieren obsequiarnos?

—En señal de alegría probablemente. Vaya con ellos, que le divertirá.

—*Allons, s'est curieux*[2].

—Vaya, vaya, que enseguida encontrará, sin dificultad la senda del molino —le instó Lievin, encantado al ver cómo Veslovski se alejaba encorvado, la escopeta descansando en el brazo y moviendo penosamente los pies en aquel terreno enfangado.

—¡Venga usted también —gritó el campesino a Lievin—, que tenemos un buen pastel!

Lievin no habría rehusado, desde luego, ni un trozo de pan ni un vaso de aguardiente, porque se sentía flojo y a duras penas arrastraba los pies por aquel suelo fangoso. Pero había visto a *Laska* a la expectativa, y esto le hizo olvidar el cansancio para reunirse con ella. Bajo sus pies se revolvió una chocha y

---

[1] ¿Qué dicen? (En francés en el original.)

[2] Vamos, será curioso. (En francés en el original.)

echó a volar. Con ésta no le falló el tiro. La perra permanecía quieta. Lievin la estimuló con un grito. Otra ave se alzó ante la nariz del perro. Hizo un segundo disparo, pero decididamente la jornada se presentaba mal para él. No solamente erró el blanco, sino que no pudo cobrar la pieza anterior. *Laska*, no queriendo creer que la había matado, sólo hizo un remedo de búsqueda.

La mala suerte, que atribuía a Váseñka, le seguía a cada paso. Por mucho que abundase la caza, no hacía más que cometer un error tras de otro.

Los rayos del sol poniente eran aún muy cálidos; las ropas mojadas se le pegaban al cuerpo, el agua que se le había metido en la bota izquierda entorpecía su marcha; el sudor le corría a grandes gotas por la cara, ennegrecida a causa de la pólvora. En la boca notaba un mal sabor. Se le había aferrado a la garganta un gusto detestable a humo y fango; le aturdían los incesantes chillidos de las chochas; los cañones de la escopeta no se podían tocar de calientes; el corazón le latía con ritmo acelerado, le temblaban las manos nerviosamente, sus pies lastimados tropezaban, se enredaban en la hierba y se hundían en el barro. Sin embargo, no quería rendirse hasta que, al fin, otra equivocación más vergonzosa que las anteriores le hizo tirar al suelo la escopeta y el sombrero.

«Decididamente —se dijo—, hay que serenarse.»

Acto seguido, recogiendo sombrero y arma, llamó a *Laska* y salió del pantano. Una vez sobre el ribazo, se sacó la bota, bebió unos sorbos de agua con gusto a herrumbre, mojó los cañones recalentados y se refrescó la cara y las manos. Después se dirigió de nuevo a la ciénaga de las chochas, con el firme propósito de no excitarse. ¡Pura ilusión! Sin haber avistado la pieza, el dedo ya había apretado el gatillo. Todo iba de mal en peor.

Su morral no contenía en total más que cinco aves, de escaso volumen, cuando llegó al bosque de alisos donde debía reunirse con Stepán Arkádich. *Krak* fue el primero en aparecer, cubierto de fango negro y hediondo que se sacudió al lado de un tronco abatido, y después se acercó a olfatear a *Laska* con aire de triunfo. Enseguida apareció su dueño a la sombra de los alisos, con la cara roja y brillando de sudor, el cuello de la camisa desabrochado y cojeando aún.

—¿Qué tal? —exclamó alegremente—. Supongo que habréis hecho una buena cacería. No se oían más tiros que los vuestros.

—¿Y tú? —preguntó Lievin, pregunta a la que el morral de Oblonski, sobrecargado con catorce piezas, dio una elocuente respuesta.

—Es una verdadera bendición de Dios este pantano. Veslovski ha debido estorbarte. No hay nada más incómodo que cazar dos con un solo perro —declaró Stepán Arkádich a modo de consuelo.


## Capítulo XI

C  UANDO Lievin y Stepán Arcádievich llegaron a la isbá del mujik, donde el primero solía albergarse, Veslovski ya estaba allí. Sentado en un banco al que se agarraba con las dos manos, se hacía secar la botas cubiertas de barro por un soldado, hermano del ama de la casa.

—Acabo de llegar —les dijo con su risa contagiosa—. *Ils on été charmants*[1]. Figúrense ustedes que después de haberme hecho comer y beber, no han querido aceptar nada. ¡Y qué pan! *¡Délicieux!*[2]. ¡Y qué vodka! No he bebido jamás nada parecido. Y no hacían más que repetirme: «Debe perdonarnos, se hace lo que se puede.»

—Pero, ¿por qué quería usted pagar? —le reconvino el soldado, que pudo al fin extraer una de las botas, cuyo fondo estaba negro del barro que se había filtrado—. Ellos le obsequiaban, ¿no es así? ¿Es que su vodka estaba a la venta?

Ni la suciedad de la isbá, que sus botas y las patas de sus perros habían salpicado de un barro negruzco, ni el olor a pólvora y a humedad que les seguía por todas partes, como tampoco la ausencia de tenedores y cuchillos, fueron obstáculo para que nuestros cazadores cenaran con un apetito verdaderamente envidiable, que no se conoce más que en esta clase de expedicio-

---

[1] Han sido encantadores. (En francés en el original.)
[2] ¡Delicioso! (En francés en el original.)

nes. Después de haberse aseado, los tres se retiraron a descansar en el henil, donde los cocheros les habían improvisado unos lechos con algunas brazadas de heno.

Aunque ya era avanzada la noche, no podían conciliar el sueño. Se pusieron a evocar otras excursiones cinegéticas. Veslovski encontraba todo aquello pintoresco y encantador: el albergue embalsamado por el heno, los perros reposando a los pies de sus dueños, el carro que se dibujaba en un rincón y que creía roto, porque le habían quitado el juego delantero. Como no se le agotaban los elogios a la hospitalidad de aquellos lugareños, Oblonski creyó conveniente oponer a aquellos goces campestres la fastuosidad de una gran cacería en la que había tomado parte el año anterior, en la provincia de Tver, organizada por un tal Maltus que había hecho su fortuna en el ferrocarril. Estuvo describiendo los cotos reservados para la caza de aves acuáticas, los coches y los dog-cart que llevaron a los cazadores, y la tienda levantada al borde del lago para almorzar...

—¿Cómo es posible que semejantes personas no te sean odiosas? —preguntó Lievin, incorporándose en su lecho de heno—. No niego que eso de almorzar con vino Laffitte tenga su encanto, pero, ¿no te subleva tanto lujo? Esa clase de gente se enriquece como los especuladores rentistas de otra época, y se ríen de su mala fama, porque saben que algún día ese mismo dinero mal adquirido les rehabilitará.

—¡Totalmente exacto! —exclamó Veslovski—. Bien entendido que Oblonski acepta sus invitaciones por pura *bonhomie*[3], pero con su presencia daba allí un ejemplo bastante deplorable.

—Os equivocáis —arguyó Stepán Arkádich con una risita burlona, que no pasó inadvertida a Lievin—. Si voy a su casa, es porque le considero tan honrado como a este negociante o aquel noble, que deben su fortuna a su talento y a su trabajo.

—Según a lo que llames tú trabajo. Si es al hecho de procurarse el privilegio de una concesión y explotarlo...

—Ciertamente, en el sentido de que alguien tenía que hacerse cargo de eso, pues de lo contrario no tendríamos la ventaja del ferrocarril.

---

[3] Bondad. (En francés en el original.)

—¿Puedes comparar ese trabajo con el de un hombre que labra la tierra o de un sabio que investiga?

—No, pero no deja de haber un resultado positivo, que son las ventajas del ferrocarril. Ahora caigo en que tú no eras partidario de esta innovación.

—Esa es otra cuestión. Yo no veo inconveniente, si eso te sirve de satisfacción, en reconocer su utilidad. Pero tengo por inmoral toda remuneración que no guarde la debida proporción con el trabajo.

—¿Y cómo determinar esa falta de proporción?

—Refiriéndola a toda ganancia adquirida por medios insidiosos poco correctos —respondió Lievin, incapaz de trazar un límite exacto entre lo justo y lo injusto—. Pongo por ejemplo los pingües beneficios de los bancos. Esas fortunas tan rápidas son, sencillamente, escandalosas. *«Le roi est mort, vive le roi»*[4]. Apenas se acabó con la especulación en el hacinamiento de rentas, cuando aparecieron las concesiones de los ferrocarriles, los bancos: modos también de obtener lucro sin trabajar.

—Todo eso puede ser verdad, y me parece un razonamiento muy agudo —replicó en tono reposado Stepán Arkádich, evidentemente convencido de la justicia de su punto de vista—, pero no has respondido a mi pregunta... ¡Acuéstate, *Krak!* —gritó a su perro que se estaba rascando y revolviendo todo el heno—. ¿Por qué, por ejemplo, mis ingresos son más elevados que los del jefe de mi secretaría, que conoce los asuntos mejor que yo? ¿Eso es justo?

—No sé nada de eso.

—¿Es justo que tú ganes, supongamos, cinco mil rublos cuando, con mucho más trabajo, el campesino que nos alberga esta noche apenas gana cincuenta? No. Comparadas con las de estas buenas gentes, tus ganancias y las mías son tan desproporcionadas como las de Maltus con relación a los ferroviarios. En el fondo, como puedes ver, lo que hay es cierta dosis de envidia en el odio que inspiran esos millonarios.

—No, eso no es justo —dijo Veslovski—. Aquí no cabe la envidia, sino que hay algo sucio en ello.

---

[4] ¡El rey ha muerto, viva el rey! (En francés en el original.)

—No, permíteme —continuó Lievin—. Dices que es injusto que yo perciba cinco mil rublos y el campesino, cincuenta. Es verdad: eso es injusto y así lo siento, pero...

—Eso es verdad, a fe mía —aprobó Veslovski, con un tono tanto más sincero cuanto que era, sin duda, la primera vez en su vida que pensaba en estas cosas—. Nos pasamos el tiempo bebiendo, comiendo, cazando, mano sobre mano, mientras que esos pobres diablos están afanándose desde el principio del año hasta el fin.

—Sí, tú lo sientes, pero no hasta el punto de ceder tu tierra al campesino —objetó, no sin malicia, Stepán Arkádich.

Desde que se habían convertido en cuñados, una sorda hostilidad alteraba las relaciones entre los dos amigos. Cada uno, en su fuero interno, pretendía haber organizado su vida mejor que el otro. Y esta animosidad se manifestaba en la conversación que derivaba a aspectos personales.

—Yo no la cedo porque nadie me la pide —replicó Lievin—. Además, aunque quisiera no podría. ¿Y a quién demonios quieres tú que se la ceda?

—Pues, por ejemplo, a este buen hombre en cuya casa pasamos la noche.

—¿Y de qué manera quieres que me desprenda de mi propiedad? Habría que extender un acta de compraventa o de donación.

—Eso no lo sé, pero desde el momento que tienes la convicción de estar cometiendo una injusticia...

—No del todo. Estimo, al contrario, que teniendo una familia debo cumplir mis deberes con ella, y no me creo con derecho a despojarla.

—Perdóname, pero si tú consideras esa desigualdad como una injusticia, debes obrar en consecuencia.

—Ya lo hago, sólo que en el sentido negativo de procurar que esta diferencia entre el campesino y yo no aumente.

—¡Qué paradoja!

—¡Sí, eso huele a sofisma! —añadió Veslovski—. ¡Ah, pero si aquí está el patrón! —exclamó al ver al dueño de la isbá, que abría la puerta haciéndola chirriar sobre sus goznes—. ¿Cómo no te has acostado todavía?

—¡Para acostarnos estamos! Hace tiempo que les creía dormidos, pero me encuentro con que están ustedes de charla, y como daba la casualidad que necesitaba entrar para coger un garabato. Espero que esos bichos no me morderán —añadió, posando sus pies desnudos con precaución, uno delante del otro.

—¿Dónde vas a dormir?

—Estamos guardando los caballos en los pastos...

—¡Ah, qué bella es la noche! —exclamó Velovski, al divisar, en el cuadro de la puerta, a la débil luz de la luna, un rincón de la casa y el coche sin enganchar—. Pero, ¿de dónde vienen esas voces femeninas? No cantan del todo mal.

—Son las chicas de al lado.

—Démonos una vueltecita. Como de todas maneras no vamos a poder dormir... Vamos, Oblonski.

—No dan ganas de pasearse estando tendido —respondió Oblonski estirándose—. ¡Se está tan bien aquí...!

—Entonces iré solo —decidió Veslovski, que se levantó apresurándose a calzarse—. Hasta luego, señores. Si lo encuentro divertido, les llamaré. Se han portado con demasiada amabilidad en la cacería para que yo les olvide.

—¡Qué buen muchacho! ¿Verdad? —dijo Oblonski una vez hubo salido Váseñka, y el patrón dejó cerrada la puerta tras de sí.

—Sí, sí... —respondió evasivamente Lievin, que seguía el hilo de su pensamiento. No alcanzaba a comprender cómo dos hombres sinceros y que no tenían nada de necios, podían acusarle de sofista, cuando expresaba sus sentimientos tan claramente como le era posible.

—Sí, querido —repuso Oblonski—; hay que sacar partido de todas las situaciones. Si reconocemos que la sociedad actual reposa sobre fundamentos legítimos, defendemos en justicia nuestros derechos; si por el contrario, permite la existencia de privilegios injustos, hay que hacer como yo: aprovecharse de ellos, obteniendo algún placer.

—Eso no. Si tú sabes que esos privilegios son inicuos, no puedes gozar de ellos. Yo, al menos, no podría. Necesito estar en paz con mi conciencia.

—¡Al grano! ¿Por qué no echamos una canita al aire? —propuso Stepán Arkádich, al que aquella charla, por demasiado seria sin duda, había empezado a fastidiar—. Vayamos, porque está visto que nosotros tampoco podemos dormir.

Lievin no respondió nada; estaba reflexionando. Así pues, juzgaba sus actos en contradicción con el concepto que él tenía de la justicia.

«¿Es posible —se preguntaba— que uno no pueda ser justo más que de una manera puramente negativa?»

—Decididamente, el olor del heno me impide dormir —dijo Oblonski, levantándose—. Me da la impresión de que Váseñka no se está aburriendo. ¿No oyes esas carcajadas? Vamos, anda.

—No, yo me quedo.

—¿Es por un imperativo moral? —preguntó riéndose para sus adentros Stepán Arkádich, que buscaba su gorra a tientas.

—No, pero, ¿que voy a hacer ahí?

—¿Sabes una cosa? —inquirió a su vez Oblonski, levantándose—. Me parece que te estás deslizando por una pendiente peligrosa.

—¿Por qué?

—Porque adoptas una postura equivocada con respecto a tu mujer. He notado la importancia que atribuyes a obtener su autorización para ausentarte por cuarenta y ocho horas. Eso puede ser muy bonito a modo de idilio entre recién casados, pero no para durar toda la vida. El hombre debe ser enérgico; debe mantener su independencia; sus intereses a él sólo le atañen —concluyó Oblonski abriendo la puerta.

—¿Cuáles? ¿Los de correr tras las chicas de la granja?

—¿Por qué no, si eso le divierte? *Ça ne tire pas à conséquence*[5]. Mi mujer no se va a encontrar mejor o peor por ello. Respetemos adecuadamente el domicilio conyugal, pero en lo demás, no nos dejemos atar las manos.

—Tal vez sea como tú dices —respondió secamente Lievin, volviendo la espalda—. Mañana salgo al amanecer y no despertaré a nadie, os lo prevengo.

Velovski llegó corriendo.

—*¡Messieurs, venez vite!*[6] —gritó—. *¡Charmante!*[7]. Soy yo quien

---

[5] Eso no tendrá consecuencia alguna. (En francés en el original.)

[6] ¡Señores, vengan deprisa! (En francés en el original.)

[7] ¡Admirable! (En francés en el original.)

la ha descubierto. Una verdadera Gretchen. Ya somos amigos. Les aseguro que es deliciosa —añadió, dando a entender por su tono que aquella muchacha tan encantadora había sido creada y puesta en el mundo para que él se encontrase a gusto con ella.

Lievin se fingió dormido, mientras Oblonski se ponía las zapatillas y encendía un cigarro; dejó que sus dos amigos se alejaran, pero estuvo largo tiempo sin poder dormir, con el oído atento a los rumores del exterior: los caballos consumían su ración de heno; el patrón salió con su primogénito para guardar el ganado que pastaba; el soldado se acostó al otro lado del henil con su pequeño sobrino, y como el niño le preguntaba a quién pertenecían aquellos perros tan malos y para qué servían, su tío le contestó que a la mañana siguiente los cazadores se irían al pantano para hacer ¡pim! y ¡pam! con sus escopetas; después, exasperado por las preguntas del mocoso, le hizo callarse con amenazas:

—¡Duerme, Vaska, duerme o vas a ver!

Pronto sus ronquidos fueron los únicos que turbaron el silencio y, a intervalos, el relincho de los caballos y la llamada de las chochas.

«Pero vamos a ver —se repetía sin cesar Lievin—, ¿es que no puede un hombre ser justo más que de una manera negativa? Después de todo, yo no puedo hacer más, no es culpa mía.»

Se puso a pensar en el día siguiente.

«Me levantaré al amanecer y sabré conservar mi sangre fría; el pantano está lleno de chochas; hay también becacinas. Y al volver me espera una nota de Kiti.. Bien puede Stiva tener razón; soy demasiado débil con ella... Pero, ¿qué voy a hacer? Ya salió otra vez el "negativo".»

Entre sueños oyó las risas y las bromas de sus compañeros que volvían; abrió un instante los ojos, deslumbrándose con la luna, que se asomaba por la puerta. Oblonski comparaba aquellas mocitas frescas y descaradas con un pimpollo tierno, en tanto que Veslovski, riendo con su risa contagiosa, repetía una frase que, sin duda, había oído a uno de los lugareños: «A la tuya solicítala como puedas.»

—¡Mañana antes del alba, señores! —balbució Lievin, y se volvió a dormir.

DE pie al rayar el alba, Lievin intentó en vano despertar a sus compañeros. Tendido de bruces y no dejando ver más que una pierna con la media, Veslovski no daba ningún signo de vida; Oblonski emitió algún que otro bufido, haciéndose el remolón; la misma *Laska,* hecha una pelota al pie del montón de heno, no se decidió a seguir a su dueño hasta desperezarse estirando primero, indolentemente, una pata y después la otra. Lievin se calzó, cogió la escopeta y salió poniendo especial cuidado en no hacer chirriar la puerta. Los cocheros dormían cerca de sus vehículos, los caballos también estaban en actitud de reposo excepto uno, que engullía su pienso de avena extendiendo el morro sobre el pesebre. Apenas era de día.

—¿Cómo has madrugado tanto, amigo? —le preguntó la dueña del albergue, una buena mujer entrada en años, que salía de la isbá y le saludó familiarmente, como corresponde a una persona conocida de mucho tiempo atrás.

—Voy de caza tiíta. ¿Por dónde tengo que pasar para ir al pantano?

—Sigue todo derecho detrás de nuestra granja, y toma luego el camino de los cañamares; allí encontrarás un sendero.

Andando con precaución, porque estaba descalza, la anciana le acompañó hasta el granero, donde le alzó la barrera.

—Por allí irás a parar al centro del pantano. Nuestros muchachos llevaron allí el ganado, ayer por la tarde.

*Laska* tomó la delantera, jugueteando, y Lievin la siguió con paso ligero, mientras escrutaba el cielo con mirada inquieta, porque le gustaba llegar al pantano antes de la salida del sol. La luna, que cuando dejó el henil lucía aún en el firmamento, estaba adquiriendo un tinte vivo argentado; el lucero del alba, que hacía un rato se imponía a la vista, iba palideciendo cada vez más; unos puntos que al principio se dibujaban vagamente en el horizonte, empezaban a presentar contornos más bien definidos: eran haces de espigas. En el cañamar —cuyas matas ya muy crecidas exhalaban un olor acre, y del que ya habían arrancado las malas hierbas— el rocío matinal todavía invisible, empezaba a mojar las piernas y la blusa de Lievin hasta la cintura. En el límpido silencio de la mañana, los menores sonidos se percibían netamente, y una abeja, al zumbarle al oído, le pareció a Lievin que silbaba como un proyectil. También divisó dos o tres más que, franqueando la cerca del colmenar, levantaban el cuello sobre los cañamares en dirección al pantano. El sendero le condujo directamente al pantano. Éste se adivinaba por los vapores que se desprendían, unos más densos y otros más claros, de modo que las matas de codeso y otros arbustos parecían islotes fluctuantes. En la desembocadura del sendero, unos hombres y unos niños, envueltos en sus capotes, dormían profundamente después de haber velado toda la noche. Cerca de ellos pastaban tres caballerías trabadas, una de las cuales hacía sonar sus cadenas. *Laska* andaba ahora pegada a los talones de su dueño, registrando con la mirada los alrededores y ansiosa de correr. Cuando después de dejar atrás a los durmientes, Lievin sintió ceder la tierra bajo sus plantas, comprobó los pistones y dio suelta al animal. A la vista de éste, uno de los caballos, hermoso potro oscuro de tres años, movió la cola y se encabritó. Los otros se contagiaron del pánico y salieron del agua, librando a duras penas los cascos del cieno en el que pesadamente chapoteaban.

*Laska* se paró; tuvo para los caballos una ojeada burlona y para su amo una mirada interrogativa. Lievin la acarició y con un silbido la autorizó para comenzar el rastreo. La perra partió enseguida, percibiendo sobre el suelo movedizo, entre olores conocidos (raíces, plantas, cepas), o desconocidos (el estiércol de los caballos) aquel olor de caza tan especial, que la excitaba más que ningún otro. Ese olor impregnaba de trecho en trecho el musgo y las plantas, pero no se podía determinar la dirección de donde venía. Para encontrar la pista, era indispensable que la indicara el viento. No oyéndose los movimientos de las patas, marchando a un trote menudo para poder detenerse bruscamente en caso necesario, la perra se alejó hacia la derecha, siguiendo la brisa que soplaba del este. Una vez hubo captado el viento, aspiró el aire a plenos pulmones y reanudó la carrera sabiendo que tenía, no sólo la pista, sino la misma caza y en gran abundancia, pero ¿dónde exactamente? Ya estaba empezando a describir círculos, cuando resonó la voz de su amo, llamándola desde otro sitio:

—¡Aquí, *Laska!*

Se detuvo, indecisa, como para darle a entender que era mejor dejarla obrar a su antojo; pero Lievin reiteró la orden con voz enojada, designando un montículo donde nada podía haber. Para darle gusto, la perra trepó al montículo e hizo como que buscaba, pero pronto regresó al lugar que la atraía. Segura de su instinto, ahora que su dueño no la estorbaba, sin mirar a sus pies y tropezando rabiosamente con los bloques de tierra, cayendo al agua pero incorporándose enseguida sobre sus patas vigorosas y flexibles, dio un rodeo que debía aclararle el enigma. El olor se sentía más fuerte, más preciso cada vez; de pronto, comprendió que había «algo» allí, a cinco pasos de ella, y se puso en guardia, inmóvil como una estatua. Sus patas demasiado cortas le impedían ver, pero su olfato no la engañaba. Su cola tendida no temblaba más que por el extremo. Tenía las fauces entreabiertas y las orejas enderezadas. Respiraba con pesadez pero con precaución, y volvía la cabeza hacia su amo, que se aproximaba con ojos que ella creía siempre enojados, y avanzando a un ritmo tan rápido como le permitía el suelo movedizo, pero cuya lentitud maldecía el pobre animal.

Al ver a *Laska* apretarse contra el suelo, con las fauces entreabiertas y las patas posteriores rascando la tierra, Lievin comprendió que había olfateado alguna agachadiza, y siguió sus huellas rogando al cielo que no le hiciera errar su primer tiro. Llegado que hubo junto a la perra, descubrió a menos de un metro el ave que ésta sólo había podido olfatear. Era, efectivamente, una agachadiza. Escondida, al acecho, entre dos montones de tierra, hizo ademán por un momento de abrir las alas, las replegó y retozando, un poco inclinada del lado izquierdo, fue a acurrucarse en un rincón.

—¡Busca! —gritó Lievin, empujando a la perra con el pie.

«No puedo moverme —se dijo *Laska*—. Lo siento.»

Pero el amo la empujó con la rodilla, repitiendo:

—¡Busca, *Laska*, busca!

«Puesto que se empeña, voy a obedecerle, pero no respondo de mí», se dijo la perra, lanzándose desatinadamente entre los dos montones de tierra, sin olfatear más y sin saber lo que hacía.

A diez pasos del lugar anterior, se alzó un ave lanzando el graznido bronco y produciendo el sonoro ruido de las alas característico de las agachadizas. Lievin hizo fuego. El ave se abatió, golpeando la tierra húmeda con su blanco pecho. Otra levantó el vuelo detrás de Lievin. Al volverse éste, ya estaba lejos, pero así y todo la alcanzó el tiro. Después de haber volado sobre una extensión de veinte pasos, describió una curva, dio una voltereta en pleno aire y acabó estrellándose pesadamente en un lugar seco.

—Esto marcha —murmuró Lievin, introduciendo en el morral las dos aves, gruesas y aún calientes—. ¿Verdad, bonita mía, que esto marcha bien?

Cuando Lievin reanudó la marcha, después de haber cargado su escopeta ya salía el sol, aunque oculto por unas nubes. La luna había perdido el brillo, pero blanqueaba en el cielo como una nube, habían desaparecido todas las estrellas. Las charcas, antes de un tono plateado bajo el rocío matinal, tenían ahora reflejos de oro y el cielo herrumboso había adquirido el color del ámbar; los tonos azules de la hierba pasaban a un verde amarillento. Las aves acuáticas se agitaban en los matorrales, brillantes de escarcha, que proyectaban grandes sombras a lo largo de un arroyo. Un gavilán, posado en un montículo, se despabiló, giró la cabeza a derecha e izquierda, y lanzó a su alrededor miradas descontentas, en tando que una bandada de grajillas emprendía el vuelo en dirección a los campos. Uno de los rapaces, descalzo, conducía los caballos hacia el viejo campesino, que se rascaba después de haber apartado el capote. El humo de la escopeta trazaba una línea blanca en la hierba verde, como un rastro lechoso.

—También hay aquí patos, ¿sabes, señor? Ayer los han visto —le gritó a Lievin uno de los rapaces, que se puso a seguirle a una distancia respetuosa.

Lievin experimentó un placer singular al matar, de tres tiros consecutivos, otras tantas chochas delante de aquel niño, que saludó su proeza con una ruidosa expresión de alegría.

## Capítulo XIII

L A superstición del primer tiro no fue en vano esta vez.
Lievin emprendió el regreso entre las nueve y las diez,
derrengado, hambriento, pero lleno de entusiasmo, después de haber recorrido una treintena de verstas y matar diecinueve becacinas y un pato, al que tuvo que colgar de la cintura
por faltarle sitio en el morral. Sus compañeros se habían levantado hacía bastante rato, y habían tenido tiempo de sentirse
hambrientos y desayunar.

—Permitidme, permitidme, yo sé que hay diecinueve —decía Lievin contando por segunda vez aquellos avechuchos, de
plumaje tan brillante en el momento de levantar el vuelo, y
ahora de tan mezquina apariencia con sus cuerpecillos encogidos, sus picos encorvados y sus plumas cubiertas de sangre
coagulada.

La cuenta era exacta, y el sentimiento de envidia que no
pudo ocultar su cuñado, causó cierto placer a Lievin. Para colmo de su dicha, le esperaba el mensaje de Kiti con unas palabras reanimadoras:

> Me encuentro de maravilla —escribía— y si no me crees
> bastante bien atendida, tranquilízate al saber que María Vlásievna está aquí. (Era la comadrona, personaje nuevo y muy
> importante en la familia.) Me encuentra perfectamente de salud y estará con nosotros hasta que tú vuelvas; de modo que
> no te des prisa si la caza es buena.

Gracias a esta esquela y al balance afortunado de la cacería,
Lievin no tomó demasiado a mal dos pequeños y desagradables incidentes. Por de pronto, el caballo de repuesto, sobrecargado ya la víspera, se negaba a comer y parecía abatido. El
cochero dijo que estaba reventado.

—Se le hizo correr demasiado ayer, Konstantín Dmítrich,
se lo aseguro —advirtió el cochero—. Imagínese: diez verstas
a semejante velocidad.

La segunda contrariedad, que después le hizo reír bastante

aunque al principio le revolvió la bilis, fue no encontrar ni rastro de las provisiones preparadas por Kiti el día de la partida, en cuyos preparativos había extremado su generosidad. ¡Como que había hecho acopio para ocho días! Lievin contaba particularmente con ciertas empanadillas, cuyo aroma había creído percibir en el camino de vuelta. Su primera palabra fue para ordenar a Filipp que se las sirviera, pero no quedaba ni una, y todos los pollos, uno a uno, habían igualmente desaparecido.

—¡Para apetito, el de éste! —replicó Stepán Arkádich, riendo e indicándole a Vásieñka—. No es que yo me queje del mío, pero el de mi amigo es verdaderamente fenomenal.

—Eso está en la naturaleza de cada cual —respondió Lievin, mirando a Váseñka con expresión nada afable—. Pues entonces, Filipp, sírveme el asado.

—No queda, señor. Se han echado los huesos a los perros.

—¡Ya podían haberme dejado algo! —gritó Lievin descompuesto, a punto de llorar de despecho. Bueno, pues si es así —repuso con voz temblorosa, evitando mirar a Veslovski—, vacíame las becasinas y rellénamelas de ortigas. Y a ver si me puedes encontrar siquiera un jarro de leche.

Calmada el hambre, sintió haber tenido que demostrar su disgusto delante de un extraño, y fue el primero en reírse de la cólera que su gazuza le había despertado.

Aquella tarde, después de la última batida, en la que Váseñka también se distinguió, los tres compañeros emprendieron viaje de regreso a la mansión de Lievin, donde llegaron por la noche. El viaje de vuelta fue tan alegre como el de ida. Veslovski cantó sus romanzas y recordó con placer todas las incidencias de la expedición: la parada junto a los labradores que le obsequiaron con vodka, el paseo nocturno con la chica de la granja, en compañía de la cual estuvo cascando nueces, y la chocarrera observación que le había hecho uno de aquellos patanes, al enterarse de que no estaba casado: «Pues entonces, en vez de timarte con las mujeres de los demás, búscate alguna que sea de tu agrado», frase de la que no se podía acordar sin reírse.

—Estoy contento a más no poder de nuestra excursión —declaró—. ¿Y usted, Lievin?

—Yo también —respondió éste con franqueza, muy satisfecho de no haber sentido ninguna animosidad contra aquel muchacho tan bueno.


## Capítulo XIV

AL día siguiente, hacia las diez, después de haber hecho su ronda, Lievin llamaba a la puerta de Veslovski.

—*Entrez*[1] —le gritó éste—. Perdone, estoy terminando mis *ablutions*[2] —añadió, abochornado por su retraso.

—No se preocupe. ¿Ha dormido bien? —preguntó Lievin, sentándose cerca de la ventana.

—Como un lirón. ¿Hace hoy buen tiempo para cazar?

—¿Qué toma usted de desayuno, café o té?

—Ni lo uno ni lo otro; almuerzo bien. Me da vergüenza de mi apetito... Supongo que las señoras se habrán levantado. ¿Y si diéramos una vueltecita? Así me podría enseñar usted sus caballos.

Después de un paseo por el jardín, una inspección de la caballeriza y algunos ejercicios en las barras paralelas, los dos nuevos amigos volvieron a casa y entraron en el salón.

—Tuvimos una partida de caza muy entretenida, de la que he recogido un montón de impresiones —dijo Veslovski acercándose a Kiti, sentada al lado del samovar—. ¡Lástima que las damas estén privadas de este placer!

«No está de más que diga un cumplido a la dueña de la casa», pensó Lievin, queriendo apaciguarse, porque ya le empezaba a incomodar la sonrisa y el aire de conquistador de aquel joven.

Al otro extremo de la mesa, la princesa demostraba a Maria Vlásievna y a Stepán Arkádich la necesidad de que su hija se trasladase a Moscú para dar a luz, y llamó a su yerno para hablarle de este grave asunto. A Lievin que le fueron desagradables los preparativos del casamiento, por considerar que ofendían con sus pequeñeces el sublime acontecimiento, le parecie-

---

[1] Pase. (En francés en el original.)
[2] abluciones. (En francés en el original.)

ron más ultrajantes los preparativos del futuro parto, cuyo plazo ya se contaba con los dedos de las manos. Procuraba no escuchar las conversaciones sobre la manera de fajar al futuro niño. Evitaba mirar los interminables y misteriosos fajeros y aquellos triángulos de lienzo, a los que Dolli daba importancia especial, etc. El nacimiento del hijo —porque, eso sí, tenía que ser varón—, le parecía tan extraordinario, que no podía creer en ello. Por un lado lo consideraba una inmensa dicha, y, por otro, un acontecimiento sumamente misterioso. Por tanto, los preparativos que hacía la gente, como si de algo ordinario se tratase, le parecían una cosa indignante y humillante.

Incapaz de comprender los sentimientos que dominaban a su yerno, la princesa calificaba de aturdimiento aquella apariencia indiferente, y no le daba punto de reposo. Había encargado a Stepán Arkádich que buscase un alojamiento adecuado, y esperaba que Lievin le diese su opinión.

—Haga lo que mejor le parezca, princesa; yo de eso no entiendo —repetía éste.

—Pero hay que fijar la fecha de vuestro regreso.

—La ignoro. Lo único que sé es que millones de niños nacen fuera de Moscú, y sin ayuda de ningún médico.

—En ese caso...

—Kiti hará lo que ella quiera.

—Kiti no debe entrar en esos detalles, que podrían impresionarla. Recuerda que Natalia Golítsina murió esta primavera al dar a luz, por faltarle un buen especialista.

—Haré lo que usted quiera —repitió Lievin con aire lúgubre, y dejó de escuchar a su suegra. Su atención iba más lejos.

Echando miradas de soslayo hacia el sitio donde Váseñka estaba reunido con Kiti, su rostro adquirió una sombría expresión al ver al primero inclinado sobre la segunda, turbada y ruborosa. Aquello no podía continuar. Tanto la postura como la sonrisa del joven le parecían de todo punto inconvenientes, y lo mismo que la antevíspera, cayó súbitamente desde lo alto del éxtasis al abismo de la desesperación. El mundo se le hizo otra vez insoportable.

—Haga lo que quiera, princesa —repitió una vez más, multiplicando sus miradas de reojo.

—No todo es color de rosa en la vida conyugal —le dijo bromeando Stepán Arkádich, a quien no escapaba la verdadera causa de aquel mal humor—. ¡Qué tarde has bajado, Dolli!

—Masha ha dormido mal, y me ha estado mareando toda la mañana con sus caprichos.

Todo el mundo acudió a presentar sus respetos a Daria Alexándrovna. Veslovski, dando pruebas de esa pasividad que caracteriza a la gente joven de hoy día, apenas hizo ademán de levantarse; le hizo de lejos un breve saludo y, sonriendo, reanudó la conversación que había establecido con Kiti, cuyo tema principal lo constituían Anna Karénina y el problema del amor libre. Este tema y el tono adoptado por Veslovski disgustaban tanto más a la joven, cuanto que no ignoraba lo enfurecido que su esposo debía estar. No obstante, era demasiado ingenua y falta de experiencia para poder contestar una palabra al monólogo de su primo, así como para disimular la turbación, mezclada con algo de placer, que le producían sus atenciones. Sabía además que Kostia interpretaría mal cada uno de sus gestos, cada una de sus palabras. Y en efecto, cuando preguntó a su hermana detalles sobre el comportamiento de Masha, aquella pregunta le pareció a Lievin una odiosa hipocresía. Vásieñka, por su parte, miraba a Dolli con indiferencia, y parecía que aguardaba con afán el término de aquel intermedio tan enojoso.

—¿Qué? ¿Iremos hoy a coger setas? —preguntó Dolli.

—Desde luego, y yo os acompañaré —respondió Kiti.

Por cortesía, le habría gustado preguntar a Vásieñka si deseaba acompañarles, pero no se atrevió.

—¿Dónde vas, Kostia? —inquirió, al ver a su marido salir con paso resuelto.

El tono abatido con que pronunció esta frase, confirmó las sospechas de Lievin.

—En mi ausencia ha llegado un mecánico alemán. Tengo que verle —respondió sin mirarla.

Apenas hubo entrado en su despacho, oyó los pasos de Kiti, que tan familiares le eran, bajando la escalera con imprudente vivacidad.

—¿Qué quieres? Estamos ocupados —advirtió Lievin, secamente.

—Perdóneme usted —dijo ella, dirigiéndose al alemán—. Tengo que decir unas palabras a mi marido.

El mecánico hizo ademán de salir, pero Lievin le contuvo.

—No se moleste usted —indicó.

—Es que no quisiera perder el tren de las tres —le hizo observar el visitante.

Sin responderle, Lievin salió con su mujer al corredor.

—¿Qué quieres? —le preguntó en francés, sin querer mirar su rostro, contraído por la emoción.

—Yo..., yo quería decirte que esta vida es un suplicio —murmuró ella.

—Hay gente en el despacho. No me hagas ninguna escena —previno él, lleno de cólera.

—Entonces, ven por aquí.

Quiso arrastrarle a una habitación vecina, pero como Tania estaba dando en ella su lección de inglés, Kiti le condujo al jardín.

El jardinero estaba rastrillando en una alameda. Sin importarle mucho el efecto que podrían producir en aquel hombre sus semblantes alterados, ambos avanzaban a paso rápido, como esas gentes que sienten la necesidad de arrojar lejos de sí el peso de un tormento, de una vez para siempre y a través de una franca explicación.

—¡Es un martirio esta existencia! ¿Por qué tenemos que estar sufriendo así? —quejóse ella, cuando ambos llegaron a un banco solitario, en un rincón de la alameda de tilos.

—Dime una cosa: ¿había o no en su tono algo inconveniente, impuro, humillantemente horrible? —inquirió Lievin, apretándose el pecho con ambas manos igual que la otra noche.

—Sí —respondió ella, con voz temblorosa—. ¿No ves, Kostia, que yo no puedo hacer nada? Mi deseo hubiera sido hacerle volver enseguida a su lugar de procedencia, pero esta clase de gente... ¡Dios mío! ¿Por qué habrá venido? ¡Éramos tan felices!

Unos sollozos ahogaron su voz, y la sacudieron de pies a cabeza.

Cuando el jardinero les volvió a ver poco después pasando ante él con caras tranquilas y felices, no pudo explicarse por qué habían huido de aquella manera de la casa, y menos aún qué feliz acontecimiento les había podido sobrevenir en aquel banco solitario.

Capítulo XV

DESPUÉS de acompañar a Kiti a su habitación, Lievin se trasladó al cuarto de Dolli, a quien encontró muy excitada, recorriendo nerviosamente la habitación de un extremo al otro y reprendiendo a la pequeña Masha, que de pie en un rincón lloraba a lágrima viva.

—Ahí te quedarás todo el día sin ver una muñeca, comerás sola y no tendrás el vestido nuevo —decía a la pequeña, para corregirla con estos castigos—. Esta niña es insoportable —comentó al ver a su cuñado—. ¿De dónde vienen esos malos instintos?

—¿Qué ha hecho? —preguntó Lievin, en tono un poco indiferente.

Deseando consultar a Dolli, lamentaba haber llegado en tan mal momento.

—Ha ido con Grisha a coger frambuesas y... No, me pongo colorada si lo digo. ¡Cuánto hecho de menos a miss Elliot! Esta institutriz es una simple máquina, no se interesa por nada... *Figurez vous que la petite...*[1].

E hizo un relato de las travesuras de Masha.

—No veo nada que sea verdaderamente grave en eso. No es más que una chiquilla —dijo Lievin para sosegarla.

—Pero, ¿qué es lo que tú tienes? Te veo con un aire muy preocupado. ¿Qué querías decirme? ¿Sucede algo ahí abajo?

Por el tono de Dolli, Lievin comprendió que podía hablarle con el corazón en la mano.

—No sé... Estaba en el jardín, con Kiti... Es la segunda vez que discutimos desde la llegada de Stiva.

Dolli le miró con ojos penetrantes. Él prosiguió:

—En conciencia, dime ... ¿No has observado..., no en Kiti,

---

[1] Figúrese que la pequeña... (En francés en el original.)

[755]

sino en ese... joven, un tono que puede ser, no sólo desagradable, sino intolerable para un marido?

—¿Qué quieres que te diga? —repuso ella—. ¡Haz el favor de seguir en el rincón! —gritó a Masha, que habiendo creído descubrir una sonrisa en los rasgos de su madre, hacía ademán de volver—. Según las ideas admitidas en este mundo, ese joven se conduce como toda la gente de su edad. *Il fait la cour à une jeune et jolie femme*[2], y un marido que sea hombre de mundo, tiene que sentirse orgulloso de ello.

—Sí, sí —murmuró Lievin, en tono lúgubre—. Pero, en fin, el caso es que tú lo has observado también.

—No sólo yo. Stiva me ha dicho después del té: *je crois que Veslovski fait un petit brin de cour à Kiti*[3].

—Entonces, ya estoy tranquilo. Voy a echarle.

—¿Has perdido la cabeza? —exclamó Dolli, asustada. Dirigiéndose a Masha, añadió—: Ya puedes ir a buscar a Fanny. Vamos a ver, Kostia, ¿en qué piensas? Si quieres, hablaré con Stiva. Él se lo llevará. Se le puede decir que esperas huéspedes. Desde luego, que un invitado de ese tipo no nos conviene por ningún estilo.

—No, no, déjame hacer a mí.

—Supongo que no irás a pelearte con él.

—Claro que no, claro que no, es otra cosa que me va a divertir —contestó Lievin, sereno de pronto y brillándole las pupilas—. Anda, Dolli, perdónala, que no volverá a hacerlo —añadió, señalando a la pequeña delincuente que, en lugar de ir a buscar a Fanny, se había quedado plantada frente a su madre, cuya mirada estaba escrutando con el rabillo del ojo. Emocionada al ver que había suavizado sus facciones, la niña prorrumpió en sollozos y escondió la carita en la falda de Dolli, quien le puso tiernamente sobre la cabeza su bella mano demacrada.

«¿Qué hay de común entre ese muchacho y nosotros?», se dijo Lievin. Y enseguida se lanzó a la busca de Veslovski. Al pasar por el vestíbulo, dio orden de enganchar la calesa.

---

[2] hace la corte a una mujer joven y bonita. (En francés en el original.)

[3] me parece que Veslovski le está haciendo un poquirín de corte a Kiti. (En francés en el original.)

—Ayer se le estropeó un resorte —respondió el criado.

—Pues entonces la tartana, y aligera... ¿Dónde está nuestro invitado?

—En su cuarto.

Váseñka había deshecho su equipaje, ordenando sus papeles y escogiendo sus romanzas. La pierna puesta sobre una silla, se estaba poniendo las polainas para montar a caballo cuando entró Lievin. La cara de éste tenía, sin duda, una expresión particular, o quizá Veslovski se dio cuenta de que *ce petit brin de cour*[4] era algo que no cuadraba en el seno de aquella familia. En una palabra, se sintió todo lo violento que puede sentirse un joven mundano en semejantes circunstancias.

—¿Monta usted con polainas?

—Sí, es lo más adecuado —respondió Veslovski, con sonrisa bonachona, acabando de abrocharse.

Era un chico tan bueno en el fondo, que Lievin sintió algo de vergüenza al notar en la mirada de Váseñka lo intrigado que empezaba a sentirse. No sabiendo cómo empezar, cogió de la mesa el palo que habían roto por la mañana, cuando intentaban levantar las barras paralelas hinchadas por la humedad, y se puso a desmenuzar la punta astillada.

—Yo quería...

Se detuvo, pero al recordar todo lo sucedido con Kiti, le miró decidido a los ojos y le dijo:

—Quería decirle que he ordenado enganchar.

—¿Para qué? ¿Adónde vamos? —preguntó Veslovski.

—Para llevarle a la estación —respondió Lievin, con su tono lúgubre.

—¿Se va usted de viaje? ¿Ha ocurido algo?

—Ocurre que espero gente —respondió Lievin, deshilachando el palo con gesto cada vez más nervioso—. O mejor dicho, no. No espero a nadie, pero le ruego a usted que se marche de mi casa inmediatamente. Interprete mi descortesía como mejor le parezca.

Váseñka se irguió con dignidad. Al fin había comprendido.

—Sírvase explicarme... —empezó a decir.

—No tengo nada que explicarle, y hará mejor en no dirigir-

---

[4] ese poquitín de corte. (En francés en el original.)

me más preguntas —contestó lentamente Lievin, esforzándose por contener el temblor convulsivo de su labio inferior.

Y como ya había terminado de desmenuzar la punta rota, cogió el palo por el extremo más grueso, lo partió en dos y recogió cuidadosamente el pedazo que había caído.

Los ojos brillantes de Lievin, su voz sombría, sus labios temblorosos, y, sobre todo, la tensión de sus músculos, cuyo vigor había comprobado Veslovski aquella misma mañana al hacer los ejercicios gimnásticos, convencieron a éste mejor que sus palabras. Alzó los hombros, sonrió desdeñosamente, saludó y dijo:

—¿Podría ver a Oblonski?

Ni la sonrisa ni el alzamiento de hombros incomodaron a Lievin.

«¿Qué más le queda por hacer?», pensó. Y dijo:

—Voy a avisarle.

Stepán Arkádich se reunió con Lievin en el jardín, después de haberse enterado por boca del mismo Veslovski que el dueño de la casa le había puesto «en la puerta de la calle».

—¡Pero eso no tiene sentido común! *¡Mais c'est ridicule!*[5] —exclamó—. ¿Qué mosca te ha picado? *Mais c'est du dernier ridicule!*[6]. Y todo porque un hombre joven...

Lievin se sentía aún tan irritado, que, poniéndose lívido, interrumpió a su cuñado:

—No te molestes en disculparle. Siento mucha vergüenza ante ti y ante él. Pero él se consolará fácilmente, mientras que para mi esposa y para mí, su presencia se hacía intolerable.

—Pero tú le infieres una ofensa gratuitamente. *Et puis c'est ridicule*[7].

—Yo también me siento ofendido, y lo que es peor, estoy sufriendo sin haber hecho nada para merecerlo.

—Nunca te hubiera creído capaz de un acto semejante. *¡On peut être jaloux, mais à ce point, c'est du dernier ridicule!*[8].

Lievin le volvió la espalda y siguió paseando a todo lo largo

---

[5]  ¡Eso es ridículo! (En francés en el original.)

[6]  ¡Es el colmo del ridículo! (En francés en el original.)

[7]  Además es ridículo. (En francés en el original.)

[8]  Se puede ser celoso, pero hasta ese punto, es el colmo del ridículo. (En francés en el original.)

de la alameda, esperando el momento de la partida. Pronto oyó un rechinar de ruedas y a través de los árboles divisó a Veslovski, que pasaba con las cintas de su boina escocesa flotando al viento, asido a un montón de heno y sobresaltándose a cada sacudida, porque la tartana carecía de asiento.

«¿Qué pasa ahora?», se preguntó Lievin, cuando vio al criado salir corriendo de la casa y detener el vehículo.

Era para instalar en él a aquel mecánico, de quien se había olvidado, y que se colocó al lado de Veslovski, después de saludarle y cambiar con él algunas palabras. Enseguida desaparecieron los dos.

Stepán Arkádich y la princesa mostráronse irritados por la conducta de Lievin. Él mismo se sentía culpable y encontraba su situación ridícula hasta el último extremo, pero recordando lo que Kiti y él habían padecido, reconoció que si la ocasión se presentase, lo volvería a hacer.

Sin embargo, al caer la tarde todo el mundo —menos la princesa, indispuesta con su yerno— había recobrado su animación y su alegría. Parecían niños después de un castigo o maestros de ceremonias después de una penosa recepción oficial. Cada uno se sentía más confortado, y cuando se retiró la princesa, se habló de la expulsión de Váseñka como de un suceso lejano. Dolli, que tenía el don humorístico de su padre, hizo reír a Váreñka hasta saltársele las lágrimas, contándole tres o cuatro veces, y siempre con distintas añadiduras, sus propias emociones. En honor del joven huésped había preparado, para colgarlo en su boina, un nudo de brillantes cintas nuevas. Había llegado el momento de presentárselo —agregó—, y con este objeto entró en la sala, cuando el sonido quejumbroso del carro le hizo asomarse a la ventana. ¡Qué espectáculo se ofreció a su vista! Váseñka en persona, con su boina escocesa, sus romanzas y sus polainas, ignominiosamente agarrado a un montón de heno.

—¡Si al menos le hubieran instalado en el coche! Pero no... Y de pronto oigo gritar: «¡Alto!»... ¡Vamos, me dije, han cambiado de opinión... Han tenido lástima de él. ¡Sí, sí! Y era un hombre voluminoso, aquel alemán, lo que añadían a su desdicha. Decididamente, me había fallado el plan con aquel nudo de cintas...

Siempre temiendo desagradar a los Lievin, que no deseaban de ninguna manera —cosa que ella comprendía muy bien—un acercamiento a los Vronski, Daria Alexándrovna tenía el proyecto de ver a Anna para demostrarle que su afecto hacia ella no había variado. A fin de salvaguardar su independencia, quiso alquilar los caballos en el pueblo. Cuando Lievin tuvo conocimiento de ello, acudió a reprochárselo a su cuñada.

—¿Por qué te imaginas que me apenas yendo a casa de Vronski? Y aunque así fuera, me afligirías más aún sirviéndote de caballos ajenos a los míos. Nunca me has dicho que habías decidido ir. Además, alquilar caballos en la aldea es, en primer lugar, un agravio para mí, y, en segundo e importantísimo lugar, te lo prometerán, pero no te llevarán hasta el destino. Yo tengo caballos y, si no quieres agraviarme, tienes que aceptarlos.

Daria Alexándrovna acabó por someterse, y el día indicado, Lievin le hizo preparar cuatro caballos y otros tantos de refresco, que pudo reunir entre los de carga y de silla, pero capaces de hacer el recorrido en un solo día, a pesar de lo extenso de aquél.

El enganche fue difícil de realizar, pues los otros caballos estaban retenidos por la partida de la princesa y de la comadrona. Todo aquello causó a Lievin ciertos transtornos, pero, además de cumplir un deber de hospitalidad, proporcionaba a su hermana política —cuyos apuros conocía— el ahorro de una veintena de rublos, cantidad que suponía mucho para ella.

Siguiendo el consejo de su cuñado, Daria Alexándrovna se puso en camino al rayar el alba, bajo la protección del tenedor de libros que, para mayor seguridad, habían instalado junto al cochero a guisa del ayudante. El camino era bueno, el carruaje cómodo. Mecida por el trote regular de los caballos, Dolli se adormeció y no despertó hasta el primer relevo, ocasión que aprovechó para tomar una taza de té en casa del rico labrador donde Lievin paraba cuando iba a ver a los Sviyazhski. Después que el buen hombre le hizo un vivo elogio del conde

Vronski, ella entabló con sus mujeres una conversación, que discurrió principalmente sobre el tema de los niños. Hacia las diez reanudó el viaje. Sus deberes maternales, de ordinario, absorbían demasiado su atención para que pudiera permitirse el lujo de reflexionar, de manera que aquella etapa de cuatro horas le brindaba una ocasión excepcional para meditar sobre su propia vida y sobre sus hijos, que había confiado a los cuidados de la princesa y de Kiti. Con esta última era con quien contaba especialmente.

«¡Con tal de que Masha no haga más escenas, que Grisha no se exponga a recibir alguna coz y que Lilí no pesque una indigestión...!», se decía ella.

Estas pequeñas preocupaciones del momento cedieron lugar muy pronto a otras de mayor importancia. En cuanto volviera a Moscú, tendría que cambiar de residencia, renovar los muebles de la sala, encargar un abrigo para su hija mayor. Después se le planteó un problema todavía más grave, aunque de perspectivas menos próximas: ¿podría ella continuar la educación de los niños de una manera conveniente?

«Los hijos me inquietan más que las hijas —pensaba—. ¿Qué hacer con ellos? Imposible contar con Stiva. Si este verano me he ocupado de Grisha, es porque mi estado de salud me lo ha permitido, cosa realmente extraordinaria. ¡Pero si se me presenta un embarazo...!»

Pensó que era injusto considerar los dolores del parto como el signo de una maldición que pesa sobre la mujer.

«¡Resulta tan poca cosa, comparándolo con las molestias del embarazo!»

Recordó su última experiencia en este trance y la pérdida de su hijo. Aquel recuerdo le trajo a la memoria la respuesta que acababa de hacerle una de las nueras del viejo labrador, cuando le preguntó si tenía hijos.

—Tenía una niña, pero Dios, en su bondad, me libró de ella durante la Cuaresma.

—¿Te dio mucha pena?

—A fe mía, no. Es una preocupación al menos. Al viejo no le faltan nietecitos. ¿Y qué quiere usted que yo haga con una criatura mamando, en los brazos?

Aquella respuesta parecía odiosa. Sin embargo, los rasgos de aquella mujer expresaban bondad, y Dolli veía ahora que en sus palabras había una parte de verdad.

«En resumen —reflexionaba, evocando sus quince años de matrimonio—, mi juventud ha transcurrido entre náuseas, antojos estúpidos, sin hallarme a gusto nunca y con ese aspecto horrible, deforme... Porque si hasta nuestra hermosa Kiti está afeada por el mismo motivo, ¿cómo no he de parecer yo horrible cada vez que me llega un embarazo? Y luego los alumbramientos, los espantosos alumbramientos, el desgarramiento del último minuto, las penalidades de la lactancia, las noches de insomnio, sufrimientos, sufrimientos atroces...»

Y Dolli temblaba al recuerdo de las grietas en los senos, que tanto le hacían padecer al encontrarse encinta.

«Y luego las enfermedades de los niños, esa inquietud permanente, las preocupaciones de la educación, las malas inclinaciones que hay que corregirles —se representó en la mente la escena de Masha entre las frambuesas—, el latín y sus dificultades, y lo peor de todo, la muerte.»

Su corazón de madre sangraba cruelmente todavía por la pérdida del último hijo nacido, a causa de la difteria. Recordó su dolor a solas ante aquella frentecita blanca aureolada de cabellos rizados, ante aquella boquita atónita y entreabierta, y el momento en que retumbó la tapa del féretro color rosa con una cruz galonada. «Y todo eso, ¿para qué? ¿Por qué tanto estar encinta, tanta lactancia, siempre extenuada y áspera, detestada por mi marido y fastidiosa a los ojos de todo el mundo? ¿Cómo he podido soportar tantos días llenos de tormentos? Para dejar una familia desgraciada, pobre, sin instruir. ¿Qué habría hecho este verano si Kostia y Kiti no me hubieran invitado a su casa? Pero por delicados y afectuosos que sean, no podrán hacerlo otra vez, pues también les ha tocado su turno y tendrán hijos. ¿Acaso no se encuentran ya un poco molestos? Papá casi se ha despojado de todo por nosotras. Ya no está en disposición de ayudarme. ¿Cómo conseguiré que mis hijos se hagan hombres? Habrá que buscar influencias, tendré que humillarme... Si no me los quita la muerte, lo más que puedo esperar para ellos es que no se desvíen por la senda del mal. Y hasta haberlos situado en la vida, ¡cuántos padecimientos! Mi existencia la tengo comprometida hasta el fin.»

Decididamente, las palabras de la joven campesina tenían algo de verad en su cínica sencillez.

—¿Llegamos, Mijail? —preguntó al tenedor de libros, deseando librarse de aquellos penosos pensamientos.

—Parece que quedan aún siete verstas, después del pueblo que se ve por allí.

La calesa atravesó un puentecillo donde las segadoras, con sus ataduras trenzadas para los haces al hombro, se pararon para verla pasar, sin dejar de charlar alegre y ruidosamente. Dolli observó que todas aquellas caras rebosaban de júbilo y de salud.

«Cada cual vive y disfruta su propia existencia —se dijo, dejándose caer de nuevo en el respaldo, mecida por el trote de los caballos, los cuales aceleraron la viveza de su marcha después de remontar una pequeña cota—. Yo sola tengo la impresión de ser una prisionera puesta en libertad provisional. Mi hermana Natalia, Váreñka, todas las mujeres, y Anna también, saben lo que es la existencia, pero yo..., yo la ignoro. ¿Y por qué acusan a Anna? ¿Acaso soy yo mejor que ella? Yo, al menos, amo a mi marido, no como yo quisiera amarle, sin duda, pero le amo al fin, mientras que ella detesta al suyo. ¿De qué es culpable? Ella ha querido vivir, es un anhelo que Dios nos ha puesto en el corazón. Si yo no hubiese amado a mi marido, quizá habría hecho igual que ella. Todavía me pregunto si habré hecho bien siguiendo sus consejos, en lugar de separarme de Stiva. ¡Quién sabe! Podría haber rehecho mi vida, amar, ser amada... ¿Es más honorable mi conducta actual? No le tengo respeto. Lo aguanto, porque tengo necesidad de él. Eso es todo. Entonces podía agradar a los hombres, aún tenía belleza» —siguió pensando Daria Alexándrovna.

Quiso sacar de su bolso un espejito de viaje, pero temió ser sorprendida por los dos hombres que ocupaban el pescante. Sin necesidad de mirarse, se dijo que su tiempo no había pasado todavía. Recordó las atenciones particulares que tuvo con ella Serguiéi Ivánovich, la asiduidad del buen Turovtsin, que por amor a ella le había ayudado a cuidar de los niños durante la escarlatina que padecieron, e incluso hubo un joven, como dijo bromeando su marido, que la encontraba más hermosa que sus hermanas. Y se presentaban a su imaginación las novelas más apasionadas, las más inverosímiles.

«Anna tiene mucha razón, y no seré yo quien le arroje la piedra. Ella es feliz y hace feliz a otro. Y mientras yo me encuentro ahora como embrutecida, ella debe llevar una vida descansada, brillante, dedicada a todas las cosas que verdaderamente le interesan.»

Una sonrisa maliciosa afloró a los labios de Dolli, forjando en su imaginación un romance análogo al de Anna, en el que ella era la heroína, y el héroe un personaje anónimo y redivivo. Se representó el momento en que se lo confesaba todo a su marido, y se echó a reír pensando en la estupefacción de Stepán Arkádich.

Estaba sumida en estos pensamientos, cuando el coche llegó a la encrucijada del camino de Vozdvizhenkoié.

## Capítulo XVII

EL cochero hizo parar los caballos y echó un vistazo a la derecha, hacia un grupo de labradores sentados en un campo de centeno, cerca de un carro desenganchado. Después de haber hecho un ademán de saltar del pescante, el tenedor de libros cambió de opinión y llamó a los patanes, haciendo ostentación de un tono y un gesto autoritario. El polvo levantado por el trote de los caballos cesó repentinamente, y los tábanos se precipitaron en enjambres sobre las pobres bestias bañadas en sudor, que buscaban rabiosamente el medio de librarse de los odiosos dípteros. Cesó también como por encanto el son metálico de una hoz que alguien utilizaba, y uno de aquellos hombres se levantó y se dirigió a la calesa. Sus pies desnudos avanzaban lentamente por un terreno escabroso.

—Bueno, ¿qué pasa? —le gritó el tenedor de libros—. ¿Es que no puedes aligerar?

El hombre apresuró el paso. Era un anciano. Una tira, larga y estrecha, hecha con fibras vegetales, sujetaba sus cabellos encrespados. Una blusa ennegrecida por el sudor se pegaba a su espalda encorvada. Cuando llegó al coche, se apoyó con una mano en el guardabarros.

—Esto es Vozdvizhenskoié, ¿qué se te ofrece? ¿A casa del

conde? Después de subir la cuesta, amigo, toma la izquierda, y siguiendo todo derecho irás a parar a la avenida. ¿Es al mismo conde a quien os interesa ver?

—¿Estarán ahora en casa, buen hombre? —preguntó Daria Alexándrovna, que no sabiendo cómo informarse acerca de Anna, ni siquiera por medio de un campesino, prefería dar un tono ambiguo a su interrogación.

—Es de creer que sí —respondió el viejo, que balanceaba el cuerpo apoyándose ora en un pie, ora en otro y dejaba en el polvo la marca visible de sus huellas—. Es de creer que sí —repitió, deseando entablar conversación—. Vinieron de la ciudad ayer, a más tardar, unos señores. Gente de mundo... Pero, ¿de qué me hablas? —preguntó a un joven gañán, que le gritaba algunas cosas—. ¡Ah, sí, sí que es verdad! Tienes razón, no había pensado. Hace ya mucho que han pasado. Iban todos montados, a ver la máquina nueva. A estas horas tienen que haber vuelto... Y vosotros, ¿de dónde venís por acá?

—De lejos —respondió el cochero, encaramándose de nuevo en su sitio—. Así, pues, ¿no queda mucho para llegar?

—Cuando yo te digo que está ahí cerca... No tienes más que subir la cuesta —repitió, tamborileando con los dedos sobre el guardabarros.

El joven campesino, un mozo rechoncho, de sólida construcción, se aproximó a su vez.

—¿Habría algún trabajo en vuestra granja? Para todo lo que sean faenas de siega, aquí estamos.

—No sé nada de eso, amigo mío.

—Toma la izquierda, ¿sabes?, y vas a parar derecho a la avenida —continuaba diciendo el buen hombre, a quien, evidentemente, gustaba mantener la conversación.

El cochero azuzó a los caballos. Apenas habían arrancado éstos, cuando sintió que le llamaban.

—¡Eh, amigo, párate! ¡Oh, oh, párate! —gritaban los dos labradores.

El cochero obedeció.

—¡Ahí están, esos que vienen tan de prisa! —repuso el viejo, señalando cuatro figuras ecuestres y un coche que se aproximaban.

Eran Vronski, Anna, Veslovski y un jockey a caballo. Les seguían en coche la princesa Varvara y Sviyazhski. Volvían de los campos, donde estaban experimentando las nuevas máquinas segadoras.

Al ver que paraba la calesa, los jinetes se pusieron al paso. Anna había tomado la delantera en compañía de Veslovski. Montaba con desenvoltura una pequeña jaca inglesa, de cola corta y crines muy cuidadas. Se tocaba con un sombrero de forma alargada, bajo el cual asomaban los mechones rizados de su cabello negro. Su bonita cabeza, sus hombros redondeados, su talle bien ajustado en una chaqueta de montar oscura, su postura graciosa y tranquila, llamaron la atención, un poco escandalizada, de Daria Alexándrovna. Ésta, en efecto, atribuía a la equitación practicada por mujeres un sentido de coquetería llamativa, poco conveniente a la situación especial por la que estaba pasando su cuñada. Pero sus prevenciones no tardaron en desvanecerse por completo, tanto por la actitud como por los gestos y la sobria elegancia de Anna, que ponían de manifiesto aquella nota de nobleza y de sencillez que la caracterizaba.

Váseñka Veslovski, con las cintas de su boina escocesa colgándole sobre la nuca, acompañaba a Anna sobre un caballo del tipo usado en el ejército, una bestia gris que parecía despedir fuego. El jinete estiraba hacia delante sus gruesas piernas, y su aspecto era de estar muy satisfecho consigo mismo. Dolli, al verle, no pudo contener una sonrisa.

Vronski les seguía cabalgando en un pura sangre zaino, al que probablemente había excitado la galopada, porque tuvo que manejar las bridas con suma destreza para poder calmarle. Cerraba la marcha un hombre pequeño vestido de jockey.

A cierta distancia, un flamante landó, completamente nuevo, arrastrado por un precioso trotador negro, transportaba en su interior a Sviyazhski y la princesa Varvara.

Al reconocer a aquella pequeña persona, reclinada en un ángulo de la vieja calesa, el rostro de Anna se iluminó. Se estremeció, dejó escapar un grito de alegría y puso su jaca al galope. Llegado que hubo junto al coche, saltó de su cabalgadura sin ayuda de nadie y corrió al encuentro de Dolli.

—¡Conque eres tú, Dolli! No me atrevía a creerlo. Me causas una alegría inmensa —dijo, estrechando en sus brazos a la viajera, cubriéndola de besos y apartándola después para verla mejor—. ¡Mira Alexiéi, qué felicidad! —añadió, volviéndose al conde, quien había echado pie a tierra a su vez, y se adelantaba sombrero en mano.

—No puede imaginarse el placer que nos causa su visita —ponderó, recalcando cada una de sus palabras, en tanto que una sonrisa descubría su magnífica dentadura.

Sin abandonar su montura, Váseñka Veslovski, a guisa de saludo, volteó alegremente su boina por encima de la cabeza.

Entretanto, el landó se había aproximado.

—Es la princesa Varvara —dijo Anna, respondiendo a una mirada interrogativa de Dolli.

—¡Ah! —respondió ésta, dejando entrever su descontento.

La princesa Varvara, tía de su marido, había siempre medrado a expensas de los parientes ricos. Dolli, que por esta razón no le profesaba ninguna estima, se sintió un poco desairada al verla instalada en casa de Vronski, que no tenía ningún parentesco con ella. Al darse cuenta de su desaprobación, Anna se turbó, se le colorearon las mejillas, y sin quererlo, dio un traspié al pisarse la cola del vestido.

Dolli saludó a la princesa con frialdad. Sviyazhski, a quien ya conocía, se interesó por su amigo Lievin, «hombre original», y por su joven esposa. A continuación, después de echar un vistazo al tiro de la calesa, mal ajustado, y a los guardabarros del viejo vehículo llenos de remiendos, invitó a las damas a subir al suntuoso landó.

—El caballo es muy tranquilo y la princesa conduce muy bien. En cuanto a mí, ocuparé una plaza en ese «vehículo»...

—¡Oh, no! —interrumpió Anna—. Quédese donde está, que yo voy a subir con Dolli.

Jamás había visto Daria Alexándrovna nada tan brillante como aquellos caballos, aquellos trajes, todo aquel lujo... Pero había algo que la sorprendía aún más, y era aquella especie de transfiguración que se había operado en su querida Anna, y de la cual quizá no se habría dado cuenta en absoluto, a no ser por la reflexiones que había hecho durante el trayecto sobre las cosas del amor. Anna parecía irradiar esa belleza fugaz que da a una mujer la certeza de una pasión compartida. El brillo de sus ojos, el pliegue de sus labios, los hoyuelos que se le dibujaban claramente en las mejillas y en el mentón, la sonrisa que animaba su rostro, la gracia nerviosa de sus gestos, el tono cálido de su voz, y hasta la forma amistosa, aunque un tanto brusca, de autorizar a Veslovski para que montase su jaca a fin de hacerle aprender a galopar del pie derecho, todo en su persona emanaba un fluido seductor del que ella misma parecía estar consciente y cautivada.

Cuando se vieron solas, las dos mujeres pasaron un momento muy embarazoso. Anna se encontraba violenta bajo la mirada inquisitia de Dolli, quien, por su parte, a raíz de la observación hecha por Sviyazhski, se sentía triste por haber hecho su aparición tan pobremente equipada. La misma confusión se apoderó del cochero y del tenedor de libros, pero en tanto que éste la disimulaba mostrándose solícito con las señoras, Filipp, que se había vuelto lúgubre de repente, no quiso de ninguna manera dejarse imponer por todo aquel relumbrón. Se contentó con dedicar una sonrisa irónica al trotador negro enganchado al landó.

«Un animal como este podrá ser bueno para la *promenade,* pero nunca recorrerá cuarenta verstas en tiempo de calor», dijo para sus adentros a modo de consolación.

Entretanto, los segadores habían dejado su carro para contemplar la entrevista.

—Todos están contentos de volverse a ver —hizo notar el viejo.

—Fíjese en el garañón negro, tío Guerásim. Una bestia como esa es la que nos hacía falta para acarrear nuestras gavillas.

—Y eso que se ve ahí —dijo otro, indicando a Veslovski, que se instalaba sobre una silla de montar femenina—, ¿es una mujer con pantalones?

—Seguro que no. No tiene más que ver cómo ha saltado a la grupa, lo bien que lo ha hecho.

—¿Qué, mozos, hoy ya no dormiremos?

—¡Qué es eso de dormir! —dijo el viejo mirando de soslayo al sol—. Ya es más de mediodía. Recoged vuestros garabatos y al avío.

EL semblante de Dolli se veía surcado por unas arrugas, en las que era fácil adivinar la huella dejada por el polvo del camino. Anna hubiera querido decirle que la encontraba mucho más delgada, pero le contuvo la admiración por su propia belleza, que leyó en los ojos de su cuñada.

—¿Me estás examinando? —dijo—. Seguramente te preguntarás cómo yo, en mi situación, puedo parecer tan dichosa. Confieso que lo soy de una manera imperdonable. Lo que ha pasado por mí tiene su encanto. He salido de mis angustias como quien sale de una pesadilla. ¡Y qué despertar! Sobre todo, desde que nos hemos instalado en este lugar.

Interrogó a Dolli con mirada tímida.

—Me alegro mucho por ti —respondiendo ésta, sonriendo, pero en un tono más frío de lo que ella hubiera deseado—. ¿Cómo es que no me has escrito?

—No me he atrevido. Olvidas mi situación...

—¡Oh, si tú supieras cuánto...!

Iba a contarle sus reflexiones de la mañana, cuando le vino a la mente de que no era aquel el momento oportuno.

—Hablaremos de eso más tarde. ¿Qué es aquel conjunto de edificios? Se diría que es un verdadero pueblo —siguió Dolli por cambiar de conversación, al mismo tiempo que señalaba los techos verdes y rojos que dominaban unos setos de lilas y acacias.

—Dime lo que piensas de mí —insistió Anna, sin responder a la pregunta.

—Pues pienso que...

En aquel momento pasó de largo Váseñka Veslovski, a quien el trote de su cabalgadura hacía dar grandes sacudidas sobre la montura femenina, de cuero agamuzado. Había conseguido enseñar a la jaca el galope del pie derecho.

—¡Esto marcha, Anna Arkádievna! —gritó, sin que ésta se dignase dirigirle una mirada.

Estaba visto que la calesa no era, precisamente, el sitio más adecuado para las confidencias, y Dolli prefirió resumir su pensamiento en pocas palabras.

—La verdad es que no pienso nada —repuso—. Te quiero como te he querido siempre. Cuando se quiere así a una persona, se la quiere tal como es, y no tal como desearíamos que fuese.

Anna desvió la mirada cerrando los ojos a medias (un gesto nuevo, desconocido para Dolli) como concentrándose, para meditar mejor sobre el sentido de aquellas palabras. Les dio una interpretación favorable y volvió a mirar a su cuñada, a la que dijo, bañada en lágrimas:

—Si tienes pecados en la conciencia, te serán perdonados en atención a tu visita y a esas palabras tan consoladoras.

Dolli le estrechó la mano.

—A todo esto, no me has dicho qué es lo que encierran esos edificios. ¡Cuántos hay, Gran Dios! —comentó, tras unos instantes de silencio.

—Pues son las dependencias, los depósitos de sementales, las caballerizas. Esta es la entrada del parque. Alexiéi siente mucho cariño por estas tierras, que estaban abandonadas, y con gran sorpresa por mi parte le ha entrado una enorme pasión por el trabajo. Además, un temperamento como el suyo, una naturaleza tan bien dotada, no sabría dedicarse a cosa alguna sin entregarse por completo. Y ahí le tienes, convertido en un excelente propietario, económico, casi avariento... Desde luego, sólo lo es para la hacienda, porque por lo demás, gasta los rublos por millares y sin contar —añadió, con esa sonrisa maliciosa de los seres enamorados, que han descubierto en su amante alguna secreta debilidad—. ¿Ves aquel edificio tan grande? Es un hospital, su *dada*[1] del momento, que sin duda le va a costar más de cien mil rublos. ¿Sabes qué es lo que le ha inducido a construirlo? Pues un reproche de avaricia por mi parte, a propósito de una pradera que se negaba a ceder a los habitantes del pueblo, por un precio reducido. Lo dije en broma y puede haber otras razones, pero en fin, ese hospital vendrá a demostrar la injusticia de aquella observación mía. *C'est une petitesse*[2], si quieres, pero yo no dejo de quererle, cada vez

---

[1] manía. (En francés en el original.)
[2] Es una pequeñez. (En francés en el original.)

más. Y ésta es la casa, que data de tiempos de su abuelo y en la que nada ha cambiado exteriormente.

—¡Es algo soberbio! —exclamó Dolli, a la vista de aquel grandioso edificio que desplegaba la columnata de su fachada sobre un fondo de árboles seculares.

—¿Verdad que sí? Y desde lo alto, la vista es espléndida.

La calesa rodaba sobre la gravilla del patio, adornado con un parterre, en cuyo centro se alzaba un macizo de flores que dos obreros cercaban con piedras porosas. Pararon el coche bajo un pórtico.

—Ya han llegado los caballeros —dijo Anna, al ver que retiraban las cabalgaduras—. ¿Has visto qué animal más precioso, mi jaca? Es un ejemplar inglés, mi favorito... Tráiganlo aquí y denme azúcar. ¿Y el conde? —preguntó a uno de los criados vestidos de librea, que salieron a recibirles—. ¡Ah, aquí están todos! —añadió al ver a Vronski y a Váseñka, que acudían a su encuentro.

—¿Dónde alojaremos a la princesa? —preguntó Vronski en francés.

Sin esperar la respuesta de Anna, presentó de nuevo sus respetos a Daria Alexándrovich, pero ahora besándole la mano.

—¿Qué te parece la habitación grande del balcón?

—¡Oh, no! Es demasiado lejos. En el cuarto que hace ángulo. Así estaremos más cerca una de otra. Bueno, vamos —prosiguió Anna, después de haber obsequiado con azúcar a su favorito—. *Et vous oubliez votre devoir*[3] —agregó, dirigiéndose a Veslovski, que también había salido al porche.

—*Pardon, j'en ai tout plein les poches*[4] —repuso éste, también en francés, hurgando en el bolsillo del chaleco.

—*Mais vous venez trop tard*[5] —replicó ella, mientras se secaba la mano, humedecida por los belfos del caballo, cuando le daba el azúcar. Después, volviéndose a Dolli, agregó—: Espero que te quedarás algún tiempo con nosotros... ¡Cómo! ¿Un día nada más? ¡No es posible!

—Es que he prometido no tardar, por los niños —res-

---

[3] Se olvida de su obligación. (En francés en el original.)
[4] Perdón, tengo los bolsillos llenos. (En francés en el original.)
[5] Pero llega demasiado tarde. (En francés en el original.)

pondió Dolli, confusa por la mezquina apariencia de su equipaje y por el polvo de que se sentía cubierta.

—No, no querida mía, es imposible... En fin, ya hablaremos. Ahora vamos a subir a tu cuarto.

La habitación, que le ofrecieron con excusas de no ser el aposento de honor, estaba amueblada con un lujo que recordó a Dolli los mejores hoteles del extranjero

—¡Qué contenta estoy de verte aquí, querida amiga! —repitió Anna una vez más, sentándose al lado de su cuñada—. Háblame de tus hijas. Stiva no ha estado aquí más que de paso, y no es el hombre indicado para hablar de temas semejantes. ¿Qué ha sido de Tania, mi preferida? Debe de ser ya una mujercita.

—¡Oh, sí! —exclamó Dolli sorprendida de hablar tan lacónicamente de sus hijos—. Estamos en casa de los Lievin y muy contentos de hallarnos allí.

—Si yo hubiera sabido que no me despreciabas, os habría invitado a todos a venir. Stiva es un viejo amigo de Alexiéi —recordó Anna, sonrojándose.

—Sí, pero allí estamos muy bien —insistió Dolli, toda confusa.

—La alegría de verte me hace desvariar —dijo Anna, abrazándola una vez más—. Pero prométeme ser franca conmigo, no ocultarme nada de lo que pienses de mí. Mi vida te la voy a revelar sinceramente. No te imagines, sobre todo, que pretendo justificar mi conducta, sea cual fuera. No aspiro más que a vivir..., vivir sin hacer daño a nadie como no sea a mí misma, cosa que al fin y al cabo me está permitido. Pero ya hablaremos de todo eso a nuestras anchas. Ahora voy a mudarme y a enviarte la doncella.

## CAPÍTULO XIX

UNA vez sola, Daria Alexándrovna examinó su cuarto como una mujer que conoce bien el valor de las cosas. Jamás había visto un lujo comparable al que se ofrecía ante sus ojos después de su encuentro con Anna. A lo sumo, estaba enterada de que un confort semejante empezaba a extenderse en Europa, por lo que había leído en las novelas inglesas. Pero en Rusia, aquello no se veía en ninguna parte, y menos en el campo. El tapizado de las paredes, la alfombra que cubría toda la pieza, el lecho de somier elástico, la colcha y las fundas de seda, el tocador con mesa de mármol, el reloj de bronce sobre la chimenea, el diván, los almohadones, las cortinas, las mamparas, todo era nuevo y elegante, a la última moda.

A la última moda también venía vestida y peinada la flamante doncella que se presentó a ofrecerle sus servicios, mucho mejor arreglada que la pobre princesa. Aunque conquistada por la gracia natural y el deseo de complacer de aquella encantadora joven, Dolli se sintió abochornada al sacar delante de ella, de su maletín de viaje, una blusa remendada que se había traído por error. En su casa utilizaba sin ningún reparo aquellas piezas remendadas y aquellos zurcidos, que representaban una notable economía. Seis blusas suponían veinticuatro arshines[1] de nansú, a sesenta y cinco kopeks, o sea más de quince rublos, sin contar los adornos y la confección. ¡Pero allí, delante de esa doncella...!

Experimentó, en cambio, un gran alivio al ver entrar a Ánnuska, a quien conocía de hacía mucho tiempo, y que pasó a ocupar el puesto de la joven, reclamada por su señora. Ánnuska parecía entusiasmada por la llegada de la princesa, y muy ansiosa de confiarle su punto de vista sobre la situación de su querida señora, y de un modo especial, sobre el gran afecto, la perfecta adhesión que el conde le demostraba. Pero Daria Alexándrovna cortaba secamente toda tentativa de conversación.

—Yo he crecido al lado de Anna Arkádievna y la quiero más que a nadie en el mundo. No somos quiénes para juzgarla. Y ella parece quererle tanto...

—Vamos a ver. Procura que me laven todo esto si es posible, ¿verdad? —interrumpió Dolli.

—Desde luego, no tenga cuidado. Tenemos dos lavanderas para la ropa pequeña, toda la demás se lava a máquina. El con-

---

[1] Antigua medida rusa de longitud.

de se ocupa personalmente hasta de las cosas más pequeñas. Un hombre como éste, para marido, ya ve usted...

La entrada de Anna puso fin a estas expansiones. Se había puesto un vestido de batista muy sencillo, pero que Dolli examinaba con atención, pues bien sabía el precio a que se pagaba aquella elegante simplicidad.

—Aquí estás entre antiguos conocidos —dijo Anna, señalando a su sirvienta.

Por la manera como fueron pronunciadas estas palabras, Dolli comprendió que su cuñada, habiendo recobrado el dominio de sí misma, se atrincheraba detrás de un tono tranquilo e indiferente.

—¿Cómo va tu hijita? —le preguntó Dolli.

—¿Ani? —así llamaba Anna a su hija—. Bien. Se ha puesto mucho mejor. ¿Quieres verla? Te la voy a enseñar. Hemos estado un poco preocupados con su nodriza italiana, buena mujer, pero más torpe... Como la niña le tiene tanto apego, no ha habido más remedio que conservarla.

—Pero, ¿cómo os las habéis arreglado para... —comenzó a decir Dolli, curiosa por el apellido que llevaba la niña. Pero al ver ensombrecerse el rostro de Anna, cambió el sentido de la pregunta—: para quitarle el pecho?

—Eso no era lo que querías decir —advirtió Anna, que había captado la reticencia de su cuñada—. Tú pensabas en el apellido de la niña, ¿verdad? El tormento de Alexiéi es que ella lleva el apellido de Karenin...

Entornó los ojos: los párpados se le quedaron inmóviles, pero pronto sus facciones recobraron la expresión habitual.

—Ya trataremos de eso. Ven, que te la voy a enseñar. *Elle est très gentille*[2]. Ya empieza a andar a gatas.

El confort del aposento de la niña, una gran habitación de alto techo y con mucha claridad, sorprendió a Dolli, tal vez más que el lujo de las otras estancias. Los cochecitos, la bañera, los columpios, el mueble en forma de mesa de billar, donde la pequeña podía gatear a su gusto, todo era de fabricación inglesa, sólido y de coste elevado.

La niña, en camisita de dormir, sentada en un butacón, y

---

[2] Es muy bonita. (En francés en el original.)

asistida por una sirvienta rusa —que probablemente compartía su condumio—, se estaba tomando un caldo, del que estaba mojado su pequeño babero. Ni la institutriz ni la nodriza estaban presentes, pero en la habitación vecina se oían frases chapurreadas en francés, idioma en el que mejor o peor se entendían ambas mujeres.

En el instante que oyó la voz de Anna, la institutriz inglesa acudió presurosa, deshaciéndose en excusas, a pesar de que nadie la había llamado la atención. Era una mujer de alta estatura, líneas armoniosas y bucles dorados, cuya mirada maliciosa desagradó a Dolli. A cada palabra de Anna repetía: *«Yes, milady»*[3].

En cuanto a la pequeña, una chiquilla robusta, de cejas y pelo negros, cuerpo menudo y sonrosado, y piel delicada, a pesar de la mirada severa con que acogió a aquella desconocida, conquistó enseguida a Daria Alexándrovna. Al ponerla sobre la alfombra, se puso a gatear como un animalito, con la ropa recogida por detrás y con sus bellos ojos clavados en las espectadoras, a las que contemplaba con aire satisfecho, cual si quisiera demostrarles que era sensible a su admiración. Con ademán enérgico, avanzaba ayudándose de las manos, de los pies y de las rodillas.

Dolli hubo de reconocer que ninguno de sus hijos había gateado tan bien, ni mostrado tan buena fisonomía.

Pero el ambiente del aposento infantil tenía algo que resultaba molesto. ¿Cómo era posible que Anna tuviera a su servicio una institutriz tan antipática, tan poco «respetable»? Sin duda porque ninguna persona digna de respeto habría transigido con entrar a servir en casa de una familia tan irregular. Por otra parte, Dolli creyó observar que Anna era casi una extraña en aquel medio: no pudo encontrar un juguete que quería darle a la niña, y, cosa todavía más rara, ignoraba hasta el número de sus dientes.

—Yo me encuentro aquí como un ser inútil, y eso me causa mucha pena —manifestó Anna, levantando la cola de su vestido para no arrastrar ningún juguete—. ¡Qué diferencia con el mayor!

[3] Sí, señora. (En inglés en el original.)

—Yo habría creído, al contrario... —insinuó Dolli tímidamente.

—¡Oh, no!... Ya sabrás que he vuelto a verle, a mi pequeño Seriozha —dijo Anna, entornando los ojos como si concentrara la vista en un punto lejano—. Pero ya hablaremos de eso más adelante. Yo me siento como una criatura desfallecida de hambre que, colocada ante la mesa de un festín, no sabe por dónde comenzar. Tú eres ese festín para mí. ¿Con quién, sino contigo, podría hablar yo con el corazón en la mano?; no sé por donde empezar. *Mais je ne vous ferai grâce de rien*[4]. Pero déjame, ante todo, darte una impresión de conjunto de la sociedad que aquí encontrarás. En primer lugar, la princesa Varvara. Conozco tu opinión sobre su táctica. Sé también que, de creer a Stiva, no piensa más que en demostrar su superioridad sobre nuestra tía Katerina Pávlovna. Pero tiene algo bueno, te lo aseguro, y yo le estoy muy agradecida. Ha sido un gran recurso para mí en Peterburgo, donde estaba muy necesitada de un *chaperon*[5]. No puedes imaginarte lo penosa que resulta ni situación... al menos allí, porque aquí me siento totalmente tranquila y feliz... Pero volvamos a nuestros huéspedes. Ya conoces a Sviyazhski, el representante de la nobleza del distrito, hombre bien situado, que parece tener necesidad de Alexiéi, porque ya sabes que con su fortuna, Alexiéi puede tener una gran influencia si vivimos en el campo... A continuación, Tushkiévich, hombre de mundo, que dedica sus cuidados a Betsi, o mejor dicho, que se los dedicaba, porque ya ha cesado, con su beneplácito. Como dice Alexiéi, es un hombre muy aceptable, si se le toma por la clase de persona que quiere aparentar; *et puis, il est comme il faut*[6], afirma la princesa Varvara... Y por último, Veslovski, que también conoces. Un buen chico. Nos ha contado una historia inverosímil de los Lievin —añadió con una sonrisa irónica en los labios—. *Il est très gentil et naïf*[7] —dijo con la misma sonrisa—. Tengo que adaptarme a toda esta sociedad, porque los hombres necesitan distracción,

---

[4] Pero no te ocultaré nada. (En francés en el original.)
[5] carabina. (En francés en el original.)
[6] y además es como se debe. (En francés en el original.)
[7] Es muy gentil y cándido. (En francés en el original.)

y a Alexiéi le hace falta algún público para que no tenga tiempo de pensar en otra cosa... Tenemos también al administrador, un alemán, persona formal, que conoce a fondo su cometido, y al que Alexiéi hace mucho caso; el médico, hombre joven y muy instruido, que no es precisamente nihilista, pero en fin, que debe comer con cuchillo. Después el arquitecto... *Une petite cour*[8].

## Capítulo XX

**B**ueno, ya la tienes aquí, a esta Dolli que tanto deseabas ver —dijo Anna a la princesa Varvara, que, instalada en la terraza, bordaba con la habilidad de una profesional un pañito para el respaldo del sillón, destinado al conde Alexiéi Kiríovich—. No quiere tomar nada antes de comer, pero haz que le sirvan alguna cosa de todas maneras, y mientras tanto iré a buscar a Alexiéi y a todos esos señores.

La princesa dispensó a Dolli una acogida amistosa, con aire ligeramente protector. Lo primero que hizo fue explicarle por qué se había instalado en casa de Anna. La razón era que habiendo sentido por ella más cariño que su hermana Katerina Pávlovna, juzgaba un deber ir en su ayuda durante aquel periodo transitorio, tan doloroso, tan atroz.

—Tan pronto como su marido haya consentido en el divorcio, me retiraré a mi soledad; pero actualmente, por penoso que sea, me quedo aquí y me guardaré muy bien de imitar a otras personas. Tú has hecho bien en venir. Ya ves que hacen una pareja perfecta. Es a Dios, y no a nosotros, a quien corresponde juzgarles. Biriuzovski y la señora Aviénieva, Vasíliev y la señora Mamónova, el mismo Nikándrov, Liza Neptúnova... Todo el mundo ha acabado recibiéndoles... Y después, *c'est un intérieur si joli, si comme il faut. Tout-à-fait à l'anglaise. On se réunit le matin au breakfast et puis on se sépare*[1]. Cada cual hace lo que

---

8  Una pequeña corte. (En francés en el original.)
[8]  Una pequeña corte. (En francés en el original.)
[1]  es una casa tan bonita, tan como debe ser. Todo a la inglesa. Se reúnen a desayunar y después se separan. (En francés en el original.)

quiere. Se come a las siete. Stiva ha hecho bien mandándote aquí. El conde es persona muy influyente por parte de su madre y su hermano. Y después, es muy generoso. ¿No te ha hablado de su hospital? *Ce sera admirable*[2]*:* todo viene de París.

La conversación fue interrumpida por Anna, que volvía a la terraza seguida por los caballeros, a los que había encontrado en el salón de billar. Faltaban aún dos horas para la comida; el tiempo era soberbio, las distracciones numerosas y de un género totalmente distinto al de Prokóvskoie.

—*Une partie de lawn tennis*[3] —propuso Veslovski, luciendo su bella sonrisa—. ¿Quiere usted ser de nuevo mi compañera, Anna Arkádievna?

—Hace demasiado calor —objetó Vronski—. Mejor es que demos una vuelta por el parque, e invitemos a Daria Alexándrovna a pasear en barca para enseñarle el paisaje.

—Yo no tengo ninguna preferencia —dijo Sviyazhski.

—Pues bien —concluyó Anna—, primero el paseo y enseguida la barca. ¿Te parece bien, Dolli?

Veslovski y Tushkiévich se fueron a preparar la barca, mientras que las dos señoras, Anna acompañada por Sviyazski, y Dolli por el conde, caminaban por las alamedas del parque.

Decididamente, Dolli no se encontraba todo lo a gusto que ella quisiera. En teoría, lejos de tirarle la piedra a Anna, estaba siempre dispuesta a aprobar su conducta. Y como suele suceder en esas mujeres irreprochables cansadas de la monótona vida normal y desde una perspectiva lejana, no sólo disculpaba el amor delictivo, sino que incluso lo envidiaba. Ahora bien, una vez en contacto con aquel ambiente desconocido, con aquella elegancia tan refinada, con aquel modo de vivir que le era totalmente ajeno, experimentaba un verdadero malestar. Además, aun excusando siempre a Anna, a la que quería sinceramente, le ofendía la presencia del hombre que la había apartado de sus deberes, y encontraba odioso el proceder de la princesa Varvara, que lo pasaba todo por alto con tal de compartir el lujo en que vivía su sobrina. Vronski jamás le había parecido simpático. Le creía orgulloso, y para justificar su or-

---

2 Será admirable. (En francés en el original.)
3 Una partida de tenis. (En francés en el original.)

gullo no le veía otra razón que la riqueza. Allí, en su casa, la imponía más que de ordinario, y al andar a su lado experimentaba la misma turbación que en presencia de la flamante camarera. Le repugnaba hacerle triviales cumplidos por la magnificencia de su instalación, pero no hallando otra cosa mejor que decirle, ponderó la buena marcha de la casa y sus dependencias.

—Sí —respondió el conde—. Es un viejo caserón que conserva el buen estilo de antaño.

—El patio ante el porche me ha gustado mucho. Y dígame, ¿los ornamentos son de la misma antigüedad?

—¡Oh, no! ¡Si usted lo hubiera visto esta primavera!...

Y dejándose llevar por su entusiasmo, fue explicando a Dolli, poco a poco, los embellecimientos de los que había sido autor. Se le veía feliz de poder extenderse sobre un tema que le llegaba al corazón. Los elogios de su interlocutora le causaron visible placer.

—Si no está usted cansada, podemos ir hasta el hospital —dijo, mirando a Dolli, para cerciorarse de que aquella proposición no la molestaba—. ¿Quieres acompañarnos, Anna?

—Vamos con ellos, ¿verdad? —propuso Anna, volviéndose a Sviyazhski—. *Mais il ne faut pas laisser le pauvre* Veslovski *et* Tushkiévich *se morfondre là dans le bateau*[4]. Hay que enviarles un recado. Es un monumento que levanta a su propia gloria —comentó, dirigiéndose a Dolli, con la misma sonrisa que ya había esbozado para hablarle de aquel hospital.

—Sí, es una fundación capital —aprobó Sviyazhski. Y enseguida, para no dar la apariencia de un adulador, añadió—: Pero hay una cosa que me sorprende, conde, y es que usted se preocupa únicamente de la salud del pueblo, pero nada absolutamente de su instrucción.

—*C'est devenue tellement commun les écoles*[5] —respondió Vronski—. Sabe, no es sólo por este motivo, sino que me he ido entusiasmando con la idea. Por aquí, si gusta... —dijo, indicando a Dolli una alameda lateral.

---

[4] Pero no está bien dejar al pobre Veslovski y a Tushkiévich consumiéndose de impaciencia en la barca. (En francés en el original.)

[5] Las escuelas se han convertido en algo demasiado corriente. (En francés en el original.)

Las señoras abrieron sus sombrillas. A la salida del parque, sobre un altozano, se erguía la armazón de un gran edificio construido con ladrillos rojos, de arquitectura un tanto complicada. El techo de hierro, todavía sin pintar, brillaba al sol. No lejos de aquel sitio se estaba edificando una casa, rodeada todavía de andamios. Unos albañiles, cubiertos de amplios mandiles, extendían sobre el enladrillado una capa de mortero, que igualaban por medio de reglones.

—¡Con qué rapidez avanza la obra! —exclamó Sviyazhski—. La última vez que vine, aún no habían colocado el techo.

—Esto estará terminado en el otoño, porque el interior está casi concluido —dijo Anna.

—¿Y qué es esta nueva construcción?

—Un alojamiento para el médico y una farmacia —respondió Vronski

Habiendo divisado un individuo vestido de paletó corto, que avanzaba a su encuentro, acudió a reunirse con él. Puso especial cuidado en apartarse de la fosa donde estaba depositada la cal viva. El individuo en cuestión era el arquitecto, con quien se puso a discutir.

—¿Qué ocurre? —preguntó Anna.

—El frontispicio no acaba de alcanzar la altura deseada.

—Había que elevar los cimientos, como ya había dicho.

—En efecto, Anna Arkádievna, hubiera sido preferible —aprobó el arquitecto—, pero en eso ya no cabe ni pensar siquiera.

Como Sviyazhski se mostrara sorprendido por los conocimientos de Anna en materia de arquitectura, ella respondió:

—Pues sí, es una cosa que me interesa mucho. El nuevo edificio debe armonizar con el hospital. Por desgracia, se ha comenzado a construir demasiado tarde, y sin plan.

Tan pronto hubo Vronski terminado con el arquitecto, invitó a los demás a pasar al hospital. La cornisa exterior no había recibido aún su decoración; se estaba pintando el piso bajo, pero el primero ya casi estaba acabado. Se subía a él por una gran escalera metálica; inmensos ventanales derramaban su claridad sobre hermosas habitaciones, cuyas paredes estaban cubiertas de estuco, imitando el mármol; se iban colocando los últimos listones en el maderamen del suelo. Los carpinteros que los cepillaban saludaron a tan «distinguidos señores», levantando un poco las tiras de cuero que les sujetaban los cabellos.

—Éste es el cuarto de recibir —explicó Vronski—. Por todo mobiliario tendrá un pupitre, una mesa y un armario.

—Por aquí, si gustan; no se acerquen a la ventana —dijo Anna, tocando el marco con un dedo—. Alexiéi —añadió—: ya está seca la pintura.

Pasaron al corredor, donde Vronski explicó el nuevo sistema de ventilación. Recorrieron todos los departamentos, el lavadero, el economato. Admiraron las camas con somier, las bañeras de mármol, las estufas de último modelo, las carretillas, con su mecanismo silencioso, perfeccionado. Sviyazhski apreciaba todo como persona entendida en la materia. Dolli no ocultaba su admirativa sorpresa, formulando numerosas preguntas que parecían encantar a Vronski.

—Éste va a ser, creo, el hospital mejor instalado de Rusia —declaró Sviyazhski.

—¿No montarán ustedes una sala de partos? —inquirió Dolli—. Es una cosa tan necesaria en nuestros campos... Lo he observado con frecuencia.

—No —replicó Vronski—. Esto no es una maternidad, sino un hospital donde se atenderán todas las enfermedades, salvo las contagiosas... Ahora, fíjese en esto —agregó, indicando a Dolli una silla de ruedas, en la que se instaló y que puso en marcha—: Si un enfermo está débil de las piernas y no puede caminar para ir a tomar el aire que necesita, se le coloca aquí... y en marcha.

Dolli se interesaba por todo, y más todavía por el mismo Vronski, cuya animación sincera y natural le estaba conquistando. Sus prevenciones fueron por tierra.

«Es un muchacho encantador», se repetía, escrutando la fisonomía del joven. Entonces comprendió el amor que había inspirado a Anna.

A L salir del hospital, Anna propuso enseñar a Dolli el depósito de sementales, en el que Sviyazhski tenía interés por ver un ejemplar.

—La princesa tiene que estar cansada, y los caballos no son tema que le interese —objetó Vronski—. En cuanto a mí, acompañaré a la princesa a nuestra casa, y si me lo permite usted —añadió, dirigiéndose a Dolli—, charlaremos un poco durante el camino.

—Con mucho gusto, porque yo no entiendo nada de caballos —respondió la princesa Oblonski, un poco sorprendida.

Una mirada de soslayo al conde le bastó para sospechar que éste quería pedirle algún servicio. Efectivamente, una vez que se hubieron internado en el parque, y Vronski tuvo la seguridad de que Anna no les podía ver ni escuchar, dijo mirando a Dolli con ojos sonrientes:

—Usted habrá adivinado que yo deseaba hablarle de algo en particular, ¿no es cierto? Yo sé que usted es una amiga sincera de Anna.

Se quitó el sombrero para enjugar el sudor del cráneo, amenazado por la calvicie.

Dolli no le respondió más que con una mirada inquieta. El contraste entre la sonrisa del conde y la severa expresión de su rostro le había causado miedo. ¿Qué iba a pedirle? ¿Qué se instalase en aquella casa con sus hijos? ¿Que buscase un círculo de amistades para cuando Anna fuese a Moscú? ¿O quizá quejarse de la actitud de Anna hacia Veslovski? ¿O acaso excusarse de su propia conducta con Kiti?... Ella se atenía a lo peor... y nada en absoluto a lo que le fue dado escuchar.

—Anna le quiere a usted mucho —continuó el conde—. necesito valerme de la influencia que ejerce usted sobre ella.

Dolli interrogó con una ojeada tímida el semblante enérgico de Vronski, sobre el que temblaba a cada instante un rayo de sol, filtrado entre las ramas de los tilos. Hubo una pausa silenciosa.

—Si de todas las amigas de Anna —prosiguió él, al cabo de

un momento— es usted la única que ha venido a verla (no cuento entre ellas a la princesa Varvara), no es precisamente porque nuestra situación le parezca normal. Es porque usted quiere a Anna lo bastante para ir a buscarla, y ver la forma de hacerle más soportable su situación. ¿Tengo razón? —preguntó, escrutando las facciones de Dolli.

—Sí —respondió ésta, cerrando la sombrilla—, pero...

—No hay quien se resienta más que yo de la dolorosa situación de Anna —interrumpió Vronski, que, deteniéndose, obligó a Dolli a hacer lo mismo—. Y usted lo comprenderá más fácilmente si me hace el honor de creer lo que digo. A mí no me falta corazón. Habiendo causado yo semejante estado de cosas, soy el más afectado por él.

—Desde luego —asintió Dolli, impresionada por la sinceridad con que acababa de hacerle esta confesión—. Pero, precisamente porque usted se considera la causa, temo yo que lo exagera —añadió—. La posición de ella en la sociedad es delicada, lo comprendo.

—¡En la sociedad es un infierno! —prorrumpió él, en tono sombrío—. No puede darse usted una idea de las torturas morales que Anna ha sufrido en Peterburgo, durante los quince días que hemos tenido que pasar allí.

—¿Y aquí, en cambio? Al fin y al cabo, ni ella ni usted sienten la necesidad de una vida mundana...

—¡Ah, desde luego! ¿Qué me importa a mí la sociedad?

—Entre tanto, ustedes son felices y están tranquilos. A juzgar por lo que Anna ha tenido tiempo de decirme, ella se siente perfectamente feliz.

Al hablar así, se le ocurrió pensar a Dolli si la felicidad de Anna era, verdaderamente, una felicidad sin nubes. Vronski no parecía dudar de ello.

—Sí, sí —dijo—. Ha olvidado sus sufrimientos, se siente dichosa porque vive en el presente. Pero, ¿y yo? Tengo miedo del porvenir... ¡Ah, perdone, quizá esté usted cansada!

—No, es igual.

—Entonces, sentémonos aquí.

Dolli se sentó en un banco, al final de una alameda. Él permaneció en pie, delante de ella.

—Yo la veo dichosa —insistió, confirmando con su insis-

tencia las sospechas de Dolli—. Sin embargo, la vida que llevamos no se puede prolongar. Si hemos obrado bien o mal, no lo
sé, pero la suerte ya está echada. Estamos ligados para toda la
vida —continuó, cambiando el ruso por el francés—. Nuestro
amor ha dado ya un fruto sagrado, y aún es posible que nos
vengan más hijos. Pero nuestra situación actual entraña mil
complicaciones que Anna no puede ni quiere prever, porque,
después de haber sufrido tanto, tiene necesidad de algún respi-
ro. Eso es lógico y natural. Mas yo, pobre de mí, veo esas
complicaciones y no puedo evitarlo. Legalmente, mi hija no es
hija mía, sino de Karenin. ¡Este absurdo es lo que a mí
me subleva! —exclamó con gesto enérgico, escrutando a
Dolli.

Como ésta le escuchaba en silencio, prosiguió:

—Figúrese que mañana me nace un hijo. Siempre será un
Karenin, no heredará mi nombre ni mi fortuna. Podremos ser
todo lo felices que se quiera, pero no habrá ningún vínculo legal entre mis hijos y yo. ¡Siempre serán Karenin! ¿Comprende
usted lo odioso que me resulta este pensamiento? Pues bien,
he intentado decirle unas palabras a Anna sobre esto. No quiere oírme. Se irrita y no puedo decírselo todo, como es natural.

»Pero vamos a enfocar las cosas desde otro ángulo. Si el
amor de Anna es más que suficiente para hacerme feliz, no por
eso voy a dejar de llenar mi vida con alguna ocupación, cualquiera que sea. Pues bien, aquí he encontrado un objetivo para
mis actividades del que me siento orgulloso, y que encuentro
superior a los que persiguen mis antiguos compañeros de la
Corte y del Ejército, por quienes no siento la menor envidia.
¡Tener algo en que ocuparse, estar satisfecho! Esa es la primera condición de la felicidad. Sí, a mí me gusta esta clase de actividad. *Cela n'est pas un pis aller*[1], sino todo lo contrario...

Se había hecho un embrollo, Dolli lo había notado; y aunque no acababa de comprender adónde iría a parar, intuyó que
aquella digresión pertenecía a los pensamientos íntimos que no
osaba revelar a Anna. Resuelto a tomar a Dolli por confidente,
descargaba en ella el peso de sus interioridades.

—Quería decir —continuó, reanudando el hilo de sus

---

[1] Eso no es matar el tiempo. (En francés en el original.)

ideas— que para dedicarse enteramente a una obra, hay que estar seguro de que esa obra no perecerá con nosotros. Ahora bien, ¡yo no puedo tener herederos! ¿Concibe usted los sentimientos de un hombre que sabe que sus hijos, y los de la mujer que adora, no le pertenecen, que tienen por padre a alguien que los odia y no querrá jamás conocerlos? ¿No le parece espantoso?

Callóse, presa de una viva emoción.

—Le comprendo —mumuró Daria Alexándrovna—. Pero, ¿qué puede hacer Anna?

—Ha tocado usted el tema principal de nuestra conversación —dijo el conde, esforzándose en recuperar la calma—. Todo depende de Anna. Hasta para someter a su majestad una solicitud de adopción, lo primero que se necesita es una sentencia firme de divorcio. Anna puede obtenerla. Su marido, señora, había hecho consentir en ello al señor Karenin, y yo sé que éste no se opondría. Ahora mismo aceptaría, si Anna se decidiese a escribirle. Él dijo entonces, sin circunloquios, que si ella expresaba ese deseo, él no lo negaría. Esta condición es, evidentemente, una de esas crueldades farisaicas de las que sólo son capaces los seres sin corazón, ya que él no ignora la tortura que representa para ella cada vez que tiene que acordarse de él, y, sabiéndolo, le exige una carta. Yo comprendo que es un tormento para ella. Pero ante razones tan graves, hay que *passer pardessus toutes ces finesses de sentiment. Il y va du bonheur et de l'existence d'Anne et de ses enfants*[2]. No hablo ya de mí, por más que sufro, y sufro mucho...

Se translucía en su voz una actitud amenazadora, sin que pudiera precisarse contra qué ni contra quién.

—Y he aquí por qué —concluyó diciendo— tengo que acercarme a usted, princesa, como a un áncora de salvación. Le suplico que haga lo posible por persuadirla, para que escriba a su marido y pida el divorcio.

—Con mucho gusto —contestó Dolli sin mucha convicción, pues recordaba su última entrevista con Alexiéi Alexándrovich—. Sí, con muchísimo gusto —afirmó en un tono más firme pensando en Anna.

---

[2] pasar por alto todas esas sutilezas. Se trata de la felicidad y la existencia de Anna y de sus hijos. (En francés en el original.)

—Confío en usted, porque no tengo valor para abordar este asunto con Anna.

—Entendido, pero ¿cómo es que ella no piensa en estas cosas por sí?

Entonces le pareció ver una relación entre las preocupaciones de Anna y aquella manera suya de entornar los ojos, que se había convertido en un hábito. «Diríase —pensó Dolli— que lo que quiere es apartar ciertas cosas de su campo visual.»

—Sí —repitió en voz alta, respondiendo a la mirada de reconocimiento de Vronski—, le prometo que hablaré con ella.

Y reemprendieron el camino de la casa.


## Capítulo XXII

Cuando Anna regresó a la mansión, intentó leer en los ojos de Dolli lo que habían hablado ella y Vronski, pero no le hizo ninguna pregunta.

—Van a servir la comida y apenas nos hemos visto —dijo—. Confío en que podremos reunirnos esta noche. Ahora hay que cambiar de *toilette,* porque nos hemos empolvado durante nuestra visita al hospital.

A Dolli le pareció una broma aquella observación. ¡No había traído más que un vestido! Pero para que pareciera que variaba algo su indumentaria pidió a la doncella que se lo cepillase, le cambió los puños y el lazo y se adornó la cabeza con un tocado de encaje.

—Es todo lo que he podido hacer —confesó riendo cuando Anna vino a buscarla, después de haberse puesto el tercer traje, tan «sencillo» como los precedentes.

—Es que aquí somos muy amantes de la etiqueta —advirtió Anna para excusar su elegancia—. Alexiéi está entusiasmado con tu llegada; raras veces le he visto tan contento. ¡Debe de estar prendado de ti...! Espero que no estarás cansada.

En el salón se reunieron con la princesa Varvara y los caballeros, estos últimos vestidos con levita; el arquitecto iba de frac. Vronski presentó a Daria Alexándrovna al médico y al administrador.

Un obeso mayordomo, cuya cara redonda y afeitada brillaba

al unísono con su corbata blanca almidonada, vino a anunciar que «la mesa estaba servida». Vronski pidió a Sviyazhski que ofreciese su brazo a Anna, mientras que él tendía el suyo a Dolli. Veslovski se apresuró a acercarse a la princesa Varvara, adelantándose a Tushkiévich, a quien no quedó más remedio que cerrar la marcha en compañía del médico, del arquitecto y del administrador.

El comedor, el servicio, el menú, los vinos, todo superaba en suntuosidad a lo que Dolli había visto en el transcurso de la jornada. Ciertamente, no abrigaba ninguna esperanza de introducir semejantes lujos en su modesta mansión; pero no por eso dejaba de interesarse en todos los detalles y se preguntaba quién habría supervisado los preparativos. A los jefes de familia de la buena sociedad les gusta insinuar que todo se hace en su casa casi automáticamente. Esta inocente coquetería podía surtir efecto en algunas de sus amistades —Veslovski, su marido, el mismo Sviyazhski—, pero no en una administradora que conoce bien su oficio, como era Daria Alexándrovna. Si las cosas más insignificantes, como el caldo de los niños, por ejemplo, necesitaban en su casa cierto cuidado, un tren de vida tan complicado como aquél exigía, con mayor motivo, la presencia de una mente directriz. Y esta mente no podía ser más que la del conde. Dolli lo comprendió por la mirada con que abarcó la mesa, la señal que hizo con la cabeza al mayordomo, la manera como le ofreció a escoger entre un consomé y un potaje frío con pescado. Anna se contentaba con disfrutar, como los invitados, de las delicias de la mesa. En cambio, se había reservado el papel de dirigir la conversación, tarea difícil cuando se tienen convidados pertenecientes a esferas distintas, que ella supo desempeñar con su tacto habitual; y hasta le pareció a Dolli que experimentaba en ello cierto placer.

A propósito del paseo en barca que había hecho en compañía de Veslovski, Tushkiévich quiso extenderse sobre las últimas regatas del Yacht-Club, pero Anna aprovechó una pausa para hacer hablar al arquitecto.

—Nuestro amigo Nikolái Ivánovich encuentra muy avanzados los trabajos en el nuevo edificio, después de su última visita. Yo misma estoy sorprendida de tanta rapidez, a pesar de verlo cada día.

—Las cosas que no son de palacio, no van despacio —respondió sonriente el arquitecto, personaje flemático en el que se juntaban la deferencia y la dignidad—. Más vale habérselas con un particular cualquiera que con las autoridades del distrito. Con ellas, habría tenido que gastar en informes una tonelada de papel, pero aquí, con tres frases nos hemos puesto de acuerdo.

—Estilo americano, ¿verdad? —insinuó Sviyazhski.

—Sí. Es que verdaderamente saben construir en Estados Unidos.

—Los abusos del poder son también frecuentes allí...

Enseguida Anna hizo cambiar el tema de la conversación. Se trataba ahora de hacer hablar al administrador.

—¿Conoces las nuevas máquinas de segar? —preguntó a Dolli—. Veníamos de ver funcionar la nuestra cuando te encontramos. No conocía aún este invento.

—¿Y cómo funcionan? —preguntó Dolli.

—Exactamente igual que unas tijeras. Es como una simple plancha con muchas tijeritas. Espera, vas a ver.

Con sus manos blancas, cubiertas de sortijas, Anna cogió su cuchillo y su tenedor, y se puso a hacer una demostración que nadie pareció comprender; ella se dio cuenta, pero no por eso la interrumpió, pues sabía que sus manos eran bonitas y su voz agradable.

—Eso parecen más bien cortaplumas —opinó con sorna Veslovski, que no apartaba los ojos de ella.

Anna esbozó una sonrisa, pero no contestó nada.

—¿Verdad, Karl Fiódorovich, que esto es como unas tijeras? —preguntó al administrador.

—*O ja* —respondió el alemán—. *Es ist ein ganz einfaches Ding*[1].

Y se puso a explicar la construcción de la máquina.

—Lástima que no sea agavilladora —hizo notar Sviyazhski—. En la exposición de Viena he visto máquinas que agavillan con alambre. Eso lo encuentro más ventajoso.

—*Es kommt drauf an... Der Preis vom Draht muss ausgerechnet*

---

[1] Sí, es una cosa de lo más simple. (En alemán en el original.)

*werden*[2]. Y el alemán, alterado ya su silencio, se dirigió a Vronski: *Das lasst sich ausrechnenm Erlauht*[3].

Iba a sacar su lápiz y su bloc del bolsillo, cuando una mirada algo fría que le lanzó Vronski le recordó que estaba en la mesa, y dijo a guisa de conclusión:

—*Zu complicirt, macht zu viel Klopot*[4].

—*Wünscht man Dochods, so hat man auch Klopots*[5] —insinuó Váseñka Veslovski por llevar la contraria al administrador—. *J'adore l'allemand*[6] —añadió, mirando en dirección a Anna.

—*Cessez*[7] —dijo ésta medio en broma, medio en serio—. Creíamos —manifestó al médico, individuo de aspecto achacoso— que le íbamos a encontrar a usted en el campo, Vasili Semiónovich, ¿no estaba usted allí?

—Sí, por cierto, pero me he volatilizado —respondió en un tono que pretendía ser festivo, pero que sonó a lúgubre.

—En una palabra, que ha hecho usted un ejercicio excesivo.

—Exactamente.

—¿Y cómo va su anciana enferma? Confío que no tendrá la fiebre tifoidea.

—Eso precisamente no, pero el caso es que no ha mejorado nada en absoluto.

—¡La pobre...!

Después de esta concesión a las exigencias sociales, Anna se volvió a las gentes de su mundo.

—Hablando con franqueza, Anna Arkádievna —le dijo Sviyazhski riendo—, no sería cosa fácil hacer una máquina siguiendo sus explicaciones.

—¿Lo cree usted? —replicó ella, subrayando con una sonrisa que en su demostración había habido un aspecto encantador, del que Sviyazhski se había apercibido pronto y bien.

---

[2] Eso depende... El precio del alambre es un factor digno de ser tenido en cuenta...

[3] Es fácil de calcular, excelencia. (En alemán en el original.)

[4] Demasiado complicado, causaría muchos quebraderos de cabeza. (En alemán en el original.)

[5] Cuando se quiere aumentar los ingresos, hay que soportar esos quebraderos. (En alemán en el original.)

[6] Adoro el alemán. (En francés en el original.)

[7] Cesen. (En francés en el original.)

Aquel nuevo rasgo de coquetería sorprendió a Dolli.

—Pero en cambio —declaró Tushkiévich—, Anna Arkádievna posee unos conocimientos de arquitectura verdaderamente asombrosos.

—¡Y tanto! —exclamó Veslovski—. Ya la oí hablar ayer de
pintos y cabrios.

—¿Qué quiere usted, cuando una oye pronunciar esas palabras todos los días? Y usted, ¿sabe al menos con qué materiales se levanta una casa?

Dolli observó que, al reprobar el tono bromista con que le
hablaba Veslovski, Anna había adoptado la táctica de emplearlo a su vez.

Al contrario de Lievin, Vronski no daba ninguna importancia a las peroraciones de Váseñka; lejos de irritarse con sus
bromas, le estimulaba a seguirlas.

—Vamos a ver, Veslovski, díganos cómo se unen las piedras de un edificio.

—Con cemento.

—¡Bravo! Pero, ¿qué es el cemento?

—Una especie de gachas..., o mejor dicho, de masilla
—respondió Veslovski, provocando la hilaridad general.

A excepción del médico, del arquitecto y del administrador,
que guardaban un silencio fúnebre, los convidados departieron
animadamente en el curso de la comida, pasando de un tema a
otro, deslizándose sobre éste, insistiendo sobre aquél, atacando
a veces a tal o cual persona. Hasta Daria Alexándrovna, esti-
mulada por el ambiente, se despabiló en una ocasión, se le tiñeron de carmín las mejillas y se desenvolvió con tal audacia
que temió haber ido demasiado lejos en sus manifestaciones. A
propósito de las máquinas agrícolas, Sviyazhski creyó conveniente indicar que Lievin juzgaba una cosa nefasta su introducción en Rusia, y se pronunció contra tan rara opinión.

—Yo no tengo el honor de conocer a ese señor Lievin
—dijo Vronski, sonriendo—, pero supongo que no habrá visto
las máquinas que critica, o al menos no ha visto más que las de
fabricación rusa. De otra forma, no puedo explicarme su punto de vista.

—Es un hombre con puntos de vista turcos —ironizó Veslovski con una sonrisa, mirando en la dirección de Anna.

—No me incumbe a mí defender sus opiniones —declaró Daria Alexándrovna, aclarándose poco a poco—, pero lo que sí puedo afirmar, es que Lievin es un muchacho muy instruido; si estuviera aquí, sabría hacerles comprender su manera de ver las cosas.

—¡Oh, yo le tengo mucho afecto, y somos excelentes amigos! —proclamó Sviyazhski en tono cordial—. *Mais perdon, il est un petit peu toqué*[8]. Por ejemplo, considera que el *zemstvo* y los juzgados de paz son instituciones completamente inútiles y se niega a formar parte de ellas.

—¡Ahí tenemos un ejemplo de lo que es la falta de preocupación de los rusos! —exclamó Vronski, echando agua helada en un vaso fino—. No queremos comprender que los derechos que disfrutamos entrañan también ciertas obligaciones.

—No conozco ningún hombre que cumpla más rigurosamente sus deberes —dijo Daria Alexándrovna, irritada por aquel aire de superioridad.

—Por mi parte —continuó Vronski, mirando a Sviyazhski—, estoy muy agradecido a Nikolái Ivánovich por haberme hecho elegir juez de paz honorario. Juzgar algún que otro pequeño asunto entre campesinos me parece un deber ciudadano tan importante como los demás. Y si me eligen vocal del *zemstvo*, me sentiré orgulloso de serlo. Es la única manera de absolverme ante la sociedad, por los privilegios que estoy gozando como terrateniente. Todavía no se ha llegado a comprender bien el papel que en el Estado deben desempeñar los grandes propietarios.

Esta manera de aferrarse Vronski a sus propias opiniones, la comparó Dolli a la de Lievin, defendiendo teorías diametralmente opuestas. Y el caso era que tal sensación de seguridad en sus respectivos asertos les venía a ambos cuando estaban sentados a la mesa. Pero como ella estimaba a su cuñado, estaba de su parte.

—Así, pues, conde, ¿podremos contar con usted para las elecciones? —preguntó Sviyazhski—. Habrá que darse un poco de prisa para empezar, como muy tarde el día ocho. Espero me hará el honor de bajar a mi casa.

---

[8] Pero perdón, está algo tocado. (En francés en el original.)

—Pues yo —dijo Anna a Dolli— comparto la opinión de tu *beau-frère*, aunque por motivos diferentes —añadió sonriendo—. Me parece que los deberes públicos se están multiplicando con alguna exageración. En los seis meses que llevamos aquí, Alexiéi ha estado ejerciendo ya cinco o seis funciones. *Du train que cela va*[9], no le va a quedar ni un minuto libre. Y cuando las funciones se acumulan hasta ese extremo, mucho me temo que no pasen de ser una pura cuestión de forma. Vamos a ver, Nikolái Ivánovich, ¿cuántos cargos ejerce usted? Una veintena, sin duda.

Bajo esta apariencia de broma, Dolli creyó descubrir un asomo de irritación. Había observado que durante aquella diatriba, las facciones de Vronski adquirían cierta expresión dura, y que la princesa Varvara esperaba con impaciencia el fin de la misma para abordar el tema, tan prolijo, de sus amistades peterburguesas. Entonces recordó que durante su charla en el parque, Vronski se había extendido, sin venir a cuento, sobre su necesidad de una vida activa. Sospechó que los dos amantes debían discrepar en este punto.

La comida tuvo aquel carácter de lujo, pero también de riguroso formalismo e impersonalidad, propio de los banquetes de ceremonia. Aquella fastuosidad no cuadraba en una reunión íntima, y Dolli se resintió mucho de ella por haber perdido la costumbre de estos actos.

Tras unos instantes de descanso en la terraza, se dio comienzo a una partida de *lawn-tennis*. Sobre el campo apisonado y nivelado, los jugadores se repartieron en dos bandos y ocuparon sus puestos a ambos lados de una red, sostenida por dos postes dorados. Dolli hubiera querido practicar este juego, pero no alcanzaba a comprender sus reglas. Cuando ya las tuvo bien aprendidas, había llegado al límite de sus fuerzas y prefirió hacer compañía a la princesa Varvara. Su compañero, Tushkiévich, renunció igualmente, pero los demás continuaron el juego durante un buen rato, Sviyazhski y Vronski eran buenos jugadores. Muy dueños de sí mismos, seguían con mirada atenta el curso de la pelota que les enviaban, la recogían en el momento oportuno y la devolvían con golpe de raqueta

---

[9] Al paso que vamos. (En francés en el original.)

rápido y seguro. Veslovski, al contrario, se acaloraba demasiado, pero sus risas, sus gritos, su alegría, excitaban a los otros jugadores. Con permiso de las señoras se quitó la levita. Su busto atlético, su rostro encendido, sus gestos nerviosos, se grabaron de tal forma en la memoria de Dolli, que cuando volvió a su cuarto se le representaron en la imaginación durante un lapso considerable de tiempo antes de conciliar el sueño.

El juego la aburría al principio. La familiaridad de Veslovski con Anna, de la que seguía haciendo alardes, cada vez le resultaba más inaguantable. Y, además, encontraba en todo aquel espectáculo una especie de afectación pueril, como de personas mayores que se entregan a un juego de niños, lo que les hacía extremadamente ridículos. No obstante, para no perturbar el buen humor general —y también distraerse— se unió enseguida a los jugadores, simulando que aquello le divertía.

Durante toda la jornada había tenido la impresión de que estaba representando una comedia con actores que la superaban, estropeando ella la buena marcha del conjunto.

En el transcurso de la partida tomó la resolución de marcharse al día siguiente, aunque había venido con la secreta intención de quedarse un par de días si allí se encontraba a gusto. Un apasionado deseo de ver a sus hijos, de uncirse otra vez al yugo que tanto había maldecido aquella misma mañana, se iba apoderando de ella irresistiblemente.

De regreso en su cuarto, después del té y de un paseo en barca, se puso un peinador y con un suspiro de alivio se sentó al tocador. Experimentaba una sensación de verdadera delicia al encontrarse sola. Hubiera preferido no ver a Anna.

## Capítulo XXIII

En el momento que iba a tenderse en el lecho, entró Anna vestida con una elegante bata.

Varias veces, en el curso del día, cuando estaba a punto de abordar una cuestión íntima, Anna había tenido que interrumpirse: «Más tarde, cuando estemos solas; tengo tantas cosas que decirte...» Y ahora, sentada junto a la ventana, observaba a Dolli en silencio mientras rebuscaba vanamente en su memoria. Le parecía que ya se habían dicho todo cuanto tenían que decirse. Al fin, después de un profundo suspiro, preguntó con mirada contrita:

—¿Qué es de Kiti? Dime la verdad. ¿Tiene algo contra mí?

—¡Oh, no! —respondió Dolli, sonriendo.

—Sé que ella me odia, me desprecia.

—Tampoco; pero como tú sabes, hay cosas que no se pueden perdonar.

—Es verdad —murmuró Anna, dirigiendo su mirada a la ventana abierta—. Pero francamente, yo no soy culpable. Además, ¿a qué llaman ser culpable? ¿Podrían ir las cosas de otra manera? ¿Creerías tú posible no ser la esposa de Stiva?

—No sé mucho de eso. Pero dime, te lo ruego...

—Enseguida, cuando hayamos terminado con lo de Kiti. ¿Es feliz? Su marido, al parecer, es una excelente persona.

—Es poco decir; no conozco un hombre mejor.

—No lo hay mejor —aseguró Anna, pensativa—. Entonces, más vale así.

Dolli sonrió.

—Anda, háblame de ti. Tengo mucho que decirte. He hablado con...

No sabía cómo nombrar a Vronski: ¿el conde? ¿Alexiéi Kirílovich? ¡Eran fórmulas demasiado solemnes!

—Con Alexiéi —acabó Anna—. Sí, ya lo sé... Dime con franqueza qué piensas de mí, de mi vida...

—¿Cómo quieres...? ¿Así de repente? No sabría.

—Pues, sí, sí... Sólo que, antes de juzgar, no olvides que nos encuentras rodeados de un pequeño mundo, mientras que en la primavera nos encontrábamos solos completamente. ¡Esa sería la dicha suprema, vivir los dos solos! Pero imagínate que vivo sola, sin él, completamente sola, y esto continuará... Según todos los indicios, veo que esta situación va a repetirse con frecuencia, que la mitad del tiempo lo pasará fuera de casa. ¡Oh, ya sé lo que vas a decirme! —añadió, yendo a sentarse junto a Dolli—. Ten la seguridad de que yo no lo retendré por la fuerza. No pienso en ello. Es la temporada de las carreras, en ellas corren sus caballos, eso le divierte... Pero yo, ¿qué voy a hacer durante ese tiempo?... Pues, bien —repuso sonriendo—, vamos a lo que interesa: ¿de qué habéis estado hablando juntos?

—De un tema que yo habría abordado contigo sin que él me hablase, a saber, la posibilidad de hacer tu situación más... regular —concluyó, después de un momento de vacilación—. Tú conoces mi manera de pensar a ese respecto, pero, en fin, más valdría que os casarais.

—Es decir, ¿el divorcio?... ¿Sabes que la única mujer que se dignó ir a verme en Peterburgo fue Betsi Tverskaia —ya sabes quién es—, *au fond c'est la femme la plus dépravée qui existe*[1] que ha engañado indignamente a su marido con Tushkiévich?... Pues, bien, Betsi me ha dado a entender que le sería imposible volver a verme, en tanto no hubiera regularizado mi situación... No creas que establezco comparación entre vosotras. Es una mera y simple reminiscencia... Bueno, Dolli, ¿qué te ha dicho él?

—Que sufre por ti y por él; si es egoísmo, hay que reconocer que es un egoísmo noble. Querría legitimar a su hija, ser tu marido, tener derecho sobre ti.

—¿Qué mujer puede pertenecer a su marido más enteramente que yo a él? —interrumpió en tono lastimoso—. Soy su esclava... ¿Qué más?

—Y sobre todo, no quisiera verte sufrir.

—Eso es imposible... ¿Y después?

—Después, deseo muy legítimo, dar su nombre a vuestros hijos.

—¿Qué hijos? —preguntó Anna, cerrando a medias los ojos.

—Pues Ania y los que puedes tener todavía...

—¡Oh, ya puede estar tranquila! Ya no los tendré...

—¿Cómo puedes responder de esa manera?

—Porque yo no quiero tener más.

A pesar de su emoción, Anna sonrió al ver una expresión de asombro, de inquieta curiosidad y de horror pintarse en el rostro de Dolli.

—Después de mi enfermedad —creyó deber explicarle— el médico me ha dicho...

[1] en el fondo, es la mujer más depravada que existe. (En francés en el original.)

—¡Eso es imposible! —exclamó Dolli, abriendo desmesuradamente los ojos. Lo que acababa de oír confundía todas sus ideas, y las deducciones que de ello sacó aclararon súbitamente, y muy bien, ciertos puntos que hasta entonces habían permanecido en el mayor misterio para ella. Ahora comprendía por qué ciertas familias no tenían más que uno o dos hijos. ¿No había soñado ella en algo análogo durante su viaje? Espantada de aquella respuesta, demasiado simple, a una pregunta tan complicada, contemplaba a Anna con estupefacción.

—*N'est ce pas inmoral?*[2] —preguntó, tras un silencio.

—¿Por qué? No tengo más opción que ésta: o el embarazo con todos los sufrimientos y riesgos que lleva consigo, o la posibilidad de ser un camarada para mi... digamos, marido —respondió Anna, en un tono al que se esforzaba en dar comicidad.

—Sí, sí, sí —repitió Dolli, que reconocía sus propios argumentos, pero sin encontrarles la misma fuerza de convicción que por la mañana.

Anna pareció adivinar sus pensamientos.

—Si este punto puede discutirse en lo que a ti te afecta, no puede serlo por lo que me toca a mí. Yo no soy su mujer. Él me amará... mientras me quiera. Y no es con esto —sus blancas manos se extendieron ante su vientre— con lo que yo pienso conservar su amor.

Como sucede inevitablemente en todos los momentos de emoción, pensamientos y evocaciones acudían y se mezclaban atropelladamente en la mente de Dolli. «Yo no he podido tener a mi lado a Stiva —pensaba—, pero la que me lo ha quitado, ¿lo consiguió acaso? Ni su juventud ni su belleza han podido impedir que Stiva la abandone también. Y Anna, ¿podrá retener al conde por los medios que emplea? Por hermosos que sean esos brazos blancos, ese busto opulento, esa mirada animada, esos cabellos negros de mi cuñada; por irreprochables que sean sus *toilettes* y sus maneras, ¿es que por eso dejará de encontrar Vronski, cuando lo quiera, exactamente igual que

---

[2] ¿Y eso no es inmoral? (En francés en el original.)

[796]

mi querido y malaventurado esposo, una mujer aún más bella, más elegante, más seductora?»

A guisa de respuesta, suspiró profundamente. Comprendiendo que Dolli la desaprobaba, Anna tuvo que recurrir a argumentos que juzgaba irresistibles.

—Dices que eso es inmoral. Razonemos fríamente, si te parece. ¿Cómo puedo yo, en mi situación, desear hijos? No hablo ya de sufrimientos, que a mí nada me importan. Pero date cuenta de que mis hijos llevarán un nombre prestado, que se avergonzarán de sus padres, de las circunstancias en que vinieron al mundo.

—Ese es precisamente el motivo por el que tienes que solicitar el divorcio.

Anna no la escuchaba. Quería exponer hasta el fin una argumentación que tantas veces la había convencido a sí misma.

—Tengo una razón que me guía imperiosamente, y es que yo no tengo derecho a traer al mundo seres desgraciados.

Miró a Dolli, pero sin esperar respuesta, agregó:

—Me sentiría siempre culpable ante estas desdichadas criaturas. Si esos seres no existen, no pueden conocer la desgracia, pero si existen para sufrir, la responsabilidad siempre recaerá sobre mí. .

Estos eran los mismos argumentos a los que Dolli no había podido resistir por la mañana, y que ahora le parecían tan débiles. «¿Cómo puede alguien sentirse culpable por unas criaturas que no existen? En cualquier caso, ¿habría sido mejor para mi bien amado Grisha no haber venido al mundo?» Aquella idea le pareció tan indecente que sacudió la cabeza como para arrojar de ella aquel enjambre de absurdos que la asaltaban.

—Me parece, sin embargo, que eso está mal —concluyó diciendo, con expresión de disgusto.

Aunque realmente, Dolli no había objetado nada, o casi nada, a su argumentación, Anna sintió que su convicción descansaba sobre cimientos menos sólidos.

—Sí —dijo—, pero piensa en la diferencia que existe entre ambas. Para ti, se trata de saber si no deseas tener más hijos; para mí, si deseo tenerlos. Y la diferencia entre ambos casos es grande. Comprenderás que, en mi situación, no puedo desearlos.

Dolli comprendió enseguida el abismo que la separaba de Anna; había ciertas cuestiones sobre las cuales jamás llegarían a entenderse.

<br>

CAPÍTULO XXIV

R—AZÓN de más para regularizar tu situación si es posible.

—Sí, si es posible —respondió Anna con un tono de tristeza resignada, muy diferente del que había adoptado hasta entonces.

—Me habían dicho que tu marido consentía en el divorcio.

—Vamos a dejar eso, te lo suplico.

—Como quieras —accedió Dolli, sorprendida por la expresión de sufrimiento que contraía las facciones de Anna—. Pero ¿no será que ves las cosas con demasiado pesimismo?

—De ninguna manera, me siento muy alegre. Hasta *je fais des passions*[1]. ¿No te has fijado en Veslovski?

—A decir verdad, su actitud no me ha gustado nada —dijo Dolli, dando otro giro a la conversación.

—¿Por qué? El amor propio de Alexiéi se siente lisonjeado con eso. Y en cuanto a mí, puedo hacer de ese niño lo que me da la gana, como tú de Grisha... No, Dolli —exclamó de repente, volviendo al tema primitivo—, yo no veo las cosas con tanto pesimismo, prefiero mejor no ver nada... Tú no puedes comprenderme, ¡pero es algo demasiado horrible!

—Me parece que estás equivocada. Deberías hacer lo necesario.

—¿Qué puedo hacer? Nada... A tu entender, parece que soy yo quien no quiere casarse con Alexiéi... ¡Pero si supieras comprenderme, verías que no pienso en otra cosa! —exclamó levantándose, el semblante encendido, el pecho agitado. Se puso a andar a todo lo largo y todo lo ancho de la habitación, con breves interrupciones—. Sí, no hay día, ni hora, que no me asalte este pensamiento, y quisiera desprenderme de él para no

---

[1] provoco pasiones. (En francés en el original.)

perder el juicio... ¡Sí, perder el juicio! —repitió—. Y no consigo tranquilizarme más que con la morfina... Pero razonemos fríamente. En primer lugar, «él» no consentirá en el divorcio, porque está bajo la influencia de la condesa Lidia.

Dolli se había incorporado en su asiento, y seguía a Anna con una mirada en la que se podía leer una simpatía dolorosa.

—De todos modos, podrías intentarlo —insinuó con dulzura.

—¡Intentar! Es decir, que voy a tener que rebajarme a suplicar a un hombre a quien odio, creyéndole capaz de esa generosidad, reconociéndome culpable respecto a él. Admitámoslo... ¿Y si recibo una respuesta ofensiva? Admitamos aún que consiente... ¿Y mi hijo? ¿Me lo devolverá?

Se había detenido al extremo de la habitación, crispándose sus manos en la cortina de una ventana. Evidentemente, estaba exponiendo una opinión madurada hacía tiempo.

—No, no me lo devolverá —continuó—. Crecerá en casa de ese padre que yo he abandonado, donde le enseñarán a despreciarme. ¿Concibes tú que yo ame casi por igual, y desde luego, más que a mí misma, a esos dos seres que se excluyen el uno al otro, Seriozha y Alexiéi?

Había vuelto al centro del cuarto y se oprimía el pecho con las manos. El largo peinador blanco que vestía la hacía parecer más alta. Se inclinó sobre la pobre y menuda Dolli, que, tocada con su cofia de dormir, temblorosa de emoción bajo su camisola remendada, hacía a su lado una figura ridícula, y le dirigió una mirada larga, humedecida por las lágrimas.

—No quiero en el mundo a nadie más que a ellos, y ya que me es imposible reunirlos, poco me importa lo demás. Esto debe terminar de una manera u otra, pero no puedo ni quiero abordar este asunto. No me hagas ningún reproche. Tú eres muy buena, muy pura, para poder comprender mis sufrimientos.

Se sentó al lado de su cuñada y le cogió la mano.

—¿Qué pensarás de mí? No me desprecies, que no lo merezco, sino al contrario, compadéceme, porque no hay mujer tan desgraciada como yo.

Volvióse para llorar.

Poco después se marchó. Dolli rezó su oración y se acostó,

muy sorprendida de no poder pensar en aquella mujer a la que, sin embargo, compadecía de todo corazón hacía unos instantes. Su imaginación la arrastraba imperiosamente hacia el hogar, hacia los hijos. Nunca como entonces había sentido tan vivamente lo caro y precioso que le era aquel pequeño mundo. Y estos recuerdos tan conmovedores la confirmaron en su resolución de partir al día siguiente.

Entretanto, Anna, en su cuarto de aseo, vertía en un vaso de agua varias gotas de un preparado a base de morfina, que no tardó en devolverle la calma. Después de permanecer unos instantes en un sillón, ganó el dormitorio con el humor totalmente cambiado.

Vronski la miró con atención, buscando en su semblante medio dormido algún indicio de la conversación que había sostenido con Dolli, pero no descubrió más que aquella gracia tan seductora, cuyo encanto gozaba todos los días. Esperó a que ella hablase.

—Estoy contenta de que Dolli te haya gustado —fue todo lo que dijo ella.

—Pero si la conozco hace mucho tiempo... Es, creo, una mujer excelente, *mais excessivement terre-à-terre*[2]. No estoy menos satisfecho que tú de su visita.

Tomó la mano de Anna y la interrogó con una mirada a la que ésta atribuyó un sentido muy diferente. Por toda respuesta sonrió.


A pesar de las súplicas de los dueños de la casa, Dolli hizo al día siguiente sus preparativos de marcha. El cochero Filipp, vestido con un viejo caftán y tocado con un sombrero que recordaba vagamente el de los postillones, detuvo el carruaje en el suelo arenoso y cubierto de guijarros del pórtico, con aire melancólico, pero resuelto. Era la misma calesa con sus arneses maltrechos y el guardabarros reparado.

Daria Alexándrovna se despidió fríamente de la princesa Varvara y de los caballeros. La jornada transcurrida en común no les había acercado más a ella. Anna era la única que estaba triste. Sabía muy bien que nadie iría a despertar los sentimien-

---

[2] pero demasiado prosaica. (En francés en el original.)

tos que Dolli había removido en su alma. Por dolorosos que fuesen, representaban lo que poseía de mejor, y muy pronto, por desgracia, la vida que llevaba borraría hasta los últimos vestigios.

Dolli no respiró profundamente hasta encontrarse en plena campiña. Curiosa de conocer las impresiones de sus compañeros de viaje, iba a interrogarles, cuando Filipp tomó por sí mismo la palabra. Volviéndose, comentó:

—Ricos lo son, desde luego. Eso no ha impedido que mis caballos se hayan tenido que contentar con tres *miery*[3] de avena. ¡Lo justo para no morirse de hambre! Los pobres animales se lo habían engullido todo antes del canto de los gallos. En los relevos, nadie cobra la avena a más de cuarenta y cinco kopeks. En nuestra casa, desde luego, no se tiene tanta tacañería como aquí.

—Sí, es una gente muy avara —confirmó el tenedor de libros.

—Pero, ¡qué hermosos caballos tienen!

—Sí, no puede negarse que son unos animales muy hermosos. Y de comer, no está del todo mal... No sé si le habrá hecho a usted el mismo efecto, Daria Alexándrovna —añadió, volviendo hacia ella su apuesta figura, llena de dignidad—, pero yo, en casa de esa gente, me encontraba fuera de mí, en un ambiente enrarecido.

—Lo mismo me ha ocurrido a mí. ¿Crees que llegaremos esta noche?

—Se procurará.

Daria Alexándrovna encontró a sus hijos en buen estado de salud y más encantadores que nunca. Su pesadumbre se desvaneció como por arte de magia. Describió con animación los incidentes de su viaje, la acogida cordial que le habían dispensado, el gusto, el lujo, las diversiones de los Vronski, y no permitió a nadie la menor crítica a este respecto.

—Hay que verlos en su propia casa para comprenderlos bien, y os aseguro que son algo verdaderamente conmovedor —dijo sinceramente, olvidando aquel sentimiento indefinido

---

[3] Antigua moneda rusa de áridos, ver nota pág. 237.

de disgusto y malestar que experimentó durante su permanencia allí.

## Capítulo XXV

VRONSKI y Anna pasaron en el campo el fin del estío y una parte del otoño, sin dar ningún paso para regularizar su situación. Habían resuelto no moverse de Vozdvizhénskoie, pero después de marcharse sus invitados, les pareció que su vida debía forzosamente sufrir alguna modificación.

En apariencia, no carecían de nada de lo que se necesita para ser felices: eran jóvenes, ricos, llenos de salud, tenían una criatura y varias ocupaciones con qué llenar sus respectivas vidas. Anna continuaba dedicando los mayores cuidados a su persona. Habiéndose suscrito a varios periódicos extranjeros, ponía especial cuidado en adquirir las novelas y obras serias que éstos recomendaban, y las leía con la avidez propia de las personas que hacen vida solitaria. No le era indiferente ninguno de los temas susceptibles de apasionar a Vronski. Dotada de una excelente memoria, extraía de los manuales y revistas técnicas unos conocimientos que al principio causaron mucha sorpresa a su amante, pero después que ella le hubo mostrado sus referencias, no pudo menos de admirar su erudición, y adoptó la costumbre de consultar con ella toda clase de asuntos: agronomía, arquitectura, cultura física o crianza de caballos. Se había interesado también vivamente por el funcionamiento del hospital, e hizo adoptar ciertas innovaciones ideadas por ella misma. El único fin de su vida era ser agradable a Vronski, ayudarle en todas las cosas, sustituir todo aquello que había abandonado por ella. Impresionado por esta entrega, el conde la apreciaba en su justo valor. Sin embargo, aquella atmósfera de celosa ternura de que se veía rodeado se convirtió, andando el tiempo, en una carga, y entonces experimentó la necesidad de afirmar su independencia.

Su felicidad hubiera sido completa —al menos así le parecía— de no ser por las escenas lastimosas que señalaban cada una de sus salidas, ya fuera para las carreras de caballos, ya fuera para las visitas de inspección. Encontraba, en efecto, muy conforme a su gusto el papel de gran propietario, y descubría en él aptitudes muy serias para la administración de sus propios bienes. A pesar de las pingües cantidades destinadas a la construcción del hospital, la compra de máquinas, de vacas suizas e innumerables objetos de considerable valor, su fortuna seguía aumentando en vez de disminuir, porque se atenía a métodos de explotación, hijos de una buena experiencia, y hasta en las cosas más insignificantes daba muestras de un gran sentido de la prudencia y de la economía. Ora se tratase de arrendar una tierra, ora de vender su madera, sus trigos, su lana..., siempre defendía sus intereses con temple duro cual una roca. A pesar de la astucia y habilidad del alemán, que le incitaba a hacer compras explicando que, al principio, hay que invertir más, pero que, calculándolo bien, se podría hacer lo mismo y más barato e, inmediatamente, obtener ganancias, Vronski no se avenía a ello. Si se trataba de compras, escuchaba e interrogaba a su administrador alemán, hombre avispado para los negocios, no aceptando más que las más recientes innovaciones que, por su naturaleza, juzgaba susceptibles de causar sensación alrededor de él. En todo caso, nunca se decidía más que cuando había un excedente en caja y después de discutir con aspereza el precio de cada objeto. Con estos o parecidos métodos, nunca vería su fortuna comprometida.

La nobleza de la provincia de Kashin, donde estaban situadas las tierras de Vronski, de Sviyazhski, de Koznyshov, de Oblonski, y, en parte, las de Lievin, debía proceder en el mes de octubre a la elección de sus delegados. Estas elecciones, a causa de ciertas personas influyentes que tomaban parte en ellas, atraían la atención general, y algunos elementos que hasta entonces se habían abstenido, se apresuraban a llegar a Moscú, de Peterburgo y hasta del extranjero.

Poco antes de la reunión, Sviyazhski, inspector titular de Vozdvizhénskoie, vino a recordar al conde su promesa de acompañarle a la capital de su distrito. La víspera de la partida, Vronski, dispuesto para una lucha de la que había formado el propósito de salir vencedor, anunció a Anna en tono breve y frío que iba a ausentarse por unos días. Con gran sorpresa por su parte, ella recibió la noticia con mucha calma. Se contentó con preguntar la fecha exacta de su regreso, y sólo respondió con una sonrisa a la mirada escrutadora que él le dirigió. Esto dio lugar a que despertase la desconfianza de Vronski, porque cuando Anna se encerraba completamente en sí misma, cabía suponer que estaba dispuesta a poner en práctica alguna decisión extrema. No obstante, para evitar una escena desagradable, puso cara de creer —o quizá lo creyó en parte— que Anna había adoptado una actitud más razonable.

—Espero que no te aburrirás —se limitó a decirle.

—¡Oh, no! He recibido una remesa de la librería Gautier. Eso me distraerá.

«Es una nueva táctica que adopta —se dijo Vronski—. Más vale así, porque ya estaba harto de la anterior.»

La dejó sin que hubiese mediado una explicación a fondo, cosa que no había ocurrido jamás. A pesar de sentir una vaga inquietud, Vronski esperaba que se arreglarían las cosas.

«Acabará por entrar en razón —pensaba—, ya que estoy dispuesto a sacrificarlo todo, todo, salvo mi independencia personal.»


Capítulo XXVI

Lievin había vuelto a Moscú en septiembre, a fin de preparar lo necesario para cuando su mujer diera a luz, y llevaba un mes viviendo allí en forzada ociosiad. Serguiéi Ivánovich, que se apasionaba por las elecciones de Kashin, le recordó que sus tierras del distrito de Selezniov le daban derecho a hablar y a votar en la asamblea, y le invitó a acompañarle. Aunque tenía que resolver en ella precisamente asuntos que interesaban a su hermana, que vivía en el extranjero, Lievin vacilaba en partir. Pero viendo lo aburrido que estaba en la capital, Kiti le estimuló a hacerlo y hasta encargó en secreto un uniforme de delegado de la nobleza. Este gasto de ochenta rublos acabó definitivamente con su indecisión, y se fue a Kashin.

Llevaba ya cinco días de estancia en Kashin, asistiendo cada día a las reuniones y gestionando los asuntos de la hermana sin adelantar mucho en ellos. El primero, una cuestión de tutela, no podía ser resuelto sin haber oído antes el parecer de los delegados, y estos señores no querían preocuparse de otra cosa que de las elecciones. El segundo, el cobro de un dinero, chocaba igualmente con ciertas dificultades. Tras prolongadas gestiones para levantar la interdicción, el dinero estaba ya listo para su entrega; pero el notario —un hombre muy servicial— no podía extender el talón, porque hacía falta la firma del presidente, el cual se hallaba en las sesiones de las elecciones y no había otorgado poderes a nadie. El tiempo se pasaba en conversaciones con muchas personas, amables, dispuestas siempre a prestar un servicio al solicitante, pero impotentes para proporcionarle ayuda. Estas idas y venidas sin resultado se parecían mucho a los esfuerzos inútiles que se hacen en sueños. Tal era la comparación que acudía a la mente de Lievin en el curso de sus frecuentes charlas con su agente de negocios.

—Intente esto o aquello —le decía aquel buen hombre, para añadir enseguida—: No conseguirá nada, pero no deje de probar.

Y Lievin, siguiendo su consejo, se presentaba en casa del uno y del otro, que le recibían muy bien, pero sin que sus asuntos avanzaran ni un solo paso. ¡Y todavía si se tratase de una contrariedad perfectamente comprensible, como la de hacer cola en horas de afluencia ante la taquilla de una estación de ferrocarril...! Sobre todo le disgustaba no poder comprender con quién luchaba, a quién favorecía que no se resolviese su asunto. Al parecer nadie lo sabía, ni siquiera su agente. Ni nadie podía explicar por qué existían esos obstáculos. Por suerte, el matrimonio le había hecho más paciente, y en su ignorancia de los trámites administrativos, encontraba razón suficiente para suponer que las cosas seguían un curso completamente normal.

La misma paciencia aplicaba para comprender las maniobras electorales, que agitaban en torno suyo a tantas personas estimables, y hacía todo lo que estaba de su parte para profundizar en cosas que antes había tratado muy ligeramente... como tantas otras cuya importancia sólo había podido comprender después de su matrimonio. Serguiéi Ivánovich no regateó ningún esfuerzo para explicarle el sentido y la marcha de las nuevas elecciones. Snietkov, el delegado actual, era un hombre chapado a la antigua, honrado a su manera, que había gastado una fortuna inmensa, pero cuyas ideas retrógradas no cuadraban con las necesidades del momento. En su cargo disponía de sumas consideraciones para las instituciones de importancia capital, tales como las tutelas (¡Lievin ya sabía algo de eso!), los colegios femeninos, masculinos y militares, la instrucción pública, según los nuevos cánones, y, por último, el *zemstvo*. En todo apoyaba a la nobleza. Se oponía abiertamente a la propagación de la instrucción pública y atribuía al *zemstvo*, que tanta importancia debía de tener, un carácter de clase. Se le quería sustituir por un hombre nuevo, activo, saturado de ideas modernas, capaz de extraer del *zemstvo* todos los elementos del autogobierno que pudiera proporcionar. Si sabían sacar partido de ellos, la rica povincia de Kashin podría servir una vez más de ejemplo al resto de Rusia. En el puesto de Snietkov pondrían a Sviyazhski, o mejor aún, a Neviedovski, anciano profesor, muy inteligente y amigo de Serguiéi Ivánovich.

La sesión se inauguró con un discurso del gobernador, el cual exhortó a los nobles a no tener presente en su elección más que la consagración de sus candidatos al bien público. Aquella sería la mejor manera de cumplir con su deber y de responder a la confianza que el augusto monarca había depositado en ellos.

Terminado su discurso, el gobernador abandonó la sala seguido de los nobles, que lo aclamaban ruidosamente y le acompañaron hasta el vestíbulo. Lievin, que no quería perder ningún detalle, llegó con el tiempo justo para ver cómo se ponía el abrigo y oírle decir al delegado:

—Le ruego exprese a Maria Ivánovna que mi mujer siente mucho no poder cumplimentarla por tener que hacer una visita al asilo.

Acto seguido, los nobles se pusieron, a su vez, los abrigos y se trasladaron a la catedral, donde Lievin, levantando la mano al mismo tiempo que sus colegas y repitiendo con ellos las palabras que pronunciaba el arcipreste, prestó un juramentco cuyo tenor correspondía punto por punto a los votos formulados por el gobernador. Y como las ceremonias religiosas siempre impresionaban a Lievin, no pudo menos de emocionarse al escuchar cómo aquella multitud de viejos y jóvenes proferían con él tan solemne fórmula.

Los dos días que siguieron se dedicaron al estudio de las cuentas de la nobleza y del colegio de niñas, asuntos que, en opinión de Serguiéi Ivánovich, no ofrecían ningún interés. Lievin aprovechó estos días para dedicarse a sus propios asuntos. Al cuarto día se examinaron las cuentas de la Tesorería, que los comisarios nombrados al efecto declararon en regla. El delegado se levantó y agradeció, con los ojos bañados en lágrimas, la confianza de que le habían hecho honor los nobles. Pero he aquí que uno de éstos, que compartía las opiniones de Serguiéi Ivánovich, afirmó haber oído que, por deferencia al delegado, los comisarios se habían abstenido de comprobar el efectivo existente en caja. Uno de los verificadores había cometido la imprudencia de confirmar esta falta de confianza. Entonces uno de los asistentes, hombre joven y quisquilloso, lamentó que la extrema delicadeza de los comisarios privase al delegado de esa satisfacción, tan natural, de hacer su rendición de cuentas. Habiendo los comisarios retirado su declaración, Serguiéi Ivánovich demostró, con largos argumentos, que sólo cabía proclamar una de estas dos cosas: o que se había comprobado la cantidad existente en caja, o que no se había comprobado. Le replicó un flamante orador del partido contrario. Luego llegó el turno a Sviyazhski, al que sucedió el señor quisquilloso. Se discutió largo tiempo para no llegar a ninguna conclusión, todo lo cual sorprendió mucho a Lievin, y mucho más la respuesta que le dio su hermano cuando le preguntó si recaían sobre Snietkov sospechas de desfalco:

—¡Oh, no! Es un hombre muy honrado. Pero hay que poner fin a esa manera tan patriarcal de dirigir las asuntos.

Al quinto día se procedió a la elección de los delegados de distrito. Algunos de ellos obtuvieron sus actas después de una campaña borrascosa, pero para el distrito de Selezniov fue reelegido Sviyazhski por unanimidad. Con este motivo ofreció aquella misma noche un suntuoso banquete.

## Capítulo XXVII

Como la elección del delegado provincial no debía tener lugar hasta el sexto día, muchos nobles sólo hicieron acto de presencia aquella mañana. Algunos, llegados de Peterburgo, de Crimea, del extranjero, entre ellos antiguos amigos que hacía bastante tiempo no se habían visto, volvían a reunirse con satisfacción. Las dos salas, grande y pequeña, estaban atestadas de electores. Miradas hostiles, silencios bruscos, cuchicheos en los rincones y hasta en el pasillo, todo denotaba la existencia de dos campos antagónicos. A primera vista, Lievin clasificaba en un campo a los viejos, y en otro a los jóvenes. Los primeros, enfundados en uniformes civiles o militares pasados de moda, cortos de talla, abotonados hasta el cuello, estrechos de sisa, ajustados de hombros, con sus espadas y vistosos sombreros adornados con plumas. Los segundos, por el contrario, se pavoneaban en sus trajes de anchas hombreras y largo talle, desabotonados sobre chalecos blancos. Algunos lucían las insignias de dignatarios de la Corte. Otros, las del Ministerio de Justicia, esclavina negra adornada con hojas de laurel. Pero acercándose más, Lievin pudo apreciar que bastantes jóvenes sostenían las opiniones del partido antiguo, mientras que algunos de los más viejos mantenían animados conciliábulos con Sviyazhski.

En la sala pequeña, donde habían instalado el bufet, Lievin se esforzaba en vano por comprender la táctica de un grupo de quien era el alma su hermano. Sviyazhski, con el beneplácito de Serguiéi Ivánovich, insistía cerca de Jliustov —delegado de otro distrito ganado para su partido— para que fuese, en nombre de sus electores, a pedir a Snietkov que presentase su candidatura.

«¿Cómo diantres puede darse semejante paso, tratándose precisamente de un hombre que se tiene la intención de eliminar?», se decía Lievin.

Stepán Arkádich, en traje de maestro de ceremonias, se aproximó al grupo. Venía de tomar un ligero desayuno y se secaba la boca con un perfumado pañuelo de batista.

—Estamos ocupando la posición, Serguiéi Ivánovich —dijo, arreglándose las patillas.

Al ser consultado sobre el caso que se estaba debatiendo, dio la razón a Sviyazhski.

—Un solo distrito nos basta —dijo—. Y es el de Sviyazhski, que pertenece demasiado abiertamente a la oposición.

Todo el mundo comprendió, excepto Lievin.

—Bueno, Kostia —continuó, cogiendo del brazo a su cuñado—, parece que te deleitas con nuestras pequeñas historias.

Nada mejor podía pedir Lievin que deleitarse, pero necesitaba comprender algo, y en consecuencia llevóse aparte a Oblonski para obtener las aclaraciones precisas.

—*Oh sancta simplicitas!* —exclamó Stepán Arkádich.

Y en pocas palabras le puso al corriente del asunto.

En las últimas elecciones, habiendo presentado la candidatura de Snietkov los diez distritos de la provincia, éste resultó elegido por unanimidad. Pero en esta ocasión querían abstenerse dos distritos, lo que podría dar lugar a que Snietkov, desanimado, desistiese. En esta caso, el partido antiguo elegiría quizá otro candidato más peligroso. Si por el contrario, el único distrito de Sviyazhski hacía banda aparte, Snietkov presentaría su candidatura. Ciertos elementos del bando contrario votarían también por él, y de esta manera el partido contrario se despista y, cuando se presenta nuestro candidato, ellos mismos lo apoyarán.

Lievin no comprendió más que a medias y habría seguido haciendo preguntas, de no ser que todo el mundo se puso a hablar al mismo tiempo y a emprender la marcha hacia el gran salón.

—¿Qué es eso?, ¿qué?, ¿a quién?

—¿Una confianza?, ¿a quién?, ¿qué?

—¿Deniegan?

—Desconfianza.

—No admiten a Fliórov.

—¿Quién está sub júdice?

—Así a nadie admitirán. Es una vileza.

—¡La ley!

Esto es lo que oía por todas partes, y arrastrado por la marejada de los electores, que temían perder tan curioso espectáculo, Lievin llegó a la gran sala, donde una viva discusión había agrupado, alrededor de la mesa de honor y bajo el retrato del zar, al delegado, a Sviyazhski y a otros personajes importantes.


## Capítulo XXVIII

Lievin se hallaba bastante lejos, y sus vecinos —uno tenía la respiración fuerte, mientras que al otro le chirriaban las botas— le impedían oír lo que decía. Sin embargo, podía distinguir la voz dulce del viejo delegado, la chillona del noble quisquilloso, y, por último, la de Sviyazhski. Los tres discutían sobre la interpretación que había de darse a la expresión «ser objeto de sumario», así como a cierto artículo de la Ley.

La gente se apartó para dar paso a Serguiéi Ivánovich. Éste esperó a que terminase de hablar el noble quisquilloso y declaró enseguida que había que atenerse al sentido literal de la Ley, para lo cual pidió al secretario que encontrase el artículo. El artículo en cuestión precisaba que, en caso de divergencia de opinión, debía recurrirse a los votos para que éstos decidieran. Koznyshov lo sabía muy bien, y tan pronto como el secretario le hubo presentado el texto, hizo un amplio comentario del mismo. Entonces uno de los concurrentes, hombre alto y grueso, de bigote teñido y espalda ligeramene arqueada, embutido en un uniforme demasiado estrecho cuyo cuello servía de sostén a la nuca, dio varios golpes secos sobre la mesa con el revés de su sortija y gritó, con voz estentórea:

—¡A votar, a votar! ¡Basta de discusiones!

Varias personas querían interponerse, hablando todas a la vez, y el señor de la sortija se irritaba y gritaba cada vez más, sin que nadie pudiera enterarse de lo que decía.

En el fondo, pedía lo mismo que Serguiéi Ivánovich, pero odiaba a éste y a su partido, y este odio se transmitió a todo su partido y despertó la misma resistencia tenaz, aunque un odio más decoroso. Hablaban a gritos, y en un instante se creó tal confusión, que el delegado provincial tuvo que llamarlos al orden.

—¡A votar, votar!

—Todo noble me comprenderá...

—Hemos vertido nuestra sangre por la patria.

—El monarca nos ha honrado con su confianza.

—El delegado no es quién para darnos órdenes.

—¡Pero si no se trata de eso!

—¡Permítanme, permítanme! Es una infamia...

—¡A las urnas!

Clamores violentos, miradas iracundas, rostros contraídos por el odio. Lievin no podía comprender que se pusiera tanta pasión en discutir el votar o no la opinión referente a Fliórov. Como Serguiéi Ivánovich le explicó después, se había olvidado el silogismo según el cual, para el bien general, había que destituir al delegado povincial. A su vez, para destituir al delegado provincial se necesitaba la mayoría de votos. Para obtener esta mayoría, hacía falta conceder el derecho a Fliórov. Para reconocerle este derecho, había que interpretar en cierto sentido tal y cual párrafo de la Ley.

—Un solo voto puede desplazar a la mayoría —concluyó Serguiéi Ivánovich—. Que se te meta bien en la cabeza: para servir al interés público se necesita, más que nada, lógica y espíritu de obrar según ella.

A pesar de aquella lección, la odiosa irritación que dominaba a aquellos hombres a quienes tanto estimaba, produjo en Lievin una impresión de lo más lamentable. Sin esperar al fin de los debates, se refugió en la sala pequeña, donde los camareros del bufet estaban poniendo la mesa. Con gran sorpresa por su parte, la cara de aquellas buenas gentes, de plácida expresión, le calmó instantáneamente. Le parecía respirar un aire más puro y se puso a pasear a grandes zancadas, divirtiéndose con los manejos de un viejo sirviente de grises patillas, el cual, indiferente a las bromas de sus jóvenes camaradas, les enseñaba con aire de soberano desprecio el arte de doblar bien las servilletas. Iba a dirigir la palabra a aquel buen hombre, cuando el secretario de la Oficina de Tutelas, un viejecillo que se sabía de memoria los nombres de pila de todos los nobles de la provincia, vino a reclamarle de parte de Serguiéi Ivánovich.

—Su señor hermano le busca, Konstantín Dmítrich. Es el momento de votar.

Lievin volvió a la gran sala, donde le entregaron una bola

blanca, y siguió a su hermano hasta la mesa junto a la cual se hallaba Sviyazhski, con aire de superioridad, irónico y la barba en el puño. Antes de emitir el sufragio, Lievin, desconcertado, preguntó a Serguiéi Ivánovich, a media voz, esperando que sus vecinos, enzarzados en una animada conversación, no le oirían:

—¿Qué tengo que hacer?

Por desgracia, la conversación cesó bruscamente, y la desafortunada pregunta la percibieron todos los presentes, algunos de los cuales sonrieron.

—Lo que te dicten tus convicciones —respondió Serguiéi Ivánovich, frunciendo el entrecejo.

Lievin se puso colorado. Depositó la bola en el compartimiento de la derecha, ya que la llevaba en la mano derecha. Al apercibirse de su distracción, la agravó disimulando demasiado tarde la otra mano. Y completamente desorientado, inició una retirada rápida.

—¡Ciento veintiséis votos a favor! ¡Ochenta y ocho en contra! —proclamó el secretario.

Y como además se habían encontrado en la urna un botón y dos nueces, estalló una risotada general.

Fliórov estaba admitido. Era obra del partido nuevo, pero el antiguo no se daba por vencido. Un grupo de nobles rodeaba a Snietkov y le suplicaba que presentase su candidatura. Lievin oyó algunas promesas con las que agradecía su adhesión: confianza, afecto, servicio a la nobleza, doce años de lealtad... Estas palabras le afluían sin cesar a los labios, hasta que una repentina crisis de lágrimas, provocada quizá por el afecto que profesaba a los nobles, o más probablemente por la injusticia de su anterior proceder con ellos, le impidió continuar. Entonces la situación tomó un giro más favorable hacia él, y Lievin sintió que le inspiraba un sincero afecto.

Cuando el delegado se disponía a marcharse, tropezó con Lievin cerca de la puerta.

—Perdón, señor —le dijo.

Pero habiéndole reconocido, le sonrió tímidamente y pareció querer añadir algunas palabras, que su emoción no le permitió pronunciar.

La fuga desatinada de aquel hombre de pantalón blanco galoneado, cuyo uniforme estaba atestado de condecoraciones, la expresión de angustia que leyó en su cara, recordaron a Lievin los últimos momentos de un venado acometido por los perros. Aún más le impresionó que habiendo estado a verle la víspera para el asunto de la tutela, tuvo ocasión de admirar la perfecta dignidad de su vida. Una mansión antigua, llena de muebles de otra época y viejos servidores de aspecto hosco, pero de maneras respetuosas, que no habían querido de ninguna manera cambiar de amo. Una opulenta señora, de porte excelente con su chal y gorro de encaje, en actitud de acariciar a su preciosa nieta. Un joven estudiante, buen mozo, cuyo primer cuidado al entrar había sido besar la mano de su padre. Los ademanes afectuosos y la expresión digna del sueño de la casa, todo aquello había impresionado fuertemente a Lievin. Notando que le invadía un sentimiento de piedad por el pobre viejo, quiso darle ánimos.

—Espero que continuará a nuestro lado —le dijo.

—Lo dudo —respondió el delegado, dirigiendo en torno suyo una mirada azorada—. Soy viejo y estoy cansado. Ya es tiempo de que otros más jóvenes ocupen mi puesto.

Y desapareció por una puerta lateral.

Se acercaba el minuto solemne. Iba a empezar la votación. Los jefes de los dos clanes calculaban sus probabilidades. El incidente suscitado por el partido nuevo le había valido a éste, además del voto de Fliórov, otros dos sufragios más. En efecto, ciertos partidarios de Snietkov habían hecho la jugada a sus adversarios de emborrachar a dos de sus miembros y de robar el uniforme a un tercero. Sviazhski deshizo esta maniobra enviando, durante la votación preliminar, alguno de sus hombres para que equipasen bien o mal al pobre despojado y trajeran en un coche de alquiler a uno de los beodos.

—Le he echado sobre la cabeza un cubo de agua —dijo uno de los delegados a Sviyazhski—. Ya puede tenerse en pie.

—Con tal que no se caiga... —respondió Sviyazhski, moviendo la cabeza.

—No hay cuidado, a menos que le lleven al bufet. Pero ya he dado órdenes severas al encargado.

L A sala larga y estrecha donde se encontraba el bufet estaba llena a más no poder, y la agitación iba en aumento, sobre todo entre los dirigentes, que sabían que por un solo voto podían perder la oportunidad sus candidatos respectivos. El grueso de aquel ejército se aprestaba a la lucha con un refrigerio. Otros fumaban o discurrían paseando por el local a grandes zancadas.

Lievin no tenía hambre. Tampoco era fumador, ni quería juntarse a sus amigos, entre los cuales peroraba Vronski, en uniforme de caballerizo del zar. Le había visto ya la víspera y no deseaba encontrárselo a ningún precio. Se refugió al lado de una ventana, examinando los grupos que se formaban, prestando oído a todo lo que se decía en torno suyo. Experimentaba alguna tristeza al ver a todo el mundo lleno de entusiasmo, mientras que él, solo, salvo por la compañía de un oficial de marina muy viejo, desdentado y de habla estropajosa, no sentía el menor interés por aquello que a sus ojos se estaba desarrollando.

—¡Ah, el muy bestia! ¡Y cuidado que le he venido amonestando! Pero como si no. Tres años no le han bastado al caballerete para hacer sus preparativos —profirió en tono enérgico un terrateniente de estatura mediana y un tanto encorvado, cuyos cabellos untados de pomada rozaban el cuello de su bordada casaca, y cuyos botines nuevos, comprados sin duda con vistas a aquel día tan señalado, crujían furiosamente. Lanzó sobre Lievin una mirada poco amena y se volvió bruscamente, mientras que el hombrecillo al que se dirigía le contestaba con voz aflautada.

—Sí, tiene usted razón, ese asunto no está claro.

Lievin vio enseguida cómo se acercaba un grupo de personajes ilustres, que rodeaban a un grueso general y que, evidentemente, huían de oídos indiscretos.

—¡Tiene la osadía de afirmar que yo he hecho que le roben los calzones! Tengan ustedes la seguridad de que los ha vendido para tener con qué pagar sus bebidas. Me hace reír eso de que sea príncipe. Es del peor gusto abrigar semejantes propósitos.

—Permítanme —decían en otro grupo—. La Ley es formal. La mujer debe estar inscrita en el registro de la nobleza.

—Me río de la Ley. O se es noble, o no se es. Y si yo lo soy, bien pueden creer en mi palabra, ¡qué diantre!

—¿Qué me dice de una copa de *fine champagne*[1], excelencia?

Otro grupo observaba de cerca cómo un personaje, que no era otro que el borracho rescatado, gritaba y gesticulaba.

—Siempre he aconsejado a María Semiónovna que arrendara sus tierras, porque nunca obtendría ganancias —decía un caballero de bigote gris, que ostentaba un antiguo uniforme de coronel de Estado Mayor.

Lievin reconoció enseguida al viejo propietario que había encontrado en casa de Sviyazhski. Se cruzaron sus miradas.

—Encantado de verle —dijo el viejo, abandonando su grupo—. Si no me engaña mi memoria, nos conocimos el año pasado en casa de Nikolái Ivánovich.

—¿Cómo van sus asuntos?

—De mal en peor —respondió el viejo, con tono reposado y convencido, como si no pudieran ir de otra manera—. Pero, ¿qué ha venido usted a hacer aquí, tan lejos de su casa? ¿Tomar parte en nuestro *coup d'Etat*?[2].

El aire resuelto con que profirió estas palabras francesas compensó las dificultades de su pronunciación.

—Parece que se ha dado cita aquí toda Rusia; tenemos chambelanes, puede que hasta ministros —añadió, designando a Oblonski, que se paseaba en compañía de un general. Su presencia y su brillante uniforme causaban sensación.

—Hablando con franqueza —respondió Lievin—, no alcanzo a comprender la importancia que tienen estas elecciones.

—¿Qué importancia quiere usted que tengan? Se trata de una institución en decadencia, cuya vida sólo se está prolongando por inercia. ¿Ve usted todos esos uniformes? Ya no quedan nobles, caballero. No hay más que funcionarios.

—Y si es así, ¿qué viene usted a hacer en estas reuniones?

---

[1] coñac. (En francés en el original.)
[2] golpe de Estado. (En francés en el original.)

—La costumbre, caballero, la costumbre y el interés. Porque, prescindiendo de esa especie de obligación moral, tengo necesidad de mantener ciertas relaciones. Como ve, mi yerno no es rico, quiere presentarse como miembro permanente, necesita que lo empujen... Pero lo que me sorprende es ver aquí personajes como aquél —dijo señalando al señor cuyo tono quisquilloso había sorprendido a Lievin, durante los debates que precedieron a la votación.

—Son nobles de los que ahora se estilan.

—Se estilarán ahora todo lo que usted quiera, pero, ¿puede llamarse nobleza a esa gente que de tal manera atropella los fueros de la nobleza?

—Pero si, como usted mismo afirma, se trata de una institución que no es de este tiempo...

—De acuerdo, pero hay instituciones arcaicas que deben, por lo mismo, ser respetadas. Es que Snietkov... Nosotros, quizá, no valemos gran cosa, pero no es menos cierto que hemos perdurado mil años. No; por achacosa que esté la vieja encina, usted trazará sus alamedas y sus avenidas de forma que se pueda sacar el máximo provecho de este vetusto árbol. Plantaciones tan imponentes no crecen así en un año...

Había echado esta parrafada con cierta circunspección, y para cambiar de tema, preguntó a Lievin:

—Bueno, ¿y sus asuntos, cómo marchan?

—Nada bien. Los capitales no dan más del cinco por ciento.

—Sin tener en cuenta sus esfuerzos, que bien merecen una remuneración. Cuando yo estaba en servicio activo, cobraba tres mil rublos de sueldo. Ahora, que me dedico a la agricultura, trabajo bastante más, sin ganar un ochavo. Ya me puedo dar por contento si saco, como usted, el cinco por ciento de mis terrenos.

—¿Y por qué se obstina usted?

—La costumbre, caballero, la costumbre... Tanto mejor —continuó, apoyándose de codos en el marco de la ventana, pues parecía seguir con gusto la conversación—. Tanto mejor. Así mi hijo, que yo sé que no tiene ninguna disposición para la agricultura, se dedicará más de lleno a la ciencia. Así que nadie continuará mi trabajo. Sin embargo, uno sigue trabajando. Así y todo, acabo de plantar un vergel.

—Es cierto —continuó Lievin—. Se diría que nos sentimos obligados a cumplir con un deber respecto a la tierra, pues por mi parte, no me hago ninguna ilusión respecto al rendimiento de mi trabajo.

—Yo tengo por vecino a un hombre de negocios. El otro día vino a visitarme y cuando se lo había enseñado todo, ¿sabe lo que me dijo? «Enhorabuena, Stepán Vasílich, usted lleva muy bien el timón de su barco, pero yo en su lugar no vacilaría en echar abajo esos tilos con toda su savia y vigor. Lo menos tiene usted un millar. Pues bien, cada uno le daría lo bastante para hacer dos buenas cortezas de tilo, artículo que hoy día es objeto de una demanda considerable en todos los mercados. Además, cortaría los troncos para vigas.»

—«Y con el dinero que obtuviese, compraría a precio no muy alto un lote de ganado, o bien una parcela, que arrendaría a los campesinos a un precio bastante caro» —acabó Lievin sonriendo, pues conocía de sobra aquella manera de razonar—. Así se haría una verdadera fortuna, mientras que ahora nos damos por muy felices si conservamos intacta nuestra tierra y la podemos legar a nuestros hijos.

—Me han dicho que se ha casado usted.

—Sí —respondió Lievin con orgullosa satisfacción—. ¿No le sorprende que estemos tan ligados a la tierra como las vestales al fuego sagrado?

El viejo sonrió bajo su bigote gris.

—Algunos, como nuestro amigo Nikolái Ivánovich o como el conde Vronski, que acaban de instalarse en sus tierras, pretenden que se puede sacar partido de la industria agrícola, pero hasta ahora no les ha servido más que para consumir su capital.

—Pero, ¿por qué no hacemos igual que el comerciante de que me hablaba? —repuso Lievin, que se aferraba a esta idea—. ¿Por qué no abatimos nuestros árboles?

—Pues por esa manía nuestra de mantener el fuego sagrado, como usted dice. Y luego, ¿qué quiere usted? Vender árboles no es la ocupación adecuada para un noble. Tenemos un instinto de casta que dirige nuestros actos. Los campesinos tienen también el suyo: la mayoría de ellos se empeñan en adquirir en arriendo la mayor extendión de tierra posible. Sea buena o mala, la cultivan igual. Tampoco calculan y sufren pérdidas.

—Exactamente igual que nosotros —comentó Lievin—. Celebro haber reanudado mis contactos con usted —añadió, viendo acercarse a Sviyazhski.

—No había vuelto a ver a este señor desde el año pasado —dijo el viejo, volviéndose al recién llegado—. Nos encontramos en su casa. Hemos estado hablando este amigo y yo, con el corazón en la mano.

—¿Y hablando mal, supongo, del nuevo estado de cosas? —inquirió Sviyazhski, sonriendo.

—Si no le disgusta...

—Es preciso aligerarse algo el corazón; ¿no les parece?


## Capítulo XXX

SVIYAZHSKI cogió del brazo a Lievin y le condujo a su grupo. No hubo medio de eludir a Vronski, el cual les veía aproximarse, de pie entre Serguiéi Ivánovich y Stepán Arkádich.

—Encantado —dijo, tendiendo la mano a Lievin—. Si mal no recuerdo, nos hemos visto en casa de... la princesa Scherbátskaia.

—Sí, recuerdo perfectamente nuestro encuentro —respondió Lievin, que se puso de color de púrpura y se volvió inmediatamente hacia su hermano para hablar con él.

Vronski esbozó una sonrisa y dirigió la palabra a Sviyazhski, sin demostrar ningún deseo de continuar su conversación con Lievin, pero éste, aturdido por su descortesía, estaba buscando un medio de subsanarla.

—¿Cómo habéis quedado? —preguntó, mirando indistintamente a Vronski y a Sviyazhski.

—Todo depende ahora de Snietkov. Tiene que negarse o consentir presentar su candidatura —respondió el segundo.

—¿Y él está conforme o no?

—Eso es precisamente: ni dice que sí, ni que no —dijo Vronski.

—Si se niega, ¿quién se presentará en su lugar? —preguntó Lievin echando una mirada a Vronski.

—Todos los que quieran —dijo Sviyazhski.

—¿Alguno de ustedes, por ejemplo?

—¡Eso nunca! —exclamó Nikolái Ivánovich, que se turbó y lanzó una mirada inquieta sobre el vecino de Serguiéi Ivánovich, en quien Lievin reconoció al señor del tono quisquilloso.

—Entonces, será Neviedovski —continuó Lievin, notando que se estaba metiendo en un terreno peligroso.

Esta pregunta resultó ser aún peor: Neviedovski y Sviyazhski eran los dos que se disputaban la candidatura.

—¡En ningún caso! —respondió el señor desagradable, que resultó ser Neviedovski en persona, y al que Sviyazhski se apresuró a presentar a Lievin.

—¿Te vas apasionando ya con esto? —intervino Stepán Arkádich, echando una ojeada a Vronski—. Es algo así como las carreras de caballos; deberían instituir apuestas mutuas.

—Sí que es apasionante, como todas las luchas —aprobó Vronski, con las cejas fruncidas y el mentón contraído.

—¡Qué espíritu práctico es ese Sviyazhski!

—Ciertamente —respondió Vronski de un modo evasivo.

Siguió un silencio, durante el cual Vronski concedió a Lievin una mirada distraída; al ver que éste tenía fijos en él sus ojos oscuros, le preguntó, por decir algo:

—¿Cómo se explica que, viviendo siempre en el campo, no haya sido nombrado usted juez de paz?

—Porque los juzgados de paz me parecen una institución absurda —dejó escapar Lievin con voz débil y lúgubre.

—Yo había creído lo contrario —replicó Vronski, sin abandonar su calma.

—¿Para qué pueden servir? —le interrumpió Lievin—. No he tenido más que un proceso en ocho años, y aun así lo resolvieron contrariamente al sentido común. Como el juez de paz vive a cuarenta verstas de mi casa, tengo que nombrar quien me represente en juicio, y por dos rublos de cuantía litigiosa tendría que satisfacer quince rublos de costas.

Y se puso a relatar la historia de un molinero, procesado por calumnia a instancia de un labrador, el cual le había robado un saco de harina, y aún se atrevía a reclamarle por haberle afeado su acción.

Al extenderse en estas menudencias, Lievin se daba cuenta

perfectamente de lo que éstas tenían de necias y faltas de oportunidad.

—¡Qué original! —exclamó Oblonski con la más untuosa
de sus sonrisas—. Pero, ¿qué os parece si fuésemos a ver lo
que pasa? Me parece que están votando.

—No te comprendo —dijo Serguiéi Ivánovich, cuando estuvieron solos—. Raramente he visto una falta tan absoluta de
tacto político. Un defecto muy ruso, por desgracia... Snietkov
es nuestro adversario, y tú con él, *ami cochon*[1]. El conde Vronski es nuestro aliado, y le tratas con altivez... A decir verdad, no
es que me interese demasiado su amistad; precisamente acabo
de declinar una invitación suya a comer; pero en fin, no hay
por qué hacerle mala cara... Y luego, haces a Neviedovski preguntas indiscretas...

—Todo esto me aburre, y además no tiene ninguna importancia —replicó Lievin, cada vez más lúgubre.

—Es posible, pero cuando te metes, acabas por estropearlo
todo.

Lievin no respondió nada. Ambos ganaron la gran sala.

Aunque en el ambiente se mascaba la maniobra, el viejo
diputado se había dejado, al fin, convencer. Se hizo un gran silencio y el secretario proclamó en voz alta y clara que Mijaíl
Stepánovich Snietkov, capitán de la Guardia, presentaba su
candidatura para el cargo de representante de la nobleza por la
provincia de Kashin. Los delegados de distrito abandonaron
sus mesas respectivas para instalarse, con las urnas, en la mesa
de honor.

—¡A la derecha! —murmuró Stepán Arkádich al oído de su
cuñado cuando ambos se aproximaron a la mesa.

Pero Lievin, que había olvidado las explicaciones tan complicadas de Serguiéi Ivánovich, creyó que Oblonski había cometido un error: ¿acaso no era Snietkov el adversario? Delante
de la misma urna hizo pasar la bola de su mano derecha a su
mano izquierda, y votó de una manera tan ostensible por lo
que la izquierda significaba, que hizo fruncir el entrecejo a un
elector que lo observaba: aquel señor poseía la rara habilidad

---

[1] a partir un piñón. (En francés en el original.)

de adivinar los votos, y su fina percepción tenía que sacar provecho de una maniobra tan mal disimulada.

Pronto se oyó ruido de las bolas que se contaban, y el secretario proclamó los resultados del escrutinio: Snietkov había sido elegido por fuerte mayoría. Todo el mundo se precipitó hacia la puerta para abrírsela al elegido y felicitarle.

—Entonces, ¿ya está todo acabado? —preguntó Lievin a su hermano.

—Al contrario, ahora es cuando comienza —respondió por Koznyshov el solapado Sviyazhski—. El candidato puede obtener mayor número de votos.

Este pequeño detalle había pasado inadvertido a Lievin, y le sumió en una especie de melancolía. Creyendo inútil su presencia, volvió a la sala pequeña, y a la vista de los camareros recobró la serenidad. Habiéndose puesto a sus órdenes el viejo sirviente, le encargó unas croquetas con judías y le hizo hablar sobre sus señores de otros tiempos. Después, como decididamente la sala grande le causaba repulsión, subió a las tribunas y las encontró llenas de damas muy compuestas y acicaladas. Apoyándose en la balaustrada, estaban atentas a lo que se decía en el salón. Las rodeaban pimpantes abogados, oficiales del Ejército, profesores de colegios. No se hablaba más que de las elecciones. Alguno que otro destacaba el interés de los debates. Otros subrayaban la extremada fatiga del diputado, y Lievin oyó cómo una señora decía a un abogado:

—¡Qué contenta estoy de haber oído a Koznyshov! Por oír un discurso como ese vale la pena aplazar la comida. ¡Qué voz más melosa, y qué partido sabe sacar de ella! En el tribunal sólo hay uno que sabe hablar, Máidel, y aun así no tiene la misma elocuencia.

Lievin encontró al fin un sitio libre; apoyóse en la balaustrada y miró cómo se desarrollaban abajo los acontecimientos. Los nobles se habían agrupado por distritos; en medio de la sala, un personaje de uniforme preguntaba con voz de falsete:

—El capitán Ievguieni Ivánovich Apujtin, ¿acepta la candidatura al cargo de delegado provincial?

Tras unos instantes de profundo silencio, una temblorosa vocecita de viejo, chilló:

—¡Renuncia!

—El consejero de la corte Piort Petróvich Boll, ¿acepta la candidatura?

—¡Renuncia! —aulló una estridente voz juvenil.

Se oyó otro nombre, y de nuevo «renuncia».

Aquello duró una hora larga. Lievin, apoyado en la balaustrada, miraba y escuchaba. Al principio le sorprendía aquello, y después de haberse esforzado vanamente en comprenderlo, preso de un mortal hastío y reviviendo en la mente la visión de tantos semblantes llenos de odio y pasión, Lievin resolvió volver a su casa. A la entrada de la tribuna chocó con un estudiante de ojos adormilados, que deambulaba con aire melancólico. Y al descender por la escalera se encontró con una dama que trepaba más que subía los peldaños, abatida de cansancio, y a la que acompañaba el teniente fiscal, de genio vivaracho y alegre.

—Ya le había dicho que llegaríamos a tiempo —dijo el teniente fiscal, mientras Lievin cedía el paso a su compañera.

Cuando llegó al vestíbulo, ya estaba sacando del bolsillo de su chaleco la ficha de guardarropa, fue alcanzado por el secretario:

—¿Tiene la bondad, Konstantín Dmítrich? Están votando.

A pesar de sus recientes negativas, Neviedovski había aceptado la candidatura.

El secretario llamó a la puerta de la sala grande, que estaba cerrada, y se abrió para dejar paso a dos terratenientes cuyos ojos lanzaban chispas y cuyas mejillas estaban coloreadas de un rojo vivo.

—¡No podía aguantar más! —dijo uno de ellos.

Acudió el viejo diputado. Daba pena ver sus facciones alteradas.

—¡Te había prohibido que dejases salir a cualquier persona, fuese quien fuese! —gritó el portero.

—Pero no que dejase entrar, excelencia.

—¡Válgame Dios! —suspiró el diputado, reintegrándose a la mesa de honor, con la cabeza baja y andando penosamente.

Tal y como habían previsto sus partidarios, Neviedovski obtuvo un número de votos superior al de Snietkov, y fue proclamado diputado provincial, cosa que alegró a unos, entristeció a otros y sumió a su predecesor en un estado de desesperación que no se tomó la molestia en disimular. En el momento de abandonar la sala el nuevo elegido, una entusiasta muchedumbre le acompañó a la salida con las mismas aclamaciones que había prodigado cinco días antes al gobernador, y sólo hacía unas horas también a Snietkov.


## Capítulo XXXI

V RONSKI ofreció un gran banquete al recién elegido y al partido que triunfaba con él.

El conde, al asistir a la sesión, había querido afirmar de este modo su independencia con respecto a Anna, hacerse simpático a Sviyazhski —que le había prestado muy buenos servicios cuando las elecciones para el *zemstvo*— y, sobre todo cumplir los deberes que a sí mismo se había impuesto como noble y terrateniente. No había sospechado el apasionado interés que se tomaría por aquel asunto, ni el éxito con que estaba llamado a desempeñar su papel. Era un hombre completamente nuevo entre los nobles rurales, pero, evidentemente, tuvo éxito y no se equivocaba pensando que había adquirido influencia entre ellos. Aquella súbita influencia era debida a su nombre y a su fortuna, a la bella mansión que ocupaba en la ciudad y que le había cedido su viejo amigo Shirkov, hombre metido en finanzas, que había fundado en Kashin una banca muy próspera; al excelente cocinero que se había traído del campo; a su intimidad con el gobernador —uno de sus antiguos camaradas y protegido—, pero, sobre todo, a sus modales sencillos y halagadores, que le abrían de par en par las puertas de todos los corazones a pesar de su fama de orgulloso. En una palabra —y con excepción de aquel tipo avinagrado que había tenido a bien casarse con Kiti Scherbátskaia, y que acababa de soltarle *à propos de bottes*[1] una retahíla de necedades—, todos los que le habían tratado durante la sesión parecían dispuestos a rendirle homenaje y atribuirle el triunfo de Nieviedovski. Experimentaba cierto orgullo al figurarse que en tres

---

[1] sin ton ni son. (En francés en el original.)

años, si se casaba y si no le abandonaba la ilusión, haría triunfar su propia candidatura, lo mismo que en otro tiempo, después de haber aplaudido los éxitos de su jockey, estaba resuelto a montar personalmente sus propios caballos en las carreras.

Por el momento se celebraba el triunfo del jockey. Vronski presidía el acto; había colocado a su derecha al gobernador, joven general muy allegado a la persona de Su Majestad, a quien cortejaban mucho los nobles, pero que para el conde no era más que su viejo camarada Máslov Katka —como lo llamaban familiarmente en el Cuerpo de Cadetes— a quien hacía mucho tiempo se esforzaba en *mettre à son aise*[2]. A su izquierda tenía a Neviedovski, reservado y socarrón, para quien guardaba las máximas consideraciones.

El banquete transcurrió en maravilloso espíritu de animación y cordialidad. Stepán Arkádich, feliz al ver la satisfacción general, estaba francamente divertido. Sviyazhski había puesto a mal tiempo buena cara, y hasta dedicó un brindis a su afortunado rival, alrededor del cual —según dijo— debían agruparse todas las gentes honradas. Añadió que la nobleza no podía tener a su frente una persona más capacitada para defender sus principios, esos principios por cuya reivindicación debía luchar en adelante. Después, aludiendo a las lamentaciones de Snietkov, aconsejó de manera agradable a su excelencia que para la verificación de las cuentas de Tesorería recurriera a procedimientos más probatorios que las lágrimas. Otra mala lengua había hecho correr el rumor de que Snietkov, queriendo celebrar su reelección con un baile, había hecho venir cierto número de criados, todos ellos con calzón corto, los cuales quedaban ahora sin empleo y así estarían, a menos que el Presidente actual tuviera a bien ofrecer el baile con los lacayos vestidos de ese modo.

Tratando de «excelencia» a Neviedovski, todo el mundo experimentaba el mismo placer que en saludar a una joven recién casada con el título de *madame*. El nuevo diputado adoptaba un aire indiferente, conteniéndose el máximo para impedir que estallara una manifestación de entusiasmo, poco adecuada al espíritu «liberal» que dominaba en la concurrencia.

---

[2] hacer que se sintiese a sus anchas. (En francés en el original.)

Como se habían enviado varios mensajes en diferentes direcciones, a Oblonski le pareció oportuno expedir uno para Dolli, «a fin de complacer a todos», según dijo en tono confidencial a sus vecinos. «Neviedovski elegido mayoría doce votos. Felicidades. Transmitidlas», decía aquel telegrama, que la pobre Dolli recibió suspirando. ¡Otro rublo tirado al agua! Adivinó que su marido había comido opíparamente. Una de sus debilidades consistía en *faire jouer le télégraphe*[3] después de una buena comida.

Ésta, verdaderamente, no dejaba nada que desear: trato exquisito, vinos de las mejores marcas extranjeras, los platos mejor condimentados, comensales escogidos al vuelo por Sviyazhski, propósitos espirituales y de buena compañía, brindis humorísticos en honor del nuevo diputado, del gobernador, del director de la banca y de «nuestro amable anfitrión». Jamás hubiera esperado Vronski encontrar un ambiente tan simpático en aquella provincia. No ocultaba su satisfacción.

Al final de la comida se redoblaron las manifestaciones de regocijo, y el gobernador suplicó a Vronski que asistiera a un concierto organizado por su mujer a beneficio de «nuestros hermanos eslavos». Ella tenía vivos deseos de conocer al conde.

—Después se bailará, y ya verás nuestra «belleza» local. Te aseguro que vale la pena.

—*Not in my line*[4] —respondió sonriendo Vronski, que era muy aficionado a esta expresión inglesa. Prometió, sin embargo, asistir.

Se habían encendido los cigarros, y los asistentes se disponían a levantarse de la mesa, cuando el ayuda de cámara se aproximó a Vronski para entregarle una carta, depositada en una bandeja.

—De Vozdvízhenskoie, por expreso —declaró, en tono solemne.

—Es asombroso su parecido con el teniente fiscal Sventitski —dijo en francés uno de los convidados señalando al ayuda de cámara, en tanto que Vronski, con displicencia, abría el sobre.

---

[3] hacer funcionar el telégrafo. (En francés en el original.)
[4] no está dentro de la línea. (En inglés en el original.)

Había prometido regresar el viernes; ahora bien, como se habían prolongado las elecciones, era ya sábado y aún estaba ausente de su casa. La víspera había escrito para explicar su retraso, pero habiéndose cruzado las dos cartas, la de Anna debería estar llena de reproches. El contenido de la misiva resultó aún más penoso de lo que pensaba:

> Ania está gravemente enferma, el médico teme una pulmonía. Pierdo la cabeza aquí tan sola. La princesa Varvara no es más que un estorbo. Anteayer estuve esperando en vano, lo mismo ayer; desesperada por no saber la causa, te envío un mensajero a ver si al fin me entero qué ha sido de ti. Yo misma hubiera ido si no tuviera el temor de desagradarte. ¡Dame una respuesta, cualquiera que sea, a fin de que sepa a qué atenerme!»

¡De modo que la niña está enferma de gravedad, y ella no hubiera tenido inconveniente en venir! ¡Su hija estaba sufriendo, y ella adoptaba hacia él aquel tono de protesta!

El contraste entre la inocente alegría de las elecciones y la trágica pasión que le reclamaba imperiosamente, sorprendió de manera dolorosa a Vronski. Sin embargo, aquella misma noche partió en el primer tren.

CAPÍTULO XXXII

LAS escenas que Anna le hacía cada vez que se ausentaba, no podían menos de repugnar a su amante. Ella se daba perfecta cuenta de todo, y a la hora de la partida para las elecciones se había propuesto soportar estoicamente la separación. Pero la mirada fría y autoritaria con la cual le anunció él su decisión la hirió en lo más vivo, y no se había marchado todavía cuando ya empezó a sentir los efectos de una cruel decepción, que era incapaz de contener.

Al quedarse sola meditó acerca del alcance de aquella mirada, por la cual quería él significarle su afán de independencia personal, y la interpretó —como siempre— en un sentido humillante para ella.

«Es verdad, tiene derecho a ausentarse cuando le parezca..., y hasta abandonarme por completo. Desde luego, él tiene todos los derechos, mientras que yo no tengo ninguno. No es un rasgo generoso en él, haciéndomelo sentir. ¿Y cómo me lo ha hecho sentir? Con su mirada dura... Es una forma muy vaga, muy imprecisa, de agraviarme. Pero él no me miraba antes así, y eso demuestra que ahora se ha vuelto más frío.»

Por muy convencida que estuviera de aquel enfriamiento, no podía encontrarle otro remedio que ofrecer a Vronski un amor más ardiente y unos encantos personales totalmente renovados. Sólo la multiplicación de sus ocupaciones durante el día y las frecuentes dosis de morfina por la noche podían adormecer la pavorosa obsesión de que su amante dejaría de quererla.¿Qué sería de ella entonces? A fuerza de reflexionar en estas cosas, acabó por comprender que todavía le quedaba un medio de salvación: el matrimonio, y en su consecuencia, resolvió ceder a las primitivas argumentaciones en pro del divorcio que le habían hecho Stiva y Vronski.

Cinco días transcurrieron en esta angustiosa situación. Para engañar su tristeza se dedicaba a pasear, a sostener largas conversaciones con la princesa, a hacer visitas al hospital, a leer sin cesar. Pero el sexto día, viendo que el cochero volvía solo de la estación, sintió que le faltaban las fuerzas. Entretanto, su hijita cayó enferma, pero muy ligeramente para que la inquietud pudiera distraerla; por lo demás, y a pesar de sí misma, no podía fingir por aquella niña unos sentimientos que no experimentaba en modo alguno. Llegada la noche se duplicaron sus temores. Se imaginaba que había sobrevenido a Vronski alguna desgracia. Quiso reunirse con él, pero se contuvo y le envió en su lugar una nota incoherente, que no tuvo el valor de repasar. A la mañana siguiente, la llegada de la carta de Vronski le hizo lamentar aquel impulso, pues ¿cómo soportaría ella la severa mirada que había de lanzarle al saber que Ania no había estado enferma de gravedad? De todas maneras, su regreso le causaba gran alegría; quizá él sentiría su libertad perdida y encontraría pesada su cadena, pero al menos le tendría allí, le vería y no le perdería de vista.

Sentada bajo el quinqué, estaba leyendo el último libro de Taine, escuchando en el exterior las ráfagas de viento y aguzando el oído al menor rumor. Después de haberse equivocado varias veces, oyó distintamente la voz del cochero y la trepidación del coche bajo el pórtico. La princesa Varvara que estaba haciendo un solitario, también lo oyó. Anna se puso de pie; no se atrevía a bajar como lo había hecho dos veces. Arrebolada, confusa, inquieta por la acogida de que iba a ser objeto, se quedó parada. Se habían desvanecido todas sus suceptibilidades; lo único que temía era el descontento de Vronski. Recordó que la hija hacía ya casi dos días que estaba completamente bien. Incluso se sintió contrariada porque la niña se hubiera recuperado al enviar la carta. El caso es que, pensando que iba a verle de nuevo, a «él» en carne y hueso, este pensamiento eliminó a todos los demás, y cuando llegó a sus oídos el sonido de su voz, sintióse arrebatada de júbilo y corrió presurosa al encuentro de su amante.

—¿Cómo va Ania? —preguntó Vronski con inquietud al pie de la escalera, mientras un criado le sacaba las botas, guarnecidas de piel.

—Mejor.

—¿Y tú? —interrogó él, sacudiendo los copos de nieve que se le habían adherido a la pelliza.

Ella le presionó una mano entre las suyas y le atrajo hacia sí, sin dejar de mirarle.

—Vengo muy satisfecho —declaró Vronski, sin dignarse dirigir más que una mirada distraída en su peinado y vestido, que entendió que se había puesto expresamente para recibirle.

Estas atenciones le agradaban, ciertamente, pero le agradaban muy de tarde en tarde. Su rostro adquirió aquella expresión de inmóvil severidad que tanto temía Anna.

—Vengo muy satisfecho. Pero tú, ¿cómo estás tú? —insistió besándole la mano, después de haberse pasado el pañuelo por la boca.

«Tanto peor —se dijo Anna—. ¡Lo que importa es que él esté aquí! Mientras yo esté en su compañía, se verá obligado a quererme.»

La noche transcurrió alegremente en compañía de la princesa, quien se quejaba de que Anna hubiese tomado morfina.

—No lo puedo remediar. Mis pensamientos no me dejan dormir. Cuando él está aquí, casi nunca la tomo.

Vronski relató las incidencias de las elecciones, y Anna, después de interrogarle hábilmente para hacerle hablar de su éxito personal, le contó a su vez los pequeños acontecimientos domésticos que consideró pudieran interesarle.

Cuando se quedaron solos, Anna, creyendo haberle conquistado totalmente, quiso borrar la impresión desagradable producida por su carta.

—Confiesa —le dijo— que te ha disgustado mi nota, y que no has creído nada de lo que decía en ella.

—Sí —respondió él, pero a pesar de la ternura que le demostraba, Anna comprendió que no la quería perdonar—. ¡Tu carta era tan rara! Por un lado te inquietaba la salud de Ania, y por otro, querías dejarla para venir a verme.

—Tan cierto era lo uno como lo otro.

—No lo dudo.

—Sí que lo dudas; ya veo que estás enfadado.

—Nada en absoluto; lo que me contraría es que no quieras admitir que el cumplimiento de mis deberes...

—¿Qué clase de deberes? ¿El de asistir a un concierto?

—No hablemos más de esto.

—¿Por qué no hablar más?

—Quiero decir que uno puede encontrarse con deberes imperiosos... Así, por ejemplo, pronto tendré que irme a Moscú para ciertos asuntos... Vamos a ver, Anna, ¿por qué te irritas de ese modo, si sabes que no puedo vivir sin ti?

—Si es así —dijo Anna cambiando súbitamente de tono—, es que estás cansado de esta vida... Sí, tú vienes por un día y te marchas, como hacen...

—Anna, no seas cruel. Tú sabes que estoy dispuesto a sacrificarlo todo...

Ella no escuchaba nada.

—Cuando vayas a Moscú, te acompañaré... Yo sola aquí no me quedo. Vivamos juntos o separémonos.

—Yo no pido más que vivir contigo, pero para eso es necesario...

—¿El divorcio? Sea. Le escribiré. No puedo seguir viviendo así... Pero te seguiré a Moscú.

—Lo dices en tono de amenaza, pero tú no sabes que es eso lo que deseo —repuso Vronski sonriendo. Mas su mirada seguía teniendo una expresión glacial y aviesa, como la de un hombre exasperado por la persecución.

Ella comprendió el sentido de aquella mirada, y la impresión que le causó jamás había de borrarse de su memoria.

Anna escribió a su marido para pedirle el divorcio y, a finales de noviembre, después de haberse despedido de la princesa Varvara, cuyos asuntos la reclamaban en Peterburgo, se trasladó a Moscú para instalarse allí con Vronski, esperando cada día la respuesta de Alexiéi Alexándrovich y, a continuación, el divorcio.

# SÉPTIMA PARTE

## Capítulo primero

Los Lievin estaban en Moscú hacía dos meses, y el término fijado por las autoridades competentes para el alumbramiento de Kiti había transcurrido sin que nada hiciera prever un desenlace inmediato. Todos los que la rodeaban empezaban a preocuparse: el médico, la comadrona, la princesa Dolli y, sobre todo, Lievin, que veía con horror aproximarse el momento fatal. Kiti, por el contrario, conservaba íntegra la calma. Aquel niño que esperaba era como si existiese ya para ella, y hasta manifestaba su independencia haciéndola sufrir a veces, pero aquel dolor extraño y desconocido no hacía más que provocar una sonrisa en sus labios; sentía nacer en ella un amor nuevo. Y como jamás se había visto tan mimada, tan regalada de todos los suyos, ¿a qué hacer votos porque terminase una situación que, al fin y al cabo, tan dulce resultaba para ella?

Lo único que enturbiaba el encanto de aquella vida era que su marido, en Moscú no era el mismo que en el campo, al que ella amaba.

A ella le gustaba el trato tranquilo, cariñoso y acogedor que había mostrado en el campo. En cambio, en la ciudad, parecía estar siempre inquieto y preocupado, como temiendo que alguien pudiera ofenderle o, sobre todo, ofenderla a ella. La finca, evidentemente, era su ambiente, no se apresuraba y siempre estaba ocupado. En la ciudad, siempre iba con prisas, temiendo dejar excapar algo, aunque no tenía nada que hacer. Los demás, y eso lo sabía ella, no le compadecían; sino todo lo contrario. Cuando Kiti le observaba en sociedad, como se mira a veces a la persona querida procurando hacerlo con ojos ajenos para determinar la impresión que producía en los demás, ella veía casi con sentimiento de celos, que no sólo no producía conmiseración, sino que era muy atractivo por su honradez, por la tímida cortesía, algo anticuada, con las damas, por la recia figura y, sobre todo, según ella creía, por el rostro expresivo. Pero como ella estaba acostumbrada a leer en el alma de Lievin, se daba cuenta perfectamente de que éste se encontraba desorientado, y en el fondo de su alma le censuraba no haber sabido acomodarse a la vida de la ciudad, aún estando de acuerdo con él en que Moscú tenía muy pocos recursos que ofrecerle. Y en efecto, ¿qué ocupación podía buscarse? No le gustaban los naipes, ni los casinos, ni la compañía de calaveras como Oblonski, de lo que daba gracias al cielo, pues ya sabía que esta clase de gente gozaba embriagándose y frecuentando ciertos lugares en los que no podía pensar sin estremecerse. ¿El mundo? Para disfrutar de él había que buscar la compañía de las mujeres, y esta perspectiva no tenía nada de halagadora para Kiti. ¿Quedarse en casa con ella, con la madre y con las hermanas? Por muy agradables y alegres que fuesen las mismas conversaciones —de Alinas y Nadinas, como el viejo príncipe denominaba estas conversaciones entre las hermanas— sabía que le debían aburrir. ¿Qué podía hacer? ¿Seguir escribiendo su libro? Lievin había formado el propósito de acabarlo y estaba haciendo investigaciones en la biblioteca pública, pero confesó a Kiti que él mismo mataba su propio interés por este trabajo cada vez que hablaban de eso, y que además, cuantas más ocasiones se le presentaban, menos tiempo veía para dedicarse seriamente a dicha tarea.

Las condiciones particulares de su vida en Moscú tuvieron una compensación, un resultado que no esperaban: el de hacer que cesaran sus disputas. El miedo que ambos tenían a hacer revivir escenas de celos, acabó por desvanecerse, e incluso a raíz de un incidente imprevisto: la reaparición de Vronski.

El estado de Kiti no la permitía salir a la calle. No obstante, hizo una excepción por deferencia a su madrina, la vieja princesa María Borísovna, que siempre la había querido mucho, y se dejó conducir por su padre a la casa de ésta. Allí fue donde se volvió a encontrar —esta vez en traje de paisano— al hombre que antes le había sido tan querido. Al principio sintió su corazón latir hasta causarle dolor, y su semblante adquirió un tono purpúreo, mas esta emoción no duró sino un instante. El viejo príncipe se apresuró a dirigir la palabra a Vronski. Apenas entablada la conversación, Kiti ya habría podido sostenerla sin que su sonrisa o su voz se hubiesen prestado a las críticas de su marido, a pesar de su invisible vigilancia, que ella presentía. Cambió algunas palabras con Vronski y se sonrió cuando éste llamó a la Asamblea de Kashin «nuestro Parlamento», para demostrar que comprendía el chiste, y ya no se ocupó más de él hasta el momento de la despedida, en que correspondió a su saludo.

El viejo príncipe no hizo al salir la menor alusión a este encuentro, pero Kiti comprendió, por una expresión particular de ternura que le demostró el curso de su paseo habitual, que estaba contento de ella, y le agradeció su silencio. Ella también estaba satisfecha —y muy sorprendida— de haber podido vencer la fuerza de sus recuerdos, hasta el punto de ver de nuevo a Vronski con indiferencia.

—He sentido tu ausencia —dijo a su marido al contarle aquella entrevista—, o al menos, hubiera querido que pudieses verme por el ojo de la cerradura, porque delante de ti quizá no habría podido conservar mi sangre fría. Mira qué colorada me pongo ahora. ¡Mucho más que antes, te lo aseguro!

Lievin se calmó ante la mirada llena de sinceridad de su esposa, y le hizo algunas preguntas que permitieron a Kiti justificar su actitud. Habiéndose serenado completamente, Lievin declaró que en lo sucesivo no se comportaría tan neciamente como lo hizo en las elecciones, y daría pruebas a Vronski de una perfecta amabilidad.

—¡Es tan penoso temer la presencia de un hombre y considerarle como un enemigo! —confesó—. Ahora estoy muy contento, muy contento.

## Capítulo II

No olvides hacer una visita a los Boll —recordó Kiti a su marido, cuando antes de marcharse entró en su habitación, cerca de las once de la mañana—. Ya sé que vas a comer en el casino con papá, pero, ¿qué te propones hacer antes?

—Pues nada, iré a casa de Katavásov.

—¿Por qué tan pronto?

—Me ha prometido presentarme a Metrov, un gran sabio de Peterburgo, con quien quiero discutir sobre mi libro.

—¡Ah, sí! Ya me acuerdo. Nos has hecho muchos elogios de sus artículos. ¿Y después?

—Quizá pase por el juzgado para el asunto de mi hermana.

—¿No irás al concierto?

—¿Y qué quieres que haga allí solo?

—Pues sí, pues sí, debes ir. Van a interpretar esas dos nuevas composiciones que tenías interés en escuchar. Si pudiese te acompañaría.

—En todo caso, vendré antes de la comida para saber de ti —dijo consultanto el reloj.

—Ponte la levita para ir a ver a los Boll.

—¿De veras es necesario que vaya?

—Ciertamente, pues el conde nos hizo él primero la visita. Cinco minutos de conversación sobre la lluvia y el buen tiempo no son, verdaderamente, una misión penosa de cumplir.

—Es que, como puedes ver, he perdido la costumbre de las visitas. ¡Costumbre muy fastidiosa, la verdad! Llegas a casa de esa gente sin previo aviso, no tienes nada que contarles, posiblemente les trastornas sus planes, en su interior se quejarán de tu importunidad…, ¡y buenas noches, señoras y señores!

—Pues tú hacías bastantes visitas cuando eras soltero.

—Es verdad, pero mi turbación era la misma. Palabra de honor que antes de hacer una visita de esas prefería quedarme dos días en ayunas. ¿Estás segura de que a éstos no les va a molestar?

—¡Claro que estoy segura, y bien segura! —afirmó Kiti, divertidísima—. Bueno, hasta luego —añadió, cogiéndole la mano—. Y no olvides tu visita.

Ya iba a salir Lievin, después de besar la mano de su mujer, cuando ésta le detuvo.

—Kostia, ¿sabes que no me quedan más que cincuenta rublos?

—Muy bien, pasaré por el Banco. ¿Cuánto necesitas?

—Atiéndeme —dijo ella al ver que se nublaba el rostro de su marido, al mismo tiempo que le sujetaba por el brazo—. Esta cuestión me tiene preocupada. A mí me parece que no hago gastos inútiles, y, sin embargo, el dinero se va tan de prisa, que algo debe ir mal en nuestro modo de vivir.

—De ningún modo —respondió Lievin, con la mirada baja y una tosecilla que ella sabía que expresaba cierta contrariedad. En efecto, aunque a él no le parecían exagerados los gastos, lamentaba que ella le recordase una dificultad en la que no quería pensar más—. He escrito a Sokolov encargándole que venda el trigo y que cobre anticipadamente el alquiler del molino. Dinero no nos hará falta.

—Creo verdaderamente que estamos gastando demasiado.

—Nada de eso, nada de eso. Hasta la vista, querida.

—A veces me apena haber seguido el consejo de mamá. Os estoy cansando a todos, estamos derrochando locamente el dinero... ¿Por qué no nos habremos quedado en el campo?

—Que no, que no. Yo no me arrepiento de nada de lo que he hecho después de casarnos...

—¿De veras? —inquierió ella, mirándole fijamente.

Él había pronunciado aquella frase sólo para reanimar a Kiti, pero emocionado por aquella mirada franca y límpida, la repitió con todo su corazón.

«Decididamente me estoy olvidando de ella», pensó él. Y recordando el feliz acontecimiento que esperaban, preguntó a Kiti, cogiéndole las dos manos:

—¿Cómo te sientes? ¿Será pronto eso?

—Me he equivocado tantas veces en mis cuentas, que no quiero pensar más en ello.

—¿No tienes miedo?

—Ni lo más mínimo —respondió ella, con altiva sonrisa.

—Si te pasa algo, haz que me avisen en casa de Katavásov.

—¡Bah, bah! No te inquietes. Te espero antes de comer. De aquí a entonces daremos una vuelta con papá y entraremos en casa de Dolli... A propósito: ¿sabes que su posición es insostenible? La infeliz está abrumada de deudas y no tiene un ochavo para salir del apuro. De eso estuvimos hablando ayer con mamá y Arsieni (el marido de su hermana Natalia), y hemos quedado de acuerdo en que debéis hacer recapacitar seriamente a Stiva, puesto que papá no querrá intervenir.

—¿Cree que nos escuchará?

—Habla de todo eso con Arsieni.

—Conforme. Iré a su casa y quizá entonces me decida a acudir al concierto con Natalia. Bueno, hasta pronto.

En el vestíbulo, el viejo criado Kuzmá, que ejercía en la ciudad las funciones de mayordomo, detuvo a su amo.

—Ayer volvieron a herrar a Krasávchik, el caballo de silla, pero sigue cojeando. ¿Qué se ha de hacer? —preguntó.

Lievin se había traído caballos del campo para su coche, pero no tardó en darse cuenta de que les resultaban más caros que los caballos de plaza, y, además, tenía que recurrir a menudo a los de alquiler.

—Haz venir al veterinario, quizá tenga una magulladura.

—¿Y para Katerina Alexándrovna? —insitió Kuzmá—. ¿Qué caballos elijo?

Durante los primeros tiempos de su estancia en Moscú Lievin no acertaba a comprender que, para ir desde Vozdvízhenka hasta Sítsev Vráshek, a un cuarto de verstá, tuviese necesidad de enganchar dos vigorosos caballos a un pesado coche, dejar que se helasen en la nieve durante cuatro horas, y pagar cinco rublos por ese mediocre placer. Ahora, en cambio, le parecía aquello lo más natural del mundo.

—Toma dos caballos en alquiler.

—Bien, señor.

Zanjada así, en pocas palabras, una dificultad que en el campo le habría costado prolongadas reflexiones, Lievin salió a la calle, llamó de lejos un coche de punto y se hizo conducir a la calle Nikítskaia, no pensando más que en el placer de hablar de sus trabajos con un célebre sociólogo.

Lievin había tomado muy a la ligera una resolución sobre aquellos gastos indispensables, cuyas cifras absurdas llenaban de estupor a los provincianos que venían a establecerse en Moscú. Le pasó lo que les pasa a los borrachos, para quienes —según afirma un viejo refrán—, «la primera copa sienta como un tiro, en la segunda, se siente uno como un águila, y, después de la tercera, como una gallina». Cuando tuvo necesidad de cambiar su primer billete de cien rublos, para proporcionar al portero y al ayuda de cámara unas libreas que —contrariamente a su mujer y a su suegra— le parecían totalmente inútiles, no pudo menos de reflexionar que aquellos oropeles representaban los jornales de dos campesinos durante un año, trabajando desde la salida hasta la puesta del sol, entre la Semana Santa y el último día de Cuaresma, o sea, muy cerca de trescientos días..., y le pareció una píldora muy mala de tragar. Pero ya le pareció menos amarga a partir del segundo billete, con el que satisfizo una factura de veintiocho rublos, importe de un festín familiar, no sin haber calculado que por aquel precio se podía adquirir nueve chetvert de avena, que muchos hombres habían tenido que segar, hacer gavillas, trillar, aventar, tamizar y poner en unos sacos con el sudor de sus frentes. En lo sucesivo, los billetes tomaron su vuelo como pájaros. Lievin ya no se preguntaba si el placer pagado con aquel dinero guardaba proporción con las fatigas que costaba ganarlo. Olvidó, al ceder su avena a cincuenta kopeks por debajo del precio corriente, las normas que se había impuesto a sí mismo de vender los cereales al precio más alto posible. Tampoco se detuvo a meditar en que, al paso que iba, no tardaría en llenarse de deudas. Tener dinero en el Banco con que subvenir a las necesidades diarias de la casa, fue de aquí en adelante su único objetivo. Hasta entonces, nunca había estado en apuros, pero la nueva pregunta de Kiti, ciertamente, le habría inducido a unas reflexiones muy amargas, si no fuera por la prisa que tenía en responder a la llamada de Katavásov.

## Capítulo III

Lievin estaba ahora en relaciones más estrechas con su antiguo camarada de Universidad, al que no había vuelto a ver desde su matrimonio. Katavásov tenía un concepto del mundo muy claro y muy simple, lo cual atribuía Lievin a su falta de carácter. Por su parte, el profesor imputaba la incoherencia de ideas de Lievin a una falta de disciplina mental. Debido sin duda a estas cualidades opuestas —claridad de ideas un poco árida en uno, y riqueza indisciplinada en otro—, ambos amigos encontraban el mayor placer en verse y discutir prolongadamente. Katavásov, en cierta ocasión, obligó a Levin a leerle algunos capítulos de su obra, y hallándolos interesantes, habló de ello a Metrov, eminente erudito que estaba de paso en Moscú, y cuyos trabajos apreciaba mucho Lievin. La noche de la víspera, en el curso de una conferencia, había prevenido a su amigo de que Metrov tenía interés en conocerle. Se había concertado una entrevista para el día siguiente por la mañana, a las once, en casa de Katavásov.

—Decididamente, amigo mío, es usted de lo más puntual —dijo el profesor al recibir a Lievin en su saloncito—. Celebro tanto... ¿Qué me dice usted de los montenegrinos? Una estirpe de guerreros, ¿verdad?

—¿Hay alguna novedad? —interrogó Lievin.

Katavásov le resumió las últimas noticias, y haciéndolo pasar a su gabinete de trabajo, le presentó a un personaje de estatura mediana, pero de muy buena presencia. Era Metrov. La conversación versó un momento sobre la política y los comentarios que en las altas esferas de Peterburgo habían suscitado los últimos acontecimientos. Metrov citó unas palabras muy significativas pronunciadas por el zar, cuyo conocimiento le había llegado de buena fuente, las cuales refutó Katavásov con otras de un sentido diametralmente opuesto y de fuente también autorizada. Lievin procuró hallar y explicar la situación en que unas y otras palabras fuesen pronunciadas. Y seguidamente cambiaron de tema.

—Mi amigo está dando los últimos toques a una obra sobre

economía rural —dijo entonces Katavásov—. No es ese mi punto fuerte, pero como naturalista me agrada la idea fundamental de este trabajo. Tiene en cuenta el medio en que el hombre vive y se desenvuelve. No examina a éste al margen de las leyes zoológicas, sino que lo estudia en sus relaciones con la Naturaleza.

—Resulta muy interesante —observó Metrov.

—Mi objeto era simplemente escribir un libro de Agronomía —dijo Lievin, poniéndose colorado—. Pero, a pesar mío, al estudiar el elemento principal que es el campesino, he llegado a las conclusiones más imprevistas.

Y Lievin desarrolló sus ideas con un poco de prudencia, porque, conocedor de que Metrov era adversario de las doctrinas económicas clásicas, ignoraba hasta qué punto podía simpatizar con las suyas aquel sabio de cara inteligente, pero hermético.

—¿Pues en qué se diferencia, según su criterio, el obrero ruso de los demás? —preguntó Metrov—. ¿Es desde el punto de vista que usted califica de zoológico, o bien de las condiciones materiales en que se encuentra?

Aquella manera de plantear la cuestión demostró a Lievin que existía una divergencia absoluta de ideas. No obstante, continuó exponiendo su tesis, a saber: que el pueblo ruso enfocaba el problema agrario de una manera muy distinta de los otros pueblos, y todo por la razón principal de que su instinto le hace sentirse predestinado a colonizar inmensos espacios todavía incultos.

—Nunca es tan fácil equivocarse como cuando se quiere asignar a un pueblo tal o cual misión —objetó Metrov—. La situación del trabajador dependerá siempre de sus relaciones con la tierra y el capital.

Y sin dar tiempo para que Lievin le replicara, se puso a explicarle en qué se distinguían sus propias opiniones de las que estaban entonces en boga. Lievin no comprendió nada ni se esforzó en comprender.

A pesar de su famoso artículo, Metrov, como todos los economistas, no estudiaba la situación del pueblo ruso más que con relación a la renta, al salario y al capital, estando de acuerdo en que la renta, en las provincias del Este —las cuales constituían la mayor parte del país— era nula; que para las nueve décimas partes de una población de ochenta millones de almas, el salario consistía sólo en lo justo para no perecer de inanición, y en fin, que el capital no estaba representado más que por un utillaje primitivo.

Metrov no se diferenciaba de otros autores de la misma escuela más que en una teoría nueva sobre el salario, cuyo contenido desarrolló extensamente.

Después de haber intentado interrumpirle para exponer su propio punto de vista, el cual —según creía— hacía inútil toda discusión ulterior, Lievin acabó por reconocer que ambas teorías eran irreconciliables. Dejó, pues, hablar a Metrov, halagado en el fondo al ver que un hombre tan sabio le tomaba por confidente suyo y le hacía objeto de sus deferencias. Y es que ignoraba que el eminente profesor, habiendo abordado el asunto con su habitual familiaridad, disfrutaba exponiendo al primero que veía unos conceptos que, además, aún no habían madurado en su mente ni se imponían a su espíritu con una evidencia irrefutable.

—Se nos va a hacer tarde —intervino, al fin Katavásov, después de mirar su reloj—. Hoy tenemos una sesión extraordinaria en la Sociedad de Amigos de la Ciencia Rusa, con ocasión del cincuentenario de Svíntich —añadió, dirigiéndose a Lievin—. He prometido leer un informe sobre sus investigaciones zoológicas. Venga con nosotros, será interesante.

—Sí, venga —corroboró Metrov—. Y después de la sesión hará el favor de acompañarme a casa para leerme su obra. La escucharé muy complacido.

—¡Bah! No es más que un esbozo que no merece la pena publicarse, pero les acompañaré a la sesión con mucho gusto.

—Ya sabrán ustedes que he firmado el memorándum —advirtió Katavásov, que se mudaba de traje en la habitación contigua.

Hacía alusión a un asunto que aquel invierno había apasionado a los moscovitas. En una sesión de Consejo de la Universidad, habiendo discrepado tres antiguos profesores de otros colegas más jóvenes, éstos expusieron su modo de ver en un memorándum, cuyo contenido pareció a unos muy justo y a otros sencillamente abominable. Los profesores quedaron divididos en dos bandos, uno de los cuales tachaba de cobardía la manera de obrar de los conservadores, y el otro calificaba de granujería el acto de sus rivales.

Aunque no tenía nada que ver con la Universidad, Lievin ya había oído hablar mucho de aquel incidente, a propósito del cual había formado su propia opinión. Pudo, por consiguiente, tomar parte en la conversación de aquellos señores, que recayó exclusivamente sobre tan grave cuestión, hasta que llegaron frente al vetusto edificio de la Universidad.

La sesión había comenzado. Seis personas, a las que se agregaron Metrov y Katavásov, habían tomado asiento ante una mesa cubierta con un tapete, y uno de ellos estaba leyendo con la nariz pegada a un manuscrito. Lievin se instaló junto a un estudiante, a quien preguntó en voz baja qué era aquello que estaba leyendo.

—La biografía —respondió, con sequedad.

Lievin escuchó maquinalmente la lectura, y se enteró de algunos detalles interesantes, relacionados con la vida del ilustre sabio.

Cuando terminó el orador, el presidente dio las gracias y acto seguido recitó unas estrofas enviadas por el poeta Ment, al que dedicó también algunas palabras de gratitud.

A continuación, Katavásov, leyó con voz potente su informe acerca de los trabajos de Svíntich.

Lievin, viendo que se acercaba la hora del concierto, comprendió que no tendría tiempo de leer su obra a Metrov. Además, se le hacía cada vez más evidente que era inútil estrechar los contactos con aquel economista. Si uno y otro estaban destinados a trabajar con fruto, no podía ser más que continuando separadamente sus estudios.

Al final de la sesión fue en busca de Metrov, quien le presentó al presidente. Habiendo recaído la conversación sobre política, Metrov y Lievin repitieron las frases intercambiadas en casa de Katavásov, con la diferencia de que Lievin expresó una o dos ideas nuevas que acababan de ocurrírsele. Después, como volvió a ponerse sobre el tapete la famosa controversia de los profesores, Lievin —que ya estaba bastante aburrido de ella—, presentó sus excusas a Metrov, y dándose toda la prisa posible, trasladóse a casa de los Lvov.

## Capítulo IV

Arsieni Lvov, el marido de Natalia, había vivido siempre donde le reclamaban sus funciones de diplomático: ora en las capitales rusas, ora el en extranjero. Hacía unos meses que había abandonado la carrera, y no porque en ella hubiera sufrido contrariedades —siendo, como era, uno de los temperamentos más flexibles del mundo—, sino sencillamente por vigilar más de cerca la educación de sus dos hijos. Se había domiciliado en Moscú, en cuya Corte estaba desempeñando un alto cargo.

A pesar de su notoria diferencia de edad, y de tener opiniones y costumbres muy dispares, los dos concuñados habían trabado una sincera amistad en el transcurso del invierno.

Cómodamente instalado en una butaca, Lvov, en chaquetón de casa y calzando zapatillas de gamuza, se dedicaba a la lectura con ayuda de un *pince-nez*[1] de cristales azules, fumando un cigarro a medio consumir, que su mano delicada mantenía a distancia respetuosa del libro, colocado delante de él en un pupitre bajo. Su rostro fino, de expresión todavía juvenil y al que daban cierto aire aristocrático sus cabellos rizosos y plateados, se iluminó con una sonrisa al ver entrar a Lievin, que no se había hecho anunciar.

—Ya iba a mandar que me trajesen noticias de Kiti. ¿Qué tal está? Póngase aquí, que estará mejor —dijo con ligero acento fracés, empujando una mecedora—. ¿Ha leído usted el último editorial del *Journal de St. Pétersbourg?* Lo encuentro bastante bien.

Lievin le informó de los rumores captados por Katavásov, y agotado el tema político, pasó a contarle su entrevista con Metrov y la sesión de la Universidad.

—¡Cuánto le envidio sus relaciones con el mundo científico! —exclamó Lvov, después de escucharle complacido y, animándose, continuó en francés, que le era más cómodo—. Claro que yo no podría sacarle el mismo provecho que usted

---

[1] anteojos. (En francés en el original.)

por falta de tiempo, y debo también confesarlo, falta de instrucción suficiente.

—Permítame dudar sobre este último extremo —respondió Lievin, sonriendo, pues le impresionaba mucho la modestia de su cuñado, porque sabía que era sincera.

—Usted no podría creer hasta qué punto me doy cuenta de ello, ahora me ocupo en la educación de mis hijos. No sólo se trata de refrescarme la memoria, sino también de rehacer mis estudios... Yo estimo, en efecto, que al lado de los niños no basta que estén los maestros. Hace falta también una especie de inspector general, cuyo papel equivaldría al que desempeña el capataz cerca de sus obreros... Y veo que a Misha le hacen aprender cosas excesivamente difíciles —declaró, señalando la gramática de Busláiev, que descansaba sobre el pupitre—. ¿Podría usted, por ejemplo, explicarme este pasaje?

Lievin objetó que aquellas materias se debían aprender sin tomarse la molestia de profundizar en ellas. Lvov no se dejó convencer.

—Puede que le parezca a usted ridículo —indicó.

—Muy al contrario, usted me sirve de ejemplo para el provenir, precisamente, en la educación de los hijos— aseguró Lievin.

—¡Oh, el ejemplo no tiene nada de particular!

—Sí, por cierto, porque nunca he visto niños tan bien educados como los suyos.

Lvov no pudo disimular una sonrisa de satisfacción.

—Lo único que deseo es que ellos se formen mejor que yo. Su instrucción se ha descuidado bastante y no puede imaginarse la serie de dificultades que hemos de afrontar.

—Están lo suficientemente bien dotados para recobrar pronto el tiempo perdido. En cambio, su educación no deja nada que desear.

—¡Si supiera el trabajo que me cuesta!... Apenas vencida una mala inclinación, se manifiesta otra. Como ya le he dicho, sin el auxilio de la religión ningún padre podría llegar al término de su tarea.

La bella Natalia Alexándrovna, en traje de paseo, interrumpió esta charla, cuyo tema la apasionaba bastante menos que a Lievin.

—No sabía que estuviera aquí —dijo a su cuñado—. ¿Cómo está Kiti? Supongo que le habrá dicho que voy a comer con ella... A propósito, Arsieni, tienes que llevarte el coche...

Lvov debía ir a la estación al encuentro de una alta personalidad, y Natalia al concierto y a una sesión pública del Comité de Eslavos del Sur. Tras larga discusión, decidióse que Lievin acompañaría a su cuñada y mandaría el coche a Arsieni, quien acudiría a recoger a su esposa para conducirla a casa de Kity. Si algún asunto le retenía en casa, mandaría el vehículo a Lievin con el encargo de que cumpliría él aquella misión.

Aclarada esta cuestión, Lvov, dijo a su mujer:

—Lievin me desconcierta. Afirma que nuestros hijos son perfectos. ¡Y yo que encuentro en ellos tal cantidad de defectos...!

—Siempre te pasas de un extremo al otro. La perfección es una utopía. Pero papá tiene mucha razón. En otro tiempo, los padres habitaban el primer piso y los hijos no salían del entresuelo. Hoy día, los niños han conquistado el primer piso y han relegado a los padres a la buhardilla. Los padres no tienen derecho a vivir más que para sus hijos.

—¡Qué importa eso, si nos dan tantas satisfacciones! —replicó Lvov, cogiéndola de la mano y luciendo su hermosa sonrisa—. Si no te conocieran, creerían oír hablar a una madrastra.

—No. El exceso en todo es un defecto —concluyó Natalia, que cuidadosamente puso en el lugar adecuado el cortapapeles de su marido.

—Muy bien. Acercaos, hijos modelos —dijo Lvov a dos guapos mozos que aparecieron en el umbral.

Después de haber saludado a su tío, los chicos se acercaron a su papá con la intención evidente de hacerle varias preguntas. Lievin habría participado de buena gana en la conversación, pero se le interpuso Natalia, y en aquel intervalo se presentó en uniforme de corte el colega de Lvov, Majotin, que debía acompañarle a la estación. Siguió el consabido e incesante cambio de opiniones sobre Herzegovina, la princesa Korzínskaia, el concejo municipal y la súbita muerte de la señora Apráxina.

Lievin no se acordó del asunto que allí le había traído, hasta que llegó a la antecámara.

—A propósito —dijo a Lvov, que le acompañaba—. Kiti me ha pedido que me ponga de acuerdo con usted sobre lo que conviene hacer en el asunto de Oblonski.

—Sí, ya sé. *Maman* quiere que nosotros, *les beaux-frères*[2], le demos una lección de moral, pero yo, ¿qué tengo que ver con todo eso?

—Bueno, yo me encargo de eso, pero vámonos —intervino Natalia que, enfundada en su capa de piel de zorro blanco, esperaba un poco impaciente el fin de la conversación.

## Capítulo V

SE estrenaban aquel día dos partituras: una «Fantasía sobre el Rey Lear de la Estepa», y un «Cuarteto» dedicado a la memoria de Bach. Lievin deseaba ardientemente formar su propia y exclusiva opinión acerca de estas obras, compuestas según las nuevas ideas, y para no sufrir influencias extrañas fue a apoyarse en una aislada columna, después de haber instalado convenientemente a su cuñada, y resuelto a escuchar atenta y concienzudamente hasta el fin. Evitó que le distrajeran los gestos del director de la orquesta, su corbata blanca, los sombreros de las señoras, cuyos lazos les taponaban herméticamente las orejas, la visión de todas aquellas fisonomías aburridas, de personas ociosas venidas al concierto por cualquier cosa menos por la música. Evitó especialmente las pedanterías de los diletantes y, con la mirada perdida en el espacio, quedó sumido en una profunda atención.

Pero mientras más escuchaba la «Fantasía», más le costaba formarse una idea clara y precisa de la misma. La frase musical, insistentemente y según se iba desarrollando, se fundía en otra frase o se desvanecía según el capricho del compositor, dejando como única huella una penosa búsqueda de instrumentación. Los mejores pasajes no encajaban como correspondía en el conjunto, y la alegría, la tristeza, la desesperación, la ternura, se sucedían con esa incoherencia propia de las impre-

---

2 cuñados. (En francés en el original.)

siones de un loco, para desaparecer seguidamente de la misma manera.

Al terminar bruscamente la partitura, Lievin se sorprendió de la fatiga que aquella tensión de espíritu le había causado tan inútilmente. Le hacía el efecto de un sordo que mira cómo bailan otros y, al oír los aplausos entusiastas del auditorio, quiso comparar sus impresiones con las de los más entendidos. La gente se levantaba por todas partes, se formaban corros, y Lievin pudo reunirse con Pestsov, que conversaba con uno de los más famosos aficionados.

—¡Es asombroso! —exclamó Pestsov, con su voz potente—. ¡Ah! Buenos días, Kostantín Dmítrich... El pasaje más rico en color, el más escultural diría yo, es aquel en que se adivina la proximidad de Cordelia, donde la mujer, *das ewig Weibliche* entra en lucha con la fatalidad. ¿No es cierto?

—Permítame. ¿Qué tiene que ver Cordelia con todo esto? —se atrevió a preguntar Lievin, olvidando que se trataba del rey Lear.

—Aquí aparece Cordelia. No tiene más que verlo —replicó Pestsov, golpeando con los dedos un programa satinado que entregó a Lievin.

Fue entonces cuando éste se acordó del título de la Fantasía, y se apresuró a leer los versos de Shakespeare, impresos en una traducción rusa al dorso del programa.

—No se debe seguir la música sin ayuda del programa —insistió Petsov, que, viéndose abandonado por el diletante, tuvo que recurrir a aquel mezquino interlocutor que para él era Lievin.

Entre ambos se entabló una discusión sobre los méritos y defectos de la música wagneriana. Lievin acusaba a Wagner y sus seguidores de haber invadido los dominios de otro arte. Ni la poesía ni la música lograrían trazar los rasgos de una cara, misión encomendada a la pintura. En apoyo de su aserto. Lievin citó el caso reciente de un escultor, que había agrupado alrededor de la estatua de un poeta las pretendidas sombras de sus inspiraciones.

—Esas figuras se asemejan tan poco a unas sombras, que

---

¹ La eterna feminidad. (En alemán en el original.)

tienen necesidad de apoyarse en una escalera —concluyó, satisfecho de su frase.

Pero apenas la había pronunciado, creyó recordar vagamente que ya se la había soltado a alguien, tal vez al mismo Pestov, lo cual le hizo perder sus bríos.

Pestsov estimaba, por el contrario, que el arte es «uno». Para que alcance la suprema grandeza, es necesario que sus diversas manifestaciones se reúnan en un solo haz.

El «Cuarteto» se perdió totalmente para Lievin. De pie, a su lado Pestsov, no cesaba de divagar. La afectada sencillez de aquella pieza le recordaba la falsa naturalidad de los pintores prerrafaelistas.

Inmediatamente después del concierto, Lievin se reunió con su cuñada. Al salir, después de haber encontrado distintas personas conocidas, con las cuales cambió impresiones sobre la política, la música y las amistades comunes, divisó de lejos al conde Boll, y le vino a la mente la visita que le tenía que hacer.

—Vaya pronto —recomendó Natalia, a quien confió sus inquietudes—. Quizá la condesa no reciba hoy. Venga enseguida a verme a la sesión del Comité.


Capítulo VI

—¿La condesa no recibe hoy, quizá? —preguntó Lievin al penetrar en el vestíbulo de los Boll.

—Sí, por cierto. Tenga la bondad de pasar —respondió el portero, despojándole de la pelliza con aire resuelto.

«¡Qué fastidio! —pensó Lievin—. ¿Y qué le voy a decir? ¿Qué he venido a hacer en esta casa?».

Lanzó un suspiro. Se quitó un guante, puso en la debida forma su sombrero flexible y se introdujo en el primer salón. Allí se encontró con la condesa, que con acento severo daba órdenes a un criado. Sonrió al ver al visitante y le invitó a entrar en un saloncito contiguo donde sus dos hijas departían con un coronel que conocía a Levin. Después de los cumplidos de rigor, éste tomó asiento al lado del canapé, con el sombrero sobre las rodillas.

—¿Cómo está su esposa? ¿Viene usted del concierto? Nosotros no hemos podido ir. Mamá tenía que asitir al funeral.

—Sí... ¡Qué muerte tan repentina!

Apareció la condesa, se sentó en el canapé, informóse, a su vez, de la salud de Kiti y del éxito del concierto. Lievin, por su parte, lamentó una vez más la muerte repentina de la señora Apráxina.

—Por lo demás, siempre tuvo una salud muy precaria.

—¿Estuvo ayer en la Ópera?

—Sí.

—La Lucca estaba soberbia.

—Ciertamente.

Y como la opinión de aquella gente le importaba poco, se explayó sobre el talento de aquella diva con una serie de trivialidades que la condesa fingía escuchar. Cuando creyó haber hablado bastante, el coronel, hasta entonces silencioso, se extendió, a su vez, sobre la ópera, sobre el nuevo sistema de alumbrado y sobre la *folle journée*[1] que darían muy pronto los Tiurin. Acto seguido se levantó aparatosamente y se despidió. Lievin hubiera querido hacer otro tanto, pero una mirada sorprendida de la condesa le dejó clavado en su sitio. No era aquel el momento oportuno. Volvió a sentarse atormentado por el necio papel que estaba desempeñando, y sintiéndose cada vez más incapaz de encontrar un tema de conversación.

—¿Irá usted a la sesión del Comité? —preguntó la condesa—. Dicen que va a ser interesante.

—No estaré en la sesión, pero he prometido a mi *belle-soeur*[2] ir a buscarla allí.

Nuevo silencio, durante el cual las tres damas cambiaban una mirada.

«Esta vez creo que es tiempo de partir», pensó Lievin, levantándose de nuevo. Las damas ya no le retuvieron más. Le estrecharon la mano, rogándole transmitiera *mille choses*[3] a su mujer.

Al colocarle la pelliza, el portero le pidió su dirección, y la

---

[1] fiesta de locura. (En francés en el original.)
[2] cuñada. (En francés en el original.)
[3] mil recuerdos. (En francés en el original.)

anotó gravemente en un libro-registro soberbiamente encuadernado.

«En el fondo me río yo de esto, pero, ¡Dios mío! ¡Esto es tener que hacer el memo! ¡Y qué ridículo resulta todo!», pensaba Lievin, mientras se dirigía al lugar de la sesión en favor de los Eslavos del Sur.

Llegó con tiempo suficiente para escuchar la lectura de una Memoria, la cual encontró una acogida muy favorable en el numeroso auditorio.

Parecía que se había dado cita en aquel sitio todo la buena sociedad de Moscú. Lievin se encontró a Sviyazhski —quien le insistió en que no faltara aquella misma noche a una conferencia de lo más interesante, en la Sociedad Agronómica—, a Oblonski, que volvía de las carreras, y a otros muchos amigos más, con los cuales no tuvo más remedio que extenderse en consideraciones sobre la sesión que se celebraba, sobre una pieza que se acababa de estrenar y sobre un proceso que había apasionado a todos los espíritus, y con ocasión del cual su cansada atención le hizo cometer un error, del que luego se tuvo que arrepentir: un extranjero, culpable de un delito en Rusia, había sido sancionado con un decreto de expulsión, lo cual parecía a todo el mundo un castigo excesivamente blando.

—Sí —comentó Lievin—. Es como querer castigar a una anguila echándola otra vez al río.

Demasiado tarde se acordó de aquella ocurrencia que había emitido como suya, se la había contado un amigo la víspera. Este señor lo había leído antes en un folletín, cuyo autor a su vez lo había plagiado al fabulista Krilov.

Después de llevar a su casa a Natalia y ver que Kiti se encontraba en tan perfecto estado de salud como la dejó, se fue al club.


CAPÍTULO VII

Lievin llegó al club a la hora justa, en el momento en que lo hacían los socios e invitados. No había puesto los pies en el club desde aquellos tiempos en que, terminados sus estudios, fijó su residencia en Moscú y frecuentó la alta sociedad. Recordaba el club, los detalles exteriores de la construcción, pero había olvidado por completo la impresión que antes le producía. Mas en cuanto entró en el amplio patio semicircular, descendió del coche de punto, puso los pies en el porche, y el conserje, de uniforme con banda, le abrió silenciosamente la puerta y le saludó, se sintió embargado por la antigua sensación de descanso, bienestar y decoro. Esta impresión se acentuó cuando vio en la conserjería los chanclos y los abrigos de los socios del club, que habían comprendido que era preferible dejar los chanclos allí abajo a llevarlos arriba; cuando oyó el misterioso toque de aviso que le precedía y vio, al subir la alfombra escalera de suave pendiente, la estatua en el rellano, y, en las puertas superiores, al tercero y ya envejecido conserje, conocido, con la librea del club, que inmediatamente le abrió y le miró.

—Su sombrero, si me hace el favor —dijo el conserje a Lievin, que había olvidado dejarlo en el vestíbulo, quebrantando el reglamento de la entidad.

Aquel hombre conocía, no sólo a Lievin, sino a toda su parentela. Él también le recordó el placer de verle. El príncipe le inscribió ayer. Etepán Arkádich no ha llegado todavía.

Después de atravesar la antecámara de biombos y la pequeña estancia con su cuadro del mercader de frutas, Lievin penetró en el comedor, adelantándose a un señor anciano que marchaba a pasos muy cortos. Al entrar se encontró con las mesas ocupadas casi en su totalidad. Aquí y allá veía la gente más diversa: viejos y jóvenes, conocidos apenas y allegados. No había ningún rostro enfadado o preocupado. Parecía que todos habían dejado en la conserjería, junto con los sombreros y gorros, las preocupaciones y alarmas, y se habían reunido sin prisas para gozar de los bienes materiales de la vida. Entre los comensales reconoció al viejo príncipe, a Sviyazhski, Scherbatski, Neviedovski, Serguiéi Ivánovich, Vronski.

—Al fin te vemos por aquí —le dijo su suegro, tendiéndole la mano por encima del hombro—. ¿Cómo está Kiti? —añadió introduciendo un pico de su servilleta en un ojal del chaleco.

—Está bien, y va a comer con sus dos hermanas.

—¡Ah! ¡Ah! Las conversaciones de Alinas y Nadinas. Ve enseguida a sentarte ante aquella mesa, que aquí todo está tomado —dijo el príncipe volviendo la cabeza. Y con gran cuidado, tomó de manos del camarero el plato de sopa de lota[1].

—¡Por aquí, Lievin! —gritó una voz jovial a algunos pasos.

Era Túrovtsyn, que se hallaba sentado junto a un joven oficial, frente a dos sillas reservadas. Después de una mañana tan agobiante, la presencia de aquel amigo de genio alegre, por quien siempre había tenido debilidad, resultó singularmente grata a Lievin. Le recordó la tarde de sus esponsales.

—Tome asiento —le invitó Turovtsyn, después de haberle presentado a su vecino, un peterburgués de risueña mirada y esbelto talle, que respondía al nombre de Gaguin—. No nos faltaba más que Oblonski... Pero no, aquí está precisamente.

—Acabas de llegar, ¿verdad? —preguntó Oblonski, acercándose—. Pues bien, vamos a beber un vaso de vodka.

Lievin se dejó arrastrar ante una gran mesa atestada de botellas de vodka y de una veintena de entremeses. Había para satisfacer los gustos más diferentes. Así y todo, Stepán Arkádich echó de menos enseguida cierto manjar de su predilección, que un criado de librea se apresuró a proporcionarle. Bebieron una copita y volvieron a su mesa.

Como desde que sirvieron la sopa, Gaguin había hecho traer champaña, Lievin pidió una segunda botella. Comió y bebió a gusto, y tomó parte con placer no poco visible en las conversaciones, un poco picantes, de sus compañeros de mesa. Gaguin relató la última anécdota peterburguesa, tan grosera como estúpida, lo que no impidió que Lievin riera con gana, hasta el punto que hizo volverse a los comensales de las mesas vecinas.

—Es del mimo género de «¡Esto no lo puedo soportar!» ¿Conoces este chiste? —preguntó Stepán Arkádich—. Es estupendo. Trae otra botella —ordenó al lacayo y empezó a contarlo.

—De parte de Piotr Illich Vinovski —anunció un viejo sirviente, colocando ante Lievin y su cuñado dos copas de espumoso champaña.

Stepán Arkádich levantó la suya en dirección de un señor de tez rojiza, calvo y bigotudo, al que hizo una señal amistosa con la cabeza.

---

[1] *lota*: pez de los lagos y ríos de Europa Central y del Báltico, de carne e hígado muy apreciados.

—¿Quién es? —preguntó Lievin.

—Un hombre encantador. ¿No te acuerdas de haberle visto en mi casa?

Lievin imitó el gesto de su cuñado, y éste pudo entonces referir su historieta, no menos escabrosa que la de Gaguin. Después que Lievin hubo contado la suya, que pasó por muy divertida, se habló de caballos y concursos hípicos. Mereció especial mención la brillante victoria del *Átlasnyi* de Vronski, que acababa de ganar un premio.

—Y aquí tenemos al feliz propietario en persona —dijo Stepán Arkádich, retrepándose en su silla para tender la mano a Vronski, a quien acompañaba un coronel de la Guardia Imperial, de gigantesca estatura. Vronski, que parecía también de excelente humor, se apoyó en el hombro de Oblonski, murmuró unas palabras en a su oído y con amable sonrisa alargó la mano a Lievin.

—Encantado de verle otra vez —dijo—. Le estuve buscando por la villa después de las elecciones. Había desaparecido.

—Es verdad, me marché aquel mismo día... Estábamos hablando de su pura sangre. Mi enhorabuena.

—¿No se dedica usted también a la cría de caballos de carrera?

—Yo no, pero mi padre tenía una caballeriza. Entiendo algo sólo por tradición.

—¿Dónde has almorzado? —preguntó Oblonski.

—En la segunda mesa, detrás de las columnas —repuso Vronski.

—Le han colmado de felicitaciones —dijo el gigantesco coronel—. No está mal. ¡Ay, si yo pudiese tener la misma suerte en el juego! Pero pierdo un tiempo precioso...

Y con paso decidido, se dirigió a la «cámara infernal».

—Ese es Iashvín —respondió Vronski a una pregunta de Túrovtsyn.

Tomó asiento cerca de ellos, aceptó una copa de champaña y encargó otra botella. Bajo la influencia del vino y de la atmósfera sociable del Club, Lievin entabló con él una cordial discusión sobre los méritos respectivos de las diferentes razas de caballos. Satisfecho de no sentir ya ninguna aversión contra su antiguo rival, hasta hizo una alusión al encuentro que había tenido lugar en casa de la princesa María Borísovna.

[856]

—¿María Borísovna? —exclamó Stepán Arkádich—. ¡Es verdaderamente deliciosa!

Y contó sobre la vieja dama una anécdota, que promovió nuevamente la alegre risa de todos. Las carcajadas de Vronski parecieron a Lievin tan francas y cordiales, que se sintió reconciliado definitivamente con él.

—Bueno, señores —dijo Oblonski, levantándose, con una sonrisa en los labios—. Si hemos terminado, vamos a salir.


### CAPÍTULO VIII

LIEVIN dejó el comedor con una sensación de singular ligereza en los movimientos. Cuando conducido por Gaguin se dirigía a la sala de billar, se encontró en el gran salón con su padre político.

—¿Qué me dices de este templo de la indolencia? —preguntó el viejo príncipe, cogiéndole del brazo—. Vente a dar una vuelta.

—No deseo otra cosa, porque esto me interesa mucho.

—A mí también, pero de una manera distinta. Cuando tú ves hombres ancianos como éste —dijo enseñándole un viejo señor encorvado, de labio inferior colgante y que caminaba penosamente, calzado con botas altas de cuero flexible—, creerás de buena gana que han nacido tan desquiciados como ahora y te hacen sonreír. Yo, en cambio, los miro y me digo: «Dentro de poco yo también arrastraré la pezuña como ellos.» ¿Conoces al príncipe Chechenski? —preguntó en un tono que hacía prever una jocosa historieta.

—A fe mía que no.

—¡Cómo! ¿No conoces a nuestro famoso jugador de billar? En fin, poco importa... Hace de esto tres años. Todavía fanfarroneaba, y trataba a los otros de viejos imbéciles. Pues bien, cierto día, Vasili, nuestro conserje... ¿No le recuerdas? Sí, hombre... Verás, un tipo muy grueso, que siempre encuentra un motivo para hacer reír... Pues a éste, un día, el príncipe le preguntó al venir: «¿A quiénes voy a encontrar arriba, Vasili? «A éste y al otro» «¿Y de esos desquiciados, ha venido alguno?» «Usted es el tercero, señor príncipe», le respondió el otro, cara a cara. ¡Imagínate el resto!

Sin dejar de ver y saludar amigos en su trayecto, ambos atravesaron todas las salas: la grande, donde jugaban los de siempre; la de los divanes, donde se jugaba al ajedrez y Serguiéi Ivánovich conversaba con un desconocido; la sala de billar, donde en un rincón cercano al diván, Gaguin había congregado un grupo en torno a una botella de champaña. Echaron un vistazo a la «sala infernal», donde alrededor de la mesa a que se hallaba sentado Yashvín había muchos apostadores. Penetraron con sigilo en la sala de lectura, una estancia sombría que iluminaban débilmente unas lámparas con pantallas. En ella, un joven de mala cara hojeaba un montón de revistas y un general calvo, permanecía enfrascado en la lectura. Por último, se introdujeron en una habitación, que el príncipe había denominado «salón de los intelectuales», y se encontraron allí tres caballeros discutiendo de política.

—Le están esperando, príncipe —vino a anunciarle uno de sus compañeros de juego, que había estado buscándole por todas partes.

Habiéndose quedado solo, Lievin permaneció un rato escuchando a los tres caballeros. Después, recordando todas las conversaciones de aquel género oídas por la mañana, sintió un aburrimiento tan profundo que se eclipsó para ir en busca de Túrovtsyn y Oblonski, con los cuales al menos tenía alguna distracción.

Los encontró en la sala de billar: Túrovtsyn, en el grupo de los bebedores; Oblonski, de pie al lado de la puerta, en compañía de Vronski.

—No es que esté aburrida, pero esa indecisión la enerva —oyó decir Lievin, que quiso pasar de largo, pero se sintió cogido por el brazo.

—No te vayas, Lievin —le suplicó Stepán Arkádich con los ojos húmedos, como los tenía siempre que bebía y en sus momentos de ternura, y aquella tarde coincidían ambas cosas—. Este es, yo creo, mi mejor amigo —prosiguió, volviéndose a Vronski—, y como tú también me eres por lo menos tan querido y tan allegado, quisiera que os hicieseis amigos. Sois dignos de serlo.

—Después de esto, no nos queda más que abrazarnos —respondió Vronski complacido, ofreciendo a Lievin su mano.

—Encantado, encantado —declaró.

—¡Cámarero, champaña! —gritó Oblonski.

—Yo lo estoy igualmente —repuso Vronski.

Pero a pesar de aquella mutua satisfacción, no encontraron nada que decirse.

—Tú sabes que él no conoce a Anna —hizo notar Oblonski— y quiero aprovechar esta oportunidad para presentársela.

—De lo cual se alegrará mucho ella —respondió Vronski—. De buena gana me iría ahora, pero este Iashvín me tiene inquieto. Tengo que vigilarle.

—¡Lleva las de perder!

—Como siempre. No tiene a nadie más que a mí para hacerle entrar en razón.

—Entonces, ¿qué me decís de una partidita de billar, mientras tanto? ¿Tú eres de los nuestros, Lievin? Perfectamente... ¡Una pirámide! —gritó al encargado.

—Ya hace rato que está preparada —respondió el personaje, que empleaba sus ratos de ocio en hacer rodar la bola encarnada.

—Ea, pues.

Terminada la partida, Vronski y Lievin se instalaron en la mesa de Gaguin, y por consejo de Oblonski, Lievin apostó en los ases. Una turba de amigos asediaba sin cesar a Vronski, que se aproximaba de cuando en cuando para amonestar a Iashvín. Feliz de su reconciliación definitiva con su antiguo rival, Lievin experimentaba una creciente sensación de alivio físico y moral.

Cuando la partida hubo llegado a su fin, Stepán Arkádich le cogió por el brazo.

—¿De modo que me acompañarás a casa de Anna? Hace mucho tiempo que le he prometido llevarte. ¿Tienes algo a la vista para esta tarde?

—Nada de particular. Había prometido a Sviyazhski asistir a una sesión de la Sociedad Agronómica, pero eso no tiene importancia. Vamos allá, si quieres.

—Perfectamente... Ve a ver si está mi coche —ordenó Stepán Arkádich a un lacayo.

Después de pagar los cuarenta rublos que había perdido a las cartas, Lievin abonó misteriosamente el gasto que había hecho en el club, que el lacayo viejecillo que estaba en el umbral de la puerta conocía, y accionando con energía los brazos, atravesó la serie de salones del club y ganó la salida.

## Capítulo IX

—¡El coche del príncipe Oblonski! —gritó el portero, con potente voz.

Avanzó el coche, subieron los dos cuñados, y muy pronto, las sacudidas del vehículo, los gritos de un auriga, el letrero rojo de un cabaret visto a través de la portezuela, disiparon aquella atmósfera de placidez que había rodeado a Lievin desde que se introdujo en el club. Vuelto bruscamente a la realidad, se preguntó si tenía alguna razón para ir a casa de Anna. ¿Qué diría Kiti? Pero como si hubiera adivinado lo que pasaba por su mente, Stepán Arkádich cortó de raíz estas meditaciones.

—¡Cuánto me alegro de hacértela conocer! ¿No sabes que Dolli lo deseaba hace mucho tiempo? También va Lvov. Aunque me esté mal el decirlo por ser mi hermana, puedo afirmar que es una mujer superior. Lástima que su situación sea ahora más triste que nunca.

—¿Y eso por qué?

—Estamos tramitando el divorcio. Su marido consiente en él, pero han surgido dificultades a causa del niño, y al cabo de tres meses el problema sigue estancado. Tan pronto se pronuncie la sentencia de divorcio, se casará con Vronski... Dicho sea entre nosotros, ¡qué cosa más tonta es esa ceremonia tan anticuada, a la que ya nadie concede ninguna importancia, y que para nada se necesita, en cuanto a la felicidad de la gente!... Y cuando todo esté terminado, su posición será tan regular como la tuya y la mía.

—¿En qué consisten esas dificultades?

—Sería demasiado largo de explicar. Sea lo que quiera, ahí la tienes desde hace tres meses en Moscú, donde todo el mundo la conoce, pero no ve a ninguna mujer más que a Dolli, porque no consiente que le hagan visitas de caridad. ¿Quieres creer que esa necia de princesa Varvara le ha dado a entender que tiene que dejarla «por conveniencias»? Otra mujer que no fuese Anna estaría irremisiblemente perdida, pero tú mismo te convencerás de cómo, al contrario, se ha organizado una vida digna y con una misión que cumplir... ¡A la izquierda, frente a la iglesia! —gritó al cochero, asomándose por la portezuela—. ¡Dios mío, qué calor hace! —se quejó, echando hacia atrás su abrigo, a pesar de los doce grados bajo cero.

—Pero ella tiene una hija, que debe ocuparle mucho tiempo.

—Por lo visto, tú no consideras a la mujer más que como un ser reproductor, *une couveuse*...[1] Pues sí, se ocupa de su hija, y la sabe educar muy bien, pero no se detiene en esa niña. Sus ocupaciones más importantes son de orden intelectual: se dedica a escribir. Ya te veo sonreír, y haces mal. Lo que escribe está destinado a la juventud. No habla de eso a nadie más que a mí, que he enseñado el manuscrito a Vorkúiev... Ya sabes, el editor. Como él también es escritor, sabe apreciarlo. Pues bien, en su opinión, es una cosa notable,... No te vayas a figurar, ni mucho menos, que ha optado por una misión exclusivamente intelectual. Anna es, ante todo, una mujer de corazón. Ahora tiene, recogidos en su casa, una niña inglesa y una familia entera, de los cuales se ocupa personalmente.

—¿Por filantropía, sin duda?

—No, por simple bondad del alma. Tú ves el ridículo por todas partes. Esa familia es la de un picador de caballos muy hábil en su oficio, que Vronski tiene empleado. El desdichado, entregado a la bebida, poseído del *delirium tremens*, ha abandonado a su mujer y a sus hijos. Anna se ha interesado por esa pobre gente, pero no solamente dándoles dinero. Enseña el ruso a los niños, a fin de que puedan ingresar en un colegio, y tiene a la niña recogida en su casa. Además, vas a ver...

El coche entró en el patio y se situó al lado de un trineo. La puerta se abrió a una fuerte llamada de Stepán Arkádich, quien sin preguntar si recibía o no, desprendióse de su abrigo en el vestíbulo. Lievin, cada vez más preocupado sobre la proceden-

---

[1]  una clueca... (En francés en el original.)

cia o no del paso que daba, imitó, sin embargo, su ejemplo. Al mirarse en el espejo se encontró muy encendido de color, pero seguro de que la bebida no le había alterado en lo más mínimo, subió la escalera detrás de Oblonski. En el primer piso les recibió un criado, e interrogado éste familiarmente por Stepán Arkádich, respondió que la señora estaba en el gabinete acompañada del señor Vorkúiev.

Atravesaron un pequeño comedor con las paredes revestidas de madera y entraron en un aposento débilmente iluminado por una lámpara de gran pantalla oscura, en tanto que un reflector proyectaba una luz muy suave sobre el retrato de una mujer de hombros opulentos, cabellos negros rizados, sonrisa pensativa y mirada impresionante. Era el retrato de Anna, hecho en Italia por Mijáilich. Lievin se quedó fascinado. ¿Era posible que una criatura tan bella pudiera existir en carne y hueso?

—Estoy encantada... —dijo una voz que se dirigía evidentemente al recién llegado.

Era Anna, que salía a recibirle de detrás de un espejo de vestir de tres caras. Y en la semioscuridad de la estancia, Lievin reconoció el original del retrato, de una belleza realmente soberana, aunque menos brillante, y que ganaba en encanto lo que perdía en resplandor.


Capítulo X

Anna se levantó a su encuentro sin disimular el placer que su visita le causaba. Con la desenvoltura y la sencillez de una dama de la mejor sociedad, cosa que Lievin supo apreciar enseguida, le tendió su pequeña mano resueltamente, le presentó a Vorkúiev y le mostró como su pupila a una jovencita que estaba trabajando, sentada junto a la mesa.

—Estoy encantada... Sí, encantada de verdad —repitió—, y estas palabras triviales, pronunciadas por ella, adquirían un sentido particular—. Hace tiempo que le conozco y estimo gracias a las referencias de Stiva y por su mujer. Yo no la he visto más que una o dos veces, pero me ha dejado una impresión deliciosa: es una flor, una flor exquisita. He sabido que pronto va a ser madre.

Hablaba sin dificultades ni apresuramiento, mirando alternativamente a su hermano y a Lievin, quien dándose cuenta de que le gustaba, no tardó en sentirse a sus anchas, como si se hubieran conocido desde niños.

Oblonski preguntó si se podía fumar.

—Por eso precisamente es por lo que Iván Petróvich y yo nos hemos refugiado en el gabinete de Alexiéi —respondió Anna, alargando a Lievin una pitillera de concha, después de haber sacado de ella una pajilla.

—¿Cómo te encuentras? —le preguntó su hermano.

—No mal del todo. Un poco nerviosa, como siempre.

—¿Verdad que es hermoso? —sugirió Stepán Arkádich, observando la admiración de Lievin por el retrato.

—No he visto nada más perfecto.

—Ni más parecido —añadió Vorkúyev.

El semblante de Anna se iluminó con un destello muy especial cuando, para comparar el retrato con el original, Lievin se la quedó mirando fijamente, sintiendo que la sangre se le agolpaba en las mejillas. Para calmar su turbación, quiso preguntarle cuándo había visto a Dolli, pero Anna tomó la palabra:

—Hemos estado hablando con Iván Petróvich de los últimos cuadros de Váschenkov. ¿Los ha visto usted?

—Sí —respondió Lievin.

—Pero me parece que iba usted a decir algo. Perdone la interrupción. —Lievin formuló su pregunta, y ella contestó:

—A Dolli la vi ayer muy indignada contra el profesor de latín de Grisha. Le acusa de injusto.

—Sí —repuso Lievin, volviendo al tema que ella había abordado—. He visto los cuadros de Váschenckov y debo confesar que me han gustado mucho.

Lievin ya no hablaba de la manera estereotipada en que lo había hecho por la mañana. Cualquier palabra intercambiada con ella adquiría una significación peculiar. Y si hablar con ella le era agradable, más lo era escucharla.

Anna no sólo hablaba con naturalidad y sensatez, sino, además, con desenvoltura, sin dar importancia a lo que decía; pero sí atribuyéndola altamente a los juicios del interlocutor.

Tratando de las ilustraciones que había hecho de la Biblia un pintor francés, Vorkúiev se pronunció contra el verismo exagerado de este artista. Lievin objetó que este verismo era una reacción saludable contra los excesos del convencionalismo, que en ningún país había ejercido tanta presión como en Francia.

—Ahora, el verismo lo han llevado en Francia hasta a la poesía: el arte de no mentir —añadió, y se sintió satisfecho al ver que Anna reía con gesto aprobatorio.

Ninguna de sus salidas le había hecho tanta gracia como aquella.

—Me río como a la vista de un retrato muy fiel —declaró ella—. Su ocurrencia caracteriza maravillosamente todo el arte francés de hoy, la literatura lo mismo que la pintura. Pongo por ejemplo a Zola, a Daudet... Parece que siempre pasa lo mismo: empiezan por crear sus *conceptions*[1] a base de tipos convencionales, pero una vez agotadas todas sus *combinaisons*[2] se resignan a hacer ensayos del natural.

—Exactamente —aprobó Vorkúiev.

—¿De modo que venís del club? —dijo Anna, volviéndose a su hermano para hablar en voz baja con él.

«Es toda una mujer», pensaba Lievin, absorto en la contemplación de aquella fisonomía móvil, en la que, sucesivamente había visto dibujarse la curiosidad, la cólera y el orgullo. La emoción de Anna fue, por lo demás, de corta duración. Entornó los ojos como para concentrarse en sus recuerdos, y dirigiéndose a la inglesa, ordenó:

—*Please, order the tea in the drawing-room*[3].

La niña se levantó y salió de la estancia.

—¿Cómo ha ido el examen? —se interesó Stepán Arkádich.

—Perfectamente. Tiene facultades y un carácter encantador.

—Acabarás prefiriéndola a tu propia hija.

---

[1] concepciones. (En francés en el original.)
[2] combinaciones. (En francés en el original.)
[3] Por favor, ordena que sirvan el té en el salón. (En inglés en el original.)

—¡Vaya conclusiones que sacas! ¿Se pueden comparar estos dos afectos? Yo quiero a mi hija de una manera y a esta niña de otra.

—¡Ah! —declaró Vorjúiev—. Si Anna Arkádievna quisiera gastar en beneficio de niños rusos la centésima parte de lo que dedica a la inglesita esta, qué gran servicio nos prestaría...

—¿Qué quiere usted? Son sentimientos en los que no se puede mandar. Cuando vivíamos en el campo, el conde Alexiéi Kirílovich —al pronunciar este nombre lanzó una tímida mirada a Lievin, que correspondió con otra de respeto y aprobación— me instó con empeño a visitar las escuelas. He querido, pero no he podido jamás interesarme por ellas. ¿Habla usted de energía? Ésta ha de tener por fundamento el amor, y el amor no se da a voluntad. ¿Por qué me intereso yo tanto por esta inglesita? No sabría decírselo.

Tuvo para Lievin otra mirada y otra sonrisa. Una y otra daban a entender que hablaba con toda intención para él, teniendo de antemano la seguridad de que ambos se comprendían mutuamente.

—Tiene toda la razón —aprobó Lievin—. Nadie pone nunca su corazón en esas instituciones filantrópicas, y por eso es por lo que dan tan mezquinos resultados.

—Sí —repuso Anna, después de una pausa—. Nunca lo pude hacer. *Je n'ai pas le coeur assez large*[4] como para querer a un asilo entero de niñas detestables. *Cela ne m'a jamais réussi*[5]. ¡Y cuántas hay que se han creado con ello una *position sociale!*[6] Pero yo no puedo, no... ni siquiera en esta época de mi vida, en que tanta necesidad tengo de ocuparme en algo —añadió con acento triste, deseando que la oyera Lievin, aunque pareciera que hablaba con su hermano. Después, arrugando el entrecejo como para censurarse esta semiconfianza, cambió de conversación—. A usted le tienen por un mal ciudadano —dijo a Levin—, pero yo he tomado siempre su defensa.

—¿De qué manera?

—Eso depende de los ataques. Pero vamos, que el té nos espera.

---

[4] No tengo tan gran corazón. (En francés en el original.)
[5] Nunca lo he logrado. (En francés en el original.)
[6] posición social. (En francés en el original.)

Levantóse y cogió de la mesa un libro forrado de tafilete.

—Démelo, Anna Arkádievna —requirió Vorkúiev, señalándolo—. Vale la pena imprimirlo.

—No, no está todavía a punto.

—Yo le he hablado de eso —dijo Stepán Arkádich señalando a Lievin.

—Has hecho mal. Mis escritos se parecen a esos pequeños trabajos hechos por los presos, que antes me vendía Liza Merkálova. Una amiga que se ocupaba de obras benéficas —explicó a Lievin—. Esos infortunados también hacen obras de arte con más paciencia que ingenio.

Este rasgo de carácter sorprendió a Lievin, tan seducido ya por aquella mujer extraordinaria. Al humor, a la gracia, a la belleza, se añadía la sinceridad. Ella no buscaba en modo alguno un medio de disimular la amargura de su situación. Dejó escapar un suspiro, su rostro adquirió una expresión grave, como petrificada, en completa oposición a la felicidad radiante que tan exactamente había captado Mijáilich y que no obstante la hacía parecer más bella. Mientras Anna cogía del brazo a su hermano, Lievin dirigió una última mirada al maravilloso retrato, sorprendiéndose al sentir por el original una fuerte inclinación de piedad y ternura.

Anna hizo pasar al salón a Lievin y Vorkúiev, y se quedó rezagada para hablar con su hermano.

«¿De qué le estará hablando? —se preguntó Lievin—. ¿Del divorcio, de Vronski, de mí tal vez?»

Tan emocionado estaba que apenas escuchó a Vorkúiev ponderar los méritos del libro para niños, escrito por Anna.

Reanudóse la conversación en torno a la mesa. No se agotaban los temas interesantes, y los cuatro reunidos parecían rebosar de ideas. Gracias a la atención que Anna les dispensaba, a las finas observaciones que iba intercalando, todo lo que decía tomaba para Lievin un interés especial. Pensaba sin cesar en aquella mujer, admiraba su inteligencia, su mente tan bien cultivada, su tacto, su naturalidad, intentaba penetrar en sus sentimientos y hasta en las particularidades de su vida íntima. Por más que era pronto para juzgarla, él ya excusaba su falta, y la idea de que Vronski no pudiera comprenderla le oprimía el corazón. Eran más de las diez cuando Stepán Arkádich se le-

vantó para marcharse. Vorjúiev ya les había dejado. Lievin se
levantó también, muy a pesar suyo. Le parecía que sólo hacía
un momento que estaba allí.

—Adiós —le dijo Anna, reteniendo la mano que él le tendía
y clavando su mirada en la suya—. Estoy contenta de que *la
glace est rompue*[7].

Y soltándole la mano, agregó con un guiño de ojos:

—Dígale a su mujer que la quiero como antes, y que si ella
no puede perdonar mi situación, le deseo que jamás tenga necesidad de comprenderla. Para perdonar es necesario haber pasado por todos los sufrimientos que yo he sorportado. ¡Dios la
libre de ellos!

—Se lo diré, esté segura —respondió Lievin, sonrojándose.


## Capítulo XI

«¡POBRE y encantadora mujer!», pensó Lievin, cuando al
salir le azotó la cara el viento helado de la noche.

—¿Qué te ha parecido? ¿No te lo dije yo? —le
preguntó Stepán Arkádich, viéndole cautivado.

—Sí —respondió Lievin, con aire pensativo—. Es una mujer extraordinaria. No sólo es inteligente, sino, también, de
una admirable cordialidad. Me da verdadera pena de ella.

—Gracias a Dios, todo se va a arreglar pronto, según espero. Pero, en lo sucesivo, desconfía de los juicios temerarios
—dijo Oblonski, abriendo la portezuela de su coche—. Hasta
la vista, puesto que vamos en direcciones diferentes.

A todo lo largo del camino, Lievin evocaba hasta las menores frases de Anna, las más sutiles mutaciones de su fisonomía.
La apreciaba y la compadecía cada vez más.

Al abrirle la puerta, Kuzmá manifestó a su señor que Katerina Alexándrovna se encontraba bien, y que hacía un minuto
se habían marchado sus hermanas. Al mismo tiempo le entregó dos cartas, que Lievin se apresuró a leer por encima. Una
era de Sokolov, su administrador, que no encontraba compra-

---

[7] se haya roto el hielo. (En francés en el original.)

dor para el trigo más que al precio irrisorio de cinco rublos con cincuenta, y no veía por el momento ningún ingreso apreciable. La otra, de su hermana, que le censuraba no haberse tomado interés por el asunto de la tutela.

«Bueno, pues venderemos a cinco rublos con cincuenta, puesto que no nos dan más —se dijo, zanjando con ligereza la primera cuestión—. En cuanto a mi hermana, tiene razón al reprenderme, pero el tiempo pasa tan rápido que hoy no he encontrado medio de ir al juzgado, aunque esa era mi intención.»

Se propuso ir al día siguiente, y encaminándose a la habitación de su mujer, repasó mentalmente todo lo que había hecho durante el día. ¿Qué había sido sino charlar, charlar y más charlar? Ninguno de los asuntos abordados le habría interesado en el campo, no tenían importancia más que en aquella ciudad. No es que tuviera mal recuerdo de ellos, aparte de aquella frase tan fastidiosa sobre la anguila.

¿Y no tenía algo de reprensible aquel sentimiento de ternura por Anna?

Encontró a Kiti triste y meditabunda. La comida de las tres hermanas había sido muy alegre, pero como Lievin tardaba en volver, las horas se le habían hecho demasiado largas.

—¿Qué ha sido de ti? —le preguntó al observar un brillo sospechoso en sus ojos, pero guardándose mucho de hacérselo notar, para no contener su efusividad.

Muy al contrario, le escuchó con una sonrisa en los labios.

—Me encontré a Vronski en el club, de lo cual me he alegrado mucho. De hoy en adelante no habrá sombra alguna entre nosotros, aun cuando no sea mi propósito buscar su compañía.

Al decir estas palabras se ruborizó, pues en el acto recordó que «por no buscar su compañía» había ido a casa de Anna al salir del club.

—Nos lamentamos de las tendencias del pueblo a la embriaguez, pero me parece que la gente de alta sociedad bebe bastante más, y no se contenta con alegrarse los días de fiesta...

Kiti se interesaba mucho menos por aquel estudio comparativo de la embriaguez que por la súbita turbación de su marido. Con este motivo insistió en sus preguntas.

—¿Qué has hecho después de comer?

—Stiva me ha estado importunando para que le acompañe a casa de Anna Arkádievna —respondió sonrojándose cada vez más, porque ahora se apercibía claramente y sin ninguna duda de la inconveniencia de aquella visita.

Los ojos de Kiti despedían centellas, pero se contuvo y dijo simplemente:

—¡Ah!

—¿Estás enfadada? Stiva me lo ha pedido con mucha insistencia, y yo sabía que Dolli lo deseaba también.

—¡Oh, no! —respondió ella, con una mirada que no predecía nada bueno.

—Es una mujer encantadora, a la que hay que compadecer mucho —repuso Lievin.

Y después de haber contado la vida que llevaba Anna, transmitió sus recuerdos a Kiti.

—Sí, hay para compadecerla —dijo secamente Kiti cuando hubo terminado—. ¿De quién has recibido carta?

Se lo dijo, y engañado por aquella calma aparente, pasó al cuarto de aseo. Cuando volvió Kiti no se había movido aún. Al ver que se aproximaba, estalló en sollozos.

—¿Qué pasa? —preguntó él, aunque sabía de sobra la causa.

—Te has prendado de esa horrible mujer, te ha embrujado, lo he leído en tus ojos. ¿Adonde iremos a parar? Has estado en el club, has bebido demasiado... ¿Adónde podías tú ir desde allí, más que a casa de una mujer como ella? No, esto no puede seguir así. Mañana mismo me voy.

Lievin tuvo que esforzarse mucho para apaciguar a su mujer. No lo consiguió hasta hacerle la promesa de no volver a casa de Anna, cuya perniciosa influencia, unida a un exceso de champaña, había perturbado su razón. Lo que confesó con más sinceridad fue que aquella vida ociosa dedicada a beber, comer y charlar le estaba volviendo estúpido. Estuvieron dialogando hasta horas muy avanzadas, y no lograron dormirse hasta las tres de la madrugada, bastante reconciliados ya para conciliar el sueño.

## Capítulo XII

DESPUÉS de despedir a sus visitantes, Anna se puso a recorrer de un extremo a otro la habitación, con pasos agitados. Hacía algún tiempo que sus relaciones con los hombres estaban caracterizadas por una nota de coquetería casi involuntaria. Ella había hecho lo posible para trastornar la cabeza a Lievin, y estaba convencida de que este objetivo lo había logrado, al menos en la medida compatible con la honestidad de un joven recién casado. Aquel hombre le agradó, y a pesar de ciertos contrastes exteriores, su tacto femenino le había permitido descubrir aquella relación secreta entre Lievin y Vronski, gracias a la cual se había prendado Kiti de ambos. Y, no obstante, tan pronto se despidió, ya lo había olvidado. Un solo y mismo pensamiento la acosaba, obsesionante.

«¿Cómo se explica que, ejerciendo una atracción tan sensible sobre un hombre casado, enamorado de su mujer, no pueda tener ninguna para «él»? ¿Por qué se muestra tan frío? Frío no es la palabra exacta, porque me ama todavía, yo lo sé. Pero hay algo que nos separa. ¿Cómo es que no ha vuelto todavía? Por conducto de Stiva me ha dicho que tenía que vigilar a Iashvín. ¿Es que Iashvín es un niño? Sin embargo, no miente, pero aprovecha la ocasión para hacerme ver que sabe arreglárselas para mantener su independencia. Yo no se lo discuto, pero, ¿qué necesidad tiene de afirmarlo tan crudamente? Quiere demostrarme que su amor por mí no debe obstaculizar su libertad. Pero si yo no quiero demostraciones, yo necesito amor. ¿Es que no puede comprender el horror de la vida que llevo? ¿Puede llamarse vivir a esta prolongada espera de una solución que se retrasa días y días? ¡Nunca llega la contestación! Y Stiva no se decide a hacer alguna gestión más cerca de Alexiéi Alexándrovich. Yo no sabría, sin embargo, escribirle por segunda vez. ¿Qué puedo hacer? ¿Qué gano con esperar? Nada, sino tascar el freno y buscarme distracciones. ¿Y qué son esos ingleses, esas lecturas, ese libro, sino otras tantas tentativas para aturdirme, como la morfina que tomo por la noche? Debería compadecerse de mí.»

Le brotaron de los ojos unas lágrimas de compasión por su propia suerte, pero de pronto resonó el campanillazo brusco de Vronski. Al instante, Anna se enjugó los ojos, fingió la mayor calma y se sentó cerca de la lámpara con un libro en las manos. Quería demostrar su descontento, no su dolor. No quería ser objeto de lástima para Vronski, pero con esto provocaba la misma lucha cuyo comienzo quería reprocharle a él.

—¿Te has aburrido mucho? —preguntó Vronski, con desenfado—. ¡Qué terrible pasión la del juego!

—¡Oh, no, hace tiempo que he perdido la costumbre de aburrirme! He recibido la visita de Stiva y Lievin.

—Lo sabía. ¿Te gusta Lievin? —preguntó, sentándose cerca de ella.

—Mucho. Acaban de marcharse. ¿Qué ha sido de Iashvín?

—Había ganado diecisiete mil rublos y estaba a punto de llevármelo cuando se me escapó. En este momento está volviendo a perderlo todo.

—Entonces, ¿por qué vigilarle? —replicó Anna, levantando bruscamente la cabeza—. Después de haber dicho a Stiva que te quedabas para llevarte a Iashvín, has acabado por abandonarle.

Se cruzaron las miradas, llenas de glacial animosidad.

—En primer lugar, yo no he encargado a Stiva ninguna comisión. En segundo, yo no tengo la costumbre de mentir, y en fin, he hecho lo que me convenía hacer —declaró él, malhumorado—. Anna, Anna, ¿a qué vienen esas recriminaciones? —añadió tras un minuto de silencio, alargándole su mano abierta con la esperanza de que ella pondría allí la suya.

Un orgullo mal entendido le impidió responder a esta llamada a la ternura.

—Ciertamente, has hecho lo que entendías que era tu derecho, nadie lo niega, pero, ¿por qué hacérmelo sentir tanto? —objetó ella, mientras Vronski retiraba la mano con aire más resuelto todavía.

Anna no apartaba la vista de aquel rostro, cuya expresión obstinada había llegado a irritarla.

—Es una cuestión de testarudez, sí, de testarudez por tu parte —recalcó ella, satisfecha de haber hallado esta frase—. Quieres saber a toda costa cuál de nosotros dos ha de ganar.

En el fondo, sin embargo, se trata de otra cosa muy distinta. Si tú supieras, cuando yo te veo tan hostil... Sí, esa es la palabra, hostil..., me siento al borde de un abismo... ¡Tengo miedo, miedo de mí misma!

Y presa de un acceso de aflicción, volvió la cabeza para ocultar el llanto.

—Pero, ¿a qué viene todo esto? —preguntó Vronski, temiendo desesperarse e inclinándose ante ella para besarle la mano—. ¿Vas a censurarme porque he salido a distraerme un poco? ¿No rehúyo, acaso, la compañía de las mujeres?

—¡No falta más que eso!

—Vamos a ver, dime qué debo hacer para tranquilizarte. Estoy dispuesto a todo para evitarte el menor dolor —aseguró él, emocionadísimo al verla tan desgraciada.

—No es nada... La soledad, los nervios... No hablemos más de eso... Cuéntame lo que ha pasado en las carreras, que todavía no me has dicho nada —dijo ella, procurando disimular su triunfo.

Vronski pidió de cenar, y mientras comía le relató los incidentes de las carreras, pero por el tono de su voz y su mirada cada vez más fría, Anna comprendió que se mantenía firme en sus opiniones y que no le perdonaba el haberle hecho claudicar, siquiera un instante. Al recordar las palabras que le habían dado la victoria —«tengo miedo de mí misma, me siento al borde de un abismo»—, comprendió que aquello era un arma peligrosa de la que no debía hacer uso, un arma que se alzaba sobre ellos como un espíritu de lucha. Ella lo sabía, pero no estaba en su mano dominarla, como tampoco en la de Vronski.

## Capítulo XIII

No hay situación a la que el hombre no se acostumbre, especialmente si todos los que le rodean lo soportan como él. Tres meses antes, Lievin no se hubiera creído capaz de dormir tranquilo en las condiciones en que lo estaba haciendo ahora (sin fin decidido, desordenadamente, con gastos superiores a sus recursos económicos, emborrachándose como lo había hecho aquella noche en el club, y, sobre todo, sosteniendo relaciones amistosas con el hombre del cual, en algún tiempo, había estado enamorada su mujer). Le habría quitado el sueño, también, pensar que había visitado a una mujer a la que se consideraba como una mujer perdida, sentirse cautivado por ella, y se lo habría quitado, sobre todo, el pesar de haber disgustado a su querida Kiti. Pero debido al cansancio y a que la noche anterior no había pegado un ojo o por los efectos del vino, se durmió con un sueño profundo y tranquilo.

Hacia las cinco de la madrugada le despertó sobresaltado el ruido de una puerta que se abría. Kiti no estaba su lado, pero oyó sus pasos en el cuarto de aseo, donde temblaba una luz.

—¿Qué hay? ¿Qué hay? —balcució, todavía medio dormido.

—No es nada —dijo Kiti, que apareciendo con una vela en la mano, le dirigió una sonrisa particularmente tierna y significativa—. Me siento un poco indispuesta.

—¿Cómo? ¿Ya ha comenzado eso? —exclamó él, asustado, buscando la ropa para vestirse con la máxima rapidez—. Hay que enviar por la comadrona.

—No, no. Te lo aseguro. No es nada. Ya ha pasado —dijo ella, deteniéndole.

Apagó la vela y se acostó de nuevo.

Por sospechosas que le parecieran su respiración angustiosa y su respuesta palpitante de emoción, Lievin estaba tan cansado que se volvió a dormir. Sólo más tarde imaginó los pensamientos que debían agitar aquella alma tan querida, cuando tendida inmóvil a su lado, Kiti esperaba pacientemente el momento más solemne que puede marcar la vida de una mujer.

Hacia las siete, indecisa ante el temor de despertarle y el deseo de hablar con él, acabó por tocarle el hombro.

—Kostia, no tengas miedo, no es nada, pero creo que convendría avisar a Lizavieta Petrovna.

Había vuelto a encender la vela y reanudado su labor de punto, que la tenía ocupada varios días.

—No te asustes, te lo suplico, no tengo nada de miedo —prosiguió al ver el aspecto aterrorizado de su marido, a quien cogió la mano para llevarla a su corazón y a sus labios.

Lievin saltó del lecho sin apartar los ojos de su mujer, agarró el batín y se quedó quieto de pronto, sin poderse sustraer a aquella contemplación. Aquel rostro tan querido, cuyos ojos brillaban con una luminosa y expectante expresión bajo la cofia de dormir, debajo de la cual asomaban sus sedosos cabellos. Aquel rostro del que creía conocer hasta el más insignificante de los gestos, se le aparecía ahora bajo un aspecto totalmente nuevo. Aquella almita ingenua, transparente, se revelaba hasta en lo más íntimo de su ser. Lievin se puso colorado de vergüenza, recordando la escena de la víspera. El rostro sonrosado de Kiti rodeado de los suaves y rubios cabellos que se escapaban de debajo de la cofia de noche, estaba resplandeciente de alegría y lleno de resolución.

Aunque en el carácter de Kiti había muy poco de superficial y convencional, Lievin se quedó maravillado y sorprendido al aparecer ante sus ojos y sin velos, el alma radiante y pura de su mujer. Esta también le miraba sonriente, pero de pronto temblaron sus párpados, alzó la cabeza y atrayendo hacia sí a su marido le estrechó contra su corazón, como a impulsos de un vivo dolor. A la vista de este sufrimiento mudo, la primera reacción de Lievin fue creerse todavía culpable, pero la mirada llena de ternura de Kiti le tranquilizó. Lejos de acusarle, parecía amarle más.

«¿De quién puede ser la falta sino mía?», se preguntaba él, buscando en vano, para castigarle, al autor de aquel tormento, que ella, sin embargo, soportaba con la orgullosa satisfacción del triunfo. Le parecía que había llegado a una altura de sentimientos para él incomprensible.

—Ya he mandado que avisen a mamá —dijo ella—. Y tú ve enseguida a buscar a Lizavieta Petrovna... ¡Kostia!... No, ya ha pasado.

Le soltó para llamar, mediante el timbre, a la doncella.

—Bueno, ve enseguida, ya me siento mejor. Aquí viene Pasha.

Con gran sorpresa, Lievin vio que reanudaba su labor. Mientras salía por la puerta, Pasha entraba por la otra. Oyó cómo Kiti le daba instrucciones ayudándola a desplazar la cama.

Se vistió con premura, y en tanto que enganchaban el coche, porque a aquellas horas de la mañana se arriesgaba a no encontrar uno de alquiler, se aventuró a acercarse de puntillas al dormitorio, en el que trabajaban afanosamente dos sirvientas, atentas a las órdenes de su señora, que, sin dejar la labor, paseaba nerviosamente de un lado a otro del aposento.

—Voy a casa del médico. He hecho prevenir a la comadrona y yo mismo pasaré por allí. ¿Falta algo? ¡Ah, sí Dolli!

Ella le miraba sin escucharle.

—Sí, eso es, date prisa —apremió, haciéndole un gesto de despedida.

Cuando atravesaba el salón. Lievin creyó oír una queja reprimida. Al principio no llegó a comprenderlo del todo, pero luego murmuró:

—¡Sí, es ella que gime!

Y llevándose las manos a la cabeza, echó a correr.

—¡Señor, tened piedad de nosotros, perdonadnos, ayudadnos!

Aquellas palabras que brotaron espontáneamente de sus labios las fue confirmando en el fondo de su corazón. Y él, el «incrédulo», no conociendo ya el escepticismo ni la duda, invocó a Aquél que tenía en su poder su alma y su amor.

El caballo no estaba enganchado todavía. Para no perder tiempo ni distraer su atención, partió a pie después de haber dado orden a Kuzmá de alcanzarle. En la esquina de la calle divisó un pequeño trineo que, arrastrado al trote por una escuálida caballería, traía a Lizavieta Petrovna. La comadrona cubría su cabeza con un chal y se abrigaba con un manto de terciopelo.

—¡Gracias a Dios! —murmuró él, al reconocer el rostro rubicundo de la joven, que le pareció más serio que nunca.

Y sin hacer parar el trineo, deshizo camino corriendo al lado del vehículo.

—¿No más de dos horas, dice usted? Bien. Seguro que encontrará en su casa a Piotr Dmítrich, Pero es inútil darle prisa. No olvide comprar opio en la farmacia.

—Entonces, ¿cree usted que todo saldrá bien? ¡Qué Dios le ayude!

Y viendo llegar a Kuzmá, saltó al coche y se hizo conducir a casa del médico.

E L médico dormía aún, y un criado, absorto en la limpieza de las lámparas, declaró que su señor, como se había acostado tarde, había prohibido que le despertaran, pero no tardaría en levantarse. El cuidado que aquel hombre ponía en los vidrios de la lámpara, y su profunda indiferencia hacia lo que sucedía en el exterior, indignaron al principio a Lievin, pero al reflexionar se dijo que, al fin y al cabo, nadie estaba obligado a conocer los sentimientos que a él le agitaban. Para romper aquella muralla de frialdad, le hacía falta obrar con ánimo tranquilo y resuelto.

«No precipitarme y no omitir nada, tal debe ser mi lema», decidió, satisfecho al ver que toda su atención y todas sus fuerzas físicas se concentraban en la tarea que se había impuesto a sí mismo.

Después de desechar varios planes, se atuvo al siguiente: Kuzmá llevaría una nota a otro médico. En cuanto a él, pasaría por la farmacia y luego volvería a casa de Piotr Dmítrich. Si éste no se había levantado todavía, procuraría sobornar al doméstico, o, en caso de negativa, invadiría la alcoba por la fuerza.

En la farmacia había un cochero esperando que le despacharan unos polvos, que un ayudante del boticario introducía en unas cápsulas con la misma parsimonia que el criado del médico limpiaba los vidrios de las lámparas.

Al principio, el probo dependiente se negó a entregar el opio a Lievin, quien, armándose de paciencia, dio el nombre del médico y de la comadrona que le enviaban, y explicó el uso que pensaba hacer de aquella droga. Con el parecer favorable del boticario, atrincherado detrás de un tabique, y del que había recabado y obtenido permiso en lengua alemana, el ayudante tomó un tarro. Con ayuda de un embudo virtió algunas gotas de su contenido en un frasco y pegó a éste una etiqueta y un sello, a pesar de la insistencia con que le apremiaba Lievin, y ya iba a envolverlo cuando su cliente, exasperado, se lo arrancó de las manos y emprendió la fuga.

El médico seguía durmiendo y su criado estaba ahora ocupado en extender las alfombras. Resuelto a conservar su sangre fría, Lievin sacó de la cartera un billete de diez rublos y lo deslizó en la mano del inflexible sirviente, a quien aseguró, poniendo énfasis en sus palabras, que Piotr Dmítrich no se molestaría, puesto que ya le había prometido acudir a su casa a cualquier hora de la mañana o de la noche. ¡En qué personaje más importante se había convertido a los ojos de Lievin aquel Piotr Dmítrich, tan insignificante de ordinario!

Convencido por sus argumentos, el criado abrió la sala de espera y pronto oyó Lievin en la habitación vecina el carraspeo del médico, seguido del ruido de las abluciones. Al cabo de tres minutos, no pudiendo aguantar más, Lievin entreabrió la puerta de comunicación.

—Dispénseme, Piotr Dmítrich —murmuró, con voz suplicante—. Recíbame usted tal como está. Hace más de dos horas que ella está sufriendo.

—Ya voy, ya voy —respondió el médico, en tono zumbón.

—¡Dos palabras nada más, se lo suplico!

—Un momentito.

Aún necesitó el galeno dos minutos para calzarse, y otros dos para vestirse y peinarse.

«¡Esta gente no tiene corazón! —pensaba Lievin—. ¿Cómo puede estar peinándose cuando se trata de un caso de vida o muerte?»

Iba a repetir sus ruegos, cuando apareció el médico correctamente vestido.

—Buenos días —saludó con acento reposado, como si quisiera provocar a Lievin—. ¿Qué hay?

Lievin dio comienzo en el acto a una larga exposición del asunto, acompañada de una gran profusión de detalles inútiles, interrumpiéndose a cada instante para suplicar al médico que partiese.

—No corre prisa. Ya se ve que usted no entiende de estas cosas. Iré, puesto que lo he prometido, pero créame, mi presencia va a ser superflua, sin duda. Entretanto, nunca viene mal una taza de café.

Lievin no podía dar crédito a sus oídos. ¿Se estaba burlando de él? La cara del facultativo no dejaba traslucir semejante intención.

[877]

—Le comprendo —repuso Piotr Dmítrich, sonriendo—, pero, ¿qué quiere usted? Nosotros, los maridos, tenemos un papel muy triste que desempeñar en estos casos. El marido de una de mis clientes suele refugiarse en la cuadra.

—¿Pero cree usted que todo irá bien?

—Tengo motivos para creerlo.

—¿Va usted a venir, sí o no? —insistió Lievin, fulminando con la mirada al criado, que traía el café.

—Dentro de una horita.

—¡En nombre del cielo, doctor...!

—¡Bueno! Déjeme al menos tomar el café y voy con usted. Siguió un silencio.

—Me da la sensación de que los turcos acaban de recibir una buena paliza —volvió a hablar el médico, con la boca llena—. ¿Ha leído usted el último comunicado?

Lievin ya no pudo contenerse.

—Yo me voy —declaró, saltando de la silla—. Júreme que vendrá a mi casa dentro de un cuarto de hora.

—Concédame media hora.

—¿Palabra de honor?

Al volver a casa se encontró con su madre política, que llegaba y que le abrazó, con lágrimas en los ojos y temblándole las manos. Ambos se dirigieron al dormitorio.

—¿Qué tal, buena mujer? —preguntó la princesa, cogiendo del brazo a la comadrona, que salió a su encuentro con cara radiante, aunque preocupada.

—Todo va bien, pero ella haría mejor acostándose. Hágala usted entrar en razón.

Desde que al despertar se dio cuenta de la situación, Lievin había formado el propósito de mantener algo el espíritu de su mujer. Habíase prometido no pensar en nada, guardar sus impresiones y contener a toda costa los impulsos de su corazón durante cinco horas por lo menos, duración normal de la prueba si había que dar crédito a personas competentes. Pero cuando pasada una hora halló a Kiti en el mismo estado, le invadió el temor de no poder resistir el espectáculo de aquella tortura, y se multiplicaron sus invocaciones al cielo para que no le dejara desfallecer.

Pasó otra hora, una tercera, una cuarta, y, en fin, la que se había fijado como límite. Y seguía teniendo paciencia, porque no podía hacer otra cosa, convencido a cada minuto de que había llegado al extremo de lo posible y que su corazón iba a estallar. Pero seguían pasando las horas y no cesaba de aumentar el terror. Poco a poco desaparecieron las condiciones habituales de la vida. La noción del tiempo dejó de existir. Había minutos —aquellos en que su mujer le llamaba a su lado, que él tenía su mano húmeda prendida entre las suyas, aquella mano que lo mismo se agarraba a él que, por el contrario, le rechazaba rabiosamente— que le parecían horas. En cambio, había horas que volaban como los minutos, y cuando la comadrona le pidió que encendiera la luz detrás del biombo, se asombró un poco al comprobar que eran las cinco de la tarde. Si le hubiesen dicho que eran las diez de la mañana, tampoco se habría asombrado mucho. Reparó tan poco en el lugar donde se hallaba todo este tiempo, como cuándo sucedían las cosas. Volvía a ver a Kiti agitada y quejumbrosa. Luego tranquila, sonriente, intentando reanimarle. Veía a princesa, roja de emoción, con sus bucles grises despeinados, devorando sus lágrimas; a Dolli y al doctor fumando gruesos cigarros; al comadrona con su cara seria, pero con gesto tranquilizador; el viejo príncipe midiendo a largos pasos el gran salón con aire sombrío. Pero las entradas y las salidas se confundían en su mente; la princesa y el doctor se encontraban en la alcoba, después en su despacho, donde aparecía una mesa servida; y al instante, la princesa era sustituida por Dolli. Recordó que le habían hecho diversos encargos. Lo mismo mudaba de sitio un diván y una mesa, misión que ejecutaba a conciencia creyéndola útil para Kiti —aunque en realidad lo que hacía era preparar su propia cama— que le mandaban a pedir algo a casa del médico, y éste respondía y le entretenía con fastidiosas observaciones acerca del desorden y mal funcionamiento del concejo municipal. Luego se trasladaba a casa de su suegra para descolgar de su habitación un icono con revestimiento de plata dorada, dándose tan mala maña que rompió el velador; la anciana sirvienta le consolaba por este accidente y le infundía ánimos con respecto a Kiti. Al fin se hacía con el icono, lo llevaba y lo colocaba meticulosamente a la cabecera del lecho, donde descansaba su esposa, detrás de las almohadas. Pero, ¿cuándo y cómo había pasado todo eso? Misterio. ¿Por qué la princesa le cogía la mano con aire compasivo? ¿Por qué procuraba Dolli hacerle comer con fuertes razonamientos? ¿Por que el mismo médico le ofrecía un calmante, mirándole con gravedad?

Una sola cosa se le aparecía clara: el suceso aquel era de la misma naturaleza que la agonía de su hermano Nikolái, el año anterior, en aquella inmunda fonda provinciana. Aquello era dolor, esto alegría; pero en el panorama normal de la existencia, alegría y tristeza proyectaban perspectivas sobre el más allá, y la contemplación de este panorama elevaba su alma a cumbres vertiginosas, donde se negaba a seguirle la razón.

—¡Señor, perdonadme, Señor, venid en mi ayuda! —repetía sin cesar, satisfecho de haber recobrado, a despecho de su prolongado alejamiento de las cosas santas, la misma confianza natural en Dios de los días de su infancia.

Durante aquellas largas horas, Lievin conoció alternativamente dos estados de ánimo diametralmente opuestos. Con Dolli, con el príncipe, con el médico que fumaba cigarrillo tras cigarrillo y los apagaba en el borde de un cenicero atestado de colillas, discutía de cosas indiferentes, como la política, la cocina o la enfermedad de María Petrovna, y olvidaba por un instante lo que pasaba en la habitación vecina. Tan pronto se hallaba en ella, se le desgarraba el corazón y su alma elevaba a Dios una plegaria incesante. Cada vez que un gemido le apartaba de aquel olvido bienhechor, la angustia de una culpabilidad imaginaria le oprimía en el primer minuto. Obligado por la necesidad de justificarse, corría al lado de su mujer; en el camino se preguntaba qué podía hacer, y se obstinaba en ayudarla, pero la visión de la paciente le hacía sentir toda su impotencia: no le quedaba más que multiplicar su invocación: «¡Señor, tened piedad!»

A medida que avanzaba el tiempo, se acentuaba el contraste entre estos dos estados de ánimo, y se hacía más doloroso. Enojado por las continuas llamadas de Kiti, estaba a punto de prorrumpir en recriminaciones contra la infeliz, cuando se fijó en su rostro sonriente y sumiso, y oyó que le decía:

—¡Qué tormentos te estoy causando, pobre amigo mío!

Y él se revolvía contra Dios, pero al recordarlo, inmediatamente le imploraba el perdón y su misericordia.

## Capítulo XV

Las velas terminaban de arder en sus candeleros. Lievin atravesaba una fase de olvido. Sentado junto al médico, al que Dolli acababa de invitar a que se tomara algún descanso, contemplaba la ceniza de su cigarrillo, mientras le escuchaba quejarse del charlatanismo de un magnetizador. De pronto resonó un grito que no tenía nada de humano. Petrificado por el espanto, Lievin interrogó con la mirada al médico, quien aguzó el oído y sonrió con aire de aprobación. Lievin ya se había acostumbrado a no asombrarse por nada.

«No podrá ser de otro modo», se dijo.

Sin embargo, queriendo explicarse el porqué de aquel grito, se dirigió de puntillas a la alcoba, para ocupar otra vez su puesto a la cabecera de la enferma. Era evidente que pasaba algo nuevo, algo que no podía ni quería comprender, pero que dejaba traslucir el semblante pálido y serio de Lizavieta Petrovna, a quien le temblaban las mandíbulas, sin que apartara los ojos de la cara entumecida de Kiti, a la que se había pegado un mechón de cabellos. La paciente cogió con sus manos húmedas las manos heladas de su marido y las apretó contra sus febriles mejillas.

—¡No te vayas, no te vayas! ¡No tengo miedo, no tengo miedo! —dijo con voz alterada—. Mamá, quíteme esos pendientes de las orejas, que me estorban... ¿Tienes miedo tú? Esto acabará pronto, ¿verdad, Lizavieta Petrovna?

Iba a sonreír, pero de repente se le desfiguró el rostro, y volviéndose a su marido exclamó:

—¡Vete, vete! ¡Estoy sufriendo mucho... me voy a morir!

Y se repitió el pavoroso quejido. Lievin, con las manos en la cabeza, huyó sin querer escuchar a Dolli, que le gritaba:

—¡No es nada! ¡Todo va bien!

Creía que todo estaba perdido. Refugiado en la estancia vecina, la frente apoyada en el marco de la puerta, escuchaba los clamores monstruosos lanzados por aquella cosa informe que para él era Kiti. Pensaba con horror en la criatura que venía. La odiaba, incluso no deseaba su vida. Sólo deseaba el término de sufrimientos tan atroces.

—Doctor, ¿qué significa eso? —dijo cogiendo el brazo del médico, que entraba.

—Es el fin —respondió éste en tono serio. Lievin creyó que había querido referirse a la muerte. Loco de dolor se precipitó en la alcoba, donde la primera cara que vio fue la de la comadrona, cada vez más ceñuda. En cuanto a Kiti, no la reconocía bajo aquella forma gemidora y contorsionada. Sintiendo su corazón a punto de estallar, apoyó la cabeza en el borde del lecho. Y de pronto, cuando parecía que los gritos habían alcanzado el colmo del horror, cesaron bruscamente. Lievin no daba crédito a sus oídos, pero tuvo que rendirse a la evidencia: el silencio era un hecho, sólo se percibían suspiros entrecortados, cuchicheos, idas y venidas discretas, y la voz de su mujer murmurando con indecible expresión de dicha:

—¡Se acabó!

Levantó la cabeza. Ella le estaba mirando, con las manos desplomadas sobre la colcha, intentando sonreírle, bella, con una belleza lánguida y soberana.

Abandonando súbitamente la esfera misteriosa y terrible donde había estado agitándose durante veintidós horas, Lievin volvió a poner pie en el mundo real, un mundo real resplandeciente con tal luz de alegría, que no la podía soportar. Las cuerdas, demasiado tensas, se rompieron; sus ojos se inundaron de lágrimas y le cortaron las palabras unos sollozos que estaba muy lejos de prever.

Arrodillado junto a la cama, apoyaba sus labios en la mano de Kiti, que le respondía con una ligera presión de dedos. Entretanto, en las manos expertas de la comadrona, se agitaba, parecida al brillo vacilante de una lamparilla, la débil llama de la vida de aquel ser que un segundo antes no existía, pero que pronto haría valer sus derechos a la felicidad, y que a su vez engendraría a otros seres semejantes a él.

—Vive, vive, no tema nada. Es un niño —oyó Lievin, mientras Lizavieta Petrovna golpeaba ligeramente el torso del recién nacido con mano temblorosa.

—Mamá, ¿es verdad eso? —preguntó Kiti.

La princesa no pudo responder más que con sollozos.

Como para quitar a la madre el último vestigio de duda, un sonido muy diferente de todas aquellas voces contenidas, se elevó en medio del silencio: era un grito osado, insolente, temerario, lanzado por aquel nuevo ser que acababa de surgir, Dios sabe de dónde.

Unos momentos antes habría sido fácil hacer creer a Lievin que su mujer había muerto, que él la había seguido a la tumba, que sus hijos eran ángeles, que se encontraba en presencia de Dios. Ahora que había vuelto a la realidad, tuvo que hacer un esfuerzo prodigioso para admitir que su mujer vivía, que estaba bien, que aquel pequeño llorón era su hijo. Sentía una dicha inmensa sabiendo que Kiti estaba a salvo, pero ¿y aquel niño? ¿Quién era? ¿De dónde venía? Aquella idea le pareció difícil de aceptar; no se pudo hacer a ella en mucho tiempo.


## Capítulo XVI

A eso de las diez, el viejo príncipe, Serguiéi Ivánovich y Stepán Arkádich se hallaban reunidos en casa de Lievin, y después de hablar de la parturienta, conversaban sobre otras cosas ajenas. Lievin les escuchaba e involuntariamente recordaba lo pasado, lo que había ocurrido hasta esa misma mañana, y cómo era él mismo. A Lievin le parecía que habían transcurrido cien años desde la víspera. Oía hablar a los otros y hacía esfuerzos para descender hasta ellos desde la altura donde planeaba. Aunque hablando de cosas indiferentes, pensaba en la salud de su mujer, en aquel hijo cuya existencia le parecía siempre un enigma. El papel de la mujer en la vida, cuya importancia había comprendido antes del matrimonio, rebasaba ahora todas sus previsiones. Mientras sus visitantes discurrían sobre una comida que había tenido lugar a la víspera en el club, se decía:

«¿Qué estará haciendo ella? ¿En qué pensará? ¿Se habrá dormido? ¿Y mi hijo Dmitri, llorará todavía?»

Cortando una frase por la mitad, saltó de su asiento para ir a ver lo que pasaba en la habitación de Kiti.

—Si puedo entrar, dímelo —pidió el príncipe.

—Enseguida —respondió Lievin sin detenerse.

Su esposa no dormía. Tocada con una cofia de cintas azules,

convenientemente instalada en el lecho y con las manos descansando en la colcha, hablaba en voz baja con su madre, formando ya planes para la próxima ceremonia bautismal. Su mirada, que había recobrado el brillo habitual, se animó más al ver aproximarse a su marido. Su semblante reflejaba la paz soberana que se lee en las fraciones de los muertos, sólo que aquí era un signo de bienvenida, y no de adiós a la existencia. Le cogió la mano y le preguntó si había dormido un poco. Fue tan viva la emoción de Lievin, que le hizo volver la cabeza.

—Figúrate, Kostia. Me he amodorrado y ahora me siento muy bien.

La expresión de su cara cambió bruscamente al oír los gemidos del niño.

—Démelo, Lizavieta Petrovna, para que se lo enseñe a su padre.

—Bien, que el papá le vea, pero esperen un momento a que le arreglemos —respondió la comadrona, depositando a los pies de la cama una forma extraña, sonrosada y temblorosa, que se puso a desfajar, a empolvar y a fajar de nuevo, haciéndola variar de posición con un sólo dedo.

Lievin observaba al pequeño esforzándose vanamente para cerciorarse de sus sentimientos paternales. Sólo sentía repugnancia. Pero cuando aparecieron aquellos bracitos, aquellos piececillos de color azafrán, también con dedos, incluso con un dedo gordo diferente de los demás, los vio replegarse como resortes bajo el dedo de la comadrona, que los envolvía en unos pañales, le invadió tal sentimiento de lástima y miedo de que ella le hiciera daño, que hizo un gesto para contenerla.

—Puede estar tranquilo —dijo ella riendo— que no le haré ningún daño.

Cuando hubo arreglado a su manera a aquel niño rollizo, Lizavieta Petrovna le hizo saltar de un brazo al otro y, muy orgullosa de su trabajo, se apartó para que Lievin pudiera admirar a su hijo en la plenitud de su hermosura.

—Démelo —insistió Kiti, que no había dejado de seguir con el rabillo del ojo los movimientos de la comadrona, e hizo ademán de levantarse.

—Haga el favor de estar tranquila, Katerina Alexándrovna. Ahora mismo se lo paso. Espere a que nos presentemos a papá.

Y con un solo brazo —con la otra mano sostenía solamente la nuca vacilante— levantó para que lo viera Lievin aquel ser extraño y rojizo, que escondía la cabeza en un hueco de los pañales. A decir verdad, se distinguían unos ojos vivarachos, una nariz y unos labios chupones.

—Es un niño soberbio —declaró la comadrona.

Lievin suspiró. Aquel «niño soberbio» no le inspiraba más que lástima y disgusto. Él se había imaginado otra cosa.

Mientras que Lizavieta Petrovna depositaba al pequeño en brazos de su madre, Lievin se volvió, pero la risa de Kiti le hizo mirar atrás: el niño se había agarrado al pecho.

—Ya basta —repuso la comadrona al cabo de un instante. Pero Kiti no quiso soltar a su hijo, que se durmió a su lado.

—Mírele ahora —dijo la madre, volviendo el niño de forma que Lievin pudiera verle el rostro. El niño arrugó aún más su carita de viejecillo y estornudó.

Lievin estuvo a punto de llorar de ternura; besó a su mujer y salió del cuarto.

¡Pero qué diferentes de los que él se había imaginado eran los sentimientos que le inspiraba aquel pequeño ser! En lugar de la alegría prevista, no experimentaba más que una angustiosa piedad. De allí en adelante habría en su vida un nuevo punto vulnerable. Y el temor de ver sufrir a aquella pequeña criatura sin defensa, le impidió notar el movimiento de necio orgullo que se le había escapado al oírla estornudar.


CAPÍTULO XVII

Los asuntos de Stepán Arkádich atravesaban una fase crítica. Había gastado ya las dos terceras partes del precio ajustado por la venta de la madera, y el comprador, que le había adelantado al diez por ciento una parte del último tercio, se negaba a hacer más anticipos. De otra parte, Daria Alexándrovna, afirmando por primera vez los derechos a su fortuna personal, se negaba a otorgar su firma. Los gastos de la administración y algunas deudas menudas absorbían la totalidad del sueldo.

La situación se hacía fastidiosa, pero Stepán Arkádich no lo achacaba más que a la modestia de sus ingresos. La plaza que él creía buena cinco o seis años antes, ya no valía nada para él, decididamente. Petrov, que dirigía un Banco, cobraba doce mil rublos; Sventitski, miembro de la sociedad, recibía diecisiete mil; Mitin, que había fundado otro Banco, cincuenta mil.

—Verdaderamente —se dijo Oblonski—, lo que sucede es que yo me he dormido, y me tienen olvidado.

Se puso, pues, a la búsqueda de alguna función bien retribuida, y a finales del invierno le pareció haberla encontrado. Después de haber movilizado a su favor en Moscú a sus tíos, sus tías y sus amigos, se decidió trasladarse en primavera a Peterburgo, donde tenía que resolverse el asunto. Era uno de esos empleos con sueldos que oscilaban entre mil y cincuenta mil rublos, que abundaban ahora más que los cargos lucrativos de antes, conseguidos a base de sobornos. Era el puesto de miembro de la Comisión de las Agencias Reunidas del Balance de Crédito Mutuo de los Ferrocarriles del Mediodía y de las Instituciones Bancarias. El empleo al que aspiraba era de los que exigen, eso sí, aptitudes variadas, una actividad tan extraordinaria, que a falta de encontrar hombres lo suficientemente idóneos para cubrirlos, hay que contentarse con darlos a un hombre «por lo menos honesto». Honesto Stepán Arkádick lo era en toda la extensión de la palabra y según el sentido que a ésta se le da en Moscú, cuando se dice: es una personalidad honesta, un escritor honesto, una revista honesta, una institución honesta, un camino honesto, y que significa que no sólo la persona o la institución son probos, sino que, llegado el caso, son capaces de criticar al Gobierno. Y como él frecuentaba precisamente los medios donde se había lanzado esta palabra, estimó que estaba en mejores condiciones que nadie para optar al empleo. El cargo, que producía de seis a diez mil rublos anuales y que Oblonski podía ocupar sin dejar su puesto en el Ministerio, dependía de dos ministerios, de una señora y de dos judíos; y aunque todas esas personas estaban predispuestas en su favor, necesitaba verlas en Peterburgo. Aprovecharía la ocasión para obtener de Karenin una respuesta definitiva respecto al divorcio de Anna. Con machaconería insistió para que Dolli le entregase cincuenta rublos y partió en dirección a Peterburgo.

Recibido por Karenin, no tuvo más remedio que aguantarle la exposición de un plan de reforma financiera en Rusia, antes de poder abordar los asuntos que allí le habían llevado.

—Eso es muy justo —dijo tan pronto como Alexiéi Alexándrovich, parando su lectura, se quitó los *pince-nez*, sin los cuales no podía leer, para interrogar a su cuñado con la mirada—. Es muy justo en sus detalles, pero el principio rector de nuestra época, ¿no es, en definitiva, la libertad?

—El principio nuevo que yo expongo abarca asimismo el de la libertad —replicó Alexiéi Alexándrovich subrayando la palabra «abarca», y colocándose de nuevo los *pince-nez* recalcó un pasaje su elegante manuscrito que concluía con estas palabras—: «Si yo reclamo el sistema proteccionista, no es en beneficio de un número pequeño de ciudadanos, sino para el bien de todos, lo mismo de las clases altas que de las bajas»... Eso es precisamente lo que una minoría se obstina en no comprender —añadió mirando a Oblonski por encima de los *pince-nez*—, porque no ven más allá de sus intereses personales y se quedan satisfechos con cuatro frases huecas.

Stepán Arkádich sabía que Karenin estaba tocando el fin de sus manifestaciones, cosa que ocurría cuando interpelaba a los que, rechazando sus proyectos, causaban así el malestar y la desgracia de Rusia. Por tanto, ya no se esforzó más por salvar el principio de la libertad. El caso es que Alexiéi Alexándrovich guardó silencio enseguida y se puso a hojear el manuscrito con aire pensativo.

—A propósito —pudo decir entonces Oblonski—: ¿sería oportuno pedirte en esta ocasión que hablaras unas palabras con Pomorski sobre mí? Quisiera ser nombrado miembro de la Comisión de Agencias Reunidas del Balance de Crédito Mutuo y de los Ferrocarriles del Mediodía.

Stepán Arkádich se había aprendido de memoria el título, un poco complicado, del empleo al que aspiraba; lo soltó, pues, sin la menor vacilación. Alexiéi Alexándrovich preguntó en qué consistía la activación de esa nueva comisión, y se quedó pensativo. Los fines que perseguía aquella comisión, ¿no vendrían a chocar con sus planes de reforma? El funcionamiento de la misma era tan complicado y los proyectos de Karenin tan vastos, que a primera vista no podía darse cuenta.

—Evidentemente —dijo, dejando caer sus *pince-nez*—, me será fácil decirle algunas palabras acerca de eso, pero no alcanzo a comprender para qué quieres ese puesto.

—Es que el sueldo es alrededor de nueve mil rublos, y mis medios...

—¡Nueve mil rublos! —repitió Karenin, a quien de pronto se le arrugó el entrecejo. La futura actividad de su cuñado contradecía la idea dominante en sus proyectos, que preconizaban la economía sobre todo. Aquellos nombramientos le parecían una cosa exagerada—. Precisamente estos honorarios tan abusivos son, como demuestro en mi memoria, una prueba más de la falsa *assiette* [1] económica de nuestra administración.

—Pues un director de Banco viene a cobrar diez mil rublos, y un ingeniero hasta veinte mil. ¡Y no se trata precisamente de sinecuras!

—En mi opinión, como el sueldo no es otra cosa que el precio de una mercancía, debe estar sometido a la ley de la oferta y de la demanda. Pues bien, si yo veo que dos ingenieros, tan capaces el uno como el otro, salidos de la misma escuela, reciben el uno cuarenta mil rublos y el otro diez mil con los que tiene que contentarse, y si de otra parte veo un húsar o un picapleitos, que no poseen ningún conocimiento especial, convertirse en directores de Banco con sueldazos fenomenales, he de llegar a la conclusión de que esos nombramientos no están regulados por la ley de la oferta y la demanda, sino por el favoritismo. Y eso es un defecto grave, cuya influencia en la administración del Estado puede traer consecuencias desastrosas. Yo estimo...

—De acuerdo, pero se trata de una nueva institución de utilidad indiscutible, y que se va a procurar sea dirigida por personas «honestas» —interrumpió Stepán Arkádich, subrayando la última palabra.

—Ese es un mérito negativo —respondió Alexiéi Alexándrovich, insensible a la significación moscovita de aquel término.

---

[1] base. (En francés en el original.)

—De todos modos, hazme el favor de hablar con Pomorski.

—Como quieras, pero en este caso la recomendación de Bolgárinov debe ser la más influyente.

—Bolgárinov está completamente de acuerdo —declaró Stepán Arkádich, que no pudo menos de sonrojarse al recuerdo de la visita que, aquella misma mañana, había tenido que hacer a aquel personaje.

¿Experimentaba tal vez algún remordimiento, por romper una tradición ancestral abandonando el servicio del Estado para dedicarse a una empresa muy útil, muy honesta, pero, al fin y al cabo, de carácter particular? ¿Se resentía del desaire que le habían hecho a él, nada menos que el príncipe Oblonski, descendiente de Riúrik, obligándole a esperar dos horas hasta que un «perro judío» se dignara recibirle? El caso es que, presa de una repentina enfermedad moral, había querido sobreponerse a ella, paseando a grandes zancadas con aire altanero mientras hacía antesala, bromeando con los solicitantes, buscando el chiste que mejor se adaptaba a la situación. Pero como no acertaba con las palabras, se había ido sintiendo cada vez más abatido. Y por último, Bolgárinov le había recibido, sí, con refinada cortesía, pero también con evidentes muestras de satisfacción por su triunfo, orgulloso de verse solicitado por un príncipe. Y por si fuera poco, no le dejó entrever ninguna esperanza respecto al éxito de su gestión.

Cuando estuvo en la calle, Stepán Arkádich hubo de hacer un gran esfuerzo para olvidar aquella vejación, que ahora le hacía enrojecer.


CAPÍTULO XVIII


—TODAVÍA me queda una cosa que pedirte —anunció Oblonski, desechando aquel desagradable recuerdo—. Ya adivinarás cuál, Anna...

El rostro de Karenin, hasta ahora tan animado, tomó al oír este nombre una expresión de rigidez cadavérica.

—¿Qué se exige de mí todavía? —inquirió, revolviéndose en la poltrona y quitándose los *pince-nez.*

—Una decisión cualquiera, Alexiéi Alexándrovich; yo me dirijo a ti, no como... —y ya iba a decir al marido engañado, pero se detuvo para corregirse— al hombre de Estado, sino como al cristiano, hombre de corazón. Ten compasión de ella.

—¿De qué modo? — preguntó en voz baja Karenin.

—Te daría lástima si la vieras. Créeme: he venido observándola todo el invierno. Su situación es verdaderamente terrible.

—Yo creía —dijo Karenin, agudizando de repente la voz— que Anna Arkádievna había obtenido todo lo que deseaba.

—No más recriminaciones, Alexiéi Alexándrovich. Lo pasado, pasado. Lo que ella espera ahora es el divorcio.

—Había creído comprender que en caso de que yo me quedara con mi hijo, Anna Arkádievna renunciaría al divorcio. Pues bien, ya he dado una respuesta en ese sentido y considero esta cuestión como zanjada —determinó, agudizando cada vez más el tono de la voz.

—No nos acaloremos, te lo ruego —exhortó Stepán Arkádich tocando en la rodilla a su cuñado—. Mas bien recapitulemos. En el momento de vuestra separación, con una generosidad inaudita, le diste todo: la libertad, incluso le ofreciste el divorcio. Este gesto tan bello la impresionó profundamente. Sí, sí, puedes creerme. Luego ella se sintió demasiado culpable respecto a ti para aceptar; pero el porvenir le ha demostrado que con eso se había creado una situación intolerable.

—La situación de Anna Arkádievna no me interesa en absoluto —desdeñó Karenin arqueando las cejas.

—Permíteme que no te crea —objetó suavemente Oblonski—. Su situación es dolorosa para ella y no sirve de provecho a nadie. Me dirás que ella tiene merecidos sus sufrimientos. Ella no lo niega, estima incluso que no tiene derecho a dirigirte ninguna súplica. Pero todos los familiares, todos los que la queremos te rogamos que tengas compasión de ella. ¿Por qué atormentarla? ¿A quién pueden aprovechar sus padecimientos?

—¡La verdad, oyéndote se diría que es a mí a quien vosotros acusáis!

—Nada de eso, nada de eso —repuso Stepán Arkádich, tocando esta vez el brazo de su cuñado, como si esperase suavizarlo con sus ademanes—. Yo sólo te digo que su situación es angustiosa y sólo tú puedes aliviarla sin menoscabo para ti. Déjalo todo en mis manos; tú no tienes que ocuparte de nada. Tú le habías prometido, desde luego...

—Mi consentimiento ya lo di en otra ocasión, pero entretanto ha surgido la cuestión del niño, y yo esperaba que Anna Arkadievna tendría la generosidad...

Se detuvo. Se había puesto pálido. De sus labios temblorosos salían las palabras con dificultad.

—Ella no pide ya el niño; recurre a tu buen corazón, te suplica le concedas el medio de salir del estancamiento en que ahora se encuentra. El divorcio se ha convertido para ella en una cuestión de vida o muerte. Tal vez se habría resignado, no se habría movido del campo, de no haber tenido fe en tu palabra. Fiada en tu promesa, te ha escrito, ha venido a vivir a Moscú, desde hace seis meses la consume la fiebre de la espera, donde cada encuentro es para ella como una puñalada. Su situación es como la 'de un condenado a muerte que hace meses tiene la soga en el cuello, y no sabe si debe esperar el indulto o el momento final. Ten piedad de ella; yo me encargo de arreglarlo todo. *Vos escrupules...*[1].

—No se trata de eso —interrumpió Karenin—, pero es posible que prometiera más de lo que tenía derecho a dar.

—¿Entonces retiras tu palabra?

—Pido simplemente tiempo para reflexionar. ¿Podía yo hacer una promesa semejante?

—¿Qué estás diciendo, Alexiéi Alexándrovich? —exclamó Oblonski saltando de su asiento—. Ella se siente lo más desgraciada que puede sentirse una mujer. Tú no podrías negarte...

—¿Podría yo hacer una promesa semejante? —repitió—. *Vous professez d'être un libre penseur*[2], pero yo, que soy creyente, no podría, en una cuestión tan grave, oponerme a los principios de la doctrina cristiana.

—Pero todas las sociedades cristianas, y nuestra misma Iglesia, admiten el divorcio.

—En algunos casos, pero no en éste.

---

[1] Tus escrúpulos... (En francés en el original.)

[2] Tú pasas por un librepensador. (En francés en el original.)

—No te reconozco, Alexiéi Alexándrovich —dijo Oblonski, después de un intervalo de silencio—. ¿Eres tú el mismo que antes, inspirado precisamente en lo más puro de la doctrina cristiana, causabas la admiración de todos nosotros concediendo un perdón magnánimo? ¿No eras tú el que decía: da el caftán cuando te quiten la camisa, y ahora...?

—Te agradecería mucho que... —dijo Alexiéi Alexándrovich, levantándose de repente, muy pálido, temblándole la mandíbula y con voz lastimera— ¡cortáramos de una vez esta conversación!

—Perdóname si te he afligido —murmuró Stepán Arkádich con una sonrisa confusa—, pero tenía que cumplir la misión encomendada.

Tendió la mano a su cuñado, que se la estrechó y declaró tras un instante de reflexión:

—Tengo que reflexionar y buscar consejo. Pasado mañana tendréis mi respuesta definitiva.

## Capítulo XIX

STEPÁN Arkádich se disponía a salir de allí, cuando Korniéi anunció:

—Serguiéi Alexiéich.

—¿Quién es ese Serguiéi Alexiéi? —preguntó Stepán Arcádich, pero enseguida recordó:

—¡Ah, Seriozha! —dijo—. Pensé que se trataba de algún jefe de departamento ministerial.

Recordó que su madre le había encargado verle, así como el aire triste y pensativo con que le había dicho: «Tú lo verás, podrás saber lo que hace, quién cuida de él... Y hasta si fuera posible...». Había adivinado su ardiente deseo de obtener la custodia del niño. Después del diálogo sostenido se daba cuenta, desgraciadamente, de que ni siquiera podía plantearse aquella cuestión. Pero, no obstante, se alegró de ver a su sobrino, por más que Karenin le hubiese prevenido que al niño nunca se le hablaba de su madre, suplicándole, por consiguiente, se abstuviera de hacer alusiones a aquella persona, mientras él estuviera delante.

—Ha estado gravemente enfermo desde su última entrevista; hubo un momento en que temimos por su vida —concluyó—. Un tratamiento juicioso, seguido de baños de mar durante el verano, le han restablecido felizmente. Por consejo del médico le he enviado al colegio. La compañía de niños de su edad ejerce sobre él una influencia saludable. Es muy aplicado y se encuentra allí de maravilla.

—¡Pero si ya es un hombrecito! Ahora comprendo que le anuncien como Serguiéi Alexiéich —exclamó Oblonski, al ver entrar a un guapo mozo, robusto, vestido de marinera azul y pantalón largo, que sin ninguna timidez acudió corriendo al lado de su padre.

Seriozha saludó a su tío como a un extraño; después, al reconocerle, se ruborizó, adoptó un aire como irritado, casi le volvió la espalda cual si estuviera ofendido, y entregó su cuaderno de notas a Karenin.

—No está del todo mal —comentó éste—. Puedes irte a jugar.

—Ha crecido, ha adelgazado y ha perdido su aspecto infantil, pero sigue gustándome —dijo Stepán Arkádich—. ¿Te acuerdas de mí?

El niño alzó los ojos al padre, y después al tío.

—Sí, *mon oncle* [1] —respondió, bajando de nuevo la mirada.

Stepán Arkádich atrajo hacia sí al niño y le cogió del brazo.

—Bueno, ¿y qué es de tu vida? —le preguntó.

El niño se sonrojó y no contestó nada. Buscaba la manera de librar el brazo de la mano de su tío, y tan pronto lo consiguió, alejóse con el ímpetu de un pájaro puesto en libertad.

Al cabo de un año transcurrido desde que vio por última vez a su madre, los recuerdos de Seriozha se habían ido borrando poco a poco, y bajo la influencia de la vida colegial, los rechazaba como indignos de un hombre. Sabía que entre sus padres había una desavenencia, que su suerte estaba unida a la de su padre, e intentaba hacerse a esta idea. La presencia de su tío, tan parecido a su mamá, le molestaba. Algunas palabras llegadas a él en la antecámara, y sobre todo las caras largas de aquellos dos hombres le hicieron comprender que estaban tra-

[1] tío. (En francés en el original.)

tando de su madre. Y por no tener que juzgar al padre, con el que vivía y del que dependía y, principalmente, por no dejarse llevar por un sentimiento que consideraba humillante, le pareció mejor rehuir la mirada de su tío, que venía inoportunadamente a recordarle lo que se había propuesto olvidar.

Pero cuando al dejar el despacho de Karenin, Stepán Arkádich le encontró jugando en la escalera y le interrogó sobre su juego, Seriozha, que ya no temía la presencia de su padre, se mostró más comunicativo.

—Pues ahora estamos jugando al ferrocarril. Dos de nosotros se sientan en un banco: son los viajeros. Otro se pone de pié también en el banco; los demás se enganchan al banco y tiran de él al galope por las habitaciones. No es fácil hacer de conductor.

—El conductor es aquel que está allí de pie, ¿no? —preguntó Oblonski, sonriendo.

—Sí, hay que sostenerse bien y tener mucho cuidado de no caerse, sobre todo cuando los que tiran se paran de repente.

—¡Sí, menuda papeleta! —dijo Stepán Arkádich, observando con tristeza aquellos ojos tan brillantes, que ya no tenían el candor de la infancia y tanto se parecían a los de Anna. Olvidando la promesa que había hecho a Karenin, no pudo resistir el deseo de preguntarle:

—¿Te acuerdas de tu madre?

—No —respondió el muchacho, que enrojeció de nuevo.

Stepán Arkádich ya no pudo sacar de él ni una palabra.

Cuando, media hora más tarde, el preceptor encontró a Seriozha, no pudo saber si lloraba o estaba enfadado.

—Seguramente que se ha hecho daño al caerse. Con razón le había dicho que eso era un juego peligroso. Tendré que hablar al director.

—Si me hubiese hecho daño, nadie lo sospecharía. Créame.

—¿Qué tiene usted, pues?

—¡Nada, déjeme en paz!... ¿Qué le importa a nadie si yo me acuerdo o no? ¿Y por qué tengo que acordarme?... ¡Déjeme en paz! —repitió, y al decirlo, parecía que quería desafiar al mundo entero.

Como siempre, Stepán Arkádich empleó muy bien su tiempo en la capital, donde además de sus asuntos, le atraía la necesidad de remozarse. De dar crédito a su opinión, el aire de Moscú estaba enrarecido. A pesar de sus tranvías y de los autobuses y de los *cafés chantants,* aquella pobre ciudad venía a ser como un pantano en el que uno se pudría moralmente. Al cabo de algunos meses, Oblonski tomaba a pecho las recriminaciones de su mujer, la salud y la educación de sus hijos, los detalles menudos del servicio, y —¿quién lo hubiera creído?—hasta sus mismas deudas le inquietaban.

Pero tan pronto como sentaba la planta en Peterburgo y volvía a encontrarse en el mundo de los vivos —en Moscú no hacía más que vegetar— se derretían sus preocupaciones como la cera al fuego. ¿Su mujer?... Precisamente acababa de hablar con el príncipe Chechenski, que tenía mujer y unos hijos ya mayorcitos, pajes; pero, además, tenía otra familia ilegal, también con mujer e hijos. Aunque la primera familia era buena, el príncipe Chechenski se sentía más feliz entre la segunda. Incluso llevaba a su hijo mayor a esta segunda familia, y le decía a Setepán Arkádich que lo consideraba útil y provechoso para su hijo. ¿Se podía comprender eso en Moscú? ¿Los hijos? En Peterburgo los hijos no estorbaban la vida de los padres. Los hijos se educaban en los colegios y no existía la absurda costumbre tan de moda en Moscú (uno de cuyos ejemplos era el príncipe Lvov), de tener a los hijos con todo lujo, y cargar a los padres con todo el trabajo y preocupaciones de la familia; se comprendía que todo hombre bien educado tiene el derecho y el deber de vivir, antes que nada, para sí mismo. Y luego, al contrario que en Moscú, donde el servir al Estado no ofrecía interés ni porvenir, ¿a qué brillante carrera no podía uno aspirar en una ciudad donde el amigo Briántsev era ya alguien de importancia? Para eso bastaba un encuentro feliz, un servicio prestado, una buena palabra o un juego de fisonomía bien estudiado. En fin —y esto sobre todo disipaba los escrúpulos de Oblonski—, ¡qué poco inquietaba la cuestión del dinero!

Aquella víspera, Bartnianski, que vivía a un promedio de cincuenta mil rublos, le había dicho a este propósito unas palabras edificantes.

El día anterior, antes de la comida, Stepán Arkádich le dijo a Bartnianski:

—Al parecer, tienes buenas relaciones con Mordvinski, y me podrías prestar un gran servicio hablándole en mi favor. Hay un puesto que quisiera ocupar: el de miembro de la Agencia...

—Poco importa el título. Además, lo olvidaría de todos modos. Pero, ¿cómo has tenido la idea de relacionarte con esos judíos?... Como quieras, pero da asco...

Stepán Arkádich no le dijo que se trataba de un asunto serio. De todas maneras Bartnianski no lo habría comprendido.

—Es que necesito dinero —declaró Oblonski con franqueza, juzgando inútil disimular con un amigo—. No tengo un céntimo.

—¿Acaso vives menos por eso?

—Sí, vivo, pero lleno de deudas.

—¿Tienes muchas? —preguntó Bartnianski con simpatía.

—¡Oh, sí! Unos veinte mil rublos.

—¡Feliz mortal! —exclamó el otro, echándose a reír—. Yo tengo millón y medio de deudas, sin un kopek en la cartera, y como puedes ver, no vivo tan mal.

Aquel ejemplo estaba confirmado por muchos otros: arruinado, entrampado en trescientos mil rublos, Zhivájov llevaba una vida fastuosa; después de estar mucho tiempo a la cuarta pregunta, el conde Krivtsov se permitía el lujo de mantener dos queridas; habiendo cometido un desfalco de cinco millones, Petrovski dirigía una empresa financiera con una asignación de veinte mil rublos.

¡Y cómo rejuvenecía la gente en una ciudad como Peterburgo! En Moscú, Stepán Arkádich notaba con melancolía cómo blanqueaban sus cabellos, se dormía después de las comidas, bostezaba, subía con dificultad las escaleras, se aburría en compañía de las jóvenes, no bailaba en ninguna reunión. En Peterburgo se sentía diez años más joven. Experimentaba la misma sensación que su tío Piotr en el extranjero.

—Aquí no sabemos vivir —le dijo aquel hombre, joven en

sus sesenta años, que volvía de París—. Créeme, si quieres. En Baden, donde he pasado el verano, la visita de una mujer bonita me sugería muchas cosas; una buena comida rociada con buen vino me devolvía el aplomo. ¡Quince días en Rusia con mi noble esposa, en plena campiña, y ya no era más que un viejo! ¿Qué fue de mis jóvenes beldades? No me quitaba la bata y tenía que estar pendiente de mi salud... Menos mal que París me ha repuesto.

Stepán Arkádich sentía la misma diferencia que Piotr Oblonski. En Moscú se abandonaba de tal manera que, de vivir allí mucho tiempo («Dios me libre de ello», decía), acabaría por no pensar más que en la salvación de su alma. En Peterburgo, sin embargo, se sentía un hombre honesto.

Al día siguiente de su entrevista con Karenin, Stepán Arkádich fue a ver a Betsi Tverskaia, con la cual mantenía relaciones un poco raras. Solía cortejarla en broma, y le dirigía unas frases demasiado libres que sabía que eran de su agrado. Aquel día, bajo la influencia del clima peterburgués, se fue de la lengua y casi se sintió feliz al ver a la princesa Miagkaia venir a interrumpir un coloquio que principiaba a inquietarle, pues en el fondo no sentía la menor inclinación por Betsi.

—¡Ah, está usted aquí! —le dijo la princesa al verle—. ¿Y qué hace ahora su pobre hermana?... ¿Le extraña que me interese por ella?... Es que, mire usted, desde que todo el mundo le hace el vacío, comenzando por mujeres que son cien veces peor que ella, yo me inclino a absolverla por completo. ¿Cómo es que Vronski no me ha avisado de su paso por Peterburgo? Habría ido a verla y la habría acompañado a todas partes. Dele recuerdos míos, o, entretanto, hábleme de ella.

—Su situación es bastante penosa... —comenzó Stepán Arkádich, cediendo gustosamente a la petición de la buena señora.

Mas ésta, que seguía en su idea, le interrumpió:

—Ha tenido la lealtad de obrar abiertamente. Le doy la razón por haber plantado a aquel imbécil —usted me dispensará como cuñado— que siempre ha querido pasar por un águila. Yo sola he protestado siempre, y ahora todos son de mi opinión desde el momento en que se ha liado con la condesa Lidia y con ese Landau. Casi me da rabia ser de la misma opinión que los demás.

—Usted podrá quizá explicarme un enigma. Ayer, hablando del divorcio, mi cuñado me dijo que no podía darme respuesta antes de haber reflexionado, y esta mañana recibo una nota de la condesa Lidia, invitándome a su velada. ¿Puede haber alguna relación entre el divorcio y esta invitación?

—¡De seguro! —afirmó la princesa, encantada—. Van a consultar a Landau.

—¿Landau? ¿Quién es ese?

—¡Cómo! ¿No conoce usted a Jules Landau *le fameux Jules landau, le clairvoyant?*[1]. Ya ve lo que se gana con vivir en provincias. Está un poco tocado también, pero la suerte de su hermana está entre sus manos. Landau era *commis*[2] de una botica en París; un día acudió a consultar a un médico, se durmió en el salón de espera, y durante el sueño dio a los asistentes unos consejos de lo más chocante. La mujer de Yuri Meledinski le llamó a la cabecera de su marido enfermo; a mi entender, no le ha hecho nada bueno, pero ambos se han entusiasmado con Landau y le han traído a Rusia. Aquí todo el mundo se ha lanzado sobre él. Ha curado a la princesa Bezzúbova, quien, por gratitud, le ha adoptado.

—¿Cómo ha dicho?

—Como lo oye: adoptado. Ya no se llama Landau, sino el conde Bezzúbov. Pero poco importa. Pues bien, esa loca de Lidia, a quien por otra parte quiero mucho, se ha enamorado de Landau. Nada de lo que ella y Karenin tengan entre manos se decide sin haberle consultado antes. He ahí por qué, se lo repito, la suerte de su hermana está en las manos de Landau, conde de Bezzúbov.

Capítulo XXI

DESPUÉS de una excelente comida en casa de Bartnianski, seguida de numerosos vasos de coñac, Stepán Arkádich llegó con un poco de retraso a casa de la condesa Lidia.

---

[1] el famoso Jules Landau, el clarividente? (En francés en el original.)
[2] dependiente. (En francés en el original.)

—¿Quién está ahí? —preguntó al portero, al observar junto al gabán tan conocido de Karenin una extraña capa con alamares.

—Alexiéi Aléxandrovich Karenin y el conde Bezzúbov —respondió muy serio el portero.

«La princesa Miagkaia ha dado en el clavo —se dijo Oblonski mientras subía la escalera—. Hay que cultivar la amistad de esta mujer; tiene una gran influencia. Una palabra de ella a Pomorski y mi asunto no caería en saco roto.»

Aunque todavía había luz, las cortinas del saloncito ya estaban echadas y se habían encendido las lámparas. Sentados junto a una mesa redonda, la condesa y Karenin charlaban en voz baja, en tanto que un hombre seco, pequeño, muy pálido, con bellos y relucientes ojos, de tipo afeminado, piernas delgadas y largos cabellos que caían sobre el cuello de su levita, permanecía de pie al otro lado de la estancia, examinando los retratos suspendidos de las paredes. Después de haber presentado sus respetos a la condesa y de saludar a su cuñado, Oblonski se volvió involuntariamente hacia aquel personaje tan singular.

—Monsieur Landau —dijo la condesa en voz baja, y con una deferencia que sorprendió a Stepán Arkádich.

Landau se aproximó, sonrió, puso su mano inerte y húmeda en la de Oblonski, a quien presentó la condesa, y ocupó de nuevo su puesto junto a los retratos. Lidia Ivánovna y Karenin cambiaron una mirada significativa.

—Estoy muy contenta de verle, y particularmente hoy —dijo la condesa a Oblonski, indicándole un asiento junto a su cuñado—. Se lo he presentado con el nombre de Landau —continuó tras una mirada al francés—, pero ya sabrá usted, sin duda, que se llama conde Bezzúbov. A él no le gusta este título.

—Sí, ya he oído decir que ha curado completamente a la condesa Bezzúbova.

—Exactamente. Ella ha venido hoy a verme, pero en un estado tal que da compasión. La separación ha sido para ella un golpe terrible.

—¿Está decidida, pues, su marcha? —preguntó Karenin.

—Sí, se va a París. Una voz misteriosa se lo ha impuesto —dijo Lidia Ivánovna, mirando a Oblonski.

—¡Ah, una voz! —repitió éste, comprendiendo que era necesario usar una gran prudencia, en una sociedad donde ocurrían misterios de los que no poseía la clave.

Tras unos instantes de silencio, la condesa creyó llegado el momento de acometer los asuntos serios, y dijo a Oblonski con sutil sonrisa:

—Yo le conozco hace mucho tiempo. *Les amis de nos amis sont nos amis*[1]. Pero para ser verdaderamente amigos, hay que darse cuenta de lo que pasa en el alma de los que se ama, y yo me temo que usted no está en esa posición con respecto a Alexiéi Alexándrovich. ¿Comprende lo que quiero decir? — preguntó, levantando sus bellos ojos soñadores hacia Stepán Arkádich.

—Comprendo, en parte, que la posición de Alexiéi Alexándrovich... —respondió Oblonski, que no sabiendo dónde iba ella a parar, prefería quedar en las generalidades.

—¡Oh! Yo no hablo de cambios externos —dijo gravemente la condesa, siguiendo con amorosa mirada a Karenin, que se había levantado para reunirse con Landau—. Es su corazón el que ha cambiado, y mucho me temo que usted no haya reflexionado bastante, a la vista de esa transformación.

—Puedo figurármela a grandes rasgos. Siempre hemos estado en excelentes relaciones, y ahora todavía... —comenzó Oblonski, que creyó conveniente dar a su mirada una pincelada de ternura.

Sabía que Lidia Ivánovna contaba entre sus amistades a dos ministros, y se preguntaba cerca de cuál podría servirle más eficazmente.

—Esa transformación no altera lo más mínimo su amor por el prójimo. Al contrario, lo eleva, lo purifica. Pero creo que usted no me comprende... ¿Una taza de té? —propuso, señalando en dirección de un criado que traía una bandeja.

—No del todo, condesa. Es evidente que su desgracia...

—Su desgracia se ha convertido en su dicha, pues su corazón ha despertado en Él —recitó la condesa, cuya mirada se hacía cada vez más lánguida.

---

[1] Los amigos de mis amigos son nuestros amigos. (En francés en el original.)

«Se le puede pedir que hable con los dos, yo creo», pensó Oblonski.

—Ciertamente —prosiguió en voz alta—, pero esa es una de las cuestiones íntimas que nadie se atreve a tratar, condesa.

—Al contrario, es así como debemos ayudarnos.

—Sin duda, pero a veces existen tales divergencias de opinión... —insinuó Oblonski, con untuosa sonrisa.

—No puede haber divergencias cuando se trata de la santa verdad.

—Sin duda, sin duda —repitió Oblonski, que, viendo entrar en juego la religión prefirió zafarse.

Entretanto, se había acercado Karenin.

—Creo que va a dormirse —anunció en voz baja.

Stepán Arkádich se volvió. Landau se había sentado cerca de la ventana, el brazo apoyado en un sillón y la cabeza baja. La levantó al ver que todas las miradas convergían en él, y sonrió con expresión infantil.

—No le preste atención —recomendó Lidia Ivánovna, acercando un asiento a Karenin—. Lo he notado...

En aquel momento entró un criado para entregarle una misiva, la cual leyó en un santiamén y contestó rápidamente, después de excusarse ante sus invitados.

—Me he fijado —prosiguió— en que los moscovitas, los hombres sobre todo, son la gente del mundo más indiferente en materia de religión.

—Yo hubiera creído lo contrario, condesa, a juzgar por la reputación que tienen.

—Pues usted mismo me parece pertenecer a la categoría de los indiferentes —dijo Alexiéi Alexándrovich.

—¿Será posible? —exclamó Lidia Ivánovna.

—Yo estoy más bien a la espera —respondió Oblonski, con sonrisa más conciliadora—. Mi hora no ha llegado aún.

Karenin y la condesa se miraron.

—Nosotros no podemos nunca conocer nuestra hora, ni saber si estamos preparados o no —declaró gravemente Alexiéi Alexándrovich—. La gracia no obedece a consideraciones humanas. A veces se aparta de quienes la buscan para descender sobre los que no están preparados pa para descender sobre los que no están preparados para recibirla. Por ejemplo, San Pablo, antes de su conversión.

—Todavía no se ha dormido —comentó la condesa, que seguía con los ojos los movimientos del francés.

Landau se levantó y se acercó al grupo.

—¿Me permiten ustedes que les escuche? —pidió.

—Desde luego que sí, yo no quería incomodarle. Tome asiento —invitó la condesa cariñosamente.

—Lo esencial es no cerrar los ojos a la luz —continuó Alexiéi Alexándrovich.

—¡Y si usted conociera la dicha que es sentir la presencia de Él en nuestras almas, constantemente! —declaró Lidia Ivánovna, con una sonrisa estática.

—Por desgracia, hay quienes son incapaces de alcanzar semejantes alturas —objetó Stepán Arkádich, no sin hipocresía, pues, ¿cómo iba a indisponerse con una persona que, con una sola palabra a Pomorski, podía conseguirle la plaza que tanto codiciaba?

—¿Quiere decir que el pecado no nos lo permite? Pues esa es una falsa idea. El pecado ya no existe para el que cree... *Pardon* —suplicó al ver que el criado le traía una segunda misiva, que recorrió con la vista—. Contéstele que mañana estaré en casa de la gran duquesa... Pues como le decía, no, para el creyente ya no existe el pecado —repitió.

—Sí, pero, ¿acaso la fe sin obras no es una fe muerta? —arguyó Estepán Arkádich, recordando aquella frase del catecismo y no defendiendo su independiencia más que con una sonrisa.

—¡He ahí ese famoso pasaje de Santiago que ha hecho tanto mal! —exclamó Karenin, mirando a la condesa, como recordándole frecuentes discusiones sobre esta materia—. ¡Cuántas almas, desorientadas por la falsa interpretación que suele dársele, se habrán alejado de la fe! Y sin embargo, el sentido del texto es exactamente lo contrario.

—Son nuestros monjes los que pretenden salvarse por medio de las obras, los ayunos, las mortificaciones —dijo la condesa, con aire de soberano desprecio—. Pero eso no está escrito en ninguna parte. Créame, uno logra su salvación mucho más fácilmente —añadió, dedicando a Oblonski una de aquellas miradas con las que estimulaba los primeros pasos en la Corte de las jóvenes damas de honor.

Karenin aprobó con un gesto.

—Cristo nos ha salvado muriendo por nosotros. Es la fe lo que nos basta y nada más —declaró.

—*Vous comprenez l'anglais?*[2] —preguntó Lidia Ivánovna, y correspondiendo a un signo afirmativo, dirigióse a una estantería—. Voy a leerle *Safe and happy*[3], o bien *Under he wing*[4] —anunció, interrogando a Karenin con la mirada—. Es muy corto —añadió, volviendo a sentarse—. Verá usted cómo se adquiere la fe y la felicidad sobrenatural que inunda el alma de los creyentes. El creyente no puede ser infeliz, porque no está solo.

Iba a comenzar la lectura, cuando vino de nuevo el criado a interrumpirla.

—¿La señora Borozdiná? Mañana a las dos... A propósito —repuso, lanzando un suspiro y marcando con un dedo la página que quería leer—. ¿Quiere ver usted cómo opera la verdadera fe? ¿Conoce a Marí Sánina? ¿Sabe usted su desgracia? Ha perdido su único hijo. Pues bien, después que ha encontrado su camino, su desesperación se ha trocado en consuelo, y hasta da gracias a Dios por la muerte de su hijo. Tal es la felicidad que da la fe.

—Evidentemente, esto es muy... —murmuró Stepán Arkádich, feliz de poder callarse durante la lectura.

«Decididamente —se dijo—, haré mejor en no pedir nada por hoy y marcharme lo antes posible, porque de lo contrario podría fracasar en mi intento.»

—Esto le va a aburrir —dijo la condesa a Landau—, porque usted no sabe inglés, pero no me ocupará mucho tiempo.

—¡Oh, ya comprendo! —respondió el otro, sonriendo siempre.

La condesa y Karenin cambiaron una tierna mirada, y dio comienzo la lectura.

---

[2] ¿Comprende usted el inglés? (En francés en el original.)
[3] Salvado y feliz. (En inglés en el original.)
[4] Bajo su protección. (En inglés en el original.)

Las extrañas palabras que acababan de oír habían sumido en la mayor estupefacción a Stepán Arkádich. Cierto que la complejidad de la vida peterburguesa le excitaba, sacándole de la monotonía moscovita; pero a él le gustaban estas complejidades en las esferas allegadas y conocidas; sin embargo, en este ambiente extraño se sentía desconcertado, aturdido. Escuchando a la condesa y sintiendo el influjo de aquellos ojos —¿ingenuos o bribones?, no sabría decirlo— de Landau, clavados en él, experimentaba cierta pesadez en la cabeza. En su mente se apretujaban las ideas más variadas.

Mari Sánina es feliz por haber perdido a su hijo... ¡Ah, si pudiese fumar! Para salvarse basta creer. Los monjes no entienden nada, pero la condesa sí... ¿Por qué me dolerá la cabeza? ¿Es a causa del coñac o de la extravagancia que me rodea? Yo no he hecho todavía nada que sea incongruente, pero decididamente, prefiero no solicitar nada hoy. Se afirma que esa clase de gente os obliga a recitar plegarias. Eso sería demasiado ridículo. ¿Qué necedades está leyendo ella? Hay que reconocer que pronuncia bien el inglés. Landau-Bezzúbov? ¿Por qué Bezzúbov?»

Y al llegar a este punto sintió en las mandíbulas cierta tendencia a abrirse en forma de bostezo. Hizo como que se arreglaba las patillas ocultando el bostezo, y se sacudió el amodorramiento; pero a renglón seguido sintió que ya estaba dormido y que iba a empezar a roncar. Volvió en sí y se extremeció con una sensación de culpabilidad, al oír a la condesa:

—Ya está dormido.

Afortunadamente, aquellas palabras se referían a Landau, que se había adormilado junto a él. Pero así como el sueño de Oblonski hubiera sido indudablemente una ofensa para Lidia Ivánovna y Karenin —¿era aquello muy seguro en un mundo tan anormal?—, el de Landau, en cambio, fue un motivo de regocijo para todos, especialmente para la condesa.

—*Mon ami*[5] —dijo, llamando así a Karenin por el entusias-

---

[5] Amigo mío. (En francés en el original.)

mo del momento, y recogiendo con discreción los pliegues de su vestido de seda—, *donnez lui la main. Vous voyez?*[6]. ¡Silencio! No recibo a nadie —cuchicheó al criado, que hacía una tercera aparición.

El francés dormía o fingía dormir, con la cabeza apoyada en el respaldo de la butaca, mientras que, descansando en la rodilla, su mano húmeda imitaba el ademán de atrapar alguna cosa.

Alexiéi Alexándrovich se aproximó a él, no sin haber tropezado con la mesa, a pesar de sus precauciones, y puso su mano en la suya. Stepán Arkádich se había levantado también. Abriendo desmesuradamente los ojos para convencerse de no estar dormido aún, miraba tanto al uno como al otro, y sentía que sus ideas se le embrollaban más y más.

—*Que la persone qui est arrivée la derniére, celle qui demande, qu'elle sorte..., qu'elle sorte!*[7] —murmuró el francés, sin abrir los ojos.

—*Vous m'excuserez, mais vous voyez... Revenez vers dix heures, encore mieux demain*[8].

—*¡Qu'elle sorte!*[9] —repitió el francés, con impaciencia.

—*C'est moi, n'est ce pas?*[10] —inquirió Oblonski.

Y habiendo obtenido una respuesta afirmativa, olvidando lo que quería pedir a Lidia Ivánovna y el asunto de su hermana, y sólo con el deseo de largarse cuanto antes, salió de puntillas y se refugió en la calle, como si huyera de una casa infectada por la peste. Para recobrar el equilibrio, se esforzó en bromear con el cochero del carruaje que le conducía al teatro francés. Llegó al tercer acto y volvió a hallarse en su elemento, lo mismo que en el restaurante, donde algunas copas de champaña le devolvieron la alegría de ánimo, aunque sin disipar por completo su malestar.

Al regresar a casa de su tío Piotr, encontró una tarjeta de Betsi, invitándole a su casa para el día siguiente, a fin de rea-

---

   [6] Déle la mano. ¿Lo ve? (En francés en el original.)
   [7] Que el que haya llegado el último, el que pregunta, ¡que salga!..., que salga! (En francés en el original.)
   [8] Dilcúlpeme, pero ya ve... Vuelva a eso de las diez, mejor mañana. (En francés en el original.)
   [9] ¡Que salga! (En francés en el original.)
   [10] ¿Se refiere a mí, no? (En francés en el original.)

nudar la charla interrumpida, lo que le hizo torcer el gesto. Un ruido de pasos lentos, como la gente que llevara un fardo, le atrajo a la escalera. Allí vio a su tío, tan rejuvenecido gracias a su viaje por el extrajero, que le tenían que subir completamente ebrio. Aunque apenas podía tenerse en pie, el buen hombre se agarró a su sobrino y le siguió hasta su cuarto, donde se durmió sentado en una silla, después de haber intentado en vano contarle sus proezas.

En cambio, Oblonski no pudo conciliar el sueño. Contra su costumbre, se sentía muy deprimido, y no podía recordar sin vergüenza los sucesos de aquel día, en particular la velada en casa de la condesa.

Al día siguiente, Karenin le avisó que se negaba terminantemente al divorcio. Oblonski comprendió que aquella decisión le había sido inspirada por el francés en el curso de aquel sueño, verdadero o fingido.

### Capítulo XXIII

E N el seno de un matrimonio sólo se toma una decisión en caso de un acuerdo perfecto o de completo desacuerdo. Cuando las relaciones conyugales fluctúan entre esos dos extremos, ninguno de los dos se atreve a tomar la iniciativa, y se ha visto demorar la solución años enteros, precisamente en cuestiones tan fastidiosas para el uno como para el otro.

Tal era el caso de Anna y Vronski. Los árboles de los bulevares habían tenido tiempo de cubrirse de hojas, y las hojas de llenarse de polvo, pero a pesar del calor y del polvo, la pareja seguía en Moscú, donde tan odiosa resultaba la estancia para los dos.

Un persistente malentendido los tenía separados, y cualquier tentativa de explicación no hacía más que agravar la posición de ambos. Anna encontraba a su amante más frío que nunca. Vronski culpaba a su querida de hacer aún más penosa, con sus recriminaciones, la falsa situación en que se había colocado a causa de ella. Siempre disimulando con el mayor cuidado las verdaderas causas de su irritación, cada uno de ellos hacía responsable al otro, y aprovechaba la primera ocasión para echárselo en cara.

Conociendo a fondo a Vronski, sus gustos, sus pensamientos, sus deseos, sus particularidades físicas y morales, Anna le juzgaba un hombre hecho para el amor, y nada más que para el amor. Si él, pues, se mostraba frío con ella, era porque amaba a otra u otras mujeres, y los celos la devoraban. Pero no sentía celos de una mujer, sino de ver disminuido su afecto hacia ella. Al no tener motivos de celos, los inventaba. Al menor indicio, los celos pasaban de un objeto a otro. Lo mismo desconfiaba de las de vida airada, accesibles a aquel hombre célibe, que de las damas de alta sociedad, o maldecía a tal o cual jovencita por quien quizá la abandonaría el día menos pensado.

Este último recelo era mucho más doloroso que los otros, habiéndose suscitado por una confidencia del propio Alexiéi. Cierto día se había quejado de su madre, por habérsele metido en la cabeza desposarle con la joven princesa Sorókina.

Los celos impulsaban a Anna a acumular las acusaciones más variadas contra aquél a quien, en el fondo de su corazón, adoraba: la soledad en que vivía, las vacilaciones de Alexiéi Alexándrovich, la separación (acaso eterna) de su hijo, la estancia prolongada en Moscú... Si él la quería verdaderamente, comprendería lo penoso de su situación y la sacaría de ella. Él tenía la culpa de que ella viviese en Moscú y no en la finca. Él no podía vivir retirado en el campo. Necesitaba relacionarse con la sociedad y la había puesto en esta horrible situación, cuyo agobio no quería comprender. Además, era culpable de que se viese separada de su hijo para siempre. Si sobrevenía algún raro momento de ternura, Anna no gustaba ninguna satisfacción, pues en las caricias de aquel amante estudiadamente apasionado, demasiado dueño de sí mismo, sólo veía la afirmación ofensiva de un derecho.

Declinaba el día. Vronski asistía a una comida de hombres solos, y Anna se había refugiado en el gabinete de trabajo, donde el ruido de la calle le incomodaba menos en su larga espera. Caminaba de un lado a otro por la estancia y revivía en su memoria los detalles de una escena penosa, el día de la víspera, en que tuvieron un altercado. Remontándose a las causas de la disensión, se sorprendió al ver lo insignificantes que eran. Hablando de Hanna, la inglesita que ella protegía, Vronski había puesto en ridículo los liceos donde se educaban los jóvenes, afirmando que las ciencias físicas serían de escasa utilidad para aquella niña. Creyendo ver en ello una alusión a sus propias ocupaciones, había replicado con aire ofendido:

—Ya sabía que no podía esperar un gesto simpático por parte de usted, pero al menos creía tener derecho a contar con su delicadeza.

Herido en lo más vivo, Vronski se había sonrojado, y después de una o dos réplicas de las que no se acordaba, se había permitido decir, para acabar de ofenderla:

—Confieso que no alcanzo a comprender el entusiasmo que usted siente por esa chiquilla. No veo en ello más que afectación.

El reproche era tan duro como injusto, y hería los laboriosos esfuerzos de Anna para crearse una ocupación que la ayudase a soportar su aislamiento. Esto la hizo estallar de indignación.

—Es muy deplorable que los sentimientos groseros y materiales sean los únicos accesibles para usted —había respondido al salir de la habitación.

Por la noche, en la alcoba, no habían hecho ninguna alusión a aquella escena, aunque ambos se daban perfecta cuenta de que no la habían olvidado.

Un día entero pasado en soledad había hecho reflexionar a Anna. Ávida de reconciliarse con su amante, estaba dispuesta a perdonar, que era tanto decir como acusarse a sí misma.

«La falta ha sido mía. Mis absurdos celos me hacen irritable en demasía... ¡Es necesario volver al campo! Allí recobraré la calma... Comprendo que al acusarme de afectación en mi cariño por una extranjera, lo que me censura es no amar a mi hija. Pero, ¿qué sabe él de amor que puede inspirar un niño? ¿Se da cuenta de lo que he sacrificado por él al renunciar a Seriozha? ¿Por qué ese empeño en herirme? ¿No será una prueba de que está enamorado de otra?»

E intentando calmarse, había regresado al trágico punto de partida.

«¿Y qué? —se dijo a sí misma, enloquecida—. ¿Es que no

puedo verdaderamente reconocerme culpable? Vamos a ver. Él es justo y honrado, él me ama. Yo le amo también, y mi divorcio no es más que cuestión de días. ¿Qué más puedo desear? Tranquilidad, confianza... Sí. Tan pronto como vuelva, yo me confesaré culpable, aunque no lo sea...

Y para desechar sus sombríos pensamientos, dio orden de que le llevasen las maletas.

Vronski volvió a casa aquella noche a las diez.

## Capítulo XXIV

—¿Qué, te has divertido? —preguntó ella al recibirle, con acento contrito.

—Como de costumbre —respondió él, notando enseguida aquel cambio de humor, de lo que se puso contento, puesto que él mismo se encontraba bastante alegre—. ¿Qué veo? ¿Conque están embalando? ¡Mira qué bonito!

—Sí, con el paseo que he dado hace poco, me han entrado ganas de volver al campo. A ti ya no te retiene nada, ¿verdad?

—No deseo otra cosa que partir. Haz servir el té mientras me cambio de ropa. Vengo al instante.

El aire de superioridad que afectaba le pareció a Anna mortificante. «Mira qué bonito.» ¿No era en aquel tono como se excusaban los caprichos de un niño malcriado? No tardó en despertársele otra vez la necesidad de luchar. ¿Por qué se ponía humilde ante aquella arrogancia? Se contuvo, sin embargo, y cuando volvió le expuso sus proyectos de partida, usando frases ya preparadas de antemano.

—Creo que ha sido una inspiración —concluyó ella—. Al menos cortaré de raíz esta eterna expectativa. ¿De qué sirve tanto esperar? Quiero desentenderme de la cuestión del divorcio. ¿No piensas igual?

—Ciertamente —respondió él, un poco inquieto al ver la agitación de Anna.

—Ahora cuéntame tú todo lo que ha pasado en vuestro banquete —dijo ésta tras un momento de silencio.

—El menú era muy bueno —respondió Vronski, y le nombró los convidados—. Después hemos tenido unas regatas, pero como en Moscú se encuentra siempre el medio de hacer el *ridicule,* nos han organizado una exhibición natatoria, a cargo de una dama, profesora de natación de la reina de Suecia.

—¡Cómo! ¿Ha estado nadando delante de vosotros? —preguntó Anna, poniéndose seria.

—Sí, con un *costume de natation*[1] rojo. Es una vieja feísima... Bueno, ¿cuándo nos vamos?

—¿Cabe imaginar algo más necio? ¿Es que tiene algo de particular su manera de nadar? —preguntó ella, sin abandonar su idea.

—Nada en absoluto. Era una cosa ridícula, te lo aseguro. ¿De modo que has fijado el día de la partida?

Anna sacudió la cabeza como para librarse de una obsesión.

—Cuanto antes mejor. No podremos tenerlo todo preparado para mañana, pero para pasado mañana, sí.

—Entendido... Es decir, no. Pasado mañana, domingo, tengo que ir a casa de *maman.*

Apenas pronunciada esta última palabra se turbó, al sentir sobre sí el peso de una mirada sospechosa. Su turbación hizo aumentar la desconfianza de Anna. Ésta olvidó a la profesora de natación, para no inquietarse más que por la princesa Sorókina, que solía pasar el verano en casa de la anciana condesa. Se apartó de él con las mejillas coloreadas.

—¿Y no puedes ir mañana?

—Es imposible. Ni los poderes ni el dinero que ha de entregarme pueden estar preparados para mañana.

—Entonces, no partiremos ya.

—¿Por qué no?

—El domingo o nunca.

—¡Pero eso es absurdo, no tiene sentido! —exclamó Vronski.

—Para ti, porque en tu egoísmo no quieres comprender lo que sufro. Un solo ser me retenía aquí: Hanna, y tú has hallado un pretexto para tachar de hipocresía mi conducta con ella. En tu opinión, yo no quiero a mi hija, y estoy fingiendo por esa inglesita sentimientos que no tienen nada de naturales.

---

[1] traje de baño. (En francés en el original.)

Quisiera saber qué puede haber de natural en una vida como la que llevo.

Notó con horror que estaba olvidando sus buenas resoluciones, pero a pesar de advertir su extravío, no resistió a la tentación de echarle en cara sus faltas.

—Yo no he dicho eso —replicó él—. Sencillamente, te he dicho que me disgustaba aquella ternura tan repentina hacia ella.

—Eso no es verdad, y para uno que se jacta de franqueza...

—No tengo costumbre de jactarme ni de mentir —dijo él lentamente, reprimiendo la cólera que hervía en su interior—. Y siento que no sepas respetar...

—El respeto ha sido inventado para disimular la ausencia de amor. Si ya no me amas, lo más noble sería confesármelo.

—¡Esto se está haciendo intolerable! —exclamó Vronski, que se levantó bruscamente y se puso delante de ella—. Mi paciencia tiene un límite, ¿por qué la pones a prueba?

Pronunciaba sus palabras lentamente, como si impidiera la salida de otras más amargas que tenía a flor de labio.

—¿Qué quiere usted decir con eso? —gritó ella, espantada de la mirada con que él la estaba fulminando, y de la expresión de odio que descomponía su semblante.

—Quiero decir que... Pero no, soy yo quien debe preguntar lo que usted pretende de mí.

—¿Qué puedo pretender más que una cosa? Lo que quiero es no verme abandonada como es su intención. Por lo demás, la cuestión es secundaria. Quiero ser amada, y si no me ama usted, todo ha concluido.

Y se encaminó a la puerta.

—¡Espera, espera! —exclamó Vronski, sujetándola por el brazo, pero con las cejas unidas en un pliegue inquietante—. Pongamos las cosas en su lugar. Yo he pedido el no marchar antes de tres días, y tú me has contestado que miento y que soy un mal educado.

—Sí, y lo repito. Un hombre que me echa en cara los sacrificios que ha hecho por mí (y con esto aludía a las disputas anteriores), no es solamente un mal educado, sino un hombre sin corazón.

—¡Mi paciencia se ha acabado! —exclamó Vronski, soltándole el brazo.

«Me odia, es cierto —pensó ella, y sin volverse, salió de la habitación con paso inseguro—. Quiere a otra, eso es todavía más cierto —se dijo al entrar en su cuarto. Y se repitió mentalmente las palabras que acababa de pronunciar—. Quiero ser amada y si él no me ama, todo ha concluido. Sí hay que concluir, pero, ¿cómo?», se preguntó, dejándose caer en un sillón, delante del espejo.

Se sintió asaltada por los pensamientos más diversos. ¿Dónde refugiarse? ¿En casa de su tía, que la había criado? ¿Con Dolli? ¿Acaso en el extranjero? ¿Qué estaría haciendo él en su gabinete? ¿Sería definitiva aquella ruptura? ¿Qué dirían Alexiéi Alexándrovich y sus antiguos amigos de Peterburgo? En su mente surgía nuevamente una idea sin que pudiera llegar a formularla. Se acordó de unas palabras dichas por ella a su marido después de dar a luz: «¿Por qué no me habré muerto?» Muy pronto, aquellas palabras despertaron el sentimiento que antes habían expresado.

«Morir, sí, es la única manera de acabar. Mi vergüenza, el deshonor de Alexiéi Alexándrovich, el de Seriozha, todo se borrará con mi muerte. Una vez muerta, él se arrepentirá de su conducta, me llorará, me amará.

Asomó a sus labios una sonrisa de ternura, en tanto se quitaba y se ponía maquinalmente los anillos.

Unos pasos que se acercaban —¡los suyos!— la sacaron de sus meditaciones, sin que hiciera ademán de prevenirse. Sintió que él la cogía la mano, diciendo dulcemente:

—Anna, estoy dispuesto a todo. Vámonos pasado mañana.

Como ella no respondiera nada, insistió:

—Bueno, ¿qué contestas?

—Haz lo que quieras.

Incapaz de dominarse, Anna rompió a llorar.

—Déjame, déjame —murmuró entre sollozos—. Me iré mañana mismo. Y aún haré más... ¿Qué soy yo? Una mujer perdida, una piedra suspendida a tu cuello. No quiero atormentarte más. Tú no me quieres, quieres a otra. Te libraré de mí.

Vronski le suplicó que se calmase, afirmó que sus celos carecían de fundamento, juró que la quería más que nunca.

—Anna, ¿por qué atormentarnos así? —le preguntó, apartándole las manos del rostro.

Anna creyó notar algunas lágrimas en sus ojos y angustia en su voz. Pasando enseguida de los celos más sombríos a la más ardiente de las pasiones, cubrió de besos la cabeza, el cuello y las manos de su amante.

## Capítulo XXV

LA reconciliación fue completa. Anna no sabía bien si saldrían el lunes o el martes, pues cada uno de ellos había querido ceder al otro en este punto, pero poco importaba ya, y a partir del día siguiente por la mañana, Anna activó los preparativos. Estaba retirando varios objetos de una maleta cuando entró Vronski. Se había arreglado antes de lo acostumbrado.

—Voy ahora mismo a casa de *maman*. Le diré que me envíe el dinero por mediación de Iegórov, y en ese caso podemos salir mañana.

Esta alusión turbó las buenas disposiciones de Anna.

«Así, pues —se dijo ella, era posible arreglar las cosas como yo quería...»

—¡No! —replicó, alzando la voz—. No cambies en nada tus proyectos, porque yo misma no estaré preparada. Ve a desayunarte. Estaré contigo al momento, cuando acabe de arreglar estas cosas.

Y se puso a amontonar trapos de todas clases en los brazos de Ánnushka.

Cuando entró en el comedor, Vronski estaba comiéndose un bistec. Sentóse a su lado para tomar el café.

—Este piso amueblado se me está haciendo odioso —declaró ella—. ¿Hay algo más abominable que las *chambres garnies*?[1] Estos relojes de pared, estos cortinajes, estos papeles que cubren la pared, sobre todo, se han convertido en una verdadera pesadilla para mí, mientras que el campo se me aparece como una tierra de promisión. ¿No has enviado aún los caballos?

---

[1] habitaciones amuebladas. (En francés en el original.)

—No, ya nos seguirán. ¿Tienes propósito de salir hoy?

—Puede que pase por casa de Wilson, para llevarle unos vestidos... Entonces, ¿de acuerdo en que mañana...? —preguntó alegremente.

Pero pronto cambió de expresión.

En aquel momento entró el ayuda de cámara a pedir el recibo de un telegrama, a lo que Vronski respondió secamente que lo encontraría en la mesa de su despacho. Y para distraer la atención de Anna, se puso a responder:

—Ciertamente, todo estará terminado mañana.

Pero Anna había cambiado ya de expresión.

—¿De quién es el telegrama? —inquirió sin escucharle.

—De Stiva —respondió él, sin apresurarse.

—¿Por qué no me lo has enseñado? ¿Qué secreto puede haber entre mi hermano y yo?

Vronski ordenó al ayuda de cámara que trajese el telegrama.

—Yo no podía dejártelo ver, porque Stiva tiene la manía del telégrafo. ¿Qué necesidad tenía de avisarme telegráficamente que aún no se ha decidido nada?

—¿Del divorcio?

—Sí. Dice que no puede obtener ninguna respuesta afirmativa. Toma, léelo tú misma.

Anna cogió el telegrama con mano temblorosa. El final estaba concebido en estos términos:

> Pocas esperanzas, pero haré lo posible y lo imposible.

—¿No te había dicho que esto me era indiferente? —protestó ella, enrojeciendo—. Pues no había por qué ocultarme nada.

Pensó que usaría el mismo medio para su correspondencia con otras mujeres.

—A propósito, es posible que Iashvín venga esta mañana con Vóitov. Figúrate que ha ganado cerca de sesenta mil rublos a Pievtsov, que se va a ver negro para pagárselos.

Aquella manera tan sinuosa de hacerle comprender, otra vez, que estaba pisando un terreno peligroso, la irritó todavía más.

—Perdón —insistió—. ¿Por qué has creído conveniente

ocultarme esa noticia? Te repito que esa cuestión me es indiferente, y desearía que tú también permanecieras indiferente en este asunto.

—Si me intereso por él, es porque me gustan las cosas claras.

—¿Qué importan las formas cuando el amor existe? —gritó ella, cada vez más contrariada por aquel tono de fría superioridad—. ¿Qué vas a hacer tú si obtengo el divorcio?

«Siempre el amor», pensó Vronski, haciendo una mueca.

Manifestó:

. —Bien sabes que si yo lo deseo, es por ti y por nuestros futuros hijos.

—No habrá más hijos.

—Tanto peor, lo siento.

—No piensas más que en los hijos, en mí no —se quejó ella, olvidando que él había dicho «por ti y por nuestros hijos».

Este deseo de tener hijos era, hacía tiempo, un motivo de discordia entre ambos. A ella le molestaba como una prueba de indiferencia hacia su hermosura.

—Al contrario, en quien más pienso es en ti —aseguró él, mientras se le arrugaban las cejas como si sufriera neuralgia—. La irritabilidad de tu carácter obedece principalmente, estoy convencido, a la falsedad de tu posición.

«Ha cesado de fingir y ya aparece en su integridad el odio que me tiene», pensó ella sin prestar atención a sus palabras.

Parecía como si un juez implacable la estuviese condenando a través de los ojos de Vronski.

—No, mi posición no puede ser la causa de eso que te gusta llamar mi irritabilidad —subrayó ella—. La veo muy clara: ¿No estoy yo, absolutamente, en tu poder?

—Lamento que no quieras comprenderme —interrumpió él bruscamente, pues su propósito era aprovechar la ocasión para descubrirle el fondo de su pensamiento—. Tu falsa posición estriba en creer que yo soy libre.

—¡Oh, en cuanto a eso, puedes estar tranquilo! —replicó ella, desviando la mirada.

Bebió unos sorbos de café. El ruido de sus labios y el gesto de su mano, que sostenía la taza con el dedo meñique levantado, molestaban evidentemente a Vronski. Se apercibió de ello mirándole a hurtadillas.

—Poco me importa la opinión de tu madre y los proyectos de matrimonio que está formando para ti —le espetó, dejando la taza en el plato con mano temblorosa.

—Ahora no se trata de eso.

—Claro que sí, y puedes creerme: una mujer sin corazón, aunque fuese tu madre, no podría interesarme jamás.

—¡Anna, te ruego que respetes a mi madre!

—Una mujer que no comprende dónde reside la felicidad de su hijo, que le excita a un atentado contra el honor, esa mujer no tiene corazón.

—Una vez más te pido que no hables de mi madre en ese tono —dijo él, elevando la voz.

Y le clavó una mirada severa que Anna soportó denodadamente. Se fijó ella en aquellos labios y aquellas manos que la víspera, después de la reconciliación, le habían prodigado tantas caricias.

«¡Caricias vulgares que ha dispensado y que dispensará todavía a otras muchas mujeres!», pensaba.

—Tú no quieres a tu madre —acusó al fin, los ojos cargados de odio—. No haces más que frasear.

—En tal caso, será necesario...

—Será necesario tomar una determinación, y en cuanto a mí, ya sé lo que me queda por hacer.

Iba a retirarse cuando entró Iashvín. Se detuvo para darle los buenos días. ¿Por qué, en una coyuntura tan grave de su existencia, disimulaba delante de un extraño que tarde o temprano se enteraría de todo? No habría podido explicárselo, pero volvió a tomar asiento, y, sobreponiéndose a la tempestad que asolaba su corazón, se puso a hablar con Iashvín de las cosas más triviales.

—¿Le han pagado la deuda? —preguntó Anna.

—Sólo en parte, y debo ponerme en camino el miércoles, sin falta —respondió él, aventurándose a echar una ojeada hacia Vronski. Sin duda sospechaba que su venida había interrumpido una escena—. ¿Y ustedes, cuándo se marchan?

—Pasado mañana, creo —dijo Vronski.

—¿Por fin han tomado una decisión?

—Sí, y definitiva —respondió Anna, cuya mirada dura rechazaba por anticipado toda tentativa de reconcialiación—. ¿No le da pena de ese pobre Pievtsov?

—¿Pena? Es una cuestión que yo jamás me he planteado, Anna Arkádievna. Yo llevo mi fortuna conmigo —dijo mostrando el bolsillo—, pero rico como soy en este momento, es posible que esta noche salga del club sin un kópek. El que se enfrente conmigo en el juego, me quitaría con mucho gusto hasta la camisa. En la lucha consiste la emoción del juego.

—Pero si usted estuviera casado, ¿qué diría su mujer?

—Por eso no me he casado, ni he tenido jamás la intención de casarme —repuso Iashvín, a quien la anterior suposición había divertido mucho.

—Te olvidas de Helsingfors —insinuó Vronski, arriesgándose a echar un vistazo a Anna, cuya sonrisa se extinguió enseguida.

El semblante de ella parecía decirle: «No, amigo mío, nada ha cambiado.» Así lo demostraban sus facciones rígidas.

—¿No ha estado enamorado nunca? —preguntó Anna a Iashvín.

—¡Oh, Señor! ¡Cuántas veces! Pero, lo mismo que otros se las arreglan para que el juego no les haga faltar al *rendez-vous*, yo siempre lo he concertado de modo que me quedase tiempo para una partida.

—Yo no hablo de esa clase de amor, sino del verdadero.

Quería interrogarle sobre Helsingfors, pero se abstuvo de repetir una palabra que había pronunciado Vronski.

Entretanto, se había presentado Vóitov para tratar de la compra de un semental. Anna se retiró.

Antes de salir, Vronski entró en la habitación de Anna. Ésta, desde el principio, fingió estar absorbida en la búsqueda de algo, pero avergonzada de este disimulo, clavó en él su mirada, siempre glacial.

—¿Qué necesita usted? —preguntó en francés.

—El certificado de origen de *Gambett,* que acabo de vender —respondió él en un tono que quería claramente decir: «No puedo perder el tiempo en explicaciones ociosas.»

«No soy culpable de nada ante ella —pensó—. Si ella quiere

mortificarse, *tant pis pour elle*»[2]. Sin embargo, al salir de la habitación, le pareció que ella le llamaba y se sintió súbitamente dominado por un sentimiento de lástima.

—¿Qué hay, Anna? —preguntó.

—Nada —respondió ésta, fríamente.

«Entonces, decididamente, *tant pis*», se dijo él, una vez más, tornando rápidamente a su actitud de indiferencia.

Al pasar delante de un espejo, vio reflejado en él un rostro tan desfigurado que pensó en consolar a aquella infeliz, pero demasiado tarde. Ya estaba lejos. Se pasó todo el día fuera, y cuando volvió la doncella le hizo saber que Anna Arkádievna tenía jaqueca y suplicaba que no la molestasen.

## Capítulo XXVI

NUNCA hasta entonces, en caso de disentimiento, había transcurrido el día sin llegar a una reconciliación. Pero esta vez la querella se asemejaba bastante a una ruptura. Para anonadarla con una mirada tan glacial, para alejarse de la manera que lo había hecho su amante, a pesar del estado de desesperación al que le había reducido, forzosamente tenía que odiarla a ella y amar a otra. Las palabras crueles pronunciadas por los labios de Vronski volvían a la memoria de Anna, y en su mente se agravaban con frases groseras forjadas en su imaginación, pues él era incapaz de decirlas. Sin embargo, se las atribuía para dar acicate a su dolor.

Según ella, Alexiéi le diría: «Yo no la quiero retener a usted. Puede marcharse, desde el momento que no procura el divorcio, lo cual significa que quiere reunirse con su marido. Si necesita dinero, no tiene más que decirlo. ¿Cuánto quiere usted?»

«¡Pero si ayer mismo me juraba que no amaba a nadie más que a mí! —se decía ella, un momento después—. Es un hombre honrado y sincero. ¿No me he desesperado inútilmente bastantes veces?»

Con excepción de una visita de dos horas a la señora Wil-

---

[2]  peor para ella. (En francés en el original.)

son, pasó todo el día en alternativas de duda y esperanza. ¿Debería partir al instante, o intentar verle una vez más? Cansada de esperarle toda la noche, acabó por entrar en su cuarto, recomendando a Ánnushka le dijese que tenía una fuerte jaqueca.

«Si viene, a pesar de todo, es que me ama todavía —decidió ella—. Si no, todo ha concluido y ya sé lo que me queda por hacer.»

Oyó el ruido del coche por el empedrado cuando regresó el conde. Después reconoció su manera de tocar el timbre, luego oyó el vago rumor de su diálogo con Ánnushka. Sintió que sus pasos se alejaban y que entraba en su gabinete. Anna comprendió que su suerte estaba echada.

La muerte le pareció entonces el único medio de castigar a Vronski, de triunfar de él y reconquistar su amor, de vencer en la lucha desencadenada por el espíritu maligno que aquel hombre alojaba en su corazón. La partida, el divorcio, le parecían cosas indiferentes. Lo esencial era el castigo.

Tomó la ampolla del opio y virtió su acostumbrada dosis en una vaso. Tomándolo todo sería tan fácil morir, que volvió a pensar con gran complacencia en cómo sufriría, se arrepentiría y amaría su recuerdo, pero ya sería tarde. Acostada, con los ojos abiertos, contemplaba, a la luz vacilante de la bujía, las molduras de la cornisa y la sombra que en ella proyectaba el biombo, y se abandonaba a aquel lúgubre ensueño. ¿Qué pensaría él cuando hubiera desaparecido? ¿Qué remordimientos serían los suyos? Él se diría: «¿Cómo he podido hablarle tan duramente, abandonarla, sin una palabra de afecto? ¡Y he aquí que ella no existe ya, que me ha abandonado para siempre!» De pronto, la sombra del biombo pareció vacilar e invadir todo el techo, otras sombras acudieron a su encuentro, retrocedieron para volver a precipitarse con nuevo ímpetu, y todas se confundieron en una oscuridad completa.

«¡Es la muerte!», se dijo, y se apoderó de todo su ser un terror tan profundo, que necesitó algún tiempo para ordenar sus ideas, sin saber dónde se hallaba. Tras vanos esfuerzos, pudo, al fin, con mano temblorosa, encender una vela con la que sustituir la que acababa de apagarse. Lágrimas de alegría inundaron su rostro cuando se dio cuenta de que aún vivía.

—¡No, no, todo antes que morir! Le amo, él me ama también, hemos conocido ya escenas parecidas y todo se ha arreglado.

Y para ahuyentar sus temores, se refugió en el gabinete de Vronski.

Dormía éste con sueño tranquilo. Se acercó a él, levantó la palmatoria y le contempló un buen rato con lágrimas de ternura, pero se guardó muy bien de despertarle. Temía que volviese a mirarla con aquella expresión glacial, poseído de sí mismo. Y el primer impulso de ella hubiera sido demostrarle la gravedad de sus faltas. Regresó, pues, a su cuarto, ingirió una segunda dosis de opio y se durmió con sueño pesado, un sueño que no la libró de la sensación de sufrir.

Al amanecer la volvió a angustiar la horrorosa pesadilla que más de una vez le había oprimido antes de su convivencia con Vronski: un hombrecillo de barba desgreñada estaba martilleando sobre una plancha de acero, pronunciando frases entrecortadas en un francés ininteligible para ella. Y como siempre, lo que más la aterrorizaba era ver que aquel hombre hacía su faena «por encima de ella», sin dar señales de haberlo advertido.

Al levantarse le volvieron a la memoria, confusamente, los acontecimientos de la víspera.

«¿Qué ha habido entre nosotros para estar tan desesperada? ¿Una querella? No es la primera. He pretextado dolor de cabeza y no ha querido molestarme. Mañana partimos. Necesito verle, hablarle y apresurar la marcha.»

Se dirigió al gabinete de Vronski, pero al atravesar la sala, el ruido de un coche que paraba a la puerta le hizo asomarse por la ventana. Era un carruaje de dos plazas. Una joven con sombrero color malva, apoyada en la portezuela, daba órdenes a un lacayo. Éste llamó a la puerta, oyóse un diálogo en el vestíbulo, alguien subió después, y Anna oyó a Vronski bajando a toda prisa las escaleras. Le vio salir sin sombrero, aproximarse al coche, coger un paquete de manos de la joven y hablar sonriente con ella. El carruaje se alejó y Vronski se apresuró a volver.

Esta breve escena disipó de improviso el adormecimiento de Anna, y las impresiones de la víspera le desgarraron el corazón más dolorosamente que nunca. ¿Cómo podía rebajarse hasta el punto de permanecer, después de semejante escena, un día entero bajo el mismo techo, con aquel hombre?

Resuelta a declararle la determinación que había adoptado, entró en el gabinete.

—La princesa Sorókina y su hija me han traído el dinero y los documentos de *maman* que no pude obtener ayer —dijo Vronski tranquilamente, sin hacer ningún caso de la trágica fisonomía de Anna—. ¿Cómo te encuentras esta mañana?

De pie en medio del cuarto, ella le miraba fijamente mientras él continuaba la lectura de una carta, con la frente arrugada, después de haberle echado una rápida ojeada.

Sin pronunciar palabra Anna giró lentamente sobre sí misma y se encaminó a la puerta. Él no hizo nada para retenerla. El ruido de las hojas de papel al pasarlas fue lo único que se oyó en la estancia.

—A propósito —se le ocurrió a él, en el momento que ella atravesaba el umbral—. ¿Nos vamos mañana definitivamente?

—Usted sí; yo no —respondió ella, volviéndose.

—Anna, así no se puede vivir.

—Usted sí, yo no —repitió ella.

—Esto ya no se puede tolerar.

—Usted..., usted se arrepentirá —advirtió ella, y salió.

Asustado del acento desesperado con que había pronunciado las últimas palabras, Vronski saltó de su asiento, quiso correr detrás de ella, pero de pronto se contuvo. Aquella amenaza, que él juzgaba una impertinencia, le exasperaba.

—He probado todos los medios —murmuró, apretando los dientes—. No me queda más que la indiferencia.

Se dispuso a salir. Le faltaba aún hacer algunas gestiones y presentar un acta de poderes a la firma de su madre.

Anna le oyó salir de su despacho, atravesar el comedor y detenerse en la antecámara, no por verla, sino para dar orden de que llevaran el semental a Vóitov. Sintió avanzar la calesa, abrir la puerta de entrada. Alguien subió precipitadamente la escalera. Corrió a la ventana y vio a Vronski recibir de manos de su ayuda de cámara un par de guantes que había olvidado, después de tocar la espalda al cochero, decirle algunas palabras, y sin levantar los ojos hacia la ventana, acomodarse en su postura habitual al fondo del vehículo, cruzar una pierna sobre otra, mientras se calzaba un guante, y desaparecer, por último, a la vuelta de la esquina.

## Capítulo XXVII

—¡SE fue, todo ha terminado! —se dijo ella.

De pronto, le invadió de nuevo la angustia que le entró la pasada noche, cuando se apagó la vela y la estremecieron los horrores de aquella pesadilla.

—No, no es posible! —exclamó.

Atravesando toda la habitación, hizo sonar con fuerza el timbre de llamada, pero dominada por el terror no pudo esperar la llegada del criado, y salió a su encuentro.

—Infórmese del lugar adonde ha ido el coche —le ordenó.

—A las caballerizas —respondió el criado—. La calesa va a volver y enseguida estará a disposición de la señora.

—Está bien. Voy a escribir una nota y usted encargará a Mijaíl que la lleve inmediatamente a las caballerizas.

Sentóse y escribió:

> He caído en falta, pero, en nombre del cielo, vuelve y nos entenderemos. Tengo miedo.

Selló la carta, entregó la misma al criado, y por temor a quedarse sola, se fue al lado de la niña.

«¡No la reconozco ya! ¿Qué ha sido de sus ojitos azules y de su bonita sonrisa tímida?», pensó al ver a la hermosa niña perfumada, de sonrosadas mejillas y cabello oscuro rizado, en vez de Seriozha, a quien en su confusión esperaba encontrar.

Sentada a la mesa, la niña daba golpes a tontas y a locas con un tapón. Sus ojos, de un color negro azabache, fijaban en su madre una mirada estúpida. El aya inglesa se interesó por la salud de Anna. Ésta le aseguró que se encontraba bastante bien, y le previno que al día siguiente salían para el campo. Sentóse después al lado de la pequeña, le cogió el tapón y lo hizo girar como una peonza. Pero el movimiento de las cejas y la risa sonora de la niña le recordaban tan vivamente a Vronski, que no se pudo contener. Se levantó bruscamente y se alejó.

«¿Será posible que todo haya cambiado? No, él volverá —se dijo—. Pero, ¿cómo me explicará él su animación, su sonrisa, cuando le hable? Y naturalmente, tendré que creer todo lo que me diga... Si no, no veo más que un remedio, y no lo quiero.»

Echó una mirada al reloj. Habían pasado doce minutos.

«Ha recibido mi carta y va a volver dentro de diez minutos. Pero, ¿y si no vuelve? Eso es imposible. No debe encontrarme con los ojos enrojecidos. Voy a asearme. Pero, vamos a ver, ¿me he peinado hoy? Sí —y se llevó las manos a la cabeza para comprobarlo—, pero, ¿cuándo? No recuerdo.»

Acercóse a un espejo para convencerse de que estaba bien peinada sin haberse dado cuenta de ello, pero retrocedió al descubrir un semblante descompuesto y unos ojos de brillo extraño que le contemplaban llenos de pavor.

«¿Qué es esto? —se preguntó—. ¡Pero si soy yo!», comprendió de repente.

Y mientras examinaba hasta los últimos detalles de su personalidad, creía sentir en su hombro los besos recientes de su amante. Se estremeció y se llevó una mano a los labios.

«¿Me habré vuelto loca?», se preguntó con un escalofrío, y acudió a refugiarse al cuarto donde Ánnushka estaba ordenando las cosas.

—Ánnushka... —comenzó a decir, sin poder continuar, parándose ante aquella mujer tan complaciente, que pareció entenderla.

—Usted quería visitar a Daria Alexándrovna —le dijo.

—Es verdad, voy a ir allí.

Un cuarto de hora para ir, un cuarto de hora para volver. ¡Y él podía regresar de un momento a otro! Miró su reloj.

«Pero, ¿cómo ha podido dejarme así? ¿Cómo puede vivir sin haberse reconciliado conmigo?»

Se aproximó a la ventana. Escrutó la calle. ¡Nadie! Temiendo haber cometido un error de cálculo, se puso a contar los minutos que siguieron a su partida.

En el momento que iba a consultar el reloj del salón, se detuvo un carruaje a la puerta. Por la ventana reconoció que era la calesa, pero nadie subía por la escalera. Al oír voces en el vestíbulo, bajó y vio al mensajero que había mandado, Mijaíl, un mozo alegre y de buen porte.

—El señor conde se había marchado ya hacia la estación de Nizhni Nóvgorod —dijo el ayuda de cámara.

—¿Qué quieres? ¿Qué te ocurre ahora? —dijo ella a Mijaíl, viendo que quería devolverle la nota.

«¡Ah, sí, es verdad! —pensó—. No la ha recibido.»

—Pues bien —prosiguió—, lleva enseguida esta carta al conde, al campo, en casa de su madre, y trae la respuesta.

«Y yo —dijo para sí—, ¿qué va a ser de mí esperándole? Vamos de todas maneras a casa de Dolli. ¡Ah! Todavía me queda el recurso de telegrafiar.»

Y escribió el siguiente telegrama, exponiéndolo en el acto:

> Tengo absoluta necesidad de hablarle. Vuelva usted inmediatamente.

Se vistió, y ya a punto de salir, se detuvo ante Ánnushka, que con su aire de placidez habitual, daba muestras de viva compasión a través de sus pequeños ojos grises.

—Ánnuska, querida mía, ¿qué va a pasar? —murmuró, dejándose caer en un sillón.

—¿Por qué se apura usted, Anna Arkádievna? Eso le pasa a todo el mundo. Vaya a dar una vuelta, que le distraerá.

—Sí, voy a salir. Si en mi ausencia trajesen un telegrama, envíalo a casa de Daria Alexándrovna —indicó, procurando dominarse—. Mejor dicho, no, estaré pronto de vuelta.

Al salir se decía, escuchando aterrada los latidos precipitados de su corazón:

«Debo abstenerme de toda reflexión, ocuparme en cualquier cosa, dejar esta casa sobre todo.»

Se apresuró a montar en la calesa.

—¿Adónde hay que conducir a la señora? —preguntó Piotr, el lacayo.

—Calle Snámenka, casa de los Oblonski.

EL tiempo estaba sereno. Durante toda la mañana había caído lluvia menuda y hacía poco que había aclarado y brillaban bajo el sol de mayo los tejados de las casas, las losas de las aceras, el pavimento de las calzadas, las ruedas de los coches, los cueros y los metales de los arneses. Eran las tres, el momento más animado del día.

Sentada cómodamente en el coche, que se balanceaba con suavidad sobre los bien templados muelles, al rápido correr de los caballos, y en medio del estrépito continuo de las ruedas, Anna repasó de nuevo en su mente cuanto le había sucedido y todo lo que había pensado en aquellos últimos días.

«¿Por qué haberme acusado e implorado su perdón? ¿Acaso no puedo vivir sin él?

Y dejando aquella pregunta sin respuesta, se puso a leer maquinalmente los letreros de las tiendas: «Oficinas y almacenes, Dentista...»

«Sí, voy a confesárselo todo a Dolli. Ella no quiere a Vronski. Será duro decírselo todo, pero lo haré. Ella me quiere, seguiré su consejo. No dejaré que me traten como a una niña "Filíppov, fabricante de pastas". Dicen que lleva la masa del pan a Peterburgo. El agua de Moscú es muy buena. Sobre todo los pozos de Mytischi, y las hojuelas que se hacen allí.»

Se acordó de haber pasado una vez por aquella localidad, a la que fue en peregrinación con su tía al convento de la Trinidad y San Jorge.

«En aquel tiempo se iba en coche tirado por caballos. ¿Era yo verdaderamente aquella pequeñuela de manos rojas? ¡Cuántas cosas que entonces me parecían sueños de felicidad irrealizables, me parecen hoy fruslerías!. Y, sin embargo, ni el paso de los siglos podría devolverme la inocencia de entonces. ¿Quién había de decirme que iba a caer tan bajo? La nota que le he mandado le habrá valido un triunfo, pero yo le demostraré... ¡Dios mío, qué mal huele esa pintura! ¿A qué se deberá esa obsesión de construir y pintar?... "Modas y confecciones"..»

Un transeúnte la saludó. Era el marido de Ánnushka

«"Nuestros parásitos", como dice Vronski. ¿Por qué los nuestros? ¡Ay, quién pudiera arrancar el pasado, raíces y todo! No es posible, por desgracia, pero al menos podemos fingir que lo hemos olvidado.»

Recordó de pronto su pasado con Alexiéi Alexándrovich, comprobó lo fácilmente que se le había esfumado de la memoria.

«Dolli no me dará la razón, puesto que es el segundo a quien abandono. Pero, ¿tengo la pretensión de que me la den? (Sintió que empezaban a dominarle las lágrimas.) ¿De qué pueden estar hablando esas dos jóvenes que sonríen? ¿De sus amores? No conocen las tristeza ni la ignominia... El bulevar con sus niñas...

»Tres nenes que juegan a los caballos... Seriozha, mi pequeño Seriozha, lo voy a perder todo y no te voy a recobrar por eso... Sí, como no vuelva, todo está perdido. ¿Y si hubiera perdido el tren y lo encontrase en casa? ¡Vaya, otra vez me voy a humillar! No, se lo voy a contar todo a Dolli. Soy desgraciada, estoy sufriendo, lo he merecido, pero ven a mi ayuda... ¡Oh, me da horror servirme de esta calesa y estos caballos que le pertenecen! Pronto dejaré de verlos.»

Atormentándose de este modo, llegó a casa de Dolli y subió la escalera.

—¿Hay alguien? —preguntó en la antecámara.

—Katerina Alexándrovna Liévina —respondió la criada.

«¡Kiti, aquella Kiti de la que Vronski estuvo enamorado! —se dijo Anna—. ¡La que siente no haber hecho su esposa, mientras maldice el día en que me conoció!»

Dolli daba consejos a su hermana sobre la mejor manera de criar al niño, cuando le anunciaron la visita de Anna. Acudió ella sola a recibirla.

—¿Conque no te has ido todavía? Precisamente quería ir ahora mismo a tu casa. He recibido esta mañana una carta de Stiva.

—Y nosotros un telegrama —respondió Anna, intentando ver a Kiti.

—Me ha escrito que no comprende nada de los caprichos de Alexiéi Alexándrovich, pero que no partirá sin haber obtenido una respuesta definitiva.

—Tienes gente en casa, creo. ¿Puedes enseñarme la carta de Stiva?

—Sí, tengo a Kiti —respondió Dolli, turbada—. Está en el cuarto de los niños. ¿Sabes que está convaleciente?

—Lo sé. ¿Puedes enseñarme la carta?

—Claro que sí, voy a buscarla... Alexiéi Alexándrovich no se niega. Stiva tiene esperanzas —dijo Dolli, deteniéndose en el umbral.

—Yo no espero ni deseo nada.

Anna se quedó sola, preguntándose si Kiti, al verla, iba a sentirse ofendida en su dignidad.

«Quizá tenga razón —pensó—, pero no es a ella, que ha estado prendada de Vronski, a quien incumbe darme la lección. Yo sé bien que una mujer decente no puede recibirme. Todo lo he sacrificado a ese hombre, y ahí está mi recompensa. ¡Ah, cuánto le odio! ¿Y para qué he venido aquí? Me encuentro todavía peor que en mi casa. (Oyó las voces de las dos hermanas en la habitación vecina.) ¿Y cómo he de hablarle ahora a Dolli? ¿Voy a darle un alegrón a Kiti con el espectáculo de mi desdicha, a adoptar una postura suplicante, encomendándome a su buena voluntad? No, y, además, Dolli misma no sabría comprenderme. Más vale callarme. Pero me gustaría ver a Kiti para demostrarle que desprecio a todo el mundo y que todo me es ya indiferente.»

Dolli volvió con la carta. Anna la leyó y se la entregó de nuevo.

—Ya lo sabía —dijo—. Y no me preocupo más.

—¿Por qué? Mi impresión es buena —objetó Dolli, examinando a Anna con atención. Nunca la había visto de un humor tan raro—. ¿Qué día te vas?

Anna no respondió nada. Con los ojos entornados miraba fijamente ante sí.

—¿Y Kiti, tiene miedo de mí? —preguntó pasado un momento, echando una ojeada en dirección a la puerta.

—¡Qué ocurrencia! Pero ahora está dando de mamar al niño y no le prueba muy bien. Le estaba dando consejos... Está encantada, al contrario, y va a venir al momento —respondió Dolli, que se sentía molesta de decir una mentira—. Mira, aquí está.

Al saber la llegada de Anna, Kiti no quiso en principio aparecer, pero Dolli logró persuadirla. Hizo, pues, un esfuerzo, y, sonrojándose, se aproximó a Anna para ofrecerle la mano.

—Muy feliz de volverla a ver —profirió, con voz emocionada.

La hostilidad y la indulgencia luchaban todavía en su corazón, pero a la vista del rostro bello y simpático de Anna se desvanecieron sus prevenciones contra «aquella mujer mala».

—Yo hubiera encontrado muy natural su negativa a verme —dijo Anna—. Estoy hecha a todo. Ya sé que ha estado usted delicada. En efecto, encuentro que ha cambiado.

Kiti atribuyó el tono seco de Anna a la molestia que causaba a aquella mujer, que antes la había amparado, la falsedad de su posición, y sentía compasión por ella.

La conversación versó sobre la convalecencia de Kiti, su hijo, Stiva... Pero el espíritu de Anna estaba ausente.

—He venido a decirte adiós —dijo a Dolli, levantándose.

—¿Cuándo os vais?

Sin responder, Anna se volvió a Kiti con una sonrisa.

—Me alegro mucho de haberla vuelto a ver. ¡Había oído hablar tanto de usted, incluso a su marido...! ¿Sabe que fue a verme? Pues me ha gustado mucho —añadió, poniendo en sus palabras la peor intención—. ¿Dónde está?

—En el campo —respondió Kiti, ruborizada.

—Salúdele de mi parte, no lo olvide.

—No lo olvidaré, de seguro —contestó ingenuamente Kiti, con una mirada de compasión.

—Adiós, Dolli —dijo Anna.

La besó, estrechó la mano de Kiti y salió precipitadamente.

—¡Ella siempre tan seductora! —hizo notar Kiti a su hermana, cuando ésta volvió, después de acompañar a Anna a la puerta—. ¡Qué guapa es! Pero hay algo en ella que me inspira una piedad inmensa.

—Hoy no la he encontrado en su estado normal. Creí que iba a prorrumpir en llanto en la antesala.

## Capítulo XXIX

Otra vez en la calesa, Anna se sintió más desgraciada que nunca. Su entrevista con Kiti despertaba dolorosamente en ella el sentimiento de su fracaso sentimental.

—¿La señora vuelve a casa? —preguntó Piotr.

—Sí —repuso ella, sin fijarse demasiado en lo que decía.

Y pensó:

«Me han estado mirando como a un ser extraño, espantoso incomprensible... ¿De qué estará hablando esa gente? —preguntóse al ver charlar animadamente a unos transeúntes—. ¿Es que se puede comunicar a otro lo que uno siente? ¡Y yo que quería confesarme a Dolli! He tenido razón callándome. En el fondo le habría alegrado mi desgracia, aunque no lo hubiera exteriorizado. Le parecería muy justo verme expiar unos placeres que ella me ha envidiado. Y Kiti se hubiera puesto más contenta aún. Me parece leer en su corazón que me odia, porque me he mostrado con su marido más amable de lo que ella hubiera deseado. Tiene celos de mí, me detesta, me desprecia. A sus ojos soy una perdida. ¡Ah, si yo hubiera sido lo que piensa! ¡Con qué facilidad habría trastornado la cabeza a su marido! La idea me asaltó, eso es cierto... ¡He ahí un hombre encantado de su persona!», se dijo, a la vista de un señor grueso de tez sonrosada, cuyo coche se cruzó con el suyo y que, tomándola por otra, descubrió al saludarla una calva tan reluciente como su sombrero de copa.

«Cree que me conoce, pero ya nadie me conoce. Ni yo misma. Yo sólo conozco mis *appetits,* como dicen los franceses. Esos chicos que veo desean ese helado sucio. Eso lo saben ellos a ciencia cierta —pensaba ella viendo a los chicos detener al vendedor de helados, que depositaba en el suelo una heladora y se enjugaba la frente con el pico de un paño. Pero ellos y nosotros estamos ávidos de golosinas, y a falta de bombones se contentan con esos abominables helados, como Kiti, que no habiendo podido casarse con Vronski, me detesta. Todos nos detestamos los unos a los otros. Yo la aborrezco, ella me aborrece. Así va el mundo. «Tiutkin, *coiffeur. Je me fais coiffer par*[1] Tiutkin...» —leyó en un rótulo que le hizo sonreír—. Ya se lo diré cuando venga. Pero en esa mismo instante se dio cuenta de que no tenía a quien contarle algo gracioso. Además, no había nada gracioso. Todo era repugnante. Tocan a vísperas. Pues aquel tendero, ¡con qué aire tan circunspecto hace la señal de la cruz! ¿Tendrá miedo de que algo se le caiga? ¿Para qué esas iglesias, esas campanadas, esas mentiras? Para disimular que nos odiamos los unos a los otros, como esos cocheros que se insultan. Iashvín, tiene razón al decir: "Ese quiere mi camisa y yo la suya".»

Absorbida por estas reflexiones, olvidó un momento su dolor y quedó sorprendida al pararse la calesa. La presencia del portero le hizo acordarse de su carta y de su telegrama.

—¿Ha habido alguna respuesta? —preguntó.

—Voy a informarme —dijo el portero, y volvió al momento con un telegrama.

Anna lo abrió y leyó:

No puedo volver antes de las diez. *Vronski.*

—¿Y el mensajero?

—No ha vuelto todavía.

En el alma de Anna se encendió una vaga ansiedad de venganza. Subió la escalera corriendo.

«Puesto que él es así, ya sé lo que me queda por hacer. Iré yo misma a buscarle antes de partir para siempre. Le diré todas las verdades. ¡Jamás he odiado a nadie tanto como a ese hombre!»

Al ver el sombrero de Vronski en la antesala se estremeció de asco. No reflexionó que el telegrama era una respuesta al suyo, y no al mensaje que Vronski no podía haber recibido aún. Se lo imaginaba charlando alegremente con su madre y la princesa Sorókina, ¡ignorando desde lejos los padecimientos que le infligía!

«Sí, es necesario partir enseguida», se dijo, sin saber bien todavía adónde debía dirigirse. Tenía prisa en huir de los horri-

---

[1] peluquero. Me hace el peinado. (En francés en el original.)

bles pensamientos que la asaltaban en aquella casa, donde todo
—los objetos lo mismo que las personas—, se le hacía odioso,
y cuyas paredes se desplomaban encima de ella con su peso
abrumador.

«Voy a ir a la estación, y si no le encuentro seguiré hasta el
campo y allí le sorprenderé», decidió.

Consultó en el periódico el horario de trenes. Había uno a
las ocho y dos minutos.

«Llegaré a tiempo.»

Hizo enganchar dos caballos frescos a la calesa y en un maletín de viaje preparó los objetos indispensables para una ausencia de varios días. Resuelta a no volver, maquinaba en su
mente mil proyectos confusos. Uno de ellos consistía, después
de la escena que provocaría en la estación, o en la casa de la
condesa, en continuar su ruta por el ferrocarril de Nizhni
Nóvgorod para detenerse en la primera ciudad del trayecto.

La comida estaba servida, pero el solo olor de los alimentos
le causaba repugnancia. Ordenó que sacaran la calesa y salió.
La casa proyectaba ya su sombra a través de toda la calle, pero
aún calentaba el sol. La noche se anunciaba bella y clara. Ánnushka, que le llevaba la maleta, Piotr que la introdujo en el
coche, el cochero, que parecía malhumorado, todos la molestaban, la irritaban.

—No tengo necesidad de ti, Piotr.

—¿Y quién le sacará el billete, señora?

—Bueno, si quieres venir, ven, poco importa —respondió
ella contrariada.

Piotr saltó al pescante, se acomodó en el asiento y dio orden
al cochero de conducir a la señora a la estación de Nizhni
Nóvgorod.


Capítulo XXX

«¡Otra vez soy yo misma! ¡De nuevo se van aclarando
mis ideas! —se dijo Anna cuando montó en el coche, que rodaba por un empedrado de guijas menudas y de nuevo se renovaban una tras otra las impresiones.

¿En qué estaba pensando últimamente? ¿En el *coiffeur* Tiutkin? No... ¡Ah, ya caigo! Era en las reflexiones de Iashvín sobre la lucha por la vida y sobre el odio, único sentimiento que une a los hombres. ¿Adónde vais tan de prisa? No podréis huir de vosotros mismos, y el perro que lleváis tampoco os podrá ayudar», pensó, interpelando mentalmente a un alegre grupo que ocupaba un coche de cuatro caballos y que, evidentemente, iba a pasar el día en el campo.

Siguiendo la mirada de Piort, que se había vuelto sobre el asiento, vio un obrero borracho conducido por un agente de la autoridad.

«Éste ha sabido hacerlo mejor que nosotros. También el conde Vronski y yo hemos buscado el placer, pero el placer no es la felicidad a que aspirábamos.»

Por primera vez, Anna había enfocado sus relaciones con Vronski desde un punto de vista crudo y real, que le hacía entrever el fondo de todas las cosas.

«¿Qué ha buscado en mí? La satisfacción de la vanidad más que la del amor.»

Y las palabras del conde, la expresión de perro sumiso que adquiría su rostro en los primeros tiempos de sus relaciones, acudían a su memoria para confirmar aquel pensamiento. Y todo parecía confirmarlo.

«Sí. todo indicaba en él un orgullo de triunfo. Cierto que me amaba, pero ante todo estaba orgulloso de haberme conquistado. Ahora todo ha pasado. No hay nada de qué vanagloriarse, pero sí de qué avergonzarse. Y ahora que ha obtenido de mí todo lo que podía, no me necesita. Le soy un estorbo y procura no mostrarse desatento conmigo. Ayer se le escapó la confesión de que quiere el divorcio y casarse conmigo para quemar las naves. Me quiere, pero , ¿cómo? *The zest is gone*[1]... Éste quiere asombrar a todos y está muy pagado de sí mismo —pensó mirando a un orondo empleado de comercio que montaba un caballo de carreras—. No, yo no le gusto como antes. En el fondo de su corazón, se alegrará mucho al verse libre de mi presencia.»

Aquello no era una suposición gratuita, sino una verdad

---

[1] El entusiasmo ha desaparecido. (En inglés en el original.)

cuya viva luz —que le descubría los secretos de la vida y de las relaciones humanas— le ponía al descubierto la cruda realidad.

«Mientras mi amor se hace cada día más egoísta y apasionado, el suyo se va apagando poco a poco. Por esa razón no nos entendemos. Y no existe ningún remedio para esta situación. Él lo es todo para mí, quiero que se entregue a mí totalmente, pero no hace más que rehuirme. Hasta el momento de nuestra unión íbamos uno hacia el otro. Ahora caminamos en sentido inverso. Él me acusa de ser ridículamente celosa. Yo me he hecho también este reproche, pero sin ninguna razón. La verdad es que mi amor ya no se siente satisfecho. Pero...»

Aquel descubrimiento la turbó de tal manera que cambió de lugar en la calesa, moviendo involuntariamente los labios como si fuera a hablar.

«Si pudiera ser otra cosa que una amante apasionada de sus caricias; pero yo no quiero ni puedo ser otra. Con este deseo despierto en él repugnancia, y él me causa ira, y no puede ser de otra manera. Él no me engaña, estoy segura. Él no piensa hoy en la princesa Sorókina más que antes en Kiti. Todo esto lo sé, pero no me satisface. Si él ha dejado de amarme, si no se muestra bueno y cariñoso más que por obligación, esto será un infierno. Prefiero que me odie. Y es a eso a lo que hemos llegado. Hace mucho tiempo que no me ama, y allí donde acaba el amor empieza el odio. No conozco en absoluto estas calles. Calles empinadas, que no se les ve el fin, y casas, siempre casas, habitadas por personas que se odian recíprocamente... Vamos a ver: ¿qué podría sucederme que pudiera darme la felicidad? Supongamos que Alexiéi Alexándrovich consiente en el divorcio, que me devuelve a Seriozha, que me caso con Vronski...»

Al evocar a Karenin, Anna le vio surgir ante ella con su mirada apagada, sus manos blancas cruzadas de venas azules, sus dedos que crujían, su tono de voz tan particular, y el recuerdo de sus relaciones, en las que en otro tiempo existió ternura y comprensión, la hizo estremecerse de horror.

«Admitamos que me case: ¿es que por eso me va a mirar Kiti con menos condescendencia? ¿No se preguntará Seriozha por qué tengo dos maridos? ¿Podrán establecerse entre Vronski y yo relaciones que no me pongan a prueba de torturas? No

—se respondió ella, sin vacilar—. La escisión entre nosotros es demasiado profunda. Yo soy la causante de su desgracia, él lo es de la mía, no cambiaremos jamás. Se ha intentado todo: el mecanismo se ha estropeado... ¿Y esa mendiga, que se imagina inspirar compasión porque lleva una criatura? ¿No nos han traído a este mundo para aborrecernos y atormentarnos los unos a los otros? ¿Y esos colegiales que se divierten? ¡Mi pequeño Seriozha! También a él he creído amarle, mi afecto por él me enternecía a mí misma. Y, sin embargo, me he acostumbrado a vivir sin él, he cambiado el amor que le tenía por otra pasión, y mientras ésta se ha visto satisfecha, no se me ha ocurrido quejarme del cambio...»

Lo que llamaba «otra pasión» se le apareció bajo los más horribles colores, pero ella gozaba con el amargo placer de repasar sus propios sentimientos y compararlos con los del prójimo.

«Todos nos encontramos en el mismo caso, aunque con problemas diferentes: yo, Piotr, el cochero Fiódorov y ese vendedor que pasa y toda la gente que habita las fértiles orillas del Volga, las cuales nos invitan a visitar esos carteles», se dijo en el momento en que el coche paraba ante la fachada de la estación de Nizhni Nóvgorod. Un ejambre de maleteros se precipitó a su encuentro.

—Es a Obirálovka para donde debo sacar el billete, ¿verdad, señora?

Le costó trabajo comprender esta pregunta. Sus pensamientos estaban demasiado lejos y había olvidado lo que había venido a hacer a aquel lugar.

—Sí —contestó al fin, alargándole el portamonedas.

Y bajó del coche con el maletín rojo en la mano.

Mientras se abría paso entre la multitud para ganar la sala de espera, le volvieron a la memoria los detalles de su situación, así como las alternativas que ésta le presentaba. De nuevo fluctuaba entre la esperanza y el desánimo, de nuevo se abrieron sus llagas y le empezó a latir el corazón. Sentada en un inmenso canapé mientras aguardaba la llegada del tren, lanzaba miradas de aversión a los que iban y venían, pues todos le parecían odiosos. Tan pronto se imaginaba el momento de llegar a Obirálovka, la nota que escribiría a Vronski, lo que le diría al entrar en el salón de la anciana condesa, las quejas que formularía él por las amarguras de la vida sin querer comprender los sufrimientos de ella, como pensaba que podría conocer aún días felices. ¡Qué duro tener que amar y aborrecer al mismo tiempo! Sobre todo, ¡cómo le latía el corazón, que parecía querer saltar en pedazos!

## Capítulo XXXI

SONÓ un toque de campana. Algunos jóvenes presumidos, groseros, pero con ganas de causar impresión, se adelantaron a los andenes. Piotr, enfundado en su librea y sus botas, atravesó la salida con aire estúpido y se puso al lado de Anna dispuesto a escoltarla hasta el vagón. Los hombres que charlaban a la entrada callaron al verla pasar, y uno de ellos murmuró al oído de su vecino unas palabras, sin duda alguna atrevida.

Anna escaló el estribo y se acomodó en un compartimiento vacío. El maletín, al colocarlo a su lado, rebotó sobre el asiento de muelles, cuyo forro deshilachado debió haber sido blanco algún día. Con su idiota sonrisa, Piotr levantó su sombrero galoneado a guisa de despedida. Un empleado mal encarado cerró la puerta violentamente. Una señora deforme, ridículamente ataviada, a quien Anna desnudó mentalmente para tener el placer de asustarse con su fealdad, corría a lo largo del andén seguida de una niña que reía con afectación.

—Katerina Andrievna lo tiene todo, *ma tante!*[1] —gritó la pequeña.

«Esta niña ya es amanerada y presumida», se dijo Anna, y para no ver a nadie fue a sentarse al otro extremo del asiento. Un hombrecillo sucio y feo, tocado con un gorro bajo el cual asomaban sus desgrañados cabellos, andaba paralelamente a la vía, inclinándose sin cesar sobre las ruedas.

«Esta vil figura no me es desconocida», se dijo Anna. De pronto se acordó de su pesadilla, y estremeciéndose de espan-

---

[1] tía. (En francés en el original.)

to, retrocedió hasta la otra puerta, que el revisor abría para dejar subir a un caballero y una dama.

—¿Quiere usted bajar? —le preguntó aquel hombre.

Anna no respondió, y nadie pudo observar bajo su velo el terror que la tenía helada. Volvió al rincón de antes. La pareja ocupó el lado opuesto del compartimento y se puso a examinar con discreta curiosidad los detalles de su vestido. Aquellos dos seres le inspiraron también una repulsión profunda. Deseando entablar conversación, el marido le pidió permiso para encender un cigarrillo. Habiéndolo obtenido, empezó a hablar con su mujer en francés de cosas intrascendentes. En realidad, no tenía más ganas de hablar que de fumar, pero quería atraer la atención de su vecina a toda costa. Anna vio claramente que estaban hartos el uno del otro, que se detestaban cordialmente. ¿Podían, acaso, vivir sin odiarse dos tipos semejantes?

El ruido, el transporte de equipajes, los gritos, las risas que siguieron a la segunda campanada, incomodaron a Anna de tal modo que le entraron deseos de taparse los oídos. ¿Qué motivos había para aquellas risas? Por fin, sonó la tercera campanada, luego el toque de silbato del jefe de estación, al que respondió el de la locomotora, arrancó el tren y el caballero hizo la señal de la cruz.

«Tengo curiosidad por saber qué significación atribuye a ese gesto», se preguntó Anna, dirigiéndole una mirada malévola, que trasladó, sobre la cabeza de la señora, a las personas que habían acudido a acompañar a los viajeros y que ahora parecían retroceder en el andén. El vagón avanzaba lentamente traqueteando a intervalos regulares al pasar sobre las junturas de los rieles. Dejó atrás el andén, una pared, un disco, una hilera de vagones de otro convoy... Se aceleró el movimiento. Los rayos del sol poniente tiñeron de púrpura la portezuela. Una brisa juguetona agitó las cortinas. Mecida por la marcha del tren, Anna olvidó a los compañeros de viaje, respiró el aire fresco y reanudó el curso de sus reflexiones.

«¿En qué estaba pensando? En que mi vida, como quiera que me la represente, no puede ser más que dolor. Todos estamos llamados a sufrir, lo sabemos y queremos disimularlo de una manera o de otra. Pero cuando vemos la verdad, ¿qué hacer?»

—La razón se ha dado al hombre para librarse del tedio
—dijo la señora en francés, muy orgullosa de haber encontrado esa frase.

Sus palabras parecieron hallar eco en el pensamiento de
Anna.

«¡Librarse del tedio!» —repitió ésta, mentalmente. Una ojeada lanzada sobre aquel caballero, subido de color, y su cara y
escuálida mitad, le hizo comprender que ésta debía considerarse como una criatura incomprendida: su marido, que sin duda
la engañaba, no se tomaba la molestia de combatir aquella opinión. Anna creía adivinar todos los detalles de su historia, penetraba hasta los lugares más recónditos de sus corazones,
pero aquello carecía de interés y se puso otra vez a reflexionar.

«Pues sí, yo también estoy sufriendo gravemente del tedio, y
puesto que lo exige la razón, mi deber es librarme de él. ¿Por
qué no apagar la luz cuando no hay nada que ver, cuando el
espectáculo resulta odioso...? Pero ese empleado, ¿por qué corre por el estribo? ¿Qué necesidad tienen esos jóvenes de compartimiento vecino, de gritar y de reír? ¡Si todos son males e
injusticias, mentira y fraude...!»

Al descender del tren, Anna, evitando el contacto de los
otros viajeros como si fuesen apestados, quedóse rezagada en
el andén para preguntarse qué debía hacer. Todo le parecía
ahora de una ejecución difícil. En medio de aquella ruidosa
muchedumbre, coordinaba mal sus ideas. Los maleteros le
ofrecían sus servicios, los jóvenes mequetrefes la atravesaban
con sus miradas, hablando en voz alta y haciendo sonar sus tacones.

Recordando de pronto su propósito de continuar la ruta si
no encontraba respuesta en la estación, preguntó a un empleado si no había visto, por casualidad, algún cochero que llevase
una carta al conde Vronski.

—¿Vronski? Hace poco han venido de su casa a recoger a la
princesa Sorókina y su hija. ¿Qué aspecto tiene ese cochero?

En aquel momento vio Anna adelantarse a su mensajero, el
cochero Mijaíl: colorado, alegre, con su hermoso uniforme
azul atravesado por una cadena de reloj, parecía orgulloso de la
misión que había cumplido. Entregó a su señora un sobre que
ésta abrió, con el corazón angustiado.

Vronski escribía con mano negligente:

> Lo siento mucho, pero su nota no me encontró en Moscú. Volveré a las diez.

—Lo que me esperaba —comentó ella, con sonrisa sardónica. Con voz apenas perceptible, porque las palpitaciones de su corazón no la dejaban respirar, se dirigió a Mijaíl:

—Gracias, ya puedes volver.

Sumida de nuevo en sus pensamiento, prosiguió:

«¡No, ya no te permitiré que me hagas sufrir así!»

Esta amenaza no se la dirigía a sí misma, sino al causante de su tortura.

Se puso a pasear a lo largo del andén. Dos mujeres que también deambulaban para matar el tiempo se volvieron para examinar su atuendo.

—Son de verdad —dijo una de ellas en voz alta, indicando los encajes de Anna.

Los jóvenes lechuguinos la divisaron de nuevo, y con voz afectada cambiaron ruidosas impresiones. El jefe de estación le preguntó si subía otra vez al tren. Un muchacho vendedor ambulante de «kvas» no apartaba los ojos de ella.

«¿Dónde huir, Dios mío?», se decía sin dejar de andar.

Casi al final del andén, unas señoras y unos niños charlaban riendo con un señor de gafas que habían venido a recibir. Al aproximarse Anna, el grupo se calló para contemplarla. Apresuró el paso y se detuvo junto a la escalera que de la bomba descendía a los rieles. Se acercaba un tren de mercancías que hacía retemblar el andén. Se creyó de nuevo dentro de un tren en marcha.

De pronto se acordó del hombre aplastado el mismo día de su encuentro con Vronski, y comprendió lo que tenía que hacer. Con paso ligero y resuelto, descendió los escalones y colocándose cerca de la vía, escrutó la estructura baja del tren que pasaba casi rozándola, procurando medir a simple vista la distancia que separaba las ruedas de delante de las de atrás.

—Ahí —musitó, clavando los ojos en aquel hueco oscuro donde sobresalían los travesaños llenos de arena y polvo—. Ahí en medio, sí, es donde él será castigado y yo me libraré de mí misma y de todos.

El maletín rojo, del que le costó trabajo desprenderse, la hizo perder el momento de arrojarse bajo el primer vagón. Forzoso le fue esperar al segundo. Se apoderó de ella una sensación análoga a la que experimentaba en otro tiempo, antes de hacer una inmersión en el río, e hizo la señal de la cruz. Este gesto familiar despertó en su alma multitud de recuerdos de la infancia y de la juventud. Los minutos más felices de su vida centellearon un instante a través de las tinieblas que la envolvían. Pero no quitaba los ojos del vagón, y cuando apareció el espacio entre las dos ruedas, arrojó el maletín, hundió la cabeza en los hombros y adelantando las manos se echó de rodillas bajo el vagón, como si se dispusiera a levantarse otra vez. Tuvo tiempo de sentir miedo.

«¿Dónde estoy? ¿Qué hago? ¿Por qué?», musitó, haciendo un esfuerzo para echarse hacia atrás.

Pero una masa enorme, inflexible, la golpeó en la cabeza y la arrastró por la espalda.

«¡Señor, perdonadme!», balbució ella.

Un hombrecillo con barba murmuraba algo ininteligible, a la vez que daba golpes en el hierro por encima de ella. Y la luz que para la infortunada había iluminado el libro de la vida, con sus tormentos, sus traiciones y sus dolores, brilló de pronto con esplendor más vivo, iluminó las páginas relegadas hasta ahora en la sombra, crepitó, vaciló y se extinguió para siempre.

OCTAVA PARTE

## Capítulo primero

Habían trancurrido cerca de dos meses. A pesar de los fuertes calores, Serguiéi Ivánovich no se había marchado aún de Moscú, donde le retenía un acontecimiento importante para él: la publicación de su *Ensayo sobre las bases y las formas gubernamentales en Europa y en Rusia,* fruto de una labor de seis años. Había leído a un círculo selecto fragmentos escogidos de esta obra, consiguió que publicaran en varias revistas la introducción y algunos capítulos, y aun cuando su trabajo no tuviera el atractivo de la novedad, Serguiéi Ivánovich confiaba en que causaría alguna sensación.

Adoptando una fingida indiferencia y sin querer tampoco informarse de la venta de las librerías, Koznyshov esperaba con febril impaciencia los primeros impactos de la enorme impresión que su libro no podría por menos de producir, tanto en la sociedad en general como entre los intelectuales, pero pasaron semanas enteras sin que ninguna emoción viniera a conmover el mundo literario.

Algunos amigos, hombres cultos, le hicieron corteses elogios, pero el público en general estaba preocupado por cuestiones muy diferentes para prestar la menor atención a una obra de este género.

En cuanto a la prensa, guardó silencio durante más de dos meses. Sólo una publicación satírica, *Siéverni Zhuk*[1] en un artículo dedicado al cantante Dravanti, que había perdido la voz, citó de paso el libro de Koznyshov como una obra que era el hazmerreír de todos.

---

[1] «El escarabajo del Norte». *(Nota del traductor.)*

Por fin, en el curso del tercer mes, una revista seria publicó la crítica detallada firmada por un joven enfermizo y poco instruido, que adolecía de carácter tímido, aunque dotado de muy ágil pluma. Serguiéi Ivánovich, que le había conocido en casa de su editor, Golubtsov, apenas reparó en el personaje. Así y todo, concedió a su artículo el máximo respeto posible, aunque sintió una viva mortificación. La crítica daba una interpretación inexacta del libro, pero a juzgar por unas citas hábilmente escogidas, acompañadas de numerosos signos de interrogación, dejaba entrever a quien no lo había leído —es decir, a la inmensa mayoría del público— que aquella obra era un puro tejido de frases pomposas e incoherentes. Aquellas flechas las había disparado con un brío que Serguiéi Ivánovich no pudo menos de admirar. Él mismo no lo habría hecho mejor. Para descargar su conciencia fue a comprobar la justicia de las observaciones hechas en aquella crítica, pero prefirió atribuir a una venganza personal la hiel que destilaban. Evocó también las circunstancias en que se conocieron, y acabó por recordar que, en efecto, había puesto de relieve, en aquella ocasión, un error garrafal de su joven colega.

Después siguió un silencio absoluto. A la decepción de ver pasar inadvertida una obra con la que se sentía tan encariñado, y que le había costado seis años de trabajo, se unía una especie de desaliento motivado por la ociosidad. Ya no le quedaba a aquel hombre culto, espiritual, de buen porte, ávido de actividades, más que el acicate de los salones, de las tribunas, de los comités. Pero él, antiguo residente de la ciudad, no se permitía perder todo el tiempo en conversaciones, como lo hacía su inexperto hermano cuando venía a Moscú. Aún le quedaba mucho tiempo libre y mucha energía intelectual.

Por suerte para él, precisamente en aquel momento crítico, todas las cuestiones que estaban a la orden del día —las sectas disidentes, las amistades americanas, la penuria de Samara, la Exposición, el espiritismo— cedían bruscamente su puesto a otra, la de los eslavos, que hasta entonces se había relegado al olvido y de la que él había sido, hacía mucho tiempo, uno de los más entusiastas animadores.

No se hablaba en torno de él más que de la guerra de Servia, y las turbas ociosas no pensaban más que en los «hermanos eslavos»... Ahora todo lo que hacía la gente ociosa para matar el tiempo era en pro de los eslavos: bailes, conciertos, comidas, discursos, aderezos femeninos, cervezas y bares, todo era una muestra de simpatía hacia los eslavos. Muchos de estos objetos en boga disgustaban a Serguiéi Ivánovich. Para mucha gente, aquello no era más que una moda pasajera. Para otros, un medio de prosperar o de hacerse ricos. En pugna con sus colegas, los periódicos lanzaban informaciones a cual más tendenciosa, y nadie gritaba tan desaforadamente como los fracasados en todas las profesiones y categorías: generales sin mando, ministros sin cartera, periodistas sin periódicos, dirigentes sin partidarios. De todos modos, aun lamentando estos aspectos pueriles de la cuestión, le era forzoso reconocer que el tema había provocado un entusiasmo indescriptible en todas las esferas sociales... Los sufrimientos y el heroísmo de servios y montenegrinos, hermanos de raza y de religión, habían engendrado el deseo unánime de acudir en su ayuda, y no solamente con discursos. Aquella manifestación de la opinión pública colmaba de gozo a Serguiéi Ivánovich.

«Por fin, el sentimiento nacional se ha revelado a la plena luz del día», decía.

Y mientras más observaba este movimiento, más grandiosas proporciones le descubría, dignas de marcar época en la historia de Rusia. Olvidó, pues, su libro y sus decepciones para dedicarse en cuerpo y alma a aquella gran obra. Estaba tan ocupado, que no le quedaba tiempo para contestar a las cartas y solicitudes. Katavásov aprovechó la ocasión para cumplir la promesa que había hecho a Lievin de ir a verle.


## Capítulo II

En el momento en que los dos amigos, apeándose de la calesa ante la estación de Kursk, confiaban sus equipajes a un criado que les acompañaba, llegaban cuatro coches de alquiler ocupados por voluntarios. Unas damas provistas de ramos de flores recibieron a los héroes del día, y seguidas de una gran multitud, les acompañaron al interior de la estación.

Otra de ellas, que conocía a Serguiéi Ivánovich, le preguntó en francés si el también escoltaba a los voluntarios.

—No, princesa, salgo para el campo a casa de mi hermano. Tengo necesidad de descanso. Pero usted —añadió, esbozando una sonrisa—, ¿siempre viene a despedirlos?

—Dígame, ¿es verdad que ya hemos expedido ochocientos? Malvinski dice que no.

—Si contamos los que no han partido directamente de Moscú, hemos expedido ya más de mil.

—¡Ya lo decía yo! —exclamó la dama, encantada—. ¿Y los donativos? ¿Verdad que han sobrepasado el millón?

—Efectivamente, princesa.

—¿Ha leído usted las noticias de hoy? Otra derrota de los turcos.

—Sí, las he leído —respondió Serguiéi Ivánovich.

De dar crédito a los despachos resultaba que los turcos, batidos durante tres días en todo el frente, habían emprendido la fuga. Para el día siguiente se aguardaba la batalla decisiva.

—A propósito, tengo que pedirle un servicio —indicó la princesa—. ¿No podría usted apoyar la petición de un excelente joven, a quien oponen no sé qué dificultades? Yo le conozco, me ha sido recomendado por la condesa Lidia.

Después de averiguar los detalles pertinentes, Serguiéi Ivánovich pasó a la sala de espera de lujo, a fin de escribir allí una carta a quien correspondía.

—¿Sabe usted quién parte hoy? —le preguntó la princesa, cuando logró encontrarla entre la muchedumbre para entregar la carta—. Pues el conde Vronski, el famoso... —dijo con aire de triunfo y significativa sonrisa.

—Ya oí decir que se había alistado. Lo que no sabía es que partía hoy.

—Acabo de verle. Su madre es la única persona que le acompaña. Entre nosotros: creo que es lo mejor que podía hacer.

—Evidentemente.

Entretanto, la multitud les arrastraba hacia el bufet, donde un caballero, vaso en mano, proponía un brindis a la salud de los voluntarios.

—Vais a defender nuestra fe, a nuestros hermanos, a la Humanidad —decía, alzando cada vez más la voz—. Moscú, la ciudad madre, os bendice. «¡Zhivio!»[1] —concluyó con voz tonante y emocionada.

—«¡Zhivio!» —repitió la muchedumbre, que aumentaba sin cesar y que en una de sus oleadas estuvo a punto de derribar a la princesa.

—¿Qué tal, princesa, qué me dice? —exclamó de pronto la voz de Stepán Arkádich, quién, con expansivo ademán, se abría camino entre aquel mar humano—. Eso es lo que se dice hablar, algo que partía del corazón... ¡bravo! ¡Ah, conque está usted aquí, Serguiéi Ivánovich! Debía usted dirigirles algunas palabras de aprobación, ya que se entienden tan bien —añadió con una sonrisa encantadora, aunque con aire cincunspecto.

Y ya se preparaba para empujar a Serguiéi Ivánovich, cuando éste objetó:

—No, que me aguarda el tren.

—¿Se va usted? ¿Adónde?

—A casa de mi hermano.

—Entonces verá usted a mi mujer. Acabo de escribirle, pero usted llegará antes que mi carta. Hágame el favor de decirle que me ha visto y que todo está *all right*[2], ya lo comprenderá... O más bien, dígale que me han nombrado miembro de la Comisión de las Agencias Reunidas... Ya lo comprenderá. Discúlpeme, princesa, ya lo ve, son *les petites míseres de la vie humaine*[3] —añadió, volviéndose a la dama—. A propósito, ¿sabe usted que la princesa Miagkaia, no Liza sino Bibish, envía mil fusiles y doce enfermeras?

—Lo he oído decir —respondió fríamente Koznyshov.

—¡Lástima que usted se vaya! Mañana ofrecemos un banquete de despedida a dos voluntarios: Dímer-Bartnianski, de Peterburgo, y nuestro Váseñka Veslovski, que, apenas casado, parte ya. Todo esto es muy bello, ¿verdad, princesa?

A guisa de respuesta, la dama cambió una mirada con Koznyshov. El que Serguiéi Ivánovich y la princesa dieran a entender el deseo de deshacerse de Stepán Arkádich, no le inmu-

---

[1] ¡Viva!
[2] en orden. (En inglés en el original.)
[3] las pequeñas miserias de la vida humana. (En francés en el original.)

tó. Éste tan pronto tenía fija la mirada en el sombrero de plumas de la princesa, como la hacía vagar a su alrededor, cual si estuviese buscando algo. Al fin, habiendo visto una postulante, le hizo señal de que se acercara y depositó un billete de cinco rublos en la hucha.

—Es algo superior a mis fuerzas —declaró—. Mientras yo tenga dinero en mi bolsillo, no podré ver una postulante sin darle alguna cantidad. Pero hablemos un poco de las noticias de hoy. ¡Qué gesto más gallardo el de esos montenegrinos! ¡No es posible! —exclamó, cuando le informó la princesa que Vronski formaba parte del convoy.

Su rostro adquirió un tinte de tristeza, pero cuando pasados unos instantes penetró enderezándose las patillas en el cuarto del reservado donde esperaba el conde, ya no pensaba en las lágrimas que había vertido sobre el cuerpo inanimado de su hermana, y no veía en Vronski más que un héroe y un antiguo amigo.

—Hay que hacerle justicia —dijo la princesa, una vez que Oblonski se hubo alejado—. A pesar de sus defectos, es un temperamento muy ruso, muy eslavo. Temo, sin embargo, que el conde no tenga ningún gusto en verle. Digan lo que digan, me apena la suerte de ese desgraciado. Trate, pues, de hablar con él durante el viaje.

—Sí, si tengo ocasión.

—No me ha gustado nunca, pero lo que hace ahora le redime de todas sus culpas. ¿Sabe que lleva consigo un escuadrón a sus expensas?

—Lo he oído decir.

Sonó la campana. Todo el mundo se precipitó a las puertas.

—Aquí está —dijo la princesa, señalando a Vronski, que se presentó vestido con un largo gabán y cubierto con un sombrero de anchas alas.

Dando el brazo a su madre, avanzaba con la mirada fija y escuchando con aire distraído las frases animadas de Oblonski, pero una palabra de éste le hizo volverse hacia donde se encontraban la princesa y Koznyshov, y levantó el sombrero sin pronunciar palabra. Su rostro, envejecido y descompuesto por el dolor, parecía petrificado. Tan pronto llegó al andén subió al vagón, después de haber cedido el paso a su madre, y se encerró en su compartimiento.

El himno nacional, cantado a coro, fue seguido de interminables hurras y del «¡zhivio!». Un voluntario muy joven, alto de estatura, pero hundido de pecho, respondía al público con ostentación, blandiendo sobre su cabeza el gorro de fieltro y un ramo de flores. Detrás de él aparecían dos oficiales, así como un hombre anciano y barbudo que agitaba una gorra mugrienta.

## Capítulo III

Koznyshov, después de despedirse de la princesa, montó en un vagón atestado de gente en compañía de Katavásov, que había venido a reunirse con él.

En la primera estación, la de Tsarítsino, los voluntarios fueron recibidos por un grupo de jóvenes con el canto de «Gloria a nuestro zar». De nuevo los voluntarios se asomaron y saludaron, pero Serguiéi Ivánovich no les prestó atención. Había tenido tantos contactos con ellos, que conocía su tipo general, y no mostraba la menor curiosidad. Katavásov, por el contrario, como sus estudios no le habían permitido vivir en aquel ambiente, se interesaba al ver aquellas escenas y hacía frecuentes preguntas a su compañero. Serguiéi Ivánovich le aconsejó que los estudiase en su vagón, en la estación siguiente, y Katavásov siguió su consejo.

Katavásov entabló conversación con el flamante orador. Apenas cumplidos los veintidós años, aquel joven comerciante había consumido ya una fortuna considerable, y ahora creía realizar una hazaña sin paralelo. Afeminado, enfermizo y charlatán, defraudó francamente a Katavásov, no menos que su interlocutor, el oficial retirado. Éste había ensayado todos los oficios, sirviendo en los ferrocarriles, administrando propiedades, incluso montando un taller. Hablaba de todas las cosas con aire de suficiencia, empleando sin ton ni son un lenguaje pedantesco.

El artillero, por el contrario, causaba buena impresión. Era un muchacho tímido y tranquilo. Deslumbrado, sin duda, por los conocimientos del oficial de la guardia y por el heroísmo del comerciante, guardaba absoluta reserva. Habiéndole preguntado Katavásov a qué móvil obedecía el haberse enrolado, contestó con modestia:

—Pues hago lo que todo el mundo. Como los pobres servios tienen tanta necesidad de ayuda...

—Sí, y sobre todo de artilleros como usted, que les serán muy útiles.

—¡Oh! Yo he servido muy poco en Artillería... Es posible que me den un puesto en infantería o Caballería.

—¿Y eso por qué, si son los artilleros los que hacen más falta? —objetó Katavásov atribuyendo al voluntario un grado en relación con su edad.

—¡Oh, he servido tan poco! No soy más que un cadete.

Y se puso a contarle por qué razones había fracasado en los exámenes.

En la estación siguiente, los voluntarios descendieron para tomar un refrigerio, y Katavásov, poco edificado con lo que había visto y oído, se volvió a un viejo militar, que había estado escuchando en silencio la conversación.

—Me parece que mandan allá mucha gente diferente —dijo al viejo, para hacerle expresar su opinión dejándole adivinar la suya.

Como había tomado parte en dos campañas, el veterano oficial no podía tomar en serio a unos héroes, cuyo valor militar no se podía apreciar, como no fuera por la bravura con que asaltaban las cantinas del trayecto para abastecer sus cantimploras. A ese propósito relató que en el pueblo donde vivía se había alistado como voluntario un soldado con la absoluta. Se trataba de un individuo borracho, ladrón y holgazán perpetuo. Pero el veterano, sabiendo por experiencia que en aquellos momentos de sobreexcitación de los espíritus, nadie podía expresar libremente su opinión sin exponerse a algo malo, limitóse a responder con ojos sonrientes y a interrogar, también con la mirada, a Katavásov:

—¿Qué quiere usted? Hacen falta hombres.

Después pasaron a comentar las últimas noticias, sin que tampoco se atrevieran a plantear mutuamente una pregunta que les bullía en la mente: puesto que los turcos, abatidos en todo el frente, habían emprendido la fuga, ¿contra quién diablos se iba a librar al día siguiente la batalla decisiva?

Al volver al lado de Serguiéi Ivánovich, Katavásov, con cierta hipocresía, explicó a Serguiéi Ivánovich sus observaciones sobre los voluntarios, de donde se desprendía que eran unos muchachos excelentes.

En la primera capital del distrito donde paró el tren, volvieron a encontrarse con los coros, los vivas, los ramilletes, las postulantes y los brindis en el bufet, pero con menos demostraciones de entusiasmo.


## Capítulo IV

DURANTE aquella parada, Serguiéi Ivánovich se paseó por el andén, y al detenerse ante el compartimiento de Vronski vio que estaban echadas las cortinas. A la segunda vuelta vio cerca de la portezuela a la anciana condesa, que le llamó.

—Como puede ver —le dijo la condesa—, acompaño a mi hijo hasta Kursk.

—Me lo habían dicho —respondió Koznyshov, echando una mirada al interior del vagón.

Al notar la ausencia de Vronski, añadió:

—Su hijo cumple una bella misión.

—¡Pues qué otra cosa podía hacer después de su desgracia!

—¡Qué suceso más horroroso!

—¡Dios mío, lo qué he pasado! Pero venga usted a sentarse a mi lado. ¡Si usted supiera lo que he sufrido! Durante cerca de seis semanas, mi hijo no ha abierto la boca, y sólo mis súplicas le decidían a comer. No había medio de dejarle solo un instante. Temíamos que atentara contra su vida. Nos habíamos ido a vivir a la planta baja. Tuvimos necesidad de quitar de allí todos los objetos peligrosos, pero ¿se puede prever todo?... Ya sabe usted que en una ocasión se había disparado un tiro por ella —añadió la anciana, cuyo rostro se ensombreció a este recuerdo—. Esa mujer ha muerto como había vivido: vil y miserablemente.

—No nos toca a nosotros juzgarla, condesa —manifestó Serguiéi Ivanovich, suspirando—. Pero comprendo lo que le ha hecho sufrir.

—¡Ah, no me hable usted! Estaba pasando el verano en mi finca, y mi hijo había ido a verme cuando le trajeron una carta a la cual dio respuesta inmediatamente. Nadie podía suponer que ella estuviera en la estación. Por la noche, acababa de entrar en mi cuarto cuando Mari, la doncella, me informó que una señora se había arrojado debajo de un tren. Pareció que se me halaba la sangre en las venas. Enseguida lo comprendí y mis primeras palabras fueron: «¡Que no se entere el conde!»... Pero su cochero, que estaba en la estación en el momento de la desgracia, ya se lo había comunicado. Corría a ver a mi hijo. Estaba como loco. Salió sin pronunciar una palabra. No sé lo qué pasaría allá abajo, pero cuando me lo trajeron parecía un muerto. No le habría reconocido. El médico dijo que era una *prostration complète*[2]. Después vinieron las crisis de furor. No, por mucho que usted me diga, aquella mujer era mala. ¿Comprende usted una pasión de ese género? ¿Qué ha querido ella probar con su muerte? Se ha perdido ella misma y ha destrozado la vida de dos hombres de mérito: su marido y mi desventurado hijo.

—¿Y el marido?

—Se ha hecho cargo de la pequeña. En el primer momento, Aliosha consintió en todo. Ahora se arrepiente con amargura de haber abandonado su hija a un extraño, pero por nada del mundo faltaría a la palabra dada. Karenin asistió al entierro, pero evitamos un encuentro entre Aliosha y él. Para el marido, esta muerte es en el fondo la liberación; pero mi pobre hijo, que había sacrificado todo a esa mujer: su nombre, su posición, a mí misma..., ¿había derecho a asestarle un golpe semejante? Ella no ha tenido la menor compasión de él... No, por mucho que usted diga, ése es el fin de una criautura sin religión. Que Dios me perdone, pero al pensar en el mal que ha hecho a mi hijo, no puedo menos que maldecir su memoria.

—¿Cómo va él ahora?

—Esta guerra nos ha salvado. Yo soy vieja y no entiendo nada de política, pero ahí veo la voluntad de Dios. Como madre, eso me espanta, y, además, dicen que *ce n'est pas très bien vu*

---

[1] postración completa. (En francés en el original.)

*à Peterburgo*[2]. Pero, ¿qué hacer? Era lo único capaz de reanimarle. Su amigo Iashvín, habiendo perdido todo en el juego, resolvió partir para Servia, y le exhortó a seguir su ejemplo. Aliosha se ha dejado convencer, y los preparativos de viaje le han distraído algo. Hable con él, se lo ruego. ¡Está tan triste! Y para colmo de males, está rabiando de las muelas. Pero se alegrará mucho de verle. Está paseándose por el otro andén.

Serguiéi Ivánovich aseguró que también a él le encantaría hablar con el conde, y descendió al andén opuesto.

## Capítulo V

En medio de los fardos de mercancías amontonadas en el andén, que proyectaban una sombra oblicua, Vronski se paseaba como una fiera en su jaula, volviéndose bruscamente cada veinte pasos. El sombrero caído sobre los ojos, las manos hundidas en los bolsillos de su largo gabán, pasó ante Serguiéi Ivanovich sin que pareciera reconocerle, pero éste se encontraba por encima de toda susceptibilidad. Según él, Vronski estaba cumpliendo una gran misión, y merecía ser sostenido y animado.

Koznyshov, pues, se acercó. El conde se detuvo, al notar su presencia y, habiéndole reconocido, le estrechó cordialmente la mano.

—¿Preferiría usted no haberme visto, quizá? —inquirió Serguiéi Ivánovich—. Perdone mi insistencia, pero quería ofrecerle mis servicios.

—Es usted la persona que menos me disgusta ver —respondió Vronski—. Dispénseme, pero ya comprenderá lo mucho que me pesa la vida.

—Ya me hago cargo. Sin embargo, una carta de recomendación para Rístich o para Milán, quizá le sería útil, ¿no? —continuó Serguiéi Ivánovich, sorprendido del profundo dolor que reflejaba el sembrante de Vronski.

—¡Oh no! —respondió éste haciendo un esfuerzo por com-

---

[2] Eso no está bien visto en Peterburgo. (En francés en el original.)

prender—. ¿Quiere usted que caminemos un poco? ¡Se asfixia uno dentro de esos vagones!... ¿Una carta? No, gracias. ¿Se necesita acaso para hacerse matar? Si fuera para los turcos menos mal —añadió con un esbozo de sonrisa, sin que de su mirada se borrara la expresión de amargura.

—Sin embargo, esa carta le facilitaría unas relaciones que usted no podrá evitar. Por lo demás, haga usted como mejor le parezca. Yo lo que quería decirle es cuánto celebro conocer su decisión. Usted enaltecerá ante la opinión pública a estos voluntarios, tan menospreciados.

—Mi único mérito —respondió Vronski— consiste en no dar importancia a la vida. Aún me quedan bastantes energías para hacer frente a una formación enemiga, o dejarme matar en mi puesto. Y me siento satisfecho de sacrificar a una causa justa esta existencia, que me resultaba una carga odiosa.

El dolor de muelas, que le impedía dar a sus frases la expresión deseada, le arrancó un gesto de impaciencia.

—Va usted a renacer a una nueva vida. Permítame que se lo diga —declaró Serguiéi Ivánovich, sintiéndose emocionado—. Salvar a unos hermanos oprimidos es una causa para la cual es tan digno vivir como morir. ¡Que Dios le conceda un éxito completo a su empresa, y dé a su alma la paz que necesita!

—Como simple instrumento, todavía puedo servir para algo, pero como hombre no soy más que una ruina —murmuró el conde lentamente, estrechando la mano que le tendía Koznyshov.

Guardó silencio, vencido por el dolor persistente que le impedía hablar, y sus ojos se fijaron de un modo maquinal en las ruedas de un ténder, que avanzaba deslizándose lentamente por los rieles. A la vista de aquello cesó de improviso su dolor físico, anonadado por la tortura de un cruel recuerdo que despertaba en él la presencia de aquel hombre, al que no había visto después de su desgracia.

«Ella» se le apareció súbitamente, o al menos lo que había quedado de ella, cuando entrando como un loco en la barraca donde la habían trasladado, encontró su cuerpo ensangrentado, tendido sin ningún pudor a los ojos de todos; la cabeza intacta, con las gruesas trenzas y los ligeros rizos alrededor de las sienes. Estaba colocada en posición supina. En su bello rostro se dibujaba una expresión extraña, con los ojos todavía desmesuradamente abiertos por el espanto, mientras los labios parecían moverse para proferir una vez más su terrible amenaza, para decirle —lo mismo que durante aquella fatal discusión— que «se arrepentiría».

Se esforzó por alejar aquella imagen, por «verla» tal como se le había aparecido la primera vez —también en una estación—, bella, con una belleza misteriosa, ansiosa de amar y ser amada. ¡Vano intento! Aquellos minutos felices ya estaban emponzoñados para siempre, y el rostro que surgía ante él no reflejaba más que los espasmos de la cólera o el fúnebre triunfo de la venganza, saciada a sus propias expensas. Un sollozo contrajo sus facciones; para reponerse dio un par de vueltas a lo largo de los bultos y volviendo junto a Serguiéi Ivánovich, consiguió preguntarle con voz natural, dueño de sí mismo:

—¿Tiene usted noticias recientes? Ahí están los turcos batidos por tercera vez, pero se espera para mañana una batalla decisiva.

Cambiaron algunas palabras acerca del manifiesto de Milán, que acababa de proclamarse rey, y las incalculables consecuencias que podría acarrear este acto. Después, como la campana había dado la señal de partida, ambos subieron otra vez a sus vagones respectivos.


CAPÍTULO VI

No sabiendo con exactitud cuándo podría partir, Serguiéi Ivánovich no había querido telegrafiar a su hermano para que enviase unos caballos a la estación. Cuando, negros de polvo, mal instalados en un tílburi de dos asientos, Katavásov y él llegaron a Pokróvskoie, era ya mediodía y Lievin estaba ausente. Pero desde el balcón, donde estaba sentada entre su padre y su hermana, Kiti reconoció a su cuñado y corrió a recibirle.

—Debería avergonzarle de no habernos prevenido —dijo al presentar su frente a Serguiéi Ivánovich.

—Nada de eso, nada de eso —dijo el recién llegado—. Ya

ve que hemos llegado a buen puerto sin necesidad de molestarles. Perdóneme, estoy bastante sucio, no me atrevo a tocarla... Por otra parte, desesperaba de verme libre, me arrastraba la corriente —añadió sonriendo—, mientras que ustedes continúan hilando la felicidad perfecta de este oasis... Y aquí tiene usted a nuestro amigo Katavásov, que al fin se ha decidido a venir a verles.

—No debe usted confundirme con un negro —dijo riendo el profesor, cuya blanca dentadura destacaba en un rostro polvoriento—. En cuanto me lave, ya verá usted que tengo figura humana.

Tendió la mano a Kiti.

—Kostia se va a poner muy contento —declaró ella—. Está en la granja, pero no tardará en venir.

—Siempre ocupado en la hacienda. Precisamente en este tranquilo rincón —dijo Katavásov—. En la ciudad, ya lo ve usted, no pensamos más que en la guerra de Servia. Tengo curiosidad por conocer la opinión de mi amigo a este respecto: es evidente que él no pensará igual que todo el mundo.

—Pues yo creo que sí —replicó Kiti, confusa, escrutando con la mirada a su cuñado—. Voy a hacer que le busquen... Aquí tengo a papá, que viene del extranjero.

Y la joven, disfrutando con la libertad de movimientos que tanto añoró cuando estuvo privada de ella durante tanto tiempo, se apresuró a introducir a sus huéspedes, uno en el gabinete de trabajo y otro en el antiguo cuarto de Dolli, para que pudieran asearse. Después se ocupó de encargar sendos desayunos, de mandar que llamasen a su marido y de correr al lado de su padre, sentado en el balcón.

—¡Es Serguiéi Ivánovich, que nos trae al profesor Katavásov!

—¡Oh, con este calor se nos va a hacer más pesado!

—Eso no, papá, que es muy amable y Kostia le quiere mucho —replicó Kiti con una sonrisa persuasiva y casi suplicante, ya que las facciones del príncipe empezaban a adquirir una expresión burlona.

—¡Está bien, está bien! No he dicho nada.

Kiti se volvió a su hermana.

—Tú les entretendrás, ¿verdad querida? Stiva se encuentra

bien, le han visto en la estación. Tengo que ir corriendo al lado del pequeño. Las cosas se están presentando tan de repente... No le he dado de mamar desde esta mañana; debe de estar impaciente.

El lazo que unía a la madre con el hijo seguía siendo tan íntimo, que la sola afluencia de leche a los senos le hacía comprender que su hijo tenía hambre. Salió presurosa, persuadida de que Mitia[1] lloraba sin haber oído todavía sus gritos, pero de pronto se hicieron oír éstos con un vigor que denotaba su creciente impaciencia. Apresuró el paso. Cuanto más deprisa iba, más gritaba el niño. Su voz era buena, sana, pero famélica e impaciente.

—¿Hace mucho que llora? —preguntó a la niñera, desabrochándose—. Bueno, démelo pronto —apremió a Agafia Mijáilovna—; ya tendrá tiempo suficiente después de arreglarle el gorrito.

El niño se exasperaba.

—No, no, señora, hay que vestirle convenientemente —dijo Agafia Mijáilovna, que no soltaba al pequeño—. «Ta, ta, ta» —le cantó, sin hacer caso del nerviosismo de su madre.

Por fin, la niñera llevó el bebé a su mamá. Agafia Mijáilovna la siguió con rostro radiante.

—Me ha reconocido, Katerina Alexándrovna; tan cierto como hay Dios, ¡me ha reconocido! —declaró, gritando más fuerte que Mitia.

Kiti no le prestaba la menor atención; su impaciencia iba en aumento paralelamente a la del niño. Por fin, después de un último grito desesperado de Mitia, que en el ansia de mamar no sabía agarrarse, la madre y el hijo se calmaron y pudieron respirar.

—El pobrecito está todo sudado —murmuró Kiti, palpando el cuerpecillo y contemplando aquellas mejillas que se inflaban, aquellas manitas sonrosadas que se movían, aquellos ojos que bajo el gorro le lanzaban miradas que a ella le parecían de pícaro...

—¿Dice usted que la reconoce, Agafía Mijáilovna? No lo creo. Si fuera verdad me reconocería a mí también.

---

[1] Diminutivo de Dmitri.

Sin embargo, sonrió, y su sonrisa quería decir que en el fondo de su alma sabía muy bien —a pesar de aquella denegación— que Mitia comprendía montones de cosas ignoradas para el resto del mundo, y que incluso se las había revelado. Para Agafía Mijáilovna, para su niñera, para su abuelo, para su mismo padre, Mitia era una pequeña criatura humana, a la que no hacían falta más que cuidados físicos; para su madre era un ser dotado de facultades morales, y habría sido muy largo de contar lo que pasaba entre aquellos corazones.

—Ya verá usted cuando se despierte. No tengo más que hacerle marionetas y cantarle: «Ta, ta, ta». Enseguida se le alegra la carita.

—Bueno, ya lo veremos, pero por el momento déjele dormir.

## Capítulo VII

AGAFIA Mijaíllovna salió de puntillas. El aya bajó la cortina, ahuyentó las moscas que se habían introducido bajo el velo de muselina de la camita y un moscardón que se debatía contra los cristales de la ventana, y se sentó, agitando una rama de abedul medio marchita sobre la madre y el niño.

—¡Qué calor! ¡No se puede soportar! —exclamó—. Si al menos Dios, en su bondad, nos enviase un poco de agua...

—Sí, sí, pero calla —murmuró Kiti, balanceándose ligeramente y apretando contra su corazón la mano regordeta que Mitia, con los ojos medio cerrados, movía aún débilmente, y que de buena gana hubiera besado, si no fuera por temor a despertar al nene. Al fin, la mano quedó inmóvil y, sin dejar de mamar, el bebé tardaba cada vez más en alzar sus largas pestañas curvadas, para fijar en su madre aquellos ojos húmedos que a media luz parecían negros. El aya estaba soñolienta. Por encima de su cabeza, Kiti oía la voz estridente del viejo príncipe y la risa sonora de Katavásov.

«¡Bueno! —se dijo—. Ya se están entreteniendo sin mí. ¡Qué lástima que no esté también Kostia con ellos! Se conoce que está atareado con las colmenas. No me gusta que vaya allí tan a menudo, pero debo reconocer que eso le distrae, y ahora está más alegre que en la primavera. ¡Qué atormentado estaba, Dios mío! ¡Sus aires lúgubres me daban miedo! ¡Pero qué tontuelo es!» —musitó sonriendo.

Lievin sufría por su falta de fe. Kiti no lo ignoraba, y aunque segura de que no hay salvación para el incrédulo, el escepticismo de aquél cuya alma le era tan querida no le inspiró más que una sonrisa.

«¿Por qué lee todos esos libros de filosofía todo el año? —pensó—. Si todo está escrito en esos libros, él puede comprenderlo. Si allí sólo hay mentiras, ¿para qué leerlos? Él mismo dice que quisiera creer. Entonces, ¿por qué no cree? Es que reflexiona demasiado, se abandona a meditaciones solitarias, y si lo hace es porque nosotros no estamos a su altura. La vista de Katavásov le causará alegría; le gustará discutir con él...»

Acto seguido, los pensamientos de la joven se concentraron en la instalación de sus huéspedes: ¿habría de separarlos, o cederles una habitación común? Un temor súbito la hizo temblar hasta el punto de perturbar el sueño de Mitia, que la miró con expresión de enojo.

«La lavandera no ha traído la ropa... Con tal que Agafía Mijáilovna no vaya a dar a Serguiéi Ivánovich ropas que ya estén usadas...»

Al pensarlo le afluyó la sangre a las mejillas.

«Tendré que asegurarme yo misma —decidió, remontando el curso de sus pensamientos—. Sí, Kostia es incrédulo... Bueno, yo le amo más así que si se pareciese a madame Shtal o a la persona que yo quería ser durante mi cura en Soden. Él nunca será un hipócrita.»

Un reciente rasgo de bondad de su marido acudió repentinamente a su memoria. Quince días antes, Stepán Arkádich había escrito una carta de arrepentimiento a su hermana Dolli suplicándole que salvara su honor vendiendo las tierras de Iergushovo para pagar sus deudas. Después de haber maldecido a su esposo y pensar en el divorcio, Dolli tuvo al fin compasión y ya se disponía a complacerle en su petición, cuando Lievin habló con Kiti y le propuso, un poco apurado y con muchos cincunloquios —cuyo recuerdo hacía asomar una sonrisa de ternura a los labios de su joven esposa— un medio en el que no había pensado ella, para acudir en auxilio de Dolli sin ofenderla. Consistía en cederles la parte que le correspondía de aquella propiedad.

«¿Se puede ser incrédulo con un corazón como el suyo, tan cándido como el de un niño? Siempre con el temor de ofender o dañar, no piensa más que en los otros. Por eso Serguiéi Ivánovich ve como una cosa natural considerarle su administrador, y su hermana igual. Dolli y sus hijos no tienen más apoyo que él. A todos esos labradores que vienen sin cesar a consultarle, cree un deber sacrificarles sus ratos libres... Sí, lo mejor que puedes hacer es parecerte a tu padre», concluyó tocando con sus labios las mejillas de su hijo, antes de ponerle otra vez en manos del aya.

## Capítulo VIII

PASADO el momento en que, junto a su hermano moribundo, Lievin pudo entrever el problema de la vida y de la muerte a la luz de las nuevas convicciones, como él las llamaba —las cuales habían sustituido las creencias de su infancia entre los veinte y los treinta y cuatro años—, la vida se le había aparecido más terrible aún que la muerte. ¿De dónde venía, qué significaba, por qué nos ha sido otorgada? El organismo y su destrucción, la indestructibilidad de la materia, la ley de conservación de la energía, la evolución, todas esas palabras y los conceptos que expresaban serían, sin duda, interesantes desde el punto de vista intelectual, pero, ¿qué utilidad podían reportar en el curso de la existencia? Y Lievin, semejante al hombre que en un invierno crudo hubiera cambiado una prenda de abrigo por un traje de muselina, sentía —no por razonamiento sino por intuición— que estaba casi desnudo y condenado a perecer irremisiblemente.

Desde entonces, sin tener casi conciencia de ello y sin cambiar en lo más mínimo su vida exterior, Lievin no cesó de experimentar el temor de su ignorancia. Tenía, por otra parte, la vaga idea de que aquellas supuestas convicciones, lejos de disipar sus tinieblas, no hacían más que espesarlas.

El matrimonio, las satisfacciones y los deberes que traía consigo absorbieron por un instante sus pensamientos, pero mientras vivía en Moscú con motivo del embarazo de su mujer, en medio de aquella vida desocupada, volvieron a su mente con mayor persistencia que nunca.

«Si yo no acepto —se decía— las explicaciones que me ofrece el cristianismo sobre el problema de mi existencia, ¿dónde encontraré otras?»

Por más que analizaba sus convicciones científicas, no encontraba ninguna contestación a aquella pregunta; era como si estuviera buscando comestibles en una tienda de juguetes o en un bazar de armas.

Involuntaria e inconscientemente buscaba en sus lecturas, en sus conversaciones y hasta en las personas que le rodeaban, una relación cualquiera con el problema que le estaba acuciando. Había un punto que le atormentaba particularmente, ¿por qué los hombres de su edad y de su clase que, en su mayor parte, habían sustituido como él la fe por la ciencia, no aparentaban por este hecho ningún padecimiento moral? ¿No eran sinceros, o acaso comprendían mejor que él las respuestas que la ciencia ofrece a preguntas tan inquietantes? Lleno de curiosidad empezó a estudiar a estos hombres y los libros que pudieran contener las tan deseadas soluciones.

Descubrió entonces que, compartiendo el mismo error de sus camaradas universitarios, había llegado a imaginar que a la religión se le había pasado su tiempo. Las personas a las que más quería —el viejo príncipe, Lvov, Serguiéi Ivánovich, Kiti— conservaban la fe de su infancia, aquella fe de la que él mismo había sido partícipe una vez. Las mujeres en general creían, así como el noventa y nueve por ciento de aquellas gentes a quienes dispensaba su estimación.

A fuerza de leer, llegó a la conclusión de que la gente cuyas opiniones compartía no daba a éstas ningún sentido particular: lejos de explicar las cuestiones que él juzgaba primordiales, las dejaban de lado para afanarse en la solución de otras que a él, en cambio, le dejaban indiferente, tales como la evolución de los seres, la significación del alma, etc...

Por otra parte, durante el parto de su mujer, experimentó por primera vez una sensación extraña: él, incrédulo, había rogado y vuelto a rogar con fe sincera. No llegaba a conciliar aquel estado del alma con su habitual disposición de espíritu. ¿Se le había aparecido, tal vez, la verdad? Mucho lo dudaba, pues desde el momento en que se ponía a analizarlo fríamente, caía por tierra aquel anhelo del alma hacia Dios. ¿Se había, entonces, equivocado? Admitirlo hubiera sido profanar un recuerdo sagrado y muy entrañable... Aquella lucha interior le pesaba dolorosamente, y con todas las fuerzas de su ser procuraba ponerle fin.

## Capítulo IX

Hostigado sin cesar por estos pensamientos, leía y meditaba, pero el fin perseguido se alejaba más y más.

Convencido de que los materialistas no le proporcionarían ninguna respuesta, había releído últimamente, durante su estancia en Moscú y después de su vuelta al campo, las teorías de Platón y Spinoza, Kant y Schelling, Hegel y Schopenhauer, los filósofos que explican la vida según un criterio no materialista. Sus ideas le parecían fecundas en tanto se contentaba con refutar las doctrinas materialistas, con argumentos a los que él oponía otros nuevos, pero cada vez que abordaba —ora por la lectura de sus obras, ora por los razonamientos que le inspiraban— la solución del famoso problema, iba siempre a desembocar en la misma duda: términos imprecisos, tales como «espíritu, voluntad, libertad, sustancia», presentaban cierto sentido a su inteligencia siempre y cuando estuviera dispuesto a dejarse prender en las mallas sutiles de aquellas especulaciones filosóficas; pero cuando, después de una escapada a la vida real retornaba a aquel edificio que había creído sólido, éste se desmoronaba como un castillo de naipes y le era forzoso reconocer que estaba estancado en medio de una perpetua transposición de los mismos vocablos, sin recurrir a ese «algo» que en la vida práctica importa más que la razón.

Schopenhauer le proporcionó dos o tres días de calma por la

sustitución que hizo en sí mismo de la palabra *amor* por lo que este filósofo llamaba *voluntad,* pero cuando lo examinó desde el punto de vista práctico, aquel nuevo sistema se fue a pique igual que los otros.

Habiéndole recomendado Serguiéi Ivánovich los escritos teológicos de Jomiakov, acometió la lectura del segundo volumen. Aunque desanimado al principio por el estilo polémico y afectado de aquel autor, su teoría de la Iglesia no pudo menos de sorprenderle. De dar crédito a Jomiakov el conocimiento de las verdades divinas, negado al hombre como individuo aislado, se otorga a una congregación de personas que comulgan en un mismo amor, es decir, la Iglesia. Esta teoría reanimó a Lievin. La Iglesia, en principio, como institución viva de carácter universal, que tiene por cabeza o Cristo, es, por consiguiente, santa e infalible. Aceptar sus enseñanzas sobre Dios, la creación, la caída, la redención, le parecía mucho más fácil que comenzar de buenas a primeras por la idea misma de Dios, al que veía como un ser lejano y misterioso, para seguir después con la creación, etc. Pero después de leer la historia de la Iglesia de un escritor católico, y la historia de la Iglesia de un escritor ortodoxo, y ver que las dos Iglesias, infalibles, se negaban entre sí, se decepcionó de la Iglesia de Jomiakov, y este edificio también se derrumbó, como los demás edificios filosóficos.

Durante toda la primavera no fue ya el mismo hombre y pasó horas crueles.

«Yo no puedo vivir sin saber lo que soy y con qué fines he sido puesto en el mundo —se decía—. Y como nunca podré obtener este conocimiento, se me hace imposible la vida. En la infinidad del tiempo, de la materia, del espacio, se forma una célula orgánica, se sostiene un momento, después estalla... Esa célula soy yo.»

Este sofisma doloroso era el único, el supremo resultado del humano razonamiento durante siglos, era la creencia final que se hallaba en la base de casi todas las ramas de la actividad científica; era la convicción reinante, y sin duda porque le parecía la más clara, Lievin había profundizado involuntariamente en ella. Pero aquella conclusión le parecía más que un sofisma; veía en ella la obra cruelmente irrisoria de una fuerza enemiga, a la cual le interesaba sustraerse. El medio de hacerlo estaba en poder de cada uno... Y la tentación del suicidio acosaba tan frecuentemente a aquel hombre de bien, a aquel venturoso padre de familia, que se veía obligado a poner cualquier soga fuera del alcance de su mano, y no se atrevía a salir con la escopeta.

Pero lejos de ahorcarse o de saltarse la tapa de los sesos dejó, simplemente, que la vida siguiera su curso natural.

## Capítulo X

CUANDO Lievin pensaba en lo que era y para qué vivía, no encontraba respuesta y se desesperaba; pero cuando dejaba de formularse estas preguntas, parecía saber quién era y para qué vivía, ya que actuaba firme y decididamente. Incluso en los últimos tiempos vivía con mayor firmeza y decisión.

De regreso en el campo desde los primeros días de junio, los cuidados de su hacienda, la gestión de los bienes de su hermano y su hermana, los deberes familiares, las relaciones con sus vecinos y labradores, la cría de las abejas especialmente, por la cual le había entrado una gran pasión, no le daban punto de reposo.

Se ocupaba de estos asuntos no porque los justificase por determinados criterios generales, como hacía antes. Ahora, por el contrario, decepcionado, por un lado, de los fracasos de las empresas anteriores para el bien común, y por otro lado, al estar excesivamente ocupado por sus pensamientos y por la gran cantidad de preocupaciones que de todas partes se le echaban encima, abandonó toda consideración del bien común, y si se ocupaba de ello, sólo era porque creía que debía hacer lo que hacía, pues no podía actuar de otra manera.

Antes, casi desde la infancia, la idea de hacer una obra útil al pueblo, a Rusia, a la Humanidad, le causaba una alegría, pero la obra en sí misma no satisfacía jamás sus esperanzas, y pronto empezó a dudar del valor de sus iniciativas. Ahora, cuando después de su casamiento se limitaba más y más a vivir para sí mismo, y aunque no experimentaba ninguna alegría por su actividad, adquiría el convencimiento de que tal obra era necesaria y que daba resultados más y más satisfactorios. Inconscientemente, hacía su obra y profundizaba en ella lo mismo que un arado en la tierra.

En lugar de discutir ciertas condiciones de la existencia, las aceptaba como cosas indispensables, igual que el alimento de cada día. Vivir a ejemplo de sus antepasados, dar a sus hijos una educación análoga a la suya, transmitirles intacto un patrimonio y merecer de ellos la misma gratitud que él testimoniaba a la memoria de sus mayores, lo consideraba un deber tan indiscutible como el de pagar sus deudas. Era necesario, pues, que aquella hacienda prosperase, y para conseguirlo, en lugar de arrendar sus tierras se ocupaba personalmente de ellas. Él mismo las puso en explotación cultivando la tierra, criando ganado, plantando árboles. Creía un deber prestar ayuda y protección —como a niños cuya custodia le hubiesen confiado— a su hermano, a su hermana, a los numerosos campesinos que habían adquirido la costumbre de consultarle. Su mujer y su hijo, Dolli y su prole, tenían también derecho a sus cuidados y a sus desvelos. Todo esto llenaba plenamente su existencia, cuyo sentido no comprendía cuando le daba por reflexionar.

Y no solamente su deber le parecía bien definido, sino que no dudaba de la manera de cumplirlo en cada caso particular. Por eso no vacilaba en contratar a sus jornaleros lo más barato que podía, aunque siempre ponía especial cuidado en que sus salarios no quedaran por debajo del precio normal. Si los campesinos carecían de forraje, juzgaba lícito venderles la paja, aunque su penuria le inspirase compasión; pero la posada y la taberna, aunque aportaban ganancias, había que eliminarlas. Castigaba severamente los robos de la leña, pero se negaba —pese a las protestas de los guardas por esta aparente falta de energía— a confiscar el ganado de un campesino, sorprendido en flagrante delito de invasión de sus prados para el pasto. Prestaba dinero a un pobre diablo para sacarle de las garras de un usurero, pero no perdonaba nunca ni daba moratoria a los campesinos por sus débitos retrasados. Jamás había perdonado a su administrador por haber descuidado la siega de un palmo de terreno, pero se abstenía de tocar un terreno de ochenta hectáreas donde se hubieran hecho plantaciones. Muy a pesar suyo, cuando un obrero se veía ogligado a abandonar el trabajo en plena recolección por alguna desgracia familiar, le retenía el jornal por los días que durase su ausencia. En cambio, alimentaba y subvenía todas las necesidades de viejos sirvientes, inutilizados para el trabajo por la edad. Si, al entrar en su casa, hallaba campesinos que llevaban tres horas aguardándole, su primer impulso era correr a abrazar a su mujer sin sentir ningún escrúpulo; pero si iban a importunarle al colmenar, sacrificaba en su obsequio el placer de instalar un enjambre de abejas. Lejos de profundizar en este código personal, temía las discusiones y hasta las reflexiones que hubieran podido engrendrar dudas o enturbiar la clara y precisa percepción de sus deberes. Cuando por alguna causa estaba descontento, encontraba en su propia conciencia un tribunal infalible, que rectificaba inmediatamente sus errores de apreciación.

Así pues, impotente de sondear el misterio de la existencia y obsesinado por una idea suicida, no por eso dejaba Lievin de buscar en la vida el camino que se sentía llevado a recorrer, y abrirse paso a través de él con mano experta y pie firme y seguro.


## Capítulo XI

El día de la llegada de Serguiéi Ivánovich a Prokóvskoie había sido muy doloroso para Lievin.

Era la época más laboriosa del año, la que exige a los agricultores un mayor esfuerzo en el trabajo y un espíritu de sacrificio desconocidos en otras profesiones, y que no se aprecian como es debido por el hecho de que se renueven todos los años y los resultados que ofrecen son muy simples. Segar, trillar, recoger el centeno y la avena, apilarlos, terminar de segar los prados, volver a barbechar, trillar y sembrar, son trabajos que no asombran a nadie, pero para poder realizarlos durante las tres o cuatro semanas concedidas por la naturaleza es necesario que todos, del más pequeño al más grande, se entreguen de lleno a la obra, contentarse con pan, cebollas y un trago de «kvas», no dormir más que dos o tres horas, por estar toda la noche dedicada al transporte de gavillas y al apaleo del trigo. Y este mismo fenómeno se reproduce todos los años en Rusia entera.

Como había pasado la mayor parte de su vida en el campo, en estrecha relación con la gente del pueblo, Lievin compartía siempre la agitación que se apoderaba de ellos en esta época.

Aquel día había madrugado para ir en coche a presenciar la siembra del centeno, y almacenar avena en los molinos. Llegada la hora del desayuno, que tomó en compañía de su mujer y de su cuñada, partió de nuevo a pie con dirección a la granja, donde iba a ponerse en funcionamiento una trilladora para preparar las semillas.

Y durante todo el día, mientras platicaba, ya fuera con el administrador o los labriegos, ya fuera con su mujer, su cuñada, sus sobrinos o su suegro, la misma pregunta le acosaba: «¿Qién soy yo, dónde estoy, para qué existo?»

De pie, a la sombra del nuevo cobertizo con techumbre de ramas, olorosas aún, de avellano, recubiertas de paja asegurada con varas peladas de álamo temblón recién cortadas, Lievin miraba a través de las puertas abiertas, ante las cuales se arremolinaba el polvo seco y acre de la trilladora, ora la hierba de la era iluminada por el ardiente sol, y la paja fresca recién sacada del almiar, ora las golondrinas de pechera blanca y cabeza variopinta que se refugiaban chillando bajo la techumbre y, aleteando, se detenían en el vano de la puerta, ora a la gente que se afanaba bajo el cobertizo polvoriento y oscuro. Al mismo tiempo le acudían a la mente extraños pensamientos:

«¿Por qué todo esto? ¿Por qué estoy aquí vigilando a estos hombres? Y ellos, ¿por qué dan esas muestras de celo delante de mí? ¿Qué necesidad tiene de afanarse tanto mi vieja amiga Matriona? —se preguntaba, al ver una mujer alta y delgada que, para impeler mejor el grano con su rastrillo, apoyaba pesadamente sus pies desnudos y curtidos sobre el áspero suelo—. Yo la curé de una quemadura, cuando ocurrió aquel incendio en el que se le cayó encima una viga. Sí, la curé, pero mañana o dentro de diez años habrá que darle sepultura; lo mismo sucederá con esa ostentosa joven vestida de rojo que con movimientos hábiles y delicados separa la espiga de la paja. También la enterrarán; lo mismo a ese pobre caballo pío de vientre hinchado y respiración entrecortada, tan duro de manejar; lo mismo a Feodor, el abastecedor de la trilladora, con su barba rizada y llena de polvo de la paja y su blusa agujereada por los hombros, a quien veo dispuesto a desliar las gravillas y reajustar la correa del aspa. Manda con mucha autoridad a las mujeres, pero pronto, ¿qué será de él? Nada. Ni de mí, por supuesto, y esto es lo más triste. ¿Por qué, por qué?»

Así pensaba Lievin y, al mismo tiempo, consultaba el reloj para ver cuánto se trillaba en una hora y señalar la tarea para todo el día. Se acercó al engranador, y alzando la voz para dominar el ruido de la máquina, le ordenó que cargara menos.

—¡Echas mucho, Feódor! ¿Ves? La máquina se para, y así no se adelanta. Échalo de manera más uniforme.

Feódor, con la cara ennegrecida de un sudor polvoriento, gritó algunas palabras de respuesta, pero no pareció comprender la observacón de Lievin, quien, apartándole del cilindro, se puso él mismo a cargar la máquina.

Habiendo llegado la hora de comer, Lievin salió con el abastecedor y, parándose junto a una hermosa gavilla de centeno que se guardaba para simiente, entabló conversación con aquel hombre. Feódor vivía en una población alejada, donde en otro tiempo, Lievin había hecho un ensayo de explotación en común de una tierra, arrendada últimamente a un tal Kiríllov. Lievin deseaba arrendarla para el año siguiente a otro agricultor, hombre de bien, acomodado, que respondía al nombre de Platón. Interrogó a Feódor a este respecto.

—El precio es muy elevado, Konstantín Dmítrich; Platón no hará ningún buen negocio con eso —respondió el bracero, mientras se quitaba los trozos de paja pegados a su pecho sudoroso.

—¿Y cómo es que Kiríllov saca provecho?

—¡Cómo no va a sacar provecho Mitiuja —así llamaba Téodor, despectivamente, al guarda—, Konstantín Dmítrich! Aprieta que aprieta, obtiene lo suyo. Ése no tiene la menor compasión de alma cristiana, mientras que el tío Fokánych —así llamaba al viejo Platón— no desuella a nadie. Aquí dará un préstamo y en otra parte perdonará una deuda. De ahí que no obtenga todo lo que debiera. Es un buen hombre.

—¿Y eso por qué?

—No todos somos iguales, Konstantín Dmítrich. Hay unos que no viven más que para llenar la panza, y otros que piensan en Dios y en su alma.

—¿Qué entiendes tú por eso?

—Pues vivir para Dios, observar su ley. No todos los hombres son iguales. Así usted, por ejemplo, tampoco sería capaz de hacer daño a los pobres.

—Sí, sí... Hasta la vista —balbució Lievin, jadeando de emoción. Y volviéndose para recoger el bastón, se dirigió a largos pasos hacia la casa.

«Vivir para su alma, para Dios.» Aquellas palabras del campesino habían hallado eco en su corazón, y unos pensamientos confusos, pero que sentía fecundos, se escapaban de algún rincón de su ser para resplandecer con una claridad nueva.

## Capítulo XII

LIEVIN caminaba a buen paso por la carretera, y sin acabar de comprender las vagas ideas que se agitaban en su interior, entregábase a las emociones de un estado anímico totalmente nuevo. Las palabras del campesino habían producido el efecto de una chispa eléctrica, y el enjambre de conceptos difuminados y sin relación alguna entre sí, que no había dejado de asediarle, iba adquiriendo densidad para colmar su corazón de un gozo inexplicable.

«No más vivir para mí, sino para Dios. ¿Para qué Dios? ¿No parece una insensatez pretender que no debemos vivir para nosotros mismos, es decir, para lo que comprendemos, lo que nos agrada y nos atrae, sino para ese Dios que nadie compende ni sabe definir? Pero por insensatas que parezcan esas palabras, las he comprendido, no he dudado de su exactitud, no las he encontrado falsas ni oscuras... Les he dado el mismo sentido que el campesino ese, y es posible que jamás haya comprendido con tal claridad. Es el sentido de toda mi vida, y también de la vida de todo el mundo. ¡Y yo, que buscaba un milagro para convencerme! He ahí el milagro, el único posible, que no he notado a pesar de que me rodea por completo.

»Cuando Feódor afirma que Kirillov sólo vive para su panza, comprendo lo que quiere decir. Es perfectamente razonable. Lo seres racionales no sabrían vivir de otra forma. Pero enseguida afirma que hay que vivir, no para la propia panza, sino para Dios... ¡Y lo he comprendido desde el principio. ¡Yo y millones de hombres, en el pasado y en el presente, tanto los pobres de espíritu como los doctos que han escrutado estas cosas y ha hecho oír a este respecto sus voces confusas, estamos de acuerdo en un punto: hay que vivir para el bien. El solo conocimiento claro, indubitable, absoluto que tenemos es ése, y no hemos llegado a él por el simple razonamiento, porque la razón lo excluye, porque no tiene causa ni efecto. El bien, si tuviese una causa, dejaría de ser bien, como si tuviese una consecuencia, una recompensa. Por lo tanto, el bien está fuera de la ligazón de causas y efectos. Esto lo sé yo, lo sabemos todos. ¿Cabe imaginar un milagro tan grande?

»¿Habré encontrado verdaderamente la solución de mis dudas? ¿Voy a dejar de sufrir?»

Así razonaba Lievin, insensible a la fatiga y el calor; sofocado por la emoción y no atreviéndose a creer en el apaciguamiento que se estaba realizando en su alma, se alejó del camino principal para internarse en el bosque. Allí, al notar su frente cubierta de sudor, se tendió en la hierba, apoyado en un codo, y reanudó el curso de sus reflexiones.

«Vamos a ver, tengo que concentrarme, tratar de comprender lo que me pasa —se dijo, mientras seguía los movimientos de un escarabajo verdoso, que trepaba por el tallo de una planta y al que detuvo su marcha la caída de una hoja—. ¿Qué he descubierto para sentirme feliz? —se preguntaba apartando la hoja y ofreciendo otro tallo al insecto—. Sí, ¿qué he descubierto?... Antes decía que en mi cuerpo, en el cuerpo de esta planta y de este insecto (mira, no ha querido subirse al otro tallo, ha desplegado las alas y ha volado) tiene lugar cierto metabolismo, según las leyes físicas, químicas y fisiológicas. Y en todos nosotros, así como en los álamos temblones, en las nubes y en las nebulosas, se produce una evolución. ¿Evolución de qué? ¿En qué? ¿Una evolución infinita y una lucha?... ¡Como si en el infinito pudiese haber alguna dirección! Y yo me extrañaba de que, a pesar del mayor esfuerzo mental en esta dirección, no he descubierto el sentido de la vida, la razón de mis deseos y aspiraciones. Sin embargo, ahora, la razón de mis deseos es tan clara, que vivo permanentemente en ella; y me asombré y me alegré cuando el campesino me dijo: vivir para Dios, para el alma.

»No he descubierto nada. Sólo me he enterado de·lo que sé. He comprendido la fuerza que no sólo me dio la vida en el pasado, sino que me da ahora también. Me he liberado del error, he conocido al Señor».

Y evocó el curso que siguieron sus ideas desde la muerte de su hermano dos años atrás. Por primera vez había comprendido claramente que, no teniendo ante sí otra perspectiva que el sufrimiento, la muerte y el olvido eterno, lo que debía hacer era una de estas dos cosas: saltarse la tapa de los sesos o explicarse el problema de la existencia, de forma que no volviese a ver en ella la cruel ironía de un genio maléfico. No obstante, sin llegar a explicarse nada, había seguido viviendo, pensando, sintiendo; también había conocido, gracias a su matrimonio, nuevas alegrías que le hacían feliz cuando no se interponían aquellos pensamientos que le mortificaban. ¿Qué probaba tal inconsecuencia? Que vivía bien, pensando mal. Sin saberlo, le habían sostenido aquellas verdades espirituales que mamara junto con la leche materna, verdades que su espíritu afectaba ignorar. Ahora comprendía que sólo ellas le habían permitido vivir.

«¿Qué hubiera sido de mí si yo no hubiera sabido que hay que vivir para Dios, y no para la satisfacción de las propias necesidades? Habría mentido, robado, asesinado... Ninguna de las alegrías que me da la vida habría existido para mí.»

Su imaginación no le permitía siquiera concebir a qué grado de bestialidad habría descendido si hubiese ignorado las verdaderas razones de vivir.

«Yo me había puesto a la búsqueda de una explicación que la razón no puede dar, porque no alcanza el nivel del problema. Sólo la vida podía darme una respuesta a la medida de mis deseos, y eso gracias a mi conocimiento del bien y del mal. Y ese conocimiento yo no lo he adquirido, no habría sabido dónde encontrarlo; me ha sido «dado» como todo el resto. El razonamiento, ¿me habría demostrado que debo amar a mi prójimo en lugar de estrangularle? Si cuando me lo enseñaban en mi infancia lo creí tan fácilmente es porque yo lo sabía ya. ¿Y quién me lo ha descubierto? No ha sido la razón. La razón ha descubierto la lucha por la existencia y la ley que requiere aplastar a todo lo que impida la satisfacción de mis deseos. La deducción es lógica. Pero la razón no puede inducirme a amar al prójimo, porque este precepto no nos viene dado por el simple mecanismo de la razón.»

«Sí, el orgullo» —se dijo tendiéndose de bruces y empezando a hacer nudos con los tallos de las hierbas procurando no romperlos.

«Y no sólo existe el orgullo de la inteligencia, sino también la estupidez de la misma; principalmente la perfidia de la inteligencia. Eso es, la perfidia de la inteligencia» —repitió.


Capítulo XIII

LIEVIN se acordó de una escena reciente entre Dolli y sus hijos. Éstos, un día que estaban solos, se dedicaron a cocer frambuesas en un tazón colocado sobre una vela, y a beber leche a chorro. Su madre les sorprendió en esa falta, les reprendió delante de su tío por desperdiciar lo que tanto trabajo les costaba ganar a otras personas, intentó hacerles comprender que si se rompían las tazas no habría donde tomar el té, y que si derramaban la leche, tendrían que pasar hambre todos. A Lievin le sorprendió mucho el escepticismo con que los niños escucharon a su madre. Sus razonamientos no hicieron mella en ellos. Lo único que sentían era que se les hubiese interrumpido el juego. Aquello era debido a que ignoraban el valor de los bienes que disfrutaban, y no comprendían que, en cierta medida, estaban destrozando sus propios medios de subsistencia.

Todo eso es muy bonito y nos parece muy bien —se dirían ellos—. Pero siempre nos aburren con las mismas cosas, mientras nosotros buscamos el disfrute de algo nuevo. ¿Qué interés tiene beber la leche en una taza? ¿No resulta más interesante echársela en la boca los unos a los otros y reservar las tazas para cocer las frambuesas? Eso sí que es novedad.

«¿No es así —pensaba Lievin— como nosotros obramos, como yo he obrado por mi parte, queriendo penetrar por medio de la razón en los secretos de la naturaleza y el problema de la vida humana? ¿No es eso lo que hacen todos los filósofos cuando, sirviéndose de teorías extrañas, pretenden revelar a los hombres verdades que éstos conocen desde hace mucho tiempo y sin las cuales no habrían sabido vivir? ¿No nos damos cuenta, ahondando en cada una de esas teorías, de que su autor conoce igual que ese buen Feódor —nunca mejor que él— el sentido verdadero de la vida humana, y que sólo tiende a demostrar, por procedimientos equivocados, verdades universalmente reconocidas?»

«Dejad a los niños que se procuren la subsistencia en lugar de hacer travesuras, ya veréis cómo se mueren de hambre... Dejadnos a nosotros entregados a nuestros razonamientos, a nuestras pasiones, sin el conocimiento de nuestro creador, sin el sentimiento del bien y del mal moral..., y no podremos edificar nada sólido. Si estamos ávidos de destruir es porque, semejantes a los niños, estamos saturados..., espíritualmente ¿Dónde he adquirido yo ese venturoso conocimiento, que por sí solo procura la paz a mi alma y que yo poseo en común con Feódor? Yo, cristiano, instruido de la fe, colmado de los beneficios del cristianismo, viviendo de esos beneficios sin tener conciencia de ello, yo intento, como esos mismos niños, destruir la esencia de mi vida... Pero en las horas más graves de mi existencia vuelvo mis ojos a Él, igual que los niños vuelven los suyos a su madre cuando tienen hambre y frío. Y no más que ellos, cuando ven que se les reprenden sus picardías, me apercibo de que no se atribuye ninguna importancia a mis vanas tentativas de rebeldía. No, la razón no me ha hecho aprender nada; lo que yo sé me ha sido dado, revelado por el corazón, por la fe en la enseñanza capital de la Iglesia.»

—¿La Iglesia? —repitió Lievin, volviéndose y contemplando a lo lejos un rebaño que descendía al río.

«¿Puedo verdaderamente creer en lo que ella enseña? —se preguntó, para recapacitar y descubrir un punto que turbaba su quietud. Y recordó ciertos dogmas que siempre le habían parecido extraños—: ¿La creación? Y, ¿cómo me explico yo la existencia? ¿Con la existencia? ¿Con nada? ¿El diablo y el pecado? Y, ¿qué explicación puedo yo encontrarle al mal?... ¿El Redentor? Y, ¿qué es lo que yo sé, qué puedo saber fuera de lo que me ha sido enseñado, como a todo el mundo?»

Ninguno de aquellos dogmas parecía guardar relación con el destino del hombre aquí abajo, a saber, la fe en Dios y el bien. En cada uno de ellos se sobrentendía la consagración a la verdad y la renuncia al egoísmo. Cada uno de ellos coincidía en el milagro supremo y perpetuo, que consiste en permitir a millones de seres humanos, jóvenes y viejos, sabios y simples, reyes y mendigos, a Lvov como a Kiti, a Feódor como a él mismo, comprender las mismas verdades para ordenar esa vida del alma, que basta por sí sola para hacer soportar la existencia.

Tumbado sobre la espalda, contemplaba ahora el cielo. «Yo sé bien —meditaba— que eso es la inmensidad del espacio, y no una bóveda azul que se extiende sobre mí. Pero mi retina no es capaz de reflejar más que la bóveda redondeada; mis ojos no pueden escrutar el misterio infinito que se esconde más allá.»

Lievin dejaba ahora flotar su pensamiento para escuchar las voces misteriosas que tanta agitación producían en su alma.

«¿Es esto verdaderamente la fe? —se dijo, no osando creer en su felicidad—. ¡Gracias, Dios mío!»

Le sacudieron unos sollozos, mientras unas lágrimas de gratitud resbalaban por sus mejillas.


Capítulo XIV

Un pequeño coche apareció en lontananza. Lievin reconoció su teliega con el cochero Iván, que hablaba con el pastor, y su caballo *Voronoy*. Pronto oyó el sonido de las ruedas y el relincho del animal, pero sumido en sus meditaciones, no se le ocurrió preguntar para qué le querían. No recobró el sentido de la realidad hasta que oyó gritar al cochero:

—La señora me envía; acaba de llegar Serguiéi Ivánovich con otro señor.

Lievin subió al coche y tomó las riendas. Como si estuviera bajo los efectos de un sueño, tardó en volver en sí. Con los ojos fijos, tanto sobre Iván, sentado junto a él, como en la robusta bestia de cuello y pecho cubiertos de sudor, pensaba en su hermano, en su mujer, a quien quizá había alarmado su prolongada ausencia; en aquel huésped desconocido que le traían, y se preguntaba si sus relaciones con el prójimo no iban a sufrir una modificación.

«No quiero más frialdades con mi hermano, más disputas con Kiti, más impaciencia con los criados; quiero mostrarme cordial y atento con mi nuevo huésped; quienquiera que sea.»

Y conteniendo el caballo, muy inclinado a correr, buscó un motivo de charla con el buen Iván, que no sabiendo qué hacer con sus manos desocupadas, apretaba contra el pecho la blusa, que el viento levantaba. Hubiera querido decirle que había apretado demasiado los arreos, pero aquello se parecía mucho a una reprimenda. Por mucho que le dio vueltas al magín, no encontró otro tema de conversación.

—Haga el favor de tirar a la derecha, hay que evitar un tronco —advirtió de pronto Iván, tocando las riendas.

—Dame el gusto de dejarme tranquilo y no quieras enseñarme —respondió Lievin, molesto, como siempre que se metían en sus asuntos. Sintió al momento un vivo pesar, cuando comprobó que, contrariamente a sus deseos, el nuevo estado de su alma no influía nada sobre su carácter.

A un cuarto de versta de la casa vio a Grisha y Tania que corrían hacia él.

—¡Tío Kostia, mamá nos sigue, y al abuelo, y Serguiéi Ivánovich y alguién más! —gritaron saltando a la teliega.

—Un señor muy curioso, que hace muchos gestos con los brazos, así —dijo Tania, y se puso a imitar a Katavásov.

—¿Es viejo o joven? —preguntó riendo Lievin.

La mímica de Tania despertaba en él recuerdos confusos.

«Con tal de que no sea un pelma...», pensó.

En un recodo del camino reconoció a Katavásov, que se tocaba con un sombrero de paja y hacía con los brazos aquellos molinetes, que Tania había imitado tan bien.

Los últimos días de su estancia en Moscú, Lievin se había dedicado a discutir cuestiones filosóficas con Katavásov. Este era uno de sus temas favoritos, aunque sobre esta materia no poseía más que las vagas nociones de los «científicos». Lievin se acordó enseguida de una de aquellas discusiones, en la que su amigo había llevado, al parecer, la mejor parte, y se prometió no expresar en lo sucesivo sus pensamientos a la ligera.

Bajó del coche, dio la bienvenida a sus huéspedes y preguntó por Kiti.

—Se ha quedado en el bosque con Mitia —respondió Dolli—, porque en la casa hacía demasiado calor.

Aquella noticia contrarió a Lievin. El bosque le parecía un lugar lleno de peligros, y muchas veces había aconsejado a Kiti que se abstuviera de pasear por allí con el niño.

—No sabe dónde ir con su hijo para librarse del calor —dijo el príncipe sonriendo—. Le he aconsejado que pruebe en la cueva del hielo.

—Se reunirá con nosotros en el colmenar; creía que estabas allí —añadió Dolli—. Ese era el fin de nuestro paseo.

—¿Qué hay de bueno? —preguntó Serguiéi Ivánovich a su hermano, cogiéndole por el brazo.

—Nada de particular. Cultivo más tierras y eso es todo. Espero que te quedarás algún tiempo; hace una eternidad que te esperamos.

—Quince días. Tengo mucho que hacer en Moscú.

Las miradas de los dos hermanos se cruzaron. Y Lievin se sintió algo molesto. Sin embargo, nunca como entonces había deseado tan ardientemente un intercambio simple y cordial de impresiones con su hermano. Bajó los ojos y deseando evitar todo tema espinoso, como la cuestión de los Balcanes, a la que Serguiéi acababa de hacer una velada alusión, le preguntó al cabo de un momento qué noticias tenía de su libro.

Esta pregunta, debidamente meditada, hizo asomar una sonrisa a los labios de Serguiéi Ivánovich.

—Nadie piensa en eso, y yo menos que los demás... Ya verá usted, Daria Alexándrovna, cómo vamos a tener lluvia —dijo, señalando con la punta de su bastón unas nubes blancas que aparecían sobre los árboles.

Bastaron estas simples palabras para que se restableciera inmediatamente, entre los dos hermanos, aquella frialdad rayana en lo hostil que Lievin hubiera anhelado disipar. Apartándose de Serguiéi, se aproximó a Katavásov.

—¡Qué buena idea ha tenido usted viniendo! —le dijo.

—Tenía ese deseo hace tiempo. Tenemos mucho de que charlar largo y tendido. ¿Ha leído usted a Spencer?

—No del todo. Además, ahora sería inútil.

—¿Cómo es eso? Me sorprende usted.

—Quiero decir que ese libro no me ayudaría más que los otros a resolver las cuestiones que me interesan. En este momento, yo...

Le sorprendió la expresión de íntimo recocijo que reflejaba el semblante de Katavásov, y no queriendo turbar su estado de ánimo con una estéril discusión, se contuvo.

—Ya trataremos de eso... Ahora al colmenar —repuso, dirigiéndose a todo el grupo—. Este es el sendero que hay que tomar.

Llegaron a un claro del bosque, por un lado cubierto de llamativos pensamientos, entre los cuales se veían con frecuencia los altos arbustos verdinegros de los eléboros. Lievin instaló a sus invitados a la sombra de unos álamos temblones, sobre unos asientos rústicos preparados ex profeso para visitantes que no sintieran demasiados escrúpulos en acercarse a las abejas, y él mismo se encaminó al recinto para sacar de allí miel, pan y unos cohombros. Avanzaba lo más despacio posible, con el oído atento a los zumbidos, que se iban haciendo más frecuentes. A la puerta de la cabaña tuvo necesidad de desprenderse, con precaución, de una abeja que se le había agarrado a la barba. Después de haber descolgado a la entrada una máscara de alambre, se cubrió con ella la cabeza y con las manos metidas en los bolsillos, penetró en aquel recinto, donde aparecían las colmenas perfectamente ordenadas, las más recientes a lo largo de la empalizada y fijas a unas estacas con filamentos de tilo. Cada una guardaba una historia para él. Ante la abertura de las colmenas se arremolinaban columnas de abejas y zánganos, mientras que las obreras volaban al bosque atraídas por los tilos en flor, de donde regresaban cargadas de botín. Y todo el enjambre, obreras activas, machos ociosos, centinelas alarmadas, dispuestas a precipitarse sobre el ladrón de su cosecha, dejaban oír los sonidos más diversos, que se confundían en un permanente zumbido. El anciano guarda, que se entretenía puliendo una madera al lado opuesto de la empalizada, no oyó llegar a Lievin. Éste se guardó muy bien de llamarle: se sentía dichoso de poderse reconcentrar un momento. La vida real recobraba sus derechos, refutaba la nobleza de sus sentimientos: ya había encontrado medio de encolerizarse contra Iván, de mostrarse frío con su hermano, de decir cosas inútiles a Katavásov.

«Mi dicha —se preguntaba él—, ¿no habrá sido más que una impresión fugaz, que se disipará sin dejar huella?»

Pero cuando volvió a encontrar su propio yo, vio sus impresiones intactas. No cabía duda de que en su alma se había realizado un cambio importante. La vida real no había hecho más que extender una nube sobre aquella calma interior; aquellos ligeros incidentes no menguaban más sus fuerzas espirituales que las abejas sus fuerzas físicas, cuando le obligaban a defenderse.


## Capítulo XV

¿SABES, Kostia, con quién ha estado viajando Serguiéi Ivánovich? —preguntó Dolli, después de haber dado a cada uno de los niños su ración de cohombros y de miel—. Con Vronski. Se va a Servia.

—Y si me lo pemite, añadiré que no se va solo. Lleva a expensas suyas todo un escuadrón —manifestó Katavásov.

—¡En buena hora! —opinió Lievin—. Pero, ¿es qué estáis enviando voluntarios continuamente? —preguntó mirando a su hermano.

Serguiéi Ivánovich no respondió nada. Su atención se había concentrado en una abeja, que se había pegado a la miel del fondo de su taza, y a la que cuidadosamente estaba salvando con ayuda de un cuchillo puntiagudo.

—¡Cómo que si enviamos! —exclamó Katavásov, dando un mordisco a un cohombro—. ¡Si hubiera visto usted lo que pasaba en la estación!

—Escuche, Serguiéi Ivánovich: tenga a bien explicarme a dónde van todos esos héroes y contra quién combaten —preguntó el príncipe. Evidentemente, reanudaba una conversación interrumpida por el encuentro de Lievin.

—Contra los turcos —respondió tranquilamente Koznyshov, colocando con la punta de un cuchillo, sobre la hoja de un árbol, la abeja liberada ennegrecida con la miel.

—¿Quién, pues, ha declarado la guerra a los turcos? ¿Habrá sido Iván Iványch Ragózov, la condesa Lidia o madame Shtal?

—Nadie les ha declarado la guerra; pero nosotros, emocionados por los sufrimientos de unos hermanos nuestros, queremos acudir en su ayuda.

—No contestas a la pregunta del príncipe —advirtió Lievin, poniéndose al lado de su suegro—. Lo que le sorprende es que, sin estar autorizados por el Gobierno, unos simples particulares se atrevan a tomar parte en una guerra.

—Mira, Kostia, otra abeja. Te aseguro que nos van a acribillar con sus picaduras —exclamó de pronto Dolli, espantando a un enorme ejemplar de aquellos insectos.

—No es una abeja, es una avispa.

—¿Y por qué unos particulares no han de tener derecho? Explíquenos su teoría —preguntó Katavásov, deseoso de hacer hablar a Lievin.

—Mi teoría es ésta; la guerra es una cosa tan bestial, tan monstruosa, que ningún cristiano, ningún hombre incluso, tiene derecho a recabar para sí la responsabilidad de declararla. Es una tarea que compete a los gobernantes, que son desde luego los que nos arrastran fatalmente a la guerra. Esa es una cuestión de Estado, una de esas cuestiones en las que los ciudadanos abdican de toda voluntad personal: el sentido común, en defecto de la ciencia, bastará para demostrarlo.

Serguiéi Ivánovich y Katavásov tenían sus respuestas preparadas.

—En eso se equivoca usted, querido amigo —se adelantó a decir este último—. Cuando un Gobierno no sabe atemperarse a la voluntad de los ciudadanos, toca a éstos imponérsela.

Serguiéi Ivánovich no parecía conforme con esta objeción.

—No te has planteado la cuestión como es debido —advirtió arrugando las cejas—. Aquí no se trata de una declaración de guerra, sino de una manifestación de simpatía humana, cristiana. Están asesinando a nuestros hermanos de raza y de religión; están matando mujeres, niños, viejos. Eso ha hecho alzarse el sentimiento de humanidad del pueblo ruso, que vuelve en socorro de esos infortunados. Suponte que ves en la calle a un borracho pegando a una mujer o a un niño: ¿te informarás tú, antes de socorrerles, si le han declarado la guerra a este individuo?

—No, pero tampoco le mataré.

—Llegarás a eso.

—No sé; es posible que llegue a matar en un arrebato momentáneo, pero yo no me dejaría arrastrar por la pasión para la defensa de los eslavos.

—No todo el mundo piensa igual —replicó Serguiéi, disconforme—. El pueblo conserva muy vivo el recuerdo de los hermanos ortodoxos que gimen bajo el yugo de los infieles. Y el pueblo ha hecho oír su voz.

—Puese ser —respondió Lievin evasivamente—. En todo caso, yo no veo nada de eso alrededor mío, y aunque yo formo parte del pueblo, no he llegado a sentir semejante impulso.

—Yo diría otro tanto por mi parte —afirmó el príncipe—. Son los periódicos los que me han revelado, durante mi estancia en el extranjero, y antes de los horrores de Bulgaria, el amor espontáneo que parece sentir Rusia entera por sus hermanos eslavos, pero confieso que no lo había notado nunca, porque a mí no me han inspirado nunca la menor simpatía. A decir verdad, lo que me inquietó en primer lugar fue mi indiferencia, y lo atribuí a las aguas de Carlsbad. Pero después de mi regreso observé que no soy el único indiferente en Rusia por la suerte de los hermanos eslavos. Testigo: Konstantín, aquí presente.

—Cuando es Rusia entera la que se pronuncia —objetó Serguiéi Ivánovich— no tienen ninguna importancia las opiniones personales.

—Perdóneme, pero no lo veo así. El pueblo no sabe ni quiere saber nada de eso —dijo el príncipe.

—No es así, papá —interrumpió Dolli, mezclándose en la conversación—. ¿Se acuerda usted el domingo, en la iglesia...? ¿Quieres darnos algo con que limpiarnos las manos? —pidió al anciano, que sonreía a los niños—. Verdaderamente, no es posible que toda esa gente...

—¿En la iglesia? ¿Qué ha pasado que sea tan extraordinario? Los sacerdotes tienen orden de leer al pueblo un documento del que nadie entiende una palabra. Si los campesinos suspiran durante la lectura, es porque creen en el sermón, y si dan sus kopeks, es porque les han advertido que se va a hacer una colecta para una obra piadosa.

—El pueblo no puede ignorar su destino; tiene intuición, y en unos momentos como éstos sabe administrarlo —declaró Serguiéi Ivánovich, dirigiendo una mirada significativa al viejo guardián.

De pie en medio de sus señores, con una escudilla de miel en la mano, aquel bello tipo de anciano, de barba gris y cabellos de plata, les miraba erguido con aire dulce y apacible, sin comprender nada de su conversación y sin manifestar el menor deseo de comprenderla. No obstante, creyéndose interpelado por Serguiéi Ivánovich, le pareció conveniente alzar la cabeza y decir:

—Eso, de seguro.

—Preguntadle, o si no, dejadme a mí —terció Lievin—. Vais a ver en qué mundo vive. ¿Has oído hablar de la guerra, Mijáilich? —preguntó al buen hombre—. ¿Sabes lo que os han leído el domingo en la iglesia? ¿Es necesario batirnos por los cristianos? ¿Qué opinas tú?

—¿Opinar? Eso no es asunto nuestro. Nuestro zar Alexandr Nikoláevich sabe mejor que nosotros lo que debe hacer... ¿Hay que traer más pan para sus pequeños? —preguntó a Dolli señalando a Grisha, que devoraba un buen trozo.

—¿Qué necesidad tenemos de interrogarle cuando vemos centenares de hombres abandonándolo todo para servir a una causa justa? —opinó Serguiéi Ivánovich—. Vienen de todos los rincones de Rusia. Unos sacrifican sus últimos ahorros, otros se alistan, y todos saben claramente a qué móvil obedecen. ¿Vas a decirme que eso no significa nada?

—Para mí, eso significa que entre ochenta millones de hombres se encontrarán siempre, no sólo centenares como ahora, sino millares y decenas de millares de calaveras, de seres descarriados, dispuestos a lanzarse a la primera aventura que se les presente, ya se trate de seguir a Pugachov o de ir a Servia, a Jivá, o donde se quiera —replicó Lievin, acalorándose.

—¡Cómo! ¿Tú llamas descarriados a los mejores representantes de la nación? —exclamó Serguiéi Ivánovich, indignado—. ¿Y los donativos que afluyen de todas partes? ¿No es una manera que tiene el pueblo de significar su voluntad?

—¡Tiene un sentido tan vago la palabra «pueblo»! Es posible que los secretarios cantonales, los maestros y el uno por mil de los campesinos comprendan de qué se trata, pero el resto de los ochenta millones hace igual que Mijáilich: no sólo no manifiestan su voluntad, sino que carecen de la más ligera noción de eso que pudieran manifestar. ¿Qué derecho tenemos nosotros, en estas condiciones, a invocar la voluntad del pueblo?

## Capítulo XVI

Serguiéi Ivánovich, hábil en dialéctica, planteó acto seguido la cuestión en otro terreno:

—Es evidente que sin tener instituido el sufragio universal —el cual, por otra parte, no prueba nada— no podríamos, por medios aritméticos, conocer la opinión nacional. Pero hay otros medios de apreciación. No digo nada de esas corrientes subterráneas que agitan las aguas, hasta entonces estancadas, del océano popular, y que todo hombre prevenido distingue fácilmente. Pero considerada la sociedad en un ámbito más restringido, verás también cómo en ese terreno las facciones más hostiles se funden en una sola. Ya no hay divergencias de opinión, todas las publicaciones se expresan en el mismo sentido, todos ceden a un principio elemental que les arrastra en una misma dirección.

—Que todos los periódicos vociferan la misma cosa, eso es verdad —dijo el príncipe—. ¡Es como las ranas antes de la tormenta! Sus gritos son sin duda los que impiden oír la menor voz.

—No sé qué tendrán de común los periódicos con las ranas. Además, yo no he tomado su defensa. Hablo de la unanimidad de opinión en los medios ilustrados —replicó Serguiéi Ivánovich, dirigiéndose a su hermano.

Lievin quiso responder, pero se le adelantó el príncipe.

—Esa unanimidad tiene, sin duda, su razón de ser. Ahí tenemos, por ejemplo, a mi querido yerno. Stepán Arkádich, a quien nombran miembro de no sé qué comisión. Una simple prebenda... Esto no es un secreto para nadie, Dolli... ¡Y ocho mil rublos de asignación! Preguntadle a este hombre de buena fe qué piensa del cargo en cuestión: él os demostrará, estad seguros, que la sociedad no podría pasar sin el. Y no es un hombre embustero; pero no puede dejar de creer en la utilidad de los ocho mil rublos.

—¡Ah, sí, lo iba a olvidar! Precisamente me rogó comunicara a Daria Alexándrovna que su nombramiento es un hecho —notificó Serguiéi Ivánovich en tono descontento, pues juzgaba inconveniente la intervención del viejo príncipe.

—Pues bien —continuó éste—, los periódicos hacen otro tanto. Como la guerra debe duplicar su venta, es lógico y natural que pongan por delante el instinto nacional, los hermanos eslavos y todo ese lastre...

—Es usted injusto, querido príncipe —se lamentó Serguiéi Ivanovich—. Permítame que se lo diga, y eso que siento muy poca simpatía por ciertos diarios.

—Alphonse Karr estaba en lo cierto cuando ante la inminencia de la guerra franco-alemana, proponía a los partidarios de la guerra constituir ellos mismos la vanguardia y afrontar el primer tiroteo.

—¡Qué triste papel representarían allí nuestros periodistas! —comentó Katávasov con una risotada, al figurarse a ciertos amigos suyos enrolados en aquella legión selecta.

—Pero su fuga provocaría la de los demás —insinuó Dolli.

—Nada impediría llevarles al frente a punta de látigo y ametrallarles si intentaban huir —insistió el príncipe.

—Perdone, querido príncipe —objeto Serguiéi Ivánovich—, pero en cuestiones como éstas, las chanzas son de dudoso gusto.

—Yo no veo en eso ninguna chanza... —quiso decir Lievin, pero su hermano le interrumpió.

—Los miembros de una sociedad tienen todos un deber que cumplir —declaró—, y los hombres que reflexionan cumplen el suyo, dando expresión a la opinión pública. La unanimidad de esta opinión es un síntoma feliz que debe inscribirse en el activo de la Prensa. Hace veinte años, todo el mundo estaría callado. Hoy, el pueblo ruso, pronto a sacrificarse y levantarse como un solo hombre para salvar a sus hermanos, hace oír su voz unánime. Es un paso muy grande el que se ha dado, una verdadera prueba de fuerza.

—Perdón —insinuó tímidamente Lievin—. No se trata sólo de sacrificarse, sino de matar turcos. El pueblo está dispuesto a hacer bastantes sacrificios cuando se trata de su alma, pero no a cumplir una misión mortífera —añadió, relacionando sin quererlo esta ocurrencia con los pensamientos que le agitaban.

—¿A qué llama usted el alma del pueblo? Para un naturalista ese es un término muy impreciso. ¿Qué es el alma? —preguntó sonriendo Katávasov.

—Usted lo sabe bien.

—¡Palabra de honor que no tengo la menor idea! —insitió el profesor, riendo a carcajadas.

—Cristo dijo: «No he venido a traer la paz, sino la espada» —arguyó por su parte Serguiéi Ivánovich, citando como la cosa más sencilla del mundo, como una verdad evidente aquel pasaje del Evangelio que siempre había turbado a Lievin.

—Eso, de seguro —aprobó una vez más el viejo guarda, respondiendo a una mirada lanzada sobre él al azar.

—Ya está usted derrotado, amigo y bien derrotado —exclamó alegremente Katavásov.

Levin se sonrojó, no por sentirse derrotado, sino por haber cedido nuevamente a la necesidad de discutir.

«Estoy perdiendo el tiempo —se dijo—. ¿Cómo, estando desnudo, puedo vencer a gente que protege su pecho con una armadura invulnerable?»

No le parecía posible convencer a su hermano ni a Katavásov, y menos aún dejarse convencer por ellos. Lo que propugnaban no era otra cosa que aquel orgullo del espíritu que estuvo a punto de perderle a él. ¿Cómo admitir que un puñado de hombres, su hermano entre ellos, se arrogasen el derecho de representar, con los periódicos, la voluntad de la nación, una voluntad que expresaba por sí misma el afán de venganza y de asesinato, una voluntad cuyo único apoyo cierto eran los discursos sospechosos de unos centenares de charlatanes, ávidos de aventuras? El pueblo, en cuyo seno vivía y del que tenía conciencia de formar parte, no le ofrecía ninguna confirmación de aquellas aseveraciones. Tampoco la encontraba en sí mismo: igual que el pueblo, ignoraba en qué consistía el bien público, aunque sabía perfectamente que no se logra más que con la estricta observancia de esa ley moral en el corazón de todo hombre. Por consiguiente, él no podía preconizar la guerra, por generoso que fuese el fin propuesto. Compartía el punto de vista de Mijáilich, que era el de todo el pueblo y que tan maravillosamente expresaba la tradición relativa a los Varegos: «Reinad y gobernad; para nosotros, las labores penosas y los pesados sacrificios, pero para vosotros la carga de las decisiones.» ¿Podía afirmarse con seriedad, como hacía Serguiéi Ivánovich, que el pueblo había renunciado a un derecho tan costosamente adquirido?

Y si la opinión pasaba por infalible, ¿por qué la revolución y la comuna no habían de ser tan legítimas como la guerra y el paneslavismo?

Lievin hubiera querido expresar todos estos pensamientos, pero se daba perfecta cuenta de que la discusión irritaba a su hermano y que no iba a desembocar en nada satisfactorio. Prefirió, pues, callarse, y pasado un momento llamó la atención de sus invitados sobre un nubarrón que presagiaba la inminencia de una tormenta.

### Capítulo XVII

EL príncipe y Serguiéi Ivánovich emprendieron el camino de vuelta en la teliega, mientras que el resto del grupo apresuraba el paso. Pero el cielo se cubría más y más. Las nubes, bajas y negruzcas, impulsadas por el viento, parecían correr con tal rapidez, que a doscientos pasos de la casa se anunció el chaparrón.

Los niños saltaban delante, dando gritos de susto mezclados con risas. Dolli, a quien estorbaban las faldas, les seguía corriendo. Los hombres, sujetando a duras penas los sombreros, daban grandes zancadas. Al fin, cuando empezaban a caer las primeras gotas gruesas, estrellándose contra un canalón, alcanzaron las escaleras de la casa. Todo el mundo, hablando animadamente, se precipitó en el zaguán.

—¿Dónde está Katerina Alexándrovna? —preguntó Lievin a Agafia Mijáilovna, que se preparaba a salir cargada de chales y mantas.

—Pensábamos que estaba con ustedes.

—¿Y Mitia?

—En el bosque, seguramente con el aya.

Levin se apoderó del paquete y echó a correr.

En aquel corto espacio de tiempo, el cielo se había oscurecido como durante un eclipse y el viento, soplando con violencia, hacía volar las hojas de los tilos, desnudaba las ramas de los abedules, doblaba la hierba, las plantas, los arbustos, los matorrales y las copas de los altos árboles. Las muchachas que trabajaban en el jardín, lanzando fuertes chillidos, corrían en busca de abrigo. La cortina blanca del chaparrón cubría ya la mitad de los campos, la totalidad del bosque, y amenazaba el soto. La nube había reventado transformándose en una lluvia fina que impregnaba el aire de humedad.

Luchando vigorosamente contra la tormenta, que se obstinaba en arrebatarle los chales, Lievin, encorvado hacia adelante, estaba ya cerca del soto y le parecía ver unas formas blancas detrás de una encina que le era familiar, cuando de pronto, un resplandor vivísimo inflamó el suelo ante él, mientras sobre su cabeza parecía que la bóveda celeste amenazaba derrumbarse. Tan pronto pudo abrir sus ojos deslumbrados, comprobó con espanto, pese a la cortina formada por la lluvia, que la cima de la gruesa encina había cambiado de lugar. «La habrá herido el rayo», pensó. Y enseguida oyó el ruido del árbol que se desplomaba con estruendo.

«¡Dios mío!, Dios mío, con tal que no les haya alcanzado!», murmuró, helado de espanto. Y aunque comprendía lo absurdo de aquella tardía plegaria, la repitió, sin embargo, notando por instinto que no podía hacer nada mejor. Se dirigió al lugar donde Kiti solía detenerse. No la vio, pero sintió que le llamaba al otro extremo del bosque. Corrió en aquella dirección todo lo de prisa que le permitía su calzado, lleno de agua a fuerza de chapotear en los charcos. Y como el cielo empezaba a serenarse, la descubrió bajo un tilo, inclinada, lo mismo que el aya, sobre un cochecito protegido por un parasol verde. Aunque había amainado la lluvia, permanecían inmóviles en la posición que habían adoptado desde el principio de la tempestad, para proteger mejor al nene. Ambas habían recibido el chaparrón, pero mientras la falda de la niñera estaba seca, el vestido de Kiti, totalmente mojado, se le pegaba al cuerpo, y su sombrero había cambiado totalmente de forma. La joven esposa volvió a su marido un rostro sonrosado, chorreante, iluminado por una tímida sonrisa.

—¡Viven! ¡Loado sea Dios! Pero, ¿cómo has podido cometer semejante imprudencia?

—Te aseguro que no ha sido culpa mía. Íbamos a partir cuando Mitia hizo una de las suyas. Tuvimos que mudarle, y al momento...

Pero a la vista de su hijo, que sin haber recibido ni una gota de agua dormía lo más apaciblemente del mundo, Lievin se calmó.

—Vamos, todo va bien. Ya no lo sé ni lo que digo —confesó.

Se hizo un paquete con las ropas mojadas y partieron en dirección a la casa. Un poco avergonzado de haber reprendido a Kiti, Levin le apretó cariñosamente la mano, a escondidas de la niñera, que llevaba al bebé.


## Capítulo XVIII

PESE al disgusto que sentía al notar que su regeneración moral no producía ningún cambio favorable en su carácter, Lievin no dejó por eso de sentir su corazón henchido de júbilo durante todo aquel día.

Después de la lluvia, la humedad y el ambiente de tormenta no permitieron otra salida para pasear. La tarde, sin embargo, transcurrió alegremente, sin entregarse a enojosas discusiones. Por el contrario, después de comer, todos se hallaban de excelente humor. Katavásov, desde el principio, se ganó la voluntad de las señoras por la originalidad de su ingenio. Excitado por Serguiéi Ivánovich, les divirtió con la narración de sus curiosas observaciones sobre las diferentes costumbres y hasta las fisonomías de las moscas macho y de las moscas hembra. Koznyshov se mostró a su vez muy animado, y al llegar la hora del té, a instancias de su hermano, desarrolló sus puntos de vista sobre la cuestión eslava, con tanta finura como sencillez.

Kiti, obligada a bañar a su pequeño Mitia, retiróse con pesar. Pocos minutos después avisaron a Lievin que su esposa preguntaba por él. Algo inquieto, se levantó enseguida, a pesar del interés que le había inspirado la teoría de Serguiéi sobre la influencia que la emancipación de cuarenta millones de eslavos tendría para el porvenir de Rusia, en la nueva era histórica que iba a inaugurarse.

¿Para qué le necesitaban? Nunca le llamaban al lado del niño más que en casos de urgencia. Pero su inquietud, lo mismo que la curiosidad despertada en él por los discursos de su hermano, desaparecieron en el momento de encontrarse solo. ¿Qué le importaban todas aquellas consideraciones sobre el papel del elemento eslavo en la Historia Universal? Su dicha íntima le había vuelto súbitamente, sin que esta vez tuviese necesidad de estimularla con la reflexión. El corazón había actuado con más agilidad que la mente.

Atravesando la terraza, vio lucir dos estrellas en el firmamento.

«Sí —pensó, al mirar al cielo—. Mirando al cielo pensaba que la bóveda que veía no era una ilusión; además, había algo que no había analizado hasta el fin, algo que no me atrevía a afrontar. Pero fuera lo que fuere, no era admisible ninguna objeción: cualquiera que sea, ahondando en ella, todo se aclarará.»

Al penetrar en el cuarto del niño, inmediatamente lo recordó:

«Si la prueba principal de la existencia de Dios es la revelación interior que nos hace a cada uno de nosotros partícipes del bien y del mal, ¿por qué esa revelación tiene que limitarse a la Iglesia cristiana? ¿Qué relaciones tienen con esta revelación los budistas o los musulmanes, que conocen lo mismo que nosotros el bien, y lo practican?»

Creía tener preparada una respuesta, pero no llegó a formulársela.

Al acercarse su marido, Kiti se volvió sonriendo. Con el vestido remangado, estaba inclinada sobre la bañera, sosteniendo con una mano la cabeza del niño, mientras que con la otra, provista de una gruesa esponja, frotaba con movimiento rítmico del dorso de aquel cuerpo pequeño y rollizo que chapoteaba en el agua.

—¡Ven pronto! Agafía Mijáilovna tenía razón: el niño nos reconoce.

Mitia fue sometido a una prueba. La cocinera, llamada al efecto, se inclinó sobre él, pero el pequeño sacudió la cabeza con gesto ceñudo. En cambio, cuando aquella intrusa fue sustituida por la madre, el pequeño sonrió, cogió la esponja con ambas manos y dio a entender que la había reconocido con tales manifestaciones de alegría, que sumieron en una especie de arrobamento a Kiti, a la anciana y Levin.

El aya levantó al nene en la palma de la mano, le secó, le vistió, y al ver que lanzaba un grito penetrante, le entregó a su madre.

—Me alegra mucho que empieces a quererle —dijo Kiti, una vez que el bebé empezó a mamar, instalada ella apaciblemente en el lugar de costumbre—. Sufría al oírte decir que no sentías nada por él.

—Me expresaría mal. Quería decir solamente que me había causado una decepción.

—¿Cómo es eso?

—Esperaba que despertase en mí un sentimiento nuevo y ha sido lo contrario. Lo que me inspiró al principio no fue más que lástima y desazón...

Poniéndose las sortijas, que se había quitado para bañar a Mitia, Kiti escuchaba a su marido con atención concentrada.

—Sí, lástima y hasta susto... Hasta hoy, durante la tempestad, no había comprendido cuánto le quería —añadió Lievin.

Kiti sonrió, llena de alegría.

—¡Conque has tenido miedo! Yo también, pero ahora tengo más miedo todavía, al darme cuenta del peligro que hemos corrido. Iré a ver la encina... Después de todo, he pasado un día muy agradable. Katavásov es muy divertido. Y cuando te lo propones, te muestras encantadoramente simpático con Serguiéi Ivánovich. Anda, vuelve con ellos, que aquí se asfixia uno después del baño.

## Capítulo XIX

AL salir del cuarto del niño y quedarse solo, Lievin volvió a sentirse inquieto por la obsesión que le dominaba. En vez de volver al salón, se apoyó de codos en la balaustrada de la terraza mirando al cielo.

Ya había anochecido completamente y, al sur, hacia donde miraba, no había nubes. La tormenta se extendía por el lado opuesto, de donde se oían los truenos y se percibían los relámpagos. Mientras escuchaba las gotas de agua que caían cadenciosamente del follaje de los tilos, Lievin contemplaba un triángulo de estrellas atravesado por la vía Láctea. De vez en cuando, un relámpago deslumbrante, seguida de un sordo trueno, hacía desaparecer de sus ojos aquel cuadro tan familiar, pero pronto reaparecían las estrellas, como si una mano diligente las hubiera vuelto a clavar en el firmamento.

«Vamos a ver, ¿qué es lo que me pasa?», se preguntaba, sintiendo surgir del fondo de su alma una respuesta a sus dudas.

«Sí, la revelación al mundo de la ley del bien es la prueba evidente, irrecusable, de la existencia de Dios. Esta ley yo la reconozco en lo más profundo de mi corazón, uniéndome así, de buen o mal grado, a todos los que la reconocen como yo, y esta reunión de seres humanos que comparten la misma creencia se llama la Iglesia. Pero los judíos, los musulmanes, los budistas, los confucianos —se dijo, volviendo siempre al punto peligroso—, esos millones de hombres, ¿estarán privados del mayor de los beneficios, del único que da un sentido a la vida? Mas, veamos —prosiguió, tras unos instantes de reflexión—, ¿qué cuestión es la que tengo propósito de plantearme? ¿La de las relaciones de las diversas creencias de la Humanidad entera con la Divinidad? ¡Es la revelación de Dios al universo, con sus astros y sus nebulosas, lo que pretendo sondear! ¡Y es en el momento en que me ha sido revelado un conocimiento cierto pero inaccesible a la razón, cuando me obstino en hacer intervenir la lógica!»

Yo sé que las estrellas no se mueven —dijo para sí, al notar el cambio en la posición de un astro que aparecía por encima de un abedul—. Sin embargo, no pudiendo imaginarme la rotación de la tierra viendo cambiar de lugar a las estrellas, tengo razón al decir que éstas se mueven. ¿Habrían comprendido los astrónomos, habrían podido realizar sus cálculos, si no hubiesen tomado en consideración los movimientos tan variados, tan complicados de la Tierra? Sus admirables conclusiones sobre las distancias, el volumen, los movimientos y las revoluciones de los cuerpos celestes, ¿no tienen por punto de partida los movimientos aparentes de los astros alrededor de la Tierra inmóvil, esos mismos movimientos de los que yo soy testigo, como millones de hombres lo han sido y lo serán durante siglos, y que siempre pueden comprobarse? Y lo mismo que las conclusiones de los astrónomos serían vanas e inexactas si no derivasen de sus observaciones del cielo aparente, relativas a un solo meridiano y a un horizonte, todas mis deducciones metafísicas estarían también privadas de sentido si yo no las fundase sobre este conocimiento del bien, inherente al corazón de todos los hombres, del que yo personalmente he recibido la revelación por el cristianismo, y que siempre podré sentir en mi alma. Las relaciones de las otras creencias con Dios permanecerán insondables para mí, y yo no tengo derecho a investigarlas.»

—¡Cómo! ¡Estás ahí todavía? —dijo de pronto la voz de Kiti, que regresaba al salón—. ¿Estás preocupado por algo? —insistió, tratando de escrutar el rostro de su marido a la luz de las estrellas.

Un relámpago que surcó el horizonte se lo mostró sereno y feliz.

«Ella me comprende —pensó Lievin viéndola sonreír—. Sabe en qué estoy pensando. ¿Es necesario decírselo? Sí.»

En el momento que iba a hablar, Kiti se adelantó:

—Te lo suplicó, Kostia —dijo ella—. Ve a echar un vistazo al cuarto de Serguiéi Ivánovich. ¿Está todo en orden? ¿Le han puesto un lavabo nuevo? A mí no me gusta ir.

—Está bien, ya voy yo —respondió Lievin, besándola.

Mientras su mujer volvía al salón, decidió:

«No, es mejor que me calle. Este secreto no tiene importancia para nadie más que para mí solo, y ninguna palabra seria podría explicarlo. Este nuevo sentimiento no me ha cambiado, no me ha llenado de asombro ni me ha hecho feliz como pensaba. Lo mismo que en el amor paternal, no ha habido en él ni sorpresa ni éxtasis. ¿Debo darle el nombre de fe? No lo sé. Lo único que sé es que se ha deslizado en mi alma por el dolor y que ha arraigado en ella firmemente.»

«Probablemente seguiré impacientándome con mi cochero Iván, discutiendo inútilmente, expresando mis ideas sin venir a propósito. Yo sentiré siempre una barrera entre el santuario de mi alma y el alma de los demás, incluyendo la de mi esposa. Siempre haré responsable a ésta de mis errores para arrepentirme al instante. Seguiré rezando, sin poder explicarme por qué rezo. ¡Qué importa! Mi vida interior ya no estará a merced de los acontecimientos. Cada minuto de mi vida tendrá un sentido indiscutible, y en mi poder estará imprimirlo en cada una de mis acciones: ¡el sentido del bien!»

# ÍNDICE

## SEGUNDA PARTE

TERCERA PARTE

## SEXTA PARTE

## SÉPTIMA PARTE